施蛰存（一九九0年于上海寓所）

一九九四年于北山楼 （黄沛荣摄）

一九九六年于上海寓所　（黄沛荣摄）

一九九七年于北山楼　（黄沛荣摄）

施蛰存先生与林玫仪教授（一九九八年）（黄沛荣摄）

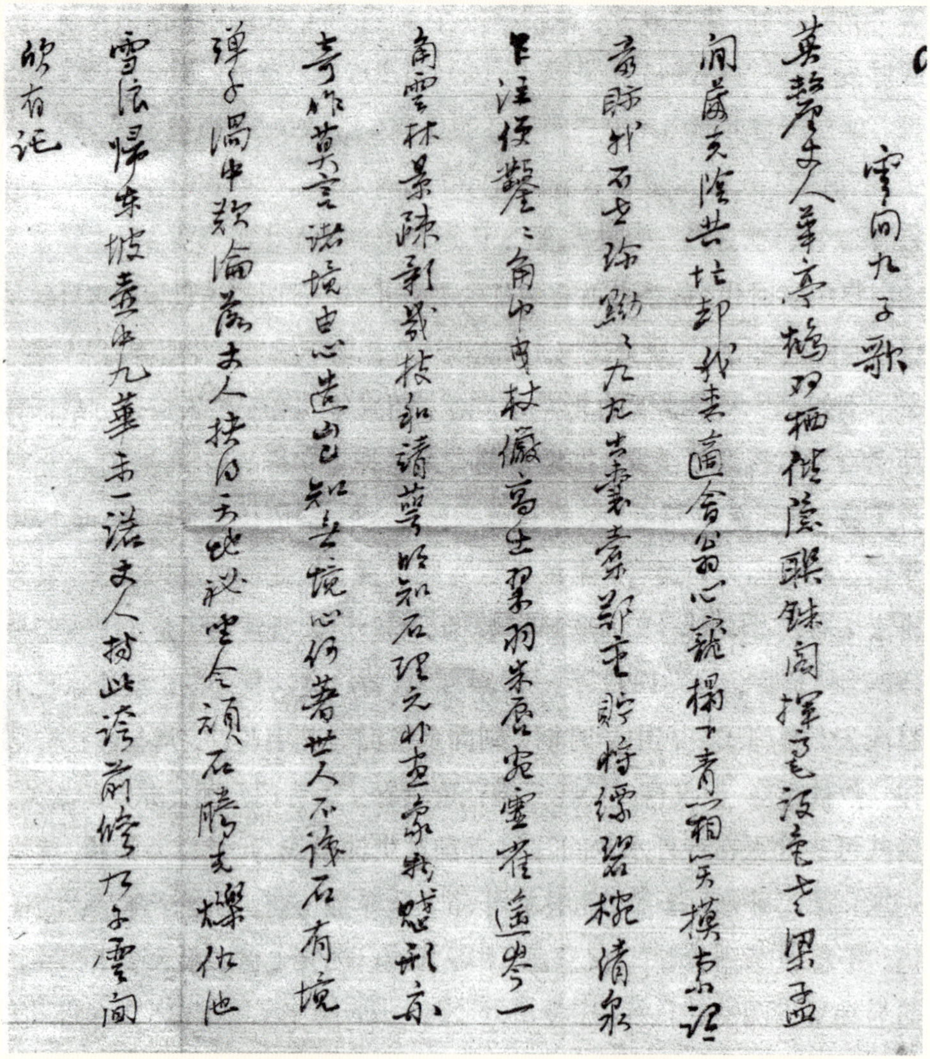

施蛰存手迹（一）

朝野遺記二卷　不著撰人

感舊詞

珠簾繡柱雲中荷袆翠羽床上有觀観賦一詞云疏眉青目依舊足宣和嵌東黄氣盈眉姿性巧粲止知非凡依宗室弄妝拳玉幼姚妾雙鬓鬓銖慈族干戈橫高事近天此翻後一笑遽近相違勒人嗾錠旋如次挦竹院落天涯俱送向玉生相逢舊日榮華於今惟憔悴付与盃中釀無已休問君伊且盡红玉

施蛰存手迹（二）

湖上風涼夜氣
新一盤秋月皎
金鱗佳人不語
凌波坐向隅
擷擲點絳脣

江南雜詩之一

壽劍同華枉念
戊辰 北山

施蛰存手迹（三）

本书由上海文化发展基金会图书出版专项基金资助出版

刘 凌
刘效礼 编

施蛰存全集

北山楼词话

第七卷

施蛰存 著

林玫仪 编

华东师范大学出版社

目 录

卷三
词调

卷一 名义

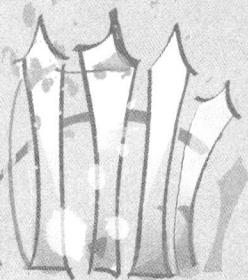

一 词学名词释义

（一）词

"诗词"二字连在一起,成为一个语词,在现代人的文学常识中,它表示两种文学形式:一种是"诗",它是从商周时代以来早已有了的韵文形式。一种是"词",它是起源于唐五代而全盛于宋代的韵文形式。但是在宋以前人的观念中,诗词二字很少连用。偶然有连用的,也只能讲作"诗的文词"。因为在当时,词还没有成为一种文学形式的名称。

"词"字是一个古字的简体,它原来就是"䛐"字。这个字,古籀文写作"䚆",省作"䛐";后来写作"辭"(现在简化为"辞"),汉人隶书简化为"词"。所以,"诗词"本来就是"诗辞"。到了宋代,词成为一种新兴文学形式的名称,于是"诗词"不等于"诗辞"了。

诗是一种抒情言志的韵文形式,《诗经》中的三百〇五篇,都是诗。诗被谱入乐曲,可以配合音乐,用来歌唱,它就成为曲辞,或说歌辞。《诗经》中的诗,其实也都可以歌唱,在当时,诗就是辞。不过从文学的观点定名,称之为诗,从音乐性的观点定名,就称之为曲辞或歌辞,简称为辞。"楚辞"就是从音乐性的观点来定名的,因为它是楚国人民中流行的歌辞。其实,如果从文学的观点定名,楚辞也就是楚诗。

到了汉代,五言诗产生以后,诗逐渐成为不能唱的文学形式,于是诗与歌辞分了家。从此以后,凡是能作曲歌唱的诗,题目下往往带一个"辞"字。魏晋时代,有白纻辞、步虚辞、明君辞等等。这个辞字,晋宋以后,都简化为词字。一直到唐代,凡一切柘枝词、凉州词、竹枝词、横江词、三阁词,这一切"词"字,都只有歌词的意义,还是一个普通名词,并不表示它们是一种特有的文学形式。

在晚唐五代,新兴了一种长短句的歌词,它们的句法和音节更能便于作曲,而与诗的形式渐渐地远了。我们在《花间集》的序文中知道,当时把这一类的歌词称为曲子词。每一首曲子词都以曲调名为标题,例如"菩萨蛮",表明这是《菩萨蛮》曲子的歌词。

从晚唐五代到北宋,这个"词"字还没有成为一种文学形式的固有名词。牛峤《女冠子》云:"浅笑含双靥,低声唱小词。"黄庭坚词序云:"坐客欲得小词。"又云:"周元固惠酒,因作此词。"苏东坡词序云:"梅花词和杨元素。"又有云:"作此词戏之。"类此的词字,也都是歌词的意思,不是指一种文学形式。南宋初,曾慥编了一部《乐府雅词》,今天我们说这是一部词的选集,但在当时,这个书名仅表示它是一部高雅的乐府歌词。北宋词家的集名,都不用词字。苏东坡的词集名为《东坡乐府》,秦观的词集名为《淮海居士长短句》,欧阳修的词集名为《欧阳文忠公近体乐府》,周邦彦的词集名为《清真集》。没有一部词集称为《××词》的。

南宋初期,出现"诗馀"这个名词,它指的是苏东坡、秦观、欧阳修的这些曲子词。无论"乐府"、"长短句"或"近体乐府",这些名词都反映作者仍然把它们认为属于诗的一种文体。"诗馀"这个名词的出现,意味着当时已把曲子词作为诗的剩馀产物。换句话说,就是已把它从诗的领域中离析出来了。一部《草堂诗馀》,奠定了这个过渡时期的名词。

不久,长沙的出版商编刊了六十家的诗馀专集,绝大多数都改标集名为《××词》,例如《东坡乐府》改名为《东坡词》,《淮海居士长短句》改名为《淮海词》,《清真集》先改名为《清真诗馀》,后又改名为《清真词》。

从此以后,作为一种新兴的文学形式的固有名称,"词"这个名词才确定下来,于是有了"诗词"这个语词。

文学史家,为意义明确起见,把歌词的"词"字写作"辞",而把"词"字专用以代表一种文学形式。

(二)雅　词

词本来是流行于民间的通俗歌词,使用的都是人民大众的口语。《云谣集》是我们现在可以见到的一部唐代流行于三陇一带的民间曲子词集,这里所保存的三十首曲子词,可以代表民间词的思想、感情和语言。这种歌词,渐渐为士大夫的交际宴会所采用,有些文人偶尔也依照歌曲的腔调另作一首歌词,交给妓女去唱,以适应他们的宴会。这种歌词所用的语言文字,虽然比民间曲子为文雅,但在士大夫的生活中,它们还是接近口语的。《花间集》里所收录的五百首词,就代表了早期的士大夫所作曲子词。我们可以说:《云谣集》是民间的俗文学,《花间集》是知识分子的俗文学。

直到北宋中叶,黄庭坚为晏叔原的《小山词》作序,说这些词"嬉弄于乐府之馀,而寓以诗人之句法。清壮顿挫,能动摇人心。"又说:"其乐府可谓狎邪之大雅,豪士之鼓吹。"晁天咎也称赞晏叔原的词"风调闲雅"。这里出现了一个新的信息,它告诉我们:词的风格标准是要求"雅"。要做得怎么样才算是"雅"呢? 黄庭坚举出的要求是"寓以诗人之句法"。曾慥编了一部《乐府雅词》,其自序中讲到选词的标准是"涉谐谑则去之"。这表示他以为谐谑的词就不是雅词。詹傅为郭祥正的《笑笑词》作序,他以为"康伯可之失在诙谐,辛稼轩之失在粗豪",只有郭祥正的词"典雅纯正,清新俊逸,集前辈之大成,而自成一家之机轴"。这里是以风格的诙谐和粗豪为不雅了。黄昇在《花庵词选》中评论柳永的词为"长于纤艳之词,然多近俚俗,故市井之人悦之"。又评万俟雅言的词是"平而工,和而雅,比诸刻琢句意而求精丽者,远矣"。他又称赞张孝祥的词"无一字无来处,如歌头、凯歌诸曲,骏发蹈厉,寓以诗人句法者也"。这里又以市井俚俗语为不雅,琢句精丽为不雅,词语不典为不雅,而又归结于要求以诗人的句法来作词。从以上这些言论中,我们可知在北宋后期,对于词的风格开始有了要求"雅"的呼声。

《宋史·乐志》云:政和三年"以大晟乐播之教坊,……颁之天下。其旧乐悉禁。"这是词从俗曲正式上升而为燕乐的时候,"雅词"这个名词,大约也正是成立于此时。王灼《碧鸡漫志》云:万俟詠"初自编其集分两体,曰雅词,曰侧艳,目之曰《胜萱丽藻》。后召试入官,以侧艳体无赖太甚,削去之。再编成集,……周美成目之曰《大声》。"从这一记录,我们可以证明,"雅词"这个名词出现于此时。又可以知道,"雅词"的对立名词是"侧艳词"或曰"艳词"。曾慥的《乐府雅词》序于绍兴十六年,接着又有署名鲗阳居士编的《复雅歌词》,亦标榜词的风格复于雅正。此后就有许多人的词集名自许为雅词,如张孝祥的《紫薇雅词》,赵彦端的《介庵雅词》,程正伯的《书舟雅词》,宋谦父的《壶山雅词》,差不多在同一个时候,蔚成风气。从此以后,词离开民间俗曲愈远,而与诗日近,成为诗的一种别体,"诗余"这个名词,也很可能是由于这个观念而产生了。

词既以雅为最高标准,于是周邦彦就成为雅词的典范作家。《乐府指迷》、《词源》、《词旨》诸书,一致地以"清空雅正"为词的标准风格。梦窗、草窗、梅溪、碧山、玉田诸词家,皆力避俚俗,务求典雅。然而志趣虽高,才力不济,或则文繁意少,或则辞艰义隐,非但人民大众不能了解,即在士大夫中,也解人难索。于是乎词失去了可以歌唱的曲子词的作用,成为士大夫笔下的文学形式。在民间,词走向更俚俗的道路,演化而为曲了。

这时候,只有陆辅之的《词旨》中有一句话大可注意:"夫词亦难言矣,正取近雅而又不远俗。"这个观点,与张炎、沈伯时的观点大不相同。张、沈都要求词的风格应当雅而不俗,陆却主张近雅而又不远俗。"近雅",意味着还不是诗的句法;"不远俗",意味着它还是民间文学。我以为陆辅之是了解词的本质的,无奈历代以来,词家都怕沾俗气,一味追求高雅,斫伤了词的元气,唐五代词的风格,不再能见到了。

(三) 长短句

有些辞典上说"长短句"是"词的别名"。或者注释"长短句"为"句子长短不齐的诗体"。这两种注释都不够正确。在宋代以后,可以说长短句是词的别名,但是在北宋时期,长短句却是词的本名;在唐代,长短句还是一个诗体名词。所谓"长短句",这"长短"二字,有它们的特定意义,不能含糊地解释作"长短不齐"。

杜甫诗云:"近来海内为长句,汝与山东李白好。"计东注云:"长句谓七言歌行。"但是杜牧有诗题云:"东兵长句十韵。"这是一首七言二十句的排律。又有题为"长句四韵"的,乃是一首七言八句的律诗。还有题作"长句"的,也是一首七律。白居易的《琵琶行》是一首七言歌行，他自己在序中称之为"长句歌"。可知"长句"就是七言诗句，无论用在歌行体或律体诗中，都一样。不过杜牧有两个诗题：一个是"柳长句"，另一个是"柳绝句"，他所说"长句"是一首七律。这样，他把"长句"和"绝句"对举，似乎"长句"仅指七言律诗了。

汉魏以来的古诗，句法以五言为主，到了唐代，七言诗盛行，句式较古诗为长，故唐人把七言句称为长句。七言句既为长句，五言句自然就称为短句。不过唐人常称七言为长句，而很少用短句这个名词，这就像《出师表》、《赤壁赋》那样，只有后篇加"后"字，而不在前篇上加"前"字。元人王珪有一首五言古诗《题杨无咎墨梅卷子》，其跋语云："陈明之携此卷来，将有所需，予测其雅情于隐，遂为赋短句云。"由此可知元代人还知道短句就是五言诗句。

中晚唐时，由于乐曲的愈趋于淫靡曲折，配合乐曲的歌诗产生了五七言句法混合的诗体，这种新兴的诗体，当时就称为"长短句"。韩偓的诗集《香奁集》，是他自己分类编定的，其中有一类就是"长短句"。这一卷中所收的都是三五七言歌诗，既不同于近体歌行，也不同于《花间集》里的曲子词。这是晚唐五代时一种新流行的诗体，它从七言歌行中分化出来，将逐渐地过渡到令慢体的曲子词。三言句往往连用二句，可以等同于一个七言句；或单句用作衬字，那就不属于歌诗正文。故所谓"长短句"诗，仍以五七言句法为主。胡震亨《唐音癸签》云："宋、元编录唐人总集，始于古、律二体中备析五、七等言为次，于是流委秩然，可得具论：一曰四言古诗，一曰五言古诗，一曰七言古诗，一曰长短句。"这里，胡氏告诉我们，他所见宋元旧本唐人诗集，常有"长短句"一类。我曾见明嘉靖刻本《先天集》，也有"长短句"一个类目，可知这个名词，到明代还未失去本意，仍然有人使用为诗体名词。

胡元任《苕溪渔隐丛话》云："唐初歌辞，多是五言诗或七言诗，初无长短句。自中叶后至五代，渐变成长短句。及本朝，则尽为此体。"这一段话，作者是要说明宋词起源于唐之长短句，但这里使用的两个"长短句"，我们应当区别其意义，不宜混为一事。因为唐代的长短句是诗，而所谓"本朝尽为此体"的长短句，已经是五代时的"曲子词"或南宋时的"词"了。

晏幾道《小山乐府》自叙云："试续南部诸贤绪馀，作五七字语，期以自娱。"又张镃序史达祖《梅溪词》云："况欲大肆其力于五七言，回鞭温韦之途，掉鞅李杜之域，跻攀风雅，一归于正，不于是而止。"这两篇序文中都以"五七言"为词的代名词，晏幾道是北宋初期人，张镃是南宋末年人，可知整个宋代的词人，都知道"长短句"的意义就是五七言。

但是，直到北宋中期，"长短句"还是一个诗体名词，没有成为与诗不同的文学形式的名词。苏轼与蔡景繁书云："颁示新词，此古人长短句诗也，得之惊喜。"陈简斋词题或曰"作长短句咏之"，或曰"赋长短句"，或曰"以长短句记之"。黄庭坚词前小序用"长短句"者凡二见，其《念奴娇》词小序则称"乐府长短句"。以上所引证的"长短句"，其意义仍限于五七言句法，而不是一种文学类型。特别可以注意的是黄庭坚作《玉楼春》词小序云："席上作乐府长句劝酒。"因为《玉楼春》全篇都是七言句，没有五言句，所以他说"乐府长句"，而不说"长短句"。如果当时已认为"长短句"是曲子词的专名，这里的"短"字就不能省略了。

从唐、五代到北宋，"词"还不是一个文学类型的名称，它只指一般的文词(辞)。无论"曲子词"的"词"字，或东坡文中"颁示新词"的"词"字，或北宋人词序中所云"作此词"、"赋墨竹词"，这些"词"字，都只是"歌词"的意思，而不是南宋人所说"诗词"的"词"字。

词在北宋初期，一般都称之为"乐府"，例如晏几道的词集称为《小山乐府》。但乐府也是一个旧名词，汉魏以来，历代都有乐府，也不能成为一个新兴文学类型的名词，于是欧阳修自题其词集为《近体乐府》。这个名称似乎不为群众所接受，因为"近"字的时代性是不稳定的。接着就有人继承并沿用了唐代的"长短句"。苏东坡词集最早的刻本就题名为《东坡长短句》(见《西塘耆旧续闻》)，秦观的词集名为《淮海居士长短句》，我们现在还可以见到宋刻本。绍兴十八年，晁谦之跋《花间集》云："皆唐末才士长短句。"而此书欧阳炯的原序则说是"近来诗客曲子词"。两个人都用了当时的名称，五代时的曲子词，在北宋中叶以后被称为长短句了。王明清的《投辖录》有一条云："拱州贾氏子，正议大夫昌衡之孙，读书能作诗与长短句。"这也是南宋初的文字，可知此时的"长短句"，已成为文学类型的名词，而不是像东坡早年所云"长短句诗"或"乐府长短句"了。只要再迟几年，"词"字已定型成为这种文学类型的名称，于是所有的词集都题名为"某某词"，而王明清笔下的这一句"能作诗与长短句"，也不再能出现，而出现了"能作诗词"这样的文句了。

(四) 近体乐府

在先秦时期，诗都是配合乐曲吟唱的歌辞(词)，所以诗即是歌。从其意义来命名，称为诗；从其声音来命名，称为歌。不配合音乐而清唱的，称为"徒歌"，或曰"但歌"。汉武帝建置乐府以后，合乐吟唱的诗称为"乐府歌辞"，或曰"曲辞"。后世简称"乐府"。从此以后，"诗"成为一种不配合音乐的文学形式的名词，与"歌"或"乐府"分了家。

魏晋以后，诗人主要是作诗，也为乐曲配词，到了唐代，古代的乐曲早已失传，或者不流行了，诗人们虽然仍用乐府旧题目作歌辞，事实上已不能吟唱。这时候，"乐府"几乎已成为一种诗体的名词，与音乐无关，于是就出现了"乐府诗"这个名称。初唐诗人所作"饮马长城窟"、"东门行"、"燕歌行"等等，都是沿用古代乐府题目(曲名)拟作的歌辞，事实上是乐府诗，而不是乐府，因为它们都无乐谱可唱。

盛唐诗人运用乐府诗体，写了许多反映新的社会现实的诗，但他们不用乐府旧题，而自己创造新的题目，例如杜甫的"兵车行"、"丽人行"和"三吏"、"三别"等，这一类的诗，称为"新题乐府"。后来，白居易就简化为"新乐府"。新乐府也还是一种诗体，而不是乐府。

这是一个很突出的现象：唐代诗人集中的所谓"乐府"，几乎全不是乐府，而是乐府诗。有许多真正配合音乐而写的绝句和五七言诗，例如《凉州词》、《促拍陆州》、《乐世》、《何满子》等，却从来不被目为乐府，而隶属于绝句或长短句。

北宋人把《花间集》、《尊前集》这一类的曲子词称为乐府，这是给乐府这个名词恢复了本义。晏幾道把他自己的词集定名为《小山乐府》,这是"曲子词"以后的词的第一个正名。欧阳修的词集标名为"近体乐府",这是对晏幾道的定名作了修正。他大概以为旧体乐府都是诗,形式和长短句的词不同,故定名"近体乐府",以资区别。但是,宋本《欧阳文忠公近体乐府》第一卷中有"乐语"和"长短句"两个类目。"乐语"不是曲子词,而"长短句"则是曲子词。由此看来,欧阳修本人似乎还以"长短句"为词的正名,而"近体乐府"则为包括"乐语"在内的一切当代曲词的通称。到南宋时,周必大编定自己的词集,取名曰《平园近体乐府》。这时候,"近体乐府"才成为专指词的名词。

但是,"近体"的"近"字,是一个有限度的时间概念。宋代人所谓"近体",到了元明,已经不是"近体"而成为古体了。元人宋褧的词集名曰《燕石近体乐府》,明代夏言的词集名曰《桂洲近体乐府》,这都是盲从了宋人,没想到元代的近体乐府,应当是北曲;而明代的近体乐府,应当是南曲。词已不是新兴歌词形式,怎么还能说是"近体乐府"呢?

我们应当说,"近体乐府"是北宋人给词的定名,当时"词"这个名称还未确立,所以不能说"近体乐府"是词的别名。

(五)寓声乐府

《花庵词选》记录贺方回有小词二卷,名曰《东山寓声乐府》。《直斋书录解题》著录长沙坊刻本《百家词》,其中有贺方回的《东山寓声乐府三卷》。"寓声乐府"这个名词大约是贺方回所创造,用来他的词集名的。后人不考究其意义,以为"寓声乐府"也是词的别名,这就错了。

陈直斋解释这个名词云:"以旧谱填新词,而别为名以易之,故曰寓声。"朱古微云:"寓声之名,盖用旧调谱词,即摘取本词中语,易以新名。"此二家的解释,大致相同,都以为按旧有词调作词,而不用原来调名,在新作的词中摘取二三字,作为新的调名。但这样解释,对"寓声"二字的意义,还没有说明。我们研究贺方回用这两个字的本意,似乎是自己创造了一支新曲,而寓其声于旧调。也就是说,借旧调的声腔,以歌唱他的新曲。陈、朱两家的解释,恰恰是观念相反了。苏东坡有一首词,其小序云:"仆乃作一曲,名贺新凉,令秀兰歌以侑觞。"他这首词,题名《贺新凉》,而其句法音律,实在就是《贺新郎》。根据东坡小序,则我们应该说是以贺新凉新曲寓声于旧曲贺新郎,不能说是把《贺新郎》改名为《贺新凉》。如果说贺方回的词都是改换了一个新调名,那么"寓声"二字就无法解释了。王半塘(鹏运)以为贺方回的"寓声乐府",和周必大的词集题名"近体乐府",元遗山的词集称"新乐府",同样都是用来与古乐府相区别("所以别于古也")。这是根本没有注意贺方回用这个语词的本意,所以朱古微批评他"拟于不伦"了。

今本贺方回的《东山词》中,有寓声的新曲,亦有原调名。据黄花庵的选本,似乎二卷本的《东山寓声乐府》中,并不都是以新调名为题,也有用原调名的。花庵选录贺方回词十一首,都没有注明新调名。现在根据别本,可知《青玉案》为《横塘路》的寓声曲调,《感皇恩》为人南渡的寓声曲调,《临江仙》为《雁后归》的寓声曲调,其馀八首就不知道是新调名抑原调名了。据《直斋书录》所言,似乎他所见三卷本的《东山寓声乐府》都是新曲,然则贺方回的词恐怕未尽于此三卷。元人李冶《敬斋古今黇》谓"贺方回《东山乐府别集》有《定风波》,异名醉琼枝者云",又好像贺方回的词集名《东山乐府》,而其"别集"中所收则为"寓声乐府"。今其书不传,无可考索。

贺方回的词,现在仅存两个古本。其一为虞山瞿氏铁琴铜剑楼所藏残宋本《东山词》上卷。此本曾在毛氏汲古阁,但没有刻入《宋六十名家词》。清初,无锡侯文灿刻《十名家词》,其中贺方回的《东山词》一卷,即用此本,所以实际上是宋本《东山词》的上半部。其二是劳巽卿传录的一个鲍氏知不足斋所藏的《贺方回词》二卷。此本中有用新调名标题的寓声乐府,也有用原调名的。其词也有与残宋本《东山词》上卷重出的,例如《青玉案》一首,两本都有,《东山词》标名横塘路,下注《青玉案》;鲍氏钞本标名《青玉案》,而不注异名。如是则在残宋本为寓声乐府,在鲍氏钞本则不算寓声乐府了。鲍氏钞本中有《罗敷艳歌》、《拥鼻吟》、《玉连环》、《芳洲泊》等十六调,其下皆标注原调名,可知它们也是寓声乐府,但这些词均不见于残宋本,或者也可能在下卷中。又鲍氏钞本中有《菱花怨》、《定情曲》二词,皆从本词中拈取三字为题,可见也是寓声乐府,但题下却没有注明原调名。从这些情况看来,这两个古本并非同出于一源。鲍氏所藏钞本,来历不明,疑非宋代原编本。因为历代诗文集用作家姓字标目者,大多是后人编集之本。宋代原刻贺方回词,决不会用《贺方回词》这样的书名。

清代道光年间,钱塘王迪,字惠庵,汇钞以上二本,合为三卷。以鲍氏钞本二卷为上卷及中卷,以残宋本《东山词》上卷为下卷。又以同调之词并归一处,删去重出的词八首,又从其他诸家选本中搜辑得四十首,编为《补遗》一卷。全书题名为《东山寓声乐府》,这是贺方回的词经残佚之馀的第一次整理结集。但王惠庵以为贺方回所有的词都是寓声乐府,又以为贺方回的词集原名就是《东山寓声乐府》,因此,他采用此书名而自以为"仍其旧名"。

光绪年间,王半塘四印斋初刻贺方回词,采用了《汲古阁未刻词》中的《东山词》(这就是残宋本《东山词》上卷),又将自己辑录所得二十馀首增入。又以为《东山词》这个书名是毛氏所妄改,因此也改题为《东山寓声乐府》,"以从其旧"。此外,王半塘又不说明此书仅为宋本之上卷,于是,这个四印斋刻本出来以后,一般人都不知道有一个残宋本《东山词》上卷。过了几年,王半塘才见到皕宋楼所藏王惠庵编辑本,于是从王惠庵本中钞补百馀首,编为《补钞》一卷,续刻传世。这样一来,非但残宋本和鲍氏旧钞本这两个古本贺方回词的面目不可复见,连王惠庵的编辑本也未获保存。《四印斋所刻词》中,贺方回词的版本最为可议,这是王半塘自己也感到不愉快的。

以后,朱古微辑刻《彊村丛书》,关于贺方回的词,采用了残宋本和鲍氏钞本,都保存它们的原来面目。卷末附以吴伯宛重辑的《补遗》一卷,又不用"东山寓声乐府"为书名。这样处理,最为谨慎,可见朱古微知道贺方回的词并不都是寓声乐府,而"寓声乐府"也并不是词的别名。

南宋词人张辑,字宗瑞,有词集二卷,名《东泽绮语债》。黄花庵云:"其词皆以篇末之语而立新名。"这部词集现在还有,用每首词的末三字为新的词调名,而在其下注明"寓×××"。这里作者明白地用了"寓"字,可知也是寓声乐府。作者之意,以为他所创的新调,寓声于旧调,所以是向旧调借的债,故自题其词集为"绮语债"。《彊村丛书》所刻本,删去"债"字,仅称为《东泽绮语》,大约朱古微没有注意到这个"债"字的含义。

(六)琴趣外篇

陶渊明有一张没有弦的琴,作为自己的文房玩物。人家问他:"无弦之琴,有何用处?"诗人答道:"但识琴中趣,何劳弦上音。"这是"琴趣"二字的来历,可知琴趣不在于音声。后人以"琴趣"为词的别名,可谓一误再误。以琴曲为琴趣,这是一误;把词比之为琴曲,因而以琴趣为词的别名,这是再误。宋人词集有名为"琴趣外篇"的,现在还有六家:欧阳修、黄庭坚、秦观、晁补之、晁端礼、赵彦端。此外,叶梦得的词集亦名为"琴趣外篇",可是这个集子后来已失传了。所有的"琴趣外篇",都不是作者自己选定的书名,而是南宋时出版商汇刻诸名家词集时,为了编成一套丛书,便一本一本的题为某氏"琴趣外篇"。于是,"琴趣外篇"就成为词的别名了。

琴曲本是古乐、雅乐,在音乐中占有很高的地位。庾信《昭君辞》云:"方调琴上曲,变入胡笳声。"可知以琴曲来奏胡笳曲,非变不可。李治《敬斋古今黇》云:"诸乐有拍,惟琴无拍,只有节奏,节奏虽似拍而非拍也。前贤论今琴曲已是郑卫,若又作拍,则淫哇之声,有甚于郑卫者矣。故琴家谓迟亦不妨,疾亦不妨,所最忌者,惟其作拍。"这一段话,很有意思。琴是上古的乐器,所奏的乐曲,当然很原始,其时还没有节拍,或者说,还没有节拍的概念。音乐讲究节拍,大约起于周代的云韶乐,到了汉代,乐府歌辞都有"曲折",曲折也包含节拍在内。从此以后,人们已不知道古乐、雅乐中的琴曲原先是一种没有节拍的音乐。唐人以胡笳十八拍变入琴曲,那就是李治所谓"甚于郑卫"的淫哇了。

在人们心目中,琴曲是那样高雅、古朴,不同凡响,而词本是民间俗曲,它们是怎样联系到一起的呢?原来,宋人为了提高词的地位,最初称之为"雅词",后来更尊之为琴操。这可以说是对词曲的莫大推崇。然而这个比拟却是不伦不类的,因为词的曲子与琴曲是完全不同的,对这一点,宋人也并不是不知道,苏东坡有一首《醉翁操》,自序云:

琅琊幽谷,山川奇丽,泉鸣空涧,若中音会。醉翁喜之,把酒临听,辄欣然忘归。既去十馀年,而好奇之士沈遵闻之,往游,以琴写其声,曰《醉翁操》,节奏疏宫,而音指华畅,知琴者以为绝伦。然有其声而无其辞,翁虽为作歌,而与琴声不合。又依楚词作《醉翁引》,好事者亦倚其辞以制曲,虽粗合韵度,而琴声为词所绳约,非天成也。后三十馀年,翁既捐馆舍,遵亦没久矣,有庐山玉涧道人崔闲,特妙于琴,恨此曲之无词,乃谱其声,而请东坡居士以补之云。

东坡这一段话,也说明了琴曲节奏疏宕,不与词同。醉翁用楚辞体作《醉翁引》,有人为他作曲,在演奏时,曲子虽然有了节奏,而琴声已失去其古音之自然。由此可见,苏东坡也知道词与琴曲是完全不同的。东坡的这一首《醉翁操》,本来不收在东坡词集中,因为它是琴操而不是词。南宋时,辛稼轩模仿东坡,也作了一首,编入了他的词集,于是后人在编东坡词集时,也把《醉翁操》编了进去。从此,琴曲《醉翁操》成了词调名。

《侯鲭录》记一段词话云:

> 东坡云:"琴曲有瑶池燕,其词不协,而声亦怨咽。"变其词作闺怨,寄陈季常云:"此曲奇妙,勿妄与人。"

这段话是引用了苏东坡瑶池燕词的自序,其词即"飞花成阵春心困"一首。由此也可知为琴曲而作的歌词,不协于词的音律,如果要以琴曲谱词,就非变不可。苏东坡这一段话,正可与庾信的"变入胡笳声"对证。

以上二件事,都可以证明琴曲不能移用于词曲。因此,我说,以"琴趣"为琴曲的代用词,此是一误;以"琴趣"为词的别名,此是再误。

不过,宋代人还没有把"琴趣"直接用作词的别名,他们用的是"琴趣外篇"。所谓"外篇",也就是意味着,词的地位虽然提高了,但只能算是琴曲的支流,还不等于真正的琴曲,只是"外篇"而已。这样标名是可以的,只犯了一误,而没有再误。可是,毛子晋跋晁补之《琴趣外篇》云:"《琴趣外篇》六卷,宋左朝奉、秘书省著作郎、充秘阁校理、国史编修官,济北晁补之无咎长短句也。其所为诗文凡七十卷,自名《鸡肋集》,惟诗馀不入集中,故云外篇。昔年见吴门钞本,混入赵文宝诸词,亦名《琴趣外篇》,盖书贾射利,眩人耳目,最为可恨。"毛子晋这样解释,完全是夹缠。诗文不编入正集,而另行编为外集,作为附录,这是常有的事,但像晁补之这样,就应当称为《鸡肋集外篇》,而不是"琴趣"的"外篇"。又何以六家词集都标名《琴趣外篇》呢?

元明以来,许多词家都不明白"琴趣外篇"这个名词的意义,他们以为"琴趣"是词的别名,而对"外篇"的意义,则跟着毛子晋的误解,于是非但把自己的词集标名为"琴趣",甚至把宋人集名的"外篇"二字也删掉了。《传是楼书目》著录秦观词集为《淮海琴趣》,欧阳修词集为《醉翁琴趣》,汲古阁本赵彦端词集称《介庵琴趣》,《赵定宇书目》称晁补之词集为《晁氏琴趣》,都是同样错误。清代以来,词家以"琴趣"为词的别名,因而用作词集名者很多,例如朱彝尊的《静志居琴趣》,张奕枢的《月在轩琴趣》,吴泰来的《昙花阁琴趣》,姚梅伯的《画边琴趣》,况周颐的《蕙风琴趣》,邵伯絅的《云淙琴趣》,都是以误传误,失于考究。

(七) 诗　馀

一种文学形式,从萌芽到定型,需要一个或长或短的过程。这种已定型的文学形式,还需要另一个过程,才能确定其名称。词是从诗分化出来,逐渐发展而成为脱离了诗的领域的一种独立的文学形式,其过程是从盛唐到北宋,几乎有二三百年的时间;而最后把这种文学形式定名为"词",还得迟到南宋中期。

近来有人解释词的名义,常常说:"词又名长短句,又名诗馀。"这里所谓"又名",时间概念和主从概念,都很不明确。好像这种文学形式先名为词,后来又名为长短句,后来又名为诗馀。但是,考之于文学发展史的实际情况,却并不如此。事实恰恰是:先有长短句这个名词,然后又名为词,而诗馀这个名词初出现的时候,还不是长短句的"又名",更不是词的"又名"。

胡元任《苕溪渔隐丛话》前集序于绍兴四年甲寅(1134),后集序于乾道三年丁亥(1167),全书中不见有"诗馀"这个名词,也没有提到《草堂诗馀》这部书。王楙的《野客丛书》成于庆元年间(1195—1200),书中已引用了《草堂诗馀》,可见这部书出现于乾道末年至淳熙年间。毛平仲《樵隐词》有乾道三年王木叔序,称其集为《樵隐诗馀》。以上二事,是宋人用"诗馀"这个名词的年代最早者。稍后则王十朋词集曰《梅溪诗馀》,其人卒于乾道七年,寿六十。廖行之词集曰《省斋诗馀》,见于《直斋书录》,其人乃淳熙十一年进士,词集乃其子谦所编刊,当然在其卒后。林淳词集曰《定斋诗馀》,亦见《直斋书录》,其人于乾道八年为泾县令,刻集亦必在其后。此外凡见于《直斋书录》或宋人笔记的词集,以"诗馀"标名者,皆在乾道、淳熙年间,可知"诗馀"是当时流行的一个新名词。黄叔旸称周邦彦有《清真诗馀》,景定刊本《严州续志》亦著录周邦彦《清真诗馀》,这是严州刻本《清真集》的附卷,并非词集原名。现在所知周邦彦词集,以淳熙年间晋阳强焕刻于溧水郡斋的一本为最早,其书名还是《清真集》,不作《清真诗馀》。

我怀疑南宋时人并不以"诗馀"为文学形式的名词,它的作用仅在于编诗集时的分类。考北宋人集之附有词作者,大多称之为"乐府",或称"长短句",都编次在诗的后面。既没有标名为"词",更没有标名为"诗馀"。南宋人集始于诗后附录"诗馀"。陈与义卒于绍兴八年,其《简斋集》十八卷附诗馀十八首。但今所见者乃胡竹坡笺注本,恐刊行甚迟。高登的《东溪集》,附诗馀十二首。登卒于绍兴十八年,三十年后,延平田澹始刻其遗文,那么亦当在淳熙年间了。况且今天我们所见的《东溪集》,已是明人重编本,不能确知此"诗馀"二字是否见于宋时初刻本。宋本《后村居士集》,其第十九、二十两卷为诗馀,此本有淳熙九年林希逸序,其时后村尚在世。然《后村大全集》一百九十六卷,其卷一百八十七至一百九十一,共五卷,则题作"长短句"。可见南宋人编诗集,如果把词作也编进去,则附于诗后,标题曰"诗馀",以代替北宋人集中的"乐府"或"长短句"。

"诗馀"成为一个流行的新名词以后,书坊商人把文集中的诗馀附卷裁篇别出,单独刊行,就题作《履斋诗馀》、《竹斋诗馀》、《冷然斋诗馀》,甚至把北宋人周邦彦的长短句也题名为《清真诗馀》了。这样,"诗馀"好像已成为这一种文学形式的名称,但是,我们如果再检阅当时人所作提到词的杂著,如词话、词序、词集题跋之类,还是没有见到把作词说成作诗馀,由此可知"诗馀"这个名词虽出现于乾道末年,其意义与作用还不等于一个文学形式的名称。个人的词集虽题曰"诗馀",其前面必有一个代表作者的别号或斋名。词选集有《草堂诗馀》、《群公诗馀》，"草堂"指李白，"群公"则指许多作者，也都是有主名的。一直到明人张綖作词谱，把书名题作《诗馀图谱》，从此"诗馀"才成为词的"又名"。这是张綖造成的一个大错。

《草堂诗馀》的宋人序文已佚不可见，不知当时有无解释"诗馀"名义的话。其他宋人著作中，亦不见有所说明。直到明代杨用修作《词品》，才在其自序中说：

> 诗馀者，《忆秦娥》、《菩萨蛮》为诗之馀，而百代词曲之祖也。今士林多传其书而昧其名，故余所著《词品》首著之云。

以李白的《忆秦娥》、《菩萨蛮》二词为"百代词曲之祖"，这是南宋时人黄叔旸的话，见于《唐宋名贤词选》，其上句中"为诗之馀"，则是杨用修自己的话。但这句话等于没有解释，他不过加了一个不起作用的"之"字。到底李白这两首词何以为诗之馀，这个"馀"字的正确意义是什么？仍不可解。从下一句揣摩起来，他似乎说：这两首词对于诗的关系，则为支流别派；对于后世的词曲，则为祖祢。词出于诗，所以称为诗馀。

从此以后，明清两代研究词学的人，根据各自的体会，对于诗馀有了种种不同的解释，也展开了论辩。俞彦《爱园词话》云：

> 词何以名诗馀？诗亡然后词作，故曰馀也。非诗亡，所以歌咏诗者亡也。词亡然后南北曲作。非词亡，所以歌咏词者亡也。谓诗馀兴而乐府亡，南北曲兴而诗馀亡者，否也。

这一段话，意义是可以了解的，但语文逻辑却大谬。既然肯定了"诗亡然后词作"、"词亡然后南北曲作"，为什么立刻就自己否定了这样提法，说是"非诗亡"、"非词亡"呢？既然亡的是"所以歌咏诗者"和"所以歌咏词者"，又何必先肯定"诗亡"和"词亡"呢？

俞氏之意，以为诗本该是可以歌咏的，到后来，诗亡失其歌咏的功能，于是有词代之而兴，此时人们歌咏词而不歌咏诗了。所以说词是诗之馀。再后，词也亡失其歌咏的功能，于是南北曲代之而兴，此时人们歌咏南北曲而不歌咏词了。但是，在这里，俞氏却不说南北曲是词之馀。他以为可以歌咏的诗歌，都是乐府。诗在可以歌咏的时候，也是乐府。诗到了不能歌咏的时候，诗还是诗，但已不是乐府了。因此他说：不是诗亡，而只是诗亡失了它的乐府功能。词（诗馀）在它可以歌咏的时候，也是乐府，所以不能说"诗馀兴而乐府亡"。同样，南北曲兴起之后，诗馀只是亡失了它的乐能，故不能说是"诗馀亡"了。探索俞氏这段话的意味，实际上他以为诗与词都是乐府之馀，但是他却说"诗亡然后词作，故曰馀也。"这个"馀"字的意义和作用，仍然没有解释清楚。

陈仁锡序《草堂诗馀四集》云：

> 诗者，馀也。无馀无诗，诗曷馀哉？东海何子曰："诗馀者，古乐府之流别，而后

世歌曲之滥觞也。元声在，则为法省而易谐；人气乖，则用法严而难叶。"余读而韪之。及又曰："诗亡而后有乐府，乐府缺而后有诗馀，诗馀废而后有歌曲。……凡诗皆馀，凡馀皆诗。余何知诗，盖言其馀而已矣。"

东海何子，指华亭(今松江县)何良俊，这些话见于武陵逸史本《草堂诗馀》，陈氏引用来解释"诗馀"。何氏之意谓词出于古乐府，而古乐府则出于诗三百篇。因此，"诗馀"的意义是诗三百篇的绪馀。这个"诗"字应当理解为《诗经》。陈氏推演何氏之说，得出两句非常晦涩的话："诗者，馀也。无馀无诗。"意谓后世一切诗歌，都是《诗经》的馀波别派，诗三百篇如果没有馀波别派，则后世无诗歌了。所以，"凡诗皆馀，凡馀皆诗。"凡是一切后世诗歌，都是《诗经》的馀波，凡是继承《诗经》的作品，都是诗。最后，他说："余何知诗，盖言其馀而已矣。"这个"诗"字，又是指《诗经》的，他自谦不懂得《诗经》，只能谈谈《诗经》的馀波——词——而已。

这一段序文中用"诗"字有不同的涵义，以致晦涩难解，明代文人，就喜欢写这种"恶札"。同书又有一篇秦士奇的序文云：

> 自三百而后，凡诗皆馀也。即谓骚赋为诗之馀，乐府为骚赋之馀，填词为乐府之馀，声歌为填词之馀，递属而下，至声歌亦诗之馀，转属而上，亦诗而馀声歌。即以声歌、填词、乐府，谓凡馀皆诗可也。

此文也是发挥何良俊、陈仁锡的意见，以词为《诗经》之馀。"声歌"即指南北曲。

清初，汪森序《词综》云：

> 自有诗而长短句即寓焉，《南风》之操、《五子之歌》是已。周之颂三十一篇，长短句居十八；汉《郊祀歌》十九篇，长短句居其五；至《短箫铙歌》十八篇，篇皆长短句。谓非词之源乎？迄于六代，《江南》、《采莲》诸曲，去倚声不远，其不即变为词者，四声犹未谐畅也。自古诗变为近体，而五七言绝句传于伶官乐部，长短句无所依，则不得不更为词。当开元盛日，王之涣、高适、王昌龄诗句流播旗亭，而李白《菩萨蛮》等词亦被之歌曲。古诗之于乐府，近体之于词，分镳并骋，非有先后。谓诗降为词，以词为诗之馀，殆非通论矣。

此文观念，较为明白。汪氏以为词的特征有二：其形式为长短句，其作用为乐府歌辞。以这两个特征为标准，以求索于文学史，则《南风》、《五子》、《周颂》、汉乐府，都具有这两个特征，故以为词之起源在古乐府。这意见与俞彦相同，不过俞氏只提出一个特征：有歌咏之道，而未直接提出乐府。至于"长短句"这个名词的意义，汪氏亦与元明以来许多人的见解一样，以为长短句只要句法参差不齐的诗，就是长短句。他似乎不知道唐人以七言句为长句，五言句为短句，所谓长短句，专指五七言句法混合的诗体，古乐府虽有句法参差不齐的,还不能称为长短句。

又汪氏以为唐人五七绝歌诗是诗,李白《菩萨蛮》等作是词,二者既同时并行,故不能谓词出于诗。这个观点,亦有未妥。五七绝歌诗和《菩萨蛮》等词的最初形式,在唐代同样是乐府歌辞,没有近体诗与词的分界。以上两点,是汪氏持论未精审处。

李调元作《雨村词话》,其序言亦谈到了"诗馀":

> 词非诗之馀,乃诗之源也。周之颂三十一篇,长短句属十八;汉《郊祀歌》十九篇,长短句属五;至《短箫铙歌》十八篇,篇皆长短句。自唐开元盛日,王之涣、高适、王昌龄绝句流播旗亭,而李白《菩萨蛮》等词亦被之管弦,实皆古乐府也。诗先有乐府而后有古体,有古体而后有近体,乐府即长短句,长短句即古词也。故曰:词非诗之馀,乃诗之源也。

此文虽然好像完全抄袭汪森的文章,但结论却不同。汪氏以古近体诗为一个系统,古今乐府歌辞为另一个系统;而李氏则以为今之词即古之乐府,而古诗则导源于乐府,因此,词非但不是诗之馀,亦不是古乐府之馀。因为词本身即同于古乐府,而为诗之所从出,所以他的结论是词"乃诗之源也"。基于这一观点,故李氏视王之涣、高适、王昌龄的歌诗,与李白的《菩萨蛮》等词,同属于古乐府,这又是和汪氏不同之处。

吴宁作《榕园词韵》,其《发凡》第一条云:

> 词肇于唐,盛于宋,溯其体制,则梁武帝《江南弄》、沈隐侯《六忆》已开其渐。诗变为词,目为诗馀,乌得议其非通论?屈子《离骚》名词,汉武帝《秋风》、陶靖节《归去来》亦名词。以词命名,从来久矣。由今言之,金元以还,南北曲皆以词名,或系南北,或竟称词。词,所同也;诗馀,所独也。顾世称诗馀者寡,欲名不相混,要以"诗馀"为安。是编仍号"词韵",从沈去矜氏旧也。

吴氏以为词出于齐梁宫体诗,足当"诗馀"之称。又以词为通名,凡楚词、古歌词、南北曲,皆可称为词,则无以区别于《花间》、《草堂》形式的词。因此,他主张以"诗馀"为词的正名,庶几专指这一种文学形式。但是,吴氏虽持此观点,而他的书还不便改名《诗馀韵》,因为他这部书是在沈去矜《词韵》的基础上改订的。

按:屈、宋楚辞,汉武、陶潜的歌赋,在文学史上,向来用"辞"字,而不用"词"字。"辞"为文体专名,而"词"则为通名,如歌词、曲词等。宋元以后,才有人把"楚辞"写成"楚词",南北曲在金元间虽然亦称为词,但至明清间已逐渐称之为曲。故"词"字的涵义,在宋代则正在由通名演变为专名,到元明以后,则已固定下来,自成为一种文学形式的正名,不会与楚、汉、金、元辞曲相混。吴氏主张以"诗馀"为词的正名,我们暂且不必讨论其当否,从他所说"诗变为词,目为诗馀,乌得议其非通论?"这句话看来,可知他是针对汪森而说的。汪氏把诗和乐府分为两个系统,他以为词源于乐府,故否定其为"诗馀",吴氏以为词是从诗衍变而成的,故应当名为"诗馀";但是他所举的《江南弄》、《六忆》等却是齐梁乐府,可知他关于乐府与诗的概念是混淆的。

宋翔凤《乐府馀论》中亦有一段诠释"诗馀"的话:

> 谓之"诗馀"者,以词起于唐人绝句,如太白之清平调,即以被之乐府。太白《忆秦娥》、《菩萨蛮》,皆绝句之变格,为小令之权舆,旗亭画壁赌唱,皆七言断句。后至十国时,遂竞为长短句,自一字、两字至七字,以抑扬高下其声,而乐府之体一变,则词实诗之馀,遂名之曰"诗馀"。

作者以为词是从唐人绝句演变而成,故应当名为"诗馀"。他并不否定词的乐府传统,不过他认为诗变而后"乐府之体一变",这个观点却颠倒了。

蒋兆兰《词说》有一段关于"诗馀"的评论:

> "诗馀"一名,以《草堂诗馀》为最著,而误人为最深。所以然者,诗家既已成名,而于是残鳞剩爪,馀之于词;浮烟涨墨,馀之于词;诙嘲亵诨,馀之于词;怨愤谩骂,馀之于词。即无聊酬应,排闷解醒,莫不馀之于词。亦既以词为秽墟,寄其馀兴,宜其去风雅日远,愈久而弥左也。此有明一代词学之蔽,成此者,升庵、凤洲诸公,而致此者,实"诗馀"二字有以误之也。今亟宜正其名曰词,万不可以"诗馀"二字自文浅陋,希图塞责。

此文将"诗馀"解释为诗人之馀兴,凡不宜写入诗中的材料,都写在词里。于是诗保存其风雅的品格,而词成为一种庸俗文学,名之曰"诗馀",即反映了词的品格卑下。蒋氏慨叹于明词之所以不振,由于明人对词的认识不高,词体不被尊重,词风也就堕落。因此他反对"诗馀"这个名称,其意见恰与吴宁相反。

况周颐《蕙风词话》对"诗馀"作另一种解释:

> 诗馀之"馀",作赢馀之"馀"解。唐人朝成一诗,夕付管弦,往往声希节促,则加入和声。凡和声皆以实字填之,遂成为词。词之情文节奏,并皆有馀于诗,故曰"诗馀"。世俗之说,若以词为诗之剩义,则误解此"馀"字矣。

况氏此文讲词的起源,仍用朱熹的"易泛声为实字"之说,但他又说词的"情文节奏,并皆有馀于诗",这就兼及到词的思想内容了。他以为词的内容、文辞、音乐性,都比诗为有羡馀,所以名曰诗馀。他以"诗之剩义"为误解,这是针对蒋兆兰而说的。

从杨用修以来,为"诗馀"作的解释,以上诸家可以作为代表。他们大多从词的文体源流立论。承认"诗馀"这个名称的,都以为词起源于诗。不过其间又有区别,或以为源于三百篇之《诗》,或以为源于唐人近体诗,或以为源于绝句歌诗。不赞成"诗馀"这个名称的，都以为词起源于乐府，乐府可歌，诗不能歌，故词是乐府之馀，而不是诗之馀。亦有采取折中调和论点的，以为词虽然起源于古乐府，而古乐府实亦出于《诗》三百篇，因此，词虽然可以名曰"诗馀"，其继承系统仍在古乐府。综合这些论点，它们的不同意见在一个"诗"字，对于"馀"字的观念却是一致的，都体会为馀波别派的意义。

蒋兆兰、况周颐两家的解释是新颖的。况氏对"诗"字的观念还与宋翔凤同，对"馀"字的观念却是他的创见，不过他的解释，恐怕很勉强。蒋氏把"诗馀"解释为"诗人之馀兴"，这就完全与文体源流的观点没有关系。

宋人著作中，虽然不见有正面解释"诗馀"的资料，但从一些零言断语中，却可以发现不少意见，为蒋兆兰理论的来源。《邵氏闻见后录》有一条云：

> 晏叔原，临淄公晚子，监颍昌府许田镇时，手写自作长短句上府帅韩少师。少师报书："得新词盈卷，盖才有馀而德不足者。愿郎君损有馀之才，补不足之德，不胜门下老吏之望。"

这里所谓"有馀之才"，本来并非专指倚声填词，不过赞美其才情富丽，但一百年后，王称为程垓的《书舟词》作序文，则云：

> 昔晏叔原以大臣子，处富贵之极，为靡丽之词，其政事堂中旧客尚欲其损有馀之才，岂未至之德者。盖晏叔原独以词名尔，他文则未传也。至少游、鲁直，则已并之。

这显然是误解了韩少师的话。韩意乃规劝小晏要修德行，而不要逞文才。王氏却解释为小晏作词之才有馀，而作诗文之才不足。他以为"有馀之才"指词，"未至之德"指"他文"，这样就反映了他的观点是以词为诗文之馀事了。

黄庭坚序《小山词》，亦说晏叔原之词，乃"嬉弄于乐府之馀，而寓以诗人之句法。"他把词称为"乐府之馀"，又以为《小山词》之不至于堕落到里巷俗曲者，由于它们还有"诗人之句法。"因此，他在下文论定小晏的词"可谓狎邪之大雅，豪士之鼓吹"。这里可以见到黄庭坚论词的观念。他以为词是乐府之馀波，是里巷俗曲，如果像晏叔原那样用诗人之句法作词，就可以化俗为雅。乐府是词的形式，诗是词的风格。这样，"诗馀"的意义，就已微露端倪了。

此后，有一些资料可以合起来探索：

> 公吟咏之馀，溢为歌词，有《平山集》盛传于世。（罗泌《题六一词序》）
> 右丞叶公，以经术文章为世宗儒。翰墨之馀，作为歌词，亦妙天下。（关注《题石林词》）
> 竹坡先生少慕张右史而师之。稍长，从李姑溪游，与之上下其议论，由是尽得前辈作文关纽。其大者固已掀揭汉唐，凌厉骚雅，烨然名一世矣。至其嬉笑之馀，溢为

乐章,则清丽宛曲,……是岂苦心刻意而为之者哉?(孙兢《竹坡词序》)

　　唐末诗益卑,而乐府词高古工妙,庶几汉魏。陈无己诗妙天下,以其馀作辞,宜其工矣,顾乃不然,殆未易晓也。(陆游《跋后山居士长短句》)

　　以上诸文,虽然都没有直接提出"诗馀"这个名词,但是以作词为诗人之馀事,这一观念实已非常明显。至于这个观念之形成,亦有它的历史传统。孔仲尼说过:"行有馀力,则以学文。"孔氏的教育目的,以培养人的德行为先,其次才是学文,故学文是德行的馀事。到了唐代的韩愈,他是古文家,做古文也做诗,不过他说:"馀事作诗人。"作诗成为学文的馀事了。从此以后,诗人作词,词岂非诗人之馀事么? 蒋兆兰解释"诗馀",与历代诸家的解释不同,他也没有引证宋人这一类言论,使人以为他是逞臆而谈,为词的地位卑落打抱不平。其实,我认为,他的解释是有根据的,符合于宋人对词的观念的。"诗馀"正是诗人之馀事,或说馀兴亦可,并不是诗或乐府的馀派。

　　现在可以弄清楚:在北宋时,已有了词为"诗人之馀事"的概念,但还没有出现"诗馀"这个名词。南宋初,有人编诗集,把词作附在后面,加上一个类目,就称为"诗馀",于是这个名词出现了。但是,这时候,"诗馀"还不是词的"又名",甚至,这个时候连"词"这个名词也还没有成立。只要看上文所引几条资料中,凡讲到词这种文学形式的地方,邵伯温称"长短句",黄庭坚称"乐府之馀",罗泌、关注称"歌词",孙兢称"乐章",陆游称"乐府词"。惟有王称的《书舟词序》中称"叔原独以词名尔",这里才用了"词"字,但这个"词"字还不是文学形式的名词,而只是"歌词"、"曲子词"的省文。

　　再后一些时间,书坊商人把名家诗文集中的"诗馀"部分抄出,单独刊行,于是就题其书名曰"某人诗馀",词选集也就出现了《草堂诗馀》、《群公诗馀》等等书目。这时候,"诗馀"二字还不能单独用,其前面必须有主名,表明这是某人的"诗之馀事"。整个南宋时期,没有人把做一首词说成做一首诗馀。

　　直到明代,张綖作词谱,把他的书名题作《诗馀图谱》,从此以后,"诗馀"才成为词的"又名"。从杨用修以来,绝大多数词家,一直把这个名词解释为诗体演变之馀派,又从而纷争不已,其实都是错误的。

(八) 令·引·近·慢

　　唐、五代至北宋前期,词的字句不多,称为令词。北宋后期,出现了篇幅较长、字句较繁的词,称为慢词。令、慢是词的二大类别。从令词发展到慢词,还经过一个不长不短的形式,称为"引"或"近"。明朝人开始把令词称为小令,引、近列为中调,慢词列入长调。张炎《词源》云:"美成诸人又复增演慢曲引近。"可知引、近、慢词到宋徽宗时代已盛行了。

　　"令"字的意义,不甚可考。大概唐代人宴乐时,以唱歌劝客饮酒,歌一曲为一令,于是就以令字代曲字。白居易寄元微之诗云:"打嫌调笑易,饮讶卷波迟。"自注云:"抛打曲有调笑令。"又《就花枝》诗云:"醉翻衫袖抛小令。"又《听田顺儿歌》云:"争得黄金满衫袖,一时抛与断年听。""抛打曲"的意义,未见唐人解说,从这些诗句看来,似乎抛就是唱,打就是拍。元稹《何满子歌》云:"牙筹记令红螺碗。"此处"记令"就是"记曲",可知唐代人称小曲为小令。

小令的曲调名,唐人多不加令字。《调笑令》本名"调笑",一般不加令字,《教坊记》及其他文献所载唐代小曲名多用"子"字。唐人称物之么小者为"子",如小船称船子,小碗称盏子。现在广东人用"仔"字,犹是唐风未改。曲名加子字,大都是令曲。如《甘州》原是大曲,其令曲就名为《甘州子》。又有《八拍子》,意思是八拍的小曲。渔人的小曲,就名为《渔歌子》。流行于酒泉的小曲,就名曰《酒泉子》。到了宋代,渐渐不用子字而改用令字,例如《甘州子》,在宋代就改称《甘州令》了。也有唐、五代时不加子字或令字,而在宋代加上令字的,例如《喜迁莺》、《浪淘沙》、《鹊桥仙》、《雨中花》等。令字本来不属于调名,《浪淘沙令》就是《浪淘沙》,《雨中花令》就是《雨中花》,二者没有什么不同。可是,万树《词律》和清《钦定词谱》却以为二者之间是有区别的。万氏明知"凡小调俱可加令字",但还认为许多人的作品词句不完全一样,坚持《浪淘沙令》不是《浪淘沙》,岂不是很固执吗?《猗觉寮杂记》称"宣和末,京师盛歌《新水》"。这所谓《新水》,就是《新水令》。宋人书中引述到各种词调,往往省略了令字或慢字,不必因为有此一字之差而断定其不是同一个曲调。

引,本来是一个琴曲名词,古代琴曲有《箜篌引》、《走马引》,见于崔豹《古今注》和吴兢《乐府古题要解》。宋人取唐、五代小令,曼衍其声,别成新腔,名之曰引。如王安石作《千秋岁引》,即取《千秋岁》旧曲展引之。曹组有《婆罗门引》,即从婆罗门旧曲延长而成。此外晁补之有《阳关引》,李甲有《望云涯引》,吕渭老有《梦玉人引》,周美成有《蕙兰芳引》,大概都是由同名旧曲展引而成,不过这些旧曲已失传了。万树《词律》注王安石《千秋岁引》,谓此调与《千秋岁》迥别,徐诚庵《词律拾遗》则谓荆公此词,即千秋岁调添减摊破句法,自成一体,其源实出于《千秋岁》。徐氏云:"引者引伸之义,故字数必多于前。"又云:"凡调名加引字者,引而伸之也。即添字之谓。"此二家注释,皆近是而犹有未的。盖引与添字摊破,犹有区别。大概添字摊破,对原词的变化不大,区别仅在字句之间,而引则离原调较远了。

词调中还有用"影"字的。我怀疑它就是引。汲古阁刻本《东坡词》有《虞美人影》一阕,黄庭坚亦有二阕。不知是否二人一时好玩,改引为影。但此词字数少于《虞美人》,又恐未必然。延祐刻本《东坡乐府》,此阕题作《桃源忆故人》。这个词调名起于南宋,陆放翁也作过这样一首,题作《桃园忆故人》。另有一首《贺圣朝影》,亦可能是《贺圣朝》的引伸。不过《贺圣朝》是四十七字,而《贺圣朝影》只有四十字,则可能另有少于四十字的唐腔《贺圣朝》,今已失传。《贺圣朝》这个曲调名,早已见于《教坊记》,可以肯定它一定有唐代旧曲。姜白石《凄凉犯》自注云:"亦名《瑞鹤仙影》。"我怀疑它是从瑞鹤仙令词引伸而成。不过瑞鹤仙令词今已失传,便无从取证了。另有一百二十字的《瑞鹤仙》,这是瑞鹤仙慢词了。《阳春白雪》有徐囤子的一首《瑞鹤仙令》,实在就是《临江仙》,此必传写之误,不能与《瑞鹤仙影》比勘。以上三调，皆在疑似之间，影之于引，是一是二，均未可论定。

近，是近拍的省文。周美成有《隔浦莲近拍》，方千里和词题作《隔浦莲》，吴文英有《隔浦莲近》，此三家词句式音节完全相同，可知近即是近拍。以旧有的隔浦莲曲调，另翻新腔，故称为近拍。隔浦莲令曲早已失传，惟白居易有隔浦莲诗，为五言四句，七言二句，这恐怕就是唐代隔浦莲令曲的腔调句式。王灼《碧鸡漫志》谓《荔枝香》本唐玄宗时所制曲，"今歇指（一作歇拍）、大石两调中皆有近拍，不知何者为本曲。"此文亦可以证明《荔枝香近》即《荔枝香近拍》，且有同名而异曲的，宋词乐谱失传，这个问题就无法考究了。

慢，古书上写作曼，亦是延长引伸的意思。歌声延长，就唱得迟缓了，因此由曼字孳乳出慢字。《礼记·乐记》云：宫、商、角、徵、羽，"五者皆乱，迭相陵，谓之慢。"又云："郑卫之音，乱世之音也，比于慢矣。"这两个慢字，都是指歌声淫靡。《宋史·乐志》常以遍曲与慢曲对称。法曲、大曲都是以许多遍构成为一曲，如果取一遍来歌唱，就称为遍曲。慢曲只有单遍，可是它的歌唱节拍，反而比遍曲迟缓。张炎《词源》云："慢曲不过百馀字，中间抑扬高下，丁抗掣拽，有大顿、小顿、大住、小住、打、掯等字，真所谓上如抗，下如坠，曲如折，止如槁木，倨中矩，句中钩，累累乎端如贯珠之语，斯为难矣。"这一段话，其中有许多唱歌术语已不很能了解，但还可以从此了解慢曲之所以慢，就因为有种种延长引伸的唱法。唐代诗人卢纶《宴席赋得姚美人拍筝歌》云："有时轻弄和郎歌，慢处声迟情更多。"由此可见唐人唱曲已有慢处。到了宋代，有了慢词，于是曲有急慢之别。大约令、引、近，节奏较为急促，慢词字句长，韵少，节奏较为舒缓。令慢中也各自有急慢之别，如促拍《采桑子》，是令曲中的急曲子，《三台》是三十拍的促曲，就是慢词中的急曲子了。

词调用慢字的，这个慢字往往可以省去。如姜白石有《长亭怨慢》，周公谨、张玉田均作《长亭怨》。王元泽有《倦寻芳》，潘元质题作《倦寻芳慢》，其实都是同样一首词。《诗馀图谱》把《倦寻芳》和《倦寻芳慢》分为两调，极为错误。不知《扪虱新语》引述王元泽此词，亦称《倦寻芳慢》，可以证明这个慢字，在宋代是可有可无的。此外如《西子妆》、《庆清朝》等词，在宋人书中，有的加慢字，有的不加，都没有区别。大概同名令曲还在流行的，那么慢词的调名，就必须加一个慢字。同名令曲已不流行，或根本没有令曲的，就不必加慢字了。

（九）大词·小词

按照字数的多少，把词分为小令、中调、长调三类，这是明代人的分法，最早用于明代人重编的《草堂诗馀》。宋代人谈词，没有这种分法。他们一般总说令、引、近、慢，或者简称令、慢。令即明人所谓小令，引、近相当于中调，慢即是长调。大致如此。但另外还有称为大词、小词的。《乐府指迷》云："作大词先须立间架，将事与意分定了。第一要起得好，中间只铺叙，过处要清新，最紧是末句，须是有一好出场方妙。小词只要些新意，不可太高远。"《词源》云："大词之料，可以敛为小词，小词之料，不可展为大词。"此文目的是论词的创作方法,但使我们注意到,宋人谈词,只分为大词、小词二类。小词即小令,大词即慢词,这是可以理解的,惟有明人所谓中调,即引、近之类,在宋人观念里,到底是属于小词呢,还是大词? 这一问题,在宋人书中,没有见过明确述及。蔡嵩云注《乐府指迷》此条云:"按宋代所谓大词,包括慢曲及序子、三台等。所谓小词,包括令曲及引、近等。自明以后,则称大词曰长调,小词曰小令,而引、近等词,则曰中调。"蔡氏此注,已很明白,但是没有提出证据,何以知道宋人所谓小词,包括引、近在内? 且"小词曰小令",这句话也有语病,应该说:"令词曰小令。"

宋人笔记《瓮牖闲评》有一条云:"唐人词多令曲,后人增为大拍。"大拍即大词,可知令词以外,都属于大词了。但是,张炎《词源》云:"慢曲、引、近……名曰小唱。"这是另外一个概念。他所谓小唱,并不等于小词。他这里是对法曲、大曲而言,不但令、引、近为小唱,连慢词也还是属于小唱。《词源》又说:"法曲、大曲、慢曲之次,引、近辅之,皆定拍眼。"这两条中所谓引、近,都包括令曲而言,揣摩其语气,可知他以慢曲为一类,引、近为一类。由此可知宋人以慢曲为大词,令、引、近都为小词。陈允平的词集《日湖渔唱》分四个类目:慢、西湖十景、引令、寿词。"这里两类是按词体分的,两类是按题材内容分的。其引令类词中有《祝英台近》,由此可知陈允平以慢词为一类,以令、引、近为一类,这就证明了宋人以令、引、近为小词,只有慢词才算大词。那么,宋人所谓小词,即明人所谓小令和中调,宋人所谓大词,即明人所谓长调。至于明人以五十九字以下为小令,五十九字至九十字为中调,九十字以上为长调,这样按字数作硬性区分,是毫无根据的。

元人燕南芝庵论曲云:"近世所出大乐:苏小小《蝶恋花》、邓千江《望海潮》、苏东坡《念奴娇》、辛稼轩《摸鱼子》、晏叔原《鹧鸪天》、柳耆卿《雨霖铃》、吴彦高《春草碧》、朱淑真《生查子》、蔡伯坚《石州慢》、张三影《天仙子》也。"这里列举宋、金人词十首,有令、引、近、慢,而一概称之为"大乐"。原来元代民间所唱,都是俚俗的北曲,唱宋、金人的词,已经算是雅乐。因此,不论令、引、近、慢,在元人观念中,都是大乐。大乐的对立面,就是小唱。宋人以词为小唱,元人以词为大乐,可知在元代,词人虽然不多,词的地位却愈高了。

(一〇) 阕

一首词称为一阕,这是词所特有的单位名词,但它是一个复活了的古字。音乐演奏完毕,称为"乐阕",这是早见于"三礼"、《史记》等书的用法,它是一个动词。《说文》解释这个字为"事已闭门也"。事情做完,闭门休息,这就与音乐没有关系,只剩下完毕的意义了。《吕氏春秋·古乐篇》云:"昔葛天氏之乐,三人操牛尾,投足以歌八阕。"马融《长笛赋》云:"曲终阕尽,馀弦更兴。"这里两个"阕"字,已成为歌曲的单位名词了。但是,汉魏以来,我们还没有见到称一支歌曲或一首乐府诗为一阕的文献。直到唐代诗人沈下贤的诗文集中,才出现了《文祝延二阕》的标题,以后,到了宋代,"阕"字被普遍用作词的单位名词,可知这个古字是在晚唐时代开始复活的。

《墨客挥犀》载天圣年中有女郎卢氏题词于驿舍壁上,其序言云:"因成《凤栖梧》曲子一阕。"这是称一首词为一阕的最早记录。以后就有苏东坡的《如梦令》词序云:"戏作两阕。"陈去非的《法驾导引》序云:"得其三而亡其二,拟作三阕。"马令《南唐书》称李后主"尝作《浣溪沙》二阕"。又谓冯延巳"作乐章百馀阕。"都在北宋时期。

宋人习惯,无论单遍的小令,或双曳头的慢词,都以一首为一阕。分为上下遍的词,可以称为上下阕,或曰前后阕。无论上下或前后,合起来还是一阕,不能说是二阕。近来有人说:"词一片叫做一阕,一首词分做两片,三片,也可以说是两阕,三阕。"又有人说:"一首词分两段或三段,每段叫做一阕。"这话非常奇怪,不知有什么根据,我翻遍宋元以来词集、词话,绝没有发现以一首分上下片的词为二阕的例子。

"阕"字用到后来,成为"词"的代用字。东坡词序有"作此阕"。白石词序有"因度此阕","因赋是阕"。又金陵人跋欧阳修词云:"荆公尝对客诵永叔小阕。"又柳永词云:"砚席尘生,新诗小阕,等闲都尽废。"赵介庵词云:"只因小阕记情亲,动君梁上尘。"这些"阕"字都代替了"词"字,"小阕"即是"小词"。吴文英词云:"尘笺蠹管,断阕经岁慵理。"这里的"断阕"是指未完成的词稿,离开"阕"字的本义愈来愈远,辞书里不会收入了。

(一一)变·徧·遍·片·段·叠

《周礼·春官·大司乐》:"若乐九变,则人鬼可得而礼矣。"郑玄注曰:"变,犹更也。乐成则更奏也。"这是作为音乐术语的"变"字的最初出现。这个变字,是变更的变。每一支歌曲,从头到尾演奏一次,接下去便另奏一曲,这叫做一变。《周礼》所谓"九变",就是用九支歌曲组成的一套。古代音乐,以九变为最隆重的组曲,祭祖、祀神鬼,都用九变乐。

这个"变"字,到了唐代,简化了一下,借用"徧"字,或作"遍"字。《新唐书·礼乐志》云:"仪凤二年,太常卿韦万石定凯安舞六变:一变象龙兴参墟,二变象克定关中,三变象东夏宾服,四变象江淮平,五变象狁犹伏从,六变复位以崇,象兵还振旅。"又云:"仪凤二年,太常卿韦万石奏请作上元舞,兼奏破阵、庆善二舞,而破阵乐五十二遍,著于雅乐者二遍。庆善乐五十遍,著于雅乐者一遍。上元舞二十九遍,皆著于雅乐。"又云:"河西节度使杨敬忠献《霓裳羽衣曲》十二遍。"在同一卷音乐史中,或用"变",或用"遍",都是根据当时公文书照抄下来记录而没有加以统一的。由此可见,变字已渐渐不用,而遍则可以通用。《乐府诗集》收唐代大曲凉州歌,伊州歌,都有"排遍"。白居易《听水调》诗云:"五言一遍最殷勤,调少情多似有因。"这两个遍字,都是指全套大曲中的一支曲子。

宋代的慢词,其前身多是大曲中的一遍。例如霓裳中序第一,原为唐《霓裳羽衣曲》中序的第一遍。倾杯序,原为倾杯乐序曲的一遍。其后有人单独为这一曲作词,以赋情写景,就成为慢词中的一调。用这个调子作一首歌词,也就可以称为一遍。

既然把一首词称为一遍,于是一首词的前后段,也有人称为前后遍。贺方回《谒金门》词序云:"李黄门梦得一曲,前遍二十三言,后遍二十二言,而无其声。余采其前遍,润一横字,已续二十五字写之。"

王灼《碧鸡漫志》论《望江南》词调云:"予考此曲,自唐至今,皆南吕宫,字句亦同,止是今曲两段。盖近世曲子无单遍者。"可见宋人称不分段的小令为单遍,那么,分两段、三段的词应当可以称为双遍、三遍了。但是事实上没有这样的名称。

在南宋,这个遍字又省作"片"字。张炎《词源》云:"东坡次章质夫《水龙吟》韵,……后片愈出愈奇。"又云:"大曲亦有歌者,有谱而无曲,片数与法曲相上下。"这里所谓后片,即是后遍;所谓片数,即是遍数。

前遍、后遍,或称前段、后段。《瓮牖闲评》有"二郎神前段"、"卜算子后段"等说法。也有用上段、下段的,见《花庵词选》。也有称第一段、第二段的。《花庵词选》解周美成《瑞龙吟》词云:"今按此词自'章台路'至'归来旧处'是第一段。自'黯凝伫'至'盈盈笑语'是第二段。……自'前度刘郎'以下是第三段。"《碧鸡漫志》云:"今越调兰陵王凡三段,二十四拍。"这些都用段字,与遍、片同义。

另有用"叠"字的,唐代已有,也见于《新唐书·礼乐志》:"(韦皋)作南诏奉圣乐,用黄钟之均,舞六成,工六十四人,赞引二人,序曲二十八叠。"王灼《碧鸡漫志》卷三引宋代沈括《梦溪笔谈》云:"霓裳曲凡十二叠,前六叠无拍,至第七叠方谓之叠遍,自此始有拍而舞。"可知此叠字也就是遍的意思。叠遍,也就是排遍。周紫芝《浣溪沙》词序云:"今岁冬温,近腊无雪,而梅殊未放,戏作《浣溪沙》三叠,以望发奇秀。"这里所谓三叠,就是三首。浣溪沙每首有二叠,三首当有六叠,现在以一首为一叠,这个叠字的用法,似乎是错了。

叠字的意义是重复。故词家一般都以一首词的下片为叠。《词源·讴歌旨要》云:"叠头艳拍在前存。"叠头,即下片首句,亦即所谓过处。但杨湜《古今词话》论秦少游《鹧鸪天》词云:"此词形容愁怨之意最工,如后叠'甫能炙得灯儿了,雨打梨花深闭门',颇有言外之意。"据此,则非但下片总是叠,即上片也可称为叠。既然上片可称前叠,下片可称后叠,援上下阕为一阕之例,以一首词为一叠,也就不能说是错误了。

万红友《词律》把词的分为二段者称为二叠,分三段者为三叠。这似乎不是宋人的观念。宋人虽然说前叠、后叠,但仍是一叠,而不以为是二叠。把三段的词称为三叠,在宋人的书中,没有出现过。

(一二) 双调·重头·双曳头

元明以来,一般人常把两叠的词称为"双调"。汲古阁刻《六十名家词》的校注,万树《词律》,清《钦定词谱》,都用这个名词。这其实极不适当。"双调"是宫调名,词虽有上下两叠,或曰两片,但只是一调,不能称为双调。吴子律的《莲子居词话》中已指出万树的错误,但杜文澜在《词律校勘记》中还在引述了吴子律的批评后加一句道:"此论存参。"这是因为杜文澜不敢冒犯《钦定词谱》的权威性,因而不敢对吴子律的批评表示同意。

"双调"这个名词在宋代还没有这样的用法。一首令词,上下叠句法完全相同的,称为"重头"。《墨庄漫录》记载一个故事,据说宣和年间,钱塘人关注子东在毗陵,梦中遇到一个美髯老人,传授给他一首名为《太平乐》的新曲子。关子东醒来后,只记得五拍。过了四年,关子东回到钱塘,又梦见那个美髯老人。老人取出笛子来把从前那个曲子吹了一遍,关子东才知道是一首重头小令。以前记住的五拍,刚是一片。于是关子东依照老人所传的曲拍,填成一首词,题名为《桂华明》。按"桂花明"这个词调,至今犹存。此词分上下叠,每叠五句。上下叠句式音韵皆同,故曰"重头小令"。这是明见于宋人著作的,可知宋代人称这类词为重头小令而不称为"双调小令"。("重"字读平声,是"重复"的重。)

"重头"只有小令才有,例如《南歌子》、《渔歌子》、《浪淘沙》、《江城子》等词调都是。如果下叠第一句与上叠第一句不同的,这是"换头",不是"重头"。换头的意义是改换了头一句,重头的意思是下叠头一句与上叠头一句重复。换头的地方在音乐上是过变的地方。过变,即今之过门。小令有重头的,也有换头的,但引、近、慢词则全都换头,而没有重头的了。《词律》、《词谱》没有仔细区别,一概称之为"双调",亦极不适当。不过,宋代人的书里,"换头小令"这个名词我还没有看到过,因此,分上下两叠而用换头的令词,应当用什么名称,这还不能知道。可能在宋代,不管换头不换头,凡分两叠的令词都叫做"重头小令"。晏元献《木兰花》词云:"重头歌韵响铮琮,入破舞腰红乱旋。"可以想见,歌至重头处愈美,舞至入破处愈急。然则不论其词句同不同,其音乐节奏在下叠开始处都得加以繁声,不与上叠第一句相同。这样解释,似乎也可以,但我还不能下断语。总之,把上下两叠的令词称为"双调",以致与宫调名的"双调"相混淆,这总是错误的。

《柳塘词话》云:"宋词三换头者,美成之《西河》、《瑞龙吟》,耆卿之《十二时》、《戚氏》,稼轩之《六州歌头》、《丑奴儿近》,伯可之《宝鼎现》也。四换头者,梦窗之《莺啼序》也。"这里是把三叠的词称为三换头,四叠的词为四换头,但宋代人是否如此说过,还没有见到。我们知道,换头一定在下叠的起句。音乐师在这地方加了繁声,所以后来作词者依乐声改变了此处句法,与上叠第一句不同。上下两叠的词,只有一个换头。这一现象,只存在于令、引、近词中。至于慢词,有三叠的,有四叠的,或者各叠句法完全不同,例如《兰陵王》。或则第一叠与第二叠句法相同,但是有换头,而第三叠则句法与前二叠全不同,例如《西河》。这些都不能称为三换头、四换头。而且,换头既从第二叠开始,则三叠之词,也只有二换头,怎么可以称为三换头呢?至于四换头,又是唐词《醉公子》的俗名,是一首重头小令,更不可用于四叠的慢词。总之,三换头、四换头这些名词,都是明清人妄自制定的,概念并不明确,我们不宜沿用。

《瑞龙吟》一调,《花庵词选》已说明它是双曳头。因为此词第二叠与第一叠句式、平仄完全相同,形式上好似第三叠的双头,故名之曰双曳头。曳头不是换头。有人以为只要是分三叠的词,都是双曳头,这也是错的。《词律拾遗》补注《戚氏》词云:"诸体双曳头者,前两段往往相对,独此调不然。"按戚氏本来不是双曳头,故前两段句式不同。三叠的慢词,并不都是双曳头。既称双曳头,则前两段一定要对。可知徐氏亦以为凡是三叠之词,都可以名为双曳头,于是会发此疑问。

郑文焯精研词律,可是在这些问题上,似乎还有不甚了了之处。他校笺周邦彦《瑞龙吟》词云："汲古本引《花庵词选》旧注:'此谓之双曳头,属正平调。自"前度刘郎"以下,即犯大石调,系第三段。至"归骑晚"以下四句,再归正平调。坊刻皆于"声价如故"句分段者,非。'按此明言分三段者为双曳头。今人每于三段则名之为三曳头,失之疏也。"又校笺《双头莲》词云:"按调名《双头莲》,当为双曳头曲。……考宋本柳耆卿词曲玉管一阕,起拍亦分两排,即以三字句结,是调正合。宋谱例凡曲之三叠者,谓之双曳头,是亦《双头莲》曲名之一证焉。"

按郑氏说起拍分两排者,名为双曳头,这没有错。但又说"凡曲之三叠者,谓之双曳头。"这却错了。三叠的词,起拍未必都分两排,周邦彦《双头莲》词第一、二段句式完全相同,果是双曳头,取名"双头莲",即含此义。由此更可知三叠之词,并不都是双头,否则一切分三叠之词,都可以名为"双头莲"了。考之《词谱》所收宋人三叠慢词,双曳头者并不多见。《瑞龙吟》、《双头莲》为一类,其一、二段句式全同。《西河》为一类,其一、二段虽同,但第二段用了换头。至于郑氏所谓"宋谱例",不知宋人有何谱何例传于今世。又云:"今人有以三段之词为三曳头者。"我也未见词家有此记录。不过由此可知,清代已有人以"曳头"为遍、片、段、叠的同义词,亦可以说"失之疏也"。

(一三) 换头·过片·么

词的最早形式是不分片段的单遍小令。后来发展到重叠一遍的,于是出现了分上下二遍的令词。《花庵词选》收张泌《江城子》二首,注云:"唐词多无换头。如此词两段,自是两首,故两押情字。今人不知,合为一首,则误矣。"可知当时俗本,曾误以二首合为一首,认为是重头小令。幸而词中两押情字,可证明其原来是两首,否则就不容易辨别了。《花间集》收牛峤《江城子》二首,也都是单遍(第二首有误字)。宋代苏东坡作《江城子》十三首,都用牛峤词体重叠一遍,这种情况,宋人称为"叠韵"。晁无咎有一首词,题作"梁州令叠韵",是用两首梁州令连为一首。梁州令原来是上下两遍的令词,现在又重叠一首,就成为四遍的慢词了。

词从单遍发展为两遍,最初是上下两遍句式完全相同。例如《采桑子》、《生查子》、《卜算子》、《蝶恋花》、《玉楼春》、《钗头凤》、《踏莎行》之类。后来,在下遍开始处稍稍改变音乐的节奏,因而就相应地改变了歌词的句式。例如《清商怨》、《一斛珠》、《望远行》、《思越人》、《夜游宫》、《阮郎归》、《忆秦娥》等等,都是。凡是下遍开始处的句式与上遍开始处不同的,这叫做换头。

现在词家都以为换头是一个词乐名词,因为诗与曲都没有换头。其实不然。在唐代的诗论里,已有了换头这个名词。宋代以后,这个名词仅用于词,谁都不知道诗亦有换头,因此更无人知道换头是从唐诗的理论中继承下来的名词。日本和尚遍照金刚的《文镜秘府论》有《调声》一章,他说:"调声之术,其例有三:一曰换头,二曰护腰,三曰相承。"以下举了一首《蓬州野望》五言律诗为例,以说明换头的意义。他说:第一句头二字平声,第二句头两字当用仄声。第三句头两句仍用仄声，第四句头两字又宜用平声。第五句头两字仍用平声，第六句头两字当用仄声。第七句头两字仍用仄声，第八句头两字又当用平声。如此轮转终篇，名为双换头，是最善也。若仅换每句第二字，则名为换头，然不及双换头也。据此可知换头这个名词，起于唐人诗律，大概是相对于八病中的平头而言的。遍照金刚这部著作，过去没有流传于中国，唐宋人诗话中，亦从来没有提到过换头。所以无人知道换头这个名词的来历。清末刘熙载在他的《艺概·词概》中说："词有过变，隐本于诗。《宋书·谢灵运传论》云：'前有浮声，则后须切响。'盖言诗当前后变化也。而双调换头之消息，即此已寓。"刘熙载没有见过《文镜秘府论》，已想到词的换头源于诗律。刘氏词学之深，极可佩服。

《太平广记》卷二〇四引《松窗录》，略谓李白既承诏撰《清平调辞》三章，"上命梨园弟子约略调抚丝竹，遂促李龟年以歌。太真妃持玻璃七宝盏酌西凉州蒲桃酒笑领歌，意甚厚。上因调玉笛以倚曲，每曲遍将换，则迟其声以媚之。"这一段记载，说明了乐曲中有换头的缘起。换头又称为过，或曰过处，或曰过片。因为音乐奏到这里，都要加繁声，歌词从上遍过渡到下遍，听者不觉得是上遍的重新开始。这个过字就是现今国乐家所谓过门。《乐府指迷》用过处，如"过处多是自叙"，"过处要清新"。《词旨》《词源》用过片，如"过片不可断意"，"最是过片不要断了曲意，须要承上接下"。这里所谓过、过处、过片，都是指下遍起句而言。胡元仪注《词旨》云："过片，谓词上下分段处也。"这个注，意义非常含混。如果说"上下分段处"，那么上遍的结句也可以说是过片了。

换头这个名词，宋代词家还有另一种用法：指一首词的下遍全部。例如上文所引《花庵词选》云："唐词多无换头。"这句话的意思是说唐词仅有单遍，没有下遍。《苕溪渔隐丛话》论东坡《卜算子》词（缺月挂疏桐）云："此词本咏夜景，至换头但只说鸿。正如《贺新郎》词（乳燕飞华屋）本咏夏景，至换头但只说榴花。"这里所谓换头，显然是指下遍全部而言，并不专指下遍的起句。况且《卜算子》是重头小令，下遍并不换头，由此可见宋人竟以词的下遍为换头了。

过片，又称为过变。这个名词，在宋人书中还没有见到。《词林纪事》附刊《词源》（误作《乐府指迷》）的《制曲》一条中作过变，不作过片，这恐怕是元明人传钞时所改。《柳塘词话》云："乐府所制有用叠者，今按词则用换头，或云过变，犹夫曲之为过宫也。"又《七颂堂词绎》、《宋四家词选序论》均用过变。按：变是本字，唐人省作徧或遍，宋人又省作片。现在又复古用变字，并无不可。至于过宫，则是另外一回事，与过变毫不相涉。柳塘这个比喻，完全是外行话。

换头又称过拍。这也是明清时代流行的语词。词以一句为一拍，拍字就可以代句字用，于是称过处为过拍。但是况周颐《蕙风词话》中，凡是讲到过拍，都是指上遍结句而言，例如："廖世美《烛影摇红》过拍云：'塞鸿难问，岸柳何穷，别愁纷絮。'"又云："许古《行香子》过拍云：'夜山低，晴山近，晓山高。'"查两家原作，况氏所谓过拍，都是上遍的歇拍（结尾句）。又太清春《鹧鸪天》词上片结句云："世人莫恋香花好，花到香浓是谢时。"蕙风批云："过拍具大澈悟。"又蕙风论词云："曲有煞尾，有度尾，煞尾如战马收缰，度尾如水穷云起。煞尾犹词之歇拍也,度尾犹词之过拍也。如水穷云起,带起下意也。填词则不然,过拍只须结束上段,笔宜沉著;换头另意另起,笔宜挺劲,稍涉曲法,即嫌伤格,此词与曲之不同也。"从这些论述中,可以发现况氏以上遍的结尾句为过拍,下遍之起句为换头,全词的结尾为歇拍。这是很大的错误。过拍就是换头,而上遍的结句亦可以称为歇拍。况氏一代词家,对于这些名词,似乎还没有了解宋人的用法。蔡嵩雲引况氏这些话来笺释《乐府指迷》中有关过处的文句,更惑人不浅。不知蔡氏当时为什么未发现况氏的错误。曲以套为组织单位,一套之尾,谓之煞尾。中间有时亦可有尾,乃是前曲的尾声,借此以过度至后曲,故曰度尾。这是诸宫调的馀风,与词的过拍没有相似之处。

换头亦有人称为过腔。我曾见许穆堂《自怡轩词选》中选了姜夔、周密、詹正三家的《霓裳中序第一》,批云:"后两阕过腔第五句较姜多一二衬字。"又选了辛弃疾、姜夔的《永遇乐》,批云:"过腔第二句平仄与前首互异,想可通融。"可知许氏所谓过腔,就是换头或下遍。但过腔这个名词,别有意义,绝不能这样使用,这是许穆堂的错误。所谓过腔,其本意是以一个曲子,翻入别一个宫调中吹奏。姜白石自制《湘月》一曲,即用《念奴娇》鬲指声,移入双调中吹奏。鬲指,又称过腔。姜氏在此词自序中言之甚详,怎么可以称过片为过腔呢?

一首词的下遍,亦有称为么的。元代词人白朴的《天籁集》中有《水龙吟词》的小序云:"么前三字用仄者,见田不伐《萍呕集》《水龙吟》二首,皆如此。田妙于音,盖仄无疑。或用平字,恐不堪协。"这里所谓"么前三字",即上遍的最后三字。可知白朴以下遍为么,这是借用了北曲名词。北曲以同前之曲为么遍,简称为么。白朴是北方人,故用北曲语,南方词人中,未尝见有此用法。

（一四）拍（一）、（二）

（一）

拍是音乐的节度。当音乐或歌唱在抑扬顿挫之时,用手或拍板标记其节度,这叫做拍。韩愈给拍板下定义,称之为乐句,这是拍板的极妙注解。写作歌词以配合乐曲,在音乐的节拍处,歌词的意义也自然应当告一段落,或者至少应当是可以略作停顿之处。如果先有歌词,然后作曲配,那么,乐曲的节拍也应当照顾歌词的句逗。因此,词以乐曲的一拍为一句,这是歌喉配合乐曲的自然效果。宋代词家或乐家的书中,虽然没有明白记录词的一句即是曲的一拍,但从一些现存资料中考索,也可以证明这一情况。

苏东坡有一首词,题名为"十拍子",就是《破阵乐》。此词上下遍各五句,十拍,正是十句,因此别名为十拍子。

毛滂有《剔银灯》词,其小序云:"同公素赋。侑歌者以七急拍七拜劝酒。"按此词上下遍各七句,用入声韵。七句中五句押韵,可知是急曲子,故云七急拍。十拍子是指全阕拍数，七急拍是就其一遍而言。

《墨庄漫录》云："宣和间，钱塘关注子东在毗陵，梦中遇美髯翁授以《太平乐》新曲。子东记其五拍。后四年，子东归钱塘，复梦美髯翁，出腰间笛复作一弄，盖是重头小令也。"按此词《漫录》亦记其全文，词名桂华明，上下遍各五句。所谓"记其五拍"者，就是记其上遍五句。

姜白石作《徵招》词，其小序云："此一曲乃予昔所制，因旧曲正宫《齐天乐》慢前两拍是徵调，故足成之。"按此所谓正宫《齐天乐》慢前两拍，从歌词的角度说，就是开头二句。白石道人此词的开头二句，正与《齐天乐》开头二句相同。

刘禹锡诗题云："和乐天春词，依《忆江南》曲拍为句。"这也可以证明歌词的一句就是曲子的一拍。

李济翁《资暇录》云："《三台》，三十拍促曲。"按现存万俟雅言《三台》一阕，从来皆分为上下二遍，万树《词律》分为三叠，其辨解十分精审。这首词每叠十句，可知《三台》三十拍，也就是三十句。

王灼《碧鸡漫志》云："今越调《兰陵王》凡三段，二十四拍。……又有大石调《兰陵王慢》，殊非旧曲。周齐之际，未有前后十六拍慢曲子耳。"按越调《兰陵王》，周美成以下，作者还不少，但字句各有参差，但三段二十四句，都是一致的。郑文焯亦云："《兰陵王》二十四拍，犹能约略言之。"现将《三台》及《兰陵王》分析句拍，录于本文篇末，供读者参证。

又《碧鸡漫志》六么条云："或云此曲拍无过六字者，故曰'六么'。"按《六么》乃《录要》之误，并不是因句子字数为调名。但我们从此文也可知曲拍可以字数计。词中有《六么令》一调，上下遍各有一个七字句，其余都是不超过六字的短句。由此也可证明词以一句为一拍。

《碧鸡漫志》又有一条云："近世有《长命女令》，前七拍，后九拍，属仙吕调。宫调句读，并非旧曲。又别出大石调《西河慢》，声犯正平，极奇古。"这里所谓"前七拍，后九拍"，就是上遍七句，下遍九句。可惜宋人词中，未见用此调的作品，无从取证。现在所能见到的《长命女》，仍只有《花间集》中和凝所作的《薄命女》（即《长命女》），全篇一共只有七句。大概宋代词家曾用叠韵，加换头，才成为上七下九的句式。周美成有两首《西河》，正是属于大石调，大约就是王灼所谓"声犯正平，极奇古"的。但此调与《长命女》并无关系，王灼这一段文字是记两支新出的曲子。

从上列这些例证来看，可知宋词实以一拍为一句。不过拍的时间有固定，句的长短却不一律。因此不能规定以几个字为一拍。方成培《香研居词麈》引戚辅之《佩楚轩客谈》所载赵子昂云："歌曲以八字为一拍。"此话实不可解，而方成培却盲从其言，说"元曲以八字为一拍"，这是完全错误的。

张炎《词源》说："法曲之拍，与大曲相类，每片不同，其声字疾徐，拍以应之。如大曲降黄龙花十六，当用十六拍。前衮、中衮，六字一拍。要停声待拍，取气轻巧。煞衮则三字一拍，盖其曲将终也。至曲尾数句，使声字悠扬，有不忍绝响之意，似馀音绕梁为佳。"由此亦约略可见词句长短与歌唱的关系。曲尾的三字句，宜于曼声长引；衮遍的六字句，要停声待拍，因为衮遍的音乐急促，歌词亦宜急唱，尽管只有六字一句，可能还不到一拍的时间。至于音乐家所谓驱驾虚声，纵弄宫调，另外翻出新的花式，如花拍、慢拍、急拍、打前拍、打后拍等各种名词，都属于音乐，而不可能从歌词中去认识了。

附：

三台句拍　万俟咏词

见梨花初带夜月，/海棠半含朝雨。/内苑春，不禁过青门，/御沟涨，潜通南浦。/东风静，细柳垂金缕。/望凤阙，非烟非雾。/好时代/朝野多欢，遍九陌/太平箫鼓。

乍莺儿百啭断续，/燕子飞来飞去。/近绿水，台榭映秋千，/斗草聚，双双游女。/饧香更，酒冷踏青路。/会暗识，天桃朱户。/向晚骤/宝马雕鞍，/醉襟惹/乱花飞絮。

正轻寒轻暖漏永，/半阴半晴云暮。/禁火天，已是试新妆，/岁华到，三分佳处。/清明看，汉宫传蜡炬。/散翠烟，飞入槐府。/敛兵卫/阊阖门开，/住传宣/又还休务。

以上词分三段，每段分为十句，句法极整齐，可知三十拍即三十句，大致不错。不过每段中从第三句以下都有三字逗句，或者可以在第三、四句，或第五、六句，分为二句。现在我把末二句分为四句，取《词源》所云"曲尾数句须使声字悠扬"之意。

兰陵王句拍　周邦彦词

柳阴直，/烟里丝丝弄碧。/隋堤上、曾见几番，/拂水飘绵送行色。/登临望故国，/谁识、京华倦客。/长亭路，年去岁来，/应折柔条过千尺。

闲寻旧踪迹。/又酒趁哀弦，/灯照离席。/梨花榆火催寒食。/愁一箭风快，/半篙波暖，/回头迢递便数驿。/望人在天北。

凄恻、恨堆积。/渐别浦萦回，/津堠岑寂。/斜阳冉冉春无极。/念月榭携手，/露桥闻笛。/沉思前事，/似梦里泪暗滴。

以上词三段，每段八句，其为二十四拍，无可疑者。历代诸家所作，虽然小有参差，但每段八句，大致相同。

（二）

词既以一拍为一句，于是这个拍字便可以借用来代替句字。《西清诗话》云："尝见李后主《临江仙》词，缺其结拍三句。"可知词的结尾处，谓之结拍。但结拍并非结句。后人以词的末一句为结拍，这是错的。

结拍或称歇拍,在宋代人的文献中,还没有见到这样用法。明杨慎《词品》有云:"秦少游《水龙吟》前段歇拍句云:落红成阵飞鸳甃。"这显然是以末一句为歇拍。但歇拍本来是大曲中的一遍,在曲将终了时,它的后面还有煞衮一遍,才是全曲的煞尾。现在用以称词的末尾一句,也是错的。宋人词中亦曾有歇拍这个名词,其意义是歌唱的时候停声待拍,例如张仲举词云:"数声白翎雀,又歇拍多时,娇甚弹错。"此处的歇拍,就不是一个名词了。晚清郑文焯校《清真集》,称词的上下遍末句为煞拍。这个名词,如以大曲的煞衮为例,也可以成立。但终究是元明南北曲名词,不是宋词用的名词。

词的换头处亦可称为过拍,这个名词亦未见宋人用过。《词源》称为过片,《乐府指迷》称为过处。杨无咎词云:"慢引莺喉千样啭,听过处几多娇怨。"就是说听她唱到过门处,声音格外娇怨。但是,词的下片起句不换头的,也有人称为过拍。这样,过拍的意义就成为下片起句了。况周颐《蕙风词话》中常以词的上片结尾句为过拍,这是非常错误的。

宋人以音繁词多的曲调为大拍。《瓮牖闲评》云:"唐人词多令曲,后人增为大拍。"这个大拍就是指慢词,而不是大曲。

拍字又可以引伸而为乐曲的代用词。陈亮《与郑景元提幹书》云:"闲居无用心处,却欲为一世故旧朋友作近拍词三十阕,以创见于后来。"这里所谓近拍词,实即近体乐府歌词的意思。

又,以旧曲翻成新调,亦可以称为近拍。词调名有《郭郎儿近拍》、《隔浦莲近拍》、《快活年近拍》等,都是旧曲的新翻调。宋王灼《碧鸡漫志》云:"《荔枝香》,今歇指、大石两调皆有近拍,不知何者为本曲。"这里所谓近拍,亦就是等于新调。

(一五)促　拍

乐曲名有加"促拍"二字的,唐代已有。《乐府诗集》有"簇拍六州",乃七言绝句。又有"簇拍相府莲",乃五言八句诗。唐代诗人为歌曲作词,不按照乐曲的音节长短造句,故他们所撰歌词,仍是句法整齐的五言或七言诗。从这些诗句看,无法知道歌曲的节拍。因此,所谓"簇拍六州",与"六州"有何区别,从歌词的字句之间是看不出来的。

宋人作词,也有在某一个词调名前加"促拍"二字,以表示其有别于本调。如"丑奴儿",另有"促拍丑奴儿";"满路花",另有"促拍满路花"之类。也有把"促拍"二字加在词名后的,如《松隐乐府》有"长寿仙促拍"。"促拍"即"簇拍"。唐人已有用"促"字的,宋人则完全不用"簇"字。最初或许是因音同而误。但"促"的意义更易于了解。"促"就是"急促"。"促拍满路花"就是用急促的节奏来演奏及歌唱"满路花"词调,这就是所谓"急曲子"了。唐诗人刘言史《王中丞宅夜观舞胡腾》诗云:"四座无言皆瞪目,横笛琵琶遍头促。"宋词人贺方回词云:"按舞华茵,促遍凉州,罗袜未生尘。"遍头促,即促遍也。唐张祜《悖拏儿舞》诗云:"春风南内百花时,道调凉州急遍吹。""急遍"也就是"促遍"。《宋史·乐志》载凉州曲有正宫、道调、仙吕、黄钟诸调,可知道调中的凉州曲,节拍特别急促。李济翁《资暇录》云："三台,十拍促曲名。"可知"急遍"、"促遍'、"促曲"、"促拍",都是同义词。唐宋人都喜欢节奏急促的音乐,舞曲尤其非有急遍不可。赵虚斋词云："听曲曲仙韶促拍,趁画舸飞空,雪浪翻激。"这也是形容节奏急促的舞姿。

但是,所谓"促拍",只是乐曲节奏的改变,歌词虽然因此而有所改变,恐未必如"摊破"、"减字"等词调的明显。例如"丑奴儿"本来就是唐五代的"采桑子",在周美成的《清真集》中,才改名为"丑奴儿"。黄山谷亦有二首"丑奴儿",其句格与周美成的"丑奴儿"又不同。赵长卿有二首词,与黄山谷的"丑奴儿"句格全同,但他却题调名为"似娘儿"。另外还有一首"丑奴儿",二首"采桑子",句格都完全一样。元好问有三首词,句格与黄山谷的"丑奴儿"相同,但他题为"促拍丑奴儿"。由此可知,"丑奴儿"的本调还弄不清楚,不知孰为正格。再加上"促拍"二字,更不易知其差别何在。又有所谓"促拍满路花"者,黄山谷、柳耆卿、赵师侠均有此调。山谷词前,还有一段小序云："往时有人书此词于州东酒肆壁间,爱其词,不能歌也。一十年前,有醉道士歌于广陵市中,群小儿随歌得之,乃知其为促拍满路花也。俗子口传,加酿鄙语,政败其好处。山谷老人为录旧文,以告深于义味者。"从这段小序,可知有了歌词,还不能知道它是什么调子。要听到有人唱了之后,才知道这首词的调名是"促拍满路花"。但是黄山谷这首词的文字句格,和周美成的二首"满路花",仅换头及结拍处略有参差,实在也看不出"促拍"的形迹。《词律》、《词谱》等书,于几个标明"促拍"的词调,议论纷纭,恐怕都不得要领。杜小舫论"促拍丑奴儿"云："促拍者,促节短拍,与减字仿佛。此调字数多于《丑奴儿》,不能以"促拍"名之也。应遵《词谱》并《乐府雅词》,改为'摊破南乡子'。"又,徐诚庵论"促拍采桑子"云："窃谓此词字数少于《南乡子》,应名'促拍南乡子'。黄词字数多于《南乡子》,应名'摊破南乡子'。"他们都以为"促拍"即"减字",亦未必正确。音乐节奏急促,与歌词字数多少无关。可以多唱几个字,也可以少唱几个字。不增不减也无妨,问题取决于唱腔,而不在字数。因此,从字句的异同来了解"促拍"的意义,在宋词中,也还是不可能的。

(一六) 减字·偷声

词乐家有减字偷声的办法。一首词的曲调虽有定格,但在歌唱之时,还可以对音节韵度,略有增减,使其美听。"添声杨柳枝","摊破浣溪沙",这是增;"减字木兰花","偷声木兰花",这是减。从音乐的角度来取名,增叫做添声,减叫做偷声。从歌词的角度来取名,增叫做添字,又称摊破,减叫做减字。

现在先讲减字偷声。

歌词字数既减少,唱的时候也就少唱几声。反之,乐曲缩短,歌词也相应减少几个字。故减字必然偷声,偷声必然减字。

《木兰花》本来是唐五代时的《玉楼春》。《花间集》有一首牛峤的《玉楼春》:

春入横塘摇浅浪。花落小园空惆怅。此情谁信为狂夫,恨翠愁红流枕上。小玉窗前嗔燕语。红泪滴穿金线缕。雁归不见报郎归,织成锦字封过与。

此词格式,每首为上下二片。每片各以四个七言句组成,用仄韵,下片换韵。如果下片不换韵,它就像一首七言诗。温飞卿诗集中有一首《春晓曲》:

家临长信往来道,乳燕双双拂烟草。油壁车轻金犊肥,流苏帐晓春鸡早。笼中娇鸟暖犹睡,帘外落花闲不扫。衰桃一树近前池,似惜红颜镜中老。

这首诗被南宋初人编入《草堂诗馀》,分八句为上下二片,改题为"玉楼春"。于是它被认为是一首词了。

唐五代时另一个词调,名曰"木兰花"。今举《花间集》所收韦庄一首:

独上小楼春又暮。愁望玉关芳草路。消息断,不逢人,却敛细眉归绣户。坐尽落花空叹息。罗袂湿斑红泪滴。千山万水不曾行,魂梦欲教何处觅。

这首词和《玉楼春》只差第三句。《玉楼春》为七言句,《木兰花》为两个三言句。它们显然是有区别的。《花间集》中,魏承班有二首《玉楼春》,都是七言八句,与牛峤所作同。另有一首《木兰花》,词云:

小芙蓉,香旖旎。碧玉堂深情似水。闭宝匣,掩金铺,倚屏拖袖愁如醉。   迟迟好景烟花媚。曲渚鸳鸯眠锦翅。凝然愁望静相思,一双笑靥嚬香蕊。

这首《木兰花》已与韦庄所作不同。韦庄词的上片第一句和第三句,两个七言句,已变成两个三三句法,而下片未变。这里已透露出减字偷声的信息。

到了宋代,《玉楼春》和《木兰花》被混而为一。牛峤的《玉楼春》,在诸家选本中,都题作《木兰花》了。清人万树编《词律》,就认为"或名之曰'玉楼春',或名之曰'木兰花',又或加令字,两体遂合为一,想必有所据,故今不立'玉楼春'之名。"从此,词家以"木兰花"为"玉楼春"的别名,这是研究唐五代词与宋词的一个可以商讨的问题。但是我们现在不谈这个问题。现在要讲的是,北宋以后,"木兰花"又出现了两种减字形式,一种是晏几道的《减字木兰花》。晏几道《小山词》有八首《木兰花》,其一云:

鞦韆院落重帘暮。彩笔闲来题绣户。墙头丹杏雨馀花,门外绿杨风后絮。朝云信断知何处。应作襄王春梦去。紫骝认得旧游踪,嘶过画桥东畔路。

另外有三首《减字木兰花》,其一云:

长亭晚送。都似绿窗前日梦。小字还家。恰应红灯昨夜花。　　　良时易过。半镜流年春欲破。往事难忘。一枕高楼到夕阳。

这首词较之《木兰花》，上下片第一、第三句各减三字，成为四七、四七句法。韵法则从上下片同用一韵改为上下片各用二韵。字数减了，韵法却繁了。

另外还有一种《减字木兰花》，初见于张先的词：

雪笼琼苑梅花瘦。外院重扉联宝兽。海月新生。上得高楼没奈情。　　　帘波不动银釭小。今夜夜长争得晓。欲梦高唐。只恐觉来添断肠。

这首词题作《偷声木兰花》，它只在上下片第三句中偷减了三个字，每片成为七七四七句法。但是它的韵法，也和晏几道的词一样，成为上下片各用二韵。

晏几道的词称为《减字木兰花》，张先的词，字句的减法不同，不便再称为《减字木兰花》，故标名为《偷声木兰花》，以示区别。其实这两首词都是偷减了《玉楼春》。

《减字木兰花》是宋代最时兴的词调，简称"减兰"。柳永集中，《减兰》与《玉楼春》同属仙吕调。张孝祥《于湖词》中，《减兰》亦属仙吕调。《金奁集》中，韦庄的《木兰花》属林钟商调，张先集中，《减兰》和《木兰花》都属于林钟商调，而《偷声木兰花》则属于仙吕调。由此可知，《木兰花》被偷声减字之后，曲子的宫调也变了。由此更可知，减字偷声与移宫转调有关。

周密有《减字木兰花慢》十阕，咏西湖十景，其词句格式与诸家《木兰花慢》全同。这是从"木兰花"令词衍引为慢词，"减字"二字已失去其意义了。

贺方回有《减字浣溪沙》七首。《浣溪沙》本来是上、下二片，每片三个七言句，用平声韵。贺方回这七首词也仍如"浣溪沙"旧式，并未减字，而他题作《减字浣溪沙》，不知是什么缘故。也许当时盛行《摊破浣溪沙》，大家以为是《浣溪沙》正格。贺方回减去其所增三字，因而称之为《减字浣溪沙》，却不知这是《浣溪沙》正格本调。

晏几道《南乡子》词云："月夜落花朝，减字偷声按玉箫。"周邦彦《暮山溪》词云："香破豆，烛频花，减字歌声稳。"杨无咎《雨中花令》词云："换羽移宫，偷声减字，不顾人肠断。"从这些词句，也可以了解减字偷声的作用了。

（一七）摊破·添字

词调名有加"摊破"二字的，意思是将某一个曲调，摊破一二句，增字衍声，另外变成一个新的曲调，但仍用原有调名，而加上"摊破"二字，以为区别。"摊破"是兼文字和音乐而言，如果单从文字方面说，"摊破"就是"添字"。

词中最常见的有"摊破浣溪沙"。《浣溪沙》本调为上下二片，每片七言三句，用平声韵。

例如：

　　　堤上游人逐画船，拍堤春水四垂天，绿杨楼外出秋千。　　白发戴花君莫笑，六
么催拍盏频传，人生何处似尊前。（欧阳修）

　　摊破的方法有二种。一种是将每片第三句改为四言、五言各一句，成为七七四五句
格，仍用平声韵。例如：

　　　相恨相思一个人，柳眉桃脸自然春。别离情思，寂寞向谁论。　　映地残霞红
照水，断魂芳草碧连云。水边楼上，回首倚黄昏。（失名，见《草堂诗馀》）

　　另一种摊破是将上下片第三句均改用仄声结尾，而另加三字一句，仍协平声韵，成为
七七七三句格。例如：

　　　菡萏香销翠叶残，西风愁起绿波间。还与韶光共憔悴，不堪看。　　细雨梦回
鸡塞远，小楼吹彻玉笙寒。多少泪珠何限恨，倚阑干。（南唐中主李璟）

　　这一形式的"浣溪沙"，在元大德刻本《稼轩长短句》中有八阕，题作"添字浣溪沙"，可
知是为了和第一形式的摊破法有所区别。但是，"浣溪沙"一经如此添字，其音调、形式却
和唐词"山花子"相同了。《花间集》有和凝作《山花子》二首，今录其一：

　　　莺锦蝉縠馥麝脐，轻裾花早晓烟迷。鸂鶒颤金红掌坠，翠云低。　　星靥笑偎
霞脸畔，蹙金开襜衬银泥。春思半和芳草嫩，绿萋萋。

　　二词完全一样，因此，汲古阁刻本《稼轩词》就把这八首稼轩词统统改题为"山花子"。
《花间集》又有一首毛文锡的词：

　　　秋水轻波浸绿苔，枇杷洲上紫檀开。晴日眠沙鸂鶒稳，暖相偎。　　罗袜生尘
游女过，有人逢着弄珠回。兰麝飘香初解珮，忘归来。

　　此词与和凝的《山花子》词相同，但是题作"浣沙溪"。在这首词后面，另有一首上下
片各三句七言的"浣溪沙"，在卷前的目录中，也分别为"浣沙溪一首，浣溪沙一首"。可知
这不是刻板错误。不过这是根据鄂州本《花间集》而知，明清坊本已误并为"浣溪沙二首"
了。"浣沙溪"这个调名，仅此一例，故鲜有人注意，万树《词律》及徐本立《词律拾遗》都不
收此调名。在《全唐诗》中，毛文锡这首词已被改题为"摊破浣溪沙"了。
　　南唐中主李璟的"菡萏香销翠叶残"一首，在《花庵词选》中题其调名为"山花子"，而

《南词》本《南唐二主词》中已改名为"摊破浣溪沙"。

由以上几个例子,可知七七七三句法的曲调,在五代时原名"山花子",与"浣溪沙"无关。宋人以为是"浣溪沙"的变体,故改名为"摊破浣溪沙",反而不知道有"山花子"了。万树《词律》云:"此调本以'浣溪沙'原调结句破七字为十字,故名'摊破浣溪沙',后又另名'山花子'耳。后人因李主此词'细雨'、'小楼'二句脍炙千古,竟名为'南唐浣溪沙'。"万氏此言,恰恰是倒置本末。他没有多见古本词集,没有注意到"山花子"调名在五代时已有,而"摊破浣溪沙"则反而才是后出的调名。不过宋人称"摊破浣溪沙",大多指第一种破法,如果像"山花子"那样的句法,就应当称之为"添字浣溪沙"了。

程正伯《书舟词》中有"摊破江神子",实在就是"江梅引";又有"摊破南乡子",就是"丑奴儿";又有"摊破丑奴儿",就是"采桑子"。这一些情况,如果不是故意巧立名目,那就是出于无心,自以为摊破一个曲调,却不知其与另外一个曲子相同了。

《乐府指迷》云:"古曲谱多有异同,至一腔有两三字多少者,或句法长短不等者,盖被教师改换。亦有嘌唱一家,多添了字。吾辈只当以古雅为主。"又《都城纪胜》云:"嘌唱,谓上鼓面唱令曲小词,驱驾虚声,纵弄宫调,与叫果子、唱耍曲儿为一体。本只街市,今宅院往往有之。"由这两段记录,可知无论减字偷声,或摊破添字,最初都是教师或嘌唱家为了耍花腔,在歌唱某一词调时,增减其音律,长短其字句。后来这种唱法固定下来,填词的作者因而衍变成另一腔调。

(一八) 转　调

一个曲子,原来属于某一宫调,音乐家把它翻入另一个宫调。例如《乐府杂录》记载唐代琵琶名手康昆仑善弹羽调"录要",另一个琵琶名手段善本把它翻为枫香调的"录要",这就称为转调。转调本来是音乐方面的事,与歌词无涉。但是,一支歌曲,既转换了宫调,其节奏必然会有改变,歌词也就不能不随着改变,于是就出现了带"转调"二字的词调名。杨无咎《逃禅词》云:"换羽移宫,偷声减字,不顾人肠断。""换羽移宫",就是说转调。戴氏《鼠璞》云:"今之乐章,至不足道,犹有正调、转调、大曲、小曲之异。"可知有正调,不妨有转调。在宋人词集中,词调名加"转调"二字的,有徐幹臣的"转调二郎神",见《乐府雅词》。这首词与柳永所作"二郎神"完全不同。但汤恢有和词一首,却题作"二郎神"。故万树《词律》列之于《二郎神》之后,称为"又一体",而删去"转调"二字。吴文英有一首词,与徐幹臣、汤恢所作句格全同,却题名为"十二郎"。由此可知,"二郎神转调"以后,句格就不同于《二郎神》正调,而《转调二郎神》则又名《十二郎》。万树以《转调二郎神》为《二郎神》的又一体,显然是错了。

但李易安有一首《转调满庭芳》,与周美成的《满庭芳》(风老莺雏)句格完全相同,这就不知道李易安何以称之为转调了。刘无言亦有《转调满庭芳》(风急霜浓)一首,所不同于《满庭芳》者,乃改平韵为仄韵。以此为例,那么姜白石以本来是仄韵的《满江红》改用平韵,也可以说是《转调满江红》了。沈会宗有《转调蝶恋花》二首,亦见于《乐府雅词》。这两首词与《蝶恋花》正调完全相同,惟每片第四句末三字,原用平仄仄,沈词改为仄平仄。例如张泌作《蝶恋花》第四句云:"谁把钿筝移玉柱。"沈词则为"野色和烟满芳草",仅颠倒了一个字音。曾觌有《转调踏莎行》一首,赵彦端亦有一首,二词句格相同,但与《踏莎行》正调仅每片第一、二句相同,馀皆各别。吟哦之际,已绝不是《踏莎行》正调了。张孝祥《于湖先生长短句》于词调下各注明宫调,惟《南歌子》三首下注云"转调"。但转调并非宫调名,可知是用以表明为"转调南歌子"。但这首词的句格音节,与欧阳修集中的"双叠南歌子"完全一样,可知其仍是正调,不知何故注为转调。又《古今词话》载无名氏"转调贺圣朝"一首(见《花草粹编》),其句格与杜安世、叶清臣所作"转调贺圣朝"又各自不同。

从宋人词的句格文字看,所谓转调与正调之间的差别,仅能略知一二事例,还摸不出规律来。大约这纯粹是音律上的变化,表现在文字上的迹象都不很明白。

(一九) 遍·序·歌头·曲破·中腔

词调名有称为遍、序、歌头、曲破的,都表示它是出于大曲。毛文锡有《甘州遍》一首,即大曲《甘州》的一遍。晏小山有《泛清波摘遍》一首,即大曲《泛清波》的一遍。赵以夫有《薄媚摘遍》,即大曲《薄媚》的一遍。大曲以许多曲子连续歌奏,少的也有十多遍,多的可以有几十遍。一遍就是一支曲子。现在从大曲中摘取其一遍来谱词演唱,所以称为摘遍,或省掉"摘"字。

大曲的第一部分是序曲。序曲有散序、中序。《霓裳羽衣曲》先散序六遍,没有拍子,故不能配舞。其次是中序,才开始有拍子,舞女便从此开始跳舞。因此,中序又称为拍序。词调中有《霓裳中序第一》即《霓裳羽衣曲》中序的第一遍。《新唐书·礼乐志》载大曲《倾杯》有数十曲之多。现在词调中还有《倾杯序》,也是大曲《倾杯》序曲中的一遍。词调名又有《莺啼序》,可能亦是大曲《莺啼》的序曲。但名为《莺啼》的大曲却未见记录。

苏东坡词《南柯子》云:"谁家水调唱歌头。"《草堂诗馀》注云:"'水调'颇广,谓之歌头,岂非首章之一解乎?"这个注不很明白。应当说是大曲《水调》中歌遍之第一遍。大曲的舞,开始于中序第一遍,而歌则未必都开始于中序第一。《碧鸡漫志》载山东人王平作《霓裳羽衣曲》歌词,始于第四遍。《乐府雅词》所载董颖《薄媚》"西子词"始于排遍第八。排遍又名叠遍,就是中序。以歌计数,谓之歌遍。歌遍之第一遍,谓之歌头。舞始于中序第一遍,歌则不一定与舞同时开始。故歌头不一定就是中序第一遍。词调中有"水调歌头"、"六州歌头",都是这个意义。《尊前集》载后唐庄宗作一词,题曰《歌头》,就不知道是哪一个大曲的歌头了。但"水调"是宫调的俗名,也不是大曲名。《水调歌头》这个词牌名,只表示歌词属于"水调",还不知道它是哪一个大曲的歌头。至于《六州歌头》,就很明白地表示它是大曲《六州》的歌头了。

大曲中序(即排遍)之后为入破。《新唐书·五行志》云:"〔天宝后〕乐曲亦多以边地为名,有《伊州》、《甘州》、《凉州》等。至其曲遍繁声,皆谓之入破。……破者,盖破碎云。"
又陈旸《乐书》载宋仁宗云:"自排遍以前,音声不相侵乱,乐之正也;自入破以后,侵乱矣,
至此,郑卫也。"由此可知大曲奏至入破时,歌淫舞急,使观者摇魂荡目了。唐诗人薛能有
《柘枝词》云:"急破催摇曳,罗衫半脱肩。"这是形容柘枝舞妓舞到入破时,因为舞姿摇曳
以致舞衫卸落的情况。张祜有《悖拏儿舞》诗云:"春风南内百花时,道调凉州急遍吹。揭
手便拈金碗舞,上皇惊笑悖拏儿。"这是咏《凉州》大曲奏至急遍时的转碗舞。"悖拏儿"不
见其他记录,大约是胡人名字。晏殊《木兰花》词云:"重头歌韵响铮琮,入破舞腰红乱
旋。"也形容了入破以后的音乐节奏愈加繁促,歌舞也越来越急速。因此,这一部分的曲
子名为"急遍"。元稹《琵琶歌》云:"骤弹曲破音繁并,百万金铃旋玉盘。"张祜《王家琵琶》
诗云:"只愁拍尽凉州破,画出风雷是拨声。"这都是形容琵琶弹到入破时的情况。白居易
《卧听法曲霓裳》诗"朦胧闲梦初成后,宛转柔声入破时。"这是形容歌唱到入破时的情况。
李后主曾作一曲,名曰"念家山破",没有流传于后世,宋人亦不知其谱。《宋史·乐志》载
太宗亲制"曲破"二十九曲,又"琵琶独弹曲破"十五曲。《武林旧事》载天基节排当乐,有
《万寿无疆薄媚曲破》、《万岁梁州曲破》、《齐天乐曲破》、《老人星降黄龙曲破》、《万花新曲
破》,这些所谓"曲破"者,都是大曲的摘遍,《薄媚曲破》就是大曲《薄媚》中的一支入破曲。
《万岁梁州曲破》,就是用大曲《凉州》(万树《词律》卷六《梁州令》下注云:"梁,一作凉。")
中的一支入破曲,谱写祝皇帝万岁的歌词。

陈旸《乐书》著录了一阕"后庭花破子"。他说:"李后主、冯延巳相率为之,此词不知
李作抑冯作。"所谓"破子",意思是入破曲中的小令曲。王安中有鼓子词"安阳好"九首,
以"清平乐"为"破子"。这是配合队舞所用的乐曲。唱过"破子",就唱"遣队"(或曰"放
队"),至此,歌舞俱毕。由此可知"破子"是舞曲所用,或者应当说是小舞的曲破。故《词
谱》注曰:"所谓破子者,以其繁声入破也。"注得虽然不够明白,但可知注者亦以为"破子"
是"曲破"之一。

万俟雅言有《钿带长中腔》一阕,王安中有《徵招调中腔》一阕。这两个所谓"中腔",
我还不很了解,宋人书中,亦未见解释。《东京梦华录》卷九记十月十二日上寿排当云:
"第一盏,御酒。歌板色一名,唱中腔一遍。"又第七盏御酒下云:"舞采莲讫,曲终。复群
舞。唱中腔毕,女童进致语,勾杂戏入场。"《武林旧事》记天基节排当,已无此名色,恐怕
只有北宋时才有。王安中所作一阕,正是节日祝圣寿之词,即御酒第一盏时所唱。那么,
所谓"中腔",可能也就是中序的一遍。但此说还待研考。

(二〇) 犯

词调名有用"犯"字的,万树《词律》所收有《侧犯》、《小镇西犯》、《凄凉犯》、《尾犯》、
《玲珑四犯》、《花犯》、《倒犯》。又有《四犯剪梅花》、《八犯玉交枝》、《花犯念奴》,这些都表
示这首词的曲调是犯调。

什么叫犯调呢？姜白石《凄凉犯》词自序云："凡曲言犯者，谓以宫犯商、商犯宫之类。如道调宫'上'字住，双调亦'上'字住。所住字同，故道调曲中犯双调，或于双调曲中犯道调，其他准此。唐人乐书云：'犯有正、旁、偏、侧，宫犯宫为正，宫犯商为旁，宫犯角为偏，宫犯羽为侧。'此说非也。十二宫所住字各不同，不容相犯。十二宫特可犯商角羽耳。"由此可知唐人以为十二宫都可以相犯，而姜白石则以为只能犯商、角、羽三调。他的理由是：只有住字相同的宫调才可以相犯。所谓"住字"，就是每首词最后一个字的工尺谱字。例如姜白石这首《凄凉犯》，自注云："仙吕调犯商调。"这首词的末句为"误后约"，"约"字的谱字是"上"，在乐律中，这个"上"字叫做"结声"或"煞声"。仙吕调和商调同用"上"字为结声，故可以相犯。不过此处所谓"商调"，即是"双调"，不是夷则商的"商调"。故南曲中有"仙吕入双调"，亦与白石此词同。

张炎《词源》卷上有《律吕四犯》一篇，提供了一个宫调互犯的表格，并引用姜白石这段词序为说明。他改正了唐人的记录。他说："以宫犯宫为正犯，以宫犯商为侧犯，以宫犯羽为偏犯，以宫犯角为旁犯，以角犯宫为归宫，周而复始。"

由此可知，犯调的本义是宫调相犯，这完全是词的乐律方面的变化，不懂音乐的词人，只能按现成词调填词，不会创造犯调。宋元以后，词乐失传，连正调的乐谱及唱法，现在都无法知晓。虽然有不少研究古代音乐的人在探索，恐怕还不能说已有办法恢复宋代的词乐。但宋词中另外有一种犯调，不是宫调相犯，而是各个词调之间的句法相犯。例如刘改之有一首《四犯剪梅花》，是他的创调，他自己注明了所犯的调名：

水殿风凉，赐环归、正是梦熊华旦。（解连环）叠雪罗轻，称云章题扇。（醉蓬莱）西清侍宴。望黄伞，日华笼辇。（雪狮儿）金券三王，玉堂四世，帝恩偏眷。（醉蓬莱）临安记、龙飞凤舞，信神明有后，竹梧阴满。（解连环）笑折花看，橐荷香红润。（醉蓬莱）功名岁晚。带河与砺山长远。（雪狮儿）麟脯杯行，狨鞯坐稳，内家宣劝。（醉蓬莱）

这首词上下片各四段，每段都用《解连环》、《雪狮儿》、《醉蓬莱》三个词调中的句法集合而成。《醉蓬莱》在上下片中各用二次，而且上下片的末段都用《醉蓬莱》，可知此词以《醉蓬莱》为主体，而混入了《雪狮儿》、《解连环》二调的句法。调名《四犯剪梅花》，是作者自己取名的，万树解释道：

此调为改之所创，采各曲句合成。前后各四段，故曰四犯。柳（永）词《醉蓬莱》，属林钟商调，或《解连环》、《雪狮儿》亦是同调也。"剪梅花"三字，想亦以剪取之义而名之。

又引秦玉笙的解释云："此调两用《醉蓬莱》，合《解连环》、《雪狮儿》，故曰四犯。所谓"剪梅花"者，梅花五瓣，四则剪去其一。犯者谓犯宫调，不必字句悉同也。"

以上二家的解说，都是猜测之辞，不可尽信。秦氏以为这首词也是宫调相犯，万氏也怀疑三调同属商调，故可相犯。宫调相犯，事关乐律，不能从字句中看出。刘改之不是深通音律的词人，他自己注出所犯曲调，可知这是一种集曲形式，未必通于音律。刘改之另外有一首词，句法与《四犯剪梅花》完全相同，只有换头句少了一个字。调名却是《辘轳金井》。可知这两个调名都是作者一时高兴，随意定名的。

元代词人仇远有一首《八犯玉交枝》，作者没有自注所犯何调，大约亦是《四犯剪梅花》之类。《词谱》把这首词列入《八宝妆》，从这两个调名看来，大约也是八调相犯，或上下片各犯四调。

周邦彦创造了一首词调，名为《六丑》。宋徽宗皇帝问他这个调名的意义，周邦彦解释道："这首词犯了六个调子，都是各调中最美的声律。古代高阳氏有六个儿子，都有才华，而相貌都丑，故名之曰'六丑'。"由此可知"六丑"也是犯调，不过从调名上看不出来。如果没有这一段宋人记载，我们就无法知道了。

《历代诗馀》有一条解释"犯"字云："犯是歌时假借别调作腔，故有《侧犯》、《尾犯》、《花犯》、《玲珑四犯》等。"这句话未免片面。"假借别调作腔"，仅指宫调相犯，并不包括句法相犯。姜白石有一首《玲珑四犯》，自注云："此曲双调，世别有大石调一曲。"仅说明《玲珑四犯》有宫调不同的二曲，但没有说明何谓四犯。这首词也不是白石的自制曲，更不可知其词名何所取义。《侧犯》是以宫犯商的乐律术语，凡以宫犯商的词调，都属《侧犯》，它不是一个词调名。《尾犯》、《花犯》、《倒犯》，这三个名词不见注释，想来也是犯法的术语，也不是调名。不过有一首"花犯念奴"，即"水调歌头"，大约是"念奴娇"的犯调。所犯的方法，谓之"花犯"，如"花拍"之例。那么，"花犯念奴"可以成为一个词调名，光是"花犯"二字，就不是词调名了。

（二一）填腔·填词

元稹《乐府古题序》谓乐府有"因声以度词，审调以节唱。句度短长之数，声韵平上之差，莫不由之准度。而又别其在琴瑟者为操引，采民甿者为讴谣。备曲度者，总得谓之歌、曲、词、调。斯皆由乐以定词，非选调以配乐也。……后之审乐者，往往采取其词，度为歌曲，盖选词以配乐，非由乐以定词也。"这段话说明乐曲与歌词的互相形成，极其简明扼要。《宋书·乐志》云："吴哥（歌）杂曲，并出江东，晋、宋以来，稍有增广。……凡此诸曲，始皆徒哥，既而被之管弦。又有因弦管金石，造哥以被之。"也同样是说明歌词与乐曲的关系。

所谓"由乐以定词"，是指先有乐曲，然后依这个乐曲的声调配上歌词。这在古代，叫做"倚歌"。《汉书·张释之传》云：文帝"使慎夫人鼓瑟，上自倚瑟而歌。"颜师古注云："倚瑟，即今之以歌合曲也。"唐、宋人叫做"倚声"。《新唐书·刘禹锡传》云："禹锡谓屈原居沅湘间，作九歌，使楚人以迎送神。乃倚其声作竹枝辞十馀篇，于是武陵夷俚悉歌之。"张文潜序贺方回词云："余友贺方回博学业文，而乐府之词高绝一世，携其一编示余，大抵倚声而为之词,皆可歌也。"宋人也有称为"填曲"的。《梦溪笔谈》:"唐人填曲,多咏其曲名,所以哀乐与声,尚相谐合。"宋元以来一般人则通称"填词"。这个名词,出现得也相当早,宋仁宗对柳永有"且去填词"之语,可见这个名词在北宋时已有。

所谓"选词以配乐",是指先有歌词,然后给歌词谱曲。即《尚书》所谓"声依永,律和声"。以歌词配乐曲,古代称为"诵诗"。《周礼》记载大司乐以乐语教国子,其三曰"诵"。郑玄注曰:"以声节之曰诵。"《汉书·礼乐志》云:"乃立乐府,采诗夜诵。"这是说,以白天采集到的各地民歌,晚上为它们谱曲。可是,颜师古注云:"夜诵者,其言辞或秘不可宣露,故于夜中歌诵也。"这个注释,极为可笑。民间歌谣,有什么秘不可宣的,要在夜晚偷唱呢? 这个"诵诗"的"诵"字,向来没有人注意郑玄的注解,连颜师古也以为是"歌诵"的意思。汉代称为"自度曲"。《汉书·元帝纪》谓帝"多材艺,……自度曲,被歌声。分刌节度,穷极幼眇。"这就是说皇帝能够给歌词作曲。到了宋代,就称为"填腔"。《复斋漫录》云:"政和中,一中贵人使越州回,得词于古碑阴,无名无谱,不知何人作也。录以进御,命大晟府填腔。因词中语,赐名'鱼游春水'。"由此可知宋人为歌词作曲,称为"填腔"。

自古以来一切音乐歌曲,最初是随口唱出一时的思想情感,腔调都没有定型。后来这个腔调唱熟了,成为统一的格律,于是一个曲子定了型。再以后,有人配合这个曲调另制歌词,于是一个曲调可以谱唱许多歌词。"填词"与"填腔"是互相起作用的。方成培《词麈》中说:"古人缘诗而作乐,今人倚调以填词,古今若是其不同。"他以为古人都是为诗配乐,而今人则都是跟着曲子的腔调配词。这样提法,未免片面。从唐代的五七言诗发展到宋代的词,这些文学形式的改变,已说明了诗随时都在受乐的影响。不能说唐代的诗乐关系是先有诗、后有曲调;宋代的诗乐关系是先有曲调,后有词。不过,宋代词人,精通音乐的人不多,故多数人只能填词而不能填腔。

不懂音律,当然不会填腔作曲;但宋人所谓填词,最初也还是需要懂一点音律。一个曲调的转折、节奏、快慢,如果不能听懂,所作歌词就不能选字、协韵、合拍。这样做出来的歌词,就会使歌唱者拗口、失律、犯调。在宋代,歌楼伎席传唱的词调,文人都已听得很熟,因此都能够一边听唱,一边选字定句。所谓"依声撰词,曲终而词就"。或者是先随意写一首长短句歌词,也往往可以配合现成的歌曲。这是因为平时听得多了,虽说随意撰词,其实心中已摹拟着一个曲调。例如苏东坡作《江城子》词,其序云:"乃作长短句,以《江城子》歌之。"又《阳关曲》序云:"本名《小秦王》,入腔即《阳关曲》。"这两段词序是东坡故弄玄虚。如果他撰词觅句的时候,心中没有想到《江城子》或《小秦王》的腔调,他随意写出来的词怎么能谱入《江城子》或《小秦王》呢? 他又知道《小秦王》可以过入《阳关曲》,故作《小秦王》词而令乐师唱时过腔,便题作"阳关曲"。由此可知东坡填词,亦有音律知识为基础。如周美成、姜白石之深通音律者,就非但能填词,也能填腔了。杨守斋《作词五要》,其三为"按谱填词",沈伯时《乐府指迷》亦说"按箫填词"。前者要求按乐谱作歌词,后者要求依箫声作歌词。这些例子,都说明填词非懂音律不可。

但是南宋后期,词家都已不晓音律,故沈伯时教人作词,惟注意于紧守去声字,及平声可以入声替,上声决不可以去声替等等规律,这是就前辈名家词中,模拟其四声句逗,依样画葫芦，也就是杨守斋所谓"依句填词"。可是，杨守斋还说："自古作词，能依句者少，依谱用字，百无一二。"可知宋词虽盛，词家能按歌者并不多。依句填词，亦已可贵，又何怪乎元明以后，词仅存于纸上而不复为乐府乎？

由以上的文献看来，"填词"这个名词，可有三种解释。第一种是"按谱填词"，这些作家都深通音律，能依曲谱撰写歌词。他们也能"填腔"，即作曲。柳耆卿、周美成、姜白石、张叔夏都属于这一类。第二种是"按箫填词"。这些作家不会唱曲打谱，但能识曲知音。他们耳会心受，能依箫声写定符合于音律的歌词，但他们不会"填腔"。苏东坡、秦少游、贺方回、赵长卿都属于这一类。第三种是"依句填词"。这些作家不懂音律。词对于他们，只是一种纸上文学形式。他们依着前辈的作品，逐字逐句的照样填写，完全失去了"倚声"的功效。南宋以后，大多数词家都属于这一类。但由于才情有高下，文字有巧拙，这些词家的作品仍有很大的区别。刘龙洲、陆放翁、元遗山、陈其年等，可谓依句填词的高手，厉樊榭以下至戈顺卿，就是呆板的摹古作品了。明清二代，有许多小家词人，他们的作品，破句落韵，拗音涩字。"依句"的功夫都谈不上，也就不能算是填词了。

近代词家，自知不懂音律，只能依句，故自谦曰"填词"。其实这还是"填词"的末流。如果能做到第一义的"填词"，这"填词"二字也不算是谦词了。

明代人开始把"填词"作为一个名词用，竟称"词"为"填词"。如李蓘在《花草粹编》序文中说："盖自诗变而为诗馀，又曰雅调，又曰填词，又变而为金元之北曲。"清代词家沿袭其错误，凡讲到词，常说是"填词"，似乎都不了解这个"填"字的意义。这是"填词"这个语词的误用。

（二二）自度曲·自制曲·自过腔

通晓音律的词人，自撰歌词，又能自己谱写新的曲调，这叫做自度曲。此语最早见于《汉书·元帝纪赞》："元帝多材艺，善史书，鼓琴瑟，吹洞箫，自度曲，被歌声。"应劭注曰："自隐度作新曲，因持新曲以为歌诗声也。"荀悦注曰："被声，能播乐也。"臣瓒注曰："度曲，谓歌终更授其次，谓之度曲。《西京赋》曰：'度曲未终，云起雪飞。'张衡《舞赋》亦曰：'度终复位，次受二八。'"颜师古注口："应、荀二说皆是也。度，音大各反。"按：应劭以此"度"字为"隐度"之义。师古用应劭说，故读此"度"字为"大各反"，即今"铎"字音，臣瓒引《西京赋》为注，李善注《西京赋》，又引用臣瓒之说，他们都把这个"度"字解释为"过度"的意思，于是可知他们把"度"字读作"杜"字音。但是应劭所注释的是"自度曲"三个字，他以为"自度曲"就是"自制曲"。臣瓒、李善所注释的，仅为"度曲"二字，他们以为"度曲"即"唱曲"。可是"度曲"二字，早已见于宋玉的《笛赋》："度曲举盼。"宋玉用这两个字，也是"唱曲"的意思。故后世以"度曲"为"唱曲"，以"自度曲"为"自制曲"，乃是各取一说，二者不可混淆。"自度曲"是一个名词。"度曲"是一个动宾结构的语词。不能把"自度曲"解释为"自唱曲"。

宋代有不少词人，都深通音乐，他们做了词，便自己能够作曲，故词集中常见有"自度曲"。旧本姜白石词集第五卷，标目云："自度曲"。这里所收都是姜白石自己创作的曲调。第六卷标目云："自制曲"。其实就是"自度曲"，当时编集时偶然没有统一。陆钟辉刻本就已经统一为"自度曲"了。柳永、周邦彦深于音律，他们的词集中有不少自度曲，但并不都标明。不过，凡是自度曲，至少都应当注明这个曲子的宫调，或者在词序中说明。柳永的《乐章集》按照宫调编辑，姜夔的自度曲都有小序。这个办法最有交代，其他词集中未有说明的自度曲，后世读者就无法知道了。

自度曲亦称"自度腔"。吴文英《西子妆慢》注曰："梦窗自度腔。"张仲举《虞美人》词序云："题临川叶宋英《千林白雪》，多自度腔。"也有称"自撰腔"的，张先《劝金船》词序曰："流杯堂唱和，翰林主人元素自撰腔。"苏东坡和作序亦云："和元素韵，自撰腔，命名。"这是说：《劝金船》是他们的朋友杨元素自己作的曲调，"劝金船"这个调名也是杨元素取定的。自度曲有时亦称"自制腔"。例如苏东坡《翻香令》词小序云："此词苏次言传于伯固家，云老人自制腔。"又黄花庵云："冯伟寿精于律吕，词多自制腔。"

又有称为"自过腔"的，其含义就不同了。晁无咎《消息》词题下自注曰："自过腔，即越调永遇乐。"姜夔有一首《湘月》词，自序曰："予度此曲，即《念奴娇》鬲指声也。于双调中吹之。鬲指，亦谓之过腔，见晁无咎集。凡能吹竹者，便能过腔也。"据此可知，晁无咎的《消息》，就是用鬲指声来吹奏的《永遇乐》。姜夔的《湘月》词，句格仍与《念奴娇》一样，晁无咎的《消息》，句法亦与《永遇乐》没有不同。可知所谓"过腔"，仅是音律上的改变，并不影响到歌词句格。因此万树编《词律》，径自以《湘月》为《念奴娇》的别名，而不再另外收录"湘月"这个曲调。万氏解释云："白石《湘月》一调，自注即'念奴娇'鬲指声，其字句无不相合。今人不晓宫调，亦不知鬲指为何义，若欲填《湘月》，即仍是填《念奴娇》，不必巧徇其名也。故本谱不另收《湘月》调。"万氏亦不收《消息》，即在《永遇乐》下注云："又名《消息》。"其解释云："晁无咎题名《消息》，注云：'自过腔，即《越调永遇乐》。'故知人某调即异其腔，因即异其名。如白石之《湘月》，即《念奴娇》，而腔自不同，此理今不传矣。"

所谓"过腔"者，是从此一腔调过入另一腔调。"鬲指"者，指吹笛的指法可以高一孔或低一孔。指法稍变，腔调即异。故《念奴娇》的腔调稍变，即可另外题一个调名曰《湘月》。但这仅是歌曲腔调的改动，并不影响到歌词句格。后世词家，已不懂宋词音律，作词只能依照句法填字。《念奴娇》和《湘月》，《永遇乐》和《消息》，句法既然一样，从文学形式的角度来看，当然不妨说：《湘月》即《念奴娇》，《消息》即《永遇乐》。至于二者之间，腔调不同，却不能从字句中看得出来。《词律》、《词谱》只能以词调的句格同异为类别，无法从句法相同的两首词中区别其腔调之不同。周之琦的《心日斋词选》、江顺诒的《词学集成》，都极力排诋万树不懂宫调。万树在《词律》卷端《发凡》中已明白说了："宫调失传，作者依腔填句，不必另收《湘月》。"万氏正因为无法从字句中区别宫调，故只能就词论词。如周之琦、江顺诒之自以为能知二词有宫调不同的区别，但他们也不可能作字句相同的《湘月》及《念奴娇》各一阕，而使读者知其有宫调之不同。不过，以文词句法而论，则《湘月》即《念奴娇》，《消息》即《永遇乐》；从音律而论，则《湘月》非《念奴娇》，《消息》亦非《永遇乐》。万氏在《念奴娇》下注《百字令》、《酹江月》、《大江东去》等异名,而《湘月》亦在其中,似乎《湘月》亦是《念奴娇》的一个别名,又在《永遇乐》下注云:"一名《消息》。"这样注法,确是失于考虑的。自过腔既然不是创调,它就和自度曲不同。但姜白石以《湘月》编入词集第六卷自制曲中,可见宋朝人还是把自过腔作为自度曲的。

(二三)领字(虚字、衬字)

张炎《词源》卷下有《虚字》一条,他说:"词与诗不同。词之句语,有二字、三字、四字至六字、七八字者,若堆叠实字,读且不通,况付之雪儿乎? 合用虚字呼唤*。单字如'正'、'但'、'任'、'甚'之类。两字如'莫是'、'还又'、'那堪'之类。三字如'更能消'、'最无端'、'又却是'之类。此等虚字却要用之得其所。若使尽用虚字,句语又俗,必不质实,恐不无掩卷之诮。"

沈义父《乐府指迷》也有一条讲词中用虚字的。他说:"腔子多有句上合用虚字,如嗟字、奈字、况字、更字、又字、料字、想字、正字、甚字,用之不妨。如一词中两三次用之,便不好,谓之空头字。"

以上从一字到三字的虚字,多用于词意转折处,使上下句语结合,起过渡或联系的作用。明人沈雄的《古今词话》把这一类虚字称为"衬字"。万树在《词律》中就加以辩驳。他以为词与曲不同,曲有衬字,词无衬字。按:沈雄以词中虚字为衬字,实有未妥。在南北曲中,衬字不一定是虚字,有时实字也可以是衬字。故词中虚字,不宜称为衬字。

在清代人的论词著作中,这一类的虚字都称为"领字",因为它们是用来领起下文。如"正"、"甚"之类,《宋四家词选》中就称为"领句单字",这便说明了"领字"的意义。

领字的作用,在单字用法上最为明确。因为单字不成一个概念,它的作用只是领起下文。二字、三字,本身就具有一个概念,使用这一类语词,有时可以认为句中的一部分。它们非但不是领字,甚至也还不能说是虚字。

宋人所谓虚字,都用在句首。近代却有人说:"虚字用法,可分三种。或用于句首,或用于句中,或用于句尾。用于句尾者,多在协韵处,所谓虚字协韵是。此在词中,可有可无。用于句首或句中者,其始起于衬字,在首句用以领句,在句中用以呼应,于词之章法,关系至巨,无之则不能成文者也。"(见蔡嵩云:《乐府指迷笺释》)按:句尾用虚字,是少数词人偶然的现象,辛稼轩就喜欢用虚字协韵,例如《六州歌头》歇拍云:"庶有瘳乎。"《贺新郎》下片云:"毕竟尘污人了。"《卜算子》六首歇拍都用也字,如"乌有先生也","舍我其谁也"。这一类虚字,已成为词句的一部分,作实字用,并不是宋人所说的虚字。沈祥龙《约斋词话》把姜白石词"庾郎先自吟愁赋,凄凄更闻私语"二句中的"先自"和"更闻"认为是句中虚字,这显然是错误的。总之,宋人所谓虚字,都是起领句作用的,所以,它们必然用

---

* "合用",即"应当用",这个"合"字是唐宋人用法,不作"合并"讲。

在句首。清人称为"领字"，其意义更为明确。

领字惟用于慢词，引、近中极少见。单字领句，亦比二三字领句用得更多。故学习作词，或研究词学，尤其应当注意单字领字。单字领字有领一句的，有领二句的，有领三句的，至多可领四句。今分别举例如下：

　　向抱影凝情处。（周邦彦：法曲献仙音）

　　想绣阁深沉。（柳永：倾杯乐）

　　但暗忆江南江北。（姜夔：疏影）

　　纵芭蕉不雨也飕飕。（吴文英：唐多令）

以上一字领一句。

　　探风前津鼓，树杪旌旗。（周邦彦：夜飞鹊）

　　叹年来踪迹，何事苦淹留。（柳永：八声甘州）

　　正思妇无眠，起寻机杼。（姜夔：齐天乐）

　　奈云和再鼓，曲终人远。（贺铸：望湘人）

以上一字领二句。

　　渐霜风凄紧，关河冷落，残照当楼。（柳永：八声甘州）

　　算只有殷勤，画檐蛛网，尽日惹飞絮。（辛弃疾：摸鱼儿）

　　奈华岳烧丹，青溪看鹤，尚负初心。（陆游：木兰花慢）

　　怅水去云回，佳期杳渺，远梦参差。（张翥：木兰花慢）

以上一字领三句

　　渐月华收练，晨霜耿耿；云山搞锦，朝露溥溥。（苏轼：沁园春）

　　望一川冥霭，雁声哀怨；半规凉月，人影参差。（周邦彦：风流子）

　　想聪马钿车，俊游何在；雪梅蛾柳，旧梦难招。（张翥：风流子）

　　正惊湍直下，跳珠倒溅；小桥横截，新月初笼。（辛弃疾：沁园春）

以上一字领四句。

一字领二句的句法，在词中为最多，如果这二句都是四字句，最好用对句。一字领三句的，此三句中最好有二句是对句。如柳永《八声甘州》那样用三个排句，就显得情调更好。一句领四句的，这四句必须是两个对句，或四个排句，不过这种句法，词中不多，一般作者，都只用《沁园春》和《风流子》二调。

（二四）词题·词序

宋人黄玉林(昇)说:"唐词多缘题所赋,《临江仙》则言仙事,《女冠子》则述道情,《河渎神》则咏祠庙,大概不失本题之意。尔后渐变,去题远矣。"(见《唐宋诸贤绝妙词选》)明人杨升庵(慎)也跟着说:最初的词,词意与词题统一,后来渐渐脱离。

这个观点,有两个错误。第一,他们都以为词调名就是词题。第二,他们都以为先有词题,然后有词意,这是本末颠倒了。例如《河渎神》,最初的作者是为赛河神而制歌词,乐师将歌词谱入乐曲,这个曲调就名为《河渎神》。可见在最初的阶段,是先有歌词,后有调名。第二个阶段,凡是祭赛河神,都用《河渎神》这个曲子,文人就依这个曲调的音节制作歌词。所以此时调名与词意统一。后来,《河渎神》这个曲子普遍流传,不在祭河神的时候,也有人唱这个曲子。于是文人就用别的抒情意境作词。从此以后,调名和词意就没有关系了。黄、杨二人把词调名称为词题,这是词的发展在第一、二阶段的情况,到了第三阶段,词调名就不是词题了。温飞卿有三首《河渎神》,词意是咏赛神的,又有二首《女冠子》,词意是咏女道士的。这两个调名,可以说同时也是词题。但另外有许多词,如《菩萨蛮》、《酒泉子》、《河传》等,词意与调名绝不相关,这就不能认为调名即词题了。综观唐五代词,调名与词意无关者多,故黄玉林说"唐词多缘题所赋",这个"多"字也未免不合事实。

唐五代至北宋初期的词,都是小令,它们常用于酒楼歌馆,为侑觞的歌词。词的内容,不外乎闺情宫怨,别恨离愁,或赋咏四季景物。文句简短明白,词意一看就知,自然用不到再加题目。以后,词的作用扩大,成为文人学士抒情写怀的一种新兴文学形式,于是词的内容、意境和题材都繁复了。有时光看词的文句,还不知道为何而作。于是作者有必要给加一个题目。这件事,大约从苏东坡开始。例如东坡《更漏子》词调名下有"送孙巨源"四字,《望江南》一首的调名下有"超然台作"四字。都是用来说明这首词的创作动机及其内容。这就是词题。有了词题,就表明词的内容与调名没有关系。但曹勋《松隐乐府》中有几首词,调名为《月上海棠》、《隔帘花》、《二色莲》、《夹竹桃》、《雁侵云慢》,词的内容也就是赋咏这些花卉。这样,调名也就是词题了,本来可以不再加题目,可是,当时的习惯,调名已不是词题,故作者还得加上一个题目"咏题",以说明《月上海棠》等既是调名,也是词题。不过,这几首词是作者的自制曲,还是先有词而后制曲,并非所谓"缘题作词"。惟有陈允平赋垂杨词即用《垂杨》调,但他还不得不再加一个题目"本意"。

王国维《人间词话》有一条谈到词题的,他说:"诗之三百篇、十九首,词之五代、北宋,皆无题也。非无题也,诗词中之意,不能以题尽之也。自《花庵》、《草堂》每调立题,并古人无题之词亦为之作题。如观一幅佳山水,而即曰:此某山某河,可乎?诗有题而诗亡,词有题而词亡。"

王氏反对诗词有题目,这一观念是违反文学发展的自然规律的。《诗》三百篇以首句为题,不能说没有题目。《古诗十九首》是早期的五言诗,正如唐五代的词一样,读者易于了解其内容,故无题目。但毕竟不便,故陆机拟作,仍然以每首诗的第一句作为题目。魏晋以后,诗皆有题,题目不过说明诗的主旨所在,本来不必完全概括诗意。王氏甚至说"诗有题而诗亡,词有题而词亡",可谓"危言耸听",难道杜甫的诗,因为有题目,便不成其为诗了吗?

不过王国维这一段话,多半是针对《草堂诗馀》而说的。明代人改编宋本《草堂诗馀》,给每一首原来没有题目的小令,加上了"春景"、"秋景"、"闺情"、"闺意"之类的题目。明代人自己作词,也喜欢用这一类空泛而无用的词题。这是明代文人的庸俗文风,当然不足为训。"词序"其实就是词题。写得简单的,不成文的,称为词题。如果用一段比较长的文字来说明作词缘起,并略为说明词意,这就称为词序。苏东坡的《满江红》、《洞仙歌》、《无愁可解》、《哨遍》等词,调名下都有五六十字的叙述,类似一段词话,这就不能认为题目了。

姜白石最善作词序,其《庆宫春》、《念奴娇》、《满江红》、《角招》等词序,宛然如一篇小品文。序与词合读,犹如陶渊明的《桃花源》诗及序。序与诗词,相得益彰。但是也有人不欣赏词序。周济《宋四家词选目录序论》说:"白石小序甚可观,苦与词复。若序其缘起,不犯词境,斯为两美已。"又《介存斋论词杂著》说:"白石好为小序,序即是词,词仍是序,反复再观,如同嚼蜡矣。词序序作词缘起,以此意词中未备也。今人论院本,尚知曲白相生,不许复沓,而独津津于白石词序,一何可笑!"

周氏既知道白石词序"甚可观",又笑人家"津津于白石词序"。这倒并不是观念有矛盾。他以为白石词序孤独地看,是一篇好文章,但如果与词同读,便觉得词意与序文重复。这意见虽然不错,可不适用于姜白石的词序,因为姜白石的词序,并不与词相犯。至于周氏以"曲白相生"为比喻,这却比不与伦了。在戏本里,道白与唱词各不相犯,因为道白和唱词互相衔接,剧情由此发展。如果唱词的内容,就是道白的内容,观众听众当然嫌其重复。词序并不同于道白。唱词的人并不唱词序。词序是书面文学,词才是演唱文学。所以,词序与词的关系,并不等于道白与曲词的关系。词的内容即使与词序重复,其实也没有关系。

(二五)南词·南乐

词在唐五代时称为曲子词,到了南宋,简称为词。在北方,金元之间,兴起了北曲,这又是一种曲子词了。于是北方人称词为南词,以区别于北词(曲)。《宣和遗事》称南渡文人为南儒,称词为南词。欧阳玄有《渔家傲南词十二阕咏燕京风物》,这些都是北方人的语言,南方人不说。明代李西涯辑五代宋元词二十三家,题作《南词》。明初词人马浩澜自序其《花影集》云:"余始学为南词,漫不知其要领。"这都是明代初期人沿用元代北方人的名称,而不自知其误。

词又有称为南乐的,也是元人语。王秋涧《南乡子》词序云:"和幹臣乐府《南乡子》南乐。"以词为南乐,则北曲便是北乐了。

二 其他

（一）诗与词有什么不同？

诗与词都是世代文学中属于韵文的文学形式。要说明它们有什么不同，应当从几个方面来区别。而最主要的是应当从它们的作用来看。诗是运用语言文字的美妙结构，供人们吟咏的；词是运用语言文字的美妙结构，还要能配合音乐，作为某一乐曲的歌词，供人们歌唱的。简而言之，诗和音乐没有关系，而词是依附于音乐曲调的。

但是，我们说："诗和音乐没有关系"，这句话只适用于唐宋以后。在唐代还不能这样说。因为诗这个字的涵义，在文学史的各个时代，都不很相同。

诗，最早是指《诗经》中那些作品。这些作品，大部分是周代的士大夫和民间的诗歌，形式一般是四言一句，四句一章，三章或四章为一篇。这些诗歌成为古代文学的经典著作，列为六经之一。秦汉时代的人，提到诗，就意味着这部古代的诗选集，因此，在这时期，诗的涵义是《诗》。例如说："诗三百"，意思就是：《诗经》中的三百〇五篇作品。这许多诗，在当时都是可以配合音乐，用来歌唱的。从语言文字的角度讲，叫做诗，从音乐性的角度讲，叫做歌。诗都是可歌的，歌唱的都是诗。因此，在《诗经》时代，不能说诗和音乐没有关系。

到西汉时代，诗还是专指《诗经》的作品。不过在这个时期，已经没有人歌唱这些作品，它们的曲谱也早已失传。在汉代人的观念中，诗和音乐的关系，逐渐消失了。

屈原、宋玉等楚国诗人，写了《离骚》、《九歌》、《招魂》等楚国风格的诗歌，到了汉代，这些诗歌被称为"楚辞"。意思是楚国歌曲的唱辞。从汉高祖到汉武帝都喜欢楚歌。汉武帝又设置了一个中央音乐机构，名为乐府。从这个乐府中制定了不少曲谱和歌辞，颁布到民间传唱。于是从西汉后期起，诗这个字的涵义变了。它只指四言、五言、或七言的文学形式，只能吟哦，而不能配合乐曲，以供歌唱。同时，因为有了"乐府歌辞"这个名称，这个"辞"字便被理解为可以配合乐曲歌唱的文学形式。而它的形式，必须配合乐曲的音节，以决定文字的句式，它不像诗一样，可以全篇是四言、五言或七言的句式。

魏晋以后,诗和歌辞是两种不同的韵文文学形式。诗和音乐没有关系,它不是乐曲的歌辞。歌辞是可唱的,它依附于乐曲,其形式也被决定于乐曲的节奏。

到了唐代,汉魏以来的乐府歌辞已经失传了它们的乐谱,只剩一个曲调名,例如"饮马长城窟"、"东门行"之类。文人所作,都是摹仿古人,并不真有曲谱可以依照。这种作品,虽然仍用汉魏乐府曲调名为标题,其实已不是歌辞。这种作品,后世称为"乐府诗"。把它们划归诗的一类,就说明它们已不能入乐了。

杜甫、李白有许多作品,都用乐府旧题,或自制新的乐府题,如"兵车行"、"新安吏"、"蜀道难"之类。这些诗也并不配入音乐,成为当时的新曲子。因此,它们也是乐府诗。

但是,唐代有许多从西域流传来的歌曲,如《凉州》、《伊州》、《摩多楼子》、《绿要》等,从玄宗皇帝设置的音乐机构"教坊"中制定乐谱,颁布流行之后,这些新曲子在民间传唱,常常请诗人们配撰歌辞。于是唐诗中出现了大量的以"凉州词"、"伊州歌"、"乐世词"之类的诗题。而这些诗最初几乎都是七言绝句。这些作品,从形式看,是唐代的律诗。从题目看,从它们的作用看,是新的乐府歌辞。这样,又不能说诗和音乐没有关系了。

现在,我们要注意,汉魏时期用"楚辞"、"歌辞"的"辞"字,在沈约《宋书》中,大多已被简化为"词"字。唐代的"凉州词",实在就是凉州曲的歌辞,也就是我们今天所谓唱词。这是音乐题目,不是诗题。而这个词字,就成为"诗词"的"词"字的起源。

中唐以后,诗人为乐曲配歌词,不再用单调的绝句诗,而稍稍照应到乐曲的节奏,改用三、五、七言混合的诗体。这种诗称为"歌诗",意为可歌唱的诗。这个名词,反映出当时已认为诗本来是不可歌唱的,现在出现了一种新的诗体,它可以作为唱词了,故名之曰"歌诗"。但是,歌诗的形式,和五、七言诗的形式还相去不远。例如李贺的诗集名为《李贺歌诗编》,他的诗和李益的诗在当时都曾谱入歌曲,流行于歌坛。但他的诗的形式与音节,还没有离开古体或律体诗。同时另外有些诗人,完全依照曲调的节奏来造句配词,例如白居易、刘禹锡的《望江南》,温庭筠的《菩萨蛮》,这些作品,当时还称为"长短句"。这是一个过渡时期的名词。从形式来讲,它们不是句法一致的作品,而是句法不一致的作品。它们已不像是诗,故不说它们是诗。但它们还属于诗的新品种。

长短句发展到五代时期,从《花间集》叙文中,我们知道它们称为"曲子词"。到了北宋,这种文学形式,已经和诗完全脱离关系而独立了,但它们还被称为"长短句"、"曲子词",或"乐府歌词",到南宋时期它们才被定名为"词"。这个词字,从此成为一种新兴的文学形式的名称,它与诗分开了。

从此以后,诗与词的第一个不同处是:诗只能吟哦,不能作为乐曲的歌词。而词是依靠乐曲来决定其形式的。

诗与词的主要的不同点既已明白,词字的来历也已弄清楚,接下去要说明的二者之间的不同之处,都是小事情了。例如,关于形式,唐代以后,直到今天,诗的形式没有变。不外乎五、七言古体、律体二种。词则每一个曲调有它自己的句式,各各不同,只能以长短句这个名词来概括。从唐五代到北宋初期,词都是篇幅较短的小令,每首不过几十个字。从北宋中期以后,发展成为慢词,每篇有长到一百多字的。

词最初只用于酒楼歌席上妓女的歌唱,歌词的内容只限于伤离、怨别、春感、秋悲之类,因此,除了标明曲调名之外,别无题目。从苏东坡起,扩大了词的内容,需要有一个题目来概括词意。于是,词有两个题目,第一个题目是词调名,第二个题目是词题。例如《忆旧游·寓毗陵有怀澄江旧友》,这是张炎的词。《忆旧游》是词调名,"寓毗陵有怀澄江旧友"是词题。第一个题目等于汉魏以来乐府歌辞或乐府诗的题目。但当时并不需要有另一个说明内容的题目,因为曲调名本身说明了内容。例如"从军行",是曲调名,而这首歌辞的内容也必然是与从军有关的。早期的词,也是如此,调名和歌词内容是一致的,后来歌词内容离开了调名的含义,就有另加一个题目的需要了。

在用字的声韵方面,诗与词也大有不同。诗的调和声音,要求分清平仄。凡是应当用仄声字的地方,可以用去声、上声或入声字。词的声音要求更严。它不但要分清平仄,还要分清四声。有些词调,该用仄声的字,还要区别去声和上声。该用去声的地方,不得用上声。不能因为去上同属仄声而混用。

至于押韵,词也比诗的韵法繁复。一首七言绝句诗,二十八字,只用一个韵。但一首小令词,例如《荷叶杯》,只有二十三字,却有三个韵。韵法的变化,各个词调都不同。

(二) 何谓词牌? 何谓小令与慢词?
何谓单调、双调、三叠、四叠?

这里是七个词学名词,除了小令与慢词之外,其余五个名词都是元明以后词家所用,在宋代的词学书中都没有见过。

词牌就是词调名。如《西江月》、《踏莎行》之类。《西江月》词,就是依《西江月》这个调子的音节配合的唱词。宋代的词,和金元的曲,都是民间艺人卖唱的文本。民间的卖小唱或作杂剧的团体每到一个地方作场(即公演),必须挂出牌子,写明某人唱什么曲子或演什么杂剧、戏文。这就称为曲牌。到后来,曲牌这个名词的意义,便等于曲名。明代人又因曲牌而创造了词牌这个名词,其意义便等于词调名。在宋代,可能已有词牌这个物件,但还没有用这个名词作为词调名的同义词。

词起源于唐代。最初是酒筵歌席卜妓女唱的小曲。这种小曲,当时称为令曲。令曲最多不过五六十个字。北宋中期,柳永、周邦彦等人创造了长篇的词调,每首词多至一百数十字。这种词,称为慢词。从令词发展到慢词,中间还经过引、近的阶段。例如《清波引》、《祝英台近》、《临江仙》、《风入松》之类,它们字数比令曲多,比慢词少,平均每首为七八十字。宋代人把词分为令、慢两类,引、近属于令曲。明代的张綖分为三类:令词曰小令,引、近曰中调,慢词曰长调。而且他规定了五十六字以下为小令。五十六字至九十字为中调,九十字以上为长调。从此以后,明清两代的词选集,差不多都依此分卷。

最初的令词是很简单的,例如《望江南》,唐宋人所作,全文只有二十七字,句法是三五七七五。到明代,有人重复一首,作为下半篇,题作《双调望江南》,于是出现了"双调"

这个名词。因为有了"双调",于是又有了"单调"这个名词。多数词都是分为上下二段的。像二十七字的《望江南》,只有一段,称为单调的词,有上下二段的,称为双调的词。但这两个名词是明代词家开始用的,宋代词家没有用过。宋人称词的上下段为上片,下片,或称上阕,下阕,或称上下叠。单调、双调这个名词是不适当的。不管是二十七字的《望江南》,或五十四字的《望江南》,曲调还是一个,怎么能分单双呢?明代人概念不明确,不思考"调"字的意义,就创造了这两个不适当的名词。"双调"本来是一个宫调名词,被明代人误用之后,就常常混淆了。

　　慢词有分为三段、四段的,每一段可以称为一叠。第三段可以称为三叠,第四段可以称为四叠。但只有两段的词,一般只称上叠、下叠,而不说第一叠,第二叠。因为从叠字的本义来讲,只有词的第二段才可以称为叠,因为它是第一段的重叠。所谓三叠,实际上应当是一首词的第四段。而一般却把分为三段的词称为三叠。这种用法,在宋人书中也还少见。

卷二 词籍

一　书　目

（一）词学书目集录

在传统的文学观念中，词为小道，不登大雅之堂，宋人虽多作词，然其词常不编入诗文集。藏书家虽收词集，亦不入书目。词集地位，与评话、演义、传奇、杂剧相等。刊本甚多，著录极少。故词学书籍，在版本、目录、校勘之学方面，文献资料最为不易徵访。本刊编者有鉴及此，集录宋元以来词籍著录资料，合为一编，为词学研究同志免搜索之劳。随得随钞，暂时不依世次，俟将来刊行专书时，再整理编定。一九八六年十月记。

(1)《直斋书录解题》著录词籍　　陈振孙
卷二十一　歌词类
花间集十卷

蜀欧阳炯作序。称衞尉少卿字宏基者所集，未详何人。其词自温飞卿而下十八人，凡五百首。"此近世倚声填词之祖也。诗至晚唐五季，气格卑陋，千人一律，而长短句独精巧高丽，后世莫及。此事之不可晓者。"放翁陆务观之言云尔。

南唐二主词一卷

中主李璟、后主李煜撰。卷首四阕，应天长、望远行各一，浣溪沙二，中主所作。重光尝书之，墨迹在旴江晁氏。题云："先皇御制歌词。"余尝见之。于麦光纸上作拨镫书。有晁景迂题字。今不知何在矣。馀词皆重光作。

阳春录一卷

南唐冯延巳撰。高邮崔公度伯易题其后，称"其家所藏，最为详确。而《尊前》《花间》诸集，往往谬其姓氏。近传欧阳永叔词，亦多有之。皆失其真也。"世言"风乍起"为延巳所作，或云成幼文也，今此集无有，当是幼文作。长沙本以置此集中，殆非也。

家宴集五卷

序称子起，失其姓氏。雍熙丙戌岁也。所集皆唐末五代人乐府，视《花间》不及也。

末有清和乐十八章。为其可以侑觞，故名《家宴》也。

珠玉集一卷

晏元献公殊撰。其子幾道尝言："先公为词，未尝作妇人语。"今考之，信然。

张子野词一卷

都官郎中吴兴张先子野撰。李常公择为六客堂，子野与焉。所赋词卒章云："也应傍有老人星。"盖以自谓，是时年八十馀矣。东坡倅杭，数与唱酬。闻其买妾，为之赋诗，首末皆用张姓事。《吴兴志》称其晚年渔钓自适，至今号张钓鱼湾。死，葬弁山下，在今多宝寺。按欧阳集有"张子野墓志"，死于宝元中者，乃博州人，名姓字皆偶同，非吴中之子野也。

杜寿域词一卷

京兆杜安世寿域撰。未详其人，词亦不工。

六一词一卷

欧阳文忠公修撰。其间多有与《花间》、《阳春》相混者。亦有鄙亵之语一二厕其中。当是仇人无名子所为也。

乐章集九卷

柳三变耆卿撰。景祐元年进士，官至屯田员外郎。世号柳屯田。初磨勘及格，昭陵以其浮薄罢之。后乃更名永。其词格固不高，而音律谐婉，语意妥贴，承平气象，形容曲尽。尤工于羁旅行役，若其人则不足道也。

东坡词二卷

苏文忠公轼撰。集中《戚氏》叙穆天子西王母事，世不知所谓，李端叔跋详之。盖在山中燕席间，有歌此阕者，坐客言调美而词不典，以请于公。公方观《山海经》，即叙其事为题，使妓再歌之，随其声填写，歌竟篇就，才点定五六字而已。端叔时在幕府，目击必不诬。或言非坡作，岂不见此跋耶？今坡词多有刊去此篇者。

山谷词一卷

黄太史庭坚撰。

淮海集一卷

秦观撰。

晁无咎词一卷

晁补之撰。晁尝云："今代词手，惟秦七、黄九，他人不能及也。"然二公之词，亦自有不同者。若晁无咎，佳者固未多逊也。

后山词一卷

陈师道撰。

闲适集一卷

晁端礼次膺撰。熙宁六年进士。两为县令，忤上官。坐保甲事，中以危法，废徙。晚乃以承事郎为大晟协律。三阅月而卒。其从侄说之志其墓。

晁叔用词一卷

晁冲之撰。压卷汉宫春梅词行于世。或云李汉老作，非也。

小山集一卷

晏幾道叔原撰。其词在诸名胜中,独可追逼《花间》,高处或过之。其为人虽纵弛不羁,而不苟求进,尚气磊落,未可贬也。

清真词二卷,后集一卷

周邦彦美成撰。多用唐人诗语,檃括入律,浑然天成。长调尤善铺叙,富艳精工,词人之甲乙也。

　　蛰存按:本书卷十七别集类著录《清真集》十四卷。解题云:"邦彦博文多能,尤长于长短句、自度曲。其提举大晟府亦由此。既盛行于世,而他文未传。嘉泰中,四明楼钥始为之序,而太守陈杞刊之。盖其子孙家后于明故也。"同卷又著录《清真杂著》三卷。解题云:"邦彦尝为溧水令,故邑有词集。其后有好事者取其在邑所作文记诗歌并刻之。"

东山寓声乐府三卷

贺铸方回撰。以旧谱填新词,而别为名以易之,故曰"寓声"。

东堂词一卷

毛滂泽民撰。本以"断魂分付潮回去"见赏东坡得名,而他词虽工,未有能及此者。

溪堂词一卷

谢逸无逸撰。

竹友词一卷

谢薖幼槃撰。

冠柳集一卷

王观通叟撰。号王逐客。世传"霜瓦鸳鸯",其作也。词格不高,以"冠柳"自名,则可见矣。

姑溪集一卷

李之仪端叔撰。

聊复集一卷

安定郡王赵令畤德麟撰。

后湖词一卷

苏庠养直撰。

大声集五卷

万俟雅言撰。尝游上庠,不第。后为大晟府制撰。周美成、田不伐皆为作序。

石林词一卷

叶梦得少蕴撰。

芦川词一卷

三山张元幹仲宗撰。坐送胡邦衡词得罪秦丞相者也。

赤城词一卷

陈克子高撰。词格颇高丽,晏、周之流亚也。

简斋词一卷

陈与义撰。

刘行简词一卷

刘一止撰。尝为晓行词,盛传于京师,号刘晓行。

顺庵乐府五卷

康与之伯可撰。与之父倬惟章,诡诞不检,事见《挥麈录》。与之又甚焉。尝挟吴下妓赵芷以遁。与苏师德仁仲有隙,遂与苏玭讪直之狱。玭,仁仲之子,而常同子正之婿也。与之受知于子正,一朝背之,士论不齿。周南仲尝为作传,道其实如此。世所传康伯可词,鄙亵之甚。此集颇多佳语,陶定安世为之序。王性之、苏养直皆称之,而其人不自爱如此,不足道也。

樵歌一卷

朱敦儒希真撰。

初寮词一卷

王安中撰。

丹阳词一卷

葛胜仲撰。

酒边集一卷

户部侍郎向子湮伯恭撰。自号芗林。

漱玉集一卷

易安居士李氏清照撰。元祐名士格非文叔之女。嫁东武赵明诚德甫。晚岁颇失节。别本分五卷。

得全词一卷

赵忠简鼎元镇撰。

焦尾集一卷

韩元吉撰。

放翁词一卷

陆游撰。

石湖词一卷

范成大撰。

友古词一卷

左中大夫莆田蔡伸伸道撰。自号友古居士,君谟之孙。

相山词一卷

王之道彦猷撰。

浩歌集一卷

蔡枏坚老撰。

于湖词一卷

张孝祥安国撰。

稼轩词四卷

宝谟阁待制济南辛弃疾幼安撰。信州本十二卷。卷视长沙为多。金亮之殒,朝廷乘胜取四十郡,未几班师,复弃数郡。京东义士耿京据东平府,遣掌书记辛弃疾赴行在。京后为裨将张安国所杀,弃疾擒安国以归,斩之。详见《朝野杂记》。

可轩曲林一卷

盱江黄人杰叔万撰。

王武子词一卷

未详其名字。

乐斋词一卷

向滈丰之撰。

凤城词一卷

三山黄定泰之撰。乾道壬辰榜首。

竹坡词一卷

周紫芝撰。

介庵词一卷

赵彦端撰。

竹斋词一卷

吴兴沈瀛子寿撰。

书舟词一卷

眉山程垓正伯撰。王称季平为作序。

燕喜集一卷

曹冠宗臣撰。

退圃词一卷

镇洮马宁祖奉先撰。

省斋诗馀一卷

衡阳廖行之天民撰。

克斋词一卷

苕溪沈端节约之撰。

敬斋词一卷

临川吴镒仲权撰。

逃禅集一卷

清江杨无咎补之撰。世所传"江西墨梅",即其人也。

袁去华词一卷

豫章袁去华宣卿撰。

樵隐词一卷

毛开平仲撰。

卢溪词一卷

王庭珪民瞻撰。

知稼翁集一卷

考功郎官莆田黄公度师宪撰。绍兴戊午大魁。坐与赵忠简往来,得罪秦桧,流落岭表。更化召对为郎,未几死,年才四十八。

吕圣求词一卷

槜李吕渭老圣求撰。宣和末人。尝为朝士。

退斋词一卷

长沙侯延庆季长撰。压卷为天宁节万年欢。又有庚寅京师作水调,则大观元年也。

金石遗音一卷

石孝友次仲撰。

归愚词一卷

葛立方常之撰。

信斋词一卷

葛郯谦向撰。

涧壑词一卷

双井黄谈子默撰。

嫩窟词一卷

东武侯寔彦周撰。其曰"母舅晁留守"者,谦之也。绍兴中,以直学士知建康。

王周士词一卷

长沙王以宁周士撰。

烘堂词一卷

卢炳叔易撰。

> 蛰存按:《烘堂词》,《文献通考》作《哄堂词》。四库馆臣据以改正。但汲古阁刻本亦作"烘堂",恐以毛刻为是,未可妄改。卢炳字毛刻作"叔阳"。易即阳。

定斋诗馀一卷

三山林淳太冲撰。

漫堂集一卷

丰城邓元南秀撰。

养拙堂词集一卷

董鉴明仲撰。

坦庵长短句一卷

赵师侠介之撰。

晦庵词一卷

李处全粹伯撰。淳熙中侍御史。

近情集一卷

鄱阳王大受仲可撰。

野逸堂词一卷

历阳张孝忠正臣撰。

松坡词一卷

京镗仲远撰。

默轩词一卷

豫章刘德秀仲洪撰。庆元中为签枢。

岫云词一卷

长沙钟将之仲山撰。尝为编修官。

西樵语业一卷

庐陵杨炎止济翁撰。

蛰存按：杨炎正，字济翁，诚斋之族弟，见《诚斋诗话》。《武林旧事》有杨炎正《钱塘迎酒歌》。此与《文献通考》及汲古阁刻本均误作"炎止"。后人又误以为杨炎，号止济翁。

云溪乐府四卷

魏子敬撰，未详何处人。

西园鼓吹二卷

徐得之思叔撰。

李东老词一卷

李叔献东老撰。

东浦词一卷

韩玉温甫撰。

李氏花萼集五卷

庐陵李氏兄弟五人：洪，子大。漳，子清。泳，子永。泂，子召。澍，子秀。皆有官阀。

好庵游戏一卷

莆田方信孺孚若撰。开禧中，使入金国，后至广西漕。

鹤林词一卷

简池刘光祖德脩撰。绍熙名臣。为御史，起居郎，晚以杂学士终。蜀之耆德。有文集，未见。

笑笑词集一卷

临江郭应祥承禧撰。嘉定间人。

自《南唐二主词》而下，皆长沙书坊所刻，号《百家词》。其前数十家皆名公之作，其末亦多有滥吹者。市人射利，欲富其部帙，不暇择也。

萧闲集六卷

蔡伯坚撰。靖之子，陷金者。

吴彦高词一卷

吴激彦高撰。米元章之壻。亦陷金,二人皆贵显。

白石词五卷

姜夔尧章撰。

> 蛰存按:卷二十著录《白石道人集》三卷,解题曰:"鄱阳姜夔尧章撰。千岩萧东夫识之于年少客游,以其兄之子妻之。石湖范至能尤爱其诗。杨诚斋亦爱之,尝称其岁除舟行十绝,以为有裁云缝月之妙思,敲金戛玉之奇声。夔颇解音律,进《乐书》,免解,不第而卒。词亦工。"

西溪乐府一卷

姚宽令威撰。

洮湖词一卷

金坛陈从古晞颜撰。

审斋词一卷

东平王千秋锡老撰。

海野词一卷

曾觌撰。孝宗潜邸人。怙宠依势,世号"曾龙"者也。龙,名大渊。

莲社词一卷

张抡才甫撰。

梅溪词一卷

汴人史达祖邦卿撰。张约斋磁为作序。不详何人。

竹屋词一卷

高观国宾王撰。亦不详何人。高邮陈造并与史二家序之。

刘改之词一卷

襄阳刘过改之撰。

冷然斋诗馀一卷

苏泂召叟撰。

蒲江集一卷

永嘉卢祖皋申之撰。

欸乃集八卷

昭武严次山撰。欸音暖,乃如字,余尝辨之其详。

花翁词一卷

孙惟信季蕃撰。

> 蛰存按:本书卷二十诗集类下箸录《花翁集》一卷。解题云:"开封孙惟信季蕃撰。在江湖中颇有标致。多见前辈,多闻旧事。善雅谈。长短句尤工。尝有官,弃去不仕。"

萧闲词一卷

韩疁子耕撰。

注坡词二卷

仙谿傅榦撰。

注琴趣外篇三卷

江阴曹鸿注叶石林词。

注清真词二卷

曹杓季中注。自称一壶居士。

乐府雅词三卷,拾遗一卷。

曾慥编。蛰存按:《文献通考》著录《乐府雅词》作十二卷,拾遗二卷。

复雅歌词五十卷

题铜阳居士序。不著姓名。末卷言宫词,音律颇详,然多有调而无曲。蛰存按:"宫词", 疑"宫调"之误。《文献通考》亦误。

草堂诗馀二卷

类分乐章二十卷

群公诗馀前后编二十二卷

五十大曲十六卷

万曲类编十卷

皆书坊编集者。

阳春白雪五卷

赵粹夫编。取《草堂诗馀》所遗,以及近人之作。按:此条原本脱漏,今据《文献通考》补入。

卷二十　诗集类下

庆湖遗老集九卷　拾遗二卷

朝奉郎贺铸方回撰。自序言外监知章之后。且推本其初,出王子庆忌。以庆为姓, 居越之湖泽,今所谓镜湖者,本庆湖也。避汉安帝及清河王讳,改为贺氏。庆湖亦转为 镜。未知其说何所据也。其《东山乐府》,张文潜序之。铸后居吴下,叶少蕴为作传,详其 出处,且言与米芾齐名。然铸生皇祐壬辰,视米芾犹为前辈也。

得全居士集三卷

赵鼎元镇撰。全集号《忠正德文》,其曾孙璧别刊其诗,附以乐府。陆游曰:"忠简 谪朱崖,临终自书铭旌曰:'身骑箕尾归天上,气作山河壮本朝。'呜呼,可不谓伟 人乎。"

天台集十卷　外集四卷　长短句三卷附

临海陈克子高撰。李唐子长跋其后云:"删定,乡人也。少时侍运判公赗序宦学四 方。曾慥《诗选》叙为金陵人,盖失其实。今考集中首末多在建康,且尝就试焉,当是侨寓 也。《诗选》又言:"不事科举,以台安老荐入幕府得官。"按集有《闻榜》二绝,则尝应举矣。 又有《甲午岁所作》,云三十四。则其生当在元丰辛酉,得官入幕,盖已老矣。诗多情致, 词尤工。

松坡集七卷　乐府一卷

丞相豫章京镗仲远撰。镗使金执节,骤用。其在相位,当韩侂胄用事,无所立。

曾𬣞父诗词一卷

知台州曾𬣞父撰。纡之子也。皆在台时所作。

瓦全居士诗词二卷

太常博士宁海王藻身甫撰。初名津,字子知。

卷十七　别集类中

后山集十四卷　外集六卷　谈丛六卷　理究一卷　诗话一卷　长短句二卷

秘书省正字彭城陈师道无己撰。一字履常。(节)后山者,其自号也。

淮海集四十卷　后集六卷　长短句三卷

秘书省正字高邮秦观少游撰。一字太虚。观才极俊,尝应制举,不得召。终以疏荡不检,见薄于世。后亦不免贬死。

东堂集六卷　诗四卷　书简二卷　乐府二卷

祠部郎江山毛滂泽民撰。滂为杭州法曹,以乐府词有佳句,受知于东坡,遂有名。尝知武康县,县有东堂,集所以名也。又尝知秀州,修月波楼,为之记。其诗文视乐府颇不逮。

北湖集十卷　长短句一卷

直秘阁知虢州富川吴则礼子副撰。其父中复,以孙抃荐为御史,不求识面台官者也。中复弟幾复,嗣复,子立礼,及嗣复子审礼,皆登科,有名誉。则礼以父泽入仕,晚居豫章,自号北湖居士。

箕颍集二十卷

颍昌曹组元宠撰。组本与兄纬俱有声太学,亦能诗文,而以滑稽下俚之词行于世得名,良可惜也。谢克家任伯为集序。其子勋跋其后,略见其出处。(下略)

丁永州集三卷

知永州吴兴丁注葆光撰。元丰中,余中牓进士。喜为歌词,世所传催雪无闷,及重午庆清朝,皆有承平闲雅气象。有女适乐清令富春李素见素,寔先姚之大父母也。

卷十八　别集类下

适斋类稿八卷

奉新袁去华宣卿撰。绍兴乙丑进士。改官,知石首县,即卒。善为歌词。尝赋长沙定王台,见称于张安国,为书之。

陈振孙,字伯玉,号直斋,浙江安吉人。南宋末,端平年间,仕为浙西提举,改知嘉兴府。又曾官于莆田。其后仕至侍郎。其仕履不甚可考,所知仅此。直斋家富藏书,至五万馀卷。仿晁公武《郡斋读书志》,作《直斋书录解题》。略叙各书内容得失,极为精详。

宋人藏书目录,存于今者,不过四五种。其箸录词籍最多者,惟有此书。以宋人志宋词籍,极有参考价值。今即以此书中词籍部分别出,刊于《词学》,为《词学书目集录》之始。一九八七年四月记。

(2)《遂初堂书目》著录词籍 （宋）尤　袤

乐府逸词	东坡词
花间集	主逐客词
以上总集类	李后主词
唐花间集	杨元素本事曲
冯延巳阳春集	曲选
黄鲁直词	四英乐府
秦淮海词	锦屏乐章
晏叔原词	乐府雅词
晁次膺词	以上乐曲类

(3)《菉竹堂书目》著录词籍 （明初）叶　盛

遗山乐府一册	词林藻鉴一册
西庵乐府一册	琴趣外篇一册
元先生长短句一册	乐府品题一册
淮海居士长短句一册	简斋词一册
稼轩长短句四册	梅苑词一册
乐府新声一册	烟波渔隐词一册
柳公乐章一册	诸家宴燕词三十册
静轩乐府一册	阳春白雪一册
乐府联珠一册	戏曲大全三册
涧泉诗馀集一册	风月锦囊一册
草堂诗馀一册	笑苑千金一册
诸家诗词五册	选唱赚词一册
辛稼轩词四册	十英曲会二册
滕玉霄词六册	白石道人歌曲一册
须溪词二册	清江渔谱一册
窦氏联珠一册	名贤珠玉集一册

　　尤袤，字延之，宋绍兴十八年进士，官至礼部尚书。生平好聚书，陈振孙称其遂初堂藏书"为近世冠"。今存书目一卷，疑为历代传钞之馀，非其原本。词籍著录仅十六种，其《乐府逸词》、《四英乐府》、《锦屏乐章》等三种，皆未闻传本。

　　　　　　　　　　　　　　　　　　　　　　　一九八七年六月四日，蛰存记。

(4)《百川书志》著录词籍 （明）高　儒　嘉靖十九年自序

　　东坡乐府一卷　宋文忠公苏轼撰，止二十四阕。

　　豫章黄山谷词一卷　宋太史山谷翁黄庭坚鲁直撰。六十八令，一百七十五阕。

后山词一卷　宋彭城陈师道履常撰

无住词一卷　宋简斋陈与义去非著，凡十八阕。

荆公词一卷　宋临川王安石介甫著

放翁词一卷　宋山阴陆游务观著

石屏词一卷　宋天台戴式之复古著

草堂诗馀四卷　《通考》云：书坊所编。各有注释引证，皆五代及宋人之作也。分五十九题，凡四百阕。

中州乐府一卷　金河东元好问裕之撰。本朝之词三十六人，百有十阕。

道园乐府一卷　元雍虞集伯生著，词止四阕，馀皆《鸣鹤馀音》。

鸣鹤馀音一卷　元虞绍庵著。虽载本集，此卷较多，凡一十二阕。

椎庵词　元刘静修著

圭塘欸乃一卷　元光禄大夫许有壬集

梅屋词一卷　宋进士朱子门人程贵卿著，凡十八阕。

春雨轩词一卷　元鄱阳刘彦昺撰，凡十八阕。

风雅遗音二卷　宋随庵林正大猷之以六朝唐宋诗文四十一篇括意度腔，以洗诗哇，振古风，更冠本文于前。

皇明御制乐府一卷　宣德年制，凡一百一十二首。

白雪遗音一卷　皇明三山陈德武著，六十七首。

写情集二卷　皇明诚意伯郁离子括苍刘基著，凡二百一十六首。

高太史扣舷集一卷　皇明太史高启季迪撰，凡二十九首。

南涧诗馀一卷　皇明侯官林廷玉撰

馀清词集一卷　皇明钱塘瞿佑宗吉著，共二百首。

乐府馀音二卷　皇明瞿佑著，凡一百十二首，与《馀清》相出入。

诚斋词一卷　国朝周府殿下

纪行词一卷　皇明序庵成始终著，凡十一首。

鸣盛词一卷　皇明员外三山林鸿子羽著，凡三十一首。

藏春词一卷　元光禄大夫太保文贞公刘侃著，凡七十六首。

省愆词一卷　皇明武英殿大学士黄宗豫著，十一首。

归闲词一卷　皇明东明居士钱仁夫著，词七首，有序引。

葵轩词一卷　皇明贵溪夏汝霖撰，凡三十九首。蟫存按："夏汝霖"，瞿凤起校钞本作"夏旸"。

草堂馀意二卷　皇明七一居士陈铎大声次韵。

宾竹诗馀一卷　皇明武定侯郭珍著

水云词二卷　宋水云山人吴人汪元量大有著

眉庵词一卷　皇朝山西廉使吴郡杨基孟载著

花间集十卷　蜀银青光禄大夫行卫尉少卿赵崇祚弘基集晚唐五季之词，温飞卿而下，凡十八人，共五百首。此近世倚声填词之祖，过其诗律远矣。

右集志歌词类全目

(5)《古今书刻》著录明代各直省所刊词籍 （明)周弘祖　嘉靖三十八年自序

花间集　南直隶苏州府

草堂诗馀　松江府　又徽州府　又扬州府　又临江府　又建宁府书坊

诗馀图谱　湖广武昌府

云庄乐府　山东德府

许西涯乐府　陕西布政司

碧山乐府　陕西布政司

(6)《万卷堂书目》著录词籍 （明)朱睦㮮

卷四　杂文类

花间集十卷　赵崇祚

稼轩长短句十二卷　辛弃疾

豫章黄先生词一卷　黄庭坚

草堂诗馀四卷　顾从敬

云林清赏词一卷　临川侯老

名儒草堂诗馀二卷

万卷堂书目四卷,旧钞本,刻入玉简斋丛书二集。万卷堂主人为明宗室朱睦㮮,字灌甫,别署东陂居士。分藩祥符,藏书六万卷。隆庆庚午秋日,自编书目,以四部区分,词曲、尺牍、诗话诸书,均入杂文类。崇祯壬午,"贼"决河堤,书堂沦于巨浸、惟存此书目四卷而已。今钞出词籍目六种,其云林清赏词未闻,或非词曲之词,姑录存之。

一九八七年十一月六日,北山记。

(7)《脉望馆书目》著录词籍 （明)赵琦美
词曲类

百家词四本	南唐二主长短句一本
海野老人词一本	东坡词一本
花间集一本	李易安词一本
立斋词一本	乐府雅词四本
陈太学赏牡丹词一本	绝妙好词一本
诗馀漫记　本	续草堂诗馀四本
五川词一本	草堂馀意一本
苑洛馀音一本	王舜耕词三本
词选一本	草堂馀响一本
名贤词府二本	听雨斋小词一本

辛稼轩词一本　　　　　　　　　张子野词一本
唐词纪三本　　　　　　　　　　柳屯田乐章集一本
填词一本　　　　　　　　　　　姑溪词一本
风雅遗音一本　　　　　　　　　花间雅什一本
中州乐府一本　　　　　　　　　存斋乐府遗音一本
诗馀图谱四本　　　　　　　　　乐府遗音一本
花草粹编六本　　　　　　　　　云林清赏一本
胡元草堂诗馀一本　　　　　　　梅苑二本
词调元龟六本　　　　　　　　　草堂诗馀续集四本
词林万选一本　　　　　　　　　山堂词稿四本
晁氏琴趣外编一本　　　　　　　升庵词品一本

　　虞山赵琦美，字仲朗，号玄度，别署清常道人。明嘉靖癸亥生，天性颖发，博闻强记。历官刑部郎中。天启甲子卒。赵氏藏书之富，甲于东南，今传其《脉望馆书目》四卷，刻入《玉简斋丛书》二集。此书目亦以四部分类，惟以词曲类及杨升庵集附于史部九之后，殊不可解，疑刊版时有错简矣。词曲类诸书编次甚乱，词曲不分，且有花蕊宫词，王歧公宫词、王建宫词杂入其间，尤为谬误。今录其词籍部分，然恐有实为曲集者，待他日刊定。杨升庵集自为一类，凡著录升庵所著书五十一种，亦可备参考，惟词学之书，仅词品一本耳。

一九八七年十一月六日北山记。

(8)《世善堂书目》著录词籍　（明）陈　第　万历四十四年自序
　　松坡集七卷附乐府一卷豫章京镗　　　周美成词二卷
　　张子野词一卷　　　　　　　　　　漱玉集词一卷李易安
　　柳三变乐章集九卷耆卿　　　　　　陆放翁词一卷
　　苏东坡词二卷　　　　　　　　　　知稼翁词一卷莆田黄公度
　　秦淮海词一卷观　　　　　　　　　李氏花萼楼词五卷兄弟五人，庐陵。
　　黄山谷词二卷　　　　　　　　　　夏桂洲词二卷言
　　晁无咎词一卷　　　　　　　　　　乐府雅词十四卷曾慥
　　陈后山词一卷　　　　　　　　　　草堂诗馀七卷

(9)《汲古阁珍藏秘本书目》著录词籍　（明）毛　扆
　　绝妙好词二本精抄　二两
　　最精元板丽则遗音一本藏经纸面，虽系元刻，精妙绝伦，亦至宝也　一两二钱
　　宋板岳倦翁宫词、宋板石屏词、许棐梅屋词二本合一套藏经纸面，许、岳二家，人间绝无。石屏比世行本不同，一校便知。　六两
　　花间集二本　南宋版精抄　三两
　　元板片玉词二本　一两二钱

宋板柳公乐章五本今世行本俱不全,此宋板,特全,故可宝也。　五两

北宋板花间集四本　八两

宋词一百家未曾装订。已刻者六十家,未刻者四十家,俱系秘本。细目未及写出,容俟续寄。精抄。一百两。

元词二十家精钞　尚未装订　十两

中州乐府一本　三两

词源一本竹纸旧抄　三钱

毛扆,字斧季,汲古阁主人毛晋之子。欲以家藏善本书籍出售,故此书目皆标明售价银数。蛰存记。

(10)《李蒲汀家藏书目》著录词籍　(明)李廷相

词三本周美成、刘静修、程正伯、蒋竹山、王审斋。

梅苑三本

南词二套八十五本　钞本

梦窗词二本

山谷词

葵轩词二本

花间集二本

李廷相,字梦弼,号蒲汀,濮州人。明弘治壬戌(1502)进士,历官南京户部尚书。藏书甚富,今传《李蒲汀家藏书目》二卷。一九八八年五月十七日北山记。

(11)《天一阁书目》著录词籍

盈字号厨	稼轩长短句
升庵长短句续集一本	柳屯田乐章一本钞
钞词二十二册　四十家四十本	阳春白雪二本钞
淮海居士长短句一本	小山词一本钞
又一本	江南春词一本
岁字号厨	词林万选二本
珠玉词一本	词选五本
中州乐府一本	玉霄仙明珠集一本
名贤乐府一本钞	辛稼轩词四本
词学筌蹄一本钞	颐堂词一本
风雅遗音二本	阳春白雪外集一本钞
乐府	杂词一本
乐府新编二本钞	草堂诗馀别录一本钞
注坡词一本钞	草堂诗录四本

唐宋名贤词四十本　　　　　　　　　　填词图谱四本

诗馀图谱三本　　　　　　　　　　　　词谱续集一本

调字号厨

范钦,字尧卿,鄞县人,明嘉靖壬辰(1532)进士,历官兵部右侍郎。钦好聚书,筑天一阁藏之。子孙继志,增益不绝。清嘉庆中,阮元按试至鄞,命范氏子孙编为目录十卷,著录藏书四千九百四种,五万三千七百九十九卷。道光、咸丰、同治三朝兵燹,阁中藏书损失甚多。民国初,编《天一阁现存书目》六卷,今据以钞出词籍书目。

一九八八年六月五日北山记。

(12)《也是园藏书目》著录词籍　　(清)钱　曾

卷七词

花间集十卷　　　　　　　　　　　　陈师道后山词一卷

尊前集二卷　　　　　　　　　　　　张先子野词一卷

花庵绝妙词选三卷　　　　　　　　　周美成片玉集一卷

弁阳老人绝妙词选七卷　　　　　　　柳永乐章集三卷

唐宋诸贤绝妙词选十卷　　　　　　　辛稼轩词四卷

中兴以来绝妙词选十卷　　　　　　　陆放翁词四卷

黄载万梅苑十卷　　　　　　　　　　毛滂东堂词一卷

古今词三卷　　　　　　　　　　　　芝山老人虚斋乐府二卷

草堂诗馀四卷　　　　　　　　　　　葛郯信斋词一卷

续草堂诗馀二卷　　　　　　　　　　杨泽民和清真词一卷

元人草堂诗馀三卷　　　　　　　　　向镐乐斋词一卷

中州乐府一卷　　　　　　　　　　　戴石屏长短句一卷

王灼碧鸡漫志五卷　　　　　　　　　周紫芝竹坡老人词三卷

张炎词源二卷　　　　　　　　　　　姜夔白石词一卷

升庵词品六卷　　　　　　　　　　　史达祖梅溪词一卷

古今词话十卷　　　　　　　　　　　叶梦得石林词一卷

诗馀图谱十二卷　　　　　　　　　　向子諲酒边集一卷

诗馀画谱二卷　　　　　　　　　　　赵师使坦庵长短句一卷

陈耀文花草粹编十二卷　　　　　　　贺铸东山词二卷

晏幾道小山词一卷　　　　　　　　　石孝友金谷遗音一卷

晏殊珠玉词一卷　　　　　　　　　　曾觌海野老人词一卷

东坡乐府二卷　　　　　　　　　　　谢逸溪堂词一卷

欧阳公六一词一卷　　　　　　　　　程垓书舟词一卷

秦淮海长短句三卷　　　　　　　　　高观国竹屋词一卷

黄山谷词一卷　　　　　　　　　　　刘克庄后村诗馀二卷

　　　　　　　　　　　　　　　　　卢炳烘堂集一卷

王千秋审斋集一卷　　　　　　洪咨夔平斋词一卷

杜安世寿域词一卷　　　　　　侯寘嬾窟词一卷

张元幹芦川词二卷　　　　　　吴潜履斋诗馀一卷

杨无咎逃禅词一卷　　　　　　沈端节克斋词一卷

晁补之琴趣外篇六卷　　　　　黄公度知稼翁词一卷

晁元礼琴趣外篇五卷　　　　　张矩芸窗词一卷

张孝祥于湖长短句五卷　　　　赵子昂松雪词一卷

刘过龙洲词一卷　　　　　　　刘因静脩词一卷

王安中初寮词一卷　　　　　　蒋捷竹山词一卷

赵长卿惜香乐府九卷　　　　　张埜古山乐府一卷

方岳秋崖词四卷　　　　　　　林正大风雅遗音一卷

毛开樵隐诗馀一卷　　　　　　许棐梅屋诗馀一卷

杨炎西樵话丛一卷　　　　　　刘伯温写情集四卷

　　按："话丛"乃"语业"之误刻　　桂洲词十卷

韩玉东浦词一卷　　　　　　　鸣鹤馀音一卷

李公昂文溪词一卷　　　　　　升庵月节词一卷

洪瑹空同词一卷　　　　　　　朱淑真断肠词一卷

赵彦端琴趣外篇六卷　　　　　渚山堂词话三卷

蔡伸友古居士词一卷

钱谦益从孙裔肃,字嗣美,其子曾,字遵王,父子皆好聚书。钱氏绛云楼、赵氏脉望馆,火后烬馀,皆归于遵王。其藏书目曰《也是园藏书目》、《述古堂藏书目》。遵王又著《读书敏求记》,为其所藏善本书作提要。今录其有关词籍者于此。

一九八八年三月十四日,北山记。

(13)《述古堂藏书目》著录词籍　（清）钱　曾

花间集十卷二本宋版　　　　　毛滂东堂词一卷

张炎词源二卷抄本　　　　　　陆放翁词一卷

弇阳老人绝妙词选七卷一本抄本　辛稼轩词四卷

诗馀图谱三卷　　　　　　　　张子野词一卷

尊前集一本抄本　　　　　　　史达祖梅溪词一卷

元草堂诗馀三卷一本　　　　　姜夔白石词一卷

草堂诗馀四本　　　　　　　　叶石林词一卷

欧阳公六一词一卷　　　　　　向子諲酒边词一卷

黄山谷词一卷　　　　　　　　谢逸溪堂词一卷

秦淮海词一卷　　　　　　　　蒋捷竹山词一卷

陈后山词一卷　　　　　　　　程垓书舟词一卷

高观国竹屋词一卷　　　　　　张矩芸窗词一卷

刘克庄后村词一卷　　　　　　贺铸方回词一卷

张元幹芦川词一卷　　　　　　黄公度知稼翁词一卷

张孝祥于湖词一卷　　　　　　友古居士词一卷

刘过龙洲词一卷　　　　　　　松雪词一卷

王安中初寮词一卷　　　　　　刘伯温写情词

赵彦端介庵词一卷　　　　　　朱淑真断肠词一卷

洪咨夔平斋词一卷　　　　　　中州乐府一本抄本

侯寘嬾窟词一卷　　　　　　　桂洲词一卷

沈端节克斋词　　　　　　　　渚山堂词话一卷

吴潜履斋词一卷

(14)《读书敏求记》著录词籍　(清)钱　曾

卷四　词

花间集十卷

赵崇祚集唐末才士长短句,欧阳炯为之弁语,可继孝穆《玉台》序文。绍兴十八年济阳晁谦之刊正,题于后。镂板精好,楮墨绝佳,宋椠本中之最难得者也。

弁阳老人绝妙词选七卷

弁阳老人选此词,总目后又有目录,卷中词人,大半余所未晓者。其选录精允,清言秀句,层见叠出,诚词家之南董也。此本又经前辈细勘批阅,姓氏下各朱标其出处、望第,展玩之心目了然。

梅苑十卷

王晦叔曰:"吾友黄载万,歌词直与唐名辈相角。所居斋前梅花一枝甚盛,因录唐以来词人才士之作,凡数百篇,为斋居之玩,名曰《梅苑》,其乐府号《广变风》,有赋梅花数曲,亦自专特。"晦叔称许载万如此,余今复睹其书。声声慢俱作胜胜慢,未敢率意改之。

东坡乐府一卷

《东坡乐府》刻于延祐庚申,旧藏注释宋本,穿凿芜漏,殊不足观,弃彼留此可也。

张炎词源二卷

炎,字叔夏,西秦玉田人。著《词源》。上卷详考律吕,下卷泛论乐章。别有《山中白云词》行于世。

中兴以来绝妙词选十卷

万历二年龙邱桐源舒氏新雕本,间有缺字。此则淳祐己酉所刻本也。

长□□□词二卷

□□□手书,词中多呼否为府与舞,□□□□□也。(原缺)

(15)《季沧韦书目》著录词籍　(清)季振宜

东坡长短句十二卷_{宋板}

东坡乐府上下二卷_{宋板}

山谷赋词诗十卷二套_{宋板}　　以上三种入《延令宋板书目》

类选群英诗馀二本

诗馀谱二本抄

古今词话十卷一本

群公诗馀六本_{宋板}

欧文忠秦淮海真西山琴趣四本_{宋刻}　　以上五种入《宋元杂板书目》

季振宜,字诜兮,号沧苇,泰兴人。清顺治丁亥(1647)进士,官至御史。二世藏书,雄视淮甸。其书多得自钱曾述古堂。

一九八八年三月二十日　北山钞

(16)《文瑞楼书目》著录词籍　(清)金　檀

唐恭王秋江词八卷_{庄王第三子,高帝元孙,正德中薨,谥恭靖。}

右入明帝王文集类

邵亨贞蛾术诗词选十二卷

右入明人文集类

御选历代诗馀一百二十卷

绝妙词选二十卷

词苑丛谈

花影集

右入词类

金檀,字星轺,桐乡诸生,居苏州,康熙时人。好藏书,筑文瑞楼贮之。今传其《文瑞楼书目》十二卷。

一九八八年二月五日　北山钞

(17)《稽瑞楼书目》著录词籍　(清)陈　揆

宋八十家词二十六册

乐府指迷二卷一册

丽则遗音一册_{元刻本}

锦华集诗馀十卷_{姚俳撰　钞本二册}

仅存录诗馀一卷_{梁溪顾彭寓邑中录其昆季所作　钞本一册}

按以上两种别入邑中著述目录

陈揆,字子准,虞山诸生。家世藏书,至揆愈富,多绛云楼、汲古阁旧物。得唐人刘赓著《稽瑞》一卷,为传世孤本,因名其书楼曰"稽瑞"。无子,身后书皆散出。多归翁叔平。

潘祖荫为刻其藏书目。北山记。

(18)《孙氏祠堂书目》著录词籍　（清）孙星衍

花间集十卷仿宋晁谦之刊本

又四卷明汤显祖评本

乐府雅词三卷拾遗一卷

类编草堂诗馀四卷题武陵逸史编　明顾氏刊本

名儒草堂诗馀三卷元庐陵凤林书院编

草堂诗馀正集五卷续集二卷别集四卷新集四卷明沈际飞编

词综三十四卷朱彝尊编

琴画楼词钞二十五卷王昶编

宋六十名家词六集明毛晋刊本

按原列子目，兹从略。惟"于湖词四卷"下云："初刻止一卷"。按：汲古阁初刻《于湖词》一卷，后得见宋本，据以续刻二卷，为三卷本。迄今未闻有四卷本。书此待考。北山。

张子野词二卷补遗一卷

漱玉词一卷

石湖词一卷

又和词一卷宋陈三聘撰

断肠词一卷

花外集一卷

贞居词一卷

蘋洲渔笛谱二卷

剪绡集宋李莱撰

蜕岩词二卷

词林万选四卷题明杨慎撰

炊闻词二卷王士禄撰

斫水词三卷孔继涵撰

苍岘山人诗馀一卷秦松龄撰

有正味斋词八卷吴锡麒撰

按右二种均附在诗文集后

孙星衍，字渊如，江苏常州人，清乾隆丁未一甲第二，赐进士出身，官至山东督粮道。勤于著述，性好藏书。其《孙氏祠堂书目》有嘉庆十五年自序。北山记。

(19)《知圣道斋读书跋》著录词籍　（清）彭元瑞

宋未刻词

于谦牧堂藏书中得宋元人词二十二帙，题曰《汲古阁未刻词》。行款、字数与已刻六十家词同。每帙钤毛子晋诸印，皆精好。余旧藏李西涯辑《南词》一部，又宋元人小词一部，合此三书，于六十家外又可得六十二种，安得好事者续镌为后集？

遗山乐府

嘉庆戊午，立夏曝书，阅之终卷。此公于此事全无解处，第五卷全是寿词，逾形尘坌，固宜集中不入此体也。钞手多讹脱，亦无庸再校矣。

彭元瑞，字辑五，号芸楣，南昌人，乾隆进士，官至工部尚书，协办大学士，著《知圣道斋读书跋》，录其所藏善本书。今钞出其词籍二目。北山。

(20)《邵亭知见传本书目》著录词籍　（清）莫友芝

词曲类

汲古阁刊《六十家词》六集，此所不收者十家。今于汲古刊者注明第几集，以便检寻。其不收者，三集周必大《近体乐府》，石孝友《金谷遗音》，刘克庄《后村别调》。四集程珌《洺水词》。五集洪瑹《空同词》，李昴英《文溪词》，张矩《芸窗词》。六集杜安世《寿域词》，陈师道《后山词》，卢炳《烘堂词》，各一卷，并入存目。又《白石词》一卷，亦入存目，以著录全本也。存目又载《宋名家词》，无卷数，毛晋编，即《六十家词》也。

南唐二主词一卷　中主　后主

阳春集一卷　南唐冯延巳撰

康熙中，锡山侯文灿刊《名家词》本。

又，何梦华藏单本旧抄，凡一百十八阕，有宋嘉祐戊戌陈世修序，盖世修掇拾所编也。《直斋书录解题》作《阳春录》。《焦氏经籍志》著录，见张氏志。

珠玉词一卷　宋晏殊撰

汲古阁一集本

乐章集一卷　宋柳永撰

汲古阁一集

安陆集一卷附录一卷　宋张先撰

葛鸣阳刊。

侯文灿刊。

知不足斋本。

六一词一卷　宋欧阳修撰

汲古一集。

欧集中本三卷。

东坡词一卷　宋苏轼撰

汲古一集。

苏集中本二卷。

有延祐庚申刊本。

东山词一卷　宋山阴贺铸方回撰

　　昭文张氏藏汲古旧藏宋刊本,云原上下二卷,今存卷上一卷,凡一百九阕。《直斋书录》云:"东山乐府,张文潜序之。"当即此本。《六十家词》未刊,盖以得书稍迟耳。邵亭丁卯中秋于杭肆见一册二卷,上卷盖即此本。下卷又别据旧抄及诸选本中辑出者,惜未购致。

山谷词一卷　宋黄庭坚撰

　　汲古一集。

　　明嘉靖刊黄集本别编一卷。

淮海词一卷　宋秦观撰

　　《词苑英华》本。

　　《淮海集》本三十卷。

　　汲古一集。

书舟词一卷　宋程垓撰

　　汲古二集。

小山词一卷　宋晏几道撰

　　汲古一集。

晁无咎词六卷　宋晁补之撰

　　汲古六集题云《琴趣外篇》。

姑溪词一卷　宋李之仪撰

　　汲古四集。

东堂词一卷　宋毛滂撰

　　汲古一集。

溪堂词一卷　宋谢逸撰

　　汲古二集。

片玉词二卷补遗一卷　宋周邦彦撰

　　汲古二集。

详注周美成片玉集十卷　宋陈元龙注释

　　元龙字少章,庐陵人。是书分春夏秋冬四景,及单题、杂赋、诸体为十卷。以美成词借字用意,言言俱有来历,乃广为考证,详加笺注。阮氏以进呈。

初寮词一卷　宋王安中撰

　　汲古四集。

友古词一卷　宋蔡伸撰

　　汲古四集。

和清真词一卷　宋方千里撰

　　汲古三集。

圣求词一卷　宋吕滨老撰

　　汲古六集。

樵歌三卷　宋朱敦儒希真撰

昭文张氏从照旷阁藏本传抄,《至元嘉禾志》云:"敦儒本中原人,以词章擅名,天资旷达,有神仙风致,高宗南渡初,寓此,尝为《樵歌》"云云。直斋著录。阮氏则依汲古阁旧抄录以进呈。提要云:"敦儒,洛阳人,绍兴乙卯以荐起,赐进士出身,累官两浙东路提点刑狱,上疏乞归,居嘉禾。"

王周士词一卷　宋王以凝撰

字周士,湘潭人,由太学生仕鼎澧帅幕,靖康初,征天下兵,以凝走鼎州,乞解太原围。建炎中,以宜抚司参谋制置襄邓。是编依汲古阁旧抄过录,凡三十一首,句法精壮,无南宋浮艳虚薄之习。阮氏以进呈。

石林词一卷　宋叶梦得撰

汲古二集。

筠溪乐府一卷　宋李弥逊撰

知不足斋刊本。

路氏有抄本。

旧本附集内。

丹阳词一卷　宋葛胜仲撰

汲古五集。

坦庵词一卷　宋赵师使撰

汲古二集。

酒边词二卷　宋向子諲撰

汲古二集。

无住词一卷　宋陈与义撰

汲古六集。

竹坡词三卷　宋周紫芝撰

汲古六集。

漱玉词一卷　宋李清照撰

《诗词杂俎》刊。

芦川词一卷　宋张元幹撰

汲古四集。

东浦词一卷　宋韩玉撰

汲古六集。

渭川居士词一卷　宋吕胜己季克撰

昭文张氏载旧抄本。志云:"胜己仕履未详,是书亦绝无著录者。满江红注云:'辛丑年假守沅州。'又云:'登长沙定王台和南轩张先生韵。'鹧鸪天注云:'城南书院饯别张南轩赴阙奏事。'盖南轩同时人也。辛丑,当孝宗淳熙八年。"

嬬窟词一卷　宋侯寘撰

汲古五集。

逃禅词一卷　宋杨无咎撰

汲古五集。

于湖词三卷　宋张孝祥撰

汲古四集四卷。

昭文张氏影宋本五卷,拾遗一卷

于湖先生长短句五卷拾遗一卷　宋张孝祥撰

张金吾藏影宋刊本,有乾道辛卯陈应行、汤衡两序。氏志云:"是书毛氏初刊一卷,继得全集,续刊两卷,篇次均经移易,并删去目录内所注宫调,此则犹是宋时原本也。"

海野词一卷　宋曾觌撰

汲古五集。

审斋词一卷　宋王千秋撰

汲古六集。

介庵词一卷　宋赵彦端撰

汲古五集。

归愚词一卷　宋葛立方撰

汲古四集。

省斋诗馀一卷　宋衡阳廖行之天民撰

昭文张氏有旧抄本。

丁禹生亦有旧抄本,云是汲古阁藏者。

是书直斋著录也。

和石湖词一卷　宋吴郡范成大至能词,东吴陈三聘梦弼和。

昭文张氏有旧抄本,云是书知不足斋梓入丛书,犹有脱字缺页,而比较善。

克斋词一卷　宋沈端节撰

汲古五集。

稼轩词四卷　宋辛弃疾撰

汲古一集。

嘉庆十六年族裔启泰刊集本词四卷,校毛本多三十四首。

明历城王诏校刊本。

嘉靖丙申季灂序十二卷本,盖是旧编。毛刊合三卷为一卷。

元刊大字行书本,半页九行。行十六字。

龙川词一卷补遗一卷　宋陈亮撰

汲古四集。

西樵语业一卷　宋杨炎正撰

汲古三集。

放翁词一卷　宋陆游撰

汲古一集。

樵隐词一卷　宋毛开撰

陈振孙《书录解题》载《樵隐词》一卷。此刊计四十二首,不知即振孙所见否?开他作不甚著,而小词最工,王木叔题词有病其诗文视乐府颇不逮之语,则当时有定论矣。

汲古二集。

知稼翁词一卷　宋黄公度撰

汲古六集。

蒲江词一卷　宋卢祖皋撰

汲古六集。

平斋词一卷　宋洪咨夔撰

汲古五集。

白石道人歌曲四卷别集一卷　宋姜夔撰

汲古二集。

《白石词》一卷乃从诸选本录出,甚不备。竹垞选《词综》亦未见全本。

嘉定壬戌刊于云间。

乾隆八年,江都陆钟辉诗集刊本最佳。

知不足斋重刊陆本亦可。

《群贤小集》本不佳。

道光中祠堂刊本,于自制曲削去工尺,亦与诗集同刊。道光辛丑,乌程范锴、全椒金望华单刊词三卷于汉口,亦无工尺,与碧山、叔夏为三家。

梦窗稿四卷补遗一卷　宋吴文英撰

汲古三集。

咸丰辛酉曼陀罗花阁刊。

花外集一卷　宋会稽王沂孙圣与撰

知不足斋刊,附补遗。

道光辛丑金望华、范锴同校刊《三家词》本。

惜香乐府十卷　宋赵长卿撰

汲古三集。

龙洲词一卷　宋刘过撰

汲古四集。

竹屋痴语一卷　宋高观国辑

汲古三集。

竹斋诗馀一卷　宋黄机撰

汲古三集。

梅溪词一卷　宋史达祖撰

汲古二集。

日湖渔唱一卷　宋陈允平撰

允平字君衡，鄞县人，德祐时授沿海制置司参议官。其诗词与吴文英、翁元龙齐名。《千顷堂书目》载《日湖渔唱》二卷，此或后人合并欤？阮氏以进呈。

江都秦氏刊入《词学丛书》。

蘋洲渔笛谱二卷　宋周密撰

密词朱彝尊以为《草窗词》，一名《蘋洲渔笛谱》，今考《草窗词》比斯谱实多数阕，则知《笛谱》是当日原定，《草窗词》或后人掇拾。知不足斋刊本。

石屏词一卷　宋戴复古撰

汲古四集。

散花庵词一卷　宋黄升撰

汲古三集。

断肠词一卷　宋朱淑真撰

《诗词杂俎》本。

燕喜词一卷　宋曹冠撰

字宗臣，号双溪居士，东阳人。此本淳熙丁未刊于宣城，于文集中析而名之。阮氏从汲古阁藏本录出以进呈。

萧闲老人明秀集注三卷　金蔡松年撰　雷溪子魏道明元道注解

张金吾依陈子准藏金刊本影写。原六卷，存一至三，目录全。卷一、二曰"广雅"，卷三、四曰"霄雅"，卷五、六曰"时风"，松年、道明俱见《中州集》。明秀者，湖山名。金原乐府，推松年与吴彦高，号吴蔡体，《直斋》录《萧闲集》六卷蔡伯坚撰，靖之子陷金者。

遗山先生新乐府五卷　金元好问撰

张金吾藏旧抄本，谓《文渊阁书目》著录。

张炎称其词"深于用事，精于炼句，风流蕴藉，不减周秦。"阮氏以旧抄本进呈。

山中白云词八卷　宋张炎撰

曹刊最佳。

康熙中，龚翔麟玉玲珑阁刊附六家词后者，校最详。

杭州项氏新刊。

竹垞云，于张鹿征案头见手抄叔夏诗一卷。

道光辛丑，金望华、范锴同刊《三家词》本，颇有校正龚本处。

竹山词一卷　宋蒋捷撰

汲古二集。

天籁集二卷　金白朴，字太素。旧字仁甫，号兰谷。

康熙中六安杨希洛刊。

蜕岩词二卷　元张翥撰

知不足斋本。

珂雪词二卷　国朝曹贞吉撰

与诗合刊，又补遗一卷，每篇备载同时交游评语。

右词曲类词集之属

花间集十卷　蜀赵崇祚编

《词苑英华》刊。

竹垞跋云："坊本讹字最多，旧刊稍善。"

绍兴十八年晁谦之刊，宋本之最善者。

邵亭有旧本，避宋讳，有句读者，似明初翻宋，当即竹垞所谓旧刊也。

明有汤若士评点本，合十卷为四卷，朱墨印。

新刊景宋本。

尊前集二卷　万历中顾芳梧刊　《词苑英华》刊

梅苑十卷　宋黄大舆编　楝亭刊

乐府雅词三卷补遗一卷　宋曾慥编

直斋云：十二卷，拾遗二卷。竹垞所藏分上中下三卷，拾遗二卷。竹垞谓与序合，定为足本。嘉庆庚午秦氏《词学丛书》本，粤雅堂刊本。

花庵词选二十卷　宋黄升撰

万历四年舒纳明刊《词苑英华》本。

类编草堂诗馀四卷　不著编辑人名氏

嘉靖庚戌刊。

万历甲寅刊。

《词苑英华》刊。

有宋本。

有元刊。

阳春白雪八卷外集一卷　宋赵闻礼编

闻礼，字立之，临濮人。此从旧抄本仿写，所选凡二百馀家，宋代不传之作，多萃于是，去取亦复谨严。所著有《钓月轩词》，周密《绝妙好词》尝采其作。是编亦祇录一二，字炼句琢，非专以柔媚为工。阮氏以进呈。

道光中，江都秦氏刊。

粤雅堂刊。

绝妙好词笺七卷　宋周密撰

国朝查为仁、厉鹗同笺。

乾隆庚午，查善长刊于宛平，即《四库》著录本。

康熙戊寅，柯煜南陔刊，朱笺。道光八年，钱唐徐楙重刊附馀集、续抄一卷。并采密说部、诗话所录。

乐府补遗一卷 　不著编辑人名氏

　　知不足斋本。

　　宜兴蒋京少据常熟吴氏抄本刊。

　　漱六编刊。

花草粹编二十四卷附录一卷 　明陈耀文编　刊本

中州乐府一卷

　　张金吾藏毛氏影写元至大本。云宗室文卿从郁、张信甫中孚、王元佟浍三人俱有小传，毛本删去。此本小传止有三篇，其人俱《中州》所未载，故以补其缺，而子晋跋云："小叙已见前诗集中，兹不更赘。"殆偶未详考也。后有"至大庚戌良月平水进德斋刊"木印。

唐宋名贤百家词九十册 　明吴讷编，见《天一阁书目》

名儒草堂诗馀三卷 　元卢陵凤林书院辑本，未详选人。自刘藏春下凡六十家，皆南宋遗老，选录精允。厉鹗跋称"弁阳老人《绝妙好词》外寡匹。"阮氏以进呈。

　　秦氏刊

御定历代诗馀一百二十卷 　康熙四十六年翰林院侍读学士沈良垣等奉勅撰。内刊

词综三十四卷 　国朝朱彝尊撰

　　刊本

十五家词三十七卷 　国朝孙默编

　　刊本

名家词十卷 　国朝侯文灿编辑

　　南唐二主词，冯延巳《阳春集》，宋张先《子野词》，贺铸《东山词》，葛郯《信斋词》，吴儆《竹洲词》，赵以夫《虚斋乐府》，元赵孟𫖯《松雪词》，萨都剌《天锡词》，张野《古山乐府》。自序谓汲古刊《六十家词》，外见绝少，孙星远有唐宋以来百家词抄本，访之仅存数种，合之箧中所藏，仅得四十馀家，兹先集十家付梓。是编录子野词一百三十首，较《四库》所收之《安陆集》才六十八首为完善，末附东坡题跋。其馀所撰，亦简择不苟。阮氏以进呈。

　　右词曲类词选之属

碧鸡漫志一卷 　宋王灼撰

　　《敏求记》云五卷

　　唐宋本、学海本，三十六页

　　知不足斋本

沈氏乐府指迷一卷 　宋沈义父撰

　　近附刊《花草粹编》后

渚山堂词话三卷 　明陈霆撰

　　与诗话合刊

词藻四卷 　国朝彭孙遹撰

　　《学海》本

西河词话二卷　国朝毛奇龄撰

《西河全书》本

词源二卷　宋张炎撰。炎有《山中白云词》著录。是编依元人旧抄影写,上卷评论音律及宫调管色诸事,间系以图,与白石九歌琴曲所记略同,下卷历论制曲句法,字面,虚字,清空,意趣,用事等十四篇,自明人陈继儒改窜入《续秘笈》,而袭用沈伯时《乐府指迷》之名,遂失其真,微此几无以辨其非也。阮氏以进呈。

江都秦氏刊

守山阁刊

粤雅堂刊

词林要韵一卷　此书不分卷,不著撰人,目录标题《新增词林要韵》,而书中标题则曰《词林韵释》。书缝有"菉斐轩"三字。其所分部,一曰东红,二曰邦阳,凡十九部,而以上去二部依列平声之后,而入声不独为部,凡入声之作平上去声者各依类分隶于后,皆以平声十九部统之,自来词家未尝以入声押韵,而此以入分隶三声,盖后来曲韵之嚆矢,《书录解题》有《五十大曲十六卷》,《万曲类编十卷》,则宋时未始无曲也。阮氏依影宋抄本录以进呈。

江都秦氏刊

粤雅堂刊

词苑丛谈十二卷　国朝徐釚撰

刊本

右词曲类词话之属

钦定词谱四十卷　康熙五十四年詹事王奕清等奉勅撰

内刊。朱墨套印

词律二十卷　国朝万树撰

刊本

右词曲类词谱词韵之属

淮海集四十卷、后集六卷、长短句三卷　宋秦观撰

淮海集有影宋抄本四十卷,后二集已佚。

明初刊本

嘉靖中张绖刊本

万历十六年李之藻刊本

道光十七年高邮王敬之刊本,合为十七卷。后集二卷,补遗一卷。

增广笺注简斋集三十卷无住词一卷　宋胡穉笺注

阮文达曾进呈内府

昭文张金吾有宋刊本,前有穉编《简斋年谱》一卷,暨续添诗笺正误。穉字仲孺,以宋人注宋诗,见闻较确,能得作者本意。集中酬赠诸人亦一一考其始末。南宋旧椠首尾完善,自序题绍熙改元楼钥。序题绍熙壬子间,则三年也。

秋堂集三卷　宋柴望撰

《秋堂集》未见,惟见鲍廷博手抄《柴氏四隐集》二卷,一卷为秋堂诗词,二卷为杂文。其词曰《凉州鼓吹》。根柢稼轩、石帚,亦南宋名家也。四隐者,国史望之外,曰建昌守随亨,制参元亨,蔡推元彪。鲍抄无三家作,盖总集之首二卷耳。刘郡丞履芬藏,是其江山先献也。

蚁术诗选八卷词选四卷　元邵亨贞撰　阮氏曾以进呈

亨贞字复初,有《野处集》四卷,已著录。此从旧抄过录,诗格高雅,绝无元世绮缛之习。汪稷跋《野处编》云:"上海陆郊以授稷刊行。"是编及词卷首皆有"新都汪稷校",是亦郊所授刊之册。跋又合举三书为十六卷。今合观之,并属完善之书,其词隽永清丽,颇有可观也。

松桂堂全集三十七卷延露词三卷南淮集三卷　国朝彭孙遹撰

乾隆八年子景曾、孙载奕刊本

清独山莫友芝录其知见书目于《四库简明书目》之眉。同治癸酉(1873),其次子绳孙录出之,为《郘亭知见传本书目》十九卷,多四库未收之书。今录其卷十九集部词类书目。别有词集附见于集部别集类者,亦录附于后。

一九八七年十二月八日,北山记。

(21)《世善堂书目》著录词籍　(明)陈　第

张子野词一卷

柳三变乐章集九卷者卿

苏东坡词二卷

秦淮海词一卷观

黄山谷词二卷

晁无咎词一卷

陈后山词一卷

周美成词二卷

漱玉集词一卷李易安

陆放翁词一卷

知稼翁词一卷莆田黄公度

李氏花萼楼词五卷兄弟五人　庐陵

夏桂洲词二卷言

乐府雅词十四卷曾慥

草堂诗馀七卷

陈第,字季立,号一斋,别署温麻山农,福建连江人。明万历间起家武弁,历官游击将军,同时大帅如俞、戚辈俱以名将期之。居蓟镇者十年,为督府所忌,不得展其才,角巾归里,以著述终。第平生好聚书,所藏书至万馀卷。晚年手自编定此《世善堂藏书目录》上下二卷,今录出其词籍部分。李易安词称《漱玉集词》而不称《漱玉词》,可知《漱玉集》为李氏诗文集总名,非词集专名。然书目中有《李易安集十二卷》,又不作《漱玉集》,犹未可知其中有词否?

一九九一年七月十日,蛰存录毕记。

(22)《嘉业堂藏钞校本目录》著录词籍　周子美

词曲类

　　闲斋琴趣外篇六卷宋晁元礼箸　旧抄本　一册　振绮堂旧藏

　　清真词一卷宋周邦彦箸　清郑文焯校订　稿本　一册

　　梦窗词校议一卷清郑文焯校订　稿本　四册

　　陈允平词一卷宋陈允平箸　明抄本　一册　天一阁旧藏

　　天籁词二卷元白朴箸　旧抄本　一册　结一庐旧藏

　　又一部同上　小山堂抄本

　　蜕岩词二卷元张翥著　摛藻堂抄本　二册　抱经楼旧藏

　　紫藤花馆词一卷清徐达源箸　抄本　一册

　　雪椀词一卷清杨时英箸　抄稿本　一册

　　苕雅不分卷清郑文焯箸　稿本　六册

　　冷红词四卷　同上　同上　二册

　　樵风乐府不分卷　同上　同上　四册

　　草堂诗馀别录一卷　明张綖选评　明抄本　一册　天一阁旧藏

　　花草粹编六卷附乐府指迷一卷　明陈耀文编　抄本　六册

　　词集十九卷　缺名　旧抄本　四册

　　历代旧选词汇函十一种附一种无卷数　旧抄本　二十二册

　　渚山堂词话三卷　明陈霆箸　藕香簃抄本　一册

南浔刘翰怡嘉业堂,为晚清至民国藏书一大家。一九四九年以后,卷帙星散,无复存者。吾友周子美曾佣书于刘氏,典守缥缃,凡二十年。尝录其所守钞本书,成目录四卷,著录一千二百馀种,皆古籍旧钞本及明清以来箸述稿本。此书未刊行,余从周君借阅,录出其词籍目如右。

北山记

（二）新得词籍介绍

(1) 全清词钞　叶恭绰编　　香港中华书局　一九七五年三月初版

　　本书为清代词录,共四十卷　始钱谦益,终黄佛顾,共词人三一九六家。词逾一万首。

叶恭绰氏编辑此书,创始于一九二九年。其时词坛耆宿朱彊村(祖谋)方寓沪,为之发凡起例,二十八卷前所收各词,大致皆彊村所手定。彊村之意以为清代时近,广收必滥,但过严则又嫌类乎汇选,故定书名为《词钞》,使宽严适中,疏而不漏。此编辑之大旨也。其时夏闰枝、邵伯䌹等在北京,柳翼谋、吴瞿安、唐圭璋、夏瞿禅等在南京,徐积馀、潘兰史、吴湖帆等在上海,此外通都大邑,大率均有同好,分任搜集之劳。一、二年间徵得清词总集、别集逾五千种。斟酌取舍,互相讨论,至一九五二年始完成定稿。一九六五年,全书由北京中华书局排版完成,方将付印,而为“文化大革命”所阻,移版至香港,始得印出。

清代二百数十年间,词学甚盛,晚清尤为绚烂,名家辈出,直可与宋贤相揖让。本书于易代以后词家特辟“附录”六卷,盖所收若王闿运、朱祖谋、况周颐、郑文焯、樊增祥、文廷式、陈衍、吴梅等,皆清末著名词家,然其卒年则在民国,故不可谓为清人,录于附卷,庶无遗憾。编者以私人力量,搜集丰富资料,用功近三十年,成此巨编,对清词总结,大有贡献。

(2) 唐宋词格律　龙榆生编撰　　上海古籍出版社　一九七八年十月初版

本书是龙榆生先生的遗著,专讲唐宋词的体制和格律。全书共收词牌一百五十馀调,其中大多数是唐宋词中常见的。每一词牌都说明其产生来历和演变情况,间或指出适宜表达何种情感及其中某些特定的句法或字声。每一词牌附有“定格”和“变格”等词格,标明句读、平仄和韵位。每一词格附有一首至数首唐宋词人的作品,供参考比较。书中所选的词,虽然只是作为例子来引证,但它们都是历来传诵的名作,故本书也兼有选本的作用。

本书是作者在各大学讲授词学的讲义,原名《唐宋词定格》。经张珍怀、龙厦材整理编定,改今名印行。卷后附有张珍怀所编《词韵简编》,据戈载《词林正韵》,删去其僻字,并稍稍改动其韵目,以便利学者,不烦另觅韵本。

(3) 瞿髯论词绝句　夏承焘著　吴无闻注　　中华书局　一九七九年三月初版

自杜甫作《戏为六绝句》以来,诗人用绝句形式论诗的,代不乏人。到清代的厉鹗,开始用绝句论词。本书是夏承焘先生平时对历代词家、流派以及他们的优劣,作概括性的评品。从“唐教坊曲”、“填词”二首始,以“词坛新运”一首为殿,共绝句八十馀首,其间每诗咏一人,或一人数诗,始李白,迄况周颐,一千多年来词坛代表性人物,这里都评论到了。

这些诗并非成于一时,随时有所增删,前几年,夏先生在杭时曾出示其初稿,原名为《词谳》,出版时始易今名。卷中唯《唐教坊曲》及咏夏完淳、陈维崧、朱彝尊少数诗系旧稿,其馀多数皆为最近改定之作。这些均可看出作者虽年登大耋,尚在努力增益新知,不惮改其旧说,其锲而不舍之治学精神,于此可见。

(4) 宋词三百首笺注　朱祖谋编选　唐圭璋笺注　　上海古籍出版社　一九七九年九月新一版

一九二四年,著名词家朱彊村编选了一部《宋词三百首》,为学词者作入门读本。当时萧友梅主持的上海音乐院曾用作语文学教材。词的选本,向来盛行的是张惠言的《词选》,其后虽有易顺鼎的《微波榭词选》,王闿运的《湘绮楼词选》、梁启超的《艺蘅馆词选》,皆流传不广。张氏《词选》,所取仅六十八首,且代表其常州派的观点,不免褊狭,因而渐为学者所不满。《宋词三百首》既出,遂取《词选》而代之。

唐圭璋先生取《宋词三百首》为作笺注,书成于一九三一年。有吴梅序,称其书有三善:爬梳遗逸,字里爵秩,粲然具备,一也。诸家评论、博收广采,遗事珍闻,足资谈屑,二也。捃摭集录,较他家尤备,力破邦彦疏隽少检,梦窗七宝楼台之谰言,三也。有此三善,于是朱氏之书,更有便于学者。

此书笺注本,解放前曾由上海神州国光社印行。解放后又于一九六二年由中华书局印行。此新一版系用旧纸型重印,除个别错字外,内容未有改动。

(5) 月轮山词论集 夏承焘著   中华书局   一九七九年九月初版

本书所收的二十一篇文章,是作者六十岁以前所作单篇词论的结集。和他另一著作的《唐宋词论丛》是姊妹篇。风格、论点、手法、结构、基调完全相同,实际上两书都是他编《唐宋词人年谱》时的副产品。作者在《前言》中说:"……后来写《词林系年》,札《词例》,把它和王鹏运、吴昌绶诸家的唐宋词丛刻翻阅多次。三十多岁,札录的材料逐渐多了,就逐渐走上校勘、考订的道路。"这是他研究词学的全过程,是甘苦之言。

集中有《岳飞满江红词考辨》一文,曾引起小小风波,而且至今尚不能作为定论;但能够用怀疑态度对人云亦云的问题,提出不同的看法,这就是实事求是,不同于哗众取宠。

外编内容有论杜诗的,有论纳兰容若手简和介绍《碧溪诗话》的。涉及的范围比较广,虽非词论,但同属于校勘、考证性质,故列为附编。由于末篇为《据〈白氏长庆集〉考唐代长安曲江池》一文,又附录了《唐代诗人长安事迹图》,这幅地图参考了宋敏求《长安志》、毕沅《关中胜迹图志》,以及徐松《唐两京城坊考》等书而成,对唐代文学的研究者极有帮助。

(6) 唐宋词选释 俞平伯著   人民文学出版社出版   一九七九年十月初版

本书分上、中、下三卷,上卷选释唐五代词,中下卷选释两宋词,共选择词二百五十一首。因本书为提供古典文学研究者参考之用,与一般普及性的选本有所不同。选词的面稍宽,想努力体现出词家不同的风格特色和词的各方面发展途径。著者在《前言》中已有详尽的说明。

本书成于一九六二年,曾有试印本,近又经修整,并删去存疑两首,正式出版。关于全书选释体例,作者说:

> 选材方面,或偏于消极伤感,或过于香艳纤巧,这虽然和词本身发展的缺陷有关,但以今日观之,总不恰当。而且注释中关于作意的分析和时代背景的论述,上中两卷亦较下卷为少。注释的其他毛病,如深而不浅,曲而不达,偏而不全,掉书袋又

不利落,文言白话相夹杂等等。

这些话虽是谦辞,也近乎事实。但词家选词,毕竟别具手眼,解词亦别有会心。尤其在《前言》中所提出的关于词的发展和历史上已然存在的情况,阐述非常详备,而且有许多论点是属于创见的,更值得一读。

(7) 李清照集校注 王学初校注　　人民文学出版社　一九七九年十月初版

李清照为宋代最著名的女词人,她的词,在宋词中有很高的地位。但是,她的著作却散佚得很多。《四库》所收的《漱玉集》,仅有词十七阕,其他作品如《打马图序》等,概未辑录,且《总目提要》中,对她的生平事迹的评论颇有贬义,所知前代人对她还不够了解。《漱玉词》宋人所传有五卷本、三卷本,均较毛晋所刻为多。本书辑李清照的词、诗、杂文分成三卷。由于李清照以词为最擅长,故一反前人编次别集惯例,以词为第一卷,计词四十三首,较汲古阁本为多而"失调名"及"存疑"之作十五首尚不在内。诗、包括"失题"者,计三十一首为第二卷。第三卷为文,录《打马赋》、《打马图序》、《金石录后序》、《词论》等。清照生平著作之传世者,可谓已搜辑无遗。卷末附《李清照事迹编》及《李清照著作考》。亦为积年搜录的研究成果。

作者王学初,字仲闻,海宁人。王国维之子。此稿成于一九六三年,一九六四年已排好纸型,十年动乱中,幸纸型完好,得以问世,可惜作者已不及见了。

本书最大优点,首先是搜辑之富,与校勘之精。本书所附之引书目共计一百六十馀种,其中极大部分属于珍本秘籍,有好多明刊本,流传极少,有的则为卷帙浩繁之丛书、类书,如《永乐大典》、《图书集成》等,都是一般辑佚工作者没有条件取材的。至于校勘方面,往往因一字之疑,罗列若干种本子相互校雠以定去取;南宋以来所有诗话、笔记,凡有可以供参证者,分别系于作品之后,以资对勘,使读者可触类旁通。

其次是鉴别之慎,编者搜罗到李清照的词有五、六十首之多,但他并不贪多务得,而是严肃认真地加以抉择,把前人误题为李清照撰的作品,区别开来。连一向为人传诵的浣溪纱"绣面芙蓉一笑开"也被列入"存疑",其取舍之慎重可知了。

李清照集,向来没有单行善本,今有此书,可谓弥补了一个文献缺憾。

(8) 全金元词 唐圭璋编　　中华书局　一九七九年十月初版

唐圭璋先生以数十年精力,编成《全宋词》,已于一九六五年由中华书局印行,最近又印行了修订本。继《全宋词》之后,编者又完成了《全金元词》,于是宋金元三朝词都有了总集,在学术研究,文献徵存各方面,其功绩不在《全唐诗》之下。然《全唐诗》成于数十馆臣之手,而唐先生以独力成之,此则非《全唐诗》所可拟矣。

此书分上下二册,共录金元二代词人二百八十二家,词七千二百九十三首。皆以善本、足本为据,加以标点、校勘、考订。尤以搜补缺文,校正误字,辨别真伪,为编者用功最力处。金元二代词,得此可为信本。

然古书散佚者多，或有仅存而为编者所未见者，亦或有编者所偶遗者，其间或亦有词可采。故所谓"全"者，诚如编者自言："基本上具备了全的规模"而已。沧海遗珠，犹待拾补。

(9) 宋词赏析 沈祖棻著　　上海古籍出版社　一九八〇年三月初版

此书为女词人沈祖棻之遗著。全书分两部分。第一部分为《北宋名家词浅释》，凡分析、解释范仲淹、张先、晏殊等北宋词人十二家之词四十五首。作者在武汉大学任教时曾为青年教师及研究生讲宋词，此即讲课笔记。第二部分为《姜夔词小札》及《张炎词小札》，皆作者读四印斋刊本《双白词》时所加批语，今由其外子程千帆录出成卷。最后有附录三文，为作者之学术报告，曾在科学讨论会上宣读。

作者早年肄业于南京中央大学，从汪旭初(东)学词，为汪氏得意门生，其所作词有出蓝之誉。抗战期间，旅居西蜀，多作词，极能道乱离之感，反映当时国运民生。一曲初成，万人传写。其词集名《涉江词》，即将由湖南人民出版社印行。

以词人而论词，对宋词之思想性、艺术性，必多独到的体会，深刻的理解，凡所阐释，至少可以掌握原作者的本意，此则本书之所以绝出于妄人妄解也。然此书阐释诸词，较侧重于艺术分析，盖所以应当时听讲者之要求耳。

(10) 唐宋词欣赏 夏承焘著　　天津百花文艺出版社　一九八〇年七月初版

这是一本通俗读物。据作者《前言》说："这本册子所收三十八篇小文，都是有关唐宋词欣赏方面的作品。……当时教课之暇为适应广大读者欣赏唐宋词的需要，断断续续写了些评价性的短文，分别以'湖畔词谈'、'西溪词话'、'唐宋词欣赏'等专栏刊目……"所以在我们读到这本小册子时，都觉得"似曾相识"，因为这些文章都已在《浙江日报》、上海《文汇报》等报上发表过了。

这里所收的文章每篇大都不超出二千字，有近于词话的，有近于词的常识性介绍的，对读者都很有启发，如论《苏轼最早的一首豪放词——江城子〈密州狩猎〉》和《李清照的豪放词渔家傲》二文，说明"豪放派的词风扩大了词的题材，对词境起了开疆辟土的作用，从而提高了词这种文学形式为社会服务的功能。"充分肯定了豪放派在词坛上所起的影响和作用。李清照原是婉约派的代表，但这首渔家傲，却是风格特殊，可见婉约和豪放是不能截然分为两家，这一例子也很说明问题。

此外如论《词的形式》、《填词怎样选调》、《说小令的结句》等若干篇，这不仅是对词的"欣赏"，也是对开始研究词学者，有指导门径的作用。

(11) 陈亮龙川词笺注 姜书阁笺注　　人民文学出版社　一九八〇年九月初版

陈亮与辛弃疾为知交，二人皆力主抗金北伐，收复失地者。其政论同，其气概同，其词之风格亦同，故同为南宋爱国主义词人。

陈亮词集旧有四卷，多已散亡。今所存者，据《全宋词》所录，仅得七十四首，不如辛词之多。十馀年前，曾有《龙川词校笺》印行。夏承焘校笺，牟家宽注。收词六十四首。

所注颇嫌简略。此本新出，故当后来居上。然此本所笺注者，亦仅词六十四首，盖两家成书在前，未及见《全宋词》本也。

此书分上下二卷。上卷收词三十首，皆略有年代可考，故按其年代编次。下卷词二十四首，皆无年代可考，故别为一卷。又有《拾遗》一卷，凡词十首，则成书后从《全宋词》补入，未加笺释。最后为附录一卷，收陈亮传记资料七篇，皆必要之参考资料。

此书笺注极为详赡，笺考部分尤能发明作意。惟《龙川词》只有陈亮一家，此书标名称《陈亮龙川词笺注》，目录学上似无其例。

(12) 宋词 周笃文著　　上海古籍出版社　一九八〇年十月初版

此书为《中国古典文学基本知识丛书》之一，篇幅不多，简单扼要地为初学者介绍宋词的各方面情况，符合于给读者以关于宋词的基本知识的目的任务。

全书共五章。第一章为"词的起源和特点"。第二章为"两宋词概述"。第三章为"北宋词坛"。第四章为"南宋词坛"。第五章为"宋词的地位和影响"。关于词的起源、格律、词人、词派，俱有叙述。提纲挈领，尚为允当。惟书中有一二论点及词语，似犹可商榷。例如作者以为宋词出于唐之曲子，而唐曲出于隋之燕乐，遂径以为词起源于隋世。按词之兴起，其源有二。一为音乐之源，一为文学形式之源。谓词起源于隋，此乃明其音乐之源，若文学形式，则隋世犹未可谓已有后世之词。又此书以姜夔属于"风雅词派"。按此名亦前所未闻。宋人论词，但有"雅词"，而无"风雅词"。至"雅词"之名，北宋末年已有，亦非始于姜夔。又书中以南宋前期为"南渡前期"，亦为语病。

(13) 词曲概论 龙榆生著　　上海古籍出版社　一九八〇年四月初版

本书为龙榆生先生遗稿，全书分上下编：上编论源流，主要探讨词曲的起源、发展和演变，并介绍唐宋词、元曲、明清传奇重要作家的艺术成就和作品的思想内容。下编论法式，着重探讨声韵对词曲的作用，根据同声相应、异音相从和奇偶相生、轻重相权诸法则，广举例证，阐明词曲中平仄四声的安排、韵位疏密和平仄转换对表达思想感情的关系。书中对一些涉及的问题，均以作者生平研究心得，加以阐发，具有精到的见解，对词曲研究者或初学者，都有参考价值。

本书原为作者生前在各大专院校任教时的讲稿，曾有油印本，现经富寿荪先生整理校勘，并调整章节，出版问世。

(14) 词学新探 孙正刚著　　天津人民出版社　一九八〇年九月初版

本书内容分四部分：㈠简述。论及订名、倚声、辨体三个问题。㈡调与题。论及词调和词题。㈢格律。从字句、押韵、平仄、对仗等四个方面阐释词的格律。㈣散论。分论字音、字义、叠字、虚助词等八项，对词的音律、修辞各方面作了例解。最后附录作者编定的《新词韵》。

作者为津沽词家，对于词学有数十年研究和教学经验，本书是作者从历年讲稿中整理出来的一部分。作者论词,极重音律,以为一句诗词,最低要求平仄分明,较高标准,则为五声齐备,于词尤为重要。因而在本书中创立了"五声备"的论点,以为是"高级"的格律论。

(15) 迦陵论词丛稿　叶嘉莹著　　上海古籍出版社　一九八〇年十一月初版

叶嘉莹女士是古典文学研究者,近年尤其致力于词的研究。现旅居加拿大,去年曾回国在南开大学、北京大学讲词。本书是她一九五七年以来所著词学论文十篇的结集。评论所及有温飞卿、吴梦窗、晏几道、王沂孙、王静安诸家。

作者是谙熟西方文学批评的,本书中论词的方法与观点,更多的是运用西方文学批评的理论和实践,对于我们沿袭传统文学批评的学人,可以获得某些新的启发和借鉴。不过作者所运用的还是西方资产阶级的文学批评理论,如果用马克思主义、毛泽东思想的文学理论来衡量,恐怕还有某些观点可以商榷。

(16) 宋词散论　詹安泰著　　广东人民出版社　一九八〇年十一月初版

本书作者詹安泰,潮阳人,中山大学中文系教授,已于一九六七年病故。作者于词学有深湛的研究,自己作的词也极有神韵,抗战期间,曾印行过一本《无盫词》。

本书是作者在报刊上发表过的词学论文的结集,大部分都是解放以后所作。全书共收论文十九篇,虽然书名为《宋词散论》,也有五篇是论述唐词的。

《宋词发展的社会意义》、《关于宋词的批判继承问题》、《中国文学上的倚声问题》等篇,都是作者杰出的论文,对今天的词学研究者,尤其有参考价值。

(17) 夏承焘词集㊀　夏承焘著　　湖南人民出版社　一九八〇年三月初版

夏承焘(瞿禅)先生专研词学,已六十年,在各大学教授词学,亦五十年,在词学这一门专题科研中,已无愧为泰山北斗。所著《唐宋词人年谱》、《姜白石词编年笺注》、《月轮山词论集》等,都是突过前人的精湛著作,嘉惠后学,实非浅鲜。一九七六年,曾油印其所作《瞿禅词》于长沙,需索者多,而印数有限,向隅者以为憾事。去年,夏先生应湖南人民出版社之请,编定了平生所作词三百首,铅印问世,供应词学爱好者,即此本也。

本集分为六卷,选定词三百首,自一九二〇年至一九八〇年。作者在《前言》中自叙其学词作词经验,并自述其词作之风格云:"早年妄意合稼轩、白石、遗山、碧山为一家,终仅差近蒋竹山而已。"读者当可以之印证。

集中每一首词都有夏夫人吴无闻为之注释,尤便读者。

(18) 唐五代两宋词简析㊀　刘永济著　　上海古籍出版社　一九八一年二月初版

本书著者刘永济,任武汉大学中文系教授多年,已去世。本书为作者讲授唐宋词的讲义,原名《唐五代两宋词选注释》,有武汉大学油印本,仅流传于师生间。今由上海古籍出版社略作整理,改题今名,印行传播。

本书卷首有作者撰《总论》，叙述唐五代两宋词的发展情况及作家的风格、流派，简净扼要。次为《凡例》，其第一条云："本书之作，用意在将唐、五代、两宋词的主要流派，系统地介绍于读者，或者有助于了解祖国文学遗产中此体之内容及形式，以为创作现代文学作品之借鉴。"

如作者所言，此书编辑体例之特征，即在以流派区分作家。全书分为九个部分。㊀唐五代各家闺情词。㊁变新词风作家李煜及开宋风气作家冯延巳。㊂宋初各家小令。㊃发展词体作家苏轼及柳永。㊄女词人李清照。㊅柔丽派词人周邦彦及其同派作家。㊆豪放派爱国词人辛弃疾及其同派各家。㊇两宋通俗词及滑稽词。㊈南宋咏物词。以上共选词一百四十一首，各有注释，而非分析，书名实可不必改易也。

(19) 词论㊀ 刘永济著　　上海古籍出版社　一九八一年三月初版

本书亦为作者在武汉大学任教词学之讲义，有武汉大学油印本。今根据印本，参以作者书于书眉之校订及增补语，整理印行。

全书分上下二卷，上卷为《通论》。分名谊、缘起、宫调、声韵等目，皆融会诸家之说，阐释词学基础知识。下卷为《作法》。分总术、取径、赋情、体物、结构、声采、馀论七目，为学词者指导作法。亦皆胪列前人论述，略加按语，只是提供关于作词法的参考资料，未为一家专著。

(20) 学词百法　刘坡公著　　上海古籍书店　一九八一年八月影印初版

本书也是为初学作词指导作法的书，一九二八年上海世界书局出版，现由上海古籍书店用原版影印流传。全书分音韵、字句、规则、源流、派别、格调，共六个部分。每个部分都列举各种学习方法，如音韵部分则有分别阴阳法，剖析上去法；规则部分则有检用词谱法、填词写景法等等；格调部分列举九十八个常用词调，注释其平仄句格。此为本书之主要部分，可谓《白香词谱》之简编。全书子目凡一百三十九法，书名"百法"者，言其多也。

(21) 词苑丛谈㊀ （清）徐釚著　唐圭璋校注　　上海古籍出版社　一九八一年四月初版

本书为清初吴江人徐釚（电发）所辑录，书成于康熙十七年（1678），全书分卷十二，类目七：体制、音韵、品藻、纪事、辨证、谐谑、外编。皆抄撮宋元以来有关词学之遗闻逸话而成，亦有徐氏所自撰者，其性质略同《诗话总龟》，为词学欣赏者的一般读物。

徐氏作此书，当时并不以为个人著述，不过兴之所至，随得随钞，荟萃成编，未注明每条出处。朱竹垞劝其注明征引书名，而书已成，不可及矣。此本由上海古籍出版社据旧本排印，经唐圭璋先生逐条覆核，改正讹字，注明出处，并逐条加标题，实为徐氏功臣，对读者大有便利。

(22) 夏承焘词集㊀ 夏承焘著　吴无闻注释　　湖南人民出版社　一九八〇年三月初版

夏承焘先生是词学老前辈，历任之江大学、浙江大学、杭州大学教授，数十年来，专心研究词学,写了不少词学专著。词不常作,但偶尔兴到,也随时写几阕,至今积存,亦已不少。一九七六年,曾由陈云章、彭岩石在长沙编了一部《瞿髯词》,油印流通于友好间。一九七九年,增选重编,得词三百首,按写作年次分为六卷,由其夫人吴无闻加以注释,交湖南人民出版社排字印行。于是夏老的词始得结集公开问世。

本书卷首有作者《前言》,自叙其学词经过,谓"早年妄意合稼轩、白石、遗山、碧山为一家,终仅差近竹山而已。"又谓"若夫时流填涩体、辨宗派之论,尤期期不敢苟同。"可知其对于词创作的方向。卷后附以彭岩石的《书后》,对夏老的词有详细的阐发。

(23) 后村词笺注 (宋)刘克庄著　钱仲联笺注　　上海古籍出版社　一九八○年七月初版

刘克庄,字潜夫,号后村,福建莆田人,是南宋时著名的诗人和词人。他生于南宋晚期,去世后十年,南宋就被元人灭亡了。他的诗文和词,也像陆放翁、辛稼轩、陈龙川等爱国志士一样,表现着对国家统一的愿望、人民疾苦的关心、对贾似道权奸误国的愤慨。因此,他的词继承和发展了辛稼轩的传统,当时和刘过、刘辰翁合称为"辛派三刘",而以他的成就为最大。

刘克庄的词,向来有好几个版本,内容各有异同,但都没有笺注。现在钱仲联先生以《彊村丛书》本为底本,用其他各本参校,编为四卷。前二卷是编年的,后二卷是创作年份无可考定的,共收词二百六十四首。每首词后均附有详赡的笺注。卷首有前言,卷后有附录,研究后村词的原始参考资料,大致已备。本书可以认为《后村词》的善本。

(24) 唐五代两宋词简析㊀ 刘永济著　　上海古籍出版社　一九八一年二月初版

此书为武汉大学教授刘永济先生的遗著。刘先生对《楚辞》及《文心雕龙》有专门研究,各有著作出版。对词学亦有深湛的修养和丰富的教学经验。此书是刘先生在武汉大学历年讲授词选的讲义,原名《唐五代两宋词选注释》,解放前曾有武汉大学印本。今由上海古籍出版社据旧本排印,并改题今名。

此书卷首为《总论》,虽仅八页,而要言不繁,实为极其精简的词史。其后为词选,其选词分类,颇具特色。著者在《凡例》第一条云:"本书之作,用意在将唐、五代、两宋词的主要流派,系统地介绍于读者。"故全书选词分为九个流派:一、唐五代各家闺情词。二、变新词风作家李煜及开宋风气作家冯延巳。三、宋初各家小令。四、发展词体作家苏轼及柳永。五、女词人李清照。六、柔丽派词人周邦彦及其同派各家。七、豪放派爱国词人辛弃疾及其同派各家。八、两宋通俗词及滑稽词。九、南宋咏物词。从此分类,可知著者对唐、五代、两宋词流派的观念。

选词前有作者小传,后有注及解,皆简净。

(25) 辛弃疾评传 王延梯著　　陕西人民出版社　一九八一年二月初版

辛弃疾是南宋伟大的爱国主义词人,他的词集名《稼轩词》。关于他的生平和词作,已有邓广铭的《稼轩词编年笺注》，蔡义江、蔡国黄的《稼轩长短句编年》(香港版)，梁启超的《稼轩年谱》，梁启勋的《稼轩词疏证》等专著。此书是在前人研究基础上编写的辛弃疾传记，其中亦不乏作者自己的研究成果。全书分十章，前六章叙述稼轩生平行实，后四章分析评论其词作。文字深入浅出，可以为研究辛弃疾的入门读物。

(26) 词论😊 刘永济著　　上海古籍出版社　一九八一年三月初版

此书亦刘先生在武汉大学讲授词学的讲义，解放前曾由武汉大学印行，今由上海古籍出版社根据武大印本及刘先生书眉批注重行整理，并加标点，为排印流传，供词学研究者参考。

全书分上下二卷。上卷为《通论》，计名谊、缘起、宫调、声韵、风会共五章，属于词学概论。下卷为《作法》，凡总术、取径、赋情等七章，属于创作方法的指导。全书体例实仿照《文心雕龙》。

此书用文言述作，言简意高，对于词学基础知识不足者，恐不易领会。全书论点，亦间有可议。《风会》篇云："文艺之事，言派别不如言风会。派别近私，风会则公也。言派别，则主于一二人，易生门户之争；言风会则国运之隆替，人才之高下，体制之因革，皆与有关焉。盖风会之成，常因缘此三事，故其变也，亦非一二人偶尔所能为。"此论反对词派之说，以一时代词格之改变归之于国运、人才、体制等客观条件，可谓有识。然刘先生在其《词选》中仍用流派为类别，似乎理论与实践不合。又《声采》篇云："初学作词，最宜联句、和韵。"此则视文艺创作为仅仅文字声律之技巧，恐不足为训。

(27) 词苑丛谈😊 （清）徐钒撰　唐圭璋校　　上海古籍出版社　一九八一年四月印行

本书是清代康熙年间吴江人徐钒所编的一种词话性质的书，内容分为十二卷，凡体制、音韵、品藻、纪事、辨证、谐谑、外编共七类，都是从古书旧籍中钞撮有关词的记载，也有一部分是徐钒自己写的。因为它是一部趣味性的谈论词学的读物，一向为欣赏文艺的读者所喜爱。但原书为徐氏随得随钞，每条均无标题，而且不注明来历，读者不便检查。唐圭璋先生对此书作了核对整理工作，注明了每条出处，校正了许多误字脱文，并为每条加了标题。卷尾又附了一个《引用书目》，使此书既便阅读，又便检查，可以称为此书的新版善本。

(28) 清真集　（宋）周邦彦撰　吴则虞校点　　中华书局　一九八一年四月初版

此书为中国社会科学院哲学研究所研究员吴则虞先生的遗稿，书成于一九五五年，越二十余年始得印行。此书以林大椿校《清真集二卷附补遗》为底本，更取诸家别本校注之。卷后有参考资料四种：曰传记，曰序录、曰词话、曰版本考辨，研究周邦彦词所需原始资料，大致已备。

吴氏于此书校勘甚勤，然其失在不能判断。林本误处，虽在校记中引别本可证，然而仍不敢在本文中改正。例如第五十七页定风波"苦恨城头传漏永"，此"永"字明系"水"字之讹，郑文焯所校甚确，吴氏虽列入校语，而在本文则仍用"永"字，则何贵乎校勘哉？又词句标点亦多疏失，例如九十一页青房并蒂莲首句"醉凝眸"，此"眸"字是韵，而标点失圈。五十五页意难忘"竹松凉"，此"凉"字亦韵，而标点误。诸如此类甚多，或排印时失于校正。

(29) 韦庄词校注　刘金城校注　夏承焘审订　　中国社会科学出版社　一九八一年四月

温庭筠与韦庄是晚唐二大词人，也是词史上两位最早的作者。但虽然温韦齐名，二人词的风格则不同。韦庄词今存于《花间集》、《全唐诗》者共五十四首，今由刘金城同志一一校注，并附存疑词三首，为韦庄词第一个单行注本。卷首有夏承焘作《论韦庄词》一文，即以代序。卷后附《韦庄年谱》，为夏承焘旧作而有所修订者。其后又附以《十国春秋》中的《韦庄传》。关于韦庄生平的文献，大致已备。初学者欣赏或研究韦庄词，可以取资于此书。

(30) 考正白香词谱　(清)舒梦兰辑　陈　栩　陈小蝶考正　　上海古籍书店　一九八一年五月影印

《白香词谱》是清代舒梦兰字白香所编，选择一百个常用词调，逐字标明平仄、韵脚，为填词者的一本简易手册，当时颇为风行。一九一八年，由陈栩、陈小蝶父子重为考正，以新版问世。今由上海古籍书店用当时振始堂初版本影印，供应词学爱好者。

此书在每一个词调后附有"考正"及"填词法"两种说明，对于词调的源流、别名，句法韵法的应注意事项，均有详细指导。舒氏原本谬误处，亦逐一辨正。卷尾附录《词人姓氏录》及《增订晚翠轩词韵》，亦为使用此谱者提供方便。

此书原本排印颇多误字，今影印本均未改正。又舒氏原本有序文，此本已删去。这是本书的缺点。

(31) 放翁词编年笺注　夏承焘　吴熊和笺注　　上海古籍出版社　一九八一年六月

本书为陆放翁(游)词的编年笺注本，分上下二卷，上卷为放翁入蜀前及蜀中作，下卷为放翁东归后作，附以无可编年者。各词之后，均有校记、笺注及编年，体例甚善。惟笺注部分，实皆注释，所谓笺者极少。卷首录夏承焘《论放翁词》一文以代序，卷尾附录研究文献六种，亦便学者。

四十年前，夏承焘讲授杭州之江大学，有学生苏州彭重熙创为《放翁词笺》。后二十年，又有学生四川刘遗贤作《放翁词注》。一九六三年，夏氏嘱吴熊和增删写定，成为此编。吴熊和，毕业于华东师范大学，分配到杭州大学任教职，即从夏氏治词学，亦夏氏及门也。

(32) 唐宋词简释　唐圭璋选释　　上海古籍出版社　一九八一年七月初版

唐圭璋选释唐五代两宋词二百三十二首，加以简释。曾在香港《大公报》副刊《艺林》发表，今以单行本问世。卷尾有作者《后记》，说明其选释的宗旨，今全录于此，不烦更作

介绍:

"清人周济、刘熙载、陈廷焯、谭献、冯煦、况周颐、王国维、陈洵等论唐宋人词,语多精当。惟所论概属总评,非对一词作具体之阐述。近人选词,既先陈作者之经历,复考证词中用典之出处,并注明词中字句之音义,诚有益于读者。至对一词之组织结构,尚多未涉及。各家词之风格不同,一词之起结、过片、层次、转折、脉络井井,足资借鉴。词中描绘自然景物之细切,体会人物形象之生动,表达内心情谊之深厚,以及语言凝炼,声韵响亮,气魄雄伟,一经释明,亦可见词之高度艺术技巧。余往日于授课之暇,曾据拙重大之旨,简释唐词五十六首,宋词一百七十六首,小言詹詹,意在于辅助近日选本及加深对清人论词之理解。"

(33) 学词百法 刘坡公著　　上海古籍书店印行　一九八一年八月

本书分音韵、字句、规则、源流、派别、格调六个部分,列举词的各种创作方法,如音韵部分则有分别阴阳法、剖析上去法、检用词韵法等八篇;字句部分则有填字至七字句法、填对偶句法等八篇。全书重点在格调部分,从填十六字令法至填莺啼序法共九十八调,一般常用词调,皆在此中。全书共一百三十九篇,题名"百法"者,言其多也。

此书为初学作词者的入门指导书,所述都是一些基础知识,无甚高论。原本为一九二八年上海世界书局出版,今由上海古籍书店影印流传,惜未加检校,原本误处,均未改正。

(34) 全宋词补辑㊀ 孔凡礼辑　　中华书局　一九八一年八月

唐圭璋辑录《全宋词》,收宋代词家一千三百三十馀人之词近二万首,然古书有隐而未显者,未可谓之已尽。孔凡礼得睹明钞本宋人《诗渊》等书,又辑得《全宋词》未收之词四百三十馀首,凡词家一百四十馀人,其中惟四十一人已见于《全宋词》,此外一百馀人为新发现的词人。

所辑词四百馀首,从毕大节、寇准到汪元量,包括了宋代各个时期。虽然多数是祝寿词,但也有一些洋溢着爱国主义的杰出作品,如华岳、赵希蓬、汪元量等人的词。

《诗渊》是一部类书性质的书,保存了不少久已失传的宋代诗文资料。孔凡礼作《关于"诗渊"和"诗渊"中的宋词》一文,对此书作了详尽的介绍,并考索了许多前所未知的词人的生平,冠于卷端,以代序言。

本书编辑体例、排印版式、封面装帧,悉同于《全宋词》,以便购者璧合配套。

(35) 宋词小札 刘逸生著　　广东人民出版社　一九八一年十二月初版

本书选释宋词七十五首,大多是著名之作,而历来解释颇有异同的。作者感于"有些选本,大抵以注出典故为已足,对于词的评论,又是以标举名句为多,通解全篇的著作,实在少之又少。至于谈论技法,则往往深奥难测。"因此自出手眼,走自己的路,写成此书。作者自述其写作方法云:"我在本集里,并无高深之论,首先力求疏通文义,办法则是逐韵疏解,使整首词的意思明白显豁,然后再就思想性和艺术性进行分析。对于前人的评论,虽间加征引,亦仅适可而止,不图枝蔓。其中我对某作品的理解或评价,或与前人歧异,则亦不避浅薄,详抒己见。"这样,已可看出此书的内容与价值,无须另作评介了。

(36) 全宋词补辑 孔凡礼辑　　中华书局　一九八一年八月出版

　　唐圭璋先生辑《全宋词》,得宋词近二万首,词人一千三百三十馀家,不意尚有遗珠。孔凡礼先生据明钞本《诗渊》等书,又辑得宋词四百三十馀首,凡词人一百四十馀家,其中惟四十一人已见于《全宋词》,外一百馀家,仅十一家可考知其生年,六十馀家可略知其时代,馀六十家则无可考。

　　补辑之词,自毕大节、寇准至汪元量,包括宋代各个时期,为研究宋词者提供了新的资料。虽然多数为祝寿之词,但亦有可以反映时代社会之作。

　　本书编辑体例、版式、字形及开本、封面款式等,悉同《全宋词》,使购读者便于收藏。

　　《诗渊》为久已亡佚之古书,孔凡礼先生得见一仅存之明钞本,遂辑得如许宋词。本书卷首有孔氏撰《关于"诗渊"和"诗渊"中的宋词》一文,以代序文。

(37) 涉江词 沈祖棻著　　湖南人民出版社　一九八二年二月

　　沈祖棻是当代著名女词人。祖籍海盐,世居苏州。早岁在南京中央大学肄业,从汪旭初(东)学为词,斐然可观。抗战十年间,侨寓蜀中,作词甚多。佳句流传,播在人口,一时声名籍甚。然当时所作,仅有油印本问世,局限于巴蜀滇黔,知之者犹未甚广。解放后,沈氏执教于武汉大学,一九七七年六月,以车祸逝世。其外子程千帆教授编其《涉江词》五卷,凡三百八十九阕,付湖南人民出版社排印,始得广为国内外词家欣赏。沈氏之词,才情骏发,反映抗战期间人民流离迁徙,生活艰危之状,哀音满纸,可为一代词史。方之李易安,或以为有过之云。

(38) 清词选 张伯驹　黄君坦选　黄畬笺注　　中州书画社　一九八二年三月初版

　　本书选录吴伟业至况周颐凡六十八家词一百七十五阕,以代表有清一代词苑。选录者张伯驹、黄君坦,皆词坛耆老,所取自具法眼。凡例云:"本编以《彊村丛书》内《词荔》所采有清一代词家为主,并加以扩充。"似取舍宗旨,一以彊村为圭臬。然《词荔》所取仅十五家,今扩充者多至五十馀家,恐去《词荔》已远矣。词前有作者小传,词后有注释、笺评皆出黄畬手。然所谓笺评,实皆集录前人评论,非作者有新笺也。

(39) 诗词散论 缪钺著　　上海古籍出版社　一九八二年十一月重印

　　作者历任各大学古典文学教授数十年,今在四川大学。一九四八年,曾编集其有关诗词之研究论文十篇,为《诗词散论》,在成都刊行。岁月既久,传本绝少,知交索阅,苦无觅处。一九八〇年,增入一九四三年所作一篇,共十一篇,重付刊印,即此本也。本书中论词者凡四篇:㈠《论词》,㈡《论李易安词》,㈢《论辛稼轩词》,㈣《论姜白石之文学批评及其作品》。又《王静安与叔本华》一文,亦与词有关。

(40) 瑶华集　上中下三册　（清）蒋景祁编选　　中华书局影印　一九八二年十一月

《瑶华集》为清初盛行之词选集,编者宜兴蒋景祁京少,亦词人。全书二十二卷,选录词二千四百馀首,为明末清初五百馀词人之作,刊成于康熙二十六年(1687),可以代表明末清初词学风尚。自王昶之《国朝词综》问世,此书遂被淘汰,无复版行,至今传本极少。今中华书局假北京图书馆藏本为之影印,分装三册,使罕见古籍,可以廉价得之,亦词苑之善举。

(41) 金元明清词选　上下二册　夏承焘　张璋编选　吴无闻　黄畬　周笃文注释

人民文学出版社　一九八三年一月

本书收录金元明清词共四百六十五首,由夏承焘、张璋二老选定,吴无闻、黄畬、周笃文合作注释。每家词前有词人小传,后有词语注释,并附录诸家评论,或编者分析笺解。卷首有《前言》一篇,概述金元明清词史,此文曾发表于《词学》第一辑。

清代学者,多以为词至金元以后,无足观者。吴蘅照谓“金元工小令而词亡”,言其时北曲兴而词衰也。本书编者以为“词在金元明清各代中,都有一定的成就和地位,在不同程度上嗣响宋人而且各具面目,从不同的侧面反映出一定的时代风貌。”故编选此书,以供学者参考。

对于选词标准,在《前言》中也有所说明:“本书取材以思想健康,艺术性强者为主。思想无害而又艺术性较高,影响较大者,也酌予收录,以存各派风貌。黄色的,病态的,概不阑入。”

(42) 周邦彦集　蒋哲伦校编　　江西人民出版社　一九八三年三月

周邦彦在北宋时,不仅为著名词人,其诗文亦为当时作家所称赏,其进呈之《汴都赋》尤其为一代大文。所著《清真集》,原为诗文集,至后世,词名掩其诗文,于是诗文渐渐失传,而仅存词集。本书为研究周邦彦者提供方便,辑录其现存全部词作及诗文。以词集《清真集》为主,用郑文焯校本,益以编者增校。附录三卷,其一为“诗文辑佚”,其二为王国维撰《清真先生遗事》,其三为编者辑录之《清真词集评》,研究周邦彦者,备此一编,可省力不少。欣赏周词者,亦已得最重要之参考资料。

(43) 花间集注　华钟彦撰　　中州书画社　一九八三年三月出版

作者为河南师范大学教授,曾著《花间集注》,于一九三五年由上海商务印书馆印行,署名华连圃。时移世易,旧本已不可得。且作者亦不满意于其少作,近年大加改订,除修改原有注释外,更偏重于词调源流之考订,词篇本事之搜辑,词意之注释,已非旧本面目,说为新著,亦无不可。惟原书以明玄览斋本为校勘底本,未免失策,新本未能改弦更张,为美中不足。又初版本排字排版,错误甚多,亟宜于再版时改正。

(44) 历代词萃　张璋选编　黄畬笺注　　河南人民出版社　一九八三年四月

这又是一本词选集。选录从唐五代至民国初年历代词家三百馀人,共词七百馀首。

编选者以为是历代词中精华所荟萃,故名之曰《历代词萃》。编者自言此书"意在理出词学发展的脉络,使读者获得比较系统的了解。"至于选词标准,则"以思想意境比较高为主,艺术上确有特色和流传较广的各派词作,亦兼收并蓄,以存其风貌。"

本书于每首词后均附有"注释"。有许多词后兼有"评笺",所谓"评笺",实是集录前人论评,未见别有新笺。注释虽较详赡,亦或偶有失误。

(45) 宋词举　陈匪石编著　　金陵书画社　一九八三年十一月

本书编著者陈匪石,名世宜,别号倦鹤,南京人。解放前,历任各大学中国文学教授,解放后,任上海文管会通信编纂。一九五九年病逝于上海。

《宋词举》二卷。为一九二七年著者在北京教授词学时编撰之讲义。书分二卷、上卷选南宋六家词二十七首,下卷选北宋六家词二十六首。每词后附校记、考律、论词三种笺释,每家之前,有小传及历代评语。其中"论词"部分,即现在所谓分析。在此书以前,一切词选,均无如此详赡之分析解释,词选之有作品分析者,本书实为创始。

本书曾于一九四七年由南京正中书局排印出版,现在由南京金陵书画社改版重印,并将著者于一九四九年撰述之《声执》二卷附入。《声执》上卷专论词律及作法,曾发表于《词学》第一辑。下卷评介词学要籍,未曾发表。

(46) 重辑李清照集　黄墨谷辑　　齐鲁书社　一九八一年十一月初版

李清照词有《漱玉集》一卷,又有分五卷之别本,见于《直斋书录》。然元明二代,均无传本。明初,吴讷编《百家词》,亦未收《漱玉词》。明末,汲古阁毛氏始用洪武钞本《漱玉词》一卷刻入《诗词杂俎》,词仅十七首。清末,王鹏运从《乐府雅词》、《花草粹编》诸选本中搜辑得词五十首,编为《漱玉词》一卷,刊版传世。所谓四印斋本也。近年学者所用,皆此本,然其中颇有误入者,未为善本。

黄墨谷女士为词人乔大壮门生,工于词。积数十年之力重辑李清照诗、词、文,都为一集。卷首为《李清照评论》,次为《漱玉词》三卷,附校勘记、编年及注释。祛伪正误,写定词四十五首,可为定本。其次为《词论》,附以编者诠评。又其次为《诗存》,辑录诗十六首,亦附校注。又其次为文四篇,附以编者所撰《金石录后序考》。又次为《易安居士年谱》,附以辨正易安改嫁事文二篇。最后辑录历代评论文献为一卷。凡今日所可见之李清照著作及其有关资料,皆已萃于此编,对《漱玉词》之欣赏者,李清照研究者,均为可信而有用之善本。惟宋人评论中尚有洪适《隶释》中一则,清人评论尚有俞正燮《易安居士事辑》及陆心源、李慈铭等跋语,未经录入,微为遗憾。

(47) 艺蘅馆词选　梁令娴钞　刘逸生校点　　广东人民出版社　一九八一年十二月初版

艺蘅馆为梁令娴之书斋,梁令娴为梁启超之女。令娴幼承家学,喜音乐,耽吟咏,从麦孺博为词,暇日选钞唐宋及清人词,以资诵习,故曰《艺蘅馆词选》。

此书初分甲乙丙丁四卷。甲卷为唐五代词一百十一首。乙卷为北宋词一百二十九首。丙卷为南宋词一百九十首。丁卷为清人词一百六十七首。其后又增《补遗》一卷,补宋人三家,清人十九家,共七十八首。是为戊卷。别有附录《词论》一卷,收李易安《词论》、杨守斋《作词五要》、张玉田《词源》等诸家论作词法。令娴以为元、明词无大家,故此选不及元、明。

令娴词学,宗常州派,主比兴、寄托、意内言外之旨。故其选词标准,亦承常州衣钵。选温庭筠词二十一首,悉录茗柯评语于书眉。选清真、稼轩、碧山、梦窗四家词凡一百零四首,占所选宋词三分之一,由此可见其词学归趋。

此书眉端多录诸家评语。前贤评语外,尤多麦孺博、梁启超评语,此为他书所不载之资料。

此书刊印于清光绪三十四年。原本罕见。一九三五年,上海中华书局为排印行世,至今传本亦极少。广东人民出版社请刘逸生同志用中华书局本整理校印。改正误属,校定讹字,加标点,删去蒋鹿潭词二首,遂为今本。

(48) 宋百家词选　周笃文选注　　广东人民出版社　一九八三年九月初版

此为新出又一本宋词选,选两宋词人一百家,词一百九十九首。所选甚精当,宋词名作,均在纲罗。作品前有词人小传,后有注释,及编者笺解,皆有助于学者。在近年所出词选注释诸本中,此书为较胜者。

(49) 山中白云词　(宋)张炎著　吴则虞校辑　　中华书局　一九八三年十月初版

张炎,字叔夏,号玉田,是南宋末年到元初的一位重要的词人。他的词继承了姜白石的风格,故词坛并称“姜张”。词集名《山中白云词》,在明代三百年中,几乎没有人见到全书。到清初,才有杭州玉玲珑阁和上海城书室两个刻本,收词二百九十六首,分为八卷。从此张炎词的全部,始流传于世。

现在出版的《山中白云词》为吴则虞先生研究张炎十馀年的成果。全部作品用各种版本及选本精校,附参考资料四种,对研究工作者有帮助。可以说是《山中白云词》的一个好版本。

吴则虞先生已逝世多年,此书完稿于一九五八年,二十五年后方得印行、亦不幸中之大幸。

(50) 白雨斋词话足本校注　(清)陈廷焯撰　屈兴国校注　　齐鲁书社　一九八三年十一月初版

清光绪初,丹徒陈廷焯亦峰覃精词学,著《白雨斋词话》,探讨唐宋以来词学源流得失,评泊历代词家,议论均有卓见,向称词话杰构,为词家枕中鸿宝。然陈氏生前,其书十卷,未尝刻版。光绪二十年(1894),由其门人许正诗等整理,并由其父铁峰审定,删为八卷,木刻问世。嗣后历经坊间石印、铅印诸本,流布甚广。

近年南京大学中文系《全清词》编辑室从陈氏遗族征访得此书十卷本作者手稿,因由屈兴国同志详加校注,用铅字排印发行,于是此书原本面目,一朝呈现,亦词学旧籍整理工作之有功者。

此书除依据十卷本手稿排印外,又逐条编列号次。与八卷本不同之处,均为校注。凡征引词人佳句,均注出全词。陈氏别有稿本《云韶集》词选、《词则》及《词坛丛话》,亦经采录其有关文字作注,以互见陈氏前后观念之同异。有此一编,陈氏之词论毕具矣。

卷尾附录有:㈠陈廷焯生平史料。㈡记《云韶集》稿本。㈢从《云韶集》到《白雨斋词话》。㈣屈兴国撰《白雨斋词话的沉郁说》,均可供研究陈氏词论之参考。

(51) 饮水词 （清)纳兰性德撰 冯统编校 广东人民出版社 一九八四年一月初版

纳兰性德为清初一大词家,其词版刻甚多,俱非全本。纳兰生前曾刻《弹指词》、《侧帽词》、《饮水词》,今皆无传本。康熙三十年(1691),徐乾学辑集纳兰遗文,编为《通志堂集》二十卷,其中有词四卷,三百首,是为纳兰词第一结集。后此诸刻,皆以此本为基础。

同年,张纯修刻《饮水诗词集》五卷于扬州,凡诗二卷,词三卷。词集有张氏序,称"此卷得之梁芬手授",每卷首有"锡山顾贞观阅定"字一行。此三卷凡词三百零三首。次序与《通志堂集》本同,唯增词四首,减一首。此为纳兰词之第二本,然恐是异流同源。

此后,道光十二年(1832),汪元治刻《纳兰词》五卷,收词三百二十六首。光绪六年(1880),许迈孙刻《纳兰词五卷,补遗一卷》于《榆园丛刻》中,其词五卷,悉翻汪本,《补遗》二十一首,乃许氏辑得。

一九三六年,陈乃乾编《清名家词》,由开明书店印行(今有上海书店影印本)。其中有《通志堂词》,不分卷。所据即《通志堂集》本,而以汪、许二刻增补,共得词三百四十七首。

冯统同志汇集旧刻诸本纳兰词,清代诸家词选集,以及李慈铭藏本所书题跋,详为校注,成此《饮水词》新定本,后来居上,可无疑议。

冯氏此书为夏承焘先生主编之《天风阁丛书》之一。卷首有夏先生序及所定《丛书》凡例,其主旨在"搜集有清以来重要词家之词集,予以整理,为治词者提供一较周备之校本。"冯氏此书,乃其嚆矢。

(52) 尊前集附金奁集 朱祖谋校 蒋哲伦增校 江西人民出版社 九八四年二月初版

《花间集》和《尊前集》是最早的两部唐五代词选集。《花间集》自宋代以后,历代流传,版本众多。《尊前集》是北宋初期的书,编者名字已佚。此书流传极少,明清以来,爱好诗词者难于得读。近代亦从来没有铅印本流传。《金奁集》也是一部北宋初期的词选集,篇幅不多,但亦相当重要。蒋哲伦同志用《彊村丛书》本增校、标点、编辑,并加参考资料,合刊二书为一册,使千年罕见之古籍,得以廉价流传,亦可谓在词学研究方面,作了一大贡献。

《彊村丛书》本的《尊前集》,根据的是明人梅禹金的抄本。朱祖谋虽然校过,但当时尚未见明初吴讷编的《百家词》本。此次蒋哲伦同志用《百家词》本增校,发现有许多字句,以《百家词》本为善。但限于校例,未作评断,希望使用此书者,注意及此。

(53) 词则 （清）陈廷焯选评　　上海古籍出版社据原稿影印　　上下二册　　一九八四年五月初版

清代词家丹徒陈廷焯,字亦峰,著有《白雨斋词话》,已盛传于世。《词则》为其遗稿,未曾刻版流传。百年以来,幸赖其后人及藏书家辗转护持,完好无损,今由上海古籍出版社影印,化身千万,无虑亡佚。

陈氏论词,发扬常州派之理论,对词家之要求,对历代词作之取舍,一曰文字要雅,二曰内容要有比兴。三曰风格要沉郁顿挫。《白雨斋词话》所发挥者,无非此义。《词则》为历代词评选本,将使后人从此选本以印证其《词话》之理论也。

全书分为四集。第一集曰《大雅集》,选录自唐迄清尤雅之词五百馀阕。第二为《放歌集》,选录纵横排奡、感激豪宕之作四百馀阕。第三曰《闲情集》,选录尽态极妍、哀感顽艳者六百馀阕。第四曰《别调集》,选录清圆柔脆、争奇斗巧者六百馀阕。四集之中,“《大雅》为正,三集为副,总名之曰《词则》。求诸《大雅》,固有馀师,即遁而之他,亦即可于《放歌》、《闲情》、《别调》中求大雅,不至入于歧途。”此陈氏自序之言也。

全书为陈氏手写稿,正文旁有圈点,书眉上有评语,颇有深入之见。

(54) 茗柯词选 （清）张惠言选录　　许白凤校点　　江西人民出版社　　一九八四年七月初版

张惠言,字皋文,号茗柯,江苏常州人。他是常州词派的倡导者。他主张尊重词体,内容要有比兴作用,风格要上跻风雅,以救浙派词家主清空、尚形式之弊。他选录了唐、五代、两宋词人四十四家,词一百十六首,分为二卷,名曰《词选》。这是具体表现他的词学理论的一部严格的词选。研究常州派词学者不能不备此书。

《词选》刊于嘉庆二年(1797),越五年,张氏即逝世。至道光十年(1830),其弟张琦重新校刊《词选》,增入张氏外孙董毅的《续词选》二卷,选录词一百二十二首,五十二家。以补张氏选词标准过严的缺点。

这个道光刻本屡经翻刻或排印,流传极广。但解放以后,未有新印本,倒也成为一部难得的古书。现在由许白凤同志根据道光本标点重印,为学人谋方便,亦可为此书续命之汤。不过原书所录词,字句尚多失误,《词选》卷二末一首无名氏《绿意·荷叶》乃张炎词,编者当时未知,失于考究。这些缺点,现在新印本均没有做过校勘工作,未免美中不足。

(55) 沈尹默手书词稿四种　　齐鲁书社影印　　一九八四年八月初版

沈尹默,吴兴人,生于一八八三,卒于一九七一,早岁曾任北京大学教授。中晚年以书法驰誉于世,随意挥洒,辄为人藏弄。沈祖棻、程千帆藏有其手书词稿三种:凡《寄庵词》三卷,汪东所作。《念远词》一卷,《松壑词》一卷,附《诗稿》一卷,皆沈氏自作。此三种皆抗战期间沈氏在重庆写赠沈祖棻、程千帆夫妇者。今沈祖棻亦已下世,千帆出其所藏,嘱齐鲁书社依原本大小影印传世,以为纪念。

齐鲁书社又征访得戴自中所藏沈氏手书沈祖棻《涉江词》一帙,因商得千帆同意,附益印行。千帆又出其所藏沈氏手书《题涉江词》诗词稿二纸,并皆印入。

沈氏书法传世者多大幅行草书,此本小楷俊逸,所书词亦皆佳作,殊可把玩。不独为词籍异品,亦可供书家临摹。

(56) 唐宋词通论　吴熊和著　　　浙江古籍出版社　一九八五年一月初版

此书总为七大章:㈠词源。㈡词体。㈢词调。㈣词派。㈤词论。㈥词籍。㈦词学。每章各有子目,论述详赡,为近年出版词学概论性著作之出众者。全书主体在第四、五章,论述亦最见作者学识。其他各章,不限于唐宋,亦可谓之"词学通论"。研究词学者,以此书为初阶,则有关词学之基础知识,大致可得。

卷尾附录《彊村丛书与词籍校勘》,与"通论"无涉。且词籍校勘乃专门之学,《通论》读者,尚未足以语此。窃谓此文当编入作者论词文集,附于此书,有损本书体例,实为赘疣。

(57) 词史　刘毓盘著　　　上海书店影印　一九八五年五月

刘毓盘,字子庚,浙江江山人。生于清同治六年,卒于一九二七年。清末需次陕西,未补官而清亡。辛亥后,任嘉兴中学教师,北京大学教授。此《词史》即其在北京大学时之讲义。

《词史》全书凡十一章:㈠论词之初起由诗与乐府之分。㈡论隋唐人词,以温庭筠为宗。㈢论五代人词,以西蜀南唐为盛。㈣论慢词兴于北宋。㈤论南宋词人之多。㈥论宋七大家词。㈦论辽金人词以汉人为多。㈧论元人词至张翥而衰。㈨论明人词之不振。㈩论清人词至嘉道而复盛。㈠结论。以上区分时代风格,提示要点,词史大纲已具。惟各章皆列叙词家小传,并举一二词以见风格,未有深入研讨,仅堪供初学者入门参考,尚未可为词学发展之史述。惟此书本为授徒讲稿,非专门著作,固不必要求太高。

此本原为一九二二年北京大学排印讲义,外间流传不多。一九三一年,上海群众图书公司始据以排印,公开发行。今上海书店即用群众本影印。然北大本及群众本皆极多误字,今影印本亦未能改正,读者当注意之。

(58) 宋词通论　薛砺若著　　　上海书店　一九八五年六月影印新版

本书分为七编:第一编为"总论"。第二编以下分宋词为六个时期。第一期为北宋初期,以晏、欧、张先为主要词家。第二期为以柳永为首的五大词派。第三时期为周邦彦及其他词家。第四时期为南宋初期,分词家为三类。一、颓废的词人。二、愤世的词人。三、柳永的馀波。第五时期分风雅派及辛派两类词人。风雅派以姜夔、史达祖、吴义英为主,辛派则以辛弃疾为首。第六时期以王沂孙、张炎、周密为南宋末年三大家。另以刘辰翁、文天祥、汪元量等为哀时词人。每一时期,各为一编叙述之。

每编各有引言,概述本时期词学情况。此下即为词人评述。除十馀重要词人,评论较详外,多数词家皆仅有简略之小传,举其一二名词以代表其风格。几乎像一部宋词人名辞典。

此书早在一九三〇年代由上海开明书店出版。今由上海书店据一九四九年三版本影印流传。

(59) 花间集校　李一氓校香港商务印书馆　一九七八年二月(再版)

北京人民文学出版社　一九八一年四月(再版)

《花间集》历代均有传刻,版本滋多,各有误谬。李一氓同志博览诸善本,为之校勘,是正不少。诚如校者自言,此书可使读者"不会撞上一个错字,亦给治文学史者有一个可信赖的依据。"是此本之贡献也。

卷尾有《校后记》,述《花间集》版本源流甚详赡。又有附录,汇集宋元以来诸本题跋,对研究唐五代词者亦极有用。

此书曾于一九五八年七月由北京人民文学出版社印行。一九六〇年十一月,香港商务印书馆用北京纸版印行,是为港本初版。一九七八年二月,香港商务印书馆印行再版本。一九八一年四月,北京人民文学出版社印行北京再版本,故此书前后已有四种版本。

香港再版本与初版本同,亦与北京初版本同。北京再版本则内容已有改易。惟正文十卷仍用旧版,校记则增入《补记》一页。附录亦有移易。卷前插图诸本书影亦有一二抽换。

(60) 人间词话新注　滕咸惠校注　　齐鲁书社　一九八一年十一月初版

本书分上下二卷。上卷为《人间词话》,下卷为《附录》。上卷系根据王国维《人间词话》原稿整理而成。各条按原稿顺序编排,文字亦从原稿。原稿引文多处与所引著作原文不同者,均未改动,以存作者之真。原稿已删之若干条及已删之若干文句,照样录出,并加按语说明。下卷辑录《人间词话》以外的(王氏)零星词话。

《人间词话》前后印行者,已有多本,此本校注精审,可谓后来居上。卷首有周振甫序及编者之《略论王国维的美学思想》,亦有新解。

(61) 域外词选　夏承焘选校　张珍怀　胡树森注释

北京书目文献出版社　一九八一年十一月初版

此书选辑日本、越南、朝鲜人所作词一百馀首,附录李珣词五十四首。夏承焘选定,张珍怀注释日本人词,馀皆胡树森所注。此东南三邻邦汉学甚盛,作词者代不乏人。此书收日本人词八家七十四首,较为可观。越南词仅白毫子一家十四首,则编者所见殊不广。朝鲜人词以元人李齐贤词五十三首充数。于近代朝鲜词家,一无所获。附录之李珣词,亦早已收入《花间集》,不得目为域外词。从名责实,则此书内容,不免寒俭。

注释仅详于词语典实,其有关各国史事及社会风俗处,均未能注释。是一缺点。然词语注释,亦未尽善。如李齐贤水调歌头词有"真境"语,注者但云:"指古代神仙所住之地。"又引《宋史,乐志》"真境胜人间"语,明其出处。其实"真境"即仙境,乃一般语词,只要注明唐宋人以真字代仙字用即可。至"真境"词语,久已有之亦不始于《宋史》。又李齐贤巫山一段云词有"个中"语,注但引东坡诗"平生自是个中人",而未释其义,则何赖于注哉? 观此注,可知注者尚不知"个中"即"此中"也。

(62) 唐宋词选注 唐圭璋 潘君昭 曹济平选注 北京出版社 一九八二年四月初版

此书为唐圭璋、潘君昭、曹济平三家合作之唐宋词选注本。凡选注唐五代词八十一首,作者十九人,(包括敦煌词)。宋词三百四十八首,作者九十二人。每词先作者小传,次选词本文,次说明、次注释。说明部分甚简要,兼及本事,或阐发词意,略近于笺。注释部分亦较详赡确当。

卷首有潘君昭撰《前言》,文末说明此书三家合作分工情况,明其职责。近年集体合作之书甚多,能交代其分工情况者,惟见于此书。

(63) 唐宋词鉴赏集 人民文学出版社 一九八三年五月初版

此书选唐宋词一百〇七首,由诸家分任撰述解释评论。编者后记云:"本集的目的在于总结艺术经验,提供艺术借鉴,所以鉴赏的词不拘于名家名篇,也不依各家在文学史上地位高低来确定选录篇数的多少。"又云:"收录的鉴赏文章,一般地说,能够深入浅出地探讨词意,突出重点地分析艺术,将有助于艺术鉴赏和艺术借鉴。"由此可见本书编辑宗旨。专为艺术性而选赏古代文学作品,为近年来出版物中所未见。

(64) 唐五代词钞小笺 刘瑞潞编撰 岳麓书社 一九八三年十二月初版

本书选录唐五代词五十一家,五百六十六首,系以作者传记资料,历代笔记、词话、稗史、杂记中有关之逸闻本事,间亦加编者按语,评论,搜罗甚广,可备参考。

此书为刘瑞潞遗著。瑞潞,湖南浏阳人,字通叔,号兰御,湘督刘人熙之子。清末毕业于广西优级师范学堂,后考入中国公学,受业于严复。抗日战争时,先后在湖南大学、湖南师范学院任教。解放后,任湖南省府参事,卒于一九六三年,年七十一。

此书成于一九一三年,凡六卷。一九一七年,严复为之序。一九一九年,撰自序。稿藏于家,未尝刊行。今岳麓书社据手稿整理排印,不分卷,以存乡贤文献。

(65) 词学全书 查继超辑编 北京中国书店影印 一九八四年一月

这是一部重印的古书,清康熙年间杭州查继超编刊。内容共四种:㊀毛先舒的《填词名解》四卷。㊁王又华辑录的《古今词论》一卷。㊂赖以邠、查继超编著的《填词图谱》六卷。㊃《词韵》二卷,题"钱塘雪亭、仲恒、道久编次",不知为何人。此书为作词者之简要手册,在清代流传甚广。康熙原刻本已不可见,坊间翻刻及石印本甚多。此本乃北京中国书店用木石屋石印本影印者。

此书乃查继超所编刊,四种内容之作者,皆杭州词人。卷首有康熙十八年(1679)查继培序。继超之兄也。中国书店影印本误以此书为查培继所辑编,似未读序文,以序文为编者所作矣。

(66) 宋词百首译释　陶尔夫编著　　黑龙江人民出版社　一九八四年三月初版

本书选录宋词名篇一〇四首,凡作者三十七人。每篇先作者生平简介,次录原词,次注释,次译文,最后为说明。全书卷尾附所选七十词调之声调谱。

此书注释简要,说明部分亦多能透发词意。惟译文部分犹多可商。词人造意布局,较诗为曲,以白话文译诗,尚不易达,何况于词? 编者亦深知此中甘苦,在其《前言》中已有声明:"我们还试验着用现代诗体形式对原词进行了翻译。其中,有的是硬译,有的是意译,视不同情况而定。有的译文对理解原作可能会有某些帮助,有的则难免有画蛇添足之嫌,甚至妨碍了读者鉴赏力的发挥。"此言态度谦虚,然亦是实情。读者当借助于译文,以悟达词意,不可奉译文为准绳也。

宋词中多方言俗语,或同音假借字,时有费解处。姜白石暗香词"翠尊易泣",此"泣"字或本作"竭",似较易解,然亦未可定其为假借字。此书译作"面对这翠绿的酒杯,泪湿春衫衣袖。"直以"泣"为"哭泣"解,"易"字又未达意,此即所谓"硬译"也,恐译者亦无所施其技耳。

(67) 辛弃疾词选注　马　群选注　　上海古籍出版社　一九八四年六月初版

辛稼轩词总六百馀首,本书选其七十八首、各加注释,略多于十分之一,皆为传诵人口之佳作。卷首有编者所作《前言》,概述辛稼轩生平及词作风格特征,要言不繁。注释亦详赡扼要。惟诸词编列次序,既不依著作年代,又不以词调长短为序,不知以何为标准。

此书排印辛词,以一韵为一行。上下片之间,空一行。形式颇似新诗,在横行排印之书籍中,此法亦善。读者可以注意韵法、句法,及上下片之异同变化。例如水龙吟《登建康赏心亭》词上片结句为"把吴钩看了,栏干拍遍,无人会,登临意。"下片结句与上片句法相同,应作"倩何人唤取,红巾翠袖,揾英雄泪。"编者断句则为"倩何人,唤取红巾翠袖,揾英雄泪。"一望即知其误矣。

此书为《中国古典文学作品选读》丛书之一,此丛书已出版数十种,皆袖珍小册,便于携带,定价又廉,为古典文学普及读物中最受欢迎者。

(68) 词名索引　吴藕汀著　　中华书局　一九八四年七月初版

词有同调异名者,亦有寓声改名者,宋元以后,自度新腔愈多,词调名愈繁。嘉兴吴藕汀集古今词调名,编此索引,为词学研究者提供一种有用之工具书。

此书以万树《词律》,杜氏《拾遗》、徐氏《补遗》,及康熙《词谱》为基础,从历代词籍中增补调名,按首字笔划多少,编为索引,各注明其出处。调名始见于唐《教坊记》者,亦注出之,以明其原始,内容、体例较夏敬观《词调溯源》为胜。

惟书名称《词名索引》实有未安。当曰《词调名索引》。犹乐府题名不可称为"诗名"。此"调"字必不可省。又此书乃编录而成,并非"著作",题为"吴藕汀著",亦似失检。又此书封面印"修订本"三字,内封又有"重订本"三字,似旧有此书,已曾行世,《例言》中亦未有说明,不免使读者疑惑。

(69) 六家词钞 （清）王先谦辑　　岳麓书社　一九八四年十一月初版

清王先谦钞录湖南人词六家,汇刻之,题曰《诗馀偶钞》,刊于光绪十六年(1890)。六家者:㊀孙鼎臣《苍筤词钞》。㊁周寿昌《思益堂词钞》。㊂李洽《捣尘集词钞》。㊃王闿运《湘绮楼词钞》。㊄张祖同《湘雨楼词钞》。㊅杜贵墀《桐花阁词钞》。湖南词人,历代皆少。晚清稍盛,湘绮、湘雨,最为大家。

《六家词钞》即《诗馀偶钞》之排印本,卷首增彭靖序,述湖南词学渊源及六家传略。

(70) 历代词论新编 龚兆吉编　　北京师范大学出版社　一九八四年十一月初版

此书分"词的起源"、"词的特点"、"词的创作"、"艺术技巧"、"词的继承和发展"、"词的风格、流派","词的鉴赏、批评"等七大类,各分子目若干,节取历代词话、词籍中评论语汇集于各类目之下,可以供词学批评家参考。书名"新编",不甚适当,盖以前未尝有此等书也。应题作"类编",则名副其实。

(71) 唐宋词学论集 唐圭璋　潘君昭著　　齐鲁书社　一九八五年二月初版

此书为唐圭璋、潘君昭合撰之词学论文集,全书收论文十五篇;论唐五代词者四篇,论两宋诸词人者十一篇,皆曾在报刊发表过。

第十五篇为《释吴梦窗朦胧词两首》。此题在词学界为初见。所谓"朦胧诗"乃指近年新诗创作之不易理解者,实有贬义。吴文英词虽晦涩,犹有理趣可寻,与新诗之"朦胧"不同,今以此新名词移用于梦窗词,恐从此词苑多一重公案。

此书前后无序跋,不见著者编集旨意,亦一缺点。

(72) 淮海居士长短句 徐培均校注　　上海古籍出版社　一九八五年八月初版

此为经过整理、辑录、校注之淮海居士词集。据现存三个宋刻本《淮海居士长短句》及明刻诸集,录得词七十七首,为上下二卷。各有校记及笺注。次为《补遗》一卷,录得词三十四首,逸句五则。次为《存疑》一卷,凡词五十八首。后有附录四种:㊀淮海词版本考。㊁秦观词年表。㊂辑录传记序跋。㊃辑录总评。

此书"补遗"、"存疑"诸词,大多出于坊本《草堂诗馀》。最不可信。赵万里曾辑录淮海居士词,辨之甚确。

此书编者似未见宋本《草堂诗馀》,亦未见赵万里书,不无遗憾。

(73) 茅于美词集 茅于美著　　香港广宇出版社　一九八三年五月初版
　　湖南人民出版社　一九八五年九月初版

茅于美为茅以升先生之长女,早年肄业浙江大学外文系,兼从缪钺学词。其后赴美留学,归国后,在出版总署、社科院文研所、北京师范学院等处任职,现任中国人民大学外文系副教授。

茅于美作词四十年不辍,所作不下三百首,有《夜珠》、《海贝》等集,曾以油印本流传亲友间。其词疏俊,颇获好评。一九八三年曾有香港铅字排印本,内地未有流布。现由湖南人民出版社印行增删修订本,内容为《夜珠词》一卷,皆一九三七至一九四五年之作。《海贝词》一卷,为一九四五至一九八四年之作。卷首有缪钺、茅以升序,卷尾有冯至跋。

湖南版胜于港版,惟港版有铜版照片插图甚多,湖南版则仅留卷前图版四页,不如港版之能助读者企仰也。

(74) 词与音乐　刘尧民著　　云南人民出版社　一九八二年八月

云南大学中文系刘尧民教授于一九四〇年为学生讲授词学,拟著《词史》,其初稿第一章《词之起源》即有十万字,于是改名《词与音乐》,于一九四六年单行出版。刘尧民教授于"文革"期间逝世,其《词史》终未成书。一九七九年,云南人民出版社决定重印《词与音乐》,由刘氏门生张文勋据旧印本校订重排再版,保留原本之罗膺中(庸)序及熊庆来题签,即此本也。

刘氏此书以诗与音乐的关系,探讨声诗、长短句、词之发展源流,论证繁富,大多精确。罗序许之为"划时代的作品",评价甚高,殆非溢美。此书早已于一九八二年出版,而词学界未闻称道,编者亦于近日始见到,亟为介绍。

(75) 词学概说　吴丈蜀著　　中华书局　一九八三年六月初版

此书分十章,从各个方面为初学者讲解词这一文学形式。第一、二章讲词的起源与流派。第三章,词的分类和体裁。第四章,词的异名和有关词的专用语。第五章,词牌、词谱、词调。第六章,词韵。第七、八章,词律。第九章,词的句式。第十章,诗词的区别。关于词的各方面基础知识,都有说明,这是一本较好词学入门书。

(76) 朱淑真集注　冀勤辑校　　浙江古籍出版社　一九八五年一月初版

此书为现存朱淑真诗词之全集本,以郑元佐注本为基础,前集十卷,后集八卷,皆诗集,依郑元佐本原编。外编二卷,第一卷为《断肠词》。用郑元佐本,第二卷则为编者辑录之诗词《补选》。卷后有"附录"三种,曰"序跋"、"书录"、"丛论",亦编者所辑集。

注释部分亦用郑元佐本,由编者正误、补缺,已非旧观。注释之后,为编者所作"校勘记",所用校本亦颇广。

此书编辑体例及注释、校勘,皆较精审,研究或欣赏朱淑真诗词者,得此可谓善本。

此书为《两浙作家文丛》之一。

(77) 二晏词选　柏　塞选注　　齐鲁书社　一九八五年一月初版

本书为北宋晏氏父子之词选集。晏殊《珠玉词》全本一百三十六首,今选三十八首。

晏幾道《小山词》全本二百五十六首,今选七十八首。二晏佳作,具备于斯。

每首词后,有编者注释,详其典故、名物。其后有编者诠解,分析其句法、章法、字法,兼及思想内容、艺术特长。评论、见解,不落凡俗。

卷首有编者所撰《前言》,总论二晏词风。卷尾有"附录"三种:一、《宋史·晏殊传》。二、《珠玉》《小山词》各本题跋。三、《二晏行年简谱》,据夏承焘所撰二晏年谱而损益之。

(78) 张伯驹词集　张伯驹著　　中华书局　一九八五年五月

本刊故编委张伯驹生平作词逾数千首,晚年自为编定,存千馀首,分为六集。解放以前所作曰:《丛碧词》,解放以后所作曰:《春游词》《秦游词》《雾中词》《无名词》《续断词》。其一生盛衰、遭遇、流徙之迹,可按词而得之。《丛碧词》曾有木刻本,油印本,馀五集则初印也。

《词集》已由中华书局用繁体仿宋字排印出版,卷端有周汝昌序,卷尾有楼宇栋后记。

(79) 乔大壮手批片玉集　黄墨谷录　　齐鲁书社　一九八五年五月

乔曾劬,字大壮,四川华阳人,为前辈词家。四十年代,任中央大学教授。抗战胜利后,应许寿裳之邀,去台湾大学任教。许被狙击而死,大壮不得意,归,自沉于苏州。年五十六,时为一九四八年七月三日。

大壮词有《波外乐章》四卷,未刊行。仅《雍园词钞》中发表其数十首。其弟子厦门黄墨谷藏其手批周邦彦《片玉集》,今由齐鲁书社影印流传。原迹后附黄墨谷过录批语清本,以便览诵。

书后附唐圭璋《回忆词坛飞将乔大壮》及黄墨谷之《先师大壮先生遗事》并《后记》,于词人身世及艺事有详细介绍。

(80) 梦秋词　汪　东著　　齐鲁书社　一九八五年七月

前辈词人汪东,字旭初,别署寄庵,江苏吴县人。早岁在日本参加同盟会,追随孙中山从事革命,民国建立后,历任内务部佥事,浙江象山、于潜、馀杭等县知事。抗战期间,任监察院监察委员,礼乐馆馆长等职,抗战胜利后,任中央大学教授、文学院长。新中国成立后,任江苏省政协委员会常委,国民党革命委员会苏州市委主任委员、江苏省委副主任委员。一九六二年,曾在华东师范大学中文系讲授词学。一九六三年逝世。

汪氏以词蜚声国内,为一代杰出词人,生平作词,多至四千首,夏敬观称其词"潜气内转,开合自如,一篇之中,回环往复,一唱三叹。"

《梦秋词》二十卷,凡词一千三百八十馀首,为汪氏晚年自定写本。今由齐鲁书社用原稿影印传世,洋装一巨册,为近年所出词籍精本。

(81) 唐宋词风格论　杨海明著　　上海社科院出版社　一九八六年三月

此书从文学创作的风格角度论词,分上下二编。上编为"唐宋词的主体风格及其变革"。下编为"杂论"。唐圭璋为撰序言云:"自来治词学者,有词选、词论、词史、词集考订、词人年谱之作,然尚未见有专从风格入手,作纵横谈者。海明此书,亦史亦论,寓史于论,实为首创。既有宏观之综述,又有细密之论析,融研究、评论、赏析于一炉,自出新意,颇有创获。"以此为介绍,可不烦多赘。

(82) 爱国词人辛弃疾　邓乔彬著　　上海人民出版社　一九八六年五月

此书为普及性的爱国词人辛弃疾的传记,全书六万字,分为七章,以浅显的笔调,叙述辛弃疾的生平及其作品,后附《生平大事年表》。适宜于青少年阅读,为《祖国丛书》之一。

此书有关于辛弃疾之插图多幅,由济南市博物馆供稿,颇能助读者兴趣。

书前后无著者序跋,插图亦无目录,正文第一章之始,无序引语,使读者在阅读之前,犹不知辛弃疾为何许人。此为本书之缺点。

(83) 填词要略及词评四篇　陈声聪著　　广东人民出版社　一九八六年六月初版

此书是帮助青年学习填词的指导书。箸者以为词之所以美,主要在它的格律和声韵较诗繁复,故学习作词,不能不具备格律与声韵方面的一些基础知识。此书内容共分七个部分,凡十二章:㊀总述。㊁㊂音律。㊃㊄结构形式。㊅㊆技法。㊇品藻。㊈词籍。㊉欣赏。㊉㊀馀论。其中技法二章,尤其是经验之谈。

另有词学论述四篇:㊀读词枝语。㊁闽词谈屑。㊂论近代词绝句。㊃《人间词话》述评。其㊁与㊃,皆曾在本刊发表过。

著者陈声聪(兼与)为老一代诗人,早年即负诗名。近十年间,雅好填词、论词,遂有此著。今年已出版其《兼于阁诗话》(上海古籍出版社),乃其论诗之作,此书则为其论词之绪馀也。

(84) 疏影楼词　(清)姚燮著　沈锡麟标点　　浙江古籍出版社　一九八六年八月初版

姚燮,字梅伯,浙江镇海人,晚清词家。梅伯于艺事多能,书、画、诗、词、曲,无不精擅,生当鸦片战争、太平军起义、戊戌政变,政治、民生动乱之时,其诗词中均有记录或反映。《疏影楼词》五卷,乃早年所作。初刻于道光十三年,光绪初有重印本,今已不易得,惟已收入陈乃乾所编《清名家词》。

别有《续疏影楼词》八卷,乃梅伯中晚年所作词,晚年自定稿本,未尝刊行。现为李一氓同志所藏。浙江古籍出版社合正续二编排印传世,由沈锡麟标点。卷首有钱仲联所撰《前言》,卷尾附李一氓所撰《读词札记》。

此书为姚梅伯词之全集,续集八卷,词坛未闻,收藏词籍者,尤宜亟置一编。

(85) 词学论稿　华东师范大学出版社　一九八六年九月

此书为华东师范大学中文系古典文学研究室为汇报中文系教师科研成果而编刊。

故其作者皆华东师大老中青年教师。所收皆近年词学论文,曾在各种刊物上发表过。共收论文三十二篇,三十馀万字,涉及词学研究之各个方面,可供词学研究者及高等院校中文系教师为参考资料。

(86) 吕伯子词集　吕贞白著　　手稿影印本　一九八六年九月

本刊编委吕传元,字贞白,号伯子,江西九江人。早岁即能为诗词,来上海,从况周颐学,与陈运彰、赵叔雍为况门三俊。词学之外,又擅流略之学,著有《淮南子斠补》(已刊)、《吕氏春秋斠补》(未刊)诸书。解放后,任上海古籍出版社编审,华东师范大学图书馆学系兼任教授。一九八四年十月,以脑溢血逝世。

贞白虽工于词,然解放以后,绝口不谈词,亦不以所作示人。下世后,其女姮以其手自编定之词稿影印数百部,得之者始惊其词作之多。

《吕伯子词集》为书名,其词稿之总名曰《浅语词》。分为三卷:第一卷曰《碧双寐语》,卷二曰《荔香乐府》,卷三曰《挹芬琴趣》,总三百馀阕。小令宗《花间》、欧、晏,慢词宗白石、梦窗,造诣甚高。

(87) 蒋鹿潭年谱考略　水云楼诗词辑校　冯其庸著　　齐鲁书社　一九八六年九月

冯其庸同志研究清词人蒋鹿潭(春霖)垂四十年,集录甚富,考核甚精。以其成果,编为二集,合印一书。考定词人生平者,为《年谱考略》,考定词人作品者,为《诗词辑校》。凡有关蒋鹿潭之资料,几已搜采无遗,而作者于《后记》中表示“仍感到不满意”,亦可见其治学之虚怀。

(88) 清词菁华　沈轶刘　富寿荪选编　　安徽文艺出版社　一九八六年十月版

清词近来甚为文家注意,清词选本,亦已有龙榆生、张伯驹、黄君坦等数种。最近又出《清词菁华》,选录清代词人三百八十家之词一千馀首。有作者小传,词后间有评论,乃选家论词法眼,不依傍旧评。是此书胜处。

但《序言》中述其编选体例云:“为考见清词一代渊源继承之迹,凡清初遗民之卓有成就者,清末名家之殁于民国者,并予选录。”集中清初词人自万寿祺至吴伟业,皆纯然为清代词家,不得谓之“遗民”,更不得谓之“清初遗民”。卷尾所选,如张尔田、王蕴章、邵瑞彭、姚华等十馀家,皆纯然为民国时词人,不入清代文苑。至所谓“考见继承之迹”,则选唐五代词可以兼收欧、晏,选宋词可以并及元人。岂非体例不严,是此书之一病。

(89) 李后主评传　高　兰　孟祥鲁著　　齐鲁书社　一九八五年九月

本书作者高兰早年曾肄业于燕京大学,作为研究课题,成此《李后主评传》,发表于燕京大学之《文学年报》第一期,时在一九三二年。今重印此稿,并由孟祥鲁为书中所收后主诗词作注释。

全书分五章:㈠引言。㈡李后主小传。㈢李后主的死。㈣、㈤李后主词的艺术。最后附《李后主年表》。除第三章外,每章后均附作品注释。故此书体例甚为别致,虽曰“评传"，实已将后主全部词作及诗、文、佚文集于一编。

夏承焘《南唐二主年谱》成于一九三五年，唐圭璋《南唐二主词汇笺》成于一九三六年，王仲闻、詹安泰诸家所著则在一九五〇年代，均在此本之后，故此书实为最早之李后主研究成果，而其以单行本问世，则迟至五十年以后，亦可慨矣。

(90) 珠玉词 （宋）晏　殊著　吴林杼校笺　　江西人民出版社　一九八五年十二月

此书据汲古阁刻本《珠玉词》，用别本校勘，加以笺释。共收词一百三十四首。每词先列原文，继以"校"、"笺"、"评"，或有词牌考释。书后有附录四种，为传记、版本资料。全书大致可观，不免有穿凿处。例如"黄蜀葵花"，本是花名，而笺注引《说文》云："蜀，葵中蚕也。"不知何意？又《花草粹编》是一部书名，而书中引用，皆作《花草·粹编》，亦误。又笺释语词，有未达处。例如"无那"、"争奈"等语，仅引王维、白居易诗，而不作释义，恐青年读者仍不能知其为何义也。

(91) 词话丛编　全五册　唐圭璋编　　中华书局　一九八六年一月

唐圭璋先生以平生精力，编纂《全宋词》及《词话丛编》，对文学史及学术文献，功效甚伟。《词话丛编》曾于一九三四年由上海商务印书馆印行，线装本二十四册，共收历代词话六十种。印二百部，屡经战乱，存者无多。解放以后，唐先生乃进行改编，增益扩大，改正旧编谬误。今本收词话共八十五种，篇帙增多一倍，然尚有十馀家词话著作，知其名而未得见，以未能收入为憾。可知此编集工作，亦非易事。

(92) 宋词纵谈　陈迩冬著　　人民文学出版社　一九八七年四月

这是一部简明扼要的宋代词史，以漫谈式的文体写成，故曰"纵谈"。全书仅四章。第一章为"词是怎样一种文学形式？"第二章为"词世界与宋词的四个时期，三大系派。"所谓四个时期，乃以晏、欧、张先为第一期。柳永、苏轼、秦观、周邦彦为第二期。辛弃疾、姜夔、吴文英为第三期。王沂孙、张炎为第四期。所谓三大系派，是从词作的风格区分：晏欧为一派，苏辛为一派，周姜为一派。第三章为"宋词的重要作家和作品"。第四章为"宋代词人是怎样写词的？"这一章是为初学填词者讲一些文学技巧。

本书为《文学爱好者丛书》之一，可以为青年欲窥词学门径者的基础读物。

(93) 唐宋词小令精华　徐培均评注　　中州古籍出版社　一九八七年五月

此书选录唐宋人小令词，凡三百馀首。先录本文，次为注释，又次为评析。评析部分或解析词句结构，或说明言外之意，比兴作用，或胪列前人评语，皆对读者颇有启发。卷首有《前言》，长达一万馀字，叙述或评论有关令词之各种问题。

"凡艺术上有一定特色，可供欣赏和借鉴，而思想内容又较为健康者，均酌予入选，得词三百馀首。其中，名家、大家的作品，入选较多。小家的优秀作品，亦酌予收入。意在尽量反映唐宋小令的全貌。"此为评选者之选录宗旨。

(94) 曝书亭词 （清）朱彝尊撰　吴肃森编校　　广东人民出版社　一九八七年七月

夏承焘先生曾计划编刊清代以来重要词家之词集，为《天风阁丛书》，以继《彊村丛书》，此《曝书亭词》即其第一种，委其高足吴肃森任编校之役。书未成而夏老谢世，此书出版，夏老不及见也。

此书汇合康熙本《曝书亭词》、翁之润刊《曝书亭词拾遗》、叶德辉刻《曝书亭删余词》三种于一编。其《叶儿乐府》乃北曲小令，本当删去，今仍依旧本附于词后。

校记但胪列异文，不作判断。慢词断句，颇有疏失，是此书不足处。

(95) 词学概论　宛敏灏著　　上海古籍出版社　一九八七年七月

安徽师范大学教授宛敏灏先生掌教数十年，深于词学，近年以其旧编《词学讲义》增补改写，成此《词学概论》。本书分十二章，凡词的起源、体制、词调、作法、音律、词谱、词韵、词话等各方面均有系统的、详细的叙述，在同类著作中，尤为高手。中文系大学生，中学语文教师，诗词爱好者，有此一书，得益不浅。

(96) 船子和尚拨棹歌　（唐）释德诚撰　　华东师范大学出版社　一九八七年十月

唐高僧德诚，俗称船子和尚，主持上海市金山县法忍寺多年。船子以刺舟济渡为善业，尝咏其渔钓生涯为《拨棹歌》三十九首，与张志和《渔父》词俱为唐词。然《拨棹歌》久已失传，船子和尚亦久不为佛徒所知，知之者又皆以为宋时人。近年其歌发现，本刊第二辑(1982)曾有文介绍之。文发表后，得知上海图书馆藏有元至治壬戌(1322)坦上人原刻本，遂与清嘉庆九年(1804)刻本合并影印，列入《上海文献丛书》。此书元、明、清刻本均称《机缘集》，强调其歌词为禅机语。今改题为《船子和尚拨棹歌》，复其原名，又表示其为唐代歌词也。

(97) 灵谿词说　缪　钺　叶嘉莹合撰　　上海古籍出版社　一九八七年十一月

本书为加拿大不列颠哥伦比亚大学教授叶嘉莹与四川大学教授缪彦威(钺)合作的词论集。全书凡三十九篇，四十三万言。首二篇论词的起源，论词体的特质。以下分别评论唐五代两宋词人三十二家。叶作十七篇，缪作二十二篇。每篇皆以论词绝句一首为纲，继以详赡之解说，全书体例甚为新异，可谓一种新型词话。解说之内容，不仅论评各家词人之风格与艺术，亦推衍及词学演变之过程，兼有词史之作用，两家所论，各有胜义。卷首有叶氏所撰《前言》，详述撰写本书的动机、体例以及论词绝句、词话、词论诸体之得失。卷尾有缪氏所撰《后记》，叙述其与叶氏合作本书之经过。

本书获得中国社会科学院及加拿大社会人文科学研究理事会之赞助，列为中加文化交流科研项目之一。

(98) 梦桐词　唐圭璋著　　江苏古籍出版社　一九八七年十一月

唐圭璋先生致力于《全宋词》及《词话丛编》之纂辑工作，词学既邃，词功尤伟。平生精力,悉用于此二巨著。因此作词甚少。此本收唐先生一九二六年以来所作词一百三十三首,由曹济平加注。书前有《自序》,后有附录,为唐先生所撰《自传及著作简述》。

(99) 淮海词 (宋)秦 观著 陈祖美选注　　浙江古籍出版社　一九八七年十一月

秦少游词今存不过八十馀首,此本选注七十馀首,实已近全集矣。每词之下,有"评赏"、"注释"二目。评赏部分,颇能道出作意。注释亦详赡,有助于学者,然亦不无疏失。卷尾附录五种,曰:㊀本传。㊁行状叙录。㊂词评选辑。㊃轶事掇拾。㊄苏轼、秦观交游及其文风述评。前四种皆资料汇集,第五种则为注者所撰,于苏、秦二人文学关系,颇有发明。

卷首有高邮新修文游台摄影,东坡、少游与孙莘老、王观国尝同游于此。

(100) 词学研究论文集 (1949—1979)　　上海古籍出版社　一九八二年三月

(101) 词学研究论文集 (1911—1949)　　上海古籍出版社　一九八八年三月

右二书均华东师范大学中文系古典文学研究室编。前集选自建国以来至一九七九年止国内报刊所载词学论文六百馀篇中选录较重要者四十一篇,后集从辛亥革命至一九四九年止全国报刊所载词学论文六百篇中选录较重要者二十二篇。二书后均附有各该时期论文索引。

凡报刊所发表之单篇论文,最有时间性,若非作者本人收入其专著,即不易为学者所知见。此二书编印目的,即在于延续单篇论文之生命,以利于词学研究者之参考。

前集编印时,尚未有续出后集之计划,故书名未用"前集"或"上集",不意出版后颇受国内外学者欢迎,尤其希望获得民国时代之资料,因此编印了后集。但考虑到将来有继续编选之可能,故书名不变,而系以内容所及年限,以为区别。读者如欲购置此书,请注意里封面所标年限。

(102) 唐宋词鉴赏辞典 (唐、五代、北宋卷)　　上海辞书出版社　一九八八年四月

(103) 唐宋词鉴赏辞典 (南宋、辽、金卷)　　上海辞书出版社　一九八八年八月

(104) 唐宋词鉴赏辞典　　江苏古籍出版社　一九八六年十二月

(105) 宋词鉴赏辞典　　燕京出版社　一九八七年十月

继《唐诗鉴赏辞典》之后,全国各出版社掀起一种编印各种文学鉴赏辞典之热潮。唐宋词鉴赏辞典已见三家。南京版限于唐宋,上海版兼及辽金,北京版惟收宋词。三书皆煌煌巨帙,集百馀人之力,解析唐宋词千百首。印刷精美,既为良好之文学读物,又可为文房装饰品,宜其风行一时,销路大畅。惟因作者知识水平高低不均,书中赏析文字亦有

深有浅,有精辟,有谬误,读者宜慎思而明辨之。

(106) 花外集 （宋）王沂孙撰　吴则虞笺注　　上海古籍出版社　一九八八年七月

此为吴则虞先生遗著。起稿于抗日战争时,成于一九五八年,三十年后,始得印行问世,先生下世已二十馀年矣。

王沂孙《花外集》,旧有孙蜀丞(人和)笺校本,甚精审。吴氏此书,即以孙氏本为底本,从而增广斠正之,可谓"后来居上"。词共六十四首,每首后有校字、笺注、斠律、汇评四目,各有论断。附录四种,收罗参考资料略备。

吴氏有校辑《山中白云词》,中华书局印行,本刊第五辑已有介绍。此二书皆可谓整理宋词之力作。

(107) 话柳永 罗忼烈著　　香港星岛教育出版社　一九八八年七月

香港大学教授罗忼烈先生于词专研周、柳。前年已有校辑《清真集》问世,今又得其研究柳永之新著。本书七万言,分为八章研讨:㊀柳永的家世。㊁名、字与科第。㊂葬地和卒年。㊃宦迹、词踪和自白。㊄柳词家法。㊅颂圣贡谀之作。㊆柳词之流传。㊇佚诗之辑录。对柳永之生平及词作,俱有深入之探讨,对大陆学者研究柳永之失误处,多所辨正。此书可谓简明之《柳永评传》,作者题其书名曰"话",谦词也。

(108) 江花四声词 香棣方著　　一九七三年八月　香港印

此为香港词人香棣方所著词集,凡词二〇二首,计小令、中调一〇八首,长调九十四首。作者极重视平仄四声。集中小令、中调,均守万氏《词律》所定平仄,长调悉遵周邦彦词各调所用四声。并于长调词每首均缀四声旁谱,故名其集曰《江花四声词》。

词后常有"词边馀话",或论词法,或叙本事,宛然词话。其词以令引为佳,长调恐不免为四声束缚。

此本前年有香港友人寄惠,此间词友皆不知香君为何如人。读其词叙知为东莞人,一九二八年曾在上海编《汗血》月刊,一九四八年移居香港云。

(109) 麝尘莲寸集 汪　渊集句　程淑校注　　安徽文艺出版社　一九八九年一月

晚清绩溪诗人汪渊,字诗圃,又作诗甫,著有《藕丝词》、《遥天笙鹤词》。又有《麝尘莲寸集》四卷,乃集唐宋人词句为词,得二百八十四首,其夫人程淑为作校注。书刊于清光绪十六年(1890),有谭献序。

安徽文艺出版社重印此集,由许振轩、林志术夫妇点校,改正原本所引出处、文字之误。台湾亦曾于一九七九年重印此集。

汪氏集句为词,浑成自然,天衣无缝,可称佳构。海峡两岸,重印此集,不谋而合,可知真赏,无处不在。

(110) 宋词纪事 唐圭璋编著　　上海古籍出版社　一九八二年十一月

　　唐圭璋先生集录两宋人笔记中词话之有词可系者,凡三百数十事,合为一编,名曰《宋词纪事》,仿厉樊榭《宋诗纪事》、张宗橚《词林纪事》之例也。

　　卷首有吴梅序,表扬此书之长处。次为编著者自序,述其辑编本书之宗旨。二序作于戊寅二、三月,即公元一九三八年,其时抗日战事突发,吴唐师徒,皆流离迁徙于湘鄂间。乃知此书为唐先生早岁所成,及今始得刊行,距书成五十年矣。

(111) 迦陵词选 马祖熙笺注　　江西人民出版社　一九八六年五月

　　马祖熙同志熟读迦陵词数十年,其自作词,亦大有迦陵风韵。近年以退休多暇,精选迦陵词一百三十首,分为四卷,各加笺注。注则解其文辞典故,笺则考其本事,或作词年代、背景,此非熟知陈维崧生平事状者不能秉笔,在时下众多诗词选注本中,此书当属上乘。

　　书后有附录三种:㊀陈维崧史传。㊁前代序跋。㊂诸家评论。皆为重要参考资料。

(112) 敦煌曲子词斠证初编　林玫仪撰　　（台湾）东大图书公司版　一九八六年五月

　　敦煌卷子中有许多曲子词写本,自从罗振玉、刘半农向英法抄归《云谣集》曲子词三十首后,国人始知有此《花间集》以外之民间歌词。其后,向觉明、王重民诸家又陆续抄得零篇不少,至今可知者已将及二百首。此诸词皆民间传钞本,多用俗字,又多误字,不易解读。历经朱古微、唐圭璋、冒广生、任二北、蒋礼鸿诸家校释,犹有疑字,未能写定。然敦煌词学,因此而盛。近三十年间,香港有饶宗颐作《敦煌曲订补》、台湾有潘重规作《云谣集新书》、韩国亦有车柱环作《云谣集考释》,可见大陆闭关时期,敦煌词学,在海外转盛。

　　林玫仪女士为久享盛名的文学博士,淡江大学教授,专研词学,勤于著述。尝参考前辈诸家考释,证以原卷影本,作此《敦煌曲子词斠证初编》。全书分三编:上编证释《云谣集曲子词》二十首,中编证释普通杂曲子一百二十首,下编证释新增及残缺曲子词二十六首。皆辨析精微,可据以写定者不少。书后附图版六十四页,皆原卷影本。

(113) 辛弃疾年谱　蔡义江　蔡国黄编著　　齐鲁书社　一九八七年八月

　　蔡义江、国黄昆仲先已有《稼轩长短句编年》一书,于一九七九年由香港上海书局出版,《词学》第四辑已有介绍。今作者又改编为年谱。卷端为《前言》,次为《辛弃疾世系》,录自辛启泰《稼轩先生年谱》。次为《辛弃疾年表》,又次为《年谱》正文。其后有附录五篇,皆有关文字。

　　据作者《前言》云:其尊人蔡竹屏先生曾累年研究陆放翁诗,兼及稼轩词。有《陆放翁诗词选》于一九五八年由浙江人民出版社出版,一九八二年,修订补充后再版。作者昆仲之稼轩研究,皆在其尊人之指导与帮助下完成云。

(114) 唐五代北宋词研究 （日本）村上哲见著　杨铁婴译

　　陕西人民出版社　一九八七年八月

　　村上哲见是日本近年来研究中国诗词有卓越成就的学者,一九七四年,在京都大学完成论文《北宋词研究》,获得文学博士学位。以后曾任奈良女子大学教授,现任日本东北大学教授。其论文经大量增补,改题《宋词研究——唐五代北宋篇》,于一九七六年由东京创文社出版。今中文本即从此本译出。

　　此书论述唐宋词,考索精详,条理细密,在日本学术界极受注意,被誉为日本"第一部正式的词学研究著作"。又有好评云:"由于此书的出版,可以说我国关于词的研究才正式地开始。"其评价之高可知。

　　本书译者亦熟悉词学,原本中所有误字均已改正,译笔亦畅达可诵。

(115) 词学考诠 林玫仪著　　（台湾）联经出版事业公司　一九八七年十二月

　　本书为林玫仪女士又一词学著述,内收《柳周词比较研究》、《李清照词论评析》、《郑文焯之词学理论》等论文十篇,皆一九八一年至一九八五年间所作,议论多有可取。卷首有郑因百(骞)序,台静农为题封面,皆其业师也。

(116) 词学十讲 龙榆生著　　福建人民出版社　一九八八年七月

　　此书为已故词学者龙沐勋(榆生)之遗稿。一九六二年,龙先生在上海戏剧学院讲授词学,编有讲稿两种:一为《唐宋词定格》已于一九七八年由上海古籍出版社印行,改名《唐宋词格律》。一为《倚声学》,今改名《词学十讲》,由福建人民出版社印行。

　　十讲内容为:㊀唐宋歌词的特殊形式和发展规律。㊁唐人近体诗和曲子词的演化。㊂选词和选韵。㊃论句度长短与表情关系。㊄论韵位安排与表情关系。㊅论对偶。㊆论结构。㊇论四声阴阳。㊈论比兴。㊉论欣赏和创作。

　　又有附录三种:附录一:四声的辨别和练习。附录二:谈谈词的艺术特征。附录三:宋词发展的几个阶段。

　　龙先生涵泳于词学,对词的音乐性,颇有心解。此稿为戏剧学院学生讲授,偏重于词乐。其第四、五两章,非但对填词者有助,亦有助于流行歌曲之创作者。

(117) 温韦冯词新校 曾昭岷校订　　上海古籍出版社　一九八八年十二月

　　湖北大学曾昭岷教授校定温庭筠《金荃词》、韦庄《浣花词》、冯延巳《阳春集》各一卷,合印为此书。前有前言、凡例,后有附录。三家词皆逐首审校,考辨精当。校记后有集评,罗列前人,兼及当代,诸家对此词之评论。每卷后有附录四种:其一为《考定伪词》,其二为《序跋著录》,其三为《传记资料》,其四为《总评》。全书之后,亦有附录二:其一为《三家词总评》,其二为《引用书目》。

　　此书论证平允,搜集资料详备,编撰体例甚善,可称佳著。学者得此一编,温、韦、冯

三家词之欣赏与研究,资料毕具于是,无劳他求矣。(秋浦)

(118) 张元幹年谱 王兆鹏著　　南京出版社　一九八九年八月

张元幹是两宋之间政治文学都有关系的一位词人。他的生平没有较详的记载,近年来,词学昌盛,始有人从事研究。新出《张元幹年谱》是一本很详赡的张元幹传记。著者王兆鹏为唐圭璋指导的博士研究生,此书为其博士论文。

张元幹之家世籍贯,自来未有明确记载。近年福建永泰县文化馆发现明万历十九年重修《永泰张氏宗谱》,详载张氏世系。著者利用此史料,钩稽词人生平出处、事迹,历历可信。

卷末附《〈芦川归来集〉版本源流考》,亦有助于宋词研究者。

(119) 词学综论 马兴荣著　　齐鲁书社　一九八九年十一月

此书为华东师范大学中文系教授、本刊主编之一马兴荣所著。卷前有唐圭璋撰序,为之介绍。略云:"是书上编谈词的起源、词调、词的平仄、句式、对仗、词韵。下编谈词的发展流变。"全书重点在下编。此书材料丰富翔实,论证严密,富有新见,且能深入浅出。

卷尾附《词学简要书目》对初学者有助。

(120) 清人选评词集三种 尹志腾校点　　齐鲁书社　一九八八年九月

本书实印清人词评三种:㈠黄苏选评《蓼园词选》、㈡谭献评《周氏词辨》、㈢周济选评《宋四家词选》。谭、周二家评论宋词,皆守张惠言兄弟宗旨,为常州派词学理论书。自晚清至民国初年,颇有影响。《蓼园词选》虽成书于乾隆中,惟有稿本传钞,未尝雕版,故见者不多。民国九年(1920),赵叔雍从其师况周仪借得藏本,为之刊刻,此书始有流传。黄氏时代较早,且其所评词皆从《草堂诗馀》中选录,故其论词宗旨,与谭、周两家不尽同。然此书传世极少,今得广为印行,亦是佳事。

本书为南京大学古典文献研究所编《明清文学理论丛书》之一。

(121) 词林集珍 (袖珍丛书)　　上海古籍出版社　一九八九年二月

《词林集珍》精选唐、五代、两宋脍炙人口的词集三十三种,分订为三十册。其中温庭筠、韦庄词合为一册,称《温韦词》。南唐李璟、李煜词合为一册,称《南唐二主词》。李清照、朱淑真词合为一册,称《漱玉·断肠词》。本书装潢精美,汇为袖珍型丛书,小巧别致,便于披阅和携带。

本丛书所收词集为:㈠《温韦词》、㈡《南唐二主词》、㈢冯延巳《阳春集》、㈣柳永《乐章集》、㈤张先《张子野词》、㈥晏殊《珠玉词》、㈦欧阳修《六一词》、㈧晏幾道《小山词》、㈨苏轼《东坡乐府》、㈩黄庭坚《山谷词》、㊀秦观《淮海词》、㊁贺铸《东山词》、㊂周邦彦《片玉词》、㊃李清照、朱淑真《漱玉、断肠词》、㊄张元幹《芦川词》、㊅张孝祥《于湖词》、㊆陆游《放翁词》、㊇辛弃疾《稼轩长短句》、㊈陈亮《龙川词》、㊉刘过《龙洲词》、㊀姜夔《白石词》、

㊲史达祖《梅溪词》、㊳吴文英《梦窗词》、㊴刘克庄《后村长短句》、㊵蒋捷《竹山词》、㊶刘辰翁《须溪词》、㊷周密《蘋洲渔笛谱》、㊸王沂孙《花外集》、㊹张炎《山中白云词》、㊺仇远《无弦琴谱》。以上计唐、五代词五家、北宋词十家、南宋词十七家、宋末元初词一家。所以这部袖珍丛书虽名为三十种(册)实收共词集三十三种,词人三十三家。

(122) 清词史　严迪昌著　　江苏古籍出版社　一九九〇年一月

本书著者严迪昌近十年来专志于清词,单篇论文之散见于各刊物者,皆与清词有关。今结集其所得,为《清词史》,煌煌巨帙,凡四十五万言,于清词之演变、派别,重要词家之倾向与风格言之甚详。发微抉隐,多前人所未及注意者。三百年清词之精神与面目,得此一编,历历可知。

作者在《绪论》中谓"词史"与"词学史"、"词论史"有区别,故此书不专章论及"词话"、"词论"著作。然此书中论述历朝词家之文学认识及作品风格,势必涉及词论,而词学亦即在其中。文学作品本身,不能成史。作者此书,虽曰"词史",亦可见有清一代之"词论"、"词学",恐不能谓"词史"与"词论史"、"词学史"截然无涉也。

(123) 词学杂俎　罗忼烈著　　巴蜀书社　一九九〇年六月

香港大学中文系教授罗慷烈集其近年来所作词学杂文三十七篇为此书。作者自言"平时读词,既不是为了学习填词,也不是为鉴赏文章。"故此书所收散文,皆关于词人之传记资料及与词有关之事。其中论及张先、柳永、周邦彦、姜夔诸文,皆治词者不可不知之资料。

(124) 词学集刊　汪经昌编　　台湾省立师范大学国文系出版　一九六六年六月

汪经昌,字丛史,苏州人,为故词曲家吴梅之入室弟子,任台湾省立师范大学国文系词曲教授。在该校成立二十年纪念时,辑其弟子词学著述为此编

本书收论述四篇:㊀詹昭伦之《诗馀牌词杀声考》。㊁李福子之《历代诗馀私集签目》。㊂司徒珍珠之《云谣集研究》。㊃陈雪华之《玉田词研究及校读》。以下为学生习作词选。

陈雪华一文实为全部《山中白云词》之集评及校记,篇幅最多,占二五〇页。

此书未经出版商发行,流传不多,近承香港友人寄赠,故为著录。

（三）词学期刊

(1)《词学》创刊缘起

在迎接"四化",开展科学研究的高潮中,作为上层建筑的文艺学的研究,也相应地出现了提高和深入的前景。我国的古典文学具有悠久的历史,广大的领域,优越的传统,繁

富的作家作品。每一个从事研究工作的人,固然不可能博涉多方,全面淹贯,而全面的研究,则有待于个人的专业分工。我们创刊《词学》,就是企图在浩汗的古典文学研究工作中,分取一个专业作为我们耕耘的园地。尽管我们对词学的研究,还只是浅尝,但有了这个园地,可以集中国内外学者的词学研究成果,互相商榷,互相切磋,互通信息,互为补益,大家都可以借此获得研究的方便。为此我们不自量力,试办这个专攻词学的集刊。我们希望得到国内外同道学人的支援,使这个刊物能为词学研究者提供专业论坛,为词学爱好者提供专业读物,为从事古典文学教学或文化工作者提供进修及参考资料。

一九八一年一月

(2)《词学》编辑体例

《词学》为华东师范大学中文系古典文学研究室的不定期刊物,专载有关词学的论著、文献、资料。每年约出版二至四辑。由华东师范大学出版社出版。每集内容暂拟分为下列各栏:

(一)著述　发表国内外学者有关词学研究的新著。

(二)文献　发表:㊀已故词人学者的词学遗著。㊁前代词籍之未曾刻印者,或流传极少,不易见到者。㊂古籍中有关词学的零星资料,经辑录整理可供参考者。

(三)转载　重要的词学论著,曾发表于国外各种报刊,为学者所需要参阅者,本刊当及时转载,以供便利。(已收入国内出版之单行本者,因其易得,不再转载。)

(四)书志　古今词学书籍浩如烟海,但现今有印本流传,为学者所易见者,仅属一小部分。本刊每集将发表新旧词学书籍的述评、提要,为古籍作著录,为新书作介绍,为词学研究及爱好者作访书指导。

(五)文录　发表有关词学的单篇杂文,如词集序跋、词人小传、论词书简、遗闻佚事等。作者不限存没,以未尝发表者为主。

(六)词苑　本刊不提倡作词,故不对外征求词作。但词学研究及爱好者不免见猎心喜,拟古习作。如承惠寄,亦当甄录,以供观摩,或者亦有助于文心韵律之商榷。但酬应倡和,无病呻吟之作,本刊未敢登用。

(七)琐记　丛谈札记,偶有一得,每篇不超过五百字者,用作补白。

(八)图版　本刊每集有图版四页,影印有关词学的书画文物。

本刊著述、文录、琐记三栏,欢迎国内外学者惠稿,文体不拘,要求简净。文献、书志、图版三栏,尤其希望国内外词学及文物收藏家惠借秘笈珍品,公诸同好。

(3)《词学》第一辑编辑后记

我们创办《词学》的计划,还是一九七九年秋间开始酝酿起来的,由于各种客观条件的困难,这个计划几乎不得不打消。但现在这个计划毕竟实现了。今天我们发排了第一辑的全部文稿,这是我们在半年以前所不敢期望的。

由于这个计划不是一开始就有把握,我们不敢公开对外征稿。几个月来,只是向少数熟悉的师友请求支援。夏承焘、唐圭璋两位词学前辈，非常热心帮助我们办成这个刊物。他们同意担任本刊的主编，对我们的编辑事务，随时给予指导。张丛碧、俞平伯、任中敏等十二位先生，都是深于词学的专家，他们同意为我们的编委，让我们随时随事请教。在本刊筹备期间，我们已获得他们不小的助力。现在创刊伊始，我们首先应当向他们致谢。

集中研究词学诸问题的专业刊物，在三十年代，曾有过龙沐勋主编的《词学季刊》，出版了十一期，因抗日战争发生而停刊。四十年来，这一门的刊物，一直是个空缺。我们不自量力地创刊《词学》，怀有为词学研究重振旗鼓的心愿，妄想以这个刊物来开开风气，藉此以"鼓天下之动"。但望本刊问世之后，在古典文学的研究领域中，能产生良好的影响，号召更多的词人、学者，不论老年、中年、青年，能运用马克思主义的辩证法、历史唯物主义，对古典文学的这一专业部门进行新的研究、整理和评价。

我们在这一集里特地安排了两篇文章，对宋代以来直到现在的词学研究情况，作一个简单扼要的叙述。说明过去的词学研究，有那些成果，指示今后的词学研究，可以有那些课题和门径。对于有志研究词学而正要入门的读者，这两篇文章，或者可以作为一堂导言课。一切学术研究的方向，用一句简单的成语来说，是"继往开来"。我们志在"开来"，必须先能"继往"。要能继往，必须先能正确了解这个"往"。

夏承焘先生给了我们两篇文章和几首近作词。夏先生几十年来，孳孳不倦地专心于词学，他的日记里也有许多关于词的资料。从日记中反映出来的生活情况，也可以见到夏先生研究词学的锲而不舍的精神。夏先生允许我们发表他早年的日记，从本辑开始，以后每辑都将有续载。

宋人作词，换头处句法常有不同，这是由于配合音乐性，作者认为什么句法为美，就用什么句法。清代万红友作《词律》，把换头句法不同的词，定为"又一体"，这是错误的。夏先生从宋元词中找出各式换头改变的情况，归纳成一些实例。由此说明，词虽是格律很严的文学形式，但在换头处还是可以有相当的自由的。

张丛碧老先生是多才多艺的文艺家。诗、词、戏曲、书法，色色俱精，而尤以大收藏家负盛名，因为天下闻名的陆机《平复帖》、展子虔《游春图》、杜牧书《张好好诗》，都是他的箧中秘宝，现在都已献为国有。《丛碧词话》是他的旧作，曾印过一个油印本，在朋友间流传。现在我们将它发表，使它可以有更多的读者。

马群同志，在北京广播学院任教。她近来在研究南宋遗民刘辰翁，把《刘辰翁事迹考》的初稿交给我们发表，以便征得读者的意见。但她所致力的是全面的刘辰翁，不限于词人的刘辰翁，故此文对刘辰翁的词，没有侧重联系。

陈匪石(世宜)是当代著名词家，历任各大学教授。著有《宋词举》，曾在好几个大学用作词学教本。《声执》上下两卷，是他的遗著，上卷专论词的声律、韵律，很有精到的见解，我们现在把上卷全文发表在这里，供词律研究者参考。

王国维的《人间词话》，是研究古典文学批评的"热门"，有关论文已见过不少。我们收到两篇关于王国维的评论。陈兼与先生是老一代的词家，他近来写了一部《人间词话述评》,抒写他自己的意见。原文甚繁,这里发表的是一个节本。安徽师大中文系的祖保泉同志对王国维的词首先进行了评论。我们把这两篇论文发表在一起,为王国维研究备一说。

《词学》打算每辑转载一些台湾及国外的词学论著,以促进这一专题的文化交流。本辑译载了日本早稻田大学松浦友久教授的关于"越调诗"的研究论文。它给我们一个信息,原来张志和渔父词这种形式的诗,在日本当时曾名之为"越调诗"。这个名称,对诗词分化的历史很有关系。本刊第二辑将发表施蛰存关于张志和、船子和尚的渔父词的札记,以资参证。

在古典文学研究领域里,词还不是一块大园地。但从近年报刊论文中看来,词的问题却已出现了不少。关于词的起源、风格、流派,时时有新的论争。我们为贯彻双百方针,追求真理,愿意将本刊向各方面持有不同观点的作者提供共同的论坛。本刊将不是词学研究的"一言堂"。即使本刊编者也参加讨论,他的观点也只是个人的,而不是代表本刊的。这一情况,将来可能会引起误解,我们以为有必要在此先作申明。

一九八一年二月

(4)《词学》第二辑编辑后记

《词学》创刊以后,承各方面读者来信推许,以为是继《红楼梦集刊》而起的又一个古典文学专题研究刊物。许多读者对第一辑的内容和形式提了不少宝贵的意见,使我们有所遵循,考虑逐步改进。

现在,我们将第二辑呈献给读者。这一辑是早已编好了的,编辑体例,仍和第一辑相同,没有什么增减。论述部分,收入从各个角度研究词学的文章十二篇。

宛敏灏先生作《张孝祥年谱》,已历二十馀年,近年才写成定稿。全文凡四万字,对张孝祥的生平、行事,诗、词、文的年代、社会、生活背景,已了如指掌,为《于湖词》的研究者做好了基础工作。本刊将分两次刊毕全文。

夏承焘先生写日记数十年不辍,其中有关词学者特多,故以《学词日记》为题,付本刊逐期发表。本辑所载为一九三一年七月至九月的日记,为前辑所载的续稿。

《唐词长调考》的作者是香港中文大学的助教,本文是他的硕士论文。原文甚长,我们请他另写一个节本,供本刊发表,和香港学术界互通声气。

豪放与婉约,是概括宋词的两种创作风格。本刊集中发表了三篇论文,对这两种词风各有不同的探索。

此外诸文,论及周邦彦、刘龙洲、张志和,也论及宋人的咏物词。这些文章,都有各人的心得。

《苏轼初期的送别词》的作者西纪昭是日本汉学家,译者孙康宜女士是台湾学者。现在美国耶鲁大学任教,著有《晚唐至北宋词学发展史》(英文本)。此译文曾发表于台湾出版的《中外文学》(1978年10月),我们据以转载,以介绍日本学者的研究成果。

张炎的《词源》是宋人所著词学理论的重要著作,其上卷中有《讴歌要旨》歌诀八首,论到唱词的方法。这八首歌诀,因为词的唱法早已失传,故现在已很不容易了解。四十年前,冒鹤亭曾作过注释,词学界似乎无人议其是非。赵尊岳(叔雍)是况周颐的门人,旅居新加坡时作《玉田生〈讴歌要旨〉八首解笺》,对这八首歌诀作了新的注释和笺释。香港中文大学教授饶宗颐先生又作了些字义方面的补充。此两文均发表于《词乐丛刊》第一集(1958年香港版),我们现在据以转载,供国内词乐研究者参考。

汪旭初(东),龙榆生(沐勋),都是著名词人,也是词学研究者。他们故世多年,遗稿颇有散失,我们正在搜集他们的遗著。本辑发表了两篇,都是值得珍视的。《支机集》是差一点就会亡佚的明末词集,船子和尚的拨棹子三十九首,一向没有人发现,我们作为词学文献分期发表,使它们得以广为流传,不至绝迹。

本辑文字,长达万字以上者,仍然较多。我们希望寄稿作者,尽量约束,不要冗长,使我们便于增加篇目,充实内容。

一九八一年十二月

(5)《词学》第三辑编辑后记

今年是清代词人陈维崧(其年)逝世三百年纪念,又是黄景仁(仲则)逝世二百年纪念。马祖熙同志研究陈维崧的《迦陵词》多年,已完成了一部《迦陵词选笺注》,另外为本刊写了一篇论《迦陵词》的文章,以作纪念。关于黄仲则的纪念文字,未有人写,我们印了他一幅词稿手迹,这是黄氏后裔葆树同志供应的。

这一辑论述的重点是关于清代词派及词人的研究。编者并未预定集中关于清词的论文,但各方面送来的恰巧都是研究清词的成果,由此可见清词已引起了词家的重视。《张惠言词选述评》作者饶宗颐先生是香港中文大学教授,于词学有深湛的研究,著作甚多,本刊第二辑已转载过他的一篇关于张炎《讴歌要旨》的文章。本辑这一篇是初次发表。

钱仲联教授的《光宣词坛点将录》三易其稿,方才写定,可与汪辟疆的《光宣诗坛点将录》媲美。"点将录"也是中国传统文学批评的一种形式。

本刊《词苑》一栏,选稿并不从严,但希望不要有不合声律的作品,也不要有非常迂腐或幼稚的作品。年来我们收到词作甚多,可选者实在无几,极为抱歉。老一代词人寄来的词作,很多是数十年以前所作,我们也不欲选录,希望以后能寄些新作来。

本刊收到投稿甚多,拟选用者当即通知作者,希望不要再向别的刊物投寄。本刊编辑部人手少,凡寄来短稿、油印稿、复印稿及词作,如不选用,亦不退还,请原谅。

一九八三年十二月

(6)《词学》第四辑编辑后记

本辑内容,仍与以前三辑保持一致。"论述"与"文献"两部分是本刊重点内容。香港中文大学罗忼烈教授给我们寄来了《清真词与少陵诗》一稿,细致地阐发了周邦彦词所受杜甫诗的影响,这是研究周词的一个新的角度。

盐城周梦庄同志研究水云楼词人蒋鹿潭多年,著有《蒋鹿潭年谱》,油印流传已久,今交本刊发表。周老并以家藏蒋鹿潭画像及水云楼图交本刊制版印行,也是词学重要文物。

夏老的《天风阁学词日记》在本刊连载后,颇受读者欢迎,因为可以从中看到夏老一生研究词学的历程,有益于了解他的治学方法。这份日记,从本刊第一至四辑,每期只发表三个月。从第五辑起,决定每辑发表六个月。

周笃文、冯统两同志见到了纳兰成德妻卢氏的墓志,为本刊提供了一篇考略,对纳兰词的研究,也极有帮助。

周笃文同志是词家,也精通医学。他为敦煌曲子定风波作了新的校释,补正前人所校的失误,文章虽短,却颇有价值。

此外,本辑还有关于宋、金及清词的论文四篇,也都是详赡的著述。

"文献"部分,本辑的重点是发表晚清词人陈庆森的《百尺楼词》。这部词集稿本,百馀年来似乎无人见到。广东文献工作者也只知道陈庆森"有《百尺楼词》,藏于家",而无从寻访。现在我们据北山楼藏原稿本排印发表,为清词增补一家全集。

我们觉得本刊是词学研究专刊,应当尽可能将较重要的论文转载,为词学研究者提供方便。本辑从《学林漫步》转载了唐圭璋同志的一篇。另外又从最近重印出版的《花随人圣盦摭忆》中摘录了全部与词有关的笔记,改题为《花随人圣盦词话》,转载于此。这些词话,都与晚清著名词人郑文焯、王鹏运、朱祖谋有关,是晚清词史的重要参考资料。宋元以下,历代都有许多笔记著作,其中散见不少词话资料,我们计划把它们辑集起来陆续发表。

从本辑起,"丛谈"成为专栏,以集中各种短章随笔。补白材料亦列入这一栏目,庶几在安排版面上可以灵活运用。

一九八四年四月一日

(7)《词学》第五辑编辑后记

一九八三年十二月,我们在华东师范大学举行了一次词学讨论会,承许多词学研究同志送来论文,琳琅满目。本辑所发表的论述,有一部分就是那一次会上提出的佳作。今后本刊可以做到每年出版二辑,希望词学同志们不吝惠稿,予以支援。

村上哲见博士是日本东北大学文学教授,著名汉文学家,著有《宋词研究》、《李煜》等词学论著。他曾于八四年来访本社,与本刊编者晤谈,对本刊表示热心支持。本辑所发表的《柳耆卿词综论》,由我校硕士研究生周慧珍译述,经村上博士审改过。关于柳词之"俗",近来颇有人试作评论。我们在收到村上博士这篇论文的译稿后,又收到刘初棠同志的论文,一起编入本辑,请关心柳永词的同志们研究一下中日两方学人的意见。

本刊第二辑发表了两篇研究张炎《词源》中《讴歌要旨八首》的文章。一篇是已故词学者赵尊岳的,一篇是香港中文大学教授饶宗颐先生的。由于编者的疏忽,二文中所有的"唛嗋"全部误成"唛嗋"。经饶先生来函指出,并另作一文补充解释,我们感到非常抱歉。这二篇文章原载于香港出版的《词乐丛刊》(1957),我们转载时,是请人抄录后付排版的。抄录者误唛为唛,于是排字工人和校对者都依之而误。过失是在编者没有将抄稿与原本仔细核对。诚如饶先生文中所云"这不是排印的疏忽"。不过这两个字,并无意义可寻,抄写者不熟悉《词源》,误唛为唆,亦属常情。

　　周泳先同志是词学界旧人,三十年代曾著《唐宋金元词钩沉》,为辑佚工作的佳著。搁笔数十年,未有述作。最近寄来了一篇探索忆秦娥词的札记,亟为发表,一则以备一说,一则为今天的词学界介绍几乎已被遗忘的词学前辈。

　　陈方恪(彦通)前辈喜读王国维的词,曾将《观堂长短句》全部和作,取名《适屦集》,自谦为"削足适履"之举。近来南京有四位词人,追踪接武,也各自应和,合印一册,在同好之间传阅。但油印不多,得者不广。本刊《词苑》栏特将五家和词,连同王国维原作,一并印出,以广其传。全集和词,在宋代已有三家和《清真集》开了先例。晚清又有王鹏运等三家和《珠玉词》。现在又有五家和《观堂长短句》,看来此道还并未冷落。和诗和词,都是被限制在韵脚,从和作中,可以看到各人的文字工夫,对于初学作诗词者,或者可以有些启发。

一九八五年十月一日

(8)《词学》第六辑编辑后记

　　一九八七年是辛稼轩逝世七百八十年纪念,听说山东方面将有纪念活动。为了响应这个文学祭典,本刊发表了三篇关于稼轩词研究的文章。词人顾随的《倦驼庵词说》,共两部分。一部分说稼轩词,一部分说东坡词。都曾于四十年代初在天津报纸上发表过,但一向没有单刊本。编者曾于一九八一年借到一个全稿抄本,当时就想分期在本刊上发表,使新一代的学者有机会见到苦水词人的文采和词学鉴赏力,可惜这个设想蹉跎下来,没有实现。今年春初,上海古籍出版社印行了《顾随文集》,这两部分"词说"亦已收入。但"文集"内容浩繁,卷帙巨大,定价不廉。恐欲睹"词说"者感到艰于购置,因此,我们商得出版社及作者家属同意,将《稼轩词说》部分在本刊发表,以广其传。

　　本刊创办时,编委十六人,数年之间,张伯驹、黄君坦、吕贞白、夏承焘、徐震堮先后下世,词学界失去前辈学者,本刊失去热心指导及支持者,使编者有"徐陈应刘,一时俱逝"之哀。夏承焘先生为本刊编委及主编,自一九七八年以来,对编者多所匡掖,情谊难忘。今特为先生编一"纪念特辑",征集先生之友好、门弟子各撰一文,以伸景仰哀悼之情。来稿不止十二篇,限于篇幅,略有去取,作者谅之。

　　由于邮局改变文稿邮资标准,本刊编辑部无法负担退稿邮资。自明年起,来稿不能采用者,恕不退还。如来稿附有足够邮资者,不在此例,尚希鉴原。

一九八六年九月

(9)《词学》第七辑编辑后记

　　本辑论述文字十一篇,从温飞卿到陈子龙,各个时代、各种风格的词人,都有人从事深入的研究。《西湖吟社考》对一个南宋晚期的文学团体作了全面的探索。这些论文,都显示了近年青年学者的研究成果,可以说是开始了词学研究的繁荣时期。

　　水原渭江先生是日本的汉学家,现任大谷女子大学教授。他的父亲琴窗先生也深通中国文学,喜欢用汉文填词,著有《琴窗词稿》二卷。渭江先生是词学世家,近年研究敦煌发现的词乐舞谱,著有《词乐研究》、《敦煌词舞谱之解读》等数十种。今承惠寄其《敦煌写本南乡子舞谱之解读》的汉译本,亟为发表。我国学术界研究敦煌学者,为数无多,而研究舞谱者,犹寥若晨星,此文发表,希望能推动一下敦煌词学。

本刊每辑都有《新出词籍介绍》一栏。近年来词学书籍出版甚多,编者未能及时见到,加以本刊出版迟缓,所谓"新出"往往已是二三年以前之事。因此,从本辑起,改栏目为《新得词籍介绍》,庶几名实相副。而且各地私人油印本词集,虽未正式成为出版物,亦可在此栏中箸录报导。

一九八七年九月十日

(10)《词学》第八辑编辑后记

运用西方现代美学理论,是近年我国文艺批评界的一种新倾向,开始于对文学创作的评论,侵入到对古典文学的研究、评论。本刊第六辑已有方智范一文,为本刊开了风气。现在本辑又发表邓乔彬、赵山林二家的论文,反映这一派的文学评论正在发展。

马兴荣、谢桃坊、周玉魁诸家的论文,还是用传统的研究方法,用考证、校勘、比较、归纳等方法,探索作家作品在其特定时期的真实情况或意义。

编者以为这两种研究方法并不互相背离,也不会有此兴彼废的趋势,而是互为因果的。传统研究方法的成果,可以为新型文学评论提供正确、坚强的论据。反之,新型文学批评也必须先充分理解古代作家的真实思想及行为,作品的真实意义,兼及作品的正确的原始文本,才能进行没有误解的正确评论。今后,我们的古典文学研究工作,恐怕应当以传统的研究方法为第一道工序,它可以获得自己的成果,也可以为第二道工序——进行新的文评,作基础性的资料服务。

周笃文、何令龙两家的论述,都涉及词的音律问题。这方面的研究,近来从事者不多,因为只有能填词的才有兴趣。正因为很少人注意词的音律问题,前代学者关于音律的某些论点,还有许多未成定论的,编者为此很乐意发表这两篇论述,使这一方面的词学研究,不致绝响。

清代词人纳兰成德的手简,原迹为夏衍同志所得,一九六一年曾由上海图书馆影印精装,作为国际文化交流的礼物,并未公开发行。印数甚少,外间亦无传播。本刊承方行同志惠借一册,得以抄录全文,公开发表,特在此向方行同志致谢。关于成德夫妇墓志一文,在《文史》杂志上发表已三十年,亦久已不为词学家所知,今特转载于本刊,为纳兰研究提供两份重要的参考资料。

故词人沈祖棻生平作词甚富,晚年编定其《涉江词》,选存极严,删汰不少。其外子程千帆不忍馀稿散亡,汇为一编,作为《涉江词》的"外集",交本刊发表,以图保存(分刊于第八、九辑)。这些作品,多数是作者本人不很满意的,也有因某种原因,作者不欲发表的,希望研究作者词学的,应当作为参考资料使用。

近年来,海外学者对中国的词,也有欣赏和研究的兴趣。美国耶鲁大学副教授孙康宜女士为本刊提供了一篇报导：《北美二十年来的词学研究》，全面地向我们介绍了美国词学研究情况。这篇文章引起了编者对海外词学者的注意，已决定将本刊第九辑编为国际词学论文的专号。现已约请美国、加拿大、日本、南朝鲜，以及香港和台湾的许多作者撰文。孙康宜女士的报导，也将发表于第九辑，希望能在一九九○年年底前后出版。

本刊第一辑印一万五千册(1981)，第七辑仅印二千册(1989)。并非由于本刊的读者锐减，而是由于近年低趣味的通俗出版物大量冲击文化市场，使新华书店对纯正学术出版物的发行、推广能力受到影响。全国有二千二百个县，如果每县能分配到本刊三册(这是肯定可以售出的)，本刊也可以印六千册。盐城周梦庄先生来信说："盐城一地，至少可以销售五十册。"但本刊第六、七辑，盐城朋友都买不到。编者收到不少读者来函，询问《词学》已出了几辑？多数读者只买到第四辑。这一情况，使编辑同人丧气。但本刊还是要编下去，出版社也愿意全力支持。现在，本刊要与读者取得直接联系。凡爱护本刊，需要每期购买者，或各文化单位需要按期购置者，请将本人姓名或单位名称，及比较固定的住址写寄本刊编辑部。在本刊每辑出版前，由本部通知信息，以便及时向出版社函购，或向当地新华书店订购。

一九八九年四月十日

(11)《词学》第九辑编辑后记

在本刊第八辑的《编辑后记》中，我们曾预告第九辑将为《国际词学专号》。这一辑中，论文部分都是海外学者的著述(因为包括台湾、香港，故不称"国际"而称"海外")，共十四篇，约略可以见到海外学者研究词学的各个方向。高友工教授以新的语言学理论解释中国古典诗歌的文学语言，对我们会有启发。加拿大的叶嘉莹教授是我们已经很熟识的词学者，她的《迦陵论词丛稿》和《灵豀词说》(与缪钺教授合著)，都在大陆出版，享有好评。孙康宜教授在耶鲁大学教中国文学，著有《词的演进》(1978)和《六朝诗研究》(1988)，最近又完成了一部关于柳如是及明末女诗人的著作。刘婉女士是博士研究生，她分析姜白石词的方法显然是高友工教授的衣钵。茅于美女士是故桥梁专家茅以升教授的长女，现任中国人民大学外语系教授，她把李清照的《漱玉词》全部译成英文，即将在美出版。现在我们发表了休斯教授为她写的序言。李清照词在美国已经有了两个译本，茅译已是第三本了，故休斯教授在序文中作了比较。

日本方面，我们得到三篇文章。东北大学的村上哲见教授已是本刊的老朋友了。他近十年来，几乎一心专研中国的诗词。他的《唐五代北宋词研究》已有中文译本。前年，他曾参加了济南的李清照学术讨论会，《日本所存漱玉词二种》就是他向大会提出的报告。今年九月，辛稼轩纪念会在上饶及武夷山举行，村上教授也去参加了。泽崎久和先生是研究我国唐宋文学的，有关于李商隐、陆龟蒙等的著作。我们以前未有联系，去年收到了他研究《花间集》的论文，也是对《花间集》文学语言的一种考索。

高丽诗人李齐贤(益斋)，于元至治三年(1323)来我国，受元朝官职，与当时文人赵孟頫、姚燧、虞集、张养浩等相结交，居中国十七年，于至元六年归国(1340)。在中国时，多作诗词,朱古微以其《益斋词》一卷刻入《彊村丛书》,遂为元词一家。然关于其传记资料,尤其是居中国前后之行事,中国文献中无可考索。近年,韩国印出其诗文遗集曰《益斋乱稿》,引起彼邦学者的研究兴趣。本刊编辑部征得有关文字数篇,亦承彼邦学者惠赠《益斋乱稿》,内有益斋年谱、墓志铭等传记资料,可供我国研究元词者参考。本刊拟于第十辑编一特辑,集中介绍此元代高丽词人。本辑先发表池荣在教授一文,以为前奏。

车柱环教授为韩国著名汉学家,研究中国古今文学,博涉多方,亦有关于李益斋之论述。今先发表其比较高丽和中国词学研究之论文,对我国学者,可谓空谷足音。

林玫仪女士为研治古典文学博士,淡江大学教授,叶嘉莹女士之高足。近年专志于词学,发表著作甚多。今年九月,曾与叶嘉莹女士连袂来大陆,参加辛稼轩纪念会,尝作演讲,听众钦佩。

香港中文大学饶宗颐教授和黄坤尧先生,均为本刊热心支持者,各有文字发表于本刊前辑,可不须介绍。

一九九〇年除夕

(12)《词学》第十辑编辑后记

本辑有域外学者文二篇:车柱环先生是韩国檀国大学教授,深于汉学,著作甚富,为彼邦汉学前辈。孙康宜女士为美国耶鲁大学教授,去年新任东亚语文系主任。另有林玫仪女士文一篇,她为台湾淡江大学教授,去年新任"中央研究院"研究员。

郑骞,字因百,北京人。曾任燕京大学、上海暨南大学教授,一九四八年去台湾,历任各大学教授。一九九一年七月二十八日逝世,年八十六。郑先生长于词曲,今从其文集《景午丛编》中转载《成府谈词》,并林玫仪女士作纪念文,使大陆同文,仰其丰彩。

《天风阁学词日记》(1940年)发表至本辑完毕,以后不再续刊。夏先生毕生治词,日记数十年不辍,皆与词学有关,其锲而不舍之治学精神,殊可佩服。《日记》早年部分已由浙江古籍出版社印行,我们希望续编亦能早日问世。

前年,厦门大学历史系韩国磐教授到韩国讲学,为我觅得有关高丽词人李齐贤的资料及其诗文集《益斋乱稿》的影印本,使我们对这位在元代奉使来华的高丽词人,有了更多的研究资料。本刊第九辑已发表了池荣在教授的一篇介绍文字,现在再转载一篇墓志铭和一篇年谱,关于李齐贤的生平行实,大致可以知道了。至于他的词,朱古微已辑入《彊村丛书》,根据的也是高丽本《益斋乱稿》,故并无损益。

这两年来,出版界情况很乱。关于词的书,各省都有出版,而上海不易见到。有些出版物,质量不高,我们也不愿为之介绍。因此,"新得词籍介绍"一栏,从本辑起,不再设置。

唐圭璋先生于一九九〇年十一月二十八日逝世,去今已越二年。本刊辑录其友生哀悼纪念诸文,在本辑发表,已嫌过迟,甚为抱歉。

本刊第九辑,从发稿到印行,经历了一年多时日,学术书刊,难于出版、发行,而需要者,实际并未减少。这一矛盾,使本刊同人非常困惑。希望爱好本刊的读者,随时将姓名地址通知本刊编辑部,以便联系。

一九九二年三月

(13)《词学》第十一辑编辑后记

　　近来收到的文稿,几乎都是研讨词学史和词学理论的,现在编录为一辑,可以说是一个词论专号。更巧合的是茅于美教授寄来了一篇关于吕碧城的文章,而刘梦芙接着寄来了一篇关于丁宁的文章,恰好都是介绍现代女词人及其词的同类作品。这几位作者散在各地,对词学研究的趋向却不谋而合,我们有些感到:词学研究的风向,似乎正在有所转移。

　　周玉魁是河北固安一所中学的语文教师,近几年来,他致力于词调、词律的研究,颇有成就。他走的是一条独往独来的道路,目前似乎还没有第二人在做这些繁琐的工作。我们鼓励他继续努力,为前人或时人的工作纠非正误,弄清一些问题,亦是有益的劳作。

　　台湾的林玫仪教授近年写了不少词学论文,今春寄来了一篇研讨陈廷焯词论的文章,对陈氏早年及晚年的词论观点,作了细密的分析,对浙派及常州派词论的得失,作了评判,编者以为这是一篇研究《白雨斋词话》的重要论文。原文先发表于《第二届国际汉学会议论文集》(台湾版),今略有删节,转载于本刊,以饷大陆学者。

　　叶嘉莹教授寄来了她的关于《花间集》的力作,长达四万言,从女性主义观点来论析《花间》词风,大有新论,亟为转载,使大陆学者,接纳此种新的文学评论趋向。此文原稿曾两次在旅途中遗失,居然都能珠还合浦,亦为幸事、奇事。原文发表于台湾《中外文学》第二十卷第八九期。有注文九十七条,皆注明引文出处,今一概删略,以节约篇幅,好在正文中大多已有交代,不难检查。

　　《试论朱敦儒的〈樵歌〉》是已故词学家龙榆生(沐勋)先生的遗稿。此文写成于一九五七年,因"反右"事起,未及发表。近日由其子厦材检出送来,嘱为刊布。此文中有若干观点,显然受当时极左思潮之影响,希望读者注意取舍。

　　书价日涨,本刊不得不约束篇幅。"词苑"一栏,本期暂缺。

一九九二年十二月

(14)《词学》第十二辑编辑后记

　　几年来,本刊编委万云骏、宛敏灏、缪钺、王起及本刊老友陶尔夫、喻朝刚、朱德才等几位先生先后逝世,本刊同人均甚哀悼,特追记于此,以志永念。

　　本期论文涉及面比较广,而且颇富新见。作者大都是我们的老朋友,本刊的热心支持者。首次在本刊发表论文的刘石博士在北京《传统文化与现代化》刊物编辑部工作。方秀洁博士为加拿大麦吉尔大学东亚学系教授,著有《吴文英与南宋之艺术》等词学著作。方秀洁教授这篇论文的译者陈磊先生现在美国耶鲁大学攻读博士学位。陈庆元先生是福建师范大学中文系教授,刘庆云先生是湘潭大学中文系教授,黄嫣梨博士任教于香港浸会学院,施议对博士是澳门大学中文学院教授,黄文吉博士是台湾彰化师范大学国文系教授,他发表在《宋代文学研究丛刊》第三期的关于明钞本《天机馀锦》的介绍、论评的文章,我们转载于本刊,以飨大陆学者。本辑论文中有好几篇都积压了较长时间,这是我们很抱歉的。

清初徐沁的《春草》词共四卷,不见著录。我们从沙铭璞先生处得到这部稿本的抄件,现予刊出。我们欢迎类似的词籍稿本。

本刊在创刊时,我们就曾经说过:"我们为贯彻双百方针,追求真理,愿意将本刊向各方面持有不同观点的作者提供共同的论坛。本刊将不是词学研究的'一言堂'。即使本刊编者也参加讨论,他的观点也只是个人的,而不是代表本刊的。"我们过去是这样做,现在和将来也坚持这样做。

一九九九年十二月

(15) 海外学者怎样研究"词"

十一届三中全会以后,华东师范大学中文系同仁办了两个刊物。一个是徐中玉教授主持的《文艺理论研究》,一个是我主持的《词学》。前者的研究对象是古今中外的文艺理论,后者的研究对象是古典文学中的一种文学类型:词。

《文艺理论研究》是双月刊,到现在已出版了六十四期,《词学》原来计划为季刊,后来改为每年出版二期的集刊。

这一辑的《词学》是"海外词学专号",编集了十二篇海外学者研究词的论文。凡美国四篇,加拿大一篇,日本二篇,韩国二篇,台湾一篇,香港二篇。其中有美国耶鲁大学教授孙康宜的《北美二十年来词学研究概况》,使我们知道美国学者研究中国词的盛况。

这一本《词学》集刊,我主编了十年,自己知道愈编愈好,因为逐渐获得海内外学者的资助。现在,我仍借《读书乐》一角,为《词学》第九辑向历期读者报一个信息,就作为一次新闻发布会吧。

一九九二年十二月三十日

(四)港台版词籍经眼录

本刊自出版以来,承香港、澳门、新加坡、日本、美国、加拿大各地友好惠寄有关词学之出版物,亦有台湾出版者,可见词学研究,在大陆之外,亦颇不寂寞。今将所得港台版词籍编目著录,以备读者征索。原在大陆出版而在香港再版或台湾翻印者,不列入此目。

(1) 词乐丛刊 饶宗颐编 香港大学 一九五八年十月初版

词乐是词学研究的一个重要方面,可惜的是,随着词的衰亡,宋词乐谱大多散佚,流传至今的除明代王骥德《曲律》所载《乐府混成集》中《嫮声谱》、《小品谱》三段外,惟有姜白石词里的十七首词有自注旁谱。这一遗存达七八百年之久的重要词乐文献,无疑为今人研究词乐提供了可贵的资料。自清代中叶以来,不少学者相继对白石词旁谱进行考辨或译释,但是,这些用宋代俗字谱记写的白石歌曲,其音字符号终不易为今人所尽解。

《词乐丛刊》发表了饶宗颐、赵尊岳、姚志伊诸家对词乐研究的最新成果,足以引起学者们的重视。饶宗颐先生所撰《白石旁谱新诠》以日本所传《魏氏乐谱》为根据,对姜谱俗字符号发微探赜,有新的贡献。《魏氏乐谱》系明代魏皓四世祖元琰所传,据饶氏考证,谓此谱来源甚古,容有唐宋之遗声。因此,由魏氏谱推阐白石旁谱,可谓独辟蹊径,有所创获。

书中附有《魏氏乐谱》影本,传自日本,为中土所未见。后附饶氏《魏氏乐谱管窥》一文,详述此谱来历及价值。

本书又有赵尊岳著《讴歌要旨八首解笺》,对张炎《词源》中《讴歌要旨》作新的研究及解诂。赵氏精研词学,兼通昆乱,所作考释极多精到之见。

(2) 词籍考 饶宗颐著 香港大学出版社 一九六三年二月初版

香港大学教授饶宗颐,覃精词学,为南天耆宿。尝以词籍版本目录之学,百年以来,尚无治文史者为之董理,遂发愿作《词籍考》,如朱竹垞《经义考》之例。其计划分㊀词集类,㊁词谱类,㊂词韵类,㊃词评类,㊄词史类,㊅词乐类,凡六门。词集类中又分别集总集二目。此《词籍考》仅为全书之第一册,所著录者仅词集类之别集一种。全书分七卷。卷一为唐五代词集考,卷二至卷六为宋代词集解题,卷七为辽金元词集考。非但于历代词集之版本流传,详加考索,且于词学有疏证,有品藻。考词人之生平,叙词流之升降。亦兼有词史、词语之用,允为词学中超超玄著。独惜续编至今未闻刊行,跂予望之。

(3) 近代粤词搜逸 余祖明纂辑 私人集资排印 一九七〇年香港版

近代岭海词人,自汪芙生、沈伯眉、叶兰台三家以后,俊才辈出,雅音甚盛。然有集传世者,不逮十一。余氏此书,意在掇拾先辈遗珠,存文征献。故选词时代则论始于三家之后。其已有词集刊行于世者,不复选录。现在词人之作,亦不入选。自丘逢甲至余肇湘凡得词人八十三家,词四百阕,亦可当粤东之《绝妙好词》矣。

(4) 词林探胜 周宗盛著 台湾台北市水牛出版社 一九七六年初版

本书叙述唐宋词人趣闻逸史、词作本事。作者自言其内容"偏重于故事性、趣味性、通俗性。"则类似《词林纪事》、《本事诗》等前人所著也。全书凡三十篇,附录二篇。每篇皆用七字标题,如"山抹微云秦少游"、"白衣卿相柳耆卿"之类。盖各篇均曾在报纸副刊发表,故仿小说回目制题。卷前有台湾师范大学教授李辰冬序,亟称其"搜集资料之丰富",然通览全书,实不见有前人未及之新资料,李氏之言,恐不无溢美。

(5) 敦煌云谣集新书 潘重规撰 台湾台北市石门图书公司 一九七七年一月初版

台湾学者潘重规于一九七六年出席法国汉学会议后,滞留巴黎匝月,得敦煌词《云谣集》全卷照片以归。因取罗振玉、王国维、胡适、冒鹤亭、任二北、蒋礼鸿诸家考释研究之,觉犹有剩义,可资商榷。于是详究敦煌卷子文字书写之惯例,探求唐季俗文学词语之正诂,撰成《云谣集校笺》一卷。又据其释文,写定《云谣集杂曲子新书》一卷。卷首有《绪言》,述其研究缘起,次为《云谣集卷子解说》,卷末附印《云谣集杂曲子》敦煌写本全部照片及摹本。

此书为近年来研究《云谣集》之重要成果。潘氏所撰校笺及写定之释文,已引起此间学者之注意,以为潘氏之书,犹未可为定本,尚可展开讨论云。

(6) 天涯情味谈姜夔 何美铃编著　台湾台北市庄严出版社　一九七八年十月初版

此书为介绍南宋词人姜夔及其词的普及读物,列入《古典新刊》丛书第二十九种。此丛书之宗旨在于"以浅近生动的白话,透过现代学术研究的眼光,重新阐述中国古典作品。"

本书共三章:第一章《江湖逸客姜白石》。第二章《白石词析论》。第三章《白石词选粹》,选释词十八首。全书论述无甚新见,多征引夏承焘《姜白石词编年笺校》,又有引用周汝昌著作处。

卷后有《古典新刊》目录,关于词者尚有《唐宋名家词欣赏》、《浅斟低唱柳三变》、《肠断西风李清照》、《帝王词人李后主》、《金戈铁马辛稼轩》等,书皆未见。

(7) 芝园词话 王季友著　香港中华书局　一九七九年一月初版

本书著者曾为香港《大公报》附刊《文采》栏陆续写词话小品,分别编印为《宋词选讲》及《芝园词话》二书。《芝园词话》凡六十四篇,皆千字左右之作。评论所及,多清人词。或述词人佚事,或论词家风格,虽为趣味性之普及读物,然作者亦颇有卓见。《宋词选讲》出版较早,闻已绝版,故不可得。

(8) 唐五代词详析 汪志勇著　台湾台北市华正书局　一九七九年八月初版

此书为唐五代词之选释本,首录敦煌民间词,次为唐人词,又次为花间词,殿以南唐。每首词下,分"作者传略"、"注"、"阐释"三目。卷端有"叙论"一篇,分"词的概说与特质"、"词的起源"、"唐五代词简介"、"浅论填词"、"重要入门书籍"共五段。书名称"详析",所阐释者实无甚详处。叙论亦皆常谈。重要入门书目中有夏承焘之《温飞卿系年》、《韦端己年谱》,皆世界书局出版。又有《唐宋词人年谱》,明伦出版社出版。引用书中有任二北之《敦煌曲初探》、《敦煌曲校录》,皆未列入书目。

(9) 稼轩长短句编年 蔡义江　蔡国英编　香港上海书局　一九七九年十一月初版

本书为考索辛稼轩词创作年代之新著作。卷首有编者说明,略说梁启超、邓广铭诸家作辛词编年,其有年可系者,均不足半数,本书作者则已将辛词全部编年。梁、邓二家编辛词,皆从乾道四年稼轩任建康府通判时开始,本书作者所编年则始于绍兴三十二年稼轩任江阴签判之时。似乎于辛词创作年代,别有资料可为依据。然观其编年说明,多从揣摩词意决定,似可商榷。此书虽在香港出版,然作者蔡义江乃杭州大学副教授。其书在国内流行未广,然已引起治辛词者有所论议。

(10) 唐五代词研究　陈弘治著　　台湾永和市文津出版社印行　一九八〇年三月初版

　　本书为关于唐五代词之叙论性研究。全书凡六章：㊀绪论，㊁唐五代的词体，㊂唐五代的词风，㊃唐五代的词家，㊄唐五代词的成就，㊅结论。后有附录二：㊀词的起源与发展，㊁重要参考书目。书目中有刘大杰之《中国文学发展史》，任二北之《敦煌曲校录》。又胡云翼之《宋词选》亦常见称引，然书目中未录。

(11) 沧海楼词钞　刘景堂著　　香港东雅印务公司承印　一九八〇年

　　番禺刘景堂为旅港词坛老辈，集其平生所为词，自印此册，以贻同好。全书分《心影词》、《海客词》、《沧海楼词》、《沧海楼词别钞》、《沧海楼词续钞》、《空桑梦语》，凡六卷，总称《沧海楼词》。其词小令取径五代北宋，慢词亦力追片玉，雅韵欲流，卓然大家。书用洋纸，写印甚精，惜非公开出版物，流传不广。

(12) 温庭筠　黄坤尧著　　台湾国家出版社　一九八四年二月初版

　　本书为《国家古风丛书》之第十七种。卷首有出版社的《国家古风丛书序》，说明此丛书的编辑体例及出版意义。略云："在这套丛书里，传记、作品并重，史事、趣味兼顾。从古圣先贤的生活时代、环境与自身性格，去分析、综合，藉以阐明他们的人格风范。"由此，可以知道，这是一套古代人物的传记丛书。

　　本书分上下篇。上篇为《事迹考》，搜集温庭筠的大量资料，考索其全部作品，勾勒出他的生平。对于没有详细史传的古代人物，这是近年来新型传记的作法。作者此书，可与冯至的《杜甫传》比美。下篇为《著述考》，论述了温庭筠的诗、词及其他杂著。

　　作者黄坤尧，广东中山县人。一九七二年，台湾师范大学国文学系毕业。现为香港中文大学中文系导师。

二 词选（历代词选集叙录）

（一）云谣集

词选集旧时所知，当以《花间集》为最早。自敦煌石室写本诸词出，《云谣集》遂为今所存最古之词集。敦煌藏书发现于清光绪二十六年（1900），旋为法国人伯希和所知，窃取其精好者，捆载以去。今在巴黎国家图书馆。英国人斯坦因闻风踵至，亦窃去数千卷。今在伦敦博物院。嗣后始为清学部所悉，派员将残馀者约万卷辇运至北京。今在北京图书馆。中间辗转流入中外私人藏家者，亦数千卷。伯希和、斯坦因所得各有曲子词写本数百卷，其较完整者为《云谣集》一卷。武进董康旅游伦敦，录斯坦因所得本归。此卷有题目，曰《云谣集杂曲子共三十首》，然写本已残缺，仅存十八首。罗振玉先得传本，据以印入《敦煌零拾》，复以所藏写本鱼歌子、长相思等六首，别题《小曲三种》增附之。

朱古微得董氏所贻录本，取罗氏印本参校之，印入《彊村丛书》，时为民国十三年（1924）。其时北京大学教授刘复在巴黎，得阅伯希和所获卷子，传录其珍异者，归国后，汇刻为《敦煌掇琐》，其中亦有《云谣集》残卷及其他曲子，时为民国二十年。此卷亦题《云谣集杂曲子三十首》。残存十四首，朱古微取以校伦敦本，除凤归云二首重出外，馀十二首均为伦敦本所缺。二本凑合，正得三十首，其为《云谣集》全帙无疑。朱为之狂喜，嘱龙沐勋、杨铁夫参校写定，欲补刻入《彊村丛书》。会淞沪抗日战起，因循未果，而朱旋以疾卒。民国二十一年，龙沐勋辑《彊村遗书》，因以此本刻入，以成其师门遗志。《云谣集》全本遂传于世。大理周泳先辑《唐宋金元词钩沉》，亦掇拾《云谣集》以外之敦煌曲子词，得二十一首，为一卷，名曰《敦煌词掇》。其书于民国二十五年出版。至是，敦煌词之缀辑成编者，凡五十一首矣。

王重民亦治敦煌学者，专志赴法，阅巴黎藏本数年，尽录其所见曲子词。又以诸家校《云谣集》，字句间犹有疑讹，遂以原写本摄影一通。既归国，汇录所得诸家藏本敦煌词为一集，谓之《敦煌曲子词集》。其书成于民国二十九年，至一九五〇年始版行于世。此书搜录敦煌写本词凡一百六十一首,其所得已远迈前人矣。敦煌词结集之渊源,大略如此。然英、法二都所藏卷子,未尽为国人所睹;北京所藏,亦未整理竣事;私家所蓄,犹有秘而不宣者,安知不更有曲子词未经传录乎?若曰敦煌词已尽于王君所录,犹非其实也。

《敦煌曲子词集》凡三卷:上卷为《长短句》,中卷为《云谣集杂曲子》,下卷为《词》。复以写本中词之可以考知其为唐昭宗、温庭筠、欧阳炯所作者,共五首,别为附录。王君自叙其分卷之义云:"《云谣集》称所选为杂曲子,是今所谓词,古原称曲子。按曲子源出乐府,郭茂倩称曲子所由脱变之乐府为'杂曲歌辞',或'近代曲辞'。伯三二七一、斯六五三七两卷,调名下均著'词'字。是五七言乐府原称词(即辞字),或称曲,而长短句则称曲子也。特曲子既成为文士擒藻之一体,久而久之,遂称自所造作为词,目俗制为曲子,于是词高而曲子卑矣。遂又统称古曲子为词,故次伯三二七一、斯六五三七为一卷(下卷),以示曲子渊源所自;次《云谣集》为一卷(中卷),以存旧选本原来次第;次长短句为一卷(上卷),以总汇所得敦煌佚词。"按王君此说,观念殊为混淆。夫称曲子者,即曲也。盖自音乐观点言之,唐人乐府有江南曲、明妃曲、罗哷曲、转应曲,皆是也。或曰歌,如捉搦歌、拔蒲歌、白纻歌之类是也,歌即曲也。称词(或辞)者,自文学观点言之,唐人歌诗有明君词、柘枝词、渌水词、凉州词,皆是也。词者,歌词、文词之义,唐五代时犹未为文学体制之名称也。长短句之本义,即是五七言歌诗,至北宋时始渐渐用以专指令慢曲辞,遂与诗无涉。王君以敦煌写本中此二卷调名下均用"词"字,因以为当时已立词名,故别为一卷。今观此卷中诸作,或通篇五言,或通篇七言。惟斗百草有和声"喜去喜去"。乐世词、何满子、尤与白居易所作同为七言绝句。此皆唐之歌诗,应补入《全唐诗》乐府卷中,不得谓之曲子词也。窃谓此书当删去下卷,以《云谣集》为上卷,以其他诸曲子词为下卷,斯可谓之《敦煌曲子词集》矣。

《云谣集》诸曲子,文字雅俗不一,可见非一人所作,惟题材皆不外乎闺怨艳情,与《花间集》诸词无异。"云谣"事出《穆天子传》,意此书亦文人所集,故得标此雅名。欧阳炯序《花间集》云:"是以唱云谣则金母词清,挹霞醴则穆王心醉。"疑当时《云谣集》已传于西蜀,故序言及之,虽用旧典,亦指新集也。

《云谣》诸词均不著作者,惟内家娇"两眼如刀,浑身似玉"一首,王重民注云:"伯氏三二五一号卷子亦载此曲子,题作《御制临钟乔内家乔》。"临钟乔当是林钟商之误。按斯氏二六〇七号卷子有御制曲子二首,无曲调名,又有菩萨蛮二首,不著撰人,然即《中朝故事》、《梦溪笔谈》、《碧鸡漫志》诸书所载唐昭宗乾宁三年驾幸华州时所作者,此二卷当为同时写本。凡称御制者殆皆昭宗作,然则《云谣集》必编成于昭宗朝,如以天复三年(昭宗最后纪年,公元九〇三年)计之,已早于《花间集》成书三十馀年。故《云谣集》实为今所存最早之词集。

(二) 花间集

《花间集》题"银青光禄大夫行卫尉少卿赵崇祚集",前有武德军节度判官欧阳炯序,时为大蜀广政三年夏四月。序略云："今卫尉少卿字弘基,广会众宾,时延佳论,因集近来诗客曲子词五百首,分为十卷。以炯粗预知音,辱请命题,仍有叙引。昔郢人有歌阳春者,号为绝唱,乃命之为《花间集》"云云。赵崇祚,其人史籍无考,惟从序中得知其字为弘基。欧阳炯,益州人,初事王衍,为中书舍人,后事孟知祥及昶,官至侍郎门下同平章事,从昶归宋,授左散骑常侍,有词十七首在集中。

此书所录,皆唐五代时令曲歌词。韵律婉媚,辞藻艳丽,作者十八人,始温庭筠,终李珣,盖自大中以来,八十年间,才士所撰新兴曲子词之精选结果,陆放翁所谓"近世倚声填词之祖也。"集名花间,炯序中所释,其取义殊不明晓。然韩退之《进学解》云:"诗正而葩",后人因称《诗经》为葩经。《说文》云:"葩,华也。"段玉裁云:"华,丽也。草木花最丽,故凡物盛丽皆曰葩。"又《一切经音义》引《声类》云:"秦人谓花为葩。"盖葩即古花字也。又三陇民间流行之小令曲,俗谓之花儿,至今犹然。又古希腊有诗铭集,曰 Anthologie,义云花束。今欧洲语谓诗文选集皆曰 Anthologie、其编纂者则谓之 Anthologist,义云采集花儿者。古今中外,以花喻诗,不谋而合,《花间集》之取义,殆亦同然。

《花间集》旧本,今所存者,有南宋三刻。其一为绍兴十八年晁谦之校刻本,有晁氏跋云:"建康府旧有本。比得往年例卷,犹载郡将监司僚幕之行,有《六朝实录》与《花间集》之赆。又他处本皆讹舛,乃是正而复刊,聊以存旧事云。"盖宋时州府,或刊板印书,为官吏馈赠之用,建康府曾刻《六朝实录》及《花间集》二书。晁谦之知建康府,得阅昔年官场规例,因知其事,故重刻《花间集》,以存旧事。揆其文义,似谦之未尝得见建康府旧刻本也。其所谓建康府旧本及他处刻本,当是北宋时刻,今不可知矣。

晁刻原本,清时曾为述古堂钱氏藏书,今在北京图书馆,一九五五年文学古籍刊行社曾影印行世。明正德辛巳吴郡陆元大依宋本翻刊《花间集》,即用晁本影刻。行款字迹,悉如原书,书贾得之,多裁去末行题记,以充宋本,其精善可知。清末仁和吴昌绶《双照楼汇刻古本词集》,其《花间集》即影刻陆元大本,犹能存其面目。周弘祖《古今书刻》著录苏州府有《花间集》,当即此本。陆其清《佳趣堂书目》有震泽王氏刻本《花间集》十卷,吴昌绶疑其即陆元大所刻版,归王氏后刷印者也。此外尚有清光绪间邵武徐氏刻一本,亦从陆元大本出。

其二为淳熙末年鄂州刻本,聊城杨氏海源阁藏书也。此本无刊刻者序跋题识,因每叶皆利用淳熙十一、十二等年鄂州公文纸背刷印,故定为淳熙末年鄂州刻本。清光绪十九年王鹏运从海源阁假得此书,命工影写覆刻,是为四印斋丛书本,宣统年间上海书坊取王氏刻本付之石印。今皆不甚易得。中华书局《四部备要》中之《花间集》,即依此本排印。

其三为开禧刻本,有开禧元年陆游二跋。陈振孙《直斋书录解题》引陆放翁跋语,则其著录者殆即此本。明吴讷编《百家词》,其《花间集》亦似据此本,惟并合十卷为二卷耳。汲古阁毛氏刻《词苑英华》,其《花间集》亦用此本,然行款字体,已非宋本之旧。民国初年,宣古愚又重刊汲古阁本,此书余所未得。开禧刻原本今不知在何许,惜其未有摹刻或影印,无从见其版本面目。

明刻本有《汤显祖评花间集》,并十卷为四卷,有评点、眉批、音释,殊无胜处。疑书商借名为之，虽有汤显祖序，未可遽信。然书贾以其为万历中闵刻朱墨套印本，极居为奇货。余得一本，费四十金矣。此本不知所从出。又有万历壬寅玄览斋刻巾箱本《花间集》十二卷，附补遗二卷。书无序跋题识，署"西吴温博编次"，亦不详其为何许人。改原本十卷为十二卷，不解有何必要，且并欧阳炯序文中"分为十卷"语亦改作"分为十二卷"，使不知者竟以为真有十二卷之古本矣。补遗二卷，辑录李白、张志和、白居易、李煜诸家词，犹有可说，乃兼收元末歌妓刘燕哥所作太常引一阕，则谬妄甚矣。此本有影印传世，在《四部丛刊》中。殆当时以其罕见而取之。此外明代尚有不知名之刻本数种。杨用修《词品》云："《花间集》久不传，正德初，予得之于昭觉僧寺，乃孟氏宣华宫故址也。后传刻于南方。"汤显祖序亦谓"杨用修始得其本，行之南方。"似明刻此书皆出杨用修所传本。毛晋跋谓"有俗本谬其姓氏"，朱竹垞跋谓"坊刻误字最多，至不能句读"，则有坊间恶刻本矣。又朱竹垞跋其所藏本云：《花间集》十卷，作者凡一十七人"，又云："此旧刻稍善，爱藏之，而书其后。"此亦不知是何本也。集中作者，诸本皆十八人，而朱云十七人，岂误计耶，抑书有缺夺耶？

以上为宋至清《花间集》刻本流传之大略。惟元刻本未闻。清末光宣以来，石印书极盛，《花间集》亦有数本。余所得者，扫叶山房本也。

《花间集》注本，前代未闻。明俞弁《逸老堂诗话》谓孙光宪词"一方卵色楚南天，注以卵为泖，非也。"赵叔雍作《花间集考》，据此以为《花间集》明以前尝有注本行世。按晁谦之刊本偶有一二校语，附于句下，此注亦即其一。俞氏所见，殆即晁本，或陆元大翻刻本，非别有全注本也。入民国后，始有李冰若撰《花间集评注》（开明书店版），华连圃撰《花间集注》（商务印书馆版），有裨初学。近年则有李一氓校本，取《花间集》诸本及诸家词之见于其他集本者，校其异同，正是袪非，写为定本。用力甚劬，然亦有过于主观，偏信鄂本处，犹可商榷也。

（三）尊前集

明万历十年，嘉兴顾梧芳刻《尊前集》二卷，其序云："若玄宗之好时光、李太白之菩萨蛮、张志和之渔父、韦应物之三台，音婉旨远，妙绝千古。他如王、杜、刘、白，卓然名家，下逮唐末群彦若干人，联其所制，为上下二卷，名曰《尊前集》，梓传同好。"又云："余素爱《花间集》，胜《草堂诗馀》，欲播传之。曩岁客于吴兴茅氏，兼有附补，而余斯编，第有类焉。"寻此诸语，似此集为梧芳所创编。然其序又云："先是，唐有《花间集》。及宋人《草堂诗馀》行，而《尊前集》鲜有闻者。"是又明言《尊前集》为《草堂诗馀》以前之旧籍矣。明人文字之无理路，多如此。或者故为恍忽之辞，以惑世人耶？其后汲古阁毛氏重刻此书，径谓"《尊前集》旧本失传，梧芳采录名篇，厘为二卷。"乃实指其为顾氏所编矣。清康熙中，朱竹垞得吴宽手抄本《尊前集》，取顾刻本勘之，则词人之先后、乐章之次第，无有不同。始知此书犹是宋初人旧编。盖吴宽世次，早于顾氏也。然《四库全书总目提要》犹以陈振孙

《直斋书录》无此书，且疑张炎《词源》为伪书，故谓"朱彝尊定为宋本，亦未可尽凭。"则未尝详考之于宋人书也。

《直斋书录》歌辞类虽不著此书，然宋人称述此书者数见不鲜。王灼《碧鸡漫志》谓"李白清平乐三首，《尊前集》亦载此三绝句，止目曰清平词。"又言"唐《尊前集》载和凝麦秀两岐一曲，与今曲不类。"《苕溪渔隐丛话》引《古今词话》云："赵崇祚《花间集》载温飞卿菩萨蛮甚多，合之吕鹏《尊前集》，不下二十阕。"又欧阳修《近体乐府》有罗泌跋云："今观延巳之词，往往自与唐《花间集》、《尊前集》相混。"又同书长相思词，有罗泌校注云："《尊前集》作唐无名氏词。"旧本《金奁集》菩萨蛮题下注云："五首已见《尊前集》。"张炎《词源》云："粤自隋唐以来，声诗间为长短句，至唐人则有《尊前》、《花间集》。"以上皆宋人记载之近在眉睫者。可知北宋时已有此书，岂可以陈振孙偶失著录而疑之。

惟宋人多称唐《尊前集》，以为唐人所撰。然考之集中载李煜词，题曰李王，其为北宋人语无疑。盖后主卒于太平兴国三年七月，追封吴王也。《东坡志林》跋后主词，亦题作李王词。至《古今词话》称吕鹏《尊前集》，此殆有误。《花庵词选》谓唐吕鹏《遏云集》载李白应制词四首，则吕鹏所撰乃《遏云集》，未必兼撰《尊前集》也。罗泌谓《尊前集》有无名氏长相思词，今所传本，乃无此词，亦不录无名氏词。又李白清平乐三首，今虽在集中，乃题作清平调，而不曰清平词。由此可知此书自北宋以来，已经改窜，非当时之旧矣。且今本首列明皇、昭宗、庄宗、李王词，其次为李白以下至李珣词，先君后臣，编次不紊，而李珣词后又出李王望江南等词八首，其下又重出冯延巳词七首，其下又有李王词一首。疑此皆后人增入，非原本次序也。

今所知《尊前集》最早者，为明初吴讷编《百家词》本《尊前集》一卷。此本旧无著录，前人多未见。民国二十九年始由商务印书馆据天津图书馆藏抄本排印传世。其次为朱竹垞所得吴宽手抄本，今不知其存佚。次为顾梧芳刻二卷本，亦已难觏。次为丁氏善本书室藏梅禹金抄一卷本，今当在南京图书馆。复次为汲古阁重刻顾梧芳二卷本。以上皆明刻明抄也。有清一代，词学甚盛，而此书久不闻传刻。至清末，朱古微始据梅禹金抄本刻入《彊村丛书》，遂不复为罕见之秘笈。

（四）乐府雅词

《乐府雅词》，宋曾慥编，卷首有绍兴丙寅上元日慥自序，略云："以所藏名公长短句裒合成编，或后或先，非有诠次，凡三十有四家，虽女流亦不废。又有百馀阕，平日脍炙人口，咸不知姓名，则类于卷末，以俟询访，标目拾遗云。"陈振孙《直斋书录》有《乐府雅词》十二卷拾遗二卷，当即此是。然此书久不传于世。元明两代，未闻称引。清朱彝尊从上元焦氏抄得一本，仅上中下三卷，及拾遗二卷，然书中具载三十四家所撰词，当为足本，疑后人并合十二卷为三卷也。孙星衍则疑原书本为三卷，又拾遗二卷，《直斋书录》误作十二卷也。嘉庆中，江都秦恩复得一旧抄本，则为正集六卷、拾遗二卷。秦氏刻以流传，即

《享帚精舍词学丛书》本也。其后南海伍氏刻《粤雅堂丛书》，又据秦氏本刻之。涵芬楼印《四部丛刊》亦收此书，以所藏旧抄本影印流通，则为正集三卷、拾遗二卷，殆即朱彝尊所得本。今秦伍两家刻本均不多觏，学人所资，十九皆涵芬楼影印本。然此本抄写甚草率，误夺颇多，亦有妄改处，未可谓为善本。

曾序"名曰《乐府雅词》"下，即云"九重传出，以冠于篇首，诸公转踏次之，欧公一代儒宗"云云。此自述其编次之义例，然不详所谓"九重传出"者是何篇什。检《文献通考》，此书下所引原序，则"名曰《乐府雅词》"下云"调笑集句，欧公一代儒宗"云云，始知此序两本皆有误夺。《雅词》本夺去"调笑集句"一语，而《文献通考》则夺去"九重传出"以下三句也。盖卷首所录之调笑绝句，乃自宫中传出，疑是御制，故冠于篇首，示尊君也。

此书选录，以雅正为标准。故于欧阳修词则不取其艳词，以为皆当时小人谬托公名者。又不取柳耆卿、黄庭坚词，殆亦病其俚俗故耳。然集中亦无苏东坡词，盖曾已刻东坡词集，故此书不复重出。然曾氏自言"涉谐谑则去之"，今集中收陈莹中之减兰、拾遗卷中之永遇乐，皆谐谑之鄙俗者，何以又破格取之？此不可解也。

拾遗二卷，序既言"咸不知姓名"，今卷中诸词下颇有注撰人姓名者，或疑是后人补注。然《文献通考》引此语作"或不知姓名"，则注姓名者又似原本如是。余细玩序文，窃以为当以"咸不知姓名"为是。盖正惟此百余阕皆不知作者，故编于卷末，以俟询访。若曰"或不知姓名"，则何不将既知姓名诸阕录入正编，而犹待询访耶？

又拾遗第一首声声慢下不注撰人，然此词见《岁时广记》，称御制胜胜慢。第三首念奴娇下注云"御制"，然则此二词皆道君作。其第二首声声慢咏梅或亦道君所撰。如"御制"字乃原本所有，则何不将第三首移入正编卷首？如曾氏不知第一首亦为御制，又何以恰恰冠于卷首？此皆甚可疑也。窃以为此三词亦九重传出，故编于卷首，如正编调笑集句之例。至第三首下所注"御制"字，乃后人所加，盖不知第一首亦为御制耳。

《岁时广记》卷十引拾遗词绛都春慢一阕，检《雅词》拾遗卷中无此词，则当时必别有书名《拾遗词》者，未见著录耳。

曾慥，字端伯，有拂霓裳转踏词述开元天宝遗事，见《碧鸡漫志》。今未见传本。又有调笑转踏十友词，仅存词三首，破子二首，见《花草粹编》。又向子諲《酒边词》中有曾作浣溪沙和词一首。今所见曾词，惟此六首而已。

（五）梅　苑

王灼《碧鸡漫志》云："吾友黄载萬所居斋前，梅花一株甚盛，因录唐以来词人才士之作凡数百首，为斋居之玩，命曰《梅苑》。"周煇《清波杂志》云："绍兴庚辰，在江东得蜀人黄大舆《梅苑》四百餘阕。"此《梅苑》之见于当时人著录者。然陈直斋《书录》不著此书。元、明以降，并未见称述。惟陈耀文辑《花草粹编》，多所取资。然清初朱彝尊作《词综》，犹采不及此。至钱遵王《读书敏求记》始见此书著录，而误黄载萬为载方；盖所得抄本作俗体书,以万为萬,又传抄误万为方也。

乾隆中,曹棟亭刻《群贤梅苑》十卷于扬州,是为此书刻本复传之始。卷首有黄载万自序,称其书辑录于己酉之冬,抱疾山阳时。按王灼《碧鸡漫志》自序撰于己巳三月,谓其书属稿于乙丑冬寓成都时。则黄书成于建炎三年;王书成于绍兴十五年,序于绍兴十九年;周煇得此书于绍兴三十年也。《四库全书提要》谓"建炎三年,正高宗航海之岁,山阳又战伐之冲,不知大舆何以独得萧闲,编为是集。殆己酉字有误乎?"其置疑固宜,然大舆蜀人,自号岷山耦耕,其所谓山阳,或岷山之阳,而非淮安。当时蜀中未蒙兵灾,士夫宴安如故,容或有之。至《四库提要》谓"厉鹗《宋诗记事》以大舆为蜀人,乃以序中自号岷山耦耕,及《成都文类》载其诗,以意推之耳。无确证也。"此则馆臣未检《清波杂志》之失也。

王、周二家均称此书曰《梅苑》,今乃题曰《群贤梅苑》。周称此书收梅词四百馀阕。今本目录所标,凡五百八阕,其词缺失九十六阕,犹有四百十二阕。且书成于建炎三年,则所收当尽为北宋人咏梅之作,然今本中有王圣与词,已在南宋季世,又李易安清平乐词有"今年海角天涯,萧萧两鬓生华"之句,显为南渡后晚年所作。此外词下未标作者姓氏者甚多,词格亦有不类北宋者,可知今所传本已非黄氏原书。书名冠以"群贤"二字,尤为书棚本之习尚,故知此乃南宋书棚增广之本也。

全书十卷,皆咏梅之作。宋人极赏梅花,赋梅之作几乎人人集中有之,自非高手,皆不免于熟滥。此书在今日已无甚可观,惟其保存宋人词为他书所未见者不少;又别见于诸家本集者,字句异同,亦可资校勘,所可取者,仅此而已。其书以词调为次,先慢词,后引近,后小令;然亦不尽以此为序,殆亦中经增添窜乱之故。

棟亭刻本至民国初有宣古愚重刻本,已依戈顺卿校本有所改定。其后上海古书流通处影印《棟亭十二种》,此书亦与焉。民国八年有武进李祖年圣译楼刊本,附有校勘记一卷,据曹元忠过录何义门、戈顺卿两家校语,参互校订,于此书之正误理惑,与有力焉。后此则赵万里有《梅苑》辑本一卷,从故书中补得失佚词若干阕,又纠正李氏校勘数十条,亦此书之功臣也。

(六)草堂诗馀

《草堂诗馀》亦宋人所选词集。《四库全书总目提要》云:"王楙《野客丛书》序于庆元元年,其书已引《草堂诗馀》张仲宗满江红词又《蝶粉蜂黄》一条引《草堂诗馀》注。可知此书出于庆元以前。"余尝考高宗绍兴时尚无"诗馀"之名,故疑此书当出于孝宗乾道淳熙之时。《直斋书录》称此书"二卷,书坊编集者。"则是书贾射利者所编刻,故所选颇芜杂。然宋人词选,明清两代学者所见唯有此书。故朱竹垞谓"古词选本皆佚不传,独《草堂诗馀》所收最下最传。"其致慨也宜矣。

此书宋刻原编二卷本,已不可见。清末缪荃荪、吴昌绶先后收得明洪武壬申(1392年)遵生书堂刻本,题作《增修笺注妙选群英草堂诗馀》,分前后集,每集又分上下二卷,前有《类选群英诗集总目》，前集分春景、夏景、秋景、冬景四类，后集分节序、天文、地理、人物、人事、饮馔、器用、花禽七类，子目六十有六，下注出典，后附词话。各类中多有新增或新添字。其注所引用书，有《绝妙词选》、《玉林词话》，所增添之词，有冯伟寿、黄叔旸诸作。可知是淳祐以后人所笺注增附也。吴昌绶即以此本影刻入《双照楼汇刻词》，是为今日所存此书最古之本。

天一阁藏有嘉靖戊戌(1538年)闽沙陈钟秀校刊二卷本，题云《精选名贤词话草堂诗馀》，有南京国子监丞陈宗模序。其内容分时令、节序、怀古、人物、人事、杂咏六类，次序与洪武本不同，注亦有异。其目录题《重刊草堂诗馀》。此书似较近原本。清光绪间王鹏运即据此本重刻，是为四印斋本。嘉靖中，又有安肃荆聚春山居士所刻大字本《草堂诗馀》，与洪武本同。今《四部丛刊》所影印者，即此本，锓刻甚陋，误夺尤多，非善本也。

嘉靖庚戌(1550年)，云间顾从敬刻《类编草堂诗馀》四卷，题武陵山人编次，开云逸士校正。以小令、中调、长调分编，间采词话，有何良俊序，称"从敬家藏宋刻，较世所行本多七十馀调"。实则顾氏取旧本按词调长短重编，伪托依据宋刻以欺世也。宋本依题材内容分类，盖当时用以选歌，有此需要。至明代，词已不用于歌筵，而为文人填词之兔园册子，以词调长短区分为便。故此本既出，而旧本渐废。清人所读，大抵皆此本也。

万历间，有上元昆石山人刻四卷本《草堂诗馀》，乃用顾从敬编本略增注释。又有金溪胡桂芳所刻三卷本，则用顾本而改其分类。又有吴郡沈际飞所刻六卷本，则用顾本加评注，又增辑续集四卷，别集四卷，新集四卷，俗称《草堂四集》。汲古阁刻《词苑英华》中所刻四卷本，即用顾本而尽删其词话。今通行之《四部备要》本，即依照汲古阁本排印者。以上皆顾从敬本之苗裔也。

又有杨慎(升庵)批点四卷本《草堂诗馀》，不知所从出。今有明万历中闵刻朱墨套印本。清光绪中，宋氏忏花庵曾据以复刻，改为五卷。此外明季尚有坊刻本，今皆不易得矣。①

此书宋刻原本序跋不传，《直斋书录》以其为坊肆刻本，不屑齿录，亦未引其序文，书名取义，遂不可知。明杨慎撰《词品》，其自序中云："昔宋人选填词曰《草堂诗馀》。其曰草堂者，太白诗名《草堂集》，见郑樵书目。太白本蜀人，而草堂在蜀，怀故国之意也；曰诗馀者，忆秦娥、菩萨蛮二首为诗之馀，而百代词曲之祖也。今士林多有其书而昧其名，故余于所著《词品》首著之。"杨氏此说，后来皆承袭之，然亦未知其所本。以李白二词为百代词曲之祖，乃黄花庵语。诗馀之义，余别有文详之，此不赘。

遵生书堂、春山居士两本，注虽庸陋，然出宋人手，其所引用，颇多旧籍。如《本事曲》、《丽情集》、《古今词话》，原书今皆亡佚。又诸宋人笔记、诗话，亦可以资校勘。于学者不无裨益。

---

① 知圣道斋旧藏李西涯辑《南词》中，亦有《草堂诗馀》，未见著录，不知是何本。

（七）绝妙词选

　　《唐宋诸贤绝妙词选》十卷、《中兴以来绝妙词选》十卷，宋黄昇编。昇字叔旸，号玉林，别署花庵词客，亦词人也。宋本《中兴以来词选》有玉林自序，略谓"长短句始于唐，盛于宋。唐词具载《花间集》，宋词多见于曾端伯所编，而《复雅》一集，又兼采唐宋，迄于宣和之季，凡四千三百馀首。吁，亦备矣。况中兴以来，作者继出，及乎近世，人各有词，词各有体，知之而未见，见之而未尽者，不胜算也。暇日衰集得数百家，名之曰《绝妙词选》。佳词岂能尽录，亦尝鼎一脔而已。"又有胡德方序，谓"玉林此选，博观约取，发妙音于众乐并奏之际，出至珍于万宝毕陈之中，使人得一编，则可以尽见词家之奇。"二序皆作于淳祐九年己酉（1249年），殆即成书开雕之岁。二书总曰《绝妙词选》，今俗称《花庵词选》。盖其后有周公瑾《绝妙好词》一书，题名略同，故称"花庵"以别之。

　　此书选录极精，博观约取，宜非虚誉。词人名下均附缀数语，著其名号仕履，或及其词之风格长处，或著其词集名称、卷数、撰序者姓名、或引录时人品藻语。词题下又偶有评注，如李白清平乐令下，记唐有吕鹏作《遏云集》，载李白应制词四首。又张泌江城子词下，谓唐词多无换头，以证时人合二首为一首之误。又苏东坡卜算子词下，引鮦阳居士评语。凡此皆甚有益于读者。今时逾七百馀载，尤为研究词史者之重要资料。魏庆之《诗人玉屑》有《中兴词话》十六则，皆黄叔旸《绝妙词选》所遗。盖此书开版后续添而未及收入者。今已合录为一卷，收入《词话丛编》。

　　此书宋本久已不传，旧有明万历二年（1574）龙丘舒伯明复宋刊本，刻于梁溪寓舍者，亦甚罕见。明末毛氏汲古阁辑刻《词苑英华》中有此书，即据万历本。自是流传渐广。商务印书馆编印《四部丛刊》，从无锡孙氏假得万历本，影印行世。今学者所用，皆此本矣。武进陶湘假得宋本《中兴以来绝妙词选》十卷，乃《石渠宝笈》旧本，疑即《四库全书》据以著录之所谓内府藏本。陶氏摹刻之于《宋元明本词籍丛书》，而《唐宋诸贤》一选终未见宋刻本。陶氏所刻本有黄玉林自序及胡德方序，商务印书馆所影印之万历本则以胡德方序移在《唐宋诸贤》一选之卷首。余亦购得万历本《中兴以来词选》一部，卷首有胡德方序，而缺黄玉林自序。因疑此二序原皆在《中兴以来》一选中，盖花庵原意，欲续《乐府雅词》及《复雅歌词》二书，故以南渡以后诸作为断限。其后复增《唐宋诸贤》一选。此书必别有玉林自序，舒伯明所得本适缺失，故取二序分刻于二选卷首以欺世耳。陶氏所刻宋本版心有"后一"、"后二"等字，盖谓后编卷一、卷二，可知此乃《唐宋诸贤词选》雕版后取二编合刻之，遂有前后编之目。然则此虽宋刻，犹非玉林序中所云亲友刘诚甫所刻之原本也。

（八）阳春白雪

　　《阳春白雪》，宋赵闻礼选录词集。《直斋书录解题》云："《阳春白雪》五卷，赵粹夫编，取《草堂诗馀》所遗以及近人之作。"其卷数与今传本不同,"粹夫"则赵闻礼之字也。《草堂诗馀》亦选本,其未收者,不得谓之"所遗"。且《阳春白雪》中亦有已入《草堂诗馀》者,如周美成、贺方回、苏东坡诸家所作,更不得谓取《草堂诗馀》所遗。陈氏此言,殊不可解。

今本《阳春白雪》凡八卷,又外集一卷,沉湮已久。清初朱竹垞撰《词综》,此书与《乐府雅词》、《绝妙好词》均所未见。高江村撰《重刻绝妙好词序》,亦言此书与《乐府雅词》名存书佚。乾隆间编纂《四库全书》,亦未采录及此。至道光九年(1829),江都秦恩复始刊版以传,刻入《词学丛书》中。秦氏跋谓"世鲜传本,鱼鲁之讹在所不免,又无善本可校,寻访数年,虽有分借,得失互见,未可据依为断",故只略注所知异同,亦未能详备也。次年,瞿世瑛清吟阁刊本刻成。是书徐楙跋语曾叙其源流云:"赵闻礼所选《阳春白雪》八卷、《外集》一卷,为赵氏星凤阁写本。其原本藏范氏天一阁,元赵松雪手写草书,真球璧也。长塘鲍渌饮先生借缮正书,始有传本在世。第草书有不可识者,时奚铁生冈工草书,渌饮相与质疑,兼证以宋人词集,粗可句读,尚多阙疑,故《知不足斋丛书》中迁延未刻。"赵孟頫"手写草书"后为吴纯携去,未知所踪。幸鲍廷博曾缮为正书,赵辑宁亦分缮一份,始赖以传世。鲍本因草书字体难以辨识,部分文字尚多疑义,故未刻入《知不足斋丛书》。赵本即所谓星凤阁钞本,于假得余氏浣花所藏何氏澂怀堂正本参校后,即予付梓。道光十年甫刻竣,适秦刻本问世,故又以秦刊本校订数十处,附录书后。咸丰三年(1853),南海伍氏又据秦刻本重雕,收入《粤雅堂丛书》中。此本由谭玉生任复校之役,颇有是正。此书至今仅此二刻,百年以来,流传日少,亦非易得。

刻本之外,此书尚有钞本数种传世。鲍廷博之正书钞本,至道光二十五年(1845),为戈载于扬州骨董店购得。戈氏于舟次即校读一过,其后又以秦刻本复勘一过,此本现藏上海图书馆。鲍氏另获一清钞本,尝手自校订,现藏台湾故宫博物院。阮元亦曾得一旧钞本,后"依样仿写",刻入《宛委别藏》中。另嘉庆二十五年(1820),黄丕烈自钱塘何梦华处得一元人钞本,较其姻家袁寿阶所藏少《外集》一卷;其后又购得一残钞本,遂校诸本同异,并钞配为全帙,现藏北京图书馆。该馆尚藏有边浴礼道光二十五年钞本。

此书无原序,想元钞本已佚失。外集一卷,不知何所取义。所录词皆豪放一派,如张仲宗、辛稼轩之贺新郎,贺方回之小梅花,刘过之沁园春之类。与正集八卷纯取婉约者不同,或者其所以编为外集之义乎?

又此书编次,殊无伦次,既不以人分,又不以词调分,一卷之中,令慢杂出,似随选随钞,随意分卷者。作家署名,或名或字,即己作亦或称赵立之,或称赵闻礼。至张孝祥词则题于湖先生,宋齐愈词则题其别号求退翁,黄庭坚词则题山谷,陈师道词则题后山,皆不著姓。洪皓词则题洪忠宣公,亦有谬误其作者者,皆有待于校订。

赵闻礼,字立之,一字粹夫,临濮人,有词集曰《钓月集》。周密《浩然斋雅谈》录其集中小令二阕,然又谓"集中大半皆楼君亮、施仲山所作,安知非他人者。"可知赵集当时已经窜乱,今更全佚矣。周密所选《绝妙好词》中有赵闻礼慢词六首,赵亦自录其令慢词八阕入《阳春白雪》,此皆必非楼君亮、施仲山作也。

别有一书,亦曰《阳春白雪》,前集五卷、后集五卷,乃元人杨朝英所编北曲选,今亦有传本。又宋女词人吴淑姬有词集五卷,亦名《阳春白雪》,亡佚久矣。周泳先曾辑得五首,刊入《唐宋金元词钩沈》中。

(九) 绝妙好词

《绝妙好词》七卷,宋末周密选录南渡以后诸家词,而以其同时人所作为多。书久失传。清康熙初,朱竹垞编《词综》时,犹未及见。虞山钱氏述古堂藏一旧钞本,乃绛云楼故物,其书不著周密姓名,但题"弁阳老人"辑。故钱遵王跋云:"或曰弁阳老人即周草窗,未知然否。"盖当时犹以为疑。然张炎《词源》已言:"近代词如《阳春白雪》、《绝妙词选》亦有可观。但所取不甚精一,岂若草窗所选《绝妙好词》为精粹。惜此版不存,墨本亦有好事者藏之。"据此则可证弁阳老人果为周密,钱氏未见《词源》耳。密,字公谨,别号草窗,亦词人,有词集曰《苹洲渔笛谱》。据张炎言,又可知此书版片早毁,故流传未广,在元时已为难得。明三百年间,词家均未寓目,藏书家著录则述古堂元钞本七卷外,唯汲古阁有精钞本二卷,宋刻原本竟未见也。

嘉善柯南陔煜与钱遵王有戚谊,于康熙二十三年从钱氏录得此书,与从父寓匏及兄弟辈共订缺误,刻本流传,是为此书发现后第一刻本。柯南陔序无年月,此刻本余亦未尝见,不知何时所刻。至康熙三十七年(1698),钱塘高士奇重刻一本,序称:"草窗所选,乃虞山钱氏秘藏钞本,柯子南陔得之,与其从父寓匏舍人及余考校缺误,缮刻以行。"此本每卷第一行下有"清吟堂重订"字,所谓清吟堂高氏刊本也。余初以为柯南陔序所云"重新梨枣"即是此刻。后见厉樊榭笺注黄简下云:"柯本作阑,高本作兰,俱误。"乃知柯氏先有一刻,清吟堂本已是重订柯本者矣。然清吟堂原刻余亦未见墨本。余所有者,为小瓶庐刻本,卷首有柯、高二序。每卷第一行亦有"清吟堂重订"字,而扉页有"宋本重刊"字,盖坊贾复刻清吟堂本,而诡称依宋本而雕者也。

柯、高二本,流传似亦不多,至康熙六十一年,厉樊榭跋其所藏钞配残本,已云"近时购之颇艰"。至雍正三年(1725),始有群玉书堂项氏一刻,有澹斋项细序,每卷末有勘定人姓氏,第一卷项细,第二卷陈撰,第三卷徐逢吉,第四卷金士奇、张隆,第五卷赵昱、江洁,第六卷洪正治、程鸣,第七卷余所见本末页残缺,不可知。其人多杭城名士,想亦是钱唐刊本,剞劂精极。今亦罕见。此外又有陆钟辉刻本,似在乾隆初矣。

乾隆十三年(1748),厉樊榭谒选县令入京,道经天津,寓查莲坡水西庄,觞咏数月。查方为《绝妙好词》作笺注,厉心有同好,遂相与搜讨,助成其役,竟不入京就选。书成于十四年之夏,既定稿,而莲坡忽病故。十五年春,其子善长、善和付之梓,题云《绝妙好词笺》,是为宛平查氏澹宜书屋刊本。自此以后,《绝妙好词》原本不复重刻,世所通行者,皆查厉两家合笺本。

钱遵王跋谓此书"总目后又有目录"。余所得小瓶庐以后诸刻本皆仅有总目,不知所谓"又有目录"者何物也。又卷前已题"弁阳老人周密辑",高刻本于各卷中作者标名,皆先别号，后姓、名，后字。如张孝祥则题作"于湖张孝祥安国"，范成大则题作"石湖范成大致能"，此元人刊书款式，与凤林书院《草堂诗馀》、《乐府补题》同。至查厉笺本，则已单标姓名，而字号著于小传中矣。高刻本总目于人名下均注明选录词数。查厉笺本概从删除。此书所选诸词人，姓名多不甚显。钱遵王跋谓"此本又经前辈细看，批阅，姓氏下各朱标其出处里第，展玩之，心目了然。"可知原书但有姓名字号，别无小传。高氏刻本亦未将所谓前辈朱标之出处里第刻入。至查厉笺本，则附以小传，里居出处十得八九。词后辑附宋元人著述，凡有关词中本事，词外佚闻，及诸家评论，与其人之名篇秀句，不见于此编者，皆极详赡。《四库全书总目提要》讥其"泛滥旁涉，不尽切于本词，未免有嗜博之弊。"以经典注疏义例绳之，固中其失。然笺注艺文，非经典之比，凡足以资博闻多识者，固不厌其繁也。

道光中，仁和余集，字秋室，以草窗所录词见于杂著者多同时人所赋，为《绝妙好词》所未载，因别录为《续钞》一卷。其后钱塘徐楙字问蘧，又以余所搜未尽，又续补一卷，合为《绝妙好词续钞》上下二卷。道光八年（1828），徐氏重刻《绝妙好词笺》，即以此续钞二卷附于后。周密诸杂著中所称引之好词，皆萃于此编，学者称便。同治十一年（1872），会稽章氏又以此本重刻，今市上所可得者，大抵皆章氏本。余所得《绝妙好词》诸本，亦止于此。坊间必尚有别刻，如郑文焯所言赵闻礼风入松词结处缺六字一句者，不知是何时坊刻也。

此书历经朱竹垞、柯氏叔侄、昆季、高江邨、厉樊榭、查莲坡、余秋室、徐问蘧诸家校订，用功不少。然诸刻本犹有失误，取诸家别集或其他选本校勘之，字句每多异同。清光绪中，郑文焯有《绝妙好词校馀》一卷，附刻于其所著《冷红词》后，可供参考。惜所校仅数十事，且论断亦有欠安，未为尽善。

此书第七卷仅录周密、王沂孙、赵与仁、仇远四家之词。王沂孙以下，似皆为草窗后辈，故密自录其所作二十二首于前。仇远词有佚缺。余疑原书当有八卷，仇远以下皆佚失。第四卷施岳词亦佚六首。意者原书分装两册，每册四卷，故所残缺者皆在卷末。或谓卷首总目分明是七卷，始张孝祥，终仇远，凡一百三十二人，岂能证其残佚。按朱竹垞跋此书云："第七卷仇仁近残缺，目亦无存，可惜也。"可知钞本总目，亦是后人依残存诸家编录，已非原刻本之旧，故亦不能据目录证其无残缺也。又此书当是周草窗晚年所辑，必为元时刊本，小瓶庐刻本题"宋本重刊"者，妄也。此书殆未尝有宋刻。钱大昕以此书列入《元史·艺文志》，是也。

（一〇）唐宋人词选佚书

以上自《云谣集》至《绝妙好词》凡九种，唐宋人选录之词集，今所存者，已尽于此。南宋时坊刻词选必甚多。或名存而书佚，或并书名亦不复可知。今取诸家书目所载，或宋元人笔记中所称引，而可知其梗概者，集录于此，以备研考。

(1) 遏云集

黄叔旸《唐宋诸贤绝妙词选》录李白清平乐令二首,注云:"按唐吕鹏《遏云集》载应制词四首,以后二首无清逸气韵,疑非太白所作。"可知唐时有吕鹏所编《遏云集》,花庵曾有其书,从之选录李白词二首而弃其二,然书名唯见于此,别无著录。

(2) 麟角集

此书未见宋人记述,元好问《新轩乐府引》曰:"《麟角》、《兰畹》、《尊前》、《花间》等集,传播里巷。子妇母女,交口教授,淫言媟语,深入骨髓,牢不可去。"又朱晞颜跋周氏《埼篨乐府》曰:"旧传唐人《麟角》、《兰畹》、《尊前》、《花间》等集,富艳流丽,动荡心目。其源盖出于王建宫词,而其流则韩偓《香奁》、李义山《西昆》之馀波也。"二家褒贬不同。周氏明言是唐人书,元氏亦列于《花间集》之前。然宋人无道及此书者,何也?疑是宋末坊贾伪托唐人之书,而盛行于元时者。

(3) 家宴集五卷

陈振孙《直斋书录》有此书,陈氏解题云:"序称子起,失其姓名。雍熙丙戌岁也。所集皆唐末五代人乐府,视《花间》不及也。末有清和乐十八章,为其可以侑觞,故名《家宴》也。"此乃北宋刊本,陈振孙时流传已罕,故编者姓名,一经残失,便不可知。宋以后并陈氏所得本亦佚失。

(4) 谪仙集

此书余未尝见宋元人记录。清康熙时,朱竹垞编《词综》于"发凡"中言:"古词选本,若《家宴集》、《谪仙集》、《兰畹集》等,皆佚不传。"然咸丰中陈庆溥序《绝妙好词》云:"窃见宋人选词,如《乐府雅词》、《阳春白雪》、《谪仙》、《兰畹》诸集,靡不精粹。"似尝得见《谪仙》、《兰畹》二书者,然明清以来藏书家绝无著录,疑陈氏谬言欺世耳。

(5) 兰畹曲会

王灼《碧鸡漫志》云:"《兰畹曲会》,孔宁极先生之子方平所集,序引称'无为莫知非',其自作者称'鲁逸仲',皆方平隐名,如子虚、乌有、亡是之类。孔平日自号演皋渔父,与侄处度齐名,李方叔诗酒侣也。按黄花庵《唐宋诸贤绝妙词选》卷八有鲁逸仲词三首,花庵谓"词意婉丽,似万俟雅言。"然不注其名号、里居、出处,盖此词皆从《兰畹曲会》选录,花庵殆不知其为孔方平之隐名也。其水龙吟一阕,又见于《梅苑》,称孔方平撰,斯可证矣。梁任公作《兰畹集考》,谓方平当是其字,惜不得其名。然厉樊榭《宋诗纪事》云:"孔夷,字方平,元祐中隐士。"则其名固未佚也。特不知樊榭何所据耳。

《苕溪渔隐丛话》后集卷九云:"旧本《兰畹集》载寇莱公阳关引,其语豪壮,送别之曲,当为第一。"又《容斋四笔》卷十三云:"余家旧有建本《兰畹曲集》,载杜牧之一曲。"又刘将孙《新城饶克明词集序》云:"乐府有集,自《花间》始,皆唐词。《兰畹集》多唐末宋初词。"

是可知此书所选,为唐末宋初之作,当时已有旧本、建本,则版刻必多。又宋本《欧阳文忠公近体乐府》卷三有水调歌和苏子美沧浪亭词,注云:"此词载《兰畹集》第五卷。"从知此书至少当有五卷。

欧阳公《近体乐府》之外,旧本《南唐二主词》及冯延巳《阳春集》中均有校语,引及《兰畹曲会》可略知此书内容。近人周泳先即据此辑得一卷,共十六首,唯鲁逸仲三首未录入。或不敢断定花庵所选亦从此书出也。

此书大约亡于元代。元末朱晞颜为周氏《壎篪乐府》作序引,已云:"《兰畹》唐人所编。"明人杨升庵《词品序》则云:"孟蜀之《花间》,南唐之《兰畹》。"乃以此书为南唐人所集,皆未尝得见此书,姑妄言之耳。

(6) 复雅歌词五十卷

陈振孙《直斋书录解题》有此书。陈氏解题云:"题鲖阳居士序,不著名姓。末卷言宫调音律颇详,然多有调而无曲。"黄花庵《中兴以来绝妙词选》序云:"《复雅》一集,兼采唐宋,迄于宣和之季,凡四千三百馀首。"据此可知此书为北宋末所出一大词选集。今所存唐、五代、北宋词总计恐不足四千首,可知此书中必多失传之作,其亡佚甚可惜也。《花庵词选》于苏轼卜算子词下引鲖阳居士评论语作注,又可知此书兼附编者评论,此又北宋词论之不可见者矣。今世传本《岁时广记》引《复雅歌词》七则,皆录其词而述其本事。赵万里从群书中辑得一卷,入词话类。然余观黄花庵序中语,似此书犹是词选集。惟编者于词后或系以评论注释而已。

(7) 聚兰集

此书不知编集人姓名,惟《苕溪渔隐丛话》后集卷三十九谓书中有苏东坡西江月寄子由词,又卷四十谓书中有东坡赠郑守许仲涂减字木兰花词。此外不见引录。恐元人已不得见。《花草粹编》卷四有东坡西江月词,注云出《聚兰集》,疑是陈耀文据《苕溪渔隐丛话》所言编入,未必真见原书也。

(8) 本事曲

杨绘,字元素,绵竹人。元祐初以天章阁待制知杭州卒。尝仿孟棨《本事诗》撰《本事曲》,录时人所撰词,而系以本事,盖词选而又兼词话之类也。《苕溪渔隐丛话》后集卷二十一,称杨元素《本事曲》有林遹点绛唇草词,又卷三十八称《本事曲》有白衣妇人菩萨蛮词,又卷三十九引《本事曲》云:南唐赵公,撰谒金门词"风乍起,吹皱一池春水"云云。又《苕溪渔隐丛话》前集引《本事曲》,谓小词春光好"待得鸾胶续断弦"是陶穀使钱塘赠驿女词。此外则《诗话总龟》引《漫叟诗话》,有洞仙歌词。《西塘耆旧续闻》引《本事曲》鱼游春水一词。《分类东坡先生诗》卷十二润州甘露寺弹筝诗下,注引《本事曲》记东坡采桑子词本事。《敬斋古今黈》引范仲淹定风波词五首,亦出于《本事曲》。《中吴纪闻》谓杨元素《本事集》误以吴感折红梅词为蒋堂侍郎之殿丞所作。《能改斋漫录》引《本事集》载韩魏公维扬好词四章,所谓"二十四桥千步柳,春风十里上珠帘"者是也。《南唐二主词》注蝶恋花"遥夜亭皋闲信步"一阕云《本事曲》以为山东李冠作。又《岁时广记》亦引《本事词》四则。此皆其书内容之可考见者。或称《本事曲》,或称《本事词》,或称《本事集》,当以《本事曲》为正。苏东坡有与杨元素书,称此书所收凡一百四十馀曲,卷帙似不甚多。此书大约亡于元末,今有赵万里辑本。

(9) 混成集

《混成集》为宋内府所刊歌词乐谱。周密《齐东野语》云:"《混成集》,修内司所刊本,巨帙百馀,古今歌词之谱,靡不备具,只大曲一类,凡数百解,他可知矣。然有谱无词者居半。霓裳一曲,凡三十六段。尝闻紫霞翁云:'幼日随其祖郡王曲宴禁中,太后令内人歌之。凡用三十人,每番十人,奏音极高妙。翁一日自品象管作数声,真有驻云落木之意,要非人间曲也。'"据此可知此为宋教坊所用乐谱之集大成者,见于《宋史·乐志》诸曲,当时必皆有谱,故得有百馀巨帙。所谓"古今歌词"者,指唐以来燕乐歌词,非谓古乐府歌词也。有谱无词者居半,则有词者亦及半数。全书卷帙既富,存词虽半数,亦必可观。宋人著录此书,仅见于此。

明季,王骥德《曲律》云:"予在都门日,友人携文渊阁所藏刻本《乐府大全》,又名《乐府浑成》一本见示,盖宋元时词谱,止林钟商一调中,所载词至二百馀阕,皆生平所未见。以乐律推之,其书尚多,当得数十本。所刊凡目,亦世所不传。所画谱,绝与今乐家不同。"文渊阁为明代北京宫中藏书楼,王骥德所见,当即周密所云之《混成集》,可知此书在明代,尚存于内府,然至明季,已为人窃取,流散在外者,必不止王骥德所见之一本也。然正统六年,杨士奇编《文渊阁书目》中犹未载此书,则此必后来从民间访求入库者。

清初,黄虞稷编录有明一代之书为《千顷堂书目》,其卷三十二集部词曲类有《乐府浑成集》一百五册,当即周密所志,王骥德所见者。一百五册,与周密所言"巨帙百馀"亦合,可知此书刻本,明代犹存全帙。王、黄两家,均称《浑成集》,必刻本如此,然则作"混成"者,疑周密笔误也。全书正名当是《乐府浑成集》,别名《乐府大全》,"浑成"即"大全"之义。此书未见于清人著录,亦未尝有人称引,殆亡于明清之际。

杨湜撰《古今词话》,为词话专著之始。其书亦亡,今有赵万里辑本。明人沈雄亦作《古今词话》,书名相同,贻误后人。《直斋书录》有《类分乐章》三十卷,《群公诗馀后编》二十二卷,《五十大曲》十六卷,《万曲类编》十卷,皆当时书坊刻本,亦词选、词谱之书,或有从《浑成集》中裁篇别出者,今皆亡佚无可考索。

以上著录唐宋两代词选集,今存者九种,知有其书而已佚者十三种。区别其性质,可分数类。《云谣》、《花间》、《尊前》、《草堂》,皆为选歌而作,其编选宗旨,惟在供应宴席歌唱,故其所选之词,必须声情优美,又须适应时令,又须具备各种宫调。《乐府雅词》独标举雅正,乃为排斥郑声而作,此为词选之注意于思想内容者,清张惠言作《词选》,是其苗裔。《复雅歌词》虽以"复雅"为名,然其书采录至四千三百馀首之多,恐名不副其实。《花庵词选》二种为断代词选,各取名家词若干首,既不收市井淫哇,亦不废赋情艳语,可谓之文人词选。《阳春白雪》为江湖词人选集,相当于《江湖词人小集》,亦可谓一流派。《绝妙好词》则纯然为吴梦窗词派之选集,自梦窗以至草窗,实代表南宋末年词风,是选集而有文学史意义者。此外如《梅苑》纯取梅词,《本事曲》、《古今词话》,侧重纪事,《混成集》为曲谱之流,已不得谓之词选集矣。

(一一)中州乐府

女真入关建国,享祚百二十年,文教未臻极盛,儒士诗人,皆中原遗老及其子孙。元好问网罗一代诗篇,纂《中州集》十卷,又甄录词人之作,为《中州乐府》一卷。此乃金代唯一之诗词总集。傥无此书,则金代艺文,几乎无可征访。

《中州乐府》选录词人三十六家之作,共词一百二十四阕,多可有观。此书旧本传世凡三本,其一为元至大庚戌平水进德斋刻本,吴昌绶据以摹刻入双照楼丛书中。其二为明嘉靖十五年九峰书院刻本,有彭汝寔序,毛凤韶后序。汲古阁毛氏既据弘治本刻《中州集》,又据此本刻乐府,遂合二书为一。朱祖谋刻《彊村丛书》,其《中州乐府》亦用此本。其三为日本五山翻刻本《中州集》,后附乐府一卷,行欵与元至大本悉同。武进董康据五山本刻《中州集》,又以傅增湘所藏元刊本校补之,今《四部丛刊》中所收,即用董氏刻本影印。

彭汝寔序谓此书所录"凡三十六人,总一百二十四首,以其父明德翁终焉。人有小叙志之,中间亦有一二怜材者。"毛子晋跋云:"其小叙已见诗集中,不复赘。"似《中州集》与《中州乐府》原是二书,不相丽属。故乐府所收词人,虽有已见于诗集中者,仍系以小叙。毛氏合刻二书为一,遂删去乐府集中小叙,以免重复。不知邓千江、宗室文卿、张信甫、王玄佐、折元礼五人,诗集中所无,今一并将小叙删去,遂不可考其生平,故彊村翁于毛氏有"疏矣"之叹。然余考之,至大本有小叙者亦仅宗室文卿、张信甫、王玄佐、折元礼四人,并非人人皆有小叙。此与彭序所言不合者一也。又至大本以折元礼望海潮词为殿,明德翁词在折词之前,此与彭序所言不合者二也。余校阅二本,颇不得其解,疑至大本《中州乐府》原附刻于《中州集》之后,故凡未见于诗集者,各系小叙。九峰堂本则别册单行,故取诗集中小叙增入之。至毛氏又合二书为一,于是乐府集中小叙,概从削除,而未及注意其中有不见于诗集之词家也。折元礼于元氏或是后辈,故列于明德翁之下。后人不审,易其编次。彭氏不言其所据以翻刻之版本,想当在至大本以后耳。又彭序云:"中间亦有一二怜材者。"此言亦不明晓,岂谓其人仕履不足称述,故仅录其词,如邓千江者耶?抑谓其中不尽佳作,姑录之以存其人者耶?此则不可知矣。

(一二)元草堂诗馀 天下同文

《名儒草堂诗馀》三卷,亦明人所未知,晦迹至清初始显。雍正甲辰,厉樊榭从吴尺凫假得一钞本过录之。庚戌,又借得朱竹垞旧藏钞本,补改数十字,添入吴本所缺姓氏。癸丑冬,寓广陵马氏,得见新购元刻本,复有增校。今《粤雅堂丛书》及《读画斋丛书》中所刻,即用厉樊榭钞校本付梓。近人傅增湘得元刻本,吴昌绶据以摹刻入《双照楼丛书》,然其本与厉氏钞校本缺页佚句皆同,疑此即马氏所藏之本,而吴尺凫、朱竹垞所得钞本,并从此出。

此书题云:《精选名儒草堂诗馀》;下有"甲集"字。卷前有书坊小启云:"唐宋名贤词,行于世,尚矣。方今车书混一,名笔不少,而未见之刊本。是编辄欲求备不可,姑欲摭拾所得,才三百馀首,不复次第,刊为前集。江湖大宽,俊杰何限。傥有佳作,毋惜缄示,陆续梓行,将见愈出愈奇也。"上卷第二行云:"庐陵凤林书院辑。"中下二卷第二行云:"凤林书院辑。"凤林书院者,书坊名也。

此书所选,皆至元、大德间南宋遗民,自刘秉忠、许衡以下,凡六十家之作。厉樊榭谓其"词多凄恻伤感,不忘故国,而于卷首冠以刘藏春、许鲁斋二家,厥有深意。至其采撷精妙,无一语凡近,弁阳老人《绝妙好词》而外,渺焉寡匹。"此论殆非溢美。六十家中,姓名唯见于此书,而出处生平无可考见者甚多。若无此书,则元代词人有并姓名亦不可知者矣。

《草堂诗馀》当时盛行。书商牟利,袭用其名,而冠以"名贤"二字,以为区别。今则通称《元草堂诗馀》或《凤林书院草堂诗馀》云。

同时有周南瑞者,编《天下同文》甲集五十卷,亦元大德、延祐间刊本。其卷一至卷四十七为诗,最后三卷为词。然三卷所录,仅卢挚、姚云文、王梦应、颜奎、罗志仁、詹玉、李琳七人之作,共二十九阕。吴昌绶初据汲古阁旧藏钞本排印传世,后得元刻本,遂影刻入《双照楼丛书》。

元人词选,今所存仅此二本,皆元初人作。延祐以后,未见有选刻。凤林书院一刻而后,又不知有无续刻。《天下同文》词二十九阕,中有十阕已见于凤林书院选本。实只十九阕为诸书所未载。

(一三) 词林万选

《词林万选》四卷,明杨慎选录唐温庭筠至明高启词。卷首有嘉靖癸卯季春守楚雄府桂林任良幹序,略云:"升庵太史公家藏唐宋五百家词,颇为全备。暇日取其尤绮练者四卷,名曰《词林万选》,皆《草堂诗馀》之所未收者也。间出以示走,走遂假录一本,好事者多快见之,故刻于郡斋,以传同好。"是此书乃慎谪居云南时所纂,明嘉靖二十二年刻于楚雄府者。今所传唯明末汲古阁毛氏所刻一本。毛跋谓"予向慕用修先生《词林万选》,不得一见,金沙于季鸳贻予一帙,不啻咽三危之露,而聆秋竹积雪之曲矣。"可知当时原刻本已不易觏。

此书编录颇无伦次,卷一有东坡词七首,卷四又出东坡词七首,卷一有晏幾道词八首,而分列二目。卷三有秦观词三目,而分列三首。书中题署作者姓名,亦不一律。韩偓、杜安世、王庭珪,则署其名;张仲宗、柳耆卿、辛幼安,则署其字;贺东山、张于湖、陆放翁,则署其别号;黄庭坚则题山谷,晏几道则题小山。所采录词亦有误其主名者。如梦令"曾宴桃源深洞"一首,升庵《词品》已言世误传为吕洞宾作。而此书中仍以此词属吕洞宾。又玉楼春"东风捻得腰儿细"一首,见于宋人小说,一士人所作,此本乃以为东坡词。此皆毛氏跋中已摘出者。其类此者犹多,如卜算子"水是眼波横,山是眉峰聚"一首,乃王观词,此本亦误作东坡。首二句又误为"眼是水波横,眉是山峰聚"。皆有待订正。

　　杨升庵才高胆粗,勇于著书,故所撰珉玖糅杂。僻居滇海,未必有万卷书供驱使,家藏唐宋词五百家,殆亦大言欺世。嘉靖三十三年成都周逊序其《词品》云:"翁为当代词宗,平日游艺之作,若《长短句》,若《填词选格》,若《词林万选》,若《百琲明珠》,与今《词品》,可谓妙绝古今矣。"崇祯初,沈际飞《草堂诗馀》四集发凡云:"如升庵《填词选格》、《词林万选》、《词选增奇》、《填词玉屑》、《诗馀补遗》、《古今词英》、《百琲明珠》等书,已不复见。"此皆杨氏所撰词学书目也。《升庵长短句》三卷,有十三世孙崇焕民国丁丑新刊本。《词品》六卷,已有丛书集成本。今皆易得。《百琲明珠》亦词选,传本极罕。余曾见大足刘氏有一帙。至《填词选格》、《词选增奇》、《填词玉屑》诸书,至今未闻有收藏者。

（一四）花草粹编

　　《花草粹编》十二卷,明陈耀文晦伯所集唐宋元人词,有万历癸未冬日耀文自序,万历丁亥三月顺阳李裒序。陈氏自序略谓词于"唐则有《花间集》,于宋则有《草堂诗馀》,余尝欲铨粹二集,以备一代典章,因循未果。嗣以飘泊东南,纳交素友淮阴吴生承恩,姑苏吴生岫,皆耽乐艺文,藏书甚富。余每得之假阅,辄随笔位序之。久之,遂成六卷。移疾归来,游息竹素,因复益以诸人之本集,各家之选本,记录之所附载,翰墨之所遗留,上溯开天,下迄宋末,曲调不载于旧刻者,元词间亦与焉。其义例以世次为后先,以短长为小大,为卷一十有二,计词三千二百八十馀首。是刻以《花间》、《草堂》而起,故以花草命编"云云。盖此书选录标准不一,或以词佳入选,唐宋诸大家名作是也。或以备题入选,如缕缕金之为仅见孤调是也。或以搜逸入选,如宋元诸小说所载艳词、情词是也。所选词有原题者,必录原题。无作者姓名者,注明出于某书。或有姓名而非世所习知者,亦注明录自某书。有词话本事可参考者,偶亦附录词话本事于后。编次亦颇不苟且。然所注作者姓名,或以名,或以字,或以别号,或但有名字而无姓。出处书名或注于题下,或注于词末,殊不一致。其最谬者乃以《乐府雅词》所录大曲薄媚西子词排遍三章移置于煞衮之后,可知于大曲体制,全不了解。然此书采摭繁富,所引用之书,有今已亡佚或残缺者,其存亡续绝之功,亦不可没。卷首附刻沈伯时《乐府指迷》,尤有功于词苑。盖此书久无人知,今所存者,实以此本为最早,向使陈氏不附刻之,沈书殆已不可得见矣。

　　此书传本甚少。昔时词家,多恨不得见。今则有陶风楼影印本,足资挹注,不如古人之艰于访求。《四库全书》著录此书,谓有二十二卷,附录一卷,又云:"卷首有延祐四年陈良弼序。刊刻拙恶,仅具字形。而其文则仍耀文之语,盖坊贾得其旧版,别刊一序弁其首,以伪为元版耳。"此与陶风楼所印本不合。然既是用旧版刷印,当不至增广卷帙。疑二十二卷乃一十二卷之误。所增附录一卷,或即沈氏《乐府指迷》,未睹库本,不知然否。

陈耀文序谓尝从淮阴吴承恩、姑苏吴岫假阅藏书,因得成书六卷。然吴承恩亦编有《花草新编》一书。余在上海图书馆见一写本,卷帙不多,体例与《粹编》相若,惜未遑校核,疑吴氏有意增补而未竟其功者。

清咸丰初,钱塘金绳武假得瞿颖山所藏《花草粹编》,用聚珍版刷印百部。书未传播而太平军兴,浙中离乱,故此本尤为难得。今所知者,唯南京图书馆有一部,犹是丁氏善本书室故物,秘之书库,未有模印。余幸从华亭故家得一全帙,遂为寒斋词籍球璧。金氏此书无序跋,亦无刊印年月。每页版心下有"评花仙馆校本"一行。其书分十二卷为二十四卷,亦十二册。其校订之功,以统一作者姓名,刊正误字为主。然亦颇有舛误。如忆王孙四首,李重元作,见《花庵唐宋词选》,金本改题李甲。不知李甲字景元,非重元也。又万俟雅言当改作万俟咏。金本仍从陈本之旧,殆不知雅言是其字也。陈本有数词注云:"蒲江",此乃卢祖皋词,金本亦未改。盖此诸词皆汲古阁本《蒲江词》所未刻者,金氏未见《蒲江词》全本,不敢定也。李珣南乡子"避暑信船轻浪里",见《花间集》,金本改作"刺船",不知何所本。王衍甘州曲"可惜许,沦落在风尘",金本删去"许"字,遂成七言一句,此大谬也。顾夐荷叶杯五首,"知摩知"、"羞摩羞"等"摩"字,金本均改作"么"字。牛峤杨柳枝"不愤钱塘苏小小",金本改作"不分",此又妄改古字之例矣。陈本于无名氏之作,凡在题下注明出处者,金本皆改题"无名氏"而删其出处书名。如醉公子、一片子二词,原注出《乐府诗集》,金本则改作"无名氏"。如梦令下原注《古今词话》,金本改作"后唐庄宗",不知陈氏所引《古今词话》一则,明言此是庄宗掘得断碑所刻三十二字,非庄宗自作。且陈氏又于词下注云:"《仙鉴》太白作。"可知此词作者,相传尚有李白一说。金氏乃从俗本迳题后唐庄宗作,亦不如陈氏之谨慎也。此外陈本误而金本未能校改者,亦不在少数。如张志和渔父词"松江蟹舍主人欢",陈本"舍"误刻作"合",金本亦仍作"合"。薄媚西子词,金本亦沿陈本之误,未予改正。可知其校订亦疏。余取金本第一卷与陈本校,即得谬处五十事,因知金本亦未能胜于陈本。

(一五) 词 的

《词的》四卷,题茅暎远士评选,晚明刻本。书极少见,藏书家未有著录。余得一本,卷首有骈文序一篇,失其末页,不能知何人手笔。文但铺陈俪语,于此书内容及著者,均无叙述,明人骈文之下乘也。所选录者,以唐宋人词为主,间亦及元明,止于马浩澜。所取皆俗艳之作,又多承前人之误,未能校正。如浣溪沙"兰沐初休曲槛前"乃孙光宪作,见

《花间集》，此本承《尊前集》之误，以为温庭筠。鹊踏枝"贴鬓香云双绾绿"非李冠词，此本亦承《花草粹编》之误，属之李冠。蝶恋花"海燕双来归书栋"乃欧阳修词，此本据《花草粹编》归之俞克成。"无可奈何花落去，似曾相识燕归来"乃晏殊名句，此本属之李璟。青玉案"年年社日停针线"乃黄公绍词，此本作无名氏。张伯远小桃红"一汀烟柳索春饶"乃北曲，亦不当阑入词选。王通叟减字木兰花"水是眼波横，山是眉峰聚"乃脍炙人口之名句，此本乃作"眼似水波横，眉似山峰聚"，尤为谬妄。书眉略有评语，了无胜义。然此书版刻尚精，每半页十一行，行十八字，大字悦目，不类坊本，殆文人好名，欲传著述于后世，而才学不足以济之。晚明人书，类此者不尠。且当时词学方在复兴，而宋人词集犹罕见，刻行此书，或亦应一时之需要。入清而后，词学大盛，选本后来居上者甚多，此书遂晦迹矣。

（一六）词　菁

　　《词菁》二卷，钱塘陆云龙雨侯评选。每半页九行，行十九字。第一卷第一行题"翠娱阁评选行笈必携词菁"。卷首有"辛未仲夏翠娱阁主人题"，实陆云龙自叙也。辛未为明崇祯四年（1631），即此书刊成之时。叙文略谓："至我明郁离，具王佐才，厕身帷幄，宜同稼轩，时露英雄本色，乃似柔其骨，丽其声，藻其思，务见菁华之色，则所尚可知已。其后名贤辈出，人巧欲尽，悉为奇险之句，幽窈之字，实缘径穷路绝，不得不另开一堂奥。试取《花间》《草堂》并咀之，《草堂》自更新绮者。特其中有欲求新而得误，似为吴歈作祖，予不敢不严剔之，诚以险中有菁，俳不可为菁耳。具眼者倘不罪我而知我。"此文略论明词，自郁离子（刘基）不为稼轩豪语，而所尚在柔骨、丽声、藻思，斯为词之菁华。其后名贤，竞为新绮，承《草堂》之馀绪，然亦有堕入俳调，夷于吴歌俗曲者，则陆氏所不取。

　　此书卷一分天文、节序、形胜、人物、宴集、游望、行役、称寿，凡八类，卷二分离别、宫词、闺词、怀思、愁恨、寄赠、杂咏、题咏、居室、动物、植物、器具、回文，凡十三类。每类选词少则二三首，多至六十首，二卷合共二百七十馀首，自李白至当时名妓王修微，历代词人各有选及；而以明人词为较多。

　　此书评选、刊刻，俱甚草率。宫词类目录中有李白清平乐，而书中无此作。有薛昭蕴小重山，而书中作韦庄小重山。温庭筠更漏子"玉炉香"一首既见于闺词类，又见于怀思类，相去仅三页。浣溪沙"新妇矶头"一首乃黄山谷词，而目录及书中皆不详其作者。天文类收李后主秋霁"虹影侵阶"一首与其前胡浩然春霁"迟日融和"一首字句多同，不知从何误入。又有无名氏词数首，亦皆传诵人口，非不可考者。至于评语，刊在书眉，偶作一二语，亦多肤浅。陆云龙，杭州文士，其翠娱阁刻书甚多，余尝有《翠娱阁皇明十六家小品》，版刻较精。又有《翠娱阁文韵》四卷，《文奇》四卷，则选古今散文，妄加删削，变长文为小品，与《词菁》之妄改文字，谬误作者姓氏，皆明人刻书之恶习。

（一七）古今诗馀醉

《古今诗馀醉》十五卷,十竹斋刊本,半页八行,行十八字。首页题荆南潘游龙选,内江范文光参,秣陵陈珽订,海阳胡正言校。卷前有崇祯九年范文光、陈珽、管贞干序,又潘游龙自序。崇祯十年郭绍仪序,则此书殆刊成于崇祯十年(1637)。诸序皆空泛语,无可采。

此亦明末风行之词选集,虽曰"古今",然所录者多明人词。王修微为当时吾乡名妓,尝为女冠,工诗词,与柳如是、杨宛齐名。此集选录王修微词特多,可知当时为其才情发越鼎盛之时。

余所得此书有增附《精选国朝诗馀》一卷,皆清初诸家词,盖入清后以旧版刷印时增刻者,或者当时有政治上之需要。

（一八）倚声初集

《倚声初集》二十卷,武进邹祗谟程邨、新城王士禛阮亭同选。卷首有邹祗谟序,又王士禛序,皆撰于顺治庚子,则此书刊刻年代当为顺治十七年(1660)。王阮亭序云:"诗之为功,虽百变而不可以穷,《花间》《草堂》尚矣。《花庵》博而未核,《尊前》约而多疏,《词统》一编,稍撮诸家之胜,然亦详于隆万,略于启祯。邹子与余,盖尝叹之。因网罗五十年来荐绅、隐逸、宫闱之制,汇为一书,以续《花间》《草堂》之后,使夫声音之道,不至湮没而无传,亦犹尼父歌弦之意也。书成,邹子命曰《倚声》。陆游有言:'唐自大中后,诗家日趋浅薄,会有倚声作词者,颇摆落故态,适与六朝跌宕意气差近。'厥义盖取诸此。"此编者自述其书标名之义与选词之时代断限也。自明天启崇祯至清顺治十七年,此五十年虽曰明末清初,然所录诸词家实皆明人,此书实清初人所编晚明词选,不可语为清初词选也。

全书二十卷,凡小令十卷,选词一千一百一十六首。中调四卷,选词三百六十四首。长调六卷,选词四百三十四首。合共词一千九百一十四首,词人四百六十馀家,在清初诸词选集中,最为繁富。

词选之前,别有《前编》四卷。其第一二三卷录时人词话,及论词杂文,第四卷为《韵辨》,录沈谦、毛先舒、邹祗谟论词韵诸文,可代表清初作家词学观点。

邹王二序之后,《前编》之前,有《爵里》三卷,录词家四百六十馀人之名字、籍贯、仕履及词集名。其中颇有名位不显于后世者,赖此书可备徵考。

词选二十二卷之后,有附录二卷,曰《名家词话》一卷。皆当时词家议论。曰《沈谦词韵略》一卷,为当时通用之词韵。

此书标名《倚声初集》,当时必有续刻二集之规划,然未见藏书家有此著录,殆成书者仅此一集耳。

（一九）今词初集

《今词初集》二卷,清顾贞观、纳兰成德同选录清建国以来三十年间词家一百八十四人之作。卷首有康熙十六年(1677)鲁超序,后有毛际可跋。鲁序云:"吾友梁汾常云:诗之体至唐而始备,然不得以五七言律绝为古诗之馀也。乐府之变,得宋词而始尽,然不得以长短句之小令中调长调为古乐府之馀也。词且不附庸于乐府,而谓肯寄闰于诗耶?容若旷世逸才,与梁汾持论极合,采集近时名流篇什,为《兰畹》、《金荃》树帜,期与诗家坛坫并峙古今。"又云:"余惟诗以苏李为宗,自曹刘迄鲍谢,盛极而衰。至隋时风格一变,此有唐正始所自开也。词以温韦为则,自欧秦迄姜史,亦盛极而衰。至明末才情复畅,此昭代之大雅所由振也。词在今日,犹诗之在初盛唐。唐人之诗,不让于古,而谓今日之词与诗,必视体制为异同,较时代为优劣耶?兹集具在,即攀屈宋宜方驾,肯与齐梁作后尘。若猥云缘情绮靡,岂惟不可与言诗,抑亦未可与言词也。"此二节,持论均极高。词有诗馀之称,盖以为词乃诗之发展,为诗之绪馀。亦或以为词源于乐府,当为古乐府之发展,不当卑之为诗馀。今鲁氏引顾梁汾之说,以为词极盛于宋,乃新兴独立之文学形式,非古乐府与诗所能统率,此则前人未发之论也。然鲁氏以清词拟之初盛唐诗,为一代正始元音,此言未免标举过甚,抑亦拟不与伦。唐诗有创造,故唐诗可于古诗外自立门户。清词何尝有创造?清初之词,温韦晏欧之复兴而已;乾嘉以后之词,苏辛姜张之复兴而已,岂得比于唐诗乎?若其以此集之选,"为《兰畹》《金荃》树帜",则言之允矣。毛际可跋云:"是选主于铲削浮艳,舒写性灵,采四方名作,积成卷轴,遂为本朝三十年填词之准的。"亦足为此书之定评。

此书康熙原刻本,余未尝见。余所得者为光绪二十三年无锡张蓥重刻本。张氏跋称"是书旧本罕觏,假同里秦氏微云草堂藏本重刊以行。"此本上下卷各一册,版刻亦精好。其后上海书坊曾据以石印,妄改书名为《绝妙近词》。不知《绝妙近词》为孙麟趾所选,刻于咸丰五年,所收皆嘉庆、道光间词人之作,岂可以此书混同之耶?

书名"初集",当时必有续刻二集之计划,然实未尝有续集,此与《倚声初集》同为书坊之病。

（二〇）林下词选

《林下词选》十四卷,松陵周铭勒山编集。卷首有康熙辛亥尤侗、吴之纪、赵沄序各一篇,皆骈、文空泛。序后为周铭撰莺啼序题词一阕。次为凡例八则,辛亥春正月勒山书。次为参校姓氏题名,凡朱彝尊、朱执信、徐钪等十四人。全书为历代妇女词选。卷一至四为宋词,卷五为元词。卷六至九为明词。卷十至十三为清词。卷十四为补遗。每半页九行,行二十字。康熙十年(1671)刊本也。

《凡例》第一则云:"词选之兴,在宋时已有定本,然至今日而亡缺者过半矣。惟《花间集》最为近古,率皆唐人之作,恨其未备。他如《尊前》一书,已非原选之旧,而周草窗《绝妙好词》元世即无可考据。独黄玉林《花庵词选》,巍然独存,非今日之灵光乎?余不敏,欲辑宋末以逮国朝,继花庵词家所未及,名曰《草庄绝妙词选》,业经校定,但家鲜藏书,肆无善本,恐详于今而略于古,故尚稽时日。搜览之馀,先订历代闺秀,为《林下》集,以公诸世,要亦尝鼎一脔也。"据此则可见当时词家尚未见《草堂诗馀》及《绝妙好词》。然《草堂诗馀》有明刊本,不知周氏何以未举。周氏有《草庄绝妙词选》,未闻传本,殆未刊行。别有《松陵词选》三卷,亦周铭编,有传本,亦有近代铅印本。松陵,吴江也。

《凡例》第八则云:"选词之难,十倍于诗。盖诗之途广,易求佳本,词则拘于腔调,作者既少求其协律者,尤不可多得。而况深闺幽处,其灵奇之秘,更未易搜讨,而欲一无所漏也,得乎?余之为是选也,所就正折衷,与夫采葺惠示者,则有顾茂伦、沈偶僧、吴闻玮、叶学山,而朝夕商校者,实惟吴子超士。至所购未刻秘本,则有吾邑叶仲韶先生所订《填词集艳》,于中得十之一二,而吾友西吴沈凤羽尔爆所编闺人词曰《初蓉集》,更为详赡,于中盖得十之三四焉。"可知周氏此编,多袭取吴沈二家成书,亦当时书贾伎俩也。

吾友黄裳藏此书有二本。一本版心有"宁静堂"字。每卷末行下有"丰草庄定本"字,别一本则此二行皆削去,扉页题"海阳金天三辑",又"宜堂藏版"。目录页有加刻"海阳金成栋天三重校"一行。盖周氏原版归金氏后所改。此本自第七卷以下每卷皆增入新选词数页,二本内容亦已不同。

(二一)清平初选

《清平初选》后集十卷,云间张渊懿砚铭、田茂遇髯渊同选辑,参定者有钱芳标、曹尔堪、王贻上、彭孙遹、董俞、尤侗、陈其年等十许家,皆备名为重者。卷首有康熙十七年戊午(1678)七月计南阳序,称"诗馀之学,至今日而极盛,采辑者无虑数家。大抵旧曲不如新声,原谱不若变调;非欲异耳目,所以广词源,畅声教也。"又云:"吾郡张子砚铭、田子髯渊,心好而广搜之,哀然成帙。于是掇其秾华,撮其英异,意欲其曲而婉,思欲其巧而俊,采欲其艳而纤,调欲其变而雅。吐纳乎《香奁》《金荃》之腴,而进退乎李、晏、秦、柳之度。"此书纂辑之缘起,选录之标准,灼然可知矣。

吾邑自陈子龙、夏完淳、李雯、宋存标昆季,以《花间》、《尊前》之雅音,振明词之衰敝,建立云间词派。明末清初,三吴两浙词人,多宗其旨。张田两家,为郡中后起之秀,计南阳亦云间词派中坚,其纂辑此书,实云间词派之结集也。陈子龙、夏完淳二公以抗清殉节,其著作在清初犹有禁,故此集中未录其词。张田两家,皆以奏销案坐废乡里,寄情翰墨,不敢远通声气,故集中所收,以郡人为多,遂使此书局于方隅。然吾郡当时词人比肩,或有集,或无集。有集者,至今亦多不传,则此书所录,尤吉光片羽之仅存者。余尝与同里周迪前共辑《云间词徵》,于此书多所取资,是则此书于吾乡文献,大有保存之功。此书原刻本,余与周君皆未能得,所得者乃宣统辛亥上海书坊石印本《词坛妙品》。一九七九年,余在北京图书馆得阅原刻,见其凡例云:"是选分前后两集,启祯以前为一集。本朝诸家为一集。有词名最著而此选不及者,概登前集。"始知此书当有两集,各十卷,北京图书馆藏本题《清平初选后集十卷》,即今石印本《词坛妙品》。惟原书尚有张渊懿序、凡例及词人姓氏录,石印本均已删削。

前集十卷,未见藏书家箸录。

(二二) 瑶华集

《瑶华集》二十二卷,亦清初词选集。宜兴蒋景祁京少编次。卷首有康熙二十五年秋八月宋犖序,又有康熙丁卯三月顾景星序。则此书殆即刊成于康熙二十六年(1687)。宋序称"蒋子京少笃学嗜书,不屑为章句之业,尤肆心风雅,于《花间》、《草堂》,盖兼综而条贯之。犹以近日倚声,未有全书,乃网罗数十年来填词宗工,荟萃成帙,命曰《瑶华集》,合二十二卷。蒋子之意,盖将使后之学者,由此知乐也。"此则以词为乐府之苗裔,故云尔也。

二序之次,有《刻瑶华集述》三十八则,述其编选宗旨及凡例。其言云:"《倚声集》上溯庆历比于诗之陈隋。此集惟断自六七十年来,词人出处,在交会之际,无不甄收,与《倚声》所辑,时代稍别。"此言其选录词人之时代断限,自明末清初至康熙二十五年。《倚声集》则上限早至隆庆万历,其作家生不及清朝,故二书录词之时代,稍有区别也。

又云:"小令、中长调,古无其名,强分枝节,宜为朱日讲竹垞所斥也。但字数多少,必加编次,而长短以序,庶便观览。"又云:"填词与诗格等,而归于工妍,则为论尤严。小令约至十数字,长调衍至百十字,结构疏略,字法重见,作者草草,使读者兴味索然。近惟陈检讨其年惊才逸艳,不可以常律拘,而体制精整,必当以白石、玉田诸君子为法。守此格者,则秀水朱日讲竹垞耳。"由此二则,可知此书编者论词宗旨,已服膺朱彝尊,与邹祗谟、王士禛选《倚声初集》趋向微异,盖自此而浙派兴矣。

又一则云:"得《乐府补题》而辇下诸公之词体一变。继此复拟作《后补题》,益见洞筋擢髓之力。"此文亦清词重要史料。盖其时《乐府补题》久晦而初显,词家摹仿有作,咏物之词盛行。词学风气,遂不得不从唐五代转向南宋晚期,于是碧山、玉田尚矣。

《述》后有词人姓氏一卷,分省箸录所选词人姓、名、字、里、爵及集名,凡五百又七家,亦有助于检索。合《倚声初集》所录四百馀家,去其复出,则自明隆庆以后讫清康熙中叶,词人具萃于此矣。

词二十二卷,凡收词二千四百六十七首。其后有附录二卷:一为《名家词诂》,一为《沈谦词韵略》,亦如《倚声初集》之例。

此书仅有蒋氏天藜阁原刻本,自朱王两家《词综》出,此书与《倚声初集》皆不传,遂为近世难得之书。一九八二年,中华书局用北京大学藏本影印问世,遂不虞亡佚。

（二三）众香词

《众香词》六集，题"玉峰徐树敏师鲁、金阊钱岳十青选"。明清之间女作家词选也。卷首有康熙己巳九月长洲尤侗序，又康熙庚午花朝丰南老友吴绮序，皆骈俪文，无实语。冠于集者为红兰室主人岳端序，未署年月。略谓"今我皇上圣驾所临，其父老士女恭献颂赋，讴歌者踵接肩比。余欲采而辑之，博搜幽秘，编诸管弦，以识一朝之郅隆，有志焉而未逮也。适有吴门钱岳邮致其所纂女史《众香词》者，是余之志藉钱岳之力以毕遂者。"据此则钱岳此编，似迎合宗室贵人意志而从事者。然红兰主人所欲纂录者，乃父老士女歌颂康熙之作，钱岳此书，则闺阁词人抒情咏怀之词，其实不相干涉。钱氏求序，姑作此言耳。

此书为钱岳十青所编，选录明代隆万以后至当世女流词人四百数十家之词，按封建社会妇女等级制分为六集：以"礼乐射御书数"为次序。礼集所选为"竿珈"，皆夫人、恭人、孺人、小姐之辈。乐集所选为"女宗"，如姑媳、母女、姊妹之类。射集所选为"玉田"，如伉俪唱酬之作。御集所选为"珠浦"，乃寡妇烈女之作。书集为"云队"，入选者为婢妾、女冠、宫女之流，柳如是、陈圆圆词皆在此集中。数集所录为"花丛"，皆妓女。马湘兰，卞玉京、杨宛皆入此集。从来诗文选本，向不以作者社会地位之贵贱为区别，惟此书编者钱岳，不欲"使缟素之流，溷乎袆翟；北里之贱，厕于副笄。"于是有此创举。然编者既以婢妾妓女为贱民，又何必选录其词耶。

明末清初，妇女能为诗词者甚众，徐湘蘋、朱中楣、叶小鸾之词，不亚于《漱玉》、《断肠》，至若秦淮诸名妓之词，恐不免有捉刀人，未可尽信也，

此书无刊刻年月，吴绮序于康熙庚午，或即在是年刊成，康熙二十九年（1690）也。书为扬州缪友晨所刻，甚精，每半页十三行，行二十四字。原本已极难得，有董康影印本传于世（1933年上海大东书局出版）。

（二四）草堂嗣响

《草堂嗣响》四卷，锡山顾彩天石编辑，阙里孔传铎振路、传錤西铭仝定。卷首有序，余所见本已全佚，不知何人撰。序后有顾氏所撰《例言》十三则，其一云："昭代词家林立，人欧晏而家苏辛，虽海内选刻充栋，搜罗莫罄，盖前辈名作，美不胜收，而后来者，正未艾也。余管窥一隅，讵敢云选乎？兹峡也，因偶客山东，与振路、西铭两先生朝夕唱和，兼得盖平黄子以永遗稿，意欲汇成一遍，聊以自携，而兼取平日所爱名家诸作。参列其间，以为程式。皆就见闻所及之一二，不备不繁，名曰《草堂嗣响》。"此自述其编辑此书之缘起也。盖顾氏客山东，与东道主孔氏昆仲唱和为词，又得黄以永遗词，遂增选时人词，合为此书，当时词学大兴，词选集版刻甚富，如《古今词汇》、《倚声初集》、《瑶华集》者，皆煌煌

巨帙，顾氏此书，殆亦投机牟利之物，故自谦其不备不繁，先塞人口耶？《例言》作于己丑六月，康熙四十八年(1709)也。

以下《例言》皆自述其编选标准。"词有同调异名者，皆好事者厌常喜新，故为多歧。今皆止从一名，亦不注别名于下。"又谓："宋世之词，皆登诸弦管，今则既不入歌，则当取其易于成诵者，安用彼诘屈聱牙者哉？……兹集调之太聱牙者不录。"又云："近见有创新调为自度曲者，虽才人不难自我作古，然亦无异于后人杜撰古乐府名目也。兹集调名不见于谱者不录。"又云："宋人词多不著题，盖有即咏本意，其他什九皆言情及四时景耳。若尽著题，必连篇云：春景、春景、闺情、闺情、亦觉可厌。兹集惟咏物、吊古、赠答著题，馀余悉不用。"关于词分小令、中调、长调，则云："不知何人画此界限，朱竹垞太史曾斥而非之。然既有此名，仍之可也。今定小令为一卷，中调为一卷，长调为二卷，依《草堂》例。"以上观点，皆与《倚声》、《瑶华》诸选家有所不同，然亦有可议也。

《例言》之六云："善为词者，命意欲高，亢激不可。选语欲丽，雕琢不可。措辞欲近，俚俗不可。设色欲鲜，堆砌不可。下字欲隽，纤巧不可。言情欲深长，淫亵不可。吊古欲慷慨，咆哮不可。咏物欲精细，穿凿不可。赠答欲婉挚，率直不可。写景欲清新，平弱不可。拟古欲镕化，蹈袭不可。全意欲贯串，敷衍不可。押韵欲稳当，强叶不可。短调欲简警，庸淡无奇不可。长调欲顿挫，头上安头不可。至于用字犯重，亦当避之。有意而犯，无妨也。"此一则论作词法甚佳，然已非本书选词凡例。本书所选词，若以此绳之，多有不合格者矣。

《例言》后有本书入选词人姓氏录，仅一百二十人，各著姓氏、名字、籍贯及词集名，而不具官职爵秩，《例言》云："嫌其类于《搢绅便览》也。"此又与《倚声》诸集不同。然清初词集、亡佚者多，词人生平，有不可考者，著明官爵，在当时固未免俗气，在后世则又惜其未详矣。

此书惟有辟疆园刻本一种，分装四册，每半页十行，行二十一字。

(二五) 古今词选

《古今词选》十二卷，清吴江沈时栋焦音选，长洲尤侗、秀水朱彝尊定。卷首有康熙五十三年顾贞观序，又五十四年七夕沈时栋自序，则此书殆刊于康熙五十四年(1715)。序后有《选略》八则，明其凡例。其第一则云："古今选本，若《绝妙好词》、《唐词小令》、《金荃》、《兰畹》《万选》、《广选》、《草堂》及汲古阁《宋词六十家》、《倚声》、《词综》、《花钿》、《十六家词》、《浙西六家》、《今词初集》、《清平初选》、《西泠词选》、《名家词钞》及各家专集，指不胜偻，而独古今合刻者，未睹成书。况国朝人文蔚起，霞烂云蒸；碧海珊瑚，须罗铁网。是集悉从秘本钞辑，新颖夺目，有未经传诵于世者，庶自古迄今，上下搜罗，略无遗憾。"按此则列举古来所出词选，而谓皆未有古今合刻者，其言甚谬。《金荃》、《兰畹》、《草堂诗馀》，皆宋人所编，兼收唐宋人之作，岂非古今合刻乎？汲古阁《宋六十家词》、《十六家词》、《浙西六家词》、《名家词钞》，皆汇刻专集，非选本也。明季有《古今词统》、《古今诗馀醉》、康熙十七年有《古今词汇》，皆古今合刻之词选，而为当时盛行之书，沈氏不容不知，乃没而不举，自诩其创制，岂不妄哉？顾序称其书历三十馀年而成。沈氏《选略》亦云："是集探讨三十馀年，久欲付梓。兹得费梅原先生捐俸寿枣，始遂夙怀。"则沈氏编辑此书，在刊版前三十年，其时《古今词汇》亦已问世，先例犹新，岂可云"未睹成书"？若其所谓"秘本钞辑"云云，俨然书贾广告，亦可知其纂刻此书，不特沽名，亦且牟利而已。

《选略》第二则述其选词标准云："是集雄奇香艳者俱录，惟或粗或俗，间有败笔者置之。即名作不登选者，犹所不免。如坡公'大江东去'，虽上下千古，脍炙齿牙，然公瑾当年，奚待小乔初嫁而后雄姿英发耶？是亦此词之白璧微瑕也。四方同志，幸勿以强作解事见诮。"此论可谓奇绝、谬绝。以雄奇香艳为选词标准者，古来未闻。从来论东坡此词者，亦未尝以此言为败笔。沈氏独发此论，大类酷吏断狱，此岂能解词者哉？大抵此书于古人词则随意钞录，于今人词则或从已出选本中窃取，或则逢人乞稿，得即编入，实未能精于抉择，其自夸为从秘本钞辑者，必此类也。清初人词选，此本最为下劣。民国十九年，居然有扫叶山房石印本为之流传，而清初其他较佳之词选，反而日就湮没，此亦好书之一厄也。

（二六）兰皋明词汇选

《兰皋明词汇选》八卷，题"西吴胡胤瑗殿陈、李葵生西雯、顾景芳宋梅同选"。卷首有康熙壬寅三家序各一篇，又凡例十三则，入选词人姓氏六页，凡二百十二人。凡例称"是集肇自亥冬，成于今夏。"则选集之役，始于康熙五十八年己亥，刊版成于康熙六十一年壬寅（1722）也。

胡殿陈序云："明自刘杨而后，作者辈出，惜选家未以专本见。若顾汝所、钱功父、沈天羽、陈仲醇诸本，非网罗未广，即远近杂陈。"凡例云："明词之选，前此不下数十家，第先后相仍，罕闻专集。以故或失则滥，或失则疏。是选为一代全书，搜揽历年，既非窥豹，而参同考异，宁刻毋宽。较之昔人，不翅删其什五，则耳目之间，盖已新其七八矣。"可知在此以前，明词虽有选录，皆厕于唐宋元词之间，不成专集。此本则"博搜三百年骚雅，纵陈而扬抉之。"有明一代词家之总集，断代为编，实始于此。胡序有云："大抵词不难于取，而难于去；不难于多，而难于少。去斯精，少斯富，此余辈汇选之意也。"凡例中又述其选词标准云："雅意精简，知交名位，概不滥竽。"可知其取舍之间，未尝不谨严将事。然统观全书，庸陋之作，往往而是。此或由于明词标格，本不能高，一也。其中不免有因人而存者，二也。三家手眼，不称斯役，三也。词后辄有三家评语，亦无深语，此可知矣。虽然，此书纂于明社初屋之时，兵燹之馀，典籍散亡，此三人者汲汲于收拾前朝文献，录为此编，其志固可尚，其功亦不可没也。其时朱彝尊既辑《词综》，复从事于选采明词，青浦王昶得其遗稿,又增广之,遂成《明词综》十二卷,刻于嘉庆七年。后来居上,诸明词选本皆废而不传。然朱王两家当亦尝取材于此书。

此书后附刻《诗馀近选》二卷,皆李西雯、胡殿陈、顾宋梅、闻西昆仲、孙质声、郑孚尹六家之词,各系师友评语,犹未脱明人声气标榜之习。卷首有吴门许虬竹隐序,称"鸳湖诸子,遂以乐府名家。岁在摄提,先梓其所为《诗馀近选》一集。"因知此集亦刻于康熙六十一年壬寅。此六家者,皆嘉兴人也。

(二七) 词　综

《词综》三十六卷,清朱彝尊辑,汪森、柯崇朴、周汰助成之。卷首有康熙十七年戊午汪森序,又朱彝尊撰《发凡》十六则。彝尊论词,以为词至南宋始极其工,至宋季而始极其变。故作小令当宗北宋,作慢词当法南宋,而以姜夔、张炎为正宗。宋人词选,若《乐府雅词》、《绝妙好词》诸书,清初犹未流传。毛晋所刻《宋六十一家词》以外,宋词人别集,传本尤稀。词家所奉为圭臬者,惟《草堂诗馀》一刻。朱氏病其所收词最下,而其书最传,欲有以夺之,遂选录唐以来迄元人词得一十八卷,名曰《词综》。逾数年,广为二十六卷。汪森又从苕雪间藏书家抄得四卷增益之共三十卷,刻以行世。凡观览宋元词集一百七十家,传记、小说、地志总三百馀家,历时八载而后成书。此皆汪森叙言所述也。然《四库全书》著录本则此书为三十四卷,今代传本则三十卷之后,尚有补人三卷,补词三卷,共三十六卷。嘉庆初,青浦王昶又增辑补人二卷,合而刻之,是为三十八卷本。今日所传者,皆此本也。中华书局据王氏三泖渔庄刻本印入《四部备要》,题云:"据原刻本校刊",非也。原刻本当为康熙时所刻三十卷本。其后有三十四卷本,三十六卷本,皆汪森所增补。此三本余皆未见,盖自王氏刻本行,而前此诸刻本皆亡矣。

朱氏辑此书,初意自出手眼,选录唐宋金元四朝雅正之词,示学者以规矩,而排除《草堂诗馀》之不良影响。故其选晏、欧、苏、柳、秦、黄诸家词,去取极严。吴文英、王沂孙、周密、张炎之词,所取特多,则以为宋词之极诣在此。若其全书选录标准一律如此,则其书当不失为一家之言。惜朱氏同时又有网罗文献之志,好奇多爱,广搜之稗官小说,逸书秘笈,凡有片词可采,辄以录入。则其功又在拾遗补阙,辑佚存人。宗旨两歧,规矩各别,是其失矣。

朱氏于《发凡》中列举纂辑此书时采录书目,未得见录书目,非但昭示著书态度之郑重,亦可使后人藉此以知当时词籍流传情状。以朱氏之挚挚于词者数十年,遍览中秘书,南北藏书家所蓄古籍,经眼者多,然犹未得见四卷本张子野词、陶南村钞本白石道人词、足本《山中白云词》、汪元量《水云词》、曹冠《燕喜词》、袁去华《宣卿词》、曾惇《乐府雅词》、赵闻礼《阳春白雪》、周密《绝妙好词》,盖此诸书当时尚未发现也。至如蔡柟、张孝忠、林淳、钟将之诸家词,朱氏以只字未见为恨。今则《永乐大典》残帙中已可辑得数阕。唐圭璋辑《全宋词》,已悉得而收之,可以弥朱氏之遗恨矣。

朱氏为清词浙派之开山,其辑此书,虽自谓以夺《草堂诗馀》之席,实亦将以塞当时云间词派之敝。且其书搜罗浩博,所徵采诸书,里闾儒士,犹未能具得,故问世以后,即为学者所尊崇。《四库全书总目提要》盛称之,以为朱氏"立说大抵精确,故能选择不苟如此。"王昶亦言此书"为后世言词者之准则。"(见《明词综》序)然自张氏《词选》、周氏《词辨》出而树常州之赤帜,其论词主北宋,尚比兴,朱氏之说,颇受讥弹,于此书亦渐生非议。陈廷焯《白雨斋词话》斥之为"不知词之本原"。文廷式云:"自朱竹垞以玉田为宗,所选《词综》,意旨枯寂。后人继之,尤为冗漫。以二窗为祖祢,视辛刘若仇雠,家法若斯,庸非巨谬。"(见《云起轩词钞》自序)王闿运亦谓朱氏"所选如黄茅白苇,其所作乃如嚼蜡。"(见《湘雨楼词》序)又云:"取《词综》览之,所选乃无可观。"(见《湘绮楼词选》自序)盖词学门户既别,毁誉顿变,书之废兴冷热,固文学风尚有以转移之也。

丁绍仪《听秋声馆词话》云:"自竹垞太史《词综》出而各选皆废。各家选词,亦未有善于《词综》者。惜彼时宋元善本书匿而未出,仅见毛氏所刻与时俗流传刊钞各本,每有错脱。梓时又多帝虎之误,均未校改。"此则朱氏书之又一失也。丁氏于其《词话》中为正误数十条,仅得一斑,谬误处尚不在少数。万红友作《词律》,即据此书所载词考定句格音律,遂有承此而误者,此又朱氏书之贻害也。

丁氏词话又云:"陶凫香宗伯以竹垞太史《词综》采撷未广,竭数十年力,搜罗荟萃,成补遗二十卷。虽经杨伯夔、吴更生诸君参详校订,而鲁鱼亥豕,尚所不免。且间有脱字衍字,未经校定。"陶凫香为吴县陶梁,壮年馆于青浦王昶家,为王氏辑《词综》及《湖海诗传》。中年后入仕,犹不废词学,所著有《红豆树馆词》八卷。此《词综补遗》二十卷,丁氏云刊于道光中,余未尝见。

许昂霄有《词综偶评》,为其读《词综》时之札记,附刻在其《初白庵诗评》中,此亦读《词综》者所宜参考者也。

(二八)清绮轩历朝词选

《清绮轩历朝词选》十三卷,华亭夏秉衡选。秉衡字平千,号谷香,清乾隆十八年举人,官陕西盩厔县知县。著作有《清绮轩集》,余未尝见。词选有乾隆十八年沈德潜序,又夏氏自序。则此书成于举孝廉入仕之前也。全书所录,唐宋人词居其半,元明词仅取一二。清词篇什,几与两宋相埒。论其体例,颇不相称。然夏氏于《凡例》中已申明之,博于今而约于古,是其书取舍之宗旨也。当时《词综》、《历代诗馀》已出,为历代词选之巨帙。专录本朝者,则有《倚声集》、《瑶华集》,卷帙亦富。夏氏约取古今词,成此一编,使寒士可得而有,故一时盛行,与《白香词谱》同为乾嘉间学词者之津梁。流行既广,毁誉不一。《白雨斋词话》极诋之,其言曰:"《清绮轩词选》大半淫词秽语,而其中亦有宋人最高之作。泾渭不分,雅郑并奏,良由胸中毫无识见,选词之荒谬,至是已极。"然今人任中敏则云:"《清绮轩词选》向以纤艳为人诟病,但选旨惟一而分明,选材俱符其选旨,论选集之体例,则其觉其合。较之无一定宗旨,踌驳凌乱者,固有作用矣。"(见《词学研究法》)两家对此书之评品,判然二极,良可异矣。按夏氏《凡例》云:"词虽宜于艳冶,亦不可流于秽亵。尝见韩魏公、寇莱公、赵忠简勋德才望,昭映千古,而所作小词有'人远波空翠'、'柔情不断如流水'、'梦回鸳帐馀香嫩'等句,非不尽态极妍。然不涉绮语,故不为法秀道人所诃也。是集所选一以淡雅为宗。"此即任氏所称选旨唯一而分明也。

今按其集中所录,侧艳之作虽多,要皆能以淡雅为度。陈廷焯乃斥之为"大半淫辞秽语",斯亦过矣。夏氏生当乾隆初年,亦云间词派中人,其选词标准,仍取唐五代北宋一流。东坡、稼轩豪放之作,梦窗、玉田雕绘之词,取录甚少。故奉浙派为圭臬者,憎其纤艳凡俗;主常州者亦病其纯取赋体,比兴不足。自茗柯《词选》出而此书渐归隐晦。此亦词学风气转移使之然也。

此书乾隆初刻本为巾箱小本,每半页六行,行十二字。版刻甚精,今已不易得。咸同以后,词风再变,"纳兰"、"忆云"、"水云楼"词脍炙人口,而此书又应运而显。光绪二十一年,有满人荣勋字仲铭者,为重刻大本,以应需求。卷端改书名为《历代名人词选》,版心则仍题《清绮轩词选》。此本流传甚广,今可得者,皆此本也。

(二九)昭代词选

《昭代词选》三十八卷,吴县蒋重光子宣选辑,吴县张玉穀荫嘉、元和沈光裕瞻文参定。清乾隆三十二年丁亥刻本。卷首有蒋重光所撰凡例五页,又序文二页。凡例述其选词宗旨,颇有与其他选本甚异者。其第一条云:"前明科甲臣工又入仕本朝,如吴梅村、龚芝麓、曹秋岳、梁苍岩等,诸人词俱名家,然取冠本朝,殊乖教忠之道;一概置而不录,于体为宜。"按吴梅村等既入仕于清,便为清人。从来选录清代诗文者,未尝以其为降臣而屏弃之。康熙帝选《历代诗馀》,亦收此数家之作,列于"本朝",未予斥退。此诸人于明则为贰臣,蒋氏如编选明词,即不宜以此数家入选,"免乖教忠之道",今所选乃其本朝之词,此诸人实清代最早之词家,于清词甚有影响,岂可退而不录。蒋氏编词选而以"教忠"为宗旨,此其所独异也。

凡例又云:"名妓佳词,兹集间登一二,则并附之末,不复间厕,致混贞淫。"又述其序次作者之例云:"人之先后,固以时次,然科甲与杂宦、诸生、布衣相间错出,亦觉不伦。兹集以世祖十八年为一辈,圣祖六十一年,凡十五年为一辈,世宗十三年为一辈,今上三十二年以前,凡十六年为一辈。而就一辈中则先次科甲而以杂宦、诸生、布衣约略次焉。寓序爵于序齿,秩然不乱。"此二例皆可见蒋氏于封建礼教、等级观念之浓厚。自古以来,诗文选集多矣,未有以爵秩编次者,而蒋氏创为此例,此又其所独异也。

从凡例及自序中,可知蒋重光乃痿废久卧之病夫,延张玉穀、沈光裕二人馆于其家,为纂此书,五年而成,蒋氏居选辑之名,而张沈退居参定。更可知蒋氏必富有,财力足以刻此巨帙,以博身后之名,而张沈则寒士之供役使者也。此书选取各家词,多寡极悬殊。

大多数作家,仅选入一二阕,而顾贞观选六十八阕,尤侗七十四阕,纳兰成性一百一阕(成德误为成性),朱彝尊一百七十二阕,陈维崧一百九十一阕,此亦从来选本所未有也。书中又有沈光裕词二卷,一百五十七阕;张玉穀词二卷,二百数十阕。此必二家所作词全帙,为刻之以酬其捉刀之劳。此外所选诸词人,名家或仅一二阕,不甚知名而词实不佳者,或录至一二十阕,选云乎哉!书不足道,而版刻甚精。卷尾有"金陵穆大展刻字"一行,此必当时刻书高手。卷六、七、十二各缺数版,目录中亦挖去姓名,此必其人身后得罪,文字遭禁,故刊落之。然卷七所削乃吾乡钱芳标之词,余从残留数页中词按验得之。此人文字,未闻有禁,则不可解矣。

(三〇)自怡轩词选

《自怡轩词选》八卷,云间许宝善评选,有嘉庆元年吴蔚光序,许宝善自序,书当刻成于此年。卷前有凡例九则,其一云:"是书之刻,只取词之精粹者。"其二云:"小令唐人最工,即北宋已极相悬,南宋佳者更少。故集中以唐人为主,而南北宋人附之。"其三云:"是选以雅洁高妙为主,故东坡、清真、白石、玉田之词,较他家独多。其有家弦户诵而近于甜熟鄙俚者,概从削弃。惟高竹屋御街行,刘龙洲沁园春,咏物虽极刻画,不至伤雅,故亦收之。"此皆其选词之宗旨也。故集中所录,以唐五代北宋之作为多,南宋惟取雅正流利一派,金元词略附一二而已。

许宝善,字穆堂,青浦人,乾隆二十五年进士,官至监察御史。此书为晚年归隐时作,别有《自怡轩词谱》,与此书并行。其自作词集曰《自怡轩词》,余未尝见。穆堂于词,虽守云间派家法,以《花间》《尊前》为主,然其尚雅洁,斥甜熟,实已为南渡后标格。盖白石、玉田之雅洁,不可求之于温、韦、晏、欧。故其选南宋诸家慢词,不得不兼受朱竹垞之影响。此其与《清绮轩词选》之坚守陈子龙壁垒者不同,则时使之然也。集中颇附评语,亦多中肯。惟卷首刻《玉田先生乐府指迷》十四则,实为《词源》之下卷,此则承陈眉公《宝颜堂秘笈》之误也。

(三一)国朝词雅

《国朝词雅》二十四卷,清华亭姚阶莒汀编次。卷首有嘉庆三年青浦王昶序,歙县汪启淑序。王序云:"华亭姚子莒汀,负隽才,偕其友汪子秋白,张子悔堂远春等撰《词雅》一书,宗宋而祧明,辑百馀年来诸家之作,以续竹垞之后,其功甚伟。杀青过半,未竟而殁。吾友汪子秀峰工诗文,擅箸述,续成而梓之。"汪序云:"庚子秋,予访旧云间,莒汀秀才阶忽枉顾,徵引所为词。述其所选《国朝词雅》已得二十馀卷,欲搜罗近时倚声诸家,以广采择。"又云:"今年夏,过家秋白书斋,见案头《词雅》稿剞劂未竟。秋白怂恿成之,乃覆加雠校,且乞序于述庵王少司寇。"因知姚氏此书,垂成于乾隆四十五年,刊版未成而姚氏卒。

至嘉庆三年，同选者汪大经秋白请于汪启淑，出资成其功，盖前后越十八年矣。

此书旨在续朱彝尊《词综》，故选录标准，一以《词综》为模式。小令取淡雅，不取秾丽；近慢取刻画寄兴，不取流利赋情。云间词派之影响，至是编而遂歇。姚莒汀、张远春，皆松江人。汪秋白，嘉兴人，寓松江。三人皆科名未达，里巷之儒。交游不广，声气罕通。故所得皆三吴两浙词家之作，而乡人之词，采撷特多。囿于方隅，是此书之病也。此书梓行时，王昶方纂录《国朝词综》，至嘉庆七年，全书四十八卷刻成问世，博大丰赡，远逾《词雅》，于是姚氏此书，遂被淘汰。咸同以后，知有此书者鲜矣。

（三二）明词综

《明词综》十二卷，青浦王昶纂。卷首有嘉庆七年王昶自序。朱彝尊辑《词综》，止于元代。其后尝有意于结集明人词，有遗稿未刻。昶得其稿本，合以生平所搜录诸作，得词三百八十家，为十二卷，附刻于朱氏《词综》之后。其书视《兰皋明词汇选》为赡博。明代词学不振，词集刊本尤不经见，有此书以存一代文华，亦不可废。入选诸作，佳者寥寥，则明词本色固皆如是，亦非所以病王氏也。王氏于序中略论明词云："明初词人，犹沿虞伯生、张仲举之旧，不乖于风雅。及永乐以后，南宋诸名家词皆不显于世，惟《花间》、《草堂》诸集盛行。至杨用修、王元美诸公，小令中调，颇有可取，而长调则均杂于俚俗矣。"可见王氏亦深知明词之陋，而此编之所以多选小令中调也。

王氏此书，搜罗虽广，遗漏亦在所不免。丁绍仪《听秋声馆词话》已为补录十馀家，恐尚可补续。丁氏又论其书所列词人世代有未当者。如梁寅、张肯乃元朝遗老，陆冰修、周青士入清三十年尚在，皆不当以为明人也。所收词亦有误谬。如卷二收铁铉之浣溪沙一首，乃唐李珣词，见《花间集》，而王氏失于考究。卷十二有乩仙女鬼之词，皆后世好事者作小说诡为之，亦不宜入选。又卷七收蒋平阶词，卷十收杜陵生词，盖不知杜陵生即蒋平阶也。徐渭乃山阴人，误作江阴。钱澄之字饮光，误作敛光，此或剞劂之失矣。

（三三）国朝词综 附二集、续编、补编

《国朝词综》四十八卷，清王昶纂。卷首有嘉庆七年十月王昶自序。略云："余弱冠后与海内词人游，始为倚声之学，以南宋为宗，相与上下其议论。因各出所著，并有以国初以来词集见示者，计四五十年来所积既多。归田后，恐其散佚湮没，遂取已逝者择而抄之，为《国朝词综》四十八卷。选词大指，一如竹垞太史所云，故续刻于《词综》之后。"王昶一生学问著作，皆步趋朱彝尊。朱好搜罗碑版，王撰《金石萃编》；朱辑《词综》，王既纂《明词综》，又作此《国朝词综》，合朱氏《词综》刊版行世，谓之《列朝词综》。其论词宗旨，一守朱氏之说；选词标准，并依朱氏。然自顺治至嘉庆，清词流派，已经再变。词家云起，各有

风格，未可以一家一体绳之。王氏选小令则不取《花间》、《尊前》秾丽之作，选近慢则专取白石、玉田、二窗刻镂婉约之作，屏弃辛刘豪壮之词，故谢章铤《赌棋山庄词话》论之曰："竹垞选《词综》，当时苏辛派未盛，故所登寥寥。至国朝则铁板铜琶与晓风残月齐驱并驾，亦复异曲同工。划而一之，无怪有遗珠之叹。若蒋藏园，若黄仲则，集中佳作，皆不入录。"又论其选陈其年词之失云："《湖海楼集》哀然数寸许，然腹笥既富，成篇自易，堆垛之病，同于繁缛。去其浓醯厚酱，真味乃见。述庵乃宝其椟而多遗其珠，动以姜史相绳，令此老生气不出。余所以不能无间于《国朝词综》者，率以此类。盖选家须浏览全集，取其长技，不得以意见为去取也。"谢氏此论，固中王书之失，然实亦涉及文学选集之标准问题。朱氏《词综》既有选录精粹之志，又有网罗散佚之功，王氏继轨有作，亦同时秉此二旨，固不能责其必一一从全集中选录也。自来操选政者，势必以一己之意见为去取，岂可以他人之意见为去取乎？王氏此书所收之词，其从各家集本选拔者，大体皆属上乘。陈其年词选录至三十首之多，虽颇汰其雄健之声，然所取犹为合作，未可讥之为买椟也。陈廷焯《白雨斋词话》云："《国朝词综》之选，去取虽未能满人意，大段尚属平正，余亦未敢过非。"此则持平之论也。

《国朝词综二集》八卷，亦王昶所纂。卷首有其从孙绍成嘉庆八年所撰序，略云："前集四十八卷所收自顺治至同时词人之已故者。书成之后，犹有现存朋游二三十家并零章小集，填溢箧衍。绍成因请择其尤者编成二集八卷，合刻以传。"盖此集所收词家，大多为王昶后辈。王氏齿爵俱尊，不欲以后辈之作，录入前编，故托言应绍成之请，别为卷帙。其实乃以五十六卷之《国朝词综》分为二编，此其自占身分之计耳。

《国朝词综续编》二十四卷，黄燮清编纂。卷首有潘曾莹序，无年月。又有同治十一年张炳堃序，同治十二年胡凤丹序、诸可宝序。潘序云："黄君韵甫取乾嘉以来《词综》未及登者，蔚成巨编，其规式悉依竹垞、兰泉两先生选本，故名之曰《词综续编》。"张序云："其姓氏已载前编者，概不复列。有补人而无补词，得五百八十六家，凡二十有四卷。甄录澄汰，一踵前规。"此其书之内容也。补人之词，不过一卷，自第二卷以下，皆嘉庆至咸丰之间作者。黄氏此稿，生前未及刻版，其婿宗景藩为刻于武昌。距黄氏成书时，已十馀年矣。此书虽继续朱彝尊、王昶两家编选宗旨、体例，然此一时期词家虽多，俊彦殊少。且词风又变，流派滋繁。选录之际，亦不复能株守朱王两家藩篱。加以黄氏亦贪多务得，未能审慎。其第一卷所收丹阳荆揗之念奴娇词，乃宋人张孝祥所作，见汲古阁刻《于湖词》。其他误传剽窃之作，谅必尚有，实未能如王氏之精审也。

黄氏此书有一疑案。丁绍仪《听秋声馆词话》云："闻吴县戈宝士明经载有《续绝妙好词》，嘉善黄霁青太守安涛有《续词综》之辑，所采定多佳什，觅其书不获。周季贶司马云：'戈氏词未刻。黄氏《续词综》系藏黄韵珊大令宪清家，乱后存否，未由知矣。'"谢章铤《赌棋山庄词话》亦言及此事，且云："然则韵甫此书，其即本于霁青欤？"盖疑黄燮清攘取此稿为己作也。黄安涛，字霁青；黄燮，字韵甫。丁氏误作宪清字韵珊。此二人名字极易混同。丁绍仪得之传闻，容或有误；然据周季贶言，则黄霁青实有成稿，在黄韵甫处，则韵甫此书来历，诚有可疑矣。

丁绍仪亦有《国朝词综补》。其《词话》云："《国朝词综》选择最为美备。然其书成于嘉庆初元，迄今已六十馀年。即乾嘉以前，亦多遗漏。余念兵燹后文字摧残不少，词虽无适于用，亦一时风雅所系。爰就耳目所及，凡司寇未入选而其人堪论定者，汇录为《国朝词综补》六十卷，计得一千五百馀家。生存各家，未忍屏置，亦仿王氏例汇为二集十二卷，终以僻处海澨，搜罗未广为憾。"丁绍仪，黄燮清同时人。两家各致力于续辑《词综》。黄官鄂渚，丁客闽海，彼此不相闻问。黄书录词五百八十六家，丁书乃及一千五百馀家，是丁氏之书为富矣。然黄书刊于同治十二年，今有铅字排印《四部备要》本，尤易得。丁书刻于光绪九年，仅五十八卷。不知所刻是否残帙，或刻版时有所删减，非《词话》所云七十二卷之旧耶。余未得此书，无从著录。

以上诸家《词综》，选录清代自顺治至咸丰七朝词二千数百家，虽意在存人者多，而清词佳丽，亦已萃于此编。清人词集，失传者多，求清词者，舍此亦莫由矣。至于咸同光宣四朝诸家词，有近人林葆恒所辑《补国朝词综补》，其书成稿未刻印，当别为一文志之。

（三四）补国朝词综补

上海沦陷时，叶恭绰先生闭门谢客，邀同好数人纂辑《全清词钞》。同时林葆恒亦致力于纂补《国朝词综》。二家之书，卷帙浩繁，虽先后告成，而艰于印行。叶氏之书，解放后，由北京中华书局排版就绪，未及印刷，而"文化大革命"事起。一九七五年，始由香港中华书局印行问世。林氏所纂，仅写清稿二部。林氏逝世后，其一部归上海图书馆，一部则由其后人保存。余皆无从得见。近日从友人处得见当时油印本例言及选录诸家姓氏录，始得略知其内容。

其书名为《补国朝词综补》，盖志在续补丁绍仪之书也。例言有云："是编初仅就家藏各词选录，所得不及三千。嗣荷叶遐庵先生以所辑《清词钞》稿本见示，又举张艮庐先生手钞词二十馀巨册悉以相付，遂成大观。此外如夏映庵、吴眉孙、仇述庵、龙榆生诸先生，或以藏书相假，或以钞词见示，乃臻完备。"据此则叶氏之书先成，林氏从而取资，则所录词多有同者。姓氏录共四千又九十七人，词六千八百九十八首，分为一百卷。其所补不但丁绍仪以后之光宣两朝，即顺康雍乾以卜，凡为王氏、黄氏、丁氏三家《词综》所未收者，亦增补之，故蔚然成巨帙矣。

例言又云："诸家著作，间不叙明生地，或以古地名标注，藉示新奇。客中无书可考，姑就原名列入待考。"按古今地名，检核亦非难事。林氏久居上海，闻藏书甚富，乃云"客中无书可考"，岂上海公私藏书，犹不足供其检阅耶？此诡言也，直不惮烦耳。于此可见当时务取人多词富，其词既未必佳，其人之姓名字里亦不遑考校，则此书之率尔可知矣。

例言又云："易代之际，前明志士不仕本朝者，概不列入，以成其志。其虽为前明遗老，而无辞徵却聘事实者，误行列入，在所不免。"按此例大奇。夫明朝遗老，未必皆膺清廷征聘，自无辞徵却聘之事。既曰遗老，则其生年大半在明，岂可列于清人。且既以仕不仕为取舍之标准,则此言亦为赘矣。

例言又云:"生存之人,本可不列,但衰病闭门谢客,交游过从极鲜,海内词人,何者生存,何者已没,实无从知其究竟。既爱其词,即欲存其人,未忍遽从割弃。且按黄选采及樊增祥、诸可宝,丁选采及潘祖荫、俞樾,则同时生人,本可入选,已有成例。况所选仅只数首,绝非标榜。但恨限于见闻,不免遗珠而已。"按姓氏录中于并世词人,几皆入录。如吴湖帆、夏承焘、胡光炜、瞿宣颖、卢前、孙人和、钱萼孙、姚华、王易、陈家庆、吕凤,皆纯乎现代文人,辛亥革命时,年未及壮,岂可视同遗老乎?黄丁二选,旁及时人者,同乎其为清人也。今所补录,乃前朝文献,援此为例,庸非悖妄?

林氏以前清遗老自居,清亡已三十年,犹目其书曰"国朝"。例言、姓氏录中凡仪字皆缺笔。纪年但用干支,又妄以当代词人并予入选。其书初但汇集诸家词选,继复取叶氏《词钞》稿补苴成之。未尝广徵有清一代词家专集,郑重选拔。其体例之谬妄既如此,其内容之芜杂亦可知。此书殆不可行于世,故述其大概,亦四库存目之义也。

(三五) 词　选

清嘉庆二年,常州张惠言馆于歙县金氏,教读其子弟。金氏诸生好填词,惠言以为"词虽小道,亦诗骚之流,顾失其传且数百年。自宋之亡而正声绝,元之末而规矩隳,窔奥不辟,门户卒迷。"乃与其弟琦选录唐宋词共一百十六首,分为二卷,以授诸生,用为学词规范。金生应珪出资刊版,而歙人郑善长复录同人词九家为一卷,附刊于后,名其书曰《词选》。后人以"词选"为通名,不便作书名,故或称《张氏词选》,或称《宛邻词选》,或称《茗柯词选》。宛邻书屋,张氏斋名也。茗柯为惠言别字,亦其文集、词集之名。此书卷首有惠言序,卷尾有金应珪后序,附录一卷,有郑善长序。

清词自顺治、康熙以来,虽称极盛,而流衍愈下。浙派为大宗,惟以刻鹄姜、张为务,面目似矣,意境则枯瘁。云间诸子,流于俗艳。陈其年门下,则以叫嚣粗厉为豪放,自以为苏辛馀响。张氏兄弟有慨于此,遂选此编,欲以杜各家之弊。惠言于序文中主张词之作用,同于诗骚,当有比兴之义,非苟为雕琢曼辞而已。此文虽仅五百字,实为唐宋以来词学理论之重要文字。金应珪后序,分析当时词家有三弊,以发挥其师之说。自此以后,张氏外孙董毅、董士锡、乡人周济,各有述作,以发扬光大张氏之说,遂有常州词派,使清词风气为之一变。

《词选》仅取唐词三家二十首,五代词八家二十六首,两宋词四十四家一百十六首。行世之后,读者病其选择太严,于是其外孙董毅又续选唐词四家九首,五代词六家十三首,两宋词四十二家一百首,为《续词选》二卷。道光十年七月张琦序而刻之,其时惠言已下世矣。

郑善长附录词,虽叙文中称九家,实有十二家。盖黄景仁、左辅以下七家,为张氏兄弟之友,皆常州人,张氏以为其词可几于古者。其次为张氏兄弟词,善长以为宜录之以佐证其词论者。此所谓九家也。其后复有张氏弟子金应珪、金式玉及郑善长三家，附刻焉而不入家数，示不敢与师门等列也。

嘉庆二年《词选》初刻本，余未尝见。今所有者为道光十年重刻本，凡《词选》二卷，《续词选》二卷、《附录》一卷。其后一切木刻，石印翻版，皆此本也。

自《花间集》以来，词之选本多矣，然未有以思想内容为选录标准，更未有以比兴之有无为取舍者，此张氏《词选》之所以为独异也。其书既出，词家耳目，为之一新，然是非从违，亦颇不一。大抵誉之者皆同意张氏之说而间有商榷，毁之者皆不取张氏比兴之说，从根本上否定其词学观点，诸家对此书之评论，极有关于词学理论之研究，学者不可不参阅之。

（三六）词　辨

《词辨》二卷，清周济所选唐五代以来词十卷之残本也。周济，字介存，号止庵，常州人。少时识同邑董士锡晋卿，董为张惠言兄弟之甥，于词得二张之传而所作出其上。周济初学词于晋卿，其后造诣渐异，论说亦互有短长。及周氏授读吴淞，弟子田端学作词，周氏因欲次第古人之词，辨其是非，与二张、董氏各有岸略，庶几他日有所观省，遂选录唐以来词为十卷，其第一卷为"正"，第二卷为"变"，三、四卷为"名篇之稍有疵累者"，七、八卷为"大体纰缪，精彩间出者"，九卷为词话，十卷为"庸选恶札，迷误后生，大声疾呼，以昭炯戒者"。稿既成，付之田生。田携以入京，渡黄河，稿没于水。周氏既未留副本，不遑重作，稍稍追忆，仅录得正变二卷，刻木以传之。卷首有嘉庆十七年周氏自序乃十卷成书时所撰。卷尾有《介存斋论词杂著》数十则，其后有周氏跋，叙其十卷原稿之内容，又谓追忆所得正变二卷，尚有遗落，恐其久而复失，乃先录付刻，以俟将来。此文乃刻版时所选，然未署年月，不知刻于何时。余所藏本，为道光二十七年吴县潘氏滂喜斋刻本，有潘曾玮序，谓以承龄子久所抄本付梓。序中不言有旧刊本，且嘉庆十七年至道光二十七年，不过三十年，如先有刻本，当不至亡佚。然则潘氏此本，或者已为初刻本耶？

向来义学选本，皆根据选者手眼，录取菁英，示后生以规杲。周氏此选，兼及五等，合作之中，犹分正变，盖以九品论人之法，用于文评，亦词选之新例。惜其全稿沦亡，莫得而审其铨衡矣。

周氏论词宗旨，略同于张氏兄弟，亦以诗骚比兴为主。其以蕴藉深厚之作为正，骏快感激之作为变，亦继承风雅止变之说也。《论词杂著》数十则，于宋词大家多有评泊，与二张之说，颇有出入。二张不屑吴文英，周则以吴文英为一大家，此其大异者也。

《词辨》有谭献复堂评本，于所选各词均有评释，足以阐发张周宗旨。然持论亦有小异。其自序云："大抵周氏所谓变，亦予所谓正也。"可知谭氏于正声之观念，宽于周氏矣。

（三七）宋四家词选

《宋四家词选》，不分卷，亦周济选录。初稿名《宋四家词筏》，定稿后改今名。四家者，周邦彦、辛弃疾、王沂孙、吴文英也。周氏以两宋词分为四大派，各以一大家为之领袖。其余诸家，就其风格之相近者，分隶于四家之下。周邦彦，"集大成者也"，欧阳修、张先、柳永、秦观、贺铸、晏氏父子等诸家隶焉。辛弃疾"欲雄心，抗高调，变温婉，成悲凉。"范仲淹、苏轼、姜夔、陆游、陈亮、蒋捷等诸家隶焉。王沂孙则"餍心切理，言近旨远，声容调度，一一可循。"毛滂、康伯可、范成大、史达祖、张炎等诸家隶焉。吴文英则"奇思壮采，腾天潜渊，返南宋之清泚，为北宋之秾挚。"赵令畤、陈克、陈允平、周密等诸家隶焉。词选之以流派分者，又为周氏独创，然亦用张为《唐诗主客图》之意也。卷首有周氏《叙论》，叙则述其区分四家之宗旨，与夫作词之门径；论则于所选诸家各有简评，兼及声韵格律之所宜。书中辄加眉批，多用二张比兴之义诠词，亦有独到语。此《叙论》及眉批，亦为常州派词学理论之所寄。

周济此书，后人极有意见。以两宋词纳于四派，已可商榷，而以数十家分隶于此四家麾下，尤招异议。长沙张伯谌云："《宋四家词选》辞典理博，绍衣武进，虽四科分隶，微谬铨衡，而弗野弗荡，锵洋正声，悬的引弧，轶候盖寡。"（重刊《词选》叙）此许其去取之精，评论之审，而不满于其科分之谬也。今人任二北亦云："《宋四家词选》立周、辛、王、吴四家为中心，领袖一代，以其馀若干家为附庸，则另有机轴，非寻常之言源流派别者可比也。然其入主出奴之处，牵强附会者多，确切投合者少，集百十人而议之，恐亦难得两人之全同也。"（《词学研究法》）此议其隶属之失当也。大抵四科之间，王、吴蹊径实同，且王出于吴，更不当别立一宗，居吴之前。周邦彦以前，宋词犹承唐五代馀绪，亦莫能入此四家藩篱。是故以二晏、欧阳隶周邦彦，以姜夔隶辛弃疾，以范成大、康伯可隶王沂孙，以赵令畤、陈克隶吴文英，皆使人不能无疑矣。

周氏《叙论》，作于道光十二年冬，此成书之年也。其门人符南樵录得一本，欲付刻而未果。以其本归潘曾玮。曾玮既刻《词辨》，后得此稿，亦未刊行。至同治十二年，始由其从子祖荫序而刻之，距成书时已四十年矣。此本今称瀹喜斋刻本。祖荫序中言周氏尚有《论词》一书，以婉、涩、高、平四品分之，其选调视万红友所载只四分之一。此据符南樵所言，而其稿不可复见，可知周氏词学论箸，犹多遗佚。

（三八）宋七家词选

《宋七家词选》七卷，清吴县戈载辑，道光十七年刊本。卷首有道光十六年高邮王敬之序，及戈氏自题湘月词一首。载字顺卿，一生致力于词学，尝谓"词之大要有二：一曰律，一曰韵。律不协则声音六道乖，韵不审则宫调之理失。"故于律则增订万氏《词律》，未成书;于韵则撰《词林正韵》三卷,刊于道光元年,有坊间石印本,四印斋重刻本,为近世词家所遵用。其《凡例》中自言有《六十家词选》、《七家词选》、《乐府正声》、《续绝妙好词》诸书。今惟有《七家词选》,馀皆未闻有刻本。

《七家词选》者,选录周邦彦、史达祖、姜夔、吴文英、周密、王沂孙、张炎七家之词,戈氏以为此两宋词学之正宗也。每家各选词数十首,而于其后附以评论、校释。选词以协律、审韵为标准,校释亦惟及韵律。王敬之序谓"所以选七家词,盖雅音之极则也。律不乖忤,韵不庞杂,句择精工,篇取完善。学者由此而求之,渐至神明乎规矩,或可免于放与拘之失,而亦不致引误笔以自文,效凡语以自安乎。"盖此书之作,旨在针砭当时词家失律落韵之失也。周济所撰《宋四家词选》,以辛弃疾为一大家,戈氏则不取辛弃疾。周氏取词,以有比兴意义可寻者为主,戈氏则重在声律谐美。周氏评论,致力于思想内容及创作风格,戈氏则致力于考订格律声韵,以纠正汲古阁所刻诸词集、朱氏《词综》、万氏《词律》诸书之误。此两家词选之不同也。

戈氏论周邦彦云:"清真之词,其意淡远,其气浑厚,其章节又复清妍和雅,最为词家之正宗。"论史达祖云:"周清真善运化唐人诗句,最为词中神妙之境,而梅溪亦擅其长,笔意更为相近。予尝谓梅溪乃清真之附庸。若仿张为作词家主客图,周为主,史为客,未始非定论也。"论姜夔云:"白石之词,清气盘空,如野云孤飞,去留无迹,其高远峭拔之致,前无古人,后无来者,真词中之圣也。"论吴文英:"梦窗词以绵丽为尚,运意深远,用笔幽邃,炼字炼句,迥不犹人。貌观之雕缋满眼,而实有灵气行乎其间。细心吟绎,觉味美于回,引人入胜,既不病其晦涩,亦不见其堆垛。此与清真、梅溪、白石并为词学之正宗,一脉真传,特稍变其面目耳。"论周密云:"其词尽洗靡曼。独标清丽看韶倩之色,有绵渺之思,与梦窗旨趣相侔,二窗并称,允矣无忝。"论王沂孙云:"其词运意高远,吐韵妍和,其气清,故无滞滞之音;其笔超,故有宕往之趣,是真白石之入室弟子也。"论张炎云:"玉田之词,郑所南称其飘飘征情,节节弄拍。仇山村称其意度超玄,律吕协洽,是真词家之正宗,填词必由此入手,方为雅音。玉田云:'词欲雅而正。'雅正二字,示后人之津梁,即写自家之面目,知此二字者,始可与论词,始可与论玉田之词。"凡此诸论,皆可见其所重者在词之风格、形式与文辞耳。戈氏自作词曰《翠微花馆雅词》,多至三十卷,守律协韵,无可议矣,然其词情景迁滞,句意平实,乏飞动之气,无婉约之致,当时即有"泥美人"之诮,此其毕生词学之失,在有学识而乏才情。

戈氏此书原刻本枣版已毁于咸同兵燹,传本绝少。余所有者为杜文澜校注本。杜氏晚年校订此书,为之重刻,刻事未竣而杜逝世,其姻娅金吴澜继志成之,卷端有光绪十一年金氏序,详其始末。重刻本序次、字句,悉依旧本,惟每卷后戈氏跋语,略有删汰。杜氏校注,刊于书眉,人多皆考校格律音韵之语。盖杜氏词学,亦在此也。校注中又举诸家词句二十馀处,以为戈氏妄改,以就其韵律之说。余尝取各家刊本及选本,一一为之覆核,知戈氏所录,多有旧本可证,并非臆改,然亦有数处惟见于戈本,则杜校信矣。

余所得别有一本,为蒙香室刻本,亦刻于光绪十一年六月。书前后无序跋,王敬之序及戈氏自题湘月词,亦均削去。第七卷后附刻《玉田先生乐府指迷》五页,实乃张炎《词源》下卷之节录本。按秦恩复于嘉庆十五年据元钞本刻《词源》上下卷，始纠正陈继儒、姚培谦之误。至道光八年，又依戈氏校订本重刻之。可知嘉道之间，戈氏已见《词源》全本，且用功校订之矣，何以附刻于此书之后，仍误称《乐府指迷》耶？且杜文澜重刻本并无此附录，杜氏题识中亦未言删去此文，然则此乃蒙香室妄自增入，必非戈氏原本所有也。

（三九）微云榭词选

《微云榭词选》五卷，清樊增祥辑。光绪三十四年戊申望江诵清阁铅字排本，用有光纸印。卷首有光绪四年戊寅樊增祥自叙，称此书"意在补宛邻之阙遗，作词林之南董，无俾筝琶之响，糅乎正始之音。其已见《词选》者不录，录其未收者，自唐及元，凡一百四十三家，都四百二十九首。间加诠注，密勘丹黄，小舫巾车，不离怀袖；花朝雨夜，每伴香灯，非曰灾梨，聊同嗜枣，出而问世，其犹俟诸？"

可知此书乃补充宛邻《词选》及董毅《续词选》而作，故选录宗旨，亦继承之。卷一为唐、五代词，卷二为北宋词，卷三以下为南宋及金元词。书成，秘之箧中，其弟子望江余诚格录得稿本，以为"精讨镏毫，核量文质，前路有导，玄灯在斯。"遂于光绪三十四年戊申七月七日序而排版，以传于世，已在樊氏成书后三十年，时樊氏已谢世矣。樊序云："间加诠注，密勘丹黄。"可知原有评解，今排印本惟作者下间有小传，文字异同，篇什互见者，偶有余氏校注，此外别无所谓诠注者，盖余氏付印时悉删去之矣。

晚清词人，颇喜选录，以寄其论词宗尚。各矜手眼，比类观之，亦可见当时词坛趋向。其有诠评者，尤足为词品别录。惜其书今多不传，视古书更为难得。樊山老人此书，四十年来，余仅得此一本，讯诸词家，皆云未闻，故为之著录。恐后人将不知有此书也。

（四〇）箧中词

《箧中词》六卷，《续集》四卷，清仁和谭献仲修纂录。卷首有光绪四年立秋日谭献自序，略谓"至于填词，仆少学焉。得本辄寻其所师，好其所未言，二十馀年而后写定就所睹记，题曰《箧中》"。又有光绪八年壬午秋金坛冯煦序，其言曰："仲修有《箧中词今集》之选，始自国初，迄于并世作者，而以所为《复堂》一卷附焉。刻于江宁，属为校字。是选与青浦王氏、海盐黄氏颇有异同，旨隐词微，且出二家外。其题词名者，从别集，仅题名者，从诸家选本。第就箧中所存，甄采百一，布之四方，以为嚆引。续有所得，则仿补人补词之例。"

此书刻于光绪八年秋七月，然不可知正续二编是否同时所刻。第一至五卷每卷第一页第一行有"箧中词"书名刻于上，又有"今集一"至"今集五"刻于下。此"今集"二字殊不可解。冯序称书名为《箧中词今集》，刻本则分刻其名于上下，亦不知何意。二序各述此书宗旨及选例，其言亦不尽合。谭序之意，似谓箧中所贮二十年来抄录所得，写定成编，故命曰《箧中》，冯序之意，则以为但就箧中所存书选录成编，故曰《箧中》。二说未知孰是？

第六卷首页第一行，上刻《复堂词》，下刻《类集五》，盖以此卷为其《复堂类集》之第五卷也。然版口则刻曰"词六"，又为《箧中词》之第六卷矣。《续集》四卷，每卷首页第一行上刻"箧中词"，下刻"今集续"，"今集续二"、"今集续三"、"今集续四"。然则此书名实为《箧中词今集》，续者，"今集"之续编，而非《箧中词》之续编也。此"今集"之义，甚不可解，岂因唐人元结有《箧中集》之撰，故别之为"今集"乎？然元氏书称《箧中集》，非《箧中词》也。《箧中词》未尝有旧集，则何为乎有"今集"？一书之中，卷帙标题，混乱至此，亦罕有其比。

复堂论词，一宗常州，集中选茗柯、止庵词皆至十首，评语中备致倾倒，其选词标准，亦用比兴、寄托之说。然于嘉庆以前诸家词，则又不得不尊重当时风气。其选朱竹垞词十八首，陈其年词九首。论曰："锡鬯、其年出而本朝词派始成，顾朱伤于碎，陈厌其率，流弊亦百年而渐变。锡鬯情深，其年笔重，固后人所难到，嘉庆以前，为二家所牢笼者，十居七八。"选厉樊榭词亦十八首，论曰："填词至太鸿，真可分中仙、梦窗之席，世人争赏其饾钉窳弱之作，所谓微之讥碔砆也。"又曰："浙派为人诟病，由其以姜张为止境，而又不能如白石之涩，玉田之润，录乾隆以来词，慎取之。"此复堂于二派之间，折中之论也。

此书于辛亥革命前后三四十年间，曾风行一时，以为清词选本之精要者。然其书实不得谓之选本，盖其从别集选录者极少，嘉庆以前词，大多从王、黄二家《国朝词综》中抄撮，嘉道以后，多以朋好传钞一二词录存之，几有存人之意。《续集》四卷，皆取资于丁氏《国朝词综补》。卷中补人补词，凌乱失序。故自题其书为"纂录"，不敢蒙一选字。其自序谓"得本辄寻其所师，好其所未言，"此二语亦不甚可解，岂自知其抄录之际，宗旨不严，故为此惝恍之辞耶？

复堂为晚清词家，以此书负盛名。其论词亦颇有精警语，然于其时辈，不免世情，辄多过誉。又所录诸词，以集本校之，文字多有异同，岂所得录稿，已有讹夺，抑复堂以己意改之？瑕不掩瑜，此书之谓也。

（四一）宋六十一家词选

《宋六十一家词选》十二卷，清金坛冯煦选录，宝应成肇麐审定，光绪十三年丁亥刻本。卷首有冯煦自序，略谓"少时于宝应乔笙巢先生处见毛晋刻《宋六十一家词》，始知其为宋词之渊薮。逾三十年始从宿迁王氏池东书库假得一编，读之三月，未尝去手。念离乱之余，此书或为煨烬，以得之之难，而海内传本不数数觏也，乃别其尤者，写为一编，复邮成子漱泉审正之。再写而后定，遂寿之木，以质同好"云云。是此书乃毛氏汲古阁刻《宋六十一家词》之选本，仍按毛刻次序，就各家集中选十之一二，所选极精，可为毛刻之简编。当时毛刻全帙至不易得，此书既出，颇为词家称赏。今则毛刻已有影印，排印诸本,购致不难,然此书犹当珍视,盖已抉取菁英,汰其凡下,实宋词选本之至善者也。卷首有《例言》十六页,乃冯氏对诸家词之评论,颇多精到语。唐圭璋纂《词话丛编》,录取此评语,题为《蒿庵词话》,近来更有单刊本矣。

冯、成两家,皆清季词人之宗尚唐、五代、北宋者,成肇麐有《唐五代词选》,可与此书合璧。此书版刻极精好,近年亦已不易得矣。

(四二) 词 则

《词则》二十四卷,清丹徒陈廷焯选评。廷焯,字亦峰,生于清咸丰三年(1853),卒于光绪十八年(1892),年仅四十。廷焯幼而好词,弱冠,从其乡人庄棫学为词,初从浙派说,以姜、张为师法,后从常州二张,以唐、五代、北宋词为正宗,作《白雨斋词话》,以申张氏之说,于词之风格主雅正,于词之内容,主有比兴,有寄托。又提出沉郁顿挫为词之气骨。其书既出,天下翕然,以为"词话"中旷古之作。

廷焯以张氏《词选》篇幅过狭,不足以见诸贤面目。且去取之间,亦有失当。遂别选历代词为《云韶集》二十六卷,其宗旨大凡,具见于其《词话》中。晚岁,自病其书芜杂,改弦更张,为《词则》四集,二十四卷,书成二年,遽以病没,稿藏于家,子孙世守之,至一九八四年夏,始由上海古籍出版社用原稿影印出版,世间遂有传本。

《词则》分为四集:曰《大雅集》六卷,选词五百七十一首。曰《放歌集》六卷,选词四百四十九首。曰《闲情集》六卷,选词六百五十五首。曰《别调集》六卷,选词六百八十五首。总计全书四集、二十四卷,词二千三百六十首,亦可谓词选之繁富者。然此书佳处,在评不在选也。

《词则》四集,集各有序,述其区分之意。卷端有总序,又撮其大要言之。其言曰:"自唐迄今,择其尤雅者五百馀阕,汇为一集,名曰《大雅》。长吟短讽,觉南邠雅化,湘汉骚音,至今犹在人间也。顾境以地迁,才有偏至,执是以寻源,不能执是以穷变。大雅而外,爰取纵横排奡、感激豪宕者四百馀阕为一集,名曰《放歌》。情态极妍、哀感顽艳者六百馀阕为一集,名曰《闲情》。其一切清圆柔脆、争奇斗巧者,别录一集,得六百馀阕,名曰《别调》。《大雅》为正,三集副之,总名之曰《词则》。求诸《大雅》,固有馀师,则遁而之他,亦即可于《放歌》、《闲情》、《别调》中求大雅,不至入于岐趋。"由是可知,陈氏选词,以雅正为归,《大雅》一集,固其心目中以为词之最为雅正者,即《放歌》等三集,虽不入正宗,亦不失其为变风、变雅也。

陈氏于所选词,几乎每词皆有眉评,议论均有卓见,不拾人牙慧。其评论宗旨,亦重在于扶雅放郑。其评朱淑真生查子(年年玉镜台)词云:"宋妇人能词者,自以易安为冠。淑真才力稍逊,然规模唐、五代,不失分寸,转为词中正声。"即此一例,可见其论词趋向。陈氏此书,自序于光绪十六年五月,后二年,即下世。此稿湮沉百年,不得令光宣诸词老见而讨论之。惜哉!

（四三）湘绮楼词选

　　《湘绮楼词选》三卷,湘潭王闿运选,卷端有清光绪二十三年丁酉立冬后八日王闿运自序,略谓"早岁与孙月坡同客南昌,颇闻绪论,识其门径,及至成都,年垂五十,与及门诸子谈艺,间及填词,稍稍为之,则阑入北宋,非复前孙氏之宗旨。然箧中故无词本,仅有三十年前孙曼青所赠《绝妙好词》,其词有规格,不入苏黄粗鄙之音,犹孙说也。又十馀年,杨氏妇兄妹学诗之功甚笃,然未秀发。余间为女妇言:亦知有小词否? 靡靡之音,自能开发心思,为学者所不废也。周官教礼,不屏野舞缦乐,人心既正,要必有闲情逸致,游思别趣,如端坐正襟,茅塞其心,以为诚正,此迂儒枯禅之所为,岂知道哉。其后主船山书院,日短得长,六时中更无所为,爰取《词综》览之,所选乃无可观。姑就其本,更加点定。馀暇又自录精华名篇,以示诸从学诗文者,俾知小道可观,致远不泥之道云。"

　　王闿运,字壬秋,晚清经师之兼达文学者。其诗文以汉魏为宗,华腴而有骨力。此序则明其论词宗旨,盖颇厌朱竹垞、孙月坡力宗南宋之说,以《绝妙好词》、《词综》为无足观,遂有此选,鼓吹晚唐、北宋,甚至谓靡靡之音,亦学者所不废,此从来经师儒士所不敢言也。其书不分卷次,但有前编、续编、本编之别,故今以为三卷。

　　前编选录后唐庄宗至南宋人词四十一首,后编选录南唐冯延巳至南宋人词十一首,本编选录南宋张孝祥至元仇远词二十四首。续编殆是增补前编,本编则其义未详,所选皆晚宋诸家词之流利显豁者,盖仍以北宋标格取之也。三编之中,吴文英仅取风入松(听风听雨)一首,张炎词无一首入选,辛弃疾则去其高亢豪放者,其宗旨由是可见。盖以为南宋词之本色,在此而不在彼也。

　　所录诸词,皆用密圈标其警句,且大多有眉批,胜义妙绪,随在而有,足以启发学者。然王氏好改字,而所改实不佳。如周邦彦少年游"纤指破新橙",王氏改指作手,批云:"手原作指,则全身不现,作手乃有两人对坐。"又欧阳修临江仙"燕子飞来窥画栋",王改窥为归,批云:"原钞作窥画栋,垂帘矣,何得始窥? 且此写闺人睡景,非狎语也。岂有自嘲自状之人,因垂帘不能归栋,故窥也。"又苏轼念奴娇"小乔初嫁了",王改了作与,批云:"嫁了,是嫁与他人也,故改之。"又水调歌头"不应有恨,何事长向别时圆",王改有作惹,批云:"作有则语意龃龉,又与下二有字犯,为改一惹字。"如此之类,皆可一噱。范仲淹御街行"都来此事",王批云:"都来,即算来也,因此字宜平,故用都字,究嫌不醒。"按:都来即算来,是也。然此乃宋人常语,诗词中数见不鲜,非因宜平而改用都字也。王氏熟于汉魏语词,而于宋元人语,似犹茫昧,其何以读词曲哉。

　　此书原刻本未见,余所得者乃原刻本之石印翻本,题"丁巳季秋月湘绮楼藏版",乃一九一七年,是成书后二十年始雕本也。

附记

　　《历代词选集叙录》共四十三篇,皆作于一九六二至一九六五年间。其时余耽于词学，阅词籍甚多。每得一书，必为著录。词选之类，成此四十三篇。自一九八一年本刊创始，逐期发表，至此结束。

明清二代，词之选家甚多，余所得见，仅其一部分之著于耳目间者。清康熙间有傅燮词之《词觏》及《诗馀类选》，先著、程洪合选之《词洁》六卷；嘉庆间有刘逢禄之《词雅》五卷；道光中有戈载之《绝妙近词》十卷；同治初有杨希闵之《词执》八卷，外集六卷。或知其名而恨未见，或早年见过而失于著录，今亦不及补叙。

别有地方词选，如《曲阿词综》、《松陵绝妙词选》、《常州词录》诸种，虽尝经眼，以其志在存人，备郡邑文献，无补于词学，故未著录。

辛亥以来，自梁令娴之《艺蘅馆词选》、朱古微之《宋词三百首》、胡适之《词选》以迄当代诸家所选，卷帙亦已夥颐，然月旦时人，余则岂敢，故亦舍而不录，以俟后生。

一九八六年七月，舍之施蛰存记。

（以下未出版）

（四四）绝妙好词七卷　项氏群玉堂刊本

此书每半页十一行，行二十一字，版刻甚精，卷端有雍正已巳七月澹斋项絪序，述其刻书源起，次为题跋附录一页，目次三页。正文每卷末有勘定者姓氏：卷一项絪，卷二陈撰，卷三徐逢吉、厉鹗，卷四金士奇，卷五赵昱、江潆，卷六洪正治、程鸣，卷七末页阙失，不知谁某。其人多籍钱塘，则此本殆刊于浙中，盖《绝妙好词》第二刻也。

（四五）汇选历代名贤词府全集九卷附周德清中原音韵一卷　上海图书馆藏

明新都鳙溪逸史选编，一得山人点校。卷首序佚，存《叙略》十二则；卷末有嘉靖丁巳中秋日一得山人跋，后有汪氏惟穌印。半页十一行，行二十字，白口单边。凡诗馀小令二卷、中调二卷、长调四卷，别集、附集共一卷，盖坊贾以《草堂诗馀》为底本而加以增辑者。其《叙略》之一云："长短句名曰曲，取其曲尽人情，惟婉转妩媚为善，不以豪壮语为尚。如岳武穆、文文山、汪文节公、谢叠山诸公之作，则又忠义所发，感激人心，不可以常例编也。为别集，是以豪放之作别为一卷，不与《草堂》旧词同科。附集则集句、回文诸什体也。"

附罗振常跋

《历代名贤词府》九卷附元周德清《中原音韵》一卷，明嘉万间刊本，题鳙溪逸史编，不著姓字。盖明时坊间纂录，以《草堂诗馀》为底本而加以增辑者。观其以刘龙洲为明人，浅陋可知。自来词目及藏书目皆未见著录，殆以坊刻斥之也。顾其所辑既多，所录又皆旧本，今日名家词集脱逸者多矣，以此等选本校之、补之，必非无裨。《草堂》亦为坊本，然后世言词选者，无不与《花间》并称。盖当时名家专集俱存，徒见其东纂西录，未有伦纪；及阅时既久，专集多佚，乃见增重，固未可以坊刻轻之也。丁巳中秋后二日上虞罗振常志于蟬隐庐。

（四六）花草新编　　抄本残存四册（卷三、四、五，又残卷）　上海图书馆藏

抄本，半页九行，行十八字，题"射阳吴承恩汝忠甫纂辑"。以小令、中调、长调分类，所选多北宋人词，惟邓中斋《唐多令》一阕为宋遗民之作。

（四七）词　的

明刊本《词的》四卷，题茅暎远士评选。半页九行，行十八字。有骈文序，皆浮艳语，于词学无所阐发，缺失篇末作者署名，亦无从知刊本岁月。第一卷佚十四页，未能抄补。第一、二卷小令，第三卷中调，第四卷长调。选录温飞卿以下至周永年、马浩澜诸家词，宗旨仿佛《花庵词选》。远士评语不多，著于书眉，殊肤浅，无精辟语，词文、主名时有舛误，然所收宋人词与别本少有异同，亦可备参校也。此本为徐积馀、林子有旧藏，有两家藏书印。一九五六年林氏书散出，因从秀州书屋得之。

（四八）熙朝咏物雅词十二卷

南汇冯金伯墨香编次。此书卷端有嘉庆戊辰长至后三日冯金伯自序，又凡例九条。其序略谓"咏物之词，唐及五季，绝无仅有，至宋而盛。其最著者，如林君复、欧阳永叔之咏草，苏长公之咏杨花，史梅溪之咏燕，张功甫之咏蟋蟀，姜白石之咏梅，皆脍炙人口者。至晚宋则有宛委山房之咏龙涎香，浮翠山房之咏白莲，紫云山房之咏莼，馀闲书院之咏蝉，天柱山房之咏蟹，一调数题，工力悉敌，总名之曰《乐府补题》，又为咏物词之大观矣。予曾辑宋元明三朝咏物词为一编，采撷未周，旋有《熙朝乐府雅词》之役。因念我朝词学大昌，词人杰出，即如追和《乐府补题》，广之续之，其散见丁诸家集中者，光熊熊然不可掩。于是按调寻题，悉心搜剔，得词七百馀首，厘为十有二卷"云云。所收多三吴两浙词家之作，局于知见故也。辑咏物词为一编，似当以物为纲，使读者得胪列诸家同题之作，以为参比。今仍依调分，遂觉漫无次第，此其失也。书半页十行，行二十一字。墨香所纂书有《词苑萃编》流传较多，此本已不经见。书表页题名右方有广告二行云："《熙朝乐府

雅词》、《咏物雅词二编》二种嗣出。"然均未尝见。

（四九）玉琼集

《玉琼集》十二卷，清吴县朱和羲编纂，有光绪七年自序，谓"词选旧有蒋氏《昭代词选》、姚氏《国朝词雅》、王氏《国朝词综》、孙氏《绝妙近词》四家。别有戈氏《续绝妙好词》及黄霁青《续词综》，俱未竣事，稿本散失。因于咸丰辛酉避乱乡居时，藉旧存各家专集并友朋稿本，苟未收入前四集中者，选其优者录之，得四百馀家。丙子春，友人迻赠黄韵甫《国朝词综续编》二十四卷，遂汰其复出者，又别增续得诸家词，犹有一百六十五家，成书十二卷。取《花间集序》'镂玉雕琼'语，名之曰《玉琼集》"云云。

朱和羲有《万竹楼词》一卷，皆秀才语，甚凡俗。此书所录，优者殊不多，盖广徵同时朋辈所作入录，但求成书而已。其书不知有无刻本，未见著录。所谓"别增续得诸家词"，其后又为丁杏舲《词综补编》所取资。今丁氏书亦不易得，此书尤不行于世。吾友周迪前尝钞得一本，余从而假观，始得著录之。

（五〇）国朝词综补五十八卷

无锡丁绍仪杏舲辑　　光绪戊戌张僖以原版校补重印

丁氏《词综补》五十八卷，于光绪九年刊印于闽中，未几而丁去世，家什萧然，眷属留滞闽南，无以为归计，遂以所刻书版求售。《词话》版归张蕴梅，《词综补》版以百金售之玉潭词人张僖，张复细加校雠，改补完整，重印以行，即此本也。

（五一）国朝金陵词钞八卷附闺秀一卷

陈伯雨辑　　秦际唐序　　光绪廿八年三月刊

此书采摭九十一人，又闺秀十五人，共词一千一百六十二首。然第一卷录汪世泰词九十二首；第二卷录严骏生词一百又二首；第三卷录邓廷桢词一百又一首；第四卷录汪士铎词七十九首；第五卷录何兆瀛词一百八十首；第六卷录汪度词四十三首，又许宗衡词四十八首；第七卷录濮文昌词九十八首；第八卷录端木埰词四十一首，又杨长年词二十一首。此十家之作，已及八百又五首，占全书五之四矣。其余诸家词，散入各卷，殆成附骥，又闺秀词不列卷次，皆体例之不善也。

三　别集

（一）南唐二主词叙论

一　版　本

南唐二主词见于宋人著录者仅二本：尤袤《遂初堂书目》有《李后主词》，无说明，不详其版本、内容。陈振孙《直斋书录》有长沙刻本《南唐二主词》一卷，解题云："中主李璟、后主李煜撰。卷首四阕：《应天长》、《望远行》各一，《浣溪沙》二，中主所作。重光尝书之，墨迹在盱江晁氏，题云'先皇御制歌词'，余尝见之，于麦光纸上作拨镫书，有晁景迂题字，今不知何在矣。馀词皆重光作。"可知其书中不分中主、后主，惟前四阕为中主所撰，据晁氏所藏后主写本录入。此二宋本原刻，今皆未闻遗存。

今世所传南唐二主词古本，有明万历庚申（1620）谭尔进刻本《南唐二主词》一卷，有谭氏序，未说明其版刻来源，但云"是集世所传南唐二主词"，可知为当时通行本。此书今有赵万里影写复刻本。又有常熟吕远墨华斋本《南唐二主词》一卷，亦万历庚申年刻，目录后附《直斋书录解题》一则。又吴讷《百家词》中有《南唐二主词》一卷，李西涯辑《南词》中亦有《南唐二主词》一卷。汲古阁有《南唐二主词》钞本一卷。此为明本之已知见者。

清康熙二十八年（1689），无锡侯文灿刻《名家词》十种，内有《南唐二主词》一卷，此本流传不多。至光绪中，江阴金武祥辑刻《粟香室丛书》，用侯刻本《名家词》复刻之，列为丛书之一。同时，无锡刘继增得吕氏墨华斋本，又得汲古阁所藏钞本，合侯刻本相校，则编次全同，惟侯刻已分题中主、后主。吕本卷末增益《捣练子》一首，注云："出升庵《词林万选》"，此则显为吕氏所补入者矣。此外所有注引，三本皆同，可知犹存宋本之旧，或即直斋所著录之长沙本也。刘继增取三本及诸选本校其异同而为之笺，别录补遗八首，附于后，称《南唐二主词笺》，是为二主词有笺本之始。其书刻成于光绪二十年（1894），仅碌印数十本，未及墨刷，而版片遽毁。一九一八年，无锡图书馆据所藏碌本用铅字排印，有徐彦宽跋，叙其始末。

宣统元年(1909)，王国维得知圣道斋藏旧钞李西涯辑《南词》本《南唐二主词》一卷，以诸选本相校，作《校勘记》，又辑录补遗词十二首，写定为《南唐二主词》一卷、《补遗》一卷、附《校勘记》，收入《唐五代二十一家词辑》中。同时，番禺沈太侔又以此本收入《晨风阁丛书》中，此所谓《南词》本也。此本与谭、吕两刻内容全同，盖同出一祖本者。王国维考定此为南宋初辑本，疑即《直斋书录》所著录之长沙书坊本。

康熙四十八年(1709)刊成之《全唐诗》，有南唐嗣主词三首，后主词三十五首，不知出于何本。康熙五十四年刊成《词谱》，其中收有南唐中主《望远行》词，注云："从二主词原本校定。"又于《采桑子》调名下注云："李煜词名《丑奴儿令》。"又《玉楼春》调名下注云："李煜词名《惜春容》。"此所谓原本皆与谭、吕、毛诸本不同，可知当日馆臣必有别本参校，然今竟不知其为何本也。

一九二一年，刘毓盘在北京大学主讲词学，曾校辑唐宋金元词六十卷，内有《南唐二主词》一卷，凡中主词三首，后主词四十六首，所据者为清人朱景行从《永乐大典》录出之《全唐诗》本。此本余未尝见，亦未见著录，仅见于刘氏跋文。刘氏《校辑唐宋金元词》有北京大学排印本。王仲闻云："朱景行《南唐二主词集》辑自《历代诗馀》，非《永乐大典》。《全唐诗》所收二主词亦不自《永乐大典》录出。"见《南唐二主词校订》。

一九三一年，林大椿汇录《唐五代词》，其中所收南唐二主词，用王国维校《南词》本，惟于王氏补遗诸作，略有去取。此书有商务印书馆排印本。

以上为明清以来南唐二主词版刻流传之大略。刘继增、王国维、刘毓盘于二主词之校录，用功最勤，然刘继增不知有《南词》本，王国维不知有吕本，刘毓盘不知有毛钞本。若谭尔进本、吴讷《百家词》本，发现较晚，又为三家所不及见。故其所校，犹有缺失。一九三六年，唐圭璋尝荟蕞诸本，参究得失，成《南唐二主词汇笺》一卷，附以二主年表，论评集录，其本最善。

近年则有王仲闻撰《南唐二主词校订》，以吕远墨华斋本为主，据所见诸本校订其文字异同，亦兼及作品真伪之考证。又有詹安泰取二主词逐首加以注释、校勘，冠以长序，于二主词之思想、艺术多有阐发。其书名《李璟李煜词》，所据者亦王国维辑补本而小有更张之。

二主传记则有马、陆二家《南唐书》在。《吴越备史》、《江南馀载》、《江南野史》诸稗史及宋人笔记中，亦往往有二主遗事。唐圭璋始作《二主年表》，罗罗清疏。夏承焘作《南唐二主年谱》，于二主之为国君、为词人，钩稽群书，互有发明，最为详赡。

二 考 词

《南唐二主》吕本、谭本、《南词》本、吴讷本、毛钞本，同出一源。吕本除增入从《词林万选》辑录之《捣练子令》一首外，其他本文及注引，最存宋本之旧观。目录后又附《直斋书录解题》一则，以说明前四首为中主词，更可知此即依长沙书坊本复刻者。此本所录中主词四首，后主词三十四首(内不全者六首)，其来源凡三：

（一）录自当时所传后主手迹本

中主词四首：《应天长》、《望远行》各一首、《浣溪沙》二首，据晁氏家藏后主手迹录入，有后主题字云："先皇御制歌词。"则此为中主所作，无可疑矣。然原书注此语于第一首《应天长》题下，或疑所谓"先皇御制歌词"，仅此一首而已。幸陈振孙尝见此墨本，知所注乃指卷首四阕，故于"解题"中说明之，且云"馀词皆重光作"，可知原本虽有此注，而编列时未有区别。若使无直斋解题，则至今或以为后三首乃后主词矣。《浣溪沙》二首，《尊前集》、《花庵词选》、《古今词话》均误属后主，可知当时辗转钞录，均不知有此墨迹本也。

后主词《浪淘沙》一首据池州夏氏藏墨迹。《采桑子》、《虞美人》，据王季宫家藏墨迹。《玉楼春》、《子夜歌》，据曹功显节度家藏本。《谢新恩》残词六首据孟郡王家藏本。此十一首外间均无著录，可信其为后主所作。惟《阮郎归》"东风吹水日衔山"一首，前有"呈郑王十二弟"一行，词后有注云："后有隶书'东宫书府'印。"此当是依墨本过录者，然未说明所从来。此词之后，为传自池州夏氏之《浪淘沙》一首，岂此词亦得于夏氏耶？王国维录此词时颇有疑惑，其跋语云："按《五代史·南唐世家》，从益封郑王，在后主即位之后，此既云'呈郑王'，复有东宫府印，殊不可解。不知史误，抑手迹伪也？"其后王氏得见蜀石经宋拓本残卷，其卷首有篆文"东宫书府"方印，始考定此印乃宋钦宗青宫之物，隶书则为篆书之误。曹功显即曹勋，孟郡王即孟忠厚，王季宫未详其名。从而考定《南唐二主词》编成当在绍兴之季，曹功显拜节度之后，加太尉之前。如是则"东宫书府"印与"呈郑王"之间并无矛盾。以上为王氏论断。然余以为后主作书赐其弟，而题曰"呈"，仍有可疑。此词又见于冯延巳《阳春集》，题作《醉桃源》。又见于欧阳修《近体乐府》。又见于《兰畹曲会》，云是晏殊作。如是则此手迹恐是伪托，犹未可定为后主所作。

（二）从《尊前集》采录者

《尊前集》有李王词五首，又有李王词八首，又有李王词一首，共十四首。其中《浣溪沙》二首乃中主词，误以为后主作。盖宋人称"李王"，皆指后主也。《更漏子》二首"金雀钗"、"柳丝长"，乃温飞卿作，见《花间集》，此亦误入。其他十首，皆后主作。此本悉数采录，惟《更漏子》第一首"金雀钗"亦予录入，似未考其同为温飞卿词。《望江南》二首则并合为一首之两叠。又《子夜啼》"花明月暗"一首，又见于杜安世之《寿域词》，然马令《南唐书》已言后主乐府有"衩袜步香阶，手提金缕鞋"之句，《古今词话》亦云后主为小周后作此词，则此为后主所作无疑。或杜安世偶书此词，为后人辑集时羼入，亦未可知。《子夜啼》调名未见出处，此本改题为《菩萨蛮》。《蝶恋花》"遥夜亭皋闲信步"一首，《本事曲》、《后山诗话》、《皋堂诗馀》、《花庵词选》均以为李冠所作。《乐府雅词》以为欧阳修作。惟《尊前集》以为李后主词。《全唐诗》、《历代诗馀》从之。按此词亦在欧阳修《近体乐府》中，其为李冠词抑欧阳修词，尚未可定，然必非后主词也。林大椿在《唐五代词校记》中云："《南唐书》载李冠善吹洞箫，悲壮入云。元宗将召之，会军旅事兴，不暇。周显德中，北游梁、宋，每醉辄登市楼长啸，后不知所终。李冠虽与后主同时，而冠善吹箫，未传有他词于世，且《尊前集》题李王作,则《本事曲》之说,未足证信。"按林氏此说甚谬。此李冠乃北宋初人,《花庵词选》有李世英词二首,其一即此阕,其二为《六州歌头·咏骊山》。花庵注云:"名冠,山东人。"是李冠即李世英也。其人与王樵、贾同齐名,著有《东皋集》,今佚。山东长清县学宫旧有《重修文宣王庙记》石刻,李冠撰并书,天禧二年八月十五日立。碑阴有《增修文宣王庙记》,亦李冠天圣四年所撰。可知其人时代稍早于欧阳修。《后山诗话》记王安石盛赞李冠"朦胧淡月云来去"之句,则此词为北宋李冠作,可以无疑。《本事曲》撰者杨绘与苏东坡同时,其书虽多不实,而此词则可信也。李冠此词,后世选家常有采录,林大椿弹力于词学,乃不知北宋有词人李冠,而以南唐之吹箫李冠当之,可谓失之眉睫矣。总计此本采录《尊前集》中李王词共十三首,并合其二,则为十二首。除去中主二词,则十首。然此本于《虞美人》调下注云:"《尊前集》共八首,后主煜重光词也。"此不可解,岂其中有二首原已删去,而为后人重入者耶?

(三) 取资于其他选本、杂著者

　　《临江仙》、《浣溪沙》、《浪淘沙令》取于《西清诗话》。《浪淘沙令》又见于《花庵词选》。《捣练子令》出于《兰畹曲会》(《尊前集》亦有此词,冯延巳作)。《破阵子》出于《东坡志林》。《菩萨蛮》"铜簧韵脆"见《古今词话》。《乌夜啼》"林花谢了"见《乐府雅词》,调名《忆真妃》,不著撰人姓名,字句亦小异。或者依别本录入。《长相思》亦见《乐府雅词》,题孙肖之作。此本注云:"曾端伯《雅词》以为孙霄之作,非也。"可知亦别有依据。

　　集中未注明出处者:《乌夜啼》"昨夜风兼雨"一首,《望江梅》"闲梦远"一首,《菩萨蛮》"蓬莱院闭"一首,今皆无可踪迹。明人辑《花草粹编》均有之,乃录自此集者也。《望江梅》一首实是《望江南》二首,误合为一,又误"南"为"梅"也。

　　二主词之先见于北宋人书如《尊前集》、《兰畹曲会》、《本事曲》、《古今词话》、《西清诗话》者,文字已多异同,入南宋则《草堂诗馀》、《渔隐丛话》、《花庵词选》诸书所载亦不一。至后世则《草堂诗馀》版本滋多,所录二主词递有增益;明人所编《词林万选》、《花草粹编》、《词统》、《词的》诸书,均各有窜改。故今日而求二主词原本,已不可得。诸家校辑,亦莫能定孰为主本,只能以意为去取,择善而从。

　　王国维以此书注中引曹功显节度、孟郡王、曾端伯诸人,考定此书之编辑者当在绍兴之季,曹功显已拜节度之后,加太尉之前。余以为此但可考定《玉楼春》、《子夜歌》、《谢新恩》诸词传录之年限,而非此书编刊之年代也。《临江仙》残阕后原注引用《西清诗话》一条,其下并有按语,此按语引苕溪渔隐胡元任之言。因知此词此注乃录自《渔隐丛话》,则此书编集之年代,必在《渔隐丛话》版行之后。考胡元任自序其《丛话》前集六十卷在绍兴十八年戊辰(1148)春,其后官闽中,及归苕溪,又撰后集四十卷,序于丁亥,则为乾道三年(1167)矣。今世传本于前集序文后有"绍兴甲寅槐夏之月陈奉议刊于万卷堂"一行。甲寅乃绍兴四年(1134),其时元任尚未命笔撰此书,岂能先已刊版? 此"绍兴"二字必"绍熙"之误。绍熙五年,岁次甲寅(1194),此陈奉议为《渔隐丛话》刊版之年也。窃以为《南唐二主词》之编集,当在绍熙五年以后,而长沙书坊刻此集,当在宁宗朝,故不得谓之南宋初也。

三　辑　补

南唐二主词补遗之辑,始于吕远。其刊本末有《捣练子》"云鬟乱"一首,其他诸本俱无,可见是吕远据《词林万选》补入。其后刘继增又补入八首,王国维补入十二首,其九首与刘辑本同,实增入三首。唐圭璋又增入一首,共十三首。此十三首,十之七皆非后主词也。兹分别考论之。

《捣练子》一首,吕本注云:"出升庵《词林万选》。"刘、王二家从之。然此词《词林万选》以前未见选录。"斜托香腮春笋嫩"之句,宋人尚不肯为之,而况唐五代人? 显是明人俗曲中语,或竟是升庵伪撰,必非后主作也。

《浣溪沙》第一首"风约轻云",刘、王二家均据《草堂诗馀》补入,以为中主作。按洪武本、荆聚本《草堂诗馀》所载此词,题下均无作者姓名。惟此词前适为李璟"手卷真珠"一首,汲古阁本《草堂诗馀》始在此词下题李景作。沈际飞订正本《草堂诗馀》则题为苏东坡作。又注云:"旧刻李景,误。"汲古阁刻《东坡词》"浣溪沙"题下注云:"旧刻四十五首,考'风压轻云贴水飞'是李后主作,'玉碗冰寒滴露华'是晏同叔作,俱删去。"然而元延祐本《东坡乐府》中有此"风压轻云"一首,而诸本二主词中均不收此作,诸家选本亦未见有以此为后主词者。至于"玉碗冰寒"一首则实在《珠玉词》中,而延祐本《东坡乐府》则无有。可知"玉碗冰寒"确为晏同叔作,毛氏删之,是也。"风压轻云"则确为东坡作,毛氏删之,误也。刘、王二家以此词补入二主词,亦误也。

《浣溪沙》第二首"一曲新词",洪武本、荆聚本《草堂诗馀》皆在苏东坡一首之后,亦未标作者姓名,惟词后附《苕溪渔隐丛话》一则,已说明此为晏同叔词,至汲古阁刻本则题李景作,盖误以"手卷真珠"一首以后之二首亦为李璟词也。此词为晏殊著名之作,刘、王二家不容不知,乃据谬本《草堂诗馀》补入二主词,何也?

《乌夜啼》"无言独上"一首,仅见于《花庵词选》。花庵录后主词六首,其《山花子》(即《浣溪沙》)二首乃中主词,误属后主。《虞美人》、《清平乐》、《浪淘沙》三首皆已入《南唐二主词》,惟此首未经采入。《花庵词选》序于淳祐九年己酉(1249),刊本流传,当更在其后。《直斋书录》有《草堂诗馀》而无《花庵词选》,可知其书年代更迟。此时长沙本《二主词》必已刊行,花庵或犹未见,故不能订正《浣溪沙》之误属后土。至此阕则编《二主词》者未及见,故未采入。花庵从何处得此词,今亦无可考,然花庵评云:"此词凄惋,所谓亡国之音哀以思。"其来历亦似无可疑,且又明定为后主入宋后之作,此阕固当补入也。

《更漏子》"柳丝长"一首,见《花间集》,温飞卿词也。惟《尊前集》误作李后主,刘、王二家录入补遗,皆不信《花间集》而信《尊前集》,异哉!

《长相思》"一重山"一首,刘、王二家均据《草堂诗馀》录补。王本注云:"别见邓肃《栟榈词》。"检洪武本、荆聚本《草堂诗馀》,此词编在李太白《忆秦娥》之后,题下未标作者姓名。汲古阁本及沈际飞本则均作李后主"秋怨"。可知是明人类编《草堂诗馀》时所标,亦不知何所依据。邓肃,字志宏,北宋人,卒于绍兴时。其《栟榈词》集中有《长相思令》三首,其首章即此词。其二章云:"一重溪,两重溪,溪转山回路欲迷,朱阑出翠微。梅花开,雪花飞,醉卧幽亭不掩扉,冷香寻梦归。"其第三章亦类此。三词风格一致,皆邓一时所作无疑,俗本《草堂诗馀》不可信也。

《柳枝》一首,据《墨庄漫录》所载后主手迹录补,刘辑本题作《杨柳枝》。此实七言绝句,歌诗也。唐人多编入诗集,《全唐诗》亦收入后主诗作中。辑《二主词》必亦以为诗而不取。然《花间集》亦收七言《杨柳枝》词,则以此首补入,亦有例可援。

《后庭花破子》一首,元好问词也。高丽本《遗山新乐府》有此调二首,其一即此。王恽《秋涧乐府》、赵孟頫《松雪词》,亦尝以此调制词。邵复孺《蚁术词选》有《后庭花》二首,亦即此调。唐宋人词中之《后庭花》,皆与此句格不同,可知此乃金元时始行之曲调,冯延巳、李煜安得先为此词? 王国维据陈旸《乐书》之妄语,补入后主词,实为大谬。朱彝尊《词综》、张宗橚《词林纪事》均以此词为元好问作。万树以为此调乃北曲小令,故不收此调入《词律》,惟于唐、宋《后庭花》调后附载赵孟頫一首,释云:"此即《西厢》衬残红一曲,带字是衬字。"盖赵词末句为"带荷叶归去休",较诸家所作多一字,明是曲中之衬字也。

《三台令》一首惟王国维辑补本有之。王氏注云:"见《历代诗馀》引《古今词话》。"按《历代诗馀》并不收此词,惟于《词话》卷中引明人沈雄之《古今词话》一则,称此词为李后主《三台》词。此说不知出处。唐人以"三台"为歌诗者甚众,大率七言绝句。此首乃五言绝句,要之亦歌诗也。然《全唐诗》所录二主诗中亦不收此作,恐沈氏有误,未可轻信。且即使为后主作,亦不可辑入词集。

《浣溪沙》"转烛飘蓬"一首见《阳春集》,冯延巳词也。《花草粹编》亦以为冯延巳词。惟《全唐词》及《历代诗馀》题李煜作,未知所据。此词仍以归冯延巳为是。

《渔父》二首,《全唐词》、《历代诗馀》皆以为后主作,刘氏据《古今诗话》补入。王氏据彭元瑞《五代史注》所引《翰府名谈》补入。此二书皆久已亡佚,此条盖从《诗话总龟》所引转录。《总龟》原本亦北宋人所著,较可信。《渔父》词或入诗集,或入词集,固亦两可。然王氏云:"笔意凡近,疑非后主作。"余亦有同感,或当时已知其误传,故宋人不录也。

《开元乐》一首,见《东坡全集》引述,清光绪中邵长光辑本《二主词》有之,唐圭璋依邵本辑补。按《开元乐》即《三台》。唐人作《三台》,或五言,或七言,或六言,皆绝句体。万红友取六言者入《词律》,是以五、七言者为歌诗也。此标准未免独断。《词律》所取者为韦应物"冰泮寒塘水绿"一首,此作在《全唐诗》中,亦歌诗也。东坡不知从何处录得此首,论之曰:"李主好书神仙隐遁之词,岂非遭罹多故,欲脱世网而不得者耶?"按东坡此言,未肯定此为后主所作,"好书"非好作也。且其所谓"词",乃文辞之义,非谓此作是曲子词也。又《开元乐》之名,始于宋代,南唐时尚未有此调名,故此首亦在所宜删。

以上诸家辑补后主词十三首,惟《乌夜啼》、《柳枝》、《渔父》共四首差可入录,此外或伪托,或误其名氏,不足取也。

杨升庵云:"李后主《捣练子》'深院静,小庭空'云云,辞名《捣练子》,即咏捣练,乃唐词本体也。"此见其《词品》,然其《诗话》中又云:"复有'云鬟乱'一篇,其调亦同,众刻无异。尝见一旧本,则俱系《鹧鸪天》。二阕之前,各有半阕:节候虽佳景渐阑,吴绫已暖越罗寒。朱扉日暮随风掩，一树藤花独自看。云鬓乱，晚妆残，带恨眉儿远岫攒。斜托香腮春笋嫩，为谁和泪倚阑干(其一)。塘水初澄似玉容，所思还在别离中。谁知九月初三夜，露似珍珠月似弓。深院静，小庭空，断续寒砧断续风。无奈夜长人不寐，数声和月到帘栊(其二)。"此二词绝未见于宋元古籍，盖升庵自造之而诡托旧本也。著《词品》时犹以"深院静"一首为《捣练子》，未加前四句而为《鹧鸪天》。编《词林万选》时犹以"云鬓乱"一首为《捣练子》，亦未加前四句而为《鹧鸪天》。然此首已是伪作，吕远不察，据以补入《二主词》。其后又各加四句，改为《鹧鸪天》，自诩得见旧本后主词，以欺世人，此升庵惯技也。然其所增，实为佳句。"可怜九月初三夜，露似珍珠月似弓"，白居易诗也，借用入词，更有韵味。况蕙风极赏其语，以为"虽重光复起，宜无间然"。词家品藻，固无须别真伪，卿为升庵解嘲可也。然朱景行信升庵妄说，以此二词补入《二主词》，则谬矣。

胡应麟《诗薮》云："后主诗今存者四首，附《鼓吹》末。与晚唐七言律不类，大概是其词耳。凡词人以所长入诗者，其七言律非平韵《玉楼春》，即衬字《鹧鸪天》也。"按《全唐诗》辑录后主诗十八首，然无所谓"鼓吹"者。其七言律诗六首中，句格亦无近词者。胡氏所见，必有别本后主诗，今莫可考。

四　评　论

唐诗自王、孟、李、杜而至于昌黎、东野，六朝秾丽之辞，荡涤无馀。诗学趋势，质浮于文。其诗意不能高远者，元轻白俗之病兴焉。昌谷、玉谿，应运而起，致力于藻缋雕饰，齐、梁绝绪，于焉复振。歌诗面目，为之一新。然其势亦不能长久，温飞卿继轨有作，已是强弩之末。遂乃移其技于长短句，居然自张一军，大似虬髯之王扶馀。云初鼎盛，历韦端己而至于《花间》诸家，蔚为大国矣。南唐偏踞江东，《花间》影响，不甚浓重。然冯延巳犹未能尽祛秾华，不假雕饰，惟后主乃纯用自然，从性情中遣辞琢句，长短句风格，至此又复一变而为雅淡。是故后主之词，于唐五代为曲终奏雅，于两宋苏辛一流则可谓风气之先。从来诸家评论后主者，虽取喻不同，大率不违此旨。

胡应麟云："后主乐府为宋人一代开山。盖温韦虽藻丽，而气颇伤促，意不胜辞。至此君方是当行作家，清便宛转，词家王、孟。"此即谓温韦文采虽饶，而内涵固甚贫乏；后主则情深辞清，方之于诗，犹王维、孟浩然也。

纳兰成德云："《花间》之词，如古玉器，贵重而不适用；宋词适用而少贵重。后主兼有其美，更饶烟水迷离之致。"此言《花间》诸词内容浮薄，于读者无所感召，虽复绚丽温润，仅堪把玩而已。宋词之病则反是，意馀于辞，辞不饰义，惟后主能兼具二美，且其情志之表达，又极隐秀，不作直露之辞，故有烟水迷离之致。

周介存云："毛嫱、西施，天下美妇人也，严妆佳，淡妆亦佳，粗服乱头，不掩国色。飞卿，严妆也；端己，淡妆也，后主则粗服乱头矣。"此言温韦之间，虽有浓淡之别，要之皆事修饰；惟后主则国色天然，不施粉黛。此"粗服乱头"，喻其天然，非贬辞也。王国维以为介存"置后主于温韦之下，可谓颠倒黑白者矣。"乃以为介存以严妆为高境，殊未喻介存之意也。

王国维云:"温飞卿之词,句秀也;韦端己之词,骨秀也;李重光之词,神秀也。"自句以至于神,即自形式以至于内容。其言盖谓温飞卿词惟有秀丽之字句,韦端己词则有思想内容,故其秀丽在骨。后主则有思想内容而不露圭角,故其秀丽在神。神者,精神也,风格也,亦即成德所谓"烟水迷离之致"也。

以上诸家论后主词,皆可与鄙见相参,故引述之,略加诠释。此外论者纷如,有合有不合。谭复堂云:"后主之词,足当太白诗篇,高奇无匹。"以后主比李白,而其取喻则在"高奇"。又周介存云:"李后主词如生马驹,不受控捉。"其意亦近似。此说也,余窃有疑焉。后主词风格非放逸者,亦未尝高奇特异,比之李白,似非其伦。陈廷焯云:"李后主、晏叔原,皆非词中正声。"白雨斋论词,主沈郁顿挫,温柔敦厚,以温飞卿为正声,故以为后主词虽以情胜,终非正声。吴瞿安云:"中主能哀而不伤,后主则近于伤矣。"此言亦可为白雨斋注释,皆茗柯之偏见也。夫后主之词,情生文者也。飞卿词高处,亦仅得文生情,况犹有文不及情者耶?后主有亡国失位之痛,入宋以后诸作,何尝不沈郁?何尝不敦厚?"诗言志,歌永言",论文终当先观其志。温飞卿词,志实浮薄,徒有丽句,乃许以为词中正声。中主无亡国之痛,其词不过赋春恨秋悲,皆词人恒有之情,其哀亦已甚浅,云何能伤?乃许以为胜于后主。此二家之说,皆可议也。

"温柔敦厚"、"哀而不伤",皆孔氏论诗之言。"温柔敦厚而不愚,则深于诗者也",此其论诗教之言也。其意盖谓一国之人民,性情温柔敦厚,而不堕于愚顽,则可知其为深受文化教育之民也。"温柔敦厚",谓民风也,非谓文艺之思想倾向也。且"温柔敦厚"亦必须以"不愚"为限度。"温柔敦厚"而愚顽无知,亦不足取也。后世论文者,以"温柔敦厚"为文艺作品思想倾向之要求,又削去"而不愚"三字,遂使感情激切之作,悉归屏弃。然则又何以解"可以群,可以怨"乎?

"乐而不淫,哀而不伤",孔氏评《关雎》之言也。《诗序》曰:"《关雎》乐得淑女,以配君子,忧在进贤,不淫其色;哀窈窕,思贤才,而无伤善之心焉,是《关雎》之义也。"此文即疏解孔氏之言。汉儒以《关雎》主题为述"后妃之德",故一切疏解,皆本此义。然此诗本文中,实未尝见此义。从毛序所释,则"乐而不淫"者,谓乐得淑女,乃爱其德,非淫其色也。"哀而不伤"者,谓哀慕窈窕,而不伤善道。可知所乐者与所淫者为二事,所哀者与所伤者亦为二事。而司马迁论《离骚》,则云:"《国风》好色而不淫,《小雅》怨诽而不乱。"此即误解孔氏之旨而妄为演绎之也。"乐而不淫",非"好色而不淫"也。"好色"则"淫"矣。"哀而不伤"非"怨诽而不乱"也。既"怨"又"诽",岂能不鼓"乱"乎?自此以后,文论家辄以"哀"与"伤"为抒情之二度,可以"哀",而不可极哀,极哀则"伤"矣。于是"哀而不伤",是谓"温柔",是谓"敦厚",得中庸之道矣。于是二千年来,文艺作品之感情激切者,皆受贬斥。当代文论家或有以此为儒家诗教之病毒而批判之,余则以为此乃儒家诗论之被误解者也。

五　诠　释

中主词今仅存四首，皆杰作也。《浣溪沙》二首，尤有继往开来之义。"青鸟"、"丁香"，"鸡塞"、"玉笙"二联，世人多激赏之，然犹是句秀而已。全词眼目，初不在此。"风里落花谁是主，思悠悠。""还与容光共憔悴，不堪看。"此二语又质直，又沈挚，无限感伤而出之以自然，似不假思索者，此其所以为高妙也。"风里落花谁是主"，感盛衰之运，谁执其柄也。李于鳞释云："言落花无主之意。"詹安泰释云："落花随风飘荡，无所归宿，谁是它的主人呢？"皆似隔靴搔痒，未曾探得本旨。"菡萏"、"西风"二句，倒置语也。"还与容光共憔悴"，此一"还"字(作"远"者误)，承"菡萏"句而来，便转到容光，觉李清照"人比黄花瘦"之句，未免费力。余尝戏效杨升庵，衍此词为绝句二首云："西风愁起绿波间，菡萏香销翠叶残。还与容光共憔悴，鲛罗掩手不堪看。""细雨梦回鸡塞远，小楼吹彻玉笙寒，多少泪珠何限恨，悄无人处倚阑干。"

后主入宋以后所作词，余定为七首：《虞美人》"春花秋月"，《子夜歌》"人生愁恨"，《破阵子》"四十年来"，《望江南》二首"多少恨"、"多少泪"，《浪淘沙》二首"往事"、"帘外"是也。古来亡国之君多矣，亡国而后犹能寄心翰墨，抒写其亡国之哀者，惟南唐后主而已。"小楼昨夜又东风，故国不堪回首月明中。""故国梦重归，觉来双泪垂。""想得玉楼瑶殿影，空照秦淮。""独自莫凭阑，无限关山，别时容易见时难。""最是仓皇辞庙日，教坊犹奏别离歌，挥泪对宫娥。"此等词句，皆前无古人，后无来者。论其文辞，则自然淳朴；论其感情，则回肠九转。非亡国之君不能有此感情；无此感情，亦不能以自然淳朴之言辞动人。然而亡国之君，未必皆能有此感情；有此感情者又未必能以如此淳朴自然之言辞表达之，此后主之所以卓绝千古也。后主之文字功夫，可方陶元亮，性情之沉挚，则过之矣。

鹿虔扆《临江仙》云："金锁重门荒苑静，绮窗愁对秋空。翠华一去寂无踪。玉楼歌吹，声断已随风。烟月不知人事改，夜阑还照深宫。藕花相向野塘中。暗伤亡国，清露泣香红。"此亦感伤亡国之词，在《花间集》中，已是凤毛麟角。然观其用字造句，曰"荒苑"，曰"愁对"，曰"寂无踪"，曰"歌吹声断"，曰"人事改"，曰"野塘"，皆刻意作《芜城赋》语，而最后仍明白点出"暗伤亡国"。刻意勾勒，何等费力，后主不用此一句也。若其感情，则鹿太保毕竟是旁观者，岂如后主之为身受之痛乎？

陆放翁诗云："死去元知万事空，但悲不见九州同。"后主词云："人生愁恨何能免，销魂独我情何限。"此同一意境也。故知亡国之恨，未可以旷达遣之。虽放翁所悲为民族之败亡；后主之恨为一姓小朝廷之覆灭，其事固有异，其悲慨之深则一也。

后主承平时所作词，大多皆宫闱狎媟、侧艳意淫之作。《玉楼春》"晚妆初了"，《一斛珠》"晓妆初过"，《菩萨蛮》"花明月暗"，《乌夜啼》"林花谢了"，《浣溪沙》"红日已高"诸阕，最为脍炙人口。遣词造语，固是本色当行，其志则惑溺弥甚，不啻为其纨袴政治之供状，不足称道也。然而流风所扇，则秦七、黄九、彭十诸家艳词，皆其苗裔矣。

《乌夜啼》"昨夜风兼"，《清平乐》"别来春半"，《捣练子》"深院静"，《望江梅》"闲梦远"诸阕又别是一格。所赋悲秋恨别之情，孤舟寒砧之景，均非南朝天子生活中所有之事，此乃偶作寒士语,以郊、岛诗入长短句,词之境界,至此又复一变。入宋以后,文人之词,皆其衍流。词之逐渐离去其贵族性、宫闱体,实肇始于此。

后主《临江仙》词,相传为宋师围城时作,此附会之说,不足信也。此词宋时所传凡四本:蔡絛《西清诗话》云:

> 南唐后主围城中作长短句,未就而城破:"樱桃落尽春归去,蝶翻金粉双飞。子规啼月小楼西。曲栏金箔,惆怅卷金泥。门巷寂寥人去后,望残烟草低迷……"余尝见残稿,点染晦昧,心方危窘,不在书耳。

此为见于著录之第一本。陈鹄《耆旧续闻》云:

> 《西清诗话》载江南后主《临江仙》,云围城中书,其尾不全。以予考之,殆不然。余家藏李后主《七佛戒经》、又杂书二本,皆作梵叶。中有《临江仙》,涂注数字,未尝不全。后则书太白词数章,是平日学书也。本江南中书舍人王克正家物,归陈魏之孙世功君懋。予,陈氏婿也。其词云:"樱桃落尽春归去,蝶翻轻粉双飞。子规啼月小楼西。玉钩罗幕,惆怅暮烟垂。   别巷寂寥人散后,望残烟草低迷。炉香闲袅凤皇儿。空持罗带,回首恨依依。"后有苏子由题云:"凄凉怨慕,真亡国之音也。"

此第二本也,词全未残。《宣和书谱》载御府所藏江南后主行书二十有四卷,内有乐府《临江仙》,此第三本也。此词不传于世,未知视蔡、陈二本何如。自此以后,辗转钞录,互有出入,异本滋多。明万历庚申谭、吕二刻本则前段第四句忽作"画帘珠箔",《雪舟脞语》所引则作"曲栏琼室",竟不知其所从来矣。大约宋人所常见者乃不全本,而不全本亦有二。《墨庄漫录》载刘延仲补三句云:"何时重听玉骢嘶,扑帘飞絮,依约梦回时。"盖据蔡絛传本补之也。康伯可亦有《瑞鹤仙令》补足李重光词一阕,见《阳春白雪》卷三。其词云:

> 樱桃落尽春归去,蝶翻金粉双飞。子规啼恨小楼西。曲屏朱箔晚,惆怅卷金泥。门巷寂寥人去后,望残烟草低迷。闲寻旧曲玉笙悲。关山千里恨,云汉月重规。

此词上片第四句为五言句,故康氏补足下片亦为五言。且调名又不作《临江仙》,想其所见传本如是。然则康伯可所据,又别是一本,此当为第四本矣。

刘延仲所补,极婉约,其意境与原作亦合。康伯可补词,全无重光蕴藉气度,且作入宋以后语,视刘作远矣。《耆旧续闻》载此词来源甚详,当非妄语。夏瞿禅先生谓:"据此,乃后主书他人词,非其自作。"余窃以为此说未允。陈氏言后主书此词,涂注数字,正可证其为自作之词,故每写一通,辄有改易。故稿本流传,各不相同也。若其书李白词,固未尝有涂注也。其与李白诗同在一本,盖未必一时所书,或书己作,或书古人之作,偶尔濡笔，何足疑哉！

此词亦后主承平宴闲时所作。墨迹词稿有残句六段，其第三段云"樱桃落尽阶前月"，其第五段云"樱桃落尽春将困"，皆与此词首句近似，正可见是当时构思之迹。陈鹄传本晚出，北宋人所见皆残本，故蔡氏附会之，以为是围城危急中所作，不可信也。补作者，亦多事也。

后主《采桑子》词"欲寄鳞游，九曲寒波不溯流"，此谓所思在西，而江流东下，鱼书莫达也。此句重在"溯"字。詹安泰注云："路途曲折遥远，更无从达到。"殊未喻作者之意。张子野《卜算子》云："江水东流郎在西，问尺素何由到。"秦少游《虞美人》云："欲将幽恨寄青楼，争奈无情江水不西流。"康伯可《风入松》云："塞鸿不到双鱼远，叹楼前流水难西。"范成大《南歌子》云："欲凭江水寄离愁，江已东流，那肯更西流。"皆祖述后主词意也。然后主此语亦出于晋民间《子夜歌》："不见东流水，何时复西归。"又《秋歌》："恶见东流水，终年不西顾。"至于唐人李挺之有诗云："去年三月洛城游，今日寻春到凤州。欲托双鱼附归信，嘉陵江水不东流。"此则用其意而变其辞。盖所思在东，而嘉陵江水则南流也。

姚宽《西溪丛话》论张子野"江水东流郎在西"之句，以为有误。引古乐府《缓声歌》云："思东流之水，必有西上之鱼。"因据此释云："凡鱼皆逆流而游，故东流之水中，鱼皆西游。"如此，则自后主以下，词人皆失于格物矣。按古乐府此句，自其前后文观之，并非言鱼皆西游也。原句云："当复思东流之水，必有西上之鱼。"黄晦闻笺云："穷则当思其变。水，东流也；而鱼则有西上者。夫鱼挟于东流，可谓穷矣，然力能西上，则由穷而知变矣。"黄氏此解是也。古乐府言水虽东流，亦或有敢于西上之鱼，故用"当复思"三字以表其意，初不以为一切鱼皆逆流而游也。

后主《浪淘沙》"金锁已沈埋，壮气蒿莱。"诸本多误作"金琐"或"金剑"，惟吕远本不误。詹安泰注以为"金琐"即"金琐甲"，故引杜甫诗"雨抛金琐甲，苔卧绿沉枪"句下仇兆鳌注为说。非也。"金锁"即"铁锁"，拦江拒敌之物。《晋书·王濬传》云："吴人于江上要害之处，以铁锁横绝之。又作铁椎，长丈馀，暗置江中，以逆距船。王濬乃作大筏数十，方百馀步。又作火炬长十馀丈，大数十围，灌以麻油。遇锁，燃炬烧之，锁即溶，船无所得。"后主词即用此事。"金锁已沉埋"，谓国防尽毁也。刘禹锡《西塞怀古》诗曰："千寻铁锁沉江底，一片降幡出石头。"后主兼用其语。

《虞美人》："雕阑玉砌应犹在，只是朱颜改。"王湘绮云："朱颜本是山河，因归宋不敢言耳。若直说山河改，反又浅也。"按后主此词上片已敢言"故国不堪回首月明中"，何至不敢言"山河改"。然既有前句，则此处用"山河改"，于义重复，当非后主本意。詹安泰解云："改变了红润的面色，这里是泛指人事。"此小拘泥于字面之说。词宜用代字，而代字皆宜活用。"朱颜"即人物也。此二句即"王侯第宅皆新主"之意耳。其下"问君都有几多愁"，此"都有"乃唐宋人语，即"共有"、"总有"之义，俗本皆误改作"能有"。

《长相思》"帘外芭蕉三两窠"，詹解云："窠，同棵，植物一株叫一窠。"此注亦误。窠与棵有别。一株，俗称一棵。一窠则是一丛也。草本植物，一根多茎，谓之一窠，芭蕉、海棠、牡丹，皆称窠，不称株或棵也。窠亦写作科，唐谭用之诗："高添雅兴松千尺，暗养清音竹数科。"竹亦一根多茎之植物也。

后主《玉楼春》句云："临春谁更飘香屑"，"临春"字诸本多作"临风"，非也。"临春"是楼阁名，詹本失注。"香屑"，詹本引《词林纪事》许蒿庐说云："飘香屑，疑指落花言之。"盖皆未知此句用事出处。按《陈书·后妃传论》云："至德二年，乃于光照殿前起临春、结绮、望仙三阁。阁高数丈，并数十间。其窗牖、壁带、悬楣、栏槛之类，皆以沈檀香木为之。……每微风暂至，香闻数里。后主自居临春阁，张贵妃居结绮阁，龚、孔二贵嫔居望仙阁。"此李后主以陈后主自况也。昧"谁更"字，可知此亦入宋后作。

一九六三年四月稿，一九七二年二月润文。

《南唐二主词》谭尔进本即吕远本，未及改正，附记于此。

一九八六年六月

（二）读冯延巳词札记

冯延巳，马、陆两家《南唐书》皆有传，近来又有夏承焘先生所作《冯正中年谱》，其生平政治、艺文行事，班班可考，无俟缕述。史称其"工诗，虽贵且老不废。尤喜为乐府词。能书，似虞世南。"今其诗竟无传本，墨迹亦未闻有收藏者，惟乐府词则有《阳春》一集，与李璟、李煜俱为南唐文学之代表。

冯延巳词集之最早记录，为南宋时陈振孙之《直斋书录解题》，其言云："《阳春录》一卷，南唐冯延巳撰。高邮崔公度伯易题其后，称其家所藏，最为详确，而《尊前》、《花间》诸集，往往谬其姓氏。近传欧阳永叔亦多有之，皆失其真也。世言'风乍起'为延巳所作，或云成幼文也。今此集无有，当是幼文作。长沙本以置此集中，殆非也。"据此可知陈氏当时所见冯延巳词有二本：一为高邮崔公度跋之《阳春录》，其中无"风乍起"一首。别一本为长沙坊刻本，收"风乍起"一词。

现代所传冯延巳词集，最早者为吴讷编《百家词》本。此书流传之迹甚晦，明、清二代学词者未尝称述。一九三〇年代，商务印书馆据天津图书馆所藏旧本排印，始传于世。明末，汲古阁毛氏有一旧钞本《阳春集》，未及刻版流传。清康熙时，无锡侯氏辑刻《名家词集》，其中收冯延巳《阳春集》一卷，卷首有宋嘉祐戊戌(1058)十月陈世修序。此书侯氏原刻今亦不易得，惟光绪中江阴金武祥所刻《名家词》即为侯氏本之复刻，今犹可得。其后，王鹏运据彭氏知圣道斋所藏汲阁旧本付之剞劂，是为四印斋本《阳春集》，时光绪十五年(1889)。同时，无锡刘继增亦得一旧钞本《阳春集》，因取诸本校勘而刻之梨枣，时为光绪二十年(1894)。刘氏同时刻《南唐二主词笺》一卷，皆仅有硃印数本，未及墨刷，而其版遽毁，故此二书流传极少。民国七年(1616)，无锡图书馆据所藏硃印本付之铅印，今或可遇之。民国二十年(1931)，林大椿辑《唐五代词》，内有冯延巳词一百二十六首，即据四印斋本编入，亦可视为冯延巳词集。民国二十二年(1933)，南京书店印行陈秋帆撰《阳春集笺》一卷,附校记一卷,此为冯延巳词有铅印单行本之始;亦为冯词有笺校本之始。以上为余所知见冯延巳词集诸本,其所从出者,皆嘉祐本也。

嘉祐本有"风乍起"一词,或以为即陈振孙所言之长沙本。此说非也。嘉祐本是北宋刻,长沙坊本乃南宋刻。或者长沙本即嘉祐本之复刻,此则未可知矣。

高邮崔公度跋《阳录》,在元丰中(见宋本《欧阳文忠公近体乐府》中罗泌跋文),后于陈世修者二十年,其书亦北宋刻也,然未闻流传。汲古阁刻欧阳修《六一词》,其《归自谣》、《蝶恋花》等四词下皆注云:"亦载《阳春录》。"阮郎归第三首下注云:"上三阕并载《阳春集》。"此乃毛晋据罗泌校语录入,其一条又误"录"为"集",非毛氏曾得见《阳春录》原本也。惟罗泌校语原有十一条,而毛氏仅录其五,岂以为其它六词皆可定为欧阳修作,无须置疑耶?《全唐词》载温庭筠《更漏子》"玉炉烟"一首,下注云:"互见《阳春录》。"此注未详来历,岂当时馆臣果曾见高邮本《阳春录》耶?

侯氏本与四印斋本所据钞本不同。刘继增所得又别是一本。且刘氏尝更见一钞本,又与其所得者不同。《爱日精庐藏书志》著录《阳春集》一卷,云从钱塘何氏传录。然则嘉祐本之传钞本见著录者,已有六本。此六本殆互有异同,故诸家所校,亦有出入。此则由于钞手之误。或妄人随臆意改,宋刻祖本不出,无可究诘矣。

陈世修序文颇弄狡狯,其言曰:"冯公延巳,乃余外舍祖也。"又曰:"公以金陵盛时……为乐府新词……日月浸久,录而成编。"又曰:"公薨以后,吴王纳土,旧帙散失,十无一二。今采获所存,勒成一帙,藏之于家。"此数语者,所以表示:㊀己与冯氏有姻亲世谊,故其所采辑诸词,来源可信。㊁《阳春集》为冯延巳手编之词集,集名乃冯氏自定。㊂旧帙已十失一二,故今采辑成编,仍名曰《阳春集》。㊃编成此集,目的在保存冯公著作,非为刊本贸利,故"藏之于家"。今按其书中所录,有见于《花间集》而为韦庄、温庭筠、欧阳炯、和凝之作者,有见于欧阳修词集者,有见于《尊前》、《兰畹》诸选集而不题为冯作者。剽窃之迹,已自显然,而陈氏又自注以实之。如《鹊踏枝》"谁道闲情抛掷久"一首,其下注云:"《兰畹集》误作牛希济。"此词原在《花间集》中,本是牛希济作,《兰畹集》从《花间集》选录,何尝有误?而陈氏故意不言《花间集》,无非混淆视听,使读者以为其所注可信耳。实则凡有此等注语者,皆非冯延巳词,此其欲盖弥彰之迹也。至于集名"阳春",亦必非冯延巳自题。冯氏必不自诩其所作为"阳春白雪"之音也。嘉祐以前,未闻《阳春集》之名,此必陈世修自题之而于序中隐约归之于冯延巳耳。

南唐纳土,后主入朝,二主词及冯延巳词遂流传于汴都,宋初文士不能不受其影响。晏殊、晏幾道、欧阳修皆爱好冯延巳词,其所自撰乐府歌词,亦与冯延巳词风格相似。当时冯词尚无专集,流传者皆散阕钞本,或布于歌人之口。二晏、欧阳词亦未编集行世,辗转传钞,容或误其作者。当时坊间所刻《尊前》、《金奁》、《兰畹》诸选集,乃全杨元素撰《本事曲》,皆有此失。故陈世修敢于妄辑冯词,刊版贸利,岂真为"藏之于家"哉。

嘉祐本既非善本,学者遂以不得见高邮本为恨。然以余考之,高邮本亦未必佳也。《直斋书录》引崔公度跋,有云其"家所藏最为详确,而《尊前》、《花间》诸集往往谬其姓氏,近传欧阳永叔亦多有之,皆失其真也。"又罗泌校正欧阳修《近体乐府》,有跋语一则云:

"元丰中,崔公度跋冯延巳《阳春录》,谓皆延巳亲笔,其间有误入六一词者。近世《桐汭志》、《新安志》亦记其事。今观延巳之词,往往自与唐《花间集》、《尊前集》相混,而柳三变词亦杂《平山集》中,则此三卷,或其浮艳者,殆非公之少作,疑以传疑可也。"合此两家所述,可以揣知崔跋之内容。崔自矜其家所藏冯延巳词皆延巳亲笔,故最为详确。此所谓"亲笔",殆非墨迹之义,盖言其皆延巳所自撰。故凡有互见于《花间》、《尊前》诸集者,皆"谬其姓氏"者也;凡有以为欧阳修词者,"皆失其真"者也。此其诡言,与陈世修同。盖崔公度本亦剽窃《花间》、《尊前》诸集及欧阳修词成之。欧阳修《近体乐府》中有罗泌校注十一条,谓此十一首皆见于《阳春录》。罗泌不敢定其孰是,故只得"疑以传疑"。崔公度则竟云是误入六一词者,则坚持其所录皆延巳亲笔也。又罗泌校语十一条,以今本《阳春集》按之,亦无不合。可知崔公度之《阳春录》未必胜于陈世修之《阳春集》,惟《阳春录》无"风乍起"一词,《阳春集》则有之,《阳春集》有"归自遥"三首,《阳春录》则题作"归国遥",今所知二本之不同,惟此二事耳。

陈世修序《阳春集》在嘉祐三年(1058),欧阳修文集乃其长子发所编定,共一百五十三卷,熙宁五年(1072)七月编成。是年闰七月二十三日,欧阳修逝世,年六十六,谥曰文忠。故此集刊本时名曰《欧阳文忠公集》。此集北宋时原刊本已不可见,今所传者为南宋时复刻本,绍熙二年(1191)孙谦益校刊。其中三卷为《近体乐府》,庆元二年(1196)罗泌校定。罗泌称欧阳修词旧有《平山集》,此当是北宋时坊刻,今未有传本,亦未尝见于藏书家著录。《六一词》乃南宋时长沙坊刻本之题名,北宋时尚未有称某某词者。故罗泌跋中所述崔公度言"其间有误入六一词者",但谓冯延巳词有被误认为六一居士所作者,此"六一词"犹非书名也。罗泌又云:"今观延巳之词,往往自与唐《花间集》、《尊前集》相混。"此即疑崔公度所编不实也。然其下文又云:"而柳三变词亦杂《平山集》中。"此则又因《平山集》中既有柳永词混入,亦可能有人以冯延巳词误作欧阳修词。罗泌此跋,于欧阳修词之真伪,疑信不决,故取"疑以传疑"态度,此其慎也。

陈世修本,近人疑为伪托。因序中称冯延巳为"外舍祖",以年代推之,不可能连为祖孙辈。夏承焘先生以为"外舍祖"当释作"外家之远祖",故不能以此致疑。然夏先生以为陈书亦实有可疑之处,因序称冯延巳"与李江南有布衣之旧",而李昇为升州刺史时,延巳才十岁;李昇官参知政事时,延巳十七岁,故谓"其语失实"。按夏氏此论,乃误以为"布衣"指李昇,而陈世修本意实谓冯延巳以布衣受知于李昇耳。陆游《南唐书》谓延巳"以文雅称,白衣见烈祖,起家授秘书郎。"可知陈序固未尝失实也。又夏氏既疑陈编为伪托,因谓马令《南唐书》称延巳"著乐府百馀阕",故以为"陈编殆据此数而杂掇欧、李诸词实之。"余则以为陈编非伪。马令《南唐书叙》撰于崇宁四年(1105),在陈世修编集之后四十馀年,在崔公度编集之后二十馀年,可知此乃马令据陈崔二本而言延巳有乐府百阕也。

或谓陈世修本称《阳春集》,崔公度本称《阳春录》,可知"阳春"是冯延巳自题集名,若此二家俱出于自造,又何必书名雷同?余以为此正陈世修诡言之效也。陈序既暗示《阳春集》为延巳编集时原名,崔公度堕其术中,不敢改易,遂改"集"为"录",以示二本区别,此亦张小泉、张小全之类也。欧阳发所编欧阳修文集,虽成于熙宁五年,恐至元丰中犹未刊版。柳永与欧阳修同时而先卒。在欧阳修身后,坊贾刻《平山集》而杂以柳词,亦其易欺世。故崔公度得循陈世修之旧轨,取他人词讬之于冯延巳。然考之其所窜入者,又与陈世修本几乎完全相同,余因是而又疑崔本实据陈本而稍加增改者也。

今代所传《阳春集》共收词一百十九首。已见于《花间集》者凡十二首:温庭筠三首,韦庄三首,牛希济、薛昭蕴、孙光宪、顾敻、张泌、李珣各一首。《花间集序》作于蜀广政三年(940),其书专录西蜀、荆南诸诗人之作,不及南唐。其时延巳三十八岁,必曾见此书,岂能攘窃他人之工。此必陈世修窜入,自当剔出,还诸《花间集》。

见于《欧阳文忠公近体乐府》而经罗泌校注云"亦载《阳春录》"者凡十六首。《近体乐府》编定时,欧阳修尚生存,极可能为亲自编定而假名于其子者。且其中有数首见于《乐府雅词》及《花庵词选》,皆以为欧阳修作。此两家选本皆精审。《乐府雅词》收欧阳修词多至八十三首,编者曾慥且云:"欧公一代儒家,风流自命。词章幼眇,世所矜式。当时小人或作艳曲,谬为公词,今悉删除。"可见曾慥编集时尝郑重甄别,肯定其所取八十三首中无他人所作混入。故余以为此十六首亦当剔出,非冯延巳作也。

此外有《思越人》一首,亦见于晁补之《琴趣外编》,题作《朝天子》。词较浅俗,不类唐五代语,应以晁作为是。又有《醉春风》"严妆才罢"一首,陈世修注曰:"《兰畹集》误作欧阳永叔。"然欧阳修《近体乐府》中不载此词。《古今词话》谓《瑞鹧鸪》调五代时已有,即引冯延巳此词为证。可知此词确为冯作,岂崔公度本题作《瑞鹧鸪》耶? 又有《鹤冲天》"晓月坠"一首,《尊前集》、《花庵词选》均以为和凝所作,题为《喜迁莺》。然《南唐书》云:"延巳《鹤冲天》词'晓月坠'前段,见称于世。"其言必非无根。《花间集》所录和凝词中,亦无此词,故此词亦可定为冯作。又《南乡子》第二首前叠"细雨泣秋风"与后叠"玉枕拥孤衾"韵脚不同,显为二词各残佚其半。《花草粹编》合为一首,《历代诗余》、《全唐词》、四印斋本均承其误。刘继增校订本析为二首,是也。然刘氏以为是单遍小令,则又承《词谱》之误也。

四印斋本又增辑得冯词七首,惟《寿山曲》一首曾有《侯鲭录》称引,可证为冯词。此外《玉楼春》"雪云乍变"一首《尊前集》作冯词,但欧阳修《近体乐府》中亦有之,当属之欧阳修。又《采桑子》"樱桃谢了"一首乃晏殊作,见《珠玉词》,亦当剔出。又《长相思》一首,《莫思归》一首,《金错刀》二首,皆从《花草粹编》辑录,所据不可根究,四词皆鄙俗,必非冯延巳词。

余写定《阳春集》,从一百十九首中汰除二十九首,补遗惟留《寿山曲》一首,共得九十一首,皆冯延巳词,无可疑者。此则陈世修之功,亦未可以其妄收赝鼎而没之也。

混入《阳春集》诸词,皆佳作也。欧阳修十六首尤婉丽缠绵,前人选冯延巳词辄以欧阳诸作当之。朱竹垞《词综》取冯词二十首,其中八首为欧阳所作,一首为韦庄词,一首为张泌词。韦张二词均见于《花间集》,以朱竹垞之博闻慎学,乃亦信《花间集》中有冯词误入,此不可解也。张惠言《词选》取冯延巳词五首,其《蝶恋花》二首,《清平乐》一首,皆欧阳修所作,《虞美人》一首虽是冯作,非其佳者。周济《词辨》取冯词五首,其《蝶恋花》四首皆欧阳修所作,《浣溪沙》一首,则《花间集》中张泌之词也。陈亦峰《白雨斋词话》盛称冯延巳《蝶恋花》四首,以为"极沈郁之致,穷顿挫之妙:情词悱侧,可群可怨。"此四首实亦欧阳修词也。王国维《人间词话》云:"冯正中《玉楼春》词'芳菲次第长相续'云云,永叔一生似专学此种"乃不悟此词正是欧阳修作也。观乎此,可知历来评论冯延巳词者,皆未识冯词真面目也。

张惠言、周济均称冯延巳《蝶恋花》词"忠爱缠绵,宛然骚辩之义。"陈亦峰且云:"'庭院深深'一章,他本多作欧阳永叔词,细味此阕,与上三章笔墨的是一色,欧公无此手笔。"又云:"晏欧词雅近正中,然貌合神离,所失甚远。冯正中意馀于词,体用兼备,不当作艳词读,若晏欧,不过极力为艳词耳。"此皆尊冯而抑晏欧之论,然其所据以立论者,皆在此《蝶恋花》四首,而不悟此四首皆非冯作也。今以此四词还诸欧阳修,则三家所论,直是梦呓矣。

向来研究冯延巳词者,均坐二失。其一为过信《阳春集》。凡《阳春集》与欧阳修集互见者,皆断为冯作误入欧集。余则以为《阳春集》中若无《花间集》诸词混入,犹或可信其皆为冯作。今《花间集》词十二首赃证具在,又安能保其必无欧阳修词窜入耶? 且如《蝶恋花》二首、《归自谣》二首,并见《乐府雅词》,其为欧作之证,强于冯作,顾乃必欲以为冯词者,何也? 唐圭璋先生以为"《阳春集》编于嘉祐,既去南唐不远,且编者陈世修与冯为戚属,所录自可依据。元丰中崔公度跋《阳春录》,谓皆延巳亲笔,愈可信矣。"此亦深为陈、崔二家所惑,而不思《花间集》词十二首将如何发落也。其二则以唐五代词为不可逾越之高境,非宋人所能企及。故二晏、欧阳虽步武延巳,亦仅能得其一体。刘熙载云:"冯正中词,晏同叔得其俊,欧阳永叔得其深。"即其一例。夫"俊"与"深",如何衡量? 晏殊岂无深处,欧阳亦不乏俊语。惟心目中先有尊冯之成见,遂悬此深俊二格,以贬抑晏欧,总之谓晏欧皆不及冯耳。此则持文学退化论者厚古薄今之弊也。余以为令词肇兴于唐,自巷陌新声转而为士夫雅奏。温飞卿出,始为之选声设色,琢句研词,写宫闱婉娈之情;鬯尊俎筝琶之乐,歌词面目,从此一新,流风所被,遂成格局。此后则韦端巳领袖蜀西,冯正中导扬江左,揄芬摛藻,纵未必迈越《金荃》,而托物取象,乃庶几继承楚些。比兴之义,于是乎入词矣。韦端巳情至而言质,冯正中义隐而辞深,王国维谓"冯正中词堂庑特大,开北宋一代风气。"此即言其于词之内容,有所拓展,为宋人之先河也。温、韦、冯、李之词,于宋人皆有影响,晏氏父子,所得犹在温韦之间;欧阳修则凌轹韦冯,青出于蓝矣。《蝶恋花》四首,固是欧公绝诣,冯延巳所不能到也。此四首与欧公其他词作,气韵一致,入《阳春集》则此四首与彼十首之间,深浅判然,愈见其非一手所制矣。

《阳春集》中所收《花间集》词十二首,皆与《花间集》所载不尽同。其一二字舛异者,或出传录之讹,姑置不论。然亦有全句异文者,此必为妄人改窜,谬托为冯延巳词,陈世修信而取之。又或竟是陈世修所作伪迹,亦未可知。至其所改易字句,皆不能胜原作,此亦可知其必非冯延巳作也。《虞美人》第三首"金笼鹦鹉天将曙",此李珣词也,原作"金笼鹦报天将曙",改本竟不成义。《菩萨蛮》第三首"人人尽说江南好",此韦庄词也,末二句原作"未老莫还乡,还乡须断肠",今改作"此去几时还,绿窗离别难",与上文全不贯串。《浣溪沙》第一首乃孙光宪作,其起句云:"桃杏风香帘幕间",今改作"桃李相逢帘幕间"。第三句原作"画梁幽语燕初还",今改作"画堂双燕语初还",竟不通矣。又第二首"醉忆春山独倚楼",其下片全录张泌词,而上片三句又与《花间集》全异,而此改本上下二片亦词意不属,陈秋帆已疑其"为陈世修辑刊时所删易",余亦云然。

冯延巳词自当以《鹊踏枝》十首、《采桑子》十三首、《虞美人》四首、《抛球乐》八首、《菩萨蛮》八首为最精湛之作。《鹊踏枝》"花外寒鸡"、"几度凤楼"、"霜落小园",《采桑子》"中庭雨过"、"笙歌放散"、"昭阳记得"、"洞房深夜",《虞美人》"碧波帘幕"、"玉钩鸾柱",《菩萨蛮》"画堂昨夜"、"娇鬟堆枕"、"沉沉朱户"诸作尤为高境。其情深,其意远,非温飞卿、韦端己所能及,岂但吐属之美而已。虽然,冯蒿庵以冯延巳词比之于韩偓之诗,以为"其义一也",此则窃恐未然。韩偓以《香奁》一集寓家国兴亡之恫,君臣遭际之哀,是有意于比兴者也。冯延巳则初无此情此志,其作词也,固未尝别有怀抱,徒以其运思能深,造境能高,遂得通于比兴之义,使读者得以比物连类,以三隅反,仿佛若有言外之意耳。

附记:

一九六二至一九六五年间,我研读唐宋词,写了不少札记。随时随事,漫写备忘,长篇短记,芜杂凌乱。只有唐五代词部分,大略成篇。因经常引用旧书,故仍用文言写作,免得文体不纯。近来各方面索稿,愧无新著,故钞出数篇应命,向国内外同行请教,此文亦其中之一。

一九七九年四月二十六日　作者记

（三）淮海词宋刻本

《淮海居士长短句》宋刻本三卷,先后经故宫博物院及番禺叶氏影印传世,古香袭裾,暇日展阅,自是一快。然其中有数字与张綖刻本不同。说者皆以宋本为胜,恐不尽然。即如《水龙吟》"小楼连远横空"句,《艇斋诗话》已述其本事,乃为妓楼琬东玉作。欲藏楼琬二字,因用张籍诗"妾家高楼连苑起",则张刻本作"连苑"为是。《草堂诗馀》亦作"连苑"。而宋刻本则作"连远"。连远而又横空,于义为滞。

又"疏帘半卷"。宋本作"朱帘",亦与下句"单衣初试"不谐。又《一落索》"杨花终日空飞舞",飞舞为连词,空飞舞,谓徒自飞舞,故下云"奈久长难驻"。空与奈,实相照夜。宋刻本作"飞空舞",朱卧庵本误从之,皆不及张本,不当过信宋本也。惟《望海潮》"茂草台荒",张本作"荒台"确是妄改。既曰茂草,又曰荒台,盛耶衰耶?然宋本此句亦必有误。详此句上下文义,疑当作"茂苑台荒"耳。又《阮郎归》"身有恨,恨无穷",亦误。张本、毛本均作:"更有恨,恨无穷。"更,谓更漏也。《菩萨蛮》句云:"独卧玉肌凉,残更与恨长。"亦即此意。

（四）竹山词

《竹山词》余所见凡三本:㊀元钞本。㊁吴讷《百家词》本。㊂毛氏汲古阁刊本。吴、毛二本殆同出此元钞本。元钞本有缺页二版,《忆秦娥》一首不全。吴本存其真,毛本径刊落之。《昭君怨》一首,元钞本误低二格,似有夺文。实则此乃单遍小令,文义格调俱全,吴、毛二本皆删去之,非也。

毛本题词较元钞本多"虽无诠次,庶几无遗逸云"一语,又增一"湖滨散人"署名。窃疑此乃毛氏诡诈,彼知其有缺佚,故以全璧欺人耳。张倍仁《妙香室丛话》谓"蒋竹山词有全集所遗,而升庵《词林万选》所拾者,最为工丽。如《柳梢青》'学唱新腔'云云,又《霜天晓角》'人影纱窗'云云。"按此所举二词,今三本中皆有之,《霜天晓角》一首,亦未入《词林万选》,不知张氏所见此二书,为何本耶?

(五)陈著《本堂词》

《四明近体乐府》录《西庐词话》云:"陈著《本堂词》,诸选本未登。慈谿郑氏二老阁有《本堂集》写本,编词四卷,世间罕有。厉樊榭撰《宋诗纪事》,曹廷栋撰《宋诗存》,皆未见也。余为录存六首,其《宝鼎现》、《贺新郎》二阕,亦苏辛之俦也。"

按陈著《本堂词》,诸家著录,未见有四卷本。《彊村丛书》据丁氏善本书室抄本《本堂集》刊词仅一卷,长短无次。西庐所选六首,皆在后半卷中。此所说:老阁郑氏藏四卷本《本堂词》,不知果有其书否?

(六)陈大声及其《草堂馀意》

陈大声是明代中叶著名的词曲家。名铎,别号坐隐先生,又号七一居士,睢宁伯陈文的曾孙。原籍下邳,徙居南京。武宗正德年间,袭职济州卫指挥使。他的著作很多,有《秋碧轩集》、《香月亭集》。大约都是诗文集。散曲集有《秋碧乐府》、《梨云寄傲》。词集有《草堂馀意》。皆见于《千顷堂书目》,但至今已流传极少。

陈大声的散曲,主要是南曲,《曲品》称之为"南音嘹亮"。一九三〇年代,卢冀野从艺芸精舍钞得《秋碧乐府》及《梨云寄傲》,刻入《饮虹簃散曲丛刊》,研究曲学者才易于见到。

况周仪藏有《草堂馀意》一部,清光绪三十年,为王鹏运借去,在北京付刻。刚写好版样,王鹏运忽然殁于苏州旅舍。原书及样本都失去,无法觅得。一九三二年,赵尊岳在北京访得了原本,欲刻版以传,因循未果。抗战期间,赵氏在南京刻他所编的《惜阴堂汇刻明词》,《草堂馀意》亦在其内。《明词》全书刻版竣工,刚刷出一部朱印样书,而抗战胜利,赵氏旅游到新加坡去了。《明词》版片,旋即散失,于是《草堂馀意》第二次流产了。

一九六二年,我在龙榆生寓所闲话,谈起赵氏所辑明词。榆生说,那个朱印本已归他保存。我就向他借归,检点一过,才知已不是全帙。但我求之多年的《支机集》和《草堂馀意》却赫然都在。我立即请人钞下了这两部极希见的明人词集,视同枕中秘宝。

十年浩劫中,榆生病故,他的遗书文物,亦不久就散去,那部唯一的朱印本《明词》,恐怕已深入"侯门",不可踪迹。现在因创刊《词学》的机会,我把《草堂馀意》全部印出,使这部再遭厄运的,况周仪称之为"全明不能有二"的词学秘籍,终于能够公之于世,为王赵二家实现了遗志。

《草堂馀意》是一部非常古怪的词集。作者把《草堂诗馀》中春意、夏意、秋意、冬意这四部分的词,每首都照原韵和作一首。但在每首词的调名下却并不全署自己的姓名。只有原书无署名者,才署名陈大声,其馀则仍署原作者名,例如苏东坡、周美成。其实这些词也都是陈大声的和韵之作。这样的编书体例,倒是从来没有的。

我经过核对,陈大声的和作并不和原作完全一样。句法、字数常有参差。原作用领字的句子,和作往往没有领字。或者由于他是曲家,以为词中的领字都是衬字,不妨省去。

上下二卷的最后一首都是《如梦令》。这两首词在《草堂诗馀》中找不到原作。大约这是陈大声自己写了为这两卷《馀意》作题词的。

关于陈大声的遗闻轶事,有卢冀野的《陈大声评记辑》,发表于《词学季刊》第二卷第四期(1935年),可以参考。

附录　坐隐先生

本刊第一辑第二一一页介绍陈大声,称陈"别号坐隐先生"。乃据卢冀野文录入,未及查考。出版后承徐润周先生指教,始知"坐隐先生"乃汪廷讷之别号。"坐隐"乃棋家自况,汪廷讷善弈,故自号"坐隐先生"。汪亦工词曲,好刻书,以环翠堂刻本著名。《草堂馀意》亦环翠堂刻本,故题作"坐隐先生精订"。

又陈大声卒于正德二年,其词曲活动及仕宦,实在成化、弘治年间。拙文所言,亦误。此二事皆当更正。

（七）秋水轩诗词

毗陵庄莲佩《盘珠词》,昔曾在国学扶轮社出版之《香艳丛书》中得之,词一卷,即名《盘珠词》,共八十八阕,无诗。后读金武祥《粟香随笔》,因知如皋冒氏有诗词汇刻本,并由金氏补入佚诗及断句,并附以金武祥祖捧阊《守一斋笔记》之关于庄莲佩者一条。但去年在上海米青阁书庄买得冒氏刊本《秋水轩集》,缪荃孙旧藏本,计古今体诗五十七首,诗馀八十八阕。无金氏补辑之佚词及断句,亦无《守一斋笔记》,且并序跋亦无之。很失望,后得光绪初盛宣怀刻本,即所谓思补楼聚珍本,诗词并刊,与冒氏刊本校,字句略有出入,但诗亦只五十七首,词亦只八十八阕。惟有一盛宣怀跋文,云:

> 庄莲佩名盘珠,阳湖庄有钧女,同邑孝廉吴轼妻,颖慧好读书,幼从兄芬佩学诗,出笔凄丽,词尤幽怨,入漱玉之室,毗陵女史能乐府者,莫之先也。嘉庆间,病绝复苏,谓家人曰:"顷见神女数辈,迎侍天后,无苦也。"卒年二十有五,吴德旋《初月楼稿》、李兆洛《旧言集》俱有传。阳湖盛宣怀识。

最近又购得光绪乙未可月楼刊本《秋水轩词》一卷、补遗一卷。有跋语云：

> 吾郡庄莲佩女史《秋水轩词》，哀感独绝，脍炙人口，惜抄录流传，不免讹脱。道光中费氏刊本仅止二十八阕，光绪初，思补楼聚珍本诗词并刻，而词得八十八阕，亦未能悉为校正。兹以诸家所藏钞本参校盛氏本，改其讹舛，补其缺逸，付诸手民，以广其传焉。光绪乙未闰端午，无闷居士跋。

无闷居士不知何许人，但可知必亦是毗陵人。我们从这一节跋语中，可知《秋水轩词》的最早刻本当为道光中的费氏刻本。可月楼刊《秋水轩词》卷首仍转刻费氏原序，署名费瑄，其辞曰："《秋水轩词》，吾师吴承之夫子德配庄孺人著也……犹忆癸未岁，瑄负笈从夫子游，手录孺人小词一帙授瑄，越今几二十年矣。"可知吴轼字承之，费瑄乃其门人。费氏所刻只其师手录之词二十八阕也。

可月楼刊本《秋水轩词》一卷，亦八十八阕，附补遗一卷，凡词十一阕。庄莲佩词似乎当以此本为最完备了。

关于庄氏的生平，《初月楼稿》及《旧言集》中的传，我都未曾见到，但《守一斋笔记》却在《粟香室丛书》中找到了。兹一并抄录于此：

> 吾常才媛颇有，而以庄莲佩为最。佩名盘珠，庄友钧上舍之女，余姊丈蒋南庄刺史之外孙女也。幼娟好颖慧，父母钟爱之。女红外，好读书。友钧故善说诗，莲佩听之不倦，每谓父曰："愿闻正风，不愿闻变风。"友钧授以汉唐诸家诗，讽咏终日，遂耽吟咏。稍长益工，将及笄，已裒然成集。古今体凡数百首，古体如《苦雨吟》、《牧牛词》、《养蚕词》，逼真古乐府。今体清新婉妙，佳句颇多。五言如"霜欺残夜月，虫碎一庭秋。""浮云一片来，庭树忽无影。""水寒鱼窟静，叶落燕巢空。""庭院忽疑月，溪桥欲断人。""山窗怜雨后，秋色爱霜前。"七言如"雨意暗滋三径草，鸟声啼破一溪烟。""展卷却如人久别，惜花又值梦初过。""凉生池馆因秋近，润遍琴书为雨多。""霜华欲下秋虫觉，节序将来病骨知。""叶声满院秋扶病，花影半栏人课诗。""嫩柳似波春欲动，薄烟如雾月初生。"此类皆可传诵。立庵，其外叔祖也，曾有《早春十咏》，莲佩属和《咏月》，结句云："一样闲亭清影里，梅花含笑柳含颦。"《咏草》一联云："一线柔香初见影，几茸嫩绿远成痕。"结句云："无数楼台遮不住，暗拖烟雨出城根。"《咏鸟》一联云："唤雨梅梢闺梦断，弄晴雪后晓寒清。"尤脍炙人口。嫁中表吴生，字承之，翁远宦，姑早丧，仍依母家。育子女，兼操家政，吟诗稍暇，辄时填小词，亦新隽可爱。体弱多病，年二十五，值清明，填《柳梢青》云："风声鸟声，者番病起，不似前春。苔绿门间，蜂喧窗静，剩个愁人。　　隔帘几日浓阴，才放出些儿嫩晴。薄命桃花，多情杨柳，依旧清明。"其父见之，惊谓不祥。对曰："伤幼弟耳。"盖有弟甚慧，方数龄，昨岁殇也。是秋，莲佩竟患瘵疾天亡。属纩时，念父母不置，惟合掌诵佛而已。有才无命，惜哉！

《柳梢青》一词,大概是这位女词人之死的忏词了。但盛氏本、冒氏本、可月楼本所载此词,"苔绿门间,蜂喧窗静"两句均作"针又慵拈,睡还难着",似较胜也。

关于庄莲佩的死,崇明施淑仪女史《冰魂阁野乘》中亦有一节记载:

> 莲佩字盘珠,阳湖庄友钧女,举人吴轼之妻,幼颖慧,好读书。既长,习女红精巧,然眼辄手一编不辍,尝从其兄受汉魏六朝人诗,读而好之。因效为之,辄工。其幽怨凄丽之作,大抵似昌谷云。年二十五,以瘵卒,垂绝复醒,谓其家人曰:"余顷见神女数辈,抗手相迎,云须往侍天后,无所苦也。"其姊适蒋氏者,亦工吟咏,善吹箫,所居春晖楼,有佣能视鬼神,指其姊妹曰:"是皆瑶宫仙子,我见绿衣丫髻行空中耳。"未几,盘珠卒,未几,其姊亦卒。临终索妹所画筵为殉。先是日者推其姊年当得七十二,至是才二十七耳。

其说虽无稽,但盛氏、施氏均作此说,似乎这位女词人之死,也颇有点李长吉的味儿了。至于她的诗,诸家均谓其似长吉,似亦并非虚誉,兹录集中《春晓》、《春晚》二曲,以见一脔:

> 琤琮铁马东风冷,乱落樱桃糁幽径。梦里黄莺听未真,绿雾如烟隔花影。
> 美人日午恋红衾,绿云香滑堕瑶簪。海棠夜雨愁春老,唤婢钩帘看浅深。(《春晓曲》)

> 垂柳堤,春风短;游线十丈牵难转。落花委地愁红浅,燕尾分香留一翦。　　细雨拖寒散满城,冷烟腻树莺无声。细草得意娇暮春,横阶当路历乱生。(《春晚曲》)

一九三五年三月

(以下未出版)

(八) 白玉蟾词

白玉蟾词,余所见凡三本:㈠道藏本《上清集》一卷,凡词二十五阕。㈡正统刊本曨仙重编《海琼白真人文集》六卷,其卷六收诗馀一百二十七阕(内鹤林靖和作二阕)。㈢万历刊本《琼琯白真人文集》十二卷,其卷七收诗馀二十五首,与《上清集》同。《彊村丛书》用唐元素校旧钞《玉蟾集》本,其次第与正统本同,盖即从此本。惟正统本《贺新郎》有二十四阕,其第四阕"挽住风前柳"云云,乃卢申之作,见《浦江词》,故唐本删之。

唐本续集一卷,凡十一阕,皆万历本所有而正统本所无者。《水调歌头·自述》十首,具见万历本,正统本佚其四。《全宋词》用《彊村丛书》本而增补《鸣鹤馀音》中《珍珠帘》一阕,总得词一百三十六阕。《彊村》本颇多阙误,余以正统、万历两本校之,可补正数字,义皆较长。书之于此,备后人校订焉。

《兰陵王》一"樵唱渔笛"。"渔",正统本作"牧"。

《沁园春》二"更凭高□远"。正统本亦空格,校者用朱笔补"眺"字。按:同治戊辰重镌本《白真人集》作"望"。

《沁园春》三"每为众生时雨滂"。"众",正统本作"泉"。

《沁园春》七"秋千戏剧"。"戏",正统本作"则"。

《水龙吟》二"结闲茅屋"。"闲",正统本作"间"。

《水调歌头》十三"丙子中元后风雨有感"。此题万历本作:"丙子七月十八日得雨,午后大风起,因而有感。"

《摸鱼儿》三"梦觉已非帝所"。"非"字下原空,校者以朱笔补"其"字。

《瑶台月》"诮不思下界有人岑寂"。"诮"字正统本作"诤"字,校者以朱笔抹去言旁,盖当作"争"字。

《永遇乐》二"只□底是"。"只"字下正统本作"遥"字。按:此字字书所无,未详其义。

《贺新郎》五"□是东吴春色盛"。"□"字正统本作"是",盖"自"之误,当作"自是东吴春色盛"。

《贺新郎》八"自展云间锦字"。"间",正统本作"笺"。

《贺新郎》十"贺大卿生日"。此题正统本作"贺胡大卿生日"。

《贺新郎》二十三"琪林春老"。"林",正统本作"株"。

《鹧鸪天》二"西畔双松百尺长"。"尺",正统本作"丈"。

《鹧鸪天》三"浑是迷天地"。"是",正统本作"自"。

　　续集

《水调歌头》三"未下飞升诏"。"下",万历本作"被"。

《酹江月》"如今识□"。万历本作"识破"。

（九）朱淑真《断肠诗集》

朱淑真《断肠诗集》,旧钞残本一册,庚辰夏得于香港摩罗街,有"东莞莫氏五十万卷楼"印。书题"新注朱淑真《断肠诗集》",钱塘郑元佐注。残存第九卷闺怨诗十七首,第十卷杂题诗十八首。注多唐诗及东坡诗,又引前人词句,称为古词,略同《草堂诗馀》注及《岁时广记》。

诗集后有附卷,题"新补朱淑真《断肠词》",昆山慎轩胡慕椿氏。词十六调二十七阕,分春景、夏景、秋景、冬景四目。词后有胡氏跋云:

　　　淑真诗集脍炙海内久矣,其诗馀仅见二阕于《草堂集》,又见一阕于十大曲中,何落落如晨星也。既获《断肠词》一卷,凡十有六调,幸窥全豹矣。先辈拈出元夕词,以为白璧微瑕,惜哉!

其后又有《记略》一则云：

> 昆山慎轩氏识："淑真，浙中海宁人，文公侄女也，文章幽艳，才色娟丽，实闺阁所罕见者。因匹偶非伦，弗遂素志，赋《断肠集》十卷以自解。临安王唐佐为传以述其始末。吴中士大夫集其诗二百馀篇，宛陵魏仲恭为之序。"

按：《四库全书总目提要》著录《断肠集》二卷，浙江鲍士恭家藏本。《提要》云：

> 淑真，钱塘女子，自号幽栖居士，嫁为市井民妻，不得志以没。宛陵魏端礼辑其诗为《断肠集》，即此本也。

魏端礼者，即仲恭之名，其书或与余所得者同，然彼仅二卷，此则十卷，岂已合并之耶？抑鲍氏所藏亦残帙耶？《提要》又云：

> 前有田艺蘅《纪略》一篇，词颇鄙俚，似出依托。至谓淑真寄居尼庵，日勤再生之请，时亦牵情于才子，尤为诞语。

此本后《记略》当即田艺蘅所拟，惟无"寄居尼庵"云云，则此文亦未全也。此本诗集十卷，观其分类及注语，当出宋本，然未见诸家著录，不知前八卷尚在天壤间耶？词一卷，无注，则胡氏增入之，故曰"附卷"，原非诗集所有也。陈直斋著录《断肠词》一卷，殆即此本。汲古阁刊《断肠词》一卷，凡二十七阕，与此本同，后有毛晋跋，多引用胡氏语。然则汲古阁所得洪武间钞本，宜亦即此本，胡氏殆明初人也。

况周仪得《汲古阁未刻本断肠词》一卷，校补而刻之，收入《四印斋丛刊》中。此未刻本削去《诗词杂俎》本中《浣溪纱》"玉体金钗一样娇"一阕，又据《花草粹编》补《西江月》、《月华清》各一阕，共二十八阕。况氏又以《浣溪纱》一阕补入，别从《历代诗馀》、《花草粹编》补《绛都春》一阕，从《词统》、《古今词话》补《阿那曲》一阕，共得三十一阕。况氏于《绛都春》题下注云："毛氏知从《花草粹编》补前二阕，而佚此阕，亦疏校勘也。"按：此阕先见《草堂诗馀》，乃朱希真作，《花草粹编》误作朱淑真，毛氏知其误，故不录，是疏于校勘者，正是况氏耳。

毛、况两家所增补四首，皆不可信。原集二十七首中，《生查子》（去年元夜时）一首，《乐府雅词》、《花草粹编》均属欧阳修，《欧公近体乐府》中亦载之，必非朱淑真作。《西泠词萃》本《断肠词》已削去此篇，是也。《生查子》"年年玉镜台"一首，《花草粹编》、《词林万选》作朱希真词，《历代诗馀》作李清照词，四印斋刻《漱玉词》已收入之，似当汰去。然此本题下注云："世传大曲十首，朱淑真《生查子》在第八，调入大石，此曲是也，集中不载，今收入此。"汲古阁《诗词杂俎》本《断肠词》亦有此注，可知此乃宋本原有之注，然则此词同为朱淑真作矣。观"集中不载"一语，又可知《断肠词》先有刊本而无此阕，故编者增入之；

《柳梢青》三首乃杨补之词,故《断肠词》可定者二十三阕耳。

许玉瑑序《断肠词》云:"《断肠词》就《记略》所著,原有十卷,至陈振孙《书录解题》仅存一卷。片玉易碎,单行良难。"此说非也,《记略》所言十卷者,《断肠诗集》也,陈氏所著录者之一卷,则词集也。

况氏跋语云:"安得魏端礼元辑及稽瑞楼注本,重付校雠也。"此亦误以诗集为词集。魏端礼所辑者,诗集十卷,非词集也。稽瑞楼不知是否即郑元佐斋名,若是,则所注亦仅诗集耳。然稽瑞楼此名,不知所出,疑亦《记略》中语,惜未得见其全文。

朱淑真生平不可考,临安王唐佐所为传殂已亡失,亦憾事也。

(一〇)竹笑轩吟草

盐官葛氏家刻本　　龙山亦史是庵李因著

《竹笑轩吟草》一卷,续集一卷,明女史李因著,王培孙藏书,今在上海图书馆,有陈乃乾跋(辛酉六月)。李因,字是庵,盐官光禄卿葛徵奇介龛之姿,工诗善画,诗乃为画名所掩。此集有葛之门人卢传序,又吴本泰序及题识(癸未八月),又葛徵奇序(癸未秋日)。正集中诗即终于《癸未喜归芜园》。芜园者,葛氏家园也。续集中诗,乃介龛没后所作,多悼亡之词。

卢序称旧有《竹笑轩吟草》一集,"大率与吾师适意时唱和之作",又云"兹出其续稿一帙,字字欲涕,一股贞襟侠气,溢于楮墨之外"。是则《吟草》一集刻于癸未之秋,即崇祯十六年秋,至是乃增刻续集也。惜卢序无岁月。续集稿末有诗序云"见有介龛遗画兼题绝句,为乙亥年所作,今十载矣"云云,则为乙酉,是年即清顺治二年,在南明则为弘光元年,此续集殆即刊于其时,故卢序不著岁月也。

(一一)陈大樽先生诗文全集

扉页题"延清阁藏本",板心下刻"延清阁",半页十行,行廿一字。

里中后学吴光裕搜辑,卷首失题序,存十八卷。卷一、二为赋;卷三,乐府;卷四,五、七古;卷五,五、七律绝;卷六,乐府;卷七,乐府及五古;卷八,五古;卷九,五、七古;卷十,五律、五排;卷十一,七律,五、七绝;卷十二,乐府;卷十三,五、七古;卷十四,五、七律,七绝;卷十五至十七缺;卷十八,五律、五排;以下全缺。观诗篇编次,似随得随刊者,故紊乱无次第。

(一二)容居堂词钞

云间周稚廉冰持撰,不分卷,凡小令十六页、中调六页、长调四十页,每半页九行,行二十一字,有宋思玉、范缵、张李定序。宋序署康熙戊午,殆即是年所刻。

(一三)雪庄诗词集

抄本四册　华亭缪谟著

《雪庄诗集》八卷,二册;《雪庄诗馀》一卷,一册;《雪庄乐府》一卷,一册。抄本,每半页八行,行二十二字,华亭后来雨楼周氏所藏,余于一九六三年十二月从假观。谟字丕文,号虞皋,别号雪庄,康熙甲戌诸生,岁贡。乾隆初,开律吕馆,张文敏延与共事,拟疏荐之。会其老病,且一目眇,不果。归里未几,卒。一子前死,无后。

谟与张梁大木、张照得天俱师焦南浦先生,时称"焦村三凤"。《松江诗钞·小传》云其集分十四卷,藏于张氏。今此本仅十卷,当是传钞别本,意诗馀、乐府原亦分卷耳。谟以词著,其工力亦在是。张梁有《幻花庵词》,二人集中互载其唱和之作甚多。焦南浦、黄唐堂以后,郡中词人推缪、张矣。

(一四)萍因蕉梦十二图题辞

光绪五年金山抱冲堂金氏刻

金山金麟廷瘦仙以生平事迹绘为十二图,广徵题咏,聚为此卷。时道光己酉也。瘦仙没后,其子昌燕、顺鸿付之剞劂,时光绪五年也。十二图者,曰《柏荫读书》,曰《茂苑从游》,曰《长江风阻》,曰《白门行旅》,曰《秦淮秋泛》,曰《茅斋读礼》,曰《西园艺菊》,曰《七夕曝书》,曰《秋林候雁》,曰《罗浮晓梦》,曰《芸窗课子》,曰《鸿楼清话》。青溪何穆山章绘,改七芗弟子也。图后有吴江董兆熊梦兰、华亭顾求定子茂、娄县仇炳台竹屏序,及瘦仙自序;其后为瘦仙撰图说,并各系一诗;以后则诸家所题诗词,有嘉兴张坚藕舟、华亭顾作伟韦人、钱塘戴熙醇士、江都符葆森南樵、吴孙潘遵祁顺之、青浦何其超古心、长洲江湜韬叔、娄县张鸿卓筱峰、杨葆光古酝等十馀家;其后附《松阴诗逸图》题咏十馀篇,无图。此书为郡城谢文翰所镌,十二图镂刻甚精妙。

(一五)洒雪词三卷

钞本

云间姚椿春木撰,旧钞袖珍本卷首有道光癸巳自序,署"海上白石生";次为陶梁、张鸿卓、雷文辉、王友光题词,王柏心、刘淳评语;次为词上、中、下三卷,不以令、慢铨次,凡三百馀首。按:春木词未尝刊行,仅藉钞本流传,松江图书馆旧有一钞本,甚草草,缮录之精,不如此本。

（一六）秋水轩词

自经战乱,我的藏书全部毁失,两本《秋水轩诗词》也早已不存。近十年来,陆续又收得《盘珠词》三本,都是以前所没有得到的。其一是《十二楼丛书》本,无序跋及刊本年月,收词八十八阕,题"南兰陵傅湘蘋涧南、董传芳笑薇校",也不知是谁家女士。其二是蘋香室校订《盘珠词》,铅字排印本,版心有"苔堂丛书辛酉年刊",盖民国十年也。词八十八阕,次第与《十二楼丛书》本同。卷尾有武进余端识语云:

> 庄盘珠女士工长短句,在吾邑闺秀中,首屈一指,著有《秋水轩诗词钞》。适吴孝廉轼,唱随甚乐。孝廉在京主讲,久客不归,庄有寄外《台城路》一阕,情文相生,尤为脍炙人口。吴君剑门尝谓予曰:"吾母程太夫人自称兰英女士,性喜诗词,瓣香秋水,旧有《盘珠词》钞本,刊木虞山,今亦散失矣。"蘋香室女士重录一过,编入丛书,以广流传。校雠既竣,丏予题跋,爰赘数言。辛酉七月,武进余端。

此书后附《白云庵诗钞》,题"武进吴放剑门著"。其自序略谓"少时驰逐名场,八战而八负,其后衣食于奔走,曾渡鸭绿江,登摩天岭,足迹半天下,'国变'后归虞山,日事吟哦,与东南半壁之隐逸同辟苔社,以讨论诗文"云云。其后又附印女士照片一帧,题云"苔社女子领袖蘋香三十六岁小影"。

又我曾见有《十二楼墨缘录》一书,题"吴放剑门撰",因此可知《十二楼丛书》本亦吴剑门所刻,即余跋所谓"刊木虞山,今亦散失"者。此本则其室人蘋香女士从旧存本录副印行者。但此本卷首有咸丰五年乙卯长至日钱塘女士关锳作骈文序,而十二楼刻本却没有这篇序文,我在三十年前所得本上见过,可能是蘋香女士从那一本上钞录补入的。

第三本在徐乃昌刻《小檀栾室汇刻闺秀词》中,收词九十九首,其八十八首次第与吴氏二本同,其后十一首,就是金武祥的补佚,此本大概是根据可月楼本刊刻的。徐乃昌刻此丛书,将各书原有的序跋大都删削,故此本亦无关锳的序文。

最近,又借得一本《秋水轩词钞》,是顾文彬的手录本,录词五十四首,又附摘录警句十二段。后有顾氏识语云:

> 《秋水轩词》一卷,毗陵女史庄盘珠作,从友人姜君春浦借钞,删存十之六。春浦为余言,女史年十七,归士人某,某忌其才,琴瑟之好间,郁郁而卒,年仅二十有一。其夫取其遗稿尽火之,而所存诗四卷、词一卷,皆零星拾得者。读其词,凄恻缠绵,怨而不怒,所谓古之伤心人别有怀抱者,非耶!余维才女命薄,自古皆然,若女史之见

忌于夫，赍志以殁，其厄尤奇，其情益可悲矣。诗四卷，闻在其侄某处，异日购而录之，合梓行世，当与《兰欸集》并传不朽已。

咸丰丙辰正月廿七日襄河舟中元和顾文彬录毕并识

可见这是一个选钞本，"删存十之六"，得五十四首，则姜春浦借给他的一本，恐亦只八十八首。庄莲佩诗，我所见者只一卷五十七首，此跋说有四卷，亦是前所未闻。又顾氏似乎未知《秋水轩词》已有道光中费氏刻本。至于庄莲佩的身世，顾跋所说，亦与诸本不同。莲佩所嫁同邑吴轼，字承之，余端跋称"孝廉"，应当是一位举人。莲佩卒后，曾抄其词二十八首给门生费瑄，费氏为之刻本流传，这就是道光中本。照此情况，似乎这位吴孝廉也不至于忌妻之才而将她的遗稿付之一炬，顾跋所言，疑非情实。但关镇序文中有一段云：

> 嗟嗟灵羽牢笼，总因文彩；爱河清浅，难免风潮。以夫人孕月为怀，刘花当舌；鹿卢自创一格，灯盖能辨四声。固宜艳爵芳缘，文箫善匹；效茧绵之一气，学磩礒之双声。而乃嫁杏于梨，种莲非耦；鸥鸽为同心之鸟，乌鹊成情尽之桥。宜其弱质娇罗，丰肌减玉；酒肠盛泪，怨翠凹眉。未色禅心，溅成泥絮；从无泪眼，晴到梨花。卒至香褪蜂腰，瘦飞龙骨；蝉弃秋前之蜕，蚕馀死后之丝。为素为缣，则新人已故；营斋营奠，则分俦无闻。鸣呼悲已。

这又分明是说伉俪之间感情不佳，其夫别纳新宠，莲佩殁后，其夫亦无所悼念。以顾子山跋印证此文，则莲佩身世实甚可悲。余跋所云，转为文饰。这一件疑案，尚待求得其他资料，方能考定。

我所借到的顾钞本中，夹有一纸条写道：

> 此钞共五十四阕，咸丰丙辰萧山丁氏有刻本，则只四十六阕，且字句各有参差，而署题亦钞本为完备也。如"甲寅元旦"，刻本无"甲寅"字；"病后赋赠静轩大嫂"，刻本作"病中寄静大嫂"。

这是近人校读后所记，由此可知《秋水轩词》又有咸丰丙辰萧山丁氏一刻，仅四十六首。顾文彬钞藏本，在咸丰丙辰正月，萧山丁氏本恐尚未刻成。《浣溪沙·甲寅元旦》是集中第一首词，我所见诸本均不作"元旦"，这个本子恐怕是《秋水轩词》的第二刻。

综合以上资料，我所知见的《秋水轩词》已有十种版本，而诗则仅见过冒氏、盛氏两本：

㊀《秋水轩词》一卷（二十八阕），道光中费瑄刻本。

㊁《秋水轩词钞》一卷（五十四阕），咸丰六年正月元和顾文彬钞本。

㊂《秋水轩词》一卷（四十六阕），咸丰六年萧山丁氏刻本。

㊃《秋水轩集》诗一卷（五十七首）、词一卷（八十八首），光绪初思补楼盛氏聚珍本。

㈤《秋水轩集》(诗五十七首、词八十八首,有金武祥补佚诗及断句),如皋冒氏刻本。

㈥《秋水轩词》一卷、《补遗》一卷(共九十九阕),光绪廿一年(1985)可月楼刻本。

㈦《盘珠词》一卷(八十八首),《十二楼丛书》本。

㈧《秋水轩词》一卷(九十九首),《小檀栾室汇刻闺秀词》本。

㈨蘋香室校订《盘珠词》(八十八首),民国十一年铅印本。

㈩《盘珠词》,《香艳丛书》排印本。

四 汇刻（未出版）

（一）《北山楼读词记》卷三目录（汇刻词籍、附辑本①）

（1）百家词

（2）典雅词

（3）汲古阁刻宋六十一家词

（4）百名家词钞

（5）十五家词

（6）侯刻名家词

（7）琴画楼词钞

（8）四印斋所刻词

（9）彊村丛书

（10）双照楼所刻词

（11）涉园所刻词

（12）小檀栾室汇刻闺秀词

（13）清名家词

（14）唐五代词

      全唐词

（15）全宋词

（16）辑本

      唐五代二十一家词

      刘子·庚辑本

      唐宋金元词钩沉

---

① 按：此为施先生拟编词话部分目录，虽仅见下列零星内容，却可见其架构。

（二）《校辑宋金元人词》佳处

(1)《漱玉词》辑本可称最善。

(2)（元）刘敏中《中庵乐府》久佚，惟此本全词二卷。

(3)（元）洪希文《去华山人词》乃足本，较彊村所据钱塘丁氏藏钞本为胜。

(4)《稼轩词丁集》，补双照楼刊本所缺。

(5)《闲斋琴趣》据星凤阁钞本，乃全帙。

(6)《梅苑》据《永乐大典》及《花草粹编》校正李氏圣译楼本数百事，又搜得佚词十八首。

(7)《古今词话》辑本最多(67 则)

（三）十五家词

　　康熙三年休宁孙默无言汇刻时人邹祗谟《丽农词》二卷、彭孙遹《延露词》三卷、王士禛《衍波词》二卷，称三家词，杜濬序以行之。至六年春，又增刻曹尔堪《南溪词》二卷、王士禄《炊闻词》二卷、尤侗《百末词》二卷，合为六家词，有孙金砺序。七年秋，又刻董俞《玉凫词》二卷、董以宁《蓉渡词》三卷、陈维崧《乌丝词》四卷、陈世祥《含影词》二卷，合前六家为十家词，汪懋麟序其端。嗣后复增刻吴伟业《梅村词》二卷、梁清标《棠村词》三卷、宋琬《二乡亭词》二卷、黄永《溪南词》二卷、陆求可《月湄词》四卷、程康庄《衍愚词》一卷，合前十家为十六家词三十八卷，邓汉仪撰序，则康熙十六年也。

　　孙金砺称默生平无他嗜好，见人诗文词工者，辄废百事求之，藏之什袭，或缮资锓诸梨枣，家人寒饥勿问也，则默之耽于文词，亦可谓锲而不舍者矣。其经营此书，盖十四年始成。今诸家词集原刻单行者，不尽可得，向使无孙氏汇刻，其亡者必多矣。然邵位西《四库简明目录标注》称十六家词三十九卷，盖有龚鼎孳《定山堂诗馀》二卷，而无程康庄《衍愚词》一卷也。《四库总目》则著录十五家词三十七卷，无龚、程二家词，盖程词后刻，龚词则《四库》本删之也。近中华书局以文澜、文津两阁本参校印行，此书赖以不没，固为词林盛事，独惜抄校者于校雠排字多谬误，未经校正，甚可噱也。其最为疏漏者，则诸家词卷端序文，俱不著撰者姓氏，此岂两阁本同然耶？

　　今就所知者录之，聊为学者一助：《〈梅村词〉序》，邹祗谟撰；《〈棠村词〉序》，汪懋麟撰；《〈二乡亭词〉序》，董俞撰；《〈炊闻词〉序》，尤侗撰；《〈百末词〉序》，曹尔堪撰；《〈丽农词〉序》，宗元鼎撰；《〈延露词〉序》，尤侗撰；《〈衍波词〉序》，邹祗谟撰；陆求可《月湄词》有尤侗序。此皆据《清名家词》及寒舍所有书补得之。陈维崧《乌丝词》、董俞《玉凫词》、《清名家词》所录亦阙序者之名。陈世祥《含影词》、黄永《溪南词》，《清名家词》均未收，余亦未得原刻，此诸序作者均待考。曹尔堪《南溪词》原刊本有尤侗序，此本则并其文亦阙如。按：此序有"忽以细故下吏，放归草庐"之语，岂当时有所违碍，为馆臣抽去之耶？今按：陈维崧《乌丝词》，有季振宜序。

十六家词刻本，称《国朝名家诗馀》，附《广陵唱和词》七家，凡《念奴娇》十二阕。孙无言跋陈其年词后云："其年《乌丝》一集，脍炙旗亭，崑崀别驾已为镂板行世，入予《十六家词选》中矣。"崑崀乃程康庄之字，可知此书任剞劂之资者乃程康庄，故十五家后附以康庄所作《衍愚词》，仅十七页，词甚凡庸，在当时固以此为报酬耳。

（四）吴氏石莲庵刻山左人词所据版本

乐章集　毛本　梅禹金钞校宋三卷本
　　　　宋本乐章集目
　　　　乐章集逸词
　　　　乐章集校勘记（缪荃孙）
　　　　乐章集校勘记补遗（曹元忠）
姑溪词三卷　李之仪端叔
　　　　据明吴匏庵丛书堂钞本姑溪居士集（较毛本多八阕）
琴趣外篇二卷　晁补之
　　　　据毛本
审斋词一卷　王千秋
　　　　据毛本
孏窟词一卷　侯　寘
　　　　据毛本
拙庵词一卷　赵磻老
　　　　不注出处
稼轩词十二卷　辛弃疾
　　　　据四印斋刻元大德本
草窗词上下二卷、又补上下二卷　周　密
　　　　不注出处
漱玉词一卷、补遗一卷、附录一卷　李清照
　　　　端木埰序
　　　　词一卷
　　　　补遗一卷（王鹏运辑）
　　　　附录：易安居士事辑（俞正燮）

王鹏运跋(此据四印斋本)

炊闻词卷上下　王士禄

衍波词卷上下　王士正

衍波词序

词上下二卷

衍波词附

阮亭诗馀序

阮亭诗馀目禄

衍波词補遗

吴重喜识语

二乡亭词三卷　宋　琬

竹西词一卷　　杨通佺

志壑堂词一卷　唐梦赉

此不注来历,知其据《百名家词》也,止 22 阕。

珂雪词卷上下　曹贞吉

珂雪词话

珂雪词评

珂雪词卷上下

珂雪词补遗

饴山诗馀　　　赵执信

晚香词三卷　　田同之

附西圃词说

五　词话　词谱（未出版）

（一）《乐府指迷》校笺

沈伯时《乐府指迷》一卷与张玉田《词源》二卷，同为宋人论词专著。沈与吴梦窗同时，是其书视《词源》先出。明清间二书传本甚少，词家多不得见；沈书尤罕传，故眉公《秘笈》误以《词源》下卷为《乐府指迷》。厉樊榭跋《绝妙好词》有引张玉田《乐府指迷》语，可知皆未尝见《乐府指迷》本也。此书卷帙不多，未闻有单刻。陈耀文《花草粹编》卷首附刻一通，当为今所知最早之刻本，实明万历十五年也。清咸丰时，钱塘金氏《评花仙馆》以活字覆印《花草粹编》，亦附印之。同时吴江翁大年从文澜阁抄得一本，校正付梓。然此三本亦流传甚稀。至光绪中王幼遐四印斋刻本出，遂盛称于词苑。盖此本晦迹几六百年，始复显也。近年有蔡嵩云笺释本，搜聚诸家词话为沈说参证，甚便学者，可谓沈氏功臣。蔡君书似据四印斋本，虽序中言依据盒山二本（即万历本及《评花仙馆》本），然余以暇日及二本校之，犹有异同。因录予校记于此，俾治蔡书者参考焉。

㊀"思此则知其所以难，子弟辈往往求其法于余。"万历本作"则知所以为难"，"子弟"作"子侄"。（《评花仙馆》与万历本全同，故不并举。）按："子弟"一词在宋人别有义，此处当作"子侄"。

㊁"即如《花间集》小词亦多好句。"万历本无"即"字，"花"字上有空缺一格。按：宋人称《花间集》常冠以唐字，此处所缺，疑亦是"唐"字。

㊂"却是赚人与耍曲矣。"此句诸本均同，然"赚人"字疑当作"赚令"。旧本"令"字残缺下半，误钞作"人"字耳。"赚令"或即"缠令"，下文虽有做赚人之语，然此处谓曲子，不谓人物也。参看《都城纪胜》。

㊃"短句须剪裁齐整。"万历本作"剪截"。

㊄如《绛园春》之用"游人月下归来"，"游"字合用去声字之类是也。万历本作"游人"，不作"游子"。按：此乃吴文英《绛都春》词句。吴集中此调凡八阕，其六阕此处均用去声字，一阕云"祗应花底春多"，则用上声，惟此处用平声，便不谐律，故沈氏拈出之。万

氏《词律》于此处注云："可平。"盖未见《指迷》耳。又沈氏之意，实谓"游"字当用去声字，不云"游人"二字。此恐万历本误刻，宜从翁、王校本。

㈥ "咏月却说雨，咏春却说秋。"万历本作"咏春却说凉"。按："凉"字甚是。"咏春却说秋"，殆无此作家，旧本可笑，在此一字。

㈦ "不豪放处，未尝不叶律也。"万历本无"豪"字。

㈧ "情场奉倩"，万历本作"荀倩"。按：《清真集》诸本均作"荀倩"，"奉"字误。

㈨ "却易得古人句，同一要炼句。"万历本作"亦要炼句"。按：此数语不甚可解，疑有脱误。然无可校，或蔡氏断句有误，当读作"却易得，古人句同亦要炼句"。谓词中用古人句，亦要经过锻炼也。"却易得"似当承上。

㈩ "何曾说出一个柳梨字。"万历本作"梨柳"。

（二）词旨　词旨畅

一　概　述

《词旨》一卷，元人所著，题"陆辅之撰"。其《小引》有"予从乐笑翁游，深达奥旨制度之法，因从其言，命韶作《词旨》。"因知其人与张炎同时，其所言实《词源》之别录也。

然辅之爵里无考，或以"命韶作《词旨》"之语，题"陆韶辅之撰"，疑或不然。此《小引》似韶之父所书，或传钞本夺其署名，否则此"命"字不可解也。

汪砢玉《珊瑚网》云："汾湖居士陆行直辅之，有家妓名卿卿者，友人张叔夏赋《清平乐》赠之。后二十一年，行直官翰林典籍归，叔夏、卿卿俱下世。"则辅之名行直矣。

明刻本又题"陆友仁撰"，友仁乃松陵陆子敬之字，岂又字辅之耶？顾嗣立《元诗选》云："陆行直，字季道，一字德恭，一作季衡，吴人，居于甫里，自号天湖居士，翰林典籍致政。"此又不云行直字辅之，而其人即《珊瑚网》所载者，此皆疑莫能定也。

此书凡"词说"七则，"属对"三十八则，"乐笑翁奇对"二十三则，"警句"九十二则，"乐笑翁警句"十三则，"词眼"二十六则，"集虚"数则，卷帙戋戋，未见单刻。余所见明则惟《说郛》本，清则以乾隆二十七年云间姚培谦《砚北偶钞》本为最早，题"元陆辅之述"，其次为乾隆四十三年刻《词林纪事》本，题"宋陆韶辅之撰"。

明刻本题"陆友仁撰"者，余未尝见，光绪间王幼遐四印斋刻一本题"元陆辅之述"，今《词话丛编》采用之。

光绪三十年，长沙胡元仪取张叔夏《词源》注之，以发明其说，又录原词于对句、警句之下，分为二卷，命曰《词旨畅》，言畅其旨也。

此书松陵陈去病辑《笠泽词徵》，取胡元仪所撰校订附印之，亦为佳本。《说郛》、《砚北》、《词林》、四印斋本均至"单字集虚三十三字"而止，《词林》本尚有"两字集虚"一目，其文则缺。《说郛》、《砚北》、四印斋则并目亦无之，胡本则尚有"两字集虚"、"三字集虚"二目,其文则缺,此亦胜于《说郛》以来诸本者。

辅之论词曰:"夫词亦难言矣,正取近雅,而又不俗(《词林》本、四印斋本作"不远俗")。"此言最为精辟,与宋人论词多主于雅,不知词固俗文学也。尚雅则宜为诗,辅之揭"近雅不俗"之旨,实得词学真谛。近雅,非诗也;不俗,非南北曲也,斯乃词也。

又云:"对句好可得,起句好难得,收拾全藉出场。"此语亦沈伯时、张叔夏所未及。胡元仪注云:"谋篇之妙,必起结相成,意远句隽,乃十全之品。"此注实未畅其旨,当取名家词起结相照映者,为之例证,可助人神思不少。

又云:"凡观词须先识古今体制雅俗,脱出宿生尘腐气,然后知此语咀嚼有味。"胡注云:"今生尘腐气固宜脱,必并宿生尘腐气脱尽,乃可至雅正清新之域也。"此以"宿生"为"前生",疑其误会。宿,陈也,犹陈言也,即上文所云"造语贵新"也。生,涩也。《词源》云:"词中用一生硬字不得。"尘,凡庸也;腐,迂也。此等语皆上不近雅,下不免俗,故当摆脱此等气质,然后方能有味乎作家名句也。

（三）词旨校记(胡元仪《词旨畅》、《词林纪事》本)

(1) 属对　卅八则,数同。

● 虚阁笼寒,小帘通月。(姜白石《法曲献仙音》)
　　胡本、四印本并作"笼云"。

● 珠蹙花舆,翠翻莲额。(前人)
　　《纪事》本注云"前人",前句乃楼君亮作。胡本则作"前人,〇〇〇,紫丁香","〇〇〇"谓前调,即《法曲献仙音》。四印本作"紫丁香"。

● 香茸沾袖,粉甲留痕。(前人)
　　《纪事》本句下仅云"前人",前句乃施梅川作。胡本作"前人,〇〇〇,去姬复来","〇〇〇"未详何调。四印本作"去姬复来"。

● 金谷移春,玉壶贮暖。(张寄闲茶花)
　　《纪事》本注云:"张寄闲茶花。"四印本同。胡本云:"张寄闲□□□茶花。"

(2) 乐笑翁奇对:

● 因花整帽,借柳维船。(并同上)
　　"维船",胡本作"维舟",校云:"集本作'因风整帽,借柳维船。'"《纪事》本正作"维船",四印本同。

(3) 警句　九十二则:

● 春在暖红温翠。(赵解林上元)
　　胡本作"人在煖红",四印本作"人在暖红"。按:当以"春"为是。

● 翠销香煖云屏,更那堪酒醒。(刘龙洲《醉太平》)
　　胡本同。四印本"堪"作"时"。

● 惊起半床幽梦,小窗淡月啼鸦。(刘小山《清平乐》)

"半床",胡本作"半帘"。四印本作"半屏",且无"小窗"二字。

- 昭君不惯黄沙远,但暗忆江南江北。(前人《疏影》)

  《纪事》本句下仅云"前人",前句乃姜白石作。胡本作"胡沙",四印本同。

- 落叶西风,催老几番尘世。(仝上)

  《纪事》本句下仅云"仝上",即张东泽《桂枝香》。胡本"催老"作"吹老",四印本同。又四印本"尘世"作"醒醉"。

- 露侵宿酒,疏帘淡月,照人无寐。(仝上)

  《纪事》本句下仅云"仝上",即张东泽《桂枝香》。胡本同。四印本"宿酒"作"雨宿"。

- 清绝。影也别。知心唯有月。(萧小山《霜天晓角》)

  胡本"唯"作"惟",四印本同。又四印本"小山"作"结山"。

- 南楼不恨吹横笛,恨晓风、千里关山。(前人《高阳台》)

  《纪事》本句下仅云"前人",前句乃吴文英作。胡本、四印本并同。

- 绿阴青子老溪桥,羞见东邻娇小。(同上)

  《纪事》本句下仅云"仝上",即吴梦窗《西江月》。四印本同。胡本"老"作"满"。

- 珠帘卷上还重下,怕东风吹散歌声。(赵钧月《风入松》)

  四印本同。胡本"卷上"作"卷起"。

- 苔痕漪雨,竹影留云,待晴犹未。(同上)

  《纪事》本句下仅云"同上",即张寄闲《瑞鹤仙》。胡本仅录"待晴犹未"一句,四印本同。

- 看画船尽入西泠,闲却半湖春色。(前人《曲游春》)

  《纪事》本注云"前人",前句乃周草窗作。胡本"看画船"作"画船",四印本同。又四印本"春色"作"春日"。胡校云:"词未见。"

- 春在阑干咫尺。(赵元建《谒金门》)

  胡本作李笕房句,四印本同,二本为是。又四印本《谒金门》作《壶中天》。

(4)词眼二十六则

- 愁烟恨粉。(玉笛)

  四印本无注。胡本下亦无注,校云:"词未见。"《纪事》本下句"雨今云古"注云:"同上。"按:"雨今云古"乃玉田《长亭怨》词句,可知"愁烟恨粉"亦玉田句。四印本上句是竹可之"翠䂂红妒",下句是楼君亮之"月约星期",更下方为玉田之"雨今云古","玉笛"当为"玉田"之误。

(5)两字集虚

胡本有"两字集虚"之目,文缺。《纪事》本作"两字缺",文缺。四印本无此目。

(6)三字集虚

胡本有"三字集虚"之目,文缺。《纪事》本、四印本俱无此目。

（三）词学筌蹄

旧钞本　上海图书馆藏

《词学筌蹄》八卷，四册，白纸蓝格抄本，半页十行，行二十字，有弘治九年莆田林俊序，又弘治甲寅莆田周汉序。每词首列图谱，后列选词，不以令、慢为次。有"吴兴抱经楼藏书"、"五万卷藏书楼"、"授经楼藏书印"、"浙东沈德春家藏之印"、"药盒珍玩宋元秘本"五印。

周序云："《草堂》旧所编以事为主，诸调散入事下；此编以调为主，诸事并入调下，且逐调为之谱。凡为调为七十七，词三百五十三，厘为八卷。编录之者，托蜀府教授蒋华质夫，考正之者，则蜀士徐山甫也。"

盖周瑛创意以《草堂诗馀》重行编次，而益以图谱也。林序称周为蜀藩方伯，或蜀王府纪善耶？此明人所撰，钱竹汀列入《元史新编艺文志》，而《明史艺文志》乃无此目，当据以正之。

（四）日本填词之祖

日本竺田居士田能村孝宪作《填词图谱》，其序称彼邦填词，始于中书亲王《忆龟山》之作。又曰："王夙好文学，才藻典丽。罹时不淑，退隐西山，掩关却扫，因制此词，寄调《忆江南》也。读之辞致凄惋，世与《菟裘》诸赋并传，当推我邦开山祖也。有祖无传，尔后绝响，一千年于兹。"

余收得日本旧刻《本朝文粹》，《忆龟山·效江南曲体》二首在卷一中，固录存之。其一曰："忆龟山，龟山久往还。南溪夜雨花开后，西岭秋风夜落间。岂不忆龟山。"其二曰："忆龟山，龟山日月闲。冲山清景机（一作栈）开远，要路红尘毁誉斑。岂不忆龟山。"

按：《本朝文粹》十四卷，藤原明衡撰集，上自弘仁、下至宽弘二百馀年间之文辞，当我国元和五年至大中祥符四年，彼时两国间商人、释子，频有往还。我国声教所被，如响斯应，《尊前》、《花间》，必有浮海而东者。亲王得风气之先，遂为彼邦词人鼻祖，惜后起无闻。竺田居士得万氏《词律》，遂编为《填词图谱》，以飨其国人，倚声之学遂得复兴于千载之后，亦词苑功臣矣。

六　云间诗词集（附诗文集、合集）（未出版）

（一）云间诗钞第一集

娄县章未次柯纂　光绪四年刊本　四册

此书卷首有光绪戊寅章未自序，略云："此《云间诗钞》第一集也。余前有淞文传之选，今复有是选。余生四十有七年矣，学诗古文未成，恐无以传于后，于是录编乡先生之诗。诗与史相表里，凡诗之表忠孝、扬节义，及足备掌故者，悉存焉。应酬之作，存什之一而已。"集中所收郡人诗凡十家，人自为集。体例略如《南宋群贤小集》。然华亭朱廷栋《纫兰轩诗钞》仅三版，南汇丁宜福《浦南白屋诗稿》则多至二卷四十六版，数量颇不匀称。所选诗诚如自序所言，皆表扬忠节之作，诗实凡庸。其他抒情之诗，亦少佳篇。盖次柯耽于理学，诗文手眼，本不高明耳。书版口皆名人集名，惟卷端书名一页及序文内称《云间诗钞》第一集，倘失此二页，得之者即不知其为何书，并不知其纂录者为何人矣。又无总目，亦不知第一集是否止此十家。

谷春堂剩稿	娄县	秦　渊	珠崖	（14 版）
纫兰轩诗钞	华亭	朱廷栋	冲斋	（3 版）
醉梦轩诗草	金山	唐　集	秦峰	（3 版）
求己山房诗稿	奉贤	朱　恒	半畦	（4 版）
闻香室稿	华亭	顾作伟	韦人	（12 版）
鲸鸥馆诗钞	奉贤	秦士醇	静甫	（5 版）
泖东草堂诗稿	娄县	沈辰吉	菊庐	（9 版）
浦南白屋诗稿	南汇	丁宜福	时水	（二卷　6 版）
蓣花水阁诗钞	华亭	张家焱	丙斋	（？版）
赐砚堂诗钞	华亭	吴景延	让卿	（5 版）

（二）范氏一家言

稿本四册

《范氏一家言》稿本四册，每半页七行，行二十字，华亭后来雨楼周氏所藏，余于一九六三年十二月从假观。此书为康熙间范韦骏侯所辑，皆其高曾王考诸父兄弟之诗文，首范廷言侃如、范濂叔子昆仲诗。廷言为韦之曾祖，濂则其曾叔祖也。次为范景范态庵、景修醒士、景仪弘生，皆廷言子也。次为范煌丽城、韦骏侯、飂莞公，皆景范子。次为范启宗海民，韦之祖，则景范之父也。诸范诗共九家，《松风馀韵》、《松江诗钞》所录仅四家，是犹可据此本补之。姚、姜二氏殆均未见此本耳。卷首有康熙癸酉徐是效序。又嘉庆十四年六月朔钦善序，乃其手笔。称"重订《范氏一家言》"，岂全书已有阙失耶？

（三）张泽诗徵三卷续二卷

娄县章耒次柯纂　光绪八年封氏簪进斋刊本　二册

此书二集，共五卷，专录我郡张泽一隅之诗，始蒋平阶，后有《寓贤诗》一卷、《封氏先德诗》一卷。诗佳者不多，然地方文献有此结集，使后人知乡里间昔日文风之盛，要亦美事。书刊于光绪八年三月，卷端章耒序作于光绪九年仲夏，盖全书刊版既就，方撰序冠之也。

（四）赏雨茅屋诗钞四卷

华亭翁春撰　嘉庆四年刻本　二册

此书卷首有乾隆乙卯王昶序，次为王芑孙所撰《云间二布衣传》，谓吴钧陶宰及春也。卷末有雷晬跋，晬尝从学于春，此书即晬所刻也。春字石瓠，乾隆间以诗鸣，王兰泉拟之同时浙右方兰坻，终身不娶，嘉庆二年冬卒，寿六十六。

（五）雪初堂诗集六卷

华亭沈龙友夔著

夔所撰，仅此一刻。书亦罕传，得之可喜。每半页八行，行十九字，疏朗悦目。卷端有陈继儒序四页。次为目录十二页。次卷一，皆古诗。卷二，五律。卷三，五绝。卷四，七律。卷五，七绝。卷六，诗馀七十九阕。眉公序云："癯且腴，淡且旨，绮且清，可与同味者,惟单质生、夏梦蒨、谭梁生、曹允大有此风韵。"又云:"吾重友夔者,孝弟而能诗文,盖才子而兼有道者也。"

（六）世恩堂经进集三卷

华亭王顼龄瑁湖著

此书版刻甚精,卷首有高士奇序,未系年月,所收赋颂诗文皆进呈御览之作,殊不见佳。府志《艺文志》仅著录《世恩堂集》三十二卷,见《四库全书存目》。此盖别刻先行者,当补入。

（七）小山吟草写本二册

后来雨楼周氏藏

《小山吟草》写本二册,金山钱庭桂字粟岩,号小山撰。每半页九行,行二十四字。总一百十四页。卷首有赵万里筼庄撰《岁进士小山钱先生墓志铭》,谓小山未弱冠补博士弟子员,每试辄第一。食饩上庠。连踬棘闱,淡于仕进。设教数十年,及门称最盛。后贡入成均,有劝以入都就监肄业,以弋一官者,先生不愿也。殁于乾隆五十三年,寿七十九云。诗多祝寿,贺入泮、哀挽及试帖之作,未能佳胜,聊可见一时金山、奉贤人物耳。此本乃道光乙未丁酉间其孙罃所录,时罃亦七十矣。

（八）堪斋诗存八卷

周氏后来雨楼藏本

华亭顾大申见山著,曾孙思孝编辑、玄孙光裕校字,雍正七年刻本,有是年思孝跋,谓"童稚时侍吾祖正字公侧,见所藏先曾王父水部公诗文稿,口虽不能成诵,心窃敬护之,又吾祖尝言水部公与同郡直方宋公、农山王公、釜山周公,以文章道义相摩切,东南风雅,共推水部公为领袖,每脱一稿,远近流传,今遗集具在,非镌板无以垂世。小子铭之于心,不敢忘。所悲先子早世,先祖捐馆后,思孝仅十馀岁,屡弱孤苦,日不暇给,历今三十年,学殖荒落,不克表扬先业,若更因循岁月,至于零落散佚,则负疚何极。因取所藏未刻诗重为校订,付之梨枣。水部公向有《鹤巢集》行世,迄己亥岁而止。是集所编,《燕京唱和》及《泗亭》诸诗皆仍《鹤巢》之旧,而手自删订,名曰《诗存》,亦承水部公之旧也。"按:顾见山《鹤巢集》,府《艺文志》无著录,此本凡《燕京唱和集》九十八首,《泗亭稿》二百六十首,《素琴稿》四十首,《雪辕集》十三首,《使虔稿》一百八首,《素琴后稿》二十首,《燕京唱和后集》

四十六首,《度陇集》三十七首。《燕京唱和集》始于丙申,《度陇集》作于癸丑,见山顺治九年壬辰进士,丙申乃顺治十三年,癸丑乃康熙十二年,十八年中诗悉录于此,盖手编全稿也。此集入《四库存目》,《提要》颇称其有明七子之馀风,可追王、李;于其乐府,则以"谈何容易"讥之。检此集乐府诗,均在《燕京唱和集》及《泗亭稿》中,后不复见,虽未至如陈伯诚所云毫发无遗憾,要亦不失唐人体格,《提要》所言,绳之过矣。

(九) 尺五楼诗集九卷

周氏后来雨楼藏本

云间杜登春让水著,康熙庚申夏五王奭后张序,康熙癸卯宛水杨彭龄、戊申秋日梅村叟、药之赵听、苍水董俞、楚中孟道脉、宋德宜、内弟张琰、世弟何元英、东牟友人曾清氏、施闰章、娄东沈受宏、张天湜、九峰张彦之洮侯、周纶等题评,凡十四则。版心有"本衙藏版"字,失其首尾数页,因不知刊刻时地。让水有《社事始末》,存吾松忠义人文掌故,其书流传不灭,独其诗颇不经见,盖此集之传,在隐显间耳。王后张序谓"甲申之春,长安逼,让水偕童子数人,上书乡先生,请纠旅入援,当此之时,让水未为诗也,其志可不谓伟哉!既而困顿弗售,仅得明经举,中复颠踬。行年五十,然后踽踽入都,授一翰林散秩。嘻!亦良苦。少时交友,俱致身日月傍,而方从事下列,齿已前,班特后。嘻!又良惫"云云。此府志本传所未详也。吴梅村云:"此编自乐府长句,以及近体,皆才致奔轶,一轨之于法度,其藻耀高翔,如名花骏马,烂熳历落,使人不可端倪,而天空木落,清磬一声,其景况固自在也。以此方驾古人,亦何多让"云。

(一〇) 抱真堂诗稿十二卷

云间宋徵璧尚木甫著

活字本,白棉纸印。卷首有康熙戊申孟秋吴伟业序。又宛平王崇简敬哉序。卷一至卷三为五古。卷四为七古。卷五至七为五律、五排。卷八、卷九为七律。卷十为五、七言绝句。卷十一为诗评,集诸家评品《抱真堂诗》之语。里人为多,皆当时诗坛文社名流。卷十二为《抱真堂诗话》,著墨不多,隽永可喜。诗与陈大樽同其秾丽,学微不足,驱遣遂苦于凝滞。诗后辄附小注,明其本事,一时文人才子,流风馀韵,仿佛可寻。

(一一) 鹤静堂集十九卷

云间周茂源宿来氏著　　天马山房藏版,六册

此为茂源之子鹰垂所编刊,第一至十四卷为诗,第十五至十九为文。第十四卷附诗

馀三十五阕,前有康熙辛酉王鸿绪序,后有康熙辛酉门人王奭后张跋,盖康熙二十年也。时茂源谢世已四十年,则当为明崇祯十四年耳。

(一二) 红芋山庄集四卷

稿本一册

华亭施于民渔帆著,下有二印,一曰"荣豸御史之孙",一曰"施于民字渔帆"。封氏簀进斋旧藏,今在上海图书馆。此乃施氏稿本,颇有涂改处。焦袁熹序有云:"吾所见近世之为诗者,殆未有如其伦比者也。其色丽,其声清,南威之貌,秦青之歌,若遇之卷中焉。"然其诗实未见佳。南浦先生此序,殆阿其所好矣。此书未闻有刻本,《松江府志》著录之,殆即据此稿本耳。《志》称有《红芋山庄诗馀》一卷,今不在此四卷中,是必别册传录者。

(一三) 吴日千未刻稿

钞本

吴日千未刻稿钞本十册,旧藏松江图书馆。此本乃吾友周逖潜从图书馆传录者。图书馆于倭乱时毁于火,藏书悉付一炬,则此本殆为孤本已。全书分论说、书札、碑志、传状、像赞、寿序、哀祭、叙录、杂说诸目。寿序特多,殆当时藉此为膏火者。诸文皆有关松郡人物文献,为松人所当珍视,而日千所为文,仅宣统元年金山姚氏排印一本,视此书不过十之一耳。居诸荏苒,此本倘不刊行,殆不免于湮灭也。

(一四) 延陵处士文集

华亭吴骐日千著　不分卷　抄本一册

《延陵处士文集》一册,抄本。每半页九行,行三十四五字不等。华亭后来雨楼周氏藏,余于一九六三年十二月从假观。凡文六十一篇,未附诸家赠诗。日千诗曾见《颛顼集》十二卷,抄本,余为作缘,归华东师范大学图书馆。民国元年,金山姚石子先生尝得金山汪氏所藏《吴日千先生集》抄本,据以付铅椠;今取此本校之,则此本中文惟九篇见姚氏印本,姚本中文十一篇为此本所无。两本汇合,可得文七十二篇。然此本中题跋短简,凡七八篇,皆出于后人掇拾之馀,其他亦多晚年之作。日千诗文未尝有木刻,而传抄本甚多,安得裒集而为大成乎?

（一五）符胜堂集五卷

幾社元本　乾隆丁卯春刊　一册

云间周立勋勒卣著，元孙京伯和、均平叔编。此书为立勋元孙京取《壬申文选》、《幾社六子诗》中诸作缀辑而成。半页九行，行十九字。卷端有黄之隽序。次为《幾社集》元序，姚希孟撰。次为《幾社六子诗稿》元序三篇，杨以任、陈子龙、李雯撰。次为《楚游草》元序，宋存标撰。次为《壬申文选》元序四篇，张溥、杜麟徵、杨肃、徐凤彩撰。次为诗话三则。次为幾社阅文姓氏录。最后为元孙京序，作于乾隆十二年仲春月。此下诗文第一卷，为赋骚五首。卷二至卷四，为各体诗，五言为多。卷五为文十五篇。立勋亦幾社健者，然其诗文，去陈黄门远矣。

（一六）清闺吟一卷　清闺吟诗馀一卷

附诗词各一卷

华亭曹鉴冰苇坚又字月娥氏著，（下钤"友竹居士"阴文椭圆印）。此钞本，实即曹氏未刊稿本，现在上海图书馆，金山姚氏旧藏也。《清闺吟诗馀》，共八十七阕，附诗词各一卷，皆题花鸟画者，词凡三十九阕，合之得一百三十六阕。《词综》、《词雅》、《众香词》、《昭代词选》、《闺秀词钞》诸书所选仅得十阕，则传世者尚不足十之一也。书后附一纸，乃民国二十四年七世从孙秉章所撰跋，谓鉴冰乃"十经公女，秉章之七世祖姑也。承家学，工诗词，兼擅丹青。适娄县处士张殷六曰瑚。《女世说》谓与殷六食贫偕隐，授经为养。造请者称苇间先生云。其所为诗，尝与祖母吴孺人、母李孺人合刻为《三秀集》。见族谱《十经公传》。吴孺人所著见于《允明公传》中，著有《忘忧草》、《风兰独啸》两集，《采石篇》四种。李孺人曾与十经公合谱《双鱼谱传奇》，流传乐府，他无所闻"云云。吴孺人即冰蟾子吴胐，十经公即曹重，一门风雅，三世才女，吾松艺文之盛，可观矣。《三秀集》、《双鱼谱》，府志均失载。

（一七）翠露轩诗馀三卷

华亭封氏簧进斋旧藏　上海图书馆

华亭林企忠寓园著，凡三卷。上卷小令二十二页，中卷中调十九页，下卷长调二十一页。每半页九行，行二十一字。有徐是效序，朱霞题《沁园春》、张璘题《凤凰台上忆吹箫》各一阕。徐序署壬申腊月。

七　版本校勘资料杂录（未出版）

（一）宋人词笺注本

(1)《注坡词》二卷，仙谿傅幹撰，见《直斋书录》。赵万里跋延祐本《东坡乐府》云，徐乃昌有此书新抄本。

(2)《东坡乐府集选》，绛人孙安注，元遗山序引。

(3)《东坡长短句补注》，顾景藩，《侯鲭录》。

(4)《东坡乐府注》，绍兴初有傅洪秀才注坡词，不知是否即傅幹？见洪容斋笔记。

(5)注《琴趣外篇》三卷，江阴曹鸿注叶石林词。

(6)注《清真词》二卷，曹杓季中注，自称一壶居士。

(7)注《片玉集》，陈元龙注。

(8)笺《无住词》，陈与义、竹坡胡仲孺笺集本，吴昌绶云宋人笺宋词仅此本。

（二）韩致光词

三忆	汲古阁本《香奁集》。
	旧抄本入长短句，亦题"三忆"。
	王辑本题"忆眠诗"、"其二"、"其三"。（按：此甚不妥。）
	林辑本不录。
玉合	汲古阁本入杂言。
	旧抄本入长短句。
	王辑收入。
	林辑不收（入校记）。
金陵	汲古阁本入杂言。

旧抄本入长短句。

王辑收入。

林辑不收(入校记)。

厌花落　　　汲古阁本不录。

旧抄本入长短句。

王、林二辑俱不收。

生查子二首　汲古阁本题《懒卸头》，又一首题为"五更"。

旧抄本无第一首，第二首题"五更"，入五言古。

王辑题《生查子》(二阕)

林辑本同。

全唐诗作《生查子》(仅"侍女"一首)。

浣溪沙二首　汲古阁本有，注云"曲子"。

旧抄本无。

《尊前集》有，《绝妙词选》有。

王辑、林辑均有。

木兰花(绝代佳人何寂寞)

汲古阁本作"意绪"。

旧抄本同，入七言古。

王辑收入，改题《木兰花》(称自我作古)。

林辑从王本，但云见《全唐诗》。

谪仙怨三首　汲古阁本题作六言三首。

旧抄本作六言律三首。

王辑本，改题《谪仙怨》。

林辑本不收(入校记)。

八　词籍资料摘录 (未出版)

（一）汲古阁未刻词

　　汇刻词集，自毛晋汲古阁刻六十家词始。当时拟刻百家，后四十家未刻者，其钞本流传，载彭元瑞读书跋。光绪间桂林王鹏运四印斋补刻未全，长沙张祖同续刻，板存思贤书局，皆后人增损，非毛钞四十家之旧也。国初无锡侯氏新刊十家乐府：南唐二主中主四首、后主三十三首；冯延巳《阳春集》宋嘉祐陈世修序，序谓二冯远图长策，不称不伐云云；子野张先；东湖贺铸；信斋葛剡；竹洲吴儆；虚斋赵以夫，有淳祐己酉芝山老人自序；松雪赵孟頫；天锡萨都剌；古山张野，邯郸人，有至治初元临川李长翁序；皆在毛氏宋词六十家之外。载王士禛《居易录》十三。此刻世不多见，汇刻书目既未胪载，邵注四库简明目亦未及见，然其词今皆为王、张二刻所有，亦足为止渴之梅矣。（叶德辉《书林清话》）

　　附《知圣道斋读书跋》一则：

　　宋未刻词

　　十谦牧堂藏书中得宋元人词二十二帙，题曰《汲古阁未刻词》，行款、字数与已刻《六十家词》同，每帙钤毛子晋诸印，皆精好。余旧藏李西涯辑《南词》一部，又宋元人小词一部，合此三书，于六十家外又可得六十二种，安得好事者续镌为后集？

（二）江南好词

　　《江南好词》一卷，上元张汝南子和撰，有其子元方光绪二十三年跋，谓子和以同治二年卒，遗著有《臆说》、《爨馀赋草》、《夜江集诗钞》、《金陵省难纪略》、《乡音正讹》诸种；展转三十年，所刻者仅《省难纪略》、《乡音正讹》二种而已。此词一卷，印于沪渎，凡《忆江南》小令百阕，咏金陵梵宇、市廛胜迹。子和值太平兵事，避地他乡，睠怀桑梓，遂有此作。词后各有自注，备见承平时民情风物，亦《梦华》、《梦粱》之流亚也。兹录其十五阕，词未必佳,赏其注耳。

江南好,石刻供观音。格仿簪花舒妙腕,经缮贝叶写《多心》。一字抵千金。（注云:汉西门观音庵有管夫人小楷《多心经》石刻。）

江南好,法帖汇明朝。墨蘸螺痕新入榻,堂开萤照旧开雕。字字重琼瑶。（司前党家巷车氏有萤照堂明代法帖石刻。）

江南好,米佛最称奇。金粟影中开法界,玉秕香里现牟尼。芥子纳须弥。（在西门寺剖稻为龛,刻米为大士像。）

江南好,灯市一条长。琉璃盏宜供古佛,麒麟灯好送新娘。耍货趁排场。（评事街元宵前卖灯,名灯市。新嫁女正月必送灯,麒麟送子灯所以必有也。）

江南好,最好是风筝。折蝶风前舒软翅,磨鹰云际转雄晴。绝技擅江城。（纸鸢俗呼风筝,翅软,蝶可折叠而藏。磨鹰能旋转空中,不异真鹰。其他皆巧妙,独此两种尤佳。）

江南好,苜蓿叫春声。影未来亲明月照,音先爱绕画梁生。溜滴啭新莺。（村妇呼卖苜蓿声,隔垣听之,娇圆可爱。）

江南好,名胜是秦淮。六代烟云闲里过,一河风月夜来佳。灯舫载歌娃。（城内秦淮河自洴池至大中桥,两岸皆妓馆。午节前游河纳凉,灯舫歌船,胜极一时,他处所无也。）

江南好,问柳到茶坊。杯茗平章秋水色,鬓花领略晚风香。隔岸是河房。（问柳,茶馆名。秦淮河两岸皆妓馆,俗呼为河房。）

江南好,向晚爱红桥。艳看芙蓉临水发,香闻茉莉顺风飘。荡子欲魂销。（利涉桥一名红板桥,两岸河房晚来诸妓艳妆倚阑,花香满河。）

江南好,船好是藤缏。灯闪蚨膏千盏焰,桨开雁翅两枝轻。波上烛龙行。（秦淮船有走舱、四不像、漆板等名,而以藤缏为最灵便。晚来船灯百馀盏,争相来往如火龙游行。）

江南好,最好傍河厅。人隔丁帘时见影,歌阑子夜又调筝。缓棹倚栏听。（河房皆有厅,灯火笙歌,往往彻夜。游船者任择而泊舟听之。丁字帘前,尤妓馆之有名者。）

江南好,画舫入青溪。良户妆成如乐户,家姬载出拟歌姬。妖艳要人迷。（青溪与秦淮一水,近年女眷亦好游河。）

右六首,赋秦淮金粉,此皆乾嘉以来盛事,至咸丰兵起,遂成陈迹。注中所述琐事,可续板桥《杂记》。

江南好,菜好数瓢儿。老圃生涯樊子学,小畦风趣许由知。雪压味如饴。（瓢儿菜为江宁省中第一嘉蔬,雪后更美,在早韭晚菘之上。）

江南好,大脚果如仙。衫布裙绸腰帕翠,环银钗玉鬓花偏。一溜走如烟。（大脚妇女其美者皆呼为大脚仙,其妆饰如此,见过者能知之。谚云:"大脚仙,头绾白玉簪,脸像米粉团。惯走街边,走起来,一溜烟。"）

江南好,宝塔耸长干。五色琉璃晴日丽,万枝灯火晓星寒。海内数奇观。（塔在报恩寺,古名长干塔,明初重建,高数十丈,砖瓦皆五色琉璃,金碧照耀。天下之塔,此当第一。朔望点塔灯,荧然万点,远望如聚星。蒙尝谓江南有三绝:报恩塔、大脚仙、瓢儿菜,皆天下所无,兹故同咏。）

右最后三首咏江宁三绝,甚妙。瓢儿菜至今擅誉江东,报恩寺塔亦仍在,近且大加修葺,惟朔望塔灯奇观已不可复。大脚仙已成民俗史迹,当时妇女皆缠足,反以不缠足者为异也。

卷三 词调

一　阿滥堆

　　唐代有一支名为《阿滥堆》的曲子，注家均不详其义。宋人王灼著《碧鸡漫志》，曾引用《中朝故事》云：“骊山多飞禽，名阿滥堆。明皇御玉笛采其声，翻为曲子名，左右皆传唱之，播于远近。人竞以笛效吹之，故张祜诗云：‘红树萧萧阁半开，玉皇曾幸此宫来。至今风俗骊山下，村笛犹吹阿滥堆。’”王灼又云：“贺方回《朝天子》曲云：‘待月上、潮平波滟滟，塞管孤吹新阿滥。’”即谓《阿滥堆》。江湖间尚有此声，予未之闻也。尝以问老乐工，云属夹钟商。按：《理道要诀·天宝诸乐名》，堆作塠，属黄钟羽夹钟商。”这是唯一的关于《阿滥堆》的宋人记载。

　　明初杨升庵抄袭此文，录入他的《词品》，又说“李白诗‘羌笛横吹阿鞢回’，‘阿鞢回’是番曲名，张祜集中有《阿滥堆》，即此也”。按：升庵以为《阿鞢回》就是《阿滥堆》，没有佐证，恐怕是臆说。《阿滥堆》既然是明皇所制笛曲，就不能说是番曲名。按：《急就篇》有一句“鸠鸽鹑鹦中网死”，颜师古注云：“鹦，谓鹦雀也，一名雇公，俗呼阿滥堆。”由此可知“阿滥堆”是骊山下民间俗称，绝不是番语。雇公，即郭公，也就是鸫鸹，或布谷鸟。“塠”即“堆”，这是唐人俗体字。

　　《唐会要》载天宝十二载七月十日太乐署供奉曲名，其中有《阿滥堆》，属黄钟羽，俗称黄钟调。可知自唐至宋，此曲始终在黄钟羽调。《羯鼓录》载鼓曲名，有“阿鹊鹦乌歌”，属太簇角。可能也就是《阿滥堆》，从笛曲翻为鼓曲，换了宫调。但这也并无佐证，书以备参。贺方回词云“新阿滥”，可知宋人已因唐曲更造新声。这都是流行于民间的曲子，尽管是明皇所制，可是在张祜的时候已只是“村笛犹吹”，在贺方回的时候是“塞管孤吹”，似乎都没有成为士大夫的雅奏，故《词苑》中不收此曲。

二 盐角儿

    词调名中有一个"盐角儿",关于它的起源,有一段极富兴味的记载。《江邻几杂志》云:"曲名有《乌盐角》。始教坊人家市盐,得一曲谱于角子中,翻之,遂以名焉。"王灼《碧鸡漫志》有《盐角儿》一条,云:"《嘉祐杂志》云:'梅圣俞说:始,教坊人家市盐,于纸角中得一曲谱,翻之,遂以名。今双调《盐角儿令》是也。欧阳永叔尝制词。'"《嘉祐杂志》就是《江邻几杂志》,而王灼的引文与原文却不同。原文说曲调名为《乌盐角》,而王灼却以《盐角儿》标题。原文所谓"遂以名焉",是名之为《乌盐角》,王灼引文所谓"遂以名",以为是《盐角儿令》了。看来,《乌盐角》就是《盐角儿》。戴石屏诗有《乌盐角行》,元人《月泉吟社诗》有句云:"山歌聒耳《乌盐角》,村酒柔情玉练捶。"可知《乌盐角》是俗曲名,翻入词调,名曰《盐角儿》或《盐角儿令》了。

    这两个曲调名,都不见于各本音乐文献,大概是《宋史·乐志》中所说"民间作新声,教坊所不用"的。在宋人词集中,现在只有晁无咎的一阕咏梅《盐角儿》,欧阳修的一阕,却不见于他的词集。

    《江邻几杂志》说这个曲谱是在"角子"中得到的。王灼的引文却说是在"纸角中"得到的。"角子"与"纸角",意义不同。而"角子"这个名称,宋元以后的人,大概已不很懂得了。《四库全书总目提要》云:"盐乃曲名。隋薛道衡集有《昔昔盐》,唐张鷟《朝野佥载》有《突厥盐》,可以互证。乃云市盐得于纸角上,已为附会。而纸角几许,乃能容一曲谱,亦不近事理。"四库馆臣这一段评论,实在荒谬得可笑。盐为曲名,当在末一字。这个盐字,乃艳字之误,《昔昔盐》就是《昔昔艳》。艳也是音乐名词,所谓"有趋有艳"是也。但是这个盐字,绝不会放在曲名头上。"盐角儿"不是"角儿艳","乌盐角"也不能改成"乌角盐"。这两个盐字,毫无关系,怎么"可以互证"呢? 角子是包食物的纸包形式,现在叫做"三角包"。把盐包成一个三角形的纸包,就名之曰"盐角儿",或曰"乌盐角"。乌盐是黑色盐,不是精白盐。包乌盐的纸包,谓之乌盐角。包盐纸的大小,没有一定,盐多些,包装纸就大些。在一张包盐的纸上,写一个令曲的谱,完全可能。王灼误以角子为纸角,四库馆臣又不遑细考,因此妄肆讥评,可谓无知矣。

三　说《杨柳枝》、《贺圣朝》、《太平时》

　　杨柳被谱入乐曲,成为歌词的题材,其由来已很古。"东门之杨",这杨柳是男女恋爱幽期密约的地方。"有菀者柳",这杨柳是旅行人休息的处所。"昔我往矣,杨柳依依。"这杨柳是感伤离别的风物。这些都见于《诗经》,可见杨柳是周代人民生活中,早已成为经常歌咏到的东西。到了汉代,西域的胡乐传入中国,汉武帝设置乐府,吸收胡乐,谱成大量的新曲,就是所谓"乐府新声"。崔豹《古今注》记载横吹曲云:"横吹,胡乐也。张博望入西域,传其法于西京,惟得摩诃兜勒二曲。李延年因胡曲更造新声二十八解,乘舆以为武乐。后汉以给边将军。和帝时,万人将军得用之。魏晋以来,二十八解不复具存。世用者,黄雀、龙头、出关、入关、出塞、入塞、折杨柳、黄华子、赤之杨、望行人等十曲。"这说明汉武帝时,李延年用胡乐制成二十八个横吹曲,汉武帝出行时,用作军乐。到了后汉,守边的将军也可以用入军乐。到了魏晋时代,这二十八个曲调亡失了大半,只剩了十个曲调。其中有折杨柳,就是唐代《杨柳枝》曲调的远祖。

　　沈约《宋书·五行志》记录云:"晋太康末,京洛为折杨柳之歌,其曲有兵革苦辛之辞。"它告诉我们,此时洛阳民间流行唱折杨柳,歌词都涉及从军辛苦之感。可见这时折杨柳从军乐变成为民间小唱,而还没有消灭其军队生活的题材内容。

　　《乐府诗集》引《古今乐录》云:"梁鼓角横吹曲,有企喻,琅琊王等歌三十六曲,二十五曲有歌有声,十一曲有歌。是时乐府胡吹旧曲有大白净皇太子、小白净皇太子等十四曲。三曲有歌,十一曲亡。又有隔谷、地驱乐、折杨柳等歌三十七曲。合前三曲,凡三十曲,总六十六曲。"由此可见汉代用胡乐谱的横吹曲折杨柳,到梁代还在流行。《古今乐录》又记载西曲歌三十四个曲名,其中有攀杨枝、月节折杨柳歌二曲,这是长江上游湘鄂一带的民间歌曲了。

　　《乐府诗集》收梁元帝以下至唐代诗人的折杨柳词,仍然都属于横吹曲。陈后主诗曰:"还将出塞曲,仍共胡笳鸣。"徐陵诗曰:"江陵有旧曲,洛下作新声。"这说明洛阳流行的折杨柳新歌词,是从江陵旧曲传去的。张祜诗曰:"横吹凡几曲,独自最愁人。"徐延寿诗曰:"莫吹胡塞曲,愁杀陇头人。"可见自汉至唐,折杨柳虽然屡次翻变但始终是横吹曲,陈后主咏的是胡笳曲,唐人咏的是笛曲。而且是横吹曲中音调最哀怨的。《乐府诗集》又云:"古乐府又有小折杨柳。相和大曲有折杨柳行。清商四曲有月节折杨柳歌十三曲,与此不同。"这是说这几个折杨柳曲不属于横吹曲。由此也可知折杨柳这一题材,或其曲调,已发展到横吹曲以外去了。

何光远《鉴诫录》以为《杨柳枝》曲起于隋代,他举唐人《杨柳枝》词多咏汴渠为证。这是他没有仔细研究一下《杨柳枝》的来源之误。开汴渠,栽杨柳、劳民伤财,以至亡国,这是隋炀帝的虐政,唐人作《杨柳枝》歌词,就用到这个新的历史题材,以为鉴戒。不能因为唐人作《杨柳枝》词多用隋炀帝的典故,就认为《杨柳枝》曲起于隋代。

曲名折杨柳,汉魏以来都没有改变。但在梁代,鼓角横吹曲中却出现了"折杨柳枝"这个曲名。到了唐玄宗时代,再度吸收西域音乐,改造旧曲,谱出新声,于是原有的折杨柳,改作《杨柳枝》。《教坊记》著录开元天宝时教坊所奏三百四十三个曲名,《杨柳枝》亦为其中之一。但在这时期,《杨柳枝》还是笛曲,也就是说,还是横吹曲。张祜诗曰:"莫折宫前《杨柳枝》,玄宗曾向笛中吹。"

到了长庆年间,洛阳忽然又流行一支所谓"新翻杨柳枝"歌曲。这时,诗人白居易正在洛阳,他很喜欢听这支歌曲,就写了八首歌词,另外又写了一首二十韵的五言诗以赞美它。这首诗的小序云:"《杨柳枝》,洛下新声也。洛之小妓有善歌之者,词章音韵,听可动人,故赋之。"诗中有句云:"乐童翻怨调,才子与妍词。"又云:"取来歌里唱,胜向笛中吹。"《杨柳枝词》八首中有句云:"古歌旧曲君休听,听取新翻《杨柳枝》。"这些诗句都说明:教坊旧曲《杨柳枝》,原为笛曲,至此时,洛阳乐师把它改为歌曲,给小妓歌唱了。

段安节《乐府杂录》云:"《杨柳枝》,白傅闲居洛邑时作,后入教坊,"这一条记载显然是错误的。第一,在白居易以前,《杨柳枝》早已是教坊乐曲了。第二,《杨柳枝》曲调不是白居易的创作,白居易不过给这个曲调配了八首歌词。后来因刘禹锡等诗人的和作,于是《杨柳枝》新翻遂成为风靡一时的流行歌曲。白居易诗中所谓"古歌",乃指唐以前的折杨柳;所谓"旧曲",乃指开元时教坊曲《杨柳枝》。刘禹锡的《杨柳枝词》第一首亦云:"请君莫奏前朝曲,听唱新翻《杨柳枝》。"这里所谓"前朝",有人以为指隋朝,也是错误的,应当是指玄宗朝。

从卢照邻、韦承庆、沈佺期以下,初盛唐诗人十馀家,都有折杨柳词,都是赋咏笛曲。杨巨源是德宗时人,贞元五年进士,他的诗集中也还有折杨柳词。但是,自从白居易、刘禹锡唱和以后,就不见有折杨柳词,诗人所作尽是《杨柳枝》词了。

再迟一些,到宣宗大中年间,温庭筠与公卿子弟令狐滈、裴諴等,为歌妓作"新添声《杨柳枝》"词。从"新翻"到"新添声",《杨柳枝》歌词又有了发展。僖宗乾符五年,诗人薛能为许州刺史。他令州妓少女作《杨柳枝》健舞;也作了歌词,称为《杨柳枝》新声。其诗有云:"柔娥幸有腰支稳,试踏吹声作唱声。"这两句说明了《杨柳枝》从笛曲改作歌曲,又以歌曲伴舞,成为舞曲。大概其音声节拍也一变再变了。

但是,无论是折杨柳或《杨柳枝》,在唐人诗集中,都是七言绝句的声诗。温庭筠所作新添声《杨柳枝》词,也仍是七言绝句,因此我们无从知道歌唱时的添声情况。不过,敦煌

曲子里有一首《杨柳枝》,其词云:

　　春去春来春复春,寒暑来频。
　　月生月尽月还新,又被老催人。
　　只是庭前千岁月,长在长存。
　　不见堂上百年人,尽总化为陈。

又《花间集》有顾敻的《杨柳枝》一首:

　　秋夜香闺思寂寥,漏迢迢。
　　鸳帏罗幌麝兰销,烛光摇。
　　正忆玉郎游荡去,无寻处。
　　更闻帘外雨潇潇,滴芭蕉。

又有张泌的《杨柳枝》一首:

　　腻粉琼妆透碧纱,雪休夸。
　　金凤搔头堕鬓斜,发交加。
　　倚着银屏新睡觉,思梦笑。
　　红腮隐出枕函花,有些些。

　　以上三首,都以七言四句为基础,其下各加一个短句,可能就是所谓“添声”部分。此处本来是和声,故作词者不在此处填词。后来和声也成为正曲,作词者就也填上实字,于是成为《杨柳枝》新调。北宋词人作《杨柳枝》词,都继承《花间集》的格调,即四个短句都用三言句,而敦煌曲的形式却没有出现。王灼《碧鸡漫志》已有所说明:“今黄钟商有《杨柳枝》曲,仍是七言四句,与刘白及五代诸子所制并同,但每句下各增三字一句,此乃唐时和声,如《竹枝》、《渔父》,今皆有和声也。”
　　欧阳修有一首词,调名《贺圣朝影》:

　　白雪梨花红粉桃,露华高。
　　垂杨慢舞绿丝条,草如袍。
　　风过小池轻浪起,似江皋。
　　千金莫惜买香醪,且陶陶。

　　此词与《杨柳枝》几乎相同,惟第三句下三字短句仍协前二句的平声韵,而不和“起”字协韵。万红友《词律》因此便以为此二词有区别,不能认为是同一个词调。

另外，贺方回有八首词，调名《太平时》。其第一首云：

> 蜀锦尘香生袜罗，小婆娑。
> 个侬无赖动人多，是横波。
> 楼角云开风卷幕，月侵河。
> 纤纤持酒艳声歌，奈情何。

此词与《贺圣朝影》完全相同。《词律》云："此调一名《贺圣朝影》，因原名《太平时》，故列于此，不附《贺圣朝》之后，勿谓例有不同也。"万红友以为此词原名《太平时》，别名《贺圣朝影》，因此将《贺圣朝影》编在《太平时》调后。至于《贺圣朝》与《贺圣朝影》，万氏认为是不相干的二调，所以不把《贺圣朝影》编在《贺圣朝》调后。但是，《词谱》却说："《太平时》，一名《贺圣朝影》，一名《添声杨柳枝》。"《历代诗馀》因此就把欧阳修的《贺圣朝影》改题作《太平时》，与贺方回、陆放翁诸人所作《太平时》编在一起。

由以上情况，我们得出一个疑问。《太平时》、《贺圣朝影》和《杨柳枝》的关系如何？这个疑问的关键，在于第三句下的短句，协平协仄，有无区别？五代时人作《杨柳枝》，此句都协仄韵，即与第三个七言句的末一字协韵。宋人作《太平时》，此处皆协平韵，即与第一、二、四句的末一字协韵。这里似乎有些区别。可惜宋人作《太平时》者不多，不能找到许多例证。近来看元遗山的《续夷坚志》，其中载金代大定年中有广宁士人李惟青，与鬼妇故宋宫人玉真相会，玉真作《杨柳枝》词曰：

> 已谢芳华更不留，几经秋。
> 故宫台榭只荒邱，忍回头。
> 塞外风霜家万里，望中愁。
> 楚魂湘血恨悠悠，此生休。

此词第三句下的短句仍协平韵，应当就是《太平时》或《贺圣朝影》，而元遗山却说是《杨柳枝》。可见《太平时》或《贺圣朝影》就是《杨柳枝》，并无区别。第三句下短句，协平协仄，可以不拘。不能因此就认为它们是不同的二调。

《太平时》乃宋太宗时所制的小曲，属小石调，见《宋史·乐志》。《杨柳枝》属黄钟商，俗称高大石调。小石调乃姑洗商的俗名。二者都是商声，可知北宋初的《太平时》，是以唐五代的《杨柳枝》演变而来，而且只是音律上的小小改变，对歌词句法几乎没有影响。

《贺圣朝影》就是《贺圣朝引》，顾名思义，此曲应当是从《贺圣朝》演变而成，不能说它和《贺圣朝》没有关系。黄庭坚有一首《贺圣朝》词曰：

> 脱霜披茜初登第，名高得意。
> 樱桃荣宴玉墀游，领群仙行缀。

佳人何事轻相戏，道得之何济。

君家声誉古无双，且均平居二。

同时张子野亦有一首：

淡黄衫子浓妆了，步缕金鞋小。

爱来书幌绿窗前，半和娇笑。

谢家姊妹，诗名空杳，何曾机巧。

争如奴道："春来情思，乱如芳草"。

又杜安世亦有一首：

牡丹盛坼春将暮，群芳羞妒。

几时流落在人间，半开仙露。

馨香艳冶，吟看醉赏，叹谁能留住。

莫辞持烛夜深深，怨等闲风雨。

　　以上三首《贺圣朝》，和顾夐、张泌的《杨柳枝》，欧阳修的《贺圣朝影》，对比之下，宛然一式。黄庭坚一首，尤其与敦煌曲子极近。基本上都是在七言绝句的各句下加一短句。所不同者，是这些短句或为三言句，或为四五言句。短句的韵脚，或协平声，或协仄声。张子野、杜安世二词，七言绝句部分的第三句已变成四言二句，显然这里已用换头了。张词第四句仍为八言，而杜词第四句则回到七言，使第三句的换头更为明显。如果以欧阳修的《贺圣朝影》与黄庭坚的《贺圣朝》对比，可知它们的关系正如《花间集》的《杨柳枝》和敦煌《杨柳枝》的关系一样。

　　《贺圣朝》也是唐代教坊旧曲。张子野集中注明《贺圣朝》属双调。双调乃太簇商的俗名。由此可知宋代的《杨柳枝》、《太平时》、《贺圣朝》、《贺圣朝影》（或引），都是商声曲子，其音律既不甚远，格式又大体相同。因此可知，《太平时》或《贺圣朝影》，实在就是《杨柳枝》。《词谱》的注不错，万红友《词律》的注却失于考究了。

　　以上，我给词调《杨柳枝》的历史演变作了初步的探讨。现在给本文做一个结论：杨柳在《诗经》时代已为人民歌咏的题材。在汉武帝时，李延年吸收西域音乐，谱出了二十八个新曲调，其中有折杨柳一曲，汉武帝把它用作军乐，属于横吹曲，当时是筚吹曲。西晋末年，洛阳民间流行着一支折杨柳歌，歌词内容仍然是军队生活，但它已不是横吹乐曲，而成为民歌了。到了梁代，横吹曲中还有折杨柳，但有时却称为折《杨柳枝》。从初唐到盛唐，有许多诗人做过以折杨柳为题的歌词，形式是一首七言绝句。内容不限于军旅生活，也不限于杨柳。这时候，折杨柳已成为乐府古题。

　　唐玄宗时，用旧曲改新声，折杨柳被改名为《杨柳枝》，不用筚吹，而改为笛曲，也不是军乐了。到中唐时候,洛阳民间又流行了一支所谓新翻《杨柳枝》,得到诗人刘禹锡、白居易的赞赏,赋诗宣扬,于是《杨柳枝》从笛曲中解放出来,成为歌曲、舞曲。温庭筠等人又作了新添声《杨柳枝》,盛行于歌坛。所谓"新翻"、"新添声",在当时诗人所作《杨柳枝》词的形式上,是看不出来的,因为它们同样都是一首七言绝句。但敦煌曲子中有一首《杨柳枝》,是在七言绝句的每一句下各加一个四言或五言的短句。在《花间集》中,也有几首《杨柳枝》,是在七言绝句的每一句下各加一个三言的短句。这大概是两种不同形式的"添声"部分。

在北宋时,欧阳修的《贺圣朝影》,贺方回的《太平时》,短句都是三言句,可认为是《花间集》《杨柳枝》的继承。黄庭坚、张子野、杜安世的《贺圣朝》,短句都是四五言句,可认为敦煌《杨柳枝》的继承。从此以后,《杨柳枝》这个调名极少见了。

四 唐诗宋词中的六州曲

六 州

《新唐书·乐志》云:"天宝乐曲,皆以边地名,若凉州,伊州,甘州之类,后又诏道调法曲与胡部新声合作。明年,安禄山反,凉州,伊州,甘州,皆陷吐番。"《五行志》亦云:"天宝后,诗人多为忧苦流寓之思,及寄兴于江湖僧寺,而乐曲亦多以边地为名,有伊州、甘州,凉州等。"盖诸曲始行于天宝间,安史乱后转盛也,《吐蕃传》言:"长庆元年,赞普大享唐使者,乐奏秦王破阵曲,又奏凉州、胡渭、录要、杂曲、百伎,皆中国人。"胡渭即胡渭州,开元中李龟年所制曲。又有石州曲,氏州歌,见《羯鼓录》、《教坊记》,合之称六州,亦有曲。《乐府诗集》有簇拍陆州,曲辞"西去轮台万里馀"云云,七言绝句也。《宋史·乐志》鼓吹曲中亦有六州一曲,属正宫。又有属无射宫、黄钟商、中吕羽、黄钟羽者,凡五调。词中则有六州歌头一曲,与鼓吹曲辞仿佛。程大昌《演繁露》云:"六州歌头,本鼓吹曲,近世好事者倚其声为吊古词。音调悲壮,不与艳词同科。"盖真宗时有刘潜作六州歌头赋项羽庙。李冠作六州歌头咏骊山,皆怀古之作,慷慨激楚,与当时词家赋情之作迥异,故程氏特为表彰之。刘词结拍云:"遣行人到此,追念痛伤情,胜负难凭。"李词结拍云:"使行人到此,千古只伤歌,事往愁多。"后之为此词者,辄步趋之。张孝祥云:"使行人到此,忠愤气填膺,有泪如倾。"刘克庄咏牡丹云:"谩伤春吊古,梦绕汉唐都,歌罢欷歔。"刘龙洲吊岳飞词上段结拍云:"过旧时营垒,荆鄂有遗民。忆故将军,泪如倾。"遣意造语皆类此,盖此调豪放中见沉郁,最宜于伤今吊古之情,刘李二词传唱既多,竟成模式矣。歌头者,大曲中之一遍。六州歌头,即大曲六州中排遍第一曲也。六州大曲存于词者,惟此一遍。

凉 州

六州诸曲,凉州最著。隋开皇时置七部乐,一曰国伎,二曰清商伎。大业时置九部乐,一曰清乐,即清商也;二曰西凉,即国伎也。清商者,其始即清商三调,皆汉以来旧曲、晋朝播迁,夷羯入据中原,其音分散。符秦时,吕光平西域三十六国,得此乐于凉州。宋武帝平关中，因而流于南朝，不复存于北土。隋帝平陈后获之，文帝听之，善其节奏，曰："此华夏正声也，昔因永嘉，流于江外。我受天明命，今复会同，虽赏逐时迁，而古致犹在，可以此为本，微更损益，去其哀怨，考而补之，以新定律吕，更造乐器。"西凉乐者，起于苻秦之末，吕光、沮渠蒙逊等据有凉州，变龟兹声为之，号为秦汉伎。魏太武帝既平河西，得之，谓之西凉乐。至魏周之际，遂谓之国伎。由此可知，西凉音乐，虽华夷总杂，实一时称盛。唐高祖即位，仍沿隋制，设九部乐。周隋以来管弦杂曲数百，皆西凉乐也。至玄宗时，置梨园，胡部新声大行。凉州复进新曲，如著名之霓裳羽衣曲，即开元中凉州都督杨敬述所进也。凉州曲，《乐府诗集》云："开元中，西凉府都督郭知运所进。"按《新唐书·郭知运传》知运于开元四年为陇右节度使，九年卒，赠凉州都督。可知凉州曲之入梨园教坊，当在开元九年以前，当时西域进乐，不但进曲谱、乐器，同时亦进歌舞女伎。开元中，俱蜜献胡旋舞女。十五年，吐火罗献舞女。二十一年，骨咄献女乐。均见《唐书》吐蕃、突厥诸传。张籍《旧宫人》诗云："歌舞凉州女，归时白发生。全家没蕃地，无处问乡程。宫锦不传样，御香空记名。一身叹自说，愁逐路人行。"此即咏凉州歌舞伎人为唐宫人者。凉州沦陷后，宫人无家可归之悲也。

凉州曲谱，久已失传，歌词虽有李白、王之涣、王翰、耿纬、张籍、柳中庸诸家所作，或曰凉州词，或曰凉州曲，皆七言绝句，犹是唐之歌诗，不能见曲之体制。《乐府诗集》收凉州歌五遍，分为歌三章，排遍二章。此则凉州大曲之体制，亦恐非全曲也。《新唐书·乐志》云："凉州曲，本西凉所献也，其声本宫调，有大遍、小遍。贞元初，康崑崙寓其声于琵琶，奏于玉宸殿，因号玉宸宫调。合诸乐则用黄钟宫。"宫调即黄钟宫，俗呼正宫。此谓康崑崙尝以凉州曲翻入琵琶调，改其名为玉宸宫调。若与诸乐合奏，则仍称黄钟宫也。此论王灼《碧鸡漫志》辨之详矣。惟王灼斥凉州曲有大遍、小遍之说为非，似不可解。夫大遍、小遍，即大曲，小曲之义。王氏尝见凉州排遍一本，有二十四段，则明是大曲，亦即所谓大遍也。元稹《连昌宫词》云："逡巡大遍凉州彻。"谓念奴歌凉州大曲也。又《琵琶歌》云："凉州大遍最豪嘈。"谓管儿弹凉州大曲也。别有小遍凉州，则唐诗人所作一二绝句所谱者是矣。宋人词中有称小梁州者，如陈允平浣溪沙云："宝笙偷按小梁州。"又少年游云："拍点红牙，箫吹紫玉，低按小梁州。"岂非即小遍凉洲耶？

《幽闲鼓吹》云："段和尚善琵琶，自制西凉州。后传康崑崙，即道调凉州，亦谓之新凉州。"段和尚，即段善本，德宗时人。此谓道调凉州始于段和尚。然道调即正宫，凉州曲本属正宫，段善本初未改变宫调也。且张祜诗云："春风南内百花时，道调凉州急遍吹，揭手便拈金盏舞，上皇惊笑悖拏儿。"此云"上皇惊笑"乃肃宗时事，则道调凉州不始于段和尚，可证矣。

又《文献通考》云："西凉乐，盖凉人所传中国旧乐也，杂以羌胡之声也。自后魏传隋及唐，以备燕乐部。其歌曲谓之凉州，又谓之新凉州，皆入娑陀调中，西凉府都督郭知运等所进。唐坐、立二部，惟庆善乐独用西凉。故明皇尝命红桃歌凉州词，谓其词贵妃所制。岂贵妃制之，知运进之耶？"按娑陀调即道调。据此则凉州诸曲，皆属道调。新凉州者，以别于隋以来之凉州旧曲，不独段和尚所制琵琶一曲为道调也。明皇命侍者红桃歌贵妃所制凉州词,见《杨妃外传》。此特诸曲中之一曲耳。唐诗人制凉州词者多矣,岂必皆谱入曲乎?郭知运所进不止一曲,进凉州曲者不止郭知运一人,此不可牵连附会也。

凉州歌舞宋时犹盛行。夏英公词云:"三千珠翠拥宸游,水殿按梁州。"贺方回词云:"绕郭烟花连茂苑,满船丝竹载凉州。"其为朝野所重如此。然宋人多误作梁州。《容斋随笔》云:"凉州,今转为梁州,唐人已多误用。"此说恐未必然,疑唐人旧集,经宋人迻写,改窜致误也。《全唐诗》中常有于梁州下注云:"一作凉",可知旧本不误者犹存也。宋人史籍及诗词中,则或作凉,或作梁。今凡有引用,悉仍其旧,不为统一,以存其真。《宋史·乐志》著录教坊所奏四十大曲,正宫、道调、仙吕、黄钟,均有梁州。又云韶部十三大曲中,亦有正宫梁州。《武林旧事》载理宗朝天基圣节排当乐目,有万岁梁州曲破,属夷则宫。又有碎锦梁州歌头,属无射宫。又官本杂剧段数有四僧梁州,三索梁州,诗曲梁州,头钱梁州,食店梁州,法事馒头梁州,四哮梁州,此皆大曲也。姜白石醉吟商上品词序云:"有琵琶曲护索梁州,今不传矣。"凉州曲之现存于宋词者,惟梁州令一调。柳永作一阕,中吕宫,晏几道、欧阳修均有此作,字句不同,亦未注明律调。晁无咎有梁州令叠韵一阕,乃并二阕为一,犹重头之义耳。

凉州,歌舞曲也。唐诗宋词中摹写其声容者夥矣。集而录之,可以见其盛况。晏叔原词云:"梁王苑路香英密,长记旧嬉游。曾看飞琼戴满头,浮动舞梁州。"欧阳永叔词云:"楼台向晓,浅月低云天气好,翠幕风微。宛转梁州入破时,香生舞袂。楚女腰肢天与细,汗粉重匀,酒后轻寒不著人。"舒信道词云:"金缕歌残红烛稀,梁州舞罢小螺垂。"王通叟词云:"锦茵舞彻凉州,君恩与整搔头。一夜御前宣住,六宫多少人愁。"贺方回词云:"吴都佳丽苗而秀,燕样腰身。按舞华茵,促遍凉州,罗袜未生尘。"黄山谷词云:"舞回脸玉胸酥,缠头一斛明珠。日日梁州薄媚,年年金菊茱萸。"陈无已观小姬娉娉舞梁州云:"娉娉袅袅,芍药梢头红玉小。舞袖迟迟,心到郎边客已知。"此皆咏凉州舞容者也。

元稹《连昌宫词》咏念奴歌云:"飞上九天歌一声,二十五郎吹管逐。逡巡大遍凉州彻,色色龟兹轰录续。"刘禹锡《赠歌者米嘉荣》云:"唱得凉州意外声,旧人惟数米嘉荣。"李频《闻金吾妓唱梁州》云:"闻君一曲古梁州,惊起黄尘塞上愁。秦女树前花正发,北风吹落满城秋。"武元衡《听歌》云:"月上重楼丝管秋,佳人夜唱古梁州。满堂谁是知音者,不惜黄金与莫愁。"白居易诗云:"霓裳秦罢唱凉州,红袖斜翻翠黛愁。应是遥闻胜近听,行人欲过尽回头。"此皆为唱凉州曲歌妓而作者也。

白居易《秋夜听高调凉州》诗云:"楼上金风声渐紧,月中银字韵初调。促张弦柱摧高管,一曲凉州入沉寥。"李益《夜上西城听凉州曲》云:"行人夜上西城宿,听唱凉州双管逐。此时秋月满关山,何处开山无此曲。"顾况《李孺人弹筝歌》云:"寸心十指有长短,妙入神处无人知。独把凉州凡几拍,风沙对面胡秦隔。听中忘却前溪碧,醉后犹疑边草白。"冯延巳词云:"霜积秋山万树红,倚岩楼上挂朱拢。白云天远重重恨,黄叶烟深浙浙风。鬏髭凉州曲,吹在谁家玉笛中。"苏东坡词云:"闻道岭南太守,后堂深绿珠娇小。绮窗学弄梁州,初遍霓裳未了。嚼征含宫,泛商流羽,一声云杪。"毛泽民词云:"银字笙箫小小童,梁州吹过柳桥风,阿谁劝我玉杯空。"王履道词云:"别唤清商开绮宴,玉管双横,抹起梁州遍。"陈西麓词云："残月有情圆晓梦，落花无语诉春愁，宝笙偷按小梁州。"又云："拍点红牙，箫吹紫玉，低按小梁州。"段克己词云："一声羌管谁弄，吹彻古梁州。"此皆咏笙，箫，筝，笛之奏凉州曲者也。段克己，金末元初人，已称唐凉州曲为古梁州矣。

元稹《琵琶歌》云："平明船载管儿行，尽日听弹无限曲。曲名无限知者鲜，霓裳羽衣偏宛转。凉州大遍最豪嘈，六么散序多笼捻。"张祜《王家琵琶》云："金屑檀槽玉腕明，子弦轻捻为多情。只愁拍尽凉州破，画出风雷是拨声。"苏东坡诗云："琵琶弦急衮梁州，羯鼓声高舞臂鞲。"郑毅夫词云："江上探春回，正值早梅时节。两行小槽双凤，按凉州初彻。"辛稼轩《赋琵琶》词云："辽阳驿使音尘绝，琐窗寒轻拢慢捻，泪珠盈睫。推手含情还郤手，一抹凉州哀彻。千古事，云飞烟灭。"周公谨词云："凤拨龙槽，新声小按梁州。莺吭夜深转巧，凝凉云应为歌留。"陈纪听琵琶词云："六么声断凉州续。"此皆咏琵琶曲凉州者也。

唐玄宗好羯鼓，故凉州曲亦入羯鼓，惟南卓《羯鼓录》仅有石州而无凉州。唐人诗咏羯鼓凉州者，未见。宋元人词则有赵长卿云："更听羯鼓打梁州，恼人处，宿酒尚扶头。"叶少蕴词云："一醉年年今夜月，酒船聊更同浮。恨无羯鼓打梁州，遗声犹好在，风景一时留。"李弥逊词云："酒酣喝月，腰鼓百面打凉州。"折元礼云："剩着黄金换酒，羯鼓醉凉州。"可见宋元时犹有李三郎遗风。腰鼓百面打凉州，其为壮观可想。

开元、天宝时，唐室强大，奄有河湟，凉州为一大都会，文物称盛。此时唐诗人作边词，皆意气发皇，豪情飙举。如王昌龄之《从军行》、《殿前曲》、《出塞诗》，岑参之《酒泉》、《敦煌》、《献封大夫凯歌》诸诗。王维，王之涣，王翰，李白，诸家之凉州词，皆泱泱有大国风。安史乱后河湟沦没，汉人陷蕃者不得东归，胡人在唐者亦道路间阻，不克西还，读大历、贞元间诗人所作边词，情绪囧已不同。如张籍词云："凤林关里水东流，白草黄榆六十秋。边将皆承主恩泽，无人解道取凉州。"李益《六州胡儿歌》云："胡儿起作六蕃歌，齐唱鸣鸣尽垂手。心知旧国西州远，西向胡天望乡久。回头忽作异方声，一声回尽征人首。蕃音虏曲似难分，似说边情向塞云。故国关山无限路，风沙满眼堪断魂。"高联诗云："蜀地恩留马嵬哭，烟雨濛濛春草绿。满眼由来是旧人，那堪更奏凉州曲。"元稹、白居易均有《西凉伎》新乐府，元作叙西凉盛时伎乐之美，白作叙河湟沦失后胡汉人民之悲愤。合而读之，可为慨然。西凉伎，即今之掉狮子戏也。杜牧有《河湟》诗云："元载相公曾借箸，宪宗皇帝亦留神。旋见衣冠就东市，忽遗弓剑不西巡。牧羊驱马虽戎服，白发丹心尽汉臣。唯有凉州歌舞曲，流传天下乐闲人。"此皆可以表见当时诗人对凉州曲之感情。凉州于咸通二年始因张义潮归唐，十三年张义潮卒。不久，河湟诸州又复失陷。自此终唐、宋二代，不入版图。宋人不知有凉州，故多误作梁州。

小梁州（附录）

杨用修《词品》云："贾逵曰，梁米出于蜀汉，香美逾于诸梁，号曰竹根黄，梁州得名以此。秦地之西，敦煌之间，亦产梁米，土沃类蜀，故号小梁州。曲名有小梁州，为西音也。"

按用修此文甚谬。《文献通考》云：“《禹贡》曰：‘华阳黑水惟梁州’。舜置十二牧，梁州其一也，以西方金刚，其气强梁，故曰梁州。”是梁州以强梁取义，贾逵以梁作梁，其说不足据也。唐乐有以边地为曲名者，曰伊州，甘州，凉州，石州，胡渭州，氐州，是谓六州。凉州，汉武帝时置，以其地处西方，常寒凉也。《新唐书乐志》云：“凉州曲，本西凉所献，其声本宫调，有大遍，小遍。”大遍者，大曲也。元稹《连昌宫词》云：“逡巡大遍凉州彻。”即谓此也。小遍者，小曲也。唐诗人如李白，王之涣，王翰，耿纬，均有凉州词，皆七言绝句，此小遍凉州，亦即所谓小凉州也。唐人歌曲，惟有凉州，无梁州。至宋时多误作梁州，于是小凉州亦误作小梁州矣。用修谓西秦有小梁州之称，载籍无征，盖臆说也。

伊　州

伊州，亦西凉乐。《乐府诗集》有伊州歌一篇，凡歌五遍，入破亦五遍。歌第一，第二为七言绝句，第三至五为五言绝句。入破前三遍七言，后二遍五言。伊州大曲，体制存于今者，惟此一篇耳。此曲属商调，开元中西凉节度盖嘉运所进。王维有《伊州歌》一首，殆唐诗人制歌词之最早者。王建《宫词》云：“新学管弦声尚涩，侧商调里唱伊州。”侧商之义，姜白石《琴曲序》已有解释，兹不赘。王灼云：“伊州见于世者，凡七曲商：大石调、高大石调、双调、小石调、歇指调、林钟商、越调，第不知天宝所制，七商中何调耳。”按《宋史·乐志》载教坊所奏四十大曲，有越调伊州，歇指调伊州二曲。《武林旧事》载理宗时天基节排当乐曲目，有梅花伊州，属无射商，即越调也。又官本杂剧段数有领伊州，铁指甲伊州，闹五伯伊州，裴少卿伊州，食店伊州五曲。又《岁时广记》引伊州曲咏长生殿事者一遍（见卷三十七“授钗钿”条），此皆宋时伊州大曲之可得而知者。《艇斋诗话》引洪玉父炎为侍儿小九赋诗云：“桃花浪打散花楼，南浦西山送客愁。为理伊州十二叠，缓歌声里看洪州。”亦可知宋时伊州大曲为十二遍也。

词中则有《伊州三台令》一调，仅见赵师侠《坦庵词》有一阕。张仲举《听董氏双弦》云：“正宫商分犯，拽归双调，伊州入破，撷遍三台。”撷乃排遍之尾曲，其后即为入破。玩张词意，岂伊州三台亦大曲中之一遍耶。又有伊州令一调，仅见于《花草粹编》载范仲胤妻所作一阕，文字有缺夺。《词律拾遗》已补足之。此二词皆不知属何律调，殆当时教坊所制小曲，故名目不见于《乐志》也。

伊州亦歌舞曲。《文献通考》云：明皇开元中，宜春院伎女谓之内人，云韶院谓之宫人。凡内伎出舞，教坊诸工唯舞伊州，五天二曲。馀曲尽使内人舞之。似伊州为健舞，故独使教坊诸工舞之。然女伎亦有舞伊州者。张子野词云：“舞彻伊州，头上宫花颤未休。”刘克庄词云：“贪与萧郎眉语，不知舞错伊州。”皆可证。

高骈诗云：“公子邀欢月满楼，双成揭调唱伊州。”白居易诗云：“老去将何散老愁，新教小玉唱伊州。亦应不得多年听，未教成时已白头。”罗虬诗云：“红儿谩唱伊州遍，认取轻敲玉韵长。”吴文英词云：“一曲伊州，秋色芭蕉里。娇和醉，眼情心事，愁隔湘江水。”皆咏伊州曲之歌唱也。白居易教女伎者，当是伊州大曲，非朝夕所能娴习，故有“未教成时已白头"之叹。

温飞卿《赠弹筝人》诗云:"天宝年中事玉皇,曾将新曲教宁王。钿蝉金雁皆零落,一曲伊州泪万行。"王初寮词云:"深庭夜寂,但凉蟾如昼,鹊起高槐露华透。听曲楼玉管,吹彻伊州。"顾阿瑛词云:"二十五声秋点,三十六宫夜月,横笛按伊州。"此咏筝笛中奏伊州曲也,可知此曲元时犹存。

甘　州

甘州,《乐府诗集》收唐词一首,五言绝句。注云:羽调曲。元稹《琵琶绝句》云:"学语胡儿撼玉玲,甘州破里最星星。使君自恨常多事,不得工夫夜夜听。"符载《甘州歌》一首甚佳,诗云:"月里嫦娥不画眉,只将云雾作罗衣。不知梦逐青鸾去,犹把花枝盖面归。"薛逢有《醉中闻甘州》诗云:"老听笙歌亦解愁,醉中因遣合甘州。行追赤岭千山外,坐想黄河一曲流。日暮岂堪征妇怨,路傍能结旅人愁。左绵刺史心先死,泪满朱弦催白头。"此诗愁字重协,恐有误。符载,蜀人;薛逢诗在蜀中作,元稹诗恐亦在巴州时作。《花间集》中毛文锡有甘州遍一首,顾夐有甘州子五首,蜀后主王衍亦尝作甘州曲,疑即甘州子失其首四字,又王灼《碧鸡漫志》称顾夐、李珣均有倒排甘州。盖此曲特盛于蜀中,入宋后便尔衰歇,故宋教坊曲中无甘州之目。王灼亦云:"甘州世不见"也。然毛文锡词云:"美人唱,揭调是甘州。"至南宋时,张枢亦有词云:"何处东风院宇,数声揭调甘州。"可知揭调甘州,犹流传于歌女之口也。揭调即高调,大吕羽,俗呼高般涉调。岂即此耶?甘州舞属软舞,然亦未见唐宋诗人赋咏及之。宋词中有甘州令一调,又八声甘州一调,柳耆卿集中均有之,俱属仙吕调。八声甘州或但称甘州,八声之义,万红友引《西域志》云:龟兹国之制伊州,甘州,凉州等曲,皆翻入中国。八声者,歌时之节奏也。"此语余亦未得其解。苏东坡已有八声甘州,在柳耆卿前,宋人用此调,殆始于东坡也。

胡渭州

胡渭州本曰渭州曲。《明皇杂录》云:"开元中,乐工李龟年兄弟三人,皆有才学盛名。彭年善舞,鹤年能歌。制渭州曲,特承顾遇。于东都大起第宅,僭侈之制,逾于公侯。"《新唐书·吐蕃传》云:"长庆元年,吐蕃赞普大宴唐使者,奏凉州、胡渭、录要诸曲。"此时乃曰胡渭州矣。盖唐时有二渭州,开元、天宝时之渭州,今甘肃陇西县。安史乱后,陷于吐蕃。元和四年,以原州之平凉县置行渭州,即今甘肃平凉市,此所谓侨置州也。自此以后,陇西之渭州,俗称胡渭州,渭胡人所据之渭州也。故曲称胡渭州者,皆元和以后事也。《太平广记》引《广德神异录》云:"天宝中,乐人及闾巷好唱胡渭州,以回纥为破。"此谓渭州大曲,以回纥曲为入破。渭州,商调曲,回纥,亦商调曲,故得移用。然天宝时必曰渭州,而不曰胡渭州也。

胡渭州歌词,今惟见唐诗人张祜二首,一七言绝句,一五言绝句,当是大曲之二遍。

其舞属健舞,曰大渭州。宋时教坊所奏四十大曲中,小石调,林钟商均有胡渭州。云韶部黄门鼓吹乐有越调胡渭州。小石调即中吕商,越调即无射商,皆商调也。官本杂剧段数有赶厥胡渭州、单蕃将胡渭州、银器胡渭州、看灯胡渭州四曲,律调不详。宋人著录之胡渭州大曲,惟此七曲。

词中无胡渭州,然姜白石醉吟商小品序云:"遇琵琶工,解作醉吟商胡渭州。因求得品弦法,译成此谱,实双声耳。"醉吟商乃律调之俗名,如泛清商、凤鸣羽之类。据姜序所言,则醉吟商即夹钟商也。胡渭州乃曲调名,此琵琶曲,盖即夹钟商之胡渭州耳。白石道人标题曰"醉吟商小品",而不云胡渭州,遂使后来治词律、词谱者,皆误以醉吟商为曲调名。故余曰:宋词中尚有胡渭州一曲,即白石道人从琵琶曲中译出之醉吟商小品也。

石 州

石州,商调曲。《乐府诗集》收唐词"自从君去远巡边"一篇,其句法为七七、五五、五五、五五,似较繁复。羯鼓曲亦有石州,入太簇角调。李商隐诗云:"东南日出照高楼,楼上离人唱石州。"施肩吾咏骑马郎诗云:"赚杀唱歌楼上女,伊州误作石州声。"盖伊州亦商调曲也。宋教坊四十大曲中有越调石州一曲,越调即无射商也。官本杂剧有单打石州、和尚那石州、赶厥石州三段,律调未详。欧阳修词云:"翠袖娇鬟舞石州,两行红粉一时羞,新声难逐管弦愁。"张元幹词云:"小板齐声唱石州,月如钩,一寸横波入鬓流。"可知宋时歌舞并存。贺方回、张元幹、张叔夏均有石州慢,谢勉仲有石州引,诸家句拍均同,万红友谓石州引即石州慢,是也。

氐 州

六州诸曲,氐州著录最不经见。唐乐府有氐州歌第一,宋周美成词有氐州第一,入商调,疑即唐大曲之一遍。入宋而成词调者。汲古阁本《片玉词》于调名下注云:"清真集作熙州摘遍,字句稍异。"然今所见周词诸本,无作熙州摘遍者,未能证毛氏所说。张子野词有熙州慢一阕,句拍与氐州第一不同。氐州地名不载于《唐书·地理志》,或者即熙州,则氐州在宋词中存二调矣。

五　竹山《翠羽吟》

　　竹山《翠羽吟》一首，元钞及吴讷本俱有序，谓即以越调《小梅花引》演而成章。汲古阁本删去此序，此调渊源，遂不可知。万红友《词律》因有"孤本难考"之叹，此亦可见旧本之可贵也。

　　贺方回有《小梅花》一首，向芗林（伯恭）有《梅花引》六首，以竹山词校之，句法颇不合，然与向词相近。可见宋人多解音律，演而成章，不落腔而已，句法初无定格也。红友拘泥于字句以定律，纵使知其为《小梅花引》，恐亦不能不别立一调矣。

　　此词"但留残月挂遥穹"句，毛本作"但留残挂穹"，杜文澜据《词谱》补入"月"字、"遥"字，然元钞本《花草粹编》、《历代诗馀》此句均为"但留残星挂穹"，《词谱》不知何所本。

六　扫市舞

　　《扫市舞》,唐曲名,见《教坊记》。白居易哭师皋诗:"何日重闻扫市舞,谁家收得琵琶伎。"沈存中《梦溪笔谈》载潘逍遥为《扫市舞》词曰:"出砒霜价钱,可赢得拨灰兼弄火,畅煞我。"盖淫词也,故为士人所不齿。

　　全篇唯《花草粹编》收一首,词曰:"酥点莩。玉碾莩。点时碾时香雪薄。才折得春力弱。半掩朱扉垂绣幕。怕吹落。剩一饷。嗅一饷。捻时嗅时宿酒忘。春笋上,不忍放。待对菱花斜插向,宝钗上。"

　　此梅词也,佚其作者,题亦误作扫地舞。《词律拾遗》收此词,题调名为《玉碾莩》,更不知何据。此调上下片第五句当为七字句,《拾遗》于朱扉、菱花断句,误也。观潘逍遥词可知。

七　赞成功

《广卓异记》引《唐年补录》记光启三年孙德昭、董彦弼、周承晦诛刘季述、王仲山，助昭宗复辟事。

其下注云："后宴保宁殿，撰制曲曰《赞成功》，出戏作樊哙救君难以褒之。"

按：敦煌曲子词中有《赞成功》，据此可知是光启三年始有此曲。

八　杜牧《八六子》

杜牧《八六子》一词,双叠九十字慢词也,见《尊前集》。

又《容斋随笔》论秦少游《八六子》云:"余家旧有建本《兰畹曲会》载杜牧之一词,但记其末句云:'正销魂,梧桐又移翠阴。'秦公盖效之,似差不及也。"

据此可知《兰畹曲会》亦收此词。然唐时曲子词皆小令,未有九十字之慢曲,余疑其为宋人伪托杜牧耳。

宋人作《八六子》,始于秦少游,句法与此异。同时晁补之亦有一首,句法又不同,可知当时此曲初行,节拍未定,故词家或有出入。

《尊前》、《兰畹》二书皆坊间刊行之曲集。《兰畹》有欧阳修词,《尊前》时代稍早,要亦在仁宗朝。此词在秦少游前,可以无疑。或者倚当时新曲填词,至秦少游始改句度,使之谐美耳。

九　穆护歌

《墨庄漫录》云:

苏溪和尚作《穆护歌》,又地理风水家亦有《穆护歌》,皆以六言为句,而用仄韵。黄鲁直云:黔南、巴僰间赛神者皆歌穆护,其略云:"听唱商人穆护,四海五湖曾去。"因问"穆护"之义。父老云:"盖木瓠耳。"

曲木状如瓠,击之以节歌耳。予见淮西村人多作炙手歌,以大长竹数尺,刳去中节,独留其底,筑地逢逢若鼓声,男女把臂成围,抚髀而歌,亦以竹筒筑地为节。

按:今词调中有《穆护砂》,一百六十九字,不作六言句,疑即从民间《穆护歌》出。杨升庵云:"《穆护砂》,隋曲。炀帝开汴河,劳人作此歌。"可知其亦来自民歌也。

一〇 新水令

《猗觉寮杂记》云：

　　"日月光天德"云云，陈后主国亡入隋，从隋文东封登芒山所献诗也。天下教儿童者以此题学书纸。宣和末，京师盛歌《新水》，皆北狩之谶。

　　按：《新水》，即《新水令》，可知此调起于宣和末年。但不知歌词云何，何以为北狩之谶。

一一　柳永《小镇西》

《南烬纪闻》云：

　　钦宗北狩，一日，至寿州，宿州官正庑。中夜，忽闻女子讴歌之声。听之，乃东京人也。所歌词乃是柳耆卿《小镇西》。帝闻之，谓阿计替曰："正我事也。禁烟归未得，岂非先兆？然此间乃有人会唱此词，虽腔调未纯，何由至此。"

　　及晓，同知出。阿计替诘其姓名。曰："姓斛律，名旦。"并询问夜间唱曲者，答曰："此金国所赐婢女，闻是东京百王宫相王之幼女，今年十七岁，甚婉丽。昨夜唱毕，亦谓我曰：'前面住宿官人，好似吾家叔叔。'吾语之：'便是你南朝官家。'此女闻言悲泣，至今未止。"帝闻，亦泪下。

按：今本柳永《乐章集》有《小镇西》一首，又《小镇西犯》一首，皆属仙吕调。二词均无此语，可知柳词有遗佚者。"禁烟归未得"乃过变句。

一二　东坡渔父词

朱古微校定《东坡乐府》收渔父词四阕,盖从诗集析出,非旧本所有。朱校云:

> 案《三希堂帖》,公书此词,前二首题作"渔父破子",是确为长短句,而《词律》未收,前人亦无之,或公自度曲也。

舍按:以此词入长短句,是也,然不可谓是东坡自度曲。《花间集》有孙光宪、李珣所作《渔歌子》,万红友录入《词律》之"又一体",与此词实同,彼则双调,此为单片,句度虽小异,固同为二十五字,未必不协旧律也。

敦煌所出《渔歌子》,与《花间集》诸作句法同,而增添衬字。可见乐曲虽有定腔,歌词犹可增损。

一三 高丽唐乐

郑麟趾《高丽史·乐志》二卷，第一卷录彼邦郊庙乐节度及乐章。第二卷唐乐及俗乐。唐乐者，彼邦所传唐教坊乐，宋大晟乐也。俗乐则彼邦俚曲。

唐乐著录《献仙桃》、《献天寿》、《金盏子》等词六十五首，其中如"寒蝉凄切"、"有个人人"等皆柳永词。周春撰《辽诗话》录其《太平年》、《金盏子令》、《献天寿慢》、《庆金枝令》、《风中柳令》、《行香子慢》、《雨中花慢》、《万年欢慢》、《百宝妆》、《惜花春起早慢》、《水龙吟令》、《水龙吟慢》、《金盏子慢》、《千秋岁引》等十四首，注云："以上词并高丽人所作。若宋大晟乐府名为唐乐者，乃北宋人词，兹不采。"

此言盖谬，殆仅据词谱著录，实未尝见《高丽史》，故不知此十四首亦属之唐乐耳。且此十四首之为高丽人所作，亦不知何据。

近唐圭璋君辑《全宋词》，亦从其说，去此十四首，其余五十一首入录，然其中如《破字令》、《中腔令》、《虚子令》、《洛阳春》、《太平年》、《安中乐》诸调名，皆非华土所尝有，此必彼邦人所创，未必尽宋人词也。

一四　郑瓜亭　小唐鸡

　　高丽晋州刻本《元遗山乐府》，有彼邦李宗准仲钧跋，谓彼邦既不解中国之乐府，是以文章钜公皆不敢强作，亦如使中国人作《郑瓜亭》、《小唐鸡》之解，则必使人抚掌绝缨矣云云。陶兰泉云："《郑瓜亭》、《小唐鸡》，不知何语，意是高丽歌曲。"

　　按：郑麟趾《高丽史·乐志·俗乐门》载宋辽时，彼邦歌曲有《五冠山》、《居士恋》、《处秀》、《沙里花》、《长岩》、《济危宝》、《寒松亭》、《郑瓜亭》等二十馀曲，皆杂以俚语。郑瓜亭者，内侍郎中郑叙所作也。叙自号瓜亭，联婚外戚，有宠于仁宗。及毅宗即位，放归其乡东莱，曰："今日之行迫于朝仪也，不久当召还。"叙在东莱日久，召命不至，乃抚琴作歌，以寓恋君之意，词甚凄婉，后人名其曲曰《郑瓜亭》。

　　李齐贤、李崇仁仿而为诗。齐贤诗曰："怀君无日不沾衣，政似春山蜀子规。为是为非人莫问，只应残月晓星知。"崇仁诗曰："琵琶一曲郑瓜亭，遗响凄然不忍听。俯古仰今多少恨，满帘疏雨读骚经。"

　　《小唐鸡》殆即《五冠山》，孝子文忠所作也。忠居五冠山下，事母至孝，其居距京都三十里，为养禄仕，朝出暮归，定省不少衰，叹其母老，作此曲。李齐贤诗曰："木头雕作小唐鸡，筯子拈来壁上栖。此鸟胶胶报时节，慈颜始似日平西。"此与彼邦民俗有关，未可臆解。

　　诸曲名及李齐贤诗备载王渔洋《居易录》。陶氏盖偶未考耳。周春辑《辽诗话》，以李齐贤诗入录，陈石遗《辽诗纪事》从之。郑叙乃高丽毅宗时人。毅宗元年当宋绍兴十七年，金皇统七年，李齐贤更在其后，盖金元间人耳。

一五 唐腔

《芦川词》有《豆叶黄》二首,题下注云:"唐腔也(七七七三七,每句平韵)。"《豆叶黄》即《忆王孙》,《词律》收李重元"萋萋芳草忆王孙"一首。杜文澜云:

> 此词载于秦淮海集中。因顾从敬《草堂诗馀》误为李重元作,万氏从之。又按他刻为李甲作,李甲字素元,疑《草堂》本乃素元之误也。

蛰存按:杜说误。此词见《绝妙词选》,凡四章,皆题李重元。别有李素元,恐是二人。

又按:观《芦川词》注,可知《豆叶黄》乃唐词旧名,后世因秦词首句,遂称《忆王孙》。《词律》又收周紫芝作一首,乃双调五十四字,句法全异,当是宋调矣。

《乐府雅词》卷下有陈子高《豆叶黄》三阕,与芦川同。

又吕圣求《豆叶黄》五首、陆游一首、赵宝文一首。又吕岩二首。

辛稼轩有《唐河传·戏效花间体》一阕,可知《河传》亦有唐、宋二腔。唐腔者,谓此腔已不复用于乐府耳。

一六　珠帘卷

　　珠帘卷，暮云愁。垂杨暗锁青楼。烟雨濛濛如画，轻风吹旋收。　　香断锦屏新别，人闲玉簟初秋。多少旧欢新恨，书杳杳，梦悠悠。

　　此欧阳修词，吉州本《近体乐府》收此词，未刻调名，汲古阁刻《六一词》同；惟《琴趣外篇》卷六作《圣无忧》，然卷三已有《圣无忧》两阕，句法与此全异，必不然也。《词律》卷四收此词，题为《珠帘卷》，注云："首句有珠帘卷字，想即因此名题也。"

　　盖以欧词为创调，后人因之。然此词宋人集中仅此一见，未尝有用《珠帘卷》者，殆万氏以不得主名，姑以首三字名之耳。

一七　落梅花角词

《野客丛书》云：

　　陈伏知道《从军五更转》有曰："三更夜警新，横吹独吟春。强听落梅花，误忆柳园人。"今教坊以五更演为五曲，为街市唱，乃知有自。半夜角词吹落梅花，此意亦久。

　　可知笳吹作《落梅花》调，自古已然。晏同叔《清商怨》："梦未成归，梅花闻塞管。"陶弼《鼓角楼诗》云："去岁同登画角城，诸蛮未灭夜论兵。五更将更知人意，吹作梅花塞外声。"

　　此皆当时实景，非用典也。弼字商翁，庆历中知邕州时作此诗（诗见《永乐大典》卷二千三百四十二引元《一统志》）。

一八　刮骨盐

权德舆《杂兴五首》之三:"含羞敛态劝君住,更奏新声刮骨盐。"

白居易《戏和贾常州醉中二绝句》:"闻道毗陵诗酒兴,近来积渐学姑苏。罨头新令从偷去,刮骨清吟得似无。"

卷四 词论

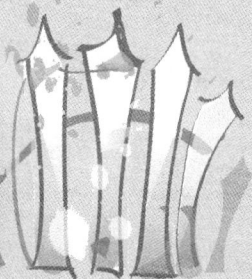

一 词人词作之考辨

（一）考 佚

（1）李珣词石本

《天香阁随笔》云：

> 德安府城西北有山，须水注之。有司马温公读书台。其下凿石为洞，上镌"司马东崖"四字。先是为积土所淤。万历戊子，水啮石出，见洞中一词曰："楚山青，滪水绿。春风淡荡看不足。草芊芊，花簇簇。渔艇酌歌相续。倍浮沉，无拘束。钓回乘月归湾曲。酒盈尊，云满屋。不见人间荣辱。"

按：此乃李珣《渔歌子》四首之一，见《花间集》。"酌歌"原作"櫂歌"，殆传录之误；"滪水"原作"湘水"，德安即安陆，滪水所经。或刻石者故意改易，以合本地风光。唐五代词有此石刻本，未见著录。

（2）宋人佚词

《直斋书录解题》著录《溪园集》十卷，云："蕲春吴亿大年撰。亿仕至静江倅，居馀干，有溪园佳胜。世传其《楼雪初销》词，为建康帅晁谦之作。"又著录《退斋词》一卷云："长沙侯延庆季长撰，压卷为《天宁节》万年欢，又有庚寅京师作水调，则大观年也。"

按：此三词今皆不见，亦宋人佚词也。

（3）东坡佚词

《清波别志》卷下有一条云：

符离使君张公诩图池阳清溪秋景，携入京师，苏文忠公首为赋词，又属秦少游书职位、姓名、并词于图后。一时名士，皆有跋语。

此东坡词史也。今检《东坡乐府》无题此图之作，殆亦佚词之一乎。

（4）张建渔父词

金人张建，字吉甫，有《赋胡直之溪桥莲塘》两首，其《溪桥》云：

溪桥脚下水平分。桥柱萍黏浪打痕。天向晚，日揄昏。两簇青烟断岸村。莲塘云：

拂拂轻风漾翠澜。粉煤新扑小荷盘。塘水涨，岸痕漫。草阁临流五月寒。皆渔父词也。与完颜铸所作两首，并见《中州集》。铸词已选入《历代诗录》，张词独见遗。唐圭璋辑《全金词》，亦未辑入。

（5）李梦阳小词

李梦阳未闻作词，然有小令二阕见《客窗随笔》。朱竹垞《明词综》选录其一，然其所遗亦佳构也。词云：

不信园林春早。一夜遍生芳草。说与小童知，池上落红休扫。休扫休扫。花外斜阳更好。

（6）龚定庵佚词

龚定庵词有《无著词》、《怀人馆词》、《影事词》、《小奢摩词》各一卷，为定庵手定，刊于道光癸未。此本余未尝见。

同治己巳吴晓帆补刊定庵诗文集，增入《庚子雅词》一卷。

宣统元年上海国学扶轮社刊《龚定庵全集》，又增入定庵子孝琪手抄本词一卷，皆定庵晚年改定，文字多与旧刊本不同。

然定庵自选甚严，其词刊落者多不可踪迹。近从上海李氏刻本《春雪集》中得定庵一词，亟录存之。

笋香主人为李筠嘉，家有吾园，为上海名胜。咸同之际，江浙文人如改七香、王韬、龚定庵，名媛如归佩珊，皆尝寓园中。

《春雪》一集，皆当时诗人题咏吾园之作也。袁琴南为钱塘袁桐，与定庵为少时同学，定庵《怀人馆词》中有《百字令》一阕投袁大琴南。

沁园春同袁琴南游吾园赠笋香主人　龚自珍

牢落江湖，潇洒盟鸥，游踪屡过。笑吟边旖旎，留痕不少，醉中烂漫，选胜偏多。水驿寻烟,山程问雨,入境先应问薜萝。同人指、指城西一角,是水云窝。　　胸中小有岩阿。便十载莼鲈偿得他。问软尘十丈,有谁修到,研笺三尺,尽尔消磨。艳福输君,狂名恕我,贤主佳宾愧负么。袁丝笑,有乌盐红豆,付与渔蓑。

(7) 太清手书词稿

　　满洲女史顾太清者,尚书顾八代之曾孙女。初适副贡生某,为鄂文端之后人。夫死后,复为贝勒奕绘之侧室。文笔清丽,自称太清主人,贝勒自称太素主人。与贝勒诗词唱和。贝勒卒时,年只四十。太清主人则卒于同治间,年七十矣。

　　其词集中与阮文达、龚定庵俱有唱和。锡尚书(珍)有摘抄本。伯希祭酒以为国朝词人专学《花间集》而神似者,太清一人而已。文廷式亦"仅于厚斋将军处见其手稿一首"。今录于后:

　　　镂月裁云手。好文章、天衣无缝,神针刺绣。写景言情无不切,一串骊珠穿就。应不数豪苏腻柳。脱尽人间烟火气,问前身金粟如来否。飧妙句。醇如酒。　　　　口神变化云出岫。笔生花、篇篇珠玉,锦心绣口。文彩风流谁得似,明月梅花为偶。比修竹孤高清瘦。岂止新词惊人眼,行有恒事事存心厚。三复读,味长久。

　　　金缕曲奉题行有恒堂词集。太清春拜稿。

　　印章一为"太清",一为"西林春"。春者,殆其名欤?词虽应酬之作,吐属自不恶。书法亦雅静,当再访其全集阅之。

　　按:行有恒堂,定郡王斋名也。诗集二卷已刊,词集仅有抄本。右文见文廷式《琴风馀谭》,辑太清诗词遗事者,似均未见,故录于此。

(8) 复堂集外词

　　仁和谭仲修与江山刘彦清于清咸丰戊午同客京都,往还最稔。刘南归后,谭寄《摸鱼子》词云:

　　　再休提琼枝璧月,欢场人向何许。寻常一样花开日,依旧香车来去。从间阻,剩渺渺红尘,一带相思路。劳君听取,道橘柚长青,雁鸿不到,蓬转几曾住。　　　荒寒早,换了貂丝几缕。征衣珍重加絮。春灯秋扇浑忘却,难忘当时言语。天易暮,有一尺斜阳,红到无人处。悲歌最苦。任拍遍回栏,吹残短笛,零乱不成句。

　　此词见刘彦清《旅窗怀旧诗》自注,谭仲修《复堂词》中未收,故录存之。

（二）其　他

（1）白居易词辨

白居易词"花非花"一首，"忆江南"一首，"竹枝"四首，"杨柳枝"十首，"浪淘沙"六首，皆见于《白氏长庆集》，其为白居易作，无可疑者。"花非花"原非曲调名，此乃杂言诗，不当入词，然杨升庵《词品》已目为自傅自度曲，《古今词统》、《全唐词》、《历代诗馀》均录入，万氏《词律》，清《词谱》均为谱格，后人遂相沿以为词调，然古今仅此一首耳。

"宴桃源"三首，初见于《尊前集》。其第一首歇拍云："记取钗横鬓乱"，明用东坡"洞仙歌"词句，第二首"好个匆匆些子"，第三首"打得来越瞷"；皆宋人市井语，唐诗中未见。又"无奈无奈"，亦非唐人语。唐人但云"无那"，犹不用"奈"字。此三词颇似秦七、黄九之作，必北宋时人依托为之者。且"宴桃源"调名亦出于后唐庄宗"忆仙姿"词，白居易时，未有此调名也。

别有"长相思"三首，始见于《花庵词选》，盖最为晚出。然欧阳修《近体乐府》有"长相思"四首，其第三首即《花庵词选》所录白居易词"深画眉，浅画眉"一首。罗泌校记云：《尊前集》作唐无名氏，'空房独守时'作'低头双泪垂'。按：《尊前集》中收白居易词二十六首，并无此"长相思"二首。又今本《尊前集》中亦不收无名氏词，若非罗泌有误，则今本《尊前集》已非北宋原本矣。

欧阳修"长相思"第四首，即《花庵词选》所录白居易词"汴水流，泗水流"一首。罗泌编校欧阳修词甚谨慎，凡欧词与《花间》、《尊前》、《阳春》诸集相混者，均逐一拈出，然于此词则未作校记和辨其伪，可知罗氏以此词确为欧阳公作也。

从罗泌校语，可知此二词非但北宋人编《尊前集》时尚未认为白居易作，即南宋庆元初重刊《近体乐府》罗泌作校注、题跋时，亦未有白居易之说。而五十年后之淳祐九年，黄叔旸刻《花庵绝妙词选》，于白居易词独取此二首，且评之曰："二词非后世作者所及。"然则此二词之谬托白居易，即在此五十年间也。

《白氏长庆集》有《听弹湘妃怨》七绝一首，其词云："玉轸朱弦瑟瑟徽，吴娃徵调奏湘妃。分明曲里愁云雨，似道萧萧郎不归。"作者自注云："江南新词有云：暮雨萧萧郎不归。"又有《寄殷协律七言律诗一首，其结句云："吴娘暮雨萧萧曲，自别江南更不闻。"亦有自注云："江南吴二娘曲词云：暮雨萧萧郎不归。"可知当时江南盛传吴二娘曲词，白居易尤赏其"暮雨萧萧"一句，故北归后一再忆及。今所传"长相思"词第二首，下片亦有"暮雨萧萧郎不归，空房独守时"之语，后人遂以为白居易词。杨升庵又以为此即吴二娘所作曲词。其言似皆有理，故甚足惑人。实则欧阳修读白居易诗，于"暮雨萧萧"之句，亦心赏之，遂取以入小令。欧公"长相思"词四首，风格一致，初无杂糅之迹，故余以为此所谓白居易作"长相思"三首，皆当还诸欧阳修，非唐词也。

今年新出《全唐五代词》收白居易词三十七首，为旧本所无而新增者，皆齐言之诗，或用曲调名为题，例如"隔浦莲"、"急乐世"；又或唐人一般舞曲题，例如"柘枝词"，其词仍是五七言歌诗，恐犹不得目之为词。又一字至七字叠句诗，六朝时已有，属于杂体诗，非白居易创调。今依《词谱》题为"一七令"，著为词格，亦误。

一九八六年七月十日附记

(2) 说《忆秦娥》

《忆秦娥》"箫声咽，秦娥梦断秦楼月"一首，相传以为李白作。《花庵词选》以此词与《菩萨蛮》"平林漠漠烟如织"一首列于卷首，称为"百代词曲之祖。"后人有疑之者。或谓此二词之气衰飒，于太白超然之致，不啻霄壤。(胡应麟《庄岳委谈》)或谓《忆秦娥》调至唐文宗时始有，太白不得预填此词。(胡震亨《唐音癸签》)其说皆无确据，未能服人。余考《忆秦娥》词始见于冯延巳《阳春集》，宋人词则以张先所作为最早。以后则苏轼、向子諲、毛滂均有此词，皆同时人也。冯延巳所作，殆为此调之最初格律，声调尚未臻道美。毛滂、张先所作，均为冯词格律之发展，而苏轼、向子諲所作，始与李白词格律相同。可知此所谓李白词者，必不能出于张先、冯延巳以前。然则其为宋人所撰，伪托李白者，无可疑矣。今胪列诸词于后，此调句格发展之迹，历历可按。

㊀ 忆秦娥　冯延巳

风淅淅。夜雨连云黑。滴滴。窗外芭蕉灯下客。　　除非魂梦到乡国，免被吴山隔。忆忆。一句枕前争忘得。

㊁ 忆秦娥　张　先

参差竹。吹断相思曲。情不足。西北高楼穷远目。　　忆苕溪，寒影透清玉。秋雁南飞速。孤草绿。应下溪头沙上宿。

> 此为冯词之发展。上下片第三句，冯作二字，今增一字。下片第一句，冯作七字，今改为二句。上三下五，共八字。馀并同。

㊂ 忆秦娥　毛　滂

夜夜。夜了花开也。连忙。指点银瓶索酒尝。　　明朝花落知多少。莫把残红扫。愁人。一片花飞减却春。

> 此词与冯延巳作略同。冯词通篇一韵，此则换三韵。冯词用仄韵，此则改为平韵。冯词第一句三字，此则改为一字。馀句法皆同。
>
> 张先年辈略早于毛滂。然毛滂此词，格律较近于冯词。可知当时此调虽已在变易，而旧曲犹未废置。毛所作仍依旧曲韵度也。

㊃ 双荷叶　苏　轼

双溪月。清光偏照双荷叶。双荷叶。红心未偶，绿衣偷结。　　背风迎雨泪珠滑。

轻舟短棹先秋折。先秋折。烟鬟未上，玉盃微缺。

此词为向子潭在作此词，题曰"双荷叶"，实即"忆秦娥"也。此词上片第一句仍为三字，与冯、张所作同。第二句从五字衍为七字。第三句三字，与张作同，但已改为叠句。第四句冯、张二词均七字，此则改为四字二句。下片第一句七字，仍冯词之旧。第二句从五字衍为七字。第三句三字亦为叠句。第四句亦衍为四字二句。

⑤ 秦楼月　向子諲

芳菲歇。故园目断伤心切。伤心切。无边烟水，无穷山色。　　可堪更近乾龙节。眼中泪尽空啼血。空啼血。子规声外，晓风残月。

此词为向子諲南渡后作，与东坡词格律全同。惟改题为"秦楼月"，用"秦娥梦断秦楼月"句意，以寓其故国之思。自此以后，南宋人撰忆秦娥词，皆用此格。冯、张、毛三家所制，成古腔矣。

⑥ 忆秦娥　贺　铸

晓朦胧。前溪百鸟啼匆匆。啼匆匆。凌波人去，拜月楼空。　　旧年今日东门东。鲜妆辉映桃花红。桃花红。吹开吹落，一任东风。

今传贺方回《忆秦娥》词，有二首。皆与苏轼、向子諲作句格相同。惟此首用平韵，故录之。亦犹毛泽民之变冯延巳作为平韵也。然后人用此格者甚少。

以上列举《忆秦娥》词六首，其格律演变之迹，岂不显然？由此可知"箫声咽"一词，决不能作于冯延巳、张先之前。此必苏东坡、贺方回同时人所撰，谬其作者，因托之李白耳。或谓此词有"秦娥梦断秦楼月。"之语，故题曰"忆秦娥"。若非李白所作在前，冯延巳安得用此调乎？余曰此正是其伪迹也。"忆秦娥"调名何自而起，今不可考。冯延巳词已与调名无涉，可知冯词非创调。宋人缘题赋咏，遂成此作。其实此词上片所咏，乃"秦娥忆"，而非"忆秦娥也"。下片辞句气象，固然雄浑，然意义则与上片不属。且李白时乐游原方为豪贵游宴之所，唐人诗咏乐游原者甚多，皆不作衰飒语，此盖宋人乐游原怀古词耳。故此词实非先有词而后有题，乃先有题而后有词也。向子諲词改题曰"秦楼月"，必是此词盛传于时，深受影响，适当宋室南迁，遂取词句中语，易其旧题。此与苏东坡词之改题"双荷叶"，皆偶然之事，非此曲之异名也。

（3）东坡词帖

牟巘《存斋集》有《跋东坡帖》一文云："东坡翁赋此词，送其乡人，复自书而遗之。盖自治平丙午去蜀至熙宁乙卯为十年，此当是自密移徐时，年恰四十，然字画此前道劲。'故山应好在，孤客自悲凉'之句，诵之凄然，使人益重故乡之思也。"

此东坡送王缄《临江仙》词也。据此可知有墨迹在人间，今亡矣，"故山应好在"，今本皆作"知好在"，当以墨迹为正，惜存斋未录其全。词首句云"忘却成都来十载"，故牟跋云"熙宁乙卯书"，恐未必是墨本原有纪年也。

(4) 衍白乐天词

白乐天"花非花,雾非雾"词,盖神来之笔,可谓天机独得者。后人衍其辞为《御街行》,见《欧阳文忠公近体乐府》,亦见《四朝名贤词》本《张子野词》。《乐府雅词》以为欧作,《花草粹编》以为张作。杨升庵谓有出蓝之色。余窃以为不然,盖此作已落名实,不如白氏原作之空灵俊逸。

"去似朝云无觅处"当作"去作朝云何处",句法乃合。《粹编》、《词品》并作"无觅处",误也。《近体乐府》:"乳鸡栖燕,落星沉月。"《词品》作:"乳鸡新燕,落星沉月。"《张子野词》作:"远鸡栖燕,落星沉月。"当以《子野词》本为正。"遗香余粉,剩衾残枕。"《词品》作:"残香余粉,闲衾剩枕。"《子野词》作:"馀香遗粉,剩衾闲枕。"未知孰是。末句《近体乐府》作"天把多情赋",此"赋"字必"付"字之误。"朱阁斜敧户"句,万红友以为误夺一字,然《梅苑》有一词,上片第二句云:"愿长与,梅为伴。"下片第二句则为"依旧残妆浅"。可知此词前后片句法不必同也。

(5) 聂胜琼词

玉惨花愁出凤城。莲花楼下柳青青。尊前一唱阳关曲,别个人人第五程。

寻好梦,梦难成。有谁知我此时情。枕前泪共阶前雨,隔个窗儿滴到明。

右《鹧鸪天》词,宋女词人聂胜琼作,见黄花庵《绝妙词选》。其结拍二句,世以为绝唱。然此实江淮名妓徐月英诗断句,见《北梦琐言》。《琐言》又载其送别诗云:"惆怅人间万事违。两人同去一人归。生憎平望亭中水,忍照鸳鸯相背飞。"此诗亦甚为雅俊。月英有诗集,今不传。

(6) 强 焕

淳熙本《清真集》二卷,有晋阳强焕序。焕时在溧水,哀集周邦彦词一百八十二阕刻于郡斋。此强焕,世皆不知其为何如人。余阅周煇《清波别志》,有一则云:"煇在上饶,于乡士余公子座上,因论诗,余云:近有强彦文,格律甚高,得唐人风致。乃举其《金陵道中》:'空有青山自龙虎,可能荒冢更衣冠。'及'远山初见疑无路,曲径徐行渐有村。''船中灯火十年活,枕上江湖万里心。''客舍三杯酒,渔舟半夜灯。'等句,复举数联,今不悉记。强尝丞溧阳,名与乡曲俱失之。"

按:《清波别志》序于绍熙甲寅,恰在淳熙后,此溧阳丞强彦文,必强焕也。"焕乎其有文章",名与字正相应,可无疑矣。

(7) 范 开

稼轩词集有淳熙戊申正月门人范开序,此人仕履,诸家均未考得。或疑即集中之范廓之,亦即信州本词中之范先之。余近在嘉庆《松江府志》中得范开所撰《龙潭寺记》,署"嘉定己卯夏五既望竹洞翁记"。文谓:"相国成公季子吴越钱沉为华亭舶官,因天台僧磊云言龙潭感通久异,故奉先世所藏佛牙,五色舍利凡二百馀颗,俾作庵供。忽青蛇出现,众所共睹。洛人范开,久客钱门,远陪东阁,目击胜事,因公以记文见属,遂尔有作。"由此可知范开盖洛人,晚年号竹洞翁,别稼轩后尝依钱象祖,课其子沉也。嘉定己卯去淳熙戊申已三十一年,其时稼轩已下世,范殆亦逾古稀矣。钱象祖,端礼之孙,开禧三年十二月自参知政事除右丞相兼枢密使。嘉定元年十月除特进、左丞相、枢密使、兼太子宾客。同年十二月罢相,以观文殿大学士判福州。见《宋史·宰辅表》。端礼传后云:"孙象祖,嘉定元年为左丞相,自有传。"然《宋史》别无象祖传,盖史有阙文矣。象祖谥曰成,卒于嘉定十二年己卯之前,此可自范开文考得之。

(8) 楼 扶

《绝妙好词》卷五收楼扶(字叔茂,号梅麓)《水龙吟》、《菩萨蛮》二词。钱竹汀据白云山慈圣院圆通殿碑记谓:"楼之名当从碑作'枎'。其从手旁者,皆传写之误也。"

按:叔茂为大防之孙,其兄弟行有采、槃,字皆从木。且《说文》云:"枎,扶疏四布也。"字曰叔茂,则其名当作"枎"。

查、厉二代《绝妙好词笺》引《景定建康志》、《泰州志》、《四明志》,俱作"扶",可知其误已久。嘉庆间,袁陶轩撰《四明近体乐府》始改正文。《历代诗馀·词人姓氏录》称楼扶字鹏举,不知何所本? 又《浩然斋雅谈》称楼字茂叔,又不知孰是。《盖部耆旧传》有董扶,字茂安。又可知作"扶"者,亦可通。然楼叔茂之名,必为枎字无疑。

(9) 红情绿意

张叔夏以白石道人"暗香"、"疏影"改名"红情"、"绿意",咏荷花、荷叶。二词均见《花草粹编》,未题作者姓名。朱竹垞辑《词综》,时《山中白云词》未行,故据《花草粹编》录入,题"无名氏"。其后张惠言《词选》,亦收此词,承《词综》之误。周止庵选《宋四家词》,以"绿意"一首附吴文英词后,且云:"曾见一本作梦窗词。"

毛氏解题谓:"红情起于柳耆卿。"万氏《词律》谓:"绿意见于《乐府雅词》,无名氏咏荷之作。"皆甚疏妄。曹氏城书室刊本《山中白云词》于此词题下注云:"《乐府雅词》以此首作无名氏,非。"此所谓《乐府雅词》,皆《花草粹编》之误。曹氏既知此为张叔夏词,又承万氏之误,岂不知《乐府雅词》无南渡后词耶?

(10) 一丛花

《一丛花》"伤春怀远几时穷"一首,见《醉翁琴趣外篇》,以为压卷之作。亦见于《欧阳文忠公近体乐府》卷三,题下注云:"此篇世传张生子野词。"《四朝名贤词》本《张子野词》亦以此词压卷,然《六一词》中仍亦载之。

顷读赵长卿《惜香乐府》,有《一丛花·和张子野》者,与此篇韵合,恐此词实当属之于子野。

(11) 蒋宣卿

毛刻《竹山词》有至正乙巳湖滨散人题云:"竹山先生出义兴巨族,宋南渡后,有名璨,字宣卿者,善书,仕亦通显,子孙俊秀,所居擅溪山之胜,故先生貌不扬,长于乐府,此稿得之于唐士牧家藏本,虽无诠次,庶几无遗逸云。"异哉,子孙俊秀,居有溪山之胜,遂使竹山貌不扬而工乐府耶,此何言欤?湖滨散人,不详何人。至正去宋亡已百年,又安能知竹山之貌不扬耶?《乐府雅词》有《青玉案》一首,题蒋璨宣卿,实姚进道词也。《砚北杂志》有蒋璨宣卿为毕少董作《醉苏堂铭》一首。此其遗文之仅存者。

(12) 元词二家

牟巘《存斋集》有《跋吕自牧词卷》一文云:"云中吕晋卿以其祖自牧公乐府词卷见示,或豪宕,或凄惋,或容与,固能者也。但其压卷一首,有不忍观。伐国不问仁人,朝歌墨子回车,余忍之哉,亟卷还之。晋卿年虽少,好学善问,用意不苟。尝从予友邓善之游,其进未有艾,愿益以学自勉,不必作晏叔原、康伯可辈人可也。毋以吾言为过。"读此文,可知吕自牧、晋卿祖孙为元词家,今《全金元词》中不见其人,则元词之遗佚矣。压卷之作,不知何谓。自牧或为金代人,此词或为金元易代之际而作,故存斋不忍观也。晋卿词必多北宋侧艳之作,故存斋以勿作晏、康辈人视之。

(13) 关于王谑庵

沈启无先生有一篇记王谑庵的文字,大是精妙。若与周作人先生的《文饭小品》一文参读,对于王谑庵其人及其文,多少可以有相当的认识了。前几天读江阴金武祥的《粟香随笔》,有两则与王谑庵有关:

《击筑馀音》明末王筑夫撰,其开首绝句云:"谱得新词叹古今,悲歌击筑动馀音,莫嫌变徵声凄咽,要识孤臣一片心。"结尾亦有句云:"世事浮云变古今,当筵慷慨奏商音,宫槐叶落秋风起,凝碧池头赋此心。"作歌后遂不食而死。

王筑夫,名思任,字季重,山阴人。万历乙未进士,出为兴平、当涂、青浦三县。监国守越,起为正詹礼部右侍郎。事已不可为,自号"采薇子",架一庐曰"孤竹庵",不食七日而死。性疏放,好谑浪,尝制《弈律》,避兵犹负一棋局以往。诗才情烂漫,入鬼入魔,有句云:"地懒无文章,天愚多暗云。"其险怪多类此。

这两条记录很奇怪。《击筑馀音》一向传为归玄恭或熊开元所箸,两诗亦具在,从来没有"王筑夫撰"之说。又王思任另外有一个"王筑夫"的名字,亦不见其他书志,不知金氏何所依据也。意或熊开元曾号蘖庵,金氏遂误为谑庵乎?

王谑庵让马士英书,义正辞严,当士气沦亡的时候,有此一棒喝,真足为我越中文人张目。周作人先生据张岱所著传引转录,似亦未为全豹。清王元勋:程化骧辑《明贤尺牍》则载其全文,兹抄于此:

  阁下文采风流,才情义侠,职素钦慕,当国破众疑之际,爰立今上,以定时局,以为古之郭汾阳,今之于少保也。然而一立之后,阁下气骄腹满,政本自由,兵权独握;从不讲战守之事,而只知贪黩之谋;酒色逢君,门墙固党;以致人心解体,士气不扬;叛兵至则束手无策,强敌来而先期以走;致令乘舆播迁,社稷邱墟,阁下谋国至此,即喙长三尺,亦何以自解也?以职上计,莫若明水一盂,自刭以谢天下,则忠愤节义之士,尚尔相亮无他,若但求全首领,亦当立解枢权,授之才能清正大臣,以召英雄豪杰,呼号惕厉,犹当幸望中兴。如或消摇湖上,潦倒烟雾,仍效贾似道之故辙,千古笑齿,已经冷绝。再不然,如伯嚭渡江,吾越乃报仇雪耻之国,非藏垢纳污之区也,职当先赴骨涛,乞素车白马,以拒阁下。上干洪怒,死不赎辜,阁下以国法处之,则当束身以候缇骑;以私法处之,则当引领以待锄霓。

李莼客题王季重山水画迹诗云:"画江一檄足锄奸,孤竹庵空鹤不还。一样首阳干净土,戢山终胜采薇山。"读此一札,真觉得谑庵之谑,直是忧国之士之以谑自隐于世者,然而终于不能不绝食而死,则谑庵仍有其不谑之处,亦是昭然若揭了。但是这乃是一个有气节的文人的本分,而不是什么独特的行为,张岱著王思任传,不及其死事,周作人先生谓"张宗子或尤取其谑虐钱癖二事,以为比死更可贵,故不入之立德而列于立言,未可知也。"我以为这意见是不错的。

王谑庵有二女,皆能诗词,长静淑,字玉隐,号隐禅子,嫁孝廉陈树襄,早寡,著《清凉集》、《青藤书屋集》;次女端淑,字玉映,嫁永平司李丁睿子,著《玉映堂集》。《国朝闺秀香咳集》录静淑诗两首、端淑诗一首,又《众香词》录静淑词三阕、端淑词八阕,均极隽雅。钱谦益有《赠王大家映然子十截句》,其一云:"季重才名噪若耶,缥囊有女嗣芳华。汉家欲采《东征赋》,彤管先应号大家。"可见两姊妹的文才,亦颇足以继谑庵也。

一九三五年八月

（14）李符事

清初,嘉兴词人有二李:李良年,字武曾,有《秋锦山房词》。李符,字分虎,有《耒边词》。武曾于康熙十八年举博学鸿词,分虎则未登仕版,以游幕终。然论词则《耒边》高于《秋锦》。

分虎生平踪迹不甚可知,近阅其乡人沈涛著《匏庐诗话》有一事云:"分虎客闽中某官署,其夫人亦能诗,慕分虎才,因越礼焉。某官侦知之,召分虎与眷属共饮。酒半,异一巨棺,强二人入之,遂葬后园,至今土人犹呼为鸳鸯冢,凫芗师闻之兰泉司马云。"

此事甚异,未见他书记载,因录之以待考。凫芗为苏州陶樑,有《红豆树馆词》。兰泉为青浦王昶,有《琴画楼词》。二人皆嘉庆间词人,兰泉曾官闽中,疑所知或可信。

(15) 百尺楼词之作者

本刊第四辑载《百尺楼词》,后附我所撰跋文。今承中山大学古文献研究所黄国声同志来函指出:陈庆森与陈树镛并非一人。《百尺楼词》之作者为陈庆森,字羞阶,或作讽佳,广东番禺人,光绪十七年举人,曾官湖南知县,辛亥革命后归寓广州。

陈树镛,字庆笙,广东新会人。生于咸丰九年。光绪四年为学海堂专课生,从学长陈兰甫(沣)游。平生笃志经学,不务吟咏。著有《汉官答问》一卷,梁鼎芬为刊入《端溪丛书》。光绪十四年卒,年仅三十。

二陈皆与梁鼎芬、汪兆镛昆仲友善,一名庆森,一字庆笙,遂易误为一人。我购得此词稿时,尚不知作者为何许人,亦未知有陈树镛。其后流览杂著,始据以写定此跋,盖已承前人之误也。今岁月已久,亦不忆误自何书。录以正误,并谢黄国声同志。读者有藏本刊第四辑者,幸为我改正之。

一九八七年九月

(以下未出版)

(16) 戴石屏词

明弘治本。《石屏诗集》卷八有词二十五首,汲古阁据以刻入《六十家词》,又从《花庵词选》辑得八阕隶之。嗣后毛氏又抄得临安陈氏刊《群贤小集》本《石屏长短句》,凡四十阕,多《水调歌头》、《贺新郎》、《洞仙歌》、《沁园春》、《满江红》、《西江月》二首、《满庭芳》等八阕,而无《满庭芳》(草木生春)一阕。此本毛氏未及刻,双照楼即据以影刻之。明吴讷《四朝名贤词》本《石屏词》凡二十六阕,其二十五阕与弘治本同,末篇《沁园春·自述》则见《花庵词选》。吴氏本不知所从出,似与弘治本同出一本,然不知何以仅从《花庵词选》中录其一阕,殆有意辑补而未竟其事者。

《诗人玉屑》卷二十一《中兴词话》有戴石屏一则,录其《送姚雪篷之贬所,作沁园春》断句云:"访衡山之顶,雪鸿渺渺,湘江之上,梅竹娟娟。寄语波神,传言鸥鹭,稳护渠侬书画船。"黄玉林谓此词"集中不载,盖有所忌也"。

石屏《浣溪纱》:"说个话儿方有味,吃些酒子又何妨。"诸本皆同。然"酒子"不词,当是"吃些子酒"耳。

(17) 储华谷

元林屋山人俞琰《席上腐谈》颇载储华谷事,引其《祛疑说》云:"开气为男,阖气为女,一阖一辟,男女攸分。"盖房中家言也。惟其指归在求子,不同于容成采补之说耳。华谷尝注《阴符经》、《入药镜》、《参同契》、《悟真篇》,多所发明,均见府志《艺文志》;又有《会三集》,则志所未载。华谷名泳,字文卿,南宋末人,有《齐天乐》(东风一夜吹寒食)一首,入《绝妙好词》及《阳春白雪》,诗二首,见《松风馀韵》,殆出入儒道之间者。同时吾松又有王奎,号蟾谷子,亦作《祛疑说》,与华谷所论同。祛疑者,驳《诸氏遗书》阴先阳后而男形成,阳先阴后而女形成之说也。华谷、蟾谷皆主阳先阴后则得男,阴先阳后则得女者,此其异也。林屋山人亦主华谷、蟾谷之说,故书中甚称之。

(18) 姚进道

吕圣求词《水调歌头》序云:"十月初十日,同周元发谒姚氏昆季,多不遇。因与说道小饮,出其兄进道作《水调歌头》几二十首,读之,殆不胜情,次其韵作一篇,怀其人,亦以赠元发、说道。"又一首序云:"哭进道,'飞桥自古双溪合,柽柳如今夹岸垂',《么金店别业诗》。"又《水调歌头》八首跋云:"何山道人《水调歌头》二十首一韵,余和之,计前后凡八首。道人之语如谢康乐诗,出水芙蓉,自然可爱,余诚不足以继其后。呜呼!道人死矣,仙耶人耶皆不知。俟如其数,焚香烧以与之,魂如有灵,当凌云一笑。"

按:吕圣求名滨老,居嘉兴,宣和末人。此姚进道当即姚述尧耳。姚号何山道人,仅此一见。

(19) 尹焕(尹梅津)

淳祐十年,江西运判尹焕按瑞州,解试官永兴簿周梦炎出策题云:"男子以七尺躯,为天地最灵物,造化刳裂元气,取其精英以藏之。怪诞可骇,乞褫一资。"

按:此数语见徐骧《北征记》。(《吹剑录外集》)

(20) 怡云词

《雪楼乐府》有《蝶恋花·戏疏斋怡云词后》云:

长忆山中云共住。出处无心,只恨云无语。今日能歌还解舞。不堪持寄山中侣。
谁道解愁愁更聚。自有卿卿,惯画双眉妩。问取悭风并涩雨。相逢认得怡云否。

盖为伎张怡云作也。怡云能诗词,善谈笑,艺绝流辈,名重京师。夏雪蓑《青楼集》备载其事。张野夫有《南乡子·赠歌者怡云和卢处道韵》云:

霭霭度春空。长妒花阴月影中。曾为清歌还少驻,匆匆。变作帘前喜气浓。

一笑为谁容。只许幽人出处同。却恐等闲为雨后,东风。吹过巫山第几峰。

卢处道,号疏斋,雪楼所云"疏斋怡云词"殆即此《南乡子》,惜其词亡矣。

松雪翁亦有《南乡子》一首云:"云拥髻鬟愁。为在张家燕子楼。稀翠疏红春欲透,温柔。多少闲情不自由。　　歌罢锦缠头。山下情波左右流。曲里吴音娇未改,障羞。一朵夫容满扇秋。"亦怡云词也。

(21) 项莲生游从录

吴子律

碧珊　　　　　　有《绮罗香·和碧珊》

蒳卿　　　　　　有《卜算子·赠蒳卿》(玫按:《清名家词》作藕)

赵氏小山堂

王道士芳谷吴山道士

亚云校书　　　　弹琵琶

琴娘吹箫　　　　弹碧天秋思之曲

李西斋堂

汪又村

郭频伽

叶元墀午生　　　有《壶中天》哭叶午生比部

小鹤从叔

许乃穀玉年

钱蕙窗　　　　　有《徵招·题钱蕙窗丈桐槐旧馆图》

葛秋生庆曾

许佩岑

王子若

顾安小岩　　　　有《金缕曲·题顾小岩江乡春醉图》

汤漱玉德媛　　　有《洞仙歌·题汤德媛(漱玉)寒闺病趣图》

许文恪公　　姊婿

(22) 项莲生年谱

嘉庆三年戊午生(1798)

道光元年辛巳(1821)　　　　　　二十四岁

　　作《摸鱼子·送林和靖像入巢居阁》词。

道光二年壬午(1822)　　　　　　二十五岁

九月避喧于南山之甘露院,有《湘月词》。

三年癸未(1823)　　　　　二十六岁

六月作《齐天乐·送葛秋生偕许佩岑之吴中》词。

小除夕编成词集甲稿,自序而刻之。

四年甲申(1824)　　　　　二十七岁

词甲稿刊于是年。

六年丙戌(1826)　　　　　二十九岁

是年二月客山阴,三月客禾中,四月、七月再至吴门,北渡扬子江,游金、焦两山,留淮、扬六日,返杭后又为豫章之行。按:以上见《三犯渡江云》序。序中仅言"今年",然别有《徵招》一词,题"丙戌除夕",盖在江西所作。故知所谓今年者,当为丙戌也。

八年戊子(1828)　　　　　三十一岁

编次近作为乙稿。戊子十一月十七日自序。

九年己丑(1829)　　　　　三十二岁

乙稿当刊于是年春。

是年冬编次丙稿,未授梓。

室庐不戒于火,稿毁。

十年庚寅(1830)　　　　　三十三岁

作《烛影摇红·庚寅秋感》。

十二年壬辰(1832)　　　　三十五岁

中举人。

十三年癸巳(1833)　　　　三十六岁

入京应春官试,下第南归,已迩岁除。

十四年甲午(1834)　　　　三十七岁

是年人日重编丙稿,作丙稿自序。

春草烬馀,老屋数椽,颜曰"睡隐盦"。

十五年乙未(1835)　　　　三十八岁

正月再上春官,下第而归,留京师五十日。

闰六月二十一日,编成丁稿。

是年秋,卒。

光绪十九年癸巳(1893)

许迈孙刊甲、乙、丙、丁稿及补遗。

(23) 女词人王端淑及其词

㊀ 王玉映,名端淑。山阴王季重先生次女也,适钱塘贡士丁肇圣,偕隐徐天池之青藤书屋。少时梦随羽客陟岭塞,有园曰青芜,因作《青芜园记》。又梦坐宋安妃画舫,有《玉

真阁》二诗。善书画,长于花草,疏落苍秀。顺治中,欲援曹大家故事,延入禁中教诸妃主,玉映力辞乃止。卒年八十馀,著有《吟红集》。

㊀山阴王季重有才女,长曰静淑,字玉隐;次曰端淑,字玉映,号映然子。并擅词华,钱谦益诗所谓"季重才名噪若耶,缥囊有女嗣芳华"者也。

玉隐适孝廉陈树勣,早寡,著《青藤书室集》。玉映适永平司李丁肇圣,著有《吟红》、《留箧》、《恒心》诸集,又辑《名媛文纬》、《诗纬》。楷法二王,画宗倪、米,幼即博通经史,尤为季重所珍爱,尝曰:"身有八男,不易一女。"

余旧曾得其《名媛诗纬》一书,录历代闺阁才人之作,评品精审,附词、曲各一卷,尝别为过录词集予珍重阁主人备辑明词,曲集付之饮虹词人校订,题《明代妇人散曲集》,付中华书局排印传世。

日寇突入茸城,余所发藏,均未及避地,《诗纬》亦同归浩劫矣。《众香词》录玉隐词三阕、玉映词八阕,以《长相思》为最,词曰:

> 著春衣。换春衣。帘外东风花乱飞。闲阶草自肥。　掩罗帏。下罗帏。漏永茶烟酒力微。茂陵人未归。

(24)刘晓行

刘一止,字行简,归安人,宣和三年进士。绍兴中,除秘书省校书郎,迁给事中,忤秦桧罢去。桧死,官至敷文阁真学士。《直斋书录解题》云:"刘尝有'晓行'词,词盛传于京师,号'刘晓行'。"

按:《彊村丛书》有《苕溪乐章》一卷,用丁氏书室藏《苕溪集》本,与《四朝名贤词》本《苕溪词》同,有《喜迁莺》(晓光催角)一阕,注明"晓行"。《阳春白雪》卷二有刘行简"晓行"《喜迁莺》,即此阕。然卷三又有刘行简《梦横塘》(浪痕经雨)一阕,亦注云"晓行"。两家集本虽有此词,却未有此注。又集本压卷之作《洞仙歌》(细风轻雾),实亦晓行词,俱未标注。盖刘所作《晓行》词,不止一首,不知盛传者是何调也。石遗老人《宋诗精华录》谓刘尝以《晓行》诗著名,非也。

(25)苏秦佚词

《侯鲭录》云:"东坡在徐州,送郑彦能述都卜,问其所游,因作词云:'十五年前,我是风流师,花枝缺处留名字。'记坐中人语,尝题于壁。后秦少游薄游京师,见此词,遂和之。其中有'我曾从事风流府'句,公闻而笑之。"按:此苏、秦二词,今集本俱无,亦佚词也。后山词《减字木兰花》歇拍云:"著便休痴。付与风流幕下儿。"注曰:"古词云:'十五年来,从事风流府。'"可知此词当时必盛传之,而不知其作者矣。

按：坡词见《能改斋漫录》，云是在黄州送潘邠老赴省试作《蝶恋花》，原文有"三十年前，我是风流师"云云。又云："今集不载，是坡集别有一本矣。"

（26）柳里恭词

竺田居士《填词图谱》卷首，有《总论》一篇，为彼邦学者述词学源流体制。词名一则云："词之取名，如《忆江南》、《南乡子》，皆取其词中最切之意而名之。试观张志和作渔父之词，即取名《渔歌子》。毛文锡词之结句，如'宝帐欲开慵起，恋情深'，即取名曰《恋情深》。此外《十六字令》、《三字令》皆同。近则杂歌中亦然，如柳里恭作闺情，即名曰《长相思》，又竿露泪，即名曰《竿露》，咸依其成法也。"又曰："古人作词，最重平仄、字数、句数、韵字，必须依图填词，方与古人同调，否则误矣。且古人精音律，歌其词，始知其节奏之妙，非后人所能望其项背也。故柳里恭所作《长相思》、《竿露》二词，其上下用韵，无不悉合。"柳里恭殆彼邦近世词家，当求其所谓《长相思》、《竿露》二阕，实吾词话。

（27）山家秋歌

《本朝文粹》有纪纳言《山家秋歌》八首，题下注曰"越调"，实即《渔父》词也。选录四首于此。其四曰："卜居山水息心机。不屑人间驳是非。扃涧户，掩松扉。秋寒只纳薜萝衣。"其五曰："登临南北又东西。本自幽人不定栖。秋鹤老，暮猿啼。结交留宿旧青溪。"其七曰："吾家岭外枕江干。浪响松声日夜寒。忘老至，计身安。乘闲空把一鱼竿。"其八曰："寂寞山家秋晚晖。门前红叶扫人稀。甘久住，誓无归。只听泉声枕上飞。"此歌编在《忆龟山》词之前，殆更早于中书王乎？

（28）朱唇玉羽

庄季裕《鸡肋编》云："东坡在惠州，作梅词，云：'玉骨那愁烟瘴，冰姿自有仙风。海仙时遣探芳丛，倒挂绿毛么凤。　素面尝嫌粉污，洗妆不退唇红。高情易逐海云空，不与梨花同梦。'广南有绿羽丹嘴禽，其大如雀，状类鹦鹉，栖集皆倒悬于枝上，土人呼为倒挂子，而梅花叶四周皆红，故有洗妆之句。二事皆北人所未知者。"

按：东坡此词，宋人小说均称梅词。汲古阁刻本亦注明"梅花"，然延祐本无之，余以为此皆赋倒挂子也。李端叔有《阮郎归》（朱唇玉羽下蓬莱）一阕，亦赋此禽，自注云："朱唇玉羽，湖湘间谓之倒挂子，岭南谓之梅花使，十二月半方出。"然则素面、洗妆二语，非谓梅花可知。《渔隐丛话》、《冷斋夜话》并云东坡在惠州作此梅词，时朝云新亡，盖意在朝云也。窃以为词意在朝云，颇亦近似，谓是赋梅，则非也。又《墨庄漫录》谓此词下有注云："唐王建有《梦看梨花云诗》。"今本皆无此注，则坡词另一本也。

(29) 梅泉词

襄收得韩小亭先生所藏蜀碑,有《蝶恋花》词云:"梅信一枝聊寄远。寂寞孤根,风定泉清浅。每岁开迟人偃蹇。今年开早人心满。　　莫道山深春尚晚。一点阳和,此地先回暖。更待龙池冰尽泮。累累青子东风畔。"八分书,左行,下署"乙亥仲冬十日归父。"叔问为予以《方舆金石汇目》考之,乃绵州德阳县宋熙宁元年章概梅泉碑阴也。乙亥为哲宗绍圣二年,上距熙宁戊申凡廿七年,归父疑即概字。

按:以上见吴昌绶《梅祖盦杂诗》自注,然则亦宋人逸词也。

(30) 姚牧庵词

武英殿聚珍本《牧庵集》,附诗馀两卷,共词四十七首。其《绿头鸭》(锦堂深,兽炉香喷沉烟)一阕,盖晁次膺作,见《乐府雅词》、《珊瑚钩诗话》。

按:刘致作牧庵年谱云:"大德三年己亥,先生六十二岁,寓武昌,居南阳书院之楚梓堂。春游黄州,有赠贾芳春《绿头鸭》。"盖此一阕失之,妄人乃以晁作补入,题云"赠辛尚书家琵琶妾何氏",则不知何所据。

年谱所录词目有至元十三年作《水调歌头》寿其父文献公。又至元二十一年寄家人寿日《南柯子》。又元贞二年作寿词"春从天上来"(有蛮荆之语)。又大德二年作群山围宴集《烛影摇红》,寿肖斋《清平乐》、守岁《水调歌头》(有句云:"六十一年,似窗隙,白驹驰。")又大德三年作赠平章刘公《绿头鸭》,又《木兰花》有"再年逾耳顺,来七稔、石城居。记白发添丁"云云。又大德八年作《鹧鸪天》二首。又大德九年游洪崖丹井赋《临江仙》。又大德十年作《浪淘沙》赠郭安道、许澹斋。又至大三年作《南乡子》,皇庆元年作皇庆寿词、上巳清明同日《木兰花慢》。又皇庆二年作九日《感皇恩》,是为绝笔。凡年谱著录者十六首。今仅存《烛影摇红》、《清平乐》、《水调歌头》、《浪淘沙》、《木兰花慢》五阕,然则牧庵词佚者多矣。

(31) 梅雪词镜

罗振玉《镜铭集》录有《梅雪词镜》一品,其文曰:

雪共梅花,念动是、经年离拆。重会面、玉肌真态,一般标格。谁道无情应也妒,暗香埋没教谁识。却随风、偷入傍妆台,萦帘额。　　惊醉眼,朱成碧。随冷暖,分青白。叹朱弦冻折,高山音息。怅望关河无驿使,剡溪兴尽成陈迹。见似枝、而喜对杨花,须相忆。

按:盖《满江红》词也,殆宋人作。

二　诗词序跋

（一）《北山楼校定断肠词一卷》序引

梅雨不住，楼居无俚。取四印斋刻况蕙风校补《断肠词》阅之，觉取舍之间未为精审，祛疑辨伪，复无判断。因检箧中诸书，重为校订，写定词二十六阕。有一二词在进退之间外，此皆无可疑矣。

朱淑真词有《断肠词》一卷，见《直斋书录》，久已亡逸。又有《断肠诗集》十卷，宛陵魏端礼辑，钱塘郑元佐注，此书未见刻本。

余尝得东莞莫氏五十万卷楼藏钞本一残帙，仅存第九、第十两卷，后附崑山慎轩氏胡慕椿新增《断肠词》一卷，有跋云："淑真诗集脍炙人口久矣，其诗馀仅见二阕于《草堂集》，又见一阕于十大曲中，何落落如晨星也。既获《断肠词》一卷，凡十有六调，幸窥全豹矣。先辈拈出元夕词，以为白璧微瑕，惜哉。"

观此文似所获即毛氏《杂俎》本，盖"白璧微瑕"语出自毛跋也。然检校文字，复小有异同，或尝用别本改定，此书卷尾有《纪略》一篇，文云："淑真，浙中海宁人，文公侄女也。文章幽艳，才色娟丽，实闺阁所罕见者。因匹偶非伦，弗遂素志，赋《断肠集》十卷以自解。临安王唐佐为传，以述其始末。吴中士大夫集其诗二百馀篇，宛陵魏仲恭为之序。"

此文遣辞未达，夫《断肠集》十卷，即其诗二百馀篇也。仲恭，端礼字也。许鹤巢为况蕙风校本序云："《断肠词》就《纪略》所著，原有十卷，至陈振孙《书录解题》仅存一卷，片玉易碎，单行良难。"

此即为《纪略》所惑，以十卷本为词集矣。王半塘跋云："知佚词尚复不少，又间有羼杂，安得魏端礼辑及稽瑞楼注本，重付校雠。"因知半塘亦未尝见魏辑十卷本，不知其为诗集也。

《纪略》称淑真为海宁人，《四库总目》据以著录，又辨其非文公姪女。然朱竹垞《词综》云："淑真，钱塘人。"张泳川《词林纪事》又云："钱塘人，世居桃村。"许迈孙刻《断肠词》于《西泠词萃》，冠以《四库全书总目提要》，径改"海宁女子"为"钱塘女子"，此皆不知其所本,安得王唐佐撰传,详其身世乎。

淑真词固不能胜魏夫人、易安居士,然当时既有单行传刻,亦尝脍炙人口。今其本不传,遗文零落,掇拾所得,仅此戋戋者。衷于一编,以存其书。昨岁余尝校理唐女冠李秀兰集,其志同也。

丁巳五月十日　施舍

(二)《北山楼诗》自序

余总角时,侍大人游寒山寺,见石刻《枫桥夜泊》诗,大人指授之,琅琅成诵,心窃好焉。年十二,大人授以诗古文辞,自杜甫《兵车行》、杜牧《阿房宫赋》始,遂渐进于文学。求书自习之,五六载间,尽玉溪、昌谷、李杜、元白而至于汉魏六朝,皆若可解悟,会心不远;独于当世名流,海藏、散原、石遗、晚翠诸家,则往往不能逆其志。自愧下才,学或未至,乃取东坡、山谷、宛陵、茶山诸集读之,固未尝不可解,因甚惑焉。

时散原方以江西宗匠主坛坫,末生后学咻之嚾之,不可一世。余三复其集,嗫不敢言,所得者偶有句耳。南社诸君子则以江西诗为遗老文学,不足以任革命鼓吹,乃举唐音以为帜。然自柳亚子以下皆规枏龚定庵,才或未济,徒见浮薄,宋且不至,何有于唐。遂弃诗不观,转而事新文学,偶亦作旧诗,皆拟古也。

抗战军兴,流移滇闽,稍稍作韵语,寄情言志。然平生讽诵,博涉多方,古来诗人,各有影响。推敲之际,辄受绳约,终不能脱前人科臼。因知宗宋宗唐,徒费唇舌,邯郸学步,孰为是非。于是放笔直书,惟求辞达。或一年止数诗,或经年无一诗,垂四十载,所作不逾三百,删其十一,录而存之,以识平生踪迹,一时情感。览之者当讥其凡庸总杂,不成家数;余亦自知其体气不纯,无当大雅。所自许者,无不可解之作耳,然欲使老妪都解,则犹有愧于白傅也。

戊午人日北山施舍

(三)《陈子龙诗集》前言

明清之际,是一个历史大动荡社会大变动的时期,各种矛盾错综复杂,甲申(1644)三月,农民军攻克北京,明崇祯帝自杀。接着是清兵入关,李自成战败,建立不久的大顺政权迅速瓦解。清兵南下时,江南人民抵抗之激烈,为史所仅见,致使阶级矛盾退居次要地位,民族矛盾上升为主要矛盾。江南各地义师纷纷兴起,许多爱国志士奋身参加抗清斗争。

那个时代,对每个人都是严峻的考验,是屈膝投降,还是坚决抵抗,摆在面前是两条道路,没有第三条路可走。史可法、杨廷枢、侯峒曾、黄淳耀、夏允彝、黄道周、杨廷麟、万元吉、张国维、吴易、吴应箕、杨文骢、张煌言、瞿式耜、张同敞等，走的是抵抗道路；钱谦益、王铎之流则反之。陈子龙不负平素抱负，到此家国危急关头，毅然挺身而出，义无反顾。他在《报夏考功书》中，以血泪斑斑的词句，沉痛地向殉节的亡友吐诉自己矢志报国的心愿。后来，他果然实践了自己的诺言。

在血与火的锻炼中，陈子龙写下了大量气壮山河的诗篇，充满了挽救民族危亡的急切呼吁。可以说，在明清之际先后以身殉国的夏完淳、瞿式耜、张煌言等爱国诗人中，陈子龙的文采和气节是他们中杰出的代表。

陈子龙，字卧子，一字懋中，又字人中，号轶符。松江府华亭县(今上海市松江县)人。晚年自号大樽，易姓李。别号颍川明逸、于陵孟公。曾以出家为掩护，法名信衷。生于明万历三十六年(1608)六月初一日。崇祯十年丁丑进士，初仕绍兴推官，擢兵科给事中。甲申六月，事福王于南都，连上谏疏，为权奸所嫉，乞终养去。南都沦亡，积极参与抗清复明活动。最后以联络吴胜兆等谋结兵太湖举事，事败被俘，抗志不屈，在被械送途中赴水殉国，表现了壮烈的民族气节，时为明永历元年(清顺治四年，一六四七)五月十三日。

陈子龙出生于封建士族家庭，曾祖钺，以任侠抗倭为乡里所重。祖善谟，慷慨好义。父所闻，万历四十七年进士，居官不畏权阉，很有清望。子龙幼承家教，奋志读书，博通经史，以风义自矢。十余岁就有文誉，为父辈东林人士所器重。

崇祯初，他参加以张溥、张采为首的复社，又与夏允彝、徐孚远、周立勋等结几社，与复社相呼应。两社都是东林的后劲，既是文学团体，又是政治团体，以复兴绝学相期勉，以文章气节相砥砺，坚持同魏忠贤馀党作斗争，社友大多为爱国知识分子。崇祯十四年，复社主将张溥卒后，陈子龙实际上是两社共戴的领袖。当时称文章者，必称两社；称两社者，必称云间；称云间者，必推陈、夏。而陈子龙的诗文，尤其著称于当时。

陈子龙的诗歌，早期曾受前后七子影响，倾向复古，窗课社稿，多摹拟古人之作。随着政局剧变，他在三次入京之后，目睹当时朝政黑暗，权奸当道，天灾人祸频仍，人民不堪残酷剥削，纷纷揭竿而起。而新兴的后金，正日益强大，崇祯二年至九年期间，三度侵扰，驰突京畿，给明政权造成极大的威胁。陈子龙忧虞时事，尤多忧边之作，在清兵侵扰，属国沦亡，经、抚失策，边将骄悍的情况下，对国家民族的安危不胜耽心。把深沉愤激的感情，念乱望治的意志，强烈的民族气节，注入自己的诗作，在诗风上激起了深刻的变化。在《湘真阁稿》、《三子新诗》中，极多兴会淋漓尽情倾吐的作品，形成了高迈雄浑、悲壮激昂的特有风格。

他痛恨权奸误国、阉宦揽权，导致边事日坏，忠贞之士，横被摧残。崇祯帝即位以后，魏忠贤虽被诛戮，其馀党仍在，"宵人骂碧血，群阉艳华虫"的局面，并未彻底改变。他在《今年行》、《策勋府行》、《白靴校尉行》等诗篇中，对魏阉馀党的鞭挞，不遗馀力。而崇祯一朝却仍任用太监监军贻误戎机，造成多次军事上的失利，作者痛心疾首地控诉了这一明代最大的弊政。

两都倾覆之后，在严酷的民族斗争中，陈子龙不仅在诗歌里慷慨激昂地申叙矢志报国的决心，热情支持江南人民的斗争，且躬自投身于义旅。他生平声气相求、患难与共的师友,复社、幾社的同志,在斗争中纷纷蹈义赴难。杜登春的《社事本末》及其他志乘,多有详细的记载。少数民族入主中原,在我国历史上,并不止一次,而以明末慷慨死义的人士特多,这不能不和东林、复社、幾社的提倡民族气节有关。

除了对国家内忧外患痛哭陈词、慷慨悲歌之外,即使是登临山川、友朋酬赠,及反映民隐民瘼的作品,也表现了他热爱祖国河山、共期忠贞赴难、关怀民生疾苦的胸怀。到后来虽明知复国大业难以实现,但忠贞不贰之情,愚公精卫之志,始终激荡在他的胸中,终身不渝。

陈子龙的词,清代王士禛、邹祗谟、沈雄等人,皆深为推许。其词以《花间》、北宋的雅丽为归,当明代词学衰微之际,他和李雯、宋徵璧、宋徵舆、蒋平阶等幾社名士皆致力为词,形成云间词派,开清代三百年词学中兴之盛。他现存的词,大多作于甲、乙以后,其弟子王沄为之辑入《焚馀草》中。王昶等人编辑全集时,又益以散见别本者数阕,汇成一卷。其中怆怀故国之作,沉哀凄丽,蕴藉极深。

陈子龙作为封建地主阶级的士大夫,他当然反对农民起义,称之为“寇”、“盗”。但他又是一个正直的知识分子,对明末农民起义的看法,也还有其客观的一面。他认为当时农民起义有两个主要原因:一是“民怒”,二是“民饥”。《寄桐城方密之》诗中说:“民怒一朝发,裂帛张旌旗。中夜刑牛马,纵火焚九逵。”“民怒”从何而来? 显然是由于朝廷横征暴敛,官吏贪污酷虐而起,积怨既深,就会如烈火之燎原,一发而不可遏止。在《感怀》诗中他说:“胡部徙庭秋上谷,饥民举火夜平阳。”指出秦、晋人民之所以造反是因为“饥”。人民在暴政、灾荒、豪门剥夺,重重迫害之下,饥不得食,流离死亡。当局不知体恤,捐饷征输,有加无已。最后,人民忍无可忍,才揭竿而起,以暴力摧毁苛政。作者还在诗中写出当时起义军盛大的声势,像“中州旗绛天”,“鄂渚旌旗红照天”,“江滨烽夜赤,城头旗昼红”这些诗句,皆指起义军而言。在《杂感》诗中,他感慨地描绘了“车马空官渡,风烟满豫州。黄巾连户著,白骨无人收”的景况。在和《冯侍御谈晋中事有感》诗中,又写下了“征输青草尽,名号赤眉多”、“荆棘交千里,风烟锁百城”等诗句,都是当时的实况。这些都说明尽管在他的思想上、作品上,有其阶级的历史的局限,但仍具有一定的积极意义。

陈子龙的诗,无论当时或后世,一向都受到极高的评价。吴伟业称他“负旷世逸才”,“诗特高华雄浑,睥睨一世”。又说:

> 初与夏考功瑗公,周文学勒卣,徐孝廉闇公同起,而李舒章特以诗故雁行,号“陈、李诗”,继得辕文,号“三子诗”,然皆不及。……当是时,幾社名满天下,卧子奕奕眼光,意气笼罩千人,见者莫不辟易。登临赠答,淋漓慷慨,虽百世后想见其人也。(《梅村诗话》)

吴伟业终于仕清,造成毕生的遗憾,虽然晚节异途,但对陈子龙却极为钦佩,他的《贺新郎·病中有感》词,有“故人慷慨多奇节”之句,“故人”即指陈、夏等人。

王士禛论诗,以为卧子七言律“沈雄瑰丽,近代作者未见其比,殆冠古之才。一时瑜、

亮,独有梅村耳"(《香祖笔记》)。又说:

> 明末暨国初歌行约有三派,虞山源于少陵,时与苏近;大樽源于东川(李颀),参以大复(何景明);娄江源于元、白,工丽时或过之。(《分甘馀话》)

王士禛论子龙七律,与梅村所评略同。其论歌行,则就宗法而言。其实子龙歌行,出入盛唐诸家,形成自己的风格,并不专主东川。如朱云子称他"七古直兼高、岑、李颀之风轨,视长安、帝京更进一格"(见《明诗综》引)。朱笠亭也说:

> 七言古诗杜诗出以沈郁,故善为顿挫;李诗出以飘逸,故善为纵横。卧子兼而有之,其章法意境似杜,其色泽才气似李。(《明诗钞》)

转益多师,正是陈子龙的长处。对于明代诗歌的看法,朱笠亭还有这样一段话:

> 余钞黄门诗以终明一代之运,刘、高开于前,西涯接武于继,李、何、王、李振兴于中,黄门撑持于后,此明诗之大概也。(《明诗钞》)

朱笠亭这一评论,和一般论明诗者大略相同,都以为陈子龙是明代最后一个大诗人。明初的刘基、高启两家,成就虽高,在艺术上并没有形成独特的风格,在思想感情上,也没有像陈子龙那样忧虞国事一往情深。及至前后七子,大多只在形式上追求复古,他们的作品,在政治社会意义上远不能和陈子龙相比拟。

综上所述,可见陈子龙的诗较为深刻地反映了当时的现实,闪耀着爱国主义思想和崇高民族气节的光辉,具有浓厚的时代气息。他不仅为明代的杰出诗人,从某些方面看,也可说是杜甫以来的一位重要诗人。在崇祯、弘光两朝中,几乎每一次重大的政治事件,都在他的诗歌中有所反映。现存的诗歌,虽然是经过兵燹和长期禁锢后幸存的部分,但仅就这些诗来看,称之为史诗,也并未过誉。

近代南社诗人,如陈去病、柳亚子等都推崇云间。柳有诗云:"平生私淑云间派,除却湘真便玉樊。""湘真"是指陈子龙的湘真阁,"玉樊"是指夏完淳的《玉樊堂集》。当时南社诗人,多以陈子龙刚劲雄浑的诗风,鼓吹革命,在推翻清朝的斗争中,起了积极推动作用,这也可见陈子龙诗对后世的影响。

陈子龙的著作,当他在世的时候,曾刻有《岳起堂稿》、《采山堂稿》、《属玉堂集》、《平露堂集》、《白云草》、《湘真阁稿》、《安雅堂文稿》等数种。还有些诗文见于《几社文选》、《陈李倡和集》、《三子新诗》。乙酉告归以后,刻有《奏议》一卷。丁亥五月殉国,因家屋遭受抄索,遗著颇有损毁。其后则有其门人王沄收集其乙酉至丁亥的诗,辑为《焚馀草》(即《丙戌遗草》)。以上各种刻本或钞本,均曾流布人间,但未有全集的编订。

关于他的诗文的结集,见于纪载的约有三次:一是他殉节以后宋辕文(徵舆)的收存。

据吴伟业《梅村诗话》说："卧子殉国后,其友人宋辕文收其遗文,今并存。"吴伟业与子龙交谊极深,辕文亦伟业之友,故伟业知其遗文尚存。但辕文早经仕清,趋舍异路,子龙诗文中极多触清廷忌讳之处,辕文所收并未能汇编成集。辕文卒后,文网日严,屡兴大狱,子龙遗文在禁忌极严的情况下,宋之后嗣,即使能为之藏匿,时日既久,亦难免残缺佚散。至于陈子龙生前所刻的诗文集,人多深藏不敢出,且往往为辗转传钞本,其中触犯禁忌的字面,都被销除涂毁,不可通读。

一是子龙殉国后约三十年,其门人王沄的编集。王沄在康熙戊午(1678)获得陈子龙的《寓山赋》,跋文中叙述他"谋与同志,哀采遗文,都为一集,渐有次序,而兹赋遭逢丧乱,篇目缺焉",又云"晚获兹赋,克成全集"。可知王沄以毕生之力,搜集陈子龙的著作,编成了全集。不过王沄所辑,那时还不可能刊版流传,只能秘藏于家。

在此之后,则有乾隆十三年至十四年间娄县吴光裕的辑集。据王昶《陈忠裕公全集序》文中说:

> 乾隆丁卯、戊辰间,娄县吴君光裕零星掇拾,或得之江湖书贾,或得之旧家僧舍,叶残缺轶,以致章亡其句,句亡其字,字失偏旁点画,积有多篇,授之剞劂。未几,吴君客死,板亦散失。

吴光裕所刻,今已不传。其时清政权虽已巩固,但文网并未松弛,以后被焚毁的禁书更多,此刻当亦难免浩劫。

陈子龙遗文的明文解禁,是在乾隆四十一年《胜朝殉国诸臣录》颁行,追谥忠裕之后。至此,许多热心人士才打消了顾虑,为陈子龙遗作进行搜访编纂。但这个工作,还得遵照乾隆帝的意旨,改易掉许多所谓"违碍字句"。

现在流传的《陈忠裕公全集》,是王昶编定的。开始于乾隆四十七年,成书于嘉庆八年。王昶在《全集》序文中叙述编辑经过颇详,今不赘述。至于遗稿的来源,实以王沄所收藏纂辑者为多,再加以王昶自己和王希伊、王鸿逵、庄师洛、赵汝霖、何其伟等人所搜罗的部分,由王昶总纂,汇成全集,于嘉庆八年刻成。

又据《全集》何其伟跋文说:当时曾访得《安雅堂文集》,因《全集》已先两月锓板付印,卷帙浩繁,未便分体增入。并说:"本集所遗,姑俟续刻以成全璧。"可见这部《全集》,事实上还不是陈子龙的全部著作。

又《全集》、《凡例》引徐世祯所撰年谱云:"乙酉告归后,刻有《奏议》一卷,访之藏书家,绝无知者。"案此即《兵垣奏议》二卷,尚幸存于世,光绪中,为松江张锡恭所藏,光绪二十三年松江知府陈声通为之刻于融斋精舍,此书今有石印本,其中较原刻缺失数篇。

现在我们标点的这部集子,即是《陈忠裕公全集》卷三至卷二十的诗和诗馀、词馀部分,定名为《陈子龙诗集》,以别于校文中所称的"全集本"。卷末附录《自述年谱》、《续年谱》、《明史》本传、王沄《三世苦节记》、《越游记》。各集原序文,陈子龙自己写的《白云草序》、《三子诗选序》,以及徐世祯《丙戌遗草序》、王昶《全集》序,另有诸家评论、哀悼诗、投赠诗,亦仍依《全集》列于各序之后。至于《全集》原辑注部分的考证、附录,以至案语,当年王昶等人曾博采群书,搜罗掇拾,颇费心力,其中虽有一些取材欠妥的地方,但绝大部分,仍可为读者提供重要的史料,今亦悉存其旧,以供参考。

由于陈氏著作的原刻本,亡佚者多,可以提供校勘的资料极少。经过上海古籍出版社向有关部门征询访问,仅得《湘真阁稿》、《幾社文选》、《棣萼香词》等数种。今即据此数书及《明诗综》等选本,略加校核,恐疏误之处犹多。

在点校的过程中,对全集中误刊的字句,作了改正。其残缺空白之处,多为清廷忌讳的词语,凡确有依据的,则为之添补并注明出处,其一时尚无从觅得原本为之校补的,则仍存空格。陈子龙的著作,流传于海内外公私藏书家者,尚可搜集。例如诗文则有《安雅堂文集》、《兵垣奏议》,词则有《幽兰草》、《棣萼香词》,皆王昶所未曾采及。本书除据《棣萼香词》补入散曲一套外,均未增补,待他日纂辑补编,以竟王昶、何其伟之志。

一九八二年七月

(四)《百尺楼词》后记

右《百尺楼词集》一册,番禺陈庆森著。凡二十三页,每半页八行,行二十字,乌丝栏楷书,词五十八阕,又附汪兆镛、兆铨词各一阕。卷首钤三印:曰"百尺楼诗词",朱文;曰"仗酒祓清愁花销英气",亦朱文;曰"梦阑时酒醒后思量著",白文。卷尾亦钤三印:曰"家在珠山玉海",朱文;曰"陈庆森印",白文;曰"讽佳",朱文。此晚清粤中词人陈庆森手书未刊稿本也。陈庆森,或作庆笙,原名树镛。字莘阶,或署讽佳。广东番禺人,受业于陈兰甫之门,与梁鼎芬、汪兆镛昆仲友善。光绪进士,曾官湖南知县。庆森治经史,工诗词。尝撰《复古述闻》、《学礼述闻》、《文献通考订误》诸书,未成而卒。惟《汉官答问》一卷,梁鼎芬为刊入《端溪丛书》。《百尺楼词》一卷,未尝刊行,亦无传本。昔年龙榆生、叶遐庵访其词,仅得金缕曲咏雁来红及翠楼吟二阕。香港余祖明编《近代粤词搜逸》,亦未能多得。可知诸家均未见此本。余于一九五四年得此本于上海书肆,藏之三十年矣。惧其终或毁损不传,因刊布于《词学》,为岭南词坛存一文献。

一九八四年三月二十日

(五)《缉庵词存》跋

缉庵仁棣壮岁在大学,好为词,步趋稼轩湖海,大声镗鞳,有燕赵游侠击筑悲歌之概。汀州别去,遂三十馀载,世事苍黄,不通音问。

浩劫以后,忽复相逢,君已清癯垂老,意其忧患馀生,无复当年豪迈之气。余方校点乡先哲陈子龙集,乃邀君为助,而以检阅迻录之务,悉以委君,不意黄门激越闳亮之辞,乃大为君鼓龠。

日者出其近作词稿,雒诵一过,始知君风骨犹健,壮心未已。壬戌词云:"慷慨湘真诗廿卷,驰驱湖海词千阕。"此非君善养其浩然之气,能终始不渝其志不改其声乎!余于此亦观其人矣。

一九八四年十一月六日同学弟云间施蛰存

(六)《花间新集》序

一九六一至一九六五年,是我热中于词学的时期。白天,在华东师范大学中文系资料室工作,在一些日常的本职任务之外,集中馀暇,抄录历代词籍的序跋题记。在中国文学批评史中,词学的评论史料最少。虽然有唐圭璋同志以数十年的精力,编集了一部《词话丛编》,但遗逸而未被注意的资料,还有不少。宋元以来,词集刊本,亡佚者多,现存者少。尤其是清代词集,知有刻本者,在一千种以上,但近年所常见者,不过四、五百种。历代藏书家,都不重视词集,把它们与小说、戏曲归在一起,往往不著录于藏书目录。《四库全书总目提要》仅著录了词籍八十馀部。因此,我开始收集词集,逐渐发现其序跋中有许多可供词学研究的资料。于是随得随抄,宋元词集中的序跋有见必录,明清词集中的序跋,则选抄其有词学史料意义的。陆续抄得数十万言,还有许多未见之书,尚待采访。

晚上,在家里,就读词。四、五年间,历代词集,不论选本或别集,到手就读,随时写了些札记。对于此道,自以为可以说是入门了。我以为,唐五代的曲子词,是俗文学。《云谣集》是民间的俗文学,《花间集》是文人间的俗文学。这种文学作品的作用,是为歌女供应唱词,内容是要适应当时的情况,要取悦于听歌的对象。作者在写作这种歌词的过程中,尽管会不自觉地表现了自己的某些思想情绪,这是自然流露,不是意识到创作目的。因此,唐五代词的创作方法,纯是赋体,没有比兴。文人要言志载道,他就去做诗文。词的地位,在民间是高雅的歌曲,在文人间是与诗人分疆域的抒情形式。从苏东坡开始,词变了质,成为诗的新兴形式,因而出现了"诗馀"这个名词。又变了量,因而衍为引、近、慢词。我们很难说,苏东坡是唐五代词的功臣呢,还是罪人?

基于这样的认识,我在一九六三年,用《花间集》曲子词的规格体制,选了一部宋人小令集,名曰《宋花间集》。一九六四年,又选了一部《清花间集》,使埋没隐晦已久的《花间》传统,在这两个选本中再现它的风格。在历代诸家的词选中,这两个选本,可以说是别开蹊径的了。

这两本选稿,我保存了二十多年,作为自己欣赏词的一份私有财产,仅在少数友好中传阅过,从来不想公开发表,因为怕它不合于当今的文学规格。去年,浙江古籍出版社的赵一生同志和王翼奇同志连袂来访,得知我有此稿,他们表示愿意为我印行,至少可以扩大读者群,让我听听各方面的意见。我感谢他们的好意,便同意把这部书稿印出来,为古典文学的读者开辟一个视野,为我自己留下一个文学巡礼的踪迹。双方多少有些效益。

当此发稿之时,咏唐人诗:"谁爱风流高格调,共怜时世俭梳妆。"心里还不免有些顾虑。这两个选本,虽然够不上"风流高格",确也不是"时世梳妆",为此,写了这篇总序,向读者说明我选编此书的渊源。

一九八七年四月二十日

(七)《花间新集》凡例

㊀ 此书所选宋、清二代词,皆余自出手眼,几经进退而后写定,绝不依傍旧有选本。凡有词集传世之词家,皆从其全集中最录。志在绍述《花间》,则选词标准,自以《花间》祖集为归。唐、五代时,惟有令曲,入宋始有引、近,衍及慢词。故此编所选,亦专取小令。

㊁《花间集》词皆无题,读其词,即知其志,无需题目。此编所选,亦从先例。原有题者,亦削去之。若题画之词,酬答之作,去其题便不可解,词虽佳妙,在所不取。然清词有一二可录者,仍附注原题。

㊂ 北宋小令,《花间》遗韵未歇,诸家集中,佳作随手可撷。南宋晚期,词家多作慢词,其令曲辄有散文气,故余于南宋诸家,选之尤严。

㊃ 清代词家虽众,然卓荦可传者,不逮十一。余选清词,阅词集几三百本,入录者仅此数十人。沧海遗珠,在所不免。然一代高才,在人耳目间者,大致已入网罗。

㊄ 清词传世,多赖诸家选本。道咸以前,词人别集刻本,已不易见。余既不从旧有选本取材,故标明所采词集目于姓名之下。惟一二家未见集本,不得不取之选本,故付阙如。

㊅ 清人炼字琢句,终不及唐宋人之工致。一篇之中,辄有芜词累句,刺人眼目。小令不过四、五十字,而一字重出,乃至二字、三字重出者,虽名家犹或不免。此为小疵,不掩其美,今为随宜改易,并附注原文,请读者参定之。

㊆ 宋词诸家,评论既多,品第大致可定。清词诸家,多获一时之誉,而后人臧否不一。余选清词,得细读诸家词集,复参考前人词话评论,于诸家造诣得失,略有管见,附志于后,亦有异于前贤定评者,请备一说。

㊇ 词调断句,当依乐律。本书标点,但用三种符号:","为散句,"。"为韵句,"、"为逗处。惟换韵处无法再用第二种符号,读者宜自参之。

㊈ 此书体例,悉依《花间》原集,每卷录词五十首,共十卷,凡五百首。词人次序,略依时代为先后。原集无词人小传,今以词人小传二种为附录,以便读者。

一九八七年四月

(八)《山禽馀响》后记

邵瑞彭,字次公,浙江淳安人,以文学名,尤工于词,宗《花间》、北宋,出入清真、白石。

任河南大学教授多年,有词《杨荷集》行于世。晚年《和元遗山鹧鸪天》词四十五首,镂版方竣,未及多刷,而版毁于战事,时为一九三六年也。

越二载,次公病逝,享年五十。其门人汴梁武慕姚藏试刷硃印一本,一九七九年录副见惠。今慕姚亦物故,中册词运,顿感寂寞。因此全稿发表于此,以存中册文献。若其要眇之思,寄之于词者,其曰诸郑笺,余犹愧未敢发明之也。

一九八四年三月十日

(九)《晚晴阁诗存》序

吾识富君寿荪,逾一纪矣。君初来访时,方校点《清诗话续编》,既讫功,又选注《千首唐人绝句》,数年之间,寝馈于诗,来就吾谈,亦多论诗。君于唐诗有独诣,每出新解,发前人所未发。吾常为之愕然,寻思之,其言亦良是,于焉知君之深于诗也。

近年来,吾已病废,不良于行。君亦垂垂老矣,居处既远,遂疏踪迹。今年闰五之朔,君忽降敝庐,出一卷曰《晚晴阁诗存》,嘱为之序。吾不敢拂其诚,姑诺之,纳其卷,待盥诵而为之言。会酷暑,经月无凉意,昏昏然文思不属,而君之诗则读之三过矣。

吾观君之诗,皆寓其身世感喟,即流连光景,亦未尝无所寄。文辞宛转典雅,出之自然,不假修饰,此唐诗也。君致力于唐诗数十年,其为诗,安得不为唐乎?

夫兴观群怨,非才情无以达其志,非学养无以成其义,君之诗,才情出于性分,学养则李杜、王孟、元白诸公之教也。质以此卷,吾言殆不谬乎?遂书之,聊为序引。

一九九〇年岁次庚午六月伏尽　施蛰存

(一〇)《词籍序跋萃编》序引

一九六〇年秋收后,我从嘉定向农民学习回来,被安置在中文系资料室工作。资料室工作任务不多,原有的两位职员已可以应付了。但当时安置在资料室的教师却有三四人。我建议编一些教学参考资料,免得闲着无事。于是各人分工或合作,编了一批大大小小的参考资料。

我偶然想到,在古典文学领域中,关于词的理论和评品,最少现成的参考资料。古人著作如《诗品》、《文心雕龙》、《文镜秘府论》,都还讲不到词。宋人词论著作也只有简短的《词源》、《乐府指迷》等三四种。元、明以降,词话之类的书,也远不及诗话之多。

因此,我想到,在各种词集的序跋题记中,可以搜集到不少关于词的评论的史料,如果把它们辑为一编,对词学的研究工作,不无用处。于是我决心抄录唐、宋以来词籍的序跋。渐渐地扩大范围,凡论词杂咏、讨论词学的书信乃至词坛点将录之类,也顺便一并采录。

用了两年的工作时间,居然抄得了约六十万字。把我自己所有的词籍、华东师范大学图书馆所藏的词籍、上海图书馆所藏的一部分词籍,都采录到了。在当时的情况下,我不可能见到许多属于善本的词籍,也无从见到一些冷僻罕见的词籍,因此,这部书稿还不能说是尽得玄珠,可能还有更重要的资料未及采入。

这部书稿,在资料室中存放了二十年,直到一九八零年以后,文化昭苏,各种打入冷宫的人与物,开始有了重见天日的可能。资料室负责同志检出这部书稿来还给我,希望我可以找到出版的机会。恰巧在中国社会科学出版社工作的华东师大毕业生季寿荣同学一九八六年来上海组稿,我谈起这一份书稿,问他有没有可能由他们印行。季寿荣同学一口答应回北京去和领导人商量。

他回去不久,就来信说:他们的出版社可以考虑印行这部书稿,希望先把全稿寄去,待审阅后再作决定。于是我就检出这部尘封多年的原稿,一看,不禁失色。原来这些原稿纸都酥脆了,一碰即碎。当年抄写的时候,正值"三年自然灾害",没有好纸,用的都是粗糙的劣质土纸;又没有好墨水,用的都是容易褪色的劣质墨水。经过二十多个寒暑,纸都霉腐了,墨色也淡化了。这样的原稿,怎么能送到排字车间去排版呢?于是,中文系主任齐森华同志为我做了一件义事:他发动高年级的中文系学生,分别把几十万字的原稿重抄了一份,使我很快就可以把全稿送交出版社。全稿原先分为十卷:第一至八卷都是词籍序跋,第九、十卷是关于词论的杂文、杂咏。原来定名为《词学文录》。在重抄时,我删去了最后二卷,一则是为了节约一些篇幅,二则是使这部书稿内容专一,全部是历代词籍的序跋题记。因此,我把书名改为《词籍序跋萃编》。

这是一部冷门书,需要使用的人不多,全书字数又不少,作为文化商品,它不是一部可获利的出版物。它在出版社已搁了几年,它无法纳入当今的出版计划。最近,出版社忽然来信,说此稿已在排版,不久即可印行。这个消息出我意外,十分感谢出版社的热心赞助。

这部书稿,编成已三年,经由许多人重抄,难免有失误处,现在已无法取得原书逐一复核。我自己又已衰朽,无力再度审阅校稿。一切应该在交付出版以前做好的工作,我都没有时间和精力自己做。负责审校此稿的出版社编审杨铁婴同志费了几年的时间,为我做了这许多苛细麻烦的工作。现在终将出版,我非常感激,在此致谢。

此书虽以我的名义出版,但是,如果没有当年资料室的工作同人和齐森华同志及许多中文系学生的关心和协助,这部书稿也很可能终于成为一堆废纸,我也必须在这里向他们道谢。

一九九三年九月二十日

(一一)《词学名词释义》引言

唐诗宋词,我在十六七岁时即已爱好,经常讽诵,有时也学做几首绝句或小令。但几十年来,一直把它们作为陶情遣兴的文学欣赏读物,并不认为它们值得费功夫去研究。

因此,在我早年的观念里,诗词不是一门学问。

一九六○年代,忽然对词有新的爱好。发了一阵高热,读了许多词集。分类编了词籍的目录,给许多词集做了校勘。慢慢地感觉到词的园地里,也还有不少值得研究的问题,于是才开始以钻研学术的方法和感情去读词集。

我的第一道研究工序就是弄清楚许多与词有关的名词术语的准确意义。我发现有些词语,自宋元以来,虽然有许多人在文章中用到,但反映出来的现象,似乎各人对这个词语的了解都不相同。例如"换头"这个名词,有人用来指词的下片第一句,句法与上片第一句不同的。也有人以为只要是下片第一句,不管句法与上片第一句同不同,都叫换头。也有人以为每首词的整个下片都是换头。也有人以上片的结束句为换头。这样,就有必要弄弄清楚,到底什么是换头。

我用了一点考证功夫,把几十个词学名词整理了一下,以求得正确的概念。这里收集了曾在《文史知识》和《文艺理论研究》发表过的二十五篇,先印一个单行本,供学者参考。

词是和音乐有密切关系的文学形式。词的名词,往往和音乐有关。反之,有些音乐名词,也是研究或欣赏词的人所应当知道的。例如张炎《词源》所提到的宫调、律吕、讴曲旨要等,其中有许多名词,既是音乐名词,也是词学名词。但是,由于词乐失传已久,这些名词的正确概念,不易考察。我对于古代音乐,完全外行,对于这一类的名词,没有能力进行探索,只好有待于古乐研究者的帮助。现在,这本小书里所解释的,仅是词的一般欣赏者所需要了解的一些常见名词。在所谓"词学名词"中,只是一部分而已。

一九八六年二月十日

(一二)《宋元词话》序引

五言诗兴于汉,渐盛于魏晋,而诗评始见于宋之《雕龙》、梁之《诗品》。七言诗大盛于唐,宋人始作诗话评品之。词盛于宋,而宋人罕作词话之书。可知文学新型,必待其全盛以后,始有评论。

宋人论词之作,今可见者,惟《苕溪渔隐丛话》有"词话"数卷,皆集录诸家笔记中零星文字,未为一家之言。王灼《碧鸡漫志》、吴曾《能改斋漫录》、魏庆之《诗人玉屑》、周草窗《浩然斋雅谈》诸书,皆有词学议论,要皆非专著。惟北宋时杨湜作《古今词话》,实为宋人词话之先河。惜哉,其书久已亡佚。

抗日战争期间,我在长汀厦门大学任教职,尽读其图书馆中所藏宋元人笔记杂著,抄出两份资料:其一为有关金石碑版文物者,拟勒为一书,名《金石遗闻》。其二为有关词学之评论琐记,亦为一书,名曰《宋元词话》。

此二稿久储箧中,欲待补录闽中未见之书,虽知其不可能囊括无遗,亦希望毋使之失于眉目间。待之四十馀年,人事匆匆,此事竟无暇措手。前年,小友陈如江来,道及词话,乃出此稿示之。如江欣然,愿为增补,遂以全稿授之。如江以两岁之功,补搜我未及之书百余家,录得词话近千则,此书遂差可付印。宋人论词,散见于小说者,如此之多,亦始料所不及也。

今此稿将由上海书店出版社印行问世,可以为唐圭璋《词话丛编》之补编,非有如江为助,我不能成此书也。书其始末于此,以谢如江。是为序。

一九九四年十一月二十八日

(一三)《宋词经典》前言

两宋词坛,名家巨子如众星争辉,佳篇秀句似百花争艳,时至今日,它仍散发着诱人的魅力,给读者以妙不可言的美感享受。可以说在中国诗歌艺术发展史上,唯宋词才能与唐诗相敌,正如杨慎所言:"宋人作诗与唐远,作词不愧唐人。"(《词品》)

一

词是合乐之作,是可以歌唱的,它所依赖的音乐是燕乐(宴乐),所以它的兴起,可以追溯到隋唐之际。当时由于中原的统一,国势的强盛,经济的繁荣,商业的发展,一方面促进了中外交流与民族之间的融合,致使西域音乐大量输入;另一方面促进了城市兴盛与市民阶层的形成,致使里巷之曲广泛繁衍。在西域音乐与里巷之曲的互相渗透、融合中,便形成了新乐——燕乐。这种新型的音乐再经都市游乐场所的流传,很快风行起来。《旧唐书·音乐志》载:"自开元已来,歌者杂用胡夷,里巷之曲。"可见当时社会上已以燕乐为时尚。宋沈括在《梦溪笔谈》中说:"唐天宝十三载,始诏法曲与胡部合奏,自此乐奏全失古法,以先王之乐为雅乐,前世新声为清乐,合胡部者为宴乐。"由此,燕乐的地位正式确定下来。为了配合燕乐的演唱,乐工、歌伎们常按乐谱的节拍填写歌辞,于是错落有致的长短句式的曲子词逐渐兴起。词又称"倚声"、"长短句"也就是这个原因。

词首先盛行于民间。光绪二十六年(1900),敦煌莫高窟道士王圆箓无意中打开被封闭近千年的藏经洞,使得我们能够看到词的最初形态。王重民根据敦煌藏卷整理出一百六十余首民间曲子词。这些作品约产生于盛唐至五代的二百余年间,反映的社会生活内容已较为广泛。

随着民间曲子词的兴起,文人们逐渐接受并喜爱上了这一新型的抒情诗体,也开始了倚声填词的尝试。中唐之际,刘长卿、戴叔伦、韦应物、王建、刘禹锡、白居易等创作出了大量长短句式的词,从而标志文人词的正式确立。但他们的作品,在体式上还是以五七言句为主,在格调上还未完全脱去民歌风味,故只能称为"诗客曲子词"。

词发展到晚唐温庭筠手中,无论是内容还是形式,均已形成词境,从而开创了"别是一家"的词风。

五代之际,西蜀君臣耽于逸乐,作词沿袭飞卿蹊径,多写男女艳情,遂开香软绮靡花间一派,韦庄、欧阳炯等便是代表。而南唐因时时遭到周师威胁、国势岌岌,故无论君臣,在作歌词时均有意无意地流露出浓重的伤感情绪,给人以身世感慨的联想。尤其是后主李煜,由于饱尝了国亡身辱之不幸,促成了他从"以词娱乐"到"以词言志"的转变。

　　综观唐五代词,虽由于文人的染指,词逐渐从民间走向文学领域,并获得初步发展,但毕竟体式尚未完备,风格还显单一。随着赵宋王朝的建立,"中原息兵,汴京繁庶,歌台舞榭,竞赌新声"(宋翔凤《乐府馀论》),词终于进入了它的空前繁荣兴盛时期。

二

　　从公元九六〇年赵匡胤夺取政权至公元一一二七年金兵攻陷汴京,北宋共有一百六十七年的历史。北宋词坛以仁宗末年(1063)为界,可以分为前后两个时期。前期的著名词人有晏殊、张先、柳永、欧阳修、晏幾道等;后期的著名词人有苏轼、秦观、贺铸、晁补之、周邦彦等。

　　宋初的词,大体承袭着晚唐五代的馀波,内容多系描写男女爱情生活与抒发个人闲适意绪。其中范仲淹颇值一提,他的词不仅洗尽了宫体与倡风,推动了词人从歌咏妓情到歌咏人生的风会转移,而且还具有婉约与豪放两种情调,奠定了宋词发展的两种基本风格。

　　进入仁宗朝(1023—1063),大批词人开始涌现,他们各具丰神的艺术特色,形成了词坛繁荣的局面。

　　晏殊被称为"北宋倚声家初祖"(冯煦《蒿庵论词》),其词表现出两个方面的特色,一是有一种娴静幽美的风度。这种风度的形成与他显达的身世有着密切的关系。他少年得志,一生如意,长期过着雍容安逸的生活,因而抒起情来总是那么的温雅闲婉,给人以无穷的诗意。二是有一种情中有思的境界。这种境界的形成与他旷达的怀抱有着密切的关系。旷达的怀抱使他在感情上既能入乎其中,又能出乎其外。入乎其中故能感之,出乎其外故能悟之,而一旦有所感悟,则眼界必然高远,思致必然深沉,使千载之下的读者犹能引起共鸣。

　　欧阳修是位肩任文统道统的一代儒宗,对于填词也颇在行。他的词尽管未脱晚唐五代"艳科"范畴,但他还是力求表现广阔的社会生活内容,如抒发感慨,赠别答友,咏史吊古等。其词风或是深婉挚厚,或是疏宕明快,前者上承冯延巳而下开秦观一派,后者上承民间词而下启苏轼一派,因此他在词史中的承先启后的作用是不容忽视的。

　　如果说北宋前期词坛晏、欧的令词提高了词的韵味,推进了词的典雅化的话,那么柳永的慢词则扩大了词的容量,丰富了词的表现力。柳永是词坛第一个倾毕生之力于慢词创作的词人。为了适应当时日趋复杂的社会生活以及日益繁富的音律曲调的需要,他一方面"变旧声,作新声",将旧调翻新,由小令、中调衍为慢词;另一方面"奏新曲,谱新词",自己创制了大量新调慢词。根据清人毛先舒的分类(即五十八字之内为小令,五十九字至九十字为中调,九十一字以外为长调),则《乐章集》中有三分之一以上是长调。而与其同时的词人晏殊、欧阳修、张先超过八十字的词分别只有三首、十二首、十八首。可以说,在柳永之前,词大抵只是一些抒发一时感兴的小令,而到了他的手里,便促进了长调的成熟,奠定了慢词的体制,使得小令所难以表达的复杂内容,能够利用较长的篇幅,多变的句式,繁复的声情作充分的铺叙形容。朱彝尊曾说:"词至北宋而大。"(王国维《人间词话删稿》引)这个"大"字,便是由柳永开拓的。

词兴起于歌筵舞席,所咏多绮靡之情,北宋前期,虽经范仲淹、欧阳修、王安石等人努力,词境已逐渐拓宽,然毕竟没有引起根本的转变。北宋后期,苏轼"以诗为词"的变革,则词真正突破了狭隘的儿女艳科,而成为士大夫们抒写怀抱、议论古今的工具。我们从其词集《东坡乐府》的三百余首词中可以发现,词这一内容贫弱的领域已呈现出一派绚丽的色彩,其中有抒发报国立功的抱负,有叙写仕途多舛的怨愤,有咏叹羁旅行役的愁思,有寄寓政治失意的情怀,有吟唱倾盖如故的友情,有刻画愤世嫉俗的性格,有缅怀英雄豪杰的战功,有描绘农村生活的情景,有抒写时代人生的感兴,有表现忧乐两忘的胸襟。可以说,无论是咏物言情、纪游赠答,还是怀古发论、谈禅说理;无论是感时伤事、送别悼亡,还是田园风光、身世友情,他均能自由地用词来吟唱,正如刘熙载所说:"东坡词颇似老杜诗,以其无意不可入,无事不可言也。"(《艺概》)苏轼这些多姿多彩作品的出现,词坛面目为之一新,并为词开辟了一个宽广的天地。可以这样认为,词至苏轼,词境始大,词格始高,词体始尊,取得了与诗文同等的地位。

随着词境的拓大,原来惯用的那种温婉纤巧的柔笔已不能适应抒情言志的要求,因此,苏轼又突越了前人的局限,开创了一种与传统曲子词迥然不同的风貌,即雄迈豪放的风格。如《念奴娇》(大江东去),通过对赤壁宏伟壮丽景色的描绘和古代英雄豪杰的缅怀,表达了济世报国的豪情。全词想象丰富、气魄雄伟、境界阔大,一扫香软柔靡的妮子态,开启了慷慨豪迈的南宋爱国词的先河。王灼所谓东坡词"指出向上一路,新天下耳目,弄笔者始知自振"(《碧鸡漫志》),则明确道出了苏词对于词风转变的意义。

苏轼的两个门生对词风的演进也起了推动作用。一是秦观,他远师晚唐五代,近承晏柳诸家,形成了自己情辞兼胜的独特风格,弥补了柳永在慢词的铺叙展衍中带来的浅俗发露之不足,把婉约词推向了一个新的艺术高度,从而"近开美成,导其先路"(陈廷焯《白雨斋词话》)。一是晁补之,其词风直逼苏轼,然所不同的是东坡于豪放中显出洒脱,而他则于豪放中带有沉郁。从苏辛豪放词看,东坡多超旷豪迈之作,稼轩多沉著悲壮之作,因此,晁氏的这种艺术风格,上承苏轼而下启辛弃疾,促进了豪放词在意境方面的更为深厚的拓展。

周邦彦是北宋词坛的集大成者,他对词的贡献主要在三个方面,一是音律。周词在音律上已不像前人那么随意,而是分寸节度,深契微芒。所制诸词,调有定句,句有定字,不独严分平仄,即仄声上、去、入三声亦不容相混,所以邵瑞彭曾言:"诗律莫细乎杜,词律莫细乎周。"(《周词订律序》)后世填词者莫不将其词作奉为准绳,用其调者,"按谱填腔,不敢稍失尺寸"(《四库全书总目提要》)。二是章法。过去柳永采用的层层推进的铺叙技巧,在长期运用中,已越来越难适应表达日益丰富的感情,常常显出单调与直露的缺点。周邦彦则在柳词的基础上,引进了古诗的许多繁复错综的写作技巧,诸如起承开合,伏应转接,顿挫逆挽,从而使词具有了一种腾挪跌宕、深婉浑厚的法度规模。三是语言。周词的语言有两个特点,一为选词下字精于锻炼,不肯随便乱用,因而一字一句都能令人回味;二为用前人诗语不是取现成句子而是善于融化,因而既增添了词的典雅味,又使词别绕蕴藉。

就周词在宋词发展中的地位来说,可以"承先启后"四字概括。从承先看,其词有柳永的浅近灵动而无其词语的俚俗,有苏轼的开阖动荡而无其音律的不谐,有秦观的情辞兼胜而无其风骨的纤弱。就启后看,由于周词"下字运意,皆有法度"(沈义父《乐府指迷》),示后人以作词门径,故姜夔、史达祖、吴文英、王沂孙、张炎、周密等人皆奉其为典范,从而形成了南宋词坛的醇雅词派。

<h2 style="text-align:center">三</h2>

从公元一一二七年赵构即位于南京应天府(今河南商丘)至公元一二七九年陆秀夫抱幼帝赵昺投海而死,南宋共有一百五十二年的历史。南宋词坛可相应分成三个时期。第一时期为整个高宗朝(1127—1162),著名词人有李清照、张元幹、张孝祥。第二时期包括孝、光、宁宗三朝(1163—1224),著名词人有陆游、辛弃疾、陈亮、刘过、姜夔、史达祖。第三时期从理宗到宋亡(1225—1279),著名词人有刘克庄、吴文英、刘辰翁、周密、王沂孙、张炎。

靖康之乱,将赵宋帝国划分了北南两个时代,一些横跨承平的北宋末年与动荡的南宋初年的词人,在创作中也呈现出这种时代的变异。如李清照词,以南渡为界分前后两期,前期多写闺房情意,风格缠绵婉转,后期则转为伤时感旧,风格凄凉哀苦。又如叶梦得词,写于北宋的作品以婉丽为主,写于南宋的作品则时出雄杰。而向子諲更是将自己南渡以后的作品编为《江南新词》,将北宋亡前的作品编为《江北旧词》,表明了鲜明的时代意识。

南宋前期词坛,以张元幹、张孝祥词最显特色。面对靖康之乱后的民族苦难与国家屈辱,当时词坛主要表现出的是哀愁之感,悲恨之情,而二张则独振愤慨激昂之声。他们的愤激词,具有别人所缺乏的两个内蕴,一是他们的矛头不仅仅是针对异族入侵者的暴行,也同时是针对本朝投降派的丑行,有着积极的现实意义;二是他们的词不像那些哀愁之感、悲恨之情,多从个人身世出发,而是源自于强烈的爱国情思与鲜明的政治倾向。如张元幹的《贺新郎》(梦绕神州路)、张孝祥的《六州歌头》(长淮望断),均强烈地反映出国难时代爱国志士的民族意识。从词的发展史看,他们承苏轼豪放雄壮词风而来,又注入了时代的政治风云,在南宋词坛最先高举起慷慨豪迈爱国词的大旗,从而为陆游、辛弃疾、陈亮等词人导引了一条新的大道。

南宋中期,孝宗与金签订了"隆兴和议"后,数十年间,已无大的战事。据《梦粱录》等书记载,当时临安的繁华富丽以及节日的热闹游乐场面,要远胜于北宋的汴京。在这种情势下,以辛弃疾为代表的一部分士大夫文人,依然以恢复兼济为己任,冷静地面对当时政治现实,以词为武器,进行着愤激的呼喊。以姜夔为代表的一部分士大夫文人,虽还不至于完全忘怀国事,但创作范围基本上局限在个人生活的圈子里,或自伤身世,或流连光景,或咏物酬唱。南宋中期词坛因此形成了豪放与典雅两种词风各自分流的格局。

辛弃疾一生作词六百馀首,为宋代词人中作词最多的一个。在他之前,东坡词虽做到"无意不可入,无事不可言",然由于受到所处时代的局限及本人思想的制约,只能是比较广泛地反映出士大夫的生活面貌。辛弃疾则不同,他处于宋室南渡、国家分裂的年代,强烈的报国之情,使得他的词多抚时感事的言志之作。因此,他在词中所表现的英雄报国之怀与英雄失志之情,正反映出时代的追求与失望,民族的热情与悲愤。在艺术表现手法上,辛词也有突破,表现在两个方面,一是通过大量用典,以加深和扩展作品的内在容量;二是引进古文手段,以丰富词的艺术表现力,使之能够容纳更广泛的题材,抒写更复杂的情感。他的才情,他的魄力,使得他作词完全摆脱了羁绊,进入了自由的境界。可以说题材内容之广泛,思想感情之丰厚,反映现实之深刻,两宋词坛无人可与辛词相比。

辛弃疾为人豪爽,有燕赵侠义之风,加之他有过一段金戈铁马的英雄经历,并始终把拯救国家与民族作为自己的毕生事业,所以他在将自己的生性气节与主要的创作精力投注于词后,也造就了他独树一帜的沉雄豪壮的词风,成为"上掩东坡,下括刘、陆"的"词坛第一开辟手"(陈廷焯《云韶集》)。与其同时或稍后的陆游、陈亮、刘过、韩元吉、杨炎正、戴复古、黄机、刘克庄、吴潜、陈人杰及宋末元初的刘辰翁、文天祥、刘将孙、汪元量等皆直接受其影响,豪放词因此而"异军特起,能于剪红刻翠之外,屹然别立一宗"(《四库全书总目提要·稼轩词提要》),取得了与婉约词双峰并峙的地位。

姜夔与辛弃疾同时而稍晚,互相间曾有过唱和。他一生往来于苏、杭、扬、淮的名流公卿、雅士骚人之间,过着清客的生活。与上层社会既富贵又高雅的生活情趣相适应,他形成了自己清空骚雅的词风,因而我们读其词会有以下几个明显的感觉,一是词境超尘脱俗,清冷空灵,令人神观飞越;二是感念时世,不作慷慨激昂的呼喊,抒写恋情,与脂粉气、妮子态完全绝缘;三是采用江西诗法来谋篇布局,造字炼句,用笔中时时透出清劲峭拔之气。无怪乎王国维要说:"古今词人格调之高,无如白石。"(《人间词话》)。

姜夔所处的词坛基本上笼罩在两种词风之中,一是以辛弃疾为首的雄健驰骤的词风,一是以周邦彦为代表的婉约曼妙的词风。前者大声镗鞳,不免流于粗豪叫嚣,后者富艳典丽,不免流于靡俗软媚。白石自标清空骚雅之一格,避免了两家弊病,从而使宋词进一步归于圆熟。这种词风由于在当时有追求风雅的社会风尚为基础,所以很快形成一个醇雅词派,并崛起于南宋词坛。以姜夔为宗者,有张辑、卢祖皋、高观国、史达祖、吴文英、蒋捷、王沂孙、张炎、周密、陈允平等。其影响所及,直至清代浙派。当然,白石词的弊病也是明显的。从内容看,其词虽能反映出故国山河之感,但因一直在风雅的圈子里生活,与同时代的豪放词人相比,内容还是显得相当的贫弱。后之学姜者,更是落到空虚之中,从而造成了南宋词坛"白石立而词之国土蹙矣"(陈洵《海绡说词》)之不幸。

南宋后期词坛主要呈现出两种倾向,一是以刘克庄、陈人杰、刘辰翁、文天祥为代表,继辛词之后劲,作词主题鲜明,情感强烈;一是以吴文英、王沂孙、周密、张炎为代表,持姜词之衣钵,作词意致绵邈,声情美丽。从辛派后继者的情况看,虽是爱国之作,但与辛词所表达的思想感情已不尽相同。辛弃疾所处的南宋中期,政治基本稳定,经济逐渐繁荣,北上抗金、收复中原的条件初步成熟,故其词多慷慨激昂之声。而刘克庄等人所处的南宋后期,比金更强大的敌人——蒙古贵族统治集团已崛起于漠北,在攻金的同时也开始威胁南宋,国内因奸臣贾似道当权,政治黑暗腐败,复兴之事已属渺茫,故他们作词在高喊"男儿西北有神州"的同时,更多的是忧愤悲凉之音。宋元易代,陵谷变迁,刘辰翁等人开始转向多借时序抒发悲感,厉鹗所谓"送春苦调刘须溪"(《论词绝句》),说的虽是刘辰翁,则也道出了当时词坛内容多系"送春",感情多系"苦调"的特点。在艺术上辛词的后继者基本没有脱出仿效的窠臼,虽不失慷慨豪放之气,但粗豪叫嚣、走腔落调、过于散文化的毛病逐渐显露,正如仇远所云:其时"腐儒村叟,酒边豪兴,引纸挥笔,动以东坡、稼轩、龙洲自况。极其至四字《沁园春》、五字《水调》、七字《鹧鸪天》、《步蟾宫》,拊几击缶,同声附和,如梵吹、如步虚,不知宫调为何物。令老伶俊倡,面称好而背窃笑,是岂足与言词哉"(《词源疏证原跋》引)。这种现象的发生,正如冯煦所指出:"非稼轩之咎,而不善学者之咎也。"(《蒿庵论词》)

至于持姜词之衣钵者,作词大都苦心经营,如吴文英就曾论词云:"盖音律欲其协,不协则成长短之诗;下字欲其雅,不雅则近乎缠令之体;用字不可太露,露则直突而无深长之味;发意不可太高,高则狂怪而失柔婉之意。"(见《乐府指迷》)这种求协、欲雅、怕露、避怪的创作主张,固然使其作品字面妍丽,结构绵密,境界幽邃,但也同时露出晦涩堆垛的弊病,令人难测其中之所有。王沂孙词也是如此,他擅长以曲折隐约之笔,寄寓深沉的故国之思与身世之感,在意境上虽不乏"深"、"厚"的一面,然时有"专寄托不出"的毛病,要理解与欣赏,非得用心揣摩不可。而同时周密、张炎的词风则颇流丽疏爽,但他们的作品都词才有余而词心不足,正如周济所说:"只在字句上著功夫,不肯换意。"(《介存斋论词杂著》)"不肯换意",乃是因为感情单薄,题材狭窄,因此即是想换意,也是无意可换。他们的词不是没有故国之思,也不是没有身世之感,但往往是软弱的,伤感的,甚至是颓唐的,缺乏深广的思想内容。如张炎的《月下笛》词,题序中虽注明了"动《黍离》之感",但作品里却没有什么现实生活的反映,更多的是对残破的旧梦的追念。由于感情跳不出个人生活的狭小圈子,故立意不高,取韵不远,常常只能以磨砻雕琢,装头装脚,逐韵凑成。这种只求文辞声情,不在意境上用力的弊病,也是南宋后期醇雅派词人的一个共同现象。所以,随着张炎的落魄而死,宋词也就结束了它的辉煌生命。

四

本书共收两宋一百家词人的三百二十首词作,与浩如烟海的全宋词相比,只是以蠡测海。我们的编选原则,一是尽可能兼顾到在不同阶段对词的发展起过重要作用的流派和代表性词人;二是既把握住大家,也不偏废有佳构的小家,力求历代传诵的名篇不致遗漏。尽管整个宋代词坛的创作风貌难以在本书中全面体现,但读者至少可从一斑窥全貌，在欣赏名篇佳作的同时，对宋词演进的大体走向有一个概略的了解。

每一首词都是一个世界，都是词人开辟的一块天地。面对这么一个丰富的世界，美妙的天地，我们在每首词的"解题"中尽可能地根据作者创作的年月、地点、际遇、心境、意图及惨淡经营的匠心作一番简明扼要的阐释剖析。所释所析虽参考各家著述，但亦属一家之言，因此疏漏错误在所难免，恳盼读者批评指正。

本书由施蛰存审订选目，陈如江负责具体编务。除编者外，徐培均、邓乔彬、赵山林、罗立刚、吉明周也参与了部分篇目的撰写。

施蛰存　陈如江

一九九六年八月

（一四）《姚鹓雏诗续集》序

云间姚先生雄伯既谢世，其女明华、婿杨纪璋、次女玉华抱守其遗文，辛苦弗坠。越十年，写印其《苍雪词》三卷，既已流播人口，又十馀载，缮写其手定《恬养簃诗》五卷成。继十馀载，《红豆簃诗》五卷及《恬养簃诗剩墨》三卷成，是为先生诗之续集。待付印，索余一言为序。

余受知于先生几三十载，然会合不常，晤对承教之缘尤罕，何足以知先生，又何足以序先生之诗哉。

先生未弱冠，以诗文说部鸣于时。柳亚子创南社，先生羽翼之，绍东林、几复之绪风，鼓吹革命，意气甚盛。辛亥鼎革，入仕金陵，浮沉郎署者三十年。抗战军兴，流移湘黔巴蜀者又十年。家国兴亡之感，朋尊聚散之迹，一以著于诗。遇归乡里，将以发其经世之略，为桑梓布新政。俄而婴疾，遽损其寿，功绩未就，而怀抱具见于诗，诵其诗者，足以知先生之为人矣。

往者余居昆明时，先生自渝州惠书，谓方刊定其集，且言："少日作诗，步趋散原、石遗，好为硬语，既而从南社诸君子为唐音，境界渐得开朗，及间关入蜀，得山川之助，遂法自然，效元遗山放笔为直干，至是而诗乃为自家生活。"

先生作诗五十载，不甚收拾，多散亡者。此《恬养簃诗》五卷，存诗才千四百首，其刊落者，于早岁诗尤甚。印以先生晚年放笔之说，亦可以知先生之为诗矣。

夫文载道，诗言志，诗文皆心声也。先生中年以后，贞介谦退，不偶俗，罕交游，而名重于士林，士之知先生者，皆诵其诗文而得之。

今先生往矣，嘉言懿行，耳目不可得而接，然诗文犹存，虽百世之下，后生小子犹得以知先生，此其女若婿之所以亟亟于传其遗著也。

呜乎，孝思不匮，有足尚已。余荒伧下才，文不足为先生重，既不可辞，爰以所知闻于先生者书之，聊或有助于后生之诵斯编者。若先生之道与志，余安足以发其大哉！

甲子上元乡后学施舍蛰存拜序

辛巳云间中学施舍蛰存再拜序

（以下未出版）

（一五）题《南阁遗集》后

一九四二年，余在长汀厦门大学。暑假时，张荪簃自邵武来，欲泛汀江去潮阳省亲。波路险恶，又无便船，余劝其且住，遂留止焉。晤谈数日，以诗相酬答，因赏其才，遂为介绍与校长萨木栋。萨公欣然延揽之，余遂得与荪簃共事者二年馀。每逢空袭警报，中文系师生辄趋苍玉洞，踞岩穴间，议论上下古今，荪簃亦与焉。抗战胜利后，余去三元江苏学院，翌年，归上海，荪簃亦适台湾，自此不复相见。一九八〇年，海峡两岸消息可通，余辄访问荪簃踪迹，乃无知者。后得阅港中出版《近代粤词搜逸》，始知其已逝于新加坡，为之掩卷叹悼。近知台中友人，收拾其遗文，将为刊行。此盛德事，闻之钦佩。因录余昔年赠荪簃诗凡五首，愿附之卷尾，以志萍因。荪簃年少于余，余以弱妹视之。荪簃来书，亦辄以余为兄。岂意其盛年不寿，先我下世，余竟得抚其遗集，亦可哀已。

一九八九年九月二十五日　北山　施蛰存

（一六）《劲草书屋诗词钞》序

传曰："诗言志。"韩文公曰："文以载道。"自有此言，后人惑焉，以为志道异义，诗文殊途。非也。无其志，安得有道？道发于志，志一而道成。有道之士必有志之士也。虽然，经世则为文以载道，燕居则赋诗以言志。此诗文之时用异，非诗道之为两端也。

李广同志生锡山嵇氏，祖若父，皆为名儒。广承其家学，诗古文辞，咸得深造。顾蒿目时艰，不屑以儒冠老，乃投笔从戎，效终军之请缨，变姓名曰李广。于是中散辍述志之诗，将军著射虎之名。军书旁午，草檄露布，凡所撰述，皆经世之文，宣革命之道。吟咏馀事，非其时矣。

暨时平世清，解甲归马，方将出其治平之策，经纶庶政，未几而四凶构乱，横被拂逆。遂赋闲居，反其初服。燕居多暇，风雅来亲，歌诗渊渊，得其时会。善哉，广之诗曰："自古诗言志，多年未作诗。狂飙从地起，挥笔此其时。"岂非修辞之能立其诚者乎？

十载以还，广作诗词逾千首。一九八四年，刊其所作，为《劲草书屋诗钞》。越二年，出其续集。今又得数百篇，将合而刊之，为巨帙。授稿于余，嘱为序之。余不敢辞，薰沐而读之。余与广，初相识，读其诗，尽得其勋业怀抱，交游踪迹，遂若旧父，斯可谓以诗相知者。此诗史也，岂独言志而已哉！广亦尝自谓："作诗非为言志，乃旷怀自遣，既为纪事，又为遣兴，歌咏风物。"可知其悬格之高，不以言志自局，止于为诗人也。然而广又自号为"诗友"，不亦过谦乎？于此编，可以观其志，亦仰其道矣。

一九八九年元旦　施蛰存敬序

（一七）《云水楼集》序

江阴陈君以光，居乡里，训童蒙，知命守道，乐业安生，冲虚恬漠，君子儒也。平居雅好韵语，月榭灯窗，吟哦不辍。积二十载，得数百篇，丙丁之际，一夕焚如。既历浩劫，弦歌复作，十稔以还，又得数百首，区为二集，曰《育苗诗词》，乐业守道之作也；曰《清淮词屑》，安生知命之作也。

今年春，君持其集来，属论定，兼乞序言。会余事冗，谢未遑。君坚要之，遂留其稿，约岁阑报命。今岁将阑矣，不可不践诺，乃出其集读之。文辞多未工，初不以为佳。三复读之，忽若有得。君有《人生吟》云："人生百岁期，物化观非久。传说怅然多，十中占八九。宜将不断施，始识未尝有。败则戒灰心，得亦莫夸口。功成气高扬，防渠还失手。但记高明言，深思常自守。"此诗亦何让寒山、梵志？

又有《满庭芳》词"赋戊午年终得奖"云："西席挥毫，南州得句，感今世界祥和。首先敢发，豪放古今歌。不像从前那样，行不得、苦也哥哥。天翻覆，城乡建设，成果这般多。　科研教育好，人才培养，景运来呵。喜学期将尽，得奖欢呼。真是开天辟地，从来未、起舞婆娑。休相问，歌为谁唱，淮子笑开河。"此以白话入词，而不失格，亦自有其隽妙。

君之所作，大抵皆如是。凡乐业守道之作，有夫子浴沂之志；安生知命之作，有渊明田园之趣。言志表德，非古之诗人乎？世有诗甚工而所言非诗人之志者，则亦庸俗人之辞耳。君之所撰，诗人之辞也，安得于文字章句象内求之？

一九八五年十二月二十日　北山　施舍

（一八）北山楼钞本《还轩词》跋

维阳有女词人丁怀枫，余未尝闻其名。周子美为师范大学同事，其为丁君油印词稿，余亦竟未知，子美亦未为余言丁君事。近日杭州胡宛春欲问丁君消息，嘱询之子美，子美始为余道丁君身世，且言丁君尚在皖中，为典书史，今年亦七十馀矣。余欲从子美假读其集，则当时仅印数十册，悉以赠同好，今无存矣。遂驰书复宛春，且求借其藏本。越三日，宛春寄书来，盖即子美所贻者。余展诵终卷，惊其才情高雅，藻翰精醇；琢句遣辞，谨守宋贤法度；制题序引，亦隽洁古峭，不落明清凡语，知其人于文学有深诣也。并世闺阁词流，余所知者，有晓珠、桐花二吕，碧湘、翠楼二陈，湘潭李祁，盐官沈子苾，潮阳张荪簃，俱擅倚声，卓尔成家。然以还轩三卷当之，即以文采论，亦足以夺帜摩垒。况其赋情之芳馨悱恻，有过于诸大家者。此则辞逐魂销，声为情变，非翰墨功已。昔谭复堂谓咸同兵燹，成就一蒋鹿潭，余亦以为抗日之战，成就一还轩矣。若其遭逢丧乱,颠沛流离,又与漱玉无殊,读其词者,岂能不悲其遇?漱玉,古人矣;还轩犹在,百劫馀生,寄迹皖中,隐于柱下,水远山长,余亦无缘识之。因手录一本,资暇日讽诵,寄我心仪。

乙卯十一月　云间施舍蛰存书

(一九)《海天楼吟草》跋

岁戊午,余始识李君宝森于陈丈兼与斋中,其后时或晤言,投分遂密。君维扬世家子,早岁从其乡名士程善之、陈含光游,敏慧魁其曹,为诗文,惊老宿。弱冠来上海,治申韩学;既而为律师,创实业,经纶世务,以发家利国,不复用文辞鸣。解放以后,意兴云上,参加民主党派,羽翼社会主义,邦国大计,莫不积极响应,黾勉从事;虽罹十年浩劫,其志不渝也。余识君时,君方复其童心,雅好吟咏。夫人许氏海秀,善绘事,尤工花卉,每一帧成,君必为题以诗若词;合投赠漫与之作,积渐遂得数百章。君尝欲最录之,以付剞劂,就教于海内外师友。既成编,要余为序,余不敢辞,逡巡未成,而君遽以胃疾卒,弥留之际,犹拳拳以此编为念。呜呼! 可哀也已。君性情中人,处阛阓间,亦文史涵泳,超然有以自举,间为韵语,以遣兴适志,不事雕镂而清疏有致。今海秀夫人为印其遗编成,余览之,文华宛在,而声容既邈,不能无黄垆腹痛之感。兼丈既序于卷端,乃疏记余与君交谊始末及此编因缘,书于后,窃比于延陵挂剑之义。

壬戌六月五日　施舍蛰存

(二〇) 姚昆田《流霞集》序

金山姚氏、高氏,望族也。世为婚,代有贤达。晚清光、宣之际,姚石子、高天梅,以诗古文辞名噪于江南,友吴江柳亚子共举南社于苏淞间,攻桐城江西之文风,砺华夏汉唐之士气,维新革故,恢恢乎有东林几、复之盛焉。

余生也晚,天梅先生又早世,未及承教,石子先生常往来淞沪间,乃亦竟末接清辉。每念五茸前辈风流,不胜其景仰。姚君昆田,石子先生之嗣君也。好学能文如石子,忧国恤民亦如石子,玉树芝兰,先德之仪型宛在。余喜得而同在友生之列,亦既二十载矣。君早岁肄业于光华大学,既精于业,亦勇于从事爱国运动。解放后,从政北京,在周总理办公室工作,抗美援朝军兴,君请缨荷戈在廖承志麾下。一九五八年为小人所嫉,诬为右派,遂为逐客,任中学教师于晋南,凡二十年。

君襟怀夷旷,不以困厄介意,皋比馀间,辄为诗词以遣兴乐志,每来上海,辄袖一卷造敝庐求正,余以是知其才情亦足以跨灶也。比岁以来,君在上海任对外宣传之职。以为词语视文章尤易感人,乃一意填词,寄感语抒情于令慢之间,传之彼岸,岂非鱼雁之雅言,宣传之高致乎？余每于报端读其词，辄叹为语妙。

　　今者，君集其对台湾所作词一百二十阕为《流霞集》，将付剞氏，以存鸿爪，问序于余。余于词未尝专攻，老来始好之，亦遣兴乐志而已，莫能言其得失，何敢序君之集哉？然喜其克绍箕裘，为乡里光，乃以余所知于君者，书之卷端，为读是集者知人论世之资云。

壬戌十月　云间施舍蛰存

三 词调破法、标点之讨论

（一）乐句与文句

一部《诗经》，据说都是可以入乐歌唱的。但《诗》的句法结构绝大多数是四言为句，四句为章。《郑风》与《王风》没有区别。所谓"郑声淫，或指郑国的歌曲与王畿的歌曲声腔不同，然而歌词却是一式的。

汉魏乐府歌词，用三、四、五言参差句法。但两个作者所写的两首《饮马长城窟》或《燕歌行》，句法结构并不一致。可知光从歌辞文本看，如果不写明曲调名，就无法知道这两首歌辞是配合同一个曲调歌唱的。

唐代诗人作《凉州词》、《甘州词》或《柘枝词》，都是七言绝句。曲调声腔各不相同，而歌词则一律。

以上情况说明了盛唐以前，乐府歌曲的声腔与歌辞还没有密切的关系。

中唐时，刘禹锡作《春去也》诗，注明"依忆江南曲拍为句"。温庭筠作《菩萨蛮》，也依本曲的声腔为句。从此，歌辞与曲调的声腔才统一起来。单看歌辞文本，不用看曲调名，就可以知道是哪一个曲调的歌词，这就是词的起源。

从晚唐、五代到北宋，词调的曲拍逐渐在演变，歌词的句法也在跟着变。如《临江仙》、《忆秦娥》等，有许多不同的声腔，因而也有了许多不同的歌词句法。

我们把词调的曲拍称为一个"乐句"，把歌词的一句称为"文句"。那么，乐句与文句之间，虽然大多数是一致的，但也可以有少许参差。苏东坡题咏赤壁的《念奴娇》就是一个例子：

故垒西边人道是，三国周郎赤壁。

小乔初嫁，了雄姿英发。

多情应笑，我早生华发。

这是依乐句读法。

> 故垒西边，人道是，三国周郎赤壁。
> 小乔初嫁了，雄姿英发。
> 多情应笑我，早生华发。

这是依文句读法。

在姜白石的词中，我也发现一处同样的情况。白石《解连环》词上片有句云：

> 为大乔能拨春风，小乔妙移筝雁，啼秋水。柳怯云松，更何必，十分梳洗。

从陈柱尊、胡云翼、夏承焘到许多宋词欣赏辞典，都作：

> 为大乔能拨春风，小乔妙移筝，雁啼秋水。柳怯云松，更何必，十分梳洗。

夏承焘还郑重地注云："移筝是。"这些错误都是为万树《词律》所误。万氏斤斤于词的句格、平仄。他无从依据大晟府颁定的曲谱，只能从许多同调的唐、宋、元人词中归纳出一个多数一致的格式，就定作某调的正体。其他用不同的句式或平仄的，就作为"又一体"，这是"自欺欺人"。万树如果见到敦煌卷子本曲子词，恐怕他还要增加许多"又一体"。

我们今天读词，是把它们作为特定时代的一种文学形式来欣赏的。把词选入教材，是为语文教学服务的。词的音乐条件，已经可以不必重视。"故垒西边人道是"、"了雄姿英发"、"小乔妙移筝"都是不通的句子，作者会认可你这样读吗？

因此，我以为，遇到乐句与文句参差的词，应依文句读。

关于词的平仄问题，我无暇在此多说。不过我常得，北宋词以中原音韵为基础，似乎是人同此音，所以北宋词人没有提出四声平仄问题。到了南宋，词人多用吴越方音，于是音韵标准乱了，才有人注意到四声平仄运用在词中的规格。但这种规格，只能约束不懂音律的词人，而不能约束才大气豪的词人，如苏东坡是"曲子中缚不住者"；如姜白石，是深解律吕，善自制曲者。

作曲者、填词者、唱词者，都可以发挥各自的创造性，互相截长补短。苏词中的"浪淘尽、千古风流人物"。黄庭坚的写本作"浪声沉"。"尽"与"沉"，平仄不同，有人以为东坡原作应当是"浪声沉"。这是说东坡没有突破规律，此处仍用平声字。我以为"浪淘尽、千古风流人物"是一气呵成的句子，"浪声沉"三字接不上以下六字句的概念。《容斋随笔》记录了当时歌女唱的是"浪淘尽"，可知此处用平或仄声字都可以唱，然则又何必一定要在平仄之间判别是非呢？

我在电视荧屏上听歌星唱歌，同时看字幕上的歌词，常常觉得歌者咬字不准，把平声字唱作仄声，或把仄声字唱成平声。其实，这是我的主观，站在文本的立场上挑剔歌者。

反过来,也许歌者也正在怪作者用错了平仄,使歌者不得不改变。

词的四声平仄,与曲子及歌者的关系,也正是如此。

(二)筝 雁

姜白石《解连环》词上片有四句云:

> 为大乔能拨春风,
> 小乔妙移筝雁;
> 啼秋水、柳怯云松,
> 更何必、十分梳洗?

这四句句法整齐,"为"字是领字,在歌唱的时候,是一个衬字。大小乔指两个歌姬,一个能拨阮咸,一个善于弹筝。在筝声响起的时候,音乐感动心灵,两个歌姬都显得眉眼间有愁怨之情,使鬓发也松下来了。这样,她们就使人感到很美,用不到十分加意于梳妆打扮了。

我把"春风"解释作阮咸,因为调养乐器的动词,只有阮咸和琵琶用"拨"。奏阮咸可以简称"拨阮"。在这首词中,"春风"肯定是指阮咸而不是琵琶。何以见得?因为第三句只照顾到筝,而不联系以大乔奏的乐器。筝与琵琶都是主奏乐器,而阮咸常常是伴奏乐器。所以我把"拨春风"解作"拨阮"。

不知是什么时候开始的,第二句、第三句已被人读成:"小乔妙移筝,雁啼秋水。"我看到过的最早的标点本,是一九三〇年十一月上海商务印书馆出版的《白石道人词笺平》,著者是陈柱尊。以后,差不多所有姜白石词的注释本,都用这样的读法:把第二句改为五字句,而把"雁"字和"啼秋水"结合为一句。这样断句,根据的是万树编的《词律》。此书中所选定作为标准格式的是一首蒋捷的《解连环》,这两句是"编琼鬌小台,翠油疏箔"。此外,还可以参看其他两宋词人所作解连环词,例如周邦彦词云:"似风散雨收。"杨无咎词云:"但只觉衣宽。"张东泽词云:"更细与品题。"它们都是以一字领四字的五字句,姜白石这一句的句法,确是和它们不合。但是,周邦彦是知音律,自己能作曲配词的,他定下了句格,不知音律的词人就只能依着他的句格写,而不敢改变。姜白石也是一个知音律的词人,他也能作曲配词,他作《解连环》词,在句法上略有改动,而不妨碍曲律,有何不可?现在,硬要把姜白石的词句合于周邦彦的句格,削足适履,使这一句成为非常欠通的"小乔妙移筝",虽然成为一个五字句,但还不是一字领四字的五字句,而是二三句法,其实改了还是不合。许穆堂《自怡轩词选》收录了姜白石这首词,他以为这是一个九字句,读作"小乔妙移筝雁啼秋水"。加了一个注:"小乔下九字断句,与周作不同,想可不拘。"这是他想不出办法来解决这个疑问,只好两句并一句读,却不知从来没有这样的词句。

《乐府杂录》云："筝只有宫、商、羽、角四调,临时移柱,以应二十八调。"可知移柱是为了配合各种宫调,是弹筝的特技。王建《宫词》云"玉箫改调筝移柱"。晏叔原词云:"却倚鹍弦歌别绪,断肠移破秦筝柱"。姜白石也有"玉友金焦,玉人金缕,缓移筝柱。"筝有十三弦,一弦有三柱,共三十九柱,斜列如三行飞雁,故又称筝雁。贺方回词云:"秦弦络络呈纤手,宝雁斜飞三十九。"洪景伯词云:"风鬟飞乱,寒入秦筝雁。"赵虚斋词云:"何人金屋,巧啭歌莺,慢调筝雁。"晁次膺词云:"旧曲重寻,移遍秦筝雁。"这里更是明白说出"移筝雁"了,可以证实姜白石的词句肯定是"小乔妙移筝雁",而"移筝"是不通的。可是,夏瞿禅校注姜白石此词,却肯定"移筝不误"。这已使我诧异,底下又引冯延巳词"谁把钿筝移玉柱"来作证明,真是不可思议。冯延巳明明说是"移柱",夏老却用来证明"移柱"即"移筝"。

姜白石把五四结构的两句改为六三结构,自有他的音乐根据。读者只能依据文义断句,移的是筝雁(柱),而不是筝,那就不能为"雁啼秋水"这个成语所迷惑,而硬把一个"雁"字拉下来。

"啼秋水"是一个用得很巧的双关语。既以筝柱比之为雁,于是词人就以筝声比之为秋水上的雁啼声。元代词人吴元可词云:"弹筝旧家伴侣,记雁啼秋水,下指成音。"但"秋水"又为历代诗人用以比拟妇女美目之词,故"啼秋水"亦可作"泪眼"解。张子野词"当筵秋水慢,玉柱斜飞雁。"《草堂诗馀》即引白居易诗"双眸剪秋水"来作注释。姜白石这一句即转到弹筝人的姿色。柳,指眉;云,指头发,故下句云:"更何必十分梳洗?"如果把"雁啼秋水"连结成一句,则上句成为不通的"移筝",下句"柳怯云松"也无法理解了。

不过,周邦彦诸人所作,"水"字处是韵,故夏瞿禅亦在"雁啼秋水"句下用句号。现在,我既以"雁"字还给上句,则尽管"水"字仍是韵脚,却只能用逗号了。这是乐句与词句的参差,对歌唱没有影响。杨升庵《词品》中已说明这一现象,万树《词律》中也常有例证。

（三）李清照词的标点

《幻洲》第二卷第四期上,有一位闻涛先生做了一篇尖刻的文章,校订胡云翼的《李清照词》的标点,指出了六项标点的错误和数处文句的不妥。对于后者,我也觉得有同样的不满,而对于前者,我却觉得校订胡云翼的闻涛先生,自己也错了不少。看闻涛先生的文章的时候,我手头不曾有胡云翼标点的《漱玉词》,也没有一本任何版本的《李清照词》,只凭着自己对于旧词的句律方面的一些儿记忆,妄指了闻涛君的错误,曾写了一段短文寄去,至今也不曾看到什么更正,大约"十字街头"的编辑先生是不愿替闻涛君改正的了。

但我想买胡标《李清照词》的人很多,而买《幻洲》的人恐怕尤多。闻涛的文字影响所及或许会使许多青年人更误读了《漱玉词》,这样的以误正误,为害不浅。所以我特地去找了一本胡标《李清照词》来。诵读之下,觉得那本小小的铅印书,似乎有着很多的讹误。因此又去找到了一本香海阁木刊本《三李词》中的《漱玉词》来对读。经过了一度的比勘,断定胡标《李清照词》是一本错得很多的印本，而闻涛君的校订胡云翼的错误，也大都仍是错的。

标点旧词，我以为只得依照原来的句读按照语气，加以标点。倘要依照词中句意而标点，那么同一个牌名的两首词便有了两种标法。我觉得这是要使读词的人失去了词的音节的。

胡云翼的标点《李清照词》便是有许多处所犯了那个弊病。如《声声慢》一阕，我以为首三句还是应当点作："寻寻觅觅，冷冷清清，凄凄惨惨戚戚。"

有许多错字脱漏是胡云翼先生必须要校正的，如胡本第二十五页《浣溪纱》第二句："斜偎宝鸭依香腮。"应当改为："斜偎宝鸭衬香腮。"又同阕末句："月移花影的重来。"句中的"的"字系"约"字之误，须正。又同页《采桑子》下半阕首句与上半阕首用一句法应为："绛绡缕薄冰肌莹。"今胡本佚"缕"字，点作："绛绡薄，冰肌莹，"亦大误。又第二十九页《清平乐》"揉尽花无好意"句，应作："揉尽梅花无好意。"第三十四页《怨王孙》第三句应作"红稀香少"，非"红稀少"。第三十八页《鹧鸪天》词中"玛瑙香"应作"瑞瑙香"。四十二页《满庭芳》第二句"闭窗锁画"系"闲窗锁昼"之误。又同调"何逊在扬州"误作"何游在扬州"。四十四页《庆清朝慢》"一番风露晓妆新"句中佚"风"字，"绮筵散目"系"散日"之误。此外还有许多铅字排错的地方，亦不下十馀处。兹不赘。

再说闻涛君校胡君标点错误，却自己闹了些可嗤的错误，我真觉得"此公多事"。胡标《怨王孙》："秋千巷陌，人静皎月初斜，浸梨花。"一些也没有错。而闻涛君却偏说应当点作："秋千巷陌人静，皎月初斜浸梨花。"我真不知他依据的什么词谱。又胡点《蝶恋花》："忘了临行，酒杯深和浅。"照《蝶恋花》词句本应如此断句，惟"酒杯"两字"失黏"，应是"酒盏"之误。闻涛君却说应点作："忘了临行酒杯深和浅。"喔！多么长的词句。又《蝶恋花》首三句句法是七四五，胡云翼固然点错，闻涛也并不曾校正。我想凡曾经约略读过些小令的人们，都会将这节很熟的词读作："楼外垂杨千万缕，欲系青春，小住春还去。"又蜀妓《折柳》词明明是："后会不知何日又，是男儿休要，镇长相守。"胡云翼固然断句太错，闻涛君也少了一个逗点。

我以为最妙的是吴淑姑的《小重山》词，上半阕胡云翼并未点错，的确是："无多花片子，缀枝头。"而闻涛君却肆意姗笑胡君的"花片子"，真的是滑稽之至。大概闻涛君没有知道旧词中所谓"花片子"者，即是新文学中所谓"花片儿"，所以定要将《小重山》词句割裂为："无多花片，子缀枝头。"我想闻涛君如果对于旧词一些也没有请教过，则最好先翻一遍词谱，再提起笔来骂人。如照这样子攻击人家，我是要替胡云翼代抱不平的，虽然我也不很满意于胡君对于旧词的工作。又《小重山》下半阕第二句的句法与上半阕第二句的句法是相同的，故下面的："一川烟草浪，衬云浮。"不能依照胡君的断句。（胡君断为："一川烟草，浪衬云浮。"）戴石屏妻《怜薄命》词，胡云翼的断句并不错，应作："千丝万缕，抵不住，一分愁绪。"闻涛君却说他错，我不知闻涛君究竟是不是在照着词的句法标点。又八十三字的无名氏《踏青游》本非正格，胡君的断句却也并未有错，闻涛君却改为："向巫山重重去，如鱼水两情美。"唉！闻涛君，你懂得些儿诗词不？我几乎想代替胡云翼将你骂他的话都抄来奉璧，要是胡云翼自己还可受我一些敬意的话。

　　这里应当指出一个胡云翼断句大错，而闻涛君却不曾指出的地方了。那便是一阕郑云娘的《西江月》，这阕词，不必一定要熟读词的人才记得它的句法，便是看过几本章回小说的人也一定会念得上口，但胡君却点得莫明其妙。它的上半阕明明是："一片冰轮皎洁，十分桂影婆娑；不施方便是如何，莫是姮娥妒我？"而胡君却断作："一片冰轮，皎洁十分；桂影婆娑，不施方便。是如何？莫是姮娥妒我？"这真是什么话，谁能读得懂！此外还有同作者的《鞋儿曲》中的"风前语颤声低"应是一句，胡君点为："风前语，颤声低，"也是错的。

　　由闻涛君的文章和胡云翼的标点本《李清照词》看来，觉得胡云翼先生是已做了一件不但无益而且有害的工作。而闻涛先生却在攻击胡云翼的野心之下大大的替他自己献了一个希世的丑。我想他们两位都是不值得的。

　　新文学家不懂旧文学，算不得一件羞耻。然而现在的新文学家却往往喜欢卖些旧文学智识（或说本领）。结果如闻涛先生、胡云翼先生那样徒然使人家感觉到他们两位的旧文学程度之浅陋得利害，又何苦呢。

一九二八年三月二十五日

四　文本资料之辑录

（一）宋金元词拾遗

　　一九六三年，中华书局印行域外残存本《永乐大典》，我尽阅之，录出宋金元人词一百馀首。宋词皆旧版《全宋词》所未收者，金元人词皆周泳先、赵万里所未得者。因录为二卷，题曰《宋金元词拾遗》。荏苒二十馀年，《全宋词》已出增订本。《全金元词》亦已问世。今年暑中，检出《拾遗》，互为核对，则我所得者，仍有五首未见于《全宋词》，八首未见于《全金元词》。因删去复出，增入近年搜罗所得，共得二十首，发表于此，供后人补录。

一九九〇年十一月十日，施蛰存记。

满江红　李　壁

同蒋洋州饮湖上

　　潇洒湖亭，问何似水村山郭。官事了、胡床到处，一樽携却。语燕流莺争上下，可怜憔悴支公鹤。赖故人相对一开颜，情犹昨。　　深径里，花如幄。高城外，烟如幕。判与君谈到，画楼残角。尘世直须如梦会，老年渐觉于春薄。岂不知肮脏共伊优，由来各。

又一首　李　壁

蒋示和篇余亦再作

　　草色芊绵，正春在房公池阁。等闲放、绿围红绕，万跗千萼。巴月天边知几换，吴霜镜里看尤觉。又何嗟、欢意到中年，如云薄。　　高斋梦，谁惊著。佳客至，聊同酌。更茶烟轻飏，柳风帘箔。最忆永嘉灵运语，归田不待三年约。笑吾今身世转尘埃，羞猿鹤。

　　右李壁《雁湖集》词二阕录自《永乐大典》卷二二七二至二二七四湖字韵。《全宋词》未收。

鹧鸪天　徐衡仲

席上赋

　　翠幕围香夜正迟，红麟生焰烛交辉。纤腰趁拍轻于柳，娇面添妆韵似梅。　　凝远恨,惜芳期。十年幽梦彩云飞。多情不管霜鬓满,犹欲杯翻似旧时。

满江红　徐衡仲

约斋同席用马庄父韵

　　挥手华堂,重整顿、选花场屋。撩鼻观飞浮杂杏,异香芬馥。金缕尚馀闲态度,冰姿早作新妆束。恨尊前、缺典费思量,无松竹。　　蜂蝶恨,何时足。桃李怨,成粗俗。为情深拼了,一生愁独。菊信谩劳频探问,兰心未许相随逐。想从今、无暇劚蔷薇,锄罂粟。

满江红　徐衡仲

晦庵席上作

　　争献交酬,消受取、真山真水。供不尽、杯螺浮碧,髻鬟拥翠。莫便等闲嗟去国,固因特地经仙里。奉周旋、惟有老先生,门堪倚。　　追往驾,烟宵里。终旧学,今无计。叹白头犹记,壮年标致。一乐堂深文益著,风云亭在词难继。问有谁,熟识晦庵心,南轩意。

右徐衡仲三阕均见《永乐大典》卷二○三五三席字韵引《西窗集》。《全宋词》未收。

蝶恋花

梅泉词石刻

　　梅信一枝聊寄远。寂寞孤根,风定泉清浅。每岁开时人偃蹇。今年开早人心满。
　　莫道山深春尚晚。一点阳和,此地先回暖。更待龙池冰尽泮。累累青子东风畔。

吴昌绶《梅祖庵杂诗》自注云:"曩收得韩小亭先生所藏蜀碑,有蝶恋花词'梅信一枝'云云,八分书,左行。下署'乙亥中冬十日归父'。叔问为余以《方舆金石汇目》考之,乃绵州德阳县宋熙宁元年章概梅泉碑阴也。乙亥为哲宗绍圣二年,上距熙宁戊申,凡二十七年。归父,疑即概字。"

满江红

咏雪梅

　　雪共梅花,念动是经年离拆。重会面,玉肌真态,一般标格。谁道无情应也妒,暗香埋没教谁识。却随风、偷入傍妆台,萦帘额。　　惊醉眼,朱成碧。随冷暖,分清白。叹朱弦冻折,高山音息。怅望关河无驿使,剡溪兴尽成陈迹。见似枝而喜对杨花,须相忆。

一九八二年七月,北京文物工作者在顺义县废铜回收堆中觅得一宋菱花镜,铸八卦及此词。"望关"二字误倒。图版见《文物》一九八五年第一期。
《金石索》已著录另一菱花镜,亦铸此词,文句全同,而花纹各异。
清张祥河《关陇舆中偶忆编》亦著录此词镜。罗振玉《镜铭集录》亦载此词。

七娘子

中吕宫

　　月明满院晴如昼。绕池塘、四面垂杨柳。泪湿衣襟,离情感旧。人人记得同携手。
　　从来早是不即溜。闷酒儿、渲得人来瘦。睡里相逢,连忙先走。只和梦里厮驱逗。

又一首

常记共伊初相见。枕前说了深深愿。到得而今,烦恼无限。情人觑着如天远。当初两意非情浅。奈好事、间阻离愁怨。似拣得一口,珠珍米饭,嚼了却交别人咽。

右二词见日本神户白鹤美术馆藏中国磁州窑瓷枕,目录称"三彩划花词文枕"。摄影见小学馆出版《世界陶磁全集》第十三卷,二词分书于左右枕面。

阮郎归

堪嗟浮世几时休。才春又早秋。忽然面皱发白头。问君忧不忧。　　速着手,早回头。年光似水流。假饶高贵作封侯。争如修更修。

右一词亦见于白鹤美术馆所藏中国磁州陶枕。图版见日本河出书房新社版《世界陶磁全集》第十卷。原文误阮作院。

日本东北大学村上哲见教授专研中国词学及陆游诗,著述甚富。一九八四年发现神户白鹤美术馆所藏中国瓷枕,有词三首。因作《陶枕词考》一文,定为宋瓷宋词,又以为前二词极可能为北宋人作。一九八五年六月,承其文寄示,遂得据以辑录。

减　兰　张景云

谢人贻茉莉一株,植之盆中。

华鬘如雪。十二楼寒深见月。翠袖香笼。细雨疏帘满院风。　　高情亲许。一掬香泥分种与。今日花前。恰好飞琼下九天。

张景云,字天祥,中庆人。元至正中授临安府经历。

满江红　赵顺甫

至云南,于役东西,感成此阕。

凭眺江山,勉抛谢劳生行李。问往事西番东爨,蠹残野史。望祭碧鸡人已去,来宾白马吾宁比。且经营草昧彩云乡,存宗祀。　　汉丞相,崇祠祀。唐节度,丰碑圮。剩奥区幽宅,拓开田里。铜鼓渊渊良夜月,金沙浩浩朝宗水。看深潭黝黑蛰龙蟠,乘雷起。

赵顺甫,名由坦,以字行。宋燕懿王之后。随宗人翰林学士与同赴元丞相伯颜军前讲解,被留。宋亡后,为云南副都元帅爱鲁辟,入滇任帅府副使,遂定居剑川。著《白古通纪浅述》。

右二词见《云南丛书》本《滇词丛录》。

炼丹砂　马　钰

示门人造寅膳

寅膳要通知。做造便宜。三冬近火解寒威。九夏乘凉无暑毒,符合禅机。　　趁了睡魔时。心应无为。不须打坐苦身肌。渐渐神清并气爽,天地归依。(见《永乐大典》卷一三三、四四示字韵)

水龙吟　马　钰

寄友

半生浮宦京华,梦中犹记经行处。燕南赵北,风亭雪馆,几年羁旅。广武山前,武昌城下,昔人怀古。到而今把酒,中原北望,人空老,关河阻。　　回首秦宫汉苑,怅伤心、野烟生树。天涯地角,干戈摇荡,故人何许。抚剑悲歌,倚楼长啸,有时凝伫。但凭高一掬,英雄老泪,付长河去。

又一首　马　钰

燕秦草木知名,汉家自有中兴将。龙韬豹略,金符熊旆,元戎虎帐。羽檄星驰,貔貅勇倍,犬羊心丧。望黄尘一骑,甘泉奏捷,天颜喜,谋猷壮。　　诏赐飞龙八尺,晋康侯宠光千丈。轻裘缓带,纶巾羽扇,投壶雅唱。了却功名事,归来到、凤皇池上。且等闲莫道,髭须白了,认凌烟像。(以上二首均见《大典》卷一四三八一寄字韵)

> 马钰,即道士马丹阳,金时人。有词四卷,皆炼丹服气之语,在《道藏》中。今从《永乐大典》示字韵得一首,亦此类,《全金词》未收。又从寄字韵得二首,辞气不类,疑《大典》有误,姑录之以待考。

摸鱼子　张之翰

送李元仪南行

怅交游晓星堪数,今朝君又南去。独留佗傥奔忙里,尽耐风波尘土。私自言、也自笑,一毫于世曾何补。欲归未许。谩缩首随人,强颜苟禄,此意亦良苦。　　扬州路。犹是曾经行处。梦中淮岸江浦。年来事事多更变,犹有旧时乌府。君莫住。说正赖两三吾辈相撑住。恨自无羽。趁万里秋风,云间孤鹤,落日下平楚。(见《大典》卷八六二八行字韵引《西岩集》)

> 张之翰,元人,官至松江府知府。著作有《西岩集》,已佚。今存二十卷,皆辑自《永乐大典》。赵万里校录《西岩词》一卷,失收此阕。《全金元词》亦失收。

一落索　马　琮

东归代同舟寄远

月下风前花畔。此情不浅。欲留风月守花枝,不道而今远。　　墙外惊飞沙晚。烟斜雨短。青山祗管一重重,向东下遮人眼。

散馀霞　马　琮

墙头花上寒犹噤。放绣帘昼静。帘外时有蜂儿,趁杨花不定。　　栏干又还独凭,念翠低眉晕。春梦枉恼人肠,更恹恹酒病。(以上二首均见《大典》卷 一四三八一寄字韵)

沁园春　释大伟

寄紫泉

渥洼水边,一脉紫泉,产兹英雄。似汉时文体,班杨地步,晋人书法,羲献家风。挥麈高谈,岸巾长啸,寰海知名马治中。人都道,更展其逸足,冀北群空。　　一朝林下从容,便倾盖相忘达与穷。看珠玑万斛,异光照眼,虹霓千丈,豪气蟠胸。廊庙真才,蓬瀛仙品,天上文星世罕逢。从今日、且同宣教化,竟至三公。(见《大典》卷一四三八一寄字韵)

> 以上马琮、大伟二人,未详。

菩萨蛮　无名氏

题云岩

　　游人占着岩中屋。白云只向檐头宿。谁解探玲珑，青山十里空。松篁通一径，禁嗻山花冷。今古几千年，西乡小有天。(见《大典》卷九七六三岩字韵)

(二) 花随人圣盦词话(黄　濬)

郑文焯

　　"谁家笛里返生香，倾国风流解断肠。头白伤春无限思，不应此树管兴亡。""到地春风不肯闲，南枝吹尽北枝残。吴宫多少伤心色，占得墙东几尺山。"此大鹤山人赋小城梅枝之起二首也；伤心语，罕见如是凄丽。吴小城，在苏州，叔问此作，见《樵风乐府》卷九。第九卷虽云起壬寅迄辛亥，然予考卷末《水龙吟》小序称："昔东坡谓渊明先生读史述九章，夷齐箕子盖有感而云，余考其《蜡日》篇，发端于风雪馀运，终托之章山奇歌，其诗皆当在义熙禅代时作。时先生已五十有六，遂以江滨佚老，遁世自绝，其志可哀也已。何意去此千五百馀年，旧国之感，异代同悲，患难馀生，行年差合，今之视昔，身世共之，而变端之来，心存目替，其怆恍殆有甚焉。"而词中有"落木悲秋""残尊送腊"语，自是分指八月起义、十二月逊位，此必辛亥残冬所作也。其后《永遇乐》，题为《春夜梦落梅感忆因题》。又《水龙吟》，题为《人日探梅吴小城有怀关陇旧游》。又其后则《杨柳枝》八首。是必皆壬子春所作，姑附著于辛亥年者。戴亮集为先生之婿，去年以遗墨属题，展卷则人日寻梅之《水龙吟》及《杨柳枝》八首，赋小城梅枝者具在。《水龙吟》凡两录，八咏则别写于淡赭笺。予题两绝句归之。

　　按，词中之《阳关曲》、《款乃曲》、《采莲子》、《浪淘沙》、《杨柳枝》、《八拍蛮》六调，皆唐人七言绝句，能歌以侑觞，所谓教坊曲。考郭茂倩《乐府诗集》、王灼《碧鸡漫志》，皆言《杨柳枝》出于古之《折杨柳》。白乐天、薛能，别创新声。而历来词家注释此题，皆咏柳枝本意，叔问此作，殆变格。然《鉴戒录》云："《柳枝歌》，亡隋之曲也，张祜一绝，即《杨柳枝》。"今先生此词，声极凄怨，谓为亡清之曲，良是本怀。而《比竹馀音》中，别有《杨柳枝》二十六首，悉咏本题。其第二首后二句云："不见故宫暜井底，银瓶长坠断肠丝。"予意必指珍妃坠井事，已而检视，果为庚子辛丑间作，证以第五首"长条如带水萦环，难系离愁百二关。羡尔巢林双燕子，秋来暂客尚知还。"乃言西狩未归，兼以唐末黄巢之乱春燕巢于林木为喻，则前说益信矣。予前记珍妃事，所录"秋深犹咽五更蝉"者，乃第十四首也。(叔问后刊《樵风乐府》，此题删去十一首，存十五首。)人日探梅之《水龙吟》，亦极悲婉，今全录之："故宫何处斜阳，只今一片销魂土。苍黄望断，虚岩灵气，乱云寒树。对此茫茫，何曾西子，能倾一顾。但水漂花出，无人见也，回阑绕，空怀古。别有伤心高处，折梅枝怨春无主。陇头人在,定悲摇落,驿尘犹阻。报答东风,待催羌笛,关山飞度。甚西江旧月,夜深还过,为予清苦。"今年春事苦晚,江梅未动,以废历计之,执笔之辰,适为丙子人日,草堂无相寄之赉,花胜乏堪簪之鬓,抚时感事,欲有所述,而病未能,咫尺灵岩,亦成隔阻,笺先生此词竟,恨然涤砚而已。

吴小城

大鹤山人所记之吴小城,实在苏州城内孝义坊,考《樵风乐府》卷六,《满江红》小序云:"乙巳之秋诛茅吴小城东,新营所住,激流植援,旷若江村,岁晚凄寒,流离世故,有感老杜《卜居》之作,聊复劳者歌其事云。"又《西子妆慢》赋吴小城,序云:"《越绝书》城周十二里,高四丈七尺,门三,皆有楼。《吴地记》引《虞览冢记》云:"吴小城白门,阖闾所作。秦始皇时,守宫吏烛照燕窟失火,烧宫,而门楼尚存。"是知小城,即吴宫之禁门,又谓之旧子城也。历汉唐宋,以为郡治,旧有齐云、观风二楼,并在城上,为郡僚宾燕之所,见之唐贤歌咏独多。明初,惟馀南门,颓垣上置官鼓更,郡志载:"今自乘鱼桥至金姆桥而东,高冈迤逦,是其遗址。"城四面旧皆水道,即子城濠,所谓锦帆泾也。其东,尚有故迹,号为濠股,今余之所经构,证以《图经》,此间乃兼有其胜,五亩之居,刻意林谷,既拥小城,聊当一丘,泾之水,又资园挽,可以钓游,不出户庭,而山泽之性以适,岂必登姑苏,望五湖,始足发思古之幽情耶? 分题赋此,因并之。"据此两序,似吴小城风景秀异。今考乙巳为光绪三十一年,叔问以七试部堂不售,癸卯岁,始绝意进取,自镌小印曰"江南退士"。

其明年,王佑遐来苏州。王之先垄在桂城东半塘尾之麓,因以半塘自号,盖不忘誓墓意也。叔问尝谓之曰,去苏州三四里,有半塘彩云桥,是一胜迹,宜君居之,异日必为高人嘉践。王因之赋《点绛唇》词,见《蜩知集》中。乃半塘于秋间化去,叔问愈增感喟,遂以又明年,买地孝义坊,凡五亩,筑室牓门曰"通德里"。秋初落成,迁入。盖自光绪六年庚辰卜居苏州以来,至兹二十有五,而先生适五十矣。从邓尉购嘉木名卉,杂莳庭院,颇擅园林之美。其东高冈迤逦,即词中之吴小城。复作亭于冈之高处,颜曰"吴东亭",绕以篱,足供凭眺。孙益庵德谦,有贺先生新居文,称"度地新规,洞天别启,近邻萧寺,旁枕清溪"。其后有跋,中云:"流寓吴中,爱其水木明瑟,风物清嘉,栖迟者二十馀年,去襈择地孝义坊,经营别墅,迄兹落成,足以栖集胜寄矣。其地则崇冈屹立,曲涧前流,东城,吴之故城也,白香山曾有吴东城桂之咏,今先生将辟其后圃,袭此古芬。"就孙跋观之,所谓吴小城者,山人莩蓝缮创,证以词中之"山送月来,水漂花出,一片吴墟焦土。"可知易荒丘为亭圃,胥赖经营。《杨柳枝》中之"梅枝",只是园梅馀植。彊村于此,亦有和作,其《西子妆》小序云:"叔问卜筑竹格桥南,水木明瑟,遂营五亩,证以《吴经图经》,跨流而东,陂陀连蜷,为吴小城故墟,怀昔伤高,连情发藻"云云,亦指此。樵风别墅,叔问殁后十年已易主。所谓吴小城者,所谓锦帆泾者,高冈悉夷,残濠亦壅,别修马路,名锦帆路,此日太炎先生,即卜居是间。朝市沧桑,事理之常,予惧后来考证吴门胜迹者湮没靡徵,将以两家词中所指,悉目为蕉鹿之幻,故琐琐考录之。

庚子秋词

予始得樵风、彊村二家词，实罗瘿同曹时手赠，时在庚戌，瘿薄游吴会乍归也。瘿公初住教场二条胡同，是王半塘故宅，所谓四印斋。庚子，朱古微曾来同居之。瘿公因集《瘗鹤铭》题曰："王朱前后词仙之宅。"后迁广州会馆，仍榜此八字于客厅。尚记是冬瘿公絮絮为言至苏州得见文小坡，并书赠小坡一诗于予之团扇。弹指二十馀年，瘿公殁亦岁星一周。今翻《彊村语业》卷二《西河》小序云："庚戌夏六月，瘿庵薄游吴下，访予城西听枫园，话及京寓，乃半塘翁庐。回忆庚子、辛丑间，尝依翁以居，离乱中更，奄逾十稔，疏灯老屋，魂梦与俱。今距翁下世且七暑寒已。向子期邻笛之悲，所为感音而叹也。爰和美成此曲，以抒旧怀。"即纪兹事。按半塘《庚子秋词》，即与古微及刘伯崇、宋芸子所倡和，有写本石印行世。词多小令，涉及掌故者不多。其可纪者，半塘曾以一书并写诸词寄樵风，其中乃有名言。且可见尔时围城中士大夫之心理，今备录之。

王致郑书云："困处危城，已逾两月，如在万丈深阱中，望天末故人，不啻白鹤朱霞，翱翔云表。又尝与古微言，当此时变，我叔问必有数十阕佳词。若杜老天宝至德间哀时感事之作，开倚声家从来未有之境，但悠悠此生，不识尚能快睹否？不意名章佳问，意外飞来，非性命至契，生死不遗，何以得此。与古微且论且泣下，徘徊展读，纸欲生毛。古微于七月中旬，兵事棘时，移榻来四印斋。里人刘伯崇殿撰，亦同时来下榻。两月来尚未遍作芙蓉城下之游，两公之力也。古微当五六月间，封事再三上，皆与朝论不合；而造膝之言，则尤为侃侃，同人无不为之危，而古微处之泰然。七月三日之役，不得谓非幸免，人生有命，于此益可深信，人特苦见理不真耳。鄙人尝论天下断无生自入棺之人，亦断无入棺不盖之理，若今年五月以后之事，非生自入棺耶？七月以后之我，非入棺未盖耶？以横今振古未有之奇变，与极人生不忍见、不忍问、不忍言之事，皆于我躬丁之，亦何不幸置耳目于此时，而不聋以盲也。八月以来，传相到京，庶几稍有生机。到京已将一月，而所谓生机者，仍在五里雾中。京外臣工，屡请乘舆回銮，乃日去日远，且日促备官去行在。论天下大事，与近日都门残破满眼，即西迁亦未为非策，特外人日以为要挟，和议恐因之大梗。况此次倡谋首祸诸罪臣，即以国法人心论之，亦万不可活，乃屡请而迄未报允，何七月诸公归元之易，而此辈绝颈之难也？是非不定，赏罚未昭，即在承平，不能为国，况今日耶！郁郁居此，不能奋飞，相见之期，尚未可必。足下谓弟是死过来人，恐未易一再逃死，至于生气，则自五月以来消磨净尽，不唯无以对良友，亦且无以质神明。晚节颓唐，但有自愧，尚何言哉，尚何言哉！中秋以后，与古微、伯崇，每夕拈短调，各赋一两阕，以自陶写。亦以闻闻见见，充积郁塞，不略为发泄，恐将膨胀以死，累君作挽词，而不得死之所以然，故至今未尝辍笔。近稿用遁渚唱酬例，合编一集，已过二百阕。芸子检讨属和，亦将五十阕。天公不绝填词种子，但得事定后始死，此集必流传，我公得见其全帙。兹先撮录十馀阕呈政，词下未注明谁某，想我公暗中摸索，必能得其主名。虽伯崇词于公为初交，然鄙人与古微之作，公所素识，坐上孟嘉，固不难得也。"

半塘此书，可分数节诠注。其得叔问新词者，叔问于庚子之变，有《贺新郎·秋恨》二首、《谒金门》三首最为沈痛。又《汉宫春》《庚子闰中秋》一首亦甚悲。戴亮集《年谱》中，所谓"《谒金门》三解，每阕以行不得、留不得、归不得三字发端，沈郁苍凉，如伊州之曲"是也。书中所云与古微且读且泣下者，度是此词。古微五六月间封事，及造膝之言，则指古微与袁、许等迭奏斥义和团，及召见时古微抗声力谏，那拉氏大怒，问瞋目大声者为谁，以古微班次稍远，后未暇细察得免诸事。此节古微行状、墓志，及晚近诸家笔记已及之。其言七月三日之役幸免者，则杀袁、许之日也。其论李合肥到京后仍无生机，两宫无意回銮，及首祸诸臣迄未诛戮，可见尔时焦盼之意。祸首久之始正法，回銮则在次年。其寄示《庚子秋词》十数首，叔问答以一词，此词《樵风乐府》不载，《比竹馀音》中，有《浣溪沙》，题为《楼居秋暝得鹜翁书却寄》："罢酒西风独倚阑。满城红叶雁声寒。暮云尽处是长安。故国几人沧海梦。新愁无限夕阳山。一回相见一回难。"是也。

罗瘿公

瘿公是年游吴，于天童访寄禅上人，于苏州访朱古微、郑叔问，瘿公有词记当时，《国风报》曾载之。遐庵为瘿公刊诗，似未录及。古微《西河》小序中，"访城西听枫园"云云，听枫园者，叔问为彊村苏圃所傩之居。《樵风乐府》卷七，《蓦山谿》小序云："吴城小市桥，宋词人吴应之红梅阁故地也，桥东今为吴氏听枫园。水木明瑟，以老枫受名。红叶亭不减旧家春色，且先后并属延陵，于胜地若有前因。彊村翁近傩其园为行寓，翁所著词，声满天地，折红一曲，未得专美于前也，爰托近意，歌以颂之。"而彊村和作，亦有小序，中云："叔问为相阴阳，练时日。"可见其投分之厚，为谋之忠。盖是时陈瞿庵（启泰）为江苏巡抚。驻苏州，陈素风雅，延叔问处幕中，故吴门词流接武。鼎革后，风流云散矣。

瘿公生平亦以友朋为性命者，以叔问老年多舛，为言于任公先生，以其丧偶，厚赙之。叔问有谢书云："别来数更丧乱，感怀雅旧，悦若隔生，音讯阙然，寤思曷极，去腊展诵惠书，猥以悼亡，矜垂甚备，高义仁笃，荷遽相并。重承任公老友厚赙，颁逮三百金，周急救凶，幽明均感，抚膺论报，衔结深铭，只以衰病之馀，少稽陈谢，伏惟岂弟之宥，代剖赤情，幸甚幸甚。兹值亡妻窆奠有日，敢以赴告，敬求饬送沽上为感。下走集蓼馀年，遭家多难，比来知死知生，弥增鲜民之痛。昨承寄示子民先生函订大学主任金石学教科兼校医，月廪约四百番钱，礼遇诚优且渥。第念故国野遗，落南垂四十年，倦旅北还，既苦应接，且闻京师仆赁薪米之费什倍于南，居大不易。蒿目世变，何意皋比，颓放久甘，敢忝为国学大都讲耶？业医卖画，老而食贫，固其素也。辱附契末，聊贡区区，未尽愿言，但有荒哽。"

按此书以戊午正月发，是民国七年也。先生即以是年二月捐馆，衰病疲荼，宜其无意北归。瘿公晚亦侘傺，卒年才逾五十，去叔问之殁，不过六年。生无寸椽，殡于萧寺，寡妻并命，楹书荡然，文人酷遇，于斯已极。每忆甲子九月，予与宰平视瘿公丧于法源寺，辄觉悲从中来。以较樵风身后，又别蒍枯，诚汪容甫所谓"九渊之下，尚有天衢；秋荼之甘，或云如荠"者也？叔问身后，亮集以《冷红簃填词图》乞人题咏，韬庵先生题二绝句云："流落江南吾小坡，二窗断送卅年过。故知一切谁真妄，奈此回肠荡气何。""三过吴门一面悭，眼中犹是旧朱颜。如何入画还相避，背坐拈毫对小鬟。"可想见山人早年风度。曾刚甫题云："西风久下藤州泪，社作今无竹屋词。解识二牕微妙旨，《樵风》一卷亦吾师。"刚甫与瘿公至交，读"藤州吹泪"之句，弥念吾瘿庵也。

樵风别墅

樵风别墅，虽已易人，小城帆泾，并成衢路，而大鹤山人当年诛茅树屋，犹有逸闻可资谈柄。叔问筑园孝义坊之又明年，戊申之秋，于正厅西北隅辟精室三楹，自制《樵风补筑上梁文》，有叙云："光绪旃蒙大荒落之年，余既于吴小城粗营五亩之居，灌园著书，寂寞人外。越三年，以石芝西堪隙地数弓，复取新规，拓以茅栋，向阳两间，约略连籉之制，聊完覆蒉之谋。乃简良辰，上梁迨吉，仿温子昇体，用作祝文，其词曰：桂丛之幽，聊可佳留，诛茅西益，善筹是谋，巢移一枝，书堆两头，蝉翼自薪，计唯周周。既练时日，经始及秋。乃陈三瓦，以应天麻。伐木莺迁，胥宇燕游。补我樵枫，拓兹莵裘。蒋诩三径，仲宣一楼。潜显匪地，宏以胜流。清风作诵，永企前修。"考石芝西堪，是樵枫别墅之一籉，今世所传《石芝西堪笔记》，言金石磁器事甚多，是也。文中所谓"约略连籉之制"盖即指此，西堪相传为连籉制，前后五间，曲房连蜷。至何以取此名，则诗中莫能踪迹，而实为叔问先生生平奇事。

光绪七年辛巳，叔问年二十六岁，秋得奇梦，游石芝峘。其以《瘦碧》名集，自号鹤道人，或大鹤山人，皆因梦境而然，并倩顾若波绘《石芝诗梦图》，俞曲园、王壬秋为题。叔问诗未刊，今录其记梦并序云：光绪辛巳秋七月十三日癸酉，夜梦游一山，洞向西，榜曰"石芝峘"，山虚水深，乱石林立。石上生如紫藤者，异香发越，坚不可采。履步里许，闻水声潺潺出丛竹间，容裔湜澋，一碧溶溶，世罕津逮。时见白鹤，横涧东来、迹其所至，有石屋数间，题曰"瘦碧"。摄衣而入，简帙彪列，多不可识。徘徊久之，壁间题"我欲骑云捉明月，谁能跨海挟神山"十四字，是余去年在西湖梦中所得旧句也。尝欲补为，卒卒未果，今复于梦中见之，其觉所接者妄，梦所为者实耶？列御寇云"神凝者想梦自消"，余勿能勿为梦呪也。翌日，瑞其梦而述以诗："西崦石生髓玉芝，状如赤箭盘苍螭。洞天晻溢现灵宇，上有绿云缭绕之。我来非因亦非想，丹材素府崒森爽。天风鼓碎青琅玕，琴筑铿然众山响。欲踏薜石寻幽蹊，元滑出入无町畦。忽从老鹤迹所至，曲房眇眇非尘栖。不知何人题壁去，证我西湖空中句。瑶风可眺不可扪，宛委龙威开奥窬。魂营魂兆神乎形，趾离夜吹优昌馨。古莽早落雨悄悄，坐令合眼游虚庭。世间万物何善幻，若说海枯与石烂。吾道大适无端崖，负山夜走谁得见。"梦境本极迷离，所状尤邃异，二十五年之后，始得一室，以此颜之，儒酸愿力，亦可哀也。

别墅中尚有齐玉象堪、瓶如寮，诸牓。齐玉象者，叔问二十八岁时沈仲复所赠萧齐玉造像牓，旧额新牓也。瓶如寮，则筑园时所创。叔问记此事云："光绪丙午年二月，余治园于吴小城之故墟，因凿井深二丈许。忽有物铿然，亟令工出之，则一方石，上盖土缶一，微绀色，两耳附口，圆径约三寸强，制甚朴浑，此新穿之井，不如何以有古陶器发见也。按《史记》、《国语》并记季桓子穿井得土缶，其中有羊，以问仲尼。《太平寰宇》记桓子井深八十八尺,在曲阜县东法集寺,今费县厅治门外,有天宝《井铭》,宋绍圣四年逢完重立,为之记云。天宝九载赵光乘作铭云'土缶旧得,石干今脩',是此井为桓子井,可证。严铁桥《金石跋》以为《山东通志》云,鄹城内有季桓子井,即此。赵氏据天宝以前图经,当可信也。今余穿井于园,亦得土缶,而无赖羊之异,因篆铭刻于井干,挈瓶之知,未足多也。"此文虽非穿凿,其所援引,抑亦张大矣。至冷红簃之由来,则光绪癸巳,纳吴趋歌儿张小红,别居庙堂巷龚氏修园,为赋《折红梅》词,而以吴应之红梅相比,《冷红簃填词图》,亦顾若波绘者也。

粤两生

　　彊村有寒夜同麦孺、博潘弱海一词,调寄《齐天乐》,起云:"黄昏连树拳鸦噪,江寒笛声不起。拥叶惊波,呼风断角,凄别归鸾千里"者,极凄峭之致。孺博、弱海,所谓粤两生,自戊戌以来,负江海盛名。予曩以瘿荄之介识两君。弱盦不过数面,曾欲共游潭柘,不果行。孺博则过从稍多。忆民国元年、二年间,燕都宴饮,多在岳云别业之岳云楼,或畿辅先哲祠后之遥集楼。予与蜕公,盖数陪文酒。一日,陈简持(昭常)招饮,凭阑望西山,黯然如将夕,君掀髯语时事久之,与瘿公言,是少年盖可谈者。重感其言。君既逝,予挽以诗云:"疏肩广颡美髭须,平世觥觥见此儒。党锢早年收郭泰,隐居晚节况王符。登楼曾共神州叹,览逝真愁海水枯。莫倚层阑数陈迹,江枫千里正愁予。"即言及此事。今观彊村翁《水龙吟》挽孺博云:"峨如千尺崩松,破空雷雨飞无地。京华游侠,山林栖遁,斯人憔悴。"可知蜕盦之志节。弱海以民国四五年间佐江苏军幕,假兵符趋黔桂,兴义师以讨袁,袁以重金购捕之,乃走香港,匿亚宾律道康南海宅,悲愤呕血死,后蜕公约二三年。狄平子数录两君诗,盖犹其四五十前后作。今岁映庵录其寄魏匏公天津《木兰花慢》,中有云:"途穷我今不恸,且闭门种菜托英雄,万里俱伤久客,百年将近衰翁。"此当是入民国后作。蜕盦、弱盦,俱以橐笔为生涯,晚年佗傺,弱盦恢奇有壮志,蜕盦则文章独茂。两君生岭外,而滞海上。匏公浙人,而客津门,故云:"万里俱伤久客。"岳云楼后改张文达(百熙)公祠,近又改为校舍矣。

夏午诒词

　　夏午诒年丈,曩于民国初元,曾数同文宴,又数于皙子座间奉手,樊山最称其词,予所见不多。十余年间,踪迹契阔,但知其夙耽禅悦,晚益精进,近岁诣闽之鼓山涌泉寺访尊宿,有《鼓山受戒记》,归而怛化于沪上而已。比从叔章获睹其未刊词稿,制题仿贺方回例,词亦摩南宋之垒,湘绮之传衣也。从词中得两遗闻,可资讽忆。

　　其一,则端陶斋入川之词谶。陶斋奉命入川,午诒随行,次永川,午诒题一词于驿壁,结句为"付驿庭花落,他年此际消魂。"陶斋见之大不乐,不久遂被杀。午诒词中,此题为"驿庭花",注:"永川驿寺题壁答朱三云石,调寄《高阳台》。"词云:"鼓角翻江,旌旗转峡,益州千里云昏。有客哀时,江南自拭啼痕。谁知铁马金戈际,共闲宵、细雨清尊。喜风流词笔,人间玉树还存。是非成败须臾事,任黄花压鬓,相对忘言。虎战龙争,几人喋血中原。莫随野老吞声哭，纵眼枯，不尽烦冤。付驿庭花落，他年此际消魂。"以词言，殊悲凉慷慨，而下半阕何以作如是语，殆所谓莫之为而为之，言为心声，或机倪之先露也。陶斋既殂，午诒有《扬州慢》一词，题为"西州引出资州作"，则声与泪俱矣。词云："上将星沉，戟门鼓绝，大旗落日犹明。听寒潮万叠，打一片空城。七十日河山涕泪，霜髯玉节，顿隔平生。剩南乌绕树，惊回画角残声。伏波马革，更休悲蝼蚁长鲸。料鱼腹江流，瞿塘石转，此恨难平。惆怅江潭种柳，西风外，一碧无情。只羊昙老泪，西州门外还倾。"陶斋功罪自待论定，而以地位言、午诒与陶斋关系言、尔时环境言，则"七十日河山涕泪"，自属实写，盖清亡，首尾不过七十日耳。其后午诒居北京，有《凄凉犯》一词，题为《古槐》，注："忠敏故宅"。词云："古槐疏冷门前路，山河暗感离索。几回醉舞，黄花烂漫，半颓巾角。风怀不恶。况人世功名早薄。甚青山不同白发，此恨付冥漠。(公《西山》诗"白云自谓能霖雨，如此青山不早归"。)三峡啼猿急，一夕魂消，驿庭花落。(公奉命入蜀，军次永川，余题壁词有"驿庭花落，他年此际消魂"之语，公见之黯然不怿。未及一月，资中兵变，公遂及难。)梦归化鹤，忍重见人民城郭。树乌嘶风，似当日龙媒系著。恨侯嬴不共属镂，负素约。"读此词并注，于前后情事了然。案端陶斋故宅在细瓦厂，有古槐一树，"乌树"两句，颇有情致。陶斋幕府夥颐，而午诒独有"侯嬴属镂"之语，交情可见。

又其一，则彭刚直轶事，午诒词中，有"英雄老"一调，注云："和湘绮师题郑幼惺分巡醉携红袖看吴钩图，调寄《采桑子》"，词有序甚长，序云：往从湘师船山，颇闻衡阳彭刚直尚书轶事。刚直孤峻自喜，朝廷虽以旧功加礼，久亦忘之。年六十，至不为赐寿。每有建议，恒为枢近抑置。名以本兵巡阅长江，实无一兵。甲辰法越之衅，抗疏请行。自知无以一战，徒欲得当以一死报国，而竟不得战死，郁郁以终。湘师之志墓，称为独立不惧之君子，可哀也已。长沙郑幼惺先生，叔进侍读之先德也，为刚直记室。尝从刚直虎门军中，主战疏稿，其所作也。议战报罢，先生为《醉携红袖看吴钩图》见意，凡以自抒忠愤，亦实为刚直发也。是时两广总督为南皮张文襄，力张和议，与内旨合。刚直但以己意言事，宜其孤立无助也。刚直大功，始自小孤一战，自作铙歌云："彭郎夺得小姑还"，词中所云，"小姑吟罢"者也。"微之"亦似有指，引《会真记》为隐语，但无以实之，亦不必凿也。幼惺先生，初从湘阴左文襄甘凉军间，故有"醉罢葡萄"之句。"红蕉、茉莉，"则皆广州所有耳。侍读前辈，以顾词见示，《湘绮楼词》中未载，故录存之："小姑吟罢英雄老，再起南征。却恨馀生。凄断琴声杂鼓声。　微之也悔从前误，误了莺莺。莫误卿卿。可惜风流顾曲名。""书生却有元戎胆，醉罢葡萄，笑对红蕉。茉莉花前宿酒消。　思量冷落吴钩剑，重把镫挑。细取香烧。一卷兵书付小乔。"午诒原词二首：其一云："太平无事尚书老，闲杀江东。退省从容。赢得骑驴夕照中。　粗官毕竟成何事，不是英雄。也解匆匆。只合香山作卧龙。"其二云："相如未老文君在，负了花枝。愁对金卮。况是江南三月时。

家亡国破成诗料，一榻轻飔，两鬓霜披。惆怅微之与牧之。"词后午诒尚有短跋云："后词奉调侍读前辈。湘师词有'平生不解，江南才子，家亡国破，都成诗料。'退省庵者，刚直巡江至西湖时居之。湘师为题楹联云：'花草野庭开，居士心闲来放鹤。湖山行处好，圣朝恩重莫骑驴。'"按，彭刚直书札，前已掎摭及之，读此词序，可以见刚直晚年祈死之状志。而《广雅堂诗集》中挽刚直诗，南皮自注言契合刚直，殆有不实不尽者在。以事理揆之，南皮主和者，为迎合西后意，至刚直噩噩宿将，则貌为优礼，勿怍之，亦大官之惯技也。刚直西湖退省庵联牓，今不知尚存否？湘绮喜为楹联，此联侧重用骑驴两字，仅取工稳，不如午诒所举"平生不解"三句词语之爽辣。夏词不详何时作，其跋称"奉调侍读前辈"，殆言叔进先生新纳姬侍事。叔进今年已七十一，则此词之作，必在光宣间矣。

王又点

碧栖丈曩居旧京时，先住南池子，后又迁北池子。僦屋皆曲房连簃，小有花木，瀹茗谈艺，永夕忘倦。记曾示予和又铮数词，又挽涛园，和诗庐数诗，制作绝妙。后七八年，从拔可见《花影吹至室图》，又有三绝句，沉痛隽爽，意笔俱化，讽诵不忍释。前年遗集出，始得见其短序，今并录之。题为《题李稚清女士花影吹笙室填词图》，序云："予十八九岁，与李君佛客游，自村入城，恒主君家。君盛言词，有作必见示，于是亦试纵笔为之，取径不尽求同，而心实相许。君之女公子稚清，髫龄绝慧，亦喜为词。佛客既没，予过视拔可兄弟，稚清出所作请业，吐秀诣微，深契音中言外之旨，尤以石帚、碧山为归，予无以益之也。適孙生翊南，不数载，先后俱殁，一女亦继殒，拔可悲稚清甚，既梓其稿，复属畏庐老人为之图，短世露电中，追念香火前踪，一如梦幻，泚笔记此，不自知涕之何从也。"词云："然脂执卷记垂髫，千劫晴窗影未销。坐断秋风来往路，是身争免似芭蕉。""阿兄江雁久离群，一世清愁付左芬。头白还乡无哭处，断坟衰草没斜曛。""并世何由见此才，寸肠回尽便成灰。唯馀小淑无言在，生死天涯共一哀。"注云："小淑，石门人，年家子林亮奇之妇，曾从予习为倚声者，今亦螯居久矣，因并及之。"按，拔可为其尊人《双辛夷楼词》跋，末节有云："附《花影吹笙室词》一卷，则为孙氏妹慎溶之遗作，曩者南陵徐积馀观察，曾为刻入《小檀乐室闺秀词》中。妹以光绪戊寅生，癸卯卒，年仅二十有六，所填《蝶恋花》一阕，有'飒飒墙蕉，恐是秋来路'之句，当时传诵，称之为李墙蕉。府君嗜倚声，而宣龚未能承学，妹工此，复不永年，良可追痛，校竟谨志卷末，时距府君之殁已二十有六年、妹之即世，亦十有八年矣，庚中九月二十日宣龚谨记于海上观槿斋。"观此可见稚清女士之家学。其墙蕉一词，调寄《蝶恋花》，词云："一夕凉飙辞旧暑，飒飒墙蕉，恐是秋来路。转眼薰风时节去，不知燕子归何处。　　抽纸吟商无意绪。短槛疏窗，难写黄昏句。今夜夜深知更苦，阶前叶叶枝枝雨。"此词自非凤慧妙诣，不能道，并可知碧栖第一诗之佳处，以适用内典身如芭蕉为双关语也。然墙蕉句，虽思致秀颖，而予却爱结二语，沉厚透纸，是真得漱玉神髓者。盖名句妙造自然，信关偶得，而非必作者锤炼见工力处。前者触机而得，后者思之深也。

碧栖词，与佛客先生之《双辛夷楼词》，为闽词晚近之双流两华，但取路颇不同。碧栖词娟洁密致处，与其云学碧山，不如云学玉田。其甲午十月《水龙吟》一阕，不用雕饰，尤疏俊有高致。拔可刊丈遗集，序云："光绪乙酉，余方十龄，从塾师林葱玉先生游。先生独行士也，性介，貌傲岸，触其微睨，有不谓尔者，则夏楚随其后。余钝读，艰于背诵，又好弄，跳踉不止，师故绳之不稍宽。一日向晚，有客至，黑衣袴褶，挟其田间之容，闯然就高座。席未暖，索锡饴饼饵之属，不绝口，急若勿及待者，师虽峻，亦不禁匿笑，而心异乎客之所为。客为谁，则吾王丈又点碧栖先生也。丈籍长乐，世居南江之亭头乡，距省五十里许，是秋掇乙科，意甚得，每入城辄诣其舅氏邱宾秋先生。先生吾戚串，馆于吾家者，故丈与吾暱，引之为小友。逾年，闽有文酒之会，曰支社。黄子穆、周辛仲、林怡庵、黄欣园、林畏庐、高愧室、卓巴园、方雨亭、陈石遗诸长者实号召之。月三四集，必吾家之双辛夷楼。先世父、先君子皆与倡和为乐，丈亦与焉。齿虽末，然周旋坛坫间，与老宿相接，斷斷不稍下。时会城书院林立，凡课艺丈自为之，强使余任其庄书之劳，往往至深夜忘倦。丈祖讳有树，故夔州太守也，丈席其馀荫，徜徉村居，垂三十年矣。厥后累踬春官，境渐困，悉以其幽忧之疾，发之于倚声。初为王碧山，因自署曰碧栖。嗣复出入白石、玉田之间，音响悽惋，直追南宋。潍县张公韵舫，亦能词者，守兴化，耳其名，延为山长。既而选授建瓯教谕，居恒郁郁。复偕雨亭方丈杖策出塞，应奉天将军依克唐阿之招。筹笔之暇，始放手为五七言诗，初喜贡父排奡，山谷奥密，积而久之，复肆力于东阿、嘉州，故意境高远，不可一世，是真能以少许抵人千百者。当丈入北洋海军幕府时，密迩畿辅，人物辐辏，与王幼遐给谏、朱沤尹宗伯辈相过从，接其谈论风采。又目睹戊戌庚子之变，孤愤溢怀抱，故其所著无一非由衷之言。改革后，南北传食，讫无宁岁。迨宰皖之婺源，则管领山水，意稍有所属，能以吏事入诗，而诗境又一变。归休偃蹇，耽悦禅诵，遂不复作。而其毕生悲欢、愉戚、跌宕、慷慨之志之所蕴结，一寄之于诗若词，而所获仅此。殁二年，公子泳深奉遗稿勾韬庵太傅编定付校刊，惜沪乱转徙，为手民错简稍失次，然大体无损。丈少时洒落不羁，看花长安，雅有杜书记之癖，中岁遭际，颇似刘龙洲之于辛稼轩，晚而折腰，非其志也。"此言碧丈生平颇曲肖。丈负绝俗之才，而能同尘，晚岁放弃文字，居乡间，逐什一之利以自赡，日唯坐南街茶肆，嘲诙謷謷。今所见诗词皆五十馀岁所作。丈殁年垂七十矣，殁时遘小病，众谓无恙，而自知解脱，晨作一书，致韬庵先生诀别。盖丈以庚申出都，与韬老情谊敦笃，而疏懒无一字，至是忽庄写累纸，韬老晚年常作词，遂亦以词挽之。题为："碧栖临殁，手书见寄，捧读感痛，为赋水龙吟一阕哭之，庚午七月二日"。词云："十年望断来鸿，发函乃出弥留顷。苍凉掩抑，死生之际，一何神定。我欲招魂，海天飞霭，巫阳焉讯。念百回千结，那得情味，盈眶泪，如泉迸。吕石帚清狂无命。悵荒波，日亲蛙黾。颓唐尔许，不应真个，江郎才尽。丛稿谁收、审音刊字，吾犹能任。却自怜老耄，君还念我，就何人正。"此词后半阕前五句，皆言碧丈晚年之颓废自放也。拔可言丈似刘龙洲，予则谓似张子野，以其老寿工词，喜游冶也。乂碧栖乂先有龙姬，后遣之，乂其似子野之晚遇。癸酉秋，予有琵琶仙追和丈韵，有云："叹浑似三影清才，奈桃杏飘零老词客。"即用"不如桃李杏，犹得嫁东风"故事。

（三）关陇舆中偶忆编

华亭张祥河诗舲撰【十则（清人）道咸朝】

（1）《饮水词》

饮水诗词集为长白性德著，大学士明珠子，《曝书亭集》有挽纳兰侍卫诗。世所传贾宝玉者,即其人。词以小令为佳,得南唐李后主意。余尝刻于粤西藩署,原本残缺,其有不合律者,或传钞之讹,余为更易十数处。周稚珪中丞之琦称为善本焉。

(2) 三忆

吾乡顾淞南山人岩,山水学麓台,花卉亦工,饮酒豪,性尤伉爽。改七芗山人琦兰竹最老到,设色仕女,得衡山意。又喜作词,天姿娟秀,近无其匹。徐渔庄布衣年工篆刻,铜印尤佳。余在都有三忆诗。至是皆作故人,觉风流寥寂矣。

(3) 二十家词

周稚圭中丞录二十家词,各系一诗。记其系孙孟文一首:"一庭疏雨善言愁,佣笔荆台耐薄游。最苦相思留不得,春衫如雪去扬州。"其神韵如遗山、渔洋论诗绝句。余为作序,刻《桂胜集》中。

(4) 顾夔词

顾荃士大令夔《虞美人》词赋醉翁椅:"满身花影不能抉,耳畔低声,道已二更初。"又美人榻:"恼人最是月黄昏,六尺桃笙,只有半边温。"轻茜可喜。

(5) 刘嗣绾词

刘芙初太史嗣绾骈体绝似六朝,春明往还最密。辛未,太史将南归,赠余《南浦》词:"残月晓风何许,剩相思一树一行蝉。问张春水后,钓竿谁在过江船。"

(6) 陈迦陵填词图

陈迦陵先生维崧填词图,题者数百家。洪昉思升谱南曲《啄木鹂》:"数年坐对如花貌,丽词谱出三千调。鬓萧萧,须髯似戟,输你太风骚。"嗣蒋心馀士铨谱北曲《石榴花》:"婵娟同坐了,双颊红潮,一声声低和迦陵鸟。酒醒来何处今宵,助风魔狂煞诸诗老。问髯翁艳福怎能消。"最后李松云榀栋谱《寄生草》:"南朝钩党书生傲,南都烟月诗人料,东华尘土先生老。如何忘了左风怀,何时重写云郎貌。"道光乙巳,万荔门方伯贡珍摘录卷中诗词,摹刻于长沙。

(7) 宋词镜

宋《满江红》词镜,镜边饰以梅花,中作回文书。其词曰:"雪共梅花,念动是、经年离拆。重会面,玉肌真态,一般标格。谁道无情应也妒,暗香埋没教谁识。却随风偷入傍妆台,萦帘额。 惊醉眼,朱成碧,随冷暖,分青白;叹朱弦冻折,高山音息。怅望关河无驿使,剡溪兴尽成陈迹。见似枝而喜对杨花,须相忆。"冯晏海云鹏得之济南,谓其雪梅词类宋人,故定为宋镜。

(8) 宣德词盘

曾宾谷先生燠藏宣德铜盘,内刻锦堂春词:"映日秾花旖旎,萦风细柳轻盈,游丝十丈重门静,金鸭午烟清。 戏蝶浑如有意,啼莺还似多情;游人来往知多少,歌吹散春声。"

(9) 姚春木、黄研北词

姚春木椿诗才如天马行空,以《蜀道集》为最。后自定《通艺阁诗录》,神似遗山。其古文力追正轨,师事姚姬传先生。近辑《国朝文徵》,尚未脱稿。昨寄余兰州《乳燕飞》词曰:"马后桃花马前雪,有双鬟追逐千金马。红袖唱,乌丝写。"余和云:"花径不曾缘客扫,恨归无万里追风马。花下客,我心写。"同时哲弟子枢梃亦寄此阕:"谁比恩深当报国,抛了横云水榭。玩边月临城不夜。"又黄研北明府仁词云:"酒酹葡萄清且冽,鼠姑开、应念来游者。千里月,共宁夏。"余和云:"唱到伊凉边柳外,渺长安、西笑何为者。蚊蚋少,此消夏。"三君子万里怀人,极为可感,而余正坐香光所云:"一邱一壑,不能自固。"颇增涧愧林惭耳。

(10) 词韵

樊榭山人论词绝句:"欲呼南渡诸公起,韵本重雕菉斐轩。"注云:"曾见绍兴二年刊《菉斐轩词林要韵》。"余尝欲取两宋词人所用之韵,辑词韵一书,并正学宋斋之失。在粤西商之周稚圭翁,在楚北商之陶凫乡同年梁。及至吴门,见戈顺卿载所辑《词林正韵》一书,先得我心,为之阁笔。顺卿能探索于周、柳、姜、张等集,以抉其精而通其故,其为功于词,岂浅鲜哉!

五　论词书信与论词日记

（一）施蛰存致夏承焘（四通）

一

瞿禅先生、吴闻夫人：

久未申候，时在念中，伏以起居安健为颂。

我不幸患癌症，病在直肠，已于四月七日做手术切除，暂可无虞。然元气大伤，至今未能痊可出院。

《词学》第二辑排印又历一年，下月大约可以印出，现在赶编第三、四辑，今后可由上海中华书局印刷厂承印，或可稍稍迅速。

瞿老《天风阁学词日记》，此间稿至一九三一年止。此后续稿拟请吴夫人继续抄付，今后拟每期刊布四个月至六个月之日记（日记中附有文章，可以删去），款式仍如第一、二辑，惟请用繁体字，加书名号，今后可全书用繁体字排也。

今年十月或十一月，华东师大拟召开一小型词学讨论会。人数约五六十人，参加者以各院校教师及出版社编辑为主。《词学》编委或老辈词家，亦拟发请柬，躯体健康者如能来亦欢迎。瞿老年事已高，行动不便，故不敢屈玉趾，希望届时能来一发言稿，当在开会时宣读，亦不殊亲临。此事先以奉闻，详细办法、开会日程当由马兴荣同志奉书联系。

周晓川常见否？久不获函札，乞为致意。匆此即请

俪安

施蛰存
一九八〇年六月十七日

惠复可仍寄舍下，每日有人来医院。

二

瞿禅先生道席：

上月廿一日奉到手书并足下及鹭翁词作，收到多日，未即拜复为歉。近日正在为诸稿作技术加工，拟赶十一月底送出全稿，故极为忙碌。印刷厂已接洽到一家能排繁体字者，故拟尽量用繁体。弟意简笔字之与原有字相犯者，坚决不用，如"僕"之为"仆"、"园"之可为"圚"又可为"圆"之类，大约习熟相沿、简化已久者可仍用之。以后吴夫人写稿，敬请注意，待第一辑印出后，弟可以定出一个标准，请作者留意。现在每篇文章均须改字，大为苦事。

《换头例》已编入第一集，请吴夫人为我预备第二辑稿。《学词日记》起一九三一年四月一日，讫六月三十日，请从七月抄续。

以后凡标明平声则用〇，仄声则用●，韵则用△。

上月《参考消息》有两篇台湾文章论岳飞《满江红》词，弟拟在《词学》中作一"特辑"，收余嘉锡及阁下二文一并刊布，使读者方便，请予同意。尊处有无赵宽书《满江红》词拓本？如有可否惠假制版，此石不知尚存否？如尊处无有，弟拟托人去拓。阁下关于此词有新意见否？亦甚盼补一小文谈谈。

"屏风碑"后白石道人题跋拓本尚在否？亦拟假取制版或先摄影，备第二、三辑用。

现在看来，集稿二十万字亦不甚困难。因每期有"文献"及"转载"二栏，可容十万言，则著述新稿十万字亦易事。弟拟第一辑编讫后，即续编第二辑，则明年出四辑，容有可能。

手此即请　撰安。

吴夫人均此请安。

施蛰存

一九八〇年十一月四日

三

瞿禅先生阁下：

前数日上一书，想已登芸席。

日来拜读《换头例》已毕，做好技术加工，可以付排，有二事欲请示：

（一）题目拟改作《换头格例》，因此文所述乃九种换头格式，可否加一"格"字，明其内容？否则或作《换头九例》，避免三字标题，较顺口。署名作"夏□□稿、吴常云整理"，如何？

（二）最后有"换头不变，入后小变例"及"入后大变例"，此二例弟以为已不是换头的问题，而是上下片句格的问题，似不应属于"换头例"，拟省去，阁下以为有当否？新剖析示知遵行。

《日记》尚未做加工，俟读后如有疑义，当再请示，手此即请

道安　吴夫人均此

施蛰存
一九八〇年十一月八日

吴夫人：你写的冫旁都像言旁，我已逐字改过，请注意。

四

瞿禅先生道席：

昨日寄兄拙诗数纸，匆匆付邮，未及附书，想已登文几。今日已将大作《日记》作付印前之加工，有数事须请示：

五月十四日记中有"胡仲方"，亦写作"吴仲方"，不知何者为是，此宋词人弟不知，但知有"刘仲方"。

五月三十日记中有程善之作《倦云倚语》，不知是否"忆语"之误笔？又此书弟未见过，尊藏尚有否？愿乞惠借一观。

六月二十四日记中有刘子庚《讲词笔记》，弟亦未见过，尊斋尚有否？又刘子庚《辑校唐宋元明词六十种》，此书阁下有否？弟七月中在北图假阅一本，不全。弟欲补钞其跋语，请阁下为我物色之。

日记中有《寄吴瞿安信》及《剪淞阁词序》二文，弟拟删去，俟第二辑中。请阁下多付几篇此类文字，编入"文录"栏，第一辑中有"词录"，无"文录"。

又"换头例"最后二例弟以为不属于"换头"变化，亦拟删去，前函已请示，便祈覆及。

《词学》已决定全用繁体字排，但向来有简体者，仍用简体（如"体"字即其例）。以后惠稿，请改写繁体及旧有简体，省得弟一一改写。

《满江红》词特辑有意见否？亦乞示知。此请

吟安

夫人均此

施蛰存
一九八〇年十一月二十九日

（二）施蛰存致周楞伽（二通）

一

楞伽先生道席：

三月八日手示敬承。《词学季刊》为实现已故龙榆生先生遗志而动议，经营已六七个月，最大的困难是"古籍"不能承受出版，至今未有出版处；至文稿编集，则粗有眉目。老

辈虽若晨星,五六十岁尚有健者,不办此刊物,无以助其成就,故弟所注意者亦当兼及下一代,中国之大,岂无人哉?

足下有大文见惠,甚表欢迎! 婉约、豪放,作为词家派别,弟有疑义,弟以为此是作品风格,而风格之造成,在词人之思想感情:燕闲之作,不能豪放,民族革命激昂之作,不能婉约。稼轩有婉约,有豪放,其豪放之作,多民族革命情绪;东坡亦有婉约,有豪放,其豪放之作,皆政治上之愤慨。如果要把词人截然分为两派,而以豪放为正宗,此即极"左"之论;如以婉约为正宗,即不许壮烈意志阑入文学。此二者,皆一隅之见也。阁下以为何如? (宋人论词,亦未尝分此二派。)

阁下博览方志,大可获得许多副产品,有佚词及词人传记资料,不妨录出,《词学季刊》亦欢迎也。手此即请

撰安

弟施蛰存顿首
一九八○年三月十四日

二

楞伽先生:

手书敬承。弟与足下之距离,在一个"派"字的认识,婉约、豪放是风格,在宋词中未成"派",在唐诗中亦未成"派",李白之诗,可谓豪放,李白不成派也;杜诗不得谓之婉约,不必论。"西昆",体也;"花间",亦体也,皆不成派。宋诗惟"江西"成"派","江湖"成"派",因有许多人向同一风格写作,蔚成风气,故得成为一个流派。东坡、稼轩,才情、面目不同,岂得谓之同派? 北宋词只有"侧艳"与"雅词"二种风格:东坡,雅词也,晏、欧,侧艳也。至南宋而有稼轩、龙洲,此则由于词的题材境界扩大,对社会现实的反应,成为词料,词与诗之作用及内容皆无别矣。论南宋词,稼轩是突出人物,然未尝成"派",足下能开列一个稼轩词的宗派图否? 倒是吴文英却有不少徒众,隐然成一派,然而亦未便说梦窗为婉约派。

弟不反对诗词有婉约、豪放二种风格(或曰体),但此二者不是对立面,尚有既不豪放亦不婉约者在。诗三百以下,各种文学作品都有此二种或种种风格,然不能说曹孟德是豪放派,陶渊明是婉约派也。

弟涉猎词苑,始于一九六○年代,初非此道权威。足下为文商榷,甚表欢迎,惟不敢蒙指名耳! 匆匆即请

撰安

弟施蛰存顿首
一九八○年三月十八日

弟之意见,以为如果写《词史》,不宜说宋词有豪放、婉约二派,此外与足下无异议也。
"西昆"有《酬唱集》,勉强可以成派,但文学史上一般均称"体"也。

又及

周楞伽答施蛰存

蛰存先生道席：

三月十四日手教奉悉。先生于老成凋谢、词坛冷落之秋，积极谋恢复《词学季刊》，继大辂之椎轮，挽斯文于不坠，且谓"中国之大，岂无人哉？"豪言壮志，钦佩无已！第恐阳春白雪，曲高和寡。盖物极必反，十年浩劫，既造成人才之凋零，文化之低落，而思想禁锢之反激，又使一般人厌弃高头讲章，惟思借文化以苏息，此软性刊物之所以泛滥市面，而真正有价值之学术研究文章反不为时所重，言念及此，先生其亦有"黄钟毁弃"之叹乎！

惟来书谓婉约、豪放，是作家作品之风格而非流派，此则弟所不敢苟同。何则？作品风格固即人的表现，然非如人貌之各具一面，毫不雷同，而自有融会贯通之处。足下谓"风格之造成，在词人之思想感情"，似亦有语病，盖人之思想感情非劈空而起，自然发生，必婉转以附物，始怊怅而切情，此即古人所谓诗有六义之赋、比、兴，亦即今人所谓形象思维也。睹物起兴，触物兴情，但又不能无关于时序。汉魏风骨，气可凌云，江左齐梁，职竞新丽，惟时运之推移，斯质文之代变，是故"慷慨以任气，磊落以使才，造怀指事，不求纤密之巧，驱辞逐貌，唯取昭晰之能"者，皆豪放派之祖；而"俪采百字之偶，争价一句之奇，情必极貌以写物，辞必穷力而追新"者，皆婉约派之宗。所不同者，仅当时无婉约、豪放之名，而以"华""实"为区别之标准而已。

足下谓燕闲之作，不能豪放，激昂之作，不能婉约，此尽人皆知之理，盖一篇之内，不可能有两种不同风格存在也。至于同一人之作品，风格有婉约，有豪放，则当视其主导方面为何者而定，若东坡、稼轩，就其词作风格主导方面而论，固皆词家之豪放派也。足下对东坡、稼轩风格之评骘，似非笃论。稼轩词如"我见青山多妩媚，料青山见我应如是。""不恨古人吾不见，恨古人不见吾狂耳。"此等语非不豪放，然又何关乎民族革命情绪？东坡词如"大江东去，浪淘尽，千古风流人物，故垒西边，人道是，三国周郎赤壁。""明月几时有，把酒问青天：不知天上宫阙，今夕是何年？"此等语非不豪放，然又何关乎政治上之愤慨？李易安历评晏、柳、欧、苏诸公之词，皆少所许可，似过于苛求，迹近狂妄，然其主旨，要不外证成其"词别是一家"之说而已！所谓"词别是一家"云者，即词之风格体裁，宜于婉约，所谓"小红低唱我吹箫"者，庶几近之。故词易于婉约，而难于豪放，而其流传之广，亦惟婉约之词，此所以凡井水饮处，皆歌柳词，而少有歌苏词者也。惟其难于豪放，故豪放之词更弥足珍贵，即谓为词之正宗，又何不可？阁下谓"以豪放为正宗，此即极'左'之论"，未知何所据而云然，弟殊以为未安，岂"四人帮"之流，亦苏、辛词之崇拜者乎？即以婉约为正宗，亦未见得"即不许壮烈意志阑入文学"，如易安《武陵春》词："风住尘香花已尽，日晚倦梳头，物是人非事事休，欲语泪先流。　闻说双溪春尚好，也拟泛轻舟，只恐双溪舴艋舟，载不动许多愁。"造语何等婉约，而家国之悲，兴亡之感，亦即隐寓于字里行间，又何尝不足以激发人之壮烈意志？岂必如放翁《诉衷情》词云"胡未灭，鬓先秋，泪空流。此生谁料，心在天山，身在沧洲。"造语不婉约者始得许壮烈意志阑入文学乎？然我恐以之为词之正宗,又成极"左"之论也。

阁下谓:"宋人论词,未尝分此二派。"此亦未然。盖婉约、豪放,乃近人语,宋人初未尝以此名派,然名者实之宾,若循名责实,则宋人论词,又何尝未分此二派? 独不见俞文豹《吹剑续录》中所载之故事乎?《续录》云:"东坡在玉堂日,有幕士善歌,因问:我词何如柳七? 对曰:柳郎中词,只合十七八女郎,执红牙板,歌杨柳岸晓风残月;学士词,须关西大汉,铜琵琶,铁绰板,唱大江东去。"此岂非婉约、豪放二派之区分乎? 俞文豹固明明为宋人也。

鄙见如是,初未允当,阁下如有异议,望勿吝赐教。此复即颂
撰安

弟周楞伽顿首
一九八○年三月十五日

周楞伽再答施蛰存

蛰存先生:

三月十八日复函敬悉。弟与先生之差异,决不止于对一个"派"字的认识,或"派"与"体"二字的解说不同,看法各异。来书谓:"婉约、豪放是风格(即先生所谓"体"),在宋词中未成'派',在唐诗中亦未成'派',李白之诗,可谓豪放,李白不成派也;杜诗不得谓之婉约,不必论。"弟则谓岂止宋词已成派,唐诗已成派,甚至上溯建安,下推江左,皆已成派,即汉赋亦如扬雄所云有"丽则"、"丽淫"之分,况等而下之者哉? "邺下曹刘气尽豪",此豪放派也;"江东诸谢韵尤高",此婉约派也,惟当时无婉约、豪放之名称,故遗山论诗,仅云"若从'华''实'评诗品"而已!

先生所斤斤计较者,无非在结成诗社宗派,始得谓之"派",故云"宋诗惟'江西'成派,'江湖'成派,因有许多人向同一风格写作,蔚成风气,故得成为一个流派。"由此得出结论:"'西昆',体也;'花间',亦体也,皆不成派。"弟今请反问先生:"花间"非亦有许多人向同一风格写作,蔚成风气乎? 何以不能成派? 先生因"西昆"有《酬唱集》,故先云"西昆",体也。后又云"勉强可以成派,但文学史上一般均称体也。"就弟所见文学史而论,对"西昆"或称体,或称派,或派、体混称,对"花间"则一致称派,未见有称"花间体"者,此足以驳倒先生之说而有馀矣。

先生亦承认"李白之诗,可谓豪放",然"李白不成派"者,无非因李白一人而已,单丝不成线,独木不成林,故李白不成派也。然普天下皆公认李白诗歌为豪放派,非先生一手所能推翻。杜甫为现实主义大诗人,"实"与"华"相对,故先生谓"杜诗不得谓之婉约",似亦振振有词,然"穿花蛱蝶深深见,点水蜻蜓款款飞","留连戏蝶时时舞,自在娇莺恰恰啼","繁枝容易纷纷落,嫩叶商量细细开",此等句能不谓之婉约乎? 杜甫之诗,有豪放,有婉约,自不能概以婉约名之,然元稹作子美墓志铭云:"至于子美,盖所谓上薄风、骚,下该沈、宋,言夺苏、李,气吞曹、刘,掩颜、谢之孤高,杂徐、庾之流丽,尽得古今之体势。"试以文中除风、骚外所提诸家计之,"沈、宋"、"苏、李"、"徐、庾",较之"曹、刘",究竟华居多

抑实居多？婉约居多抑豪放居多乎？是则杜诗之境界亦不难窥见矣。至于子美自己论诗，则既崇清新（豪放），亦尊华丽（婉约），故云："不薄今人爱古人，清词丽句必为邻。"清词与丽句并称，且皆必与为邻，此所以既"窃攀屈、宋宜方驾"，而又"颇学阴、何苦用心"也。然若执此以观，以为子美于清新（豪放）、华丽（婉约）二者无所轩轻于其间，则亦未见允当，究竟子美之所心仪、所欲师法者，为阿谁乎？子美于清新刚健之豪放一派，赞扬则有之，推崇则有之，此即"清新庾开府，俊逸鲍参军"、"庾信文章老更成，凌云健笔意纵横"是，然我未见其有继承师法之意；惟于婉约华丽一派，一则云"窃攀屈、宋宜方驾"；再则曰"摇落深知宋玉悲，风流儒雅亦吾师"；三则曰："李陵、苏武是吾师"。两两相较，杜甫之欲师承婉约，已不待烦言而后明，何足下犹执意谓"杜诗不得谓之婉约"乎？

足下谓"东坡、稼轩，才情、面目不同，岂得谓之同派？"然世以苏、辛并称，由来已久，至有以《东坡乐府》、《稼轩长短句》合刻者，此又何故？盖正如《辞源》"苏辛"条所云："填词家以二人并称。苏词跌宕排奡，一变唐五代之旧格，遂为辛弃疾一派开山，世称苏辛也。"弟才疏学浅，诚不能如唐张为之作《诗人主客图》，亦不能效宋吕居仁之作《江西诗社宗派图》，足下欲弟作《稼轩词宗派图》，弟殊愧未能应命，然若谓稼轩词未尝成派，则以足下之风格论即"有许多人向同一风格写作，故得成为一个流派"证之，亦殊未然，岳武穆、张元幹、张孝祥、康与之、刘克庄、陆放翁、刘改之、杨西樵之词，非皆豪迈雄健，气夺曹、刘者乎？非皆词家豪放派乎？即以之列成《稼轩词宗派图》，又其谁谓为不可？足下谓"北宋词只有'侧艳'与'雅词'二种风格"，弟谓"侧艳"即"婉约"，"雅词"即"豪放"，实不必另起炉灶，另立名目。凡花样新翻，而又未能为世所公认者，弟以为皆野狐禅之流，无足道也！

足下不否认诗词有婉约、豪放二种风格，但又谓"尚有既不豪放亦不婉约者在"，此等第三种文学论殊不合于文学史之事实。"诗三百以下"，除骚体可接踵继轨外，何尝有风、骚二种以外之"种种风格"？"凡以模经（《诗经》）为式者，自入典雅（豪放）之懿；效骚命篇者，必归艳逸（婉约）之华。"刘彦和初未尝作于此二种风格之外别有种种风格之论也，足下何所见而欲自我作古乎？若世人皆要求足下举此"种种风格"之实例，足下其将何词以对？

渊明诗风格清新，固不得谓之婉约，但"说曹孟德是豪放派"，又何不可之有？"四言正体，则雅润为本；五言流调，则清丽居宗。"雅润即豪放，清丽即婉约也。观夫孟德之诗："月明星稀，乌鹊南飞，绕树三匝，无枝可依"，"慨当以慷，忧思难忘，何以解忧，惟有杜康"。此等句不谓之豪放其可得乎？彦和论诗，早谓"魏之三祖，气爽才丽"，"良以世积乱离，风衰俗怨，并志深而笔长，故慷慨而多气也。"元稹于子美墓志铭中亦谓"建安之后，天下之士，遭罹兵战，曹氏父子，鞍马之间，往往横槊赋诗，其道壮抑扬，冤哀悲离之作，尤极于古。"建安文学，世有定评，足下于千馀载之后，欲推翻之，岂力所能及耶！至谓"未便说梦窗为婉约派"，则白石、清真，皆不得列名婉约派矣，此又岂笃论乎？

弟之意见，以为如果写《词史》，必须大书特书宋词有豪放、婉约二派，豪放词以范希文为首唱，而以东坡、稼轩为教主；婉约词则以晏元献为首唱，而以屯田、清真、白石为教主。"前辈飞腾入,余波绮丽为",则前者有永叔、少游、易安、方回、梅溪、梦窗;后者有王介甫、叶梦得、陆放翁、刘改之,不能尽述。纵与足下意见相左,亦在所不惜也。

足下不欲指名,弟未敢故违,即以我侪之争鸣,以《词的"派"与"体"之争》名之,刊诸学报,以俟世之公论如何? 此复即颂
撰安

弟周楞伽顿首

一九八〇年三月二十二日

(三)《投闲日记》中与词学相关之资料

(1) 买得《词鲭》一册,道光丙戌有斐居刊本,星江余煌汉卿集句词六十馀阕,颇浑成可喜。又《玉壶山房词选》一册,民国九年仿宋铅字排版墨汁刷印本,此亦印刷史上罕见之本也。(1962 年 10 月 31 日)

(2) 阅詹安泰注《南唐二主词》,颇有可商榷处。惟于金锁沈埋句不能引王濬事,为尤可异耳。(1962 年 11 月 20 日)

(3) 阅词集数种,于《寒松阁词》中见有《甘州》一阕,题"雷夏叔秦淮移艇图"。去年晤王支林前辈,曾谓余言松江人擅词者有雷夏叔其人,归后检府志不得,亦不能得其词。今乃于张公束词中见之,当亦道咸间人也。(1962 年 12 月 7 日)

(4) 晨谒君彦丈,平一亦在家,遂与其乔梓小谈,多涉松江旧事,因以雷夏叔叩之,果是其先世。丈出示《诗经正讹》抄本一册,题华亭雷维浩撰,云即夏叔之名,其书无甚新解,且又不完。问以词,则亦无有,殆不可得矣。(1962 年 12 月 8 日)

(5) 下午陪内子上街,顺道往常熟路旧书店买得牛秀碑一本,又《冰瓯馆词钞》一本,仪征张丙炎撰,写刻甚精。(1962 年 12 月 11 日)

(6) 阅《复堂词话》,谓秀水女士钱餐霞撰《雨花庵诗馀》卷末附词话,亦殊朗诣,检小檀栾室刊本《雨花庵词》,乃不见词话,盖已删去。徐乃昌此刻诸女士词集,凡序跋题词,俱皆刊落,亦殊孟浪。

复堂论词,宗南唐北宋,自足以针浙派之失。然北宋词家,体制略备,子野、耆卿、东坡、清真,莫非南宋所自出。言北宋词,亦当有去取耳。

复堂盛赞陈卧子、沈丰垣,明清之际,卧子自属大家,人无闲言;沈丰垣则知之者少。《兰思词》复堂亦未见,殆已佚矣。予尝辑录数十阕,得复堂一言,自喜目力未衰。(1962 年 12 月 12 日)

(7) 赵闻礼《阳春白雪》,得丁葆光《无闷》词,此《直斋书录解题》所称催雪《无闷》,乃其名作也。初以为不可见,竟不知其存于此集中。不知别一阕重午《庆清朝》,尚可得否?(1962 年 12 月 15 日)

(8) 阅沈传桂《二白词》。二白者,殆以白石、白云为宗也。然其胸襟尚无白石之洒

落,故终不能企及;白云则具体而微矣。《汉宫春》云:"芳菲易老,有杨花春便堪怜。"《高阳台》云:"看花莫问花深浅,有斜阳总是愁红。"工力悉在是矣。(1962年12月17日)

(9)晚阅柳耆卿词,耆卿自来为世诟病,周柳并称,亦只在《八声甘州》等羁旅行役之作,若其儿女情词,便为雅人所不道。然柳在当时,实以情词得名。其咏妓女歌人,一往情深,于其生涯身世,极有同情。如《迷仙引》云:"万里丹霄,何妨携手同去。永弃却、烟花伴侣。免教人见妾,朝云暮雨。"《少年游》云:"心性温柔,品流详雅,不称在风尘。"其言妓女多情处,均致慨于男子薄情辜负,此皆为妓人所喜慰。花山吊柳。夫岂以其为荡子行径耶? (1962年12月18日)

(10)阅《乐府雅词》。周美成词"向谁行宿",此作"向谁边宿"。盖以"行"字太俗,而改之也。然"行"字训"边",今乃得其出处,因作词话一则。(1962年12月19日)

(11)阅温飞卿诗。其诗与词,实同一风格,词更隐晦。然余不信温词有比兴。张皋文言,殆未可从,要亦不妨作如是观耳。王静安谓飞卿《菩萨蛮》皆兴到之作,有何命意?此言虽攻皋文之固,然亦未安。兴到之作,亦不可无命意。岂有无命意之作品哉?余不信飞卿词有比兴,然亦不能不谓之赋,赋亦有命意也。(1962年12月22日)

(12)阅黄秋岳《花随人圣庵摭忆》,有书魏匏公事,其人甚奇俊。余有其《寄榆词》,因取读之,颇有好句。(1963年1月19日)

(13)至南京路修表,便道往古籍书店,买四印斋本《蚁术词选》一部,又海昌蒋英《消愁集》词一部,此书刻于光绪三十四年,小檀栾室所未及刻也。集中《念奴娇·秋柳》、《渔家傲·游曝书亭》,皆工致。《高阳台·秋夜与弟妇话旧》云:"听雨听风,梧桐树杂芭蕉。"可称警句。(1963年1月23日)

(14)今日又从古籍书店得四印斋甲辰重刻本《梦窗甲乙丙丁稿》,此本刊成后,未刷印,而半塘老人去世,况夔笙得一样本,嘱赵叔雍上石影印以传,时民国九年庚申也。况跋云:"版及原稿已不复可问。"余初以为此版必已失散,今此本有"民国廿三年版归来薰阁"字,盖来薰阁就原版刷印者也。此梦窗稿三次刻本,流传甚少,亦殊可珍。除夕得此,足以压岁矣。(1963年1月24日)

(15)下午访问周退密,……又见金翀《吟红阁词钞》三卷、续抄三卷。归检《国朝词综》,云翀休宁人,监生,侨居钱塘,早卒,有《吟红阁词》二卷。周君此本,乃翀之子所刊,故有词六卷之多,其中《沁园春》咏物至九十馀阕,亦殊无谓。(1963年2月5日)

(16)过古籍书店,得词集数种,有顾羽素《绿梅影轩词》一卷,取徐乃昌刊本校之,溢出二十一阕,不知徐氏所据何本。徐刊称《蒪香词》,殆早年所刊本耳。(1963年2月10日)

(17)阅《湘绮楼词选》。此公好妄改字,全不解宋人语,亦奇。(1963年2月11日)

(18)夏臞禅《唐宋词人年谱》,购置已久,未尝细读,今日始穷一日之力尽之。夏公于此书致力甚勤,钩稽细密,诸人一生行事昭然,系词亦确实有据,不作假拟,冯正中年谱犹足正惑辨妄,可谓得知己于千祀之后矣。(1963年2月21日)

(19)阅鹓公手稿。诗曰《恬养簃诗》,分《搬姜集》、《西南行卷》、《山雨集》、《梅边集》,皆解放以前作,《老学集》为解放以后作。五十年间,诗凡一千馀首,早年所作皆宋诗,颇受散原影响,抗战以后诸作,皆元人之嗣唐者矣。词一卷曰《苍雪词》,凡一百数十阕,多晚年所作,忆《南社集》有其早年词,似均未存稿,可补录也。(1963 年 2 月 25 日)

(20)阅鹓公词,风格在东坡遗山间,因念姚春木《洒雪词》至今未刊,可合鹓公所作合为《云间二姚词》,或称《二雪词》,亦巧事。(1963 年 2 月 27 日)

(21)抄云间词人小传,取府志及续志,并诸家词选与《松风馀韵》、《松江诗钞》、《湖海诗传》诸书综合之,已得二百八十馀家,十九有词可录,亦不为少矣。(1963 年 10 月 4 日)

(22)阅陈家庆《碧香阁词》,选录十九阕,皆可继轨宋贤。(1963 年 10 月 7 日)

(23)阅沈祖棻《涉江词》,选三十三首,设色抒情俱有独诣。(1963 年 10 月 8 日)

(24)晨访周迪前,假得刻本《湘瑟词》及钞本《海曲词钞》……以所藏《湘瑟词》钞本与刻本对勘,补得所缺三十馀字,又从《海曲词钞》中补得云间词人十馀家。(1963 年 10 月 10、11 日)

(25)选录缪雪庄词四阕,于《范氏一家言》中得范启宗词一阕。(1964 年 1 月 6 日)

(26)阅《词律》数卷,觉万红友亦甚有见地,不可及也。(1964 年 2 月 21 日)

(27)晨访周边潜,假得《幽兰草》、《尺五楼诗集》、《堪斋诗存》三种。《幽兰草》抄配得残缺者三页,甚快事。(1965 年 1 月 27 日)

(四)旧体诗中的谐趣

什么叫"喜剧性、悲剧性"?这是戏剧名词,可用于小说,不可用于诗词。诗词只有抒情或述志,没有行为、动作,不成其为"剧"。

一切文学形式,皆创自民间,五言诗在东汉时,是民间的诗形,七言诗出来,五言诗成为雅文学,而七言诗为俗文学。到唐末五代,出现了"长短句"(即"词"),于是诗都是雅文学,"词"是俗文学。

苏东坡把诗的题材、内容,用入"词"里,词从此变了用途,升格为一种新的诗("诗馀"),于是有"曲"出来代替了词的作用与地位。

到明朝为止,诗词都是雅文学,曲为俗文学。

现在,诗、词、曲都是雅文学,广播歌曲是俗文学。

总之,这一时代的俗文学,到下一时代,都成了雅文学。

一种文学形式,在俗文学时期,常有插科打诨的成份,即幽默成份。当它们升高到雅文学地位,幽默风味便消失了,而愈来愈庄重。

聂绀弩诗及足下的一些诗,便是回归了诗中的谐趣。其实,这种谐趣,在唐人诗中还有,王梵志、寒山、拾得诗可证。到了宋代,没有这种谐趣诗了,但是禅家偈语中还有不少。

在传统文人观念里,聂绀弩和足下的某些诗是"以俗语、俚语运用于诗词里"。但在民间诗人的观念里,这正是运用他们日常的口语。

总之,文人诗中有一点幽默感,并不是故意"打油",而是"返朴归真"。(返雅还俗,靠拢人民。）

不过，此法也不宜多用、滥用，因为五七言诗及词，今天毕竟已成为文人用的文学形式，无法再回到人民手里去了。

一九九四年九月五日

幽默处正是含蓄处，此点洪君未悟。

附录：一九九四年第六期《晋阳学刊》编者按：

一九九四年八月十四日洪柏昭教授致信《西园吟稿》作者裴中心，说自己"常常思考这样一个问题：为什么古典诗词中如此缺乏喜剧性？喜剧性能否进入诗词？应该如何进入诗词？"又说："您比较成功地将俗语、俚语、谚语运用于诗词中，故取得了妙语解颐的效果；但又使您的作品较为直露而略少含蓄，有点像曲。我觉得这也许就是喜剧性较难进入诗词这样'雅文学'的原因吧，不知高明以为然否？"

裴中心请教施蛰老，此为施老于病榻上所作之答。

六　杂纂

（一）送老词

周去非《岭外代答》卷四载一事云："岭南嫁女之夕，新人盛饰庙坐，女伴亦盛饰夹辅之。迭相歌和，含情凄惋，各致殷勤，名曰送老。言将别年少之伴，送之偕老也。其歌也，静江人倚苏幕遮为声，钦州人倚人月圆，皆临机自撰，不肯蹈袭，其间乃有绝佳者。凡送老皆在深夜，乡党男子，群往观之。"

据此可知，宋词亦盛行于民间，未必皆为士大夫所撰也。

（二）苏东坡词手迹石刻发现

苏东坡于元丰七年十二月，行役过泗州，与泗州太守同游南山，作行香子词云：

> 北望平川，野水荒湾。共寻春、飞步崩颜。和风弄袖，香雾萦鬟。正酒酣时，人语笑，白云间。　　孤鸿落照，相将归去，淡娟娟、玉宇清闲。何人无事，宴坐空山。望长桥上，灯火乱，使君还。

此词有东坡手书刻于崖壁。南宋时，胡仔曾得拓本，记其事于《渔隐丛话》。自此以后，此刻未有著录。清光绪间修《盱眙县志》亦但据胡仔文记录，而云："此石未获。"

一九八三年，盱眙县文化馆秦士芝同志搜访山中文物，在第一山秀崖上发现此刻。东坡行书六行，字径二厘米。刻文为风雨所侵蚀，可辨识者仅四十六字。考其文字，与元大德本《东坡乐府》所载同，与胡仔所记微异。

（三）李长吉词

唐诗自昌谷、玉谿出，始有秾丽窈窕之句法，有此秾丽窈窕之诗句，始有温飞卿之菩萨蛮词。故唐词之兴，李长吉实导其先路。李长吉未尝作词，而今有菩萨蛮四阕，皆集长吉诗句成之，岂不可谓为李长吉词乎。今录于此，以志词苑别趣。集此者：江山刘彦清，晚清词人，有《鸥梦词》。

落花起作回风舞。桂郎谢女眠何处。燕语踏帘钩，罗帏午夜愁。
行云愁半岭。路重涂泥冷。星尽四方高，飞丝送百劳。

浓蛾叠柳香唇醉。玉钗落处无声腻。酒色上来迟。愁红独自垂。
春风吹鬓影。小树开朝迳。骨出似飞龙。宵寒药气浓。

不须浪饮丁都护。桃花乱落如红雨。扫断马蹄痕。金鱼挂在身。
忧来何所似。尚复牵情水。春月夜啼鸦。杯阑玉树斜。

黄池竹冷芙蓉苑。忆君清泪如铅水。谁识怨秋深。南城罢捣砧。
夜遥灯焰短。身与塘蒲晚。沙冷一双鱼。仙人待素书。

（四）词律·词谱

江顺诒《词学集成》论万树《词律》云："然律之一字，究非音律之律，亦非律例之律，不过如诗之五七律之律耳，不如仍名为谱之确也。"

按江氏此言甚谬。律字只有二解，非音律即律例。万氏撰此书，用归纳法求词之音律，然后写定每一调之音律，定为律例，名曰"词律"，兼有二义。唐人创为律诗，亦取音律之义。江氏所云"如诗之五七律之律"，不知此律字当作何解？

谱者，曲谱也。为讴歌者用，必须注明律吕，如姜白石词之自注旁谱是也。万氏之书，为填词家用，主于文字，故不用四上工尺作注，岂得谓之谱乎？

万氏曰《词律》，谢氏曰《碎金词谱》，区别分明。江氏知按律定谱，而不知词律非词谱，失言矣。

（五）迦陵填词图

迦陵填词图是清代康熙十七年戊午（1678）广东著名诗画僧大汕为词人陈维崧画的小像。当时二人都在扬州。画上有题款云："岁在戊午闰三月廿四日为其翁维摩传神，释汕。"陈维崧字其年，故尊称其翁。维摩即居士，是出家人对在家人的雅称。

当年秋季，陈维崧因大学士宋德宜的荐举，入京应博学鸿词科试，这幅画也被携带到北京。当时才人名士，群集都中，皆乐于为陈维崧题咏此图。其中梁清标、王士禛、朱彝尊、尤侗、毛奇龄、纳兰成德、洪升等三十余人，都是大名士，他们的诗词手迹，尤其为后人珍视。

陈维崧逝世后，这幅画为后裔所世守，经雍正、乾隆、嘉庆、道光，历朝都有名人加入题咏，风雅不绝。但道光以后，此图遂无消息，不知尚在人间世否？

迦陵填词图及题咏，有乾隆五十九年（1794）陈药洲的木刻本，另有道光二十五年（1845）长沙翻刻本。本刊所印图版据乾隆原本复制。

（六）刘熙载论稼轩词

兴化刘熙载融斋主讲上海龙门书院十四年，淞沪俊彦，多出其门。著《艺概》六卷，论文、诗、赋、词曲、书法、经义，尤多通方卓越之见，百年来谈艺家辄奉为圭臬。刘氏捐馆后，及门弟子为刊其遗稿，曰《古桐书屋续刻三种》。书刻于光绪丁亥（1887），传本绝少。其中《游艺约言》一卷，乃《艺概》之馀稿。有论稼轩词者二则，未为诸家研究辛词者采及，今录于此：

> 英雄出语多本色，稼轩于是可尚。

> 杜诗云："前辈飞腾入，馀波绮丽为。"以词而论，飞腾惟稼轩足以当之，绮丽则不可胜举。"

（七）哑　响

虚谷《书李虚己诗后》云："虚己官至工侍，初与曾致尧唱和，致尧谓：'子之辞工矣，而其音犹哑。'虚己惘然，退而精思，得沈休文'浮声切响'之说，遂再缀数篇示曾，曾乃骇然叹曰：'得之矣。'予谓此数语，诗家大机栝也。工而哑，不如不必工而响。潘邠老以句中眼为响字，吕居仁又有字字响、句句响之说。朱文公又以二人晚年诗不皆响责备焉。学者当先去其哑可也，亦在乎抑扬顿挫之间，以意为脉，以格为骨，以字为眼，则尽之。"

> 蛰存按：虚谷谓"工而哑，不如不必工而响"，此语则谬。夫工者兼意脉、格骨而言，响则徒在用字，字响而意脉格骨未见其工，其诗亦何有佳处？至吕居仁"字字响、句句响"之说，亦言之过矣。字字响则全句实哑，句句响则全篇实哑，无哑处安见其响处耶？哑响之说，实抑扬之谓，欲扬必先抑，彼知诗之须响字，不悟响字政须哑字衬托也。

（八）《唐宋词集序跋汇编》

一九五九年，我以"右派分子"资格，从嘉定劳动回来，被安置在华东师大中文系资料室工作,本职工作十分清闲,一天用不到八小时,因此,我就利用空闲,抄写历代词籍的序跋、凡例,打算从这一方向,收集词学的研究资料,编为一书,亦可以说是别创一格的编纂工作。用了四五年时间,时作时辍,抄成了一部七八十万字的《历代词籍序跋汇编》。

这部稿子,在资料室书橱里沉睡了将近二十年,到一九八四年才由继任工作人员找出来送给我。由于当年是用土法造的格子纸抄写的,纸已大半霉烂,字迹不清,不得不挑出一部分无法辨认的,请中文系同学重抄了一份。

华师大中文系毕业生季寿荣在北京社会科学出版社工作,一九八五年到上海来组稿,我和他谈起,有这么一部文稿,还在找出版家。承他热情,把文稿带回北京,向编辑部推荐。不久,收到他的信,说该社已决定接受此稿,列入出版计划。但是,大约由于文史资料书不景气,这部文稿至今未能印出。

上星期,有人送来一册江苏教育出版社印行的《唐宋词集序跋汇编》翻阅一遍,正和我编的那本书大同小异,不过只收了唐宋部分,可是也已有四十七万字,似乎编者搜索得比我更为详赡。这一部分能及早印出,为词学研究工作者利用,确是可喜的事。

我在抄集这些词籍题跋的过程中,无意之间,弄清楚了一个问题。"词"这一种文学形式,在唐、五代时,名为"长短句"、"曲子词"。在北宋时,名为"乐府"或"乐府雅词",或"近体乐府"。到南宋中叶,才出现"诗馀"这个名词。到南宋晚期,才确定这种文学形式的专名为"词"。在南宋中叶以前,一切单用的"词"字,都是"辞"字的简体字,其意义是"歌辞",是一个普通名词。

这本《词集序跋汇编》的《引言》中说:"词,这一文体,在唐宋时期不大为人所重视,是以'诗馀'而出现的。"编者这句话失于考究了,可知他没有注意到:从晚唐、五代到北宋,始终没有出现"诗馀"这个名词。再说,"诗馀"这个名词,并不表示宋人不重视词,恰恰相反,正因为词的地位愈来愈被重视,故名之为"诗馀",把它们推进了诗的行列。

《元草堂诗馀》和南宋人编的《草堂诗馀》是完全不同的两部书。这个《汇编》把这两种《草堂诗馀》的序跋抄在一处,是一大错误。

一九九二年八月二十九日

(以下未出版)

(九)词别集序跋存佚

〔存〕凉州鼓吹　即《秋堂诗馀》　柴望仲山自序(无年月)　《彊村丛书》本

〔存〕白石道人歌曲　淳祐辛亥(1251)菊坡赵与訔跋

〔存〕虚斋乐府　赵以夫自序　淳祐己酉(1249)中秋芝山老人

〔存〕东坡乐府集选引　丙申九月朔元遗山序　绛人孙安注坡词,参以汝南文伯起《小雪堂诗话》,删去他人所作《无愁可解》之类五十六首。

〔存〕元遗山乐府自序

〔存〕新轩乐府引　张胜予　元遗山作引

　　酒里五言说　元好问　（此亦词话）

　　题樗轩九歌遗音大字后　元好问

　　题闲闲书赤壁赋后　元好问

〔存〕风雅遗音　林正大自序　嘉泰壬戌（1202）

〔存〕古山乐府　张野　临川李长翁序　至治初元（1321）中秋　《彊村丛书》本

　　稼轩乐府　吴子音序（《玉堂嘉话》谓有新刻《稼轩乐府》）

〔佚〕梦窗词　山阴尹焕序　《花庵》引二语

〔佚〕李耘叟词　李芸子，号芳洲　戴石屏序　《花庵》云

以上见《花庵》两选

　　冯延巳阳春录一卷　（高邮崔公度伯易题其后，称其家所藏最为详确。又罗泌跋《六一词》云："崔公度跋《阳春录》，谓皆延巳亲笔，其间有误入《六一词》者。"）

〔佚〕大声集五卷　周美成、田不伐序

〔佚〕康伯可顺庵乐府五卷　陶定安世序

〔存〕书舟词　王称季平序

〔存〕梅溪词　张镃约斋为作序，不详何人。（按：陈振孙盖不知史邦卿为何人也。）

〔佚〕竹屋词　高邮陈造并与史达祖二家序之。（按：陈亦云高观国不详何人，可知梅溪、竹屋在当时名不显也。）

以上《直斋书录》

〔存〕阳春集　陈世脩序　嘉祐戊戌（1058）

〔存〕雪舟长短句　黄孝迈　刘后村跋（《词林纪事》引）

〔存〕于湖词　陈应行序　汤衡序　四库著录毛刻本

〔存〕方壶诗馀　汪莘叔耕　嘉定元年（1208）自序　《彊村丛书》本　（五十四岁一年中所作词卅首）

〔佚〕冠柳集　《花庵》云："序者称其高于柳词，故曰'冠柳'。"

〔佚〕大声集五卷　万俟雅言　周美成序　《花庵》云　又有田不伐序，见《直斋》。

〔佚〕僧仲殊词七卷　沈注序　《花庵》云

〔存〕曾纮父词一卷　谢景思序　《花庵》云

〔佚〕于湖词（原名紫薇雅词）　汤衡序　内容略见《花庵词选》

〔佚〕顺受老人词五卷　吴礼之　郑国辅序　《花庵》云

〔佚〕静寄居士词二卷　谢懋　吴坦伯明序　略见《花庵词选》

〔佚〕李氏花萼词五卷　李直伦序　《花庵》云

〔佚〕清江欸乃　严仁次山　杜月渚序　《花庵》云

〔佚〕竹屋痴语　高观国　陈造序　略见《花庵》所引　《直斋》云："高邮陈造并与史二家序之，则梅溪、竹屋有合刊词集矣。"

〔佚〕梅溪词　　张功父、姜尧章序　　按：《花庵》引姜序中语，今见张功父跋中，不知何故。

〔佚〕东泽绮语债二卷　　张辑　朱湛卢序　《花庵》引一二语

片玉词　　淳熙庚子(1180)强焕序(毛)

梅溪词　　嘉泰辛酉(1201)张功父序(毛)

白石词　　花庵词客题(此取《绝妙词选》语冠之)(毛)

溪堂词　　漫叟题(毛)

樵隐词　　乾道柔兆阉茂(二年丙戌)王木叔序(毛)

竹山词　　至正乙巳湖滨散人题(毛)

坦庵词　　门人伊觉先之序(毛)

以上七篇见毛刻

乐府雅词　　绍兴丙寅(1146)曾慥序

唐宋诸贤绝妙词选　　淳祐己酉(1249)胡德方序

中兴以来绝妙词选　　淳祐己酉(1249)黄玉林自序

〔佚〕珠玉集　　张子野序　花庵词客云："晏元献《珠玉集》，张子野为序。"

〔存〕东山寓声乐府　　张耒序

燕喜词　　淳熙丁未陈、詹二序　《典雅词》本

梁溪词　　嘉熙元年刘克逊序　《典雅词》本

花间集跋　　晁谦之　《双照楼所刻词》

又　　陆游　见本集

可斋词自序　　李曾伯　《双照楼所刻词》　简短不录

石湖词跋　　杨长孺　绍熙壬子六月　《永乐大典》2266

双溪诗馀　　王炎自序　《四印斋刻宋元卅一家词》本

（一〇）无真赏

杨蘷生《过云精舍词》中小令以《木兰花令》"缥香绣帐悬空雾"一首为最佳，《国朝词综续编》乃不知选取，惟《箧中词》选伯蘷词小令，惟取此首。谭评云："《金荃》遗响，不绝如缕。"

梅村小令以《临江仙》"落拓江湖常载酒"及《醉春风》"门外青骢骑"二章最为高致，而《国朝词综》及《箧中词》均屏而不录，真是解人难索。

（一一）文义不通者

周稚廉《添字昭君怨》："看遍狼朱籍粉，无奈杏残梅褪。"蒋雯嚞《减兰》："衰草云迷。

336　北山楼词话

古墓寒鸦相对飞。"屈大均《梦江南》:"岁岁叶飞还有叶,年年人去更无人。"次句不通。

龚定庵《导引曲》:"银蜡心多才有泪,宝香字断更无痕。"蜡烛只有一心,岂有多心之烛耶?

又《浪淘沙》下片起云:"中有话绸缪。"谓红楼中有人泥语也,然句实不通。(承上片结句"一桁红楼"而来,然楼亦不可称"一桁"。)

姚梅伯《台城路》:"闲消剩息。"消、息,亦不可分拆。

(一二) 选词赘语

字讹者正之。

一二字未安者改之。

理路分明者取之,否则舍之。

题目无关重要者删之,咏物题存一二。

(一三)《花间集》词咏及地域

温庭筠《菩萨蛮》:"小园芳草绿,家住越溪曲。"又"沉香阁上吴山碧"、"芳草江南岸。"

皇甫松《梦江南》:"闲梦江南梅熟日。""梦见秣陵惆怅事。"

韦庄《菩萨蛮》:"人人尽说江南好,如今却忆江南乐。"

薛昭蕴《浣溪沙》末二首咏吴、越:"倾国倾城恨有馀,几多红泪泣姑苏"、"吴主山河空落日,越王宫殿半平芜",又"越女淘金春水上"。

牛峤《江城子》"郡城东"、"越王宫殿",此咏会稽也。

孙光宪《思越人》二首咏吴苑:"古台平,芳草远,馆娃宫外春深"、"渚莲枯,宫树老,长洲废苑萧条"。又《渔歌子》:"经霅水,过松江。"

毛熙震《临江仙》:"南齐天子宠婵娟。"

欧阳炯《江城子》:"晚日金陵岸草平"、"空有姑苏台上月,如西子镜,照江城。"咏金陵。

又,毛文锡《中兴乐》咏南越风物;欧阳炯《南乡子》八首咏海南风物;李珣《南乡子》十首咏越南风物。

(一四) 倾杯乐

欧阳詹《韦晤宅听歌》七绝:"等闲逐酒倾杯乐,飞尽虹梁一夜尘。"可知"乐"当读作洛。

（一五）乐府曲名

陆龟蒙《乐府杂咏》：双吹管、东飞凫、花成子、月成弦、孤烛怨、金吾子。

长命缕："犹有玉真长命缕，樽前时唱缓羁情。"（司空图《南至四首》之一）

罗凤曲：薛能《闻官军破吉浪戎》五古结句云："越巂通游骑，苴咩闭聚蚊。空馀罗凤曲，哀思满边云。"

（一六）舞　曲

绿钿：元稹有《曹十九舞绿钿诗》云："急管清弄频，舞衣才揽结。含情独摇手，双袖参差列。骙裒柳牵丝，炫转风回雪。凝眄娇不移，往往度繁节。"

杨柳春/绣骐驎：高适《九曲词》之二："万骑争歌杨柳春，千场对舞绣骐驎。"

七　读词偶撷(未出版)

(一) 如梦令

后唐庄宗《如梦令》云："曾宴桃源深洞。一曲舞鸾歌凤。长记别伊时,和泪出门相送。如梦。如梦。残月落花烟重。"向读"长记别伊时"两句,辄觉不惬。近阅《夷坚丙志》:宋叶祖义天性滑稽,多以口语谑浪,所至遭人憎恶。登科为杭州教,一日以事去官,无祖送者,独与西湖寺僧两三辈差善,至是皆出城送之。叶酒酣歌曰:"如梦如梦,和尚出门相送。"闻者绝倒。又陈少章注《片玉词》云:"唐庄宗词《如梦令》:'如梦。如梦。和泪出门相送。'"故知宋人所见本,皆以"和泪"句煞尾。上云:"长记别伊时,残月落花烟重。"则义惬矣,今本不知何时窜乱。

(二) 如梦令又

《三洞群仙录》引《翰府名谈》曰:"白龟年乃白居易之孙,于嵩山遇李太白,招之,与语曰:'吾自水解之后,放遁山水间,因思故乡,西归嵩峰中市飞章上奏,见辟掌笺奏于此,今已百年矣。近过潼关,有词曰:"曾宴桃源深洞,一曲歌鸾舞凤。常记欲别时,明月落花烟重。如梦。如梦。和泪出门相送。"'乃出书一卷遗之,曰:'读此可辨九天大地禽兽语言,汝更修阴德,可作地仙也。'"按:此条可证唐庄宗《如梦令》结尾两句,应为"如梦。如梦。和泪出门相送"。存之备考。

(三) 茗雪方音

茗雪间方音,"鱼"、"虞"与"支"、"微"不异。张子野《庆春泽》以"絮"叶"倚",则"絮"

字音"些"也，姜尧章《齐天乐》亦以"絮"叶"此"。又尧章《长亭怨慢》以"此"叶"许"，则"许"字音"喜"也。赵寒泉《清平乐》以"语"叶"里"，则"语"字音"业"矣。又俞商卿《点绛唇》以"语"叶"水"，亦此例。李秋堂《盟鹤集》《摸鱼儿》以"去"叶"字"，则"去"字音"弃"也。大鹤山人校《绝妙好词》，以此为词韵"支"、"微"与"鱼"、"虞"相通之例，非也。子野、尧章、寒泉、秋堂皆往来苕霅间，此正苕霅间方音耳，求之他人词，无此例也。

（四）眉婚

空同词客《行香子》云："十年心事，两字眉婚，问何时真个行云。""眉婚"一辞，甚新。

（五）献仙音

郑叔问之《法曲献仙音》，第一句第二字、第二句第四字，均当从片玉、白石、梦窗诸家用入声。余考《瘦碧词》《南荡观采莲》一阕，作"香叠鸳鸯，梦轻鸥国"，果皆入声。然《冷红词》《题语石道人填词图和石帚韵》则云："经乱湖山，送春池馆。"则皆非入声。上二词《樵风集》中皆不载。《茗雅》旧词《献仙音》两首则皆入声矣。

（六）解红

和凝《解红》词第三句"解红一曲新教成"当作侧平侧侧平侧平。叔问填此词两首，其一云："劝君莫系新相知"，又一首云："旧时红袖新啼痕。"第六字皆不作侧，音节误矣。

（七）韦庄词

韦庄《小重山》词："卧思陈事暗消魂。罗衣湿、红袂有啼痕。"此汲古阁本也。升庵《词品》云其"新损旧啼痕"，意转佳，且"罗衣"、"红袂"亦不复重，当是原本。

（八）木樨蒸

叔问《瘦碧词》《风入松》序云："江南秋早，蓉桂未花，连雨困人，大似熟梅天气，吴侬呼为'木樨蒸'。此盖言秋燠也，犹'黄梅雨'、'楝花风'之义。"叔问既知其义，然《比竹馀音》《梦江南》云："风熟一山金楝子,雨零几树木樨蒸。"则误矣。金楝子亦秋时果,吴人误作"金钩子",北方谓之"拐枣",闽中称"鸡爪梨"。

（九）稼轩剽窃康伯可

宋岳珂《桯史》云："润有贡士万君玉莹中尝携康伯可《顺庵乐府》一帙相示,中有《满江红》作于婺女潘子贱席上者,如'叹诗书万卷致君人,番沉陆'、'且置请缨封万户,径须卖剑酬黄犊。恻当年、寂寞贾长沙,伤时哭'之句,与稼轩集中词全无异。伯可盖先四五十年。君玉亦疑之。然余读其全篇,则它语却不甚称,似不及稼轩出一格律。所携乃板行,又故本,殆不可晓也。顺庵词今麻沙尚有之,但少读者,与世传俚语不同。"蛰按:珂此记,甚惝恍其辞,岂谓稼轩有剽袭康与之事耶? 书此待考。

（十）金主亮词

《桯史》载金主亮词三阕,皆可诵。其"雪词"《昭君怨》曰："昨日樵村渔浦。今日琼川玉渚。山色卷帘看。老峰峦。　锦帐美人贪睡。不觉天花剪水。惊问是杨花。是芦花。"又《喜迁莺·赐御前都统骠骑卫大将军韩夷邪南侵》云："旌麾初举。正驮驷力健,嘶风江渚。射虎将军,落雕都尉,绣帽锦袍翘楚。怒磔戟髯争奋,卷地一声鼙鼓。笑谈顷,指长江齐楚,六师飞渡。　此去。无自堕。金印如斗,独立功名取。断锁机谋,垂鞭方略,人事本无今古。试展卧龙韬韫,果见成功旦暮。向江左,想云霓望切,元黄迎路。"又"中秋待月不至"《鹊桥仙》,世人皆习诵,不录。

（十一）岳武穆词

武穆词今传两首,其《满江红》已家弦户诵矣,独《小重山》一首忽为婉约之语,温雅不类武人。词曰："昨夜寒蛩不住鸣。惊回千里梦、已三更。起来独自绕阶行。人悄悄、帘外月笼明。　白首为功名。旧山松竹老、阻归程。欲将心事付瑶筝。知音少、弦断有谁听。"

（十二）三月二

郑叔问曰："王峋《夜行船》首句云'曲水溅裙三月二',不曰'三'而曰'二',可与许梅屋'月滤纱窗约半更',同为词作新语。按:周草窗《癸辛杂识续集》云:"或谓'上巳'当作十干之'己',盖古人用日,例以十干,如'上辛'、'上戊'之类,无用支者,若首午尾卯,则上旬无'巳'矣,故王季夷上巳词云'三月二',此其证也。"蛰按:以"巳"为"己",其说甚新。然王词亦不足为证。为"巳"为"己",均无定日,"三月二"不必皆巳日也。三月三日,曲水湔裙,自是唐人习俗,初不取其为"上巳"也。

(十三) 才 始

王逐客词云:"才始送春归,又送君归去。""才始",亦俗言也。今杭州犹有此语,谓"适才"曰"才始","始"读若"子"。近人郁达夫文中好书作"才兹"。

八 云间词人辑录（未出版）

（一）《倚声初集》松江作者

董其昌　玄宰、思白，华亭人，容台集。

陈继儒　仲醇、眉公，华亭人，晚香堂集。

施绍莘　子野，嘉兴人，花影集。

顾从敬　仲从，松江人。**（以上万历）**

张积润　次璧，松江人，《绕指集》。**（以上天启）**

单　恂　质生，《竹香庵词》。

吴　桢　永锡、澹人，华亭人，前辛未进士。

陆亮辅　左臣，华亭人，前癸未进士。

宋徵璧　尚木，前癸未进士，郡守。

沈　龙　友夔、青霜，前癸未进士。

李长苞　蒸，竹西，松江人，前丙子举人，《春词》、《秋词》。

朱　灏　宗远，贡士。

徐尔铉　九王，《核庵集》。

夏　复　存古**（以上崇祯）**

宋徵舆　辕文、直方，顺治丁亥进士，官宗人府丞。《幽兰草》、《海闾香词》。

张一鹄　友鸿、心斋，华亭人，顺治戊戌进士，官司李，有《春词》、《秋词》。

董　含　阆石、涵九，松江人，顺治辛丑进士。

李　雯　舒章，华亭人，官至中翰，有《仿佛楼》、《幽兰草》。

张渊懿　元清，松江人，顺治甲午举人。

董　俞　苍水，顺治庚子举人。

宋存标　子建、秋士，华亭人。

钱　谷　　子璧,松江人,《唱和香词》。

张天湜　　止鉴,华亭人,贡士。

徐允贞　　《负镫草》。

计南阳　　《负镫草》、《江枫集》。

卢元昌　　金山卫人。

王宗蔚　　汇升,《负镫草》

韩　范　　友一,松江人,《江枫草》

周积贤　　寿王,《支机集》。

吴　骐　　日千,华亭人。

钱鼎瑞　　宝沠,华亭人。

周积忠　　子厚,松江人。

宋思玉　　楚鸿,华亭人,《棣萼轩词》。

宋泰渊　　河宗,华亭人。

金是瀛　　天石,华亭人,《芝田集》。

蒋雯冔　　蕉原,华亭人。

沈其江　　沧雨,松江人。

蒋未央　　景旀,松江人。

蒋无逸　　左簏,松江人。

吴懋谦　　六益,华亭人。

林子襄　　平子,华亭人。

陆庆裕　　文饶,华亭人。

张彦之　　洮侯,华亭人。

徐致远　　武静,华亭人。

林子威　　武宣,华亭人。

宋际亨　　峨修,华亭人。

张　銮　　遏音,松江人,《雪轩词》。

张　翼　　豫章,松江人。

吴晋蕃　　受兹,松江人。

林子阮　　胜游,华亭人。

徐　宁　　安士,华亭人。

高懿壄　　子坚,华亭人。

以上共五十二人

344　北山楼词话

（二）邵亨贞诗词中之云间人

（1）钱抱素

元钱抱素,字子云,号素庵,南金之兄。邵亨贞诗有《寄钱素庵炼师师云间南城大族》一律,又《题钱素庵炼师封云室》、《可月亭》两律,盖隐于羽流者。《蚁术词》有《氐州第一·次钱素庵韵》、《红林檎近·水村冬景次钱素庵韵》、《春草碧·次韵钱素庵遣怀》、《齐天乐·乙未春暮钱素庵见和前韵再歌以谢之》。又《拟古》十首,词序谓素庵先生"尽弁阳所未尽,可谓一出新意矣"。又《江城梅花引》词序谓陆壶天、钱素庵二老相会,皆有感怀承平故家之作。此皆素庵词存目也。今仅从《词综》、《历代诗馀》录得三阕。

（2）卫立礼

邵亨贞有《挽卫立礼先生》诗,其一曰:"文献承平族,衣冠静寿堂。廛居成大隐,家学擅遗芳。床上图书富,壶中药草香。清门堪侠老,乔木遶斜阳。"其二有句曰:"陶情千日酒,养道九还丹。"殆卫文节后人,而隐于市药者。邵词有《南柯子·次韵卫立礼春街踏月》、《八归·庚辰七月与卫立礼同用此调》、《花心动·黄伯阳岁晚见梅,适遇旧,赋以赠别,持行卷来,求孙果翁、卫立礼泊予皆和》。卫词今无存,所可知者,仅此三题耳。

（3）曹居竹

邵亨贞有《诉衷情·追配曹居竹翁旧作》、《恋绣衾·曹幼文以庚午岁,太初老禅、泊云西居竹二翁灯夕所赋旧稿见示,求予追和》。按:幼文为云西之孙,居竹殆云西雁行欤!

（4）王德琏

吴昌绶曰:"《历代诗馀·词人姓氏》:'王德琏字国器,据赵雍称德琏姊丈,则国器乃其名。'《吴兴备志》引《西吴里语》亦云'王筠庵国器',可证也。"

余按归安沈禧有《踏莎行》词,序云:"追次云间王德琏韵,为施以和作香奁八咏。"则其人名国器,字德琏,且为松人也。

又按《珊瑚网画跋》云:"王蒙字叔明,父国器,娶赵孟頫女,生蒙。"亦可证国器是名,又知其为王叔明之父也。又,《蚁术词选》有《摸鱼子·题王德琏山居图》(遍乾坤)、《贺新郎·题王德琏水村卷》(一段江南绿)等词。

（5）黄一峰等人

黄一峰　诗有《题一峰道人画九山雪霁》、《题黄一峰画扇》。

黄伯阳　词有《角招·次黄伯阳苕溪舟中韵》、《花心动·黄伯阳岁晚见梅,适遇旧,赋以赠别,持行卷来求孙果翁、卫立礼,泊予皆和》、《太常引·次韵黄伯阳寒夜》、《太常引·次韵黄伯阳寒雪中》。

高照庵　宋朝遗老也。有长短句"梦绕荆溪,蟹肥村瓮满"云云,见《点绛唇》(极目平芜)序。

陆壶天　词有《暗香·吴中顾氏旧时月色亭,陆壶天倡始用白石先生韵以咏,黄一峰持卷索赋》、《江城梅花引·陆壶天、钱素庵二老相会,皆有感怀承平故家之作。索予次韵,而不及当道作者,盖俯念草木之味也》。

苏昌龄　词有《木兰花慢·苏昌龄过曹云翁贞溪故居,赋词致慕兰之感,幼文来致其意,求次韵入卷》。

钱惟善　字思复　诗有《送钱思复之海盐州教授》、《钱思复寓泖滨,见荷花,忆西湖游赏,有诗述感,书以求和,步韵有命》、《七夕思复韵》、《次钱思复寒食怀钱塘韵》、《和钱思复过真净旭公房所作》、《和钱思复春日口号》。词有《八声甘州·次钱思复怀钱唐旧游韵》。

谢士英　词有《红林檎近·冬雨晚晴次谢士英韵》。

孙莘、季野　华弟　词有题为"龙洲先生以此词咏指甲小脚……暇日偶于卫立礼座上以告孙季野丈,为之击节不已。因约相与同赋,翼日而成什焉"之《沁园春》。

李仲舆　诗有《哭李仲舆隐君》。词有《风流子·次李仲舆秋思韵》、《风入松·与李仲舆叙旧》。

孙果翁(即孙果育)　诗有《陪孙果育先生游千山次韵二首》,恐是松江孙华,字元实。
诗有《和孙果育先生晓行池上韵》、《至正庚辰岁暮大雪,同孙果育季野、卫立礼三先生分韵赋禁体浔天字二十韵》、《次韵孙果育先生海盐茶园道中作。地名夹山,有金粟寺、试茶院。钱南金尝约予游,未果》、《次孙果育先生观海韵》、《过千山答孙果育先生见示之韵》、《七夕孙果育丈席上有诗首句,约坐客各续卒章,为赋如左》、《赋孙果育丈千山小隐》。词有《花心动·黄伯阳岁晚见梅,适遇旧,赋以赠别,持行卷来求孙果翁、卫立礼,泊予皆和》。

孙道明　字明叔　词有《洞仙歌·赋孙明叔水光山色舟》。

王逢原吉　有《梧溪集》,词有《齐天乐·次韵王原吉龙江别业》。

张翔南　有寄张翔南《齐天乐》二首。

以上诸人均见《蚁术词选》,皆邵亨贞唱和之词友,未能确定是否云间人,待考。

（三）明代云间词人

（1）俞　俊

俞俊字子俊,号云东,庸之子,其先嘉兴人,自庸始占华亭籍。俊初任丽水巡检,张氏据吴,改判平江。入明,出处未详。(《携李诗系》、《辍耕录》、《明诗纪事》、《词坛考证》)

（2）张　弼

张弼,字汝弼,华亭人。成化二年进士,初授兵部主事,转员外郎,出知南安府,俗为一变。谢病归,士民为之立祠,年六十三卒。弼襟度恬旷,敦尚行履,以风节自持,诗文清健有风骨,尤以草书名,人多藏弄焉。有《张东海文集》二卷、《诗集》四卷,词二首附。

（3）董　纪

董纪字良史,上海人,父成,字性存,有诗名。纪词翰俱美,凡赋咏一出,辄脍炙人口。洪武初以荐举任江西按察佥事,寻引病归,所著有《西郊笑端集》二卷,词六首附。(《松江府志》)

（4）陆　深

陆深,字子渊,号俨山,上海人。弘治十八年进士,历官至詹事府詹事,卒赠礼部右侍郎,谥文裕。深出入馆阁几四十年,练达朝章,兼通今古,其所论议皆可见施行。在内数上书言事,在外皆有功德于其士民,尤以文章见,所著皆根本典籍,切近事理。书学颜真卿、李邕,赏鉴博雅,为世莫及。有《俨山文集》,词六首附。(《松江府志》)

（5）陆　楫

陆楫,字思豫,深之子。才思警敏,能文章,尤善决策、辨难,有经世志。嘉靖己酉,已拟解首,仍失之。日事著作,赍志以没,不获遂其所学。有《蒹葭堂稿》。

（6）徐　阶

徐阶,字子升,华亭人。嘉靖二年进士,官至吏部尚书、武英殿大学士。万历二年卒,年八十一,赠太师,谥文贞。阶少好学,素爱礼士大夫,立朝有相度,保全善类。嘉隆之政,多所匡救,间有委蛇,亦不失大节。有《世经堂集》二十六卷。

(7) 周思兼

周思兼,字叔夜,华亭人。嘉靖二十六年进士,历官工部员外郎,出为湖广佥事,遭内艰去官,久之,起广西提学副使,未闻命卒。祀名宦乡贤,私谥贞静先生。有《周叔夜先生集》,《胶东词稿》二十三首附。

(8) 林景旸

林景旸,字绍熙,华亭人。隆广二年进士,选庶吉士,授礼科给事中。改兵科,巡视京营,请广召募,立选锋、均粮、赏勤、教演凡十馀事。时张居正当国,综核名实,景旸所奏,皆得施行,军政为之一新。进太常少卿,改南通政,进太仆卿。丁父忧,服阕,家居不出,年七十五卒。有《玉恩堂集》。

(9) 莫是龙

莫是龙,字云卿,以字行,更字廷韩,如忠子。生有异资,十岁能文,十四补博士弟子员,工古文词,书画陵轹今古。义气豪逸,一时诸名流无敢抗席。学使高其名行,不次贡于庭。时宰有欲以翰苑处之者,是龙意不屑也。王世贞、汪道昆咸推重之。张佳允巡抚江南,弥加钦礼,殁时年才三十。有《小雅堂集》,词八阕附。

(10) 施绍莘

施绍莘,字子野,大谏子,华亭县学生。少负隽才,跌宕不羁,初营精舍于西佘之北,复构别业于南泖之西,极烟波花药之美,自号峰泖浪仙。好声伎,与华亭沈龙善,世称施沈。时陈继儒居东佘,诗场酒座,常与招邀来往。工乐府,有《花影集》行世。早夭,无子,时论惜之。

(11) 董其昌

董其昌,字玄宰,华亭人。万历十七年进士,历官至礼部尚书,掌詹事府事,进太子太保。乞骸骨,七上章乃允,赐乘传归。崇祯九年卒,年八十二,赠太子太傅,谥文敏。其昌天才俊逸,善谈名理,书画尤为一代名家,论者称其气韵秀润,潇洒生动,非人力所及也。(《明史》)

（12）雷　迅

雷迅，初名德音，字圣肃，其先江西人，元末徙居华亭。少孤力学，万历三十四年举人，崇祯间授夔州推官。与陈子龙友善，后署夔州府事。居官廉介，时群盗满山，楚蜀尤甚。夔府为川东门户，迅严亭障，庀军实，境内肃然，寻以侍养告归。诗文散逸，尝著《杏花春雨江南赋》，最工，盛传于世。（《松江府志》）

（13）范文若①

（14）李　蒸

李蒸，字竹西，原名长苞，华亭人。崇祯九年举人。朱履升赠以诗，有"同榜人何在，辞官誓已坚"之句，盖当时隐沦者。（《松江府志》）

（四）清代云间词人

（1）张兴镛

远春词　二卷
张兴镛，字金冶，江苏华亭人，嘉庆辛酉举人。

（2）范　缵　范　青

四香楼词钞　无卷数　范缵
澹秋容轩词　一卷　范青
《清朝文献通考》收单行词集八种，松江人居其二。②

---

① 按：此条有目无文。
② 按：青字筠坚，上海人，见卷234；有《澹秋容轩词》，见卷236。范缵字武功，娄县人，见卷235；有《四香楼词钞》，见卷237。

九 《人间词话》之析论（未出版）

（一）境 界

词以境界为最上。有境界则自成高格,自有名句。五代北宋之词所以独绝者在此。

境非独谓景物也。喜怒哀乐,亦人心中之一境界。故能写真景物、真感情者,谓之有境界。否则谓之境界。

言气质,言神韵,不如言境界。有境界,本也。气质、神韵,末也。有境界而二者随之矣。

严沧浪《诗话》谓:"盛唐诸公,唯在兴趣。羚羊挂角,无迹可求。故其妙处,透澈玲珑,不可凑泊。如空中之音、相中之色、水中之影、镜中之像。言有尽而意无穷。"余谓:北宋以前之词,亦复如是。然沧浪所谓"兴趣",阮亭所谓"神韵",犹不过道其面目,不若鄙人拈出"境界"二字,为探其本也。

> 右四则是总论,谓作词之本在有境界。境界者,统慑物态与情感言之。有境界斯能写真景物真感情。凡神韵、气质、兴趣皆是面目,而一以境界为本,有境界方能有高格、有名句。

（二）造境 写境

有造境,有写境,此理想与写实二派之所由分。然二者颇难分别。因大诗人所造之境,必合乎自然,所写之境,亦必邻于理想故也。

（三）诗人之境 常人之境

㊀ 有诗人之境界,有常人之境界。诗人之境界,惟诗人能感之而写之,故读其诗者,

亦高举远慕,有遗世之意。而亦有得有不得,且得之者亦各有深浅焉。若夫悲欢离合、羁旅行役之感,常人皆能感之,而惟诗人能写之。故其入于人者至深,而行于世也尤广。先生(清真)之词,属于第二种为多。

　　此所言实即造境与写境之说。诗人所独感之境界,一经拈出,虽常人亦能感之者,即所谓"必合乎自然"。常人所共感之境界,非尽人能表现之于文字也。待诗人写之,而又益之以诗人之理想,刻画之,夸张之,深入之,而后常人感之愈深也。

㈢ 一切境界,无不为诗人设。世无诗人,即无此种境界。夫境界之呈于吾心而见于外物者,皆须臾之物。惟诗人能以此须臾之物,镌诸不朽之文字,使读者自得之。遂觉诗人之言,字字为我心中所欲言,而又非我之所能自言,此大诗人之秘妙也。

　　此条乃指写境而言。一切境界虽为客观之存在,然必待诗人主观的体会而始得通过文字显现之。由此观点言,故亦可谓无诗人即无此境界。此论无可非议,然王氏谓境界之"呈于吾心而见于外物者",此则似谓境缘心造,遂陷入于唯心论。当云:"见于外物而呈于我心"者,则无病矣。

自然中之物,互相关系,互相限制。然其写之于文学及美术中也,必遗其关系、限制之处。故虽写实家,亦理想家也。又虽如何虚构之境,其材料必求之于自然,而其构造,亦必从自然之法则。故虽理想家,亦写实家也。

　　右二则谓境界有二;有词人创造之境界,又有词人摹取现实之境界。创造之境界虽出于作者之虚构,然亦必有客观现实的根据。摹取现实之境界,亦有作者驰骋其想像之馀地,此言虽不可非,然遽谓之颇难分别,则犹可商。盖其实浪漫主义与写实主义之区别,其分别当取决于想像因素与写实因素之孰为主次而已。

（四）有我　无我

有有我之境,有无我之境。"泪眼问花花不语,乱红飞过秋千去。"、"可堪孤馆闭春寒,杜鹃声里斜阳暮。"有我之境也。"采菊东篱下,悠然见南山"、"寒波澹澹起,白鸟悠悠下。"无我之境也。有我之境,以我观物,故物皆著我之色彩。无我之境,以物观物,故不知何者为我,何者为物。古人为词,写有我之境者多,然未始不能写无我之境,此在豪杰之士能自树立耳。

　　右一则所谓有我之境,以我观物,即谓主观的表现也;无我之境,以物观物,即谓纯客观的描写也。自然主义兴起而后,小说之创作可以有此区别,在诗歌中则不可能有此区别。盖诗歌总是抒情感事之作,虽叙事诗亦不能不有作者之主观在,岂能如自然主义小说之纯客观态度乎?即如王氏所举二例"悠然见南山",□"悠然"二字,而作者之主观在写澹澹悠悠,亦作者观物所得印象,此中岂能无我乎?且王氏云:"昔人论诗词,有景语、情语之别,不知一切景语,皆情语也。"夫既知景语皆情语,可知诗词中不能有无我之句,盖王氏明知其说不可通,其实未尝有,而乃诡谓"未始不能写无我之境",又寄慨于豪杰之士,此妄言也。然其自为《人间词序》,托名樊志厚者,有云:"文学之事,其内足以摅己,而外足以感人者,意与境二者而已。上焉者意与境浑,其次或以境胜,或以意胜。苟缺其一,不足以言文学。原夫文学之所以有意境者,以其能观也。出于观我者,意馀于境;而出于观物者,境多于意。然非物无以见我,而观我之时,又自有我在。故二者常互相错综,能有所偏重,而不能有所偏废也。文学之工不工,亦视其意境之有无与其深浅而已。"此即王氏自知前言有失,稍稍改正之矣。

（五）优美　壮美

无我之境，人惟于静中得之。有我之境，于由动之静时得之。故一优美，一宏壮也。

按：优美、壮美之说，五十年前日本文艺界中盛行之，王氏亦受其影响，实即吾国诗文评中阳刚、阴柔之论，亦即词家婉约、豪放之别。以文艺作品之风格言，自可有此二种气象。然谓优美之风格即写无我之境，是作者于静中得之；壮美之风格即写有我之境，是作者于由动之静时得之，此则非惟机械，抑且形而上矣。所谓"动之静时"，尤为虚玄不可捉摸。试问作者在动中所得为有我之境乎？为无我之境乎？抑人在动中不可能作诗词乎？

（六）境界有大小之别

境界有大小，不以是而分优劣。"细雨鱼儿出，微风燕子斜。"何遽不若"落日照大旗，马鸣风萧萧"，"宝帘闲挂小银钩"，何遽不若"雾失楼台，月迷津渡"也。

（七）举　例

㈠ "红杏枝头春意闹"，著一"闹"字，而境界全出；"云破月来花弄影"，著一"弄"字，而境界全出矣。

少游词境最为凄婉。至"可堪孤馆闭春寒，杜鹃声里斜阳暮。"则变而凄厉矣。东坡赏其后二语，犹为皮相。

稼轩《贺新郎》词"送茂嘉十二弟"，章法绝妙。且语语有境界，此能品而几于神者。然非有意为之，故后人不能学也。

"明月照积雪"、"大江流日夜"、"中天悬明月"、"黄河落日圆"，此种境界，可谓千古壮观。求之于词，唯纳兰容若塞上之作，如《长相思》之"夜深千帐灯"，《如梦令》之"万帐穹庐人醉，星影摇摇欲坠"差近之。

以上四例为王氏具体说明其所谓境界之例证。二、三则所举，似属于其所谓优美之境界，第四则所举为壮美之例。

㈡ 温韦之精艳，所以不如正中者，意境有深浅也。《珠玉》所以逊《六一》，《小山》所以愧《淮海》者，意境异也。美成晚出，始以辞采擅长，然终不失为北宋人之词者，有意境也。南宋词人之有意境者，唯一稼轩，然亦若不欲以意境胜。白石之词，气体雅健耳。至于意境，则去北宋人远甚。

幼安之佳处，在有性情，有境界。

文文山词，风骨甚高，抑有境界。

纳兰侍卫以天赋之才，崛起于方兴之族。其所为词，悲凉顽艳，独有得于意境之深，可谓豪杰之士,奋乎百世之下者矣。

《水云楼词》小令颇有境界,长调惟存气格。

以上五则就词人全部作品之特长言之,以为此诸人作品具有境界。

㈢ "西风吹渭水,落日满长安。"美成以之入词,白仁甫以之入曲,此借古人之境界为我之境界者也。然非自有境界,古人亦不为我用。

以上一则,谓作者所欲表现之境界,可假用古人成句以表现。然此非剽窃,必须作者确有此境界方可。

一〇 论词绝句之笺释 (未出版)

厉樊榭论词绝句十二首笺释

(一)

美人香草本离骚,俎豆青莲尚未遥。颇爱花间肠断句,夜船吹笛雨潇潇。

　　谓词出于楚辞美人香草讽吟之意,李白所作俎豆未遥。"夜船吹笛雨潇潇",皇甫松《梦江南》句。(参看《白雨斋词话》卷七)

(二)

张柳词名枉并驱,格高韵胜属西吴。可人风絮堕无影,低唱浅斟能道无。

　　晁无咎云:"子野与耆卿齐名,而时以子野不及耆卿。然子野韵高,是耆卿所乏处。"(《能改斋漫录》)此首句所本也。张,吴兴人,属西吴。"柳径无人,堕飞絮无影。"张名句也,不作"风絮"。"低唱浅斟"谓柳耆卿,柳有句云:"忍把浮名,换了浅斟低唱。"

(三)

鬼语分明爱赏多,小山小令擅清歌。世间不少分襟处,月细风尖唤奈何。

　　此赏小山之小令也。程伊川闻诵晏叔原"梦魂惯得无拘检,又踏杨花过谢桥",笑曰:"鬼语也。"意亦赏之(程叔彻云,见《词林纪事》),此首句所本。"月细风尖垂柳渡,梦魂长在分襟处。"此小山《蝶恋花》句也。

(四)

贺梅子昔吴中住,一曲横塘自往还。难会寂音尊者意,也将绮障学东山。洪觉范有和贺方回《青玉案》词,极浅陋。

"一川烟草，满城风絮，梅子黄时雨。"贺方回名句也。士大夫谓之"贺梅子"，见《竹坡诗话》。贺居姑苏之横塘，往来其间，见《中吴纪闻》。贺有《东山乐府》，亦称"贺东山"。

释惠洪，字觉范，号寂音尊者，亦善作小词，好为绮语，有《青玉案》和贺方回词。

（五）

旧时月色最清妍，香影都从授简传。赠与小红应不惜，赏音只有石湖仙。

此谓白石词缘范石湖而始彰也。"旧时月色"，白石句。"香影"谓《暗香》、《疏影》，二词承石湖意而作。范赠以小红，足见赏音之至矣。

（六）

头白遗民涕不禁，补题风物在山阴。残蝉身世香莼兴，一片冬青冢畔心。《乐府补题》一卷，唐义士玉潜与焉。

《乐府补题》一卷，宋遗民撰词，有"咏蝉"、"咏莼"，所作皆寓亡国之痛。唐珏玉潜，尝收检南宋诸陵残骨瘗之，植以冬青树，作《冬青行》二首（蒋京少刻此本以传世）。

（七）

玉田秀笔溯清空，净洗花香意匠中。羡杀时人唤春水，源流故自寄闲翁。邓牧心云："张叔夏词本其父寄闲翁。翁名枢，字斗南，有作在周草窗《绝妙好词》中。"

词要清空，不要质实。"和云流出空山，甚年年净洗，花香不了。"玉田"春水"词中警句，邓牧心云："玉田'春水'一词，绝唱古今，人以'张春水'目之。"（见《伯牙琴》）

（八）

中州乐府鉴裁别，略仿苏黄硬语为。若向词家论风雅，锦袍翻是让吴儿。

《中州乐府》，金人词选。"硬语"，《词源》云："词中有生硬字，用不得。"三、四句谓吴彦高；"锦袍"未详，待考。

（九）

送春苦调刘须溪，吟到壶秋罗志仁句绝奇。不读凤林书院体，岂知词派有江西。元凤林书院词三卷，多江西人。

刘须溪辰翁有"丙子送春"《兰陵王》词，罗志仁壶秋有词七首。（元《草堂诗馀》卷中）

凤林书院《草堂诗馀》三卷，雍正甲辰四月樊榭钞本，诸刊皆自此出。（《读画斋丛书》）

（十）

寂寞湖山尔许时，近来传唱六家词。偶然燕语人无语，心折小长芦钓师。朱竹垞检讨《静志居琴趣》中语。

浙西六家词：朱彝尊《江湖载酒集》、李良年《秋锦山房集》、沈皞日《柘西精舍词》、李符《耒边词》、沈岸登《黑蝶斋词》、龚翔麟《红藕庄词》。"镇日帘栊一片垂，燕语人无语。"竹垞《卜算子》词语。小长芦钓师，竹垞别号。

（十一）

闲情何碍写云蓝，淡处翻浓我未谙。独有藕渔工小令，不教贺老占江南。锡山严中允荪友《秋水词》一卷。

严绳孙，字荪友，号藕塘渔人。无锡人，清初官至中允，有《秋水词》一卷。

《白雨斋词话》卷三引樊榭论词云："余观荪友词，色泽有馀，措词亦闲雅，虽不能接武方回，固出电发之右。"又云："严荪友《双调望江南》云：'歌婉转，风日渡江多。……归去意如何。'情词双绝，似此真有贺老意趣。"

（十二）

去上双声子细论，荆溪万树得专门。欲呼南渡诸公起，韵本重雕菉斐轩。

近时宜兴万红友《词律》严去上二声之辨，本宋沈伯时《乐府指迷》。予曾见绍兴二年刊菉斐轩《词林要韵》一册，分东红、邦阳等十九韵，亦有上去入三声作平声者。

《菉斐轩词林韵释》，一名《词林要韵》，不知何人撰，《宋史·艺文志》不载。嘉庆庚午秦恩复刊于享帚精舍，跋云："窃疑此书出于元明之季，谬托南宋初年刊本。又疑此书专为北曲而设，或即大晟乐府之遗志。"

附记：《白雨斋词话》："唐人皇甫子奇词宏丽不及飞卿，而措词闲雅，犹存古诗遗意。唐词于飞卿外，出其右者鲜矣。五代而后，更不复见此种笔墨。"

一一 论词资料杂录（未出版）

（一）论云间人词与云间人论词

一 论云间人词

(1) 论云间诗派 侯方域

诗坏于钟、谭，今十人之中，亦有四五粗知之者，不必更论。救钟、谭之失者，云间也。云间有病处，则深中今日之膏肓，即一时才调绝出之士，亦尚未免。盖钟、谭所为诗，虫鸟之吟；云间所为诗，裘马之气。大段固自不同，要不能无过。后惟陈黄门、李舍人力自矫克，归于大雅，然而其流风终有存者；三吴祖而述之，辄爱不能割。故今日能知云间之失，则才调绝出之士，不患其不进矣。（《与陈定生论诗书》《尺牍新钞》）

(2) 论云间词

吾吴诗馀，自云间发源，武塘分派，西湖溯其流，毗陵扬其波。（尤侗序《月湄词》语）

(3) 与栎园书 堵廷棻 芬木，无锡人

琴川说行逐云间者，亦皆却顾而为公安、山阴、竟陵者可知矣。以踔习之流极，议作者之滥觞。照眉之屦已粗，苎村之鞶不绿，昔人所以恨于临摹者，谓其毒甚于诋诃也。（《尺牍新钞》）

(4) 与孙豹人 邓汉仪孝威

竟陵诗派诚为乱雅，所不必言。然近日宗华亭者，流于肤壳，无一字真切，学娄上者，习为轻靡，无一语朴落。矫之者阳夺两家之帜，而阴坚竟陵之垒；其诗面目稍换，而胎气逼真，是仍钟、谭之嫡派真传也。先生主持风雅者，其将何以正之？（《藏弆集》）

(5) 题路湘舞词　陈其年

玉河新月小于眉,正照文窗独坐时。那得蛮靴红鹊嘴,隔帘偷拍断肠词。

草桥杏叶著花红,客馆墙阴宿酒馀。正是一春愁病里,小诗凭寄路侨如。

(6) 钱继章

沈雄曰:"魏里钱尔斐,五十三年填词手也。曾贻我《菊农长短句》,见其编以岁月,感慨系之,其词亦整而有法。"(《古今词话》)

(7) 曹尔堪

邹程村曰:"南溪诸词,能取眼前景物,随手位置,所制自成胜寄。如晏小山善写杯酒间一时意中事,当使莲鸿、苹云别按红牙以歌之。"(《古今词话》)

王阮亭曰:"'牛衣古柳卖黄瓜',非坡仙无此胸次。近惟曹顾庵学士时复有之。绿杨杜宇,酒后偶然语,亦是大罗天上人。吾友蕲水杨菊庐比部,因此词于玉台山作春晓亭子,一时多为赋之,亦佳话也。"又曰:"曹实庵不为闺襜靡曼之音,而气韵自胜,其淡处绝似宋人。"(《词苑萃编》)

尤侗曰:"近日词家爱写闺襜,易流狎昵;蹈扬湖海,易涉叫嚣,二者交病。顾庵工于寓意,发为雅音,品格当在周、秦、姜、史之间。"(《词苑萃编》)

吴梅村曰:"顾庵诸词,有渭南之萧散,无后村之粗豪,南宋当家之技。"(《古今词话》)

朱竹垞曰:"词至南宋始工。斯言出,未有不大怪者,惟实庵舍人意与余合。今就咏物诸词观之,心摹手追,乃在中仙、叔夏、公谨,兼出入天游、仁近之间。

北宋自方回、美成外,慢词有此幽细绵丽否?"(《词苑萃编》)

曹顾庵学士诗词,流播海内已三十年。辛亥复游京国,与同志唱酬,意气凌霄,精力扛鼎。新词一出,小胥竞写。余尝见其《京华词》"观女伶"《高阳台》一阕云云,未知女伶何人,知学士犹有白傅情怀也。(《词苑丛谈》)

(8) 孙松坪

楼敬思曰:"孙松坪先生《别花馀事》,绝似东山、东堂、小山、淮海;《梅泸词》则旁及于青兕,而变化于乐笑。其清空骚雅,骎骎乎入宋人之室矣。"(《词苑萃编》)

(9) 姚进道

姚进道,号何山道人,有《水调歌头》一韵二十首。吕圣求和之,前后凡九首。吕谓道人之语如谢康乐诗"出水芙蓉,自然可爱"。吕和作有一首题作"哭进道",则已在姚逝世之后。进道有弟说道,亦见《吕圣求词序》。

按:赵师会《吕圣求词序》称:"宣和末,有吕圣求者,以诗名。"又圣求《谒金门》词题曰"甲子年同寅伯题于壁",词有"白发满头愁已到"之句。此甲子当为绍兴十四年(1144),

其时吕当已五六十岁矣。然姚进道以绍兴二十四年第进士，行辈后于吕，乃吕称同周元发谒姚氏昆季何耶？又吕和《水调歌头》有"壬寅十月二十四日饮酒"一阕，壬寅为宣和四年（1122），则谒姚进道当在此年以前。时姚尚未第也，必不可能，恐赵序中"宣和末"一语有误，吕必亦绍兴朝人。壬寅为淳熙九年（1182），甲子为嘉泰四年（1204），则谒姚时，姚已归隐云间矣。（此事尚待考，恐所谓进道、说道非姚氏，或是晁氏。）

（10）徐 媛

董斯张曰："徐小淑《络纬吟》，其为绝句也，盖贤乎其为近体也；其为乐府也，盖贤乎其为近体绝句也；乃其为长短句也，盖贤乎其为开元诸家也。如中调《霜天晓角》，为归舟之作，有云：'露浥芙蓉茜。翠涩枯棠瓣。傍疏柳、西风几点。行行尚缓。　家在碧云天半。念归舟游子，一片乡心撩乱。对旅雁沙汀，盼杀白苹秋苑。'小淑善绘事，此为画中词，词中画，吾不能辨。"（《词苑萃编》）

徐媛小淑，适范副使允临，卜筑天平山，享园亭诗酒之乐。尝赋《渔家傲》云："板扉小隐清溪曲。夜月罗浮花覆屋。木笼戛戛摇生谷。庄田熟。桔槔悬向茅檐宿。　青山一片芙蓉簇。林皋逸韵飘横竹。远浦轻帆低几幅。浓睡足。笑看小妇双鬟绿。"妆点农家，饶有林下风致。又有词云："露浥芙蓉茜。翠涩枯棠瓣。傍疏柳、西风几点。"又云："曲曲湖梁，一片秋光织。"句尽佳。（《词苑萃编》）

（11）张渊懿　雏鹃草

周冰持曰："《月听词》镵去尖刻，以温润为体，深得乐府之遗。"（《词苑萃编》）

《倚声集》曰："其词不过数阕，而筋节成就处，入北宋堂奥，非时流凑泊所及。"（《古今词话》）

《柳塘词话》曰："张砚铭《雏鹃草》独能删削靡曼之词，咸归雅洁，而出以工致。徐臞庵向曾为余言之，此真选声第一功臣也。"（《古今词话》）

（12）缪雪庄

赵鹤野曰："予读缪雪庄、陆西霞二子词，情真语挚，寓端庄于流丽，逞绮靡于缠绵，可与大木先生《幻花庵词》鼎峙于骚坛。"（《词苑萃编》）

（13）张 梁

柯南陔曰："幻花老人诗，旨趣在王、孟间，而暇为长短句，又能宗尚石帚、玉田，刊落凡艳。宋之色香味之外，而独领其妙。平生专修净土，去来如意，凡有所作，皆从静境流出，故不假思惟，自然各臻其妙。"（《词苑萃编》）

《琴画楼词抄》有仿张幻花先生旧居诸胜一词（《曲游春》），序言甚工感慨。

（14）徐允哲

周鹰垂曰："上海徐西崖允哲为春藻赤帜响泉词，尤极温藻芊绵之致。"（《词苑萃编》）

（15）张锡怿

孙恺似曰："啸谷词，其源出于东坡，而温雅绵丽，含蓄不露，则斟酌于小山、淮海之间。"（《词苑萃编》）

（16）蒋剑人论云间词、许穆堂词

国初盛称云间陈李三宋词，一以《花间》为宗，至王述庵司寇续辑《词综》，瓣香竹垞，沿于浙派矣。许穆堂侍御著《自怡轩词》五卷，独能得小山父子风格，则其宗尚，雅在北宋。《临江仙》云云、《菩萨蛮》云云，前首宋初，后首唐末，蕴藉风流，典型犹在。有《和珠玉、六一词》一卷，数十首，与司寇同时，而不染时贤习气，所以可传。（《芬陀利室词话》）

穆堂词微嫌面目太似古人，亦是一病。（《芬陀利室词话》）

（17）朱　灏

吴衡照曰："朱灏，字宗远，华亭人。按灏在明词中另出面目，词手之郊、岛也。《卖花声》云：'雾递烟邮，初放青螺当户。小池中、鸣蛙两部。花巢风扫，有松涛堪晤。伴伊尼、夕阳闲步。　　嫩凉羁叶，柳馆黄鹂常寓。款光阴、全凭酒瓠。一眉新月，在峰尖偷露。恨痴云、又如虫蠹。'"（《莲子居词话》）

丁绍仪云："松江朱灏，字宗远，《清平乐》云：'虹收雨霁。鹳负斜阳逝。杂树攒林纷若荠。蜂蝶同征花税。　　柴门过尽归樵。溪声半入诗瓢。淡霭空描戏墨，狂禽能发新谣。'"（《听秋声馆词话》）

（18）陈继儒《晚香堂词》

《柳塘词话》曰："眉公早岁，隐于九峰，工书画，与董宗伯其昌善，为延誉公卿间。每得眉公片楮，辄作天际真人想，但传其居佘山，只吟咏过日，不知弘景当年，松风庭院中作何生活。其小词潇洒，不作艳语，见《晚香堂集》。"（《古今词话》）

（19）宋徵舆《幽兰草》

《倚声集》曰："《幽兰》诸词，不及《湘真》，于新警中，仍留蕴藉。以才情论，则辕文居胜。"

彭羡门曰："调（蛰存按："调"疑"词"字之误）于云间称盛，然能作景语，不能作情语。常从素笺见宋宗丞《长相思》十六阕，力仿沈休文六忆诸体。言情之作，刻划无馀，斯为美矣。"（《古今词话》）

（20）陈　治

陈治，字山农，娄县人。诸生，工诗，喜丹青，有《贞白堂稿》。

按：朱彝尊有《百字令·元夕和陈山农韵》，当亦云间清初词人，又见《湘瑟词》中。另

《秋锦山房词》有《八归·送山农归云间》。

(21) 单恂《竹香庵词》

沈雄曰:"曾见莼僧与同学论词,所尚当行者,选旨遥深,含情丽楚,纵复弦中防露,衿里回文,要不失三百篇与骚赋、古乐府之遗意。故其《竹香庵词》工于言情,而藻思丽句,复不犹人也。"(《古今词话》)

(22) 夏完淳

《柳塘词话》曰:"夏存古《玉樊堂词》,向得之曹顾庵五集中。见其词致,慷慨淋漓,不须易水悲歌,一时凄感,闻者不能为怀。留此数阕,以当《东京梦华录》也。"(《古今词话》)

(23) 许林风女士词

郭麐曰:"许林风女士庭珠,姚君春木之配也。《生香馆》附载其寄怀之词,调《采桑子》云:'红樱斗帐愁难寝,明日花朝。准备无憀。春过江南第几桥。　　碧天如水横珠斗,豆蔻香烧。韵字纱挑。月写花枝上绮寮。'婉约之情,一往而深。"(《灵芬馆词话》)

(24) 陈子龙

江顺诒曰:"文有因人而存者,人有因文而存者。《湘真》一集,固因其词而重其人,又实因其人而益重其词也。"(《词学集成》)

《兰皋集》曰:"有赞大樽,文高两汉,诗轶三唐,苍劲之色,与节义相符者。乃《湘真》一集,风流婉丽如此。传称河南亮节,作字不胜绮罗,广平铁心,梅赋偏工清艳,吾于大樽益信。"(《古今词话》)

(25) 张鸿卓

张筱峰广文鸿卓,江苏华亭人。弱岁工词,初效姜、张,后乃扩充于南北宋名家。有所仿拟,必神似,而尤严于声律。寝馈于此,几四十年。吴门戈顺卿精于倚声,引为同调。同治戊辰,余倡修华亭海塘,倚为董率。每赴工即相见,赏其风雅,初不知其深于词也。越十年,始见《绿雪馆词钞》。(张文虎序中语)

筱峰先生曾任元和司训,与余为忘年交,嗣后来苏,必枉过。乱定,重来郡中,故友凋零殆尽,益密于余,意兴不衰。别则书札月必再至。诗词稿先曾付刊,乱后重刻者,仅词一卷而已。卷中皆佳构,迨晚年,未免老笔颓唐矣。(潘钟瑞)(俱见《憩园词话》)

(26) 王沄

王沄,原名溥,号僧士,明华亭贡生。在几社为卧子高弟,卧子授命,义士收葬之。有《辋川诗钞》六卷。其中孤忠高义,逸老遗民,低昂纸上,诚良史之作也。(《赌棋山庄词话》)

（27）董俞《玉凫词》

彭羡门曰："董苍水情词兼胜，小令尤工。"（《词苑萃编》）

张砚铭曰："宋尚木为词家老手，推重董樗亭，津津不置。近复见潮阳所寄赫蹄云，每日荒陬无事，辄焚香咏《玉凫乐府》，其虚怀折服如此。"（《古今词话》）

汪晋贤曰："樗亭婉丽之什，源于清商诸曲，遂与《子夜》、《欢闻》竞爽。若矫健疏宕处，则又歌行佳境，非学步辛、陆者也。"（《古今词话》）

（28）周稚廉

云间周冰持稚廉，吾友鹰垂之子也。喜为词曲，尝有咏门神《春风袅娜》词云："羡耻图鸂鶒，懒绘麒麟。随北富，任南贫。总相亲。解惜香封粉裹，窥园忘禁，窃药随人。月黑齐眉，日高对面，赏遍檐花不欠伸。衫薄怕沾梅后雨，命轻难看隔年春。　　颇怪天公蒙懂，雌雄未配，两相看、俱是孤身。支薄俸，有椒尊。犬同值夜，鸡伴司晨。尽一样身材，难兄难弟，两般性格，宜喜宜嗔。借问题门旧字，至今可剩馀痕。"长老见之，无不称绝。（《续轩渠录》）

钱葆酚曰："冰持词，艳而不纤，利而不滑，刻入而无雕琢之痕，奇警而无突兀之病。可与仿佛者，溧阳彭爱琴、秀水朱竹垞耳。"（《古今词话》）

（29）李　雯

曹顾庵曰："云间诸子填词，必不肯入姜之琢语，亦不屑为柳七俳调。舒章舍人，是欧秦入手处。"

邹程村曰："舒章作《小重山·除夕》，全不学村夫子面目。"（俱见《古今词话》）

（30）邵亨贞

沈雄曰："邵亨贞字清溪，曾有《沁园春》二首。一赋美人眉，一赋美人目，新艳入情，世所传诵。其单调《凭阑人》云：'谁写江南一段秋。妆点钱塘苏小楼。楼中多少愁。楚山无限愁。'仅此四句，为创调，气竭于直，而情亦不赡。"（《古今词话》）

（31）吴骐《芝田集》

沈去矜曰："曰千词专工小令，读之不纤不诡，不浅不深，生色真香，在离即之间。"（《古今词话》）

（32）李景元

沈雄曰："华亭李甲字景元，宋之词人也。《帝台春》一词，旧刻李景为唐元宗所制久矣，近代朱彝尊辈始出而正之。余暇日曾读《帝台春》数过，今偶得《望云涯引》而并归之。"（《古今词话》）

（二）云间人论词

（1）宋辕文论词

填词一道，弟尤梦梦，大约长调为难。

弟向曾仿钟氏作《词品》，尚未问世。（《与张薇荐书》《尺牍新钞》）

（2）宋徵璧

华亭宋尚木徵璧曰："吾于宋词得七人焉，曰永叔秀逸，子瞻放诞，少游清华，子野娟洁，方回鲜清，小山聪俊，易安妍婉。若鲁直之苍老，而或伤于颓；介甫之剑削，而或伤于拗；无咎之规检，而或伤于朴；稼轩之豪爽，而或伤于霸；务观之萧散，而或伤于疏；此皆所谓我辈之词也。苟举当家之词，如柳屯田之哀感顽艳，而少寄托；周清真蜿蜒流美，而乏陡健；康伯可排叙整齐，而乏深邃。其外则谢无逸之能写景，僧仲殊之能言情，程正伯之能壮采，张安国之能用意，万俟雅言之能协律，刘改之之能使气，曾纯甫之能书怀，吴梦窗之能叠字，姜白石之能琢句，蒋竹山之能作态，史邦卿之能刷色，黄花庵之能选格，亦其选也。词至南宋而繁，亦至南宋而敝。作者纷如，难以概述。夫各因其资之所近，苟去前人之病，而务用其长，必赖后人之力也夫。"（《词学集成》）

（3）云间作者论词

近日云间作者论词有云："五季犹有唐风，入宋便开元曲，故崇意小令，冀复古音，屏去宋调，庶防流失。"（蛰存按：此语出沈皞祈《支机集》凡例，蒋大鸿、周寿王之论调也。）仆谓此论虽高，殊属孟浪。废宋词而宗唐，废唐诗而宗汉、魏，废唐、宋大家之文而宗秦、汉，然则古今文章一画足矣，不必三坟、八索至六经三史，不几赘瘤乎（渔洋山人）（《词苑萃编》）

（二）杨升庵所见《草堂诗馀》

欧阳修"草熏风暖摇征辔"，"熏"改作"芳"。（以上卷一）

徐昌图冬景《木兰花》，入选。

今本韦庄《小重山》"罗衣湿"下缺五字。

以张泌之《酒泉子》（紫陌青门）为牛峤所作，《词林万选》亦作牛峤。

牛峤词"日暮天空波浪急"，"日暮"乃"日莫"之误。

《草堂词》"花深深"乃李婴之作，见《玉林词选》。

《草堂》"朦胧淡月云来去"，齐人李冠之词，今传其词而隐其名矣。尾句"云山万重"，今误刻作"云山万里"。

《草堂词》《春霁》、《秋霁》二首相连，皆胡浩然词，不知何等妄人于《秋霁》下添入陈后主名。

《柳梢青》(岸草平沙)一首，僧仲殊作也，今刻本往往失其名，故特著之。

洪觉范梅词"流水泠泠"，惜未入《草堂》之选。（以上卷二）

东坡《水龙吟》"楚山修竹如云"，本事补述。

《草堂》所载《点绛唇》二首(高柳蝉嘶、新月娟娟)皆苏过之词，是时方禁东坡文，故隐其名相传之，久或以为汪彦章，非也。

《草堂》不选柳耆卿《八声甘州》(对潇潇暮雨洒江天)，而选其如"愿奶奶兰心蕙性"之鄙俗，及"以文会友"、"寡信轻诺"之酸文，不知何见也。

《草堂》亦有范元实词。

《草堂》有王雩《倦寻芳》(露晞向晓)。

韩驹《念奴娇》"海天向晚"，《草堂》已选，另有雪词《昭君怨》(昨日樵村)。

张仲宗选《春水连天》及《卷珠帘》二首。（以上卷三）

陈克"愁脉脉"一篇，今刻失其名。

《草堂词》陈去非惟载"忆昔午桥"一首。

叶梦得《贺新郎》(睡起)、《虞美人》(落花已作)，皆其词之入选者。

朱希真《西江月》二首入选。

明本《草堂诗馀》选高观国《玉蝴蝶》(唤起一襟幽思)一首，书坊翻刻，欲省费，潜去之。予家藏有旧本，今录于此，以补遗略。

吴亿"元夕"(楼雪初消)一首入选。

吴礼之有闰元宵《喜迁莺》一词入选。

《草堂词》《蓦山溪》"海棠枝上留取娇莺语"，易祓彦祥作也。

李石词《草堂》选"烟柳疏疏人悄悄"一首，夏夜词也。

冯伟寿选其"春风恶劣。把数枝香锦，和莺吹折"一首。

马庄父选春游《归朝欢》一首。

万俟雅言选其《三台》及《梅花引》二首而已。

黄升选《绝妙词选》，今《草堂词》刻本多误字及失名氏者，赖此可证。

《草堂》选黄升词"南山未解松梢雪"、"枕铁棱棱近五更"二首，非其佳者。（以上卷四）

张宗瑞词入选《桂枝香》(疏帘淡月)一篇。

张震敔《蓦山溪》(青梅如豆)一首，《草堂》入选而失其名氏。

潘牥词只《南乡子》一首，《草堂》所选是也。首句"生怕倚阑干"，今本"生"误作"我"。

（以上卷五）

（三）朱彝尊论词语

(1) 词以雅为尚，得是编，《草堂诗馀》可废矣。（跋《乐府雅词》）

（2）周公谨《绝妙好词》选本，虽未全醇，然中多俊语，方诸《草堂》所录，雅俗殊分。（跋《绝妙好词》）

（3）词虽小技，昔之通儒钜公，往往为之。盖有诗所难言者，委曲倚之于声。其辞愈微，而其旨益远，盖善言词者，假闺房儿女子之言，通之于《离骚》、变《雅》之义，此尤不得志于时者所宜寄情焉耳。（《陈纬云〈红盐词〉序》）

（4）词莫善于姜夔，宗之者张辑、卢祖皋、史达祖、吴文英、蒋捷、王沂孙、张炎、周密、陈允平、张翥、杨基，皆具夔之一体。基之后，得其门者寡矣，其惟吾友沈罩九乎！其《黑蝶斋词》一卷，可谓学姜氏而得其神明者矣。（《〈黑蝶斋诗馀〉序》）

（5）词者诗之馀，然其流既分，不可复合。自唐以后，工诗者每兼工于词。宋之元老若韩、范、司马，理学若朱仲晦、真希元，亦皆为之。由是乐章卷帙，几与诗争富。昌黎子曰："欢愉之言难工，愁苦之言易好。"斯亦善言诗矣。至于词，或不然。大都欢愉之辞工者十九，而言愁苦者十一焉耳。故诗际兵戈俶扰，流离琐尾，而作者愈工；词则宜于宴嬉逸乐以歌咏太平，此学士大夫并存焉而不废也。（《〈紫云词〉序》）

（6）词虽小道，为之亦有术矣。去《花庵》、《草堂》之陈言，不为所役，俾滓秽涤濯，以孤技自拔于流俗。绮靡矣而不戾乎情，镂琢矣而不伤夫气，夫然后足与古人方驾焉。（《孟彦林词序》）

（7）南风之诗，五子之歌，此长短句之所由昉也。汉《铙歌》、《郊祀》之章，其体尚质。殆晋、宋、齐、梁《江南》、《采菱》诸调，去填词一间耳。诗不即变为词，殆时未至焉。既而萌于唐，流演于十国，盛于宋。予尝持论谓小令当法汴京以前，慢词则取诸南渡。锡山顾典籍不以为然也，魏塘魏孝廉独信予说。（《〈水村琴趣〉序》）

（8）夫词自宋元以后，明三百年无擅场者。排之以硬语，每与调乖，窜之以新腔，难与谱和。至于崇祯之末，始具其体。今则家有其集，盖时至而风会使然。（《〈水村琴趣〉序》）

（9）昔贤论词，必出于雅正，是故曾慥录《雅词》，鲷阳居士辑《复雅》也。（《〈群雅集〉序》）

（10）用长短句制乐府歌辞，由汉迄南北朝皆然。唐初以诗被乐。填词入调，则自开元、天宝始。逮五代十国，作者渐多，遗有《花间》、《尊前》、《家宴》等集。宋之初，太宗洞晓音律，制大小曲及因旧曲造新声，施之教坊舞队。曲凡三百九十，又琵琶一器，有八十四调。仁宗于禁中度曲时，则有若柳永；徽宗以大晟名乐府，则有若周邦彦、曹组、辛次膺、万俟雅言，皆明于宫调，无相夺伦者也。洎乎南渡，家各有词，虽道学如朱仲晦、真希元亦能倚声中律吕，而姜夔审音尤精。终宋之世，乐章大备，四声二十八调多至千馀曲。有引、有序、有令、有慢、有近、有犯、有赚、有歌头、有促拍、有摊破、有摘遍、有大遍、有小遍、有转踏、有转调、有增减字、有偷声。惟因刘昺所编《宴乐新书》失传，而八十四调图谱不见于世，虽有歌师、板师，无从知当日之琴趣箫笛谱矣。（《〈群雅集〉序》）

（四）厉鹗论词语

（1）词源于乐府，乐府源于诗。四诗大小《雅》之材，合百有五。材之雅者，《风》之所由美,《颂》之所由成。由诗而乐府而词,必企夫雅之一言而可以卓然自命为作者。故曾端伯选词名《乐府雅词》,周公谨善为词,题其堂曰"志雅"。词之为体,委曲啴缓,非纬之以雅,鲜有不与波俱靡,而失其正者矣。(《〈群雅词集〉序》)

(2)《绝妙好词》七卷,南宋弁阳老人周密公谨所辑。宋人选本朝词,如曾端伯《乐府雅词》、黄叔旸《花庵词选》,皆让其精粹,盖词家之准也。(《〈绝妙好词笺〉序》)

(3) 两宋词派,推吾乡周清真,婉约隐秀,律品谐协,为倚声家所宗。自是里中之贤,若俞青松、翁五峰、张寄闲、胡苇航、范药庄、曹梅南、张玉田、仇山村诸人,皆分镳竞爽,为时所称。元时嗣响,则张贞居、凌柘轩。明瞿存斋稍为近雅,马鹤窗阑入俗调,一如市伶语,而清真之派微矣。(吴尺凫〈玲珑帘词〉序)

(五)《自怡轩词选》、《词洁》评白石词

(1) 许宝善《自怡轩词选》评姜白石词十四则

《淡黄柳》(空城晓角)

音节凄婉,词旨峻洁。白石老仙固若不食烟火人。

《惜红衣》(簟枕邀凉)

观后梦窗词,则后段"维舟"句,应在"故国"断句,且是韵,至梦窗词伤伴句,句法与此词不同,长短伸缩,古人或可不拘耳。

《凄凉犯》(绿杨巷陌)

此石帚自度曲也,只宜照腔填谱,乃必欲强为别解,何能起石帚而问之耶?

《满江红》(仙姥来时)

此调白石制,为平韵而音转谐,乃知声音之道,词家不可不知也。

《长亭怨慢》(渐吹尽枝头香絮)

曲折尽致,最是白石翁得意之笔。

《玲珑四犯》(叠鼓夜寒)

此词句法与周(按:指周邦彦)词异,殆所犯之调各自不同,周作岂白石所云,世别有大石调者耶?

《琵琶仙》(双桨来时)

清挺拔俗,后人难于学步。

《湘月》(五湖旧约)

鬲指声其音节今已失传,不过徒存其名耳。孔子云:"不知为不知。"纵有聪明,不必强为之说也。

《水龙吟》(夜深客子移舟处)

结处五字一句,四字两句,此作一七、一六两句,可知宋人于此等处,自有通融之法也。

《庆春宫》(双桨莼波)

此阕又为仄韵,今之好为立解者,又将何说?盖歌谱久已失传,惟取词之高妙照格填之可耳,若必云如何可歌,如何不可歌,强作解事,真叩盘扪烛之见也。实声可作平声,亦不可不知也。

《齐天乐》(庾郎先自吟愁赋)

细腻熨贴,声调更极娴雅,真为绝调。换头正玉田所谓词断意不断,扼要争奇也。

《江梅引》(人间离别易多时)

此调最易近俗,而白石作雅令乃尔,可知雅俗在词不在调也。

《永遇乐》(云隔迷楼)

过腔第二句平仄与前首互异,想可通融。

《解连环》(玉鞭重倚)

前段"小乔"下九字断句,与周作(按:指《片玉词》)不同,想可不拘。

2. 《词洁》评姜白石词(见《自怡轩词选》)

《扬州慢》(淮左名都)

"波心荡","荡"字得力,便通首光彩。

《解连环》(玉鞭重倚)

意转而句自转,虚字皆揉入实字内,一词之中,如具问答。玉轸渐调,朱弦应指,不能形容其妙。

又周邦彦《应天长慢》(条风布暖)

空淡深远,较石帚作无异,石帚专得此种笔意,遂于词家另开宗派。

(六)词人小传

(1) 江　立

江圣言名立,先世歙人,圣言随其父侨居扬州。扬州习尚侈靡佚乐,而圣言好读书,从厉太鸿徵君游,学为诗词;中岁游杭州,爱西湖山水,偕一妾居水磨头地,将家焉。水磨头盖白石道人故址,而马塍者,白石所葬。圣言时时携酒往酌其下。居数年,有挽之归者,遂归扬州以卒,年四十九。所著有《夜船吹笛词》二卷,馀皆佚。(《初月楼续闻见录》)

(2) 过春山

过湘云名春山,吴县诸生,家居近市,性爱邱樊,与沙斗初、张崑南诸人为友。博通经史,尤精于《新》、《旧唐书》,尝为补遗纠误,未及成而卒。惠徵君定宇极称之。卒时年甫二十有九,诗宗刘慎虚、王昌龄,自出清襟,不由袭取,著有《湘云遗藁》。(《初月楼续闻见录》)

(3) 潘阆遗事(冯先生)

冯德之,字幾道,河南人。少习儒业,书无不读,京师号万卷冯。不慕声利,弃家入道,被旨住杭州洞霄宫,时公卿皆以诗饯行。宋真宗锐意元教,尽以秘阁道书,出降馀杭郡,俾知郡戚纶、漕使陈尧佐,选先生及冲素大师朱益谦等脩校成藏以进,号《云笈七签》。初诗人潘阆与先生为道义交,任泗州参军卒,先生襄其骨归葬天柱山,钱易铭潘墓,具载其事。(《云笈七签》、钱易《潘阆墓志》)

(4) 张鷟

张文成以词学知名,应"下笔成章"、"才高位下"、"词标文苑"等科,俱登上第,转洛阳尉,故有《咏燕诗》,其末章云:"变石身犹重,衔泥力尚微。从来赴甲第,两起一双飞。"时人无不讽咏。累迁司门员外郎。文成凡七应举,四参选,其判策皆登甲第科。员半千谓人曰:"张子之文,如青铜钱,万拣万中,未闻退时。故人号青铜学士。"久视中,太官令与仙童陷默啜,问张文成何在? 仙童曰:"自御史贬官。"默啜曰:"此人何不见用也?"后暹罗、日本使入朝,咸使人就写文章而去,其才远播如此。(《大唐新语》)

(5) 先著

先著,江宁人,先世居蜀之泸州,迁江宁者十世矣。受诗法于同郡严克宏,克宏深许之,其自序以为幼而赢弱,饮酒不知节。四十以外,为病所苦,因自废焉。性卞急,耻随人,寡所谐合,又务分黑白,不能讳人之失,以是人多嫉而毁之。字曰躏斋,欲自洁也。又字染庵,欲其能容垢自广也。晚更号盅旦子,又称之溪老生,其诗曰《严许集》者二卷,曰《药裹集》者二卷,曰《药裹后集》者二卷,曰《药裹续集》者二卷。复喜填词,有《劝影堂词》三卷,合之为《之溪老生集》。(《初月楼续闻见录》)

(6) 沈用济

沈用济,字方舟,汉嘉之子。少学于母柴季娴静仪,以能诗名,后至广南,与屈翁山、梁药亭交,诗益进。游边塞,留右北平,久之,诗皆燕赵声。见重于红兰主人,名大著,其妻朱柔则道珠画故乡山水图寄之,红兰主人为作诗以讽,方舟旋归,当时传为佳话。(《初月楼续闻见录》)按:沈有《汉诗说》十卷。

(7) 陆海

陆馀庆孙海,长于五言诗,甚为诗人所重,性峻不附权要。出牧潮州,但以诗酒自适,不以远谪介意。《题奉国寺诗》曰:"新秋夜何爽,露下风转凄。一声竹林里,千灯花塔西。"《题龙门寺诗》曰:"窗灯林霭里,闻磬水声中。更筹半有会,炉烟满夕风。"人推其警策。(《大唐新语》八)

(8) 郑属宾

长寿中,有荥阳郑属宾,颇善五言,竟不闻达,年老方授江左一尉。亲朋饯别于上东门,属宾赋诗留别曰:"畏途方万里,生涯近百年。不知将白首,何处是黄泉。"酒酣自咏,声调哀感,满座为之流涕。竟卒于官。(《大唐新语》八)

(七) 词序词跋　论词绝句

(1) 朱彝尊序《乐府补题》

《乐府补题》一卷,常熟吴氏抄白本,休宁汪氏购之长兴藏书家。予爱而亟录之,携至京师。宜兴蒋京少好倚声,为长短句,读之赏激不已,遂镂版以传。按:集中作者唐玉潜氏,以攒宫改殡,义声著闻。周公谨氏寓居西吴,自称弁阳老人,而《武林遗事》题曰"泗水潜夫"者,《研北杂志》谓即公谨,仇仁近氏诗载月泉吟社中,张叔夏氏词序谓郑所南氏作。王圣与氏先叔夏卒,叔夏为题集,绎其词,殆尝仕宋,为翰林。其馀虽无行事可考,大率皆宋末隐君子也,诵其词可以观志意所存。虽有山林友朋之娱,而身世之感,别有凄然言外者,其骚人《橘颂》之遗音乎? 度诸君子在当日唱和之篇,必不止此,亦必有序以志岁月,惜今皆逸矣。幸而是编仅存,不为蠹蚀鼠啮,经四百年,藉二子之功,复流播于世,词章之传(不传),盖亦有数焉。

(2) 周茂源序宋楚鸿词

宋秋士先生暨仲季尚木刺史、直方中丞,海内所称三宋,诗古文足敝天壤,即填词一通,芬泽被艺林,功亦不细。予与三君子交三十馀年,今皆悲悼宿草,耆旧云亡,典型凋谢,岂区区柳七黄九之泣翠钿、折歌板已比。乃秋士哲胤楚鸿,幼号圣童,渐成尊宿,于赐书靡不究览。张士简限日谋篇,勤敏欲空侪辈。年来奔走燕粤,得江山之助,停骖扣舷之暇,妍辞凡若干首。予朴遬无文,鲜效宫体,矧于乐府新声,舌本都强。顾犹记曩岁荔裳先生游吾郡,馆楚鸿家,距蓬门不数武,晨夕过从,每酒半分题,间及长短句,缪以词客见许。楚鸿今就予问其词之离合,予于此仅探一斑,奚敢便哆口而谈,为他人辨隽永之旨乎? 楚鸿行复振策入都,荔裳先生方待诏金马,熊轼未驾,盍亦从韦祠海棠、丰台芍药间,手一编质之宋衮可也。

《鹤静堂集》

(3) 天籁集

朱彝尊《〈白兰谷天籁集〉序》:"明宁献王权谱元人曲,作者凡一百八十有七人,白仁甫居第三,虽次东篱、小山之下,而喻之'雕抟九霄',其矜许也至矣。予小时避兵练浦,村舍无书,览金元院本,心赏仁甫《秋夜梧桐雨》剧,以为出关、郑之上。及纂唐宋元乐章为《词综》一编,憾未得仁甫之作,意世间无复有储藏者。康熙庚辰八月之望,六安杨秀才希洛千里造余,袖中出《兰谷天籁集》,则仁甫之词也。前有王尚书子勉序,述仁甫家世本末颇详,始知仁甫名朴,又字太素,为枢判寓斋之子。后有洪武中助教江阴孙大雅序及安丘教谕松江曹安赞。……白氏于明初,由姑孰徙六安,希洛得之于其裔孙某,将镂木以行,属予正其误,乃析为二卷,序其端。"

(4) 姚鹓雏《论词绝句十二首际了公》

茶蘼微放快晴时,金线初抛垂柳丝。谁似城南杨夫子,隐囊乌几坐填词。
玉田微削梦窗腴,柳七风神故不虚。若舍浮华论骨概,龙川一集有谁知。
楼台侧畔杨花过,帘幕中间燕子飞。别有冰心歌水调,新腔一阕惜红衣。
飞行绝迹定谁俱,七宝楼台密不疏。区别梦窗和白石,一饶秾致一清虚。
谁将影事谱鬓天,似语金铃颗颗圆。想见岳阳楼上客,玉箫吹彻洞龙眠。
修门词客今谁在,只有云门与复堂。语秀真能夺山绿,律严差可比军行。
半塘已化纯常死,海内知音渐寂寥。祇有苏州沤尹老,解拈新唱付琼箫。
病起新腔付小红,萧疏老子复谁同。会稽三绝流传遍,第一词名满雒中。

竹垞情眇自难同,笔重其年亦易工。燕子不来连月雨,鲥鱼如雪一江风。
湖海流传饮水词,情深笔眇自多奇。千年骨髓秦淮海,除却诗人那得知。
细秀枯清厉太鸿,行吟侧帽自从容。浙中独服摩奢馆,天马飞行明月中。
自将情思证无邪,老树无妨试著花。更叹虞山庞处士,细斟小句按胡琶。

(八) 附:诗话

(1) 当

王元美《艺苑卮言》曰:"古乐府'悲歌可以当泣,远望可以当归',二语妙绝。老杜'玉佩仍当歌',当字出此,然不甚合作,可与知者道也。用修引孟德'对酒当歌'云,子美一阐明之,不然读者以为该当之当矣,大喷喷可笑。孟德正谓遇酒即当歌也,下云'人生几何'可见矣。若以'对酒当歌'为去声,有何趣味?"按:元美此则,意甚不明。"悲歌当泣,远望当归"即"安步当车,晚食当肉"之"当",读去声。至孟德诗"对酒当歌,人生几何",此当字似应作该当之当字解,升庵不免误会。乐府《善哉行》:"来日大难,口燥唇干。今日相乐,皆当喜欢。"又《西门行》曰:"今日不作乐,当待何时。"又古诗"为乐当及时,何能待来兹",皆孟德所本也。然即从升庵解此当字,亦读平声。元美误升庵之意为"悲歌当泣"之当矣。至杜诗"玉佩仍当歌"又是一解,盖"皎皎当窗牖"之"当"字也。元美以为出于"悲歌当泣",其实大异。

(2) 逐

杜诗"大家东征逐子回",刘须溪云:"逐字不佳。"升庵云:"杜诗无一字无来处,所以佳,此逐字无来处,所以不佳也。今称人之母随子就养曰逐子可乎? 近有人语予以将字易之。古乐府有'一母将九雏'之句,则将字甚惬,当试与知音订之。"余按:蔡文姬未尝携胡子归汉,逐子者,犹"逐臣"之"逐"也。杜诗谓大家东征而逐子西回耳,非谓随子就养也,读本传自明。

(3) 瑟瑟

杨升庵惊才绝艳,解诗颇得新解,然亦多已甚者。其论白乐天《琵琶行》"枫叶荻花秋瑟瑟",谓瑟瑟当作"瑟瑟大秦珠"解,盖喻其碧也,复引乐天《暮江曲》"一道残阳照水中,半江瑟瑟半江红"为证,谓此正言残阳照江,半红半碧耳。此说最妙,几欲无以折之,然亦仅足解人颐耳。自来诗人未有以瑟瑟喻碧义者,白傅作诗,欲令老妪都解,乃为此雕虫伎俩耶?

(4) 诗亦可曰文

白乐天云:"近世韦苏州歌行才丽之外,颇近兴讽,其五言诗文又高雅闲淡,自成一家之体。"皮日休《伤进士严子重》诗序云:"观其所为文,工于七字",则唐人称诗亦曰文也。

(5) 集古今人句

《观林诗话》云:"予家有听雨轩,尝集古今人句。杜牧之云:'可惜和风夜来雨,醉中虚度打雨声。'贾岛云:'宿客不来过半夜,独闻山雨到来时。'欧阳文忠公:'芳丛绿叶聊须种,犹得萧萧听雨声。'王荆公云:'深炷炉香闭斋阁,卧闻檐雨泻高秋。'东坡云:'一听南堂新瓦响,似闻东坞少荷香。'陈无己云:'一枕南窗深闭阁,卧听丛竹雨来时。'赵德麟云:'卧听檐雨作宫商。'尤为工也。"予读此不觉莞尔,何以各如其人也。杜诗的是醉汉语,贾诗的是和尚语,文公诗的是堂上籤钱语,荆公诗的是拗相公语,东坡诗的是迁客语,陈诗的是觅句人语,至赵诗,则更是鼓子词家行话也。闲与琬君说此,亦为鞭然。

(6) 景色动静

退之云:"海气昏昏水拍天。"山谷云:"江北江南水拍天。"此言水与天接也。六一翁词云:"拍堤春水四垂天。"此反其辞谓天与水接,景色动静迥殊矣。

(7) 秋夕典故

《艇斋诗话》:"小杜秋夜宫词'天阶夜色凉如水,卧看牵牛织女星。'含蓄有思致。星象甚多,而独写牛女,此其所以见其为宫词也。"此论甚可笑,牛女自是秋夕典故,岂必作宫词始用。

(8) 对句

《对床夜语》言张茂先"穆如洒清风,涣若春华敷"、"属耳听莺鸣,流目观鲦鱼",以对言之,当曰"清风洒"、"听鸣莺"也,古对所当如此,亦楚词"蕙肴蒸兮兰藉,奠桂酒兮椒浆"。余按:"蕙蒸兰藉,桂酒椒浆",自是当句对,非其比也。

(9) 唐诗在情致

江湖诸人欲一反江西之弊,力追唐风,然其所揣摩乃贾岛、孟郊、许浑、姚合之流,斤斤于一联之奇、一字之安。诚如升庵所云,仅得颈联十字稍可观耳;以此言诗,亦入魔道。夫唐诗之所以为唐诗,在情致不在辞华。情致系于世风,宋人已不复能反之于唐世,则唐人情致必不可复得。若论辞华则唐人诸大家,无不从汉魏而来。虽以子美之才,亦有"读书破万卷,下笔如有神"之论,盖不作此无根脚语,非性灵事也。昔有人日吟兰亭一本,东坡曰:"此终不高,从门入者非室也,矧贾、孟、许、姚犹非唐诗门户耶!"

(10) 陶写哀乐

谢安谓王羲之曰:"中年以来,伤于哀乐。"羲之曰:"年在桑榆,自然至此,顷正赖丝竹陶写,恒恐儿辈觉,减其欢乐之趣。"盖谓欲藉丝竹陶写哀乐之感,又恐儿辈觉,遂乃损其少年之欢乐也。自来诗中用此事者皆误。虽东坡犹云:"正赖丝与竹,陶写有馀欢。"亦未得明解。《溽南诗话》既言:"陶写余欢、旧欢若为陶写"之外,乃释者云"有余欢者,非陶写其欢,因陶写而欢耳",可谓收之东隅,失之桑榆。

(11) 即物起兴

咏物诗起于晚唐,前乎此者,虽有以物为题,要皆即物起兴,其志初不在物;后乎此,则有故意拈物为题,游技于刻画形容,虽仿佛有作意,而其体实卑。宋壶山咏萍诗云:"苦无根蒂逐波流,风约才稀雨复稠。旧说杨花能变此,是他种子已经浮。"又咏蚊诗曰:"朋比趋炎态度轻,御人口给屡憎人。虽然暗里能钻刺,贪不知几竟杀身。"《梅磵诗话》盛称赏之,以为不专咏物者,实则其浅陋与小学生作文何异!

(12) 长安柳

元微之《第三岁日咏春风凭杨员外寄长安柳》诗,长安柳,伎人名也。升庵云:"此诗题甚奇,可作诗家故事。"盖未知此。

(13) 香球

白乐天诗:"柘枝随画鼓,调笑纵香球。"又云:"香球趁拍回环匼,花盏抛巡取次飞。"皆纪管弦酒席中事,但不知香球何用。按:香球为用香料制成的圆球,与"抛球"、"打球"之球不同。陆游《老学庵笔记》:"京师承平日,宗室戚里岁时入禁中,妇女上犊车皆用小鬟持香球在旁,在袖中又自持两小香球。车驰过,香烟如云,数里不绝,尘土皆香。"又按:元稹有《香球》诗曰:"顺俗唯圆转,居中莫动摇。爱君心不恻,犹讶火长烧。"微之所咏之香球,为一种火炉,其形制外为金属镂空圆罩,内有半球状碗以爇火,可置于被中取暖,亦名"被中香炉"。与乐天所咏,为两种不同之事物。

(14) 流香涧寺壁诗

三十年五月游武夷,在流香涧一寺壁上见诗一首云:"建业城头杨柳低,越王台上鹧鸪啼。老僧颇忆仁王寺,欲望江南烟雨迷。"赏其隽秀,故录存之。近阅《后村诗话》,始知仁王寺语,盖有所本。福州仁王寺有僧,喜唱《望江南》,一日忽题壁云:"不嫌夫婿丑,亦勿嫌渠村。但得一回嫁,全胜不出门。"或曰:"此僧欲出世矣。"言于当路,延主一刹。未久,若有不乐者,又题云:"当初只欲转头衔,转得头衔转不堪。何似仁王高阁上,倚栏闲唱《望江南》。"不谓闽中犹有诗僧沿其衣钵。

(15) 二狂生

《桯史》曰:"景祐末有二狂生曰张曰吴,皆华州人,薄游塞上,觇览山川风俗,慨然有志于经略。耻于自售,放意诗酒,语皆绝豪岭惊人,而边帅峑安,皆莫之知。怅无所适,闻夏酋有意窥中国,遂叛而往。二人自念不力出奇,无以动其听。乃自更其名,即其都内之酒家剧饮终日,引笔书壁曰:'张元、吴昊来饮此楼。'逻者见之,知非其国人也,迹其所憩,执之。夏酋诘以'入门问讳'之义。二人大言曰:'姓尚不理会,乃理会名耶!'时曩霄未更名,且用中国赐姓也。于是竦然异之,日尊宠用事,宝元西事盖始此。其事国史不书,诗文杂见于《田承君集》、沈存中《笔谈》、洪文敏《容斋三笔》,其为人概可想见。"

(16) 翔冬诗文

和州胡俊翔冬,与胡光炜小石并为清道人弟子,翔冬诗文尤怪,以其行三,人称胡三怪。掌教金陵大学,民国三十年殁于蜀中。顷金陵大学为刊其自怡斋诗百馀首,皆五言,不作七律,奇警独造,一空依傍,亦玉川子之流也。吾独爱其《七月晦日牛首山房坐雨戏成小诗寄仲英》云:"山顶松树风,扇雨起烟浪。寺楼如小舟,泛泛素江上。塔即是钓矶,岛变游鱼相。待公赤脚来,一和欻乃唱。"又《玄武湖泛舟同胡小石、陈仲英作》云:"一瓢携二客,原水与轻桡。仰首木棉下,天分几十条。山藏蘋未静,蛙坐芡盘骄。归路逢仓妪,于今颜已凋。"又《初夏即事》云:"扶病写经完,小园履迹残。槐添新蚁穴,池卧老渔竿。龟瞰泥春气,猿羞我不冠。儿童指星出,衣褐直斋坛。"此皆直逼郊、岛者。馀如《纪梦》、《埋狗》、《风筝》诸篇,则骎骎乎玉川子矣。胡翔冬"仰首木棉下,天分几十条",或以为夐夐独造,咏句大胆,然亦有所本。张祐诗云:"江连万里海,峡入一条天。"

(17) 清辉

《春渚纪闻》云:"昭州山水佳绝,郡圃有亭,名曰'天绘'。建炎中,吕丕为守,以'天绘'近金国年号,思有以改易之。时徐师川避地于昭,吕乞名于徐,久而未获。复乞于范滋,乃以'清辉'易之。一日,徐杖策过亭,仰视新榜,复得亭记于积壤中,亟使涤石视之,乃丘浚寺丞所作也。其略云:'余择胜得此亭,名曰"天绘",取其景物自然也。后某年某日,当有俗子易名"清辉",可为一笑。'"余旧读此文,颇以为"清辉"名亭,亦未必甚俗,何至讥讪乃尔。近阅《老学庵笔记》有云:"国初尚《文选》,当时文人专意此书,故草必称王孙,梅必称驿使,月必称望舒,山水必称清辉。至庆历后,恶其陈腐,诸作者始一洗之。"乃知此亦萧选流毒之一,当时已目为滥调。建炎去庆历已八九十年,文风早变,而范尚以此陈词题榜,故不免于见嗤。刻石预言,殆作者假托其辞耳。

(18) 寇莱公绝句

寇莱公诗以《江南春》二咏为最著。倪云林有和作,亦堪匹敌。元明以降,和者甚多。尝有《江南春》一集,乱后失之。寇公二咏以外,七言绝句亦极有神韵。余喜其《秋怀》云:"轻云不动日微阴,高树无风秋色深。独听暮蝉临水坐,十年林壑阻归心。"《暇日》云:"邮亭落日多飞絮,琵琶音重江春暮。坐久凝眸欲断肠,梅雨如烟暝村树。"又《初夏雨中》云:"绿树新阴暗井桐,杂英当砌坠疏红。重门寂寂经初夏,尽日垂帘细雨中。"又《书河上亭壁》云:"暮天寥落冻云垂,一望危亭欲下迟。临水数村谁画得,浅山寒雪未销时。"又《春江送别》云:"孤舟东去水烟微,久客那堪更送归。三月江头春尽日,片帆轻絮共纷飞。"皆不减唐人。《忆洛阳》一绝句注引古歌云:"金谷园,四柳春,四柳春来似舞腰。那堪风景好,独上洛阳桥。"此歌不见他书,殆亦唐人词。金谷、四柳,未详出处。

卷五 词语

一 泰娘桥

　　蒋胜欲《一剪梅》词,俗本作"秋娘容与泰娘娇",殆承升庵《词品》之误。此与下二句"风又飘飘,雨又潇潇"了无关涉,甚不可解。《花草粹编》、汲古阁《六十家词》均作"秋娘度与泰娘娇",亦误。惟《历代诗馀》作"秋娘渡与泰娘桥",是已。

　　蒋词别有《行香子·舟宿兰湾》,词意与此阕全同,结拍云:"过窈娘堤,秋娘渡,泰娘桥。"可以为证。

　　刘禹锡《泰娘歌》云"有时妆成好天气,走上皋桥折花戏",此泰娘桥也。

　　又升庵《词品》此词换头云"何日云帆卸浦桥",亦误,诸本均作"何日归家洗客袍",可知此句元不重押桥韵也。

　　《花庵词选》有陈敬叟《水龙吟》云:"向秋娘渡口,泰娘桥畔,依稀是,相逢处。"亦可取证。

二　花面丫头

唐刘禹锡诗曰："花面丫头十三四,春来绰约向人时。"《留青日札》曰："花面者,未开脸也。"

此言今人亦已不能解。盖旧时女子年及笄则开脸。开脸者,修饰其脸面,自此而施脂粉,扫眉黛矣。未开脸,犹童女也,不整容,故曰"花面"。花面丫头,犹今言毛头姑娘也。

晁无咎《调笑》词云:"花面丫头年未笄。"又《永遇乐》云:"青娥皓齿,云鬟花面,见了绮罗无数。只你厌厌,教人竟日,一点无由诉。"

三　马知人意

　　唐雍陶诗云："唯到高原即西望,马知人意亦回头。"又张蠙诗："而今马亦知人意,每到门前不肯行。"又温庭筠诗云："惆怅羸骖往来惯,每经门巷亦长嘶。"

　　宋词人多袭取此意。晏叔原词云："紫骝认得旧游踪,嘶过画桥南畔路。"张子野云："骊驹应解恼人情,欲出重门嘶不歇。"周美成云："花骢惯识西湖路,骄嘶过沽酒楼前。"蒋竹山云："认得游踪,花骢不住嘶骄。"皆同一机杼。

四　社日停针线

唐宋时逢社日休假，学童不上学，妇女不事针线，故诗词中常用"社日停针线"之语。

张籍诗云："庭前春鸟啄林声，红夹罗襦缝未成。今朝社日停针线，起向朱樱树下行。"周美成词云："闻知社日停针线，探新燕，宝钗落枕春梦远，帘影参差满院。"史邦卿词云："忌拈针线还逢社，斗草赢多裙欲御。明朝双燕定归来，叮嘱重帘休放下。"黄公绍词云："年年社日停针线，怎忍见，双飞燕。"皆咏及此风俗。

《岁时杂记》云："社日学生皆给假，幼女辍女工。云是日不废业，令人懵懂。"可知此仅为少儿、少女之假日。社有春秋二社。立春复第五戊日为春社日，立秋复第五戊日为秋社日。以上所咏，皆春社日也。

五　些娘

赵师侠《蝶恋花》词歇拍云:"茶饭不忺犹自可,脸儿瘦得些娘大。"贯酸斋《阳春曲》咏金莲云:"金莲早是些娘大,着意收拾越逞过。"

些娘,宋元人俗语,谓"如此",有"仅此"义。"些娘大"即如许大,言其小也。

今江苏无锡方言中犹有此语。"逞过",未详。大字与可、过协韵,当读作"度"。

六　排遍

曹元忠跋《乐府雅词》云："《玉照新志》载曾文肃作《水调歌》大曲述冯燕事,其排遍一至七皆称遍排,疑其或有所据。"

余检涵芬楼印行夏敬观校本《玉照新志》,则俱作排遍,未见有作遍排者。夏校所用鲍渌饮校本、明刊本、元钞本,亦均同,不知曹氏所见为何本。

七　罪过

松江方言,凡向人道谢,辄曰"罪过罪过",此言他处未闻,然亦宋人语也。

杨万里《听蝉》诗:"罪过渠侬商略秋,从朝至暮不曾休。"薛泳《守岁》词:"一盘消夜江南果。吃果看书只清坐。罪过杨花料理我。一年心事,半生牢落,尽向今宵过。"辛稼轩《夜游宫》词云:"有个尖新底。说底话非名即利。说得口干罪过你。"凡此"罪过",皆致谢之意。

"罪过渠侬"即"谢谢他","罪过杨花"即"多谢杨花","罪过你"即"谢谢你"。

八 头道

张仲举《蜕岩词》有《多丽》词《为友生书所见》云："银铤双鬟，玉丝头道，一尖生色合欢鞋。"又《鹧鸪天·为朱氏小翠绣莲赋》云："半臂京绡稳称身，玉为颜面水为神。一痕头道分云绾，两点眉山入翠翚。"

此二词皆用"头道"字，盖处女绾双髻，云发必中分一道，是为头道，即今言头路也。

《彊村丛书》本均依汪氏摛藻堂抄本改作"头导"，不可解矣。又张伯雨《贞居词》有《满江红·咏玉簪花》词云："玉导纤长，顿化作云英香笑。"疑亦"玉道"之误也。

九　别枝

明月别枝惊鹊，清风半夜鸣蝉。稻花香里说丰年，听取蛙声一片。

七八个星天外，两三点雨山前。旧时茅店社林边，路转溪桥忽见。

　　这是辛稼轩的一首小词，调名西江月，题目是《夜行黄沙道中》。词文就老老实实的描写他深夜在山野中赶路时所见所闻。不掉文，不用典，完全用口语。这种词总是最容易懂得的了。但是，为了第一句中一个语词"别枝"，几乎使所有的注释家、欣赏家都堕入陷坑，没有能把这首词讲得完全正确。

　　"明月别枝惊鹊"这一句，如果改成散文句法，就是"明月惊别枝之鹊"。"惊"是全句的动词。"别枝"呢？有人解释为"斜枝"，"惊起了睡在斜枝上的乌鹊"。有人解释为"横斜突兀的树枝"。全句的意义是说："鹊儿的惊飞不定，不是盘旋在一般树头，而是飞绕在横斜突兀的枝干之上。"这两家都把"别枝"理解为"斜枝"。还有人把"别"字解作"离开"；"明月出来，鹊见光惊飞，离开了枝头"。此外，还有一种讲法，以"别枝"为另外一枝，根据的是方玄英的诗："蝉曳残声过别枝。"

　　以上这些讲法，散见于各种注释本和鉴赏辞典，甚至教材。读者如果一对照，就会怀疑。于是，这一首非常浅显明白的小词，一直存在着一个未解决的问题。

　　这个"别"字的用法，在现代汉语中，确是很少见了，但是在唐宋诗词中，却是常见的。读者如果从"鉴别"、"区别"这两个语词去求索，就可以悟到它可以有"拣选"的意义。曹操有一首乐府诗《短歌行》，其中有四句："月明星稀，乌鹊南飞，绕树三匝，何枝可依？"这是描写月光下，受惊的乌鹊，想找一个安全的树枝栖息，正在彷徨不定，挑选不到合适的树枝。这个意象，被后世诗人用来比喻一个人找不到安身立命的地方。苏东坡诗云："月明惊鹊未安枝。"又有　　句云："拣枝惊鹊几时眠。"周邦彦词云："月皎惊乌栖不定。"都是用曹操诗意。辛稼轩这一句也同样。可知"别枝"就是"拣枝"。

　　白居易《见紫薇花怀元微之》诗句云："除却微之见应爱，人间少有别花人。"又《戏题卢秘书新移蔷薇》诗句云："移它到此须为主，不别花人莫使看。"这两个"别花"，都应当解作"鉴别花卉"。"不别花人"，就是不会赏花的人。郑谷诗中两次用到"别画"："别画长忆吴寺壁"、"别画能琴又解棋"。都是鉴别（欣赏）名画的意思。梅圣俞有句云："君谟善书能别书"，是说蔡君谟自己能写字，因此，也能鉴别书法。曹唐《病马》诗云："不剪焦毛鬣半翻，何人别是古龙孙?"这个"别"字是单独用的动词，明清时代的人已不能理解了，所以《全唐诗》中此句下有一个小注云："一作识"。可知有过一个版本干脆把"别"字改作"识"字了。

更可怪的是，尽管这个"别"字唐宋诗人都在用，也还有诗人不能懂。葛立方著诗话《韵语阳秋》有一条云："白乐天诗多说别花，今好事之家，有奇花多矣，所谓别花，人未之见也。"他竟以为"别花"是一种花名，这位著名的诗论家不免出了洋相。

一九九一年六月五日

一〇 偏枯

《西清诗话》载:"皮光业尝得绝句云:'行人折柳和轻絮,飞燕衔泥带落花。'自负警策。裴光约曰:'二句偏枯,不为土。盖柳当有絮,泥或无花也,"由此可知,一联之中,有一句不谐于情理,谓之"偏枯",亦诗病之一。

唐李群玉诗云:"万木皆凋山不动,百川皆旱海长深。"当时盛传,以为杰句。然对句极有气象,出联则于理有失。盖木自木,山自山,木凋本不与山事,岂如下句之川与海同其为水乎?

又岑嘉州诗:"花迎剑佩星初落,柳拂旌旗露未干。"亦脍炙人口之句。吾乡吴山氏讥其柳露相粘,花星无涉。(见《唐诗醉》)此皆偏枯之失也。

一九七四年一月八日

（以下未出版）

一一　忺

造物小儿忺簸弄，翻云覆雨难摸触。（吴潜《满江红》）

江沱冷、冰绡乍洗，素娥忺、菱花再拭。（吴文英《尾犯·甲辰中秋》）

鬊松云鬈，不忺鸾镜梳洗。（柴望《念奴娇》上片歇拍）

东风著面，却自依然相认。哄痴儿、忺声弄景。盘蔬杯酒，强教人欢领。也微酣、带些春兴。（陈著《卖花声·立春酒边》）

绿云凤髻不忺盘。情味胜思酸。（陈允平《诉衷情》）

恨结眉峰。两抹青浓。不忺人、昨夜曾中酒，甚小蛮绿困，太真红醉，肯嫁东风。（仇远《好女儿》上片）

相思尚带旧恨，甚凄凉、未忺妆束。（张翥《声声慢》。此词又见《须溪词》，"恨"作"子"。）

镇无聊、殢酒厌厌病。云鬈鬌，未忺整。（潘元质《贺新凉》（见《阳春白雪》））

钗燕笼云晚不忺。拟将裙带系郎船。别离滋味又今年。（姜白石《浣溪沙》）

翠帘低护郁金堂。犹自未忺妆。（高续古《眼儿媚》（《阳春》））

宿酒初醒，全不忺梳洗。抬纤指。微签玉齿。百色思量起。（朱尧章《点绛唇》（《阳春白雪》））

对花时节不曾忺。见花残。任花残。小约帘栊，一面受春寒。题破玉笺双喜鹊，香烬冷，绕银屏，浑是山。（无名氏《江城梅花引》（《阳春白雪》七））

靓妆照影，未忺整、雪艳冰清。只恐不禁、愁绝易飘零。（赵戣庵《江城梅花引》（同上））

浅雨微寒春有思，宿妆残酒欲忺时。（彭元逊《瑞鹧鸪》（元《草堂》））

马蹄踏碎琼瑶影。任露压、巾纱未忺整。（李曾伯《青玉案》）

明朝又有秋千约。恐未忺梳掠。倩谁传语画楼风。略吹丝雨湿春红。绊游踪。（许梅屋《虞美人》下）

帘外残红春已透，镇无聊、殢酒厌厌病。云鬈乱，未忺整。（李玉《贺新郎》，《草堂》上）

妒云恨雨腰肢袅。眉黛不忺重扫。(秦观《桃源忆故人》)

晓日压重檐。斗帐春寒起未忺。(孙夫人《南乡子》)

而今百事心情懒。灯下几曾忺看。算静中、惟有窗间梅影,合是幽人伴。(沈端节《留春令·元夕》)

雨后轻寒天气。玉酒中人小醉。乍报一番秋,晚簟清凉如水。忺睡。忺睡。窗在芭蕉叶底。(沈端节《如梦令》)

流水小桥横,冶头沙路。一道清阴转林坞。满襟凉润,犹是夜来新雨。幽禽忺客至,如晤语。(王恽《感皇恩》)

一二 一烘尘

　　唐无名氏题长乐驿壁云:"三十骅骝一烘尘,来时不锁杏园春。杨花满地为飞雪,应有偷游曲水人。"又见李郢诗,题云:"春晚,与诸同舍出城,迎座主村郊。"又见郑颢诗。

　　"马嘶尘烘一街烟。"(张泌《浣溪沙》)

一三　著莫

怀抱恶。犹被暗香著莫。(李俊民《谒金门》)

一四　能

瘦得黄花能小。(方岳《一落索》)

一五　虚字入词

香衾暖梦些些者,可更伤春也。(张砚铭《虞美人》)

万点真珠云外起,滴碎芭蕉矣。(宋舜纳《虞美人》)

世间良计,识字耕夫耳。(樊榭《点绛唇》)

剪就钗头春胜也,添个春人。(樊榭《卖花声》)

重阳过也成虚负,赖有诗仙。肯作延缘,人与黄花共一船。(樊榭《采桑子》)

苦入秋心,依旧九莲开也。(樊榭《西湖月》)

水晶帘底,日出三竿矣。(高不骞《清平乐》)

看远山、日脚片云遮,雨来也。(陈崿《满江红·邨居》上片结句)

恰中间、添个冷吟人,如吾者。(同上,下片结句)

正瓦盆、浊□□乌乌,颓然矣。(陈崿《满江红·邨居》又一首,上片结句)

且豆棚、说鬼谎田夫,偷闲耳。(同上,下片结句)

孤山之下,雨中正好看花也。(宋荔裳《减兰》),酸极。

为问郁然孤峙者,有谁来。(顾贞观《夜行船·郁孤台》起句)

一六　《花间集》用字

（一）伊

莫交移入灵和殿，宫女三千又妒伊。（牛峤：《柳枝》）

终是为伊，只恁偷瘦。（欧阳炯：《贺明朝》）

上马出门时，金鞭莫与伊。（尹鹗：《菩萨蛮》）

倚窗学画伊（张泌：《胡蝶儿》）"伊"字指蝴蝶。

（二）他

为他沈醉不成泥。（张泌：《浣溪沙》）

何处有相知，羡他初画眉。（牛峤：《菩萨蛮》）

好是问他来得磨，和笑道，莫多情。（张泌：《江城子》）

却爱蓝罗裙子，羡他长束纤腰。（和凝：《何满子》）

却爱薰香小鸭，羡他长在屏帏。（又）

（三）尔

不是鸟中偏爱尔，为缘交颈睡南塘。全胜薄情郎。（牛峤：《梦江南》）

（四）侬 家

谁似侬家疏旷。（孙光宪：《渔歌子》）
尽属侬家日月。（又）

（五）我·你

礼月求天，愿见知我心。（牛峤：《感恩多》）
辜负我，悔怜君，告天天不闻。（牛峤：《更漏子》）
换我心，为你心，始知相忆深。（顾敻：《诉衷情》）
知我意，感君怜，此情须问天。（温庭筠：《更漏子》）

一七 无奈/无那/争那/那堪/可堪/更堪

（一）见于《花间》、《尊前》者

(1) 无计那

　　良宵好事枉教休，无计那他狂耍婿。（顾敻《玉楼春》）

(2) 争那

　　争那别离心，近来尤不禁。（孙光宪《菩萨蛮》）
　　无憀悲往事，争那牵情思。（毛熙震《菩萨蛮》）
　　轻咲自然生百媚，争那尊前人意。（尹鹗《清平乐》《尊前集》）

(3) 那堪

　　那堪独自步池塘，对鸳鸯。（魏承班《诉衷情》）
　　早为不逢巫峡梦，那堪虚度锦江春。（李珣《浣溪沙》）
　　那堪暮雨朝云。（毛文锡《赞浦子》）

(4) 可堪

　　红藕花香到槛频，可堪闲忆似花人。（李珣《浣溪沙》）

(5) 更堪

　　旧欢无处再寻踪。更堪回顾，屏画九疑峰。（李珣《临江仙》）

(6) 争忍

　　眉敛，月将沉。争忍不相寻。（顾敻《诉衷情》）

（二）见于诗文集者

（1）无那

丁六娘《十索词》："无那关情伴，共入同心帐。"

无那两三新进士，风流长得饮徒怜。（韦庄：《病中闻相府夜宴戏赠集贤卢学士》）

更吹羌笛关山月，无那金闺万里愁。（王昌龄：《从军行》）

遍能飘散同心蒂，无那愁眉吹不开。（雍陶：《春风怨》）

（2）争那

崔涂《续汉武内传》："争那白头方士到，茂陵红叶已萧疏。"

白居易《强酒》："若不坐禅销妄想，即须行醉放狂歌。不然秋月春风夜，争那闲思往事何。"

（3）那（奈）

李贞白《咏狗蚤七绝》："忽然管著一篮子，有甚心情那你何。"

（4）无计那

"席门无计那残阳，更接檐前七步廊。不羡东都丞相宅，每行吟得好篇章。"（韦庄《题七步廊》）

（5）不那

孙蜀诗："不那此身偏爱月，等闲看月即更深。"（《中秋夜》）

唐彦谦《寄徐山人诗》："吴中高士虽求死，不那稽山有谢敷。"

一八　调品

品:十三行坐事调品,不肯迷头白地藏。(白居易《简简吟》)

　玉柱调须品,朱弦染要深。(白居易《答维扬牛相公诗》)

　堪爱晚来韶景甚,宝柱秦筝方再品。(欧阳炯《玉楼春》)

　尽无言、闲品秦筝,泪满参差雁。(吕滨老《薄幸》)

筝:有个人人相对、坐调筝。(于湖居士《虞美人》)

　十二学弹筝,银甲不曾卸。(李商隐《无题》)

　山公能饮酒,居士好弹筝。(孟浩然《张七及辛大见寻南亭醉作》)

　宝柱秦筝弹向晚,弦促雁,更思量。(尹鹗《江城子》)

　弹筝吹笙,更为新声。(张平子《南都赋》)

　深院晚堂人静,理银筝。(毛熙震《南歌子》)

　孤帆早晚离三楚。闲理钿筝愁几许。(李珣《酒泉子》)

　捻得宝筝调。心随征棹遥。(李珣《菩萨蛮》)

　玉指调筝柱,金泥饰舞罗。(孟浩然《宴张记室宅》)

　雨馀深院,漏催清夜,更轧秦筝送。(张仲宗《青玉案》)

　轻打银筝坠燕泥。(孙光宪《浣溪沙》)

　当筵秋水慢。玉柱斜飞雁。弹到断肠时。春山眉黛低。(张先《菩萨蛮·咏筝》)

　银筝调脆管,琼柱拨清弦。(晏同叔《拂霓裳》)

　斜雁轧弦随步趁。(张先《天仙子》)

弦:早是销魂残烛影,更愁闻着品弦声。(孙光宪《浣溪沙》)

喷笛:莫向高楼喷笛。(侯彦周《凤凰台上忆吹箫》)

喷竹:瑞龙声喷薪竹。(陆子逸《念奴娇》)

　　坐来声喷霜竹。(黄庭坚《念奴娇》)

　　曾约双琼品凤箫。(陈允平《思佳客》)

箫:休晕锈,罢吹箫。(李珣《望远行》)

笙:红炉深夜醉调笙。(顾夐《甘州子》)

弦:芳心已解品朱弦。(向子谌《浣溪沙》)

一九　殢

且休殢，陶令菊。也休羡，子猷竹。梦百年一梦，谁荣谁辱。（吴潜《满江红》）

红敧醉袖殢阑干。夜将阑。去难拼。烧蜜调蜂，重照锦团栾。（刘辰翁《江城子·海棠花下烧烛词》）

春风殢杀官桥柳，吹尽香绵不放休。（元遗山《鹧鸪天》）

不是花开常殢酒，只愁花尽春将暮。（段克己《渔家傲》）

毕卓未来轻竹叶，刘晨重到殢桃花。（唐刘兼《访饮妓不遇招酒徒不至诗》）

前村夜来雪里，殢东君，须索饶伊。烂熳也，算百花，犹自未知。（无名氏《声声慢·赋梅》）（《乐府雅词·拾遗》）

回首旧游如梦，记踏青殢饮，拾翠狂游。无端彩云易散，覆水难收。（晁叔用《汉宫春》）

闲抛绣履。愁殢香衾浑不起。（舒信道《减兰》）

欲眠思殢酒。坐听寒更久。无赖是青灯。开花故故明。（舒信道《菩萨蛮》下片）

红炉欢坐谁能醉。多少看花意。谢娘也拟殢春风。便道无端，柳絮逼帘栊。（舒信道《虞美人·周园欲雪》）

石榴双叶忆同寻。卜郎心，向谁深。长恁娇痴尤殢怎生禁。（晁次膺《江城子》）

来朝匹马萧萧去，且醉芳卮。明夜天涯。浅酌低吟欲殢谁。（又《丑奴儿》）

春辞我，向何处。怪草草、夜来风雨。一簪华发，少欢饶恨，尤计殢春且住。（晁无咎《金凤钩》）

倚醉传歌留客处，佯嗔不语殢人时。风流态度百般宜。（向伯恭《浣溪沙》）

一旦分飞。上秦楼游赏，酒殢花迷。谁知别后相思苦。（康伯可《金菊对芙蓉》）（《类编草堂诗馀》）

二〇 茶/荼荼/姹女

公、郡、县主,宫禁呼为"宅家子",盖以至尊以天下为宅、四海为家,不敢斥呼,故曰"宅家",亦犹"陛下"之义。至公主以下,则加"子"字,犹"帝子"也。又为"阿宅家子",阿,助词也。急讹乃以"宅家子"为"茶子",既而亦云"阿茶子",或削其"子"字,遂曰"阿茶"。(郑文宝《江表志》)

元遗山诗:"牙牙娇女总堪夸,学念新诗似小茶。"自注云:"唐人以茶为小女美称。"

唐元和八年八月四日,扶风马氏墓志称女"姹姹",又陈直墓志女孙"姹娘",皆"茶"字之转也。(叶奕苞《金石录补》)

二一 宜春

憔悴不知缘底事,遇人推道不宜春。(阁选《八拍蛮》)

每到花时,长是不宜春。(冯延巳《江城子》,见《阳春集》。《尊前集》作张泌词。)

二二　可可

瞥地见时犹可可,却来闲处暗思量,如今情事隔他乡。(薛昭蕴《浣溪沙》)

二三 好是/早为/早是

孙光宪《浣溪沙》:"早是销魂残烛影。"

李珣《浣溪沙》:"早为不逢巫峡梦。"

张泌《江城子》:"早是自家无气力。"(《尊前集》,又见《阳春集》)

二四　峭措

挥彩笔,展红绡。十分峭措称妖娆。可怜才子如公瑾,未有佳人敌小乔。(刘克庄《鹧鸪天·戏题周登乐府》下片)

二五　剈

张仲举《水调歌头·己丑初度自寿》云:"今岁两逢正月,准算恰成四十,岁暮日斜时。腊彘剈红玉,汤饼煮银丝。"剈,音渊。

《说文》云:"挑取也,一曰窐也。"《玉篇》云:"剜也。"《六书故》云:"少割而深也。"未详孰是,大抵方言中犹用之,词家使此僻字,惟见于此。

二六　霍索

重温卯酒整瓶花,总待自霍索。忍听海棠初卖,买一枝添却。(赵孟坚《好事近》下片)

二七　比似/比如/把似

比如去岁前年，今朝差觉门庭静。（刘克庄《念奴娇》起句，此作"比较"解）

比似寻芳娇困。不是弓弯拍衮。无物倚春慵，三寸袜痕新紧。（刘辰翁《如梦令》咏美人裰履）

楼台烟雨朱门悄。乔木芳云杪。半窗天晓又闻莺。比似当年春尽最关情。（刘辰翁《虞美人·客中送春》上片）

而今无奈，元正元夕，把似月朝十五。小庙看灯，围街转鼓，总似添恻楚。（刘辰翁《永遇乐》）

二八　非词语

顾翰《拜石山房词》《鹊踏枝·田家词》第六首："豹脚最能飞食肉，幸亏檐下多蝙蝠。"

又《渔家傲》云："倘许浮家如甫里，且前不用商归计。"

又《临江仙·上巳杂忆》云："盼到斜阳才下学，颇嫌春日迟迟。"

又《贺新凉》云："闻道明妃犹未嫁，锈罗衣、又压谁家线。宜早副六宫选。"

又云："好令江城诸士女，向风前、争识佳人面。"

龚自珍《菩萨蛮》："此度袷衣单，蒙他讯晚寒。"

二九　渐迤逦

渐迤逦、更催银箭,何处贪欢,犹系骄马。(潘元质《倦寻芳》)

芳草渡,渐迤逦分飞,鸳俦凤侣。(陈允平《芳草渡》)

天际,渐迤逦、片帆南浦。(陈允平《荔枝香》)

三〇 奢遮

莫道官贫，胜如无底。随分杯筵称家计。从今数去，尚有五十八生朝里。待儿官大，做奢遮会。（赵孟坚《感皇恩·为慈闱寿》下片）

三一　炙灯

　　银灯炙了,金炉烬暖,真色罗屏。病起十分清瘦,梦阑一寸春情。(梦窗《朝中措·题兰室道女扇》)

　　甫能炙得灯儿了,雨打梨花深闭门。(秦少游《鹧鸪天》)

　　醮着酒,炙些灯,伴他针线懒成眠。情知今夜鸳鸯梦,不似孤蓬宿雁边。(赵长卿《鹧鸪天·霜夜》)

　　暝霭黄昏,灯檠上、荧荧初炙。(胡惠斋《满江红》)

三二　鞓红

陈莹中《满庭芳》："闻道鞓红最好，春归后、终委尘沙。"

鞓红，牡丹花名。

三三　都来

范希文《御街行》词曰:"都来此事,眉间心上,无计相回避。"王湘绮批曰:"'都来',即'算来',因此字宜平,故用'都'字,究嫌不醒。"

按:"都来"乃唐宋人常语,不始于范词。齐己诗:"七十去百岁,都来三十春。"欧阳修《青玉案》:"一年春事都来几,早过了三之二。"又欧阳修《定风波》:"艳树香丛都几许。"苏东坡《减兰》:"年纪都来十三四。"秦少游《蝶恋花》:"屈指艳阳都几许。"柳耆卿《慢卷袖》:"旧事前欢,都来未尽,平生深意。"又《合欢带》:"一个肌肤浑似玉,更都来占了千娇。"叶道卿《贺圣朝》:"花开花谢,都来几日,且高歌休诉。"陆放翁《满江红》:"问鬓边都有几多丝,真堪织。"辛稼轩《一剪梅》:"锦字都来三两行。"

此皆当时语,义即"算来",或今言"大约",非为平声而改字也。或省作"都",元人杂剧中辄用"大都来"。急言之,即"大概"也。

三四　行

（一）

周美成《少年游》云："低声问、向谁行宿，城上已三更。"行，读若"行列"之"行"。谁行，即"谁处"。此亦宋元人俗语，词曲中屡见。美成《绕佛阁》结拍云："两眉愁向谁行展。"又《花草粹编》载郑意娘《胜州令》云："番思往事上心，向他谁行诉。"

又有用"伊行"者，晏同叔《临江仙》云："如今不是梦，真个到伊行。"周美成《风流子》云："最苦梦魂，今宵不到伊行。"曾纯甫《诉衷情》云："身在此，意伊行，暗思量，不言不语，几许闲情，月上回廊。"杨无咎《柳梢青》云："暴雨生凉，做成好梦到伊行。"蔡伸《极相思》云："不如早睡，今宵魂梦，先到伊行。"苏竹里《祝英台近》云："归鸿欲到伊行，丁宁须记，写一封书报平安。"《古今词话》载无名氏《转调贺圣朝》云："把从前泪来做水，流也流到伊行。"

至清人厉樊榭《一络索》犹有"分明新梦到伊行，但道得相思字。""伊行"犹言"她那里"也。亦有用"咱行"者，如杜安世《木兰花》云："若言无意到咱行，为甚梦中频梦见。""咱行"亦见于柳耆卿《乐章集》，云："你若无意向咱行，为甚梦中频相见。""咱行"犹言"我这里"也。

亦有用"君行"者，见于高续古《眼儿媚》："春今不管人相忆，欲去又相将。只销相约，与春同去，须到君行。""君行"犹言"你处"也。

此外剧曲中有"他行"、"我行"、"娘行"、"官人行"、"夫人行"、"嫂嫂行"、"大师行"，其义均同，盖凡人称词后皆可用之。张相《诗词曲语辞集释》中已详言之。惟张元幹《浣溪沙》云："归梦等闲归燕去，断肠分付断云行。画屏今夜更思量。"此"断云行"，犹言"断云处"也，则又不限于人称词后，即名物词后亦可用矣。

张相所举诸例中，有姜白石《踏莎行》云："别后书词，别时针线，离魂暗逐郎行远。"余窃以为疑，"郎"、"行"叠韵，恐碍歌唱，此"行"字似仍以"行旅"之义为是。周美成《醉桃源》结拍云："若教随马逐郎行，不辞多少程。"姜白石《古乐府》之二云："甚欲逐郎行，畏人笑无媒。"可证其为"行旅"之"行"也。颜师古《匡谬正俗》云："或问俗呼某人处为某享火刚反,其义何也？答曰：此是'乡'音之转耳。'乡'者,居也。'州乡'之'乡',取此为义。"

按：颜注"火刚反",正是音"杭"。因悟宋元人之"行"字,即唐人之"享"字,惟唐人诗文中尚未见此俗言,故未得其例。然师古谓"享"即"乡"之音转,恐亦未可定论。

余疑"享"、"行"并"许"字之音转,其义更近,"许",古音虎,正得一转成"享",再转成"行"也。《乐府雅词》录清真词,已将"向谁行宿",改作"向谁边宿"。陈元龙注《片玉集》,亦已将"两眉愁向谁行展",改作"向谁舒展"。皆后人不解此"行"字用法,故妄为改易也。谭复堂《少年游》换头云："芳梅折倩谁行寄。"此乃误以"谁行"作"何人"义,亦未得其确诂。

(二)

余观宋词中凡"行列"之"行"用平声者,皆纵行之义。如欧阳修云："两行红粉一时羞。"晏同叔云："分行珠翠簇繁红。"柳耆卿云："雁字一行来,还有边庭信。"苏东坡云："算应负你,枕前珠泪,万点千行。"此皆用平声也。

用去声者,皆横行之义。如张子野《西江月》云："檀槽初抱更安详。立向尊前一行。"秦少游《采桑子》云："夜来酒醒清无梦,愁倚阑干。露滴轻寒。两行芙蓉泪不干。"晁次膺《诉衷情》结拍云："两行垂杨,一片新蝉。"辛稼轩《添字浣溪纱》云："艳杏夭桃两行排。莫携歌舞去相催。"张叔夏《梅子黄时雨》结拍云："一行柳阴吹暝。"姜白石《蓦山溪》云："两行柳垂阴。"又诗云："辇路垂杨两行栽。"吕渭老《好事近》云："两行艳衣明粉,听阿谁拘束。"侯寘《鹧鸪天》云："寻画烛,照芳容。夜深两行锦灯笼。"此皆当读去声,"一行"、"两行"犹云"一排"、"两排"也。

刘龙渊《竹香子》云："一项窗儿明快。料想那人不在。"此径用"项"字代"行"字,岂当时俗言如是,彼亦不知其即"行"字耶？又或惟恐人误读作平声,故改用同音假借之"项"字耶？

晚唐郑史《赠妓行云诗》曰："最爱铅华薄薄妆,更兼衣着又鹅黄。从来南国名佳丽,何事今朝在北行。"(见《全唐诗》)此"行"字亦读若"抗","北行",犹"北边",北方地也。"北"字一本作"此","此行",犹"此处"也。

三五二

二，《说文》云，而至切。《唐韵》、《集韵》并入去声六至，与"利"、"腻"、"戾"诸字协。盖今吴语读若"腻"，此乃正读，国音读若"耳"，去声者，不知何时转变也。

张子野《雨中花令》："似赛九底，见他三五二，正闷里、也须欢喜。"欧阳修《青玉案》云："一年春事都未几，又过了三之二。"黄山谷《贺圣朝》云："佳人何事轻相戏，通得之何济。君家声誉古无双，且均平居二。"又《鼓笛令》云："小五出来无事，却跋翻和九底。若要十一花下死，那管十三，不如十二。"康伯可《宝鼎现》云："便趁早占通宵醉，缓引笙歌歌妓，任画角吹老寒梅，月满西楼十二。"

政和间有士人作《踏青游·赠妓崔念四》云："同倚画楼十二，倚了又还重倚。"赵长卿《夜行船》云："一叶扁舟烟浪里，曲滩头此情无际。窈窕眉山，暮霞红处，雨云想翠峰十二。"李弥逊《念奴娇》云："对影三人，停杯一问，谁会骑鲸意。金牛何处，玉楼高耸十二。"史邦卿《夜行船》云："曲水湔裙三月二，马如龙钿车如水。"周公瑾《过秦楼》云："清眠乍足，晚浴初慵，瘦约罗裙尺二。曲砌虚庭，夜深月透，龟纱凉生蝉翅。看银潢泻露，金井啼鸦渐起。"

凡此皆当以吴音读之始协也。

三六 参差

（一）

杜牧《闻雁诗》结句云："归梦当时断，参差欲到家。"谓归梦几欲到家，为雁声惊断也。

张谓《湖上对酒》"风光若此人不醉，参差孤负东园花。"又张碧《美人梳头歌》云："金盘解下丛鬖碎，三尺巫云绾朝翠。皓指高低寸黛愁，水精梳滑参差坠。"亦此义。

参差犹言差一点。唐周溃《逢邻女》诗云："日高邻女笑相逢，慢束罗裙半露胸。莫向秋池照绿水，参差羞杀白芙蓉。"又施肩吾《抛缠头词》云："一抱红罗分不足，参差裂破凤凰儿。"

唐杜牧《送别》诗："溪边杨柳色参差。"此言深浅也。

（二）

参差，今但作不整齐解。然余读唐宋人诗词杂文用此词者，多不可以不整齐解释。如何逊《嘲刘孝标》诗结句云："宁知早朝客，参差已雁行。"

如白居易《长恨歌》："中有一人字太真，雪肤花貌参差是。"此"参差"，必非不整齐之义也。

近日始悟此语可引申而为"几希"、"几乎"之义，犹今言"差一点"也。宋之问《观妓》诗云："歌舞须连夜，神仙莫放归。参差随暮雨，前路湿人衣。"李白《送梁四归东平》云："莫学东山卧，参差老谢安。"顾况《咏筝》云："莫遣黄莺花里啭，参差撩乱妒春风。"张谓《湖中对酒》云："风光若此人不醉，参差孤负东园花。"又《春园家宴》云："山简归来歌一曲，参差笑杀郫中儿。"杜牧《闻雁》云："归梦当时断，参差欲到家。"张碧《美人梳头歌》云："金盘解下丛鬖碎，三尺巫云绾朝翠。皓指高低寸黛愁，水精梳滑参差坠。"周溃《逢邻女》云："日高邻女笑相逢，慢束罗裙半露胸。莫向秋池照绿水，参差羞杀白芙蓉。"施肩吾《抛缠头词》云："一抱红罗分不足，参差裂破凤凰儿。"《游仙窟》云："辉辉面子，苒苒畏弹穿；细细腰支，参差疑勒断。"《南部新书》云："李英公为宰相时，有乡人常过宅，为设食，客裂却饼缘。李责之,且曰:'此处犹可,若对至尊前,公作如此事,参差斫却你头。'客大惭悚。"

又记濠州有高塘馆,附近淮水,御史阎敬爱题诗曰:"借问襄王安在哉,山川此地胜阳台。今朝寓宿高塘馆,神女何曾入梦来。"有客题诗讥之曰:"高唐不是这高塘,淮畔江南各一方。若向此中求荐枕,参差笑杀楚襄王。"

此皆唐宋人诗文用"参差"字当解作"几乎"者也。宋人词中则有苏子瞻《水龙吟》云:"料多情梦里,端来见我,也参差是。"苏养直《鹧鸪天》云:"秋入蒹葭小雁行,参差飞堕水云乡。"朱雪崖《摸鱼儿》云:"对西风、鬓摇烟碧,参差前事流水。"又如王安石《咏梅》诗云:"肌冰绰约如姑射,肤雪参差是太真。"《董西厢》云:"当日个孙飞虎,因亡了元帅,夺人妻女。莺莺在普救,参差被虏。"皆此义也。

三七　梯

　　唐宋人诗词中常有以梯字代楼字者。李商隐《日高》云："云梯十二门九关。"冯浩注云："云梯十二,用十二楼。"又《九成宫》云："甘泉晚景上丹梯。"丹梯,即"朱楼"也。刘筠《此夕》云："南州石黛有遗妍,目极危梯月上弦。"危梯,即"高楼"也。若戎昱《从军行》云："归来邯郸市,百尺青楼梯。感激重然诺,平生胆力齐。"此直以"楼梯"为连绵词,取义于"楼"而协"梯"韵,殊为勉强尔。

　　宋词则晏小山云："月底三千绣户,云间十二琼梯。"周美成云："劝君莫上最高梯。"吕渭老云："上危梯尽,望画阁迥。"赵长卿云："十二玉梯空伫,闲却琐窗朱户。"陈允平曰："石荒台老,三十六梯平。"韩子畊云："三十六梯人不到,独唤瑶筝。"吴文英云："画图新展远山齐。花深十二梯。"陈策《摸鱼儿》云："倚危梯、酹春怀古,轻寒才转花信。"

　　诸如此类,皆以"梯"代"楼",取便押韵耳。惟张元幹云："楼下十二层梯。日长影里莺啼。"此句或有误字,否则造语为拙,亦戎昱之比矣。

　　吴文英《瑞龙吟》第二段起句云："瞰危梯。门巷去来车马,梦游宫蚁。"郑文焯校注云："梯字当是睇字之讹,词律云叶平,误矣。"郑说实谬,若作"瞰危睇",此句竟作何解?盖郑不知宋人有以"梯"代"楼"之习惯,且拘泥于周美成所作词此处用仄声,遂以万红友为误也。

三八　圣得知

陆龟蒙《头陀岩》:"空岩圣得头陀号,啼鸟枯松也解禅。"不著知字,可证其谬。又杨诚斋诗云:"游山不合作前期,便被山灵圣得知。"可见"圣得"乃常用之俗语。

又按退之句:"泥盆浅小讵成池,夜半青蛙圣得知。"言初不成池而蛙已知之,速如圣耳。

山谷诗云:"罗帏翠幕深调护,已被游蜂圣得知。"此"知"字何所属耶? 若以属蜂,则"被"字不可用矣。(王若虚《滹南诗话》从此说。)

三九　是也

年光是也。唯只见、旧情衰谢。(周邦彦《解语花》)

烧灯时候是也,楚津留野艇,曾趁芳友。问月赊晴,凭春买夜,明月添香解酒。(丁元隐《齐天乐》,《阳春白雪》卷八)

四〇　何楼、黄龙、黄六

叶景文诗云:"此间何事不何楼,莫为何楼苦苦愁。炎客五更驰宝勒,海翁终日对沙鸥。""何楼",谓虚伪也,亦宋人语。

宋初汴京有何家楼,其下卖物皆赝品,故俗以"何楼"喻虚伪者,此见《刘贡父诗话》。今吴下方言称薄劣欺诈之物为黄龙货,殆即何楼之声转。

明张萱《疑耀》云:"今京师勾阑中诨语言绐人者,皆言'黄六',余初不解其义,后阅一小说,乃指黄巢。巢兄弟六人,巢为第六而多诈,故诈骗人者为'黄六'也。"余按:此说不经,殊不可信,"黄六",实亦"黄龙"之音转也。

四一　窥牧

唐人《哥舒歌》："北斗七星高,哥舒夜带刀。至今窥牧马,不敢过临洮。"为哥舒翰作也。翰为王忠嗣牙将,吐蕃每寇边,翰持半段枪迎击,所向披靡。后筑龙驹岛戍守,吐蕃遂不敢近青海。

此诗选入《唐诗三百首》,传诵已久,并不费解。窥牧,犹言偷牧。窥牧马,乃窥牧之马。全句意谓吐蕃人不敢再侵入临洮草原以放牧耳。

近见林庚、冯沅君注释唐诗云："如今敌人只能远远地窥伺而不敢越过临洮。"又云:"牧马,指敌军的马队。"皆谬妄,于此诗全未解得。

即使以窥字作动词,则所窥者亦当是马,不能释为"远远地窥伺"也。杜甫诗云:"近闻犬戎远遁逃,牧马不敢过临洮。"意尤明显,二君岂未尝见耶?

四二　三白饭

宋人小说载刘贡父一日以简招东坡过其家吃晶饭。东坡不省,以为必有出处。比至赴食,则案上所设惟盐、萝卜、饭而已。

盖东坡尝为贡父言,少日习制科时,与舍弟日享三白,食之甚美,不复信世间有八珍也。贡父因问三白之义。东坡曰:"一撮盐、一棵生萝卜、一碗饭,乃三白也。"既而贡父设此狡狯,东坡已忘其前言矣。

余昔日读此,以为三白之说,东坡所创。近见晁伯宇所录唐人《膳夫经》,有云:"萝卜,贫窭之家与盐、饭并行,号为三白。"盖唐人已有此说,东坡非无所本也。

四三　肮脏

《汉书·霍去病传》："鏖皋兰山下。"注云："今谓糜烂为鏖糟。"

宋杨万里《诚斋诗话》云："今人读鏖为庵，读糟为子甘切。"可知宋人言腌臜，即鏖糟，已变而为秽污之义。

自宋以来，又音变而为肮脏矣。然吾乡方言犹有鏖糟，读如本字，谓零乱不可收拾者。

又或言"心里鏖糟"，则有抑郁之义，此犹近于糜烂也。

卷六 词评

一 唐五代词

（一）张志和及其渔父词

张志和传记，有颜真卿所撰《浪迹先生玄真子张志和碑铭》，其次则见于张彦和所撰《历代名画记》、《太平广记》卷二十七所引唐人撰《续仙传》，次则《新唐书》本传，复次则元人辛文房所撰《唐才子传》。颜真卿为湖州刺史，张志和为座上客，共赋诗作画，饮宴为乐，流连久之。张卒，颜公为撰其碑。是张志和事迹，当以颜公碑文为实。然张彦和以下诸小传，虽皆本之颜公碑文，亦颇有异同。

颜碑略谓：玄真子姓张氏，本名龟龄，东阳金华人。父游朝，清真好道，著《南华象罔说》十卷，又著《冲虚白马非马证》八卷，世莫知之。母留氏，梦枫生腹上，因而诞焉。年十六，游太学，以明经擢第。献策肃宗，深蒙赏重，令翰林待诏，授左金吾卫录事参军。改名志和，字子同。寻复贬南浦尉，经量移，不愿之任，得还本贯。既而亲丧，无复宦情，遂扁舟垂纶，逐三江，泛五湖，自谓烟波钓徒。著书十二卷，凡三万言，号《玄真子》，遂以称焉。又述《太易》十五卷，凡二百六十有五卦，以有无为宗，观者以为碧虚金骨。兄浦阳尉鹤龄，亦有文学，恐玄真浪迹不还，乃于会稽东郭买地结茅斋以居之，闭竹门十年不出。浙东观察使御史大夫陈公少游闻而谒之，坐必终日，因表其所居曰玄真坊。又以门巷湫隘，出钱"买地以立闬闳"旌曰迴轩巷。门隔流水，十年无桥，陈公遂为创造，行者谓之大夫桥。玄真性好画山水，皆因酒酣乘兴，击鼓吹笛，或闭目，或背面，舞笔飞墨，应节而成。大历九年秋八月，讯真卿于湖州。前御史李萼以缣帐请画，须臾之间，千变万化，莲壶仿佛而隐见，天水微茫而昭合，观者如堵，轰然愕眙。真卿以舴艋既敝，请为更之。答曰："傥惠渔舟，愿以为浮家泛宅，沿溯江湖之上，往来苕霅之间，野夫之幸矣。"其诙谐辩捷，皆此类也。

其他传记与颜真卿碑文不同者，其一为籍贯。《名画记》、《续仙传》均云会稽人。其二为改名。颜文不言改名之故，《名画记》则云"诏改之"，《唐书》本传则云"肃宗赐名"。语异而事则一，但不知肃宗何以必欲其改名也。其三为出身，《续仙传》云："博学能文，擢进士第。"诸文皆从颜碑，作明经，此恐《续仙传》误也。其四曰贬官。颜文云："寻复贬南浦尉，经量移，不愿之任，得还本贯。既而亲丧，无复宦情。"《名画记》、《续仙传》均不书此事。《唐书》本传则云："待诏翰林，官至左金吾卫录事参军。后坐事贬南浦尉。会赦还，以亲既丧，不复仕。"《唐才子传》则云："待诏翰林，以亲丧辞去，不复仕。"辛文房略去贬官一事，谓玄真以亲丧辞官归，显非事实。唯颜真卿以玄真亲丧在归里之后，《唐书》以为玄真在贬所时遭亲丧，故赦归后不复仕。此二说似当以《唐书》本传为得其实，颜真卿碑文于此事盖讳而不详也。唐代政治制度，凡左降官均不得奔丧离任。玄真丧亲，必在尉南浦时，赦还后自以孝行有亏，故不复出仕，此是当时名教所拘，不得不尔。颜公碑文以亲丧书于归乡以后，意在全其孝道也。其五曰贬地。诸文皆云玄真贬南浦尉，唯《历代诗余·词人小传》称贬南海尉，此恐是馆臣误录，前无依据也。南浦县即今四川省万县。其六曰著作卷帙。颜公碑文称玄真作《太易》十五卷，《玄真子》十二卷，《新唐书·艺文志》同。《名画记》称《玄真子》十卷，《唐才子传》称《玄真子》二卷。可知《太易》早已亡佚，唐以后无著录。《玄真子》至元时仅存二卷。然全书仅三万言，或后人归并作二卷，初未亡佚，亦未可知。今世传本有《玄真子》二卷，疑是道家伪托，非玄真原本矣。至于玄真以何策干肃宗，以何事贬官，诸史文皆隐而不书，遂莫可考。

玄真子工于绘事，颜公碑文外，《续仙传》、《名画记》、《唐书》本传均言及之。其作画之情状，有释皎然之诗文为之描写，极能传神。诗题云：《奉应颜尚书真卿观玄真子置酒张乐舞破阵画洞庭三山歌》。其诗有云："手援毫，足蹈节，披缣洒墨称丽绝。石文乱点急管催，云态徐挥慢歌发。乐纵酒酣狂更好，攒峰若雨纵横扫，尺波澹漫意无涯，片岭峻嶒势将倒。"又有《乌程李明府水堂观玄真子置酒张乐丛笔乱挥画武城赞》一文，其句云："玄真跌宕，笔狂神王。楚奏锏铿，吴声浏亮，舒缣雪似，颂彩霞状。点不误挥，毫无虚放，蔼蔼武城，披图可望。"此皆可想见其染翰设色之豪放气象，其绘事与音乐通，工妙如是。李明府，即李崿也。

颜真卿为玄真子造渔舟事，亦有皎然诗可参考。诗题曰：《奉和鲁公真卿落玄真子舴艋舟歌》。诗曰："沧浪子后玄真子，冥冥钓隐江之汜，刳木新成舴艋舟，诸侯落舟自此始。得道身不系，无机舟亦闲，从水远逝兮任风还，朝五湖兮夕三山。停轮乍入芙蓉浦，击汰时过明月湾。"据此则当日颜公为玄真子造舟成，且为落至以庆之。落，即落至，今言下水典礼也。当日颜公亦有诗，今不可见。

玄真子与词之关系，在其所撰渔父词五首，此唐词之宗祖也。然颜真卿所撰碑文中未言玄真子作渔父之词，至李德裕《玄真子渔歌记》始有记录，其文云："德裕顷在内廷，伏睹宪宗皇帝写真访求玄真子渔歌，叹不能致。余世与玄真子有旧，早闻其名，又感明主赏异爱才，见思如此，每梦想遗迹，今乃获之，如遇良宝。"其后则《名画记》云："自为渔歌，便画之，甚有逸思。"《续仙传》云："颜真卿为湖州刺史，与门客会饮，乃唱和为渔父词。其首唱即志和之词"西塞山前"云云，真卿与陆鸿渐、徐士衡、李成矩共和二十五首，递相夸尚。"《唐书》本传云，志和"尝撰渔歌。"《唐朝名画录》则云："鲁公宦吴兴，知其高节，以渔歌五首赠之。张乃为卷轴，随句赋象，人物、舟船、鸟兽、烟波、风月，皆依其文，曲尽其妙。"《唐才子传》云:"自撰渔歌,便复画之,兴趣高远,人不能及。"以上诸说,似以《续仙传》为详实。盖渔歌之作,必由于颜公饮席唱和,玄真首唱五章,颜、陆、徐、李诸人和之,各五章,共得二十五章。玄真又写以丹青,为图五本,则一词一画也。颜真卿于大历七年九月自抚州刺史改湖州刺史,至大历十三年初,擢刑部尚书,三月,进吏部尚书。玄真子渔歌既作于颜湖州席上,则其年代当在大历九年秋至十二年之间。当日宾主唱和二十五章,必盛传于世。然自大历末至元和末,不过四十年,宪宗求渔歌,已不可得。又十馀年而李德裕始访得之,录传于世。渔歌之幸而得存至今日,李德裕之功也。

　　玄真所作,唐人诸文均称渔歌,惟有《续仙传》称渔父词。其五章全文,今世所见最早之记录,即李德裕文集中所附存者,此外则《续仙传》所载"西塞山前"一首,亦唐末人所录。《花间集》有和凝、欧阳炯、李珣诸作,则题作渔父。李后主作二首,亦题作渔父。至宋以后,则《直斋书录》、《唐才子传》均仍称渔歌。《尊前集》、《金奁集》均称渔父。陆放翁《入蜀记》、《西吴记》、《古今诗话》均称渔父词。《乐府纪闻》、《竹坡诗话》以至清人所编《历代诗馀》、《词律》、《词谱》则题作渔歌子矣。寻其递变之迹,最初称渔歌子者,犹目为歌咏渔人生涯之歌诗,称渔父或渔父词者亦然,皆非曲调名也。至五代时,《花间集》诸家及李后主所作之题为渔父者,已成为曲调名矣,故《金奁集》所收唐人和作十五首,题云渔父,而注明调属黄钟宫,则其为乐府曲名,已无疑义。从此以后,凡言渔父者,举其曲名也,凡言渔父词者,犹通称也。然苏东坡浣溪沙词小序云:"玄真子渔父词极清丽,恨其曲度不传。加数语,以浣溪沙歌之。"则东坡时,黄钟宫之渔父词,岂又亡其曲拍耶?渔歌子乃唐教坊曲名,先见于《教坊记》,敦煌写本曲子词有渔歌子四首,其句格与玄真所作不同,此乃别是一曲,与渔父不同。自宋人误以渔歌为渔歌子,后人不深考,相承其误,乃遂题玄真所作为渔歌子,而注云:"一名渔父",是一误再误矣。

　　颜、陆、徐、李诸家和玄真之作,李德裕或未得,或得而未录存,故今已不可见。宋初人编《金奁集》,题云"温飞卿庭筠撰",然其中唯六十二首是飞卿词,余皆韦庄、欧阳炯、张泌之作,已见于《花间集》者。此书中收张志和渔父十五首,皆非玄真子词。近人朱古微从曹元忠之说,以为此即当时诸家和作。旧本《金奁集》必题作"和张志和渔父",后人传钞者以为首"和"字误衍,遂删去之。又原书编者未得此十五首作者主名,遂又误以为温飞卿和张志和之作,其谬遂不可究诘。朱古微校订《金奁集》,仍题云"和张志和",以为此中必有颜、陆、徐、李诸家之作而犹少五首。惜颜、徐、李三家诗集,世无传本,陆鸿渐集中亦不见渔父词,无从取证。

　　《宝庆会稽续志》载宋高宗和渔父词十五首,并序云:"绍兴元年七月十日,余至会稽,因览黄庭坚所书张志和渔父词十五首,戏同其韵,赐辛永宗。"其和词十五首所用韵,均与《金奁集》合,惟次序则不同。此可知黄庭坚时犹以此十五首为张志和所作矣。

　　此后陈振孙尝辑《玄真子渔歌碑传集录》一卷,其解题云:"余尝得其一时倡和诸贤之词各五章,及南卓、柳宗元所赋,通为若干章。因以颜鲁公碑述,《唐书》本传,以至近世用其词入乐府者,集为一编,以备吴兴故事。"由此又可知陈振孙尝得颜、陆、徐、李诸家和作,又得南卓、柳宗元所和,其所集今亦不传,不知有与《金奁集》所载十五首合否。南卓文集失传，今本柳宗元集中亦无渔歌，皆憾事也。

渔父词五首咏及之山川名，有西塞山、钓台、雪溪、松江、青草湖、巴陵，此皆其生平踪迹所到之处。选家大抵仅取其"西塞山前"一首。陆放翁《入蜀记》："言大冶县道士矶，一名西塞山，即玄真子渔父词所云者。"而《西吴记》则云："湖州磁湖镇道士矶，即张志和所谓'西塞山前'也。"后人于此，遂生争议。张泳川《词林纪事》力主湖州之说，谓志和"踪迹未尝入楚"，可知其非但未考志和生平，抑且未见渔歌五首全文，岂青草湖、巴陵亦在吴兴耶？《唐朝名画录》谓志和"常渔钓于洞庭湖。"志和贬为南浦尉，正在巴陵、鄂渚之间，岂得谓踪迹未尝入楚乎？唐人诗中言及西塞者，如李白有送弟之江东诗云："西塞当中路，南风欲进船。"韦应物西塞山诗云："势从千里奔，直入江中断。岚横秋塞雄，地束惊流满。"皮日休西塞山泊渔家诗下半首云："中妇桑村挑菜去，小儿沙市买蓑归。西塞山前终日客，隔波相羡尽依依。"皆可证是鄂渚之西塞也。又皎然谓玄真尝为李明府画武城图，此武城亦当是今湖北黄陵县东南之武城，盖志和为南浦尉时，熟知其山川城郭矣。

玄真有兄鹤龄，恐其浪迹不还，为茅斋于会稽东郭，此见颜真卿碑文及《唐书》本传，可信。然世传鹤龄所赋渔父词一首，则不可信也。此词题云为招玄真归里而作。夫玄真五词既作于颜湖州席上，是既归矣，何用招之？玄真词第二首云青草湖，云巴陵，结句云："乐在风波不用仙"，是追叙其在鄂渚洞庭之时也。鹤龄词起句云："乐在风波钓是闲"，答其意也。而下则云："太湖水，洞庭山，"乃误以为县区太湖之洞庭山。鹤龄此词，不知最早见于何书，《词林纪事》云出《罗湖野录》，然今本《罗湖野录》无此词。《野录》，释晓莹撰，序于绍兴二十五年，是南宋初也。若以前载籍中不见此词，可断其为伪作矣。

颜真卿作玄真子碑铭，叙其生平甚详，惟不言其卒葬年月，亦不及其如何逝世，但云："忽焉去我，思德兹深。曷以置怀，寄诸他山之石。"其铭文结句云："辅明主，斯若人；岂烟波，终此身。"文意皆隐约虚泛。《续仙传》云："其后真卿东游平望驿，志和酒酣为水戏。铺席于水上，独坐饮酌笑咏。其席来去迟速，如刺舟声。复有云鹤，随覆其上。真卿亲宾参佐观者，莫不惊异。寻于水上挥手以谢真卿，上升而去。"此乃道家玄语，上升者，死亡也。盖玄真子实自沈于水，故颜公碑文云"忽焉去我"，又云"烟波终身"，实已暗示之矣。然不读《续仙传》，不能解也。宋人《冷庐杂识》云："平望平波台有玄真子祠"，亦可知玄真子没于此，故后人立祠祀之。

（二）船子和尚拨棹歌

船子和尚与道吾宗智禅师、云岩昙晟禅师均为药山惟俨禅师法嗣，《续高僧传》、《景德传灯录》、《五灯会元》均有其小传。今全录《五灯会元》所载小传于此：

秀州华亭船子德诚禅师节操高邈，度量不群，自印心于药山，与道吾、云岩为同道交。泊离药山，乃谓二同志曰："公等应各据一方，建立药山宗旨。予率性疏野，惟好山水，乐情自遣，无所能也。他后知我所止之处，若遇灵利座主，指一人来，或堪雕琢，将授生平所得,以报先师之恩。"遂分携至秀州华亭,泛一小舟,随缘度日,以接四方往来之者。时人莫知其高蹈,因号船子和尚。

一日,泊船岸边闲坐。有官人问:"如何是和尚日用事?"师竖桡子曰:"会么?"官人曰:"不会。"师曰:"棹拨清波,金鳞罕遇。"

师有偈曰:"三十年来坐钓台,钩头往往得黄能,金鳞不遇空劳力,收取丝纶归去来。""千尺丝纶直下垂,一波才动万波随。夜静水寒鱼不食,满船空载月明归。""三十年来海上游,水清鱼见不吞钩,钓竿斫尽重栽竹,不计功程得便休。""有一鱼兮伟莫裁,混融包纳信奇哉。能变化,吐风雷。下线何曾钓得来。""别人只看采芙蓉,香气长粘绕指风。两岸映,一船红,何曾解染得虚空。""问我生涯只是船,子孙各自赌机缘。不由地,不由天。除却簑衣无可传。"

道吾后到京口,遇夹山上堂。僧问:"如何是法身?"山曰:"法身无相。"曰:"如何是法眼?"山曰:"法眼无瑕。"道吾不觉失笑。山便下座,请问道吾:"某甲适来只对这僧,话必有不是,致令上座失笑。望上座不吝慈悲。"吾曰:"和尚一等是出世未有师在。"山曰:"某甲甚处不是,望为说破。"吾曰:"某甲终不说。请和尚却往华亭船子处去。"山曰:"此人如何?"吾曰:"此人上无片瓦,下无卓锥。和尚若去,须易服而往。"山乃散众束装,直造华亭。船子才见,便问:"大德住甚么寺?"山曰:"寺即不住,住即不似。"师曰:"不似,似个甚么?"山曰:"不是目前法。"师曰:"甚处学得来?"山曰:"非耳目之所到。"师曰:"一句合头语,万劫系驴橛。"师又问:"垂丝千尺,意在深潭,离钩三寸,子何不道?"山拟开口,被师一桡打落水中。山才上船,师又曰:"道,道!"山拟开口,师又打。山豁然大悟,乃点头三下。师曰:"竿头丝线从君弄,不犯清波意自殊。"山遂问:"抛纶掷钓,师意如何?"师曰:"丝悬渌水,浮定有无之意。"山曰"语带玄而无路,舌头谈而不谈。"师曰:"钓尽江波,金鳞始遇。"山乃掩耳。师曰:"如是如是。"遂嘱曰:"汝向去直须藏身处没踪迹,没踪迹莫处藏身。吾二十年在药山,只明斯事。汝今既得他后,莫住城隍聚落,但向深山里钁头边觅取一个半个接续,无令断绝。"山乃辞行,频频回顾。师遂唤"阇黎"。山乃回首。师竖起桡子曰:"汝将谓别有。"乃覆舟入水而逝。

此传中所载船子和尚偈语六首,其三首是七绝诗体,外三首则为七七三三七句格之长短句,与张志和之渔父词同。因此,船子和尚遂与词亦有关系。

船子和尚小传不载其卒年,然其师药山惟俨禅师卒于唐大和八年(834)十一月六日。其同门道吾宗智禅师卒于大和九年九月。云岩昙晟禅师卒于会昌元年(841)十月二十六日。船子法嗣夹山善会禅师卒于中和元年(881)十一月七日。船子和尚在药山处受法二十年,偈诗云:"三十年来海上游"。据此可知船子和尚为唐元和会昌间人。从来选录唐诗唐词者,均不收其偈语,盖后世但知有张志和渔父词,而不知有船子和尚渔父词也。

黄山谷有渔家傲词四首,其小序云:"江宁江口阻风,戏效宝宁勇禅师作古渔家傲。王环中云:'庐山中人颇欲得之,'试思索,始记四篇。"其词第二首云:

忆昔药山生一虎。华亭船上寻人渡。散却夹山拈坐具。呈见处。系驴橛上合头语。

千尺垂丝君看取。离钩三寸无生路。蓦地一桡亲子父。犹回顾。瞎驴丧我儿孙去。

山谷又有诉衷情词一首,其小序云:"在戎州登临胜景,未尝不歌渔父家风,以谢江山。门生请问:'先生家风如何?'为拟金华道人作此章。"其词云:

一波才动万波随,蓑笠一钩丝。金鳞正在深处,千尺也须垂。吞又吐,信还疑。上钩迟。水寒江静,满目青山,载月明归。

以上二词,皆全用船子和尚偈语,然一则云"效宝宁勇禅师作古渔家傲",一则云"拟金华道人作",而不言及船子和尚,岂当时此词虽流传人口,已无人知其为唐释船子德诚所作乎?

五十年前,大理周泳先辑《唐宋金元词钩沉》既成,始发现船子和尚为唐时人,以不及录其词为憾。然周君当时所知者,亦仅《五灯会元》所载之三首。其他如《续高僧传》、《景德传灯录》、《法苑珠林》及《艺林伐山》诸书所引,皆不出此。余尝收得《机缘集》一册,清嘉庆中刻本,所载为船子和尚歌词三十九首,附历代僧俗和作。始知船子遗词,存于今者不止三首,辑唐词者,犹足以增入一卷也。《机缘集》后附洙泾法忍寺僧漪云上人《推篷室稿》,有同邑周霭胅序云:"余读《机缘集》,船子有拨棹歌三十九首。其前三首皆七言小诗,余皆渔歌子词。世但知船子为佛祖,不知为唐诗人,为唐词人也。"然则清嘉庆时已有人发现船子和尚为唐时人,而刘子庚、王国维、林大椿诸家辑唐词者,均失于采录,可知此书虽嘉庆新刊,流传不广,治词学者皆未见也。

此书所载船子和尚词三十九首,题名《拨棹歌》,原为宋大观四年(1110)风泾海会寺石刻本。其跋云:"云间船子和尚嗣法药山,飘然一舟,泛于华亭吴江洙泾之间。夹山一见悟道。尝为拨棹歌,其传播人口者才一二首。益柔于先子遗编中得三十九首,属词寄意,脱然迥出尘网之外,篇篇可观,决非庸常学道辈所能乱真者。因书以遗风泾海会卿老,俾馋之石,以资禅客玩味云。"吕益柔,字文刚,别号松泽叟,华亭人。元祐三年进士,官刑部侍郎,以显谟阁待制致仕。

船子者,唐人言小舟也。和尚操小舟为人渡水,故乡人称之为船子和尚。船子在洙泾所居为建兴寺。宋治平中,改名法忍寺,以至于今。寺旧有井阑石,刻会昌年号。又有经幢,咸通十年立,今皆不存。元时法忍寺首座坦禅师辑刻《机缘集》二卷,其上卷即据海会寺石刻录船子和尚拨棹歌三十九首,附吕益柔跋。下卷题《诸祖赞》,辑录投子青,保宁勇以下宋元诸禅师咏赞,兼及居士如黄山谷、张商英、赵子固诸家之作。此本有明万历四年云间超果寺滇南比丘智空重刻本。至崇祯十年,又有法忍寺释澄彻重刻本,已增入明人幻住禅师、陆树声等数首。此三本皆年久失传。《天一阁书目》有《船子机缘诗》一卷,嘉请《大藏经》中亦有《船子和尚机缘集》,此二本余均未见,疑亦即坦禅师本也。余所得此本乃清嘉庆九年(1804)法忍寺释漪云达邃续辑重刊本。其正集二卷,仍明刊本之旧。续集二卷,乃漪云增辑。上卷为唐宋迄明清诸家咏赞。卷首所录唐愚公谷人七言绝句一首,乃嘉庆六年法忍寺天空阁火后所得石刻文,题云:"船子和尚东游泊钓船处"。后署"会昌元年十一月"。据此可知会昌元年船子已卒。下卷录宋释智圆至清居士朱二垞所撰法忍寺诸禅舍碑记,而以自撰《推篷室诗稿》殿焉。漪云俗姓沈氏,华亭名家子,工诗文。出家后主法忍寺,重建推篷室,辑刻《机缘集》,船子宗风,赖以不坠。而其保存船子歌词,使其免于亡佚,其功尤伟。

　　船子和尚歌词与张志和渔父词句法全同,且皆咏渔人生活而寓以释道玄理,故后世并称之。张志和本题"渔父",《花间集》、《尊前集》有和凝、欧阳炯、李珣诸家作渔父,句法皆与张志和同。南唐李后主有渔父二首,句法亦不异。然五代以后,多题作渔歌子,清人编《词律》、《历代词谱》、《历代诗馀》均以张志和词为渔歌子最早之作,而注云"一名渔父"。然渔歌子乃唐教坊曲名,见于《教坊记》,则开元、天宝时已有此调。张志和词,颜真卿、李德裕皆称渔父词,何以不称渔歌子乎?《教坊记》著录称鱼歌子,不作渔字。敦煌曲子写本有鱼歌子四首,其作鱼而不作渔,与《教坊记》合。张志和词句法为七七三三七,敦煌本鱼歌子四首,因有衬字,故字数不一致,但均为二叠之歌词,前后叠句法均为三三七、三三六,则较张志和词为繁。由此可知渔父非鱼歌子也。任二北先生谓张志和之渔父,合于敦煌本鱼歌子之三三七句法,因而得出结论,谓"敦煌四词之写作时期,可能在张志和以前。"此言余不敢赞同,从来文学形式,只有由简而繁。绝无由繁趋简。可以云鱼歌子乃渔父之繁化,不可云鱼歌子乃渔父之初体。然《教坊记》既已先有鱼歌子,而和凝、李珣诸家所作又仍称渔父,其句法又悉依张志和,更可知渔父与鱼歌子不能混同为一也。

　　船子和尚词既与张志和同,吕益柔石刻本何以不题作渔父而题作拨棹歌,此又一疑问也。吴曾《能改斋漫录》云:"京师僧念梁州、八相太常引、三皈依、柳含烟等,号唐赞。而南方释子作渔父、拨棹子、渔家傲、千秋岁,唱道之辞"。此文极为重要。其所谓京师者,乃指汴都,盖北宋时南北僧人所用佛曲之区别在此。唐赞者,谓自唐时相传之歌赞也。南方释子之唱道辞,想亦传自唐人,唯不用此名称耳。古书无句读标点,渔父、拨棹子为一为二,今未能定。或可读作"渔父拨棹子",乃以拨棹子曲调咏渔父生涯,而寓以禅理,犹敦煌词之"望月婆罗门"、京师佛曲之"八相太常引"、南宋人之"催雪无闷",皆以题目与曲名连写者也。若以渔父与拨棹子为二曲,则张志和所作为渔父,船子和尚所作为拨棹子。然此二家所作句法音节均同,似不可能为二曲,故余以为当读作"渔父拨棹子"。自颜真卿、李德裕以下,以张志和词为渔父,谓其内容也。和凝、欧阳炯以下继承有作,遂误以渔父为曲调名。至宋人编录唐五代词,知渔父实非调名,遂改作渔歌子,此再误也。吕益柔称船子和尚所作为拨棹歌,必依据唐代以来相传之原题,拨棹歌当即拨棹子,其曲调名也。拨棹子亦盛唐时曲调,见《教坊记》,而其由来则更古于此,盖民间棹歌之流变也。唐人词题作拨棹子者,今未见。《尊前集》有尹鹗所作拨棹子词二首,每首皆二叠,下叠起句与上叠起句不同,已近似换头,二叠共六十字,句法与船子和尚词绝异,且用仄韵。尹鹗五代时人,《花间集》有其词,皆小令。此二词体式必非五代时所能有,恐为宋人伪托,不敢信也。唐人拨棹子令词虽无他作可参,然船子和尚词既称拨棹歌,而《能改斋漫录》又明言南方释子以渔父拨棹子为唱道之辞,则船子和尚此三十九首之为拨棹子,可无疑矣。其前三首形式上虽为七言绝句,然若破第三句为四三句法,仍可以拨棹子歌之,惟添一衬字而已。吕益柔总题之为拨棹歌,而不别出此三首,其意可知也。

　　船子和尚拨棹子三十九首全文,近代未见印本,余故附录于此,以广其传。明杨升庵《艺林伐山》载船子和尚四偈,皆七言绝句,其第三首为吕氏石刻本所无,亦不见于宋人书,不审何从得之,今姑以录入,共四十首。

附记

本刊第一辑发表了日本松浦友久教授的《关于"越调诗"的二三问题》,使我们知道渔父词这种形式的诗,即七七三三七句法的诗,在唐代已流传到日本,并且为日本诗人所乐于采用。日本诗人称这一形式的诗为"越调诗",对我们来说,也是一个新的资料。我怀疑这个名称不是日本诗人创造的,很可能是我国唐代诗人就称之为越调诗。诗以曲调为题者,有凉州、甘州、乐世之类。有时也加一个"词"字,如甘州词、乐世词等,表示这是曲词。但没有加"诗"字的。越调即无射商,不是曲名,而是宫调名,越调诗这个名词,表示它是诗,而用越调中的某一曲子来配合,可见这种最早形式的词,唐人还以为是诗。然而毕竟不是一般的不入乐的诗,于是要加一个宫调名以示区别,故称为越调诗。这个名词,肯定还在"长短句"之前。这样命名的习惯,时间大概不久,后来出现了长短句这个名称,便不再有越调诗之类的命名了。而且《金奁集》载渔父词十五首,注明属黄钟宫,则在宋时,渔父已非越调歌曲,故亦不再见此名。以上是我对于"越调诗"这个名词的推测,附记于此,待词学研究同志考索。

一九八一年五月记

(三) 读李白词札记

李白词,《尊前集》收十二首,凡《连理枝》一首,《清平乐》五首,《菩萨蛮》三首,《清平调》三首。《花庵词选》收李白词七首,其《菩萨蛮》一首,《清平乐》令二首,《清平调》辞三首,皆与《尊前集》同,惟《忆秦娥》一首,未入《尊前集》。此外尚有《桂殿秋》二首,亦相传以为李白作,《全唐词》收录之。又有《秋风清》一首,《历代诗馀》收录之。故唐宋以来相传为李白所作之词,共十六首。

《连理枝》一首,惟见于《尊前集》,上下两叠,各三十五字,句法同。万氏《词律》仅收此词下叠,著为格律,注云:"此唐调也,宋词俱加后叠。"此词之后,即录程垓所作"不恨残花聘"一首,双叠,七十字。《历代诗馀》则收录其上叠,注云:"单调,三十五字,宋词俱加后叠。又名为《小桃红》。"《全唐词》则分为二首。《词谱》亦分为二首,以为此调正格。余疑清初人所见《尊前集》,此词皆分为二首,然今本《尊前集》目录明言"李白十二首",必不容后人传钞时误分为二,此又不可晓也。

《连理枝》调名不见于《教坊记》、《唐会要》诸书,唐五代词人亦未有用此调者,不知万红友何所据而定其为唐调。至七十字双叠《连理枝》,先见于晏同叔《珠玉词》,其时代在程垓之前。按《宋史·乐志》云:"太宗洞晓音律,前后亲制大小曲及因旧曲创新声者,总三百九十。"其下列太宗所制诸曲调名,在"琵琶独弹曲破"十五调中,有"蕤宾调连理枝"一调,可知《连理枝》为宋太宗所制琵琶曲,非唐调也。《尊前集》于李白此词下注云:"黄钟宫"，则宫调异矣。余以为《连理枝》实未尝有三十五字单片之唐曲，此词必宋初人所撰，谬托于李白。其词云："望水晶帘外竹枝寒，守羊车未至。"即此一语，亦可为伪撰之证，盖唐人作宫词，赋宫怨，皆不及"竹枝"，李白在唐宫供奉所作诗，亦无用"竹枝"者，唐宫无"竹枝"，安得云"帘外竹枝寒"乎？

《清平乐》五首，初见于《尊前集》。《花庵词选》载"禁庭春昼"、"禁闱秋夜"二首，即《尊前集》之第一首、第二首也。黄花庵自注云："按唐吕鹏《遏云集》载应制词四首，以后二首无清逸气韵，疑非太白所作。"据此可知唐人吕鹏所编《遏云集》已收李白《清平乐》四首，花庵选其二而遗其二。其所遗者，不知与《尊前集》所收同否。考欧阳炯《花间集叙》云："在明皇朝，则有李太白之应制《清平乐》调四首。"是李白《清平乐》四首，唐人已有两家著录，且欧阳炯所言，明指曲子词，亦非《清平调》歌诗之误也。《尊前集》所载前四首，或即从《遏云集》得之。其第五首"画堂晨起"云云，见于曾慥《乐府雅词·拾遗》，不署作者姓名，盖北宋人作，托名于李白，误入《尊前集》者。然花庵不容不见《尊前集》，何以不辨清平乐第五首之伪，此不可解。明人杨升庵《词品》亦言"黄玉林从吕鹏《遏云集》中止选二首，故补作二首录之。"升庵所作词甚佳，然由此可知升庵亦未尝见《尊前集》，不知其中别有李白《清平乐》三首也。

《尊前集》所载李白《清平乐》第三、第四首，题材辞语，果与第一、二首不类。前者咏宫词，后者赋闺情，花庵所谓"无清逸气韵"者，实乃遣辞琢句，不如前二首之华丽浓艳耳。题材既不同，辞语自异。然此二首亦犹有李白歌诗气韵，未可遽疑其非太白作。然黄花庵《宫怨》一首，王通叟《拟太白应制》一首，杨升庵补作二首，皆步趋太白前二首者，可知此四首中，宋以来皆特重其前二首也。

《清平乐》曲名见《教坊记》。《鉴戒录》引五代时陈裕诗："阿家解舞清平乐。"宋释仲殊和东坡词亦云："解舞《清平乐》，如今说向谁。"可知《清平乐》乃舞曲名。温飞卿《清平乐》词云："新岁清平思同辇。"又敦煌写本发愿文残卷云："伏愿威光转盛，神力吉昌；社稷有应瑞之祥，国境有清平之乐。"(北京图书馆藏河字二十一号卷子)由此可知"清平"乃时清世平之意，非"清调"、"平调"之谓也。"乐"乃快乐之乐，非音乐之乐也。万氏《词律》韵目以此调编在"三觉"韵下，误矣。

《清平调辞》三首，亦应制之作。《松窗杂录》云："开元中，李白供奉翰林，明皇与太真妃赏木芍药丁沉香亭，诏白撰新乐词。白立进《清平调》三章。"诸家注李白诗者，多引此文。王灼《碧鸡漫志》谓"明皇宣白进《清平调》词，乃是令白于'清调'、'平调'中制词。"余以为此《清平调》亦乐曲名，非宫调名，故此"清平"二字当仍是时清世平之义。李白此三首，乃歌诗，载在其诗集中。后人编词选者，援《杨柳枝》、《浪淘沙》之例，并予收录，固亦无妨，然李白集中此类歌诗甚多，如《少年子》、《沐浴子》、《舍利弗》、《高勾骊》、《山鹧鸪》诸题，皆显为当时流行乐曲名，《清平调》辞既得为词，则其他诸作，遂无屏弃之理。著录唐词者，于此一情况，往往任意取舍，宗旨不定，使词之概念，不能明确。万氏《词律》更以声诗之平仄定为曲词之格律，刘禹锡之《纥那曲》，刘采春之《罗唝曲》、元结之《欸乃曲》与李白之《清平调》，并皆入谱定律，此则尤谬者已。

清平调辞三章,诸本次序均不同。《尊前集》以"云想"为第一,"一枝"第二,"名花"第三。《乐府诗集》、《全唐诗》皆同。《花庵词选》则以"名花"为第一,"一枝"第二,"云想"第三。旧本相传,或有此二式。

《旧唐书·李白传》云:"玄宗度曲,欲造乐府新词,亟召白,白已卧于酒肆矣。召入,以水洒面,即令秉笔。顷之,成十馀章。帝颇嘉之。"按李白供奉翰林,撰乐府歌词,必非一时之事。今诗集中所载《清平调辞》三首外,尚有《宫中行乐词》八首,亦沉香亭应制之作。其他杂曲歌辞,或亦有奉诏所撰。后世人但知有《清平调》三首,遂疑《清平乐》四首非李白所作。亦有混《清平调》、《清平乐》为一者,如《花草粹编》收《清平乐》"禁闱秋夜"一首,陈耀文跋云:"吕鹏《遏云集》载李词四首。按《松窗杂录》:白进《清平调》词三章。《胜说》以为《清平乐》曲,此岂鹏羼入者耶?"又夏敬观《词调溯源》于《清平乐》下解云:"按《清平调》词即李白集中所载三绝句,唐时歌曲,大率如此。今传李白《清平乐》有四十六字,必后人所制,托之李白。"此皆仅知李白有《清平调》三首,而不知别有《清平乐》四首,更不知《清平调》辞犹是声诗,而《清平乐》则确然为盛唐曲子词,《花间集序》已为之明证矣。

《尊前集》载李白《菩萨蛮》三首。其第一首"游人尽道江南好",乃韦庄词,见《花间集》,第三首"举头忽见衡阳雁"乃陈达叟词,见《花草杂编》,皆可确定其为误入。惟第二首"平林漠漠烟如织",《花庵词选》录于卷首,其次录《忆秦娥》"箫声咽,秦娥梦断秦楼月"一首,注云:"二词为百代词曲之祖。"后人多祖述此言,几成定论,然亦甚可疑也。按唐宋以来著录此词者,始见于释文莹撰《湘山野录》。文莹先录全词正文,后云:"此词不知何人写于鼎州沧水驿楼,复不知何人所撰,魏道辅泰见而爱之。后至长沙,得《古风集》于曾子宣内翰家,乃知太白所作。"据此则此词最初见于《古风集》,题李白撰,有好事者书于沧水驿楼。魏泰爱而傅之,遂著于世。然《古风集》为何等书,向来未有称说。南宋时,魏庆之作《诗人玉屑》,则云:"鼎州怆水驿有《菩萨蛮》"平林漠漠烟如织"云云,曾子宣家有太白集,此词乃太白作也。见《古今诗话》。"据此则《古今诗话》作者以《古风集》为李白诗集,此词载在集中。然李白诗集但有称《草堂集》者,未闻有称《古风集》者;李白虽有"古风"诗一卷,皆五言古诗,未必与曲子词合为卷帙。窃疑此所谓《古风集》者,亦北宋时人所编长短句选集,以此词托名于李白耳。

杨元素撰《本事曲》亦载此词,并云:"近传一阕,云李白制,即今《菩萨蛮》,其词非李白不能及。"杨元素与文莹同时,皆元丰元祐间人,可知此词在当时始流传人口。杨云"即今《菩萨蛮》",又可知此词原不标明腔调,以句法音节审之,知其为《菩萨蛮》耳。杨又谓"云李白制,其词非李白不能及。"又可知当时固未尝肯定其为李白所作,惟以此词语气高雅,非才如李白者不能作,因归之于李白也。如是则以此词为李白所作,当时即有疑问,后世选家录此为李白词者,皆杨元素之流耳。

唐苏鹗撰《杜阳杂编》谓《菩萨蛮》乃唐宣宗时倡妓所制新曲。明胡应麟即据此说,谓"太白之世,尚未有斯题,何得预制其曲耶?"后人否定此词为李白所作,亦多引此为证。然《菩萨蛮》乃唐玄宗时教坊新曲,其名早见于《教坊记》,实与李白同时,不得谓李白之时尚无此曲也。宣宗酷好此曲，既自撰之，又令文士竞为之，温飞卿所作特多，今犹存二十首。此乃《菩萨蛮》曲盛行之时，非始创之时也。李白之时，既已有《菩萨蛮》曲，则李白即有撰词之可能，《杜阳杂编》所载，不足为此词非李白作之明证。余所致疑者，此词来历不明，唐五代人既无称引，《尊前集》又未收录，则其伪托李白，亦已甚晚矣。

《菩萨蛮》以后，又有《忆秦娥》一首，亦相传为李白所作。此曲名亦不见于《教坊记》、《唐会要》诸书。唐五代词人唯冯延巳《阳春集》中有一首，句法较简，与所传李白词不同。李之仪有《〈忆秦娥〉用太白韵》一首，苏东坡有《忆秦娥》一首，句法同。李与苏皆宋神宗时人，可知此李太白《忆秦娥》词，在宋神宗时始传于世。然同时毛滂作一首，则犹用冯延巳所作一首之格律。可知李白《忆秦娥》之格律，乃冯延巳《忆秦娥》之发展，此词必不能作于冯延巳之前也。

著录此词者，始于《邵氏闻见后录》。邵氏云："'箫声咽，秦娥梦断秦楼月'云云，李太白词也，予尝秋日饯客咸阳宝钗楼上，汉诸陵在晚照中。有歌此词者，一坐凄然而罢。"邵氏此书自序于绍兴二十七年，已入南宋矣。其后《草堂诗馀》始收此词。《花庵词选》始合《菩萨蛮》一首冠于全书，许为"百代词曲之祖"。由此踪迹，可知此词出现于神宗之时，至南宋初而确定为李白所作。唐五代词，入宋以后，已不复应歌。宋人筵席所歌，皆时行新曲。河南邵博在咸阳宝钗楼上所闻，必时人所撰怀古歌词，托名于李白，其时间与李之仪、苏轼作此词时，正亦相近。而前乎此，未闻有此词也。否则，《尊前集》必不遗此。

《桂殿秋》三首，亦非李白所作。《许彦周诗话》云："李卫公作《步虚词》云：仙家女侍董双成，桂殿夜寒吹玉笙，曲终却从仙官去，万户千门空月明。河汉女主能铸颜，云轺往往到人间，九霄有路去无迹，袅袅天风吹佩环。呜呼，人杰也哉。"李卫公即李德裕。此词本是二首七言绝句声诗，后人改首句为三字二句，遂成曲子词。（《许彦周诗话》俗本已删去第一首第一句"家"字，第二首第一句"能"字，并改"主"作"玉"。此处所引从何文焕校刻古本。）吴曾《能改斋漫录》始载此妄改本，并云："李太白词也。有得于石刻，而无其腔。刘无言自倚其声歌之，音极清雅。《东皋杂录》又以为范德孺谪均州，偶游武当山石室极深处，有题此曲于崖上，未知孰是。"胡元任《苕溪渔隐丛话》亦云："《桂花曲》'仙女侍董双成'云云，此曲《许彦周诗话》谓是李卫公作，《湘江诗话》谓是均州武当山石壁上刻之，云神仙所作，未详孰是。"可知在许彦周以后，《步虚词》已题《作桂花曲》，且以为神仙所作。或者以李白有仙气，又归之于李白。吴胡二家书均成于绍兴末年，于诸说均未能定其孰是，可知当时犹未肯定其为李白词也。

《桂殿秋》曲名亦不见于唐人书。唐五代词人亦未有为此曲撰词者。向子諲《酒边词》中始见此曲，句法亦同，可知此曲始行于宋徽宗时。宣和时盛行道曲，或者有人取李德裕《步虚词》填腔入乐，改名曰《桂殿秋》。向子諲作此词时，正此曲初行时也。其后又误"桂殿"为"汉殿"，嫁名于李白。大约北宋中叶以后，李白忽有词人之誉，故当时流传之新词，一一归之于李白矣。《桂殿秋》依托最后，时人不甚信从，故《花庵词选》、《草堂诗馀》均屏而不录。明陈耀文辑《花草粹编》仍题此词为李卫公《步虚词》，惟误以二首合为双叠之一首。《全唐词》始确定此二首为李白作，然《历代诗馀》则以第一首为李德裕《步虚词》，第二首为李白《桂殿秋》，此大谬也。

称此词为《桂花曲》者，惟见于《苕溪渔隐丛话》。按，《桂花曲》乃白居易所作歌诗，载在本集，与此词无涉也。

"秋风清，秋月明"一首，见李白诗集，题为"三五七言"，验其句法韵度，确是曲子词，惟无调名耳。《历代诗馀》收此词，题作《秋风清》，援白居易《花非花》之例也。

自来治词史者，多以温飞卿、韦庄为词之祖祢，温、韦以前，有声诗而无曲子词，故于李白诸词，皆持此说，斥其为伪，自敦煌写本《云谣集》出，而此说不攻自破，盖诸家所藏《云谣集》词，有盛唐时写本，如伦敦所藏斯字第四三三二号卷子，书《别仙子》、《菩萨蛮》各一首，其纸背书"壬午年龙兴寺僧学便物字据"，此"壬午年"，近人考定为天宝元年。然则盛唐时已有曲子词，此可为明证矣。李白诸词之为伪托，决不能以当时无曲子词为论据，余故一一别为考校，申其说如上。余之结论则为：《清平调辞》三首，《秋风清》一首，李白歌诗也，今列于词。《清平乐》四首，李白词也。《连理枝》二首，《菩萨蛮》、《忆秦娥》各一首，北宋人所撰，依托李白者也。《桂殿秋》二首，乃李德裕所撰《步虚词》，误属李白者也。

一九八三年五月十日改订旧稿

（四）读韩偓词札记

一

韩偓集未尝见善本。《唐书·艺文志》载《韩偓诗一卷》，又《香奁集一卷》。晁氏《郡斋读书志》著录《韩偓诗二卷》，又《香奁集》不著卷数。《直斋书录》有《香奁集》二卷、入内廷后诗集一卷、别集三卷。《四库总目》著录《韩内翰别集一卷》，其书中注云："入内廷后诗"，而集中所载，又不尽在内廷所作。《全唐诗》小传云："偓有《翰林集》一卷、《香奁集》三卷，今后编为四卷。"然所录韩偓诗，其第一至三卷为《翰林集》中诗，其第四卷方为《香奁集》，疑小传有误，当云《翰林集》三卷、《香奁集》一卷也。《翰林集》中诗，其第一及第二卷为天复元年以后作，编年次第井然。其第三卷则有乾宁二年至开平三年之诗，亦有不纪年而可知其为龙纪及第后所作者，此卷岂即四库著录之《内翰别集》一卷本耶？汲古阁刻本《韩偓集》，余未得见。然震钧作《香奁集发微》即用汲古阁本，因知其为《翰林集》三卷、《香奁集》一卷。其《香奁集》以《黄蜀葵赋》、《红芭蕉赋》为殿。吴汝纶评注本《韩翰林集》三卷、《香奁集》三卷，复有《补遗》一卷，所录乃奏疏三篇、手简十一帖，非补诗之遗也。吴氏未言所据版本，疑即用汲古阁本，而依《全唐诗》增益改编之。又涵芬楼影印之旧钞本《玉山樵人集、附香奁集》，均不分卷。诗皆按五七言体分类编录，此本亦不知所从出。今以《全唐诗》本、涵芬楼本、吴汝纶评注本、震氏《发微》本相校，均有异同，竟不能定其孰为近古，诚憾事也。

二

韩偓词惟《尊前集》载《浣溪沙》二首,《绝妙词选》同。《全唐词》载三首,《浣溪沙》二首外,增《生查子》(侍女动妆奁)一首。王国维辑《香奁词》,共十三首,盖取《香奁集》中歌诗十首增益之。林大椿辑《唐五代词》,录韩偓词五首,而以其馀篇附录于校记中,盖未敢径以为词也。由此观之,则韩偓之词,未可谓已有定本。

《香奁集》虽属歌诗,然其中有音节格调宛然曲子词者,且集中诸诗,造意抒情,已多用词家手法。偓自序云:"自庚辰辛巳之际,迄辛丑、庚子之间,所著歌诗,不啻千首,其间以绮丽得意,亦数百篇,往往在士大夫之口,或乐工配入声律,粉墙椒壁,斜行小字,窃咏者不可胜记。"其诗既有为乐工配入音律,付之歌咏者,当亦有依倚曲拍,撰为新词者,盖唐人歌诗与曲子词之界限,即在于此。后人辑录唐词,即以其题目是否曲调名为取舍,如《尊前集》所收《三台》,乃六言绝句,《杨柳枝》乃七言绝句,《纥那曲》则五言绝句也。若作者当时实依曲调制词,而编集时但用诗题者,传至后世,遂启争论,孰者当入词,孰者不当入词,此固缘事而殊,难于画一者矣。《香奁集》诸诗则非但有格调近词者,且其风貌亦多类乎词,故其为词为诗,尤不易论定。近人震钧作《香奁集发微》,有言云:"《香奁集》命意,去词近,去诗却远。然三百篇之西方美人、静女其姝,何一非此物此志也。"此言极是。盖震氏已觉察韩偓之诗,风格已近乎词。然去词虽近,未必皆可谓之为词也。

《浣溪沙》二首,见于《尊前集》,又《花庵绝妙词选》。汲古阁刻本《香奁集》亦有,调名下注云:"曲子",而涵芬楼影印旧钞本则无。此二首当为韩偓所作,无可疑。然不当在《香奁集》中,盖晋所辑入者,非旧本原有也。王国维辑本,依《花庵词选》及《全唐诗》录入,林大椿辑本依《尊前集》,其第一首"深院下关春寂寂"不作"不关",殆是误字。第二首"骨香腰细见沈檀",诸本均作"更沈檀",不知林氏何所据而作"见"。

《三忆》三首,涵芬楼本《香奁集》编入长短句类中,王国维辑本收入之。王跋云:"《忆眠时》,本沈隐侯创调,隋炀帝继之,升庵视为词祖,唯致光词少二句耳。"林大椿辑本不收此作,而附见于校记中。按涵芬楼本虽不知所从出,然其中有长短句一类,此必宋初旧本,或是致光原编,亦有可能。盖长短句即词之前身,北宋初词名未立,即以长短句称曲子词,至南宋,则径以长短句为词之别名矣。此书如为南宋人所编,必用不长短句为歌词类目。《香奁集》中长短句一类所收凡六篇,其中《厌落花》一首,显为七言歌行,绝非词体。其馀《三忆》、《玉合》、《金陵》共五首,皆似曲子词,故王国维悉予辑录,且谓"《玉合》、《金陵》皆致光创调,而《金陵》尤纯乎词格。"林大椿虽以王氏之说为可从,然而终不录入,亦附见于校记中,盖林氏辑录标准,务求其用曲调名为题目者耳。然王氏不以《三忆》为题,而题其第一首曰《忆眠时》,题其第二首曰《其二》,题其第三首曰《其三》,此则甚不适当。盖第二首乃"忆行时",第三首乃"忆去时",岂可谓为《忆眠时》之第二、三首乎?且唐词中并无"忆眠时"一调,王氏乃欲以此为调名,使此三首得列于词集,谬矣。《玉合》、《金陵》仍是歌诗题目,王氏谓为致光创调,亦有语病。余以为此三首皆无曲调可配,又皆非创调,即使风格近似曲子词,犹不得目之为词也。

王、林二家辑本,均有《生查子》二首。此二首均见于汲古阁本《香奁集》,第一首题作《懒卸头》,第二首题作《五更》,《全唐诗》韩偓诗卷四同。惟涵芬楼本只有《五更》一首,编入五言古诗。第一首则无有。然《全唐诗》于《懒卸头》题下注云:"一作生查子",而《全唐词》中所收生查子一首,亦即此篇,盖两存之。林大椿校记谓《生查子》二首"均见《全唐词》",误也,其第二首实未尝入词。考《懒卸头》之题作《生查子》,今所见实始于《花草粹编》,《全唐诗》注所谓"一作",或即指《花草粹编》而言。至《五更》之题为《生查子》,则不见于故籍,此殆作俑于王国维,而林大椿从之。

《生查子》本为五言八句仄韵诗,然其声调却与五言诗不类。苏东坡有"三度别君来"一首,原题作《送苏伯固效韦苏州》,编在诗集中,然《东坡乐府》中亦收此作,题为《生查子送苏伯固》。后人以韩偓二诗为《生查子》词,即用此例。韦苏州者,中唐诗人韦应物也。东坡所效,当是其诗格,非效其类似《生查子》之声调也。然《生查子》曲名,已早见于《教坊记》,实为开元、天宝旧曲。《花间集》有张泌《生查子》一首,上片句法为三三五五五,下片句法为五言四名,用仄韵,又有牛希济《生查子》一首,其句法为上片五言四句,下片三三五五五。仄韵。又有孙光宪《生查子》三首,其第一、第三首句法与牛希济所作同,第二首则上片作五言四句,下片作七五五五。此式实即牛作形式,盖其七言一句,乃三言二句加一衬字耳。至魏承班作《生查子》二首,其句法始为上下片皆五言四句,亦仄韵。可见唐五代时,《生查子》句格未定,以韩偓此二诗移作生查子词,必宋人作意。《花草粹编》亦必有旧本依据。清定《词谱》谓《生查子》是韩偓创调,甚谬。

王国维辑本又收《木兰花》一首。此篇原为七言古诗,题作《意绪》,汲古阁本、全唐诗本、涵芬楼本并同。王国维跋语云:"木兰花本系七古,然飞卿诗中之《春晓曲》,《草堂诗馀》已改为木兰花,固非自我作古也。"此援温飞卿词为例,亦无可非难。然《草堂诗馀》收温飞卿《春晓曲》,题作《玉楼春》,而非《木兰花》。唐五代时,《木兰花》与《玉楼春》体调均不同,观《花间集》所录诸作可知。至宋人始以《玉楼春》《木兰花》混而为一。韩偓此诗,即欲移植于词苑,亦宜题作《玉楼春》。

汲古阁本《香奁集》有六言三首,涵芬楼本编入六言律诗类。王国维改题作《谪仙怨三首》,其跋语云:"'春台处子'三首,比《三台》多二韵,比冯正中《寿山曲》少一韵。考《全唐诗》、《历代诗馀》、《天籁轩词谱》,唐人刘长卿、窦弘馀等皆填此调,名《谪仙怨》,今从之。"按刘长卿作《谪仙怨》,原是六言诗。窦弘馀、康骈均作《广谪仙怨》,句法、字数,并与刘作同。窦弘馀有诗序,详述此曲缘起,略谓"玄宗幸蜀时,思张九龄,吹箫成曲。有司录之成谱,请题曲名,上遂名之曰《谪仙怨》。其音悲切,诸曲莫比。大历中,江南人盛为此曲。"韩偓此三首之句法、字数,与刘、窦、康三家所作悉合。去大历虽已百馀年,或江南犹传此曲,故韩偓亦效为之。刘、窦、康三家所作,均已辑入《全唐词》,则韩偓此作,自亦不妨援例采录。

辑录韩偓词,以《全唐词》最为谨严。所取仅三首:《生查子》一首,见《花草粹编》,《浣溪沙》二首,见《尊前集》,皆昔人已定其为词者。王国维则但以合于词之体格者为标准,虽《玉合》、《金陵》二首,无渊源可溯,无曲调可配,亦皆辑入。执此为例,则唐人歌诗之可目之为词者甚多，且将增出无数新曲名，既不出于教坊旧曲，亦未尝行于民间，是乌乎可？至林大椿辑本，其取舍漫无规律，如以旧本原有调名者为准，则《生查子》第二首及《木兰花》均不当收入；如以合于词体者为准，则《谪仙怨》又何以不录？以此见其进退失据也。余以为必欲辑韩偓词，当用二例：一、宋元旧本已定其为词者，《浣溪沙》二首，《生查子》第一首是也。二、句法格调符合当时曲调者，《生查子》第二首、《玉楼春》一首、《谪仙怨》三首是也。韩偓词当以此八首为定本。

三

震钧《香奁集发微》所据者汲古阁本，故《浣溪沙》二首亦在焉。其他六首，并有笺释。今既以此八首为词，则震氏之笺释。亦可谓之词话。今取震氏笺释商榷之，以申鄙见。

震氏以为《香奁集》诸作者皆韩偓忠君爱国之忱，托于绮语，故各加笺释，以发明其微旨，甚且比偓为唐之屈灵均，以《香奁集》为唐之《离骚》、《九歌》，其推崇之，亦可谓至矣。其自序曰："致尧①官翰林承旨，见怒于朱温，被忌于柳灿，斥逐海峤，使天子有失股肱之痛，唐季名臣，未有或之先者。似此大节彪炳，即使其小作艳语，如广平之赋梅花，亦何贬于致尧。乃夷考其辞，无一非忠君爱国之忱，缠恨于无穷者。然则灵均《九歌》所云'满堂兮美人，忽独与余兮目成'，信为名教罪人乎？《香奁》之作，亦犹是也。然自唐末至今，近千岁矣，绝无一人表而出之，徒使耿耿孤忠，不白于天下，世之阅者，遂与《疑雨集》等量齐观，可异哉。"按震氏以此志释《香奁集》，又深知集中诸作于词为近，宜其论韩偓词，与茗柯之论温飞卿、冯延巳词同一手眼。

《浣溪沙》二首，震氏笺云："二词前一阕是怨，后一阕是矜。怨者，《离骚》所谓'心忆君兮君不知'，矜者，《离骚》所谓'既含睇兮又宜笑，子慕余兮善窈窕'也。词较诗意尤明显，以词之体，本应如是耳。"按此词第一首是晚妆，第二首是晓起。曰残醉，曰宿醉，层次分明。味其意旨，确是一时所作。怨矜之解，大致不远。然谓词较诗意尤明显，又谓词体本应如是，此则不然。窃谓以风雅比兴之义索之于词，往往较诗更为隐约。盖词体本不应如是，《花间集》诸词，韦庄以外，皆无比兴，而韦庄之词，托讽尤晦于诗，从可知矣。至于韩偓所作，本是长短句之诗，当时拈毫吟咏之际，并不自以为与诗别流之词也。

《生查子》第一首，笺云："一腔热血，寂寞无聊，惟以眼泪洗面而已。"按震氏此笺，犹嫌空泛。此作原题为《懒卸头》，其可注意。盖作者已指出全篇紧要语在"懒卸凤皇钗，羞入鸳鸯被"二句。何以"懒卸"？何以"羞入"？则由于时见残灯落穗耳。味其情绪，殆作于初入闽依王审知时。偓有《闺情》七言律诗一首，起句云："轻风滴砾动帘钩，宿醒酒初

---

① 韩偓之字，《唐书》本传云字致光。计有功《唐诗纪事》云字致尧。胡仔《渔隐丛话》谓字致元。毛晋云"未知孰是"。《四库总目提要》以为当作致尧，光与元皆形近而误。然吴融有《和韩致光侍郎无题三首十四韵》，吴融与韩偓同官，其字实为致光。方虚谷且引此诗证《香奁集》为韩偓所作。皆无可疑，而明清诸家犹不能定，何也？

懒卸头。"①此诗题下自注云："癸酉年在南安作。"二诗同用"懒卸头"，可知其实一时所作。癸酉为梁乾化三年。乾化二年六月，朱友珪杀朱全忠而自立。三年二月，朱友贞杀朱友珪而自立。时韩偓在闽南之南安也。

《生查子》第二首，震笺云："谪居后追思初被谪时也。"按此笺亦未透澈。此作原题《五更》，正当空楼雁唳，远屏灯灭之时，又比之为断送花时之残春，故不禁其拥衾愁绝也。词旨分明，哀唐室之将亡也。史称天复三年二月癸未，帝以朱全忠意，不得已贬偓，出为濮州司马。帝密与偓泣别。偓曰："是人非复前来之比，臣得远贬及死，乃幸耳，不忍见篡弑之辱。"此作意境甚合，岂即是年辞陛出关以后所作乎？

《玉楼春》一首，原题《意绪》。震氏笺云："诗语艳绝，而题以意绪二字，不类也。而诗眼全在一愿字，则不类而类矣。"按此笺颇有妙悟，启予不浅。全篇主旨，实在首句及末句。试合而读之："绝代佳人何寂寞，愿倚郎肩永相著。"意止于此矣。"梨花"二句，谓不得其时也。"东风"二句，谓有阻逆也。"脸粉"二句，则"岂无膏沐，谁适为容"之意也。此首当是入翰林前所作。意者乾宁二年为权要所排挤，自刑部员外郎出佐河中幕府时乎？

《谪仙怨》三首，其一首笺云："此初去国也。追忆旧恩而言，有沅茝澧兰之慨。"第二首笺云："此居贬所也。'红袖不乾谁会'，即'自吟自泪无人会'也。'揉损联娟淡眉'，即'谁适为容意。'"第三首笺云："此忆京师也。'此间'，自谓也；'那里'，指长安也。'西楼'，唐翰林在禁中西偏。'朝日'，比君恩；'桃源洞口'，指昔日赐宴之处，如曲江等处，玉辇常经之所也。"按此诸解亦大致可从，惟'桃源洞口'二句，恐所拟不论。考致光于天复三年二日被贬出关，转徙不常，然踪迹多在湘沅。至次年八月，朱全忠弑帝于椒殿。此词必作于此一时期。桃源正在湘中，自是当地故实，盖深悯帝之为朱全忠劫持，避秦无地，故有此语。夫曰"来否"，可知其必非"那里"之事也。

余以为此三章必致光有意拟《谪仙怨》而作，非偶合也。然又不欲明著其意绪，但以《六言三首》为题，遂以艳词瞒过天下后世读者。王国维泛槎寻源，揭著其本题，发覆抉隐，可谓快事。惜震氏未尝经意及此，然由此亦可为震笺之佐证，《发微》之作，固未必纯以意逆也。

四

《旧五代史·和凝传》注引《宋朝类苑》云："和凝有艳词一编，名《香奁集》。凝后贵，乃嫁其名为韩偓。今世传韩偓《香奁集》，乃凝所作也。凝生平著述，分为演绎、游艺、孝悌、疑狱、香奁、籝金六集，自为《游艺集》序云："予有《香奁》、《籝金》二集，不行于世。凝在政府，避议论，讳其名，又欲后人知，故于《游艺集序》实之，此凝之意也。"按《类苑》此说，使《香奁集》之作者，成为疑问，后人辄为所惑。然本传称凝"平生为文章，于短歌艳曲，尤好声誉。有集百卷，自篆于版，模印数百帙，分惠于人焉。"据此则凝之著作，尝有手

---

① 此诗吴汝纶本在《韩翰林集》卷二中，题作"夜闺"，次句作"犹自醺酣未卸头。"

写本镂版传世，短歌艳曲，尤为凝所自喜，亦未尝不传。《花间集》中，犹有其词二十阕，当是其《香奁集》中诸作也。今观其词，与韩偓所作，风格甚远，而偓《香奁集》中诸作，与其本集中诗，虽雅艳不同，而风格则一致，必非和凝之作也。大约和凝之《香奁集》亡失后，世人遂以韩偓之《香奁集》为和所假名。考和凝卒于后周显德二年秋（公元九五五），年五十八。《花间集序》作于后蜀广政三年（940），可知《花间集》编成时，和凝尚生存，集中所收凝词，皆四十三岁以前之作。凝生平多为艳曲，有"曲子相公"之称，晚年亦必富有篇什，岂能不行于世耶？其集百卷，未必一时开版，《游艺集》或先刻，其序言之意，谓有《香奁》、《籝金》二集尚未刊行耳。韩偓《香奁集序》谓其诗皆作于"自庚辰辛巳之间，迄己亥庚子之间"，此时和凝尚未诞生，若其晚年欲以此集假名于韩偓，而又于《游艺集》序文透露之，使人知为己作，然则又何以解此写作年代乎？至于韩偓此作序，亦为掩人耳目之计，自庚辰至庚子，凡二十年，乃韩偓十七岁至三十七岁时，其时尚未及第入仕。然集中有注明作诗甲子者，如《深院》注云："辛未年在南安作。"《闺情》注云："癸酉年在南安作"。《袅娜》注云："丁卯年作。"此皆晚年岁月，与序中所述不合，故震氏云："序中所书甲子，大都迷谬其词，未可信也。"夫艳情诗者，多数为文人意淫之作，何必深讳其写作年代。韩偓则始而说明其写作年代于序文，继又微示其实际写作年代于题下自注，即此一端，可知此一卷诗，非真为赋艳而作矣。

然从来读者，于《香奁集》诸诗，多以淫词目之。方虚谷谓"《香奁》之作，词工格卑，岂非世情已不可救，姑流连荒亡，以纾其忧乎？"又云："诲淫之言，不以为耻，非唐之衰而然乎？胡震亨谓其"冶游诸篇，艳夺温李、下自是少年时笔。"沈德潜亦云："偓少年喜为香奁诗，后一归于义，得风雅之正焉。"此二人皆鄙薄《香奁集》，故诿之为少年时作品，于诗题下自注年代，熟视无睹也。吴汝纶评注韩集，于《香奁》诸作，皆无所点发。其子闿生撰跋，仍云："夫志节皦皦如韩致尧，即《香奁》何足为累，此固不必为讳。"凡此种种，皆于《香奁集》无好评，但作恕辞而已。夫温飞卿撰词以干君相，而有许之为温柔敦厚者；韩致光托忠愤于丽语，乃莫有知其比兴者，可知读古人诗词，亦不易也。震在廷作《发微》，实为冬郎后世知己[1]，余又从而补证之，以张其说，今后读者，当刮目视之。

一九六四年九月稿，一九七九年三月修改。

（五）读温飞卿词札记

一

唐词不始于温飞卿，然至飞卿而词始为文人之文学。飞卿以前，文人为乐曲撰歌辞，多是声诗，或曰歌诗，即有依声为长短句者，如李白之《清平乐》、杜牧之《八六子》、刘禹锡

---

[1] 冬郎，韩偓小名。

之《潇湘神》、白居易之《忆江南》之类，殆皆视为偶尔从俗，无关风雅，故不编入诗集。李白集中有《清平调》词三章，而无《清平乐》四章，其取舍可知矣。飞卿少时与公卿家无赖子弟游宴狎邪，"能逐弦吹之音，为侧艳之词"，当时饮席所歌，多是其词。又值宣宗爱唱《菩萨蛮》词，飞卿为丞相令狐绹捉刀，撰歌词进呈。文人撰词，身价斯重。《金荃》一卷，实为有唐词集之始，亦词为士大夫文学形式之始。

苕溪渔隐谓"飞卿工于造语，极为绮靡"，黄花庵亦云"飞卿词极流丽"。然飞卿绮语实自李长吉得来。唐诗自陈子昂至韩愈已日趋平淡质直，长吉以幽峭映丽振之，使天下耳目一新。李义山、温飞卿承流而起，遂下开"西昆"一派。飞卿复以此道施于曲子词，风气所被，西蜀南唐并衍馀绪，遂开"花间"、"阳春"一派。

向使世无温飞卿，则唐词犹为民间俚曲，不入文人之手。世无李长吉，则李义山未必能为《无题》、《锦瑟》之篇，温飞卿亦未必能为《金荃》、《握兰》之句，唐词面目必不有《云谣》、《花间》之缛丽。试取《云谣集》以外之敦煌词观之，此中消息可以体会。故温飞卿于唐五代词实关系一代风会，而其运词琢句之风格，又李长吉有以启发之也。王国维云："读《花间》、《尊前》集，令人回想徐陵《玉台新咏》。"此言甚可寻味，盖唐词之兴起，其轨迹与梁、陈宫体诗固宛然一致也。

二

飞卿生平事迹，两《唐书》本传均甚简略，其仕履尤有牴牾。《花间集》称温助教，史传皆不言其尝为国子助教。近有夏臞禅先生撰《温飞卿系年》，钩稽群书所载，排比推论，约略可见其踪迹。然于飞卿生卒年月，犹以史籍无证，未能确定。其以元和七年(812)为飞卿生年者，仅据开成五年《书怀百韵》及《感旧陈情献淮南李仆射》二诗中语，推定其为飞卿年三十左右所作，因而上溯三十年，折中于元和七年。又系年止于咸通十一年(870)，飞卿五十九岁，则因飞卿有《赠蜀将》诗，自注云："蛮入成都，频著功劳。"又据顾学颉君考云："蛮人扰川，前此二三十年已然，而攻成都则在本年。此诗不必即作于本年，盖蜀将著功，未必即回长安而相晤也。"夏君因云："飞卿诗可考年代者，此为最后，足证其此年尚健在。"按：南诏入寇西川，两《唐书》所载，仅大和三年(829)侵入成都，掠子女、工技数万人引去。以后则咸通三年，南诏蛮陷嶲州，去成都尚数百里。至咸通十一年，南诏坦绰酋龙督众五万，进攻成都，次于眉州。西川节度使颜庆复、大将宋威等破之，酋龙乃率师退归。此役也，南诏军亦未入成都。惟《南诏野史》载"咸通三年，世隆(即酋龙)亲寇蜀，取万寿寺石佛归。"又云："咸通十年，隆遣使杨酋庆等入朝，谢释董成之囚，归成都俘三千人。"据此可知咸通三年，南诏军曾侵入成都，万寿寺正在成都，所谓"归成都俘"者，咸通三年所掠去之成都人民也。此事唐史失记，飞卿诗注明言"蛮入成都"，乃以咸通十一年末入成都之史事证此诗著作年代，又以证飞卿"此年尚健在"，皆未审也。温飞卿墓志宋时已出土，《宝刻丛编》卷八著录云："唐国子助教温庭筠墓志，弟庭皓撰，咸通七年。"据此可知飞卿卒于咸通七年(866)，终于国子助教，此不得谓之"史籍无证"也。惟《全唐文》有咸通七年十月六日温庭筠《榜进士邵谒诗榜》一文,则其卒必在十月六日以后。惜墓志全文不传,不能详其年寿略历,生平遂无可考。

<h1 style="text-align:center">三</h1>

欧阳炯《花间集叙》称"近代温飞卿复有《金荃集》",则此乃飞卿词集名也。然《新唐书·艺文志》著录飞卿著作有"《诗集》五卷、《握兰集》三卷、《金荃集》十卷"。《通志·艺文略》同。观此则《握兰》、《金荃》在诗集之外,似是词集名矣,然《文献通考·诗集类》仅著录飞卿《金荃集》七卷,别集一卷,而不复有《诗集》,《郡斋读书顾》同。观此则《金荃》似又为诗集名。清顾嗣立跋九卷本《温飞卿诗集笺注》云:"今所见宋刻只《金荃集》七卷,别集一卷,《金荃词》一卷。"观此则《金荃》又为诗词集之总名矣。顾氏笺注即依宋本卷帙次序,先为诗集七卷,次为别集一卷,删去《金荃词》一卷,而附以从《文苑英华》等书中搜辑之佚诗,为集外诗一卷,合计仍为九卷。志氏所见之宋本,或即《文献通考》著录之本,然《文献通考》未言其后更有《金荃词》一卷也。此宋本《金荃词》今已无闻。前乎顾氏,未见藏书家著录,后乎顾氏,亦无可踪迹,顾氏又无一语及之。以极有关系于词学之古籍,岂从来藏书家、诗人、词客皆熟视无睹,不一考校其内容乎? 此可疑也。《握兰集》虽载于《宋史·艺文志》,然未有宋人记述,其内容犹不能详。自来言温飞卿词者,辄以《握兰》、《金荃》并举,恐亦以误传误耳。

郑文焯撰《温飞卿词集考》,略谓"《金荃集》固合诗词而言,词即附于诗末。《花间集》所收飞卿词六十六首,或即出于原集之末卷,学者得此,无俟他求"。又谓"《齐东野语》云:毛熙震集止二十余调,《十国春秋》称欧阳炯有小词二十七章,今证之《花间》,其数正合。则飞卿词既他无所见,虽谓此六十六首美尽于斯可也"。按郑氏此二说皆有可商。唐时尚无版刻文籍,著作多是卷子写本。词附于诗末,此是宋时刻书格式。且在唐时,词犹称"长短句",为诗歌之一体,可以编入诗集,如韩偓《香奁集》之例。否则必别自成卷,不得云附于诗末也。《云谣集杂曲子》不过三十首,写本已分为数纸,又安知其是否附于某集之后耶? 顾嗣立所见宋本《金荃词》一卷,若附于诗集之后,则此书必南宋时刻,已经宋人改编矣。温飞卿词在唐时但有《金荃集》,欧阳炯文可证也,余以为飞卿有诗集五卷,曲子词《金荃集》一卷或二卷。北宋人合诗集于《金荃》,遂有七卷本之《金荃集》。南宋时书坊以曲子词别出单行,为《金荃词》一卷。又分诗集五卷为七卷,加别集一卷,是即顾嗣立所见之九卷本也。至于《金荃集》著录有作十者,若非"一"字之误,必"七"字之误也。《齐东野语》乃南宋末年之书,《十国春秋》乃清人著作,所言毛熙震、欧阳炯词,皆据《花间集》所载书之,岂叮据以证毛、欧二家词已尽于此数耶?

王国维辑《金荃词》一卷,共七十首。除《花间集》所载六十六首外,从《尊前集》补得一首,从《草堂诗馀》补得一首,从诗集补二首。《尊前集》收飞卿《菩萨蛮》五首,其四首已见于《花间集》,惟"玉纤弹处真珠落"一首为诸本所无。此词鄙俗,不类飞卿笔,可疑也。《草堂诗馀》一首,即诗集中之《春晓曲》,原是仄韵七律,宋人以《木兰花》调歌之,遂混入诗馀。所谓从诗集补得之二首，即《云溪友议》所载《新添声杨柳枝》。此二首作风人体，与《花间集》所载《杨柳枝》八首不同。旧本飞卿诗集原未收录，《花间集》所载八首亦原不入诗集。而王氏注云："以下二阕，集中作《新添声杨柳枝》。"此盖谓顾嗣立所辑飞卿集外诗一卷，实非宋时之集本也。此四首，余以为决不在《金荃集》中，不当辑入。今日所可见之温飞卿词，尽于《花间集》所收六十六首矣。

杨升庵《词林万选》首录温飞卿《蕃女怨》二首，注云："向逸名氏。"此二词皆在《花间集》中，既非佚词，亦未逸名氏，不知升庵何以作此语。岂当时《花间集》未流传于世，故作此狡狯，矜为独得之秘耶？

《观林诗话》有《双荷叶》一条云："荷叶髻，见温飞卿词：裙拖安石榴，髻綰偏荷叶。"今所存温飞卿词中无此二句，疑作者误录他人之词，或别有飞卿佚词，不可知矣。

王国维跋其辑本云："钱塘丁氏善本书室藏有一百四十七阕本。然中尚有韦庄、张泌、欧阳炯之词混见在内，除四人词外，尚得八十三阕。然此八十三阕尽属飞卿否，尚待校勘。"按丁氏所藏乃《金奁集》，非《金荃集》，不可混而为一。《金奁集》虽题云温飞卿撰，然其中有韦庄词四十七首，张泌词一首，欧阳炯词十六首，又失名和张志和《渔父词》十五首，全书共一百四十二首，故温飞卿词实祇六十六首，皆见于《花间集》者，无待校勘，此王氏之误也。

<h1 style="text-align:center">四</h1>

唐五代人为词，初无比兴之义，大多赋叙闺情而已。读词者亦不求其言外之意，但当歌对酒，陶情风月而已。欧阳炯叙其编《花间集》之目的云："庶使西园英哲，用资羽盖之欢；南国婵娟，休唱莲舟之引。"此即当时人所知词之作用也。宋人论温飞卿词，如苕溪渔隐仅称其"工于造语，极为绮靡"，黄花庵亦但谓其"词极流丽"。盖飞卿遣辞琢句，诚极精工飞动之致，丽而不俗，隐而不滞。又且不落言诠，不著迹象，体物缘情，所得甚深，此实赋家神化之境也。若谓其词意在比兴，别有寄托，此则飞卿殆未梦见。温飞卿词之为一代龙象，固不必援比兴以为高，然我国文学，自有以闺襜婉娈之情，喻君臣际遇、朋友交往、邦国兴衰之传统，此亦赋家讽喻之用。张皋文、周介存笺释飞卿词，亦足助人神思，然此乃读者之感应，所谓"比物连类，以三隅反"是也。若谓飞卿下笔之时，即有此物此志，则失之矣。

飞卿所作，《菩萨蛮》最多最佳。《乐府纪闻》云："宣宗爱唱《菩萨蛮》，令狐绹假温庭筠手，撰二十阕以进。戒勿泄，而遽言于人。由是疏之。"今所传飞卿《菩萨蛮》十四首，殆皆为令狐绹代作者。诸词多赋闺情宫怨，题材甚狭，不出乎月明花落，山枕钿蝉，十四首犹一首耳。宫廷歌人所唱，本是此类，玉台宫体，遗风可按。然此是御前供奉，不能不刻意为之。故铺陈辞藻，富丽精工，雕镂声色，竟造绝诣。当时必大为流行，飞卿亦必甚自矜许，故遽泄其事，以显其名，遂结怨于令狐丞相，终身沦落不偶。文人之自重其作品，有如此者。至于张皋文以十四首为不可分割之一篇，比之为屈原之《离骚》，一篇之中，三复致意。陈亦峰亦云："飞卿《菩萨蛮》十四章，全是变化《楚骚》，古今之极轨也。"飞卿有知，闻此高论，恐亦不敢承受。

飞卿《河渎神》云："暮天愁听思归乐，早梅香满山郭。回首两情萧索，离魂何处飘泊。"鄂州本、汲古阁本《花间集》均作"思归落"，盖音同而误也。李一氓同志校云："乐，当读如约。"则以为音乐之乐，非也。此"思归乐"乃是鸟名。元稹有《思归乐》诗云："山中思归乐，尽作思归鸣。尔是此山鸟，安得失乡名。应缘此山路，自古离人征。阴愁感和气，俾尔从此生。……"白居易亦有和作一首。思归乐，"状如鸠而惨色，三月则鸣，其音云不如归去"，见陶岳《零陵记》，盖即杜鹃也。此词以愁、乐对照，且协郭、索、泊韵，当读如落。然思归乐亦为曲调名，《唐会要》载太常梨园别教院教法曲乐章十二章，其中有《思归乐》一章，此乐字恐亦当读作快乐之乐。柳永有《林钟商思归乐》一阕，其下片云："晚岁光阴能几许，这巧宦不须多取。共君把酒劝杜宇，再三唤人归去。"此亦缘题而作，盖《思归乐》曲子即拟思归乐鸟声而造也。

飞卿《更漏子》云："垂翠幕，结同心，待郎熏绣衾。"此"待"字诸本皆同，惟鄂州本作"侍"。李一氓同志校云："鄂本是，他本皆非。"余研诵词旨，不敢苟同。鄂本必是误刻，非独胜也。此词首言相忆之久，次言熏绣衾以待郎归。下片则言久待不至，倏已天明。若以"侍郎"为是，则下片词义不可解矣。

陈亦峰云："飞卿《更漏子》首章云：'惊塞燕，起城乌，画屏金鹧鸪。'此言苦者自苦，乐者自乐。次章云：'兰露重，柳风斜，满庭堆落花。'此又言盛者自盛，衰者自衰，亦即上章苦乐之意，颠倒言之。"按飞卿此词脉络分明，初无深意。首章上片言春雨中更漏声惊起塞雁城乌。金鹧鸪虽尚双栖，可惜是屏上之画耳。唐人诗词中用"鹧鸪"字，犹凤凰、鸳鸯，皆有双栖同宿之意。陈氏所谓"苦者自苦，乐者自乐"之意，竟安在哉？次章上片言晓莺残月中，露重风斜，落花满庭。此皆即景，以引起下片之抒情。下片即言在此景色中登楼望远，倏已经年，旧欢如梦，愁思无穷。所谓"盛者自盛，衰者自衰"，此意又何从得之？此二词皆赋闺情，念昔日之双栖，怨今日之睽隔。第二章可言今昔之感，而非盛衰之感。陈氏于飞卿词求之过深，适成穿凿，此皆以比兴说词之失也。

飞卿《梦江南》云："梳洗罢，独倚望江楼。过尽千帆皆不是，斜晖脉脉水悠悠，肠断白蘋洲。"近见钱仲联先生解释，谓"女子从清晨梳洗才罢，倚着望江的高楼，到千帆过尽，斜日西沉，是整整一天的过程"。此乃以梳洗句为晨妆。此女独倚江楼，自晨至暮，无乃痴绝？窃谓此词乃状其午睡起来之光景。飞卿《菩萨蛮》云："无言匀睡脸，枕上屏山掩，时节欲黄昏，无聊独闭门。"其上片云："雨后却斜阳，杏花零落香。"情态正同，皆写其午睡醒时孤寂之感，一则倚楼凝望，一则无聊闭门耳。

飞卿《杨柳枝》云："合欢桃核终堪恨，里许元来别有人。"皇甫松《竹枝》云："合欢桃核两人同。"皆以双仁桃核为喻，而取义不同，此之谓比同而兴异。果仁，古皆作果人，此又用古字设喻也。

飞卿《清平乐》云："城上月，白如雪，蝉鬓美人愁绝。"《河渎神》云："蝉鬓美人愁绝，百花芳草佳节。"《菩萨蛮》云："春梦正关情，镜中蝉鬓轻。"又云："春梦正关情，画楼残点声。""蝉鬓"、"春梦",皆飞卿得意之句,故一再用之,正如晏同叔之"无可奈何花落去,似曾相识燕归来",既以入诗,又以入词也。

飞卿词亦有深有浅。《南歌子》、《更漏子》、《梦江南》诸作,其浅者也。《菩萨蛮》、《酒泉子》诸作,其深者也。浅者直露,幸不至野。深者婉约而不晦,情真语丽,辞不尽其意。其深处易学,可得貌似,其浅处不能学,学之者多堕入南北曲。

飞卿亦有拙句,如"新岁清平思同辇,争奈长安路远","青麦燕飞落落,卷帘愁对珠阁","楼上月明三五琐窗中","泪流玉箸千条"等句,皆俚俗,去《新添声杨柳枝》不远,或者少年初作,犹未能脱离民间俗曲风格耶?

一九六四年七月

(六)读韦庄词札记

韦庄,正史无传,《唐诗纪事》、《北梦琐言》、《唐才子传》诸书所载其生平行事均甚略。《十国春秋》虽有传,亦掇拾诸书成之。《蜀梼杌》称庄卒于蜀武成三年八月,然不著其年寿。近人夏承焘作《韦端己年谱》据《镊白》一诗中"新年过半百,犹叹未休兵"之语,推定庄生于唐文宗开成元年,卒时年七十五。此虽为研考端己年寿之唯一线索,然以《镊白》诗为光启二年所作,犹是假定,初非实据也。

端己以天复元年奉使入蜀,王建留掌书记不遣还朝。天复四年,朱全忠弑昭宗,唐亡,端己劝王建称帝,为定开国制度,仕至吏部侍郎同平章事。天复二年,其弟蔼为编集所撰诗,目之曰《浣花集》,以所居为浣花溪杜工部草堂旧址也。

《蜀梼杌》称端己有集二十卷,笺表一卷、《蜀程记》一卷。又有《浣花集》五卷,乃庄弟蔼所编。晁公武《郡斋读书志》著录《浣花集》五卷,云"伪史称庄有集二十卷,今止存此。"可知二十卷之韦庄集,南宋时已不可见。韦蔼所编《浣花集》有蔼序,谓"便因闲日,录兄之稿草中,或默记于吟咏者,次为□□□,目之曰《浣花集》,亦杜陵所居之义也。"此序传世诸本,均缺三字,疑当是卷数。《郡斋读书志》、《文献通考》著录均云《浣花集》五卷,《唐才子传》云:"弟蔼,撰庄诗为《浣花集》六卷。"今所存此书为明末汲古阁刻本,已析为十卷。后附补遗一卷,《四库全书提要》云是毛晋所增。《全唐诗》收韦庄诗悉同毛刻,惟补遗诗则视毛本又多三十馀首。《四库提要》云"盖结集以后之作,往往散见于他书,后人递有增入耳。"余疑《唐才子传》所称六卷,即蔼所编之五卷,益以补遗一卷,故为六卷。若是,则补遗卷元时已有,非毛晋所增也。明人又析五卷为十卷,即毛氏所据以传刻者。补遗卷中诗,大多皆流徙江南时之作,《提要》所谓"结集以后之作",亦未尽然。《全唐诗》注云:《集外补遗》,是矣。

端己尝于中和三年避乱洛阳时作长诗《秦妇吟》一首,叙黄巢起义时官军骄恣肆暴之状。其后入蜀贵显,以此诗有所触忌,深自隐讳,此诗遂未入集。宋元以来,世无知者。至清末敦煌石室藏书发现,始获此诗写本,此亦集外补遗之新资料矣。

端已词见于《花间集》者四十八首,见于《尊前集》者五首,见于《草堂诗馀》者一首。自来无单行本。《全唐诗》及诸家辑本皆仅此五十四首。王静安辑本题作《浣花词》,则姑从其诗集名也。韦蔼所编五卷本《浣花集》中不录曲子词,《蜀梼杌》所云二十卷本或是端已身后所编,其中或有曲子词,《尊前集》及《草堂诗馀》所录,或由此出。惜此本久亡,莫可考矣。

端已词自来选家均取菩萨蛮四首,张皋文以为皆留蜀后寄意之作,陈亦蜂以为留蜀后思君之辞。皋文且以此四首为层次分明之一组,仿佛端已作此词时已有起承转合之意。此乃以评时文之手眼,附会比兴之义者也。《花间集》所录端已菩萨蛮凡五首,其第四首"劝君今夜须沉醉"乃当筵劝酒之作,绝无比兴可寻,故选家皆弃而不取。然正以有此一首,可知五首皆非一时所作,即次序亦未必如所集录者,皋文之强分章次,妄也。

第一首"红楼别夜堪惆怅,香灯半卷流苏帐。残月出门时,美人和泪辞。琵琶金翠羽,弦上黄莺语。劝我早归家,绿窗人似花。"此端已力摹温飞卿之作也。温词云"玉楼明月长相忆,柳丝袅娜春无力。门外草萋萋,送君闻马嘶。画罗金翡翠,香烛销成泪。花落子规啼,绿窗残梦迷。"二词同一机杼,工力悉敌,未易轩轾,然终让飞卿逸足先登矣。端已词意,谓当筵听琵琶语,似劝我归家,因而怀念红楼惜别时。此殆流移江南时怀乡之作。其寄居婺州时作遣兴诗云:"异国清明节,空江寂寞春。声声林上鸟,唤我北归秦。"亦此意也。若皋文云此章"言奉使之志,本欲速归",此解殊难领会。

第二首"人人尽说江南好",皋文云"此章述蜀人劝留之辞。江南即指蜀。中原沸乱,故曰还乡须断肠。"按端已诗题有"寄江南逐客"、"江南送李明府入关"、"寄江南诸弟"、"夏初与侯补阙江南有约同泛淮汴",诗句中亦频用"江南"字,皆指吴、越、湘、楚,即唐之江南东西两道,未有以指蜀中者。皋文以为江南即指蜀,亦为曲解。词歇拍云"未老莫还乡,还乡须断肠。"皋文以为指中原沸乱而言,然则与"未老"何涉?岂老而还乡,便不忧中原沸乱耶?

第三首"如今却忆江南乐",皋文解云:"朱温篡成,中原愈乱,遂决劝进之志,故曰:如今却忆江南乐。又曰:白头誓不归,则此词之作,其在相蜀时乎。"此又仅摘取二句,妄加附会。既以江南为指蜀中,则"却忆"二字何解乎?词云:"白头誓不归。"未白头之言也。"此度见花枝",即"满楼红袖招"之时也。此二词皆北归后忆江南游冶之乐而作,何与于入蜀后劝进之志乎?端已有诗云:"南邻公子夜归声,数炬银灯隔竹明。醉凭马鬃扶不起,更邀红袖出门迎。"此与"骑马倚斜桥,满楼红袖招"同一意境,想端已于此景此情,印象必深也。

第四首"洛阳城里春光好",当是出关避乱,寓居洛阳时所作,其次第必先于前三首。洛阳城里,即景也;洛阳才子,自喻也;此"洛阳"字不宜实解。《中渡晚眺》诗云:"魏王堤畔草如烟,有客伤时独叩舷……家寄杜陵归不得,一回回首一潜然。"即词云"柳暗魏王堤,此时心转迷"也。此词可以解作,寓帝京沦陷之恨,实有比兴可寻,然非入蜀以后情事也。皋文谓"此章致思唐之意",迟三十年矣。

端已诗有《辛丑年》一首,结句云:"西望翠华殊未返,泪痕空湿剑文斑。"清平乐第一首下片云："尽日相望王孙，尘满衣上泪痕。谁向桥边吹笛，驻马西望销魂。"当是一时所作。辛丑，中和元年也。时黄巢已入长安，僖宗西幸兴元。端己在长安，不得出，哀王孙之式微，故作此词也。

上行杯二首有"芳草灞陵春岸，柳烟深满楼弦管"语，当是早年应举长安时所作，时关中宴安，未有战乱。其辞亦歌筵赠别之语也。浣溪沙第五首歇拍云："几时携手入长安"，必在江南所作。归国遥第二首云："金翡翠，为我南飞传我意。"则北归后寄怀之词。河传第一首赋得隋堤，迷楼，乃过江都时怀古之作。清平乐第三首云"蜀国多云雨"，河传第二首言"锦城"，第三首言"锦浦"，第四首言"锦里"，此皆在蜀中作无疑，大抵诗人留连风物，随时随地，即事兴感。身在江南，必不赋咏塞北；穷居下邑，未免忆恋京华，诗词中有时地可稽者，大略可按其行止，揣其次第。端己词可寻绎者，此数首而已。

喜迁莺二首赋进士及第，然亦未必是乾宁元年端己及第时自庆之辞。诗集中有《癸丑年下第献新先辈》一首，其句云："千炬火中莺出谷，一声钟后鹤冲天。"用语略同。唐人重进士第，放榜事诗人多艳称之，此二词则曲子词中初见者。冯延巳作此调，题名鹤冲天，即出于此。《古今乐录》云："喜迁莺，多赋登第。"亦端己此作之影响也。

谒金门"空相忆"，小重山"一闭昭阳春又春"，荷叶杯二首，选家多引《古今词话》为本事。谓"庄有宠姬，姿质艳丽，善词翰，王建闻之，托以教内人为辞，强夺去。庄追念悒怏，作谒金门'空相忆'云云，情意凄怨，人相传播，姬闻之，不食卒。"或云"庄作荷叶杯、小重山词。"或云"作小重山及谒金门词。"《古今词话》今已不存，诸家所引异文，未知孰是。苕溪渔隐谓此书"以古人好词，世所共知者，易甲为乙，称其所作，仍随其词，牵合为说，殊无根蒂，皆不足信也。"端己词云"不忍把伊书迹"，遂云姬"善词翰"。词云"一闭昭阳春又春"，遂云"为王建强夺去"。词云"绝代佳人难得"，遂云"姿质艳丽"。此其牵合为说之迹也。端己有悼亡姬诗五首，在补遗卷中，按其情事，乃及第后数年之作。此诸词想亦悼亡姬之辞耳。

清平乐第四首歇拍云："去路香尘莫扫，扫即郎去归迟。"此民间习俗也。凡家中有人出门，是日忌扫除门户，否则行人将无归期。今吴越间犹有此习俗。

女冠子二首，赋闺人怨别之情，然第一首上片云："四月十七，正是去年今日，别君时，忍泪佯低面，含羞半敛眉。"诗中明著月日，自杜甫《北征》而后，颇亦有之，词中则初见于此。余意此月日必有关端己行止，故词中及之。按黄巢军以广明元年十二月五日入长安，端己陷城中不得出。至中和三年，作《秦妇吟》，记其自长安至洛阳途中所见兵燹之状，其诗首句云"中和癸卯春三月"，则此时已离长安趋洛阳矣。夏承焘撰《韦端己年谱》定端己离长安在中和二年春间。窃以为此殆不可能。盖中和二年春，长安犹为唐诸将所围，城中亦警戒森严，端己岂得出，即能脱身而出，则《秦妇吟》之作，必不迟至三年。故余以为端己之出长安，当即在中和三年。唐史云：中和三年四月十日，李克用复京师。端己于京师克复后六、七日出走，其事极有可能。是四月十七日，实端己离长安之日也。忍泪含羞，岂非尔时思想情绪乎？惟《秦妇吟》首句明言"中和癸卯春三月"，似有所不合，此则作诗时选声炼字之结果，若曰"夏四月"，便不能云"洛阳城外花如雪"矣。且或者端己故意提前一月，诡作长安未复时事，亦未可知。

（七）读词四记

（1）后唐庄宗《如梦令》

曾宴桃源深洞，一曲舞鸾歌凤。长记别伊时，和泪出门相送。如梦如梦，残月落花烟重。

右近代所传后唐庄宗李存勖所作《如梦令》词，《尊前集》、杨升庵《词品》、《花草粹编》、《历代诗馀》所录皆同。余考之宋人笔记，则其词有异。"长记别伊时"下应为"残月落花烟重"，而"如梦如梦"下应为"和泪出门相送。"近代传本，已经窜乱。

苏东坡《如梦令》词序云：

> 元丰十年十二月八日，浴泗州雅熙塔下，戏作如梦令阕。此曲本唐庄宗制，名忆仙姿。嫌其名不雅，改为如梦令。盖庄宗作此词，卒章云："如梦如梦，和泪出门相送。"因取以为名。

东坡所引，乃以"和泪出门相送"为歇拍，与今本不同，余始疑之。其后读陈少章注《片玉集》，如梦令题下注云："唐庄宗词云：'如梦如梦，和泪出门相送。'"始恍然庄宗词原本如是。此后浏览所及，又得三事，可以为证。

一《苕溪渔隐丛话》卷三十九引《古今词话》云：

> 后唐庄宗修内苑，掘得断碑，中有字三十二，曰："宴桃源深洞，一曲舞鸾歌凤。长记欲别时，残月落花烟重。如梦如梦，和泪出门相送。"庄宗使乐工入律歌之，名曰古记。

此亦以"和泪出门相送"为歇拍，可知东坡、少章非偶误。又此词原只三十二字，故首句较今本少一字。其后《花草粹编》亦收此词，题下亦引用《古今词话》作注云：

> 后唐庄宗修内苑，掘得断碑，中有三十二字。庄宗使乐工入律歌之，名曰古记。又使翰林作数篇。

此末句"又使翰林作数篇"为胡元任所未引，可知陈耀文直接引自《古今词话》，非录取胡氏《丛话》。然所记字数虽同为三十二字，而《花草粹编》所录则为三十三字。首句增一字，作"曾宴桃源深洞"，"和泪"、"残月"二句亦已互易，又可知陈耀文所见之《古今词话》已非宋时旧本。

㈡ 洪迈《夷坚丙志》记叶祖义事：

> 叶祖义天性滑稽，多口语谑浪，所至遭人憎恶。登科为杭州教，一日，以事去官，无祖送者。独与西湖寺僧两三辈差善。至是，皆出城送之。叶酒酣歌曰："如梦如梦，和尚出门相送。"闻者绝倒。

㈢《三洞群仙录》引刘斧《翰府名谈》一则云：

> 白龟年乃白居易之孙，于嵩山遇李太白，招之与语曰："吾自水解之后，放逭山水间，因思故乡西归。嵩峰中帝飞章上奏，见辟掌笺奏于此，今已百年矣。近过潼关，有词曰：曾宴桃源深洞，一曲歌鸾舞凤。常记欲别时，明月落花烟重。如梦如梦，和泪出门相送。"乃出书一卷遗之，曰："读此可辨九天大地禽兽语言，汝更修阴德，可作地仙也。"（李日华《六砚斋笔记》剽录此文，未注出处，文有误夺。）

合以上五家书所记，可确知宋人所读此词，均以"和泪出门相送"为结句。今详其词义，"长记别伊时"下，自当描写其时光景，"残月落花烟重"，正承此"时"字而来。否则既曰"别伊时"，又曰"出门相送"，毋乃复笔？"如梦如梦"者，"和泪出门相送"之情绪也。以感伤总括全篇，实较今本为胜。

此词字数，自苏东坡、秦少游诸家以来，所作皆三十三字，首句皆为六字；惟《苕溪渔隐丛话》所引之《古今词话》作三十二字，首句为五字。至陈耀文所见之《古今词话》，此词已为后人增添一字，而未将文中"三十二"改为"三十三"。以致《花草粹编》所载使人疑惑。又此词第三句或作"欲别"，或作"别伊"，余以为原本当是"欲别"。盖最初载此词之《尊前集》及以后之《翰府名谈》、《古今词话》三书同作"欲别"。且东坡作如梦令五阕，其三阕于此处叠用仄声。秦少游、黄山谷、毛泽民以后作者始以第四字从平声。于此知原作必叠仄声，东坡偶用仄平，转觉音调韶美，一时依仿而作者，遂取仄平为定格。传诵既久，原作亦为后人改削，此"欲别时"之所以一变而为"别伊时"也。

此词所赋，乃狎邪之游。"桃源深洞"，妓寮也。"舞鸾歌凤"，宴乐也。"欲别时"即"欲行时"，谓天明时游子欲行也。"残月落花烟重"，暮春黎明之景色也。"和泪出门"，谓彼美之情谊也。今本作"长记别伊时，和泪出门相送"，则口吻殊不合，似为男方和泪出门送女方矣。

此词调名，《尊前集》题作《忆仙姿》，东坡词序亦明言原为《忆仙姿》，东坡因其庸俗，故改为《如梦令》。胡元任不解东坡文义，遂于《渔隐丛话》卷三十九中妄易其辞云："东坡言，《如梦令》曲名本唐庄宗制，一名《忆仙姿》，嫌其不雅，改云如梦。庄宗作此词卒章云：'如梦如梦，和泪出门相送。'故以为名。"胡氏此言，实为大谬，盖"嫌其不雅"者，东坡也，非庄宗也。东坡词序于嫌字上省一主语，遂使后人误会。清初，张宗橚辑《词林纪事》，于此词后附按语云：

"东坡词注:此曲本唐庄宗制,名《忆仙姿》,嫌其名不雅,故改为《如梦令》。《古今词话》乃云:庄宗修内苑,得断碑,中有三十二字,令乐工入律歌之。一名《忆仙姿》者,非。"

此文尤极晦涩,自其前半观之,似张氏亦知改题新名者为苏东坡,然其下云云,似张氏于《渔隐丛话》文义亦有误解。盖《古今词话》但言此词曾名古记,未尝言其名《忆仙姿》也。渔隐云:"《词话》所记,多是臆说,初无所据,故不可信。当以坡言为正。"此盖谓修苑得碑之事不可信,词实庄宗所作,初未尝斥其名《忆仙姿》为非也。

但此词别有一名曰《宴桃源》,黄山谷"天气把人僝僽"一阕即题此名,盖亦宋初人用庄宗词首句中字为题,东坡偶尔未及。或黄山谷创意为题,东坡犹未知也。然《尊前集》有白居易作《宴桃源》三首,辞调与今体如梦令全同,第一句六字,第三句第四字均用平声。且其辞有"好个忽忽些子"、"休向人间整理"、"打得来来越瞰"等,皆宋人俚语,较五代时更近白话,唐人断不有此。又其第一首歇拍云:"记取钗横鬓乱",显然用东坡洞仙歌语,可知其必为后人伪作。《如梦令》既不从旧本,《宴桃源》又妄题为白居易作,今世所传《尊前集》已非宋初原本,亦由此可知。

综合以上所述,余以为此词调最初实称古记,《古今词话》亦非绝不可信。古记者,未知其名,姑以名之,犹十九首之称古诗,汉乐府之称古辞也。且或者"记"字正是"词"字之误,本为"古词"。宋人常以前代不知作者名之词为古词,陈元靓《岁时广记》中屡引古词,亦可为证。

庄宗得断碑词后,尝使翰林作数篇,或亦自拟一篇,即"宴桃源深洞"一词,传播天下,记其事者,误以为即碑刻之文,遂有二说。庄宗自题其作为《忆仙姿》,明词意也。后人或题作《宴桃源》,取其首字也。自苏东坡改题为《如梦令》以后,两名皆废,后人不考,乃以《如梦令》题庄宗词矣。

杨升庵《词品》云:"此唐庄宗自度曲也。乐府取词中如梦两字名曲。今误传为吕洞宾,非也。"升庵殆未注意东坡词序,故不知此名所出。至明人误以为吕洞宾词,未知始于何人,见于何书。惟今世所传《词林万选》,为杨升庵所编选,其中正以此词为吕洞宾作,此则不可解矣。

(2) 李后主《临江仙》

李后主《临江仙》词,相传为宋军围金陵城时所作,此乃附会之说,不可信也。此词宋人记述,余所见凡四本。蔡绦《西清诗话》云:"南唐后主围城中作长短句,未就而城破。余尝见残稿,点染晦昧,心方危窘,不在书耳。"其所录词为:

> 樱桃落尽春归去,蝶翻金粉双飞。子规啼月小楼西,曲栏金箔,惆怅卷金泥。
> 门巷寂寥人去后,望残烟草低迷……

此词缺歇拍三句,故以为当时忽遽中未完成之残稿。此为见著录之第一本。

陈鹄《耆旧续闻》亦记录此词云："《西清诗话》载江南后主临江仙,云围城中书,其尾不全,以予考之,殆不然。予家藏李后主《七佛戒经》,又杂书二本,皆作梵叶,中有《临江仙》,涂注数字,未尝不全。后则书太白词数章,是平日学书也。本江南中书舍人王克正家物,归陈魏之孙世功君懋。予,陈氏婿也。其词云:

> 樱桃落尽春归去,蝶翻轻粉双飞。子规啼月小楼西,玉钩罗幕,惆怅暮烟垂。
> 别巷寂寥人散后,望残烟草低迷。炉香闲袅凤皇儿,空持罗带,回首恨依依。

后有苏子由题云:'凄凉怨慕,真亡国之音也。'"此为见于著录之第二本,词全未残。

《宣和书谱》载御府所藏江南后主行书二十有四卷,内有"乐府临江仙。"此为见于著录之第三本。惜其词不传,未知与蔡、陈二本同异何如。

自此以后,辗转传录,互有出入,异本遂繁。明万历中谭、吕两家刻本则前段第四句忽作"画帘珠箔",《雪舟脞语》所录则作"曲栏琼室",竟不知其所从来矣。

大抵宋人所常见者,多为不全本,而不全本亦有二。《墨庄漫录》记刘延仲补三句云:"何时重听玉骢嘶,扑帘飞絮,依约梦回时",盖据蔡氏传本补之也。康伯可有瑞鹤仙令补足李重光词一阕,见《阳春白雪》,其词云:

> 樱桃落尽春归去,蝶翻金粉双飞。子规啼恨小楼西,曲屏珠箔晚,惆怅卷金泥。
> 门巷寂寥人去后,望残烟草低迷。闲寻旧曲玉笙悲,关山千里恨,云汉月重规。

此词上片第四句为五言句,故康补足下片亦为五言句。且调名又不作《临江仙》,想必其所见原本如是。然则康伯可所据,又别是一本,此当是第四本矣。刘延仲所补,极婉约,其意境与原作亦合。康伯可补,全无后主蕴藉气度,且作入宋以后语,视刘作远矣。

《耆旧续闻》载全词来源甚详,当非妄言。夏承焘先生谓"据此,乃后主书他人词,非其自作。"余窃以为此论未允。陈氏言后主书此词,涂注数字,正可证其为自作之词,故每写一通,辄有改易,故稿本流传,各不相同也。若其书太白词,固未尝有涂注也。其与太白词同在一本,盖未必一时所书,或书己作,或书古人之作,偶尔濡笔,何足疑哉!

此词亦后主宴闲时所作。墨迹词稿有残句六段,其第三段云:"樱桃落尽阶前月",其第五段云:"樱桃落尽春时困。"皆与此词首句近似,盖当时推敲未定之句也。陈鹄传本晚出,北宋人所见皆残本,故蔡氏附会之,以为是围城危急中所作,不可信也。补作者,亦多事也。

(3) 苏东坡《洞仙歌》

> 冰肌玉骨,自清凉无汗,水殿风来暗香满。绣帘开,一点明月窥人,人未寝,欹枕钗横鬓乱。　　起来携素手,庭户无声,时见疏星度河汉。试问夜何其,夜已三更,金波淡,玉绳低转。但屈指西风几时来,又不道流年,暗中偷换。

右苏东坡作《洞仙歌》词,有自序云:"余七岁时,见眉山老尼姓朱,忘其名,年九十岁。自信尝随其师入蜀主孟昶宫中。一日,大热,蜀主与花蕊夫人纳凉摩诃池上,作一词。朱俱能记之。今四十年,朱已死久矣,人无知此词者。惟记其首两句。暇日寻味,岂《洞仙歌》令乎。乃为足之云。"

《苕溪渔隐丛话》引《漫叟诗话》云:"杨元素《本事曲》记《洞仙歌》'冰肌玉骨'云云,钱塘有老尼能诵李后主诗首章两句,后人为足其意。以填此词。"据此则此词首两句乃李后主诗,后人改作为《洞仙歌》。杨元素为苏东坡同时人,且二人过从甚密,其作《本事曲》,东坡亦见之,杨岂不知此词为东坡所作,而东坡见杨氏书,又何以无一语耶。且原作为诗为词,为南唐李主,抑后蜀孟主,其说皆异,殊不可解。故《苕溪渔隐》不信其说,谓"当以苏序为正"也。

然《漫叟诗话》续云:"余尝见一士人诵全篇云:'冰肌玉骨清无汗,水殿风来暗香暖。帘开明月独窥人,敧枕钗横云鬓乱。起来琼户启无声,时见疏星渡河汉。屈指西风几时来,只恐流年暗中换。"则以此原作为七言古诗。《词林纪事》亦引《漫叟诗话》一条云:"蜀主孟昶令罗城上尽种芙蓉,盛开四十里。语左右曰:'以蜀为锦城,今观之,真锦城也。'尝夜同花蕊夫人避暑摩诃池上,作玉楼春'冰肌玉骨清无汗'云云。"此则又以为蜀主孟昶所作玉楼春词矣。《漫叟诗话》不知何人所著,全书久已亡佚,《词林记事》不知引自何书。以苕溪渔隐所引观之,则一书之中,自相矛盾,乃如此耶?

明人沈雄《古今词话》云:"东京士人隐括东坡《洞仙歌》为《玉楼春》。"此又以东坡《洞仙歌》为原作,东京士人隐括其词为《玉楼春》。宋之东京,开封也。此言东京士人,意谓北宋时人。此说犹未见于宋人之书,不知何从得之,恐亦臆测之辞。《阳春白雪》有洞仙歌一阕,其词曰:

> 冰肌玉骨,自清凉无汗,贝阙琳宫恨初远。玉阑干倚遍,怯尽朝寒。回首处,何必留连穆满。 芙蓉开过也,楼阁香融,千片红英泛波面。洞房深深锁,莫放轻舟瑶台去,甘与尘寰路断。更莫遣流红到人间,怕一似当时,误他刘阮。

其词前有小引云:"宜春潘明叔云:蜀主与花蕊夫人避暑摩诃池上,赋洞仙歌,其词不见于世。东坡得老尼口诵二句,遂足之。蜀帅谢元明因并摩诃池,得古石刻,遂见全篇。"然则此乃孟昶原作矣。按东坡词序言老尼朱氏能俱记其词,四十年后,东坡仅记其首二句,非老尼仅诵二句也。东坡以所忆二句寻味之,疑其为《洞仙歌》调,老尼固未言其为《洞仙歌》也。东坡闻老尼传诵时,亦未知其为《洞仙歌》也。且此词有"何必流连穆满"句,乃用穆天子与盛姬故事,又有"甘与尘寰路断"之语,小不似避暑摩诃池上情状。且锦城芙蓉,乃木芙蓉,故植于城上。此词云:"千片红英泛波面",乃以为芙蕖(荷花)矣。此盖好事者伪为之,非真有此石刻也。

窃以为东坡《洞仙歌》,自是原作,《玉楼春》实隐括东坡词而为之,决非李后主作。《漫叟诗话》谓尝见一士人诵全篇,然不言其为《玉楼春》也。七言八句仄韵诗,可以《玉楼春》调歌之。故温飞卿之《春晓曲》,《草堂诗馀》亦编入《玉楼春》调中。可知以《漫叟诗话》所载七言八句诗为《玉楼春》,必南宋以后之事,东京士人未尝以此为《玉楼春》也。大约此词本事,为人所乐道,遂多方附会,异闻滋盛。至赵闻礼辑《阳春白雪》时,乃有好事者出此赝鼎,谬托为摩诃池中出土石刻,一若真有其事者。

余以为此词首尾皆东坡作,而故作狡狯,于词序中神异其事。东坡七岁,为庆历二年(1042),其时老尼年已九十馀。姑以九十五岁计之,则此尼当生于孟蜀广政十年(947)。孟昶以宋太祖乾德三年(965)亡其国,其时尼才十八岁耳。计其随师入蜀主宫中时,不过十馀岁,岂能忆其词乎? 东坡好奇,诡造此本事以欺世人,而不觉其言之有隙可攻也。

(4) 法驾导引

> 朝元路,朝元路,同驾玉华君。千乘载花红一色,人间遥指是祥云。回望海光新。
> 东风起,东风起,海上百花摇。十八风鬟云半动,飞花和雨著轻绡。归路碧迢迢。
> 帘漠漠,帘漠漠,天淡一帘秋。自洗玉舟斟白醴,月华微映是空舟。歌罢海西流。

右陈简斋词三阕,调名《法驾导引》。其前有小序云:"世传顷年都下市肆中有道人携乌衣椎髻女子买酒独饮,女子歌词以侑。凡九阕,皆非人世语。或记之,以问一道士。道士惊曰:'此赤城韩夫人所制水府蔡真君《法驾导引》也。乌衣女子疑龙云。'得其三而亡其二,拟作三阕。"据此则当时相传有乌衣女子在酒家歌词九阕,皆神仙家语,有人默记其三阕,遂流传于世。简斋仅得其一阕,仿其意,作此三阙,即以《法驾导引》为调名。然简斋未附录其所得一阙之原词,遂不可知。

洪迈《夷坚志》亦记一事云:

> 陈东,靖康间尝饮于京师酒楼,有倡打坐而歌者,东不顾,乃去。倚阑独立,歌望江南词,音调清越。东不觉倾听,视其衣服,皆故弊,时以手揭衣爬搔,肌肤绰约如雪,乃复呼使前再歌之。其词曰:
> 阑干曲,红颭绣帘旌。花嫩不禁纤手捻,被风吹去意还惊。眉黛蹙山青。
> 铿铁板,闲引步虚声。尘世无人知此曲,却骑黄鹤上瑶京。风冷月华清。
> 东问何人所制,曰:"上清蔡真人词也。"歌罢,得数钱,即下楼。亟遣仆追之,已失矣。

胡元任《苕溪渔隐丛话》引《复斋漫录》一条云:

> 李定记宣和中,太学士人饮于任氏酒肆。忽有一妇人,装饰甚古,衣亦穿弊。肌肤雪色,而无左臂。右手执拍板,乃铁为之。唱词曰:
> 阑干曲,红颭绣帘旌。花嫩不禁纤手捻,被风吹去意还惊。眉恨蹙山青。

诸公怪其辞异,即问之曰:"此何辞也?"曰:"此上清蔡真人《法驾导引》也。妾本唐人,遭五季之乱,左手为贼所断。会游人间,见诸公饮酒,求一杯之适耳。"遂与一杯,饮毕而去。诸公送之出门,杳无所见。

苕溪渔隐附言云:"《夷坚志》所记与此小异。此仍少词一半。未详孰是。"

按此事有三家记录,可知当时实有,非虚构也。大要乃宣和间有女子歌此词于汴京酒肆,为太学生所注意,传其三阕。记录者各就其所闻异辞而书之。洪迈所得较详,且知其词调即《望江南》。"阑干曲"云云,"铿铁板"云云,用韵相同,然实是二阕,非所谓《双调望江南》也。陈东为太学生之声名最著者,此词既为太学生所传,遂又附会此太学生即陈东。既云是陈东之事,时代遂不能不移至靖康间。盖陈东伏阙上书,骤得大名,在钦宗即位之初也。当时所传,必有三阕,皆脍炙人口,故陈简斋拟作亦三阕,而于序中述其事。《夷坚志》作于南渡以后,传者不能悉记,故洪迈仅得其二。《复斋漫录》引李定所记,世次又后,但得其一,即洪迈所记第一阕,而"眉黛"误作"眉恨"矣。苕溪以为洪迈所录乃双调,故云"仍少词一半"。至歌唱此词之女子,陈简斋所述,乃以为是龙女,洪迈所述,以为女仙,李定所述,则为女鬼,愈传愈怪,此固民间传说之常态也。

至于此词之作者,亦以陈简斋所述较为近是。所谓赤城韩夫人,今不知为何人。赤城即天台,韩夫人当是天台女词人,如魏夫人、李清照一流。所谓"水府蔡真人法驾导引"者,谓此词乃水府神君法驾前所用导引鼓吹曲也。蔡真人是道家治水之神,非此词作者。法驾导引亦非词调名,乃帝王驾出时前导仪仗队所奏之鼓吹曲。《宋史·乐志》所载各种导引曲,皆《望江南》、《六州歌头》之类,句法虽各小异,而音节略同。此盖道家迎送水府神君之导引曲,故作神仙语。简斋所拟三阕,亦同此旨。洪迈知此词即《望江南》调,故首句不重叠。简斋闻歌者重叠首句,又不知其即《望江南》,故拟作三阕皆用叠句。此则当筵歌唱与按谱录词,不妨有所出入。今日所传宋人诸词,当时歌女乐师,皆可以任意为叠句也。

自陈简斋误以"法驾导引"为词调名,范成大、刘克庄均沿袭之。范成大作《步虚词》六阕,见刘昌诗《芦浦笔记》,朱祖谋辑入《石湖词补遗》,其词格与洪迈所录同,亦仍是《望江南》。刘克庄作《法驾导引》一阕,则为双调,上下片均以三言二句始。上片云:"樵柯烂,丹灶熟。"下片云:"鞭鸾上,骑麟下。"不用叠句,又为双调,非驴非马矣。

陈耀文《花草粹编》采录"阑干曲"一阕,列于《望江南》诸词中,而全书不收《法驾导引》,是也。至万红友作《词律》则有《法驾导引》一调,录陈简斋所作一阕,而注云:"此调似《忆江南》,而首多一叠句耳。"可知万氏未见《夷坚志》,不知此词正是《忆江南》也。

朱祖谋《石湖词校记》云:"按是调首句宜叠,疑《芦浦笔记》误脱。"盖朱氏以陈简斋所作三阕为定格,亦未考之《夷坚志》,不知其即为《望江南》,反而疑刘昌诗钞录范石湖词时误脱其叠句,其意以为范石湖原作必用叠句也。然范石湖所作多至六阕,刘氏钞录,岂能尽皆遗漏耶?

《历代诗余》以陈简斋所拟第一阕为陈作,其第二、第三为赤城仙子作。又收《复斋漫录》所载一阕,题上清蔡真人作,亦重叠其首句为"阑干曲,阑干曲。"皆未知何所依据。至于"铿铁板"一阙,则未收录,可知亦未见《夷坚志》。

总之,陈简斋所作三阕、《夷坚志》所载二阕,皆《望江南》词也,范成大所作六阕,亦《望江南》也。首句不叠者为正格,叠者为变格。"法驾导引"非词调名,简斋贻误后人,而后人又不能据《夷坚志》以正之,遂使宋词中有此不伦不类之词牌矣。

(以下未出版)

(八) 唐五代词总论

风,讽也。十五国风,皆有所讽谕。或以赋体为讽,或以比兴为讽。赋发乎情,故其辞润;比兴出乎理,故其辞枯。唐诗人纯用赋体,白居易标举讽谕,有根情苗言之论,其所作亦皆赋也。自宋儒言理不言情,遂尊比兴而薄赋。自宋诗人下笔,便思有所刺讥,一肚皮君子文人,沅兰湘芷,使读者一望而知其有所为而作,于是按诗骚词类以求之,真是猜谜射覆耳。此等诗岂复有涵泳之乐乎? 于词亦然。唐五代北宋初词人,多用赋体。自铜阳居士以《考槃》之义释东坡《卜算子》,而比兴之说大行于词流。虽有高手如碧山、玉田,名作如"龙涎"、"白莲",组织非不工致,终如雾里看花,当以理致物色,而不可以情趣体会也。自此以后,凡有艳词,皆□词矣。是故理学兴而赋学绝,贯道之说出而抒情之才尽,此唐五代词之所以不可复、不可学也。

二 宋词

（一）范仲淹《渔家傲》"浊酒一杯家万里，
燕然未勒归无计"解析

浊酒一杯家万里，燕然未勒归无计。（饮一杯浊酒，怀念着万里以外的家园，可是，征伐敌人的功名尚未成就，我还不能归去。）

这首词上片描写边塞上的秋景，下片描写守边将士的情怀。上片有一句"衡阳雁去无留意"，说塞上秋寒，大雁都飞向南方去过冬，毫无留恋之心。下片就用这两句来作对照，说将军与士兵都因为没有建立战功、击败敌人，而无法归家。"无留意"和"无归计"是强烈的对照手法。但是，"无归计"的理由乃是"燕然未勒"，使忧郁的情怀仍然含有积极的因素，使最后一句"将军白发征夫泪"，不致显得颓唐绝望，整首词的情绪，还是一种壮烈的悲哀。

历来诗词中的名句，有些是可以独立成名的，例如五七言律诗中的一联，概念完整，对仗精工，可以从全诗中摘出来欣赏。另一种是全部作品中的警句，全首诗词其他句子都为这个警句服务，不通读全文，不能感到这一句的妙处。这里所选的这一句，便属于这一类。

一九九五年八月

【附原作】 塞下秋来风景异，衡阳雁去无留意。四面边声连角起。千嶂里，长烟落日孤城闭。 浊酒一杯家万里，燕然未勒归无计。羌管悠悠霜满地。人不寐，将军白发征夫泪。

（二）晏殊《玉楼春》

绿杨芳草长亭路。年少抛人容易去。楼头残梦五更钟，花底离愁三月雨。

无情不似多情苦。一寸还成千万缕。天涯地角有穷时，只有相思无尽处。

以上是北宋晏殊的一首《玉楼春》词。关于这首词，有过一番论辩，对我们欣赏宋词，可以有所启发。

《苕溪渔隐丛话》引录了一条范元实的《诗眼》，文曰："晏叔原见蒲传正曰：'先君平日小词虽多，未尝作妇人语也。'传正曰：'绿杨芳草长亭路。年少抛人容易去。岂非妇人语乎？'叔原曰：'公谓年少为所欢乎？因公言，遂解得乐天诗两句：欲留所欢待富贵，富贵不来所欢去。'传正笑而悟其言之失。然此语意甚为高雅。"

赵与时《宾退录》也记载了这个故事。赵氏加了自己的论断："余按，全篇云云，盖真谓所欢者。与乐天'欲留年少待富贵，富贵不来年少去'之句不同。叔原之言失之。"

原来晏叔原要为他的父亲所写的情词辩护，说他父亲的词都不是男欢女爱的"妇人语"。蒲传正就举晏同叔这首词来反问。蒲传正的意思，以为"年少抛人容易去"这一句，是实指薄幸男子遗弃了一个女人，因此女人作此词诉说相思之苦。这样讲，"年少"就指"所欢"（情人），"抛人"就是遗弃。于是晏叔原回说："按照您这样解释，那么，白居易的两句诗：'欲留年少待富贵，富贵不来年少去'，原来这'年少'也是指'所欢'了。蒲传正听了晏叔原的辩解，才自知失言了。"

但是赵与时认为，尽管晏同叔词中的"年少"与白居易诗中的"年少"都是指"青年"或"青春"，但晏同叔这首词，就其全篇看来，他这个"年少"却实在只能讲作"所欢"，是指人而不是指时。由此，这首词可以有两种讲法。把"年少"解释为"青春"，那么这是一首有比兴的词，其意义就和白居易的两句诗相同。如果把"年少"解释为薄幸青年，那么这首词就只是赋闺怨的作品了。

《草堂诗馀》注此词，引用了唐诗人薛能的诗："无计延春日，何能留少年。"设想也和白居易差不多。张泳川《词林纪事》选了此词，并且也附载了《宾退录》这一条，还加上一个按语云："《玉篇》：'抛，掷也。'《广韵》抛字下亦讲'抛掷'。或以抛人作任人解，牵强甚矣。"

张泳川这个按语，很有意思。他指出了抛掷同义，使我立即想到陶渊明的"日月掷人去，有志不获骋。念此怀悲凄，终晓不能静"，晏同叔的词，岂不是用了同样的主题思想？

吴均《古意》诗云："夜归遂不归，芳春空掷度。"辛稼轩《浣溪沙》云："莫倚笙歌多乐事，相看红紫又抛人。"蒋捷《一翦梅》云："流光容易把人抛。"杜安世《玉楼春》云："春景抛人无处问。"李俊民《满江红》云："年少抛人容易去，万红千紫都开了。"周景《水龙吟》云："春更无情，抛人先去。"从这些例句看来，可知唐以前用"掷"，唐宋人用"抛"。凡是青春不驻都可以说是"掷人"或"抛人"。李俊民用了晏同叔的全句，更可以说明晏同叔这首《玉楼春》尽管看来像一首妇人的怨情词，但它的主题思想远远地继承了陶渊明、白居易，而宋代作家也都是把"年少抛人"讲作青春不驻的。

一九八四年十月二十三日

（三）也谈东坡中秋词

近年来，关于唐诗宋词的注释、赏析的书，出版了不少，我无法逐一浏览，有些书甚至出版了我也不知道。上月，有一位青年来访，要我讲解苏东坡的《水调歌头》(明月几时有)，我为他先讲了词句意义，然后说："这首词显然是有政治比兴作用的。"青年听了似乎有些意外，他说："这首词纯是赋体，没有人讲过有什么比兴作用。"他这话引起了我的注意，正想了解一下关于这首词的"群众意见"，却一直没有时间去检阅。今天看到《文学遗产》第五七〇期发表了陈正宽同志的《东坡中秋词小议》，才知道对于这首词的理解，非但没有一致，而且差距很大。因此，才迫不及待地找了一些有关的书来，把许多人对这首词的解释参考了一下。

先要讲我自己的理解。这首词的题目是"丙辰中秋，欢饮达旦，作此篇。兼怀子由"。从这个题目的语气看，可以知道，"丙辰中秋，欢饮达旦"是此词的主要创作动机，而"怀子由"是次要的创作动机。因此，这首词有两个主题：上片的主题是"欢饮达旦"的情绪，下片是"怀子由"的情绪。作者在题目里用一个"兼"字，可知这首词的重点在上片。

上片九句，如果一点没有言外之意，就完全成为仅有诗意的幻想，思想内容反而不如下片充实，那么，作者为什么自己把重点放在上片呢？诗词中用"天上"、"人间"，往往就是"朝野"的代替词。"此曲祇应天上有，人间能得几回闻。"这个"天上"是指宫中，"人间"就是民间。"流水落花春去也，天上人间。"可以解释为李后主自问，此时他还是个当政的皇帝呢，还是个下野的废君？东坡此词，运用"天上"、"人间"，也显然有此寓意。"不知天上宫阙，今夕是何年？"意为"不知现在朝廷中政治情况如何？""我欲乘风归去，又恐琼楼玉宇，高处不胜寒。"意思是"我虽然想回朝廷去，参加政治活动，但恐怕朝廷中空气还很寒冷，不是我所能容身的。"因此，还不如以在野之身，饮酒玩月。丙辰是神宗熙宁九年。是年十月，王安石罢相。东坡作此词时，王安石还未罢免，但当时的政治空气，必已有动荡的迹象，所以东坡以为可以有机会召还复职，不过还有所顾虑，故表示了"何似在人间"的旷达思想。把这首词的上片，作这样解释，我以为这是揭露了它的比兴作用，使这一片词的意义，不仅仅是咏月的闲情。而且，我又以为，东坡作此词时，自己也确有此寓意。这并不是后世读者的附会，和张惠言解释温飞卿词不同。

我看了七八本新出的词选，只有夏承焘先生的解释，和我的观点一致。此外诸家，大多把此词的下片作为重点，而忽视了上片的思想涵义。这是由于对东坡自己写的题目不够体会。或者也由于太固执地屏弃词的比兴手法。

把这首词的上片说是"表现了作者的忠君思想"，我以为不算错误，不过把作者的寓意估价得低了。神宗皇帝是能读词的，他懂得了东坡的寓意，故一看就说"苏轼终是爱君"。陈正宽同志以为"神宗对此词的妄解"，我以为神宗解得并不"妄"。不过，这个故事是否真实，那是另外一个问题。

"何似在人间"一句，似乎许多人都没有理解。清人黄蓼园算是一位能读词的人，可是他把此句解作"几不知身在人间也"。这就显露了他根本没有理解这首词。"何似"即"何如"，也就是"还不如"，夏承焘先生正是解作"还不如在人间好"。这就与上文八句意义贯通了。

一九八三年二月十五日

附录:陈正宽《东坡中秋词小议》

知人论世,也难。

就说苏轼的《水调歌头·丙辰中秋,欢饮达旦,作此篇,兼怀子由》的词罢,近一千年来,脍炙人口,雅俗共赏,叹为绝唱。且不说文人雅士称诵之,流行民间传唱之,单说于中秋词传抄的两宋当时,便洛阳纸贵,不胫而走了。《水浒传》第三十回,写张都监中秋夜宴武都头:"'……你可唱个中秋对月时景的曲儿,教我们听则个。'玉兰执著象板,向前各道个万福,顿开喉咙,唱一只东坡学士中秋《水调歌》。"

一阕短短的只有九十三个字的中秋词,竟至时历千载,历久弥新,足见其思想与艺术的无比魅力。人民是历史的创造者,也是最伟大的文艺批评家;任何文艺作品,凡经得起人民口头"圈点"的,本身就说明了它的永恒和不朽。

但是,这么一阕本有定评的中秋词,却来了问题。最近读了一本关于苏轼的评传。在评论该词时,作者说:"(苏轼)本想'乘风归去',却宦游在'寂寞山城';本想经常同弟弟'寒灯相对',却长期不得一见。人生不如意的事太多了,苏轼只好无可奈何地自我安慰道:'人有悲欢离合,月有阴晴圆缺,此事古难全。'这些充满哲理,寄慨万端的诗句,充分反映了作者长期郁结的有志难酬的苦闷。"归结起来,说明两点:一是作者怀离愁别恨,借词自我安慰;一是作者有壮志难酬,借词倾吐苦闷。

如果此说能成立,那可冤屈了东坡先生,贬低了中秋词。因为其一,苏轼的从杭州调来密州,并非皇命,实是自愿,正大光明的理由是"以辙之在济南",故"求为东州守",潜台词是与王安石政见不合,切望跳出"政治漩涡",因之,丝毫不存在被放逐的悲愤,用不着自我安慰。其二,壮志难酬虽是事实,但由于气质豪放,善于旷达,所以,即使"日食杞菊"、"斋橱索然",苏轼在密州也是"面貌加丰"。因之说他借词倾吐苦闷,不免夸大其辞。当然,人非草木,孰能无情?而况如"多情应笑我"的大词人苏东坡耶?中秋之夜,明月如霜,把酒问天,心事浩茫,弟弟是要念的,回朝廷的事也是要想的,不消说,心中块垒,不会没有的。但苏轼之为苏轼,就在于他能妥善地处理理智和感情的关系。当理想与现实、国事与家私、客观与主观发生纷繁矛盾的时候,他能以理驭情,顺应自然,于豪放中倾吐旷达的情思,在沉郁里开拓寥廓的境界。而且并无做作之态,倒有天籁赤真之意。正因为如此,所以胡仔在《苕溪渔隐丛话》中说:"中秋词自东坡《水调歌头》一出,馀词尽废。""馀词尽废"的涵义,无非是说,东坡的顺应自然的旷达,他词难以企及。

至于该书作者说中秋词"上阕表现了作者的忠君思想","据说神宗读到'琼楼玉宇'二句感叹道:'苏轼终是爱君。'"这是误信了神宗对此词的妄解。

中秋词所表现的乐观思绪,旷达胸怀,向上心愿,哲理意味,近千年来,不知感奋了多少读者,从中汲取精神的寄托,疾进的热力。这个事实本身,便早已说明它的客观效果,甚至超越了作者的主观抒情动机。所以,在评论文艺作品的时候,最好既从作者的主观处境出发,更从作品的客观效果出发。否则,会如鲁迅所说"倘有取舍,即非全人,再加抑扬,更离真实"的。

拙见当否,愿就教于高明。

一九八三年一月十八日

(四)香囊罗带

山抹微云,天连衰草,画角声断谯门。暂停征棹,聊共引离尊。多少蓬莱旧事,空回首,烟霭纷纷。斜阳外,寒鸦数点,流水绕孤村。

销魂,当此际,香囊暗解,罗带轻分。谩赢得青楼,薄幸名存。此去何时见也,襟袖上,空惹啼痕。伤情处,高楼望断,灯火已黄昏。

这是秦少游的一首著名的《满庭芳》词。当时,从首都开封,到越都绍兴,酒楼歌馆,无处不唱。据说秦少游的女婿,在酒席上为歌女所看不起,他就自我介绍,说"我是'山抹微云'的女婿。"于是歌女就另眼看待他了。这个故事,反映了这首词的普遍流行。

但是秦少游的老师苏东坡却对这首词十分不满。他问秦少游:"多时不见,你怎么不好好写文章,却做柳永式的词儿?"原来柳永的词,淫艳轻薄,为歌妓所爱唱,而为正人君子所不屑。秦少游吃了老师的教训,十分惶恐。就问:"我学生虽然浅薄,也不至于学柳永的词,你老师说得恐怕过火了吧?"苏东坡说:"你的'销魂,当此际',不是柳永的句法吗?"秦少游听了,觉得无话可对,想收回这首词,已来不及了。

从这个故事,可知这首词的内容有柳永风格的淫艳句法。苏东坡只指出了一句"销魂当此际",实际上他指的是下面二句:"香囊暗解,罗带轻分。"因为这两句就是写"销魂"的事。也就是此词上片的"蓬莱旧事"。"此际"是"销魂"的那个时候,不是离别的时候。"香囊"是妇女身上挂的香袋子,"罗带"就是裙带或裤带。这两句文字虽雅,意义却很不雅。多看旧小说的人,都能体会,这两句就是小说中的"宽衣解带,共效于飞"。是使男人"销魂"的情事。

近来看了几本宋词欣赏辞典,发现许多欣赏家讲这首词,和我理解的完全不同。他们几乎一致以为这两句是女方在为男方送别时赠送纪念礼物。这使我大为惊讶。赶紧找来一本最早的宋词注释,胡云翼的《宋词选》,看他怎么讲。胡注"香囊"句云:"暗地里解下香囊,作为临别的纪念品。"注"罗带"句云:"古人用结带象征相爱。这里以罗带轻分表示离别。"这样讲法,意味着双方在分别时,女方送给男方一个香袋子,又分了一半带子给男方。这香袋子倒还在情理之中,分一段带子以表示离别,却没有见过。不过,由此可知,胡云翼也以为这两句所叙的是女方在船码头上给男方送行时赠送礼物以表爱情。再找到一本新出的《淮海词》注释本,注得较详,也说:"销魂四句,是纯写儿女间的离怀别苦。""香囊"二句是"临别时彼此以饰物相赠。"这又与胡注不同。原来是女方以香袋子送给男方,而男方以半条带子送给女方;或者是双方互相送一个香袋,半条罗带。那么,"销魂"

呢？注引江淹《别赋》："黯然销魂者，惟别而已矣。"所以是表示离别的悲伤情绪。这样说来，旧小说中描写男人看到美女，便"一见销魂"，乃是一看就悲伤的意思，这也想象不到。

一个女人，把贴身挂的香袋子送给一个男人，毫无例外地是私情的表记。这是绝密的事，决不会在大庭广众之间，公然在船码头上送这个东西。《金瓶梅》里写来旺儿的老婆宋惠莲解下身上带的一个绣着"娇香美爱"四个字的香袋儿送给西门庆，也是在西门庆"销魂"之后的事。再说，秦少游这首词里只说"暗解"香囊，并没有奉送的意思。

看来，这首词的铺叙脉络，许多人都欣赏错了。在这个年头儿，少数服从多数的这一条规则，在学术问题上怕不适用。

一九九一年一月二十三日

（五）武陵春

风住尘香花已尽，日晚倦梳头。物是人非事事休。欲语泪先流。

闻说双溪春尚好，也拟泛轻舟。只恐双溪舴艋舟。载不动许多愁。

这是李清照的《武陵春》词。文字很明白，无可曲解。但是从胡云翼的《宋词选》到《唐宋词鉴赏辞典》都根据俞正燮的《易安居士事辑》定为绍兴四年作者避乱至金华以后的作品。词的内容有"流寓有故乡之思"。

这样讲法，和我的理解大不同。我不知道这几位鉴赏家如何理解"闻说"与"也拟"。词句明明反映出当时的情况：杭州人都在准备到金华去避难，李清照也想去金华，又感到疲于奔走流亡，打不定主意，这就不是"避乱至金华以后"的作品，而是避乱至杭州，拟去金华时的作品。

"物是人非事事休"一句也不是怀念故乡，而是悼念赵明诚。李清照和赵明诚带了许多书画文物，渡江避难，明诚忽病死于中途，此事对李清照是极大的打击。现在当继续流移之际，看看文物犹在，而人已故世，遂有事事休之感，因而引出下片迟疑不决之情。这一句中的"物是人非"，应当理解为"物在人亡"。

我以为，这样讲，可以批驳俞正燮之误。奇怪的是，为什么至今还没有人从此词明显的文句中去理解，而盲目地信从俞氏的曲解？

一九九一年七月三日

（六）绿肥红瘦

文人写下来的诗，劳动人民唱的歌词，原先都是一种抒情文学。自从汉朝有一位姓毛的老夫子，把一部《诗经》中的诗，区分为风、雅、颂三种体式，赋、比、兴三种创作方法，于是,诗歌就不完全是简单的抒情文学了。

两千年来,我国的诗歌教育《诗教》,总是要对一首诗歌研究其创作意义。为什么要写这首诗?为什么要唱这支歌?作者或唱者有什么意图?仅仅是像文字或歌词所表达的意义吗?还是隐藏着别的意义?

于是有一位姓郑名玄的老夫子,根据毛老夫子的分类法,给《诗经》编写教材。他以为"雅、颂"二类中的诗的创作方法是单纯的。它们都是朝廷郊庙所用的乐辞,规规矩矩,没有什么言外之意。只有"风"这一类的诗,它们的创作方法和动机都不一致,有的有言外之意,有的没有。于是他给《国风》中的每一首诗注明了它的创作方法是"赋",或是"比、兴"。

《国风》中的那些诗,它们的作者的时代,离郑玄少说也有八九百年,郑玄怎么能知道他们是用什么方法创作这些诗的呢?他采用的方法是亚圣孟轲所提出的"以意逆志"。就是说:用你自己的意识去迎合作者的意图。

这是一种唯心论的文史研究方法,正确性很小。但是它可以被利用来作为很巧妙的外交辞令,《左传》里就记录了不少列国大夫,出使到外国去,在被问到某些问题的时候,如果不便作正面回答,就引用一句或一首诗来回答,让对方自己去"以意逆志"。

这个传统的外交辞令,前几天被我们的总书记江泽民同志在访问日本时又采用了。四月十一日的《参考消息》上发布了一条花边新闻,据说:四月六日,江泽民同志和宫泽首相会谈。七日,在午宴上,渡边外相问江泽民:"昨天怎么样?"我们的江总书记就取纸笔写了一首李清照的《如梦令》词,代替了回答。日本方面,很多人认为,江总书记通过宋词,以"绿肥红瘦"的措词,表达了对会谈的满意。

李清照这首词的内容是说:昨夜她饮了一些酒,虽然睡得很甜,可是消不掉宿酒。恰巧昨夜又有风雨。早上,婢女来给她卷起帘子,她就问婢女:"院子里怎么样?"婢女回说:"没有什么,海棠花还是那样开着。"她就说:"你知道吗,恐怕应该是绿肥红瘦了吧!"

这样一首词,叙事很明白,说不上有什么言外之意,按照郑玄的分类法,应该归入"赋"的一类创作方法,全词没有什么比兴作用。但是,我们的江总书记却是利用"绿肥红瘦"这四个字来代替正面回答的。日本方面人士,就从这四个字来理解江总书记的形象思维。认为江总书记表达了对会谈的满意。

红的是花,绿的是叶,"绿肥红瘦",是说花萎缩了,叶子繁茂了。唐诗有一句"绿叶成荫子满枝",过了花时,叶子肥茂,就是结果实的时候了。江总书记用这个形象来说明中日邦交已从开花的季节发展到结果实的季节了。

这是我的"以意逆志",未必符合江总书记的本意。不过,日本方面的人士,大约也是和我同样理解的。

在这里,我们还可以悟到,中国古典诗词是神通广大的,尽管作者用的创作方法是"赋",读者,或外交家,也可以利用它们,使它们具有比兴的作用。

一九九二年四月十八日

（七）赵长卿《探春令》

笙歌间错华筵启。喜新春新岁。菜传纤手，青丝轻细。和气入、东风里。

幡儿胜儿都姑姊。戴得更忔戏。愿新春以后，吉吉利利。百事都如意。

这首《探春令》词的作者是赵长卿，他的生平不甚可知。只知道他是宋朝的宗室，住在南丰，大约是他家的封邑。他自号仙源居士，不爱荣华，赋诗作词，隐居自娱。他的词有《惜香乐府》十卷，毛晋刻入《宋六十名家词》中。唐圭璋的《两宋词人时代先后考》把赵长卿排在北宋末期的词人中，生卒年均不可知。但在《惜香乐府》第三卷末尾有一段附录，记张孝祥死后临乩事。考张孝祥卒于南宋乾道五年（1169），那时赵长卿还在世作词，可知他是南宋初期人。

赵长卿的词虽然有十卷三百首之多，虽然毛晋刻入"名家词"，但在宋词中，他只是一位第三流的词人。因为他的词爱用口语俗话，不同于一般文人的"雅词"，所以在士大夫的赏鉴中，他的词不很被看重。朱祖谋选《宋词三百首》，赵长卿的词，一首也没有选入。

这首《探春令》词，向来无人讲起。二十年代，我用这首词的最后三句，做了个贺年片，寄给朋友，才引起几位爱好诗词的朋友注意。赵景深还写了一篇文坛轶事，为我做了记录。1985年，景深逝世，使我想起青年时的往事，为了纪念景深，我把这首词的全文印了一个贺年片，在1986年元旦和丙寅年新春，寄给一些文艺朋友，使这首词又在诗词爱好者中间传诵起来。

我赞成在《唐宋词鉴赏辞典》里采用这首词，但我不会写鉴赏。我以为，对于一个文艺作品的鉴赏，各人的体会不同。要用文字来表达自己的体会，有时实在说不清楚。如果读者的文学鉴赏水平比我高，我写的鉴赏，对他便非但毫无帮助，反而见笑于方家。所以，我从来不愿写鉴赏文字。

在文化圈子里的作家和批评家，他们谈文学作品，其实是古今未变。孔老夫子要求"温柔敦厚"，白居易要求有讽谕作用，张惠言、周济要求词有比兴、寄托，当代文论家要求作品有思想性，其实是一个老调。这些要求，在赵长卿这首词里，一点都找不到。

赵长卿并不把文艺创作用为扶持世道人心的教育工具，也不想把他的词用来作思想说教。他只是碰到新年佳节，看着家里老少，摆开桌面，高高兴兴的吃年夜饭。他看到姑娘们的纤手，端来了春菜盘子，盘里的菜，又青、又细，从家庭中的一片和气景象，反映出新年新春的东风里所带来的天地间的融和气候。唐、宋时，每年吃年夜饭，或新年中吃春酒，都要先吃一个春盘，类似现代酒席上的冷盘或大拼盘。盘子里的菜，有萝卜、芹菜、韭菜，或者切细，或者做成春饼（就是春卷）。杜甫有一首《立春》诗云："春日春盘细生菜，忽忆两京梅发时。盘出高门行白玉，菜传纤手送青丝。"赵长卿这首词的上片，就是化用了杜甫的诗。

幡儿、胜儿，都是新年里的装饰品。幡是一种旗帜，胜是方胜、花胜，都是剪镂彩帛制成各种花鸟,大的插在窗前、屋角,或挂在树上,小的戴在姑娘们头上。现在北方人家过年的剪纸,或如意,或双鱼吉庆,或五谷丰登,大约就是幡、胜的遗风。这首词里所说的幡儿、胜儿,是戴在姑娘们头上的,所以他看了觉得很欢喜。"姑媕"、"忔戏"这两个语词都是当时俗语,我们现在不易了解,说不定在江西南丰人口语中,它们还存在。从词意看来,"姑媕"大约是整齐、济楚之意。"忔戏"又见于作者的另一首词《念奴娇》,换头句云:"忔戏,笑里含羞,回眸低盼,此意谁能识。"这也是在酒席上描写一个姑娘的。这里两句的大意是说:"幡儿胜儿都很美好,姑娘戴着都高高兴兴。"辛稼轩词云:"春已归来,看美人头上,袅袅春幡。"也是这种意境。

词人看了一家人和和气气的团坐着吃春酒、庆新年,在笙歌声中,他起来为大家祝酒,希望过春节以后,一家子都吉吉利利,百事如意。于是,这首词成为极好的新年祝词。

词到了南宋,一方面,在士大夫知识分子中间,地位高到和诗一样。另一方面,在人民大众中,它却成为一种新的应用文体。祝寿有词,贺结婚有词,贺生子也有词。赵长卿这首词,也应当归入这一类型。它是属于通俗文学的。

(八) 怀古咏今　沉郁悲壮
——读《永遇乐·京口北固亭怀古》

千古江山,英雄无觅,孙仲谋处。舞榭歌台,风流总被,雨打风吹去。斜阳草树,寻常巷陌,人道寄奴曾住。想当年,金戈铁马,气吞万里如虎。　元嘉草草,封狼居胥,赢得仓皇北顾。四十三年,望中犹记,烽火扬州路。可堪回首,佛狸祠下,一片神鸦社鼓。凭谁问,廉颇老矣,尚能饭否。

这首词是辛稼轩的名作,明代的杨升庵(慎)甚至誉为《稼轩词》中第一首(见《词品》)。但也有人嫌其运用典故太多,不像其他作品之流利自然(宋·岳珂,清·谭献)。这一评论,不能说不对。用典太多,无论作诗作词,都不是高的格调。用典拙劣的作家,尤其显得是"掉书袋",令读者生厌。不过,辛稼轩这首词是怀古之作,既曰"怀古",当然怀念的是历史人物、历史事迹。一提到这些人物,这些事迹,就是典故。辛稼轩于宋宁宗开禧元年(1205)任镇江知府时,来到北固山上的北固亭游览(京口即镇江),对此江山胜地,联系到自己有恢复中原的壮志,和当时南宋偏安小朝廷危殆的形势,不由得想起历史上几个英雄人物。他们的雄心壮志,他们所处的时代和政治环境,都和自己一样。可是,他们的壮志未曾实现,事业没有成功,非但生命已经长逝,连一点遗迹都渺不可寻。由此情怀,想到自己也已老了(稼轩此年六十六岁),是否还能做出一些事业来呢? 以上是表现在这首词中间的思想过程。因此,这许多典故也就免不掉了。

现在我们从词句中看作者如何表现其思想。上片第一句"千古江山","千古"是时代感,"江山"是现实感。作者在北固亭上瞭望眼前的一片江山,想到古时曾经统治过这片江山的英雄人物。他首先想到三国时的吴大帝孙权(字仲谋)。孙权是个有雄心壮志,要统一中国的人物。可是现在呢,像孙权那样的英雄人物也无处寻觅了。("无觅处"三字分开来用。)非但人无觅处,连他当年的"舞榭歌台",这些反映他的风流遗事的建筑物,也都被"雨打风吹",杳无踪迹了。接着,作者又想到了刘裕。

刘裕,小名寄奴。他在东晋安帝义熙五年及十二年,曾两次率晋军北伐,先后灭掉南燕、后秦,收复洛阳、长安,几乎可以克复中原,可惜后来他野心篡夺晋帝政权,建立自己的宋代政权,放弃了进取中原的计划,以致淮北各地,得而复失。作者想到刘裕早期的功勋,也非常钦佩,所以说"想当年,金戈铁马,气吞万里如虎。"可是现在刘裕的遗迹也找不到了。只见"斜阳草树"之中,寻常百姓的里巷,当地的老辈相传说,这里便是刘裕当年住过的地方。因为刘裕生长在京口,也是从这里起兵北伐的。

以上是词的上片,怀念两个英雄人物的盛衰。接下去,下片便怀念到又一次北伐失败的历史事实。宋文帝刘义隆元嘉二十七年(450)命王玄谟率师北伐。当时北方的统治者是鲜卑族的北魏太武帝拓拔焘(小名佛狸)。王玄谟草率出兵,没有周详的部署,结果大败而回。所以作者说:元嘉时的北伐,真是冒失出兵,妄想像汉代的霍去病一样,北伐单于,一直打到狼居胥山(在今内蒙古西北境内),封祭山神,凯旋回师。可是,王玄谟的战绩却只落得仓皇地逃回京口。此词中"仓皇北顾"四字,许多注释本都把"北顾"讲作"向北张望追来的敌人",似乎未达作者之意。"北顾"是流亡到江南的士大夫常用的一个含有政治意义的语词,有"北望中原,企图恢复"之意,故宋文帝在元嘉八年兵败时赋诗云:"北顾涕交流"。后来梁武帝登北固亭,索性把亭名改为北顾亭,以寓收复中原之志。辛稼轩此词是北固亭怀古,因而用了双关的意义。我以为"仓皇北顾"应解释为仓皇败退到北固山下,从此只能"北顾"而已。

接下去,忽然来一句"四十三年",立刻联系到自己,又联系到当时抗金的形势,从怀古一转而为伤今,笔路可谓雄健。辛稼轩于宋高宗绍兴三十三年(1162)来到南方,参加抗金战争,到开禧元年登北固亭时,正是四十三年。这时他遥望对江的扬州,还记得四十三年前从北归南的一路战斗情况。所以说"望中犹记,烽火扬州路"。

在这四十三年间,辛稼轩壮志未酬,南宋小朝廷也始终未能振作。收复中原,徒成虚愿。于是辛稼轩有了不堪回首之感。这一感慨,因望见"佛狸祠下,一片神鸦社鼓"而愈加强烈。原来北魏太武帝在击败王玄谟的军队之后,一直追到京口对江的瓜步山(今江苏六合东南)在山上建立了行宫。这个行宫到后世便被当地老百姓误传为狒狸祠,以为是一座福祐人民的神庙,春秋祭祀,有"神鸦社鼓"的热闹。时代已冲洗掉民族耻辱的意义,这就使辛稼轩愈加悲痛,深恐再过几十年,南宋小朝廷也即将在历史上消失。

词的最后三句,归结到自己。战国时赵国的名将廉颇,年纪虽老,精神还很壮健,还能大嚼米饭和猪肉。辛稼轩以廉颇比喻自己,自以为虽然老了,还能参加抗金战斗。可是,谁来打听廉颇还能不能吃饭呢? 这意思是说,有谁能起用我去带兵抗金,收复中原呢?

辛稼轩作此词时,正是宰相韩侂胄打算北伐的时候。韩侂胄是宋宁宗亲信的人,他为了巩固自己的政治地位,在忧心国事的士大夫中间取得盛望。辛稼轩作此词的上一年,即宁宗嘉泰四年(1204)正月,韩侂胄已决定对金用兵,希望打一次胜仗,收复一块失地,以增加他的政治资本。同时,他追封岳飞,起用辛稼轩,在抗金派的朝野人士中取得好感。辛稼轩此时的心理状态是很复杂的。他知道韩侂胄的北伐,也是"元嘉草草"的鲁莽行动,但这一举动的意义,却是符合于他的夙愿的。他这些思想上的矛盾,都表现在这首词中。最后三句,也可以认为他有点感激韩侂胄之意。不过,由于韩侂胄这一轻举妄动,在开禧二年,就招来了金兵大举入侵,又造成一次"仓皇北顾"的形势,宁宗皇帝在敌人的威胁下,只好归罪于韩侂胄,杀之以谢罪。后世词人,对这最后三句,也就不敢说辛稼轩当时有感激韩侂胄之意了。

一九八六年八月

(九)赋笔写景　闲适恬淡
——说《西江月·夜行黄沙道中》

明月别枝惊鹊,清风半夜鸣蝉。稻花香里说丰年,听取蛙声一片。

七八个星天外,两三点雨山前。旧时茅店社林边,路转溪桥忽见。

这首词是辛稼轩晚年闲居带湖(在江西上饶)时所作。有一天夜间,他走过黄沙岭下,欣赏田野间的夜景,就做了这首小词。全篇都是写景句,没有什么寓意,可以说是一首纯用"赋"的创作方法写的反映作者闲适生活的作品。

这首词文句浅显,其实不必解释,人人都看得懂。上片四句是写田野中夜景。在月光下,乌鹊还在惊飞不定,时间已是半夜,清风还在把远处的蝉鸣声送来。一路上,闻到的是稻花香气,听到的是田水里喧闹的蛙声,这些都说明了今年稻子的收成一定很好,是个丰年。

下片写他在山岭下走过的情况:天外有七八个星。因为刚才下过雨,天上还有乌云,所以只能见到七八个星。雨虽已停止,可是山前还有两三点残雨。从岭下小路上转个弯,过了一座溪桥,忽然望见土地庙旁边的树林外,有一座茅屋。噢,认出来了,原来就是从前曾经在那里歇脚过的小酒店(或小客栈)。

纯然写景,没有比兴思想的诗词,就得从它写景手法的艺术性来评价。这首词,虽然不能说是突出的名作,但作者还是能抓住山野间夜景的一些特征,用疏淡的辞句记录了它们的形象。前六句全是客观描写,最后二句却表现了作者的主观感受。这样,就使这首词中有了作者的感情。如果最后二句也仍然是客观描写,这首词就显得单调了。

这首词的第一句中"别枝"二字,几乎所有的注释本都是讲错了的。有的释作"斜伸的树枝",有的释作乌鹊"要离开树枝飞去"。有的注本引汗干诗"蝉曳残声过别枝",解作"另外一枝"。这些错误都由于没有弄清楚"别"字的意义。考这里所用"别枝"的来源是曹操的诗:"月明星稀,乌鹊南飞,绕树三匝,无枝可依。"(《短歌行》)苏东坡用此意,作诗云:"月明惊鹊未安枝"(《次韵蒋颖叔》),又有词云:"拣尽寒枝不肯栖"(《卜算子》),都是形容飞禽在月光中拣选不定栖止的树枝。从汉魏至唐宋,这个"别"字有拣选之意,亦即现在用"鉴别""别择"的"别"字。挑选良马,谓之"别马",早见于《后汉书》。唐宋人用的最多,如"别画"、"别茶"、"别花"等等。此词所用"别枝",应当解释为"拣选(可以栖止的)树枝"。"明月别枝惊鹊"这一句,如译作散文句,就是"明月光惊骇了正在拣枝不定的乌鹊。"文言句就是"明月惊别枝之鹊。"总之,这个"别"字是个动词。

一九八六年八月

（十）姜夔《翠楼吟》"酒祓清愁,花销英气"解析

酒祓清愁,花销英气。(用饮酒来消除愁绪,用看花来销磨壮志豪气。)

这是姜夔词中的一联名句。原句全文是"天涯情味,仗酒祓清愁,花销英气。"作者漂泊在武昌,很不得意,做了这首词,叙述他流落天涯的情味,只有依仗看花饮酒,才能解愁消气。后世文人,喜欢这八个字的造句精妙,而且又可以为看花饮酒这种消极的生活方式作积极的解释,因此,许多人曾摘取这八个字作为一副对联中的上联,或者嵌用在长联中。"祓"字和"销"字体现了作者的炼字工夫。

一九九五年八月

【附原作】 月冷龙沙,尘清虎落,今年汉酺初赐。新翻胡部曲,听毡幕元戎歌吹。层楼高峙,看槛曲萦红,檐牙飞翠。人姝丽,粉香吹下,夜寒风细。　　此地宜有词仙,拥素云黄鹤,与君游戏。玉梯凝望久,叹芳草萋萋千里。天涯情味,酒祓清愁,花销英气。西山外,晚来还卷,一帘秋霁。

三　明清至近代词

（一）蒋平阶及其《支机集》

　　明代三百年间,词学不振。明初有凌云翰、刘基、高启、瞿佑诸人,犹能继承元词馀韵,以后则日趋衰替,聂大年、马洪、杨慎等虽擅名于一时,所作实皆庸俗,惟王世贞、世懋兄弟,差为雅调。至明季,云间①陈子龙创立幾社,为东林后劲。在文学上,他们反对公安、竟陵的僻涩文风,也反对前后七子的伪学唐诗,在意识形态上则激扬民族思想,以文学宣传和实际行动抵抗满族入侵,幾社活动的时间虽不长久,但在苏、浙、皖一带得到许多知识分子的响应,文风士气,从爱国主义和民族革命意识得到振作,明清之间的一段时期,文学的趋向实在比过去二百年间健康得多。

　　在词这方面,以陈子龙为首的机社同人也极为重视。他们以为当时的词人,受南曲的影响太大,所作的词,已不是词而是曲了。他们努力于恢复词的本色,要把词从曲的影响中拯救出来。因此,他们主张作词应当以唐五代词为典范,连宋词都不屑学,因为宋词是元曲的先声。在这一理论的指导下,机社词人差不多都是专作唐五代小令的。机社词人,多数是云间人,他们的词成为一个新兴流派,被称为“云间词派”。直到朱彝尊出来,以为“词至南宋始极其工,至宋季而始极其变”。② 故主张作词当以南宋的白石(姜夔)、碧山(王沂孙)为雅正的典范。接着,厉鹗又以理论和创作实践来拥护、发扬朱氏的观点。于是词风一变,兴起了又一个新的词派,被称为“浙派”。自浙派崛起以后,云间派影响日渐微弱,由于它占领的时间不长久,终于成为文学史上一个被遗忘的陈迹。现在,一般学者只知道清词有浙派和常州派,几乎没有人提到过云间派。

　　我是云间人,对于桑梓文献,不能不关心。数十年来,常想收集明末清初云间人的词集,为云间词派编一个总集。可是容易见到的,惟有陈子龙、夏完淳、李雯、董俞等四五

---

① “云间”是个古地名,包括旧松江府属七县:华亭、娄、青浦、金山、奉贤、上海、川沙。今皆属上海市。
② 见《词综发凡》。

家。扫叶山房印过一部《词坛妙品》，也较易得。此书实是田茂遇所编《清平续选》的改名，是云间词派一个最早的选集。解放以后，徐乃昌、林𬇙庵所藏词籍散出，我得到了陈子龙等的《幽兰草》，钱芳标的《湘瑟词》，高不骞的《罗裙草》，又钞得吴日千的《杜鹃楼词》。但还有许多人的词集，从未见到。

蒋平阶是云间词派主要作家，他的词集名为《支机集》，但嘉庆年修的《松江府志·艺文志》中没有著录。我访问多年，公私藏书家都无藏本。直到一九六二年，才从龙榆生处见到赵尊岳的刻本，遂得借钞。赵氏所辑刻的明词，始终没有墨刷流传，其版片亦已散失。因此，我觉得应当把这本书赶紧印出来，使它不至于从此亡失。

蒋平阶原名雯阶，字驭闳。后来改名平阶，字大鸿，别署杜陵生。松江府华亭县人。夏允彝、陈子龙创立幾社，见到蒋平阶的文字，大为惊异，立即邀请他入社。蒋即师事陈子龙，在文学和政治上，都受到陈子龙的影响。崇祯壬午（1642 年），他和同邑周宿来（茂源）、陶冰修（愕）组织雅似堂文会，以继承幾社精神。乙酉（1645 年），弘光帝亡，清兵南下，平阶流亡到福建，投效唐王，授兵部司务，晋升御史。丙戌（1646 年），清兵入闽，唐王被执败亡。平阶从此就改名字，换道士服装，漫游齐鲁吴越，以堪舆术谋生。[1] 最后定居于会稽（今浙江绍兴）。其生卒年不可考。

蒋平阶的诗文，时人称其"详赡典雅"。明亡以后，深自韬晦，绝不表现他是一个文人。一般社会人士只知道他是著名的风水先生。他所遗留的著作，只有《地理辨正元五歌》、《归厚录》等关于三元法的阴阳家书。清朝一代的堪舆家都以他的学说和方法为宗。他的诗文，未闻有刻本，我只在清初各种选本中辑录得数十篇。吾友师陀曾得到一个钞本诗集，录诗八十馀首，而无作者姓名。师陀考定为蒋平阶入清以后所作。如果加上各选本所收，大约还可以有一百数十首幸免于散亡。

我一向以为《支机集》是蒋平阶个人的词集，及至见到此本，才知是他和两个门生周积贤、沈亿年三人的合集。全书分三卷，每人一卷。这个编辑体例，正与陈子龙、李雯、宋徵舆三人合刻《幽兰草》一样。周积贤，字寿王，华亭人。早慧，十二岁作诗文，已沈博闳丽，陈其年称其文"誉重灵蛇，珍同和璧；乐旨潘笔，萃为一人，轺谢凌颜，离为二美。"[2]卒时年仅三十。其弟积忠，字西临，亦有俊才。兄没后五年，亦下世。沈亿年，字矩承，号幽祁，嘉兴人。将平阶有《送周生寿王暂归故里》诗，其句云："数载胡尘尽破家，共逐飘蓬在中野。"可知积贤亦与其师同为政治亡命。《支机集》诸词，是隐迹埋名后寓居嘉兴时师弟三人唱和之作，由沈亿年编刻之。蒋序题："岁在玄黓执徐，律中夷则。"这就是壬辰七月（顺治九年，即一六五二年）。师弟三人，皆明清间人，而忠于明朝。词虽作于明亡之后，其人则为明人，故昶以三人之词编入《明词综》。

此书有沈亿年所撰《凡例》。其第一条云："词虽小道，亦风人馀事。五党持论，颇极谨严。五代犹有唐风，入宋便开元曲。故专意小令，冀复古音，屏去宋调，庶防流失。"其

---

① 堪舆术，又称青鸟术。为人卜择吉地，以建屋或营葬，俗称"风水先生"。
② 陈其年答周寿王书，见《松江诗钞》卷十二。

中"五代犹有唐风"两句,常为清初论词者王渔洋等人引述。我多年不知此言的来历,及见此书,方知出处。由此可知这个观点,在当时已代表了云间词派的理论根据。即此一条,亦可谓是明清词史的重要资料。

赵尊岳刻本悉依其所得原本。字有烂缺或破损者,页有脱落者,皆仍其空缺。我《瑶华集》、《倚声集》诸书校补得十馀字,其馀仍依赵刻排印,希望天壤间还有一本幸存,可以资校补,俾成完帙。

一九八〇年九月

（二）清花间词评语

(1) 吴伟业六首　（《梅村词》）

明人习于南曲,长短句词伧俗庸下,无可称者。吾乡陈卧子振之以唐音,《湘真》一集,褐椠《花间》。同时夏、李、董、蒋、二宋、三周,扬风扇雅,唱和有作,遂开云间词派。大江南北,作者景从。百年之间,词学斯盛。余选此集,断代于清。陈、夏二公,完节朱明,故不录入。遂以梅村为之冠冕。已下诸子,皆松人也。然可录者犹多,若计子山、吴日千、单质生、田髯渊诸家,皆有隽构。特以乡曲之私,不敢过甚,因悉退之。亭林周大烈纂《云间词征》,所录甚备,可参观也。

(2) 李雯八首　（《仿佛楼词》）

舒章与陈卧子同学齐名,诗古文辞,下及乐府声歌,连镳比驾,一时有"陈李"之目。易代之际,出处不同,遂让卧子独擅百世之名,君子惜焉。《仿佛楼词》一卷,与卧子酬唱而作,风情不在晏、欧下。《蓼斋词》入清后刻,颇事近慢,才力靡矣。今从《仿佛楼词》中录八首,犹有遗珠之恨。

(3) 龚鼎孳四首　（《定山堂诗馀》）

芝麓词,尤西堂盛称之,以为如"花间美人,自觉妩媚"。然余观《定山堂》一集,小令无多。构思造语,几于俗艳。且芜词累句,随在而是。录此四阕,犹不违典雅。

(4) 宋徵璧五首、宋徵舆十首　（《凤想楼词》）

云间三宋齐名,乐府尤推小宋。子建入清不仕,史家列之明人。尚木集本未见,从诸选本中取录五阕。辕文与陈卧子、李舒章合刻《幽兰草》,揄藻扬芬,无可轩轾。云间词派,定于三家。自朱、厉尊南宋,佞姜、张,词风一转,知吾乡有宋氏昆季者,鲜矣。

(5) 高不骞四首　（《罗裙草》）

高槎客与宋辕文同时。辕文寿止五十,槎客逾八十。《罗裙草》五卷,多南宋近慢,已入竹垞牢笼,盖晚年作也。右小令四阕,犹存北宋声情,则早岁里居所作,选家皆不取也。

(6) 张渊懿七首 （《月听轩诗馀》）

砚铭小词,怀兰握荃,不落凡近。《清平》一选,所录多云间词家,残璧零珠,赖以不灭,亦云间词派之功臣也。《月听轩诗馀》一卷,在《百名家词钞》中,恐非全帙。小词无几,故不克多取。

(7) 魏学渠六首 （《青城词》）

子存《青城词》三卷,传本绝少。其词多至四百阕,小令居三之一。才力未济,瑕瑜间出。诸家选本,多略其令词,因采录六首传之。

(8) 蒋平阶十二首、周积贤八首、沈亿年十首 （俱见《支机集》）

蒋大鸿才艳古锦,节劲苍松,入清以后,自韬文采,惟以青鸟之术,闻于吴会。《支机》一集,久无传本。余从龙榆生假抄之,乃知是师弟子三家合集。专攻小令,格韵甚高。边塞诸作,雁唳笳咽,当以王龙标、岑嘉州目之。大鸿《临江仙》一阕,允推绝唱。觉鹿太保"金锁重门"之作,犹逊其沉郁。余选三子词三十首,以为其高者骎骎乎欲夺《花间》诸贤之席矣。

(9) 严绳孙四首 （《秋水词》）

荪友词在清初身价甚高,厉樊榭更有"独有藕渔工小令,不教贺老占江南"之誉。乃使《秋水》一集,如泰华三峰,揭芙蓉于天外。余从事此集,初以为《秋水》集中,必俯拾即是。雒诵三过,始惊当时诸家皆过为标榜,不堪取信。其词意不能隐,境不能深,辞不能俊,句不能古。录此四阕,已得白眉。

(10) 毛奇龄十二首 （《毛检讨词》）

右毛检讨词十二阕,可与李波斯比美。而取境之高,直是南朝清商曲辞。陈亦峰乃讥其"造境未深,运思多巧",殆不知词之本源者。

(11) 陈维崧四首 （《湖海楼词》）

余搜《湖海楼词》,得此四阕,录以示人,不知其为迦陵作也。此皆早年笔墨,无让秦、柳。中年以后,牢落不偶,长歌当哭,羽声慷慨,不复有此情韵矣。

(12) 朱彝尊十二首 （《曝书亭词》）

竹垞论词,力主南宋。所作亦刻意姜、张。会云间凋敝,流荡郑卫。登高一呼,遂开浙派。陈、夏遗风,自此衰歇,然其小词,犹宗汴京。黄九固非所师,要亦尚在秦七门下。

(13) 丁炜八首 (《紫云词》)

莆田二丁，才情自以雁水为胜。《紫云词》中，小令皆有可观。选调琢句，一意高古，蒋大鸿、毛西河之俦也。

(14) 钱芳标十二首 (《湘瑟词》)

莼舣《湘瑟词》四卷，亦惟小令可观，近慢犹嫌拘滞。右所录十二首，皆有唐人风致。《忆少年》一阕，选家多称之。谭复堂谓"源出义山"，陈亦峰谓"雅丽语能入幽境"，余则尤赏其《赞浦子》歇拍二句，非大笔力不能承上。

(15) 彭孙遹八首 (《延露词》)

彭十艳词，一时传唱，亦颇招谤议。其失在蕴藉不足。幸笔力犹能自持，免堕淫哇。余录其稍厚重者。《卜算子》一阕，是其名作，不可不取，然而危矣。

(16) 曹贞吉六首 (《珂雪词》)

升六词，白雨斋极称之，以为"清初诸老中最为大雅。才力不逮朱、陈，而取径较正"。余以为此言似过。《珂雪词》疏快自然，不事雕饰，是其所长，而短亦在此。大雅犹未，况最乎？集中令词不多，选录六首，是其有雅韵者。

(17) 董俞四首 (《玉凫词》)

玉凫小令，彭羡门盛称之。浑厚胜彭，微嫌意境直露。《词综》录其小令三首，皆余所汰。《词雅》录七首，惟一首与余所取同。见仁见智，读者当自得之。

(18) 纳兰性德二十一首 (《纳兰词》)

容若情真性厚，小词声色窈丽，哀乐无端，非晏、欧所能限，况方回乎？篇什既富，珠玉焜耀，亦不当屈居李重光下。谓为唐五代以来一大家，可以无忝。云间词派，方当消歇之时，忽有满清华胄，远绍弓裘，陈卧子地下有知，亦当蹙额。

(19) 王士禛十二首 (《衍波词》)

阮亭论诗主神韵。此言大足误人。然其一生所作，确亦以此见长。小词亦然。必先有学问性情，始可言神韵耳。或以余言学问为疑。谓作小词，何须学问？不知比物连类，纂词琢句，各有忖度，皆关学问。阮亭文字工夫，极为淳雅，抒情造境，似轻实重，莫非从学问中来。徒有小慧，安能诣此！

(20) 沈岸登八首 (《黑蝶斋词》)

覃九炼句下语，颇能闲雅，自是浙派高手。然朱竹垞称其"得白石之神明"，毋乃过情之誉。白石、黑蝶,蹊径全别。白石隐秀,黑蝶流转;白石寄兴幽微,黑蝶意在言下。右小令八首,梅溪、碧山之亚。

(21) 李符四首 （《耒边词》）

秀水二李齐名,小令则分虎为婉丽。然所作不多,未能多选。秋锦殊无警策,故遗之。

(22) 佟世南四首 （《东白堂词》）

《东白堂》仅得《百名家词钞》中一卷,恐非全帙。小词不多,惟此四首可录,冯、韦之亚也。

(23) 厉鹗十首 （《樊榭山房词》）

樊榭学有馀,才未俊,得宋人三昧,去唐音一间。小令浑厚,可及子野、方回。近慢便有针缕迹。乃惑于竹垞之说,刻鹄姜、张,所得但能貌似。盖以学力拟古,非以才情言志也。

(24) 许宝善六首

乾隆季世,云间词派,已叹式微,郡中词人,多隶朱、厉麾下。惟许穆堂有起衰振废之志。其论词以"雅洁高妙"为主。小令力尊唐音,谓"北宋已极相悬,南宋佳者更少"。所撰《自怡轩词选》八卷,是其微尚所寄。自作词亦不为南渡后语。《自怡轩词》五卷,余求之未得,仅于诸家选本中录其六阕,恐未尽其蕴。

(25) 张惠言四首 （《茗柯词》）、张琦五首 （《立山词》）

皋文、翰风《词选》一编,树常州之帜,箴浙西之敝,议论正大,自是词苑程朱。止庵继起,《论词》一卷,足为羽翼。然三家自为词,篇什既少,才亦未济。张氏昆仲,聊录数阕。止庵小令,无可选者,竟阙焉。

(26) 董士锡六首 （《齐物论斋词》）

周止庵叙《词辨》谓晋卿"初好玉田,久而益厌之",今观《齐物论斋词》,可知晋卿果问途碧山、玉田,而入于清真者。常州词论,能身体而实践之者,惟晋卿一人而已。功力俱在慢词,小令深婉微欠。

(27) 郭麐四首 （《灵芬馆词》）

频伽词颇负盛名,《浮眉》一刻,尤为裙屐少年所好。其词不可谓不佳,然篇什既富,瑶珉间出,或意趣凡近,或辞不立诚。大词间架,时文气重。乾嘉间名家,此流最多。如蒋心馀、吴穀人皆是也。谭复堂云:"词尚深涩,而频伽滑矣。"夫频伽之滑,不在于不能深涩,而在于不能清空。词尚深涩,此言实误。盖竹垞、樊榭之论,宋人初无此说。今选频伽小词四阕,其正声也。

(28) 汪世泰八首　(《碧梧山馆词》)

紫珊随园女夫,与兰村趋诣略同。吴山尊赞其词曰:"思态逸妍,音律中雅。语出于性情,旨归于忠厚。"此评可高可低,紫珊宜考中上。

(29) 袁通八首　(《捧月楼绮语》)

随园未尝言词,嗣君乃以词名,此其跨灶之术也。《捧月楼绮语》八卷,偶有凡俗,不失雅音。此所选八首,何尝不以韵胜。陈白雨谓:"词有质亡而并无文者,则马浩澜、周冰持、蒋心馀、杨蓉裳、郭频伽、袁兰村辈是也。并不得谓之词也。"此则抑之太甚,非公论也。兰村、频伽,伯仲之间。心馀、蓉裳,质文兼逊。然视马浩澜、周冰持,犹有上下床之别,岂可一概视之。

(30) 周之琦八首　(《金梁梦月词》)

稚圭词选声琢句,极能工稳。小令风情骀荡,居然北宋雅音。大词赋情咏物,在玉田、蜕岩之间,微嫌生动不足。《心日斋词》全帙,寒斋未备,仅就《金梁梦月词》中录其八首。

(31) 汪全德四首　(《崇睦山房词》)

右四阕,崇睦山房高格也。《临江仙》歇拍二句,可称警策。

(32) 杨夔生六首　(《过云精舍词》)

伯夔小令,颇得唐音。慢词亦南宋高作。集中小令不多,录其六阕。《木兰花令》一章,诸选皆不取,惟谭复堂识之,许为《金荃》遗响。知音岂不难哉!

(33) 龚自珍五首　(《定庵词》)

定庵才气纵横,下笔不屑绳墨。通古今文学之变,信手自成馨逸。其词不唐不宋,非苏非辛。谭复堂引"发风动气"之喻,意亦在可否之间。余选定庵词五阕,与谭复堂及近人龙榆生所选无有合辙,读者参之。

(34) 沈传桂十二首　(《二白词》)

闰生与戈顺卿友,选音考律,务在精研。融化唐诗,尤工琢句。小令幽婉,如不胜情。近慢规橅玉田,高处可入清真之室。嘉、道之间,三吴词流,当推独步。

(35) 姚燮八首　(《疏影楼词》)

梅伯才高笔健,泛爱多方。涉猎既广,不专一家。平生勤于著述,身后遗稿散亡略尽。仅以词曲知名。疏影楼四种,出入两宋,珠圆玉润。其论词曰:"韵不骚雅则俚。旨不微婉则直。过炼者气伤于辞。过疏者神浮于意。"其操持可知矣!

(36) 王嘉福六首　(《二波轩词选》)

二波小令有神似晁氏《琴趣》者,大段不输北宋。慢词学玉田而未至,情理两虚也。

(37) 项鸿祚二十首　(《忆云词》)

忆云小令,胎息六朝三唐,不徒以文辞胜。摅哀婉之思,以冲和安雅出之,此其所以为沉郁也。近慢便有怨色,犹不至纳兰之剑拔弩张。

(38) 姚辉第十二首　(《鞠寿庵词》)

《鞠寿庵词》四卷,咸丰二年活字本。有姚梅伯序,蒋剑人跋。小令出入南唐、北宋,慢词上下清真、碧山。选声琢句,造诣甚高。乃其人不甚为词苑所知。《憩园词话》尝一及之,谭复堂《箧中词续编》录其词一阕,此外无闻焉。余最录其小令二十首,以光潜德。世有赏音,当以余言为不谬。辉第,字稚香,河南辉县人,道光戊戌进士,官上海知县。

(39) 陈元鼎七首　(《吹月词》)

实庵词芳兰竟体,雅韵欲流。大词纂组,颇近清真。小令婉丽,亦足平视秦、贺。余所有惟《吹月词》二卷。黄韵甫云别有《同梦楼词草》,未尝见也。

(40) 蒋敦复一首　(《芬陀利室词》)

《芬陀利室词》无过人处,初不欲选。忽睹此章,如获古锦。在清词中破天荒矣。《九张机》者,《五更转》、《十二时》之流衍也。惟彼为鼓词,此为舞曲。首一章诗,为勾队口号。次九章为本曲。"轻丝"、"春衣"二章为破子,亦曲词之换头者。末一章诗,为遣队口号。宋时乐舞,舞者不歌,歌者不舞。此词唱法,旧无著录,剑人所云,意度之耳。

(41) 顾文彬十首　(《眉绿楼词》)

檃括古人诗为长短句,始于东坡《定风波》括杜牧之诗。其后林正大《风雅遗音》一卷,皆檃括古人诗文,失之拘滞,子山括唐人诗为数十阕,情味转胜于原作。因选其八首,亦《花间》别趣也。子山浸馈唐音,所得甚深。俞荫甫称其"持律之细,琢句之工,同时作者,盖无以尚",非面谀也。

(42) 蒋春霖十八首　(《水云楼词》)

项莲生承平才士,言愁始愁;蒋鹿潭乱世羁人,不怨亦怨。遭际既异,宫徵遂别。《水云》一编,以琢玉镂香之句,寄椎心刻骨之情,实湘累之遗音,黍离之别调。白雨斋乃谓之"未升风骚之堂",殆不知其变者。虽然,余所录十八首,犹不违乎正声也。

(43) 承龄八首 （《冰蚕词》）

子久《冰蚕词》一卷,无甚高致。独《南乡子》五首,赋黔中土风,姿韵特绝,可与欧阳舍人角一日之长,因亟录之。

(44) 杜文澜六首 （《采香词》）

小舫精研声律,瓣香二窗,用功专矣。然刻楮三年,《采香》四卷,所造仅能平正,殆才分所限。集中多哀离念乱之作,当与水云楼并为咸同词史。小令无多,录得六阕。

(45) 薛时雨八首 （《藤香馆词》）

藤香馆自评其词曰:"无柔肠冶态以荡其思,无远韵深情以媚其格,病根仍是犯一直字。"虽自谦语,要亦不远。《江山船》前后十六解,独标神韵,是其兴会飙举之作。录此八阕,备《竹枝》一体。

(46) 汪瑔五首 （《随山馆词》）、叶衍兰五首 （《秋梦龛词》）

粤东三家,慢词皆取径碧山、玉田,随山馆吐属隽雅,能为宋人语。秋梦庵长于铺叙。楞华室时近稼轩。小令则《随山》、《秋梦》嗣响《金荃》。《楞华集》中,不足十首,无可录者。

(47) 王鹏运十四首 （《庚子秋词》、《味梨集》）

朱古微叙《半塘定稿》,谓"君词导源碧山,复历稼轩、梦窗,以还清真之浑化。与周止庵说,契若针芥。"此强以半塘绍常州之薪传,于半塘词境之发展,不相应也。余观半塘词实自晏欧小令,进而为苏辛近慢。虽半塘亦自许为"碧山家法",气韵终不似也。《庚子秋词》中诸阕,尤为深美闳约,取之特多。

(48) 文廷式十二首 （《云起轩词钞》）

清词至王半塘、文芸阁,气壮神王,不复作呻吟骚屑语。会国事蜩螗,生民邦家之痛,蕴无可泄,一发于词。纵琢句寻章,犹未能忘情于玉田、梦窗,而意境气韵,终已入苏辛之垒。《云起轩》令慢皆揭响五天,埋愁九地;无稼轩之廉悍,得清真之婉约。清词至此,别开境界,非浙西、常州所能笼络矣。

(49) 李慈铭六首 （《霞川花影词》）

莼客论词不屑南宋,小令犹尚《金荃》遗响,尝谓词必"若近若远,忽去忽来,如蛱蝶穿花,深深款款,于无情无绪中,令人十步九回。"此殆清空飞动之喻。《霞川花隐词》二卷,声色尚矣,意境犹未到北宋之深厚,是亦眼高手低也。

(50) 庄棫六首 （《中白词》）

中白与谭复堂齐名,二家小令,俱追踪温、韦。然刻意求寄托,遂使词旨惝恍,不赋不比,盖两失之。炼字琢句,亦各有未到。庄尤不如谭,一篇之中,必有一二刺目语。而陈白雨盛称之,以为"能超越三唐两宋,与风、骚、汉乐府相表里,自有词人以来,罕见其匹。"乡曲阿私,乃至于此。

(51) 谭献四首 《复堂词》

复堂《箧中》五卷,是其词论所寄。多探赜语。然取词手眼,高下不侔。能识荆和之璞,而珉玦杂出其间,盖有以人存者。其自为词,气韵力争高格,字句间犹有败笔,未到精工,录得四首,庶几醇粹。

(52) 陈廷焯八首 《白雨斋词》

白雨斋论词主沉郁,谓"沉则不浮,郁则不薄",论小令主唐五代,谓"晏欧已落下乘"。持论甚高。其自作词,亦刻意揣摩温、韦,用功于文字声色之间,但得貌似耳。

(53) 郑文焯十八首 《冷红词》、《樵风乐府》

满洲词家以成德始,以叔问终,二百六十年汉化,成此二俊;胜金元矣。叔问才情、学问、声律,俱臻绝诣。家国危亡之痛,王孙式微之感,尽托于长短句,其志哀,其情婉,其辞雅,其义隐,重光而后,不与易矣。

(54) 朱祖谋十六首 《彊村别集》、《彊村词》

彊村早年,政治文学,俱有英锐气。词格犹在晏、欧、周、秦之间。《庚子秋词》中数十阕,缠绵恻隐,耐人寻味。自后改辙二窗,多作慢词,蕴情设意,炼字排章,得神诣矣,已非生香真色。辛亥之后,以遗老自废,其词沉哀抑怨,作草间呻吟语,亦不可与蘋州、玉田为比。彼有民族沦亡之痛,此则眷怀封建朝廷耳。余选彊村词,多取资于别集者,秉此志也。

(55) 况周颐十首 《蕙风词》

清季词学四大家,叔问专考律定声之学,半塘、彊村擅校雠结集之功,夔笙撰词话,研精义理,津梁后学,皆足以迈越前修。清词以此数子为殿,有耿光焉。夔笙词凡数刻,未能尽得。《蕙风词》二卷,则晚年自定本,录其十阕,皆辛亥前后所作,琢句高古深隐,此公独擅。

(56) 王国维六首 《观堂长短句》

观堂论词,颇参新学。然其标举意境,实即茗柯比兴之旨。其悬格在"意境两忘,物我一体",亦犹是止庵出入寄托之义。《蝶恋花》"昨夜"、"百尺"两章,其自许为能到此高格者,余读之数过,终觉犹有意在,未若温韦之初无意而可以意逆也。

（三）清代至近代词

（1）碧巢词　名家词钞本

《碧巢词》一卷，凡三十阕，汪森晋贤撰。森，休宁人，居桐乡，遂占籍焉，由监生官户部郎中。家富藏书，尤耽于词。尝助朱彝尊辑《词综》四卷。其自为词有《桐扣词》、《月河词》、《碧巢词》三卷。此本乃三卷之合选，非碧巢之旧矣。曹秋岳曰："诗馀起于唐人，而盛于北宋。诸名家皆以春容大雅出之，故才幅不入于诗，轻俗不流于曲，此填词之祖也。南渡以后，渐事雕绘，元明以来，竞工俚鄙。故虽以高杨诸名手为之，而亦间坠时趋。至今日而海内诸君子，阐秦、柳之宗风，发晏、欧之光艳，词学号称绝盛矣。晋贤宿擅时名，学殖富而才思宏，其《月河》、《桐扣》诸词，皆步武北朝，不坠南渡以后习气。"

（2）藕花词　名家词钞本

《藕花词》一卷，凡二十六阕，虞山陈见鑨在田撰。《昭代词选》卷十九云："陈字淮士，常熟人。"选词一首《水调歌头·平远堂燕集和林天友别驾》亦见集中。《国朝词综》未选录。王阮亭曰："在田才情卓荦，意气道上，其所为诗馀，时而豪迈奔放，如苏文忠、陈龙川；时而绮丽香艳，如柳七、黄九。即偶然握管，而寄托遥深。今《藕花》一编，不过吉光片羽耳。"彭羡门曰："在田诗歌逼真盛唐，骚赋追踪汉魏，帖括在正希、卧子间。吾乡曹侍郎秋岳、王方伯迈人咸器重之。读其《藕花词》，意新调稳，词润机圆，即起姜、张诸公于今日，当不足过。固当推为风雅正宗。"

（3）玉山词　名家词钞本

《玉山词》一卷，四十七阕，钱塘陆次云云士撰。宋实颖曰："云士以雕云镂月之才，写凝血化虹之句，若所题之异人祠壁诸作，可谓缠绵恻怛，一往情深，当不令秦舜友'当时溅血空无用，化作山头宝石红'之句独擅美于前也。"又徐陈发曰："世之言词者，皆以花间酒底、红牙翠袖，作曼声而歌者，则谓婉娈之致尽之矣。窃读玉山词，深叹先生之风清蕴义，所重者节烈，所恤者民隐，抑何剀切而笃挚耶！"按：宋、徐所云，皆谓卷端题方正学、于忠肃、杨椒山词《满江红》三章，并劝农《满江红》一章，此外皆闺情咏物之属，未尝有所谓凝血化虹、剀切笃挚之作也。《满江红》四章，词实平平。

（4）柳塘词　名家词钞本

《柳塘词》一卷，凡六十九首，吴江沈雄偶僧撰。雄有《古今词话》，论词颇入肯綮，明清间词人遗闻轶事，亦赖以不没。此卷起《水调歌头》、《金明池》，渐及小令，或以年次编录。曹顾庵曰："余数过柳塘，与偶僧倡和小词，如按辔徐行于康庄大堤，不似矜奇斗险，驰逐于巉岩峭壁以为工者，然亦时出新警之句，藻思亦不犹人，正徐文长所谓读之陡然一惊也。"此盖微辞也，谓其凡庸耳。聂晋人谓雄尚有《竹窗笺体》、《柳塘绮语》诸集，曹秋岳称为艺林拱璧，惜未之梓。

(5) 耕烟词 <small>名家词钞本</small>

《耕烟词》一卷，凡五十首，晋陵陈玉璂椒峰撰。徐竹逸喈凤曰："椒峰兹集寄托遥深，体裁闳丽，不独句香字艳，传绝唱于旗亭，行将玉戛金铿，黼太平于圣世。"按：集中《苏幕遮》十首为十听词，有隔窗听坠钗声、隔帏听浴声等，词既不佳，品亦卑下。聂晋人先惜其《沁园春·咏美人》三十馀首，恨不并入此集，谓当另为小册以行之，亦何必也。

(6) 柯亭词 <small>名家词钞本</small>

《柯亭词》一卷，凡四十五阕，会稽姜垚苍崖撰。蒋曾策守大曰："苍崖妍词秀句，若不经思，正复他人百思不逮。尝与余同策蹇驴，千里并辔，每拈一题，不数武而已成矣。子建援牍如口诵，仲宣举笔如宿构，两公子今复见耶？"

(7) 容居堂词 <small>名家词钞本</small>

《容居堂词》一卷，凡三十八阕，云间周稚廉撰。周字冰持，鹰垂子。少有才子之目。《容居堂词》三卷，刻本未见，此乃选录本，豹斑而已。蒋大鸿曰："词章之学，六朝最盛。余与阳羡陈其年、萧山毛大可、山阴吴伯懑，力持复古；今得冰持，而海内有五矣。"钱葆酚曰："冰持之词，艳而不纤，利而不滑，刻入而无雕琢之痕，奇警而无斧凿之迹，可与髣髴者，惟溧阳彭爱琴、秀水朱竹垞耳。"

(8) 蔗阁诗馀 <small>名家词钞本</small>

《蔗阁诗馀》一卷，凡三十二阕，黄山汪鹤孙梅坡撰。钱谦益曰："梅坡，吾忘年友也。吾友然明先生之后，又得一然明，亡友为不死矣，乐奚加焉？梅坡出诗馀若干阕，更击节叹其必传，盖词家婉媚、豪纵二体，每不能兼，梅坡刻意婉媚，则追神大晟，溢为豪纵，亦吸髓稼轩；丽不伤于纤淫，放不失之俚鄙，填词之蕴，可谓探索无馀矣。"

(9) 万青词 <small>名家词钞本</small>

《万青词》一卷，仅长调十首，渐岸赵吉士天羽撰。曾王孙曰："词有豪旷、鲜艳二路，近人多能学之，但豪旷多沿入理障，鲜艳多堕落情痴，求为超脱一路，而不落辛、苏习气，虽数十名家中不得其一也。先生之词，良学道而得于心者耶？"

(10) 探酉词 <small>名家词钞本</small>

《探酉词》一卷，二十七首，西湖邵锡荣二峰撰。小令学北宋，长调步武东坡。徐方虎曰："邵子以弱冠之年，含毫构思，备诸家之美，南唐、北宋之间，且将高置一座，予独喋喋焉。分周、柳而别苏、辛，予且瞠乎后矣。"

(11) 慎庵词　名家词钞本

《慎庵词》一卷，四十一阕，山阴吴秉仁子元撰。丁药园曰："《慎庵词》如芙蕖出水，秀色天然，晓黛横秋，苍翠欲滴。时而慷慨悲歌，穿云裂石；时而柔情纷绮，触絮黏香。偶携一册于西湖夜月，倚声而歌，不觉驱温韦于腕内，掉周柳于毫端。文人之情生于才，有如是乎？"按：此卷所录，皆羁旅赣粤之作，出入周、柳。《踏莎行·晚次丰城》、《风入松·寄怀锡山诸子》、《六幺令·别情》、《多丽·夜泊芦湾》，皆佳作也。独所谓慷慨悲歌，穿云裂石者，未得一首。又聂晋人称其善用虚字，极得古人神髓，此四十一阕中亦未尝见用虚字处，岂别有一格，未入选乎？

(12) 蕊栖词　名家词钞本

《蕊栖词》一卷，凡三十四阕，广陵郑熙绩撰。郑字懋嘉，康熙戊午举人，官刑部主事，著《含英阁诗草》、《花屿诗钞》、《晚香词》、《蕊栖词》，皆以"查有违碍谬妄感愤语句"，列入乾隆五十三年颁发外省移咨应毁书目，故流传绝少。此卷早刊，且是选本，不知所谓"违碍谬妄感愤语句"者何所指？惟《唐多令·平山堂怀古》有句云："隋苑已飞烟。繁华忆昔年。旧江山、题付新篇。"又《贺新凉》句云："最堪怜、须眉冠带，为人驱使。"又《齐天乐·观演吴越春秋故事》云："筵前往复兴亡事，休认作逢场戏。满溢宜倾，忧勤复振，天道循环相倚。薰莸难并。叹伍相孤忠，反遭谗忌。偏听莺簧，浑忘携李同仇志。　　黄池盟先齐晋，笑鹰扬虎踞，富强徒恃。响屧酣歌，馆娃恒舞，致召六千君子。苏台休矣。羡霸越平吴，会稽雪耻。俯仰情深，丈夫当若此。"亦可见其惓怀故国感愤之深矣。

(13) 玉壶词　名家词钞本

《玉壶词》一卷，凡四十三阕，云间叶寻源砚孙撰。聂晋人曰："作小令须于虚神得手，方有一唱三叹之妙；作长调须于实处生情，乃见倾湫侧峡之势。玉壶虚处如峨眉秋月，清光一轮；实处如浪击蛟门，顷刻千里。"

(14) 树滋堂诗馀　名家词钞本

《树滋堂诗馀》一卷，三十三阕，云间张锡怿弘轩撰。余少时读吴梅村集中《细林雅集赠倩扶女郎》诗，便欲物色弘轩诗词，今始得此一卷，庶几尝鼎一脔。《意难忘》一阕亦赠倩扶者，录于此。序曰："时维九月，节届登高，思逸事于龙山，遇佳人于鹤浦，柔情难定，别恨易牵。兔管频濡，鸿笺数寄，堪叹粘泥之絮，独怜逐水之萍。品其高韵，人更淡于黄花，感此微词，意无伤于绿叶。爰希属和，庶俟知音。"词曰："捧出兰房。看朱唇纤手，曲短愁长。身轻疑学燕，声细似调簧。人乍见、意难忘。怕对酒盈觞。生受些、罗襦微动，绮席生香。
朝来携手相将。渐云收远岫，日转重阳。波侵红袖靓，风度锦茵凉。缘底事、乱人肠。无奈独彷徨。便与伊、明珠一斛，买笑何妨。"许鹤沙曰："先生为风雅领袖，其诗古文集，俱讨论精微，各极其妙，今读其词，婉丽之中，具见豪迈，居然登唐宋之席矣。"孙松坪曰："先生之词，其源出于东坡，而温雅绵丽，含蓄不露，则斟酌于小山、淮海之间，集长去短，自成一家。”徐电发亦谓其“芊绵婉丽中有排空兀奡之致，辛、柳、苏、黄，合为一家”，殆定评矣。

倩扶，云间妓，姓沈氏。能诗，有《题破冰道人梅花书屋图》，云：“闲凭乌几耽幽僻，想见高人静坐情。窗外梅花窗内月，与君心事一般清。”其妹偏红亦题云：“春天小阁梅开日，绣幙轻风月上时。想是满身花月影，夜残扶醉起题诗。”魏子存《青城词》有《丑奴儿令①·秋日倩扶过访》，云：“彩舫莲塘驻，珠帘柳带侵。相逢忆别更沉吟。明月两乡心。　　琥珀浮金碗，珊瑚腻玉簪。钿蝉银雁压朱衾。弦索惹秋阴。”自注云：“琥珀光，倩扶所贻名酿也。”

(15) 兰舫词　名家词钞本

《兰舫词》一卷，三十四阕，上海赵维烈承哉撰。王子武曰：“承哉为半眉进士令嗣，其飞才驾学，同社素所屈指。今读其词，抑何珠玑错落，芳芬袭人也。”吴菌次曰：“承哉博搜群籍，著书满家，即读其《赋钞》一选，足征巨匠苦心；兰舫小词，又豹之一斑也。”

(16) 响泉词　名家词钞本

《响泉词》一卷，三十一首，云间徐元哲西崖撰。(评佚)其实有评。

(17) 淞南乐府　《艺海珠尘》本

淞南乐府一卷，清杨光辅撰，凡《梦江南》六十首，各以“淞南好”起句，咏浦南风物。光辅字征男，号心香，江苏南汇人，岁贡生，有《鹤书堂诗词集》、《琼台集》、《绿雨轩稿》。

(18) 梦玉词　道光四年刻本

梦玉词一卷，钱塘陈裴之撰。裴之字孟楷，又字朗玉，号小雯，盖云伯子也。倜傥权奇，明于当世之事，论西北水利、东南河漕，指画口陈，闻者动色惊叹。试有司不利，入赀得官云南府通判，以滇洱道远，乞病不到官，寻薄游汉皋，谋盐筴之利，一夕以疝疾卒，裁三十三耳。龚生竟夭天年，良可惜也。所为诗有《澄怀堂集》，雄宕悱恻，不忝家风。此《梦玉词》一卷，多为姬人紫湘作，盖道光壬午、甲申间所作，有戈顺卿、汪剑潭、蒋志凝及妇汪允庄序。顺卿谓其兼有梦窗、玉田之长；剑潭谓其兼有白石之清真、玉田之秀挺；允庄亦谓君特、叔夏，讫为兼美。殆庶几乎！（志凝字子于，号澹怀，有《心白日斋诗词》，元和人。）

(19) 张倩倩

松陵沈自徵，字君庸，撰《灞亭秋》、《鞭歌妓》、《簪花髻》三曲，极尽豪宕激昂之致，徐文长之《四声猿》不能及也。君庸少年裘马，挥斥千金，负纵横捭阖之才，游长安塞外，竟

---

① 由句式判断，此词应非《丑奴儿令》。其调式同于《卜算子》，唯韵协则未合。

不得志而死。妻张倩倩,美而慧,工诗词,幽居食贫。尝于寒夜忆夫,作《蝶恋花》词云:
"漠漠轻阴笼竹院。细雨无情,泪湿霜花面。试问寸肠何样断。残红碎绿西风片。
千遍相思才夜半。又听楼前,叫过伤心雁。不恨天涯人去远。三生缘薄吹箫伴。"见《天
香阁随笔》。倩倩词惟《兰皋明词》中存数阕,此未入选。(《明词综》收倩词一阕即此,
题作《丙寅寒夜与宛君与君庸作》。"霜花面"作"桃花面","试问寸肠"二句作"落叶西风
吹不断。长沟流尽残红片"。盖王兰泉所改也。)

(20) 清《续文献通考·经籍考》著录词集

《湘瑟词》四卷

案语引彭孙通云:"葆酚居清切之地,雍容都雅,名满海内,乃词名湘瑟,若以仲文自
况。夫'曲终江上'句非不工,然寥寥十韵,何至乞灵神功? 以视是编之骛才绝艳,大历才
人殆不免有愧色矣!"

《直寄词》二卷

案语云:"《直寄词》高丽精巧,音节间超然入胜,昔人称梅溪融情景于一家,会句意于
两得,作者亦然。"

(21)《玉壶山房词选》二卷

曹言纯云:"七芗词清空处如冰壶映雪,飞动处如野鹤依云,读之神爽。"

(22) 屈大均词

屈大均词所见凡二本:《翁山诗外》附《骚屑词》二卷,康熙间家刻本;《道援堂集》附词
一卷,道光间徐抡三选刻本。《诗外》十八卷,大均子明洪编,其十六至十八卷则词也。然
十八卷未刊卷目下注曰:"嗣出。"是《骚屑词》全本凡三卷,此犹非全豹。军机处奏准全毁
书目,有《屈翁山词》一种,殆单行全刻本,不知天壤间尚有其书否? 屈翁山才华发越,而
生丁阳九,读万卷书,行万里路,揆古伤今,叱咤不平之气,一寓于文,自是庾兰成一流人
物。《骚屑》二卷中,尤多黍离麦秀之什,于满洲士女,复深致讥刺。民族忠愤之感,发而
为沉雄激楚之词,此为《翁山词》之狐白也。徐选一卷,乃在乾隆禁令之后,凡有违碍,概
从删汰,则已徒存糟粕矣。《明词综》录《翁山词》七阕,皆非其至者,犹复不敢著其名氏,
仅署"翁山早年方外名一灵",可知此亦聊以存之耳。顾民国以来,词家如况蕙风、叶玉
虎、龙忍寒录《翁山词》,皆不出王氏藩篱,抑又何也? 岂皆未见《诗外》乎! 余故蕞录《翁
山词》数阕于此,于以见楚骚玉屑,在此不在彼也。

念奴娇 秣陵吊古

萧条如此,更何须、苦忆江南佳丽。花柳何曾迷六代,只为春光能醉。玉笛风朝,金
筘霜夕,吹得天憔悴。秦淮波浅,忍含如许清泪。   任尔燕子无情,飞归旧国,又怎忘

兴替。虎踞龙蟠那得久，莫又苍苍王气。灵谷梅花，蒋山松树，未识何年岁。石人犹在，问君多少能记。

满江红　采石舟中

苦忆开平，惊涛里、石崖飞上。恨长江、天门中断，两蛾相向。形势依然龙虎在，英雄已绝楼船望。教祠宫、日夕起悲风，松楸响。　　临牛渚，停兰桨。月未起，潮失长。但通宵慷慨，谁闻高唱。蛮子军从南岸戍，名王马向中洲养。任几群、边雁不能栖，芦花港。

太常引　隋宫故址

垂杨几树是隋家。欲问后园鸦。飞过玉钩斜。拂片片、风前乱花。　　红桥流水，穿桥廿四，流尽旧繁华。把酒坐晴沙。且数数、春人钿车。

扬州慢

萤晃烟寒，雁池霜老，一秋懒吊隋宫。念梅花小岭，有碧血犹红。自元老、金陵不救，六朝春色，都入回中。剩无情垂柳，依依犹弄东风。　　君臣一掷，早知他、孤注江东。恨燕子新笺，牟尼旧合，歌曲难终。二十四桥如叶，笳声苦、卷去匆匆。问雷塘磷火，光含多少英雄。

念奴娇　潼关感旧

黄流呜咽，与悲风、昼夜声沉潼谷。天府徒然称四塞，更有关门东束。未练全军，中涓催战，孤注无边腹。阌乡秋早，乍寒新鬼频哭。　　谁念司马当年，魂招未返，与贼长相逐。麾下兴平馀大将，难作长城河曲。胡骑频来，秦弓未射，已把南朝覆。乌鸢饥汝，国殇今已无肉。

潇湘神

斑竹丛。斑竹丛。泪花成晕绿重重。叶叶枝枝因帝子，声含瑶瑟怨秋风。

山渐青

枫叶飞。柿叶飞。飞逐宫鸦何处归。归来玉殿非。
袚龙旂。卓鹯旂。猎火山山烧翠微。牛羊蔽夕晖。

雨中花慢　越王台怀古

雁翅三城，龙荒十郡，秋来不减边沙。恨牛羊有地，鸡犬无家。虽少诸军浴铁，还馀几队吹笳。朝台试望，天似穹庐，直接京华。　　赵佗箕踞，南咸称雄，遗墟问取栖鸦。谁得似、斑骓汉使，才藻纷葩。汤沐千年锦石，文章五岭梅花。彩丝女子，争看旌节，色映朝霞。

一痕沙

一向汉儿高卧。早被阏氏笑破。骰满逾长城。骑飞轻。　　千里无人遮塞。空把关山自卖。何处四楼开。白登台。

木兰花慢　飞云楼作。楼在端州公署后,己丑皇帝南巡,尝驻跸其上。

绕阑干几曲,记龙驭、此淹留。剩鸲鹊恩晖,芙蓉御气,掩映飞楼。飕飕。冷飞乱叶,似乌号哀痛惨高秋。多谢宫鸦太苦,土花衔作珠丘。　　梧州。更有坝围愁。西望少松楸。未委何年月,玉鱼自出,金雁人收。啾啾。岭猿个个,抱冬青泪断郁江流。寄语樵苏踯躅,磨刀忍向铜沟。(梧州有端皇帝兴陵。)

跋翁山词

屈翁山词怀古诸作,可比稼轩、龙洲,小令亦入《花间》、《尊前》堂庑。惟全集词体颇复总杂,如《五张机》,本为大曲《九张机》之一遍,单作小令,未闻前例。《绛都春》(庞妻赵女)一阕,全仿《冯燕》大曲,然仅此一遍,既非抒情之词,亦非叙事之曲。《玉茶瓶》、《七娘子》、《天净沙》诸作,更杂出曲调。此外韵律不协处,比比皆是。大抵朱明一代,曲盛词衰,文人虽有志乎词,而耳目濡染,无非南曲,词曲之辨不严,故词格终不能高,虽杨升庵亦复不免。翁山与朱竹垞、毛会侯同时,然其人其志,固明之逸民,其词亦明词也。

(23) 双照楼词

《双照楼》有壬戌岁作《蝶恋花》词,序曰:"昔闻展堂诵其中表文芸阁所为词,有'一寸山河,一寸伤心地'之句,未尝不流连反覆,感不绝于心。近得《云起轩词》,读之,则已易为'寸寸山河,寸寸销魂地'。顾二语意境各殊,不能无割爱之憾。余冬日渡辽所经行地,刿目怵心,不忍殚述。爱就原句,足成此阕,点金之诮,所不敢辞,掠美之愆,庶几知免云尔。"词云:"雪偃苍松如画里。一寸山河,一寸伤心地。浪啮岩根危欲坠。海风吹水都成泪。　　夜涉冰嘶寻故垒。冷月荒荒,照出当年事。蒿冢老狐魂亦死,髑髅奋击酸风起。"其辞哀而厉,盖犹有燕歌慷慨之志。集中诸词,此为白眉。至辛巳作《水调歌头》之"鸿雁北来还去,乌鹊南飞又止,无处不零丁",则徬徨有惭色矣。

按:"一寸山河"之句,芸阁定本原词云:"九十韶光如梦里。寸寸关河,寸寸销魂地。落日野田黄蝶起。古槐丛荻摇深翠。　　惆怅玉箫催别意。蕙些兰骚,未是伤心事。重叠泪痕缄锦字。人生只有情难死。"意境果不侔,又重出"伤心",亦非改作"销魂"不可也。"黄蝶"未详所出,作"黄雀",当更惬。文芸阁著《纯常子枝语》,汪为刊行,有感于"一寸山河"之句也。

双照楼老人自云生平不能作咏物诗,然集中咏物颇有佳作。《百字令·咏水仙花》云:"灵均去矣,向潇湘、留得千秋颜色。犹有平生迟暮感,况是霏霏雨雪。玉色温温,金心的的,人与花同德。飞尘不到,冷踪只在泉石。　　小钵供养斋头,深镫曲几,清影摇签帙。伴取梅花三两点，也似晓星残月。静始闻香，淡终生艳，梦化庄生蝶。独醒何意，银台试为浮白。"自跋云："《拾遗记》：'楚人思慕屈原，谓之水仙。'《群芳谱》：'水仙花，白圆如酒杯，中心黄蕊，名金盏银台。'古来咏水仙花者，山谷之诗、稼轩之词，脍炙人口，然自是凌波解佩，摇笔即来。朱竹垞词始创禁体，风调独胜。晴窗坐对，聊复效颦，以资笑噱云尔。"按：咏水仙禁体朱竹垞已有《金缕曲》四阕，惟用屈原事则前人所未及也。此词清深婉约，宜其自负不浅。

（24）刘尧民词

余在滇中识会泽刘治雍尧民，恂恂儒雅君子，以自刊《废墟诗词》三卷见惠。上卷新诗七首，中卷古今体旧诗一百四十三首，下卷词一百有四阕。新诗不脱旧词章窠臼，诗出入温李，词规橅南宋诸贤，皆互有瑕瑜，工力未纯，惟高处亦无愧作者。兹录其《眼儿媚》曰："一庭微雨洒芳尘。寒褪玉生温。倚阑无语，吹箫无绪，忆梦无痕。　　天涯更有愁多少，忍泪问青春。摘花人去，角门开也，又是黄昏。"《点绛唇》曰："昨夜西楼，悄无一事芳心懒。伴伊枯坐。残月林中堕。　　又是无眠，又是和衣卧。说前错。梦般经过。做了休重做。"《太常引》曰："芳笺六幅旧函封。字体记玲珑。隐约泪犹红。想当日、恩浓怨浓。　　香怜花悴，温怜玉碎，往事已成空。无绪立东风。葬伊在、心中梦中。"《临江仙》曰："记得双清前夜，重劳玉指钩帘。姈娉月在碧桃尖。春宵千点露，争比泪珠圆。往日平常花草，一城追忆堪怜。琼窗风雨自年年。相思红叶路，归梦绿杨烟。"《鹧鸪天》曰："紫玉霏烟入太阴。青鸾消息竟沉沉。未堪风露中宵立，且傍湖山一角吟。　　怜解佩，惜题襟。一声凄断海天琴。分明昨夜同心梦，秋水蒹葭何处寻。"

卷七 词选

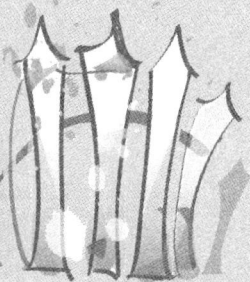

一 花间新集：宋花间集

叙 引

　　歌诗变而为长短句，晚唐始成其体。选声设色，温飞卿祖之；缘情比兴，韦端已祖之。意内言外，创业垂统，遂张楚矣。《花间》一集，词家之诗骚也。后之作者，纵有变化，亦莫能自绝于祖祢。清人论词，严别唐、宋，驯至汴梁、临安，亦同河汉。实则宋人惟衍令曲为慢词，大其区宇，犹汉武之开西域，民人庐舍，虽异于中原，而舆地山川，固未尝隔绝也。况宋人小令，犹袭唐风，欧、晏固无论已，虽苏、辛、姜、张，亦未尝不从此出。所不同者，面目情性而已。余近读宋人词，辄取其雅近《花间》者，录为一集。尝见宋人书目，称《唐花间集》，意其或有宋集，故为标别，然实无此本也。乃命此集曰《宋花间集》，亦十卷、五百首，以续赵崇祚之书。此宋词选本之别出手眼者，词人学士，幸是非焉。

癸卯(1963)十月尽

吴兴施舍

宋花间集目次

卷一　总五十首

宋花间集卷一　吴兴　施　舍　蛰存　选定

晏　殊三十五首

浣溪沙四

一曲新词酒一杯。去年天气旧亭台。夕阳西下几时回。　无可奈何花落去；似曾相识燕归来。小园香径独徘徊。

淡淡梳妆薄薄衣。天仙模样好容仪。旧欢前事入颦眉。　闲役梦魂孤烛暗，恨无消息画帘垂。且留双泪说相思。

一向年光有限身。等闲离别易销魂。酒筵歌席莫辞频。　满目山河空念远，落花风雨更伤春。不如怜取眼中人。

杨柳阴中驻彩旌。芰荷香里动金觥。小词流入管弦声。　只有醉吟宽别恨，不须朝暮促归程。雨条烟叶系人情。

清商怨

关河愁思望处满。渐素秋向晚。雁过南云，行人回泪眼。　双鸯衾裯悔展。夜又永，枕孤人远。梦未成归，梅花闻塞管。

诉衷情二

青梅煮酒斗时新。天气欲残春。东城南陌花下，逢着意中人。　回绣袂，展香茵。叙情亲。此时拼作，千尺游丝，惹住朝云。

芙蓉金菊斗馨香。天气欲重阳。远村秋色如画，红树间疏黄。　流水淡，碧天长。路茫茫。凭高目断，鸿雁来时，无限思量。

采桑子

樱桃谢了梨花发,红白相催。燕子归来。几处风帘绣户开。　　人生乐事知多少,且酌金杯。管咽弦哀。慢引萧娘舞袖回。

清平乐二

金风细细。叶叶梧桐坠。绿酒初尝人易醉,一枕小窗浓睡。　　紫薇朱槿初残。斜阳却照栏杆。双燕欲归时节,银屏昨夜微寒。

红笺小字,说尽平生意。鸿雁在云鱼在水。惆怅此情难寄。　　斜阳独倚西楼。遥山恰对帘钩。人面不知何处,绿波依旧东流。

喜迁莺二

歌敛黛,舞萦风。迟日象筵中。分行珠翠簇繁红。云髻袅珑璁。　　金炉暖。龙香远。共祝尧龄万万。曲终休解画罗衣。留伴彩云飞。

烛飘花,香掩烬。中夜酒初醒。画楼残角两三声。窗外月胧明。　　晓帘垂。惊鹊去。好梦不知何处。南园春色已归来。庭树有寒梅。

少年游

重阳过后,西风渐紧,庭树叶纷纷。朱栏向晓,芙蓉妖艳,特地斗芳新。　　霜前月下,斜红淡蕊,明媚欲回春。莫将琼萼等闲分。留赠意中人。

玉楼春六

东风昨夜回梁苑。日脚依稀添一线。旋开杨柳绿蛾眉,暗折海棠红粉面。　　无情一去云中雁。有意归来梁上燕。无情有意且休论,莫向酒杯容易散。

池塘水绿风微暖。记得玉真初见面。重头歌韵响铮深,入破舞腰红乱旋。　　玉钩栏下香阶畔。醉后不知斜日晚。当时共我赏花人,点检如今无一半。

玉楼朱阁横金锁。寒食清明春欲破。窗间斜月两眉愁,帘外落花双泪堕。　　朝云聚散真无那。百岁相看能几个。别来将为不牵情,万转千回思想过。

珠帘半下香销印。二月东风催柳信。琵琶旁畔且寻思,鹦鹉前头休借问。　　惊鸿去后生离恨。红日长时添酒困。未知心在阿谁边,满眼泪珠言不尽。

春葱指甲轻拢撚。五彩条垂双袖卷。雪香浓透紫檀槽,胡语急随红玉腕。　　当筵一曲情无限。入破铮深金凤战。百分芳酒祝长春,再拜敛容抬粉面。

红条约束琼肌稳。拍碎香檀催急衮。陇头呜咽水声繁,叶卜间关莺语近。　　美人才子传芳信。明月清风伤别恨。未知何处有知音,长为此情言不尽。

踏莎行五

细草愁烟,幽花怯露。凭栏总是销魂处。日高深院静无人,穿帘海燕双飞去。

卷七　词选　**497**

带暖罗衣，香残蕙炷。天长不禁迢迢路。垂杨只解惹春风，何曾系得行人住。

祖席离歌，长亭别宴。香尘已隔犹回面。居人匹马映林嘶，行人去棹依波转。
画阁魂消，高楼目断。斜阳只送平波远。无穷无尽是离愁，天涯地角寻思遍。

碧海无波，瑶台有路。思量便合双飞去。当时轻别意中人，山长水远知何处。
绮席凝尘，香闺掩雾。红笺小字凭谁附。高楼目尽欲黄昏，梧桐叶上潇潇雨。

绿树归莺，雕梁别燕。春光一去如流电。当歌对酒莫沉吟，人生有限情无限。
弱袂萦春，修蛾写怨。秦筝宝柱频移雁。樽中绿醑意中人，花朝月下长相见。

小径红稀，芳郊绿遍。高台树色阴阴见。春风不解禁杨花，濛濛乱扑行人面。
翠叶藏莺，珠帘隔燕。炉香静逐游丝转。一场愁梦酒醒时，斜阳却照深深院。

蝶恋花三

帘幕风轻双语燕。午醉醒来，柳絮飞撩乱。心事一春犹未见。馀花落尽青苔院。
百尺朱楼闲倚遍。薄雨浓云，抵死遮人面。消息未知归早晚。斜阳只送平波远。

南雁依稀回侧阵。雪霁墙阴，偏觉兰芽嫩。中夜梦馀消酒困。炉香卷穗灯生晕。
急景流年都一瞬。往事前欢，未免萦方寸。腊后花期知渐近。寒梅已作东风信。

槛菊愁烟兰泣露。罗幕轻寒，燕子双飞去。明月不谙离恨苦。斜光到晓穿朱户。
昨夜西风凋碧树。独上高楼，望尽天涯路。欲寄彩笺无尺素。山长水阔知何处。

渔家傲八

荷叶初开犹半卷。	荷花欲折须微绽。	此叶此花真可羡。	秋水畔。	青凉绿映红妆面。
美酒一杯留客宴。	拈花摘叶情无限。	争奈世人多聚散。	频祝愿。	如花似叶长相见。
杨柳风前香百步。	盘心碎点真珠露。	疑是水仙开洞府。	妆景趣。	红幢绿盖朝天路。
小鸭飞来稠闹处。	三三两两能言语。	饮散短亭人欲去。	留不住。	黄昏更下潇潇雨。
罨画溪边停彩舫。	仙娥绣被呈新样。	飒飒风声来一饷。	愁四望。	残红片片随波浪。
琼脸丽人青步障。	风牵一袖低相向。	应有锦鳞闲倚傍。	秋水上。	时时绿柄轻摇飏。
脸傅朝霞衣剪翠。	重重占断秋江水。	一曲采莲风细细。	人未醉。	鸳鸯不合惊飞起。
欲摘嫩条嫌绿刺。	闲敲画扇偷金蕊。	半夜月明珠露坠。	多少意。	红腮点点相思泪。
越女采莲江北岸。	轻桡短棹随风便。	人貌与花相斗艳。	流水慢。	时时照影看妆面。
莲叶层层张绿缴。	莲房个个垂金盏。	一把藕丝牵不断。	红日晚。	回头欲去心撩乱。
粉面啼红腰束素。	当年拾翠曾相遇。	密意深情谁与诉。	空怨慕。	西池夜夜风兼露。
池上夕阳笼碧树。	池中短棹惊微雨。	水泛落英何处去。	人不悟。	东流到了无停住。
幽鹭慢来窥品格。	双鱼岂解传消息。	绿柄嫩香频采摘。	心似织。	条条不断谁牵役。
粉泪暗和清露滴。	罗衣染就秋江色。	对面不言情脉脉。	烟水隔。	无人说似长相忆。
嫩绿堪裁红欲绽。	蜻蜓点水鱼游畔。	一霎雨声香四散。	风飐乱。	高低掩映千千万。
总是凋零终有恨。	能无眼下生留恋。	何似折来妆粉面。	勤看玩。	胜如落尽秋江岸。

寇 准 三首

江南春

波渺渺,柳依依。孤村芳草远,斜日杏花飞。江南春尽离肠断,蘋满汀洲人未归。

点绛唇

水陌轻寒。社公雨足东风慢。定巢新燕。湿雨穿花转。　　象尺熏炉,拂晓停针线。愁蛾浅。飞红零乱。侧卧珠帘卷。

踏莎行

春色将阑,莺声渐老。红英落尽青梅小。画堂人静雨濛濛,屏山半掩馀香袅。密约沉沉,离情杳杳。菱花尘满慵将照。倚楼无语欲销魂,长空暗淡连芳草。

钱惟演 一首

玉楼春

城上风光莺语乱。城下烟波春拍岸。绿杨芳草几时休,泪眼愁肠先已断。　　情怀渐变成衰晚。鸾镜朱颜惊暗换。昔年多病厌芳樽,今日芳樽惟恐浅。

林 逋 二首

长相思

吴山青。越山青。两岸青山相送迎。谁知离别情。　　君泪盈。妾泪盈。罗带同心结未成。江头潮已平。

点绛唇

金谷年年,乱生春色谁为主。馀化落处。满地和烟雨。　　又是离歌。一阕长亭暮。王孙去,萋萋无数。南北东西路。

夏 竦 一首

喜迁莺

霞散绮,月垂钩。帘卷未央楼。夜凉银汉截天流。宫阙锁清秋。　　瑶台树。金茎露。凤髓香盘烟雾。三千珠翠拥宸游。水殿按凉州。

谢 绛 二首

诉衷情

银釭夜永影长孤。香草续残炉。倚屏脉脉无语,粉泪不成珠。 双鬓枕,百娇壶。忆当初。君恩莫似,秋叶无情,欲向人疏。

夜行船

昨夜佳期初共。鬓云低、翠翘金凤。尊前和笑不成歌,意偷转、眼波微送。 草草不容成楚梦。渐寒深、翠帘霜重。相看送到断肠时,月西斜,画楼钟动。

宋 祁 三首

好事近

睡起玉屏风,吹去乱红犹落。天气骤生轻暖,衬沉香帷箔。 珠帘约住海棠风,愁拖两眉角。昨夜一庭明月,冷秋千红索。

鹧鸪天

画毂雕鞍狭路逢,一声肠断绣帘中。身无彩凤双飞翼,心有灵犀一点通。 金作屋,玉为笼。车如流水马游龙。刘郎已恨蓬山远,更隔蓬山几万重。

玉楼春

东城渐觉风光好。毂皱波纹迎客棹。绿杨烟外晓寒轻,红杏枝头春意闹。 浮生长恨欢娱少。肯爱千金轻一笑。为君持酒劝斜阳,且向花间留晚照。

范仲淹 二首

苏幕遮

碧云天,红叶地。秋色连波、波上寒烟翠。山映斜阳天接水。芳草无情,更在斜阳外。 黯乡魂,追旅思。夜夜除非,好梦留人睡。明月楼高休独倚。酒入愁肠,化作相思泪。

御街行

纷纷坠叶飘香砌。夜寂静,寒声碎。真珠帘卷玉楼空,天淡银河垂地。年年今夜,月华如练,长是人千里。 愁肠已断无由醉。酒未到,先成泪。残灯明灭枕头欹,谙尽孤眠滋味。都来此事,眉间心上,无计相回避。

王安国一首

清平乐

　　留春不住。费尽莺儿语。满地残红宫锦污。昨夜南园风雨。　　小怜初上琵琶。晓来思绕天涯。不肯画堂朱户。春风自在梨花。

宋花间集卷二　　吴兴　施　舍　蛰存　选定

欧阳修三十二首

长相思二

　　蘋满溪。柳绕堤。相送行人溪水西。回时陇月低。　　烟霏霏。风凄凄。重倚朱门听马嘶。寒鸥相对飞。

　　深花枝。浅花枝。深浅花枝相并时。花枝难似伊。　　玉如肌。柳如眉。爱着鹅黄金缕衣。啼妆更为谁。

生查子二

　　去年元夜时,花市灯如昼。月到柳梢头,人约黄昏后。　　今年元夜时,月与灯依旧。不见去年人,泪满春衫袖。

　　含羞整翠鬟,得意频相顾。雁柱十三弦,一一春莺语。　　娇云容易飞,梦断知何处。深院锁黄昏,阵阵芭蕉雨。

减字木兰花

　　楼台向晓。浅月低云天气好。翠幕风微。宛转梁州入破时。　　香生舞袂。楚女腰肢天与细。汗粉重匀。酒后轻寒不着人。

浣溪沙六

　　云曳香绵彩柱高。绛旗风飐出花梢。一梭红带往来抛。　　束素美人羞不打,却嫌裙幔褪纤腰。日斜深院影空摇。

　　堤上游人逐画船。拍堤春水四垂天。绿杨楼外出秋千。　　白发戴花君莫笑,六么催拍盏频传。人生何处似尊前。

　　湖上朱桥响画轮。溶溶春水浸春云。碧琉璃滑净无尘。　　当路游丝萦醉客,隔花啼鸟唤行人。日斜归去奈何春。

　　叶底青青杏子垂。枝头薄薄柳绵飞。日高深院晚莺啼。　　堪恨风流成薄倖,断无消息道归期。托腮无语翠眉低。

青杏园林煮酒香。佳人初着薄罗裳。柳丝摇曳燕飞忙。　　乍雨乍晴花自落,闲愁闲闷昼偏长。为谁消瘦损容光。

灯烬垂花月似霜。薄帷映月两交光。酒酽红粉自生香。　　双手舞馀拖翠袖,一声歌已醋金觞。休回娇眼断人肠。

清平乐

雨晴烟晚。绿水新池满。双燕飞来垂柳院。小阁画帘高卷。　　黄昏独倚朱栏。西南初月眉弯。砌下落花风起,罗衣特地春寒。

桃源忆故人

梅梢弄粉香犹嫩。欲寄江南春信。别后寸肠萦损。说与伊争稳。　　小炉独守寒灰烬。忍泪低头画尽。眉上万重新恨。竟日无人问。

南歌子

凤髻金泥带,龙纹玉掌梳。走来窗下笑相扶。爱道画眉深浅入时无。　　弄笔偎人久,描花试手初。等闲妨了绣功夫。笑问双鸳鸯字怎生书。

临江仙

柳外轻雷池上雨,雨声滴碎荷声。小楼西角断虹明。栏杆倚处,待得月华生。燕子飞来窥画栋,玉钩垂下帘旌。凉波不动簟纹平。水精双枕,旁有堕钗横。

踏莎行

候馆梅残,溪桥柳细。草薰风暖摇征辔。离愁渐远渐无穷,迢迢不断如春水。寸寸柔肠,盈盈粉泪。楼高莫近危栏倚。平芜尽处是春山,行人更在春山外。

玉楼春八

尊前拟把归期说。未语春容先惨咽。人生自是有情痴,此恨不关风与月。　　离歌且莫翻新阕。一曲能教肠寸结。直须看尽洛城花,始共春风容易别。

春山敛黛低歌扇。暂解吴钩登祖宴。画楼钟动已魂销,何况马嘶芳草岸。　　青门柳色随人远。望欲断时肠已断。洛城春色待君来,莫到落花飞似霰。

西湖南北烟波阔。风里丝簧声韵咽。舞馀裙带绿双垂,酒入香腮红一抹。　　杯深不觉琉璃滑。贪看六么花十八。明朝车马各西东,惆怅画桥风与月。

燕鸿过后春归去。细算浮生千万绪。来如春梦几多时,去似朝云无觅处。　　闻琴解佩神仙侣。挽断罗衣留不住。劝君莫作独醒人,烂醉花间应有数。

别后不知君远近。触目凄凉多少闷。渐行渐远断无书,水阔鱼沉何处问。　　夜深风竹敲秋韵。万叶千声皆是恨。故欹单枕梦中寻,梦又不成灯又烬。

金花盏面红烟透。舞急香茵随步皱。青春才子有新词,红粉佳人重劝酒。　　也知自为伤春瘦。归骑休交银烛候。拟将沉醉为清欢,无奈醒来还感旧。

沉沉庭院莺吟弄。日暖烟和春气重。绿杨娇眼为谁回,芳草深心空自动。　　倚栏无语伤离凤。一片风情无处用。寻思还有旧家心,蝴蝶时时来役梦。

湖边柳外楼高处。望断云山多少路。栏杆倚遍使人愁,又是天涯初日暮。　　轻无管系狂无数。水畔花飞风里絮。算伊浑似薄情郎,去便不来来便去。

蝶恋花六

海燕双来归画栋。帘幕无风,花影频移动。半醉腾腾春睡重。绿鬟堆枕香云拥。翠被双盘金缕凤。忆得前春,有个人人共。花里黄莺时一弄。日斜惊起相思梦。

面旋落花风荡漾。柳重烟深,雪絮飞来往。雨后轻寒犹未放。春愁酒病成惆怅。枕畔屏山围碧浪。翠被华灯,夜夜空相向。寂寞起来褰绣幌。月明正在梨花上。

六曲栏杆偎碧树。杨柳风轻,展尽黄金缕。谁抱钿筝移玉柱。穿帘海燕双飞去。满眼游丝兼落絮。红杏开时,一霎清明雨。浓睡觉来莺乱语。惊残好梦无寻处。

庭院深深深几许。杨柳堆烟,帘幕无重数。玉勒雕鞍游冶处。楼高不见章台路。雨横风狂三月暮。门掩黄昏,无计留春住。泪眼问花花不语。乱红飞过秋千去。

小院深深门掩亚。寂寞珠帘,画阁重重下。欲近禁烟微雨罢。绿杨深处秋千挂。傅粉狂游犹未舍。不念芳时,眉黛无人画。薄倖未归春去也。杏花零落香红谢。

画阁归来春又晚。燕子双飞,柳软桃花浅。细雨满天风满院。愁眉敛尽无人见。独倚栏杆心绪乱。芳草芊绵,尚忆江南岸。风月无情人暗换。旧游如梦空肠断。

渔家傲二

妾本钱塘苏小妹。芙蓉花共门相对。昨日为逢青伞盖。慵不采。今朝斗觉凋零瞚。愁倚画楼无计奈。乱红飘过秋塘外。料得明年秋色在。香可爱。其如镜里朱颜改。

花底忽闻敲两桨。逡巡女伴来寻访。酒盏旋将荷叶当。莲舟荡。时时盏里生红浪。花气酒香清厮酿。花腮酒面红相向。醉倚绿阴眠一晌。惊起望。船头阁在沙滩上。

张　先 十八首

江城子

镂牙歌板齿如犀。串珠齐。画桥西。杂花池院,风幕卷金泥。酒入四肢波入鬓,娇不尽,翠眉低。

长相思

粉艳明。秋水盈。柳样纤柔花样轻。笑前双靥生。　　寒江平。江舻鸣。谁道潮沟非远行。回头千里情。

定西番

秀眼缦生千媚。钗玉重,髻云低。寂寂挹妆羞泪怨分携。　　鸳帐愿从今夜,梦长连晓鸡。小逐画船风月渡江西。

忆秦娥

参差竹。吹断相思曲。情不足。西北有楼穷远目。　　忆苕溪,寒影透清玉。秋雁南飞速。菰草绿。应下溪头沙上宿。

醉垂鞭

双蝶绣罗裙。东池宴。初相见。朱粉不深匀。闲花淡淡春。　　细看诸处好,人人道,柳腰身。昨日乱山昏。来时衣上云。

减字木兰花

垂螺近额。走上红裀初趁拍。只恐轻飞。拟倩游丝惹住伊。　　文鸳绣履。去似杨花尘不起。舞彻伊州。头上宫花颤未休。

菩萨蛮

哀筝一弄湘江曲。声声写尽江波绿。纤指十三弦。细将幽恨传。　　当筵秋水慢。玉柱斜飞雁。弹到断肠时。春山眉黛低。

更漏子

星斗稀,钟鼓歇。帘外晓莺残月。兰露重,柳风斜。满庭堆落花。　　虚阁上,倚栏望。还似去年惆怅。春欲暮,思无穷。旧欢如梦中。

醉桃源

落花浮水树临池。年前心眼期。见来无事去还思。如今花又飞。　　浅螺黛,淡胭脂。闲妆取次宜。隔帘灯影闭门时。此情风月知。

武陵春

秋染青溪天外水,风棹采菱还。波上逢郎密意传。语近隔丛莲。　　相看忘却归来路,遮日小荷圆。菱蔓虽多不上船。心眼在郎边。

江南柳

隋堤远,波急路尘轻。今古柳桥多送别,见人分袂亦愁生。何况自关情。　　斜照后,新月上西城。城上楼高重倚望,愿身能似月亭亭。千里伴君行。

木兰花

西湖杨柳风流绝。满缕青春看赠别。墙头簌簌暗飞花,山外阴阴初落月。　　秦姬稚丽云梳发。持酒唱歌留晚发。骊驹应能恼人情,欲出重城嘶不歇。

临江仙

自古伤心惟远别,登山临水迟留。暮烟衰草一番秋。寻常景物,到此尽成愁。　　况与佳人分凤侣,盈盈粉泪难收。高城深处是青楼。红尘远道,明日忍回头。

蝶恋花二

临水人家深宅院。阶下残花,门外斜阳岸。柳舞郑尘千万线。青楼百尺临天半。　　楼上东风春不浅。十二栏杆,尽日珠帘卷。有个离人凝泪眼。淡烟芳草连云远。

绿水波平花烂漫。照影红妆,步转垂杨岸。别后深情将为断。相逢添得人留恋。　　絮软丝轻无系绊。烟惹风迎,并入春心乱。和泪语娇声又颤。行行伫远犹回面。

渔家傲

巴子城头青草暮。巴山重叠相逢处。燕子占巢花脱树。杯且举。瞿塘水阔舟难渡。　　天外吴门清雪路。君家正在吴门住。赠我柳枝情几许。春满缕。为君将入江南去。

行香子

舞雪歌云。闲淡妆匀。蓝溪水、深染轻裙。酒香醺脸,粉色生春。更巧谈话、美情性、好精神。　　江空无畔,凌波何处,月桥边、青柳朱门。断钟残角,又送黄昏。奈心中事、眼中泪、意中人。

天仙子

水调数声持酒听。午醉醒来愁未醒。送春春去几时回,临晚镜。伤流景。往事后期空记省。　　沙上并禽池上暝。云破月来花弄影。重重帘幕密遮灯,风不定。人初静。明日落红应满径。

宋花间集卷三　吴兴　施　舍　蛰存　选定

晏几道四十二首

临江仙

梦后楼台高锁,酒醒帘幕低垂。去年春恨却来时。落花人独立,微雨燕双飞。记得小蘋初见,两重心字罗衣。琵琶弦上说相思。当时明月在,曾照彩云归。

蝶恋花六

碧草池塘春又晚。小叶风娇,尚学娥妆浅。双燕来时还念远。珠帘绣户杨花满。
绿柱频移弦易断。细看秦筝,正似人情短。一曲啼乌心绪乱。红颜暗与流年换。

醉别西楼醒不记。春梦秋云,聚散真容易。斜月半窗还少睡,画屏闲展吴山翠。
衣上酒痕诗里字。点点行行,总是凄凉意。红烛自怜无好计。夜寒空替人垂泪。

欲减罗衣寒未去。不卷珠帘,人在深深处。残杏枝头花几许。啼红正恨清明雨。
尽日沉香烟一缕。宿酒醒迟,恼破春情绪。远信还因归燕误。小屏风上西江路。

笑艳秋莲生绿浦。红脸青腰,旧识凌波女。照影弄妆娇欲语。西风岂是繁华主。
可恨良辰天不与。才过斜阳,又是黄昏雨。朝落暮开空自许。竟无人解知心苦。

碧玉高楼临水住。红杏开时,花底曾相遇。一曲阳春春已暮。晓莺声断朝云去。
远水来从楼下路。过尽流波,未得鱼中素。月细风尖垂柳渡。梦魂长在分襟处。

梦入江南烟水路。行尽江南,不与离人遇。睡里销魂无说处。觉来惆怅销魂误。
欲尽此情书尺素。浮雁沉鱼,终了无凭据。却倚鲲弦歌别绪。断肠移破秦筝柱。

鹧鸪天六

彩袖殷勤捧玉盅。当筵拼却醉颜红。舞低杨柳楼心月,歌尽桃花扇底风。　从别
后,忆相逢。几回魂梦与君同。今宵剩把银釭照,犹恐相逢是梦中。

一醉醒来春又残。野棠梨雨泪阑干。玉笙声里莺空怨,罗幕香中燕未还。　终易
散,且长闲。莫教离恨损朱颜。谁堪共展鸳鸯锦,同过西楼此夜寒。

守得莲开结伴游。约开蘋叶上兰舟。来时浦口云随棹,采罢江边月满楼。　花不
语,水空流。年年拼得为花愁。明朝万一西风动,争奈朱颜不耐秋。

小令尊前见玉箫。银灯一曲太妖娆。歌中醉倒谁能恨,唱罢归来酒未消。　春悄
悄,夜迢迢。碧云天共楚宫遥。梦魂惯得无拘检,又踏杨花过谢桥。

楚女腰肢越女腮。粉圆双蕊髻中开。朱弦曲怨愁春尽,渌酒杯寒记夜来。　新掷
果,旧分钗。冶游音信隔章台。花间锦字空频寄,月底金鞍竟未回。

小玉楼中月上时。夜来惟许月华知。重帘有意藏私语,双烛无端恼暗期。　伤别
易,恨欢迟。归来何处验相思。沈郎春雪愁销臂,谢女香膏懒画眉。

生查子二

金鞍美少年,去跃青骢马。牵系玉楼人,绣被春寒夜。　消息未归来,寒食梨花
谢。无处说相思,背面千秋下。

长恨涉江遥,移近溪头住。闲荡木兰舟,误入鸳鸯浦。　无端轻薄云,暗作廉纤
雨。翠袖不胜寒,欲向荷花语。

南乡子二

渌水带青潮。水上朱栏小渡桥。桥上女儿双笑靥,妖娆。倚着栏杆弄柳条。　月
夜与花朝。减字偷声按玉箫。柳外行人回首处,迢迢。若比银河路更遥。

何处别时难。玉指偷将粉泪弹。记得来时楼上烛,初残。待得清霜满画栏。　　不惯独眠寒。自解罗衣衬枕檀。百媚也应愁不睡,更阑。恼乱心情半被闲。

清平乐〔四〕

留人不住。醉解兰舟去。一棹碧涛春水路。过尽晓莺啼处。　　渡头杨柳青青。枝枝叶叶离情。此后锦书休寄,画楼云雨无凭。

红英落尽。未有相逢信。可恨流年凋绿鬓。睡得春醒欲醒。　　钿筝曾醉西楼。朱弦玉指梁州。曲罢翠帘高卷,几回新月如钩。

么弦写意。意密弦声碎。书得凤笺无限事。犹恨春心难寄。　　卧听疏雨梧桐。雨馀淡月朦胧。一夜梦魂何处,那回杨叶楼中。

沉思暗记。几许无凭事。菊屦开残秋少味。闲却画栏风意。　　梦云归处难寻。微凉暗入香襟。犹恨那回庭院,依前月浅灯深。

木兰花〔四〕

秋千院落重帘暮。彩笔闲来题绣户。墙头丹杏雨馀花,门外绿杨风后絮。　　朝云信断知何处。应作襄王春梦去。紫骝认得旧游踪,嘶过画桥东畔路。

小莲未解论心素。狂似钿筝弦底柱。脸边霞散酒初醒,眉上月残人欲去。　　旧时家近章台住。尽日东风吹柳絮。生憎繁杏绿阴时,正碍粉墙偷眼觑。

念奴初唱离亭宴。会作离声勾别怨。当时垂泪忆西楼,湿尽罗衣歌未遍。　　难逢最是身强健。无定莫如人聚散。已挤归袖醉相扶,更恼香檀珍重劝。

玉真能唱珠帘静。忆在双莲池上听。百分蕉叶醉如泥,却向断肠声里醒。　　夜凉水月铺明镜。更看娇花闲弄影。曲终人意似流波,休问心期何处定。

玉楼春〔四〕

旗亭西畔朝云住。沉水香烟长满路。柳阴分到画眉边,花片飞来垂手处。　　妆成尽任秋娘妒。袅袅盈盈当绣户。临风一曲醉朦腾,陌上行人凝恨去。

红绡学舞腰肢软。旋织舞衣宫样染。织成云外雁行斜,染作江南春水浅。　　露桃宫里随歌管。一曲霓裳红日晚。归来双袖酒痕成,小字香笺无意展。

当年信通情无价。桃叶尊前论别夜。脸红心绪学梅妆,眉翠工夫如月画。　　来时醉倒旗亭下。知是阿谁扶上马。忆曾挑尽五更灯,不记临分多少话。

采莲时候慵歌舞。永日闲从花里度。暗随蘋末晓风来,直待柳梢斜月去。　　停桡共说江头路。临水楼台苏小住。细思巫峡梦回时,不减秦源肠断处。

阮郎归

旧香残粉似当初。人情恨不如。一春犹有数行书。秋来书更疏。　　衾凤冷,枕鸳孤。愁肠待酒舒。梦魂纵有也成虚。那堪和梦无。

浣溪沙六

家近旗亭酒易酤。花时长得醉工夫。伴人歌笑懒妆梳。　户外绿杨春系马，床前红烛夜呼卢。相逢还解有情无。

日日双眉斗画长。行云飞絮共轻狂。不将心嫁冶游郎。　溅酒滴残歌扇字，弄花薰得舞衣香。一春弹泪说凄凉。

闲弄筝弦懒系裙。铅华销尽见天真。眼波低处事还新。　怅恨不逢如意酒，寻思难值有情人。可怜虚度锁窗春。

翠阁朱栏倚处危。夜凉闲捻彩箫吹。曲中双凤已分飞。　绿酒细倾销别恨，红笺小写问归期。月华风意似当时。

小杏春声学浪仙。疏梅清唱替哀弦。似花如雪绕琼筵。　腮粉月痕妆罢后，脸红莲艳酒醒前。今年水调得人怜。

浦口莲香夜不收。水边风里欲生秋。棹歌声细不惊鸥。　凉月送归思往事，落英飘去起新愁。可堪题叶寄东楼。

诉衷情

长因蕙草记罗裙。绿腰沉水薰。栏杆曲处人静，曾共倚黄昏。　风有韵，月无痕。暗销魂。拟将幽恨，试写残花，寄与朝云。

虞美人

闲敲玉镫隋堤路。一笑开朱户。素云凝淡月婵娟。门外鸭头春水木兰船。　吹花拾蕊嬉游惯。天与相逢晚。一声长笛倚楼时。应恨不题红叶寄相思。

采桑子四

双螺未学同心绾，已占歌名。月白风清。长倚昭华笛里声。　知音敲尽朱颜改，寂寞时情。一曲离亭。借与青楼忍泪听。

西楼月下当时见，泪粉偷匀。歌罢还颦。恨隔炉烟看未真。　别来楼外垂杨缕，几换青春。倦容红尘。长记楼中粉泪人。

湘妃浦口莲开尽，昨夜红稀。懒过前溪。闲舣扁舟看雁飞。　去年谢女池边醉，晚雨霏微。记得归时。旋折新荷盖舞衣。

金风玉露初凉夜，秋草窗前。浅醉闲眠。一枕江风梦不圆。　长情短恨难凭寄，枉费红笺。试拂么弦。却恐琴心可暗传。

柳　永 八首

甘草子二

秋暮。乱洒衰荷，颗颗真珠雨。雨过月华生，冷彻鸳鸯浦。　池上凭栏愁无似。

奈此个单栖情绪。却傍金笼教鹦鹉。念粉郎言语。

秋尽。叶剪红绡,砌菊遗金粉。雁字一行来,还有边庭信。　　飘散落花清风紧。动翠幕晓寒犹嫩。中酒残妆慵整顿。惹两眉离恨。

玉楼春二

虫娘举措皆温润。每到婆娑偏恃俊。香檀敲缓玉纤迟,画鼓声喧莲步紧。　　贪为顾盼夸风韵。往往曲终情未尽。坐中年少暗销魂,争问青鸾家远近。

心娘自小能歌舞。举意动容皆济楚。解教天上念奴羞,不怕掌中飞燕妒。　　玲珑绣扇花藏语。宛转香茵云衬步。王孙若拟赠千金,只在画桥东畔住。

蝶恋花

独倚危楼风细细。望极离愁,黯黯生天际。草色山光残照里。无人会得凭栏意。也拟疏狂图一醉。对酒当歌,强乐还无味。衣带渐宽终不悔,为伊消得人憔悴。

少年游二

参差烟树霸陵桥。风物尽前朝。衰杨古柳,几经攀折,憔悴楚宫腰。　　夕阳闲淡秋光老。离思满蘅皋。一曲阳关,断肠声尽,独自上兰桡。

长安古道马迟迟。高柳乱蝉嘶。夕阳岛外,秋风原上,目断四天垂。　　归云一去无踪迹,何处是前期。狎兴生疏,酒徒萧索,不似少年时。

菊花新

欲掩香帏论缱绻。先敛双蛾愁夜短。催促少年郎,先去睡、鸳衾图暖。　　须臾放了残针线。脱罗裳、恣情无限。留着帐前灯,时时待、看伊娇面。

宋花间集卷四　吴兴 施 舍 蛰存 选定

苏　轼十五首

浣溪沙四

道字娇讹苦未成。未应春阁梦多情。朝来何事绿鬟倾。　　彩索身轻长趁燕,红窗睡重不闻莺。困人天气近清明。

桃李溪边驻画轮。鹧鸪声里倒清樽。夕阳虽好近黄昏。　　香在衣裳妆在臂,水连芳草月连云。几人归去不销魂。

学画鸦儿正妙年。阳城下蔡困嫣然。凭君莫唱短姻缘。　　雾帐吹笙香袅袅,霜庭按舞月娟娟。曲终红袖落双缠。

晚菊花前敛翠蛾。挼花传酒缓声歌。柳枝团扇别离多。　　拥髻凄凉论旧事，曾随织女度银梭。当年今夕奈愁何。

虞美人二

落花已作风前舞。又送黄昏雨。晓来庭院半残红。惟有游丝千丈袅晴空。　　殷勤花下重携手。更尽杯中酒。美人不用敛歌眉。我亦多情无奈酒阑时。

冰肌自是生来瘦。那更分飞后。日长帘幕望黄昏。及至黄昏时候转销魂。　　君还知道相思苦。怎忍抛奴去。不辞迢递过关山。只恐别郎容易见郎难。

临江仙

昨夜渡江何处宿，望中疑是秦淮。月明谁起笛中哀。多情王谢女，相逐过江来。
云雨未成还又散，思量好事难谐。凭陵急桨两相催。想伊归去后，应似我情怀。

蝶恋花四

花褪残红青杏小。燕子飞时，绿水人家绕。枝上柳绵吹又少。天涯何处无芳草。
墙里秋千墙外道。墙外行人，墙里佳人笑。笑渐不闻声渐悄。多情却被无情恼。

春事阑珊芳草歇。客里风光，又过清明节。小院黄昏人忆别。落红处处闻啼鴂。
咫尺江山分楚越。目断魂消，应是音尘绝。梦破五更心欲折。角声吹落梅花月。

记得画屏初会遇。好梦惊回，望断高唐路。燕子双飞来又去。纱窗几度春光暮。
那日绣帘相见处。低眼佯行，笑整香云缕。敛尽春山羞不语。人前深意难轻诉。

蝶懒莺慵春过半。花落狂风，小院残红满。午醉未醒红日晚。黄昏帘幕无人卷。
云鬟䯶松眉黛浅。总是愁媒，欲诉谁消遣。未信此情难系绊，杨花犹有东风管。

江城子三

玉人家在凤凰山。水云间。掩门闲。门外行人，立马看弓弯。十里春风谁指似，斜日映，绣帘斑。　　多情好事与君还。恼新鳏。拭馀潸。明月空江，香雾着云鬟。陌上花开看尽也，闻旧曲，破朱颜。

凤凰山下雨初晴。水风清。晚霞明。一朵芙蕖，开过尚盈盈。何处飞来双白鹭，如有意，慕娉婷。　　忽闻江上弄哀筝。若含情。遣谁听。烟敛云收，依约是湘灵。
欲待曲终寻问取，人不见，数峰青。

天涯流落思无穷。既相逢。却匆匆。携手佳人，和泪折残红。为问东风馀几许，春纵在，与谁同。　　隋堤三月水溶溶。背归鸿。去吴中。回望彭城，清泗与淮通。寄我相思千点泪，流不到，楚江东。

一斛珠

洛城春晚。垂杨乱掩红楼半。小池轻浪纹如篆。烛下花前，曾醉离歌宴。　　自惜风流云雨散。关山有限情无限。待君重见寻芳伴。为说相思，目断西楼燕。

黄庭坚 八首

江城子

　　画堂高会酒阑珊。倚栏杆。霎时间。千里关山，常恨见伊难。及至而今相见了，依旧似，隔关山。　　倩人传语问平安。省愁烦。泪休弹。哭损眼儿，不似旧时单。寻得石榴双叶子，凭寄与，插云鬓。

定风波

　　小院难图云雨期。幽欢浑待赏花时。到得春来君却去。相误。不须言语泪双垂。　　密约樽前难嘱付。偷顾。手搓金橘敛双眉。庭榭清风明月媚。须记。归时莫待杏花飞。

桃源忆故人

　　碧天露洗春容净。淡月晓收残晕。花上密烟飘尽。花底莺声嫩。　　云归楚峡厌厌困。两点遥山新恨。和泪暗弹红粉。生怕人来问。

玉楼春

　　黔中士女游晴昼。花信轻寒罗绮透。争寻穿石道宜男，更买江鱼双贯柳。　　竹枝歌好移船就。依倚风光垂翠袖。满倾芦酒指摩围，相守与郎如许寿。

阮郎归 二

　　烹茶留客驻雕鞍。有人愁远山。别郎容易见郎难。月斜窗外山。　　归去后，忆前欢。画屏金博山。一杯春露莫留残。与郎扶玉山。

　　退红衫子乱蜂儿。衣宽只为伊。为伊去得忒多时。教人直是疑。　　长睡晚，理妆迟。愁多懒画眉。夜来算得有归期。灯花则甚知。

采桑子 二

　　夜来酒醒清无梦，愁倚栏杆。露滴轻寒。雨打芙蓉泪不干。　　佳人别后音尘悄，销瘦难拚。明月无端。已过红楼十二间。

　　樱桃着子如红豆，不管春归。闻道开时。蜂惹香须蝶惹衣。　　楼台灯火明珠翠，酒恋歌迷。醉玉东西。少个人人暖被携。

秦　观 十二首

忆仙姿 二

　　门外鸦啼杨柳。春色着人如酒。睡起熨沉香，玉腕不胜金斗。消瘦。消瘦。还是褪花时候。

莺嘴啄花红溜。燕尾点波绿皱。指冷玉笙寒，吹彻小梅春透。依旧。依旧。人与绿杨俱瘦。

阮郎归二

宫腰袅袅翠鬟松。夜堂深处逢。无端银烛殒秋风。灵犀得暗通。　　更有限，恨无穷。星河沉晓空。陇头流水各西东。佳期如梦中。

碧天如水月如眉。城头银漏迟。绿波风动画船移。娇羞初见时。　　银烛暗，翠帘垂。芳心两自知。楚台魂断晓云飞。幽欢难再期。

虞美人影

秦楼深锁薄情种。清夜悠悠谁共。羞见枕衾鸳凤。闷即和衣拥。　　无端画角严城动。惊破一番新梦。窗外月华霜重。听彻梅花弄。

踏莎行

雾失楼台，月迷津渡。桃源望断无寻处。可堪孤馆闭春寒，杜鹃声里斜阳暮。驿寄梅花，鱼传尺素。砌成此恨无重数。郴江幸自绕郴山，为谁流下潇湘去。

河传

恨眉醉眼。甚轻轻觑着，神魂迷乱。常记那回，小曲栏杆西畔。鬓云松，罗袜划。丁香笑吐娇无限。语软声低，道我何曾惯。云雨未谐，早被东风吹散。闷损人，天不管。

江城子

西城杨柳弄春柔。动离忧。泪难收。犹记多情，曾为系归舟。碧野朱桥当日事，人不见，水空流。　　韶华不为少年留。恨悠悠。几时休。飞絮落花时候一登楼。便做春江都是泪，流不尽，许多愁。

临江仙

千里潇湘接蓝浦，兰桡昔日曾经。月高风定露华清。微波澄不动，冷浸一天星。独倚危樯情悄悄，遥闻妃瑟泠泠。新声含尽古今情。曲终人不见，江上数峰青。

千秋岁

水边沙外，城郭春寒退。花影乱，莺声碎。飘零疏酒盏，离别宽衣带。人不见，碧云暮合空相对。　　忆昔西池会。鹓鹭同飞盖。携手处，今谁在。日边清梦断，镜里朱颜改。春去也，飞红万点愁如海。

一丛花

年时今夜见师师。双颊酒红滋。疏帘半卷微灯外,露华上、烟袅凉飔。簪髻乱抛,偎人不起,弹泪唱新词。　　佳期谁料久参差。愁绪暗萦丝。想应妙舞清歌罢,又还对、秋色嗟咨。惟有画楼、当时明月,两处照相思。

八六子

倚危亭。恨如芳草,萋萋刬尽还生。念柳外青骢别后,水边红袂分时,凄然暗惊。　　无端天与娉婷。夜月一帘幽梦,春风千里柔情。怎奈向,欢娱渐随流水,素弦声断,翠绡香减,那堪片片飞花弄晚,濛濛残雨笼晴。正销凝。黄鹂又啼数声。

杜安世七首

浣溪沙

模样偏宜掌上怜。云如双鬓玉如颜。身材轻妙眼儿单。　　幽会未成双怅望,深情欲诉两艰难。空教魂梦到巫山。

少年游

小楼归燕又黄昏。寂寞锁高门。轻风细雨,惜花天气,相次过春分。　　画堂无绪,初燃绛蜡,罗帐掩馀薰。多情不解怨王孙。任薄幸,一从君。

踏莎行

嫩柳成阴,残花双舞。尘消院落新经雨。洞房深掩日长天,珠帘时有沉烟度。夜梦凄凉,晨妆薄注。香肌瘦尽宽金缕。到头终是恶因缘,当初只被多情误。

酒泉子

庭下花飞。月照妆楼春晼晚。珠帘风,兰烧焰,怨空闺。　　迢迢何处寄相思。玉箸零零肠断。屏帏深,更漏永,梦魂迷。

凤栖梧 二

整顿云鬟初睡起。庭院无风,尽日帘垂地。画阁巢新燕声喜。杨花狂散无拘系。近来早是添憔悴。金缕衣宽,赛过宫腰细。苒苒光阴似流水。春残莺老人千里。

新月羞光影庭树。窗外芭蕉,数点黄昏雨。何事秋来无意绪。玉容寂寞双眉聚。一点银釭扃绣户。莎砌寒蛩,历历啼声苦。孤枕夜长君信否。披衣独坐魂飞去。

渔家傲

疏雨才收淡泞天。微云绽处月婵娟。寒雁一声人正远。添幽怨。那堪往事思量遍。

谁道绸缪两意坚。水萍风絮不相缘。舞鉴鸾肠虚寸断。芳容变。好将憔悴教伊见。

陈师道 四首

木兰花

　　阴阴云日江城晚。小院回廊春已满。谁家言语似黄鹂，深闭玉笼千万怨。　　蓬莱易到人难见。香火无凭空有怨。不辞歌里断人肠，只怕有肠无处断。

南乡子

　　急雨打寒窗。雨气侵灯暗壁钉。窗下有人挑锦字，行行。泪湿红绡减旧香。　　往事最难忘。更着秋声说断肠。曲渚圆沙风叶底，藏藏。谁使鸳鸯故作双。

临江仙

　　曲巷斜街信马，小桥流水谁家。浅妆深袖倚门斜。只缘些子意，消得百般夸。粉面初生明月，酒容欲退朝霞。春风还解染霜华。肯持鸳绮被，来伴杜家花。

蝶恋花

　　九里山前千里路。流水无情，只送行人去。路转河回寒日暮。连峰不许重回顾。　　水解随人花却住。衾冷香销，但有残妆污。泪入长江空几许。双洪一抹无寻处。

释仲殊 四首

诉衷情 二

　　钟山影里看楼台。江烟晚翠开。六朝旧时明月，清夜满秦淮。　　寂寞处，两潮回。黯愁怀。汀花雨细，水树风闲，又是秋来。

　　清波门外拥轻衣。杨花相送飞。西湖又还春晚，水树乱莺啼。　　闲院宇，小帘帏。晚初归。钟声已过，篆香才点，月到门时。

柳梢青

　　岸草平沙。吴王故苑，柳袅烟斜。雨后寒轻，风前香软，春在梨花。　　行人一棹天涯。酒醒处，残阳乱鸦。门外秋千，墙头红粉，深院谁家。

南柯子

　　十里青山远，潮平路带沙。数声啼鸟怨年华。又是凄凉时候在天涯。　　白露收残暑，清风散晓霞。绿杨堤畔问荷花。记得年时沽酒那人家。

宋花间集卷五 吴兴 施 舍 蛰存 选定

周邦彦二十二首

玉楼春

桃溪不作从容住。秋藕绝来无续处。当时相候赤栏桥,今日独寻黄叶路。　　烟中列岫青无数。雁背夕阳红欲暮。人如风后入江云,情似雨馀粘地絮。

秋蕊香

乳鸭池塘水暖。风紧柳花迎面。午妆粉指印窗眼。曲里长眉翠浅。　　闻知社日停针线。贪新燕。宝钗落枕梦魂远。帘影参差满院。

蝶恋花

月皎惊乌栖不定。更漏将阑,轳辘牵金井。唤起两眸青炯炯。泪花落枕红绵冷。　　执手霜风吹鬓影。去意徘徊,别语愁难听。楼上栏杆横斗柄,露寒人远鸡相应。

少年游三

并刀如水,吴盐胜雪,纤指破新橙。锦幄初温,兽香不断,相对坐吹笙。　　低声问,向谁行宿,城上已三更。马滑霜浓,不如休去,直是少人行。

檐牙缥渺小倡楼。凉月挂银钩。聒席笙歌,透帘灯火,风景似扬州。　　当时面色欺春雪,曾伴美人游。今日重来,更无人问,独自倚栏愁。

朝云漠漠散轻丝。楼阁淡春姿。柳泣花啼,九街泥重,门外燕飞迟。　　而今丽日明金屋,春色在桃枝。不似当时,小楼冲雨,幽恨两人知。

南乡子

晨色动妆楼。短烛荧荧悄未收。自在开帘风不定,飕飕。池面冰澌趁水流。　　早起怯梳头。欲绾云鬟又却休。不会沉吟思底事,凝眸。两点春山满镜愁。

望江南

游妓散,独自绕回堤。芳草怀烟迷水曲,密云衔雨暗城西。九陌未沾泥。　　桃李下,春晚自成蹊。墙外见花寻路转,柳阴行马过莺啼。无处不凄凄。

浣溪沙三

不为萧娘旧约寒。何因容易别长安。预愁衣上粉痕干。　　幽阁深沉灯焰喜,小炉邻近酒杯宽。为君门外脱归鞍。

雨过残红湿未飞。珠帘一行透斜晖。游蜂酿蜜窃香归。　金屋无人风竹乱,夜籁尽日水沉微。一春须有忆人时。"一行"之"行"字,宋人均读去声。

楼上晴天碧四垂。楼前芳草接天涯。劝君莫上最高梯。　新笋看成堂下竹,落花都上燕巢泥。忍听林表杜鹃啼。

夜游宫

叶下斜阳照水。卷轻浪沉沉千里。桥上酸风射眸子。立多时。看黄昏,灯火市。
古屋寒窗底。听几片井桐飞坠。不恋单衾再三起。有谁知。为萧娘,书一纸。

点绛唇

辽鹤归来,故乡多少伤心地。寸书不寄。鱼浪空千里。　凭仗桃根,说与相思意。愁无际。旧时衣袂。犹有东风泪。

渔家傲

几日轻阴寒恻恻。东风急处花成积。醉踏阳春怀故国。归未得。黄鹂久住如相识。
赖有蛾眉能暖客。长歌屡劝金杯侧。歌罢月痕来照席。贪欢适。帘前重露成涓滴。

虞美人四

灯前欲去仍留恋。肠断朱扉远。不须红雨洗香腮。待得蔷薇花谢便归来。　舞腰歌板闲时按。一任旁人看。金炉应见旧残煤。莫遣恩情容易似寒灰。

帘纤小雨池塘遍。细点破萍面。一双燕子守朱门。比似寻常时候易黄昏。　宜城酒泛浮春絮。细作更阑语。相看羁思乱如云。又是一窗灯影两愁人。

玉觞才掩朱弦悄。弹指壶天晓。回头犹认倚墙花。只向小桥南畔便天涯。　银蟾依旧当窗满。顾影魂先断。凄风休飐半残灯。拟情今宵归梦到云屏。

金闺平帖春云暖。昼漏花前短。玉颜酒解艳红消。一向捧心啼困不成娇。　别来新翠迷行径。窗锁玲珑影。砑绫小字夜来封。斜倚曲栏凝睇数归鸿。

阮郎归二

冬衣初染远山青。双丝云雁绫。夜寒袖湿欲成冰。都缘珠泪零。　情黯黯、闷腾腾。身如秋后蝇。若教随马逐郎行。不辞多少程。

菖蒲叶老水平沙。临流苏小家。画栏曲径宛秋蛇。金英垂露华。　烧蜜炬、引莲娃。酒香醺脸霞。再来重约日西斜。倚门听暮鸦。

鬓云松令

鬓云松,眉叶聚。一阕离歌,不为行人驻。檀板停时君看取。数尺鲛绡,半是梨花雨。
鹭飞遥,天尺五。凤阁鸾坡,看即飞腾去。今夜长亭临别处。断梗飞云,尽是伤情绪。

凤来朝

逗晓看娇面。小窗深,弄明未遍。爱残朱宿粉云鬟乱。最好是,帐中见。 说梦双蛾微敛。锦衾温,酒香未断。待起难舍挤。任日炙,画栏暖。

贺　铸 十六首

生查子

东风柳陌长,闭月花房小。应念画眉人,拂镜啼新晓。 伤心南浦波,回首青门道。记得绿罗裙,处处怜芳草。

诉衷情

吴门春水雪初融。触处小桡通。满城弄黄杨柳,着意恼春风。 弦管闹,绮罗丛。月明中。不堪回首,双板桥东,罨画楼空。

青玉案

凌波不过横塘路。但目送芳尘去。锦瑟年华谁与度。月桥花榭,琐窗朱户。只有春知处。 碧云冉冉蘅皋暮。彩笔新题断肠句。试问闲愁都几许。一川烟草、满城风絮。梅子黄时雨。

太平时

绿绮新声隔坐闻。认殷勤。尊前为舞郁金裙。酒微醺。 月转参横花幕暗,夜初分。阳台判作不归云。任郎嗔。

浣溪沙 四

楼角红销一缕霞。淡黄杨柳带栖鸦。玉人和月折梅花。 笑捻粉香归绣户,半垂罗障护窗纱。东风寒似夜来些。

闲把琵琶旧谱寻。四弦声怨却沉吟。燕飞人静画堂阴。 欹枕有时成雨梦,隔帘无处说春心。一从灯夜到如今。

鹦鹉无言理翠衿。杏花零落昼阴阴。画桥流水一篙深。 芳径与谁同斗草,绣床终日罢拈针。小笺香管写春心。

莲烛啼痕怨漏长。吟蛩随月到回廊。一屏烟景画潇湘。 连夜断无行雨梦,隔年犹有着人香。此情须信是难忘。

眼儿媚

萧萧江上荻花秋。做弄许多愁。半竿落日,两行新雁,一叶扁舟。 惜分长怕君先去,直待醉时休。今宵眼底,明朝心上,后日眉头。

鹧鸪天二

　　怊怅离亭断彩裙。碧云明月两关心。几行书尾情何限，一尺裙腰瘦不禁。　　遥夜半，曲房深。有时昵语话如今。侵窗冷雨灯生晕，泪湿罗笺楚调吟。

　　京口瓜洲记梦阑。朱扉犹想映花关。东风太是无情思，不许偏舟兴尽还。　　春水漫，夕阳闲。乌樯几转绿杨湾。红尘十里扬州迥，更上迷楼一借山。

蝶恋花

　　小院朱扉开一扇。内样新妆，镜里分明见。眉晕半深唇注浅。朵云冠子偏宜面。　　被掩芙蓉薰麝煎。帘影沉沉，只有双飞燕。心事向人犹腼腆。强来窗下寻针线。

临江仙

　　午醉厌厌醒自晚，鸳鸯春梦初惊。闹花深院听啼莺。斜阳如有意，偏傍小窗明。　　莫忆雕栏怀往事，吴山楚水纵横。多情人奈物无情。闲愁朝复暮，相应两潮生。

踏莎行

　　霜叶栖萤，风枝袅鹊。水堂雏燕褰珠箔。一声横玉叫流云，厌厌凉月西南落。　　江际吴边，山侵楚角。兰桡明夜芳洲泊。殷勤留与采香人，清尊不负黄花约。

渔家傲

　　窈窕盘门西转路。残阳映带青山暮。最是长杨攀折苦。堪怜许。清霜剪断和烟缕。　　春水归期端不负。依依照影临南浦。留取木兰舟少住。无风雨。黄昏月下潮平去。

献金杯

　　风软香迟，花深漏短。可怜宵、画堂春半。碧纱窗影，卷帐蜡灯红，鸳枕畔。密写乌丝一段。　　采蘋溪晚。拾翠沙空，尽愁倚、梦云飞观。木兰艇子，几日渡江来，心目断。桃叶青山隔岸。

晁补之六首

阮郎归

　　西城北渚旧追随。荒台今是非。白蘋无主绿蒲迷。停舟忆旧时。　　双鸭戏，乱鸥飞。人家烟雨西。不成携手折芳菲。兰桡惆怅归。

南歌子

　　睡起临窗坐，妆成傍砌闲。春来莫卷绣帘看。嫌怕东风吹恨到眉间。　　鹦鹉花前弄，琵琶月下弹。蓦然收袖倚栏杆。一向思量何事点云鬟。

鹧鸪天

绣幕低低拂地垂。春风何事入罗帏。胡麻好种无人种,正是归时君未归。　　临晚景,忆当时。愁心一动乱如丝。夕阳芳草本无恨,才子佳人空自悲。

忆少年

无穷官柳,无情画舸,无根行客。南山尚相送,只高城人隔。　　罨画园林溪绀碧。算重来,尽成陈迹。刘郎鬓如此,况桃花颜色。

临江仙二

曾唱牡丹留客饮,明年何处相逢。忽惊鹊起落梧桐。绿荷多少恨,回首背西风。
莫叹今宵身是客,一樽未晓犹同。此身应似去来鸿。江湖春水阔,归梦故园中。

马上匆匆听鹊喜,朦胧月淡黄昏。碧罗双扇拥朝云。粉光先辨脸,朱色怎分唇。
暂别宝奁蛛网遍,春风泪污榴裙。香笺小字寄行云。纤腰非学楚,宽带为思君。

赵令畤 二首

清平乐

春风依旧。着意隋堤柳。搓得鹅儿黄欲就。天气清明时候。　　去年紫陌青门。
今宵雨魄云魂。断送一生憔悴,能销几个黄昏。

锦堂春

楼上萦帘弱絮,墙头碍月低花。年年春事关心事,肠断欲栖鸦。　　舞镜鸾衾翠减,
啼珠凤蜡红斜。重门不锁相思梦,随意绕天涯。

王 观 一首

卜算子

水是眼波横,山是眉峰聚。欲问行人去那边,眉眼盈盈处。　　才始送春归,又送君
归去。若到江南赶上春,千万和春住。

李 冠 一首

蝶恋花

遥夜亭皋闲信步。才过清明,渐觉伤春暮。数点雨声风约住。朦胧淡月云来去。
桃杏依稀香暗度。谁在秋千,笑里轻轻语。一寸相思千万绪。人间没个安排处。

苏伯固 二首

鹧鸪天

枫落河梁野水秋。淡烟衰草接郊丘。醉眠小坞黄茅店,梦倚高城赤叶楼。　　天杳杳,路悠悠。钿筝歌扇等闲休。灞桥杨柳年年恨,鸳浦芙蕖叶叶愁。

阮郎归

西园风暖落花时。绿阴莺乱啼。倚栏无语惜芳菲。絮飞蝴蝶飞。　　缘底事,减腰围。遣愁愁着眉。波连春渚暮天垂。燕归人未归。

宋花间集卷六　吴兴　施　舍　蛰存　选定

舒　亶 四首

浣溪沙

金缕歌残红烛稀。梁州舞罢小鬟垂。酒醒还是独归时。　　画栋日高来语燕,绮窗风暖度游丝。几多绿叶上青枝。

减字木兰花

眉山敛额。往事追思空手拍。雁字频飞。生怕人来说着伊。　　闲抛绣履。愁殢香衾浑不起。莫似扬州。只作寻常薄幸休。

木兰花

金丝络马青钱路。笑指玉皇香案去。点衣柳陌堕残红,拂面风桥吹细雨。　　晓钗压鬓头慵举。恨里歌声兼别苦。西湖一顷白菱花,惆怅行云无觅处。

虞美人

重帘小阁香云暖。黛拂梳妆浅。玉箫一曲杜韦娘。谁是苏州刺史断人肠。　　醉归旋拨红炉火。却倚屏山坐。银釭明灭月横斜。还是画楼角送小梅花。

李景元 四首

忆王孙 四

萋萋芳草忆王孙。柳外楼高空断魂。杜宇声声不忍闻。欲黄昏。雨打梨花深闭门。

风蒲猎猎小池塘。过雨荷花满院香。沉李浮瓜冰雪凉。竹方床。针线慵拈午梦长。

飕飕风冷荻花秋。明月斜侵独倚楼。十二珠帘不上钩。黯凝眸。一点渔灯古渡头。

彤云风扫雪初晴。天外孤鸿三两声。独拥寒衾不忍听。月胧明。窗外梅花瘦影横。

吕渭老五首

豆叶黄二

晚妆新试碧衫凉。金鸭犹残昨夜香。柳际风来月满廊。一双双。人对鸳鸯浴小塘。

轻罗团扇掩微羞。酒满玻璃花满头。小板齐声唱石州。月如钩。一寸横波入鬓流。

燕归梁

楼外东风杜宇声。双枕细眉矉。女郎番马小山屏。金笼冷,梦魂惊。 起来重绾双罗髻,无个事,泪盈盈。杨花蝴蝶乱分身。飞不定,暮云晴。

极相思

拂墙花影飘红。微月辨帘栊。香风满袖,金莲印步,狭径迎逢。 笑靥乍开还敛翠,正花时、却恁西东。别房初睡,斜门未锁,且更从容。

减字木兰花

雨帘高卷。芳树阴阴连别馆。凉气侵楼。蕉叶荷枝各自秋。 前溪夜舞。化作惊鸿留不住。愁损腰肢。一桁香销旧舞衣。

李 邴一首

木兰花

沉吟不语晴窗畔。小字银钩题欲遍。云情散乱未成篇,花骨欹斜终带软。 重重说尽情和怨。珍重提携常在眼。暂时得近玉尖纤,翻羡缕金红象管。

赵长卿四首

阮郎归

年年为客遍天涯。梦迟归路赊。无端星月侵窗纱。一枝寒影斜。 肠未断,鬓先华。新来瘦转加。角声吹彻小梅花。夜长人忆家。

鹧鸪天

门外寒江泊小船。月明留客小窗前。夜香烧尽更声远,斗帐低垂暖意生。 醮着酒,炙些灯。伴他针线懒成眠。情知今夜鸳鸯梦,不似孤篷宿雁边。

一剪梅

红藕香残碧树秋。羞解罗襦,偷上兰舟。云中谁寄锦书来,雁字回时,月满西楼。

花自飘零水自流。一种相思,两处闲愁。酒醒梦断数残更,旧恨前欢,总上心头。

天仙子

眼色媚人娇欲度。行尽巫阳云又雨。花时还复见芳姿,情几许。愁何许。莫向耳边传好语。　往事悠悠曾记否。忍听黄鹂啼锦树。啼声惊碎百花心,分付与。谁为主。落蕊飞红知甚处。

毛　滂 七首

清平乐

兰堂灯灺。春入流苏夜。衣褪轻红闻水麝,云重宝钗未卸。　　知君不奈情何。时时慢转横波。一饷花柔柳困,枕前特地春多。

踏莎行

拨雪寻春,烧灯续昼。暗香院落梅开后。无端夜色欲遮春,天教月上官桥柳。花市无尘,朱门如绣。娇云瑞雾笼星斗。沉香火冷小妆残,半衾轻梦浓如酒。

玉楼春

长安回首空云雾。春梦觉来无觅处。冷烟寒雨又黄昏,数尽一堤杨柳树。　　楚山照眼青无数。淮口潮生催晓渡。西风吹面立苍茫,欲寄此情无雁去。

惜分飞

泪湿阑干花着露。愁到眉峰碧聚。此恨平分取。更无言语空相觑。　　短雨残云无意绪。寂寞朝朝暮暮。今夜山深处。断魂分付潮回去。

青玉案

芙蕖花上濛濛雨。又冷落池塘暮。何处风来摇碧户。卷帘凝望,淡烟疏柳,翡翠穿花去。　　玉京人去无由驻。悬独坐凭栏处。试问绿窗秋到否。可人今夜,新凉一枕,无计相分付。

生查子

春晚出山城,落日行江岸。人不共潮来,香亦临风散。　　花谢小妆残,莺困清歌断。行雨梦魂消,飞絮心情乱。

夜行船

弄水馀英溪畔。绮罗香,日迟风慢。桃花春浸一篙深,画桥东、柳低烟远。　　涨绿流红空满眼。倚兰桡,旧愁无限。莫把鸳鸯惊飞去,要歌时、少低檀板。

张元幹 七首

长相思令

香暖帏。玉暖肌。娇卧嗔人来睡迟。印残双黛眉。　　虫声低。漏声稀。惊枕初醒灯暗时。梦人归未归。

青玉案

平生百绕垂虹路。看万顷翻云去。山淡夕晖帆影度。菱歌风断,袜罗尘散,总是关情处。　　少年陈迹今迟暮。走笔犹能醉诗句。花底目成心暗许。旧家春事,觉来客恨,分付疏蓬雨。

瑞鹧鸪

雏莺初啭斗尖新。双蕊花娇掌上身。总解满斟偏劝客,多生俱是绮罗人。　　回波偷顾轻招拍,方响低敲更合筝。豆蔻梢头春欲透,情知巫峡待为云。

清平乐

明珠翠羽。小绾同心缕。好去吴松江上路。寄与双鱼尺素。　　兰桡飞取归来。愁眉待得伊开。相见嫣然一笑,眼波先入郎怀。

昭君怨

春院深深莺语。花怨一帘烟雨。禁火已销魂。更黄昏。　　衾暖麝灯落地。雨过重门深夜。枕上百般猜。未归来。

彩鸾归令

珠履争围。小立春风趁拍低。态闲不管乐催伊。整朱衣。　　粉融香润随人劝,玉困花娇越样宜。凤城灯夜旧家时。数他谁。

踏莎行

芳草平沙,斜阳远树。无情桃叶江头渡。醉来扶上木兰舟,将愁不去将人去。　　薄劣东风,夭斜飞絮。明朝重觅吹笙路。碧云香雨小楼空,春光已到销魂处。

朱敦儒 十二首

临江仙

几日春愁无意绪,捻金剪彩慵拈。小楼终日怕凭栏。一双新泪眼,千里旧关山。
苦恨碧云音信断,只教征雁空还。早知盟约是虚言。枉裁诗字锦,悔寄泪痕笺。

鹧鸪天

唱得梨园绝代声。前朝惟数李夫人。自从惊破《霓裳》后,楚奏吴歌扇里新。　　　秦
嶂雁,越溪砧。西风北客两飘零。尊前忽听当时曲,侧帽停杯泪满巾。

南歌子

住近沉香浦,门前蕙草春。鸳鸯飞下柘枝新。见弄青梅、初着翠罗裙。　　　怕唤拈
歌扇,嫌催上舞茵。几时微步不生尘。来作维摩、方丈散花人。

行香子

宝篆香沉。锦瑟尘侵。日长时懒把金针。裙腰暗减,眉黛长颦。看梅花过,梨花谢,
柳花新。　　　春寒院落,灯火黄昏。悄无言,独自销魂。空弹粉泪,难托清尘。但楼前
望,心中想,梦中寻。

沙塞子

万里飘零南越,山引泪,酒添愁。不见凤楼龙阙又惊秋。　　　九日江亭闲望,蛮树
绕,瘴云浮。肠断红蕉花晚水西流。

减字木兰花 二

刘郎已老。不管桃花依旧笑。要听琵琶。重院莺啼觅谢家。　　　曲终人醉。多似
浔阳江上泪。万里东风。国破山河落照红。

花随人去。今夜钱塘江上雨。宿酒残更。潮过西窗不肯明。　　　小罗金缕。结尽
同心留不住。何处长亭。绣被春寒掩翠屏。

采桑子 二

扁舟去作江南客,旅雁孤云。万里烟尘。回首中原泪满巾。　　　碧山对晚汀洲冷,
枫叶芦根。日落波平。愁损辞乡去国人。

一番海角凄凉梦,却到长安。翠帐犀帘。依旧屏斜十二山。　　　玉人为我调琴瑟,
鬟黛低鬟。云散香残。风雨蛮溪半夜寒。

卜算子

山晓鹧鸪啼,云暗泷州路。榕叶阴浓荔子青,百尺桃榔树。　　　尽日不逢人,猛地风

吹雨。惨黯蛮溪鬼峒寒,隐隐闻铜鼓。

相见欢二

　　金陵城上西楼。倚清秋。万里夕阳垂地大江流。　　中原乱,簪缨散,几时收。试倩悲风吹泪过扬州。

　　吟蛩作尽秋声。月西沉。凄断馀香残梦下层城。　　人不见,屏空掩,数残更。还自搴帷独坐看青灯。

司马櫄一首

蝶恋花

　　家在钱塘江上住。花落花开,不管流年度。燕子衔将春色去。纱窗几阵黄梅雨。

　　斜插犀梳云半吐。檀板朱唇,唱彻黄金缕。望断行云无觅处。梦回明月生春浦。

何　栗一首

虞美人

　　分香帊子揉蓝翠。欲去殷勤惠。重来只约牡丹时。莫遣花枝知后故开迟。　　别来看尽闲桃李。日日栏杆倚。催花无计问东风。梦作一双蝴蝶绕芳丛。

曹　组四首

如梦令

　　门外绿阴千顷。两两黄鹂相应。睡起不胜情,行到碧梧金井。人静。人静。风动一枝花影。

点绛唇

　　云透斜阳,半楼红影明窗户。暮山无数。归雁愁还去。　　十里平芜,花远重重树。空凝伫。故人何处。可惜春将暮。

鹧鸪天

　　浅笑轻颦不在多。远山微黛接横波。情吞醽醁千钟酒,心醉飞琼一曲歌。　　人欲散,奈愁何。更看朱袖拂云和。夜深醉墨淋漓处,书遍香红拥项罗。

蓦山溪

　　草熏风暖,楼阁笼轻雾。墙短出花梢,映谁家、绿杨朱户。寻芳拾翠,绮陌自青春,江南远,踏青时,谁念方羁旅。 昔游如梦,空忆横塘路。罗袖舞台风,想桃花、依然旧树。一怀离恨,满眼欲归心,山连水,水连云,怅望人何处。

宋花间集卷七 吴兴 施 舍 蛰存 选定

叶梦得四首

虞美人

一声鹍鸠催春晚。芳草连空远。年年馀恨怨残红。可是无情容易爱随风。 茂林修竹山阴道。千载谁重到。半湖流水夕阳前。犹有一觞一咏似当年。

蝶恋花

薄雪销时春已半。踏遍苍苔,手挽花枝看。一缕游丝牵不断。多情更觉蜂儿乱。 尽日平波回远岸。倒影浮光,却记冰初泮。酒力无多吹易散。馀寒向晚风惊幔。

鹧鸪天

小雨初收报夕阳。归云欲渡转横塘。空回雨盖翻新影,不见琼肌洗暗香。 追落景,弄微凉。尚馀残泪浥空床。只应自有东风恨,长遣啼痕破晚妆。

木兰花

花残却似春留恋。几日馀香吹酒面。湿烟不隔柳条青,小雨池塘初有燕。 波光纵使明如练。可奈落红纷似霰。解将心事诉东风,只有啼莺千种啭。

谢 逸六首

菩萨蛮

縠纹波面浮鸂鶒。蒲芽出水参差碧。满院落梅香。柳梢初弄黄。 衣轻红袖皱。春困花枝瘦。睡起玉钗横。隔帘闻晓莺。

燕归梁

六曲栏杆翠幕垂。香烬冷金猊。日高花外啭黄鹂。春睡觉,酒醒时。 草青南浦,云横西塞,锦字杳无期。东风只送柳绵飞。全不管,寄相思。

玉楼春

弄晴数点梨梢雨。门外画桥寒食路。杜鹃飞破草间烟,蛱蝶惹残花底雾。 东君着意怜樊素。一段韶华天付与。妆成不管露桃嗔，舞罢从教风柳妒。

南乡子

浅色染春衣。衣上双双小雁飞。袖卷藕丝寒玉瘦，弹棋。赢得尊前酒一卮。　　冰雪拂胭脂。绛蜡香融落日西。唱彻阳关人欲去，依依。醉眼横波翠黛低。

踏莎行

柳絮风轻，梨花雨细。春阴院落帘垂地。碧溪影里小桥横，青帘市上孤烟起。镜约关情，琴心破睡。轻寒漠漠侵鸳被。酒醒霞散脸边红，梦回山蹙眉间翠。

江城子

一江秋水碧湾湾。绕青山。玉连环。帘幕低垂，人在画图间。闲抱琵琶寻旧曲，弹未了，意阑珊。　　飞鸿数点拂云端。倚栏看。楚天寒。拟倩东风，吹梦到长安。恰似梨花春带雨，愁满眼，泪阑干。

赵　鼎 七首

点绛唇 二

香冷金炉，梦回鸳帐馀香嫩。更无人问。一枕江南恨。　　消瘦休文，顿觉春衫褪。清明近。杏花吹尽。薄暮东风紧。

惜别伤离，此生此念无重数。故人何处。还送春归去。　　美酒一杯，谁解歌金缕。无情绪。淡烟疏雨。花落空庭暮。

浣溪沙

惜别怀归老不禁。一年春事柳阴阴。日下长安何处是，碧云深。　　已恨梅花疏远信，休传桃叶怨遗音。一醉东风分首去，两心惊。

画堂春

空笼帘影隔垂杨。梦回芳草池塘。杏花枝上蝶双双。春昼初长。　　强理云鬟临照，暗弹粉泪沾裳。自怜容艳惜流光。无限思量。

好事近

杨柳曲江头，曾记彩舟良夕。一枕楚台残梦，似行云无迹。　　青山迢递水悠悠，何处问消息。还是一年春暮，倚东风独立。

蝶恋花

尽日东风吹绿树。向晚轻寒,数点催花雨。年少凄凉天付与。更堪春思萦离绪。

临水高楼携酒处。曾倚哀弦,歌断黄金缕。楼下水流何处去。凭栏目送苍烟暮。

怨春风

宝鉴菱花莹。孤鸾慵照影。鱼书蝶梦两浮沉。恨恨恨。结尽丁香,瘦如杨柳,雨疏云冷。

宿醉厌厌病。罗巾空泪粉。欲将远意托湘弦。闷闷闷。香絮悠悠,画帘悄悄,日长春困。

周紫芝十二首

生查子二

清歌忆去年,共唱秦楼曲。门外月横波,帐里人如玉。　　秋风吹彩云,梦断惊难续。别调不堪闻,红泪销残烛。

金鞍欲别时,芳草溪边渡。不忍上西楼,怕看来时路。　　帘幕卷东风,燕子双双语。薄幸不归来,冷落春情绪。

谒金门

春雨细。开尽一番桃李。柳暗曲栏花满地。日高人睡起。　　绿浸小池春水。沙暖鸳鸯双戏。薄幸更无书一纸。画楼愁独倚。

清平乐二

烟鬟敛翠。柳下门初闭。门外一川风细细。沙上暝禽飞起。　　今宵水畔楼边。风光宛似当年。月到旧时明处,共谁同倚栏杆。

浅妆匀靓。一点闲心性。脸上羞红凝不定。恼乱酒愁花病。　　晚来泪揾残霞。坠鬟小玉钗斜。细雨一帘春恨,东风满地桃花。

朝中措

黄昏楼阁乱栖鸦。天末淡微霞。风里一池杨柳,月边满树梨花。　　阳台路远,鱼沉尺素,人在天涯。想得小窗遥夜,哀弦拨断琵琶。

鹧鸪天四

荷气吹凉到枕边。薄纱如雾亦如烟。清泉浴后花垂雨,白酒倾时玉满船。　　钗欲溜,鬓微偏。却寻霜粉扑香绵。冰肌近着浑无暑,小扇频摇最可怜。

一点残钉欲尽时。乍凉秋气满屏帏。梧桐叶上三更雨,叶叶声声是别离。　　调宝瑟,拨金猊。那时同唱鹧鸪词。如今风雨西楼夜,不听清歌也泪垂。

楼上缃桃一萼红。别来开谢几东风。武陵春尽无人处,犹有刘郎去后踪。　　香阁小,翠帘重。今宵何事偶相逢。行云又被风吹散,见了依前是梦中。

　　花褪残红绿满枝。嫩寒犹透薄罗衣。池塘雨细双鸳睡,杨柳风轻小燕飞。　　人别后,酒醒时。午窗残梦子规啼。尊前心事人谁问,花底闲愁春又归。

踏莎行二

　　燕子归来,梅花又落。缃桃雨后燕支薄。眼前先自许多愁,斜阳更在春池阁。梦里新欢,年时旧约。日长院静空帘幕。几回猛待不思量,抬头又是思量着。

　　情似游丝,人如飞絮。泪珠阁定空相觑。一溪烟柳万丝垂,无因系得兰舟住。雁过斜阳,草迷烟渚。如今已是愁无数。明朝且做莫思量,如何过得今宵去。

陈　克六首

谒金门四

　　花满院。飞去飞来双燕。红雨入帘寒不卷。晓屏山六扇。　　翠袖玉笙凄断。脉脉两蛾愁浅。消息不知郎近远。一春长梦见。

　　丝柳碧。柳下人家寒食。莺语匆匆花寂寂。玉阶春藓湿。　　闲凭熏笼无力。心事有谁知得。檀炷绕窗灯背壁。画檐残雨滴。

　　春漏促。谁见两人心曲。鼍画屏风银蜡烛。泪珠红簌簌。　　懊恼欢娱不足。只许梦中相逐。今夜月明何处宿。画桥春水绿。

　　愁脉脉。目断江南江北。烟树重重芳信隔。小楼山几尺。　　细草孤云斜日。一向弄晴天色。帘外落花飞不得。东风无气力。

鹧鸪天

　　小市桥湾更向东。便门长记旧相逢。踏青会散秋千下,鬓影衣香怯晚风。　　悲往事,向孤鸿。断肠肠断旧情浓。梨花院落黄茅店,绣被春寒此夜同。

渔家傲

　　宝瑟尘生郎去后。绿窗闲却春风手。浅色宫罗新染就。晴时候。裁缝细意花枝斗。　　象尺熏炉移永昼。粉香浥浥蔷薇透。晚镜看来浑似旧。沉吟久。个侬争得知人瘦。

向子諲五首

浣溪沙

　　守得梅开着意看。春风几醉玉栏杆。去时犹自惜馀欢。　　雨后重来花扫地,叶间青子已团团。凭谁寄与蹙眉山。

好事近

初上舞裀时,争看袜罗弓窄。恰似晚霞零乱,衬一钩新月。　　折旋多态小腰身,分明是回雪。生怕因风飞去,放真珠帘隔。

鹧鸪天

小院深明别有天。花能笑语柳能眠。雪肌得酒于中暖,莲步凌波分外妍。　　钗燕重,髻荷偏。两山斜叠翠联娟。朝云无限飘春态,暮雨情知更可怜。

秦楼月

芳菲歇。故园目断伤心切。伤心切。无边烟水,无穷山色。　　可堪更近干龙节。眼中泪尽空啼血。空啼血。子规声外,晓风残月。

七娘子

山围水绕高唐路。恨密云不下阳台雨。雾阁云窗,风亭月户。分明携手同行处。　　而今不见生尘步。但长江无语东流去。满地落花,漫天飞絮。谁知总是离愁做。

王安中 三首

玉楼春

秋鸿只向秦筝住。终寄青楼书不去。手因春梦有携时,眼到花开无着处。　　泥金小字蛮笺句。泪湿残妆今在否。欲寻巫峡旧时云,问取阳关西去路。

小重山

橡烛垂珠清漏长。酒粘衫袖湿,有馀香。红牙双捧旋排行。将歌处,相向更匀妆。　　明月映东墙。海棠花径密,迸流光。迟留春笋缓催觞。兰堂静,人已候虚廊。

蝶恋花

翠袖盘花金捻线。晓炙银簧,劝饮随深浅。复幕重帘谁得见。馀醺微觉红浮面。　　别唤清商开绮宴。玉管双横,抹起梁州遍。白苎歌前寒莫怨。湘梅萼里春那远。

韩元吉 二首

好事近

凝碧旧池头,一听管弦凄切。多少梨园声在,总不堪华发。　　杏花无处避春愁,也傍野烟发。惟有御沟声断,似知人呜咽。

南乡子

　　细雨弄中秋。雨歇烟霄玉镜流。唤起佳人横玉笛,凝眸。收拾风光上小楼。　　烂醉拼扶头。明日阴晴且漫愁。二十四桥何处是,悠悠。忍对嫦娥说旧游。

陈与义五首

法驾导引三

　　朝元路,朝元路,同驾玉华君。千乘载花红一色,人间遥指是祥云。回头海光新。

　　东风起,东风起,海上百花摇。十八风鬟云半动,飞花和雨着轻绡。归路碧迢迢。

　　帘漠漠,帘漠漠,天淡一帘秋。自洗玉舟斟白醴,月华微映是空舟。歌罢海西流。

虞美人

　　扁舟三日秋塘路。平度荷花去。病夫因病得来游。更值满川微雨洗新秋。　　去年长恨拏舟晚。空见残荷满。今年何以报君恩。一路繁花相送到青墩。

临江仙

　　忆昔午桥桥上饮。坐中多是豪英。长沟流月去无声。杏花疏影里,吹笛到天明。

　　二十馀年如一梦,此身虽在堪惊。闲登小阁看新晴。古今多少事,渔唱起三更。

宋花间集卷八 吴兴　施　舍　蛰存　选定

蔡　伸六首

愁倚栏二

　　伤春晚,送春归。步云溪。绿叶同心双小字,记曾题。　　楼外红日平西。长亭路、烟草萋萋。云雨不成新梦后,倚栏时。

　　天如水,月如钩。正新秋。月影参差人窈窕,小红楼。　　如今往事悠悠。楼前水、肠断东流。旧物忍看金约腕,玉搔头。

浪淘沙

　　楼下水潺湲。楼外屏山。淡烟笼月晚凉天,曾与玉人携素手,同倚栏杆。　　云散梦难圆。幽恨绵绵。旧游重到忍重看,负你一生多少泪,月下花前。

减字木兰花

　　锦屏人醉。玉暖香融春有味。今日兰舟。魂梦还随绿水流。　　高城望断。无奈城中人不见。斜倚妆楼。恨入眉峰两点愁。

南乡子

木落雁南翔。锦鲤殷勤为渡江。泪墨银钩相忆字，成行。滴损云笺小凤皇。　　陈事费思量。回首烟波卷夕阳。侭道凭书聊破恨，难忘。及至书来更断肠。

小重山

楼上风高翠袖寒。碧云笼淡日，照栏杆。绿杨芳草恨绵绵。长亭路，何处认征鞍。　晓镜懒重看。鬓云堆凤髻，任阑珊。鸳衾凤枕小屏山。人如玉，忍负一春闲。

康与之 四首

诉衷情令

阿房废址汉荒丘。狐兔又群游。豪华尽成春梦，留下古今愁。　　君莫上，古原头。泪难收。夕阳西下，塞雁南飞，渭水东流。

卖花声

愁捻断钗金。远信沉沉。秦筝调怨不成音。郎马不知何处也，楼外春深。　　好梦已难寻。夜夜馀衾。目穷千里正伤心。记得当初郎去路，绿树阴阴。

玉楼春令

青笺后约无凭据。误我碧桃花下语。谁将消息问刘郎，怅望玉溪溪上路。　　春来无限伤情绪。拟欲题红都寄与。东风吹落一庭花，手把新愁无写处。

风入松

碧苔满地衬残红。绿树阴浓。晓莺啼破眉心事，旧愁新恨重重。翠黛不忺重扫，佳时每恨难同。　　花开花谢任东风。此恨无穷。梦魂拟逐杨花去，殢人休下帘栊。要觅只凭清梦，几时真个相逢。

程　垓 四首

南乡子

几日诉离樽。歌尽阳关不忍分。此度天涯真个去，销魂。相送黄花落叶村。　　斜日又黄昏。萧寺无人半掩门。今夜粉香明月泪，休论。只要罗巾记旧痕。

凤栖梧

　　小院菊残烟雨细。天气凄凉，恼得人憔悴。被暖橙香羞早起。玉钗一任慵云坠。　　楼上珠帘钩也未。数尺遥山，供尽伤高意。伫立不禁残酒味。绣罗依旧和香睡。

临江仙

　　浓绿锁窗闲院静，照人明月团圆。夜长幽梦见伊难。瘦从香脸薄，愁到翠眉残。　　只道花时容易见，如今花尽春阑。画楼依旧五更寒。可怜红绣被，空记合时欢。

卜算子

　　独自上层楼，楼外青山远。望到斜阳欲尽时，不见西飞雁。　　独自下层楼，楼下蛩声怨。待到黄昏月上时，依旧柔肠断。

张　抡二首

春光好

　　烟淡淡，雨濛濛。水溶溶。帖水落花飞不起，小桥东。　　翩翩怨蝶愁蜂。绕芳丛。恋馀红。不恨无情桥下水，恨东风。

朝中措

　　灯花挑尽夜将阑。斜掩小屏山。一点凉蟾窥幔，钏敲玉臂生寒。　　起来无绪，炉薰烬冷，桐叶声干。都把沉思幽恨，明朝分付眉端。

辛弃疾十六首

忆王孙

　　登山临水送将归。悲莫悲兮生别离。不用登临怨落晖。昔人非。惟有年年秋雁飞。

酒泉子

　　流水无情，潮到空城头尽白。离歌一曲怨残阳。断人肠。　　东风官柳舞雕墙。三十六宫花溅泪，春声何处说兴亡。燕双双。

谒金门

　　归去未。风雨送春行李。一枕离愁头彻尾。如何消遣是。　　遥想归舟天际。绿鬓珑璁慵理。好梦未成莺唤起。粉香犹有殢。

河渎神

芳草绿萋萋。断肠绝浦相思。山头人望翠云旗。蕙肴桂酒君归。　　惆怅画檐双燕舞，东风吹散灵雯。香火冷残箫鼓。斜阳门外今古。

丑奴儿

少年不识愁滋味，爱上层楼。爱上层楼。为赋新词强说愁。　　而今识尽愁滋味，欲说还休。欲说还休。却道天凉好个秋。

卜算子

红粉靓梳妆，翠盖低风雨。占断人间六月凉，明月鸳鸯浦。　　根底藕丝长，花里莲心苦。只为风流有许愁，更衬佳人步。

菩萨蛮

郁孤台下清江水。中间多少行人泪。西北望长安。可怜无数山。　　青山遮不住。毕竟东流去。江晚正愁余。山深闻鹧鸪。

鹧鸪天四

晚日寒鸦一片愁。柳塘新绿却温柔。若教眼底无离恨，不信人间有白头。　　肠已断，泪难收。相思重上小红楼。情知已被云遮断，频倚栏杆不自由。

扑面征尘去路遥。香篝渐觉水沉销。山无重数周遭碧，花不知名分外娇。　　人历历，马萧萧。旌旗又过小红桥。愁边剩有相思句，摇断吟鞭碧玉梢。

唱彻阳关泪未干。功名馀事且加餐。浮天水送无穷树，带雨云埋一半山。　　今古恨，几千般。只今离合是悲欢。江头未是风波恶，别有人间行路难。

趁得西风汗漫游。见他歌后怎生愁。事如芳草春长在，人似浮云影不留。　　眉黛敛，眼波流。十年薄幸说扬州。明朝短棹轻衫梦，只在溪南罨画楼。

临江仙二

金谷无烟宫树绿，嫩寒生怕春风。博山微透暖薰笼。小楼春色里，幽梦雨声中。别浦鲤鱼何日到，锦书封恨重重。海棠花下去年逢。也应随分瘦，忍泪觅残红。

手捻黄花无意绪，等闲行尽回廊。卷帘芳桂散馀香。枯荷难睡鸭，疏雨暗添塘。忆得旧时携手处，如今水远天长。罗巾浥泪别残妆。旧欢新梦里，闲处却思量。

青玉案

东风夜放花千树。更吹落星如雨。宝马雕车香满路。凤箫声动，玉壶光转，一夜鱼龙舞。　　蛾儿雪柳黄金缕。笑语盈盈暗香去。众里寻他千百度。蓦然回首，那人却在，灯火阑珊处。

江神子二

　　玉箫声远忆骖鸾。几悲欢。带罗宽。且对花前，痛饮莫留残。归去小窗明月在，云一缕，玉千竿。　　吴霜应点鬓云斑。绮窗闲。梦连环。说与东风，归兴有无间。芳草姑苏台下路，和泪看，小屏山。

　　梅梅柳柳斗纤秾。乱山中。为谁容。试着春衫，依旧怯东风。何处踏青人未去，呼女伴，认骄骢。　　儿家门户几重重。记相逢。画楼东。明日重来，风雨暗残红。可惜行云春不管，裙带褪，鬓云松。

范成大 四首

秦楼月

　　香罗薄。带围宽尽无人觉。无人觉。东风日暮，一帘花落。　　西园空锁秋千索。帘垂帘卷闲池阁。闲池阁。黄昏香火，画楼吹角。

朝中措

　　系船沽酒碧帘坊。酒满胜鹅黄。醉后西园入梦，东风柳色花香。　　水浮天处，夕阳如锦，恰似鲈乡。中有忆人双泪，几时流到横塘。

南柯子

　　怅望梅花驿，凝情杜若洲。香云低处有高楼。可惜高楼、不近木兰舟。　　缄素双鱼远，题红片叶秋。欲凭江水寄离愁。江已东流、那肯更西流。

鹧鸪天

　　休舞银貂小契丹。满堂宾客尽关山。从今袅袅盈盈处，谁复端端正正看。　　摸泪易，写愁难。潇湘江上竹枝斑。碧云日暮无书寄，寥落烟中一雁寒。

陈 亮 四首

清平乐

　　银屏绣阁。不道鲛绡薄。嘶骑匆匆尘漠漠。还过夕阳村落。　　乱山千叠无情。今宵遮断愁人。内处香消梦觉，一般晓月秋声。

眼儿媚

　　试灯天气又春来。难说是情怀。寂寥聊似，扬州何逊，不为江梅。　　扶头酒醒炉香炧。心绪未全灰。愁人最是，黄昏前后，烟雨楼台。

思佳客

花拂栏杆柳拂空。花枝绰约柳鬖松。蝶翻淡碧低边影,莺啭浓香杪处风。　　深院落,小帘栊。寻芳犹忆旧相逢。桥边携手归来路,踏皱残花几片红。

虞美人

东风荡飏轻云缕。时送潇潇雨。水边台榭燕新归,一口香泥、湿带落花飞。　　海棠糁径铺香绣。依旧成春瘦。黄昏庭院柳啼鸦,记得那人、和月折梨花。

陆　游 八首

朝中措

怕歌愁舞懒逢迎。妆晚托春醒。总是向人深处,当时枉道无情。　　关心近日,啼红密诉,剪绿深盟。杏馆花阴恨浅,画堂银烛嫌明。

临江仙

鸠雨催成新绿,燕泥收尽残红。春光还与美人同。论心空眷眷,分袂却匆匆。只道真情易写,那知怨句难工。水流云散各西东。半廊花院月,一帽柳桥风。

蝶恋花 二

陌上箫声寒食近。雨过园林,花气浮芳润。千里斜阳钟欲暝。凭高望断南楼信。海角天涯行略尽。三十年间,无处无遗恨。天若有情终欲问。忍教霜点相思鬓。

水样萍根风卷絮。倩笑娇颦,忍记逢迎处。只有梦魂能再遇。堪嗟梦不由人做。梦若由人何处去。短帽轻衫,夜夜眉州路。不怕银钉深绣户。只愁风断青衣渡。

钗头凤

红酥手。黄縢酒。满城春色宫墙柳。东风恶。欢情薄。一怀愁绪,几年离索。错、错、错。　　春如旧。人空瘦。泪痕红浥鲛绡透。桃花落。闲池阁。山盟虽在,锦书难托。莫、莫、莫。

乌夜啼

金鸭馀香尚暖,绿窗斜日偏明。兰膏香染云鬟腻,钗坠滑无声。　　冷落秋千伴侣,阑珊打马心情。绣屏惊断潇湘梦,花外一声莺。

夜游宫

独夜寒侵翠被。奈幽梦不成还起。欲写新愁泪溅纸。忆承恩,叹馀生,今至此。　　簌簌灯花坠。问此际,报人何事。咫尺长门过万里。恨君心,似危栏,难久倚。

采桑子

宝钗楼上妆梳晚,懒上秋千。闲拨沉烟。金缕衣宽睡髻偏。　　鳞鸿不寄辽东信,又是经年。弹泪花前。愁入春风十四弦。

俞国宝一首

风入松

一春长费买花钱。日日醉湖边。玉骢惯识西泠路,骄嘶过、沽酒楼前。红杏香中歌舞,绿杨影里秋千。　　暖风十里丽人天。花压鬓云偏。画船载取春归去,馀情付、湖水湖烟。明日重扶残醉,来寻陌上花钿。

刘克庄一首

清平乐

宫腰束素。只怕能轻举。好筑避风台护取。莫遣惊鸿飞去。　　一团雪玉温柔。笑颦俱有风流。贪与萧郎眉语,不知舞错伊州。

宋花间集卷九　吴兴　施　舍　蛰存　选定

赵彦端四首

谒金门二

休相忆。明夜远如今日。楼外绿烟村羃羃。花飞如许急。　　柳岸晚来船集。波底斜阳红湿。送尽去云成独立。酒醒愁又入。

春已半。绣绿新红如换。燕子还来帘幕畔。闲愁天不管。　　翠被曲屏香满。花叶彩笺人远。鹊喜蛛丝都未判。连环空约腕。

沙塞子

春波绿水南浦。渐理棹行人欲去。黯消魂,柳上轻烟,花梢微雨。　　长亭放盏无计住。但芳草迷人去路。忍回头,断云残日,长安何处。

青玉案

当年万里龙沙路,载多少离愁去。冷压层帘云不度。芙蓉双带,垂杨娇鬓,弦索初调处。　　花凝玉立东风暮。曾记江边丽人句。异县相逢能几许。多情谁料,琵琶洲畔,同醉清明雨。

刘 过二首

醉太平

情高意真。眉长鬓青。小楼明月调筝。写春风数声。　　思君忆君。魂牵梦萦。翠绡香暖云屏。更那堪酒醒。

小桃红

晓入纱窗静。戏弄菱花镜。翠袖轻匀,玉纤弹去,小妆红粉。画行人、愁外两青山,与尊前离恨。　　宿酒醺难醒。笑记香肩并。暖借莲腮,碧云微透,晕眉斜印。最多情,生怕外人猜,拭香津微搵。

张孝祥二首

桃源忆故人

朔风弄月吹银霰。帘幕低垂三面。酒入玉肌香软。压得寒威敛。　　檀槽乍拨么丝慢。弹得相思一半。不道有人肠断。犹作声声颤。

鹊桥仙

横波滴素,遥山蹙翠,江北江南肠断。不知何处御风来,云雾里、钗横鬓乱。　　香罗叠恨,鸾笺写意,付与瑶台女伴。醉时言语醒时愁,道说与、醒时休看。

姜 夔十首

隔溪梅令

好花不与殢香人。浪粼粼。又恐春风归去绿成阴。玉钿何处寻。　　木兰双桨梦中云。小横陈。漫向孤山山下觅盈盈。翠禽啼一春。

少年游

双螺未合,双蛾先敛,家在碧云西。别母情怀,随郎滋味,桃叶渡江时。　　扁舟载了,匆匆归去,今夜泊前溪。杨柳津头,梨花墙外,心事两人知。

浣溪沙四

春点疏梅雨后枝。剪灯心事峭寒时。市桥携手步迟迟。　　蜜炬来时人更好,玉笙吹彻夜何其。东风落靥不成归。

雁怯重云不肯啼。画船愁过石塘西。打头风浪恶禁持。　　春浦渐生迎棹绿,小梅应长亚门枝。一年灯火要人归。

钗燕笼云晚不忺。拟将裙带系郎船。别离滋味又今年。　　杨柳夜寒犹自舞，鸳鸯风急不成眠。些儿闲事莫萦牵。

花里春风未觉时。美人呵蕊缀横枝。隔帘飞过蜜蜂儿。　　书寄岭头封不到，影浮杯面误人吹。寂寥惟有夜寒知。

鹧鸪天二

京洛风流绝代人。因何风絮落溪津。笼鞋浅出鸦头袜，知是凌波缥缈身。　　红乍笑，绿长嚬。与谁同度可怜春。鸳鸯独宿何曾惯，化作西楼一缕云。

肥水东流无尽期。当初不合种相思。梦中未比丹青见，暗里忽惊山鸟啼。　　春未绿，鬓先丝。人间别久不成悲。谁教岁岁红莲夜，两处沉吟各自知。

踏莎行

燕燕轻盈，莺莺娇软。分明又向华胥见。夜长争得薄情知，春初早被相思染。别后书辞，别时针线。离魂暗逐郎行远。淮南皓月冷千山，冥冥归去无人管。

江梅引

人间离别易多时。见梅枝。忽相思。几度小窗幽梦手同携。今夜梦中无觅处，漫徘徊。寒侵被。尚未知。　　湿红恨墨浅封题。宝筝空，无雁飞。俊游巷陌，算空有、古木斜晖。旧约扁舟、心事已成非。歌罢淮南春草赋，又萋萋。漂零客，泪满衣。

史达祖 八首

过龙门

一带古苔墙。多听寒螀。筐中针线早销香。燕尾宝刀窗下梦，谁剪秋裳。　　宫漏莫添长。空费思量。鸳鸯难得再成双。昨夜楚山花簟里，波影先凉。

鹧鸪天

御路东风拂醉衣。卖灯人散烛笼稀。不知月底梅花冷，只忆桥边步袜归。　　闲梦淡，旧游非。夜深谁在小帘帏。罘罳儿下围炉坐，明处将人立地时。

临江仙二

草脚青回细腻，柳梢绿转苗条。旧游重到合魂销。棹横春水渡，人凭赤栏桥。归梦有时曾见，新愁未肯相饶。酒香红被夜迢迢。莫交无用月，来照可怜宵。

愁与西风应有约，年年同赴清秋。旧游帘幕记扬州。一灯人着梦，双雁月当楼。罗带鸳鸯尘暗淡，更须整顿风流。天涯万一见温柔。瘦应因此瘦，羞亦为郎羞。

玉楼春

游人等得春晴也。处处旗亭堪系马。雨前秾杏尚娉婷,风后残梅无顾藉。 忌拈针线还逢社。斗草赢多裙欲卸。明朝双燕定归来,叮嘱重帘休放下。

蝶恋花

二月东风吹客袂。苏小门前,杨柳如腰细。蝴蝶识人游冶地。旧曾来处花开未。几夜湖山生梦寐。评泊寻芳,只怕春寒里。今岁清明逢上巳。相思先到湔裙水。

青玉案

蕙花老尽离骚句。绿遍江头树。日午酒消听骤雨。青榆钱小,碧苔钱古。难买东君住。 官河不碍遗鞭路。被芳草将愁去。多定红楼帘影暮。兰灯初上,夜香初炷。犹自听鹦鹉。

解佩令

人行花坞。衣沾香雾。有新词、逢春分付。屡欲传情,奈燕子、不曾飞去。倚珠帘、吟郎秀句。 相思一度。秾愁一度。最难忘、遮灯私语。淡月梨花,借梦来、花边廊庑。指春衫、泪曾溅处。

戴复古 一首

醉太平

长亭短亭。春风酒醒。无端惹起离情。有黄鹂数声。 芙蓉绣茵。江山画屏。梦中昨夜分明。悔先行一程。

潘牥 一首

南乡子

生怕倚栏杆。阁下溪声阁外山。惟有旧时山共水,依然。暮雨朝云去不还。 应是蹑飞鸾。月下时时整佩环。月又渐低霜又下,更阑。折得梅花独自看。

高观国 五首

诉衷情

西楼杨柳未胜烟。寒峭落梅天。东风渡头波晚,一棹木兰船。 花态度,酒因缘。足春怜。屏开山翠,雨怯云娇,尽付愁边。

留春令

粉绡轻试,绿裙微褪,吴姬娇小。一点清香着芳魂,便添起春怀抱。　　玉脸窥人舒浅笑。寄此情天渺。酒醒罗浮角声寒,正月桂,南枝晓。

少年游

春风吹碧,春云映绿,晓梦入芳烟。软衬飞花,远连流水,一望隔香尘。　　萋萋多少,江南旧恨,翻忆翠罗裙。冷落闲门,凄迷古道,烟雨正愁人。

踏莎行

水减堤痕,秋生屐齿。瘦筇唤起登高意。翠微烟冷梦凄凉,黄花香晚人憔悴。怀古风流,悲秋情味。紫萸劝入旗亭醉。玉人相见说新愁,可怜又湿西风泪。

风入松

卷帘日日恨春阴。寒食新晴。马蹄只向南山去,长桥爱、花柳多情。江外风娇日暖,翠边水秀山明。　　杜郎歌酒过平生。到处蓬瀛。醉魂不入重城晚,秾欢寄、桃叶桃根。绣被嫩寒清晓,莺声唤起春醒。

吴文英 十二首

望江南

三月暮,花落更情浓。人去秋千闲挂月,马停杨柳倦嘶风。堤畔画船空。　　厌厌醉,长日小帘栊。宿燕夜归银烛外,啼莺声在绿阴中。无处觅残红。

点绛唇 四

时霎清明,载花不过西园路。嫩阴绿树。政是春留处。　　燕子重来,往事东流去。征衫贮。旧寒一缕。泪湿风帘絮。

卷尽愁云,素娥临夜新梳洗。晴尘不起。酥润凌波地。　　辇路重来,仿佛灯前事。情如水。小楼薰被。春梦笙歌里。

香泛罗屏,夜寒着酒宜偎倚。翠偏红坠。唤起芙蓉睡。　　一曲伊州,秋色芭蕉里。娇和醉。眼情心事。愁隔湘江水。

金井空阴,枕痕历尽秋声闹。梦长难晓。月树愁鸦悄。　　梅压檐梢,寒蝶寻香到。窗粘了。翠池春小。波冷鸳鸯觉。

浣溪沙 二

秦黛横愁送暮云。越波秋浅暗啼昏。空庭春草绿如裙。　　彩扇不歌原上酒,青门频返月中魂。花开空忆倚栏人。

一曲鸾箫别彩云。燕钗尘涩镜华昏。灞桥舞色褪蓝裙。　　湖上醉迷西子梦,江头春断倩离魂。旋绒红泪寄行人。

柳梢青

断梦游轮,孤山路杳,越树阴新。流水凝酥,征衫沾泪,都是离痕。　　玉屏风冷愁人。醉烂熳、梅花翠云。傍夜船回,惜春门掩,一镜香尘。

鹧鸪天

池上红衣伴倚栏。栖鸦常带夕阳还。殷云度雨疏桐落,明月生凉宝扇闲。　　乡梦窄,水天宽。小窗愁黛淡秋山。吴鸿好为传归信,杨柳阊门屋数间。

唐多令

何处合成愁。离人心上秋。纵芭蕉、不雨也飕飕。都道晚凉天气好,有明月,怕登楼。　　年事梦中休。花空烟水流。燕辞归、客尚淹留。垂柳不萦裙带住,谩长是,系行舟。

江神子

西风一叶送行舟。浅迟留。舣汀洲。新浴红衣,绿水带香流。应是离宫城外晚,人伫立,小帘钩。　　新归重省别来愁。黛眉头。半痕秋。天上人间,斜月绣针楼。湘浪莫迷花蝶梦,江上约,负轻鸥。

风入松

听风听雨过清明。愁草瘗花铭。楼前绿暗分携路,一丝柳,一寸柔情。料峭春寒中酒,交加晓梦啼莺。　　西园日日扫林亭。依旧赏新晴。黄蜂频扑秋千索,有当时,纤手香凝。惆怅双鸳不到,幽阶一夜苔生。

洪　琰 四首

谒金门

风共雨。催尽乱红飞絮。百计留春春不住。杜鹃声更苦。　　细柳官河狭路。几被婵娟相误。空忆坠鞭遗扇处。碧窗眉语度。

浪淘沙

花雾涨冥冥。欲雨还晴。薄罗衫子正宜春。无奈今宵鸳帐里,身是行人。　　别酒不须斟。难洗离情。丝鞘如电紫骝鸣,肠断画桥芳草路,月晓风清。

踏莎行

满满金杯,垂垂玉箸。离歌不放行人去。醉中扶上木兰船,醒来忘却桃源路。带绾同心,钗分一股。断魂空草高唐赋。秋山万叠水云深,茫茫无着相思处。

行香子

楚楚精神。杨柳腰身。是风流、天上飞琼。凌波微步,罗袜生尘。有许多娇,许多韵,许多情。　十年心字,两字眉婚。问何时、真个行云。秋衾半冷,窗月窥人。想为人愁,为人瘦,为人颦。

黄　昇一首

阮郎归

粉香吹暖透单衣。金泥双凤飞。闲来花下立多时。春风酒醒迟。　桃叶曲,柳枝词。芳心空自知。湘皋月冷佩声微。雁归人不归。

宋花间集卷十　吴兴　施　舍　蛰存　选定

蒋　捷四首

柳梢青

学唱新腔。秋千架上,钗股敲双。柳雨花风,翠松裙褶,红腻鞋帮。　归来门掩银钉。淡月里疏钟渐撞。娇欲人扶,醉嫌人问,斜倚楼窗。

少年游

梨边风紧雪难晴。千点照溪明。吹絮窗低,唾茸窗小,人隔翠阴行。　而今白鸟横飞处,烟树渺乡城。两袖春寒,一襟春恨,斜日淡无情。

虞美人

少年听雨歌楼上。红烛昏罗帐。壮年听雨客舟中。江阔云低、断雁叫西风。　而今听雨僧庐下。鬓已星星也。悲欢离合总无情。一任阶前、点滴到天明。

行香子

红了樱桃。绿了芭蕉。送春归,客尚蓬飘。昨宵谷水,今夜兰皋。奈云溶溶,风淡淡,雨潇潇。　银字笙调。心字香烧。料芳踪,乍整还凋。待将春恨,都付春潮。过窈娘堤,秋娘渡,泰娘桥。

周 密 八首

好事近

秋水浸芙蓉,清晓绮窗临镜。柳弱不胜愁重,染兰膏微沁。 　　下阶笑折紫玫瑰,蜂蝶扑云鬓。回首见郎羞走,冒绣裙微褪。

浪淘沙 二

芳草碧茸茸。染恨无穷。一春心事雨声中。窄索宫罗寒尚峭,闲倚熏笼。 　　犹记粉栏东。同醉香丛,金鞍何处骤骅骝。袅袅绿窗残梦断,红杏东风。

柳色淡如秋。蝶懒莺羞。十分春事九分休。开尽楝花寒尚在,怕上帘钩。 　　京洛少年游。谁念淹留。东风吹雨过西楼。残梦宿醒相合就,一段新愁。

清平乐

吹梅声咽。帘卷初弦月。一寸春霏消蕙雪。愁染垂杨带结。 　　画桥平接金沙。软红浅隔儿家。燕子未归门掩,晚妆空对菱花。

夜行船

寒菊敧风栖小蝶。帘栊静、半规凉月。梦不分明,恨无凭据,肠断锦笺盈箧。哀角吹霜寒正怯。倚瑶筝、暗愁难说。宝兽频添,玉虫时剪,长记旧家时节。

杏花天

瑞云盘翠侵宫额。眉柳软,不禁愁积。返魂谁染东风笔。写出郢中春色。 　　人去后,垂杨自碧。歌舞梦,欲寻无迹。愁随两桨江南北。日暮石城风急。

鹧鸪天

相傍清明晴便悭。闭门空自惜花残。海棠半坼难禁雨,燕子初归不耐寒。 　　金鸭冷,锦鹓闲。银釭空照小屏山。翠罗袖薄东风峭,独倚西楼第几栏。

南楼令

桂影满空庭。秋宵正五更。一声声都是销凝。新雁旧蛩相应和,禁不过、冷清清。酒与梦俱醒。病因愁做成。展红绡犹有馀馨。暗想芙蓉城下路,花可可、雾冥冥。

张 炎 四首

四字令

莺吟翠屏。帘吹絮云。东风也怕花嗔。带飞花赶春。 　　邻娃笑迎。嬉游趁晴。

明朝何处相寻。那人家柳阴。

清平乐

　　候蛩凄断。人语西风岸。月落沙平江似练,望尽芦花无雁。　　暗教愁损兰成。可怜夜夜关情。只有一株梧叶,不知多少秋声。

珍珠令

　　桃花扇底歌声杳。愁多少。便觉道、花阴闲了。因甚不归来,甚归来不早。　　满院飞花休要扫。待留与、薄情知道。怕一似飞花,和春都老。

鹧鸪天

　　楼上谁将玉笛吹。山前水阔暝云低。劳劳燕子人千里,落落梨花雨一枝。　　修禊近,卖饧时。故乡惟有梦相随。夜来折得江头柳,不是苏堤也皱眉。

陈允平 五首

少年游 二

　　斜阳冉冉柳边楼。珠箔水晶钩。拍点红牙,箫吹紫玉,低按小梁州。　　双鸾已误青楼约,谁伴月中游。倦蝶残花,寒螀落叶,长是替人愁。

　　画楼深映小屏山。帘幕护轻寒。比翼香囊,合欢罗帕,都做薄情看。　　如今已过梨花雨,何处觅归鞍。待约青鸾,彩云同去,飞梦到长安。

蝶恋花

　　楼上钟残人渐定。庭户沉沉,月落梧桐井。闷倚琐窗灯炯炯。兽香闲伴银屏冷。　　淅沥西风吹雁影。一曲秋笳,别后谁堪听。誓海盟山虚话柄。凭书问着无言应。

渔家傲

　　日转花梢春已昼。双蛾曲理遥山秀。百草偏输羞不斗。随人后。无情自折金丝柳。　　秋水盈盈娇欲溜。六么倦舞弓弯袖。偷摘青梅推病酒。徘徊久。一双燕子归时候。

解蹀躞

　　岸柳飘残黄叶,尚学纤腰舞。谢他终日亭前伴羁旅。无奈历历寒蝉,为谁唤老西风,伴人吟苦。　　闷无绪。记得芙蓉江上,萧娘旧相遇。如今憔悴黄花惯风雨。把酒东望家山,醉来一枕闲窗,梦随秋去。

魏夫人六首　以下女士

减字木兰花二

　　西楼明月。掩映梨花千树雪。楼上人归。愁听孤城一雁飞。　　玉人何处。又见江南春色暮。芳信难寻。去后桃花流水深。

　　落花飞絮。杳杳天涯人甚处。欲寄相思。春尽衡阳雁渐稀。　　离肠泪眼。肠断泪痕流不断。明月西楼。一曲栏杆一倍愁。

好事近

　　雨后晓寒轻，花外早莺啼歇。愁听隔溪残漏，正一声凄咽。　　不堪西望去程赊，离肠万回结。不似海棠花下，按凉州时节。

阮郎归

　　夕阳楼外落花飞。晴空碧四垂。去帆回首已天涯。孤烟卷翠微。　　楼上客，鬓成丝。归来未有期。断魂不忍下危梯。桐阴月影移。

武陵春

　　小院无人帘半卷，独自倚栏时。宽尽春来金缕衣。憔悴有谁知。　　玉人近日书来少，应是怨来迟。梦里长安早晚归。和泪立斜晖。

定风波

　　不是无心惜落花。落花无意恋春华。昨日盈盈枝上笑。谁道。今朝吹去落谁家。　　把酒临风千种恨。难问。梦回云散见天涯。妙舞清歌谁是主。回顾。高城不见夕阳斜。

朱淑真六首

生查子二

　　寒食不多时，几日东风恶。无绪倦寻芳，闲却秋千索。　　玉减翠裙交，病怯罗衣薄。不忍卷帘看，寂寞梨花落。

　　年年玉镜台，梅蕊宫妆困。今岁未还家，怕见江南信。　　酒从别后疏，泪向愁中尽。遥想楚云深，人远天涯近。

浣溪沙

　　玉体金钗一样娇。背灯初解绣裙腰。衾寒枕冷夜香销。　　深院重关春寂寂，落花和雨夜迢迢。恨情和梦更无聊。

减字木兰花

独行独坐。独倡独酬还独卧。伫立伤神。无奈春寒着摸人。　　此情谁见。泪洗残妆无一半。愁病相仍。剔尽寒灯梦不成。

谒金门

春已半。触目此情无限。十二栏杆闲倚遍。愁来天不管。　　好是风和日暖。输与莺莺燕燕。满院落花帘不卷。断肠芳草远。

蝶恋花

楼外垂杨千万缕。欲系青春，少住春还去。犹自风前飘柳絮。随春且看归何处。　　绿满山川闻杜宇。便做无情，莫也愁人苦。把酒送春春不语。黄昏却下潇潇雨。

李清照 十首

如梦令

昨夜雨疏风骤。浓睡不消残酒。试问卷帘人，却道海棠依旧。知否。知否。应是绿肥红瘦。

浣溪沙

髻子伤春懒更梳。晚风庭院落梅初。淡云来往月疏疏。　　玉鸭薰炉闲瑞脑，朱樱斗帐掩流苏。通犀还解辟寒无。

南歌子

天上星河转，人间帘幕垂。凉生枕簟泪痕滋。起解罗衣，聊问夜何其。　　翠帖莲蓬小，金销藕叶稀。旧时天气旧时衣。只有情怀，不似旧家时。

诉衷情

夜来沉醉卸妆迟。梅萼插残枝。酒醒熏破，惜春梦远，又不成归。　　人悄悄，月依依。翠帘垂。更挼残蕊，更捻馀香，更得些时。

小重山

春到长门春草青。江梅些子破，未开匀。碧云笼碾玉成尘。留晓梦，惊破一溪云。花影压重门。疏帘铺淡月，好黄昏。二年三度负东君。归来也，着意过今春。

好事近

风定落花深，帘外拥红堆雪。长记海棠开后，是伤春时节。　　酒阑歌罢玉樽空，青釭暗明灭。魂梦不堪幽怨,更一声啼鴂。

醉花阴

薄雾浓云愁永昼。瑞脑销金兽。佳节又重阳,玉枕纱厨,半夜凉初透。　　东篱把酒黄昏后。有暗香盈袖。莫道不销魂,帘卷西风,人似黄花瘦。

一剪梅

红藕香残玉簟秋。轻解罗裳,独上兰舟。云中谁寄锦书来,雁字回时,月满西楼。花自飘零水自流。一种相思,两处闲愁。此情无计可消除,才下眉头,却上心头。

蝶恋花二

泪湿罗衣脂粉满。四叠阳关,唱到千千遍。人道山长山又断。潇潇微雨闻孤馆。惜别伤离方寸乱。忘了临行,酒盏深和浅。好把音书凭过雁。东莱不似蓬莱远。

暖雨和风初破冻。柳眼梅腮,已觉春心动。酒意诗情谁与共。泪融残粉花钿重。乍试夹衫金缕缝。山枕斜欹,枕损钗头凤。独抱浓愁无好梦。夜阑犹剪灯花弄。

吴淑姬二首

小重山

谢了荼蘼春事休。无多花片子,缀枝头。庭槐影碎被风揉。莺虽老,声尚带娇羞。独自倚妆楼。一川烟草浪,衬云浮。不如归去下帘钩。心儿小,难着许多愁。

祝英台近

粉痕消,芳信断,好梦又无据。病酒无聊,欹枕听春雨。断肠曲曲屏山,温温沉水,都是旧、看承人处。　　久离阻。应念一点芳心,闲愁知几许。偷照菱花,清瘦自羞觑。可堪梅子黄时,杨花飞尽,乱莺闹、催将春去。

美　奴二首

如梦令

日暮马嘶人去。船逐清波东注。后夜最高楼,还肯思量人否。无绪。无绪。生怕黄昏疏雨。

卜算子

送我出东门,乍别长安道。两岸垂杨锁暮烟,正是秋光老。　　一曲古阳关,莫惜金尊倒。君向潇湘我向秦,鱼雁何时到。

聂胜琼 一首

鹧鸪天

玉惨花愁出凤城。莲花楼下柳青青。尊前一唱阳关曲,别个人人第五程。　　寻好梦,梦难成。有谁知我此时情。枕前泪共阶前雨,隔个窗儿滴到明。

孙　氏 二首

忆秦娥

花深深。一钩罗袜行花阴。行花阴。闲将柳带,试结同心。　　日边消息空沉沉。画眉楼上愁登临。愁登临。海棠开后,望到如今。

南乡子

晓日压重檐。斗帐春寒起未忺。天气困人梳洗懒,眉尖。淡画春山不喜添。　　闲把绣丝挦。认得金针又倒拈。陌上游人归也未,厌厌。满院杨花不卷帘。

二　花间新集：清花间集

叙　引

　　余既选宋人小词五百阕为《宋花间集》十卷，以续赵崇祚之书，逸兴未阑，复取小斋所藏清人词尽读之，录其足以绍《花间》遗韵者，亦为十卷，总五百阕，曰《清花间集》。清世词学甚盛，作家辈出，词集刊本至千馀家，余所得仅片玉耳。此编所选，局于管窥，和璧玄珠，必多失采。续有所见，会当增损。故此编亦未敢以为定本也。

　　清词总杂，夜光与鱼目并陈，虽一家之集，亦或瑕瑜霄壤。小词佳者，迈越宋贤，而凡秒俚俗者，又非古人所敢出手。余选此编，悬高格以求菁英，自谓萃其狐白，温韦晏欧，风流斯在。然犹憾其有具《花间》之貌而神不及者，有神及而理欠者，此则时代使之然，才情使之然，奈之何哉。

甲辰(1964)七月既望　吴兴施舍识。

题词·评语

一

舍之先生出示所选《清花间集》，高标遗韵，独具手眼，读之拜佩，作此奉题

　　令曲《花间》不二门。词流疏凿见真源。用心到圣孰如君。　　南宋雕镌尊涩体，晚清组绣着针痕。本来面目与还元。

　　调寄浣溪沙　　乙未谷雨日　　陈兼与

二

奉题舍之词家新辑《清花间集》

刻翠雕红韵致妍。鸾笙象管续《花间》。撩人愁思层层起,入选珍珠颗颗圆。　　春易尽,泪空弹。平芜一片付啼鹃。兴亡祸乱寻常事,成就词人总可怜。

调寄鹧鸪天　　四明周退密拜稿

三

敬题北山先生《清花间集》

《兰畹》《花庵》百辈还。浙常流派各灯传。词中南董此新铨。　　毕竟选诗如选色,评量总觉动心难。随园语妙信靡刊。

调寄浣溪沙　　乙丑寒露　　稼研徐定戡

四

承示宋清二《花间集》,雒诵再过。清代一篇尤见微尚。然尊选乃为上乘人说法,恐非初学者所能悟入。(周迪前)

五

况蕙风骂大鹤,嫌过分。足下捧大鹤,亦嫌过分。我殊不喜大鹤,绝非门户之见,实以词才乏重、拙、大耳。如何如何?此论尚持平否?似只选谒金门三首便足。(吕贞白)

六

大鹤词境清疏,非蕙风可及,吾从蛰翁。(霜柯沈宗威)

七

大鹤尚有《杨柳枝》咏梅云:"到地春风不肯闲。南枝吹尽北枝残。吴宫多少伤心色,占得墙东几尺山。"何尝不拙、重、大?大鹤澡思哀感,复精声律,造诣在鸾翁、蕙风之上。吾亦从蛰翁。(兼　与)

舍按:昔年曾以《花间》二选就正于吕贞白先生,先主以为清词芜杂,允宜有一选本。然于余评论蕙风、大鹤二家词语,大不以为然,遂笺注右所录语。嗣后霜柯沈宗威及陈兼与丈见之,颇不以吕言为是,各有附识,为余张目。今附录三家言于此,以存此一段词论公案。

清花间集目次

清花间集卷一　吴兴 施 舍 蛰存 选定

吴伟业六首　梅村词

生查子

香暖合欢襦,花落双文枕。娇鸟出房栊,人在梧桐井。　小院赌红牙,输却蒲桃锦。学写贝多经,自屑金泥粉。

浣溪沙

断颊微红眼半醒。背人蓦地下阶行。摘花高处赌身轻。　细拨薰炉香缭绕,嫩涂吟纸墨欹倾。惯猜闲事为聪明。

柳梢青

红粉墙高。风吹嫩柳,露湿夭桃。扇薄身轻,香多梦弱,肠断吹箫。　谁能一见相抛。动人处,诗成彩毫。帐底星眸,窗前皓腕,又是明朝。

临江仙

落拓江湖常载酒,十年重见云英。依然绰约掌中轻。灯前才一笑,偷解衴罗裙。　薄幸萧郎憔悴甚,此生终负卿卿。姑苏城外月黄昏。绿窗人去住,红粉泪纵横。

醉春风二

门外青骢骑。山外斜阳树。萧郎何事苦思归,去、去、去。燕子无情,落花多恨,一天憔悴。　私语牵衣泪。醉眼偎人觑。今宵微雨怯春愁,住、住、住。笑整鸳衾,重添香兽,别离还未。

眼底桃花媚。罗袜勾人处。四肢红玉软无言,醉、醉、醉。小阁回廊,玉壶茶暖,水沉香细。　重整兰膏腻。偷解罗襦系。知心侍女下帘钩,睡、睡、睡。皓腕频移,云鬟低拥,羞眸斜睇。

明人习于南曲,长短句词伧俗庸下,无可称者。吾乡陈卧子振之以唐音,《湘真》一集,揭橥《花间》。

同时夏、李、董、蒋、二宋、三周,扬风扇雅,唱和有作,遂开云间词派。大江南北,作者景从。百年之间,词学斯盛。余选此集,断代于清。陈、夏二公,完节朱明,故不录入。遂以梅村为之冠冕。已下诸子,皆松人也。然可录者犹多,若计子山、吴日千、单质生、田龀渊诸家,皆有隽构。特以乡曲之私,不敢过甚,因悉退之。亭林周大烈纂《云间词征》,所录甚备,可参观也。

李 雯 八首 仿佛楼词

清平乐

月残银井。凉梦惊香醒。未卷罗帏灯炯炯。露叶啼红满径。　　起来独上帘钩。初寒先入青楼。翠锁不堪浓黛,金风又拂箜篌。

阮郎归二

一帘暮雨对青山。楼高翠袖寒。云帆遥落水西湾。银筝无意弹。　　金鸭冷,泪珠残。空庭红叶翻。鹧鸪飞去又飞还。人如秋梦阑。

夕阳庭院锁芭蕉。凉风和雁高。芙蓉红褪满江潮。金塘知路遥。　　罗袖薄,暖香消。歌梁空燕巢。添衣小立紫栏桥。凄清闻凤箫。

虞美人

廉纤断送荼蘼架。衣润笼香罢。鹧鸪啼处不开门,生怕落花时候近黄昏。　　艳阳惯被东风妒。吹雨无朝暮。丝丝只欲傍妆楼,却作一春红泪满金沟。

玉楼春

西园剩有黄花蝶。南浦惊飞红杜叶。秋来独自怕登楼,闲却吴绫双素袜。　　乱鸦啼起愁时节。料峭西风浑未歇。两行银雁十三弦,弹破梧桐梢上月。

临江仙

一曲画桥春水急,绿帆远挂斜阳。谁家艇子近垂杨。杏花新雨后,初浴两鸳鸯。　　暮暮朝朝来信准,教人无奈横塘。新愁恰与此平量。惯随明月上,更弄柳丝长。

蝶恋花

惨碧愁黄无气力。做尽秋声,砌满栏杆侧。疑是纱窗风雨入。斜阳又送栖鸦急。　　不比落花多爱惜。南北东西,没个人知得。昨夜小楼寒四壁。半堆金井霜华湿。

苏幕遮

花影深,帘额重。斗帐微褰,一枕香云拥。何事起来常懜忪。绣被红翻,颠倒思前梦。　　画楼高,香幕迥。几树垂杨,又被东风送。门外莺啼芳草动,独自开奁,检点钗头凤。

舒章与陈卧子同学齐名,诗古文辞,下及乐府声歌,连镳比驾,一时有"陈李"之目。易代之际,出处不同,遂让卧子独擅百世之名,君子惜焉。《仿佛楼词》一卷,与卧子酬唱而作,风情不在晏、欧下。《蓼斋词》入清后刻,颇事近慢,才力靡矣。今从《仿佛楼词》中录八首,犹有遗珠之恨。

龚鼎孳 四首　定山堂诗馀

点绛唇和林和靖咏草

帘外河桥,绿围裙带无人主。绣鞯行处。踏碎梨花雨。　　目送春山,南浦烟光暮。牵春去。柔肠无数。苏小门前路。

阮郎归

垂杨醉软紫丝鞭。隔桥芳草烟。送春泪洒落红边。莺愁五十弦。　　双鬟事,两湖缘。东风又一年。当歌莫奏断肠篇。而今怕可怜。

南乡子

罗袜锦茵重。叶叶铢衣不耐风。去似彩云来似梦。匆匆。肠断回廊细语中。愁倚画楼东。六曲屏山灯影红。月自徘徊花自笑,朦胧。孤负炉香彻夜浓。

小重山

长板桥头碧浪柔。几年江表梦,恰同游。双兰又放小帘钩。流莺熟,嗔唤一低头。花落后庭秋。蒋陵烟树下,有人愁。玉箫凭倚剩风流。乌衣燕,飞入旧红楼。

芝麓词,尤西堂盛称之,以为如"花间美人,自觉妩媚"。然余观《定山堂》一集,小令无多。构思造语,几于俗艳。且芜词累句,随在而是。录此四阕,犹不违典雅。

宋徵璧 五首

浣溪沙

小院沉沉春未央。大堤垂柳复垂杨。折来金线几多长。　　半卷画帘招乳燕,戏烧铜鸭试沉香。闲寻难字问檀郎。

醉花阴

豆蔻梢头花半吐。栏畔霏微雨。一炷水沉香,六曲银屏,人在深深处。　　绿纱窗递春莺语。密约防鹦鹉。无语暗销魂,翠幕朱楼,横锁相思去。

浪淘沙

银蜡一重重。宝鸭香浓。珠帘和月照朦胧。戏赌荔枝翻玉局,愁听疏钟。　　红袜系酥胸。褥隐芙蓉。绿云轻与卸金虫。钗腻鬟松还不整,偏爱飞蓬。

小重山

滟滟红潮弄碧篙。莫愁双桨动,舞纤腰。凤皇台上共吹箫。从别后,弦管不曾调。　　烟雨散无聊。江山还突兀,锁金焦。春江花月可怜宵。隋堤上,杨柳自魂销。

青玉案

水晶帘动云屏展。奈庭际,红深浅。九十韶光风雨算。寻香池馆,踏青巷陌,不许人相见。　　安排肠断回娇盼。轳辘枝头春意乱。应是惜春增缱绻。深深蜂蝶,双双莺燕,辜负凭栏遍。

宋徵舆十首　凤想楼词

谒金门

风着力。吹散暮天云碧。树杪未收残雨滴。斜阳光几尺。　　归燕空梁对立。自说晴春消息。不卷一帘芳草色。香阶人断迹。

> 陈子高云:"小楼山几尺。"此胜之。

望江南和湘真二

思往事,都在酒杯中。罗帐幔悬金镜月,琼窗半锁玉箫风。残夜落轻红。　　无限意,花月自春秋。芳草半随游子梦,东风偏惹玉人愁。愁梦几时休。

浪淘沙

雁字起江干。红藕花残。月明昨夜照更阑。酒醒忽惊秋色近,回首重看。　　零落晓风寒。乡梦须还。凤城衰柳不堪攀。木落秦淮人欲去,无限关山。

> 《箧中词》作"回首长安",疑谭复堂所改,甚谬。

小重山

春流半绕凤皇台。十年花月夜,泛金杯。玉箫呜咽画船开。清风起,移棹上秦淮。　　客梦五更回。清砧吟塞雁,渡江来。景阳宫井断苍苔。无人处,秋雨落宫槐。

南乡子

睡起点青螺。愁落眉峰损翠蛾。人正断肠花又落,蹉跎。桃李何年对绮罗。　　朱碧暗消磨。恼乱横秋一寸波。病逐春来春自去,无多。几阵东风梦里过。

蝶恋花

宝枕轻风秋梦薄。红敛双蛾，颠倒垂金雀。新样罗衣浑弃却。犹寻旧日春衫著。

偏自断肠花不落。人若伤心，镜里颜非昨。兽误当初青女约。只今霜夜思量着。

> "人若伤心"句，即李长吉"天若有情天亦老"之意，《倚声集》《箧中词》均作"人苦伤心"，非也。

临江仙

红叶落时秋色尽，空山千里云平。人烟几点乱天晴。一湾流水急，半壁夕阳明。

月满枯林霜满地，西风过处无声。碧云楼上坐调筝。冰弦娇火凤，玉指放春莺。

> 秋色尽，原作"秋尽也"，今为改定。

青玉案

金塘雨涨轻烟滑。正柳陌、东风活。闲却吴绫双绣袜。满园芳草，一天花蝶，可奈人消渴。　　暗弹珠泪蜂黄脱。两点春山青一抹。好梦偏教莺语夺。落红庭院，夜香帘幕，半枕纱窗月。

江城子

珍珠帘透玉梨风。暮烟浓。锦屏空。胭脂万点，摇漾绿波中。病起看春春已尽，芳草路，碧苔封。　　漫寻幽径到吴宫。树青葱。石玲珑。朱颜无数，不与旧时同料得夜来肠断也，三尺雨，五更钟。

> 云间三宋齐名，乐府尤推小宋。子建入清不仕，史家列之明人。尚木集本未见，从诸选本中取录五阕。辕文与陈卧子、李舒章合刻《幽兰草》，揄藻扬芬，无可轩轾。云间词派，定于三家。自朱、厉尊南宋，佞姜、张，词风一转，知吾乡有宋氏昆季者，鲜矣。

高不骞四首　罗裙草

更漏子

酒初阑，鸦便起。月色半消衣袂。牵露柳，剪烟条。玉骢当户骄。　　枣林南，江水北。后夜孤眠山驿。菱叶港，藕花池。逢君又几时。

山花子

脉脉红颜淡晓霞。讲台南畔那人家。身似西泠苏小小，最夭斜。　　歌管夜阑声入细，画船归去拓窗纱。笑指山塘灯影里，数名花。

踏莎行

落日城隅，吹烟亭埭。澄澄碧浪铺绞绣。不须飞雨暗江村，风光已到重阳候。

白雁紫心，黄花在手。停桡且钓垆头酒。清歌一片武丘来，家家水阁垂红袖。

蝶恋花

帐底香残云梦歇。鹊转檐牙，影落西南月。一行短帘刚半揭，新寒衣袂新愁结。

隔柳遥闻江上楫。便欲拿来，渡口寻桃叶。临水栏杆空百折。销魂往事无人说。

高槎客与宋辕文同时。辕文寿止五十，槎客逾八十。《罗裙草》五卷，多南宋近慢，已入竹垞牢笼，盖晚年作也。右小令四阕，犹存北宋声情，则早岁里居所作，选家皆不取也。

张渊懿 七首　月听轩诗馀

归自谣

残月白。月下行人衣一色。金鞭玉勒垂杨陌。　　重帘未卷重楼寂。空相忆。分明有梦巫山隔。

双调望江南 二

江南好，金谷少年游。劝我深杯偏放诞，嗔人小谑故娇羞。百唤不回眸。　　灯影里，微动眼波秋。销恨有心催点拍，为欢无计索藏钩。忍笑只低头。

江南好，永夜月初圆。锦帐簇红春似水，玉缸凝碧酒如烟。密坐近婵娟。　　更静后，烛影照谁边。悄地藏娇兜风犀，倩人扶醉觅花钿。来往翠屏前。

小重山

日染花枝露欲收。轻拢残鬓影，不梳头。晓风催燕出红楼。敧翠羽，闲语待帘钩。

无计送离愁。栏杆空倚遍，几时休。烟波摇荡渡前舟。杨柳外，春浪拍天浮。

临江仙

风卷乱鸦冲雾去，绮窗人对香篝。篆烟微袅画屏幽。半帘垂晓日，双笑隔朱楼。

惆怅不堪还极目，惜花翻为花愁。木兰船下水空流。暗催青鬓老，肠断白蘋秋。

蝶恋花

盘头鬓发新编缀。翠簇珠攒，压鬓香貂腻。宫样云袍长窣地。桃花细马玲珑辔。

窄窄锦靴银镫坠。面泽唇朱，秀色天然丽。不道客怀牵惹易。金鱼池上群游戏。

此咏满洲妇人也。当时新见，为闺词绝妙资料。

渔家傲

野草萋萋深百尺。远山一抹晴云积。午睡觉来愁似织。孤帆直。游丝绕梦飞无力。

古渡人家烟水隔。乡心撩乱垂杨陌。鸿雁自南人自北。风萧瑟。荻花满地秋江白。

砚铭小词,怀兰握荃,不落凡近。《清平》一选,所录多云间词家,残璧零珠,赖以不灭。亦云间词派之功臣也。《月听轩诗馀》一卷,在《百名家词抄》中,恐非全帙。小词无几,故不克多取。

魏学渠六首 青城词

阮郎归

雕栏曲槛雨丝丝。棠花三两枝。楼中叹息画帘低。含情知为谁。　罗袖薄,晓风吹。残红踏作泥。梁间双燕语斜晖。阮郎归不归。

画堂春

高楼暝色与云平。谁家偷弄银筝。西风初试粉香城。叶叶声声。　帘外新添蚕语,烟中偏肃鸿翎。枕前听碎不分明。总恨飘零。

柳梢青

花锁千门。昭阳日暖,燕语温存。采绿烟轻,采蘩风软,春去无痕。　万般惆怅谁论。空冷落、霓裳旧恩。鸾镜休妆,凤衾羞整,独立黄昏。

少年游

雨过重阳,柳桥月小,残雁送新凉。几日晴川,三旬沙市,无梦听更长。　秦筝写尽离人意,风急近潇湘。岭接吴云,江连越水,毕竟是他乡。

鹧鸪天

细雨廉纤翠欲浮。柳烟堤外弄丝柔。一枝残杏连人瘦,百茎幽兰入梦愁。　搴绣幌,倚妆楼。衔泥玉剪冻花邮。从今怕向长干望,催起春波拥泪流。

踏莎行

花落香堤,烟笼芳树。游丝不绾春风住。韶光一别便经年,经年情绪谁为主。　燕啄新苔,莺啼舞絮。销魂莫向登高处。远山只解送愁来,停云又断人归路。

子存《青城词》三卷,传本绝少。其词多至四百阕,小令居三之一。才力未济,瑕瑜间出。诸家选本,多略其令词,因采录六首传之。

清花间集卷二 吴兴 施 舍 蛰存 选定

蒋平阶 十二首 支机集

摘得新

陌上桑。归来满玉筐。新丝今夜络,锦梭忙。织成一匹光州绿,称郎长。

望江南二

歌舞罢,齐上内人斜。洗却残妆成暮雨,御沟红粉落桃花。流向阮郎家。

江南柳,三月暗秦淮。玉辇不归歌舞散,莺花犹绕凤皇台。残照独徘徊。

酒泉子

边草茫茫,正是晚秋时节。白沟沙,青海月,塞天长。 关山不断音书断。极目情何限。五更霜,千里雁,到衡阳。

醉公子

五月天山雪。千里交河月。战马一声嘶。征夫泪满衣。 频掉青丝拂。不到香泥陌。特为夺燕支。容颜非旧时。

菩萨蛮三

晚香深锁葳蕤钥。麝尘拂起双飞鹊。休更卷珠帘。晓来山雨寒。 霜丝轻蝶翅。织得回文势。还寄薄情夫。缄愁恨字多。

瑞香球子风前落。绣床十指萌如削。拂局斗龙牙。声声出绛纱。 倚栏寻艳耦。额上垂垂柳。隔坐眼相勾。横波入鬓流。

寒云一夜飞残雪。塞门万里伤离别。晓色上高台。北风吹雁来。 碧天秋望远。马首秋蓬卷。此夜忆长安。秦山对陇关。

河渎神

云梦楚天遥。黄陵庙口春潮。小姑红靺过斜桥。隔岸游人暗招。 银浪半帆风色暖。柳花飞雪香满。独上舞茵浑懒。画蛾愁对春晚。

虞美人二

紫金城外红铺绕。玉瓦参差照。两裆绣马出宫门。不似当年车驾幸宜春。 苑西夜猎归来晚。别殿笙歌缓。更阑何事上妆楼。只羡长安市上少年游。

白榆关外吹芦叶。千里长安月。新妆马上内家人。犹抱胡琴学唱汉宫春。 飞花又逐江南路。日晚桑乾渡。天津河水接天流。回首十三陵上暮云愁。

临江仙

禁苑花残春殿闭,玉阶芳草萋萋。露华空洒侍臣衣。景阳钟断,愁绝梦回时。
客里杜鹃归不去,一春长自孤飞。数声啼上万年枝。似将幽恨,说与路人知。

周积贤 八首　支机集

酒泉子 二

汉使不来,肠断纥干山色。雪霏霏,风瑟瑟,叶成堆。　　锦城回首秋萧瑟。不负刀
环约。旅书迟,征絮薄,雁飞回。

万里交河,流到长安乡国。泪痕长,鱼浪卷,枕雕戈。　　燕山春雪堆千尺。二月寒
烟碧。雁将归,花未白,戍城孤。

春光好

东风起,百花残。小楼寒。娇鸟一双、睡里隔帘看。　　何处玉笙吹断,数声飞上栏
杆。独枕龟兹愁梦短,泪空弹。

更漏子 二

玉笙寒,金雁促。惆怅谢娘心曲。窥海燕,听南鸿。画屏罗帐空。　　云鬟薄。翠
蛾落。愁对晚妆高阁。风又起,月将斜。漏声迟落花。

凤楼空,鸾镜暗。河上鹊桥初转。残穗落,晚屏孤。依依双鹧鸪。　　关山别。三
更月。塞管一声秋叶。空相忆,不相逢。两心如梦中。

浪淘沙

御柳拂宫墙。又自苍苍。一城山色接天黄。忽忆春花三十度,空带斜阳。　　绣瓦
落雕梁。尘锁纱窗。乌衣巷静晚风凉。旧日诸郎今跃马,无限韶光。

河传

屏外。春半。玉楼风晚。独倚棠梨,钿筐钗匣暗尘生,鸟空啼。马频嘶。　　凉州
旷野陇头水,三千里。半是相思泪。关山遥。空相忆。雨潇潇,恨迢迢。

虞美人

秦淮夜雨宫花掩。玉殿西风转。小楼吹彻笛声寒。梦断旧时歌舞恨漫漫。　　龙
车凤葆游何处。漏永人无语。几将孤影对秋华。回首暮云千里是天涯。

沈亿年十首　支机集

杨柳枝二

　　狂夫去岁下祁连。闻道胡儿入锦川。妾似上林台畔柳，朝朝三起夜三眠。

　　楼前初雨子规啼。郎行何日到辽西。可怜塞北音书断，处处杨花落满衣。

甘州子二

　　小朱媚镜照残红。沉水髻，露香浓。茂陵人老怯秋风。无语对墙东。琴台下，花雨落芙蓉。

　　晚风叶落禁城秋。霜月冷，雁初收。残妆夜夜上朱楼。河汉转西流。箫声断，魂梦到凉州。

玉蝴蝶二

　　金沟微雨初晴。何处按歌声。细草长空阶，飞蛾影鬓轻。　　纤腰初学舞，茜袖暗尘生。薄幸最关情。昭阳月又明。

　　雁门衰草萋萋。风雨湿征旗。莫上白登台，乡城望又迷。　　胡笳吹不断，漏永雁声低。终日数归期。年年征戍儿。

恋情深

　　玉镜秋风帘幕重。泪痕相送。锦筵回首烛生枝。暗相悲。　　黄河曲岸草萋萋，征马倦长嘶。莫向卓家池馆卖蛾眉。

卜算子

　　秋雨蓼花红，海燕双双度。明月楼中梦未阑，千里江南路。　　芳草绿将残，锦水朝还暮。十二栏杆断客愁，点点黄昏雨。

秋波媚二

　　宝鸭香消翠被寒。斜月小栏杆。丁香舌吐，夫容粉薄，豆蔻花残。　　更阑未解欢情足，愁黛损眉弯。只凭好梦，朝朝暮暮，飞过巫山。

　　楼外残阳过雨痕。烟缕欲黄昏。乱鸦数点，归鸿几阵，绿水孤村。　　天寒不耐春衫冷，无语对芳尊。卷帘人似，芭蕉泣露，杨柳愁春。

　　　　蒋大鸿才艳古锦，节劲苍松，入清以后，自韬文采，惟以青鸟之术，闻于吴会。《支机》一集，久无传本。余从龙榆生假抄之，乃知为师弟子三家合集。专攻小令，格韵甚高。边塞诸作，雁唉笳咽，当以王龙标、岑嘉州目之。大鸿《临江仙》一阕，允推绝唱。觉鹿太保"金锁重门"之作，犹逊其沉郁。余选三子词三十首，以为其高者骎骎乎欲夺《花间》诸贤之席矣。

严绳孙四首　秋水词

山花子

人与青山共白头。犯寒帘控小银钩。一树垂杨扶不起,压春愁。　眼底生涯都未是,天边凝望几时休。欲倩玉骢驮醉去,病青楼。

南歌子

积润初消砌,轻阴尚覆城。蔷薇花外度流莺。都道年来、浑是不关情。　青镜人如昨,朱弦手尽生。断肠天气旧池亭。梦里红香、清露泣三更。

鹧鸪天

不合尊前唱竹枝,天涯赢得梦来迟。鹍弦唤起三更月,一缕花风冒断丝。　多少事,只心知。又拈红豆记相思。而今牢落青衫泪,谁似浔阳夜泊时。

临江仙

试问吴宫人去后,绮罗多少星霜。一声渔笛散横塘。虎丘今夜月,犹为照真娘。　记得霓裳花底见,春风几度思量。生公石上旧年芳。夜寒莲漏永,清影在回廊。

荪友词在清初身价甚高。厉樊榭更有"独有藕渔工小令,不教贺老占江南"之誉。乃使《秋水》一集,如泰华三峰,揭芙蓉于天外。余从事此集,初以为《秋水》集中,必俯拾即是。雒诵三过,始惊当时诸家皆过为标榜,不堪取信。其词意不能隐,境不能深,辞不能俊,句不能古。录此四阕,已得白眉。

毛奇龄十二首　毛检讨词

南乡子二

赛起祠丛。木棉花发野椒红。记得丁郎山下路。敲铜鼓。九孔红螺遮面舞。　卢橘催酸。风生蒌叶瘴烟寒。自卖明珠归极浦。心苦。白氎单衫着秋雨。

《花间集》中《南乡子》有二体。欧阳舍人以四字句起,李秀才以三字二句起。此用欧阳体也。欧阳作八阕,惟第三阕第四句二字,疑祖本偶夺一字,后世沿误,遂又分二体。西河此二首,并规抚之,盖有所本也。

甘州子

银床金井晓啼鸦。帘额上,衬红霞。同心栀子夜开花。和露折来斜。无好意,送与谢娘家。

江城子二

日出城头鸡子黄。照红妆。动江光。采莲江畔,锦缆藕丝长。欲问小姑愁隔浦,长独处,久无郎。

　　赭门东上海潮青。古西陵。雨冥冥。越王宫女,着屐在樟亭。亭下教兵遗竹矢,秋日晚,堕鸦翎。

长相思

　　长相思,在春晚。朝日曈曈熨花暖。黄鸟飞,绿波满。雀粟衔素珰,蛛丝断金剪。欲着别时衣,开箱自展转。

女冠子二

　　碧箫初弄。暗想秦楼双凤。几多情。玉锲分芦节,金箱贮枣饧。　　蕉花含秘阁,松影落层城。谁捣玄霜尽,见云英。

　　赤城紫府。闲贮玄珑妃女。小仙才。节拥蓝丝葆,冠抽绿玉钗。　　蜂房融日粉,蝶梦绕天涯。何事刘郎去,不归来。

河渎神

　　楚雨歇残阳。满庭新月潇湘。松花湿影坠山黄。帝女花竿庙旁。　　瑶瑟洞箫来极浦,风吹桂酒椒浆。夜半烟含翠敛几,人能上高唐。

山花子二

　　蝉翅宫绡傅体寒。琵琶掩面夜歌阑。插得钿头新拨子,是红蛮。　　隔舍紫姑星会浅,开门乌臼雨啼残。曾卜金钱今始验,拆和单。

　　小院风摇九子铃。临河长对牸牛星。欲上玉机愁杼短,织难成。　　掷缕烛翻娇凤出,萦丝泪尽湿花生。谁道锦文无样子,看回程。

鹧鸪天

　　绛帐迢迢结作云。东风吹皱石榴纹。芙蓉弄色调金粉,蛱蝶寻双认绣裙。　　花羃羃,思纷纭。游车归去日斜曛。不知唱得难忘曲,十二钗边若个闻。

　　　　右毛检讨词十二阕,可与李波斯比美。而取境之高,直是南朝清商曲辞。陈亦峰乃讥其"造境未深,运思多巧",殆不知词之本源者。

陈维崧四首　湖海楼词

女冠子

　　黄绡剪就。慵上鸳机刺绣。镇葳蕤。水绿青溪庙,花红白石祠。　　愔愔春似梦,漠漠雨如丝。仙洞胡麻熟,有谁知。

摊破浣溪纱

绮疏六扇掩玻璃。花影罥罳漾袼衣。学绾翻荷新样髻,日将西。　　有恨篝前银鸭睡,无情筝上钿蝉啼。独对水仙花絮语,太凄迷。

河渎神

湖上水连天。湖光卷尽寒烟。玉娥一去几千年。镇日凝妆俨然。　　漠漠雨丝飘碧瓦。人在女郎祠下。一树红梨开谢。明朝又是春社。

镇,原作"尽",重出,故改之。

少年游和柳屯田

奉诚园内小斜桥。曾记近花朝。簸钱庭院,筑球天气,春草绿裙腰。　　而今不道心情换,飘泊堕江皋。眼底人疏,心头事满,斜凭木兰桡。

余搜《湖海楼词》,得此四阕,录以示人,不知其为迦陵作也。此皆早年笔墨,无让秦、柳。中年以后,牢落不偶,长歌当哭,羽声慷慨,不复有此情韵矣。

清花间集卷三　　吴兴　施　舍　蛰存　选定

朱彝尊十二首　　曝书亭词

桂殿秋

思往事,渡江干。青蛾低映越山看。共眠一舸听秋雨,小簟轻衾各自寒。

忆少年

飞花时节,垂杨巷陌,东风庭院。重帘尚如昔,但窥帘人远。　　叶底歌莺梁上燕。一声声、伴人幽怨。相思了无益,悔当初相见。

画堂春

东城朝日乱啼鸦。雨晴芳草天涯。轻尘初碾一痕沙。何处香车。　　春水青罗带缓,春山碧玉簪斜。春风依旧小桃花。花外谁家。

柳梢青

金凤城偏。沙攒细草,柳擘晴绵。九十春来,连宵雁底,几日花前。　　禁他塞北风烟。虚想像、南湖扣舷。梦里频归,愁边易醉,不似当年。

太常引

美人曾寄翠琅玕。无计报青鸾。日暮碧云寒。却似隔、千山万山。 几回明月，一声玉笛，消息陇头难。小凤绾双鬟。又何处、春风画栏。

少年游

清溪一曲板桥斜。杨柳暗藏鸦。旧事巫山，朝云赋罢，梦里是天涯。 而今追忆曾游地，无数断肠花。塘上鸳鸯，梁间燕子，飞去入谁家。

风蝶令

南浦山无数，东城月乍悬。离堂筝语烛花偏。愁杀斜飞金雁十三弦。 漳水流残雪，丛台散晓烟。酒家疏雨杏花天。系马红楼深处阿谁边。

卖花声

衰柳白门湾。潮打城还。小长干接大长干。歌板酒旗零落尽，剩有渔竿。 秋草六朝寒。花雨空坛。更无人处一凭栏。燕子斜阳来又去，如此江山。

玉楼春 二

虫虫本爱穿花径。改席回廊翻道冷。歌时小扇拍犹嫌，醉里香肩凭未肯。 情知并坐无由并。且喜眉梢远相映。待他月上烛斜时，压住影儿应不省。

残霞散尽鱼天锦。卧柳门前萍叶浸。画梁尘暗燕空归，露井风多蛩未寝。 悲秋楚客今逾甚。那有闲情捱夜饮。屏山凝睇已无存，何况玉锼金带枕。

南楼令

垂柳板桥低。娇莺着意啼。正门前、春水初齐。记取鸦头罗袜小，曾送上，窅娘堤。 花底惜分携。苔钱旧径迷。燕巢空、落尽芹泥。惟有天边眉月在。犹自挂，小楼西。

蝶恋花

十里雷塘歌吹沅。柳巷人家，蘸水鹅黄浅。游子春衣都未换。钿车早已东城遍。 妆冷罢遮蝉雀扇。最恨微风，不放珠帘卷。斜露翠蛾刚半面。心飞玉燕钗头颤。

竹垞论词，力主南宋。所作亦刻意姜、张。会云间凋敝，流荡郑卫。登高一呼，遂开浙派。陈、夏遗风，自此衰歇。然其小词，犹宗汴京。黄九固非所师，要亦尚在秦七门下。

丁 炜 八首 紫云词

荷叶杯

水榭凉飙初举。无暑。翠樽开。红蕖香暖递娇语。溪女采莲回。

桃花水

绣阁红栏临水静，似当时。兰棹舣。犹记。搴香帷。觑画远山眉。小桃飞。笑题纨人面非。缄愁好寄谁。

点绛唇

翠帐惛惛，檐铃惊掣梨云断。海棠庭院。风飐胭脂乱。　　怕说春残，懒拾残红看。空凄惋。柔情千段。付与闲莺燕。

诉衷情

胭脂冷落六朝妆。苔井久荒凉。休问景阳宫殿，禾黍满宫墙。　　怀晋宋，忆齐梁。总堪伤。一双社燕，几阵昏鸦，过尽斜阳。

南唐浣溪沙

倦理新妆掩镜函。凤钗斜軃鬘髻犹衔。闲摘緗桃盈素手，未忺簪。　　愁无着处鬘偏媚，娇欲生时笑带慭。乱嚼绣残茸彩线，唾郎衫。

四和香

帘幕低垂归燕晚。芳草瑶阶软。翠浪鸳衾愁独展。嫌冷月、雕疏满。　　咫尺朱楼天样远。夜永销香篆。玉漏春声花外换。正别院、笙歌转。

河传

银屏秋冷。满庭凉月，一帘花影。凭栏罗袖怯霜风。惺忪。数声雁度空。　　南楼目断江云素。西泠路。锦字经年误。旧崔徽。损香肌。君归。画图人是非。

鬓云松

碧帏深，绡被暖。到枕流莺，只向梦中唤。日莹小屏宫锦灿。帘外遥山，一抹烟鬟乱。　　倒红螺，遗翠钿。昨夜歌喉，累累珠成串。满院绿阴人不见。风飐柔红，隐约桃花面。

　　莆田二丁，才情自以雁水为胜。《紫云词》中，小令皆有可观。选调琢句，一意高古，蒋大鸿、毛西河之俦也。

钱芳标十二首　湘瑟词

何满子

巢燕欲辞青琐，渚莲旋褪红衣。光景暗催期又过，可堪独宿空帏。怕上沉香小阁，照人三五清晖。

昭君怨

尽日倚楼凝眄。何处暮天新雁。书到亦愁余。况无书。　　暗想幽期密意。不信抛人容易。纵使负侬心。忆君深。

女冠子

玉笙吹彻。人坐瑶台秋月。碧天空。怅望银河影，沉吟桂树丛。　　袜纤应怯露，衫薄不禁风。咫尺蓬山路，信难通。

诉衷情

香醪停盏曲停筝。残蜡卸春檠。屏六扇，箭三更。珊枕绿云倾。　　何处啭新莺。欠分明。流苏影里动朱樱。诉衷情。

赞浦子

井畔桐初乳，闺中草正薰。小轴双文像，轻绡百褶裙。　　只拟梦随飞絮，谁知月堕重云。讳道从来瘦，支离不为君。

谒金门

春欲暮。绿遍烟郊千树。好雨如酥吹复住。软红初涤处。　　万叠吴山愁绪。半月蓟门羁旅。重向客中为客去。那禁身似絮。

忆少年

小屏残烛，小窗残雨，小楼残梦。铢衣已烟散，只蘅芜香重。　　锦瑟华年愁里送。便凄凉、也无人共。伤心白团扇，画秦楼箫凤。

阮郎归

后堂丝雨酿春寒。金泥帘额闲。霏微香雪扑朱栏。梨花开又残。　　慵傅粉，懒匀檀。两蛾行坐攒。不知瘦损玉琅玕。生憎衣带宽。

隔溪梅令

富林桥外水风多。送菱歌。隔岸秋山，婉娈列双蛾。晚晴添黛螺。　　淡妆人住小烟波。泛金荷。醉后灯前、怀里脱纤罗。浅红生笑涡。小烟波，舫名。

河渎神

门闭藕花中。水烟一望濛濛。仆碑苔涩隐秋虫。坏旗犹贴灵风。　　庙前系艇谁家女。晚沙重酹椒醑。歌罢竹枝无语。神鸦千点飞去。

少年游

秋风秋雨,闲愁闲闷,罗幌梦回迟。着背寒轻,透帘香细,初试夹衣时。　玉人去处无消息,虚馆碧苔滋。枕畔韶容,夜阑私语,一一费寻思。

河传

南浦。薄暮。水烟微。女伴湔裙未归。野棠风多红渐稀。飞飞。故沾金缕衣。惆怅行人断消息。泪暗拭。妒煞双鸳翼。赤栏桥。碧柳条。兰桡。来须趁晚潮。

　　莼鲛《湘瑟词》四卷,亦惟小令可观。近慢犹嫌拘滞。右所录十二首,皆有唐人风致。《忆少年》一阕,选家多称之。谭复堂谓"源出义山"。陈亦峰谓"雅丽语能入幽境"。余则尤赏其《赞浦子》歇拍二句,非大笔力不能承上。

彭孙遹 八首　延露词

浣溪沙

蝉翼裁成称体衣。妍和风日燕交飞。远山泓黛一行低。　雨滴樱桃随泪落,心缄豆蔻怯人知。残莺新絮断肠时。

卜算子

又报玉梅开,笑泥青娥饮。去岁留心直到今。醉里如何禁。　身作合欢床,臂作游仙枕。打起黄莺不放啼,一晌留郎寝。

柳梢青

何事沉吟。小窗斜日,立遍春阴。翠袖天寒,青衫人老,一样伤心。　十年旧事重寻。回首处、山高水深。两点眉峰,半分腰带,憔悴而今。

少年游

花底新声,尊前旧侣,一醉尽生平。司马无家,文鸳未嫁,赢得是虚名。　当时顾曲朱楼上,烟月十年更。老我青袍,误人红粉,相对不胜情。

鹧鸪天 二

兰吹和烟细不闻。红蕤梦冷浸香云。大垂手处千金意,小比肩时两玉人。　珠有晕,玉无痕。怎生消得许多春。愿将巫女峰头月,形影团来并一身。

上社桥头闹彩千。黄鹂巷口按歌年。当筵渌酒从无误,隔坐抛钩绝可怜。　良宴会，好因缘。玉儿颜色雪儿弦。别来多少伤心句，写付吴中水碧笺。

玉楼春

淡烟斜日长亭暮。难得韶光容易度。江南无限断肠花，枝上东风枝下雨。　萋萋芳草伤心路。一片云帆天外度。人从春色去边来，舟向梦魂来处去。

行香子

小院残春。金锁重门。花阴里、橘子回纹。弹琴清夜，待月黄昏。想那时情，那时事，那时人。　三年一瞬，两情千里，似蓬科、飘泊江村。凄凉玉柱，惨淡金尊。看灯如雨、雨如梦、梦如尘。

彭十艳词，一时传唱，亦颇招谤议。其失在蕴藉不足。幸笔力犹能自持，免堕淫哇。余录其稍厚重者。《卜算子》一阕，是其名作，不可不取，然而危矣。

曹贞吉 六首　珂雪词

浣溪沙 二

几曲清溪泛画桡。绿杨深处见红桥。酒帘歌扇暗香销。　白雨跳波荷冉冉。青山拥髻水迢迢。三生如梦广陵潮。

水过雷塘呜咽流。繁华人逝几经秋。二分明月自扬州。　玉树歌来犹有限，锦帆牵去已无愁。平山堂下是迷楼。

鹧鸪天

门里桃花想去年。几回惆怅晚风前。馀情难续云蓝袖，旧恨仍留唾碧衫。　双泪落，一灯悬。魂销只有梦相关。生平怕近楸纹局，才到中心不忍弹。

南乡子

双燕坐雕梁。软语呢喃昼自长。掠水蹴花飞不定，过墙。乱剪春芜故故忙。　新月淡昏黄。柳絮池塘夜未央。落尽香泥人不见，回翔。错认谁家白玉堂。

木兰花

蘼芜一剪城南路。弱絮随风乱如雨。垂鞭常到日斜时，送客每逢肠断处。　悁悁门巷春将暮。树底蔫红愁不语。画梁燕子唾方浓，落尽香泥却飞去。

添字渔家傲

急雨携将秋色至。门掩西风，早是愁滋味。漠漠湿云云树里。偏垂地。晚山一带烟螺髻。　　茉莉宵凉还放蕊。穿瓦云飞，隐壁虫声细。归梦乱如春絮起。书空寄。迢迢银汉人千里。

　　升六词，白雨斋极称之，以为"清初诸老中最为大雅。才力不逮朱、陈，而取径较正"。余以为此言似过。《珂雪词》疏快自然，不事雕饰，是其所长。而短亦在此。大雅犹未，况最乎。集中令词不多，选录六首，是其有雅韵者。

董　俞 四首 玉凫词

杨柳枝

　　愁绝萧郎音信稀。梦中归。画帘风动六铢衣。篆烟微。　　小园闲却秋千索。桐花落。最怜斜日燕双飞。怨春晖。斜日，原作"白昼"。

丑奴儿令

　　年年肠断青溪路，燕子矶头。暂系扁舟。飞尽寒云水自流。　　六朝旧恨斜阳里，无数沙鸥。莫上高楼。叶叶丹枫赚客愁。

桃源忆故人

　　玉骢肯住人难住。漠漠征尘何处。只有芳魂似絮。飞向阳关路。　　绿蕉影里双鬟语。梦断风流无据。屈指凤城人去。几度纱窗雨。

双调望江南

　　枫桥路，烟水正迢迢。欲向东君寻旧约，渚花岩月两无聊。孤负是春宵。　　人何在，独倚赤栏桥。遥忆去年樱笋候，画船红烛听吹箫。往事更魂消。

　　玉凫小令，彭羡门盛称之。浑厚胜彭，微嫌意境直露。《词综》录其小令三首，皆余所汰。《词雅》录七首，惟一首与余所取同。见仁见智，读者当自得之。

清花间集卷四　吴兴　施　舍　蛰存　选定

纳兰性德 二十一首 纳兰词

浣溪纱 二

　　凤髻抛残秋草生。高梧湿月冷无声。当时七夕有深盟。　　信得羽衣传钿盒，悔教罗袜送倾城。人间空唱雨淋铃。

　　肠断斑骓去未还。绣屏深锁凤箫寒。一春幽梦有无间。　　逗雨疏花浓淡改，关心芳草浅深难。不成风月转摧残。

又二

欲寄愁心朔雁边。西风浊酒惨离筵。黄花时节碧云天。　　古戍烽烟迷斥堠，夕阳村落解鞍鞯。不知征战几人还。

身向云山那畔行。北风吹断马嘶声。深秋远塞若为情。　　一抹晚烟荒戍垒，半竿斜日旧关城。古今幽恨几时平。

菩萨蛮二

窗间桃蕊娇如倦。东风泪洗胭脂面。人在小红楼。离情唱石州。　　夜来双燕宿。灯背屏腰绿。香尽雨阑珊。薄衾寒不寒。

春云吹散湘帘雨。絮粘蝴蝶飞还住。人在玉楼中。楼高四面风。　　柳烟丝一把。暝色笼鸳瓦。休近小栏杆。夕阳无限山。

好事近

马首望青山，零落繁华如此。再向断烟衰草，认藓碑题字。　　休寻折戟话当年，只洒悲秋泪。斜日十三陵下，过新丰猎骑。

清平乐二

风鬟雨鬓。偏是来无准。倦倚玉栏看月晕。容易语低香近。　　软风吹过窗纱。心期便隔天涯。从此伤春伤别，黄昏只对梨花。

凉云万叶。断送清秋节。寂寂绣屏香篆灭。暗里朱颜消歇。　　谁怜散髻吹笙。天涯芳草关情。懊恼隔帘幽梦，半床花月纵横。

摊破浣溪纱二

欲语心情梦已阑。镜中依约见春山。方悔从前真草草，等闲看。　　环佩只应归月下，钿钗何意寄人间。多少滴残红蜡泪，几时干。

昨夜浓香分外宜。天将妍暖护双栖。桦烛影微红玉软，燕钗垂。　　几为愁多翻自笑，那逢欢极却含啼。央及莲花清漏滴，莫相催。

鹧鸪天四

独背残阳上小楼。谁家玉笛韵偏幽。一行白雁遥天暮，几点黄花满地秋。　　惊节序，叹沉浮。秾华如梦水东流。人间所事堪惆怅，莫向横塘问旧游。

雁帖寒云次第飞。向南犹自怨归迟。谁能瘦马关山道，又到西风扑鬓时。　　人杳杳，思依依。更无芳树有乌啼。凭将扫黛窗前月，持向今朝照别离。

别绪如丝睡不成。那堪孤枕梦边城。因听紫塞三更雨，却忆红楼半夜灯。　　书郑重，恨分明。天将愁味酿多情。起来呵手封题处，偏到鸳鸯两字冰。

冷露无声夜欲阑。栖鸦不定朔风寒。生憎画鼓楼头急,不放征人梦里还。　　秋淡淡,月弯弯。无人起向月中看。明朝匹马相思处,知隔千山与万山。

临江仙四

长记碧纱窗外语,秋风吹送归鸦。片帆从此寄天涯。一灯新睡觉,思梦月初斜。便是欲归归未得,不如燕子还家。春云春水带轻霞。画船人似月,细雨落杨花。

六曲栏杆三夜雨。倩谁护取娇慵。可怜寂寞粉墙东。已分裙衩绿,犹裹泪绡红。曾记鬓边斜落下,半床凉月惺忪。旧欢如在梦魂中。自然肠欲断,何必更秋风。

飞絮飞花何处是,层冰积雪摧残。疏疏一树五更寒。爱他明月好,憔悴也相关。最是繁华摇落后,转教人忆春山。湔裙梦断续应难。西风多少恨,吹不散眉弯。

带得些儿前夜雪,冻云一树垂垂。东风回首不胜悲。叶干丝未尽,未死只颦眉。可忆红泥亭子外,纤腰舞困因谁。如今寂寞待人归。明年依旧绿,知否系斑骓。

蝶恋花二

又到绿杨曾折处。不语垂鞭,踏遍清秋路。衰草连天无意绪。雁声远向萧关去。不恨天涯行役苦。只恨西风,吹梦成今古。明日客程还几许。沾衣况是新寒雨。

萧瑟兰成看老去。为怕多情,不作怜花句。阁泪倚花愁不语。暗香飘尽知何处。重到旧时明月路。袖口香寒,心比秋莲苦。休说生生花里住。惜花人去花无主。

容若情真性厚,小词声色窈丽,哀乐无端,非晏欧所能限,况方回乎? 篇什既富,珠玉焜耀,亦不当屈居李重光下。谓为唐五代以来一大家,可以无忝。云间词派,方当消歇之时,忽有满清华胄,远绍弓裘,陈卧子地下有知,亦当额庆。

王士禛十二首　衍波词

浣溪纱二

柳暖花寒雨似酥。流莺和梦觉来无。东风料峭卷虾须。　　欲觅潇湘屏上路,楚山如黛少双鱼。口脂慵点镜中朱。

小院蘼芜欲作丛。秋千池畔画堂东。日斜莺啭谢娘慵。　　情思泥人何处去,碧桐阴里小帘栊。玉钗微堕髻鬟松。

又三

北郭清溪一带流。红桥风物眼中秋。绿杨城郭是扬州。　　西望雷塘何处是,香魂零落使人愁。淡烟芳草旧迷楼。

白鸟朱荷引画桡。垂杨影里见红桥。欲寻往事已魂销。　　遥指平山山外路,断鸿无数水迢迢。新愁分付广陵潮。

绿树横塘第几家。曲栏杆外卓金车。渠侬独浣越溪纱。　　浦口雨来虹断续,桥边人醉月横斜。棹歌声里采菱花。

减字木兰花 步鲁州韵

　　纱窗梦起。极目玉关人万里。斜绾千条,自古销魂是灞桥。　　春阴不尽,除却残莺谁借问。陌上楼前,销得香闺几日怜。

南乡子

　　小婢弄香奁。宫饼笼中几个添。细雨如尘人乍醒,纤纤。榆荚缒墙水半淹。　　晓漏报琼签。鹦鹉惊寒促下帘。愁锁眉峰慵对镜,厌厌。空说吴娘笑是盐。

踏莎行 和云间诸公春闺二首

　　芍药红酣,蘼芜碧露。罗帏难把春寒护。知他何处送愁来,春来却是愁来路。莺燕多情,芳菲易度。才销几度黄昏雨。朝来不忍卷帘看,落花片片辞人去。

　　燕补新巢,花开旧树。经时不到南园路。水晶帘额又斜阳,风前阵阵飘香絮。已怕春来,又愁春去。锦屏绣幕留春住。为谁僝僽为谁怜,红颜半是青春误。

小重山 和湘真二首

　　行云如梦梦如尘。秣陵惆怅事,最伤心。当年琼树照临春。燕支井,犹带落花痕。芳草碧氤氲。旧时朱雀桁,几回新。青溪休赛蒋侯神。风景换,红泪上罗巾。

　　梦里秦淮清夜游。银罂檀板地,几经秋。青溪如带掌中流。三十曲,曲曲木兰舟。锦瑟伴箜篌。春江花月里,不曾愁。折梅何日下西洲。音信断,愁上阅江楼。

蝶恋花 和漱玉

　　凉夜沉沉华漏冻。歌枕无眠,渐听荒鸡动。此际闲愁郎不共。月移窗罅春寒重。忆共锦裯无半缝。郎似桐花,妾似桐花凤。往事迢迢徒入梦。银筝断绝连珠弄。

沈岸登 八首　黑蝶斋词

点绛唇

　　花下重门,石栏题遍游人句。暮云春雨,只少江南树。　　小小红楼,旧是吹笙处。

愁凝伫。杜鹃无语。谁劝春归去。

浣溪沙

自在珠帘不上钩。篆烟微润逼香篝。薄罗衫子叠春愁。　　乳燕寒深浑不语,落花风定也难收。谢娘且莫倚西楼。

采桑子

桃花马首桃花放,小雨初收。草绿山邮。春色年年独自愁。　　东风一带河桥柳,柳外朱楼。不上帘钩。定有愁人楼上头。

减字木兰花

双莲髻绾。绝胜羊家张静婉。帘影重重。映取冰绡淡未浓。　　玲珑骰子。一点芳心堪比似。剪水横波。得近樽前分已多。

卖花声

三亩旧柴扉。一半疏篱。春来长是雨霏微。杨柳丝轻兰叶小,鸂鶒双飞。　　花径未全非。乡梦依依。天涯兄弟几时归。可惜年年芳草色,绿遍渔矶。

临江仙

鸭嘴归帆蒲十幅,卷帘看遍青山。潮生潮落趁将还。晚云高绾髻,宿雨乱堆鬟。　　树色正迷京口渡,好风未到吴关。茫茫江月尽凭栏。照他人面白,携坐近银湾。

蝶恋花

是处梅花香近远。点点苔枝,漏泄春光浅。叹息年华看又换。踏歌声里扬州遍。　　睡起云屏山六扇。罗帐无人,一任东风卷。细马驮来娇满面。凭栏小语听犹颤。

江城子

隋堤系缆水平沙。板桥斜。那人家。记得门前,一树是枇杷。唤起当垆同对酒,红烛护,绿窗纱。　　津帆容易隔峰霞。秣陵花。白门鸦。锦瑟凄凉,一度感年华。三十六鳞浑不见,惟有梦,到天涯。

　　覃九炼句下语,颇能闲雅,自是浙派高手。然朱竹垞称其"得白石之神明",毋乃过情之誉。白石、黑蝶,蹊径全别。白石隐秀,黑蝶流转;白石寄兴幽微,黑蝶意在言下。右小令八首,梅溪、碧山之亚。

李 符 四首　耒边词

巫山一段云

废苑苍苔里，残山白骨边。旧游如梦总凄然。况是晚秋天。　　垆散红腰女，空携买酒钱。蓴湾细火自年年，只有打鱼船。

减字木兰花

小楼春夜。玉鸭香焦灯欲灺。划袜星期。只有窥侬月姊知。　　愁机闷绣。半额轻鬈人别后。镜挂珊瑚。料得蝉云懒未梳。未，原作"去"。

好事近

梦里旧池塘，绿遍芊芊芳草。鸳径无人行处，更不闻啼鸟。　　冷香点地锦模糊，凤子会寻到。长日东风吹过，只乱红难扫。

柳梢青

前度芳游。裙腰草外，绿漾轻舟。渡口飞花，波心掠燕，人倚红楼。　　重来缓控嘶骝。悄不见、疏帘上钩。一镜空香，双螺斜照，都是春愁。

　　　　秀水二李齐名，小令则分虎为婉丽。然所作不多，未能多选。秋锦殊无警策，故遗之。

佟世南 四首　东白堂词

望江南

闲倚槛，螺翠淡眉尖。满院落花春昼静，一窗疏雨暮寒添。不病也恹恹。

谒金门

春寂寂。人似晓风无力。露湿残花飞不得。满阶红泪滴。　　骄马未回空碛。芳草又生南陌。十二栏杆和恨立。日斜山影直。

阮郎归

杏花疏雨洒香堤。高楼帘幕垂。远山映水夕阳低。春愁压翠眉。　　芳草句。碧云辞。低徊闲自思。流莺枝上不曾啼。知人肠断时。

山花子

芳信无由觅彩鸾。人间天上见应难。瑶瑟暗萦珠泪满，不堪弹。　　枕上彩云巫岫隔，楼头微雨杏花寒。谁在暮烟残照里，倚栏杆。

东白堂词仅得《百名家词抄》中一卷，恐非全帙。小词不多。惟此四首可录，冯、韦之亚也。

清花间集卷五　吴兴　施　舍　蛰存　选定

厉　鹗 十首　樊榭山房词

忆王孙

小秦淮映小红桥。兰舫重来酒未销。秋雨多从蝉鬓飘。梦迢迢。曾倚栏杆弄柳条。

点绛唇

节近清明，一池春绿蛙催雨。凭栏无绪。目送年芳去。　　拟剪湘天，不供笺愁句。相思苦。花无重数。红认斜阳暮。

浣溪沙

莎雨前宵打布帆。柳花今日扑征衫。催春杜宇怨春酣。　　天有心情云破碧，风无气力水挼蓝。销魂时节在江南。

菩萨蛮

斜红不暖凝酥面。春来未许春莺见。小凭侍儿肩。花寒人可怜。　　无言空拥袖。兰气薰花透。压鬓一枝斜。前身萼绿华。 压鬓，原作"鬖压"。

清平乐

风梭织雨。萍叶离根聚。水满兰桡应断渡。昨夜梦魂来去。　　春衫起样休宽。偷描一一轻鸾。将息酿花天气，凭他料理馀寒。

眼儿媚

横波一寸惹春留。何止最宜秋。妆残粉薄，矜严消尽，只有温柔。　　当时底事匆匆去，悔不载扁舟。分明记得，吹花小径，听雨高楼。

西江月

春浅初匀细黛，寒轻不上仙肌。玉楼花下见来迟。夜月深屏无睡。　　心倚红笺能说，情除青镜难知。试香天气惜香时。人静街痕如水。

卖花声

花月秣陵秋。十四妆楼。青溪回抱板桥头。旧日徐娘无觅处，芳草生愁。　　金粉一时休。团扇难留。媵人只有小银钩。句尾可怜书荡妇,似诉漂流。此词题《徐翩翩书扇》,徐自称金陵荡子妇。

思佳客

　　自琢新腔唱柳枝。段家桥外水仙祠。丝轻最在无眠处,腰弱尤看罢舞时。　　莺一啭,笛孤吹。碧波淡淡影依依。春风若为长条惜,应遣情人少别离。

蝶恋花

　　曲巷纸窗云色暮。节近黄花,又下凄凉雨。长记江南杨柳渡。孤篷剪烛曾听处。悔别翻将书信误。雁落吴天,已是愁难诉。今夜长安千万户,相思不为砧声苦。

　　樊榭学有馀,才未俊,得宋人三昧,去唐音一间。小令浑厚,可及子野、方回。近慢便有针缕迹。乃惑于竹垞之说,刻鹄姜、张,所得但能貌似。盖以学力拟古,非以才情言志也。

许宝善 六首

点绛唇

　　寒食东风,绿窗寂寞春无主。恼人情绪。几点梨花雨。　　柳弱云轻,水似流年度。长亭路。凄迷烟树。好梦无寻处。

菩萨蛮

　　绿窗春暖莺声急。风香露重梨花湿。早起理双眉,隔帘蝴蝶飞。　　翠鬟光掩映。玉貌花枝并。江岸柳如丝,断肠君不知。

阮郎归

　　一帘酥雨杏花残。罗衣生薄寒。小梅无力倚栏杆。怕看山外山。　　眉翠褪,泪痕斑。无端春又阑。生憎鸳梦醒时单。今宵和梦难。褪,原作"薄"。

蝶恋花

　　楼上珠帘楼下路。绿透芭蕉,红了樱桃树。为问闲愁馀几许。落花时节纷纷雨。　　一曲霓裳移雁柱。静掩纱窗,玉砌堆香絮。燕子不知春又去。巡檐依旧参差语。巡,原作"掠"。

唐多令

　　淡月上窗纱,香炉小篆斜。听高楼、曲奏琵琶。弹彻凄凉哀怨语,浑不管,客思家。　　宿雁起汀沙。愁人天一涯。寄孤踪、树绕寒鸦。最恨西风惊梦醒,吹细雨,落灯花。

临江仙

珠阁香消帘半卷,雨馀庭院凄清。一痕残月露华明。玉窗人静夜,银甲试秦筝。
调入关心眉暗锁,冰泉幽咽难听。哀弦传得美人情。落花相与恨,到地一无声。

乾隆季世,云间词派,已叹式微。郡中词人,多隶朱、厉麾下。惟许穆堂有起衰振废之志。其论词
以"雅洁高妙"为主。小令力尊唐音,谓"北宋已极相悬,南宋佳者更少。"所撰《自怡轩词选》八卷,是其
微尚所寄。自作词亦不为南渡后语。《自怡轩词》五卷,余求之未得,仅于诸家选本中录其六阕,恐未尽
其蕴。

张惠言 四首　茗柯词

相见欢

年年负却花期。过春时。只合安排愁绪送春归。　　梅花雪。梨花月。总相思。
自是春来不觉去偏知。

浣溪沙

山气清人远梦苏。海天摇白转空虚。马蹄不碍岭云孤。　　杨柳官桥通碧水,桃花
小市卖黄鱼。东风未起早阴初。

菩萨蛮

鹧鸪飞上罗襦绣。银屏春向鸳鸯透。香袅鬓花风,玉钗胡蝶红。　　柳丝千种碧。
窈窕吴山色。山色正如眉。销残春不知。

玉楼春

一春长放秋千静。风雨和愁都未醒。裙边馀翠掩重帘,钗上落红伤晚镜。　　朝云
卷尽雕栏暝。明月还来照孤凭。东风飞过悄无踪,却被杨花送微影。

张　琦 五首　立山词

菩萨蛮 四

横塘日日风吹雨。隔帘却望江南路。胡蝶惯轻盈。风前魂屡惊。　　栏杆人似玉,
黛影分窗绿。斜日照屏山。相思罗袖寒。
铜壶滴尽流苏月。紫骝嘶过垂杨陌。何处系香车。海棠三两花。　　门前波似镜。
门里参差影。照眼绿罗裙。画桡开白蘋。
九华帐里蓝田玉。六萌车上鸳鸯褥。结束最宜人。谁怜别样春。　　佳期浑未许。

轻把流年度。忍记海棠阴。误他头上簪。

　　游丝不骨飞花住。东风又逐飞花去。满眼落红多。日长人奈何。　　笙歌喧隔院。忍听流莺啭。独立夕阳时。问花花不知。

鹧鸪天

　　小玉殷勤为举觞。十年风月旧横塘。尊前流水桃花色,扇底春洲杜若香。　　欢易尽,意难忘。空馀幽恨系人肠。高楼望断天涯路,催得黄昏是夕阳。

　　　　皋文、翰风《词选》一编,树常州之帜,箴浙西之敝,议论正大,自是词苑程朱。止庵继起,《论词》一卷,足为羽翼。然三家自为词,篇什既少,才亦未济。张氏昆仲,聊录数阕。止庵小令,无可选者,竟阙焉。

董士锡 六首　齐物论斋词

浣溪沙

　　细雨催人却下帘。瓶花瘦损共厌厌。绣罗衫子懒教添。　　双鬓已迷鸾镜影,一春都隔凤鞋尖。此情耐可为开奁。

木兰花

　　一秋凉梦催离别。好与鸳鸯池畔说。落红愁对镜中鸾,拾翠记分钗上蝶。　　柳丝不作同心结。风雨连宵都未歇。玉阶何事最销魂,罗袜沉沉压新月。

蝶恋花 三

　　六曲屏山愁倚遍。碧海归来,不分红尘见。鬓雨钗风还扑面。两眉那记痕深浅。笑整罗衣横宝钿。笼到齐纨,乍忆圆圆扇。忽讶一身花影满。车轮自此禁千转。

　　明月帘栊垂夜永。雪后花前,瘦尽春风影。说与神方烦记省。愁人怕是还兼病。雨透芙蓉霜透镜。红袖扶来,历乱鲸珠冷。细语唤春春未醒。一丛凉叶敲金井。

　　山翠模糊融睡雪。未忍多看,那更分明别。满眼柔情携手说。花间苦认纤纤月。钿阁沉沉虮水咽。绿缕红芽,几度芳菲节。枝上暖风吹露屑。娇慵不解丁香结。

江城子

　　寒风相送山层城。晓霜凝。画轮轻。墙内乌啼,墙外少人行。折尽垂杨千万缕,留不住,此时情。　　红桥独上数春星。月华生。水天平。镜里芙蓉,应向脸边明。金雁一双飞过处,空目断,远山青。处,原作"也"。

　　　　周止庵叙《词辨》谓晋卿"初好玉田,久而益厌之",今观《齐物论斋词》,可知晋卿果问途碧山、玉田,而入于清真者。常州词论,能身体而实践之者,惟晋卿一人而已。功力俱在慢词,小令深婉微欠。

郭 麐 四首　灵芬馆词

点绛唇

雀舫青帘，放船最好葑门路。藕花香处。清露凉如雨。　　生小吴侬，只合吴城住。君休误。玉环人去。锦瑟华年暮。

浣溪纱

两叶眉儿晚黛低。两头月子画楼西。两重心字小蘋衣。　　永夜双星人独立，半年小别梦单栖。断无人处学含啼。

风蝶令

烟视双行近，兰情一见稀。入怀娇鸟故依依。只觉愁多意重语声微。　　手里题诗笔，床前织锦机。苏娘谢女是耶非。难忘一灯明处两眉飞。

卖花声

远水净圆沙。楼隐红霞。石城艇子小能划。闲向六朝山影里，去采蘋花。　　衰柳几丝斜。风帽低遮。旧时俊侣各天涯。何似郁金堂上燕，长傍卢家。

　　　　频伽词颇负盛名，《浮眉》一刻，尤为裙屐少年所好。其词不可谓不佳，然篇什既富，瑶珉间出，或意趣凡近，或辞不立诚。大词间架，时文气重。乾嘉间名家，此流最多。如蒋心馀、吴谷人皆是也。谭复堂云："词尚深涩，而频伽滑矣。"夫频伽之滑，不在于不能深涩，而在于不能清空。词尚深涩，此言实误。盖竹垞、樊榭之论，宋人初无此说。今选频伽小词四阕，其正声也。

汪世泰 八首　碧梧山馆词

忆王孙 二

生来眉扫远山秋。谁与题名唤莫愁。十丈红墙百尺楼。画帘钩。只许寒蟾照上头。　　舞鸾镜匣拂轻尘。睡鸭香炉换夕熏。梦里行云醒尚惊。不分明。一股琼钗枕畔横。

一痕沙

又是鲤鱼风急。盼断渡江兰楫。难道画漪桥。不通潮。　　潮落潮生夜夜。何处月明帆挂。孤负好凉天。拥愁眠。

浣溪纱

旧梦扬州最可怜。画船舣处水如天。玉箫吹破绿杨烟。　　曾隔帘衣通燕语，为弹泪雨湿筝弦。送春人去又经年。

菩萨蛮

霜波不动澄明镜。倚舷谁画惊鸿影。生小便工愁,眉横两叶秋。　　带宽娇不理。斜露金诃子。垂手拂冰丝。一行筝雁飞。

玉联环

银鸭夜寒相守。倦笼红袖。欹眠慵整鬓边鸦,悄不觉、金钗溜。　　数遍沉沉莲漏。梦遥香瘦。釭花只照影鼟腾,怎照出、眉痕皱。

西地锦

花影零星满地。被轻风扶起。月凉烟瘦残梦远,好愁人天气。　　遥盼秦楼天际。有音书难寄。江潮不过佛狸祠,况随潮双鲤。

虞美人

芭蕉叶上零星雨。滴碎离心苦。一般同是昨宵声。少个昨宵人坐便愁听。　　前尘昔梦拼抛却。不分思量着。谁挑雁足小银釭。又是孤花欲地影幢幢。

　　　　紫珊随园女夫,与兰村趋诣略同。吴山尊赞其词曰:"思态逸妍,音律中雅。语出于性情,旨归于忠厚。"此评可高可低,紫珊宜考中上。

袁　通 八首　捧月楼绮语

浣溪纱 二

镜里惊鸾有泪痕。枕边梦蝶影初分。春魂不暖倩香熏。　　乌骨帘遮花外路,鱼鳞钥锁月中门。略无消息又黄昏。

独向新亭放棹行。万条晴柳护娇莺。此间曾记送倾城。　　璧返珠还留后约,雨摇云散奈前生。寻思往事怕分明。条,原作"行"。娇,原作"新"。字复,故改之。

采桑子

石城艇子无情甚,只载春归。不载春来。城下桃花六度开。　　何时双舞秦楼凤,鬓恐霜催。梦与情乖。心似炉香未肯灰。

踏莎行

射鸭栏孤,藏鸦柳暗。白莲香里移桡缓。一重楼锁一重愁,楼中人影如天远。　　玟瑎梁空,郁金香散。苍凉芦雪随风卷。画篷摇兀破菰烟,惊他鸥梦波心断。

临江仙 四

记得木兰舟上坐。彩鸾初识文箫。篷窗温酒话深宵。一帆冲社雨,双桨剪春潮。

一自天涯成远别，匆匆十载萍漂。歌声怕听水仙谣。烟波天样阔，何处段家桥。

　　记得凉飙飘露叶，长宵人拥微醒。闲房曲曲掩银屏。吹灯添月影，抚笛荡秋声。

　　被熏金猊初试暖，不知斗柄西横。起来和梦下空庭。欲归还小立，花底数寒星。

　　记得初晴鸠妇雨，嬉春同上鸾车。双轮绕陌碾轻沙。紫骝如解意，宛转避飞花。

　　扑蝶会阑残照里，依依怕说还家。生增柳线趁风斜。回身招女伴，拂乱鬓边鸦。

　　记得欢场弹指别，迢迢远隔星河。通辞未敢托微波。感甄空有赋，得宝怕闻歌。

　　憔悴新添潘鬓雪，织愁难觅龙梭。年时谁伴病维摩。桃花和粥咽，心里葬春多。

　　　　随园未尝言词，嗣君乃以词名，*此其跨灶之术也。《捧月楼绮语》八卷，偶有凡俗，不失雅音。此所选八首，何尝不以韵胜。陈白雨谓："词有质亡而并无文者，则马浩澜、周冰持、蒋心馀、杨蓉裳、郭频伽、袁兰村辈是也。并不得谓之词也。"此则抑之太甚，非公论也。兰村、频伽，伯仲之间。心馀、蓉裳，质文兼逊。然视马浩澜、周冰持，犹有上下床之别，岂可一概视之。*

清花间集卷六　　吴兴　施　舍　蛰存　选定

周之琦 八首　金梁梦月词

诉衷情

　　锦幔。斜卷。春意懒。篆香微。人去后，杨柳又如丝。无语对花枝。依依。小园蝴蝶儿。恨来时。

阮郎归

　　昨宵同赋冶春词。芳襟暗共期。今朝却是送春时。红螺懒更持。　　来又恨，去还思。凄凉花一枝。哀筝弹损远山眉。此情金雁知。

喜迁莺令

　　绿飞绵，红退萼，芳景故凄迷。不堪花信到将离，刚是断肠时。　　金雁筝，钿雀扇。争似旧时曾见。情丝牵断梦魂中。枉自费东风。

风蝶令

　　唾碧凝恨重，流黄照影迟。姮娥依旧弄清辉。我自不曾真见月圆时。　　蝶恋前宵粉，蛛牵后夜丝。酒边心事问伊谁。除下镜光灯影少人知。

思佳客 四

　　检点娇红瘦几分。含情重问可怜春。谁教南浦愁中絮，却化西楼梦里云。　　吟翠管，步香尘。小栏花影易黄昏。从来怕见初弦月，才学蛾眉便学颦。

帕上新题间旧题。苦无佳句比红儿。生怜桃萼初开日，那信杨花有定时。　　人悄悄，昼迟迟。殷勤好梦托蛛丝。绣帏金鸭薰香坐，说与春寒总未知。

寂寞湘帘下玉钩。一春情景似残秋。粉消蕙帐情空寄，花褪兰钉恨未休。　　银凿落，钿篸篌。欢场那更问朱楼。双蛾已是生来浅，禁得西窗此夜愁。

梦语惺忪记未真。起来还倚退红茵。绿腰枉自翻新曲，蓝尾谁能惜好春。　　金剪歇，玉炉薰。懒将纤手试寒温。人间无着相思处，剩检罗衣看泪痕。

　　稚圭词选声琢句，极能工稳。小令风情骀荡，居然北宋雅音。大词赋情咏物，在玉田、蜕岩之间，微嫌生动不足。《心日斋词》全帙，寒斋未备，仅就《金梁梦月词》中录其八首。

汪全德 四首　崇睦山房词

谒金门

芳草怨。憔悴江潭绿遍。已过芳时人不见。孤舟春水远。　　落尽梨花小院。向晚重门深掩。才上银灯帘未卷。关情闻玉钿。

浪淘沙

天冷晚云低。碧与山齐。峭风移绿过长堤。一片伤心春水色，人在桥西。　　深竹远参差。烟柳凄迷。梅花开了隔墙知、一路暗香吹不断，兰棹归迟。

唐多令

春水细纹生。春云绿未成。趁东风、第几山程。溪上碧桃开又落，啼不住，过时莺。　　来日是清明。天涯节序惊。一年年、飞絮关情。南国不归春又晚，逢社燕，说漂零。

临江仙

疏钟忽破惺忪睡，迢遥深夜三更。空阶秋雨到天明。年年风叶落，不似夜来声。　　敲遍栏杆无限意，西窗重唤谁应。剪灯珍重此时情。过来成往事，去后即他生。

　　右四阕，崇睦山房高格也。临江仙歇拍二句，可称警策。

杨葆生 六首　过云精舍词

减字木兰花

芙蓉湖口。凉浅绿波蘋叶瘦。渚尾停桡。风飏飞花出画桥。　　晚晴天气。竹漏新蟾明湿翠。霞冕楼阴。小玉开帘按碧筝。

更漏子

泛兰桡,寻钿扇。微雨画桥波远。青屈曲,翠弯环。一痕烟外山。　　浪添纹,波皱玉。帆影乱摇云绿。临断岸,过前溪。水香菱叶齐。

隔溪梅令

碧窥菱鉴涨纹平。漾吴舲。漫向晓凉,妆镜见飞英。翠翘何处寻。　　红犀小扇趁新晴。野风轻。十里芰荷、香远石桥横。横塘潮自生。

柳梢青

江阔云寒,绿帆低处,船泊前湾。桃叶春波,蘋花暮雨,对面青山。　　送君别泪偷弹。人正在、红楼画栏。一曲银筝,几声玉笛,怕唱阳关。

荷叶杯

晚泊秋江烟浦。无语。人倚木兰桡。阴阴斜照伴吹箫。垂柳小红桥。　　一带玲珑妆阁。曲录。扇扇水云窗。吴姬唤艇采蘋香。溪畔绿沙凉。

木兰花令

绿香绣帐悬空雾。长夜阑珊梦幽素。凄凄风止修竹间,几点凉萤照秋雨。　　宝函香减玉衣寒,蜡树烟残掩琼户。楚魂愁谢泣枯兰,细管裁诗唱金缕。

　　伯夔小令,颇得唐音。慢词亦南宋高作。集中小令不多,录其六阕。《木兰花令》一章,诸选皆不取,惟谭复堂识之,许为金荃遗响。知音岂不难哉。

龚自珍 五首　定庵词

太常引

一身云影堕人间。休认彩鸾看。花叶寄应难。又何况、春痕袖斑。　　似他身世,似他心性,无恨到眉弯。月子下屏山。算窥见、瑶池梦还。

浪淘沙

别梦醒天涯。怊怅年华。怀人无奈碧云遮。我自低迷思锦瑟,谁怨琵琶。　　小字记休差。年纪些些。苏州花月是儿家。紫杜红兰闲掐遍,何处蘋花。

卖花声

帆饱秣陵烟。回首依然。红墙西去小长干。好个当垆人十五,春满垆边。　　如此六朝山。消此鸦鬟。雨花云叶太阑珊。百里江声流梦去,重到何年。

临江仙

一角红窗低嵌月，矮屏山簇罗纹。梨花情性怕黄昏。泪怜银蜡浅，心比玉炉温。

底事雏鬟慵不醒，冬冬虬箭宵分。起来亲手放帘痕。春空凉似水，西北有娇云。

青玉案

韶光不怨匆匆去。只怊怅、年华误。目断游丝情一缕。断桥流水，夕阳飞絮，可是春归路。　　楼头尽日还凝伫。欲诉闲愁向谁诉。蕙渚花飞天又暮。醒时如醉，醉时如梦，梦也何曾做。

定庵才气纵横，下笔不屑绳墨。通古今文学之变，信手自成馨逸。其词不唐不宋，非苏非辛。谭复堂引"发风动气"之喻，意亦在可否之间。余选定庵词五阕，与谭复堂及近人龙榆生所选无有合辙，读者参之。

沈传桂十二首　二白词

河渎神二

灵雨洒宫坛。芳树丛祠故山。神鸦飞近碧云还。绣旌珠珮珊珊。　　瑶瑟暮弹湘水曲。雾绡仙滕如玉。香醴暗倾兰渌。洞庭霜橘初熟。

箫鼓动归桡。江浦晴烟路遥。钱塘东望浪花高。画旗风卷寒潮。　　木叶斜飞烟翠滴。楚天乡梦相忆。金井素波犹湿。珮环谁访消息。

荷叶杯

唤起梦情花外。相对。闲坐理瑶筝。双蛾重扫麝煤轻。无语眼波横。　　锦帐玉屏灯影。人静。粉面任郎看。推帘斜倚月栏杆。衣薄不禁寒。

月中行

绿箫吹散楚台云。兰梦倩谁温。花开还似去年春。不见去年人。　　尊前试检罗衫袖，馀香在、泪墨无痕。小楼明月又黄昏。销尽别时魂。

满宫花

六朝春，三月雨。阑夜断魂来去。暮鸦啼尽倦萤飞，忘却禁花宫树。　　旧红妆，新翠缕。都付梵钟凄语。露凉犹自唱歌头，愁煞隔江商女。

江月晃重山

镜槛寒霏玉夜，衫篝暖熨兰晨。可怜时节可怜人。江南梦、花月不宜春。　　远道征铃飐雨，空房宝瑟侵尘。泪香红减别时痕。离巢燕、犹认旧朱门。

河传

村店。门掩。单衾小簟。寒深梦减。马嘶催发,衣上霜华万点。野风酸射脸。
客途。尘土。飘零久。从今后。倦折旗亭柳。人未还。秋又残。关山。定歌行路难。

鹧鸪天

秋雨丛台万树烟。已凉时节未寒天。弯弯月子潇潇雨,值得邮亭一夜眠。　　纨扇
底,翠尊前,钿筝弹怨向谁边。罗衫送尽飞花影,便是无情亦可怜。

玉楼春

困顿春眠愁欲醒。单衣伫立栖鸦暝。小梅初放笛声长,明月不来花气冷。　　廿四
番风催艳景。玉楼人倦窥妆影。天涯芳草未全青,蝴蝶一双飞不定。

临江仙

月子弯弯风仄仄,裓丝斜褭湘烟。熟梅时节摘樱天。春痕寻蝶外,客语寄莺边。
萼绿华来无定所,隔楼重见飞仙。似颦疑恨写眉笺。泪香千万点,弹上玉琴弦。

天仙子

莺外尖晴鸠外雨。染遍烟条千万缕。小楼东面水西头,人欲住。春难住。一架舞红
无觅处。　　婉晚年华飞迅羽。梦里馀欢能几许。三更明月五更风,春未去。人先去。
草草津亭离别语。

风入松

废花零叶送华年。弹怨向冰弦。罗绡倦写回文句,倚新寒、第几楼边。雁语鸣筝月
夜,乌啼抆笛霜天。　　镜蛾浓笑试春妍。争忍忆从前。红鸳不暖行云梦,背银灯、定怯
孤眠。翠被熏篝漏永,博山犹褭双烟。博山犹褭,原作"单情自褭"。

　　闰生与戈顺卿友,选音考律,务在精研。融化唐诗,尤工琢句。小令幽婉,如不胜情。近慢规橅玉
田,高处可入清真之室。嘉道之间,三吴词流,当推独步。

姚 燮 八首　疏影楼词

眼儿媚

知他不睡倚栏杆。四月尚愁寒。樱桃已谢,荔枝未熟,梦断香边。　　华堂春暖红
筵隔,须悔受深怜。分明误了,银灯好夕,金缕初年。

隔溪梅令

春心一缕细难传。褭红弦。故倚银屏　默默镇相怜。绿鬟垂到肩。　　飘零锦瑟

半成烟。感韶年。肠断莺声、梦断海棠边。月斜楼上眠。

少年游

绵绵无尽他乡感,容易又深秋。秋山瘦尽,秋芜剪尽,不合上高楼。　　鱼缄雁蜡云千叠,望远总悠悠。霜柏飞鸦,水杨斜照,江上送行舟。

凤蝶令

浅黛初三月,轻烟第四楼。杏花如雨飏帘钩。记得香边酒醒看梳头。　　小凤双声曲,娇莺一串喉。旧欢如梦转关愁。望断吴江千里暮潮流。

浪淘沙

晴月上遥山。院落人闲。柳花如梦隔烟看。透得玲珑春样子,只有栏杆。　　琴语急回湍。怨调微弹。劝君莫种楚江兰。纫了同心双佩结,欲解须难。

芳草渡

春潮落,晚山低。高楼外,几船归。迢迢渔唱出斜晖。沙岸白,烟草绿,暝禽飞。杨花乱。愁鬓短。天际乡云目断。芳事尽,客心非。今宵梦,明日路,大江西。

蝶恋花

罨画楼台春镜雾。一笠西陵,人唤红船渡。梦影分明湖上路,蘋花飘尽鸥无语。回首幽情无着处。水角低云,云角江城树。树角寒风城角雨。愁声欲卷愁人去。

青玉案

横塘夕午风微起。弄杨柳、丝丝翠。月色避人帘押坠。楼东人醉,楼西人睡。楼下空江水。　　一声怨语惊迢递。有鸿影、横山背。不分传来双锦字。昨宵枕上,今宵帆底。深浅量愁味。

　　梅伯才高笔健,泛爱多方。涉猎既广,不专一家。平生勤于著述,身后遗稿散亡略尽。仅以词曲知名。疏影楼四种,出入两宋,珠圆玉润。其论词曰:"韵不骚雅则俚。旨不微婉则直。过炼者气伤于辞。过疏者神浮于意。"其操持可知矣。

王嘉福 六首　二波轩词选

望江南 二

青溪路,几树柳纤纤。檀板清尊歌子夜,淡烟疏雨旧丁帘。新涨一篙添。
琵琶巷,临水掩重门。半榻春云朝拥枕,一奁璧月夜留髡。怎得不消魂。

柳梢青

细雨停桡。寄奴城下,水阔天高。断角吹寒,零钟阁梦,酒醒今宵。　　无端几阵潇潇。又添作、空江夜潮。短驿乌篷,高楼翠被,一样魂销。

南歌子

帘额秋痕瘦,琴心旧痕长。栏杆曲似九回肠。不用淡烟疏雨做凄凉。　　笛畔抛红豆,尊前挽绿杨。苕华小字记眉娘。但见一钩新月便思量。

南乡子二

新涨满前溪。远树参差绿未齐。日暮花飞春雨细,*丝丝*。杨柳河桥人去时。　　柑酒听黄鹂。旧恨难将锦瑟题。惭愧扬州春梦觉,情痴。憔悴青衫杜牧之。

花事已阑珊。肠断王孙去未还。春草春波青不断,凭栏。远到斜阳更有山。　　欢梦渺如烟。无绪无憀又一年。一寸相思千点泪,谁怜。绣被薰香独自眠。

二波小令有神似晁氏《琴趣》者,大段不输北宋。慢词学玉田而未至,情理两虚也。

清花间集卷七　吴兴　施　舍　蛰存　选定

项鸿祚二十首　忆云词

上西楼

橹声约住回澜。夕阳残。人倚嫩凉船尾小红栏。　　歌一曲。横波绿。向谁看。香压鬒云斜插折枝兰。

生查子

堂前绿玉卮,门外青丝鞚。妾泪几时晴,郎去何曾送。　　小雨续轻寒,浅醉联残梦。睡损髻心螺,敲折钗头凤。

点绛唇

轻棹归来,与君重看西湖月。落花时节,弹指经年别。　　柳叶双蛾,才展东风结。相思切。酒阑歌阕。细向灯前说。

浣溪纱四

欲寄花笺与小蘋。空留莺语到黄昏。几时飞向苎萝村。　　绣被寒添浑似水,篆炉香烬不成云。每思前事一销魂。

曾向西池采玉游。可人天气近中秋。半年前事到心头。　　今夜梦魂何处去，一重帘幕一重愁。重重遮断旧妆楼。

袅袅风前玉一枝。销魂人爱比肩时。素馨花压鬓云垂。　　午枕生凉便楚簟，夜灯敲雨试滇棋。些儿闲事又眠迟。

风蹴飞花上绣茵。柳丝无力伴残春。今年时节去年人。　　蝉锦暗销双枕泪，雁弦愁锁一筝尘。不思前事亦伤神。

菩萨蛮[四]

縠烟笼暝霏香絮。琼疏悄度黄鹂语。记得送君时。海棠红亚枝。　　麝尘金锤暖。烛影和衣卷。兰梦一春闲。枕屏无数山。

粉云低衬流苏薄。凤窠长簟金钗落。花影过秋千。画堂人昼眠。　　锦帆消息断。日日停刀剪。半袖绣鸳鸯。几时成一双。

柳丝遮断行云路。珊珊一阵横塘雨。雨后燕归梁。湿红娇晚妆。　　茜衾愁不拥。叠损金泥凤。才得梦来时。月中啼子规。

辘轳金井鸦啼晓。映帘红日梳头早。闻道尺书来。锦笺和泪开。　　如何归计误。南下潇湘去。望断草芊绵。雁飞秋满天。

清平乐

蓦然如醉。叠枕和衣睡。却忆去年今日事，画烛替人垂泪。　　月明依旧房栊。麝帷寒减香筒。剩得一枝梧叶，能禁几日秋风。

朝中措

翠蛾轻晕斗春红。香暖燕泥融。挝鼓新烟院落，吹箫淡月帘栊。　　清明过了，花朝过了，宿酒频中。几日小屏闲睡，绿阴更比愁浓。

太常引

野桃开后柳飞绵。长自负春妍。费尽买花钱。禁多少、风天雨天。　　碧城十二，红桥廿四，往事总凄然。梦也不曾圆。只檐月、看人自眠。

应天长

枕屏生绿山眉展。薄睡起来微带倦。鹃声唤。莺声怨。花落絮飞春不管。　　宿妆临镜懒。闲了粉奁香碗。道是愁深病惯。如何心绪乱。

浪淘沙 题李后主词后

楼上五更寒。风雨无端。愁多不奈一生闲。莫问画堂南畔事，如此江山。　　铅泪洗朱颜。歌舞阑珊。心头滋味只馀酸。唱到宫中新乐府，杜宇啼残。

河传

　　风转。帆卷。日西斜。人在天涯。忆家。疏疏柳丝攒暮鸦。红些。练波明断霞。休傍栏杆船去泊。心绪恶。何况腰如削。酒才醒。愁又生。谁听。琵琶不肯停。

虞美人

　　画船打桨催将去。愁听乌篷雨。越王台上梦迢迢,人在乱莺声里过花朝。　　归来重见东风面。杨柳青如线。碧桃还有几分留,为我一春湖上不曾游。

江城子

　　金阊门外柳千条。驻兰桡。度凉宵。可惜凉宵,都付与无聊。试唤吴娘歌一曲,风又起,雨潇潇。　　双鬟低映烛光摇。似花娇。最魂销。今夜魂销,明日隔枫桥。城上乌啼催酒醒,人去也,自吹箫。

风入松

　　生香吹散锦薰笼。门掩绿阴中。筹花斗草年年事,今年怎、事事疏慵。桃叶轻随逝水,柳枝瘦舞回风。　　月明应笑画堂空。小阁睡娃童。新愁隔断相思路,湘罗揾、难寄啼红。不恨寻春较晚,可怜俱是飞蓬。

　　　　忆云小令,胎息六朝三唐,不徒以文辞胜。摅哀婉之思,以冲和安雅出之,此其所以为沉郁也。近慢便有怨色,犹不至纳兰之剑拔弩张。

姚辉第十二首　鞠寿庵词

巫山一段云

　　宿火销金斗,沉烟袅翠鬟。梨花飞满小屏山。半臂倚轻寒。　　蝶帐藏愁密,鱼书达梦难。铜荷挑尽玉钗闲。双燕说春残。

清平乐二

　　画船南浦。烟柳愁千缕。记得去年携酒处。绿鬓丝丝吹雨。　　锦笺谁谱新词。玉珰谁寄相思。弹指一襟幽怨,东风满路花飞。

　　孤篷绣被。静夜寒如水。一寸愁红啼蜡泪。数遍鱼更无寐。　　西风又到天涯。谁怜客子思家。只觉秋声满耳,不知多少芦花。

南歌子

　　载月筝船小,围花镜阁深。等闲花月十年心。多少酒红香翠晕罗襟。　　拾叶吹春怨,镌苔觅醉吟。坠欢如梦渺难寻。留得旧题兰帕到而今。

浪淘沙二

深院积苔钱。绣被慵眠。茉萸香热翠篝烟。开过楝花寒尚峭，未减重绵。　　衫袖酒痕鬖。略记萍缘。薄游情味感频年。明日雨丝风片里，又上吴船。

紫陌绣尘斜。一路飞花。柳眼低趁卓金车。归去粉墙眉月上，多少栖鸦。　　歌管又谁家。苦忆年华。愔愔小雨暗窗纱。芳草也随春梦远，绿到天涯。

虞美人

烧灯昨夜西园宴。度曲杯痕浅。朝来风雪满扬州，小舸围炉、酒热也生愁。　　明晨打鼓催帆去。难辨瓜州树。不知寒透紫茸衫，一路梅花、相送到江南。

鹧鸪天四

云母屏深绣被凉。晓风吹漏夜初长。芙蓉叶大喧秋雨，鹦鹉衣单怨早霜。　　银烛换，翠帏张。楚天闲梦接红墙。题笺小忆西园客，一昔轻桡载晚香。

曲榭春深燕未归。樱桃花谢雨霏微。镜台调粉时鸣钏，箫局添香欲换衣。　　金屈戌，玉葳蕤。绿烟门巷锁芳晖。隔墙蝴蝶成团去，风猎飞红又一围。

画栋香巢落杏泥。风筝响入暮云低。花围别院三重锁，人倚层楼十二梯。　　春晼晚，梦凄迷。欲抽湘管赋将离。同心钿盒无人寄，栀子花开月又西。

菱叶菱花满镜秋。菱丝不解系兰舟。罗巾一掬珍珠泪，洒向湖波何处流。　　人倚笛，树遮楼。轻帆已度白蘋洲。画眉桥畔今宵月，照见双蛾几许愁。

苏幕遮

藕花天，桃叶渡。宝马金鞍，踏遍章台路。一霎游踪随柳絮。飞入红楼，认得双栖处。　　翠瓯寒，蛮蜡曙。无计留春，争得留人住。明日离愁江上树。惟有相思，不共潮回去。争得，原作"怎个"。

　　《鞠寿庵词》四卷，咸丰二年活字本。有姚梅伯序，蒋剑人跋。小令出入南唐、北宋，慢词上下清真、碧山。选声琢句，造诣甚高。乃其人不甚为词苑所知。《憩园词话》尝一及之，谭复堂《箧中词续编》录其词一阕，此外无闻焉。余最录其小令十二首，以光潜德。世有赏音，当以余言为不谬。辉第，字稚香，河南辉县人，道光戊戌进士，官上海知县。

陈元鼎七首　吹月词

浣溪纱二

细草平沙驿路宽。晓风扶梦上征鞍。别来莺燕已春残。　　梳洗窗深晨镜暖，笙歌院静夜灯寒。有人楼上忆长安。

红退栏杆十四桥。旧时明月旧时箫。旧游人到总魂销。　　欢绪空怜浓似酒，归期却待信于潮。一江烟浪梦迢迢。

谒金门

风过处。叶叶荷塘喧舞。湿翠满山云拥树。夕阳红殿雨。　　画舫载歌归去。隐隐中流箫鼓。远寺钟声飞一杵。柳边人唤渡。

忆少年

无风帘幕,无尘阶砌,无人庭院。斜阳更无语,但楼头红短。　　浅色罗屏生绿展。旧题诗、蠹痕零乱。江城夜横笛,又梅花吹满。

眼儿媚

两头箫管玉参差。重唱合欢词。樽前言语,镜中颜色,强讳相思。　　春风依旧无消息,闷过海棠时。算来惟有,柳枝眼见,蕉叶心知。

河传

楼上。遥望。乱云遮。芳草天涯路赊。乌衣巷深残照斜。红些。燕飞何处家。问柳寻花寒食节。啼不歇。点点凄鹃血。五更钟。雨兼风。春空。绣帏犹梦中。钟,原作"终",误刻。今为改正。

南楼令

杨柳古湾头。丝丝踠地柔。旧东风、吹起新愁。诉尽相思春不问,莺与燕,枉绸缪。花事卷帘休。秦筝带恨挢。数芳期、何苦淹留。漫道华年流水逝。争得似,水长流。争,原作"谁"。

实庵词芳兰竟体,雅韵欲流。大词纂组,颇近清真。小令婉丽,亦足平视秦、贺。余所有惟《吹月词》二卷。黄韵甫云别有《同梦楼词草》,未尝见也。

蒋敦复一首　芬陀利室词

九张机

宋曾端伯《乐府雅词》中有《九张机》一调,云传自九重。秀水朱氏谓见《高丽史乐志》:教坊女弟子楚英奏新传《九张机》,用弟子十人。余谓据此则每一人唱一张机,连末"轻丝"、"春衣",共是十一人唱也。词旨古艳,得《子夜》遗意。其韵平上去三声通协,间通入声,此韵学之最古者。朱氏《词综》所选未全,暇辄拟为之。

掩面空房气力微。连连织就九张机。相思欲赠机中字,不唱盈盈金缕衣。
一张机。含情人在画楼西。金梭轧轧流如水。华年过了,婵娟二八,长自惜芳菲。

两张机。双鸳鸯线两边齐。上边织就双头蕊。双花双鸟，双双偷觑，双脸自双偎。

三张机。玉人微困小腰支。恹恹只恨闲天气。往常欢笑，绿纱窗子，日影不多时。

四张机。红蚕心里只多丝。多情不管难眠起。一春憔悴，丝丝吐尽，化作缕金衣。

五张机。一双蝴蝶对人飞。教他莫逞千般媚。小鬟见了，两边赶去，也有似依时。

六张机。中心安朵好花儿。好花只在侬机里。要他开到，玉郎来后，不许再相离。

七张机。铜壶漏永玉缸垂。满身香汗娇无力。近来消瘦，教谁知得，自解绣罗衣。

八张机。明光织就欲遗谁。谁家十万缠头费。楼高西北，红绡一出，城上夜乌啼。

九张机。机中卫女旧相思。天涯草绿人千里。从前一段，如何抛却，不是不怜伊。

轻丝。一丝一缕一些儿。千丝万缕心头泪。剪应不断，理还又乱，愁杀玉纤枝。

春衣。相将怕去踏青堤。殷勤只替他人制。低徊爱好，自家花样，一向误佳期。

珠歌翠舞画堂春。织女机丝委素尘。十二楼台花落尽，可知俱是断肠人。敛袂而归，相将好去。

《芬陀利室词》无过人处，初不欲选。忽睹此章，如获古锦。在清词中破天荒矣。《九张机》者，《五更转》、《十二时》之流衍也。惟彼为鼓词，此为舞曲。首一章诗，为勾队口号。次九章为本曲。"轻丝"、"春衣"二章为破子，亦曲词之换头者。末一章诗，为遣队口号。宋时乐舞，舞者不歌，歌者不舞。此词唱法，旧无著录，剑人所云，意度之耳。

顾文彬 十首　眉绿楼词

点绛唇

一角红楼，静悄悄地珠帘揭。东风无力。吹坠花如雪。　　摁笛谁家，替诉春寥寂。飘灯夕，镜蛾颦碧。瘦损初弦月。

罗敷媚

锦书盼断回文寄，鳞翼无凭。恨与愁并。泪雨何曾一日晴。　　寻欢剩有行云梦，梦到云屏。便诉离情。依旧尊前笑不成。

忆故人

曲巷风轻。柳花痴蝶低相趁。殢人眉语不分明。一点灵犀印。　　刚是莺期约准。凭沉沉绿波鲤信。倚帘凝伫，蓺尽春愁，炉灰盈寸。

鹧鸪天

憔悴凉花耐晓看。半帘残月照无眠。梦中诉恨瞒筝雁，愁外攒眉炉镜鸾。　　挑锦字，研银笺。帕绡封泪寄长安。西风一夜砧声急，翠袖鸳衾各自寒。

好事近括李长吉秋来

桐下剪灯风,络纬苦寒啼急。零落一编青简,付粉箱虫蚀。 雨宵滴作断肠声,香魂吊书客。鬼唱鲍家诗句,怨土花埋碧。鲍家,原作"秋坟"。

谒金门括湘妃

湘水阔。湘竹千年犹活。识曲蛮娘斑管抚。山花红泪浥。 终古鸾离凤别。蜀雨巫云遥接。江上青枫秋气冽。龙吟波夜咽。

南楼令括巫山高

十二碧芙蓉。岧峣高插空。曳江烟、寻梦巫峰。楚些声中风又雨,魂黯黯,古苔封。 神女去无踪。千年筇竹丛。吊荒祠、啼老猿公。蟾月影寒云影湿,花簌簌,坠椒红。

江城子括水仙谣

玉妃唤月海波宽。转银湾。浪如山。着露宫花,微泫泪珠圆。未辨网轩题字处,听绮阁,漏壶干。 如霜鹤扇拥金仙。碧箫残。彩霞鲜。骑凤归来,悄视九州烟。碧树一声珠帐晓,云雨梦,笑人间。

摊破浣溪纱括李商隐宫中曲

赚得羊车掩扇纨。屏风滤月白娟娟。冰指水精偏耐冷,刻双鸳。 茜缕浓香缠左臂,承恩密字写巴笺。昨夜苍龙新入梦,识青天。

捣练子括三洲词

波上月。枝上雪。雪消月碎轻离别。李娘画带剪青丝,双花结就香难灭。

隐括古人诗为长短句,始于东坡《定风波》括杜牧之诗。其后林正大《风雅遗音》一卷,皆隐括古人诗文,失之拘滞。子山括唐人诗为数十阕,情味转胜于原作。因选其八首,亦《花间》别趣也。子山寝馈唐音,所得甚深。俞荫甫称其"持律之细,琢句之工,同时作者,盖无以尚",非面谀也。

清花间集卷八 吴兴 施 舍 蛰存 选定

蒋春霖十八首 水云楼词

遐方怨

芹叶乱,枣花零。送客江南、画船无风春水轻。断肠何处踏歌声。淡烟斜日里,闭孤城。

生查子

画桥杨柳枝,生小成连理。不解作飞花,绕树东风起。　　郎归如路尘,侬去随流水。昨夜梦弹筝,还似朱门里。

清商怨

津亭飞絮倦舞。趁峭帆南浦。别酒初醒,春潮催瘦橹。　　天涯花落更苦。客乍到、春又归去。梦遍千山,江寒无杜宇。

减字木兰花

疏篷淡月。短烛荧荧侵晓别。黄叶深村。入梦依然昨夜人。　　芦花满地。多是离人衣上泪。秋色连波。比到寒潮泪更多。

更漏子

柳丝风,菰叶雨。湖上画船来去。兰桨定,钓竿收。藕花香满楼。　　歌声歇。望明月。沙静夜滩如雪。灯欲烬,酒初醒。隔河吹玉笙。

清平乐

琐窗朱户。夜定人初去。满院商声无觅处。梧叶堆中虫语。　　微寒乍掩屏纱。西风孤怯灯花。不是悲秋泪少,如今住惯天涯。

醉桃源

迟迟树影过朱栏。日高门尚关。海棠红勒昨宵寒。花迟春限宽。　　新旧雁,去来船。归程山外山。一年长恨得书难。赚人双玉环。

柳梢青

芳草闲门。清明过了,酒滞香尘。白楝花开,海棠花落,容易黄昏。　　东风阵阵斜曛。任倚遍、红栏未温。一片春愁,渐吹渐起,恰似春云。

少年游二

曲栏斜护柳边楼。人影漾帘钩。银烛光沉,檀槽语涩,抵醉不曾休。　　十年梦似朝云散,花落水空流。燕子归来,淡烟微雨,寂寞画春愁。

郁金堂上浸凉蟾。花影碎筛帘。一曲离歌,千重别意,残酒逗眉尖。　　双堤遥引相思路,泪点湿征衫。淮水东流,秦邮西隔,凄断锦鱼缄。

鹧鸪天

杨柳东塘细水流。红窗睡起唤晴鸠。屏间山压眉心翠,镜里波生鬓角秋。　　临玉管,试琼瓯。醒时题恨醉时休。明朝花落归鸿尽,细雨春寒问小楼。

河传

鹦鹉。低语。绣帘垂。残日空房梦迷。白狼塞前书信稀。花枝。好如郎去时。
屋后垂杨临古道。飞絮少。极目空芳草。袖罗单。愁倚栏。玉关。铁衣春更寒。

南乡子

寒意剩春纤。放燕归来又下帘。蝴蝶渐稀人渐懒,厌厌。满地青榆午梦酣。　淡
日隐重檐。雨气云痕百态兼。睡起却惊天影暗,眉尖。愁似春阴向晚添。

虞美人 东淘遇秦淮旧院女高蕊

风前忽堕惊飞燕。鬒影春云乱。而今翻说羡杨花。纵解飘零、犹不到天涯。　琵
琶声咽玲珑玉。愁损歌眉绿。酒边休唱念家山。还是兵戈、满眼路漫漫。

踏莎行

叠砌苔深,遮窗松密。无人小院纤尘隔。斜阳双燕欲归来,卷帘错放杨花入。
蝶怨香迟,莺嫌语涩。老红吹尽春无力。东风一夜转平芜,可怜愁满江南北。

唐多令

枫老树流丹。芦花吹又残。系扁舟、同倚朱栏。还似少年歌舞地,听落叶,忆长安。
哀角起重关。霜深楚水寒。背西风、归雁声酸。一片石头城上月,浑怕照,旧江山。

淡黄柳

寒枝病叶。惊定痴魂结。小管吹香愁叠叠。写遍残山剩水,都是春风杜鹃血。
自离别。清游更消歇。忍重唱、旧明月。怕伤心又惹啼莺说。十里平山,梦中曾去,唯有
桃花似雪。

风入松

弯环绿水抱西城。小舫卧闻莺。樱桃树底春衫薄,倚红楼、偷听调筝。心事花开花
谢,闲愁潮落潮生。　夕阳江上数峰青。烟草暗离亭。风怀老去如残柳,一丝丝、渐减
春情。重写绿窗旧梦,酒阑浑不分明。

　　项莲生承平才士,言愁始愁;蒋鹿潭乱世羁人,不愁亦愁。遭际既异,官征遂别。《水云》一编,以琢
玉镂香之句,寄椎心刻骨之情,实湘累之遗音,黍离之别调。白雨斋乃谓之"未升风骚之堂",殆不知其
变者。虽然,余所录十八首,犹不违乎正声也。

承龄 八首 冰蚕词

南乡子五

心许处，不分明。暗传消息递芦笙。绿草铺茵花覆雪。惊蝴蝶。故故窥人岩际月。

山路滑，晚烟低。牛毛细雨子规啼。一笑相逢伴借问。双红晕。笠子敧风花压鬓。

坡上去，送郎行。踏歌声应竹枝声。岁岁年年坡对面。长相见。不似人心朝暮变。
黄平有相见坡。

寒食节，冻花天。五更风雨镇相怜。晓日忽收三里雾。难留住。比似无晴天更苦。
春寒谓之冻花。

芳草绿，鹧鸪啼。陌头开遍送春归。说与看花人且住。歧亭路。欲送春归春不去。
刺梨一名送春归，惟黔中有之。

菩萨蛮二

碧城十二笼烟雾。瑶天飘渺乘鸾去。清怨托琴丝。相思知为谁。　　越罗春水色。密约湔裙日。消息到东风。檐花自在红。

回肠日夜车轮转。天涯不抵屏山远。留得去年书。一双红鲤鱼。　　中央周四角。密字珍珠络。轧轧九张机。春蚕多少丝。

南歌子

锦字鸳鸯牒，香泥燕子家。客中清怨托琵琶。犹记回灯一笑鬓堆鸦。　　画壁迷陈迹，衔杯感梦华。刘郎今日又天涯。无奈东风依旧换杨花。

子久《冰蚕词》一卷，无甚高致。独《南乡子》五首，赋黔中土风，姿韵特绝，可与欧阳舍人角一日之长，因亟录之。

杜文澜 六首 采香词

醉太平 过金陵妙相庵

苔荒路歧。垣颓树敧。不堪重问杨枝。剩浮萍半池。　　篱扃破扉。泥封旧题。画寮寒燕争栖。怨山僧未归。

减字木兰花

珠帘十里。露重杨丝扶不起。花月如烟。弦索声中忆往年。　　东风甚处。燕子归时春已暮。争似江潮。夜夜犹过廿四桥。

谒金门

芳意满。一架紫藤阴乱。陌上柳花吹不转。玉关人更远。　　寒尽画帘长卷。迟日频停针线。燕剪剪春愁未剪。寄情双翠管。

柳梢青

雨昼风宵。匆匆时节，容易花朝。移树流莺，过墙蝴蝶，春被邻邀。　　垂杨禁得愁销。渐折尽长亭翠条。望遍征帆，知人心苦，只有江潮。

鹧鸪天

倚遍栏杆日又曛。一重蕉影上帘昏。啼莺到晚犹依树，飞絮如烟肯化尘。　　香欲烬，酒愁温。落花还学远游人。宵来雨是春归路，不比刀环梦未真。

小重山令

十载虹桥买醉时。携尊梅树下，说相思。三生杜牧恨来迟。红楼外，莺老绿杨枝。　　愁弄玉参差。销魂春去也，鬓丝丝。惜花心事已全非。西风怨，惟有白鸥知。

　　　　小舫精研声律，瓣香二窗，用功专矣。然刻楮三年，《采香》四卷，所造仅能平正，殆才分所限。集中多哀离念乱之作，当与水云楼并为咸同词史。小令无多，录得六阕。

薛时雨 八首　藤香馆词

浣溪纱 咏江山船八首之四

旧籍谁编九姓渔。江干供应累花奴。纷纷花使索花租。生小惯尝风浪险，合家齐傍水云居。朝潮暮汐意何如。

临水花枝分外娇。一江烟月路迢迢。灯红酒碧可怜宵。半面琵琶羞客顾，双声檀板倩郎敲。东君无语暗魂消。

一路珠帘不上钩。杭州过了是严州。石尤风急打船头。昨夜飘萧留客雨，明朝艰苦上滩舟。有花有酒不须愁。

江水湾湾漾碧波。山岚冉冉映青螺。江山如此易情多。江上潮来游客梦，山中云遏美人歌。江山如此奈情何。

浣溪纱 四

十年前谱江山船曲八阕，钱塘富春间十七八女郎，争引箜篌传唱。今秋重至江干，雾鬟风鬓，都非畴昔，亦无能翻旧曲者。酒酣耳热，情思黯然。偶诵旧曲夸客。客曰："对新人，诵旧曲，江郎才尽耶？"遂即席重倚八阕，命曰后江山船曲。录四首听水听风伴寂寥。邮亭官使仿前朝。因缘只在木兰桡。绿树暗藏鹦鹉语,碧梧新结凤皇巢。夜深私授郁轮袍。

三折江流曲又弯。美人生长碧波间。闲愁历劫不曾删。郎意恰如之字水,依心长对玉皇山。珠帘半卷理云鬟。

轻拨檀槽发曼声。啼眉慵髻不胜情。芳名新唤啭春莺。团扇暗遮人影瘦,轻帆低挂涨痕平。晚凉独自倚红亭。

刘阮重来往迹荒。桃花流水两茫茫。双飞不是旧鸳鸯。黯黯青衫题曲客,萧萧白发驾船娘。夕阳影里话沧桑。

藤香馆自评其词曰:"无柔肠冶态以荡其思,无远韵深情以媚其格,病根仍是犯一直字。"虽自谦语,要亦不远。江山船前后十六解,独标神韵,是其兴会飙举之作。录此八阕,备竹枝一体。

汪　琭五首　随山馆词

卜算子

池馆锁黄昏,栏槛无重数。寒是三分暖二分,酿得春如许。　柳意倦于人,花气吹成雾。旧梦闲寻最可怜,帘幕深深处。

眼儿媚

当年听雨到江楼。薄醉正扶头。分明记得,梦回角枕,香润衣簪。　今宵重听天涯雨,凉馆一灯秋。轻衾小簟,不教人睡,却惹人愁。惹,原作"要"。

朝中措

春风回首少年游。丝管不知愁。人影青帘小舫,歌声红烛高楼。　而今老矣,烟花过眼,霜雪盈头。一样钿蝉金雀,可堪重听伊州。

虞美人

春愁无计能回避。只是添憔悴。明知翠袖不胜寒。偏到东风多处倚栏杆。　红笺湿透相思泪。郑重书频寄。天涯那识寄书难。纵有真珠密字几曾看。

唐多令

家近赤栏桥。人吹紫玉箫。记年时、舟趁春潮。认得素馨斜畔路,无赖月,可怜宵。　鬓影玉钗摇。眉痕石黛描。乍相看、已是魂销。何况酒阑灯灺后,妆阁畔,卸云翘。

叶衍兰 五首　秋梦盦词

菩萨蛮 三

緗奁春冷盘龙镜。琐窗愁怯灵蛇影。独自画蛾眉。浅深君不知。　　罗裙金蛱蝶。斜绾丁香结。吹落海棠风。玉楼人意慵。

湘裙叠翠泥金簇。玉台斜觯鬟云绿。绰约数花枝。此情鸾镜知。　　青禽消息断。梦冷蘼芜院。影事半模糊。晓窗闻鹧鸪。

画栏几点樱桃雨。雕梁燕子留春住。门外柳依依。玉骢何日归。　　惜花人未起。寂寞纱窗闭。鹦鹉语帘栊。满阶堆落红。

青玉案

樱桃未洗枝头露。被燕子、衔将去。锦瑟韶年春已暮。画栏重倚,旧曾游处。犹有寻芳侣。　　垂杨巷陌深如许。又遮遍、漫空絮。写恨难题肠断句。连天衰草,夕阳无语。不辨蘼芜路。

天仙子

鸾镜锁春愁黛浅。梦里蘼芜山更远。鸳机文锦织成空,莲漏缓。琴丝断。肠绕辘卢千万转。　　凉月堕帘花影颤。露湿苍苔凝砌满。翠篝香烬玉笙寒,云鬓乱。朱颜换。心事奈何天不管。

粤东三家,慢词皆取径碧山、玉田,随山馆吐属隽雅,能为宋人语。秋梦盦长于铺叙。楞华室时近稼轩。小令则随山、秋梦嗣响《金荃》。楞华集中,不足十首,无可录者。

清花间集卷九　吴兴　施　舍　蛰存　选定

王鹏运 十四首　庚子秋词　味梨集

忆王孙 二

巫山梦雨几时晴。调笑声中杂醉醒。欲解罗襦不自胜。意惺惺。翠带双搓远恨生。

云山重叠短长亭。灞上衰杨是别声。尊酒何须怨渭城。带愁听。铃语郎当梦里程。

珍珠令

花间艇子来何暮。迷烟雾。问桃叶、春江谁渡。弹泪忆歌尘,剩清愁一缕。　　斗草溅裙游事阻。梦不到、旧逢欢处。愁诉。正寂寞春城,花飞人去。

河传

春改。愁在。倚危栏。闲忆吟边去年。隔花有时闻杜鹃。凄然。梦迷蜀国弦。
不信天涯人不老。悲远道。目极王孙草。断云飞。归未归。休催。几时流水西。

南乡子二

山色落层城。不为尘多减旧青。只有看山前度客,愁生。独倚高楼眼倦横。　　檐
角暮云停。怀远伤高泪欲倾。昨梦横汾西去路,声声。塞雁惊寒不忍听。

斜月半胧明。冻雨晴时泪未晴。倦倚香篝温别语,愁听。鹦鹉催人说四更。　　此
恨判今生。红豆无根种不成。画里屏山多少路,青青。一片烟芜是去程。

虞美人

春衣欲试寒犹重。愁是东风种。闲抛金弹打流莺,不道天涯荡子尚关情。　　屏山
可有人行处。禁得愁如许。拼教花落舞山香,谁向曲中念取惜春阳。

玉楼春二

南楼莫怨吹羌管。便不催春春也晚。酿成梅子带酸心,付与花奴含泪眼。　　啼鹃
那识人肠断。新绿渐浓腰带缓。当时流水送飞花,流水依然花去远。

春风帘底窥人惯。和月入怀人不见。惊飞金雁一筝尘,惹起红蕤双枕怨。　　照花
前后怜娇昞。酒冷香残襟泪满。离歌那是断肠声,犹有断肠人对面。

玉楼春四　和小山韵

落花风紧红成阵。睡重不知春远近。筝弦声涩镇慵调,燕语情多羞借问。　　屏山
苦隔天涯信。咫尺关河千万恨。楼前芳草远连天,望眼不随芳草尽。

闲云何止催春晚。遮断望京楼上眼。犀帘有隙漏香多,鲛帕无情盛泪满。　　柔肠
已逐鹍弦断。风外栏杆凭不暖。归来十九醉如泥,禁得良宵更漏短。

郎情似絮留难住。柳絮飞时愁满路。絮飞随水有萍留,郎去如风无觅处。　　流莺
花底休轻妒。不为眼香朝掩户。关山月黑梦难通,侵晓好寻郎马去。

好风良月应无价。金盏深深消水夜。骊歌一曲醉中听,螺黛双弯愁里画。　　今宵
酒醒红窗下。明日西风吹瘦马。雁边莫盼寄书频,除却相思无别话。

蝶恋花

海色云光摇不定。愁里天涯,画里屏山影。下九似闻消息近。游仙梦断回孤枕。
难洗啼妆慵对镜。眉黛唇脂,都是相思印。数遍落红春未醒。流莺啼老垂杨径。

　　朱古微叙《半塘定稿》,谓"君词导源碧山,复历稼轩、梦窗,以还清真之浑化。与周止庵说,契若针
芥。"此强以半塘绍常州之薪传,于半塘词境之发展,不相应也。余观半塘词实自晏欧小令,进而为苏辛
近慢。虽半塘亦自许为"碧山家法",气韵终不似也。《庚子秋词》中诸阕,尤为深美闳约,取之特多。

文廷式十二首　云起轩词抄

南歌子二

日上红蕖丽，霜前赤枣收。莲汝在心头。郎情休便冷，未经秋。

鬒鬓花安髻，玲珑镜织衣。春暖蝶双飞。才醒还复睡，下罗帏。

桂殿秋

吹玉笛，过江干。十分春思已阑珊。晓风残月无多地，便作天涯柳絮看。

天仙子

草绿裙腰山染黛。闲恨闲愁侬不解。莫愁艇子渡江时，九鸾钗。双凤带。杯酒劝郎情似海。

浣溪沙

畏路风波不自难。绳床聊借一宵安。鸡鸣风雨晓光寒。　　秋草黄迷前日渡，夕阳红入隔江山。人生何事马蹄间。

巫山一段云

系肘香囊在，同心彩胜遥。东风吹满绿杨桥。离魂一度销。　　记得星眸宝靥。醉里花枝微颤。明灯回照下帏羞。随郎不自由。

思佳客

十幅湘帘窣地垂。千株杨柳曲尘丝。玉人手把菱花照，绝代红颜欲赠谁。　　花子薄，翠翘低。轻纱吉了称身宜。苎萝女伴如相问，莫道侬家旧姓西。

虞美人

眉上鸦黄钗上凤。压得春愁重。竹梢清露滴栏干。中有湘娥幽泪不曾弹。　　莺慵蝶倦都无赖。薄恨屏风外。博山炉子篆香熏。不信炉烟散后作行云。

蝶恋花二

九十韶光如梦里。寸寸关河，寸寸销魂地。落日野田黄蝶起。古槐丛荻摇深翠。惆怅玉箫催别意。蕙些兰骚，未是伤心事。重叠泪痕缄锦字。人生只有情难死。

细雨轻尘春窈窕。看尽红嫣，自觉孤芳好。系马垂杨临大道。更无人处多幽草。六曲屏山归梦绕。油壁香车，何计迎苏小。纨扇无情金钿杳。高楼日日东风老。

临江仙二

檀板声停箫吹咽，玉骢门外频嘶。背人无语敛双眉。别离情绪，撩乱万千丝。不道天河能间阻，此心桃叶应知。临明一阵雨霏霏。泪沾红袖，江上早寒时。

岭外寻春春景异，木棉处处开花。橹声人语共咿哑。蛮神依枻栝，水市足蚝虾。

一曲招郎才调好，闲听蜑女琵琶。剪风丝雨送归鸦。近来情性别，不吊素馨斜。招子庸作《粤讴》。

　　清词至王半塘、文芸阁，气壮神王、不复作呻吟骚眉语。会国事蜩螗，生民邦家之痛，蕴无可泄，一发于词。纵琢句寻章，犹未能忘情于玉田、梦窗，而意境气韵，终已入苏辛之垒。《云起轩词》令慢皆揭响五天，埋愁九地；无稼轩之廉悍，得清真之婉约。清词至此，别开境界，非浙西、常州所能笼络矣。

李慈铭 六首　霞川花影词

浣溪沙二

睡起慵教贴翠钿。日长啼鸟奈何天。客中花落又今年。　　眉语金尊新烛底，鬓香团扇小风前。薄情赢得暂时怜。

画格屏山六扇齐。妆成凝坐只弹棋。绣檀熏罢又添衣。　　蝴蝶自来还自去，蔷薇架上日频移。一春长是翠眉低。

阮郎归

陌头长忆踏青期。湘裙春草齐。钿车停处夕阳低。鹧鸪金缕衣。　　瑶笛趁，翠罂携。风光归路迷。门前花落又成蹊。谁家郎马蹄。

南柯子

病久香都减，愁多梦转加。秋深寒蝶独无家。风露帘前、分与一丛花。　　洒泪和杯洗，含顰借烛遮。清歌一曲换年华。何况听歌、人亦滞天涯。

卖花声

槛外绿漫漫，烟树回环。夕阳依旧满西山。万户千门无觅处，寂寞春还。　　无语独凭栏。往事堪叹。龙舟犹系绿杨湾。凤吹宸游天上去，流水人间。

青玉案

金阊门外春江路。只惯送、离人去。谁分征帆今夜住。小楼红烛，画帘檀炷。来听樱桃雨。　　钿筝绣盏催频数。酒醒歌阑又天曙。一晌贪欢能几许。酕醄金帐，鬓蝉香度。后日思量处。

荻客论词不屑南宋，小令尤尚《金荃》遗响。尝谓词必"若近若远，忽去忽来，如蛱蝶穿花，深深款款，于无情无绪中，令人十步九回。"此殆清空飞动之喻。《霞川花隐词》二卷，声色尚矣，意境犹未到北宋之深厚，是亦眼高手低也。

庄 棫 六首 中白词

思佳客二

　　一曲歌成酒一杯。困人天气好亭台。沉沉春昼斜飞雨，寂寂闲门乱点苔。　　花几簇，锦千堆。落红成阵映香腮。不如却下帘儿坐，自看同心七宝钗。

　　无赖今年又晚春。一春风雨倍销魂。梁间归燕空留客，叶底流莺解骂人。　　飞絮绕，落花频。佩环摇荡梦中云。闭门已过春三月，莫向青郊问画轮。

虞美人

　　暖风吹送晴丝碧。深院珠帘隔。梦回枕上意难忘。行遍三吴三蜀又三湘。　　寸心万里天涯绕。草色闲门好。春风过了又秋风。岁岁年年都在酒尊中。

临江仙

　　绿草萋萋波滟滟，出门一笑舟横。客心何处最伤神。石城桥畔路，直是少人行。　　往事六朝都不见，莫愁留得湖名。湖边莫去访娉婷。画船人似玉，端正自吹笙。

蝶恋花二

　　城上斜阳依绿树。门外斑骓，过了还相顾。玉勒珠鞭何处住。回头不觉天将暮。　　风里馀花都散去。不省分开，何日能重遇。凝睇窥君君莫误。几多心事从君诉。

　　绿树阴阴晴昼午。过了残春，红萼谁为主。宛转花幡勤拥护。帘前错唤金鹦鹉。　　回首行云迷洞户。不道今朝，还比前朝苦。百草千花羞看取。相思只有侬和汝。

　　中白与谭复堂齐名，二家小令，俱追踪温、韦。然刻意求寄托，遂使词旨惝恍，不赋不比，盖两失之。炼字琢句，亦各有未到。庄尤不如谭，一篇之中，必有一二刺目语。而陈白雨盛称之，以为"能超越三唐两宋，与风、骚、汉乐府相表里，自有词人以来，罕见其匹。"乡曲阿私，乃至于此。

谭 献 四首 复堂词

谒金门

　　烟雨里。十二栏杆慵倚。飞絮飞花人似醉。生憎江上水。　　检点罗衣残泪。带眼莫将春系。梦短梦长浑不记。馀寒怜翠被。

山花子

曲曲银屏画折枝。檐花欲笑向伊谁。楼上轻寒罗袂薄,最相思。　　频拂粉绵鸾镜暗,乍调筝管凤箫迟。绿鬓徘徊浑不是,少年时。

鹧鸪天

绿酒红灯漏点迟。黄昏风起下帘时。文鸳莲叶成漂泊,么凤桐花有别离。　　云淡淡,雨霏霏。画屏闲煞素罗衣。腰支眉黛无人管,百种怜侬去后知。

踏莎行

玉树微寒,琐窗宿雨。分明梦到闲庭宇。一重帘幕对西风,离愁不断浮云去。来雁惊秋,吟蛩向暮。江乡景物还如许。几番残月又新霜,当时折柳人何处。

复堂《箧中》五卷,是其词论所寄。多探赜语。然取词手眼,高下不侔。能识荆和之璞,而珉砆杂出其间,盖有以人存者。其自为词,气韵力争高格,字句间犹有败笔,未到精工。录得四首,庶几醇粹。

陈廷焯 八首　　白雨斋词

罗敷艳歌

红桥一带伤心地。烟雨凄迷。燕子楼西。难道东风不肯归。　　青旗冷趁飞鸦起。沽酒人稀。旧恨依依。一树垂杨袅乱丝。

更漏子 二

扬轻烟,收急雨。花外沉沉钟鼓。罗袖薄,泪痕浓。思君春梦中。　　西风起。人千里。今夜月明如水。灯渐烬,雁还飞。梦君君岂知。

凤盟寒,鸾信杳。离梦近来多少。风不定,月初沉。空阶络纬声。　　芙蓉岸。秋江畔。惆怅落红零乱。烟漠漠,草凄凄。玉骢何处嘶。

浪淘沙

残日照平沙。烟际归鸦。黄昏风起暮云遮。消息不知郎近远,杨柳天涯。　　帘卷月钩斜。灯背红纱。寻思前事漫嗟呀。一自绿云归去也,空怨年华。

蝶恋花 四

小字红笺曾远寄。一梦三年,灭尽怀中字。江阁不堪重徙倚。萋萋芳草愁无际。山外斜阳云外水。泪尽南天,竟日空凝睇。欲说相怜无好计。锦书何处缄红泪。

采采芙蓉秋已暮。一夜西风,吹折江头树。欲寄相思怜尺素。雁声凄断衡阳浦。赠我明珠还记否。试拨鹍弦,更欲从君诉。蝶雨梨云浑莫据。梦魂长绕南塘路。

镇日双蛾愁不展。隔断中庭，羞与郎相见。十二栏杆闲倚遍。凤钗压鬓寒犹颤。

昨日江楼帘乍卷。零乱春愁，柳絮飘千点。上巳湔裙人已远。断魂莫唱蘋花怨。

谁道蓬山天外远。晓起开帘，重见芙蓉面。蝉鬘笼云眉翠敛。低头不觉朱颜变。

避人花阴藏不见。细拾残红，不语思量遍。小院新晴寒尚浅。秋风先已捐团扇。

　　白雨斋论词主沉郁，谓"沉则不浮，郁则不薄"，论小令主唐五代，谓"晏欧已落下乘"。持论甚高。其自作词，亦刻意揣摩温、韦，用功于文字声色之间，但得貌似耳。

清花间集卷十　吴兴　施　舍　蛰存　选定

郑文焯十八首　冷红词　樵风乐府

解红

　　移玉柱，尽金尊。旧时红袖新啼痕。长得人情似初见，月胧应不耐黄昏。

遏方怨

　　金雀扇，玉蝉翅。悔结同心，带围新来宽素腰。宿妆山额睡黄销。照花鸾镜里，不成娇。

浣溪沙二

　　着酒芳心不自持。小云双枕带花稀。今年春早梦先知。　梅萼有情红到骨，柳条无恨翠舒眉。水堂新月旧相期。

　　无事伤心独费情。落梅风里掩重扃。春衣一桁细香零。　词谱当歌和泪教，灯窗无睡枕肩听。水边花外雨冥冥。

采桑子二

　　凭高满面东风泪，独立江亭。流水歌声。销尽年涯不暂停。　归来自掩香屏卧，残月新莺。梦好须惊。知是伤春第几生。

　　销魂最是皋桥水，花雨冥冥。歌泪盈盈。不解西流总费声。　画船烟泊经游地，灯火高城。弦管残更。无奈明朝酒易醒。

谒金门二

　　烟浪恶。花满海山楼阁。辽鹤无书云漠漠。故宫春梦薄。　莫惜舞人零落。长袖为君重着。堕地鸾钗成密约。捧觞千日乐。

　　钗凤坠。人意不如初会。圆月后逢歌舞地。断肠明镜里。　早是君心难恃。恨不玉颜先瘁。恩重娇多情易费。枕函花有泪。

又三

　　行不得。黦地衰杨愁折。霜裂马声寒特特。雁飞关月黑。　　目断浮云西北。不忍思君颜色。昨日主人今日客。青山非故国。

　　留不得。肠断故宫秋色。瑶殿琼楼波影直。夕阳人独立。　　见说长安如奕。不忍问君踪迹。水驿山邮都未识。梦回何处觅。

　　归不得。一夜林乌头白。落月关山何处笛。马嘶还向北。　　鱼雁沉沉江国。不忍问君消息。恨不奋飞生六翼。乱云愁似幂。

少年游

　　西兴山色隔江招。眉翠妒春娇。满地流花，一奁碎月，江国女儿潮。　　年时嫩约溯裙侣，多在段家桥。倦里笙歌，闲边灯火，总是可怜宵。

留春令

　　镜华空满，怨红都在，旧时罗帕。早是销凝泪无多，怎留向、临歧洒。　　枕上阳关催凤驾。忍今宵歌罢。从此西楼翠尊空，愿明月，无圆夜。

鹧鸪天

　　露脚斜波月上迟。镜中曾见越来时。湖光一片伤心碧，却与吴儿作水嬉。　　飞画鹢，引金鲨。罗旂香辇烛龙随。歌尘只是黄昏散，愁满风萝野粉吹。

虞美人

　　歌云软绣吴篷背。暗浦明珠翠。旧家池馆久蒿莱。说与鸥边凉月带愁回。　　长波西望垂虹路。载雪吹箫处。暗香不送倩魂归。可奈湖山无恙昔游非。

玉楼春二

　　游丝抵死依风转。绕遍天涯犹恨短。一春醉梦误人归，残酒醒时春又晚。　　笑声谁在秋千半。蹴起飞花红一片。衔花燕子不知愁，暗度芳心过别院。

　　晓莺帘外啼红处。明月不留花影住。起来弄笛过西桥，宿粉狂香吹满路。　　路人不惜春心苦。贪逐韶光过百五。杏墙戏萼待归簪，深雨闭门花乱舞。

踏莎行

　　压酒春灯，掩歌秋扇。江南已是无肠断。曲中莫作水风听，尊前便有关山怨。　　经醉池亭，临分笺管。西园芳草随人远。黄金纵得赎蛾眉，胡沙应换春风面。

满洲词家以成德始，以叔问终，二百六十年汉化，成此二俊，胜金元矣。叔问才情、学问、声律，俱臻绝诣。家国危亡之痛，王孙式微之感，尽托于长短句，其志哀，其情婉，其辞雅，其义隐，重光而后，不与易矣。

朱祖谋 十六首　彊村别集　彊村词

南乡子 四

初日上，水西涯。无人来吊素馨斜。花底教歌江上住。鸳鸯侣。只向海云红处去。

云磴滑，雾花晞。西樵山上拣茶归。山下行人偏借问。朦胧应。半晌脸潮红不定。

三水口，合双江。画轮蹋蹋碾轻舽。舶趠小风来舵尾。长年喜。白日摊钱波浪里。

中宿峡，夜钟寒。河陵环子尚人间。过客摩挲嵌壁记。猿归未。雾鬓风鬟明月里。

乌夜啼

西楼一夜潺潺。玉炉残。只有杏花同度五更寒。　　春潮涨。空凝望。木兰船。不信归期锦字更开看。

琴调相思引

吹梦东风懒似云。占人怀抱是歌颦。雁行低尽，零乱一筝尘。　　独自意行僵宝瑟，两边闲泪阁罗巾。小帘朱户，依旧去年人。

滴滴金

香车自在流苏络。夜寒生，凤衾角。不记金环甚时约。拼红笺烧却。　　罗衣旧倚腰肢削。燕轻盈，柳纤弱。试问风情为谁薄。只小眉颦着。

玉楼春 _ 和小山韵

目成已是斜阳暮。谁分合欢花下住。心知明月有圆时，身似断云无定路。　　当初不合多情遇。风卷红英随水去。莫敧单枕故相寻，梦里已无携手处。

少年不作消春计，孤负酒旗歌板地。好天良夜杜鹃啼，今日逢春须着意。　　斜阳烟柳回肠事。小雨栏花千点泪。等闲寻到眼前来，欲避春愁除是醉。

虞美人

水堂烟月消眉萼。梦断琼枝约。低鬟深坐未应知。何事粉香和泪湿罗衣。　　暝空筝语西楼起。吹絮帘重倚。看人花底醉清歌。不信一春梦雨比愁多。

应天长 二

银屏梦比游丝短。蝉黛拂梳鸾镜暖。两蛾贪学远山长，多少春愁盛得满。　　书来不是欢期晚。萦系愁肠千万遍。相思字字尽无凭，此后南楼休过雁。

分明锦瑟妆台畔。梦醒江南天样远。换成潘鬓镜能知，瘦尽楚腰裙不管。　　情多莫恨相逢晚。手捻红香珍重看。明朝划地有东风，百盏千觞无处劝。

夜游宫

门掩黄昏细雨。乍传出、当筵金缕。休唱江南断肠句。小银筝，十三弦，新换柱。

花外残蚕暗絮。咽断碧纱烟语。愁结行云梦中路。起挑灯，叠红笺，封泪与。

踏莎行

照水单衫，飘香小扇，晚凉愁倚栏杆遍。冷鸥三两不归来，镜心一夕红衣变。

经醉湖山，伤高心眼。秋来画取芜城怨。谢堂倦客总魂销，无人泪湿西飞燕。

蝶恋花

歌豆抛残红不定。续续春弦，隔住低鬟影。消息云屏知远近。泪珠一夕淹芳枕。

自写相思还背镜。封入罗笺，都是啼痕印。残酒天涯何日醒。无言却步飞红径。

临江仙

花底相思无处说，香残烛烬依依。春寒分付与单栖。比愁量锦瑟，拼恨卷罗衣。

谁信谢娘香阁畔，天涯锦字凄迷。柳花风起乱莺啼。莫将孤枕泪，寻梦月西时。

　　疆村早年，政治文学，俱有英锐气。词格犹在晏、欧、周、秦之间。《庚子秋词》中数十阕，缠绵恻隐，耐人寻味。自后改辙二窗，多作慢词，蕴情设意，炼字排章，得神诣矣，已非生香真色。辛亥之后，以遗老自废，其词沉哀抑怨，作草间呻吟语，亦不可与蘋洲、玉田为比。彼有民族沦亡之痛，此则睠怀封建朝廷耳。余选疆村词，多取资于别集者，秉此志也。

况周颐 十首　蕙风词

浣溪沙 四

风雨高楼悄四围。残灯粘壁淡无辉。篆烟犹袅旧屏帏。　　已忍寒欺罗袖薄，断无春逐柳绵归。坐深愁极一沾衣。

荏苒霜华改鬓丝。自从青镜见蛾眉。杜鹃啼彻落花时。　　屏上有山非小别，钗头无凤不长离。一泓清泪影娥池。

一晌温存爱落晖。伤春心眼与愁宜。画栏凭损缕金衣。　　渐冷香如人意改，重寻梦亦昔游非。那能时节更芳菲。

红到山榴恨事多。断无消息奈情何。尊前唱彻懊侬歌。　　蜗子局翻悲短劫，鲛人泪织委空波。钿盟禁得几蹉跎。

蝶恋花二

门掩残春风又雨。着意寻春，商略年时误。吹咽琼箫侬自苦。消魂第一流莺语。
满地梨花啼杜宇。春便归休，侬定归何处。万种春愁谁与诉。画船舣遍桃根渡。

门外轻寒花外雨。断送春归，直恁无凭据。几片飞花犹绕树。萍根不见春前絮。
往事画梁双燕语。紫紫红红，辛苦和春住。梦里屏山芳草路。梦回惆怅无寻处。

临江仙四

老去相如犹作客，天涯跌宕琴尊。上阶难得旧苔痕。帘深春梦浅，香冷夕阳温。
拾翠心情消歇尽，东风不度兰荪。言愁天亦欲黄昏。断魂芳草外，何止忆王孙。

往事秦淮流不尽，棹歌凄断吴舲。揭天风色带潮青。斜阳非故国，名士又新亭。
乞与相思红豆子，消磨记曲银屏。云阶月地各飘零。扶花成醉缬，仗酒破愁扃。

杨柳楼台花世界，嘶骢只在铜街。金茎兰畹惜荒莱。无多双鬓绿，禁得几低徊。
暖不成晴寒又雨，昏昏过却黄梅。愁边万一损风怀。雁筝犹有字，蜡炬未成灰。

画舫重温罗绮梦，卷波风急谁知。江南大好惜年时。水香山媚妩，花靥柳腰肢。
可有青衫供换泪，故人消息还疑。倚栏心事绝凄其。长亭霜后叶，辛苦又辞枝。

清季词学四大家，叔问专考律定声之学，半塘、彊村擅校仇结集之功，夔笙撰词话，研精义理，津梁后学，皆足以迈越前修。清词以此数子为殿，有耿光焉。夔笙词凡数刻，未能尽得。《蕙风词》二卷，则晚年自定本，录其十阕，皆辛亥前后所作，琢句高古深隐，此公独擅。

王国维 六首　观堂长短句

清平乐二

垂杨深院。院落双飞燕。翠幕银灯春不浅。记得那时初见。　　眼波靥晕微流。
尊前却按凉州。拼取一生肠断，消他几度回眸。

斜行淡墨。袖得伊书迹。满纸相思容易说。只爱年年离别。　　罗衾独拥黄昏。
春来几点啼痕。厚薄不关妾命，浅深只问君恩。

蝶恋花四

昨夜梦中多少恨。细马香车，两两行相近。对面似怜人瘦损。众中不惜褰帏问。
陌上轻雷听隐辚。梦里难从，觉后那堪讯。蜡泪窗前堆一寸。人间只有相思分。

百尺朱楼临大道。楼外轻雷，不间昏和晓。独倚栏杆人窈窕。闲中数尽行人小。
一霎车尘生树杪。陌上楼头，都向尘中老。薄晚西风吹雨到。明朝又是伤流潦。

月到东南秋正半。双阙中间，浩荡流银汉。谁起水晶帘下看。风前隐隐闻箫管。
凉露湿衣风拂面。坐爱清光，分照恩和怨。苑柳宫槐浑一片。长门西去昭阳殿。

阅尽天涯离别苦。不道归来，零落花如许。花底相看无一语。绿窗春与天俱暮。

待把相思灯下诉。一缕新欢,旧恨千千缕。最是人间留不住。朱颜辞镜花辞树。

观堂论词,颇参新学。然其标举意境,实即苕柯比兴之旨。其悬格在"意境两忘,物我一体",亦犹是止庵出入寄托之义。《蝶恋花》"昨夜"、"百尺"两章,其自许为能到此高格者,余读之数过,终觉犹有意在,未若温韦之初无意而可以意逆也。

附录:词人小传

宋花间集

卷一

晏 殊 字同叔,临川人,生于淳化二年(991)。七岁能为文。景德初,以神童荐,赐进士出身。历任知制诰、翰林学士。庆历中,拜集贤殿学士、同中书门下平章事、兼枢密院使。出知永兴军,徙河南,以疾归京师,诏侍经筵。至和二年(1055)卒,年六十五,谥曰元献。有词集一卷,曰《珠玉词》。

寇 准 字平仲,下邽(今陕西渭南)人,生于建隆二年(961),太平兴国四年进士。真宗时入相,以辅帝亲征契丹,为一代名相。天圣元年(1023)卒,年六十三。能诗,有《巴东集》。偶作小词,亦佳妙。

钱惟演 字希圣,吴越王钱俶之子。归宋后,累迁翰林学士、枢密使。出为镇国军节度观察留后。改保大军节度使,知河阳。入朝,加同中书门下平章事。因事落职,出为崇信军节度使,卒,谥曰思,改谥文僖。惟演善为诗,与杨亿、刘筠唱和,作温李诗,编集曰《西昆酬唱集》,诗家遂有西昆体。词不多作,晚年作小词,甚凄婉。

林 逋 字君复,钱塘(今杭州)人。隐居西湖孤山,妻梅子鹤,终身不仕。生于乾德五年,卒于天圣六年,年六十二(967—1028)。仁宗赐谥和靖先生。诗词所传不多,皆清逸。

夏 竦 字子乔,德安(今湖北安陆)人。由贤良方正,历任枢密使,封英国公。出知河南府,迁武宁军节度使,进封郑国公。为官有治绩,治军尤严。惟与王钦若、丁谓朋党,当时士大夫目为奸邪。竦文章典雅藻丽,有文集一百卷。词传世不多。皇佑二年卒,年六十七(984—1050)。

谢 绛 字希深,富阳人。生于至道元年(995)。大中祥符八年进士,累官知制诰,判吏部太常礼院,出知邓州。宝元二年(1039)卒。史称绛以文学知名,为人修洁蕴藉,善议论,好谈时事。为官廉正,卒之日,家无馀资。有诗文集传于世,词仅存数首。

宋 祁 字子京,安陆人。生于咸平元年(998),与其兄庠同为天圣二年进士。初,祁名列第一。章献太后以为弟不可先兄,乃以庠为榜首,抑祁居第十名,当时称为大宋、小宋。祁累迁知制诰、工部尚书,翰林学士承旨。嘉祐六年(1061)卒,年六十四。谥曰景文。祁工于文辞,有史才,与欧阳修同修《新唐书》,列入正史。词不多作,无专集传世,今有赵万里辑《宋景文公长短句》一卷。

范仲淹 字希文,吴县(今苏州)人,生于端拱二年(989),大中祥符八年进士。仕至枢密副使、参知政事。以资政殿学士出为陕西四路宣抚使,知邠州。后徙知邓州、荆南、杭州、青州。皇祐四年卒(1052),赠兵部尚书,楚国公,谥曰文正。仲淹以勋业为一代名臣,镇守西陲,西夏不敢来犯。文采斐然,而传世不多。词仅存六首。

王安国 字平甫,临川人。生于天圣六年(1028)。熙宁初,赐进士及第,除西京国子教授,官终于秘阁校理。熙宁七年(1074)卒。安国虽为安石之弟,而政见持论,多与其兄不合。终以言事得罪罢官。其诗文有《王校理集》,词仅见于《花庵词选》。

卷二

欧阳修 字永叔,庐陵(今江西吉安)人。生于景德四年(1007),天圣八年进士,累官知制诰、翰林学士、枢密副使、参知政事。神宗时,迁兵部尚书,以太子少师致仕。熙宁五年(1072)卒,赠太子太师,谥曰文忠。北宋初年,文学犹承五代风尚,文则骈俪,诗则温李。自穆修、柳开、石介、欧阳修出而复兴古文,文以韩、柳为法,诗以李杜王孟为归,于是文风一变。然修又好为词,则犹是五代曲子,其所作《近体乐府》三卷,置于《花间》、《阳春》集中,殆不能辨。此则以词无古可复也。

张 先 字子野,吴兴(今浙江湖州)人,生于淳化元年(990)。天圣八年进士,仕至都官郎中,曾知吴江县。元丰元年(1078)卒,年八十九。晚年居钱塘,家畜声妓,为诗及歌词,皆为时人传诵。苏东坡称其"诗笔高妙,歌词乃其馀事。"然其诗竟不传,惟歌词《子野词》一卷独存。

卷三

晏幾道 字叔原,号小山,晏殊之第七子。生平仕履,不甚可知,惟知其尝监颍昌许田镇,约卒于崇宁五年(1106)。叔原亦好为歌词,所作有《小山词》一卷,袭其父风。

柳 永 字耆卿。原名三变,字景庄,崇安人。景祐元年进士,官至屯田员外郎。宋人笔记《艺苑雌黄》云:"柳三变喜作小词,薄于操行。当时有荐其才者。上曰:'得非填词柳三变乎?'曰:'然。'上曰:'且去填词。'由是不得志,日与僎子纵游倡馆酒楼间,无复检率,自称云:奉旨填词柳三变。'又《独醒杂志》云:"柳耆卿风流俊迈,闻于一时。既死,葬于枣阳县花山。远近之人,每于清明日,多载酒肴,饮于耆卿墓侧,谓之吊柳会。"据此可知柳永仕宦不达,不得不为市井歌词,故其词通俗,与晏、欧雅词殊途。永之生卒年不可知,约生于雍熙四年,卒于皇祐五年(987—1053)。遗词一卷,曰《乐章集》。

卷四

苏 轼 字子瞻,眉山人,生于景祐三年(1036),嘉祐二年进士。熙宁四年,为太常博士,摄开封府推官。以言事议论大不协乞外任,遂出知杭州、密州、徐州。元丰二年十二月,责授黄州团练副使,元丰七年正月,特授汝州团练副使。八年八月除知登州。十月二十日,召为礼部员外郎。十二月,除起居舍人。元祐元年正月,除中书舍人。十月十二日,除翰林学士、知制诰。元祐四年,上章乞外任,遂知杭州。六年二月九日,被旨再除翰林承旨。八月除龙图阁学士，知颍州。七年二月，移知扬州。九月，以兵部尚书召入，寻除端明殿学士，守礼部尚书。八年八月，出知定州。绍圣元年四月，奉命追一官、落两职，以承议郎知英州。六月，行至当涂，奉告责授宁远军节度副使，惠州安置。四年四月，责授琼州别驾，昌化军安置。七月，遂至儋州。元符三年五月，被命移廉州安置。八月，授舒州团练副使，永州安置。十一月，复朝请郎，提举成都府玉局观，在外军州，任便居住。建中靖国元年五月，至常州。六月，以疾告老，以本官致仕。七月二十八日病卒（1101）。

苏轼政见与王安石不合，故其一生仕宦，皆与王安石互为升降。入仕三十馀年，大半在迁谪中，牢骚郁勃之怀，尽发于其诗文，乃以文章雄于一代。虽作歌词，亦以言志，如温韦之以丽藻赋情者，鲜矣。

黄庭坚 字鲁直，晚年号涪翁，又称山谷老人，分宁（今江西修水）人。生于庆历五年（1045）。举进士，为叶县尉，秘书丞。绍圣元年，以预修《神宗实录》不实，贬涪州别驾，黔州安置。建中靖国初，召还，知太平州。旋复除名，编管宜州，崇宁四年（1105）卒，年六十一。庭坚为东坡门下士，政治上两遭迁谪，皆为反对王安石新政故，亦为东坡故。其诗得杜甫、韩愈法，而以硬语拗句出之，遂开宋诗江西一派。为歌词则秾纤精稳，颇杂以俚俗语，皆为歌儿作也。

秦　观 字少游，一字太虚，自号淮海居士，高邮人。生于皇祐元年（1049），少时豪俊慷慨，溢于文词。谒东坡于徐州，作《黄楼赋》，东坡以为有屈、宋之才。登进士第。为定海主簿。元祐初，东坡以贤良方正荐于朝，除太学博士，累迁国史院编修官。绍圣元年，坐党籍削秩，监处州酒税，徙郴州，编管横州。又徙雷州。元符三年（1100），放还，道卒于藤州，年五十二。秦观诗文无传本，词则有《淮海居士长短句》一卷。其词与黄庭坚齐名，时称秦七、黄九。然二人之词，皆与东坡异趣。

陈师道 字履常，一字无己，彭城（今徐州）人。生于皇祐五年（1053）。元祐初，苏轼荐之，起为徐州教授。建中靖国元年（1101）卒，年四十九。师道亦东坡门下士，刻意为诗，有《陈后山集》，为宋诗一大家。又作《后山诗话》，亦宋诗话之重要者。词一卷，曰《后山长短句》。

毛　滂 字泽民，衢州人。生于至和间。元符二年，知武康县，政和中，守嘉禾（今嘉兴）。东坡守杭州，滂为法曹，以词为东坡所赏。后乃依蔡京父子，为士林所讥。宣和二年（1120）卒。有词一卷，曰《东堂词》。

释仲殊 字师利，杭州宝月寺僧。俗姓张，名挥，吴郡人，举安州进士。不乐仕进，出家为僧，居杭州，辄与东坡唱和。崇宁中，忽自缢死。传诗七卷，曰《宝月集》。词有四十六首，见《花庵词选》。

卷五

周邦彦 字美成，钱塘（今杭州）人，生于嘉祐元年（1056）。元丰中，献《汴都赋》，召为太乐正。徽宗朝，仕至徽猷阁待制，提举大晟府。出为溧水令，知顺昌府，提举洞霄宫。晚居明州，宣和三年（1121）卒。年六十六。邦彦精晓律吕，辞藻雅丽，其歌词为宋一代大家。晚年自号清真居士,故其集名《清真集》。

贺　铸　字方回,卫州(今河南汲县)人,生于皇祐四年(1052)。铸为孝惠皇后族孙,娶宗室女,授右班殿直。元祐中,改文职,通判泗州,倅太平州。晚年退居苏州,自号庆湖遗老。宣和七年(1125)卒,年七十四。方回貌奇丑,人谓之"贺鬼头",又以词句"梅子黄时雨"得名,人称"贺梅子"。诗文皆高妙,有《庆湖遗老集》。词集曰《东山乐府》。

晁补之　字无咎,巨野人,生于皇祐五年(1053)。年十七,从父端友宰杭州之新城,著《钱塘七述》,受知于苏轼。举进士。元祐中为著作郎。绍圣末,谪监信州酒税。起,知泗州。大观四年(1110)卒,年五十八。词集名《晁氏琴趣外篇》。

赵令畤　字德麟,涿郡人。宋太祖次子燕王德昭之玄孙。生于皇祐三年(1051)。元祐中,签书颍州公事,因与苏轼交通,罚金,名入党籍。绍兴初,袭封安定郡王,同知行在大宗正事。薨,赠开府仪同三司。德麟小词,亦甚雅丽,传者不多,商调蝶恋花鼓子词十二首,其名作也。

王　观　字通叟,如皋人。嘉祐二年进士。宣仁太后以其词近亵,谪去之。时称"王逐客"。其词学柳永,自题其集名曰《冠柳集》,陈直斋讥之。

李　冠　历城人,不知其字。举进士不第,得同三礼出身,为乾宁主簿。其词见《花庵词选》。

苏伯固　此人生平不详。杨慎《词品》云:"苏养直,名伯固,与东坡为同族。坡集中有《送伯固兄》诗是也。"又,沈雄《古今词话》引《乐府纪闻》曰:"苏养直,字伯固。"又云:"传其人罗浮羽化。"

卷六

舒　亶　字信道,慈溪人。治平二年进士,试礼部第一。神宗朝为御史中丞。徽宗朝累除龙图阁待制。崇宁三年(1104)卒。词无专集,今有赵万里辑《舒学士词》一卷。

李景元　名甲,以字行。华亭(今上海市松江县)人。生平不详。能画,见《宣和画谱》;有词,见《花庵词选》。

吕渭老　吕渭老,或作滨老,字圣求。秀州(今嘉兴)人。宣和末朝士,生平未详。《有圣求词》一卷。

杜安世　此人生平不可考。陈直斋《书录》云:"《寿域词》一卷,京兆杜安世寿域撰。未详其人。词亦不工。"黄花庵云:"杜寿域,名安世。"未知孰是。直斋列其词于张子野、欧阳修之间,似其人世次甚早。《寿域词》一卷,汲古阁刻入《宋六十名家词》,毛氏谓其词"未尝不工"。然其中颇有晏小山词混入者,盖其风格近似也。

李　邴　字汉老,任城(今山东济宁)人。生于元丰八年(1085),崇宁五年进士。累官翰林学士。绍兴初,拜参知政事,资政殿学士。绍兴十六年(1146)卒于泉州,谥文敏。诗文有《云龛草堂集》,词无专集。《小学绀珠》云"南渡三词人:李邴、汪藻、楼钥也。"

赵长卿　生平不详。南丰人,为宋宗室,自号仙源居士。不乐仕宦,栖志风雅。作词甚多,乡贡进士刘泽为编其词十卷,曰《惜香乐府》。

张元幹　字仲宗,长乐(今福州)人。向伯恭之甥。生于治平四年(1067)。政和、宣和间,已以乐府闻名。绍兴八年,因作词送胡邦衡、李纲,除名落职。绍兴十三年(1143)卒,年七十七。有《芦川词》一卷。

朱敦儒　字希真,洛阳人,生于元丰年间,高尚不求仕进。靖康之乱,流寓岭南。绍兴二年,应征入朝,五年,赐进士,官秘书省正字。后以"专立异论,与李光交通"忤秦桧,罢官闲居,流连诗酒,有神仙风致。晚节不终,附秦桧,为鸿胪少卿。淳熙初卒,年九十馀。词集名《樵歌》。

司马棫　字才仲,司马光之族孙。元祐六年赐同进士出身,生平不详。有词一首,见《云斋广录》。

何　栗　字子缜,仙井人,生平不详,仅知其为政和五年进士。

曹　组　字元宠,颍昌(今河南许昌)人。六举不第,至宣和三年,始成进士。召试中书,换武阶,兼阁门宣赞舍人,仍给事殿中任睿思殿待制。组工为小令,传诵一时。

卷七

叶梦得　字少蕴,吴郡人。生于熙宁十年(1077)。绍圣四年进士,累官龙图阁直学士。高宗朝,除尚书右丞,迁江东安抚使,兼知建康府行宫留守。移知福州,提举洞霄宫。晚年居吴兴弁山,自号石林居士。绍兴十八年(1148)卒,年七十二。其词集名《石林词》。早年所作,秾丽风华,晚年风格,趋于清淡,亦有雄放语。

谢　逸　此人生平不详。其《溪堂词》有漫叟序,称:"谢无逸,临川进士,自号溪堂。学古高杰,文辞煅炼,篇篇有古意,而尤工于诗词。"黄山谷尝读其诗,云:"晁张之流也,恨未识面耳。"《溪堂词》一卷,仅六十三首,皆小令,毛子晋称其"轻倩可人"。

赵　鼎　字元镇,闻喜人,生于元丰八年(1085)。崇宁进士,对策斥章惇误国。随高宗南渡,累官殿中侍御史。初,荐张浚,后与浚并为相,协心以图匡复。因与秦桧议论不合,罢谪岭南,绍兴十七年(1147),移吉阳军,不食而卒,年六十三。今有《得全居士词》一卷,王鹏运刻为《南宋四名臣词》之一。

周紫芝　字少隐,宣城人。自号竹坡居士,生于元丰五年(1082)。绍兴初,登进士第,历官枢密院编修,知兴国军。绍兴二十五年(1155)卒,年七十四。有《竹坡词》一卷,孙竞序云:"清丽婉曲,非刻意为之。"

陈　克　字子高,临海人,自号赤城居士。生于元丰四年(1081),侨居金陵。绍兴中,为敕令所删定官。绍兴七年(1137)卒,年五十七。有《赤城词》一卷,陈直斋称其"词格颇高,晏周之亚也。"

向子諲　字伯恭,临江(今江西清江)人。向敏中之玄孙。生于元祐元年(1086)。以恩幸补官,仕至户部侍郎,知平江府。金议和使入境,伯恭不迎拜,忤秦桧,乃致仕,退闲十五年,自号芗林居士。绍兴二十三年(1153)卒,年六十八。有《酒边词》二卷,分南渡前所作曰《江北旧词》,南渡后所作曰《江南新词》。

王安中　字履道,阳曲人。进士及第,政和中,官御史中丞,以上疏劾蔡京,还翰林学士。金人来归燕,安中为燕山路宣抚使。为言者所论,责象州安置。绍兴初,复左中大夫,卒。为文丰润俊拔,有《初寮集》,词曰《初寮词》。

陈与义 字去非,号简斋,蜀人,陈季常之孙。生于元祐五年(1090)。政和二年甲科进士。绍兴初,历官中书舍人、翰林学士、知制诰,寻参知政事。绍兴八年(1138)卒,年四十九。与义诗词俱高妙。诗有《简斋集》。方回《瀛奎律髓》以杜甫为一祖,黄庭坚、陈师道、陈与义为三宗,故为宋诗一大家。词集曰《无住词》,黄花庵云:"词虽不多,语意超绝,识者谓可摩坡仙之垒。"

韩元吉 字无咎,号南涧,许昌人,生于重和元年(1118)。南渡后,居于信州。隆兴间,官至吏部尚书。卒年不详。辛弃疾有词《寿南涧尚书七十》。词集名《南涧诗馀》。

卷八

蔡 伸 字仲道,号友古居士,莆田人,蔡襄之孙。政和五年进士。宣和中,官彭城倅。后历官楚、饶、真三州。有《友古词》一卷。

康与之 字伯可,号退轩,滑州(今河南滑县)人。南渡后,流寓嘉兴。官郎中,以歌词供奉。词集亡,今有辑本《顺庵乐府》一卷。

程 垓 字正伯,眉山人,生平不详,毛子晋云:"正伯与苏轼乃中表兄弟,故集中多混入苏词。"有《书舟词》一卷,绍熙五年王偁序,由此可略知其世次。

张 抡 字材甫,号莲社居士。生平不详,有《莲社词》一卷,大约生当徽宗时,为南渡故老。毛子晋云:"材甫好填词,应制极其华艳。每进一词,上即命宫人以丝竹写之。尝同曾觌、吴琚进《柳梢青》诸阕,上极欣赏,赐赉甚渥。"

辛弃疾 字幼安,号稼轩,历城人,生于绍兴十年(1140),耿京聚兵于山东,为节制忠义军马,以抗金人,稼轩掌书记。绍兴三十二年,义军失败,稼轩南归,历任浙东、湖北、湖南安抚使,为忌者所谮,落职闲居信州(今江西上饶)十余年。开禧三年(1207)卒,年六十八。有《稼轩长短句》十二卷本,又《稼轩词》四卷本。又《稼轩词甲乙丙丁集》本。

范成大 字致能,号石湖居士。吴郡人,生于靖康元年(1126)。绍兴二十四年进士。累官吏部尚书,拜参知政事,进资政殿学士,提举洞霄宫。绍熙四年(1193)卒,年六十八。有《石湖词》一卷。

陈 亮 字同甫,永康人,生于绍兴十三年(1143)。淳熙中,诣阙上书,反对和议。光宗绍熙四年,策进士第一,授签书建康府判官厅。绍熙五年(1194)未及任而卒,年五十二。有《长短句》四卷,今存《龙川词》一卷。亮为人才气超迈,喜谈兵,议论风生,下笔数千言立就。与辛稼轩为友,二人才气相若,词亦相似。

陆 游 字务观,号放翁,山阴(今浙江绍兴)人,生于宣和七年(1125)。隆兴初,赐进士出身。范成大帅蜀,游为参议官。后知严州。嘉泰初,诏同修国史,兼秘书监,升宝章阁待制,致仕。嘉定三年(1210)卒,年八十六。有《放翁词》一卷,又《渭南词》二卷。

刘克庄 字潜夫,号后村居士,莆田人,生于淳熙十四年(1187)。以荫仕,淳熙中,赐同进士出身,官至龙图阁直学士,咸淳五年(1269)卒,年八十三。著诗文甚富,有《后村大全集》一百九十六卷,内有《后村长短句》四卷。

俞国宝 生平不详,临川人,淳熙年间太学生。《风入松》词见《武林旧事》,惟此一首,足以名世。

卷九

赵彦端 宋宗室,字德庄,号介庵,寓居南昌。生于宣和三年(1121)。绍兴八年进士。乾道、淳熙间,知建康府。卒于淳熙二年(1175),年五十五。有《介庵词》一卷。

刘 过 字改之,号龙洲道人,吉州太和(今江西太和)人。生于绍兴二十四年(1154)。其为人慷慨有奇节,曾上书陈恢复中原方略,书上不报。流浪江湖间,为辛稼轩座上客。晚年居昆山(今属江苏省)。开禧三年(1206)卒,年五十三。有《龙洲词》二卷。其词多豪壮语,学稼轩者也。

张孝祥 字国安,号于湖居士,历阳乌江(今安徽和县)人。生于绍兴二年(1132)。绍兴二十四年状元及第,历任中书舍人,直学士院,建康留守,荆湖北路安抚使。力主恢复中原,招忌,请祠,进显谟阁直学士,致仕。乾道六年(1170)卒,年三十九。有《于湖词》二卷,又《于湖居士乐府》四卷。其词声律宏迈,音节振拔,气雄而调雅,亦辛稼轩、陈同甫、刘龙洲之亚也。

姜 夔 字尧章,鄱阳人。萧东父之婿,因寓居吴兴之武康。与白石洞天为邻,自号白石道人,庆元中,曾上书议太常雅乐,得免解,然其言亦未被采用。诗文清逸,词尤为南宋一大家。今有《白石词》一卷本及四卷本。夔生卒年无著录,夏承焘考为生于绍兴二十年,卒于嘉定十四年,年六十七。

史达祖 字邦卿,号梅溪,汴人(今开封),流寓杭州。韩侂胄为相,史在其幕下为椽吏。生卒年月均不可考。有《梅溪词》。

戴复古 字式之,号石屏,天台黄岩人。师陆放翁,诗文皆豪逸。仕进不得志,流落为江湖诗人。有《石屏词》。

潘 牥 字庭坚,号紫岩,闽县人。生于嘉泰四年(1204),端平二年进士第三名。历任太学正,通判潭州。卒于淳祐六年(1246),年四十三。其词有赵万里所辑《紫岩词》一卷。

高观国 字宾王,号竹屋,山阴人。生卒年及仕履均不详。与史达祖友善,有词集名《竹屋痴语》。

吴文英 字君特,号梦窗,四明(今宁波)人。其生平行事均无史录,夏承焘考定为生于庆元六年(1200),卒于景定元年(1260),年六十一。文英词亦南宋一大家。宋人尹焕惟晓云:"求词于吾宋,前有清真,后有梦窗,此非焕之言,天下之公言也。"可知其当时之声誉。今有《梦窗甲乙丙丁稿》四卷。

洪 瑹 字叔与,自号空同词客。生平不详,有《空同词》一卷。

黄 昇 字叔旸,号玉林。又号花庵。生平不详。尝选唐五代北宋名家词为《唐宋诸贤绝妙词选》，又选南宋人词为《中兴以来绝妙词选》。二书今简称《花庵词选》，为宋人词选集之善本。其自作词有辑本《散花庵词》。

卷十

蒋　捷　字胜欲，阳羡（今江苏宜兴）人。生平不详，但知为德祐进士。自号竹山，遁迹不仕。有《竹山词》一卷。毛晋称其词"语语纤巧，字字妍倩。"

周　密　字公谨，号草窗，本济南人，流寓吴兴，居弁山，自号弁阳啸翁，又号四水潜夫。生平仕迹不详，但知其尝为义乌县令。据夏承焘考证，大约生于绍定五年，卒于元大德二年（1212—1298），年六十七。密著述甚富，今流传者有《齐东野语》、《武林旧事》、《癸辛杂识》等，皆为宋代野史。词集有《蘋洲渔笛谱》、《草窗词》。又尝选南宋人词为《绝妙好词》，与《花庵词选》并为宋人选宋词之善本。

张　炎　字叔夏，号玉田，又号乐笑翁，西秦人，流寓临安，为循王张浚之孙辈。生于淳祐八年（1248）。宋亡后，流浪江湖，不知所终。炎精于音律，著《词源》二卷，为词学第一部理论著作。词集名《山中白云词》。

陈允平　字君衡，号西麓，明州（今宁波）人。生平不详。词集有《西麓继周集》（皆和周邦彦词）、《日湖渔唱》。

魏夫人　不知其名，襄阳人，丞相曾布之妻，封鲁国夫人。约与苏东坡同时。大有词名。今仅有十首在《乐府雅词》中。

朱淑真　钱塘人，或曰海宁人，有才色，嫁市井商人，抑郁不得志，自号幽栖居士，作诗词自遣，有《断肠集》十卷，内词一卷。淑真生世不可考，临安士人王唐佐曾为作传，今此传亦已亡失。旧传以为朱文公熹之侄女，故文学史家以为南宋人。实则淑真与魏夫人同时而稍后，在李清照之前，当为北宋人。

李清照　济南人，京东提刑李格非之女，赵明诚之妻，自号易安居士。书画诗古文辞皆工。南渡后，明诚尝守建康，旋即逝世。易安流寓浙东，曾改嫁某氏，非其偶，讼而离之。晚年孤苦，遗有《漱玉词》一卷及诗文十馀篇。

吴淑姬　亦北宋时人，生平不可知，嫁士人杨子治。黄花庵《唐宋诸贤绝妙词选》采其词多首。并云，淑姬有词集《阳春白雪》五卷，今亦不存。

美　奴　陆藻侍女，能词，惟此二首见《苕溪渔隐丛话》。

聂胜琼　长安妓，嫁李之问。作《鹧鸪天》送别李生。

孙　氏　太学上舍郑文之妻，作此词寄夫，一时传诵，见《古杭杂记》。

清花间集

卷一

吴伟业　字骏公，号梅村，江南（江苏）太仓人。明崇祯四年进士，官詹事府詹事。入清，官国子监祭酒。有《梅村词》二卷。

李　雯　字舒章，江南华亭（今上海市松江县）人。明崇祯十五年举人。入清，官中书舍人。有《仿佛楼词》、《蓼斋词》。

龚鼎孳　字孝升,号芝麓,江南合肥(今属安徽)人。明崇祯七年进士。入清,官至礼部尚书。有《香岩词》四卷,又名《定山堂诗馀》。

宋徵璧　原名存楠,字尚木,江南华亭人。明崇祯十六年进士。入清,官广东潮州府知府。有《三秋词》,未见传本。徵璧与兄存标,弟徵舆俱有文名,时称"云间三宋"。

宋徵舆　字辕文,号直方,江南华亭人,顺治四年进士,官至都察院副都御史,有《海闾香词》。

高不骞　字查客,别号莼乡钓师,江南华亭人,康熙朝官翰林院待诏。有《罗裙草》五卷。曹贞吉称其词"出入于玉田、碧山,而细腻过之。"

张渊懿　字砚铭,一字元清,号蛰园,江南青浦(今上海市青浦县)人,顺治十一年举人,有《月听轩诗馀》,又与田茂遇同选《清平初选》,为明末清初云间派词选集。(坊间石印本改名《词坛妙品》。)

魏学渠　字子存,嘉善人,顺治五年举人,官刑部主事,有《青城词》三卷。

卷二

蒋平阶　原名阶,一名雯阶,字大鸿,一字斧山,江南华亭人,明诸生,入清后,隐于堪舆术,流寓两浙。有《支机词》一卷。

周积贤　字寿王,华亭人,茂源之子。早慧,十二岁作诗文,已沈博闳丽,年三十卒。从蒋平阶学诗词古文,有《支机词》一卷。

沈亿年　字矩承,号黝祈,嘉兴人,蒋平阶之弟子。师徒三人词合刻为《支机集》,人各一卷。平阶论词,承陈子龙之说,以唐、五代词为宗,尝谓"五代犹有唐风,入宋便开元曲。"故《支机集》三家词,皆唐五代令词。

严绳孙　字荪友,号藕渔,别号三藕荡渔人,无锡人。康熙十八年举博学鸿词,授翰林院检讨,官至中允。有《秋水词》二卷。

毛奇龄　初名牲,字大可,浙江萧山人。康熙十八年以监生召试博学鸿词,授翰林院检讨。有《毛翰林词》六卷,又著《西河词话》一卷。

陈维崧　字其年,号迦陵,江苏宜兴人。康熙十八年举博学鸿词,授翰林院检讨。有《乌丝词》四卷,后合刻为《湖海楼词》二十卷。

卷三

朱彝尊　字锡鬯,号竹垞,浙江嘉兴人。康熙十八年以布衣召试博学鸿词,授翰林院检讨,充日讲起居注官。彝尊博学多能,词学仅其馀事。尝选录唐宋金元人词,为《词综》三十卷。其论词以为词极于南宋,故以梅溪、白石、碧山、玉田为宗,遂开清词之浙派。其词集有《江湖载酒集》二卷。《静志居琴趣》一卷。《茶烟阁体物集》一卷,皆咏物词。《蕃锦集》一卷,皆集古人词句。合刻为《曝书亭词》。

丁　炜　字澹汝,号雁水,福建晋江人,官至湖广按察使。有《紫云词》一卷。弟焯,字韬汝,亦工于词,有《沧霞词》。

钱芳标 原名鼎瑞,字宝汾,一字葆酚,江南华亭人。康熙五年举人,官内阁中书。十七年,荐举博学鸿词。有《湘瑟词》四卷。

彭孙遹 字骏孙,号羡门,浙江海盐人。康熙十八年,以主事召试博学鸿词,授翰林院编修,迁吏部侍郎。其词绝艳丽,有《延露词》,传诵一时。晚年悔之,广收其集本,得辄毁之。

曹贞吉 字升六,号实庵,山东安丘人。康熙三年进士,官礼部员外郎。有《珂雪词》二卷。

董 俞 字苍水,一字樗亭,江南华亭人。顺治十七年举人,康熙十八年举博学鸿词。有《玉凫词》二卷。

卷四

纳兰性德 满洲正黄旗人,原名成德,字容若,姓纳兰氏,大学士明珠之子。康熙十五年进士,官至一等侍卫。有《侧帽词》、《饮水词》,合刻称《纳兰词》五卷。

王士禛 字贻上,号阮亭,别号渔洋山人,山东新城人。顺治十五年进士,官至刑部尚书。有《衍波词》一卷,又名《阮亭诗馀》。又有词话《花草蒙拾》一卷。又与邹祗谟合选时人词为《倚声初集》二十卷。

沈岸登 字覃九,一字南渟,浙江平湖人,有《黑蝶斋词》一卷,朱竹垞序之,谓其词"可谓学姜夔而得其神明者"。

李 符 字分虎,一字耕客,浙江嘉兴人,布衣。有《耒边词》二卷。

佟世南 字梅岑,汉军正黄旗人。有《东白堂词》一卷,又选《东白堂词选》十五卷。

卷五

厉 鹗 字太鸿,别号樊榭山人,杭州人。康熙五十九年举人,乾隆元年荐举博学鸿词,入都应试,以误写论在诗前,不中程式,遂罢归。馆于扬州马氏甚久,得尽读其藏书。有词集《秋林琴雅》四卷。樊榭论词,从朱竹垞之说。浙派词风,倡于竹垞,而盛于樊榭,当时词家,多受其影响。

许宝善 字效愚,号穆堂,青浦人,乾隆二十五年进士,官至监察御史。有《自怡轩词》一卷,《自怡轩词谱》六卷,《自怡轩词选》一卷。

张惠言 字皋文,江苏武进人。嘉庆四年进士,改庶吉士,授翰林院编修。有《茗柯词》一卷。

张 琦 字翰风,江苏武进人。嘉庆十八年举人,官山东馆陶县知县。有《立山词》一卷。琦与其兄惠言论词主深美闳约,而义归比兴,为清词常州派之倡导者。惠言选唐宋人词为《词选》二卷,琦又增续一卷,以见其论词宗旨。此书今称《宛邻词选》,因原本为宛邻书屋所刻也。又称《茗柯词选》,则用惠言文集名。

董士锡 字晋卿,一字损甫,江苏武进人。嘉庆十八年副贡,有《齐物论斋词》一卷。

士锡为张惠言之外甥,学词于张氏昆仲,得其传,为常州派中坚。

郭 麐 字祥伯,号频伽,晚年号复翁,江苏吴江人,贡生。作词其富,有《新蘅词》、《浮眉楼词》、《忏馀绮语》诸刻,总称《灵芬馆词》。

汪世泰 字紫珊,江苏六合人。监生,官河南知府。有《碧梧山馆词》二卷。

袁 通 字达夫,号兰村,浙江钱塘(杭州)人,袁枚之子。官河南汝阳县知县。有《捧月楼词》八卷。

卷六

周之琦 字稚圭,河南祥符(今开封)人。嘉庆十三年进士,改庶吉士,授翰林院编修,官至广西巡抚。有《金梁梦月词》、《怀梦词》、《鸿习词》各二卷。《退庵词》一卷。合称《心日斋词集》。又有《十六家词选》十六卷。

汪全德 字修甫,号小竹,一号竹素,江苏仪征人。嘉庆十年进士,改庶吉士,官江西吉南、赣宁道。有《崇睦山房词》一卷。

杨夑生 字伯夑,号浣芗,江苏金匮(今无锡)人。监生,官顺天蓟州知州。有《真松阁词》六卷,《过云精舍词》二卷。

龚自珍 改名巩祚,字璱人,号定庵,杭州人。道光九年进士,官礼部主事。有《无著词》、《怀人馆词》、《影事词》、《小奢摩词》各一卷。

沈传桂 字隐之,一字闰生,号伽叔,江苏长洲(苏州)人。道光十二年举人,官松陵县教谕。有《清梦庵二白词》五卷。

姚 燮 字梅伯,号野桥,别号大梅山民,浙江镇海人。道光十四年举人。燮才高学富,著作二百馀卷,词特其馀事耳。有《疏影楼词》。

王嘉福 字縠之,号二波,江苏长洲人,袭云骑尉,官至江苏仪征、靖江营守备。有《二波轩词选》。

卷七

项鸿祚 字莲生,杭州人,道光十二年举人。再上春官,不第归,即病不起。有《忆云词甲乙丙丁稿》。

姚辉第 字子箴,号稚香,河南辉县人。道光十八年进士,官上海知县。有《菊寿庵词》四卷。

陈元鼎 字实庵,号芰裳,杭州人。道光二十七年进士,改庶吉士,授翰林院编修。有《同梦楼词》一卷,《鸳鸯宜福馆吹月词》二卷。又选《词畹》八卷,未见。

蒋敦复 字克父,后字纯甫,号剑人,江苏宝山人。初为僧,名妙尘,又名铁岸。后还俗,补诸生。有《芬陀利室词》,又作词话三卷,曰《芬陀利室词话》。

顾文彬 字蔚如,号子山,晚号艮庵,江苏元和(苏州)人。道光二十一年进士,官浙江宁绍台道。有《眉绿楼词》八卷。

卷八

蒋春霖 字鹿潭,江苏江阴人。累试不第,求食扬州,时杜文澜任东台盐运分司,援引鹿潭,任富安场盐大使。同治七年卒,年五十一。有《水云楼词》二卷,续一卷。

承 龄 字子久,一字尊生,裕瑚鲁氏,满洲镶黄旗人。道光十六年进士,官至贵州按察使。有《冰蚕词》一卷。

杜文澜 字小舫,浙江嘉兴人,官两淮盐运使。专精词学,作《词律校勘记》二卷,《憩园词话》六卷,又重刻《梦窗甲乙丙丁稿》。其自作词名《采香词》四卷。

薛时雨 字慰农,一字澍生,晚号桑根老农,安徽全椒人。咸丰三年进士,官杭州知府,署粮储道。有《藤香馆词》二卷。

汪 瑔 字玉泉,一字芙生,号毂庵,广东番禺人。有《随山馆词》一卷。

叶衍兰 字兰台,号南雪,广东番禺人。咸丰六年进士,改庶吉士,官户部郎中。有《秋梦庵词》。

卷九

王鹏运 字幼霞,一字佑遐,又字鹜翁,晚号半塘僧鹜,广西临桂人。同治十二年举人,官礼科给事中。专诣词学,为晚清词学宗师。尝刻宋元善本词籍二十种,四十四卷,为《四印斋丛刻》。其自作词有《袖墨》、《虫秋》、《蜩知》、《味梨》、《鹜翁》、《校梦龛》、《南潜》等七集。晚年删定为《半塘定稿》二卷。朱祖谋为增补《剩稿》一卷。

文廷式 字芸阁,一字道希,别号纯常子,江西萍乡人。光绪十六年进士,授翰林院编修,官至侍读学士。有《云起轩词钞》一卷。

李慈铭 字㤊伯,号莼客,晚号越缦,浙江会稽人。光绪六年进士,官至山西道监察御史。有《霞川花隐词》二卷,《越缦堂词录》。

庄 棫 字中白,江苏丹徒人,官主事。有《蒿庵词》四卷,一名《中白词》。

谭 献 号复堂,字仲修,杭州人。同治六年举人,官安徽含山县知县。有《复堂词》三卷。又选录时人词为《箧中词》六卷,续四卷。评论颇有卓识,为当时风行之词选。

陈廷焯 字亦峰,江苏丹徒人。光绪十四年举人。有《白雨斋词话》八卷。又选历代词为《词则》四集,二十四卷。其自为词曰《白雨斋词存》一卷。廷焯亦晚清词论一大家,其《词话》久已传诵,《词则》近年始有影印本传世。

卷十

郑文焯 字俊臣,号小坡,又号叔问,晚号大鹤山人,又号冷红词客,奉天铁岭人,流寓苏州。光绪元年举人,官内阁中书。有《冷红词》四卷,《瘦碧词》二卷,《比竹馀音》四卷,《苕雅馀集》一卷,晚年删定为《樵风乐府》九卷。文焯亦晚清词学大家,专校勘、律吕之学,著有《绝妙好词校释》、《词源斠律》等书。

朱祖谋 原名孝臧,字古微,号沤尹,又号彊村,浙江归安人。光绪九年进士,改庶吉士,授翰林院编修,官至礼部右侍郎。祖谋工于词,又深于词学。辑刻宋金元人词集为

《彊村丛书》二百五十九卷,为词苑一大结集。又定《湖州词徵》三十卷,《湖州词录》六卷。选《宋词三百首》,亦精当。其自作词名《彊村语业》三卷。

况周颐 原名周仪,避宣统讳改颐。字夔笙,别号玉梅词人,晚号蕙风词隐,广西临桂人。光绪五年进士,官内阁中书。有《新莺词》、《玉梅词》等十馀刻,晚年自删定为《蕙风词》二卷。又有《蕙风词话》五卷,《粤西词见》三卷,《薇省词钞》十一卷。

王国维 字静安,号观堂,浙江海宁人,诸生。曾留学日本,受西方文化熏陶,治学论文,皆有西方哲学影响。有《观堂长短句》,《人间词话》。

卷八 词学文本

整理

一　渔父拨棹子　（唐）释德诚

千尺丝纶直下垂。一波才动万波随。夜静水寒鱼不食。满船空载月明归。

三十年来江上游。水清鱼见不吞钩。钓竿斫尽重栽竹。不计工夫得便休。

三十餘年坐钓台。竿头往往得黄能。锦鳞不遇空劳力。收取丝纶归去来。

一叶虚舟一副竿。了然无事坐烟滩。忘得丧，任悲欢。却教人唤有多端。

一任孤舟正又斜。乾坤何路指生涯。抛岁月，卧烟霞。在处江山便是家。

愚人未识主人公。终日孜孜恨不同。到彼岸，出樊笼。元来只是旧时翁。

有一鱼今日溯洄。混虚包纳信奇哉。能变化，吐风雷。下线何曾钓得来。

别人只看采芙蓉。香气长粘绕指风。两岸映，一船红。何曾解染得虚空。

问我生涯只是船。子孙各自赌机缘。不由地，不由天。除却簑衣无可传。

莫学他家弄钓船。海风起也不知边。风拍岸，浪掀天。不易安排得帖然。

大钓何曾离钓求。抛竿卷线却成愁。活泼泼，乐悠悠。自是迟疑不下钩。

静不须禅动即禅。断云孤鹤两萧然。烟浦畔，月川前。樠木形骸在一船。

莫道无修便不修。菩提痴坐若为求。勤作棹，慧为舟。者个男儿始出头。

水色山光处处新。本来不俗不同尘。著气力，用精神。莫作虚生浪死人。

独倚兰桡入远滩。江花漠漠水漫漫。空钩线，没腥羶。那得凡鱼都上竿。

揭却云篷进却船。一竿云影一潭烟。既掷网，又抛筌。莫教倒被钓丝牵。

苍苔滑净坐忘机。截眼寒云叶叶飞。戴箬笠，挂簑衣。别无归处是吾归。

外却形骸放却情。萧然孤坐一舟轻。圆月上，四方明。不是奇人不易行。

世知吾懒懒原真。宇宙船中不管身。烈香饮，落花茵。祖师元是个闲人。

都大无心罔象间。此中那许是非关。山兀兀，水潺潺。忙者自忙闲者闲。

浪宕从来水国间。高歌敧枕看遥山。红蓼岸，白苹湾。肯被兰桡使不闲。

古钓先生鹤发垂。穿波出浪不曾疑。心荡荡，笑怡怡。长道无人画得伊。

动静由来本两空。谁教日夜强施功。波渺渺，雾濛濛。却来江上隐云中。

媚俗无机独任真。何须洗耳复澄神。云与月，友兼亲。敢向浮沤任此身。

逐块追欢不识休。津梁浑不挂心头。霜叶落，岸花秋。却教渔父为人愁。

一片江云倏忽开。　翳空晴日绝氛埃。　适消散，又徘徊。　试问本从何处来。
鼓棹高歌自适情。　音稀和寡不求名。　清风起，浪花平。　也且随流逐势行。
不妨纶线不妨钩。　只要钩轮得自由。　掷即掷，收即收，　无踪无迹乐悠悠。
钓下俄逢赤水珠。　光明圆沏等清虚。　静即出，觅还无。　不在骊龙不在鱼。
卧海拏云势莫知。　优悠何处不相宜。　香象子，大龙儿。　甚么波涛飏得伊。
虽慕求鱼不食鱼。　网帘蓬户本空无。　在世界，作凡夫。　知闻只是个毗卢。
香饵竿头也不无。　向来只是钓名鱼。　波沃日，浪涵虚。　万象牢笼号有馀。
乾坤为舸月为篷。　一带云山一迳风。　身放荡，性灵空。　何妨南北与西东。
终日江头理棹间。　忽然失济若为还。　滩急急，水潺潺。　争把浮生作等闲。
有鹤翱翔出海风。　往来踪迹在虚空。　图不得，弄何穷。　日月还教没此中。
钓头曾未曲些些。　静向江滨度岁华。　酌山茗，折芦花。　谁言埋没在烟霞。
吾自无心无事间。　此心只有水云关。　携钓竹，混尘寰。　喧静都来离又闲。
晴川清濑水横流。　潇洒元同不系舟。　长自在，任夷犹。　将心随逐几时休。
欧冶铦锋价最高。　海中收得用吹毛。　龙凤绕，鬼神号。　不见全牛可下刀。

以上吕氏石刻本三十九首。

本是钓鱼舡上客，偶除须发著袈裟，佛祖位中留不住，夜深依旧宿芦花。

此首杨升庵所录四偈之三。疑是伪作。

二　北山楼校定断肠词一卷

生查子

寒食未多时,几日东风恶。无绪倦寻芳,闲却秋千索。瘦减翠裙交,病怯罗衣薄。不忍卷帘看,寂寞梨花落。

又

年年玉镜台,梅蕊宫妆困。今岁未还家,怕见江南信。酒从别后疏,泪向愁中尽。遥想楚云深,人远天涯近。

点绛唇

黄鸟嘤嘤,晓来却听丁丁木。芳心已逐,泪眼倾珠斛。见自无心,更调离情曲。鸳帏犹望休穷目,回首溪山绿。

又

风劲云浓,莫寒无奈侵罗幕。鬌鬓斜掠,呵手梅妆薄。少饮清欢,银烛花频落。添萧索,春工已觉,点破梅花萼。

浣溪纱

露井夭桃吐绛英,春衣初试薄罗轻,风和烟暖燕巢成。满院湘帘闲不卷,曲房朱户闷长扃,恼人光景又清明。

又

卸下金钗一样娇,背灯初解绣裙腰,衾寒枕冷夜香消。深院重关春寂寂,落花和雨夜迢迢,恨情和梦更无聊。

卜算子

竹里一枝梅,映带林逾静。雨后清奇画不成,浅水横疏影。吹彻小单于,心事重思省。拂拂风前度暗香,月色侵花冷。

菩萨蛮　秋

秋声乍起梧桐落，蛩吟唧唧添萧索。欹枕背灯眠，月和残梦圆。　　起来钩翠箔，何处寒砧作。独倚小阑干，逼人风露寒。

又

山亭水榭秋方半，凤帏寂寞无人伴。愁闷一番新，双蛾只暗颦。　　起来临绣户，时有疏萤度。多谢月相怜，今宵不忍圆。

又　木樨

也无梅柳新标格，也无桃李《诗渊》作"桃杏"，妖娆色。一味恼人香，群花争敢当。情知《诗渊》作"和"，误。天上种，飘落深岩洞。不管月宫寒，将枝比并看。

又　梅

溪云不度溪桥冷，嫩寒初破霜钩影。桥下水声长，一枝和月香。　　人怜花似旧，花不知人瘦。独自倚阑干，夜深花正寒。

忆秦娥　正月初六夜月

弯弯曲，新年新月钩寒玉。钩寒玉，凤鞋儿小，翠眉儿蹙。　　闹蛾雪柳添妆束，烛笼火树争驰逐。争驰逐，元宵三五，不如初六。

减字木兰花

独行独坐，独倡独酬还独卧。伫立伤神，无奈春寒著摸人。　　此情谁见，泪洗残妆无一半。愁病相仍，剔尽寒灯梦不成。

谒金门

春已半，触目此情无限。十二阑干闲倚遍，愁来天不管。　　好是风和日暖，输与莺莺燕燕。满院落花帘不卷，断肠芳草远。

清平乐

风光紧急，三月俄三十。拟欲留连无计及，绿野烟愁露泣。　　倩谁寄语春宵，城头画鼓轻敲。缱绻临歧嘱付，来年早到梅梢。

又　夏日游湖

恼烟撩露，留我须臾住。携手藕花湖上路，一霎黄梅细雨。　　娇痴不怕人猜，和衣倒在人怀。最是分携时候，归来懒傍妆台。

西江月　春半

办取舞裙歌扇，赏春只怕春寒。卷帘无语对南山，已觉绿肥红浅。　　去去惜花心懒，踏青闲步江干。恰如飞鸟倦知远，澹荡梨花深院。

眼儿媚

迟迟风日弄轻柔，花径暗香流。清明过了，不堪回首，云锁朱楼。　　午窗睡起莺声巧，何处唤春愁。绿杨影里，海棠亭畔，红杏梢头。

鹧鸪天

独倚阑干昼日长，纷纷蜂蝶斗轻狂。一天飞絮东风恶，满路桃花春雨香。　　当此际，意偏伤。萋萋芳草傍池塘。千钟尚欲偕春醉，幸有酴醾与海棠。

鹊桥仙　七夕

巧云弄晚，西风惊暑，小雨翻空月坠。牵牛织女几经秋，尚多少、离肠恨泪。　　微凉入袂，幽欢生座，天上人间满意。何如暮暮与朝朝，更改却、年年岁岁。

蝶恋花　送春

楼外垂杨千万缕，欲系青春，少住春还去。犹自风前飘柳絮，随春且看归何处。绿满山川闻杜宇。便做无情，莫也愁人意。把酒送春春不语，黄昏却下潇潇雨。

江城子

斜风细雨作春寒。对尊前，忆前欢。曾把梨花，寂寞泪阑干。芳草断烟南浦路，和别泪，看青山。　　昨宵结得梦夤缘。水云间，悄无言。争奈醒来，愁恨又依然。展转衾裯空懊恼，天易见，见伊难。

月华清　梨花

雪压庭春，香浮花月，揽衣还怯单薄。欹枕裴回，又听一声乾鹊。粉泪共宿雨阑干，清梦与寒云寂寞。除却是江梅曾许，诗人吟作。　　长恨晓风漂泊。且莫遣香肌，瘦减如削。深杏夭桃，端的为谁零落。况天气、妆点清明，对美景、不妨行乐。拚着。向花前时取，一杯独酌。

念奴娇　催雪

冬晴无雪，是天心未肯，化工非拙。不放玉花飞堕地，留在广寒宫阙。云欲同时，霰将集处，红日三竿揭。六花翦就，不知何处施设。　　应念陇首寒梅，花开无伴，对景真愁绝。待出和羹金鼎手，为把玉盐飘撒。沟壑皆平，乾坤如画，更吐冰轮洁。梁园燕客，夜明不怕灯灭。

又

鹅毛细翦，是琼珠密洒，一时堆积。斜倚东风浑漫漫，顷刻也须盈尺。玉作楼台，铅镕天地，不见遥岑碧。佳人作戏，碎揉些子抛掷。　　争奈好景难留，风偌雨骤，打碎光凝色。纵有十分轻妙态，谁似旧时怜惜。担阁梁吟，寂寥楚舞，笑捏狮儿只。梅花依旧，岁寒松竹三益。

绛都春

寒阴渐晓，报驿使探春，南枝开早。粉蕊弄香，芳脸凝酥琼枝小。雪天分外精神好，向白玉堂前应到。化工不管，朱门闭也，暗传音耗。　　轻渺，盈盈笑靥，称娇面、爱学宫妆新巧。几度醉吟，独倚阑干黄昏后，月笼疏影横斜照。更莫待、单于吹老。便须折取归来，胆瓶插了。

附　断句

王孙去后无芳草

《花草粹编》卷二收朱秋娘集句采桑子词，此为其首句，注云："朱淑真。全篇未见，盖逸词之残句也。"

北山楼校定断肠词一卷终

断肠词校记序

朱淑真《断肠词》，今所见刻本，以明季汲古阁刻《诗词杂俎》本为最早，次为清光绪初钱唐许氏榆园刻《西泠词萃》本，复次为光绪己丑况周仪校补本，刻入《四印斋丛书》。况氏所据为汲古阁未刊词稿本，与已刊之《诗词杂俎》本略有异同，此本余未获见。别有崑山胡慕椿慎轩氏《新增断肠词》一卷，附于魏端礼辑、郑元佐注《断肠诗集》十卷之后。此书余得一旧钞残帙，存诗集第九、第十两卷，词一卷全。胡慎轩世次未详，意其亦明季人。

陈耀文《花草粹编》有朱淑真词二十馀阕，今所有诸本，殆皆从《粹编》辑出，各有增损，文字亦互有从违。

余以况氏校本未为精审，故别为校定，缮录为一卷，复取诸本异文作校记一卷附之。

丁巳午日施舍识

参校诸本目录

花草粹编(粹编)

词的(词的)

诗词杂俎本断肠词(杂俎)

胡慎轩新增断肠词(胡本)

草堂诗馀别集(草别)

词综(词综)

历代诗馀(历代)

清绮轩词选(清绮)

西泠词萃本断肠词（西泠）

况周仪校补断肠词（况本）

生查子一

未多时 诸本皆作"不多时"，惟《粹编》作"未多时"，今从之。

瘦 诸本皆作"玉"，惟《粹编》作"瘦"，今从之。

裙交 诸本同，"况本"注云"别作腰支"，未知何本。

生查子二 世传大曲十首之八。

未还家 诸本同，"况本"注云"别作不归来"，未知何本。

酒 诸本同，"况本"注云"别作欢"，未知何本。

点绛唇一

"胡本"题下注云"向误木兰花"，未知何本。《诗渊》作减字木兰花。

无心 《诗渊》作"无聊"。

犹望 "胡本"、"西泠"并作"犹望"，《杂俎》作"独望"，"况本"全句阙疑，而注《杂俎》本文于下，想汲古阁未刊稿本如此。

点绛唇二

少 诸本均同，疑当作"小"。

添 《粹编》、"胡本"均作"添"，《杂俎》、"西泠"均作"恁"。"况本"注云"别作凭"，未详何本。

梅花 诸本均作"香"，惟《粹编》作"梅花"，今从之。

浣溪纱一

露井 "胡本"、《杂俎》、"西泠"均作"春巷"，惟《粹编》、"况本"作"露井"，今从之。

满院 诸本皆作"小院"，惟《粹编》作"满院"，今从之。

湘 诸本皆作"湘"，惟《粹编》作"深"，未可从。

浣溪纱二

卸下 诸本皆作"玉体"，惟《粹编》作"卸下"，今从之。

重关 诸本皆同，惟《粹编》作"不关"，未可从。

卜算子

梅 《粹编》、"胡本"、《杂俎》、"西泠"均作"梅"，惟"况本"作"斜"。

疏 诸本均同，惟《粹编》作"斜"。

重思省　诸本皆作"思重省",惟《粹编》作"重思省",今从之。

花　诸本均作"花",惟"况本"作"檐",殆据汲古阁未刊词本,未可从。

菩萨蛮一

独倚　诸本均同,惟"况本"作"重倚",未可从。

菩萨蛮二

暗　诸本均作"旧",惟《粹编》作"暗",今徒之。

菩萨蛮四

度　诸本均作"渡",况本注云"别作断",未知何本。"清绮"作"度",今从之。

嫩　《粹编》、"胡本"均作"嫩"。"胡本"注云:"湿云嫩寒,词中佳语"。《杂俎》、"西泠"作"娥","况本"作"蛾"。

初破霜钩影　"胡本"、"西泠"均作"霜钩","况本"作"双钩",《粹编》、"清绮"此句均作"嫩寒初透东风景"。

桥　诸本均作"溪",惟《粹编》"清绮"作"桥",今从之。

月　《粹编》、《词的》、"清绮"均作"雪","胡本"、"西泠"、"况本"作"月"。

花不知人瘦　《词的》、"清绮"作"花比人应瘦"。

独自倚阑干　《词的》、清绮作"莫凭小阑干"。

忆秦娥

争驰逐　"胡本"、"西泠"均敚此叠句。

减字木兰花

春　诸本均同,惟"况本"作"轻"。

谁　诸本均同,"况本"注云:"别作难",未知何本。

寒　诸本均同,惟《粹编》作"孤"。

清平乐一

无计及　诸本均作"计无及",必误,今改正之。

倩　《粹编》作"凭"。

语　《粹编》作"与"。

清平乐二

和衣倒在人怀　《粹编》、《草别》同,"胡本"、《杂俎》、"西泠"、"况本"均作"随群暂遣人怀"。"况本"注云:别作"和衣睡倒人怀",此不知何本。《草别》此词上有眉批云:《地驱乐》歌："枕郎左臂,随郎转侧,摩挱郎须,看郎颜色。"《诗归》谓其"千情万态,可作风流中经史注疏"。和衣倾倒,谓不可训,迂哉！据此可证原作实是"和衣倒在人怀",或以其不足为训,因臆改作"随群"云云。特不知此改本始见於何书,沈际飞斥之为迂,必有其人。

西江月

此词见《粹编》,"胡本"、《杂俎》、"西泠"均未收。汲古阁未刊本据《粹编》补入,"况本"从之。

赏　"况本"作"当",未知何本。

肥　"况本"作"深",亦未知何本。

眼儿媚

亭　诸本均同,"况本"注云"别作'枝'",盖《词综》也。

鹧鸪天

雨　诸本均作"水",惟《粹编》作"雨",义较长,从之。

伤　诸本均作"长",惟《粹编》作"伤",今从之。

鹊桥仙

弄　诸本均作"妆",惟《粹编》作"弄",今从之。

惊　诸本均作"罢",惟《粹编》作"惊",今从之。

蝶恋花

绿满　诸本均同,惟《粹编》、《词综》作"满目"。

莫也　"胡本"作"莫已"。

意　《粹编》、《词的》、《词综》、"清绮"均同,《杂俎》、"胡本"、"西泠"均作"苦","况本"从"意",注云:按毛刻改此,似嫌落韵,别本并作"意"。盖谓《杂俎》本始改"意"作"苦"。按淑真海宁人,方言"意"与"语"两字正协。

江城子

尊前　"况本"空阙此二字,注云《杂俎》本作"尊前",殆汲古阁未刊词本原亦阙疑,故况校仍之,然此二字诸本皆作"尊前"也。

结　诸本均作"结",惟"况本"作"徒",注云《杂俎》本作"结"。盖"况本"依汲古阁未刊词本,然此字未可从也。

衾　诸本均同,"况本"注云"别作'因'",未知何本。

衾裯　诸本均同,"况本"注云"别作'翠衾'",未知何本。

月华清

此词惟见于《粹编》，汲古阁未刊本据《粹编》补入，"况本"从之。

庭 《粹编》同，"况本"注云"别作'亭'"，未知何本。

"拚着"句 《粹编》此句作："拚着，向花时取，一杯独酌。""况本"作："拚着，向花前时取，一杯独酌。"注云《粹编》脱'前'字，可知汲古阁未刊本有此"前"字，况校依之。"况本"又有注云："别作'向花时唤取'。"此又不知何本。

《诗渊》作"拚着向花前"。

念奴娇二

是琼珠密洒 诸本均同，惟《粹编》作"纵轻抛密洒"。按此句上曰"鹅毛细翦"，下曰"是琼珠"，句意有舛，故或改作"纵轻抛密洒"，然"纵"字亦不可解也，窃疑"是"字当为"似"字之讹，然无可证，姑仍其旧。

抛掷 《粹编》作"相掷"。

纵有 诸本均作"总有"，惟《粹编》作"纵有"，今从之。

绛都春

寂寥 诸本均作"寂寞"，惟"况本"作"寂寥"，今从之。

《粹编》、《历代》均以此词属朱淑真，诸本均无，"况本"据《粹编》补入，注云："案毛氏知从《粹编》补前二阕，而佚此阕，亦疏于校勘也。"舍按：此词见《草堂诗馀别集》，至正本作无名氏词，陈钟秀本作朱希真词，然检《樵歌》三卷中并无此作，题无名氏者，或可以为偶脱主名；题朱希真者，或可以为一字之误，然《草堂诗馀别集》成书在朱淑真前，且此词亦不类朱淑真笔，犹有可疑，姑附于此。

单于 "况本"作"笛声"。

附删汰诸阕校辨

生查子 （去年元夜时）

此词见《乐府雅词》、《粹编》，均属之欧阳修，《文忠公近体乐府》亦有之，杨升庵《词品》始以为朱淑真作，有"其行可知"之诮。嗣后汲古阁《诗词杂俎》本《断肠词》遂收入之，毛氏跋复以为白璧微瑕，朱竹垞《词综》亦属之朱淑真。"胡本"、"西泠本"、"况本"因仍不改。虽《四库总目提要》已力辨其诬，无能为役也。朱淑真生当南宋中叶，《乐府雅词》成书于南渡之前，即此一端，已可知此词必非朱作矣，余故削之，不使朱氏受此诬蔑也。

柳梢青 咏梅三首

此三词《粹编》均误为朱淑真词，以后诸本《断肠词》皆取之。然此乃杨补之《咏梅》十阕之三，见《逃禅词》。刘后村跋杨补之词画，亦全录其词，见《后村大全集》卷一百三十七,可证此非朱淑真词也,故删汰之。

阿那曲

　　诸本俱无,"况本"据《词统》、《古今词话》补入,殆不可信,未敢录。

浣溪纱 （卸下金钗）

　　此词见《粹编》,在朱淑真"露井夭桃"一首之后,题作《春怨》,下无作者姓名。毛刻《杂俎》收此词,而汲古阁未刊词无之,"胡本"、"西泠本"均有,盖以为二词皆朱淑真作。然《粹编》同卷有韩偓一词,与朱作仅异首句,其词云:"拢鬓新收玉步摇,背灯初解绣裙腰。枕寒衾暖异香焦。　　深院不关春寂寂,落花和雨夜迢迢。恨情残醉却无寥。"此词见《香奁集》,为韩作无疑,然其首句及以下数字异者,岂朱淑真爱其词,点窜漫书之,流传于外,误为朱作耶? 今姑存之,附识于此。

三　姜白石词校议

一、江梅引序

序云:"将谒淮而不得。"诸本均同,惟厉樊榭钞本及倪鸿刊本作"谒淮南"。罗振常云:"按本词有'歌罢淮南春草赋'句,则作'淮南'为是。淮南为广陵,故曰'谒',若泛指淮水,当云'渡',不当云'谒'也。"按罗说甚谬。"歌罢淮南"之句,岂可引证序中亦必作"淮南"耶。白石所谓"淮",乃指合肥适在淮南,不须渡涉,何以不可用"谒"字耶。"将谒淮而不得",句法自然,决非南字之误。盖厉本钞录有误,倪所得或即此本,因而误耶?

二、徵招序

序云:"予欲家焉而未得。"此白石句法也。

三、蓦山溪《题钱氏溪月》

是当日,诸本均同,惟《历代诗馀》作"是当年"。夏校谓《花庵词选》作"当时",非也。又夏校云:"此对下片入字仄声,当用'日'。"按词谱,此字可平可仄。下片"更愁人"之入字,亦可读作平声,不当引入字证,此处必为日字也。

荷苒苒:明钞本、姜熙本及《花庵词选》均作"苒苒",惟陆刻本始改作"冉冉"。予所得钞本有校语云:"苒苒,当作'冉冉'。"按苒苒,草茂盛貌;冉冉,行也,进也,二字有别,此处当作苒苒。白石词好事近《赋茉莉》亦有"苒苒动摇云绿"句。

更愁人:姜熙注云:"愁人,一作'秋人'。"张奕枢刊本作"秋人",予所得钞本,亦作"秋人"。按上片已出愁字,此处用秋字转佳。郑文焯云:"'秋'是,亦'愁'之脱讹。"

四、莺声绕红楼

近前舞丝丝:近字下注云:"平声。"诸本均同。姜熙注云:"解连环词中用近字,《花庵词选》本亦注云'平声',不知出处,义亦未详。"张文虎云:"近有上去二音,无平声,此音疑误。"按二词近字下均注平声,可知白石原文如是,曲家以上声字入平声唱,固无不可,故白石自注明之,不当以字书泥歌曲也。至其义,尤非不可解。

五、鬲溪梅令

谩向:江研南本、朱刻本"谩"均作"漫",误。白石用此字均从言,诗集可参考。

小横陈:汲古阁本作"水横陈",盖刻误也。其后《历代诗馀》、《钦定词谱》、万氏《词律》,皆沿此而误。又此词《花草粹编》作李端叔词,误。

六、点绛唇

吴松:诸本均作"吴松"。惟姜熙本、四印斋本作"吴淞",误。淞,元人俗字。

七、少年游《戏张平甫》(《彊村丛书》作"戏平甫")

双蛾:郑云:"蛾,当为'娥'之讹,陆本是。"按陆本亦作"蛾"。

"扁舟载了,忽忽归去。"姜熙注云:"一本换头作七字句,无归字。"按此谓《花庵词选》本也,汲古阁本及《词谱》并沿其误,《花草粹编》本亦误。

八、鹧鸪天《元夕不出》

忆昨天街:《花庵词选》本、汲古阁本《历代诗馀》、江研南本、朱刻本,均作"忆昨天街"。姜熙注云:"街,一作'堦'"。张奕枢本及予所得旧钞本,并作"堦"。

九、鹧鸪天《十六夜出》

两行垂:诸本均作"两行",惟四印斋本作"两桁"。许增云:"旧钞本作'桁'。"按:桁,衣桁也,不当用于此处。行字可读作去声,白石诗云:"辇路垂杨雨行垂。"可证。

游人:陆本、许本均作"行人"。许注云:"旧钞本作'游'。"郑作"行",非。

一〇、杏花天影

满汀芳草:诸本均作"满汀",惟知不足斋本作"满江"。

一一、醉吟商小品

诸本皆单片,惟张奕枢本、姜熙本于"梦逐金鞍去"句分段。

又正是春归:《词谱》、《叶谱》无又字。

一二、玉梅令

高花未吐:诸本均同,惟姜熙本无高字。熙注云:"别本花字上多一高字。"《词谱》亦无高字,郑云:"高字衍,梅下脱一下字。"

愿公更健:诸本均同,惟姜熙本作"长健",注云:"长健作更健。"

公来领客:诸本均同,惟洪陔华本、江研南本、朱刻本作"领略"。白石汉宫春《次韵稼

《轩》云："临皋领客。"

一三、浣溪沙(其一)

陆本、姜熙本、鲍本、四印斋本"沙"均作"纱"，江研南本、朱刻本作"沙"，予所得旧钞本亦作"沙"。

此阕：诸本均同，惟江研南本、朱刻本作"是阕"，予所得钞本亦作"是阕"。

恨入四弦：诸本均同，姜熙注云："恨，一本作'怅'。"盖谓张奕枢本也。

一四、又浣溪沙(其二)

共出：张本、陆本、姜熙本均作"不出"，予所得旧钞本亦作"不出"，误也。

一五、浣溪沙(其四)

吴松，姜本作"吴淞"，误。

一六、浣溪沙(其五)

腊花：诸本均同。郑文焯曰："腊，当作'蜡'。"此说恐非，宋人均称"腊梅"，陈慈音疏引范成大《梅谱》："人言腊时开，故以腊名，非也，谓色如黄蜡耳。"正可证"腊花"不误。

侯人：姜熙本、四印斋本作"误人"。

一七、浣溪沙(其六)

露黄：陆本作"露横"，余所得旧钞本，亦作"露横"。

以上令词，以下慢词。

一八、庆宫春(陈撰洪陔华本作"庆春宫")

序文雪浪四合：江研南本"雪浪"作"云浪"。

采香迳：陆本、鲍刻本"迳"作"涇"。

一九、齐天乐

《花庵词选》删去词序，惟留"蟋蟀，中都呼为'促织'"一句。

二三十万钱：江本、朱刻本作"二三十万"。

候馆迎秋：《花庵词选》"迎秋"作"吟秋"，汲古阁本、洪陔华本同。予所得旧抄本校语云："原抄本作'吟秋'。"《词品》、《阳春白雪》、《花草粹编》亦作"吟秋"。

谩与：江研南本、朱刻本作"漫与"。

庾郎先自：洪陔华本"先"下注云："去声。"《阳春白雪》亦有此注，诸本均无注语。

二〇、满江红

洪陔华本删节词序甚多，"一席风"作"一夕风"，"协律"作"按律"。《绝妙好词》亦作

"一夕风"。

庙中列坐如夫人者十三人:洪陔华本"十三人"作"十五人",《后村诗词》引此词作"十五人"。

旌旗共:《绝妙好词》本"共"作"拥"。

二一、一萼红

洪陔华本删去序文,但云:"人日登定王台。"

墙腰云老:杨升庵《词品》"墙腰"作"墙头"。

目极伤心:诸本均同,姜熙注云:"别本作极目。"

垂杨:《花庵词选》本、汲古阁本、《历代诗馀》本、洪陔华本、四印斋本均作"垂柳",予所得旧钞本亦作"垂柳"。

二二、念奴娇

《花庵词选》本删去序文,题作"吴兴荷花",汲古阁本,洪陔华本同。

尝与:《花庵》本作"长与",汲古阁本、《历代诗馀》、洪陔华本同,予所得旧钞本作"常与"。

寒易落:《历代诗馀》、《词谱》均作"容易落",误。

二三、眉妩

侵沙:《花庵》本,作"吹沙",汲古阁本、洪陔华本,《花草粹编》、《历代诗馀》、《词谱》同。沙,张本、沈本作"纱",予所得旧钞本亦作"纱",有前人校语云:"纱,当作'沙'"。

明日闻津鼓:《历代诗馀》误作"明月",《花草》本亦作"明月"。

二四、月下笛

过墙去:四印斋本作"度墙去"。

柔荑:诸本均同,惟予所得旧钞本作"桑荑",误也。

梁间燕:姜熙云:"梁间"一作"梁上"。予所得旧钞本正作"梁上",张本、沈本亦作"梁上"。郑云:"此字宜平,与上阕同例。"

二五、清波引

《花庵》本删去序文,改题曰《梅》。汲古阁本同,洪陔华本作"咏梅"。

新诗谩与:江研南本、朱刻本、姜熙本、陆刻本、四印斋本均作"漫与",予所得明钞本同;皆误。又洪陔华本"新诗谩与"上有阙文四格,以此为下片第二句,未知所据。

抱幽恨难语:《词谱》"难语"作"谁语"。

二六、法曲献仙音

《花庵》本削去序文,题作《张彦功官舍》,《绝妙好词》本、汲古阁本同,洪陔华本题作

《秋感》。

甚而今：诸本均同姜熙云："而今，别本作'如今'。"未详何本。

偏怜高处：诸本均同，朱彭《湖山遗事》引此词作"偏宜高处"。

屡回顾：《花庵》本此句属上片，汲古阁本同，予所得旧钞本亦然。

"象笔"：《湖山遗事》所引作"象管鸾笺"。

二七、琵琶仙

《花庵》本删去序文，题作"吴兴感遇"，汲古阁本同。洪陔华本序文末句误作"余与萧时夫载酒南游因遇成歌。"

宫烛分烟：陆刻本、四印斋本、鲍刻本及予所得旧钞本均作"官烛分烟"，姜熙校云："官烛，别本作'官烛'。"非。

二八、玲珑四犯

调名下注云："此曲双调，别有大石调一曲"：此注惟陆刻本、鲍刻本、姜熙本、四印斋本有云，洪陔华本作"四犯玲珑"，下注云："黄钟商。"

越中岁暮闻箫鼓感怀：洪陔华本夺鼓字。

谩赢得：江研南本、朱刻本"谩"作"漫"，《花庵》本、汲古阁本"赢"误作"赢"。

换马：《花庵》本、《词品》本、《花草粹编》本、汲古阁本、洪陔华本，均作"唤马"。

二九、侧犯

甚春却向扬州住：诸本均同，洪陔华本作"却在"，误。

三〇、水龙吟

洪陔华本调名下注云："越调无射商。"此注诸本均无。"黄庆长"洪本误作"度长"。《历代诗馀》题作："夜泛鉴湖怀归。"

三一、探春慢

还记：升庵《词品》作"不记"。

雁碛波平：《花庵》本、《词品》本、《花草》本、汲古阁本、《历代诗馀》、洪陔华本均作"沙平"。

又照我：《花庵》本、汲古阁本、《历代诗馀》、张刻本、沈本均作"又唤我"。

梅花零乱：《花庵》、《花草》、汲古阁本均作"乱零"，张本、沈本作"零落"，予所得旧钞本亦作"零落"。

乱鸦送日：《历代诗馀》误作"送目"，《花草》，自怡轩本同误作"目"。

清泗：《历代诗馀》误作"青盼"，《花草》作"清眄"，自怡轩本作"青眄"。

三二、解连环

玉鞭重倚:《花庵》、汲古阁本、《历代诗馀》、洪陔华本,“玉鞭”均作“玉鞍”。洪本并有题云:“咏情”。

曲屏近底:近字下《花庵》本注云:“平声。”

三三、喜迁莺慢

江研南本调名下注云:“太簇宫。”洪陔华本注云:“太簇宫,中莞高功甫新第落成。”

问谁记六朝歌舞:郑文焯云:问字衍,各本并同。

三四、摸鱼儿

班扇:厉攀榭钞本“班”作“斑”,予所得旧钞本亦作“斑”。夏承焘云误。按“班”与“斑”通,古皆作“斑”。

谩说道:江研南本、朱刻本“谩”均误作“漫”。

以上慢词,此下为自度曲。

三五、扬州慢

都在空城:诸本均同,惟张本作“江城”,姜本注云:“空城,别本作‘江城’,疑误。”予所得旧钞本,亦有前人校语云:“原抄本作‘江城’。”

算而今:《花庵词选》“而今”作“如今”,汲古阁本、《历代诗馀》本、洪陔华本均作“而今”。

三六、长亭怨慢

算空有并刀:诸本皆误作“只有”,惟江研南本、朱刻本及予所得旧钞本作“空有”,自怡轩本作“即有并刀”。

“日暮”句:《花庵词选》以此句属上片,《花草粹编》沿其误,予所得旧钞本亦误。

三七、淡黄柳

寒恻恻:惟《花草粹编》、《历代诗馀》“恻恻”作“侧侧”,诸作均作“恻恻”。

小桥宅:陆本、鲍本、姜熙本、四印斋本“小桥”均作“小乔”。

“正岑寂”句:《花庵词选》此句属上片,汲古阁本沿其误,予所得旧钞本亦误。

三八、石湖仙

欹雨:张本、洪陔华本、姜熙本均妄改作“欹羽”。

似鸱夷:汲古阁本“似”误作“侣”,《花庵词选》、《历代诗馀》、洪陔华本沿其误。

三高:鲍本高字阙旁谱。

胡儿:《历代诗馀》作"吴儿"。

三九、暗香

旧时月色:《花草粹编》"旧时"作"旧年"。

攀摘:诸本均同,姜熙云:"别本'摘'作'折'。"按吴毅夫次韵亦用折字。许增校记同,夏校云:"许增所见不知何本。"盖不知许乃录姜语也,姜此语乃移录陶南村校语。予所得旧钞本,卷尾有陶校跋三则,其三云:"第五卷暗香词第四句'不管清寒与攀摘',他本作'攀折',误也。辛丑校正再记。"此条在"庚子夏四月"一条之次,是陶校语无疑。此条诸钞本皆削去之,遂滋疑义,此予旧钞本之为可贵也。陈允平有和词,亦协摘字。又换头处,亦云"南国",可证国字是韵。

易泣:洪陔华本作"易竭",殆据清吟堂《绝妙好词》校语妄改。

寄与:《花草》本夺与字。

四〇、疏影

胡沙:《历代诗馀》作"龙沙"。

重觅:陆本作"再觅"。

莫似:汲古阁本误作"莫侣"。

佩环:诸本均误作"珮环",惟姜刻本、江研南本、朱刻本,及予所得旧钞本作"佩"。

四一、惜红衣

《花庵》本无序文,题云:"吴兴荷花。"汲古阁本、洪陔华本同。

高树:诸本均同,惟洪陔华本、江研南本、朱刻本作"高柳"。

柳边:汲古阁本、《历代诗馀》、洪陔华本、江研南本、朱刻本作"渚边"。

眇天北:《花庵词选》"眇"作"渺",汲古阁本、洪陔华本、四印斋本同。

四二、角招

更绕西湖:此句缺一旁谱,汪桢、朱彊村俱疑西字误衍,其说可参考。

花前友:陆本、姜本、鲍本、四印斋本均误作"花前后",姜本有校语云:"后,别本作'友'。"

四三、徵招

漫赢得:诸本均同,按"漫"当作"谩"。

高志:陆本、姜本、鲍本、四印斋本均作"高致"。姜本有校注云:"致,一作'志'。"

四四、秋宵吟(自制曲)

暮帆烟草:《花庵》本"帆"误作"晚",汲古阁本已改正。

漏水:《花庵》本误作"漏永",汲古阁本、《历代诗馀》、《花草粹编》,洪陔华本同。

四五、凄凉犯

《花庵》本删去序文,题云:"合肥秋夕。"汲古阁本、洪陔华本同。

使以哑觱栗吹之:诸本均同,惟江研南本、朱刻本及予所得旧抄本作"使以哑觱栗角吹之。"

秋风起:《花庵》本作"西风起",汲古阁本同。

漫写:《花庵》本"漫"作"谩",汲古阁本、洪本同。

四六、翠楼吟

《花庵》本削去序文,题云:"武昌安远楼成。"

花销英气:《花庵》本"花销"作"花娇"。《历代诗馀》、《花草粹编》、汲古阁本同。

酒祓清愁:升庵《词品》作"酒破清愁"。

词仙:《历代诗馀》作"神仙"。

四七、湘月

《花庵》本删去序文,注云:"双调,即念奴娇之鬲指声也。"汲古阁本同。洪陔华本题作"鬲指",注云:"又名'湘月'。"大谬。又节取序文云:"丙午七月既望与杨声伯……大舟渡湘。"改"浮湘"为"渡湘",更谬。

飞星冉冉:《花庵》本、汲古阁本及予所得旧钞本均作"苒苒",误。

練服:诸本均误作"练服",惟江研南本、朱刻本作"練服",是。

以下别集。

四八、小重山令

旧钞本题云:"赵郎中谒告迎侍太夫人,将来都下,予喜为作此曲寄小重山令。"诸刻本皆首标小重山令为题,"赵郎中"以下为序而删去"寄"字。

四九、念奴娇

捐瑸:姜本、江研南本、朱刻本,作"捐褋"。按《楚辞》:"遗馀褋兮沣浦"则以"褋"为是,诸本作"瑸"者误。

五〇、卜算子(其四)

一晌:江研南本、朱刻本及予所得旧钞本作"一饷"。

五一、卜算子(其七)

花管人离别:诸本均同,然"花管"不辞,疑当作"不管"。

五二、卜算子(其八)

此树婆娑:陆本、鲍本、姜本"婆娑"均作"娑娑",予所得旧钞本亦作"娑娑"。

昨岁:陆本、姜本、鲍本、四印斋本均作"旧岁"。

五三、蓦山溪

瞥然:诸本均同,惟张本作"偶然",姜本有校注云:"瞥,一作'偶'。"

五四、虞美人

明钞本不标调名"虞美人",陆本加题,张刻本则于所序中删去"虞美人"三字,遂使序文不可解。

巉天翠:陆本、姜本、鲍本、四印斋本"巉"误作"搀"。

五五、永遇乐

旧钞本题云:"稼轩北固楼词永遇乐韵。"诸本皆以"永遇乐"标题,陆本、鲍本下云:"北固楼次稼轩韵。"江本、朱刻本则作:"次稼轩北固楼词韵。"姜本改作"次稼轩北固亭。"盖稼轩原题作"京口北固亭怀古"也。

狠石:姜本及予所得旧钞本作"狠石",诸本均作"很石"。

长淮:姜本有校注云:"长,亦作'清'。"

使君:夏校云:"厉钞作'史君',误。"予所得旧钞本亦作"史君"。

五六、水调歌头

两相猜:姜本有校语云:"别本'猜'作'推',非。"江研南本、朱刻本及予所得旧钞本,俱作"推",夏校本用推字。

五七、汉宫春

小丛解唱:诸本同,予所得旧钞本"解唱"作"解倡"。

眇眇啼鸟:诸本同作"眇眇",惟江研南本、朱刻本作"渺渺"。

五八、白石词集编年本

《花庵词选》于白石扬州慢题下有注云:"此后凡载宫调者,并是自制曲。"此注汲古阁本、洪陔华本均有之,皆依《花庵》本也,惟陶南村钞本无有。余尝考《花庵》所选,皆据当时集本次序录之。如陈去非词七阕,以今所传高斋诗集按之皆合,惟临江仙"忆昔午桥"一阕,原在卷尾,《花庵》移在前,与"高泳《楚辞》"一阕以同调相从。其选录姜词,亦必依集本次序,而其所据集本,必是编年为次,可知其绝非嘉泰本。

扬州慢,为集中自制曲之第一阕,故有此注。以《花庵》所选考之,其后为暗香、疏影、长亭怨慢、湘月、惜红衣、秋宵吟、鬲溪梅令、凄凉犯、翠楼吟、淡黄柳、石湖仙、玉梅令,共十二阕。

以今所传陶钞本按之,角招、征招,《花庵》未选录,鬲溪梅令,玉梅令陶钞本不入自制曲。然鬲溪梅令、杏花天影、醉吟商小品、玉梅令、霓裳中序第一此五阕,皆有旁谱并注宫调(惟杏花天影失注),当亦白石自制曲。不知陶本何以独屏去之,此陶钞编次之失也。

第五、六卷《花庵》所录次第,以近人夏承焘姜词编年本按之,违异不远,此可证夏编之精审,亦可证《花庵》所录,实白石手定,编年本出此或即《直斋书录》所称五卷本乎。

今此本虽不可见,然由是可知其内容数事:(一)此本为白石自定编年本。(二)凡白石自制曲皆注明宫调,亦缀旁谱。(三)自制曲并不别分卷帙。(四)扬州慢为自制曲之第一阕。(五)自制曲、自度曲初非二事。予所得旧钞本目录云:"卷五自度曲,卷六自制曲。"然卷五第二行、卷六第二行并题云:"自制曲",可知目录中"度"字乃误文也。(六)白石自制曲凡十七阕。

五九、鬲溪梅令等五首

鬲溪梅令

"丙辰冬,自无锡归,作此寓意。"序谓作此曲也。

杏花天影

"丙午之冬发沔口,丁未正月二日道金陵,北望淮楚,风日清淑。小舟挂席,容与波上。"

醉吟商小品

以琵琶曲译成笛谱,亦可谓自制曲。

玉梅令

石湖家制此曲,白石填腔,亦属自制曲。

霓裳中序第一

序中明言自作曲。

夏氏谓:"此五首结拍均作ㄅ,与其他十二首结拍均作ㄣ者不同。宋本分列,当有微意。"此语失考,岂白石自制曲,皆当以ㄣ毕曲耶。

湘月,即念奴娇过腔,此亦可谓自制曲,则白石词初刻为自定编年本,钱氏刻为类编本,二本皆白石及见之。

附:白石道人词集版本简目

一、宋嘉泰二年(1202)钱希武刻本(刻于云间之东岩)

二、元至正十年(1350)陶宗仪钞本

三、明汲古阁《宋六十名家词》毛晋辑本

四、清康熙五十七年(1718)陈撰刻本

五、清雍正五年(1727)洪正治刻本

六、清乾隆二年(1737)江丙炎钞本

七、清乾隆八年(1743)陆钟辉刻本

八、清乾隆十四年(1749)张奕枢刻本

九、清道光二十三年(1843)姜熙刻本

一〇、清同治十年(1871)倪鸿刻本

一一、清光绪七年(1881)王鹏运四印斋刻本

一二、宋淳祐九年(1249)《花庵词选》本

四 坐隐先生精订 草堂馀意

卷 上 下邳 陈 铎 大声

春意

瑞龙吟 周美成

东风路。多少小燕闲庭,乱莺芳树。踏残满地香红,雕轮宝马,行春何处。　　自延仁。偶见重帘临水,几家朱户。阑干倚困新妆,眼波密意,凭谁寄语。　　袅袅垂杨无数。不缩闲愁,向人空舞。应笑崔护重来,容鬓非故。忍泪停鞭,犹续旧题句。还念想、钗金半溜,袜罗轻步。事逐行云去。玉箫楼上伤情绪。袅袅音如缕。春城晚,霏霏满湖烟雨。断肠无奈,落花飞絮。

蓦山溪 黄山谷

薄情双燕,暮失朝还偶,楼上卷帘时,看春山、两蛾争秀。断肠何处,清泪近来多,罗衣透。人消瘦。正把归期候。　　伤春中酒,又过清明后。烟雨冷江城,见满眼、草茵梅豆。芳心此际,撩乱未应休,风前柳。君知否。独立频搔首。

花心动 阮逸女

白下桥头,垂杨树、憔悴不堪频折。禁火山城,试花庭院,初著薄罗时节。许多心事,入春来、稳付与燕喉莺舌。难拘制、芳心一寸,柔肠千结。　　欲向远人边说。省旅况闺情,此时谁切。蓬子无根,游丝不定,山海誓盟空设。夜长幽思生孤梦,经几度枕寒灯灭。更无奈、风帘乱筛残月。

鱼游春水　陈大声

春城斜阳里。薄霭疏烟沈半垒。处处园林,谁为剪香裁绮。红乱蔷薇锦一机,绿垂杨柳丝千缕。光景飞梭,繁华流水。　　惆怅重楼独倚。容易东风开桃李。年年梅子黄时,慵妆倦洗。玉箫长日闲孤凤,尺书何处凭双鲤。芳草连天,绿波千里。

满庭芳　秦少游

九十春光,连朝雨意,江郊一霎微晴。东皇将去,新绿战残英。飞困漫天柳絮,清江上、草软沙平。横桥外,有人楼上,无语抱秦筝。　　轻尘。生紫陌,香车油壁,宝马珠缨。伴度花依水,仿佛登瀛。几度旧欢如梦,叹年来、白发新惊。黄昏近,细吟归去,鼓角动高城。

望海潮　秦少游

芳草闲云,夕阳流水,消磨今古豪华。春色还来,人情不改,青鞋又踏江沙。小小画轮车。竟斗红争翠,来往交加。多少游人,误随歌管到山家。　　高城隐隐吹笳。正细风欹燕,小雨飞花。短鬓萧骚,昔游缥缈,等闲楚客兴嗟。垂柳古堤斜。清阴拂马,香絮迷鸦。不忧身外。只凭烂醉是生涯。

玉楼春　宋子京

漫游不似江堤好。柔绿柳枝轻拂棹。野堂春走燕还来,近市晚晴花欲闹。　　悠悠歧路相逢少。醉倒尊前君莫笑。年光容易变红颜,明日试将青镜照。

锦缠道　陈大声

小杏繁梅,红紫竟开晴昼。假天成、不烦雕绣。一时微雨香尘透。茅店青旗,斜映青骢首。　　但未老身闲,每携君手。且到处、买花沽酒。任莫教、辜负韶华,问咸阳宫阙,歌舞而今有。

渡江云　周美成

小堂临野意,石桥斜去,细路接江沙。忽惊春色好,多在杏花。茅店两三家。东风底事,向暗里、偷换年华。轻烟外、层城睥睨,落日送归鸦。　　堪嗟。默默青山,茫茫江水,有片帆西下。撩人处、兰薰衣袂,柳碍巾纱。浮云遮却长安路,更无奈、满眼蒹葭。都休论,放歌且对莺花。

浣溪沙　陈大声

波映横塘柳映桥。冷烟疏雨暗庭皋。春城风景胜江郊。　　花蕊暗随蜂作蜜,溪云还伴鹤归巢。草堂新竹两三梢。

前调　欧阳永叔

窗外花枝上月轮。相思一枕破梨云。强呼春酒洗心尘。　　白发似欺多病客,东风偏妒惜花人。却从愁里又逢春。

如梦令　秦少游

枕滑玉钗斜溜。春困翠眉低皱。帘幕几重重,又被晓风吹透。如旧。如旧。不为近来消瘦。

玉漏迟　宋子京

越罗应晓试,江南今岁春来早。何事东风,先著岸花汀草。整顿素鞍轻盖,将游玩、小亭方沼。应悄悄。彩幡罗带。看谁呈巧。　　浮生拼取千金,对酒当歌,买欢赊笑。楚树吴云,远客可堪凝眺。不省故园何在,渔歌送半湖残照。音书杳。数过塞鸿多少。

踏莎行　黄山谷

细柳新蒲,艳桃秾李。长江直下青溪尾。欲从溪上避喧嚣,笙歌转觉无闲地。媚靥生春,薄衫裁绮。朱扉忽向风前启。莫忧无酒破春愁,花香也解熏人醉。

前调　秦少游

细柳平桥,苍烟古渡。昔年倦客停桡处。江蓠漠漠正愁人,音书底事来迟暮。失意江州,薄情樊素。青衫泪点今无数。欲将离思付春江,春江又恐东流去。

如梦令　陈大声

花外细吟俄顷。花里有人低应。何处却无情,引动辘轳金井。风静。风静。池水自摇帘影。

忆王孙　陈大声

章台狂柳系王孙。金屋重衾役梦魂。啼鸟春来最怕闻。近黄昏。犹有浓妆笑倚门。

柳梢青　陈大声

散步平沙。湿衣吹鬓,雨细风斜。燕子楼前,杜鹃声里,几片飞花。　　春江千里无涯。望不断、澄波暮鸦。歌舞娱人,风光得意,底事思家。

浣溪沙　欧阳永叔

曲角红兰绣幕深。月华淡淡漏沉沉。玉人有约听弹琴。　　香串自将温翠被,珮声何事恋花阴。断肠此夜可能禁。

前调　陈大声

玉色罗衫映守宫。酒熏香脸晕生红。侍儿扶过画阑东。　　凉影半窗都是月,落花满地不因风。春光何苦去匆匆。

金明池　秦少游

细草熏衣,长杨拂首,还是寻芳旧路。绊晴晖、游丝百尺,才一煞、又飞小雨。问谁家、占得春多,听欢笑、人在玉楼高处。叹杜牧多情,秋娘已老,不见昔年歌舞。　　楼外花枝谁是主。著意相看,紫骝暂住。正无人、会得幽情,被历历、小莺如诉。看年时、带眼都移,恁憔悴、非关酒愁诗苦。最怕春来,却怜春好,此际更忧春去。

海棠春　陈大声

隔帘鹦鹉呼名巧。孤枕梦、晓窗先觉。庭草绿茵浓,天棘青丝袅。　　耿耿深思,付谁低道。争负海棠开早。岁岁几逢君。今岁逢君少。

西江月　苏东坡

古渡水摇明月,长堤柳矗青霄。东风人困马声骄。稳憩落花芳草。　　醉梦忽游天上,高台十二琼瑶。辉辉霞彩映江桥。几处野莺啼晓。

渔家傲　王介甫

曲曲清溪垂柳抱。水香冉冉生汀草。柳下柴门还窈窕。人稀到。落花指点山童扫。　　坐看夕阳林外鸟。故园三径归应早。岁月无心人自老。清闲好。此情只与知音道。

玉楼春　晏同叔

画楼东畔临官路。何事薄情留更去。飞来江燕正残春,开到海棠还细雨。　　堤上绿杨情最苦。折损柔条仍作缕。短亭亭外复长亭,遥记昔年相送处。

千秋岁　秦少游

断虹雨外。城郭轻阴退。春欲去,心先碎。花容疑笑靥,草色思罗带。偏相妒,鸳鸯两两飞成对。　　久负西楼会。尘满青罗盖。后期应不定,初志谁先改。情剧也,欲随精卫填东海。

眼儿媚　王元泽

海棠无力柳丝柔。应解系春愁。半饷欢娱,一些恩爱,转觉难休。　　天涯地角知何处,空自倚西楼。月底闲情,枕边私语,长在心头。

青门引 张子野

门锁苍苔冷。飞絮晚来初定。一春欢笑不曾愁,等闲瘦却,知是甚般病。　　腾腾好梦方惊醒。新月帘栊静。子规啼罢,谁遣东风,特地撩花影。

浪淘沙 李后主

花骢雨潺潺。小宴阑珊。花枝只恐不禁寒。今夕莫忧明日事,且自追欢。　　香篆报更阑。醉倚屏山。天涯别去会应难。明日得闲须重约,携手花间。

前调 欧阳永叔

一夜雨和风。损尽花容。玉阑西畔画楼东。蜂蝶似知春色去。留恋芳丛。　　离思苦匆匆。无了无穷。不胜憔悴对残红。纵是去年花也落,有个人同。

蝶恋花 俞克成

何处寻芳天乍晓。日照钗梁,扑扑春蛾闹。吹面东风还料峭。茸茸绿遍江郊草。　　门外雕鞍应不到。怅望君归,不为添消瘦。休恋异乡春色早。人生只是家中好。

兰陵王 张仲宗

垂珠箔。百尺画楼朱阁。帘栊畔、多少仙姝,个个新妆炉红药。风光殊作恶。乱眼迷心,柳枝花萼。正此际、病渴难禁,谁肯寒浆分一勺。　　频年客京洛。欲买棹还家,被春留著。闲情苦把人捎掠。经几度虚欢,贮灯停酒,及至来时又负约。向孤馆飘泊。

阁泪强为乐。还细雨渐风,不胜萧索。阳台好梦今非昨。曾十万腰缠,醉骑黄鹤。维扬旧事,到今日,未忘却。

倦寻芳 王元泽

最愁永夜,自入春来,情怀却厌长昼。睡思腾腾,陡觉怕妆慵绣。泪不断,如檐溜。罗衣香帕都浥透。恨东君,全不曾知得,倚门相候。　　飞尘满、瑶筝锦瑟,席上尊前,负却纤手。无限闲花浪草,也无心斗。斜日空庭风定后,芳菲满眼还依旧。问垂杨,比腰肢、果谁清瘦。

祝英台近 辛幼安

晚潮平,人欲渡,愁极望南浦。碧草萋萋,清江自烟雨。也知红粉无情,故园回首,春船又、待留人住。　　休重觑。想倚市倾城,颜色漫劳数。锦字题封,若个为寄语。欢娱不是轻抛,子规啼处。劝我道、不如归去。

燕春台 张子野

宝马频嘶,朱门不闭,内家侍宴方回。星彩正依微,香尘拂面吹来。绮罗屏障交开。看宫花压帽,红灯照导,画轮车子,斗响春雷。　　行人住目,宿鸟惊飞,小幢轻盖,碍柳妨梅。清风千里,霏霏满路薰煤。既知亲见,犹疑梦里瑶台。近蓬莱,归来残月下,踏影徘徊。

忆秦娥　康伯可

人寂寞。多愁不是风光恶。风光恶。伤秋短发,向春先落。　　今春又负花间约。此情更比浮云薄。似有还无,一时消却。

念奴娇　李易安

朱门湖上,向凄风冷雨,为谁深闭。迤逦湖堤三十里,吹不断水香花气。系马垂杨,恼人狂絮,若个知风味。江南倦客,春晚又无梅寄。　　常思一掷千金,评红拣翠,醉把银筝倚。不料而今添白发,往事怕人说起。金谷花明,新丰酒美,到处还留意。故乡书屋,不知江燕归未。

风入松　康伯可

玉箫声歇彩鸾归。旧事依稀。满院绿阴春去后,闲情寄、密叶繁枝。可意不来今雨,好花开过多时。　　小楼日日盼佳期。则是颦眉。断云残雨还如昨,叹天涯、歧路东西。怪杀说愁双燕,向人不肯高飞。

水龙吟　陆务观

十二平桥湖上路,一笛梅花弄晚。禁烟时候,乍雨还晴,轻寒不暖。春服重裁,红颜未老,又闻弦管。看堆红注绿,酒觞花担,渐塞满,闲亭馆。　　一刻千金不换。登时间夕阳人散。娇云送马,高林啼鸟,远波低雁。回音那堪,归鸦城郭,断钟楼观。拟明朝来拾,坠钿遗珥,怕落红填满。

前调　陈同甫

东皇酝酿工夫,柳丝柔弱莎茵软。著意寻芳,容易春归,莫嫌春浅。花气蒸衣,春光泼眼,江村晴暖。王谢亭台,都非旧主,还飞入,当时燕。　　追念风流事远。半零落玉钗金雁。巫山旧梦,微云薄雨,暮期朝散。何处无情,琵琶一曲,向人弹怨。满座中只有,江州司马,寸肠先断。

醉江月　辛幼安

孤吟旅邸,便匆匆负了,好时佳节。红杏墙头初见处,自有许多娇怯。素束清妆,轻颦浅笑,全与他人别。含情默默,一些闲话难说。　　多情却恨无情,惆怅归来,立马看新月。彩云尽逐东风散,惟有花阴重叠。仙苑幽芳,也应珍重,怎许轻攀折。老天何苦,暗中添上华发。

鹧鸪天　陈大声

独步闲庭日几回。多愁不饮且停杯。春来先是啼莺觉，花早无劳细雨催。　　新白发，旧青鞋。逢春那得好怀开。东风挽得行云住，疑是秦娥度曲来。

摸鱼儿　陈大声

谁叫落、满林红雨，子规声催将春去。惜春合向花前醉，莫计酒杯行数。春不住。全不顾，绿阴冷淡城南路。问春不语。怪东风、为谁作恶，则管吹狂絮。　　青楼梦，懊恨当年错误。惹教燕莺相妒。离情欲倩江淹赋，切处向人难诉。歌与舞。俱消歇，客衣蓬鬓犹尘土。何劳自苦。几欲不思量，沉吟又有，一点不忘处。

丹凤吟　周美成

开尊何处，正在斗鸭池塘，飞花台阁。轻尘不到，窈窕绣屏朱幕。残春时候，一番雨过，水面风清，树头云薄。拼醉花前，休论身外，些子虚名，轻似蜗角。　　镇日放杯消遣，近来何事情转恶。少个知音在，只恐他、那处巫山梦好，把雨云重握。病馀肌骨，正不奈销铄。岂堪青镜，渐渐鬓毛凋落。这等凄凉谁问著。

浪淘沙慢　陈大声

轻烟散、苍凉初日，半明城堞。应是孤舟早发，阳关先唱一阕。省对面、那人肠寸结。手牵定、弱柳羞折。正万缕千丝同妾意，君恩从此绝。　　情切。绿芜平野空阔。忽风度角声，到耳处、便觉腔转咽。后会难期，莫便轻别。青尊不竭。自清晨、直话到江桥新月。望里云山千万叠。知明夜、谁家马歇。可思念、青铜鸾影缺。徘徊久、无计相留伤行色。桃花零乱飞红雪。

忆旧游　陈大声

怪情怀太恶，人去昨朝，肠断今宵。乱发如秋草，任频梳细栉，只是萧萧。纸窗静铺明月，风定竹还摇。恁憔悴休疑，无心花朵，也解红销。　　追思正年少，惯走马章台，逐对联镳。酣醉归常晚，被花牵柳绊，燕请莺招。而今旧游还在，波浪没兰桥。听春尽邻家，玉笙空自吹碧桃。

瑞鹤仙　欧阳永叔

落红谁印。午梦醒、云鬟无人，为整。香消博山冷。欲起来生怕，益朱匀粉。黄莺何处，尽情啼、新梧小井。向阑干画损金钗，九十好春将尽。　　深省。欢娱都过，寂寞谁知，这般光景。蛛丝鹊噪，何曾见，一番准。既无情、休把音书频寄，且待归来细问。问东君夜夜，心神可能安稳。

清平乐 赵德麟

长条新旧。忍见河桥柳。春到鹅黄初染就。又是送行时候。　正当洛下东门。风风雨雨消魂。报道雕鞍去也，断肠怕到黄昏。

阮郎归 欧阳永叔

夕阳楼上梦回时。楼前骄马嘶。生憎杨柳妒蛾眉。杨花晴更飞。　香脸淡，翠裙低。傍阑纤手垂。晚凉吹上六铢衣。近人萤火飞。

浣溪沙 陈大声

小院深深燕不飞。阑干十二映晴晖。行云初向梦中归。　蝉鬓风撩云影乱，粉腮红印枕痕微。玉人中酒乍醒时。

满江红 张仲宗

断送好春，风又雨、果因谁恶。镇日无聊、远书不到，旧病仍作。萍梗随波去复回，杨花作雪飞还落。怪王孙何事不归来，常飘泊。　既知得，情全薄。却又怕，人提著。且宽怀一盏，自家斟酌。正是怯寒楼上坐，东风又把帘衣约。见春山点点割愁肠，青如削。

蝶恋花 晏同叔

昼永湘帘通乳燕。阑角新晴，风触蛛丝乱。满地苍苔人不见。澹烟冷落垂杨院。　树树好花开欲遍。阁泪看花，花貌欺人面。千里青山劳望眼。行人更比青山远。

前调 苏东坡

花拂壶觞香径小。醉客粗豪，不厌笙歌绕。离别常多相聚少。大家著意怜芳草。　耳畔有人低说道。白发无情，切莫孤欢笑。欢笑须臾终悄悄。明朝世事还来恼。

浣溪沙 周美成

春柳楼前镇日垂。春江门外渺无涯。春禽沓沓浪成梯。　珊枕是谁惊午梦，琴床频见坠香泥。燕雏飞过鹧鸪啼。

玉楼春 温飞卿

好花看遍城南道。烂醉重来籍芳草。胜地那容俗客游，更筹只许佳人报。　清歌近树鸟频惊，狂絮满阶风自扫。春光休笑白头人，借问春光为谁老。

临江仙 晁无咎

□□□□□□□，□□□□□□□。春江渺渺滞归舟。□□□□，□□□□□。□夜碧桃花影下，怪他□□□□。□云江树满西楼。不知云树外，何处是并州。

玉楼春 欧阳炯

褥隐芙蓉屏障锦。日满妆楼人独寝。杜鹃何事不留春,胡蝶有情还恋枕。　　花开酒熟愁仍甚。花下玉箫谁待品。寂寥不是厌韶华,他日逢君须满饮。

浣溪沙 秦少游

金鸭烟消冷篆香。翠盘歌歇罢霓裳。小梁双燕为谁忙。　　春梦也应随日短,柳丝非是为愁长。厌厌过了好时光。

应天长(寒食) 周美成

□□□□,□□□□,□□□□□□。□□□□□□,江城又寒食。笑白发,南州客。谁解我、宦居春寂。守文园、渴病经年,谬称通籍。　　此日。正思家,流水柴门,绝胜椒图壁。逐得二疏心愿,重归旧田宅。步入春风巷陌。杳不见、红尘踪迹。一程程、花柳相迎,似曾相识。

诉衷情 陈大声

阊阖门外百花洲。花片逐春流。不见昔年歌舞,孤角起谯楼。　　人意好,酒香浮。且追游。古台荒砌,平湖落日,切莫回头。

三台(清明应制) 万俟雅言

看年年陪宴节候,经过几番微雨。占春光、不独凤楼台,也自有、鹭洲鸳浦。弄东风,细柳金千缕。锦障布四围红雾。及良辰、未见花开,闻诏遣、玉奴催鼓。喜遍赐薄罗小扇,一晌忽惊寒去。拥天成、图画列青眉,紫袖尽、楚姬吴女。　　石纹平、鳌玉夹舆路。东西映、绮窗雕户。啼莺近、似和清歌,飞蝶小、误疑轻絮。贺升平明日再赏,荏苒夕阳将暮。意此身、何幸宦清朝,几得到、九重深处。回首早、翠烟浮绛炬。听珮声归下台府。诸文武、侍从宸游,报四海、天停戎务。

蝶恋花 赵德麟

盼得春来春又去。满院飞花,那识春归处。著意留春春未许。恼人无奈风和雨。　　孤闷柔肠知几缕。怨别伤春,更觉多头绪。梦里寻君常错误。悠悠南北东西路。

斗百花 柳耆卿

隔竹小桃鲜媚。相映野塘丛树。凫鹥稳占平莎,蜂蝶自随狂絮。整妆罢却风流,挑菜也无情绪。寂寞深扃户。厌病长愁,都把青春虚度。向杜宇啼时,绣针停处。损尽柔肠,见人佯作欢娱,不住泪珠如雨。

西江月 陈大声

长日馀花自落,无风弱柳还摇。闲愁多少寄眉梢。一枕晓莺啼觉。　　金鸭渐消香篆,玉觞罢劝春醪。相思暮暮又朝朝。不省何年是了。

卜算子 僧皎如晦

惜别更伤春,人住春难住。胡蝶纷纷最恼人,也过西家去。　　人已逐春归,忍见江亭路。九十韶光自不容,何必憎风雨。

如梦令 周美成

行到柳塘清处。闲看锦鳞吹絮。好句费吟哦,迷却柳边归路。无绪。无绪。花落满林红雨。

武陵春 李易安

汩汩离愁消不得,闲步向大江头。离愁万斛几时休。江波日夜流。　　去年曾踏江皋路,柳下送郎舟。今岁垂杨也系舟。知又有,几人愁。

怨王孙 陈大声

梦回悄悄。被春懊恼。重户扃春,薄衾恋晓。杜鹃叫落残红。不因风。　　对花欲问春归处。匆匆去。好景都辜负。自期自怨,可能化作行云。远寻君。

八六子 秦少游

近江亭。问他江草,因甚唤得愁生。见杨柳倚风清瘦,花枝照水分明,黯然自惊。

何人为念娉婷。历历新莺多事,迟迟旧雁无情。对媚眼春光,娱心乐事,二难四美,未易相并,明月为谁圆缺,浮云随意阴晴。晚烟凝。又添归鸦数声。

眼儿媚 陈大声

帘幕低垂护得寒。数曲小阑干。海棠红重,蔷薇香腻,即渐凋残。　　清明过了厌厌病,刀尺一春闲。怕听羞见,愁中花鸟,梦里关山。

桃源忆故人 陈大声

梨云白弄纱窗晓。春梦此时醒了。可怪玉笼娇鸟。说出情多少。　　风里绿杨垂袅袅。时把画阑轻扫。一院艳红都老。倦眼迷芳草。

画堂春 陈大声

相思春梦许多长。小楼睡熟残阳。起来刚暖玉炉香。自觉慵妆。　　芳草望中千里,绿波何处三湘。为郎欲整旧衣裳。肥瘦难量。

小重山　赵德仁

花竹深深日上迟。小帘初卷处，燕交飞。再乘馀兴弄残卮。惊午梦，鹅鸭满芳池。谁画远山眉。薄情京兆尹，去多时。伶仃孤影怕相随。双蝴蝶，争舞海棠西。

望湘人　贺方回

糁地残红，障园新绿，好春将过多半。梅子酸心，藤梢刺眼。怕见绣帘钩晚。凤枕寒留，鸳衾夜剩，倩谁生暖。恨楚台云冷，秦楼月满，吹箫无伴。　　情似游丝不断。经几朝间阔，便知疏远。竟失却桃源，自是刘郎缘浅。桃花洞口，胡麻溪畔。虚望玉真楼观。独不见，青鸟飞来，空有许多莺燕。

长相思　冯延巳

恨花枝。问花枝。何事今春放较迟。岁华能转移。　　许佳期。误佳期。冷落门前鞍马稀。不同君见时。

摊破浣溪沙　李　景

杨柳梢头月一钩。黄昏无语倚西楼。满眼断云连剩雨，两悠悠。　　烛到残时方罢泪，人从闲里易生愁。无奈少年光景□，去如流。

浣溪沙二首　陈大声

且称红颜劝酒杯。习家池上好亭台。好光阴去不能回。　　独艳却留春后放，美人偏向雨中来。夕阳有意待徘徊。

归鸟投林倦不飞。老翁饮社醉如泥。透帘花雾湿春衣。　　满院绿苔无客到，映门修竹有莺啼。山林清趣几人知。

生查子　晏同叔

浅笑嘱东君，暂为停娇马。日短不成欢，烧烛论今夜。　　把酒问春光，前月荼蘼谢。不见一花飞，晚景迟迟下。

卜算子　秦处度

生小束腰肢，不是因郎瘦。自有春愁在两眉，不省郎知否。　　落日正飞凫，记得曾分手。忍见垂杨折后枝，还拂杯中酒。

谒金门　陈大声

怀南浦。正是冷烟疏雨。一片离情随去橹。回首重重树。　　此意却依谁语。化作彩云飞去。今日欲寻南浦路。忘却停杯处。

如梦令　欧阳永叔

翠幕玉钩双控。春晓绣衾寒重。搔首起来时，不顾短钗敧凤。情动。情动。笑倩小红详梦。

前调　陈大声

一剪小园风快。春困此时方解。含笑上秋千，再束绣鸳罗带。墙外。墙外。料得那人先在。

坐隐先生精订草堂馀意卷上终

卷　下　下邳　陈　铎　大声

夏意

隔浦莲　周美成

红阑相映翠葆。素饰轩窗窈。帘静翻雏燕，庭闲度轻鸟。砌绿丛幽草。蜂还闹。残絮飞池沼。荷盘小。　　无聊睡起，再将芳醑倾倒。一醉都忘，任取世情昏晓。茶臼敲馀客初到。为问，斜阳尚在林表。

贺新郎　叶梦得

长日无人语。伴西斋、图书万卷，牙签无数。午梦醒来酒未醒，敧枕闲看蝶舞。惟此处、堪消炎暑。细细南风吹著面，喜高槐、万叶鸣齐女。觉微凉，有如许。　　宛然身在潇湘渚。近幽窗红阑碧甃，或飞香雨。满眼金兰还可佩，欲觅三闾问取。听瑶琴寄情谁与。天远美人期不至，好关山、不是兵戈阻。碎柔肠，几千缕。

念奴娇　僧仲殊

池亭落日，才倒尽琼杯，碧筒重酌。时有清飚生绤绤，坐近小帘低箔。美事娱心，馀音恋耳，锦瑟初停却。百竿修竹，粉痕初迸新箨。　　随意散发披襟，休言天上，有紫薇台阁。饮社高阳皆故旧，不厌暮期朝约。风月清闲，功名淡薄，彩笔情堪托。渊明高卧，北窗谁道萧索。

潇湘逢故人慢　陈大声

清江避暑，有敞亭依柳，几处行窝。日将午，风初定，参差帘影，细漾层波。枕书卧起，听新蝉、正咽凉柯。轻云送、半江烟雨，谁家艇子披蓑。　　潇湘意，非点染，见方方、水禽沙鸟飞过。绿树更婆娑。映几簇红榴，万点圆荷。何时载酒，赏韦娘、一曲清歌。须唤取、教坊队子，尊前协奏云和。

洞仙歌　苏东坡

殿角凉生,渐消却香汗。水上琼台露华满。流萤知几点,恰绕井阑,飞个个,忽被细风吹乱。　　自搔双短鬓,仰面闲看,似觉高城碍银汉。爱月故眠迟,月也怜人,不肯放、翠桐阴转。试问取、尊中有酒无,拼解下金鱼,隔墙重换。

雨中花　王逐客

别院笙歌来断续。闹一派、羽丝宫竹。爱绕树停云,穿花度幕,响应阑干玉。　　此恨谩劳题锦轴。且吟对、满园新绿。往事难追,旧欢如梦,忍听新翻曲。

临江仙　欧阳永叔

斜日采莲歌乍歇,有声却又无声。半湖残雨落霞明。新秋未到,先有嫩凉生。一段相思湖水上,摇摇不定心旌。暮山高下暮云平。行人不渡,只有断桥横。

夏初临　刘巨济

密柳笼堤,早莲出水,望中水远堤长。碧瓦楼台,亭亭万个修篁。况是春花飞过了,隔墙别有花香。长安倦客,尘心到此,也是清凉。　　是谁涂点,幽阶曲砌,榴红槿白,草绿萱黄。壶觞恋我,也应我恋壶觞。醉唤红妆。看金钗、玉燕行行。近银床。梧桐月来,影荫长廊。

满庭芳　周美成

醉傍清溪,坐临明月,月中扇影同圆。熏炉深夜,不断水沈烟。何处清声到耳,粉墙边、流水溅溅。馀欢在,笑携尊俎,重上纳凉船。　　忽时豪兴发,停灯拂练,挥笔如椽。向藕花香里,杨柳桥前。桃叶桃根何在,叹银筝、零落朱弦。风光好,不须归去,且对白鸥眠。

浣溪沙二首　陈大声

雨浥荷花十里香。柳风吹鬓不胜凉。悠悠云影共天光。　　纨扇写情留醉墨,彩舟乘月泛回塘。旧游一一费思量。

乳燕将营栋垒成。水禽轻踏露荷倾。日长无事坐幽亭。　　哀角暂停蝉正咽,弈棋初动鹤先惊。断虹雨外报新晴。

好事近　蒋子云

才见楝花残,又是海榴风落。渐觉几分凉意,到水边虚阁。　　许多白发上头来,世事都非昨。好买五湖舟子,伴渔樵栖泊。

小重山　陈大声

杨柳垂帘绿正浓。绕阑随砌,萱草丛丛。玉人环珮响丁东。云屏隔,吹出麝兰风。

伫立小房栊。总然相见得，也成空。两心那许便相同。青鸾信，恐在御沟中。

阮郎归　苏东坡

　　夕阳满树乱鸣蝉。飞尘满舜弦。重门静掩断茶烟。偏怀清昼眠。　　新竹乱，碧蕉翻。南山青兀然。酒醒汲井漱清泉。槐阴午正圆。

贺新郎　陈大声

　　晓日明金屋。起来时、淡妆初罢，几番熏浴。门外有谁催侍宴，重整钗金钿玉。全不比、司空见熟。为雨为云都不解，向尊前只唱新歌曲。更不管，闲丝竹。　　绿鬟冉冉修眉蹙。问苍穹、可教怜我，客怀孤独。交错酒筹君莫较，且看纤腰一束。宜回避、凡红常绿。歌罢向人娇不起，寄等闲、蜂蝶休窥触。还宜把，绣帘籔。

千秋岁　谢无逸

　　矮阑回砌。时有薰风细。正杨柳，三眠起。烧空榴火艳，近井桐阴翠。调琴罢，熏香又待催人睡。　　锦字倩谁寄。沧海愁难洗。初病后，今年里。浅红都褪脸，旧泪多凝袂。休猜忌，闲门只是清如水。

阮郎归　曾纯夫

　　孤鸾青镜掩清光。漫漫幽恨长。绿阴渐满小池塘。韶光因底忙。　　波不定，絮轻扬。晚来风太狂。相思坐尽玉炉香。月明空满梁。

塞翁吟　周美成

　　小阁临清景，千章夏木青葱。山无数，大江东。削万朵芙蓉。西郊三月全无雨，火云似欲烧空。微霭散，碧帘重。返照敛馀红。　　忡忡。旧事业、蹉跎梦里。闲岁月、消磨醉中。尽长日、抚松看竹，何须问、玉帛征求，紫诰泥封。君看靖节，容易归来，三径清风。

夏云峰　陈大声

　　小门深，孤榻静，正是昼漏沉沉。何必寻幽问胜，郭外江浔。轻风霎雨，喜清凉、涤尽烦襟。长日有、瑶琴三尺是知音。　　红尘奔逐无心。历乾坤、许多俯仰曾禁。回首功名已过，老病交侵。昏昏高卧，细赓和、楚些陶吟。稳受用、高槐翠竹，密影疏阴。

过涧歇　柳耆卿

　　绿树满北邻南里，新足四郊时雨。念孤旅。故国腴田数顷，草屋依准浦。虚名绊，山灵为倩谁传语。　　此际。应痛我，几入夏经春，尽从愁里，无方避尘暑。飞梦游神，松堂竹院，露台月馆，人间别有清凉处。

664　北山楼词话

法曲献仙音　周美成

　　水殿烟消，露台风快，坐见客星时度。宿鸟移柯，疏萤积草，寂寞夜深扃户。正纨扇初抛处。凉生夜来雨。　　向谁语。有春蚕似我，撩乱心绪。嗟好事、难成易阻。欲赋洛神辞，记难真、一段眉妩。颠倒芳心，数番虚写霜素。想天涯海角，只是梦魂飞去。

侧犯　陈大声

　　挈欢扶醉，温泉浴罢新妆靓。明月上，一片瑶天弄飞镜。寻凉依露草，设宴临香径。炉烟凝客袂，池风乱荷影。　　冰壶玉碗，相对全清莹。应自省。白头人、还是旧荀令。报道更深，天街久静。素手重携，绕吟桐井。

贺新郎　赵文鼎

　　云幕风初卷。傍西池、树屏浓绕，草茵香展。满酌琼杯聊自饮，任取笙歌别院。风流事、年来觉懒，莫道静中真寂寞，日长时自有流莺啭。看景趣，更无限。　　海榴泣雨娇红颤。短墙头、柳枝绿短，竹梢青乱，小簟矮床随处好，偏称纶巾羽扇。袅翠缕、一丝香篆。自倒玉山沉醉也，又蛾眉新月帘栊晚。隔红尘，许多远。

过秦楼　周美成

　　午景移檐，好风吹座，睡鸭宝香烧断。幽欢暂隔，宿宠犹存，诗句错题秋扇。试点检曲阑边，榴放何枝，萱黄几箭。镇多愁怕见。长安日近，楚台人远。　　谁待问、云冷歌台，尘生妆鉴。纤手捣红羞染。香肌损尽，白发添多，只有此心难变。自东君别后，独保真诚，何尝笑倩。写相思不尽，封寄春衫泪点。

秋意

满江红　赵文鼎

　　独上高台，残月晓、露华犹湿。台上见、万里澄江，古矶荒迹。秋水无痕涵上下，浮云有意遮西北。想当年、宋玉赋应哀，伤秋色。　　任憔悴，江南客。经几度，苹花白。叹鱼雁消沉，关山阻隔。伯业雄图何处问，倚阑干送目中原极。无愁中、生出许多愁，填胸臆。

忆秦娥　李太白

　　声呜咽。孤城晓角吹霜月。吹霜月。不堪暝色，恼人离别。　　登临况是愁时节。英雄旧恨何年绝。何年绝。白烟凉草，六朝宫阙。

菩萨蛮二首　秦少游

　　彩云梦断珊瑚枕。西风愁碎霜林锦。风景正苍凉。山长水更长。　　懒妆依翠幌。细雨妆楼暗。早是怯孤眠。薄衾容易寒。

秋声飒飒凋梧叶。惊乌绕树啼三匝。银汉正低垂。星依银汉飞。　　旧愁知几许。短发愁千缕。吹笛不堪闻。月明江上村。

小重山　汪彦章

楚客孤舟系晚汀。楚江空阔处,楚山青。青灯一点对疏萤。无人语,搔首满天星。往事记丁宁。玉京人相隔,几邮亭。遥知新病倚云屏。天边雁,今夜更难听。

捣练子　李太白

金井冷,碧梧双。一片秋声闹客窗。欲拂断笺题数字,寂寥谁与剔银釭。

点绛唇　汪彦章

席上羞歌,春娇为倩风扶起。内家高髻。小结西山翠。　　薄薄仙云,谁与裁轻袂。临秋水。芙蓉无二。笑把琼阑倚。

庆春宫　柳耆卿

故里荒烟,平居凉霭,清江曲抱孤城。乱渚黄芦,倚岩疏树,吹来满耳秋声。穷途萧索,叹楚客、年来鬓星。且宜寻乐,莫为虚名,到处羁萦。　　青娥皓齿相迎。美酒娇歌,好慰飘零。半晌奇欢,几多微语,正当月白风清。却嫌更漏促,暂一觉,高唐梦成。只恐明夜,细雨寒窗,更是伤情。

金菊对芙蓉　康伯可

山雨涂青,柳风梳翠,霜林红映清辉。正莼鲈兴起,远客将归。扁舟舣遍秋江上,觅芙蓉,今岁开迟。自惊还笑,心犹未定,书去多时。　　有人憔悴重帏。想绣衾鸳冷,青镜鸾飞。望长安不见,只尺云迷。休文近日松衣带,想韦娘、也瘦冰肌。两地相思,五更清泪,若个先垂。

拜星月慢　周美成

冷雨鸣窗,凄风撼树,转觉秋灯易暗。历历清砧,起谁家深院。忖离思、似绝沧溟白石,应是几时枯烂,水性萍踪,定何年重见。风流旧有如花面。春城好、马系秦楼畔。许多绿意红情,肯匆匆分散。纵音书、谁信眠孤馆。数长更、阁泪频嗟叹。才梦里、一霎相逢,被晓钟撞断。

更漏子　温飞卿

角吹愁,砧捣泪。催起小窗乡思。梧叶老,菊花残。又增今夜寒。　　更无奈,风兼雨。此际离人最苦。寻短梦,听秋声,秋堂孤烛明。

千秋岁引　王介甫

苍霭江涯，残霞楼角。一雁沉沉度寥廓。客怀萧索怕逢秋，不堪短发逢秋落。好风光，闲岁月，今非昨。　　老去怕教尘事缚。虚名何用望麟阁。说地谈天都罢却。解组欲寻彭泽意，采芝先订商山约。听晨钟，惊暮鼓，休提著。

风流子　张文潜

几朝风又雨，匆匆里，断送一番秋。看小砌闲庭，矮篱荒圃，菊残桂老，蝶懒蜂羞。伤情处，青衫淹客泪，白发上人头。物换星移，昔非今是，冷烟衰草，金谷璃楼。　　来年知健否，荣枯真一梦，身世悠悠。且喜鸡坛人在，酒盏香浮。好寻欢觅笑，僧窗道院，歌台舞榭，尽可消愁。记取西风落帽，千古风流。

尾犯　柳耆卿

惊梦错疑人，却是西风，吹动铃索。梦里形踪，但觉茫邈。屏山薄、烛影孤摇，庭院悄、檐花细落。怪多情旧宠新欢，一旦抛却。　　当初先不合，邂逅便教心诺。暮逐朝陪，又何曾违约。奈等闲离去，几辜负清歌浅酌。客囊金在，又将恩爱谁行博。

宴清都　周美成

永夜沉钟鼓。觉眼底、凄凉甚似前度。非风非雨，闹枝浪叶，也来敲户。彩鸾依旧飞回，望不见、吹箫伴侣。文园病倒相如，千金却买谁赋。　　锦机织就回纹，无人解得，萦愁系苦。点点征鸿，不报平安，向南飞去。天涯有日相见，须细问、留连甚处。便寻常、欢笑都忘，初情记否。

何满子　孙巨源

红叶聊题旧恨，朱弦忽变新音。逆旅偏伤秋色晚，异乡重九将临。照夜疏灯缺月，敲愁断杵清砧。　　寒露滴残蕉叶，西风搅碎桐阴。一片恼人眠不得，江淹只恐曾禁。不省桃源旧路，纵然有梦难寻。

蝶恋花　晏叔原

媚绿娇红都数遍。独有秋娘，浅淡陪秋宴。舞歇翠盘歌罢扇。湘裙六幅垂银练。　　念想经年初识面。软语柔情，恰似曾相见。人散小楼明月转。从今欢爱都成怨。

玉蝴蝶　柳耆卿

一段江南秋色，遥山拥翠，远水摇光。非雾非烟，非涂非染，望中自觉荒凉。度极浦、鸥轻甫小，乱平洲、苹白芦黄。最堪伤、天涯咫尺，音问茫茫。　　思量。新来惹得，一身愁苦，两鬓风霜。岭云江水，却从何处认潇湘。阳台赋、虚劳宋玉，兰桥事、未济裴航。徘徊久、归鸦数点，又送残阳。

氐州第一　周美成

漫野萧条，残阳冷淡，远山转觉青小。雁影沉吴，江流入楚，故乡消息缥缈。病起潘安，临水鬓毛羞照。妒态芙蓉，关情杨柳，不知人老。　　懊恼常多欢聚少。镇日被愁萦绕。世路纵横，是非颠倒，美玉惭空抱。小前程，何足问，且归去、仰天大笑。四十年来，一梦中、而今尽晓。

疏帘淡月　张宗瑞

酸风细细。也会把、窗前碧蕉吹碎。寒漏沉沉，陡觉布衾如水。忘忧纵是终朝醉。刚醒后、便添憔悴。楚馆闲情，秦台旧意，不须提起。　　年少常从醉里。弄玉抟珠，舞红歌翠。争解桃源，回首不通尘世。而今方识凄凉味。望绝锦鳞千里。吟销绛烛，落叶惊鸦，转教难寐。

霜叶飞　周美成

夜阑珊枕回孤梦，一声新雁云表。碧梧翠竹影交加，正秋堂清悄。喔喔邻鸡唱晓。半钩霜月窥帘小。见翠幕凝寒，有一点、残灯短焰，向人犹照。　　几遍误说还家，终是无凭，翻厌音信频到。欲寻弦上诉凄凉、把箜篌羞抱。一曲离鸾未了。西风吹入高骈调。君只道，关山杳，眼底行人，又归多少。

菩萨蛮　李太白

几家破屋人犹识。蟋蟀凄凄夜灯碧。欢笑在西楼。谁怜机上愁。　　瘦马溪头立。一片伤心急。月上问归程。寒烟深野亭。

前调　秦少游

多愁短鬓经秋白。照人好月因谁缺。陡觉枕衾寒。梦残灯亦残。　　何处寻消息。络纬鸣秋急。恰待写相思。寸心如乱丝。

如梦令　陈大声

深夜寒窗才睡。不省寒螀何意。飞近耳边来，说出许多心事。相似。相似。细听有腔无字。

冬意

木兰花令　徐昌图

金猊瑞脑喷香雾。向晚寒多深闭户。窗明残雪积飞琼，风起乱云飘败絮。　　锦帏细看霓裳舞。小玉银筝学莺语。梅香满座袭人衣，谁道江南无觅处。

白苎　柳耆卿

晚风渐,初听处,冻雨滴沥。黑云黯黯,六合一时蒙幕。□楼高、望中不见远山碧。谁激。怒冯夷,将万斛明珠轻掷。由他老松苍桧,也教失色。辨越峤秦川,无处寻踪迹。

深惜。谢衣风韵,陶鼎清高,后来此趣,更许何人占得。迷茫里、正难问逋仙宅。摩挲醉眼,转觉乾坤小,一身难侧。疑是吟魂,等闲误入,琼城银国。造化应谁,识此真消息。

渔家傲　陈大声

索笑看梅梅却绽。风吹一夜枝头遍。应是江南天气暖。游蜂懒。夕阳困抱花心满。

万里遥天云幕卷。寒林簌簌瑶山远。笛里梅花吹又断。江城晚。不堪蓬鬓霜风乱。

重叠金　黄叔旸

小梅香冷瑶台雪。雪光皎妒纱窗月。窗里有佳人。几般相斗清。　谁能怜独客。小枕欹终夕。飞梦去江干。又添驴背寒。

桃源忆故人　秦少游

多情自是风流种。天与精神谁共。日午画蛾簪凤。锦障甗甋拥。　小阑春意梅边动。惊起梨云香梦。隔屋恁般寒重。犹把鸾箫弄。

点绛唇　汪彦章

恋月徐行,明河耿耿繁珠斗。几番回首。顾影怜清瘦。　月下星前,少个人携手。归来否。早梅开后。共饮椒花酒。

满路花　周美成

轻歌声入云,小舞肌回雪。秦楼论声价,真高绝。一搦腰肢,只恐风吹折。几朝成间阔。又见春先,正当暮冬时节。　满眼琼花,冷映榴裙血。殷勤杯到手,佯羞接。向人无语,掩烛私情切。且把欢娱说。休问道,天明还有离别。

少年游　陈大声

玳瑁陈筵,芙蓉簇障,春色注金橙。白雪腔新,沉香火暖,玉手弄瑶笙。　银河流去参横午,报道又残更。醉兴方浓,有人门外,骑马踏霜行。

红林檎近　陈大声

瘦竹丛低翠,古梅生细香。饥鸟语琼树,寒波净银塘。扫雪自烹佳茗,开尊喜近晴窗。又何用唤红妆。幽谷韵笙簧。　皎月照几案,微烟渺江乡。爱他钓叟,一蓑稳占渔梁。老梅香处,翠羽啼时,无边清气归咏觞。

丑奴儿令　康伯可

销金帐底人如玉,歌绕梨云。月印梅痕。次第笙歌一片春。　　乾坤别有清高处,潇洒江村。静掩柴门。僵卧藜床傲世人。

青玉案　陈莹中

寒山一带银屏绕。见宇宙,冰壶悄。击壤西畴农预晓。腊前三白,丰年相报,调燮归元老。　　玉鸾白凤飞颠倒。正竹下柴门为君扫。清溪流水,斜桥淡月,不减山阴好。

忆秦娥　陈大声

垂帘幕。金虫零碎灯花落。灯花落。满天凉月,一声鸣鹤。　　离愁汩汩香醪薄。故人不见真萧索。真萧索。夜深不寐,重登西阁。

早梅芳　周美成

院宇深,风光好。南国春将到。是否梅开,醉把红灯试高照。香浮残雪动,影弄寒蟾小。又谁家却把,羌笛奏天晓。　　酒微醺,歌未了。愁上长安道。清霜凝袂,渐觉疏星没云表。闻鸡茅店远,度柳山桥抱。迷茫中、不知前路杳。

菩萨蛮　陈大声

月轮低转红阑曲。竹枝冷动疏丛绿。不见越溪舟。夜深空倚楼。　　君舟知未发。且对庭中雪。岁暮好相看。梅花偏奈寒。

望远行　柳耆卿

老梅近水,黄昏、疑是素娥飞下。冻云初敛,满月俄升,一片冷光流瓦。谁道三冬,风景只宜江上,庭院正堪图画。一刻比春宵,更须增价。　　清雅。时见松梢风动,细雪向人轻洒。醉眼模糊,吟魂冷淡,仿佛误眠琼野。翠羽频啼,罗浮何处,孤影人依芳榭。觉参横斗转,方惊残夜。

如梦令　陈大声

日晏绣帘初挂。雪满小楼鸳瓦。睡起觉寒轻,坐近玉梅窗下。妆罢。妆罢。眉黛倩谁重画。

坐隐先生精订草堂馀意卷下终

五　支机集

序

　　盖闻云门不奏,宫中无选乐之人;高台既倾,旷野有行歌之客。苏门井臼之侧,汉阴瓮盎之旁,藉草为裀,临风送曲。泉飞玉窦,依然写凤之音;柳拂金堤,即是回鸾之袖。安仁采樵之路,山鸟频呼;任公垂钓之矶,游鱼或睨。引阳春于陌上,激晨露于林中。是知处女援琴,本无情於巧笑;榜人拥楫,非有意於君王。尚留太始之遗,讵止风人之选。又况胡笳不断,越鸟无依;青青皆帝女之桑,萋萋尽王孙之草。偶逢暇日,谁无王粲之哀;一望平原,半入江淹之恨。遂有海岸狂夫,天涯荡子,临青霄而永叹,对白日而伤心。便遇鲁侯,终弹楚调;时偕赵女,竞写秦声。马上琵琶,不解思乡之梦;堂前击筑,还悲送远之人。闻者将泣下成行,悲来欲绝。虽使韩娥改唱,未必销忧;素女更弦,无从买笑。贱子曲惭郢下,哀甚雍门。长安马市,时惊苜蓿之尘;酒肆人间,不博留犁之醉。瞻北邙之宫阙,仅托微噫;经山阳之旧庐,空闻吹笛。山头掩泣,已类妇人;市上横箫,几同乞者。纵披发尽行游之地,而悲歌非取乐之方。何事牛车之旁,尚馀儿女;所幸篮舆之下,犹有门生。倚户长谣,子桑本忘形之契;登高清啸,阮生非礼俗之宾。周子蓝田旧目柳市馀风;伯仁之酒态差豪,公瑾之曲声频顾。孔雀之对,传自童年;鹦鹉之篇,成于顷刻。千里之胡霜共践,三冬之积雪同吟。沈子系出西豪,世称才子;家藏策府,手缉遗书。壮发方垂,即有冲冠之气;柔毫乍染,便高题柱之才。遂能作张俭之主人,更自引李膺之弟子。夫琼台九仞,非采一山之材;美锦千章,岂抽独茧之绪。引商之曲,固以寡和为高;流水之弦,又以知音为乐。幸得比肩百里,坐拥二豪。玕瑈书函,无时独展;珊瑚笔管,终日传观。芍药阑开,共泛三春之棹;茱萸席暖,同登九日之台。虽志不滥乎管弦,而兴自馀于篇什。吴歈楚艳,是不同音;越女巴童,雅堪并奏。太常乐部之调,间有重翻;南朝宫体之名,因而小变。托情闺阁,尽后庭玉树之悲;寄傲蓬壶,即九鼎龙髯之慕。文成三卷,人俭百篇。叠染花笺,贵椒潭之鱼网;轻施铅笔,竭涪水之螺香。未许淇上佳人,度新声于扇底;庶令渭城年少,识雅调于尊前。昔陶令闲情,不减田居之致;张衡定志,未伤招隐之风。闲有冶篇，讵乖本志。属以玉衡西指，芝捡初开。织锦天孙，临星潢而欲渡；浮槎海客，窥月馆而思归。命以支机，表候也。

岁在玄黓执徐，律中夷则，题于禹杭道上。

凡例

一、词虽小道，亦风人馀事。吾党持论，颇极谨严。五季犹有唐风，入宋便开元曲。故专意小令，冀复古音，屏去宋调，庶防流失。

一、词调本于乐府，后来作者，各竞篇名。则知调非一成，随时中律。吾党自制一二，用广新声。

一、唐词多述本意，故有调无题。以题缀调，深乖古则。吾党每多寄托之篇，间有投赠之作，而义存复古，故不更标题。

一、温丽者，古人之蕴藉，疏放者，后习之轻佻。诗道且然，词为尤甚。我师三正，微引其端，敢申厥旨，以明宗尚。

一、我师留思名理，不尚浮华，词曲细娱，尤所简略。今春周子偶呈数阕，师欣然绝赏，遂共作词。花落酒阑，吐言成妙，本以啸歌为适，非矜字句之妍。

一、杜陵小友，暨两生幼弟，年未胜衣，风气日上，追随胜览，亦有和歌。间附篇端，以志我师河西之化。

一、梓人之役，我师独缓。予成编以后，复有数章，因附师集。正见倡和之欢，不以卷帙为限。

一、盛明诗宗较振，而词鲜名家。我师虽一时偶涉，意不苟安。周子轶才，良足羽翼大雅。予有志焉而未逮也。是集流传，岂曰无关风会，欲求定论，将俟知音。

大梁沈亿年幽祈氏述

支机集卷之一目次

支机集卷之一　　　　　　　杜陵　蒋平阶撰　门人　汝南周积贤　选
　　　　　　　　　　　　　　　　　　　　　　　　大梁沈亿年

支机集卷之一　杜陵　蒋平阶　大鸿

绛州春
　　天外柳,三星泛玉河。银沙静,深夜织龙梭。

其二
　　青海月,寒光按锦车。随风度,千里碧云遮。

荷叶杯
　　碛里万山秋叶,征雁度辽阳。锦城丝管落明月,肠断海云黄。

其一
　　桃叶渡头风起,飞雪浪花寒。绿苹双桨棹歌急,隔岸谢娘船。

其三
　　紫燕故巢金屋,春去又春归。玉虹桥畔采花女,犹说上皇时。

南歌子

草暖鸳鸯泊,沙寒鸡鹿城。芦管一声声。故乡千里月,梦难成。

其二

暂脱盘螭髻,闲停小犊车。同去浣溪纱。溪边栀子树,认侬家。

其三

对月疑歌扇,看云学舞衣。正是觉春时。好添新样髻,数佳期。

三台

笼鸟莫笼怜妇,斗花莫斗宜男。怪杀朱樱暖帐,一春长自孤眠。

其二

玉案浅浮朱李,银瓶斜插红莲。不向天孙乞巧,只愿郎常少年。

附幽生和词

红藕晚花对镜,白萍小蕊胜簪。两种助妆颜色,莫夸妾貌自妍。

其二

城南紫陌梨花,轻轻飞入香车。不问郎行归未,绿窗自理琵琶。

其三

罗裙舞扇娼家,回首关河日斜。青楼画帘半卷,楼头少妇如花。

其四

洛阳城边桃李,流黄机上征衣。良人十年不反,使妾夜夜悲啼。

其五

扬州杨花自落,江州江水长流。流水落花一处,郎君莫去他州。

其六

秋雨送归双燕,晚潮飞起寒凫。开帘各自惆怅,不是侬家恨多。

其七

笑看锦裆走马,来到祁连山下。男儿初拜贤王,不比乌孙再嫁。

摘得新

陌上桑。归来满玉筐。新丝今夜浴,锦梭忙。织成一匹光州绿,称郎长。

其二

倚画楼。轻轻歌莫愁。弸环红匝袖,弄箜篌。凭将弦上鸳鸯缕,系郎舟。

附沈生英节和词

花满枝。江南春色迟。画堂银烛影,惹相思。夜潮千里人何处,梦残时。

渔歌子

葑荬塘前泛鹢鹧。藕花菱叶碧参差。新竹筱,晚蚕丝。闲来终日守渔矶。

其二

青筰船轻白浪高。船头水滑不留篙。芦叶底,蓼花梢。探钩起候夜来潮。

望江南

歌舞罢,齐上内人斜。洗却残妆成暮雨,御沟红粉落桃花。流向阮郎家。

其二

春欲晓,花鸟逼重帘。红日倦开新睡眼,粉香啼湿杏黄衫。珠泪不禁弹。

其三

江南柳,三月暗秦淮。玉辇不归歌舞散,莺花犹绕凤凰台。残照独徘徊。

其四

凝望处,烟草碧波连。羌管一声愁日暮,飞花如雪满江天。离别更年年。

其五

空相忆,消息最关情。梦到旧时欢笑处,子规啼彻又三更。归路杳无凭。

附守大和词

春风路,江上柳烟迷。十二珠楼帘半卷,丽谯声断月初低。清泪满征衣。

浪淘沙

妾住桐江第五滩,郎君家在富春山。顺水行船千里易,逆水行船一步难。

附函生和词

东风吹上广陵潮,石头城边白浪高。侬为候潮江北望,误郎期约到明朝。

其二

郎君家在石帆西,妾住江头燕子矶。莫怪早潮舟不到,晚潮还有上西时。

江南春

京口树,海门霞。孤舟春水阔,残月雁行斜。江南塞北人千里,愁对寒云起暮笳。

番女怨

漠南秋尽,黄叶卷塞草归雁。锦鞲尘,银甲汗。暮笳吹断。鸳鸯楼上数归期。柳花稀。

其二

荼蘼香阵,迷梦锦夜夜孤枕。锁连钱,珠络钏。画堂深院。狂夫今日便思家。只天涯。

附无逸和词

落梅妆阁，风送暖江上春晚。玉搔头，金约臂。断魂不系。额山无限夕阳愁。水东流。

琅天乐

此龤生梦中之调，予奇其事，故交和之。然远不能逮，天人之相去如此。

双节引鸾箫。仙城五凤高。迢迢。银河回晚潮。　　天风送。千里华胥梦。寄语汉宫人。莫伤心。

附寿生和词

侍女按龙笙，绿轺相送迎。霞明。天风开始青。千秋岁。三岛扬尘地。回首望江山。是人间。

定西番

岭外暮云千尺，秋草白，晚花黄。雁南翔。　　明月渡头行客，雨馀归路长。高卷半帆鱼浪，趁斜阳。

长相思

秦王宫。楚王宫。二月咸阳烟火红。迢迢渭水东。　　思无穷。恨无穷。君到长安道路中。关河百二重。

其二

吴山东，越山东。山外江潮一派通，烟波隔万重。　　来匆匆，去匆匆。夜半星光夜半风。相逢如梦中。

附沈生英节和调

朝相思。暮相思。岁岁年年多别离。思君君不知。　　百花开。百花稀。微雨萧萧满大堤，遥遥闻马嘶。

附周生积忠和词

水西流。泪西流。水到吴山泪未休。月明寒玉钩。　　倚南楼。对南楼。楼外高山落叶秋，思君万里愁。

酒泉子

枕上相思，常记旧时妆面。脸霞轻，眉浪浅，压花枝。　　月斜人散新睡。酒病奄奄冷。钿钗声，罗帐影，惹春啼。

其二

边草茫茫,正是晚秋时节。白沟沙,青海月,塞天长。　　关山不断音书断。极目情何限。五更霜,千里雁,到衡阳。

醉公子

五月天山雪。千里交河月。战马一声嘶,征夫泪满衣。　　频掉青丝拂,不到香泥陌。特为夺燕支。容颜非旧时。

其二

指甲榴花色。捻得朝霞额。露底采檀心。游蜂惯妒人。　　宠爱分明见,只在昭阳殿。醒醒眼笼开。羊车来不来。

恋情深

豆蔻汤深香浪浅。粉妆无汗。水晶帘外掷金儿。暗相窥。　　一天娇艳许谁知,争似夜来时。何处阳台行雨,使人迷。

浣溪纱

越女莲舟曲半阑。晴沙如玉照眉弯。一双纤手泛红澜。　　织女机边抛未远。洛妃浦上拾将还。游人争羡苎萝山。

菩萨蛮

晚香深琐葳蕤钥。麝烟拂起双栖鹊。休更卷珠帘,晓来山雨寒。　　霜丝轻蝶翅,织得回文势。还寄薄情夫,缄愁恨字多。

其二

月轮碾过长生殿。玉阶丝雨寒生面。鹊影亚花枝,残红落酒卮。　　宿妆愁梦浅,甚处宫车远。添得宝缸明,更阑闻晓莺。

其三

晚山重叠芙蓉萼。残星历乱沉河角。绿树不禁风,新添一夜红。　　客愁催梦醒,妆阁银屏冷。秋色上眉端,朝朝临镜看。

其四

绿苹对绾相思带。落红惊散鱼儿队。细雨滴莲房,寒香生满塘。　　西风催急管,几处菱歌缓。歌罢转船归,一双鸂鶒飞。

其五

暖杯送雨蓬莱涧。酒山浪起春无限。倚醉遣新愁,月明何处楼。　　翠帘花雾织。烟琐银塘碧。塘外草萋萋,乡关春望迷。

其六

瑞香球子风前落。绣床十指萌如削。拂局斗龙牙,声声出绛纱。　　倚阑寻艳藕。

额上垂垂柳,隔坐眼相勾,横波入鬓流。

其七

寒云一夜飞残雪。塞门万里伤离别。晓色上高台,北风吹雁来。　　碧天愁望短,马首秋蓬卷。此夜忆长安,秦山对陇山。

更漏子

采鸳笺,回文字。难寄别来心绪。残漏歇,晓屏开。隔江朝雨来。　　章台路,钿车度。又是春光欲暮。江北树,岭南花。关山梦未赊。

其二

金错刀,银蜡炬。春梦半迷归路。弹别鹤,怨南鸿。琵琶忆汉宫。　　白团扇,遮愁面,憔悴不堪重见。青塚月,雁门霜。相思欲断肠。

其三

落星滩,啼猿树。今夜思君何处。江月暗,柳烟浓。春山隔几重。　　千里梦,孤舟送。花落枕函谁共。移翠黡,约金环。漏声催晓寒。

其四

菊花潭,杨柳岸。乡思暗随征雁。敧玉枕,解罗襦。更阑闻鹧鸪。　　三五夜,白如雪。犹照长安宫阙。花半落,燕飞高。东风恨未消。

阳台梦

括香阑上金铃小。飞花片片催春老。惜春侍女护花忙,不将眉黛扫。　　阶前残露滑,细步怕沾芳草。蔷薇胃发笑声低,惊起双栖鸟。

柳梢青

又是春来。无情莺燕,飞上琴台。半壁晴霞,一楼残雪,晓梦初回。　　花前且自衔杯小。雨后棠梨正开。短曲高歌,旧欢新恨,终日难排。

其二

苦忆檀郎。年年春尽,只在他乡。玳瑁床前,芙蓉帐底,辜负韶光。　　高楼又对斜阳。回首处山长水长。数点飞鸿,一轮明月,万里潇湘。

月宫春

阿母当年嫁紫兰。云中落翠环。匏瓜河上接青鸾。殷勤诏许还。　　玉女房开人未老,太霞曲唱夜将阑。回首扶桑渐小,蓬莱山又山。

其二

月支峰下耦耕儿。相将结紫芝。小楼昨夜鹊交飞。问人人不知。　　总为有情天姥笑,人间无地可栖迟。便到海云消尽,白云无尽时。

附无逸和词

珠林月影落霞觞。仙衣带酒香。一天风露自宫商,倩谁来鼓簧。　　顾兔初盈银汉转,水晶宫漏滴微凉。坐隔绛河一寸,千秋如许长。

河渎神

云梦楚天遥。黄陵庙口春潮。小姑红袜过斜桥,隔岸游人暗招。　　银浪半帆风色暖。柳花飞雪香满。独上舞裀浑懒,画蛾愁对春晚。

双星引_{新调}

瑶草几番花。任天风扶起,飞上鸾车。何处说丹砂。两行朱鹭,碧落为家。　　双髻引风斜。一湾银海浪,万里玉堤沙。记取山头博著,便留与,后人夸。

附寿生和词

何处是仙乡。又尘飞瑶海,日倒扶桑。绛殿隐霓裳。八行麟凤,十队笙簧。侍女拂天香。珮声花仗底,帘影御炉旁。寄语罗浮旧客,莫相恋,莫相忘。

附幽生和词

双阙晓云低。玉阶新羽仗,飞下丹梯。露掌拂金卮。九头雏凤,步辇迟迟。宫漏滴花枝。五更传锦诏,三殿侍青衣。何事武陵深处,花雨暗,使人迷。

天台宴并序

吾门沈子幽祈、周子寿王,齐年同学,均有高尚之致,物表之思。辛年令序,同举嘉礼,予以比古刘阮之事,戏为新调以赠之,名曰天台宴。夫国风之正变也,其于男女妃匹之际,帏房宴笑之私,不啻详矣,而仲尼经之。然则圣人之于人情,得其正者,有不讳也。或以予词过婉丽,疑非古道,岂知言哉。

晚云低映桃花路,云外双轺度。香风一派玉尘凉。吹尔落琼房。是仙乡。　　谩绾绸缪缕,结下同心旦。觑人惟觉黛蛾长,认得蓬山深处旧鸾凰。好思量。

其二

暖香苒苒争春馆。台镜菱花展,松芽如黛柳如烟。却月又连蝉。得人怜。　　照面花丛立,百花应太息。回风歌罢髻云偏,捻却留仙裙子漫俄延。莫升天。

其三

石华唾染鸳鸯锦,宛转蜻蜓领。周郎醉态沈郎腰。管取在今宵。好丰标。　　最是春难得。年少那堪掷。投壶不用数千娇,早趁胭脂花雨过蓝桥。不相饶。

其四

绿狸铺上文犀簟,迤袜双双践。闲将半月蜡红鞋。夺付酒胡家。泛轻霞。　　水精帘乍卷,恁处春山远。臂环窄窄绾龙纱,贪与刘郎赠咒斗桃花。肯输他。

其五

九雏钗卸沉香掉，触损蜻蜓帽。额山黄褪麝烟微。蜂蝶影偏疑。两心知。 斜掩金铺轴，醉入凤窠宿。照人何必夜光珠。一种天然弱艳不堪支。且迟迟。

其六

浮槎不断银河信，毕竟仙源近。龟兹双枕压搔头。好梦到瀛洲。任君游。 藕花尝并蒂，莫更牵丝绪。陡然忆著旧来由，好觅双飞鸾背上秦楼。更千秋。

虞美人

紫金城外红铺绕。玉瓦参差照。两裆绣马出宫门。不似当年车驾幸宜春。 苑西夜猎归来晚。别殿笙歌缓。更阑何事上妆楼。只羡长安市上少年游。

其二

白榆关外吹芦叶。千里长安月。新妆马上内家人。犹抱胡琴学唱汉宫春。 飞花又逐江南路。日晚桑乾渡。天津河水接天流。回首十三陵上暮云愁。

附守太和词

黄金台畔垂杨叶。二月飞残雪。紫貂西苑看花回。犹忆江南春半有寒梅。东风不度卢龙塞。青草边城外。小旗番马踏红尘。又是明珠百万去和亲。

临江仙

禁苑花残春殿闭。玉阶芳草萋萋。露华空洒侍臣衣。景阳钟断，愁绝梦回时。客里杜鹃归不去，一春常自孤飞。数声啼上万年枝。似将幽恨，说与路人知。

小重山

忆别吴宫年又年。雁来音信断，梦空还。孤舟江上客衣单。中宵立，斜月照刀环。晓镜掩屏山。几回青眼倦，不堪看。强开愁黛为谁欢。伤情切，红雨洒江天。

男 守大鲁策氏 较
无逸左箴氏

支机集卷之一终

支机集卷之二目次

支机集卷之二

杜陵先生选定　　　汝南周积贤寿王氏撰
　　　　　　　　大梁沈亿年幽祈氏评

支机集卷二　汝　南　周积贤　寿　王

荷叶杯

陇首暮云千里，何处望长安。戍楼秋老白榆落，风急角声寒。

其二

二十四楼春雨，人语隐簾旌。漏残香烬红蕉暗，犹忆秣陵城。

南歌子

细织鸳鸯锦，新妆蝴蝶钗。还约沈郎来。小屏风影动，牡丹开。

其二

玉篆沉凫永，金铺小凤斜。杜娘无力绣春纱。闲倚绿萍池畔，数桃花。

望江南

银箭落，梦断越山高。依旧当年欢笑处，桃花流水画阑桥。暮雨又萧萧。

其二

遥相忆，残泪湿轻纱。斜倚画楼帘半卷，东风微雨落杨花。肠断七香车。

柳枝词

何处香车踏大堤。大堤杨柳正依依。劝君莫折杨枝去，此日杨花未解飞。

其二

游人尽爱柳条新。莫遣新条折向人。纵然折向黄金屋，明日何人再踏春。

其三

因君长惜柳花稀。柳花故故落君衣。待君带入双鸳帐，依旧随君梦里飞。

江南春

千里雪，万重山。江南春信早，塞上夜鸿还。狂夫犹有长干梦，月满楼头频倚阑。

转应曲

游子。游子。远客他乡千里。昔来才见花新。今日归家暮春。春暮。春暮。回首残阳歧路。

其二

飞絮。飞絮。又送王孙归去。珠鞭掷向长堤。不忍和君别离。离别。离别。莫使他人轻折。

其三

春水。春水。波动鸳鸯惊起。吴山西望天涯。回首乡城日斜。斜日。斜日。无数客帆行急。

定西番

战马一声秋夜,霜叶落,月明移。是空闺。　　消息年年无据,雁归人不归。惟有鸳鸯机上,忆征衣。

其二

碛里雁行惊起,沙似雪,月如霜。断离肠。　　望尽秦川何处,道长恨亦长。记得别时罗带,尚双双。

长相思

吴山高,楚山高。山外行人万里遥。相思泪未消。　　风萧萧,雨萧萧。十二青楼倚鹊桥。无人吹玉箫。

其二

柳花开,柳花稀。春到江南春又归。江南多别离。　　暮山高,暮山低。六曲阑干独倚时。月明乌鹊飞。

相见欢

与谁同倚银屏。月初明。说到别时离恨一声声。　　归不去,人何处。意难凭。又是半帘微雨落空庭。

其二

思君莫上高台。杏花开。十二珠帘闲卷有谁来。　　千里梦,遥相送。且徘徊。待得阮郎归后又春回。

附旌生和词

秋风庭院深深。桂花阴。坐理朱弦无语忆征人。　　金雀扇,连环箭。雨沉沉。却见内家骑马趁芳尘。

生查子

开帘望柳丝,影影承春色。妾在灞桥东,郎在交河北。　　茜缕暗金盘,匀粉轻珠滴。楼角琐残阳,千里飞花白。

其二

长安市上儿,白面如春雪一卖绣鸳鸯,一卖花胡蝶。　　十二小胡姬,谩学同心结。回眼入琼房,独拜中秋月。

附左生和词

金鞲出蓟门,白马嘶春色。回首凤凰楼,片片愁云隔。　　三月小杨花,落遍阴山北。无数薄情人,尽作伤心客。

附忠弟和词

　　昔年君在时,两两飞春蝶。同倚玉纱窗,不道将离别。　今年君去时,杨柳花如雪。酒后忆前情,那忍看明月。

酒泉子

　　塞雁初归。千里潇湘春色。钿蝉寒,金袄湿。踏香堤。　日斜人去花如雪。宫漏声声咽。枕函风,罗帐月。梦来迟。

其二

　　白帝城头,夜夜啼乌催曙。万里桥,三城戍。锁清秋。　角声吹断相思泪。惊起征人睡。落星低,残月坠。望乡楼。

其三

　　寒食风寒。谁倚画楼独望。杏花堤,桃叶浪。接长安。　玉关三月无春色。月晚天山白。小胡琴,番马笛。恨漫漫。

其四

　　春到襄阳。又唱铜锟新曲。宝鞭斜,银瓮熟。唤寻香。　相逢误结同心苣。变作相思缕。柳梢烟,花叶雨。望潘郎。

其五

　　汉使不来。肠断纭干山色。雪霏霏,风瑟瑟。叶成堆。　锦城回首秋萧索。又负刀环约。旅书迟,征絮薄。雁飞回。

其六

　　万里交河。流到长安又断。泪痕长,鱼浪卷,枕珊戈。　燕山春雪堆千尺。二月寒烟碧。雁将归,花未白。戍城孤。

其七

　　无数征人。尽上陇山回首。铁衣凉,金带瘦。戍楼尘。　萧萧千里吹黄叶。日晚山明灭。小旗风,芦管月。塞烟深。

其八

　　山外青山。一带衡阳回雁。战旗铃,更漏箭。掩重关。　梦中却道乡城近。梦断灯初烬。隔年愁,千里信。待君还。

附曾生和词

　　一带银河。隔断两边消息。捣衣砧,支机石。月明孤。　双双鸟鹊桥边舞。不道相思苦。数佳期,春未暮。奈郎何。

附旌生和词

独倚重楼。不是当年别地。恨千重,人万里。上帘钩。　笼中新鸟愁春色。共羡双飞翼。塞天长,闺梦隔。锁离愁。

醉公子

小雨疏南陌。陌上香车湿。归去倚青楼。双蛾满镜愁。　燕子飞来晚。寂寞芳春短。却怪额山黄。朝朝催晓妆。

其二

江水乘春涨。渡口寒云浪。片片客帆回。知郎来未来。　独卷明珠箔。又怨春山薄。楼外小桃花。枝枝交影斜。

其三

卵色江天白。过尽东西客。夜合又开花。行人不忆家。　玉筋风前落。莫唱思归乐。塞草远连空。新雏衔碎红。

其四

白马连珠络。年少多轻薄。踏碎满街春。章台花作茵。　何处青鸾幔。簇簇秋千伴。醉向酒炉前。杏花春雨天。

其五

今夜遥相识。莫更伤春色。绿水绕平堤。堤边花满枝。　月影纱窗隔。照见檀郎白。残点送新凉。一双金凤凰。

昭君怨

楼内小山重叠。陌上金轮离别。惊起玉楼人。泪沉沉。　昨夜梦回南浦。羌管一声微雨。何处是长亭。望卿卿。

其二

玉勒金鞍日暮。芳草孤云何处。回首望吴关。见秦山。　犹记昔时别地。两岸鸳鸯烟水。今日两鸳鸯。隔他乡。

春光好

东风起,百花残。小楼寒。娇鸟一双睡里隔帘看。　何处玉笙吹断。数声飞上阑干。独枕龟兹愁梦短。泪空弹。

醉花间

思相见。不相见。相见情何限。最是月明时,独照双栖燕。　水精帘半卷。炉底香深浅。风吹罗帐开,金凤斜郎面。

其二

郎何处。知何处。何处留郎住。春雨越罗寒,莫向成都去。　珊瑚帘额小。鹦鹉催妆早。牛郎不解人，织女愁春老。

上行杯

昨夜梦中相见，杏衫黄舞珠歌串。两点青螺遮翠钿。　　梦断不堪回眼，玉壶金盏催银箭。何限。离别意，知深浅。

其二

紫塞雪深风急，画屏中屏行春色。明日天涯行路客。　　别泪不堪重拭，满泛一卮露华滴。沾臆。千里意，常如昔。

其三

又是一般离恨。满征车万里音信。明日天边今日近。　　回首道长无尽，美酒夜光花如锦。须饮。相忆处，肠千寸。

女冠子

春山春夜。千里月明云碧，印桃花。微卷芙蓉幕，轻摇鸂鶒钗。　　泪残清漏永，梦到阮郎家。何日升仙去，泛红霞。

巫山一段云

暮雨潇湘路，春风杨柳堤。六萌车上绣帘垂，车前香作泥。　　往事空相忆，年年又别离。萧萧千里野烟低。回首断肠时。

谒金门

花又落。寂寞青楼朱阁。梦里玉人初睡觉，起来浑似削。　　不忍斜窥金杓。独是半垂珠幂。何处女郎还忘却。墙边长弹雀。

更漏子

玉笙寒，金雁促。惆怅谢娘心曲。窥海燕，听南鸿。画屏罗帐空。　　云髻薄。翠蛾落。愁对晚妆高阁。风又起，月将斜。漏声迟落花。

其二

凤楼空，鸾镜暗。河上鹊桥初转。残穗落，晓屏孤。依依双鹧鸪。　　关山别。三更月。塞管一声秋叶。空相忆，不相逢。两心如梦中。

其三

柳风清，松月冷。斜倚辘轳金井。人意远，晚妆残。小山生暮寒。　　莺啼处。刘郎去。芳草尚迷归路。凝望久，解罗衣。明河照影低。

阮郎归

西风吹入郁金堂。小屏山气凉。谁家儿女织流黄。机声和夜长。　　成一字，泪千行。<u>丝丝欲断肠</u>。明年若更出辽阳。无人传锦章。

其二

　　春风吹冷博山炉。飞飞双鹧鸪。小乔薄命嫁周瑜。红颜和岁徂。　　珠半卷，锦平铺。更阑意转孤。慵来漫解合欢襦。梨花梦又无。

鹤冲天

　　银汉落，玉绳低。梦短漏声稀。起来回步影娥池，愁绝远山眉。　　人不见，飞双燕。寂寞舞衣歌扇。未央前殿晓风移。犹道酒来迟。

画堂春

　　锦江春草绿汀洲。一双鸂鶒轻浮。暖风寒浪木兰舟。此去悠悠。　　洲上晓楼如翠，波波影动高楼。小姨红粉镜中流。尽日闲愁。

其二

　　枝枝宫柳晓莺寒。玉瑅春雨初残。起行花影佩珊珊。羞剪罗纨。　　回首上阳人断。歌珠舞带新宽。漫携宝镜照孤鸾。愁倚阑干。

海棠春

　　流苏帐底更初静。漏自落馀香犹永。河汉转珠帘，残月斜金井。　　梦回春浦，东风乍冷。泪湿相思双枕。今夜枕边人，明日郎形影。

其二

　　新妆初拂垂垂柳。临宝鉴几回回首。蝉鬓那禁风，半吐香脂口。　　问郎知么，春光依旧。又似当年消瘦。无数玉搔头，不及郎纤手。

山花子

　　秦女烽前柳欲斜。枝枝初拂卓金车。笑问何郎今去后，向谁家。　　雁柱未弹春水绿，凤萧犹唱满庭花。香井夜长人不寐，数啼鸦。

前调

　　暮雨三年洒玉阶。春风二月冻秦淮。画舫朱楼长寂寂，为谁开。　　鸡塞榆花初入梦，御沟草色又堪哀。回首杜鹃归不去，独徘徊。

秋波媚

　　楼外轻烟柳丝寒。愁起见双鸾。画帘初掩，锦屏如翠。宿髻将残。　　无语暗窥走马路，半隔小重山。东风生晕，朝阳出水，春在眉弯。

三字令

郎又去,妾空归。自思惟。春雨短,草烟迷。忆郎回。郎不见,见孤帏。　　将妾泪,洒郎衣。幸相思。郎病后,妾愁时。夜应长,路更远,误佳期。

柳梢青

曲水轻寒。春风如剪,心事阑珊。藕叶抽烟,菱花生蔓,兰桨动还。　　王孙一去吴关。回首处,层层暮山。翡翠楼头,鸳鸯湖畔,天上人间。

其二

隋堤春半。行宫汴水,残阳路远。一带金鞭,几重香辇,柳花遮断。　　归来独立风前。暗低首,轻摇双钏。山枕玻璃,宫帘罥罣,重门深掩。

阳台梦

玉钗头上东风小。轻轻燕影双双棹。笑携明月晕新眉,两重清嶂晓。　　沉香关塞远,又是子规来了。一声春思入琵琶,变作江南调。

月宫春

蕊渊宫静桂条新。花飞香作尘。紫蕤罗荐欲生云。浮卮琥珀深。　　青露既稀浑不夜,凤歌三唱度千春。齐拥晓霞归去,馀香万里闻。

其二

千寻银海玉为砂。天风引百花。乌衣鬟子髻堆鸦。双双夹凤车。　　万里迢遥归路碧,一行丹诏泛轻霞。认得紫清深处,依依是旧家。

附忠弟和词

八琅璈奏小云英。红霞万里明。玉盘三进藕丝冰。青鸾相送迎。　　敕问侍臣谁献赋,一行班管赐仙卿。宴罢海西明月,相携归旧京。

河渎神

暮雨郁孤台。萋萋芳草侵阶。酒杯铜鼓庙中来。祈得征人早回。　　隔岸橹声鱼涨拍。小姑低眄相识。怕是湘妃神力。送归千里行客。

瑟瑟调

古无此调,调始于沈子,因秋声瑟瑟而作也。予为和而成之。

高柳平林,西风穿幕。海燕初归,流萤未落。朱楼终日谁来。画帘开。　　钱塘江上越王台。小浪轻阴烟雨催。千里萧萧,芦管带秋回。落寒梅。

浪淘沙

御柳拂宫墙。又自苍苍。一城山色接天黄。忽忆春花三十度,空带斜阳。　绣瓦落雕梁。尘锁纱窗。乌衣巷静晚风凉。旧日诸郎今跃马,无限韶光。

河传

南浦,春雨,草芊芊。千里花烟水烟。小娘,独临鸾镜前。终年。为郎私自怜。又见双鸿飞上苑。音信短。斜日纱窗晚。望郎还。楚南天,楚天。更长空卷帘。

其二

屏外,春半,玉楼风晚,独依棠梨。钿筐钗匣暗尘生,鸟空啼。马频嘶。　凉州圹野陇头水。三千里。半是相思泪,关山遥。空相忆,雨萧萧。恨迢迢。

南乡子

豆蔻花开。海南天色隐高台。二八风鬟春意浅。回眼。望见王孙愁不展。　问是谁家。珊瑚鞭下赤骅骝。遥指画楼红树里且归去,日暮春风香雨细。

虞美人

秦淮夜雨宫花掩。玉殿西风转。小梅吹彻笛声寒。梦断旧时歌舞,恨漫漫。　龙车凤葆游何处。漏永人无语。几将孤影对秋华。回首暮云千里是天涯。

踏莎行

弱柳烟残,小荷风定。金丸偏惹桃花径。背人枝上晚莺啼,与谁同立斜阳影。　玎瑝簪横,芙蓉帐冷。轻轻红豆垂香井。满楼粉袖唤寻春。故将愁眼临青镜。

支机集卷二终

支机集卷之三目次

支机集卷之三　　杜陵先生选定　　大梁沈亿年矩承撰
汝南固积贤寿王评

荷叶杯

万里玉门秋色,空自满雕戈。笛声吹落谯楼月,飞入小单于。

其二

千里若耶溪水，犹是浣纱时。暖风微雨吹波面，回首不胜悲。

其四

小苑海棠初谢，金雀对银蝉。镜中摇影自惆怅，轻手淡眉尖。

前调

镜里晓妆才罢，宫黛锁春思。佯将翠钿倩郎整，肠断畏郎知。

南歌子

缫作盘金缕，提向浣纱溪。溪水自东西。晚潮如可待，待郎归。

其二

玉宇回星驾，银河隔斗槎。三五月初斜。一年还一会，又天涯。

翠华引

三月桃花吹尽，双双蝶影飞回。摇曳东风何限，不见刘郎信来。

其二

重叠屏山昼掩，萧条宝帐更寒。南陌北堂千里，回首空歌路难。

其三

白蘋池边夜雨，红莲浦上秋风。一年几度惆怅，不恨郎来恨侬。

摘得新

卷画帘，春风斜日天。垂杨新叶小，碧于烟。背人无语匀妆面，小山前。

梦江南

别卿后，整日忆芳容。忘却人前偷下泪，只言醉眼不禁风。强笑颊添红。

南乡子

鬓影香红。背人斜立小屏风。海燕归时春露坠。花碎。飞上雕梁成一对。

其二

芳草凄凄。王孙犹在画桥西。日落汀洲蘋叶细。风又雨。十二鸳鸯飞不起。

柳枝词

斜日春风帘半垂。笛声偏逐落花时。送君须到鸳鸯浦,看妾还同杨柳枝。

其二

狂夫去岁下祁连,闻道番兵入锦川。妾似上林台畔柳,朝朝三起夜三眠。

其三

灞陵桥上别君时,杨柳如烟映翠眉。今日灞陵桥上望,杨花多作断肠枝。

其四

汴水堤边春又春,枝枝交影隔行人。晚来飞入征车上,半似沙场梦里尘。

其五

少妇当机字莫愁,寒风月落洞庭秋。送君马上封侯去,夜夜潮声到妾楼。

其六

渭水东流向北回,云中青鸟几时来?菱歌唱尽无人听,明月孤舟对暮台。

其七

楼前初雨子规啼。郎行何日到辽西?可怜塞北音书断,处处杨花落满衣。

其八

岭色千重相对开,秋风一阵白云来。黄沙百战无人在,只向深闺梦里回。

江南春

杏花狂,芳草歇。帘外燕飞忙,枝头莺语咽。银钉壁带自伤心,塞北江南千里月。

番女怨

玉钩春帐人未醒,泪眼生晕。枕重明,飞翠钿。梦中相见。问伊何日是归时,正迟迟。

古调笑

春水。春水。江北江南千里。绿烟遍染蘼芜。一望垂杨露多,多露。多露。正是梨花日暮。

其二

红叶。红叶。又似云飞巫峡。妆成独上高梯。愁见衡阳雁归。归雁。归雁。只是金微梦断。

其三

凉夜。凉夜。绣被重薰兰麝。小屏半掩湘山。暗数谯门漏残。残漏。残漏。钗落枕函寒透。

其四

花雾。花雾。飞上瑶台无数。绿杨陌上鸦啼。斜卷金铺梦迷。迷梦。迷梦。一派莺歌相送。

其五

微雨。微雨。吹散一城秋暑。疏林又带斜阳。半卷珠帘恨长。长恨。长恨。几度辽阳无信。

其六

翡翠。翡翠。夜宿雕梁成对。更阑月上纱窗。青楼小女罢妆。妆罢。妆罢。眉黛不教重画。

前调

孤枕。孤枕。泪湿交枝宫锦。晓妆愁对春风。舞席花飞袖红。红袖。红袖。玉腕为谁消瘦?

附节弟和词

春树。春树。满地落花无数。采桑女子纤纤。憔悴常如去年。年去。年去。何处流莺飞度。

附左箴和词

明月。明月。斜照长安宫阙。夜深河汉初低。雁影双双路迷。迷路。迷路。回首潇湘春暮。

琅天乐

梦至霄阙,引见一真官,官命合乐缋之,觉而依调成此词。真官盖曾主人间云。

何处上真家。始青天际霞。龙车。人间归路赊。　　瑶台月。不焰燕山阙。此日说兴亡,竟相忘。

甘州子

小朱慵镜照残红。沉水髻,露香浓。茂陵人老怯秋风。无语对墙东。琴台下,花雨落芙蓉。

其二

晚风叶落禁城秋。霜月冷,雁初收。残妆夜夜上朱楼。河汉转西流。萧声断,魂梦到凉州。

西溪子

雄麝不消金缕。露粉暗啼玉筯。槿花开,春已去。人何处。独坐流黄机里,数征鸿。怨东风。

遐方怨

月又起,漏初长。遥指关河千里,相思空断肠。坐闻孤雁更南翔。流黄丝尽也,碎鸳鸯。

思帝乡

花露湿,柳风微。塞雁初归。和月到辽西。云母屏前,金穗对孤帏。梦断当年,歌舞晕新眉。

江城子

藕花初起半江风。对南鸿。绿波中。夕阳回首,人在越山东。千里相思吹不断,羌管落,戍楼空。

定西番

夜夜思君何处。春水碧,翠屏低。画桥西。　　千里梦魂不断,花开花又飞。认得天台深处,柳烟迷。

其二

帘外一声玉漏,溪水曲,杏花飞。远山低。　　梦里玉人愁绝,泪残人不归。又是胭脂花雨,湿行堤。

其三

眉黛暗随春色,新月小,柳芽轻。画难成。　　一夜枕香啼湿,愁多梦未醒。错认黄鹂声里,唤卿卿。

步珊珊

花阴徐步,顾影成词,遂以为调。

珂月似眉湾。雪藕衔环。步珊珊。　　相对相看长不足,无语掷金丸。好携红玉袖,明日天边。今日人间。

附倚瑟和词

花影落香簪。人在西楼。弄千秋。　　晓镜争如新月满,许尔照双眸。相随花共影,不是牵牛。只是初秋。

上西楼

　　玉关秋信无凭。雁南征。今夜月明千里望乡亭。　　心如醉,空流泪,倚银屏。何处砧声不断到三更。

长相思

　　郎山高。妾山高。两处高山一望遥。更阑听伯劳。　　思千条。柳千条。柳外相思暮与朝。春来细舞腰。

其二

　　江风凉。浦风凉。珠帘半卷掩秋霜。含泪忆檀郎。　　机声长。杵声长。梧桐月影下流黄。征戍在辽阳。

其三

　　笛声残。角声残。千里秋风人未还。无言倚画阑。　　长亭寒。短亭寒。君上长安道路难。愁来掩镜看。

酒泉子

　　暮雨珠帘。金博山头初绿。暗思君,宫漏促。掷银钱。　　昔年歌舞愁难得。清泪空沾臆。柳依依,花脉脉。草芊芊。

其二(缺)
其三(缺)
其四(缺)
其五(缺)

玉蝴蝶

　　春城杨柳依依。又是忆人时。帘额卷残阳,红亭掩翠微。　　关山音信断,行客梦中归。莫更惜芳菲。明朝慵画眉。

其二

　　金沟微雨初晴。何处按歌声。细草长空阶,飞蛾影鬓轻。　　纤腰初学舞,茜袖暗尘生。薄幸最关情。昭阳月又明。

其三

　　越罗初试新凉。小院菊花香。塞雁一双飞,江天暮雨长。　　玉钩斜绣幔,金钏背兰缸。明日是重阳。银河秋水长。

其四

雁门衰草萋萋。风雨湿征旗。莫上白登台，乡城望又迷。　　胡笳吹不断，漏永雁声低。终日数归期。年年征戌儿。

其五

御沟烟柳初晴。长信晓风生。寒玉冻冰壶，新妆掩画屏。　　旧欢愁梦短，惆怅别离情。门外舞衣轻。金铺相对扃。

春光好

春光好，小楼晴。画筵明。帘外海棠花影自相迎。　　燕子双飞何处？玉人头上风轻。笑倚新妆寻阿母，眼潮生。

归国遥

风过。一夜梨花开满树。玉人犹未归去。断肠京口路。　　绣槛暗飞香雾。待郎春又暮。对妆无限心绪。片帆应不渡。

恋情深

玉镜秋风帘幕重，泪痕相送。锦筵回首烛生枝。暗相悲。　　黄河曲岸草凄凄。征马倦长嘶。莫向卓家池馆卖娥眉。

菩萨蛮

绮楼帘展湘山近。卢姬弦上湘妃恨。落叶捲微霜。平沙起雁行。　　蜀机添绣镮。翠带双蝴蝶。镜里宿妆残。画蛾侵晓寒。

其二

江城八月飞黄叶。长安陌上伤离别。遥意画堂中。残筵烛影红。　　无言长掩泣。斜倚屏山立。低首弄湘弦。声声起暮蝉。

其三

社前小燕初调羽。双双飞出衔香絮。高捲水精帘。江南春正妍。　　黛眉低柳色。映见梨花白。却恨薄情人。年年不觉春。

其四

丁香一夜开香雪。梦回却见胧胧月。何处是萧关。重重山外山。　　绿窗春色浅。漏永金铺掩。又听晓莺啼。催人起画眉。

其五

玉门杳杳音书绝。黄沙万里飞春雪。惊起对银釭。泪声随漏长。　　翠眉愁细匣。枕上桃花甲。消息梦中稀。满楼春燕归。

卜算子

秋雨蓼花红,海燕双双度。明月楼中梦未阑,千里江南路。　　芳草绿将残,锦水朝还暮。十二栏干断客愁,点点黄昏露。

更漏子

双归燕,雕梁见。春昼更添银箭。花露重,柳风斜。玉笙吹暮霞。　　蘼芜路。香车度。拂袖落红无数。细雨过,草烟迷。满堤蝴蝶飞。

其二

晚荷收,芳草歇。林外数声鹈鸪。妆阁闭,小屏虚。一庭明月孤。　　飞蓬鬓。愁临镜。往事不堪重省。灯半烬,泪千行。秦山楚水长。

其三

菊花残,芙蓉谢。斗转星稀午夜。渔浦暗,角声寒。流萤扑锦阑。　　长河没。潇湘阔。陇坂晓猿啼月。千里梦,半江风。朝云过楚宫。

其四

越罗单,寒香透。毕竟多情依旧。挑锦字,掩流黄。远山眉恨长。　　秦川月。陇头雪。夜夜机声欲咽。金烛泪,玉钗愁。那堪楼上楼。

其五

桂江潮,枫林叶。又是清秋时节。玉露重,金风寒。独眠鸳枕单。　　兰缸暗,飞凫袅。泪断声低渐悄。鸦阵乱,雁行斜。乡书未到家。

前调

海棠开,梨花谢。庭院不堪深夜。罗帐薄,锦衾寒。迢迢清漏残。　　春山澹。秋波泛。碧玉双环半减。更一点,泪千行。依依对玉缸。

忆秦娥

秦楼月。峨嵋岭上多春雪。多春雪。阳关曲罢,美人愁绝。　　飞鸿一带霞天接。洞庭寒影潇湘阔。潇湘阔。朝朝暮暮,高唐雨歇。

其二

春云飞。玉楼深锁晓莺啼。晓莺啼。香尘拂面,丝柳依依。　　含情独对浣纱溪。歌残水调翠眉低。翠眉低。月明千里,战马频嘶。

其三

关山别。黄云一派天涯接。天涯接。猿声啼罢,陇头残月。　　水精帘底镫明灭。佳人自把搔头折。搔头折。青山无恙,画楼春雪。

秋波媚

楼外残阳过雨痕。烟缕欲黄昏。乱鸦数点,归鸿几阵,绿水孤村。 天寒不耐春衫冷,无语对芳尊。卷帘人似、芭蕉泣露,杨柳愁春。

其二

宝鸭香消翠被寒。斜月小阑干。丁香舌吐,芙蓉粉薄,豆蔻花残。 更阑未解欢情足,愁黛损眉弯。只凭好梦。朝朝暮暮,飞过巫山。

三字令

东风外,翠帘低。柳花飞。春信断,守孤帏。鸟空啼,啼不醒,梦郎归。 郎倚妾,经别时。正相思,妾有泪,怕郎知。漏更长,人不见,转凄凄。

阳台梦

辟寒香透连环锦,粉妆啼湿沉香烬。残缸明灭夜将阑,手松双扣领。 鸳鸯盘绣角,又是今宵孤枕。一行归雁落平沙,梦里关山近。

月宫春

一从羽盖上丹梯。双凫夜夜飞。小山桂树结鸾旃。天香生满衣。 极目紫河程万里,红尘十步不相知。为问白羊公子,要予何日归。

其二

九天仙仗出蓬莱。卿云阊阖开。赤虹千丈控青雷。逍遥银汉回。 碧草朱花风外度,玉尘香雨下方来。回首埔宫使者,迟迟看劫灰。

其三

玉华宫殿列琼筵。笙歌落九天。彤车队队驾非烟。冰池泛酒船。 鹤舞七盘云漠漠,凤吹三奏月娟娟。不数银河晓箭,千秋如小年。

附曾策和词

赤城风曳紫绫裾,琼沙泛羽卮。八琅弹罢玉绳低。筵前桂影移。 天酒厌厌曾未醉,御香不断正思惟。孰把残膏轻洒? 人间花雨飞。

柳梢青

兽锦空裁。留君不住,强自支排。送客亭前,望夫台畔,年去年来。 小楼花落花开。凝眸处、愁肠暗催。昨夜欢浓,今朝惜别,明日天涯。

应天长

日斜人散帘钩卷,回首香车生泪眼。恨绵绵,愁绻绻。独倚银床归又晚。 那堪歧路远。争似当年相见。芳草平芜初满。双双来小燕。

瑟瑟调

旧无此调,时秋风乍至,瑟瑟其声,因为新曲以谱之。

塞外征人,机前思妇,林下乌啼,天边雁过,音书千里无凭。梦难成。　　鸳鸯浦涨一江青。红藕花残桂棹轻。一片风帆,遮莫是归程。笑相迎。

踏莎行

小燕双棲,寒花半萼。秋风一夜穿飞阁。轻轻腰减怯罗裳,纤纤臂损愁金杓。好梦不真,佳期非昨。秦楼月下多空约。为君弹得十三弦,曲终点点琼珠落。

其二

画角声哀,金壶漏咽,梧桐岭上馀残月。早凉吹入小楼寒,客愁谩谩和谁说。　　半渚惊鸿,一山落叶,江城又是清秋节。酒旗摇曳杏林风,湘天处处伤离别。

弟英节旌叔氏较

六　百尺楼词
番禺　陈庆森　著

浣溪沙

夜寒似水,灯小如蝇。偶触前尘,辄堕遐想。倚竹度此,不觉黯然销魂也。鸳瓦前宵薄有霜。熏篝无焰麝凝香。最思量处断人肠。　玉虎牵丝长寂寂,青鸾邮札竟茫茫。碎风零雨怕开窗。

又

软语无端话别离。只应愁损小腰支。背人独自倚栏时。　往日便闲金屈戍,停云谁弄玉参差。几多幽恨耐寻思。

底事风流逝水忙。凤毛龙髓惜馀香。颇无聊赖夜偏长。闲擘碧绒供书课,笑拈红杏伴晨妆。当年只觉是寻常。

又

细雨阑珊最恼情。抱衾闲坐已三更。不禁憔悴与愁并。　怪事便应书咄咄,华年偏欲妒盈盈。知他何处共平生。

又

自隔人天了不闻。佩环消息半难真。画图重省旧时春。　心字渐成乌鲫墨,眉痕空点绛螺纹。夜寒留伴藕衣熏。

又

细字研光碧玉笺。新词书就倩谁传。江南三月落花天。　可惜星辰非昨夜,要将丝竹写中年。人间天上两缘悭。

金缕曲
都门感怀

又过清明矣。向天涯、光阴几度,匆匆弹指。新柳窥人馀倦眼,犹自娇眠未起。算只有、柔情似水。姹紫娇红都不见,尽销魂、零落东风里。飘泊恨,尚如此。　年来我已拼孤寄。纵关心、如烟好梦,忍教重理。丝竹何知哀乐感,不抵中年情味。但托意、幽蘅芳芷。青眼高歌还未老,任狂来痛击珊瑚碎。衣袂素,京尘滓。

浪淘沙

罗幕卷珊钩。隐约妆楼。簟纹如雪玉肌柔。一抹脸霞红印枕,无限娇羞。菱镜几分秋。才转星眸。泥人怜处恰回头。知是燕钗刚溜也,团扇斜兜。

蝶恋花

一握冰纨深几许。便抵屏山,遮著喁喁语。消受横波花底顾。无端别有销魂处。缠绵密绾同心苣。翻恨东风,浪作繁华主。门外天涯芳草路。等闲又把春光误。

摸鱼儿

五月十二夜对月有忆,同汪憬吾作,并寄莘伯。时莘伯客龙江。

问年年青天碧海,看人几度圆缺。冰魂一缕鲛绡堕,都把离愁照彻。凝念切、料倚幌无眠,伴个侬清绝。闲情暂撇。待拥髻灯前,横波花底,取次夜深说。　　南楼夕。且炤霏霏谈屑。况兼小谢清发。断鸿不寄归来信,空阻停云千叠。凉露歇。又弄玉谁家,触绪成悲咽。不关离别。任吹透冰轮,流年似水,偷换那时节。

附录　汪兆镛

莽天涯狂歌落拓,唾壶几度敲缺。酒边况有伤心侣,倚烛泪红啼彻。芳思切。原不为花愁,只是人凄绝。思量怎撇。便水绉春池,干卿底事,旧恨怕重说。　　空园夕。相对秋心骚屑。桐阴凉意初发。月痕也做愁颜色。冷照蕉衫重叠。人语歇。更篱角寒蛩,向我添呜咽。明朝又别。念柳岸晓风,蓼滩夜雨,应忆者时节。

减字木兰花

闺意

玉钩罗幕,惆怅闲情无处著。懒画蛾眉,除却菱花没个知。　　登楼闷损,悄等归鸿偏不准。待不思寻,一字炉香一寸心。

齐天乐

秋声

芰荷吹老梧桐碎,秋怀此时谁见。搅入离愁,添将远恨,总觉助人凄怨。流光又变。正对月开门,明河清浅。渺渺孤鸿,天涯芳讯可能遣。　　年来庾郎寄旅,更成枯树赋,清泪频泣。露井蝉鸣,华亭鹤唳,迸送商弦如霰。桃笙漫展。怕罗幕生寒,玉钩难卷。好梦才圆,又声声唤转。

百字令

城北梦香园,故郑君纪常别墅也。余少时读书其间,亭榭幽迥,竹石明瑟。今更十年,易数主矣。甲午秋日,携屐重访,榛芜欲没,风景不殊,慨然有今昔之感,为赋比阕。

槿篱飘冷,剩苔阴古甃,翠凄红怨。悄掩重门人不到,啼得画眉肠断,蛛网零香,蛎墙消粉,梧雨秋风颤。羁寻谁伴。长卿今已游倦。　　蓦记十载窗前,琅玕罨画,衬著湘帘卷。曲曲回廊花下路,手捻花枝行遍。瘦石三生,斜阳几度,消尽闲庭院。喁喁絮旧,梁间唯有双燕。

湘春夜月
秋海棠

悄无人、晓风帘幕低垂。可惜一点芳心,容得几相思。多谢依依瘦蝶,向花心紧抱,解护芳菲。又黄昏细雨,斜添秋意,吹入啼眉。　　铅华洗尽,三生莫问,石上胭脂。卷了罗裙,恰约住纤纤月影,来比腰支。屏山梦醒,料如今宝篆烟。

蕙湘云

乙未初春,从筱龙园移植桃花一株,鲜灼可爱,媵之以词。

腻雨宵融,东风早嫁。似妃子瑶池,绰约初下。一夕园林都赐绯,香满绮窗雕树。向尊前笑口转嫣然,趁柔鬟低亚。仿佛人面当年,晓妆刚罢。只半点唇朱,无限娇冶。门巷重寻知甚日,此恨对花聊写。祝东君,著意护韶华,漫轻红飞谢。

高阳台
春晚偶忆

小阁留春,重门掩雨,恹恹殢酒心情。分付东风,新愁诉与流莺。飞花不到天涯去,但无边、芳草青青。暗销凝。独自凭高,目断芳城。　　年时俊赏江南路,正玉骢骄勒,红袖欢迎。见惯当筵,双鬟花底调笙。而今只伴空尊语,琐窗寒、怕卷帘旌。悄然惊。插柳明朝,又是清明。

台城路

莘伯以词见赠,追忆客春旧游,梦影香痕,依稀如在。因和此阕。三鼓欲断,一灯犹荧,殊愧寂寥也。

年时影事随流水,新词乍撩芳思。捣麝成尘,抽蚕作茧,不罢相怜情味。韶光又至。正过眼分明,恨零欢坠。今夕幪枕,丝丝灯影照无寐。　　江南断肠旧句,有方回解唱,差强人意。锦字题笺,玉珰缄札,难把离愁轻寄。重逢总易。料秋月春花,也应憔悴。漫赋闲情,倒尊深夜醉。

附录　壶中天调　汪兆铨

湘帘窣地,正愁人无寐,新病初可。倦拥寒衾听暮雨,点滴芭蕉声大。怅触前尘,冶游今夕,蹋遍银街火。浅斟低唱,玉钗斜溜花钿。　　弹指影事云消,更酒人雨散,离思浑无奈。剩有断肠诗句在,又怕流尘轻涴。双鬓茶烟,几声铜漏,旧梦和愁破。元龙豪气,也应同恨高卧。

翠楼吟

春寒独坐,微雨困人,薄醉初醒,悄然有忆。

花困扶头,柳苏倦眼,重帘深款春住。微寒还作去暝,又和雨吹香成雾。楼台几许。看远树堆烟,绿蒙蒙处。佳期误。钿车不到,杜陵东路。 　　试拾堕景零欢,问拥髻年时,当垆俊侣。青骢逐去也,浑不记那回情绪。玉尊起舞。怅回雪惊飞,停云孤阻。缄愁去。只应双燕,和伊分付。

卜算子

秋夜

缺月破云来,时漏疏梧影。宛转清阴画不成,蛩语秋心静。 　　悄起却开门,叶底微风警。一晌帘钩戛玉声,敲落灯花冷。

摸鱼儿

春阴

更无人海棠庭院,溟蒙花雨吹暗。落红悄把重门掩,无奈啼鹃相唤。天乍晚。看亚字阑干,点点蔷薇浣。绿窗谁伴。正衣桁潮生,琴弦腻渍,寂寞倚空馆。 　　天涯梦、又被流莺絮断。屏山无限凄恋。画眉醮取遥峰碧,欲拭菱花还缓。帘漫卷。怕蝶胥香痕,摇曳春魂颤。愁怀易满。待嫩日开晴,画桥西畔,拾翠写幽款。

满江红

题梁橙里冰天跃马图

积雪阴山,是谁向苍茫驱马。消不尽、填胸热血,几番挥洒。万里严城蒸土筑,两行断雁弯弓躬。正将军昨夜缩铜符,从天下。 　　白羽送,长风驾。黑月落,坚冰跨。欢缛原可弃,箸何妨借。一旦金缯成计策,浮云玉垒供悲咤。听歌残,勒勒泪花红,如铅泻。

台城路

题孔性腴所藏春花图。图为葛绪堂、林西浦、李次白、梁浦仁、居古泉诸子共绘、各写春花一枝、时同治己巳花朝也。款为仲半主人云。

年时载酒花为侣。清愁更寻花语。斗帐围春,香篝倚暖。浑不解春人情绪。芳词乍谱。有翠袖低翻,玉尊回舞。几度花朝,天涯无那又飞絮。 　　何人替花写照,唤调铅杀粉,为歇春住。润上蜂须,泥分鸿爪,姹紫嫣红无数。零缣断缕。便春色三分,二分尘土。寄语东风,断肠知也否。

虞美人

筱卿女史寄赠小照,却题。

当筵红烛呼初见。晕脸看犹靦。懵来无语却回眸,消受横波花底最风流。鬖华秀靥分明在。镜里春如海。别来无计慰相思,虚约五湖双桨载伊归。

满江红

戊戌生日自题小照

　　生我奚为,算三十男儿非少。只赢得王郎抑塞,江郎文藻。剑外谁堪肝胆向,镜中应许头颅好。看他年赤手缚长鲸,扶桑岛。　　居列戟,钟还考。行建盖,麾前导。更当筵双髻,纤腰盈抱。四座金貂齐上寿,两行红烛皆欢笑。笑虎飞食肉竟何如,侏儒饱。

壶中天

秋雨

　　黄昏帘幕,酿萧条如许,重阳偏近。几点征鸿明复灭,特地催伊凉讯。缓逗疏钟,急揽清漏,碎和孤砧韵。灯残被冷,燕楼谁寄离恨。　　溢浦几日书来,问那人消息,又归期难准。影事欢痕如堕叶,点滴秋心不尽。却忆西窗,当时翦烛,好梦和愁远。茂陵今夕,长卿应欢游倦。

贺新郎

泳雁来红卷子,莘伯属题。

　　逗起丹枫冷。倚间庭霜华乍泣,一枝红凝。不信秋容偏淡泊,还有斜阳满径。正昨夜梧飘金井。筝柱初移凉讯透,茜纱窗似闪惊鸿影。玉珰字,可重省。　　衡阳自古离愁境。盼江天、碧云黄叶,泪痕犹莹。有限春韶都过了,怜尔芳心独警。但伴取朱颜明镜。莫共御沟流水去,怕深宫人写秋宵静。随旧侣,度湘迴。

忆旧游

本意

　　记章台击马,乍拂柔条,倦眼初青。便有绸缪意,依依挽袂,又事遄征。冶游正及京国,飞絮满春城。欢绿鬓将华,青袍似旧,懒赋闲情。　　重逢话憔悴,怕薄幸萧郎,终负卿卿。料阅人多矣,任天涯攀折,何处无春。怎教蚕茧空缚,惆怅托生平。惹雨洒蕉窗,文园凄恻愁夜听。

临江仙

春日策骑,同曾五登白云山郑仙祠假宿。

　　联辔春郊初试马,一鞭嫩日晴风。白云迎望簇青峰,香泥轻印处,骄蹴落花红。邰借赞公房暂宿,夜深灯影帘栊。十年三度此登龙。客堂颜有龙门常住额邰求瓜大枣,何处觅仙翁。

鬓云松令

申江赠别

枕函偏,兰鬓妥。喜话相逢,悄并香肩坐。依约怀中明月堕。打叠销魂,真也今番个。　　玉骢嘶,红泪涴。软语丁宁,再见何时可。一样飘零千样错。我已怜卿,莫更卿怜我。

满江红

舟次赤壁作

如画江山,不合把东流付与。是苏子扁舟斗酒,旧曾游处。乱石团团围远岫,惊涛拍拍临孤屿。问小乔夫婿最英雄,今何许。　　南北限,分区宇。千百队,连楼橹。被东皇一炬,可怜焦土。成败不关风月事,吾曹且觅鱼虾侣。唤铜琶重倚扣舷歌,声如雨。

虞美人

长江舟中端午作

去年此日珠江渡。画舫迷箫鼓。好花如海酒如淮。围住石榴裙子素馨钗。　　今年此日长江路。一样逢端午。客怀如水梦如烟。孤负绿菱红荔晚凉天。

齐天乐

题罗麟阁牡丹本事诗后

独眠人被花枝笑。天涯且歌侬懊。欲烬金虫,如烟紫玉,只有梦中相抱。离怀怎好。消几度东风,燕愁莺恼。怪煞丹青,近来慵抚远山稿麟阁工绘事,故调之。何时替花写照。
更花奴丽句,清绝词藻。幺凤双身,灵犀一点,尽逗风流窍。鸳盟订了。可未嫁云英,故乡苏小。分付桃根,渡江双桨早。

崩湘云

落叶

梦好留云,宵凉胜水,听蓦地飕飗,一叶飞坠。似诉江山摇落感,不许羁人不理。问当年折柳短长亭,可萧条如此。　　何况幕府秋清,洞庭波起,都进入、愁边中酒滋味。莫把哀蝉重谱曲,恐有尘生罗袂。只乡心一夜度南楼,共征鸿迢递。

阳关引

恨意和织云原韵

芳草何曾歇。只是人凄咽。凉风动牖挑离思,怎生怼。倦愁心如茧,悄对金缸说。料个侬无寐,暗忆此时节。　　更莫把红豆轻赠别。记相逢处,钗蝉舛,袖香烈。何事轻云散,便遣芳尘绝。看碧梧捎影,一角挂秋月。

西子妆

题织云珠江花舫图

柔橹安花,凉波孕月,一舸珠江容与。画屏十二管弦声,漾裆栊、燕莺来去。呼俦啸侣。尽消受艳情无数。歘良宵、有千金买笑,十千沽醉。　　欢娱处。锦瑟华年,约略都非故。梦痕镫影浣流尘,记当时、好春曾驻。愁缣恨绪,可堪听琵琶重诉。展丹青、读向秋篷夜雨。

菩萨蛮

理妆

薄罗衾腻云鬟拥。檀痕压损钗头凤。低唤侍儿醒。录腮人语轻。　　画屏金罽蔽。晓镜开寒玉。妆罢立花前。新娇花也怜。

又

刺绣

簸钱斗草都无绪。兰闺独自缮花谱。新样称心难。停针故故看。　　千般乖觉意。怕绣回文字。无语觑鸳鸯。怜伊故是双。

又

伴读

添香红袖殷勤衮。芸窗学诵书声小。万轴选牙签。烦伊玉筍拈。　　夜深红烛细。茗椀频频递。凉月倚薰篝。教郎索罢休。

又

晚浴

秋千斗罢人儿静。隔墙送过梨花影。罗袜乍凌波。风微香度荷。　　纹窗遮六扇。怕被郎窥见。脂凝玉肤潮。臂妆红晕消。

望江南

题陈笠唐观察东山草堂图

东山坳,云影幂峰阴。似尔无心还出岫,有时为雨便成霖。葱茜足幽寻。

　　右东山云岫

又

五华耸,根自九华来。浓翠分描眉黛好,晓妆齐对镜奁开。树影覆如盃。

　　右五华耸翠

又

山堂后,嘉荫鲤林清。此去化龙应起蛰,呼来好鸟不知名。福地即佳城。

　　右鲤林听禽

又

西窗厂,岚紫落缤纷。水墨峰峦米外史,楼台金碧李将军。最好是斜曛。

右紫岚夕照

又

昆仑碎，撮土走蜿蜒。不待巨灵分二五，还从弱水渡三千。玉带镇门前。
　　右黄仑环带

又

桐山兀，卓笔独凌空。一自文章老燕许，掷成长剑倚崆峒。馀沈尚为虹。
　　右桐山卓笔

又

比邻好，乐意总相关。尽日双柑兼斗酒，新歌宛转又绵蛮。丝竹媵东山。
　　右黄鹂春晓

又

繁霜杀，野烧遍郊原。岁岁陆浑空一炬，徙薪曲突更无人。赤壁走曹瞒。
　　右戴工野烧

又

芙蓉削，烟雨护璚扉。昨夜瑶池降王母，霞觞飞堕玉成围。雉尾点朱晖。
　　右新林屏玉

又

穿松际，古寺吼蒲牢。寺上白云敲不落，一声声向暮天摇。黄叶舞如潮。
　　右团山霜钟

又

东山麓，石嶂孕莲花。十笏峰纹皱皱碧，六郎颜色胜朝霞。苔藓篆交加。
　　右莲花石障

又

溪泉咽，胜景小西湖。掩抑琵琶弹贺老，清泠弦索响柔奴。天籁富笙竽。
　　右西溪琴韵

迈陂塘

和友兰叔感怀元韵

　　莽天涯、狂歌落拓，家园回首千里。枕边已自销魂殻，试问魂销能几。罗绮地。把梦影欢痕，约略从头记。韶华弹指。奈绊我青衫，昵人红袖，憔悴两何似。　　无聊处，长剑崆峒且倚。人间无觅知己。文章恨不逢黄祖，如尔腹中心里。愁曷已。算大地茫茫，若个堪情死。飞鸿一纸。只千尺桃花，十年锦瑟，付与玉珰寄。

满江红

题林次煌观察虬髯夺气图

　　镜里头颅，算只有阿麼绝好。浑不省、天姿日角，太原年少。越国尸居馀气短，晋阳擐甲真人早。更张家一妹识英雄,邯郸道。   倏一座,人惊倒。差一著,棋输了。叹中原滚滚,龙缠蛇扰。群从会居天策馆,乃公合住扶馀岛。记东南沥酒贺成功,红颜笑。

金缕曲

题刘仲咸大令退馀楼诗卷,时同事秘阁。

校事将阑矣。正窗前碧梧疏月,逗人诗思。忽讶云篇新入手,读向湘帘棐几。有无限秋天风味。最忆秦淮箫韵脆,度珠喉一串歌声里。<small>集中有秦淮竹枝词数首最佳。</small>轻叠稿,黛眉翠。   香尘影事分明记。尽消磨、簿书鞅掌,一行作吏。幕府清秋酬唱好,花落讼庭如水。应不数、杜陵诗史。<small>君宰蓝山九年,其风土人情,多记以诗,故云。</small>此老胸中原不恶,好丹青、挥洒犹馀事<small>君擅丹青。</small>金缕曲,为君序。<small>君来索序,为题词一首归之。</small>

菩萨蛮

逆旅题壁

珊鞭初指垂杨绿。画屏双倚人如玉。衾软梦犹温。馀香隔夜闻。   惺松扶别绪。又逐征轺去。残月趁鸡声。迢迢长短亭。

金缕曲

题继廉访左庵词话

此事缘何废。是年来抗尘走俗,一行作吏。堆案簿书如束筍,消却柔情似水。便辜负君山眉翠。忽讶瑶华新入手,惹思量酒角琴边味。浣薇诵,不能已。   玉田韵语金庐记。算国朝纳兰竹垞,得公鼎峙。湘水当年留舄地,笑我曾经御李。又三载匆匆弹指。爨到焦桐犹赏曲,是怜才第一真知己。书感激,墨和泪。

摸鱼儿

莲畦方伯题拙作百尺楼词,步韵作答。

蔼金庐、承明僝直,垆香知染多少。蔷薇春晚催归骑,又报玉缸开了。欹帽笑。正拍遍红牙,待起花间草。衡云梦绕。乍一舸分巡,此邦仙吏,着个子瞻老。   王郎感,已分焦桐潦倒。琴材谁赏清调。高轩忽遣阳春和,逸响画梁还绕。风肆好。怅五度春明,悔不瞻韩早。然脂写稿,须唤起湘灵,更张锦瑟,重谱洞庭晓。

七　山禽馀响

淳安　邵瑞彭　次公撰

　　乙亥仲秋，大梁旅处，籀诵馀暇，每取遗山乐府，随意讴吟。觉其缘情感物，芳烈动人，信乎古诗之遗意，词林之变雅矣。向岁彊村老人曾广鹧鸪天宫体八首，辄为变通其意，依韶继声。或比换旧题，或直抒孤抱。寿陵蒲伏，奚敢遥跂邯单，聊以寄要眇之思而已。愚所据空青馆重勘华氏刻本，网罗最备，计鹧鸪天五十二首。今属和者四十五首，自馀寿人之曲七首，且涅盖阙。草端于棪华香裏，断手于腊鼓声中，凡百二十日而写成定稿。托烟水之迷离，哀众芳之芜薉；答清商之幽唤，振山禽之馀响。千载比肩，风声未远。发情思古，祗益欷歔，盖天时人事为之也。貙刘日，自记。

鹧鸪天

一　故宫

　　裂帛湖边绿水波。翠微亭外夕阳多。银屏曲曲龟文锦，宝帐重重凤尾罗。　回雪舞，遏云歌。花枝人意两婆娑。孤灯听雨江南夜，忍对吴娘唤奈何。

二　木犀

　　桂树团团八月黄。枝枝叶叶系年芳。花开有主金难买，露下无声夜渐凉。　囊底药，枕中方。浮云过眼便相忘。何当分取天台种，散作僧衣七日香。

三　莲

　　北渚歌声隔晚烟。月明如海照婵娟。红衣委露浑难惜，罗袜凌波信可怜。　金粉地，碧云天。听风听水一年年。不知梦里江南路，秋在谁家六柱船。

四

　　一上灵槎路更多。白云尽处又黄河。连天烛树金为炬，夹岸香林玉作柯。　鸾解舞，凤能歌。长宵禁得几婆娑。蓬山会有重来日，其奈刘郎白发何。

五

痴绝差同顾长康。醉时欢笑醒来忘。镜中华发新诗料,城外黄沙古战场。吟窈窕,赋沧浪。坐看皎月上东墙。满阶落叶无人扫,一任西风彻夜狂。

六

蔺荡渠前檞叶丹。金梁桥畔蓼花残。空肠未敢浇三雅,短袖何堪舞七槃,(下缺)

七

几度因风想玉珂。月明还似镜新磨。刺船北苑三分水,走马南城十里坡。随白雁,渡黄河。酒阑烛暗厌闻歌。当筵别有箜篌引,被发提壶柰若何。

八

自著山公白接䍦双柑斗酒一身携。醉来击缶心犹庄,雨后看花首尽低。秋射虎,夜闻鸡。夕阳葵麦与人齐。何堪回首渝关路,衰草茫茫送马蹄。

九

不学虞卿老著书。身名那复有亲疏。他乡僮仆如兄弟,故国关山似画图。花四壁,酒千壶。闲看秋水浴春锄。临河触我江南思,九月霜风草未枯。

十

丛竹娟娟渐过墙。坐温蛮语抵还乡。枝头警露思齐女,月下怀人感谢郎。收短簟,理匡床。不须止酒学柴桑。黄河日夜东流去,一上高城一断肠。

十一

月气灯光隔画帘。清歌谁唱两头纤。重寻故苑风流地,一晌新寒雪压檐。云淡淡,梦厌厌。池波明处镜开奁。眼前剩得秋多少。愁听更筹夜夜添。

十二　宫体八首

薄薄罗衣怯晚凉。声声梧叶下银床。天涯路比纱窗近,坐上人如锦瑟长。烟水气,绮罗香。神仙多事赚刘郎。千红万紫成阴玄,宫烛何曾照海棠。

十三

征鸟横空觉自由。凉虫泣露柰添愁。门前梎木三年大,枕畔浑河万古流。天似笠,屋如舟。四更月出水明楼。东园无限相思草,肯逐风饕雨虐休。

十四

闻道吴宫进越娃。懒从碧玉问年华。当窗皎月龙皮扇,出地轻雷豹尾车。　　千里
草,满头花。烛烟分到五侯家。隋堤杨柳千年绿,忍见春来有暮雅。

十五

梦里山光画不成。江头帆隐认难明。曾教柳色藏苏小,好把梅花赚广平。　　才胆
怯,又心惊。谁家人与月双清。枕边每少明朝事,愁听虾蟆打六更。

十六

万里明霞拂殿墙。迷天照海见花光。金仙已下铜驼陌,玉女还窥朱鸟窗。　　图蛱
蝶,画鸳鸯。博山炉子水沈香。十年忍惯伶俜事,不向东家索锦囊。

十七

白雁南飞又一天。玉珰沈讯动经年。空持莲荔酬欢子,肯就箕坛拜鬼仙。　　秋易
尽,夜　眠。镜中蛾黛为谁妍。楚宫瘦损三千女。别有瑶姬到枕边。

十八

坐对婵娟未忍眠。露阑桂树苦相怜。夜寒已觉秋先尽,天近能教月倍圆。　　花照
海,玉生烟。琼楼重到倘无缘。不知水调歌声里,拨断哀筝第几弦 月当头夕

十九

羌管吹寒夜色新。雁声摇落未堪闻。忍裁团扇羞明月,拟拓香囊锁白云。　　鸡警
梦,马呼群。酒边花气斗馀醺。殷勤自唱烟中怨,刻损官楼烛几分。

二十

甲帐珠帘入望新。排云楼阁四无邻。陌头草色思公子,井底桃花赠美人。　　天倚
杵,海扬尘。沧江得意置闲身。莫愁艇子无消息。杜听莺啼过一春。

二一

过雨山光似墨浓。杏花消息桂堂东。人归楚尾吴头外,春在莺啼燕语中。　　时易
失,兴难穷。天涯侥幸一尊同。美人老去琵琶歇,孤负当门叱拨红。

二二

铁拨鹍弦世所拼。乌孙日怨莫轻弹。星河故国怜夔府,花木春城梦锦官。　　楼独
倚,镜频看。酒痕襟上几回干。幽篁十亩无人管,留与光风起夏寒。

二三

不窃诗名学绍威。不吟丛桂叩苏非。从来阆苑黄金屋，未抵江村紫竹扉。凫雁渚，鹭鸶矶。停桡心事有依违。长安三月东风恶，休遣红尘浣白衣。

二四

耐得沧江一味闲。花风禅榻任巅顶。生成鳝伯终输笨，唤作饩奴便解谗。茅店小，板桥宽。马头惟见月团团。谢郎一夕思千里，知为何人独倚阑。

二五

三宿枯桑觉有情。十年学剑苦无成。弯弓欲射羲轮落，衔石思填勃海平。秋渐晚，梦才醒。镜中愁见二毛生。江潭垂柳无多绿，谁唤桓温作老兵。

二六

太液秋深菡萏残。觚稜北望路漫漫。人生未合闲中老，山色空馀画里看。茶灶稳，笔床安。松风吹面鹤巢宽。宁知一夜沧江雪，只有唐花耐得寒。

二七

湘浦罗裙未许量。楚天云雨不相妨。花前打鸭歌怜子，桑下骑驴问索郎。山宛委，水沧浪。忧多人远两难忘。何如闭眼擎杯好，沈醉东风四万场。

二八

莫莫朝朝玉树花。好冯妆镜驻韶华。楚天风雨闻啼鸩，越国江山起怒蛙。怜织女，叹匏瓜。陌头铜狄两咨嗟。黄金铸尽英雄泪，别样伤心古押衙。

二九

王气东南散郁冈。瓜州渔火夜茫茫。绿杨风定轻桡稳，红蓼花疏小簟凉。停水枕，叩河房。有人麈扇坐胡床。斋钟响彻平山寺，和尚如今不上堂。

三十　薄命妾三首

复道干云燕子楼。当年歌吹接扬州。青枫江上归帆远，红藕香残玉簟秋。山北顾，水东流。月寒霜重使人愁。可怜楼上双飞燕，衔尽香泥不放休。

三一

山上蘼芜采不成。江南红豆为谁生。杨枝已伴吹绵老，桃叶空教打桨迎。愁脉脉，水盈盈。朱弦零落不胜情。秦娥怨曲都弹遍，第一难堪裂帛声。

三二

划地离情海水深。残春帘幕昼阴阴。磨盘蛣旋愁难尽,药店龙飞病不禁。鸡塞远,鲤书沈。梦魂万一许相寻。宁知锲臂都无益,多事亲分钿合金。

三三

青盖亭亭倚扇看。平生无奈付愁鸾。碧纹圆顶缝难好,红泪方诸泻不干。遵大路,别长干。微云千里梦痕宽。何时重访停桡处,太液秋风水殿寒。

三四

陌上垂灯锦作笼。城南芳树玉为丛。前朝图画三分月,永夜楼台四面风。花照影,水连空。酒边人意笛声中。江湖满地相思远,何止蓬山一万重。

三五 　山阳七圣堂（今按,疑在襄城）

杳杳山程滑滑泥。可怜七圣眼都迷。前行渐觉浮云近,平视微嫌华岳低。林似屋,草成畦。危巢人与鹤同栖。劝君小试圭刀手,先把黄金铸袞蹄。

三六 　宿赵州二首

赵北燕南匹马轻。此间避世足平生。村边白石神君庙,木末黄旗大将营。风力猛,月华明。征鸿啼处见残星。廿年踏遍幽州路,厌听邮亭夜打更。

三七

浅水斜桥似画图。新秋犹见燕将雏。地居赵北燕南际,天近霜高木落初。茶七碗,酒双壶。关山尽处即江湖。只愁筋力年来减,上马还须觚毷扶。

三八

雨后探芳不厌迟。费他鸤鸟报佳期。花开古井无人见,水暖春江有鸭知。天杳霭,夜凄迷。空持新月比蛾眉。青鸾飞去朝云散,怪道樊南减带围。

三九

银烛罗屏护冷香。眼看华月渐当窗。无端旧恨堂堂去,有意西风瑟瑟凉。秋欲半,夜初长。涉江谁为赠馀芳。不知心上琴三叠,可抵园中玉一双。

四十

耶律坟前湖水清。高梁桥畔露珠零。蒹葭出地头先白,杨柳经秋眼尚青。林掩冉,路沈冥。凤城南去是长亭。厌厌一夕觚棱梦,又被邻钟撼到醒。

四一

帽上花枝压更偏。被池方锦线为缘。添衣未感秋来瘦，拜石真成醉没颠。青玉鞚，紫丝鞭。北人骑马当乘船。登临费尽新亭泪，风景何曾似去年。

四二

免就身名较重轻。待调黄犊事春耕。连宵灯火看难足，历劫关山画不成。云外塔，水边亭。新年刻意望承平。街童齐唱臻蓬曲，一夜东风满禁城。

四三

梦里依稀见楚云。眼前謦笑属东邻。早知歌舞能倾国，那有文章够美新。姿替月，步生尘。等闲时节入青春。西楼无限风光好　解唱黄獐又几人。

四四

桐柏西南第几峰。遥看太室有无中。羽人烧鼎烹黄独，玉女吹箫步碧空。春浩荡，夜朦胧　年光催近试灯风。双凫飞去犹堪讶，莫放真龙怖叶公。

四五

凤集青神掌武家　平泉亭诏几尘沙。人间别有莱州竹，长日青青待放衙。车后雨，马前花。拌将黄口占韶华。林间不少弯弓手，万一螳螂误了他。

邵瑞彭，字次公，浙江淳安人。以文学名，尤工于词，宗《花间》、北宋，出入清真、白石。任河南大学教授多年，有词《扬荷集》行于世。晚年和元遗山鸥鹚天词四十五首，镂版方竣，未及多刷，而版毁于战事，时为一九三六年也。越二载，次公病逝，享年五十。其门人汴梁武慕姚藏试刷袜印一本，一九七九年录副见惠。今慕姚亦物故，中州词运，顿感寂寞。因以全稿发表于此，以存中州文献。若其要渺之思，寄之于此词者，期诸郑笺，余犹愧未敢发明之也。一九八四年三月十日，施蛰存记。

八 期山草

云间 王　微撰　云间 施　舍　蛰存辑录

捣练子

送远

雨初收,花泪簌。歌送行人不成曲。花落花开俄顷间,归期便合将花卜。

王端淑云:"落想空灵,吐句慧远。他人说尽千行纸,不若修微寥寥数语。绝非温韦,谁说苏李,词家胜境,已为修微占尽。胸中若无万卷书,眼中若无五岳、潇湘,必不能梦到、想到。(《名媛诗纬·诗馀集》卷下)

又

春夜送远

雨初收,风乍暖。闲愁一霎生虚馆。梅花历乱不胜妆,春昼何如春梦短。

又

春暮病中

心缕缕,愁踽踽。红颜不逐春归去。梦中犹带惜花心,醒来又听催花雨。

沈天羽云:"红颜"句:万分难说。"醒来"句:凉透。

江南春

代宛叔寄止生

月自明,愁自生。分飞虽已惯,长欢若为情。月入疏帘桐影薄,幽思应怯洞箫声。

又

中秋赋戏宛叔

霜满枝,月满枝。仿佛孤衾薄,徘徊就枕迟。年年此夜翻成恨,落尽芙蓉知不知。

钟伯敬云:着"翻"字,愁怀尽说不尽。

又

感怀

朝含颦,暮含颦。梦来非不见,相逐不相亲。一从金屋居新宠,其奈长门闲故人。

钟伯敬云:"金屋"、"长门"原是套语,著"闲故人"三字生出味来。

如梦令。

临别示谭友夏

只合唤他如梦，前后空拈新咏，风便欲悬帆，忽忽离襟生冻。休送。休送。今夜月寒珍重。

沈天羽云：起句"切而至"，歇拍是别时语，是可人语。

又

怀谭友夏

月到闲庭如昼，修竹长廊依旧。对影黯无言，欲道别来清瘦。春骤。春骤。风底落红偨偨。

胡殿陈云：修微词佳者固多，似此风情蕴藉又在草堂诸选上也。

又

帘外月消烟冷，冻瘦一枝花影。空馆不胜情，此际知谁管领。梦醒。梦醒。不把闲愁细整。

李西雯云：梅影瘦，常语也，着一"冻"字便别。

又

冬夜

早自不禁凄惋，那更雁声续断。近日瘦腰围，想比别时更缓。夜半。夜半。梦去似他低唤。

长相思

人悠悠。路悠悠。不觉秋光入暝流。怜他独倚楼。　　为伊愁。怕伊愁。愁到相逢愁始休。郎家鹦鹉洲。

又

春夜送止生东归

未花残。惜花残。月落江潭烟水寒。离恨欲无端。　　试凭栏。怯凭栏。帆驱云际路漫漫。何人上木兰。

生查子

春夜

久病怯凭阑，况忆人同倚。月寒花影筛，愁至欢难替。　　虽魂未得飞，担带愁同去。芳草在天涯，绿到无迴避。

又

闺怨

已知无见期，隻影谁赓和。山水怯登临，拈韵何曾做。　　偏是薄情郎，梦也如真个，睡去怕相逢，夜夜挑灯坐。

又

冬夜

欲寄别时心，怯在人前写。欲寄别时容，愁郎展时讶。　　惊雁自寻群，那管魂逢乍。真个几时归，并影梅花下。

潘鳞长云：字字韵，字字真。

又

冬日怀韩夫人

雁过纸窗寒，月到空阶冷。病起不堪愁，梦去人初醒。　　犹忆少年时，寄迹如萍梗。一幅落梅巾，相携问花影。

卜算子

灯尽正无聊，忽梦郎遗玦。永夜深江月似烟，清恨寒如雪。　　心断路沉沉，暗枕空凝血。莫怨郎心似玦离，曾有圆时节。

李西雯云：微道人词以淡雅见长，此稍近古。

又

暮春

飞花点绣苔，残香染罗袂。莺时寂寂掩重门，春色东邻滞。　　梦里惜浮云，觉后情难避。风流大致惯盟言，也洒风流泪。

沈天羽云："惜浮云"妙。

浣溪纱

春日

春浓陌上暗飞香，个个情痴似蝶忙。梨花初嫩不胜妆。　　簇簇海棠云外月，趁风轻漾扑鸳鸯。小湾曲曲足行觞。

又

戏咏瓶内荷花

但听清歌不学舞，生来曾住鸳鸯浦。有时月底双双语。　　偶因荡桨载归来，不复成连心自苦。藕丝断作相思缕。

菩萨蛮

春日戏赋

风吹杨柳春波急。桃花雨细苍苔泣。此际若为情。残膏灭复明。　　几回鸳被底。染就相思泪。卷起待君归。归看架上衣。

巫山一段云

初夏

小榭笼轻雨，孤衾留嫩凉。杨花不解春归去，犹自学人狂。　　远眺偏愁近，闲行昼自长。何须羡煞双飞燕，秋来空玳梁。

又

宫怨

咫尺君恩断,角枕为谁施。月华本是无情物,犹解照相思。　　未得长门赋,空题团扇诗。莫怪飞霜欺寂寞,朝来点鬓丝。

忆秦娥

湖上有感

多情月。偷云出照无情别。无情别。只似清辉,暂圆常缺。　　伤心好对西湖说。湖光如梦湖流咽。湖流咽。又似离愁,半明不灭。

谭友夏云:月有缺,西湖有歇,此情不可灭。

又

月夜偶代

清光冷。梧桐一叶飞金井。飞金井。相思此际,倩谁管领。　　有梦一生何必醒。离愁只凭依花影。依花影。隄边犹记,风回小艇。

又

月夜卧病怀宛叔

因无策。夜夜夜凉心似摘。心似摘。想他此际,闲窗如昔。　　烟散月消香径窄。影儿相伴人儿隔。人儿隔。梦又不来,醒疑在侧。

又

戏留谭友夏

闲思徧。留君不住惟君便。惟君便。石尤风急,去心或倦。　　未见烟云帆一片。已挂离魂随梦断。随梦断。翻怨天涯,这番重见。

沈天羽云:歇拍巧用"相见争如不见"。

锦堂春

初春用仄韵

柳弱娇堪赋,只与影儿赓和。那得春愁也学郎,不忆人闲坐。　　梦里幽期虽订,未卜几时真个。孤帏寂寂漏声残,静看灯花做。

西江月

湖上

有约故人何处,无情湖水长流。青山也不管人愁。一点白云斜透。　　寒雨已来枕畔,孤鸿又过桥头。欲拼沉醉不知休。病又不堪中酒。

醉花阴

舟中代柬

似忘似变似无已。欲问隔烟水。风浪苦无知,意不念人,约梅花香里。相望相思窗遍倚。闲把闲愁理。愿风将此意,背人吹入,他合欢杯里。

望江南

湖上曲十首

湖上月,生小便风流。花间游女醒还醉,水面笙歌散复留。夜半自悠悠。难描处,一点远浮浮。不共芙蓉憔悴死,西泠渡口冷如秋。相伴是闲鸥。

湖上水,月寒生静光。采莲歌断人归去,芦获风轻淡映窗。双桨下横塘。峰数点,草色界垂杨。秋去不传红叶怨,春来偏喜浴鸳鸯。花落浪纹香。

湖上柳,烟里自依依。柔丝不绾闲游性,落絮还从静处飞。腰细翠眉低。疏影外,两两早莺啼。无语似传离别恨,有愁时入笛中吹。张郎果似伊。

湖上花,种出便流霞。风起日烘留不住,飞来偏落七香车。到底爱繁华。清幽处,还是野人家。一段清香寻亦到,孤山山脚蘸胡麻。篱落有冰芽。

湖上女,新妆映水明。折罢闲花还入手,三三两两踏堤行。罗袜不生尘。呼伴侣,含笑复低评。想到游人魂断矣,翻将纨扇指流莺。去也不留名。

湖上草,未解忆王孙。烟外雨中青不了,水光衬贴更分明。铺匀翡翠茵。才堪斗,一捻指痕新。到手认真争胜负,霎时抛掷路旁尘。谁种这愁根。

湖上雨,如缕复如尘。半落青山半花上,一回冷落一回新。似泪不曾晴。声乍急,点断水中纹。别浦已归渔父棹,远山幻出米家神。偏只恼佳人。

湖上雪,争与水光分。松下老僧如病鹤,溪边古寺锁寒云。唤醒老梅魂。南北渡,日暖酒旗温。新诗已入山阴棹,游兴闲归咏絮人。驴背莫伤神。

湖上舫,不定也夷犹。禁得琴箫声落拍,晒来书画更当头。穿过断桥幽。还嫌闹,何处白蘋洲。四面卷帘天一缕,美人垂手在高楼。仙裙水上留。

湖上酒,有价也难酬。湿尽六桥春一半,梨花消瘦杏花羞。痛饮莫空留。堪清赏,月下听箜篌。数斗不消花底恨,一番提起枕边愁。风雪强登楼。

鹊桥仙

七夕

菡萏开霞,辒辌蔽月,曾赴书生密约。人间较得合欢频,又何事、凌波盼鹊。一隻鸣机,千年旧样,也合重新换却。织成绡素不裁襦,爱邻近、霓裳袖绰。

又

新月朦胧,回廊悄寂,帘外早梅初吐。香渐不温灯渐炧,相思无梦知何处。病也绵绵,愁偏琐琐,此际谁堪说与。假饶中夜倩离魂,断桥流水无情阻。

玉楼春

寒夜

影忽无端问我说。随尔飘流何日歇。年将三十不迴思，犹作东西南北客。　　我闻此言心始怯。强倩梅花更相质。梅影含情亦怨梅，梅花无语寒心咽。

蝶恋花

春恨

今夜三更春去矣。湛绿嫣红，总是伤心底。明日晓来何忍起。黄莺催煞无人理。　　帷有酒杯消得此。酒到醒时，春去千千里。挨过这番除是死。年年一度难消你。

沈天羽云：上片尖辣。又云：怨气亘古今，才士失职不异此。

醉春风

代怨嘲

谁劝郎先醉。窗冷灯儿背。抛琴抱婢倚香帏，睡。睡。睡。忘却温柔，一心只恋，醉乡滋味。　　惭愧鞋儿谜。耽阁鸳鸯被。问郎曾否脱罗衣，未。未。未。想是高唐，美人惜别，不容分袂。

胡殿陈云：似嘲实恨。顾宋梅云：恨到不堪言处矣！

沈天羽云：闲想痴想，淡味深长。"抱婢"确。虽然不着地，也有上天时，是鞋儿谜。

又

怨思

心似当年醉。眼到何曾睡。灯花落尽影疑冰，悔。悔。悔。展转寻思，是谁催促，别时偏易。　　无限天涯泪。难定天涯会。接君尺素表离情，啐。啐。啐。一半模糊，又如梦里，不如梦里，问他真伪。

风中柳

代赋

憔悴芳容，只被那人担阁。为愁忙、何曾寂寞。残膏重泪，亦自伤离索。剪频频、不知花落。　　欲寄封题，又怕雁儿难托。恨春光。莺花送却。画梁归燕，更双穿帘幙。这心情、好生难着。

天仙子

秋恨

烟水芦花愁一片。个中消息难分辨。举杯邀月不成三，君可见。侬可见。伊人独与寒灯面。　　叠尽云笺情有限。除非做本相思传。几回掷笔费沉吟，君也念。侬也念。霜鞲晓路鸡声店。

满庭芳

午日

艾节菖鬓,榴花葵树,梦中还是端阳。病怀离绪,客久厌吴阊。难借朱丝续命,和肠断、流水春光。闲凝望,晴窗远岫,惭愧白云忙。　　儿年逢此日,符桃玉股,香衬罗囊。又谁信心情,物候参商。□□行吟泽畔,看满眼、惟有雌黄。闻人道,游龙舞燕,烟景胜钱塘。

贺新郎

对月有怀

醉里眉难熨。正秋宵、半帘霜影,满林风叶。搅乱闲愁无歇处,况是酒醒更绝。猛拍阑干歌一阕。转调未成声已咽。想那人、此际同萧瑟。山水远,梦飞越。　　别来积念从谁说。喜相逢、伊迩屈指,尚须十日。见了定应先问取,曾觉几番耳热。又恐怕、见时仓卒。待写相思争得似,不如六字都拈出。隔千里,共明月。

水龙吟

除夜

岁去矣花烛红炉,难送却闲惆怅。芳根似梦,香心未醒,千般愁酿。记起秋眸,各含清泪,欲开离舫。更回车、伫苦停辛,却又匆匆,去添凄怆。　　两地牵丝一样。石随缘、那声楚榜。还堪暂住,何妨徐解,偏生早放。人远如天,别长于死,几时重访。悔并刀剪得,秾云朵朵,飞来眉上。

修微长调每有不合律处,如《水龙吟·除夜》起二句,如作“岁除花烛红炉,也难送却闲惆怅”,上六下七,即合定式。《贺新郎·对月有怀》、“猛拍阑干歌一阕”句,应作“上三下四”,始可起词气上承先启后作用。“不如六字都拈出”句,应作“上三下五”八字句:“总不如、六字都拈出”,始合律。(马祖熙志)

附编（一）词坛纪事

一 词学讨论会实录

华东师范大学中文系古典文学研究室于一九八三年十一月二十六日至三十日召开第一届词学讨论会于本校。今将会议情况有关文件附录于此,以志词学研究史鸿爪。

大会开幕致词

一 施蛰存

同志们:从今天起,我们将举行为期五天的第一次词学讨论会。在这开幕的时候,首先要对全国各地区热心来参加的同志们,和今天来参加开幕仪式给予指导的本市、本校领导同志们,表示热烈的欢迎和衷心的感谢。

我们华东师范大学中文系古典文学研究室,由于人员不多,而且所有的成员都兼有繁重的教学任务,以致研究工作做得很不够。有一部分同志,对词特别有兴趣,从前年开始计划编辑一种关于词学研究的刊物,去年印出了第一辑,就名为《词学》。我们把这个不定期刊物,作为向校外同志汇报的研究成果。通过这个刊物,我们和国内外许多爱好词学、从事于词学研究工作、教学工作和编辑工作的同道也取得了广泛的联系。一年以来,我们和国内外不少词学研究工作者互通信息,交换资料,使我们的研究工作,得以超越我们的研究室,走向社会,走向全国,走向国际。对于各方面前辈和朋友们的指教和协助,我们感到极有益处,因而,我们进一步感到有开一个会的必要。我们想创造一个机会,请大家来漫谈漫谈,议论议论,互相启发,交流经验。这是我们发起召开这个讨论会的第一个愿望。

自从党的十一届三中全会以来,我们国家的学术研究水平,已有大幅度的提高。个人的单干研究,正在向集体研究发展。在词学方面,我们也注意到,出现了不少值得广泛讨论的问题,而这些问题,往往是从群众论辩中显露出来的。不经过群众的论辩,许多问题就只能停留在一家言状态,无法取得统一的认识。例如:岳飞《满江红》词的真伪问题,词的起源问题,敦煌曲子词的许多校释问题,豪放与婉约是不是两个对立的词派问题,苏东坡中秋词有无比兴问题。这些问题,最初都是一二人发表了自己的观点,接着有人提出了不同的观点,于是成为一个值得研究的问题。就是这样,个人的研究发展成为集体的研究,这是学术研究的好现象。

唐圭璋同志化了一辈子的精力,编定了一部《全宋词》。这是一个艰巨的工作,我们非常钦佩。这样大规模的工作,今天如果还要依靠个人来单干,至少将浪费或拖延许多时间。现在,我们知道,李一氓同志主持的国务院古籍整理领导小组,已请张璋同志组织人手编辑《全明词》,请程千帆同志组织编辑《全清词》,将来这两部巨大的断代总集的出版,可以肯定是集体研究工作的成果。

我们这个会定名为"词学讨论会"。讨论些什么?我们并没有规定。我们希望通过大会发言、小组讨论、论文传阅和个别交谈,一定能发现当前大家共同关心的一系列问题,作为今后大家研究的方向。这是我们发起召开这个讨论会的又一个愿望。

我们相信,在这五天的会期中,依靠同志们的踊跃发言,热忱指教,这一次的讨论会一定能取得丰富的成果。不过,由于各方面条件的限制和筹备工作的缺少经验,这一次的大会对来参加的同志们招待不周,对没有能邀请的同志们,更是非常抱歉。

最后,让我们对到会的同志们,和给我们讲话的市委和本校领导同志们,再一次致以衷心的感谢。

二 夏承焘

各位同志,各位词友:

今天词学讨论会在上海开幕,我谨向到会的各位词坛老宿和新秀,致以衷心的祝贺。

我因年老多病,对于这样一个词学界空前的讨论盛会,不能躬与其盛,参加讨论,并听取各位词家的高论卓见,失去了一次难得的学习机会,感到非常可惜,又深为遗憾。

建国三十多年来,在党的双百方针指导下,词学工作者通过辛勤的劳动,撰写了不少研究有成果的论文,创作了不少反映新的时代精神,反映词人生活、思想、情趣的词篇,同时在词籍整理方面,也做出了不少卓越了成绩。这些,都是值得欣慰和庆贺的。

词是诗歌领域里一枝形式独特的色彩绚丽的花朵。自唐五代以迄于今,词的产生和发展,经历了一千馀年,可谓源远流长了。解放以后,词随着时代的步伐向前发展,显示了它的新姿态。我在拙著《瞿髯论词绝句》中有一首题为《词坛新境》的小诗,曾表示了这个意见。诗云:

> 兰畹花间百辈词,千年流派我然疑。
>
> 吟坛拭目看新境,九域鸡声唱晓时。

同志们,词友们。社会主义祖国为词这枝花的繁茂提供了阳光和土壤。特别是粉碎四人帮以后,三中全会以来,在党的坚强领导下,全国人民为实现四个现代化而奋斗。祖国的春天到来了！我们词学界的同志,在此大好形势下,应共同努力,用辛勤劳动来耕耘词苑,让这块园地出现绚丽多彩、百花争艳的新境界,使社会主义祖国的春天更加繁花似锦,灿烂多姿!

三　唐圭璋

同志们:今天我们第一次开词学讨论会,这是一次词学爱好者共同联欢的盛会,是一次互相交流词学研究经验的盛会,也是一次为开拓今后词学研究的新局面而集思广益的盛会。我们感谢华东师大领导同志热情的赞助和大力的支持,感谢为筹备这次大会而付出辛勤劳动的同志们。

早在抗战以前,上海民智书局和开明书店先后出版了十多期由龙榆生编辑的《词学季刊》,发表了不少有价值的词学研究论文,引起国内外学术界的重视。可惜后来因战事停刊,未能继续。一九八一年,我们为了继续发扬词学遗产,创刊了《词学》。第一辑出版以后,读书界颇有好评。各方面函电纷驰,希望我们荟萃词家传记、词作欣赏、词学知识以及其他有关词学研究成果,继续办好《词学》。这是广大词学研究者对我们的鞭策,我们无比兴奋,倍增信心。

现在国务院古籍整理规划小组,非常重视古籍整理,也非常重视词学的辑佚工作。编纂《全明词》、《全清词》,都已列入规划,委托专家负责进行搜辑、校点。近几年来,各省市出版社一方面有计划地出版成套的词学普及读物,另一方面又出版大量词集、词话和影印前辈词家手稿。全国专业词学研究者和业余词学爱好者,风起云涌,人才济济。这都可以说明祖国社会主义精神文明建设所出现的崭新面貌。

时序迁流,老成凋谢,我虽幸存,但病困多年,无法走动,此次不能参加盛会,与同志们交谈,向同志们学习,极为遗憾,只好以此书面祝贺大会在热烈气氛中圆满成功,并祝同志们健康。

在开幕式上讲话的还有上海市委领导同志夏征农　陈其五、王元化和本校领导萧挺同志,他们的讲稿或记录已发表在《文艺理论研究》一九八四年第一期,这里不再刊载。

大会日程

一九八三年十一月二十六日　星期六

　　上午　开幕式

　　下午　大会发言

　　　　　程千帆:《全清词》编纂工作报告

　　　　　张璋:《全明词》编纂工作报告

十一月二十七日　星期日

上午　大会发言

　　　　万云骏　邱俊鹏　刘乃昌　唐玲玲　朱靖华

　　下午　小组讨论

　　晚　中国古典音乐欣赏会(由上海音乐学院民乐系演出)

十一月二十八日　星期一

　　上午　大会发言

　　　　金启华　朱德才　吴熊和　马兴荣

　　下午　小组讨论

　　晚　茶话会

十一月二十九日　星期二

　　上午　大会发言

　　　　姜书阁　胡国瑞　邓魁英　黄墨谷　高建中

　　下午　参观上海植物园

十一月三十日　星期三

　　上午　闭幕式

　　　　中文系主任徐中玉教授致闭幕词

首届词学讨论会纪要

　　由华东师范大学中文系举办的词学讨论会于一九八三年十一月二十六日至三十日在上海举行。

　　到会的二十个省市的六十名代表,向会议提交了四十五篇论文。大家遵循"双百"方针,本着追求真理、繁荣学术的精神,就下述两个问题进行了热烈的争论和有益的探讨。

一　豪放、婉约是否成派及孰为正变

　　解放以来有些教材和研究论文,肯定宋词有豪放派和婉约派之分,并且以豪放派为主流,婉约派为逆流。近年来,不少论文提出不同看法,不但否定了主流、逆流之辨,甚至否定了豪放、婉约之分。这次讨论会上,有的代表指出,豪放、婉约之说不见于宋、元,始于明人张綖。历来论家沿袭这种理论,多用于词家、作品的风格品评。以两派划分词家,解放后才成定论。这一左右词坛的理论,对宋词研究是一种形而上学的思想禁锢,不但掩蔽了宋词"创调数百,列体盈千"的史实,还影响了对宋词发展规律的探求。为了推动词学研究的发展,必须打破这一形而上学的观念。有的代表指出,苏轼、辛弃疾被称为豪放派的代表,但他们的作品以婉约为多,豪放词所占比例极小(尤其是苏),称他们为豪放派是不恰当的。但也有的代表认为,对作家、作品的分析评价,不能简单地看统计数字,应该以他们对前人提供了什么新的东西作为准绳,从最具特性的"这一个"来说,苏、辛等人有继承发展关系,可以称为豪放派。

多数同志认为,词兴于晚唐,为倚声之作,与燕乐关系密切,自是软性声调,虽然一度发展为独立的抒情诗,但花前月下、院落笙歌,从席间侑觞到应社酬酢,词的总貌应是风云气少、儿女情多。但是,民族斗争的激烈壮怀既然阑入这个红牙拍板的园地,历代词作中慷慨激烈的篇章也不是寥若晨星,那么,"天风浪浪,海山苍苍,真力弥满,万象在旁"的豪放词当然是不容忽视的。到会同志认为,豪放词的价值应该充分肯定,豪放派的说法却难以成立,具有豪放风格的词人确有一批,但称之为"派"却很不恰当。至于不作深入、具体、历史的分析,以派划线,判定弃取,那显然是不对的。

关于"豪放"一辞的含义,代表们阐述了自己的看法。他们认为,豪放并非不守绳墨、有如无辔野马,也不是不谐音律、狂放怪诞;只有在"妙算毫厘得天契"的基础上,才能自由挥洒,表其逸怀浩气,以涤荡振刷的革新气概和有为而作的求实精神,形成清雄绝世的风格,超妙入神的气度,恢宏浑沦的意象。豪放属于刚性美的范畴,但在词国并不能平分秋色。刘勰论风格有八体之分,皎然有十九字之辨,司空图更标举二十四诗品,词虽门小而径狭,豪放、婉约之外,还有清空、质实的疏、密之分,清人陈廷焯析唐宋词为十四体,今人詹安泰也有八种风格之说。因此,豪放、婉约的"两分法"是绝对化、简单化的表现,到会同志认为,破除这种"两分法",是将宋词风格流派研究引向深入的必要前提,也是撰写词史必须注意的。

与豪放、婉约相关的,就是词论史上争论很久的正变问题。词在兴起之时,就以柔丽为宗,以后婉美一类又占压倒多数,因而多数词家、论家、选家以婉约为正,但也有些人以刚美为正。到会同志认为,诗三百篇的风、雅,有正、变之称,是依时代区分的,不含轩轾之意,而论词的正变,则有正统、正格和旁门变格之别,自有抑扬。从词史上看,婉美派在先,且为多数,可视为正,刚美派在后,且为少数,可视为变,"惟正有渐衰,故变能后盛",能这样看待正变,才能真正认识词体嬗变的实际,才是公允之论。

二 关于词的诗化问题

依我国论词的传统见解,常以音律协洽作为"当行"的标尺,苏轼词因音律的原因,被看成"要非本色",属于"别格",自李清照的《词论》严分诗词畛域以来,词"别是一家"之说,历来为多数论者引述。但是,与重豪放、轻婉约相应,解放以来的意见是无保留地肯定诗体词,过分贬抑严守乐律、系于音乐的曲子词。近年来,又有强调诗词严格分野之势。

有的代表认为,我国的诗歌史充分证明了诗、乐互为表里的事实,但有"选词以配乐"和"由乐以定词"的不同途径。词最初是配乐的曲子词,但至北宋中叶,逐渐出现应歌的曲子词和案头的诗体词的分野。虽然李清照感叹词"知之者甚少",但这种不尽依宫调声情的诗体词,实是代表了词的发展趋势,将词从歌席酒筵导向广阔的社会。有的代表更进而指出词的诗化开创了新的道路,尤其是以辛弃疾为代表的爱国词人,所作的爱国主义战歌成为词坛的基调和主流,因而南宋前期的词风值得充分肯定,而以姜夔为代表的南宋后期词作,在脱离现实同时,又将词拉回严守乐律的道路,无疑是形式主义之风。

有的代表认为，"诗之境阔，词之言长"，二者美学性格有别，和诗比较，词有文小、质轻、径狭、境隐的特点，因而确有体性的不同。词是较为纯粹的抒情诗，有特殊的艺术规律和艺术个性，有难以代替的艺术韵味。词主要体现阴柔之美，应以空灵蕴藉、烟水迷离为极诣。因此，言志咏怀入于词，就有滞重或劲健之感，倚声的特质既失，柔婉的风貌亦去，倘等同于诗，就势必失去词的特点。因而，词的诗化虽有扩大题材、提高意格之功，也有销蚀词美之过。至于以姜夔为代表的南宋后期词，更不能简单否定，它之回到词的"缘情"本位，在词的发展史上具有特殊的意义，较之于"诗化"而流为贲张叫嚣之习的辛派末流来，姜夔等人的作品更为历代推崇，不是没有道理的。

除上述两个较为集中的问题外，到会同志提供的论文较多涉及作家作品的分析、研究和评价。除所论较多的苏轼、辛弃疾、李清照、欧阳修、陆游、纳兰性德而外，还有过去较少论及的秦观、叶梦得、吴文英、袁去华等人。关于词派和内容分类的研究，有早期文人词、南宋前期词、婉约词、南宋风雅词、宋代咏物词、清代阳羡派等论文。词论研究的论文，涉及王国维的境界说、况周颐词境说、"重、拙、大"说、李清照《词论》、谢章铤《赌棋山庄词话》、陈廷焯《白雨斋词话》等。此外，还有探讨词的起源与形式，选声择调与词调声情，双拽头结构的专文，还有札记、考证、版本论略、词律改革刍议等。

五天的会议，进行得团结、热烈而友好，大家交流了研究成果，进行了争鸣，展望了前景，感到收获很大，任务很重。由于代表们的强烈愿望，会议选举产生了中国词学会筹委会。大家热切盼望第二届词学讨论会于适当时候召开。

（邓乔彬整理）

二 感 旧

(一) 伤逝录 （任讷、郑骞）

任讷,字中敏,别署半塘、二北,扬州师范学院教授,于一九九一年十二月十三日逝世,享寿九十五。任先生早岁专研元人散曲,编有《散曲丛刊》二函。中年以后,治唐诗及敦煌文学,著有《唐戏弄》、《敦煌曲初探》等十馀种,为敦煌文学权威著作。郑骞,字因百,祖籍铁岭,入北京籍。曾任燕京大学教职。一九四八年去台湾,历任各大学教授,以一九九一年七月二十八日逝世,寿八十六。郑先生于古典诗、词、曲学,皆有专长,著有《景午丛编》、《清昼堂诗集》等。

任、郑二教授,皆于文学研究有卓越贡献,今先后谢世,海峡两岸学人,顿失导师,不胜哀悼。

(二) 伤逝录 （张伯驹、李宝森、武慕姚）

本刊编委张伯驹(丛碧)先生于一九八二年二月二十六日病故于北京,其时本刊第一辑虽已出版,先生犹未及见。李宝森先生有词六首发表于本刊第一辑《词苑》,先生于一九八二年二月十六日病故于上海,见本刊时,已弥留矣。武慕姚(甭)先生为中州词家邵瑞彭及门弟子,曾热心赞助本刊,有词二首编在本辑,然先生已于一九八二年三月二十日卒于开封,亦不及见本刊。一年之间,词老凋零,敬志于此,以致哀悼。

(三) 伤逝录 （寇梦碧、彭靖、俞平伯、陈迩冬、唐圭璋、李一氓）

一九九〇年,接连失去好几位词学界的前辈或师友,可谓词学不幸的一年。二月十四日,天津词人寇梦碧去世,年七十四。其后不久,长沙词人彭靖亦去世。十月十五日,本刊编委俞平伯先生去世,年九十一。十一月十六日,词学者陈迻冬亦长逝,年七十八。十一月二十八日,本刊主编唐圭璋教授亦化去,年九十。十二月四日,国务院古籍整理出版规划小组组长李一氓同志作古,年八十七。以上六位,均与本刊有直接或间接关系,对本刊有帮助或支持,本刊同人闻讣,均甚哀悼,特志于此,以志永念。

(四)挽圭璋先生联

圭璋先生以毕生之力,暝写晨钞,废寝忘食,先后成《全宋词》、《全金元词》及《词话丛编》三大述作,嘉惠词林,厥功甚伟。余早岁已心仪其人,而无缘识荆。一九八〇年,为华东师大中文系同人筹备创刊《词学》,驰函求助于先生。承其不弃多所指导。一九八一年初,因事去南京,始得进谒,晤谈相得。去岁初冬,忽得其噩耗。哲人逝矣,后进何从?适在病中,未能执绋,撰一挽联,献诸灵右,辞不尽哀,聊申仰止。

七十载徵存辑佚,词学入乾嘉,建业论功,善本先开垂典则。
百万言别非正误,宗风绍朱郑,景行继志,几人后起仰仪型。

(五)黄仲则逝世二百年纪念

清诗人黄景仁,字仲则。江苏武进人。生于乾隆十四年(1749),卒于乾隆四十八年(1783)。今年为其逝世二百年纪念,常州市博物馆特为举行文物展览会,并编刊纪念册。

黄仲则才情横溢,一生坎坷不遇,牢落之感,尽发于诗词,为清代一大家。诗有《两当轩集》十四卷,词有《悔存词钞》二卷、《竹眠词钞》二卷。

本刊所载黄仲则手书词稿图版,承黄氏后人葆树同志提供。

(六)叶恭绰墓

叶恭绰先生,字誉虎,号遐庵,番禺人。民国初年,曾任交通总长。退隐后从事书画、文物、诗古文辞之学,尤好为词。编有《广箧中词》、《全清词钞》,著有《遐庵词》,为一代词家。一九六八年卒于北京,享寿八十七。

余于一九八二年三月,以事去南京,闻叶先生墓在中山陵下,因邀千帆、止畺、运熙同访之。中山陵前小山上有仰止亭,叶先生早年所建,以纪念孙中山者,墓即在亭旁,一水泥方坟耳。上有字三行,横行,第一行曰:"仰止亭捐建者。"中一行曰:"叶恭绰先生之墓。"下一行曰:"一八八一———一九六八"。盖叶先生于一九五八年被划为"右派分子",浩劫初起,又极受凌辱。既下世,家人不敢厚葬,遂草草埋灰于此,仅以"仰止亭捐建者"表其生平,令人感慨。

近闻叶先生墓已改建,想必有碑铭松楸,足供后人凭吊,当年仰止亭旁一尺孤坟,已非后人所能见,因以当时谒墓照片发表于此,以存"浩劫"遗迹。谒墓者四人,自左而右,为孙望、程千帆、施蛰存、王运熙。

一九八五年六月　蛰存记

附编(二) 词坛回响

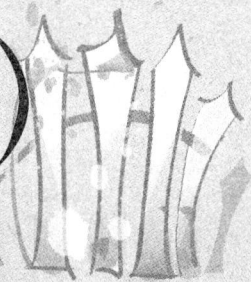

施蛰存先生的词学研究

林玫仪

认识施先生是我的福分。我与先生相识,完全因为词学。我的求学生涯在台湾完成,自进入大学,就跟从恩师郑因百(骞)先生研究词学,从唐五代至晚清,由赏析、考订到评论;施先生则对我近十年的研究方向影响极大。我虽无缘当先生课堂上的学生,但透过他的著作,以及多年的通信与谈话,我从施先生身上学到很多,除了学问方面,还有做人的道理,在我的感觉中,他就像我另一位导师。施先生在学界文坛声名卓著,他对词学研究的贡献是多方面的,但是台湾学界大多只注意他在现当代文学方面的成就,本文谨就个人所知,介绍施先生在词学研究方面的特色与贡献:

一 汇集论词资料

先生研治词学,所下的工夫既扎实又全面。除了研读多种词集外,还搜集许多词学资料,包括词集中的序跋题记、笔记杂著中的论词资料,以及地方志中的词人资料等。他在《花间新集·总序》曾提到当年致力于搜集资料的情形:

一九六一至一九六五年,是我热中于词学的时期,白天,在华东师范大学中文系资料室工作,在一些日常的本职任务之外,集中馀暇,抄录历代词籍的序跋题记。在中国文学批评史中,词学的评论史料最少。虽然有唐圭璋同志以数十年的精力,编集了一部《词话丛编》,但遗逸而未被注意的资料,还有不少。宋元以来,词集刊本,亡佚者多,现存者少。尤其是清代词集,知有刻本者,在二千种以上,但近年所常见者,不过四五百种。历代藏书家,都不重视词集,把它们与小说、戏曲归在一起,往往不著录于藏书目录,《四库全书总目提要》仅著录了词籍八十馀部。因此,我开始收集词集,逐渐发现其序跋中有许多可供词学研究的资料。于是随得随抄,宋元词集中的序跋,有见必录,明清词集中的序跋,则选抄其有词学史料意义的。陆续抄得数十万言,还有许多未见之书,尚待采访。

晚上,在家里,就读词。四五年间,历代词集,不论选本或别集,到手就读,随时写了些札记。对于此道,自以为可以说是入门了。

先生一面读词,一面抄录词集中的序跋,日积月累,"抄成了一部七八十万字的历代词籍序跋汇编"(《往事随想》页255),这部耗费先生四、五年光阴的皇皇巨著,原先定名为《词学文录》,分为十卷,卷一至卷八都是词籍序跋,卷九至十则是关于论词的杂文、杂咏、论词书信等,直到三十多年后,由中国社会科学出版社出版时,为了突显主题,删去了最后二卷,并易名为《词籍序跋萃编》(见该书序引)。记得一九九五年四月,我与华东师大中文系合作举办清代词学会议,由高建中主任领导,系中各位先生鼎力相助,使会议进行十分圆满。当时我们原希望施先生能够莅会讲话,先生因为身体欠佳辞谢了。但是中文系派人连夜往返京沪,带回刚出版的《词籍序跋萃编》,及时在大会闭幕式结束之前赶回会场,作为大会送给与会者的礼物。当时如雷掌声,至今犹在耳际。其中的意义,不只因为这是一大册有用的词学资料,更是因为前辈治学的典范,对我们启迪良多。

序跋集之外,施先生还搜罗很多零星的词话资料。早在抗战期间,先生在厦门大学任教时,即曾就该校图书馆所藏宋元人笔记杂录,抄出其中与词学及金石碑版相关之评论琐记,着手编纂《宋元词话》及《金石遗闻》二书(《宋元词话·序引》),先生在《我治什么学》一文中,曾提及当时单是宋人词话部分,就"读了七八十种宋人笔记及野史,抄录了所有关于词的资料,打算编一本《宋人词话总龟》"(《往事随想》,页36),《宋人词话总龟》当是《宋元词话》之初稿。离开福建以后,先生孜孜不倦,不断续作辑补,近年出版的《北山散文集》第四辑中的《投闲日记》,记载先生一九六二年十月一日至一九六五年十二月三十一日的生活实录,其中就处处可看出先生为此书辛勤工作的身影:

> 阅《懒真子》、《过庭录》,此二书词话均未抄,签出之,并签出其有关金石者。(1962.11.17,页19)
>
> 抄金石遗闻、宋人词话各二纸。(1962.11.26,页20)
>
> 阅宋人笔记,签出词话及金石遗闻数十则。(1962.11.30,页21)
>
> 日来气候转暖,差可书写。检点宋人笔记,词话未抄出者尚有二十馀种,金石遗闻未抄出者尤多,今年当并力成之。解放前所作诗,亦当于今年润色,编为定本。行年六十,此事不可缓矣。(1963.2.23,页49)
>
> 整理词话稿,拟编为十卷。(1963.8.8,页80)

然而此书的编纂与出版,却历尽沧桑。先是由于政治成分,初稿深藏箧中无法印行,继而在文革中散佚部分,直至一九九九年,《宋元词话》一书,始由陈如江先生协助增补完成,交上海书店出版。

以上二书都历经艰难方得以问世,成为今日研究词学理论的重要参考,先生搜集论词资料的工作,却始终没有停止。在《词学》第四、五辑上发表之《花随人圣盦词话》及《纯常子词话》,即是分别从黄浚《花随人圣盦摭忆》及文廷式《纯常子枝语》中摘出的词学相关资料。《织馀琐述》本是西泠印社本《织馀琐述》之上卷,此书极为罕见,其卷上皆是论词资料,故先生予以点校刊登。这几部词话,是研究晚清词人的重要材料,若非先生披沙检金,一一掇拾,学者很难利用。先生早在数十年前,就注意到序跋及笔记小说中的零星论词资料,令人不能不佩服其前瞻性的眼光。

施先生是云间人,数十年来一直致力于乡邦文化之搜集及整理,曾辑纂《云间语小录》、《云间花月志》等书,对于云间词人,自是格外用心。《投闲日记》中记载二事,读之令人感动。一为寻访雷夏叔词作事:

> 阅词集数种,于《寒松阁词》中见有甘州一阕,题"雷夏叔秦淮移艇图"。去年晤王支林前辈,曾谓余言松江人擅词者有雷夏叔其人,归后检府志不得,亦不能得其词。今乃于张公束词中见之,当亦道咸间人也。(1962.12.7,页22)
>
> 晨谒君彦丈,平一亦在家,遂与其乔梓小谈,多涉松江旧事,因以雷夏叔叩之,果是其先世。丈出示《诗经正诂》抄本一册,题华亭雷维浩撰,云即夏叔之名,其书无甚新解,且又不完。问以词,则亦无有,殆不可得矣。(1962.12.8,页23)

先生听前辈提起松江词坛有雷夏叔其人,查寻府志不得,翌年忽于张鸣珂《寒松阁词》中找到线索,立即向雷姓乡前辈打听,得知乃其先人雷维浩。另一是为姚鹓雏整理遗稿事。先生鉴于松江诗家如杨了公、吴遇春、费龙丁等,殁后遗稿皆不可闻问,认为"鹓公诗倘不亟谋刊行,零落堪虞,此固后辈之责也,余当力为图之",故主动托人向姚氏家属询问,家属携来遗稿十六卷,先生为编定成集,并因《苍雪词》一卷为晚年所作,特由《南社集》中补入其早年词作,并协助家属油印出版。详见日记一九六三年一月二十二日、二十四日、二月二十四日、二十五日、二十七日、三月三十一日、八月二日、七日、十月十五日、二十六日,一九六四年一月一日、二十日,一九六五年十月一日各条(页39、40、49、50、51、58、79、80、91、93、104、108、185)。可见先生对发扬乡邦文化尽心尽力之情形。《投闲日记》中还有下列资料:

> 阅鹓公词,风格在东坡遗山间,因念姚春木《洒雪词》至今未刊,可合鹓公所作合为《云间二姚词》,或称《二雪词》,亦巧事。(1963.2.27,页51)
>
> 高君宾、周迪前二君来访,皆金山姚氏婿也。周君亦在辑云间人词,闻余有此志,故来访,此事有周君为助,当可速成。(1963.3.7,页53)
>
> 上午至上海图书馆假阅《蒉进斋藏书目》,小本,凡七十一册,每页一书,详著作者姓名、字号、官位、版本,有批校者并注明批校者人名,朱笔抑墨笔,颇可供参考。郡人著作甚多,惟郡人词集却不多。(1963.3.14,页55)
>
> 录云间词人姓氏为一卷,得二百馀人。(1963.3.15,页55)

补葺《云间词人姓氏录》。(1963.3.18,页56)

下午访周迪前,以《云间词人姓氏录》与其所辑《谷水词丛》比对之。周辑所收人较余为多,然辑本犹未备。约定二人合作成此事。(1963.3.19,页56—57)

下午访周迪前,假得其藏词及乡邦文献书目归,补录《云间词人姓氏录》。(1963.5.23,页64—65)

阅《松江府志·艺文志》,取周氏藏乡邦文献目对勘之,补词人姓氏数家。(1963.6.1,页67)

抄《松江诗钞》中词人小传。(1963.9.26—30,页88—89)

仍录云间词人小传。(1963.10.1,页89)

抄云间词人小传,取府志及续志,并诸家词选与《松风馀韵》、《松江诗钞》、《湖海诗传》诸书综合之,已得二百八十馀家,十九有词可录,亦不为少矣。(1963.10.4,页89—90)

晨访周迪前,假得刻本《湘瑟词》及钞本《海曲词钞》,……。(1963.10.10,页90)

以所藏《湘瑟词》钞本与刻本对勘,补得所缺三十馀字,又从《海曲词钞》中补得云间词人十馀家。(1963.10.11,页91)

下午访周迪前,假得丁绍仪《词综补》,归而签出云间词人,至漏下三刻。(1963.12.2,页98)

从丁氏《词综补》录取松江词人姓氏。(1963.12.4,页98)

可见从一九六三年三月到年底,先生一直忙于辑录《云间词人姓氏录》及抄录《云间词人小传》,他由《蒉进斋藏书目》、《松江府志》、《续志》、《松江诗钞》、《松风馀韵》、《湖海诗传》等书及各种词选中辑录资料;其后得知周迪前亦辑录云间人词,乃与周氏相约合作,互通有无,并比对所辑之异同,以成其事;又从周氏借得乡邦文献书目及其所藏词书,如刻本《湘瑟词》、钞本《海曲词钞》及丁绍仪《词综补》等,予以增补。《云间词人姓氏录》、《云间词人小传》未见出版,由上文所引,姓氏录已得二百馀家,词人小传亦已得二百八十馀家,加上其后继续补辑者,所录当超过此数。

云间词派是清初极重要的词派,但其论词资料流布甚少,故词史中提到云间词派,往往只引用云间三子的少数序跋及邹祗谟、王士禛的词话,学者莫不深叹其材料之匮乏。殊不知在施先生搜罗之下,云间词人竟有如许之多,影响所及,清代词史都得改写,期望先生有关云间词人的著作能够早日出版,则学界幸甚。

二 搜罗见存词籍

上文引及《花间新集·总序》,先生尝自言一九六一至一九六五年,是他热中于词学的时期,每天晚上在家里就读词,"四五年间,历代词集,不论选本或别集,到手就读"。其实先生家学渊源,从小在其尊翁教诲下,由《古文观止》读到《昭明文选》,打下深厚的古典文学基础(《我治什么学》,《往事随想》页 34);才读中学,就从《散原精舍诗》、《海藏楼诗》上溯《豫章集》、《东坡集》及《剑南集》;中四已由宋诗而唐诗,读《李义山集》、《温飞卿集》、《杜甫集》、《李长吉集》等书(《我的创作生活之历程》,同上,页 3、4)。并且遍读家藏的《白香词谱》、《草堂诗馀》等书,学习填词。此外,从小就养成到书店买书的习惯(《我的第一本书》,同上,页 43)。因此,先生毕生都在搜罗各种词籍。《投闲日记》中即记有不少搜购词籍之事,略举数例如下:

> 买得《词鲭》一册,道光丙戌有斐居刊本,星江余煌汉卿集句词六十馀阕,颇浑成可喜。又《玉壶山房词选》一册,民国九年仿宋铅字排版墨汁刷印本,此亦印刷史上罕见之本也。(1962.10.30,页 12)

> 下午陪内子上街,顺道往常熟路旧书店买得牛秀碑一本,又《冰瓯馆词钞》一本,仪征张丙炎撰,写刻甚精。(1962.12.11,页 25)

> 今日又从古籍书店得四印斋甲辰重刻本《梦窗甲乙丙丁稿》,此本刊成后,未刷印,而半塘老人去世,况夔笙得一样本,嘱赵叔雍上石影印以传,时民国九年庚申也。况跋云:"版及原稿已不复可问。"余初以为此版必已失散,今此本有"民国廿三年版归来薰阁"字,盖来薰阁就原版刷印者也。此梦窗稿三次刻本,流传甚少,亦殊可珍。除夕得此,足以压岁矣。(1963,1,24,页 40—41)

> 又古籍书店有《浙西六家词》零本,《耒边词》、《黑蝶斋词》合本,亦以五角得之。(1963.6.13,页 70)

> 今日下午始外出,至四马路阅书肆,书殊少,无可购者。得杜文澜刊本《水云楼词》,鹿潭词诸刻本俱有矣。(1963.7.11,页 75)

> 晨至书肆,得词集四种。(1963.9.9,页 85)

> 装订所抄各书,计《鸭东四时杂词》、《鼠璞词》、《机缘集》三种,各加以跋语。(1963.12.26,页 102—103)

先生是爱书人,有时为生活所需,不得不卖去部分书籍以应急,但是一看到好书,只要手上凑得出来,又会再买。前些年,当他知道我与吴熊和、严迪昌两位先生合作编纂清人词籍知见目,即将珍藏数十年的一批词籍及书目卡片等毅然相赠。这些词籍大多是别集,包括宋元明清词及近人词作,共有三四百本,其中清人词集最多,有时同一集子有几个不同版本。例如改琦《玉壶山房词选》二卷,就有道光八年云间沈文伟来崔楼刻本、道光间高雨校刊本及民国九年聚珍仿宋印书局铅印本等二种。朱祖谋的词集,有光绪至民国刊本《彊村词》四卷,光绪刻本《彊村词》前集一卷别集一卷,民国七年上海四益宧排印《鹜音集》本《彊村乐府》一卷,民国二十一年朱印本《彊村语业》一卷(卷三)及《彊村弃稿》一卷,民国二十二年刻彊村遗书本《彊村弃稿》一卷。郑文焯的《瘦碧词》二卷,有光绪十四年大鹤山房刻本及民国六年吴中再版本,还有先生亲自抄录的本子。书中更时时夹有先生的心得及札记。每当翻阅,先生当年抚玩吟咏之状,彷彿如在眼前。

除了藏书以外,施先生还送给我高校藏词书目及他的词籍卡片。这批卡片为数甚多,先生将其分成三大包,注明一是六十年代所制,大多数抄自《四库大辞典》;一是八十年代所制,为编《近代名家词》;三是近年倩人代抄者。这些卡片抄录各类词籍资料,分为词韵、词谱、词律、词选、词话、地方词、总集、选集、家集、合集、今人词、清人词、明人词集、宋金元词别本、唐五代词别集等类,例如《国朝金陵词钞》就收在"地方词"下,云:"《国朝金陵词钞》八卷附闺秀一卷,陈伯雨辑,秦际唐序,光绪二十八年三月刊,收九十一人,附闺秀十五人,约一一六二首。"在《词学名词释义》的引言中,先生提及曾于一九六〇年代"分类编了词籍的目录",所指或即这些卡片。透过这些卡片,可知先生是一面按目寻书,一面由书补目,亦可看出施先生做学问之踏实。

此外,有关《同声月刊》的事,也值得一提。此书为龙沐勋先生所编,与《词学季刊》同是研究词学的重要文献,唯因流传不多,学者颇难觅得。根据个人所知,台湾只有张寿平教授有一套,仍不齐全,台湾大学也有几册。施先生却藏有一套。当他知道我需要参考此书,竟托孙逊、孙菊园两位先生于赴台时带来给我。又告诉我,有一本名为《青鹤》的杂志,亦有许多郑文焯的资料。我请文哲所图书馆广为搜求,终于自日本购得一套。由这件事,可看到施先生藏书之富及他对资料熟悉之程度,而先生的关爱,更令我终生铭感。

三　辑校历代词集

先生在平日读词之馀,也对词籍进行校勘及辑佚的工作。《词学名词释义·引言》说:

> 一九六〇年代,忽然对词有新的爱好。发了一阵高热,读了许多词集。分类编了词籍的目录,给许多词集做了校勘。慢慢地感觉到词的园地里,也还有不少值得研究的问题,于是才开始以钻研学术的方法和感情去读词集。

在《投闲日记》中,亦提到甚多校词之例,例如:

> 阅《全唐词》,取《花间集》、《尊前集》校之。(1963.2.7,页45)
>
> 过古籍书店,得词集数种,有顾羽素《绿梅影轩词》一卷,取徐乃昌刊本校之,溢出二十一阕,不知徐氏所据何本。徐刊称《莒香词》,殆早年所刊本耳。(1963.2.10,页46)
>
> 今日校读薛昭蕴词讫。(1963.2.20,页47)
>
> 访邵洵美小谈,校《乐府指迷》。(1963.9.7,页85)
>
> 以所藏《湘瑟词》钞本与刻本对勘,补得所缺三十馀字(1963.10.11,页91)
>
> 晨访周迢潜,假得《幽兰草》、《尺五楼诗集》、《堪斋诗存》三种。《幽兰草》抄配得

残缺者三页,甚快事。(1965.1.27,页161)

不但校勘,而且辑佚。例如:

> 阅赵闻礼《阳春白雪》,得丁葆光无闷词,此《直斋书录解题》所称催雪无闷,乃其名作也。初以为不可见,竟不知其存于此集中。不知别一阕重午庆清朝,尚可得否?(1962.12.15,页27)
>
> 选录缪雪庄词四阕,于《范氏一家言》中得范启宗词一阕。(1964.1.6,页105)

即是其例。由日记中,先生且屡屡提及《宋金元词拾遗》一书:

> 阅周茹燕《楚辞讲稿》,抄《宋金元词拾遗》。(1964.2.3,页112)
>
> 抄《宋金元词拾遗》,未竟。(1964.2.4,页112)
>
> 晨至雷君彦丈处贺节,下午抄《金元词拾遗》讫。(1964.2.14,页114)
>
> 雷一平来贺正。写《宋金元词拾遗》诸家小传及题记讫。(1964.2.15,页114)
>
> 作《宋金元词拾遗·序》,又补作《水经》注。(1964.2.17,页114)

顾名思义,此书应是辑宋金元人佚词者,由"抄讫"及撰作"小传"、"题记"、"序"等字眼看来,此书应已编成,惜似未印出。

此外,先生亦辑《王修微集》。王微,字修微,号草衣道人,是明代女词人。有关女词人的研究,先生可谓早开风气之先。《投闲日记》中提及此事者有如下数条:

> 抄所辑王修微诗。(1965.10.16,页187)
>
> 《王修微集》二卷抄讫,凡诗九十首,词五十阕。(1965.10.18,页187)
>
> 编《王修微集》附卷,分小传、投赠、佚事、遗韵四录。(1965.10.19,页187)
>
> 至上海图书馆看《明诗归》,又补得王修微诗九首。(1965.10.20,页187)
>
> 录《王修微集》附卷。(1965.10.21,页187)
>
> 抄《王修微集》附卷。(1965.10.23,页188)
>
> 至上海图书馆阅书,从《名媛诗归》中又得王修微诗数首,已逾百篇矣。(1965.10.24,页188)
>
> 至上海图书馆阅书,王修微诗得一百卅五首矣。(1965.10.28,页189)
>
> 下午至图书馆阅书,寻王修微事。(1965.11.3,页189)
>
> 重抄《王修微集》稿,得诗一百三十篇矣。(1965.11.5,页190)
>
> 重编《王修微集》附录。(1965.11.6,页190)
>
> 抄《王修微集》附录。(1965.11.7,页190)

由所记内容看来,先生辑《王修微集》,到一九六五年十月为止,其实已投入相当心力。数日之间,又抄又编。初稿完成后,又至图书馆查补资料,据《明诗归》及《名媛诗归》增补资料以后,又再重抄重编。但增补的工作,一直持续多年。先生一九九一年十月廿三日致孙康宜女士信中,曾说:

> 又,请你查一查有没有王微(修微、草衣道人)的资料,我想,可能有往还诗词。我辑《王微集》,已得诗词各一百多首,明年写成清稿,想印一本《王修微集》,比柳如是的资料多出不少。(《北山散文集》,页 1753)

至一九九四年,此书编纂工作已完成。但五月八日,先生致马祖熙先生函,仍说:

> 《王修微集》尚未发,字数少,出书太单薄。尚在考虑,又想与杨宛诗词合为一集,好不好?(同上,页 1728)

先生治学态度之谨严,举此一例,即可概见其馀。

四　续编花间词选

施先生选有一本《花间新集》,分为《宋花间集》、《清花间集》两部分,各五百首。集中所选,都是与《花间集》体制、风格相近之词作。施先生说:

> 在历代诸家的词选中,这两个选本,可以说是别开蹊径的了。(总序)

又说:

> 此书所选宋、清二代词,皆余自出手眼,几经进退而后写定,绝不依傍旧有选本。(凡例)

不依傍旧有选本,甄选时就不会受到别人影响,可以充分表达自己的见解,加以施先生学殖深厚,对各家作品高下已了然于胸,因此这两个选本,确然是“别开蹊径”。就《宋花间集》来说,其中选录最多的依次是晏幾道四十二首,晏殊三十五首,欧阳修三十二首,周邦彦二十二首,张先十八首,贺铸、辛弃疾各十六首,苏轼十五首,秦观、朱敦儒、周紫芝、吴文英各十二首,李清照、姜夔各十首,其余都在十首以下。这种排名,令人耳目一新。其中除大小晏欧三家词风近于《花间》,故选录特多以外,其余各家,所选皆足以发人深省。今人读词,大多先从选本入手,而选本从未有以《花间》词风作为选录标准者,其间又多陈陈相因,因此除非像施先生一样遍读全集,恐怕很难摆脱"豪放"、"婉约"之类的刻板印象,殊不知苏、辛此类作品,尤胜一般所谓之婉约词人。即如陈亮亦有四首,刘过、张孝祥亦各有二首,而王沂孙则不入选,凡此,都与一般的认知相去甚远。虽说"宋词作家,评论既多,品第大致可定",施先生从另一角度出发,却提醒我们以偏概全的危险。

两相比较,个人认为《清花间集》益形重要。原因有二:一是因一般对宋代词家比较熟悉,清词的研究却是尚待开发的园地,既未有总集,道咸以前之别集亦不易见,而清词作家之高下品第,迄今亦未有定论。《清花间集》中入选之数十家,乃是施先生详阅清词别集近三百种后,几经斟酌,方行选定,对于清词研究具有重要的指标作用。

其次,此书于各家之后都有一段精彩识语,乃是施先生细读诸家词集,复参考前人词话评论之后,于诸家之造诣得失,所提出的个人心得。施先生说:

> 余选清词,得细读诸家词集,复参考前人词话评论,于诸家造诣得失,略有管见,
> 附志于后,亦有异于前贤定评者,请备一说。

其实这就是施先生的词论。其中有的综论词家,有的驳斥前人之说,亦有的兼论整个词史。如有关"云间词派",先生于宋徵璧、宋徵舆下云:

> 云间三宋齐名,乐府尤推小宋。子建入清不仕,史家列之明人。《尚木集》本未
> 见,从诸选本中取录五阕。辕文与陈卧子、李舒章合刻《幽兰草》,揄藻扬芬,无可轩
> 轾。云间词派,定于三家。自朱、厉尊南宋,侫姜、张,词风一转,知吾乡有宋氏昆季
> 者,鲜矣。(页196)

于纳兰性德下云:

> 容若情真性厚,小词声色窈丽,哀乐无端,非晏、欧所能限,况方回乎? 篇什既
> 富,珠玉焜耀,亦不当屈居李重光下。谓为唐五代以来一大家,可以无忝。云间词
> 派,方当消歇之时,忽有满清华胄,远绍弓裘,陈卧子地下有知,亦当蹙额。(页240—
> 241)

于许宝善下云:

> 乾隆季世,云间词派已叹式微,郡中词人,多隶朱、厉麾下。惟许穆堂有起衰振
> 废之志。其论词以"雅洁高妙"为主。小令力尊唐音,谓"北宋已极相思,南宋佳者更
> 少"。所撰《自怡轩词选》八卷,是其微尚所寄。自作词亦不为南渡后语。《自怡轩
> 词》五卷,余求之未得,仅于诸家选本中录其六阕,恐未尽其蕴。(页256)

除论个别词人外,兼可看出云间词风在整个清代词史上消长之情况。又于郭麐下云:

> 频伽词颇负盛名,《浮眉》一刻,尤为裙屐少年所好。其词不可谓不佳,然篇什既
> 富,瑶珉间出,或意趣凡近,或辞不立诚。大词间架,时文气重。乾嘉间名家,此流最
> 多。如蒋心馀、吴毅人皆是也。谭复堂云:"词尚深涩,而频伽滑矣。"夫频伽之滑,不
> 在于不能深涩,而在于不能清空。词尚深涩,此言实误。盖竹垞、樊榭之论,宋人初
> 无此说。今选频伽小词四阕,其正声也。(页 262—263)

此不只评论郭麐,事实上乃是兼论诸家。由书中评语,可看出施先生论词之旨,乃是兼重
学问与性情。如于王士禛下云:

> 阮亭论诗主神韵,此言大足误人。然其一生所作,确亦以此见长,小词亦然。必
> 先有学问性情,始可言神韵耳。或以余言学问为疑,谓作小词,何须学问。不知比物
> 连类,篡词琢句,各有刊度,皆关学问。阮亭文字工夫,极为淳雅,抒情造境,似轻实
> 重,莫非从学问中来。徒有小慧,安能诣此。(页 244)

于厉鹗下云:

> 樊榭学有馀,才未俊,得宋人三昧,去唐音一间。小令浑厚,可及子野、方回。近
> 慢便有针缕迹。乃惑于竹垞之说,刻鹄姜、张,所得但能貌似。盖以学力拟古,非以
> 才情言志也。(页 254)

没有学问固然不可,徒有学问亦不可,厉鹗之不及王士禛,即在于性情不足。由施先生对
清末诸家之评骘,亦可印证其兼重学问与才性之看法。如王鹏运下云:

> 朱古微叙《半塘定稿》,谓"君词导源碧山,复历稼轩、梦窗,以还清真之浑化。与
> 周止庵说,契若针芥。"此强以半塘绍常州之薪传,于半塘词境之发展,不相应也。余
> 观半塘词实自晏欧小令,进而为苏辛近慢。虽半塘亦自许为"碧山家法",气韵终不
> 似也。《庚子秋词》中诸阕,尤为深美闳约,取之特多。(页 322)

文廷式下云:

> 清词至王半塘、文芸阁,气壮神王、不复作呻吟骚屑语。会国事蜩螗,生民邦家
> 之痛,蕴无可泄,一发于词。纵琢句寻章,犹未能忘情于玉田、梦窗,而意境气韵,终
> 已入苏辛之垒。《云起轩词》令慢皆揭响五天,埋愁九地;无稼轩之廉悍,得清真之婉
> 约。清词至此,别开境界,非浙西、常州所能笼络矣。(页 326)

郑文焯下云：

> 满洲词家以成德始，以叔问终，二百六十年汉化，成此二俊，胜金元矣。叔问才情、学问、声律，俱臻绝诣。家国危亡之痛，王孙式微之感，尽托于长短句，其志哀，其情婉，其辞雅，其义隐，重光而后，不与易矣。（页339）

朱祖谋下云：

> 彊村早年，政治文学，俱有英锐气。词格犹在晏、欧、周、秦之间。《庚子秋词》中数十阕，缠绵恻隐，耐人寻味。自后改辙二窗，多作慢词，蕴情设意，炼字排章，得神诣矣，已非生香真色。辛亥之后，以遗老自废，其词沉哀抑怨，作草间呻吟语，亦不可与蘋州、玉田为比。彼有民族沦亡之痛，此则眷怀封建朝廷耳。余选彊村词，多取资于别集者，秉此志也。（页343）

于况周颐下云：

> 清季词学四大家，叔问专考律定声之学，半塘、彊村擅校雠结集之功，夔笙撰词话，研精义理，津梁后学，皆足以迈越前修。清词以此数子为殿，有耿光焉。夔笙词凡数刻，未能尽得。《蕙风词》二卷，则晚年自定本，录其十阕，皆辛亥前后所作，琢句高古深隐，此公独擅。（页345—346）

对五大家赏爱之情，溢于言表。盖五人不但学问渊博，性情深至，且皆身历清室之危亡，怆怀世变，凄恻郁伊之音，时时流露于不自觉间，令人不忍卒读。施先生曾说"《花间》一集，词家之诗骚也"（《宋花间集·序引》），五人所作，可谓正得其神髓。

至评龚鼎孳云："构思造语，几于俗艳。且芜词累句，随在而是。"（页190）评严绳孙云："雒诵三过，始惊当时诸家皆过为标榜，不堪取信。其词意不能隐，境不能深，辞不能俊，句不能古。"（页212）评董俞云："浑厚胜彭，微嫌意境直露。"（页235）皆能摆落前人成说。又陈廷焯《白雨斋词话》为晚清重要词话，先生与陈氏论点，却往往相去甚远，如下列诸条：

> 右毛检讨词十二阕，可与李波斯比美。而取境之高，直是南朝清商曲辞。陈亦峰乃讥其"造境未深，运思多巧"，殆不知词之本源者。（评毛奇龄，页215）
>
> 升六词，白雨斋极称之，以为"清初诸老中最为大雅。才力不逮朱、陈，而取径较正"。余以为此言似过。珂雪词疏快自然，不事雕饰，是其所长，而短亦在此。大雅犹未，况最乎？集中令词不多，选录六首，是其有雅韵者。（评曹贞吉，页234）
>
> 随园未尝言词，嗣君乃以词名，此其跨灶之术也。《捧月楼绮语》八卷，偶有凡

俗,不失雅音。此所选八首,何尝不以韵胜。陈白雨谓:"词有质亡而并无文者,则马浩澜、周冰持、蒋心馀、杨蓉裳、郭频伽、袁兰村辈是也。并不得谓之词也。"此则抑之太甚,非公论也。兰村、频伽,伯仲之间。心馀、蓉裳,质文兼逊。然视马浩澜、周冰持,犹有上下床之别,岂可一概视之。(评袁通,页267)

中白与谭复堂齐名,二家小令,俱追踪温、韦。然刻意求寄托,遂使词旨惝恍,不赋不比,盖两失之。炼字琢句,亦各有未到。庄尤不如谭,一篇之中,必有一二刺目语。而陈白雨盛称之,以为"能超越三唐两宋,与风、骚、汉乐府相表里,自有词人以来,罕见其匹。"乡曲阿私,乃至于此。(评庄棫,页330)

可见此书之价值,不只是一部词选而已。就选本言,每一词选之评选观点多有不同,已有其参考价值,更何况从未有人从此一角度来选宋词及清词。再就清词来说,由于一般都对清词较为生疏,清人词作又醇驳互见,此书于各家作品之后皆有评论,对初学入门,更有导读之效。

五　刊布罕见词籍

施先生经常在《词学》上登载罕见甚或未经刊刻之词集,例如在第一辑登载了环翠堂刻本陈铎《坐隐先生精订草堂馀意》二卷。施先生说:

> 况周颐藏有《草堂馀意》一部,清光绪三十年,为王鹏运借去,在北京付刻。刚写好版样,王鹏运忽然殁于苏州旅舍,原书及样本都失去,无法觅得。一九三二年,赵尊岳在北京访得了原本,欲刻版以传,因循未果。抗战期间,赵氏在南京刻他所编的《惜阴堂汇刻明词》,《草堂馀意》亦在其内。《明词》全书刻版竣工,刚刷出一部朱印样书,而抗战胜利,赵氏旅游到新加坡去了。《明词》版片,旋即散失,于是《草堂馀意》第二次流产了。
>
> 一九六二年,我在龙榆生寓所闲话,谈起赵氏所辑明词。榆生说,那个朱印本已归他保存。我就向他借归,检点一过,才知已不是全帙。但我求之多年的《支机集》和《草堂馀意》却赫然都在。我立即请人抄下了这两部极稀见的明人词集,视同枕中秘宝。
>
> 十年浩劫中,榆生病故,他的遗书文物,亦不久就散去,那部唯一的朱印本《明词》,恐怕已深入"侯门"不可踪迹。现在因创刊《词学》的机会,我把《草堂馀意》全部印出,使这部再遭厄运的,况周颐称之为"全明不能有二"的词学秘籍,终于能够公之于世,为王赵二家实现了遗志。(《词学》第一辑,页211—212)

在第二、第三辑则登载了赵氏惜阴轩刻本《支机集》三卷,施先生说:

蒋平阶是云间派主要作家,他的词集名为《支机集》,但嘉庆年修的《松江府志·艺文志》中没有著录。我访问多年,公私藏书家都无藏本。直到一九六二年,才从龙榆生处见到赵尊岳的刻本,遂得借钞。赵氏所辑刻的明词,始终没有墨刷流传,其版片亦已散失。因此,我觉得应当把这本书赶紧印出来,使它不至于从此亡失。(《词学》第二辑,页 223)

又于文末云:

赵尊岳刻本,悉依其所得原本。字有烂缺或破损者,页更有脱落者,皆仍其空缺。我从《瑶华集》、《倚声集》诸书校补得十馀字,其余仍依赵刻排印,希望天壤间还有一本幸存,可以资校补,俾成完帙。(同上,页 225)

这两部书都是濒于湮没的词集,赵尊岳《惜阴堂汇刻明词》之红印再校本,一直到一九九二年,才由上海古籍出版社影印出版,名为《明词汇刊》。由于施先生的先见之明,《词学》的读者得以在九年之前就先看到这二部书。而受到先生的精神感召,我对《支机集》之残缺也深觉惋惜,到处寻寻觅觅,希望能够访得"幸存"之本。前几年终于在上海图书馆发现一册误附于《兰思词钞》后的完整的《支机集》。能够达成施先生的心愿,令我心里十分高兴。

在《词学》第二辑上,施先生还发表了从未发现的船子和尚《渔父拨棹子》三十九首。船子和尚德诚禅师传世遗词,向来仅得三首,先生却由嘉庆九年法忍寺释漪云达邃续辑重刊本《机缘集》中录得三十九首,除前三首为七言小诗外,其余三十六首,句式皆与张志和渔父词相同,且同为咏渔人生活而寓以释道玄理者,施先生说:

五十年前,大理周泳先辑《唐宋金元词钩沉》既成,始发现船子和尚为唐时人,以不及录其词为憾。然周君当时所知者,亦仅《五灯会元》所载之三首。其他如《续高僧传》、《景德传灯录》、《法苑珠林》及《艺林伐山》诸书所引,皆不出此。余尝收得《机缘集》一册,清嘉庆中刻本,所载为船子和尚歌词三十九首,附历代僧俗和作。始知船子遗词,存于今者不止三首,辑唐词者,犹足以增入一卷也。……然则清嘉庆时已有人发现船子和尚为唐词人,而刘子庚、王国维、林大椿诸家辑唐词者,均失于采录,可知此书虽嘉庆新刊,流传不广,治词学者皆未见也。(《词学》第二辑,页 170—171)

这些作品,不但可据以探讨词的起源问题;且因其与当时日本之越调诗格式相同,并可进一步用以探讨词调东传之情形,可谓意义重大。

于《词学》第四辑上,施先生又发表了晚清词人陈庆森手书未刊稿《百尺楼词》。施先生说:

此晚清粤中词人陈庆森手书未刊稿本也。……余于一九五四年得此本于上海书肆,藏之三十年矣。惧其终或毁损不传,因刊布于《词学》,为岭南词坛存一文献。(《词学》第四辑,页240)

此书未曾刊刻,稿本似亦无人见过,"广东文献工作者也只知道陈庆森'有《百尺楼词》,藏于家',而无从寻访。"(同上,页275),先生据原稿排印出版,不但发潜德之幽光,亦可为清词增补一家。

个人认为,我们得以在《词学》上读到这些词作,得力于两个机缘:一是施先生浸淫词学多年,对词集之版本源流极为熟稔,才知道何者为珍贵版本,值得介绍;否则,即使有心为之,亦不知如何选择。二是施先生器量极大,愿意将辛苦觅得之成果提供学界分享。秘籍珍本,无人不爱,幸而拥有者,多视为希世珍本,不肯轻易示人,施先生却乐意公诸于世,让大家都能使用。近日读到施先生《十年治学方法实录》一文,先生在创办《词学》时,得到夏承焘先生的支持,将从未披露的日记,以《天风阁学词日记》之标题,按期在《词学》上连载,但因出版的速度不能配合,《词学》第三期还未印出,单行本已经行世,为此,先生很沮丧地说:"我编《词学》,虽然干劲十足,希望每年出版四期,可是碰上了牛步化的出版社和印刷厂,……我的《词学》如果能按照我的意愿出版,从一九八一年到如今,至少已出版了十六期,夏老的日记,也该发表完了。而现在,两年的日记还没有发表完毕,十年的日记已印出了单行本。对于一个刊物编辑,岂不是一件伤心透顶的事。"(《北山散文集》,页694—695)不禁想到,如果真如先生原先所筹划的,每年四期,几年下来,不知能多读到多少罕见的好书。记得先生曾说,《词学》出版不顺,是因为出版社认为此书没有销路,故而配合程度不高;但据我了解,此书在海外需求孔殷,往往买不到,当是发行管道不够畅顺,供需失调,造成《词学》久久才出一本,其损失何止是《天风阁学词日记》一事而已?

六　编辑词学刊物

施先生主编的《词学》,是今日研究词学必读之书。三四十年代,龙沐勋先生曾在他所主编的《词学季刊》及《同声月刊》上发表过许多重要的词学论文,嘉惠后学不浅。《词学》即以继承该二刊为己任,第一辑创刊号的《编辑后记》中明言:

集中研究词学诸问题的专业刊物,在三十年代,曾有过龙沐勋主编的《词学季刊》,出版了十一期,因抗日战争发生而停刊。四十年来,这一门的刊物,一直是个空缺。我们不自量力地创刊《词学》,怀有为词学研究重振旗鼓的心愿,妄想以这个刊物来开开风气,藉此以"鼓天下之劲"。

《词学》的出刊目的既在为词学研究"继往开来",故施先生编《词学》,绝不同于一般杂志之主编,将来稿编编校校就完事了。第一辑的《编辑体例》中,说明《词学》的内容栏目分成"著述"、"文献"、"转载"、"书志"、"文录"、"词苑"、"琐记"及"图版"八项,即已楬橥编纂本刊的宏图大志。这八项栏目内容如下:

"著述"指国内外学者有关词学研究的新著。

"文献"包括已故词人学者之词学遗著、前代词籍之未曾刻印或虽刻而流传甚少者、以及古籍中有关词学的零星资料经辑录整理而可供参考者三类。

"转载"指将发表于国外各种报刊之重要词学论著,及时转载,以利国内学者参阅。

"书志"是对新旧词籍之述评及提要,"为古籍作著录,为新书作介绍,为词学研究及爱好者作访书指导"。

"文录"是未曾发表之词学单篇杂文如词集序跋、词人小传及论词书简等。

"词苑"选录词学同道部分作品以供观摩。

"琐记"是短篇之丛谈札记,用以补白。

"图版"是词学相关书画文物或秘笈珍本之影本,每期四页。

由上述栏目,特别是"词苑"、"琐记"及"图版"等,可看到与《同声月刊》、《词学季刊》一脉相承之处;由介绍新书、转载海外文章,又处处可见出其融合新旧、推陈出新之卓识。所谓"继往开来",必须先"继往"才能"开来"。因此施先生请夏承焘、唐圭璋二位前辈担任《词学》的主编,又请出张丛碧、俞平伯、任中敏等十馀位词界大老担任编委,请他们为《词学》提供意见及稿件。第一期中更安排了唐圭璋、金启华二先生之《历代词学研究述略》及马兴荣先生《建国三十年来的词学研究》二篇大作,以作为当前词学研究之导言。这都是先生由旧开新、承先启后之用心。在往后每一期的篇目中,亦处处可以看出施先生传承词学之苦心孤诣。

由上所述,可知施先生编辑《词学》,不是被动地有什么稿就编什么,而是主动地将他对词学研究的蓝图,藉这本刊物呈现出来。为了编辑《词学》,先生不但要邀稿、编稿、校稿,还要写稿。《词学》中署名"编者"、"丙琳"、"秋浦"、"云士"、"万鹤"等,都是先生的笔名或化名。不断介绍古书及新著,在《词学》诸多作者中,他恐怕是负荷最重的人。"没办法,稿子不够时只好自己写,又不能让人家觉得怎么都是同一个人,只好用一些不同的名字了。"先生轻描淡写地一语带过,但事实上以我的理解,书志、文录、文献中很多文章,都是极其耗费心力的可贵成果,并非率尔可就,哪怕只是一篇短短的补白,亦皆言之有物,不蹈空言。因此,施先生不仅是编者,也是主要的作者;他既是规划者,更是辛勤的灌溉者。但也由于他的坚持及辛勤灌溉,《词学》终于成为近世最重要的词学刊物,和《词学季刊》、《同声月刊》并列为三大词学期刊,先生的心血已经让《词学》开花结果了。

七　撰写词学论著

施先生撰写的词学研究成果,除《花间新集》中之论述外,就我所知,还有《词学名词释义》及在《词学》发表的大批论文。《词学名词释义》运用考证工夫,将向来众说纷纭之词学名词逐一厘清,共收二十五篇,篇幅虽然不长,意义却极重大。根据书前例言,此二十五篇短文曾于《文史知识》及《文艺理论研究》发表。施先生日记中亦多处记载先生撰述词话之事,有的说明词话之内容,有的则无。如一九六二年十一月二十四"连日阅宋人词集及笔记,作词话一篇,释'诗馀'字义,得四千馀言,余所撰词话,此为最长矣",及二十七日"作词话一则,释'长短句',亦千馀言"(页20),又十二月二日"作词话一则,释'寓声乐府',凡千四百言"(页21)之类,由其中名目来看,应即后来收入《词学名词释义》者。至同年十二月十六日"写词话一则,述李后主临江仙词"(页27),可能即后来收入《词学》第三辑《读词四记》中者;然而如一九六三年二月六日"读王国维、林大椿所辑韩偓词,作词话二千馀言"(页45),八日"重写读韩偓词记,得五千馀言"(页46),二月二十日"昨日始阅温韦词,作词话四千馀言"(页47)等,所列名目,似未曾发表。观一九六四年三月十六日有云:

> 点检已成词话稿,已有六十馀段,今年当成书三分之二,俟明年续成,以二十万字为鹄的。(页119)

显然先生所撰"词话",应是一部大书,后来将其中有关名词释义之部分先行发表,并结集为《词学名词释义》,其余未发表部分尚夥。施先生曾赐函玫仪,提及拟于一九九四年内编好一部《读词札记》,此书未见出版,不知是否即上文所称之"词话"? 然而《投闲日记》中,虽不名为"词话"而实乃论词者仍所在多有,如下引各条:

> 阅詹安泰注《南唐二主词》,颇有可商榷处。惟于金锁沈埋句不能引王濬事,为尤可异耳。(1962.11.20,页19)
>
> 阅沈传桂《二白词》。二白者,殆以白石、白云为宗也。然其胸襟尚无白石之洒落,故终不能企及;白云则具体而微矣。汉宫春云:"芳菲易老,有杨花春便堪怜。"高阳台云:"看花莫问花深浅,有斜阳总是愁红。"工力悉在是矣。(1962.12.17,页28)
>
> 阅温飞卿诗。其诗与词,实同一风格,词更隐晦。然余不信温词有比兴。张皋文言,殆未可从,要亦不妨作如是观耳。王静安谓飞卿菩萨蛮皆兴到之作,有何命意? 此言虽攻皋文之固,然亦未安。兴到之作,亦不可无命意。岂有无命意之作品哉? 余不信飞卿词有比兴,然亦不能不谓之赋,赋亦有命意也。(1962.12.22,页31)
>
> 至南京路修表,便道往古籍书店,买四印斋本《蚁术词选》一部,又海昌蒋英《消愁集》词一部,此书刻于光绪三十四年,小檀栾室所未及刻也。集中念奴娇秋柳、渔家傲游曝书亭,皆工致。高阳台秋夜与弟妇话旧云:"听雨听风,梧桐树杂芭蕉。"可称警句。(1963.1.23,页40)

凡此之类,若与《花间新集》中论词资料一起摘出,即可整理出先生之词论。

施先生在《词学》上发表的论文甚多，不论是鸿裁钜制，或是短短补白，都是深造有得之语。其中"书志"的部分影响尤大。由于先生博览群书，搜罗许多湮灭已久或罕为人知的材料，他将这些珍贵资料逐期在《词学》刊布，且为配合这些文献之发表，又一一为文介绍。例如登载了《草堂馀意》和《支机集》，就同步发表《陈大声及其〈草堂馀意〉》及《蒋平阶及其〈支机集〉》二文，转载一篇松浦友久教授关于日本"越调诗"的论文，其中涉及渔父词一类作品，先生就从《机缘集》中辑出从未发现的船子和尚拨棹歌三十九首，又写一篇《船子和尚拨棹歌》及《张志和及其渔父词》，就此课题作相关的探讨。凡此之类，处处可以感受到施先生启迪后辈的用心。他是透过《词学》把他多年对词学的造诣与心得传授给后辈。我们虽然未能在课堂上聆听先生讲词，但是研读《词学》上的著作，同样可获得很大的启发。

在书志中，施先生系统地连载二个专题，一是"历代词选集叙录"，由最早之词集《云谣集》开始，到王闿运之《湘绮楼词选》，共四十二篇，分别叙录各词选集之内容、版本、作者以及其流传情形，偶作评断。"词学书目录"乃是集录宋元以来词籍之著录资料，由陈振孙《直斋书录解题》始，至《嘉业堂藏钞校本目录》止，凡二十一篇，各篇后间有施先生之附注。由于词向来被视为小道，刊本虽多而著录綦少，故词学书籍，在版本、目录、校勘方面之资料，征访殊为不易，施先生就搜罗所得，一一抄录，合成一编。其中有许多是罕见的资料，如《嘉业堂藏钞校本目录》，乃先生向周子美先生借钞《嘉业堂藏钞本书目》，摘出其中词籍部分，全为古籍旧钞本及明清人著述之未刊稿本。（见《往事随想》页261—262）上述二类资料，对研究词学甚为重要。

以上就个人浅见，大略介绍施先生在词学研究方面的贡献。先生之词学造诣既深且广，我所介绍的，自不能尽及其全面。以下略抒所感，以作为本文之结束：

先生学殖深厚，博通古今，兼事学术研究及文学创作，于现代文学、古典诗词、金石碑刻及翻译方面，都卓有成就，其学识之广博、成就之多元，皆为近世所罕见。这与他扎实的根柢与认真的治学态度极有关联。由《我治什么学》、《我的创作生活之历程》及《我的第一本书》等篇中，可以看出先生从小就接受坚实的古典学术训练，根基深厚，加上他精通外文，遂能出入今古，融汇中西，因此能成其大。其研治词学，亦能宏观微察，作全面而深入之观照。上文提及的每一项工作，都是耗费数十年心力方竟其功，透过不断地研读、抄录资料，酝酿、涵泳，乃趋于成熟。此点由阅读先生的日记，更能体会其严谨及艰辛。因此，施先生的词学研究，其规模之宏大，其影响之深远，实在令人叹服。

唯是先生的词学著作，见于日记及文章中而未见出版者，尚所在多有，如《云间词人姓氏录》、《云间词人小传》、《宋金元词拾遗》之类，这也许是因为先生为学谨严，不轻易发表；但是从后学的立场来说，先生的词学旧作若能一一整理问世，对于词学研究，当有重大之意义。

先生提携后学，不遗余力。我与先生相识时，先生已是誉满中外的学术泰斗，我不过是个后生晚辈。先生偶然看到拙作，就托吴兴文先生于返台时带来《词学》一册，并且向我邀稿,此种胸襟气度,令我至今敬佩不已。多年以来,我每次到大陆开会、访问,都必定取道上海,以便谒见先生,聆听教诲。先生对我多所勉励,对于我的研究工作,亦不时加以指点,且惠赠大批珍藏词籍。这批赠书,促使我注意到词籍版本的问题,从而开展个人研究词学之新角度。这份知遇之情,我深深铭记在心,但难以为报。谨在此祝先生百福具臻,万寿无疆。

(原载《庆祝施蛰存教授百岁华诞文集》,上海古籍出版社,2003 年版)

施蛰存先生诗词研究平议

刘效礼

施蛰存先生是我国现代著名的诗人、小说家、散文家、翻译家和编辑家。他的风格独具的文学创作，至今在海内外拥有广大的知音，是中国现代文学和国际汉学研究中长盛不衰的热点。他在高校任教后又成为一代名教授，在词学、唐诗、金石碑刻研究和外国文学研究与翻译方面取得众所公认的杰出成就。

作为词学名家和唐诗专家的施蛰存先生，在学术研究中十分注重古籍的整理、校点和学术研究资料的蒐辑、编纂。抗战初期他在厦门大学讲授《中国文学史》时，认为词学盛于宋代而宋人论词的专书不多，现在所能见到的仅张炎《词源》为较有系统的词学专著，沈伯时《乐府指迷》及陆辅之《词旨》均简约无多大价值。而宋代数量众多的诗话、随笔中论及词学或词之本事的资料却弥足珍贵，于是他遍阅宋元诗话及随笔八、九十种，录得词学资料五百余条，编成《宋元词话辑佚》一书。其后忙于教学和写作、翻译，无暇及此。上世纪五十年代末他利用在资料室工作的有利条件，就集中精力于词学研究。经几番周折，他进一步扩大搜辑范围：上起唐五代，下迄近代，凡一切词学书籍的序跋和著录有得必抄，历时四年共得一千数百篇，七、八十万字，定名为《词籍序跋萃编》，作为词学理论和词学发展史的研究资料，可谓洋洋大观。这部珍贵的稿本在"文革"中遭难历劫后，他补苴罅漏重新整编，交中国社会科学出版社于一九九四年出版，此书从初创到交稿历时二十多年，终于成为词学研究者案头必备的珍籍。

自五代后蜀赵崇祚所编《花间集》问世后，词风靡丽秾艳蔚为大宗，流及后世。循花间词风就词史发展两个最重要的历史时期宋代和清代，各编一部《花间新集》，是施蛰存先生多年的心愿。在《历代词籍序跋萃编》完成后，他日夕披览，以《花间集》体例选定宋、清花间遗韵各十卷五百首，合为《花间新集》一书交浙江古籍出版社于一九九二年出版。宋、清《花间新集》对深入研究花间词派和词史发展规律具有极为重要的价值。

施先生主编的《词学》"文献"栏刊登的词学珍本秘籍大都是他的"北山楼"藏书，他也很注重刊载或介绍港台和国外词学研究论著及学术动态。明代文学殿军、云间派巨子陈子龙的诗集，也经他整理、点校后由上海古籍出版社出版。他所整理、刊出的大量韵文珍本和学术研究文献,使中国文学发展史的研究和教学工作者扩大了视野,深入其堂奥,而更易于掌握其内在发展规律。

　　"考证"是具有悠久历史的传统研究方法,清代朴学家精于考证,取得了辉煌的学术成果。施蛰存先生在学术研究中经常运用考证的方法,谨严、缜密地辨伪存真,解决了许多含糊不清或久悬难决的疑题。多年来词学研究者常以"词又名长短句,又名诗余",来解释词的文学形式之名称,这里的所谓"又名",时间概念和主从概念都很不明确。明代杨慎作《词品》,把"诗余"解释为诗体演变之余派,从而又引起后代学者纷争不已。施蛰存的《说"诗余"》一文,把"诗余"这个名词的出现及其确切含义,放在中国文学发展的历史长河及广阔的社会文化背景中进行了科学的论证。他指出在北宋时,已有了词为"诗人之余事"的概念,但还没有出现"诗余"这个名词。南宋初,有人编诗集,把词作附在后面加上一个类目就称为"诗余",于是才出现"诗余"这个名词。但是,这时候"诗余"还不是词的"又名",直到明代张綖作词谱,把他的书名题作《诗余图谱》,从此"诗余"才成为词的"又名"。而在宋人的观念中,"诗余"的含义为诗人之余事或余兴。这篇文章不过几千字,却勾画了词史发展的一个鲜明的轮廓。

　　词学界和各种唐宋词选本、鉴赏辞典,普遍以《长相思》"汴水流,泗水流"等三首为白居易所作的唐词。此三首词始见于较为晚出的南宋黄昇所编《花庵词选》,然北宋欧阳修《近体乐府》有《长相思》四首,其第三首即《花庵词选》所录白居易词"深画眉,浅画眉"一首。罗泌的校记说:"《尊前集》作唐无名氏,'空房独守时'作'低头双泪垂'。"按《尊前集》中收白居易词二十六首,并无此《长相思》二首,又今本《尊前集》中也不收无名氏词。如果不是罗泌有误,则今本《尊前集》已非北宋原本,此事遂成千古疑案。近人顾学颉校点《白居易集》,将"汴水流,泗水流"一首编入《白居易外集》,但词学界研究或选读白居易词仍普遍以此词为例。

　　施蛰存先生对向为词学研究之薄弱环节的唐词,也有多年的研究和深入的考证。他的《白居易词辨》指出,欧阳修《近体乐府》"长相思"第四首即《花庵词选》所录白居易词"汴水流,泗水流"一首。罗泌编校欧阳修词甚谨慎,凡欧词与《花间》、《尊前》、《阳春》诸集相混者均逐一拈出,然于此词未作校记和辨其伪,可知罗泌以此词确为欧阳修所作。从罗泌校语可知以上二首《长相思》词非但北宋人编《尊前集》时尚未认为白居易作,即南宋庆元初重刊《近体乐府》,罗泌作校注、题跋时也未有白作之说。至五十年后之淳祐九年黄昇刻《花庵词选》,于白词独取此二首,且评之曰:"二词非后世作者所及。"可知此二词之谬托白作即在此五十年间。《白氏长庆集》有《听弹湘妃怨》七绝一首:"玉轸朱弦瑟瑟徽,吴娃徽调奏湘妃。分明曲里愁云雨,似道萧萧郎不归。"此词自注说:"江南新词有云:'暮雨萧萧郎不归。'"又其《寄殷协律》结句为:"吴娘暮雨萧萧曲,自别江南更不闻。"也自注江南吴二娘曲词有"暮雨萧萧郎不归"句。可知当时江南盛传吴二娘曲调,白居易尤赏"暮雨萧萧"之境,故北归后一再忆及。今所传《长相思》词第二首下片也有"暮雨萧萧郎不归,空房独守时"之语,后人遂以之为白词。明杨慎又以为此即吴二娘所作曲词。

其言似皆有理,故甚足惑人。施蛰存先生通过以上详尽的考证后指出,实则欧阳修读白居易诗于"暮雨萧萧"句也心赏之,遂取以入小令。欧阳修《长相思》词四首风格一致,最初并无杂糅之迹。因此所谓白作《长相思》三首并非唐词,均应还诸欧阳修。他还指出近年问世的《全唐五代词》收白居易词三十七首,旧本所无而新增者均为齐言之诗,或用曲调名为题,或用唐人一般舞曲题,其词仍是五七言歌诗,不能视之为词。又一字至七字叠句诗,为六朝时已有之杂体诗,并非白居易创调,此书也误依《词谱》题为《一七令》著为词格。

施蛰存先生对词调及其演变也作过很多谨密有力的考证。世传李白《菩萨蛮》、《忆秦娥》二词的作者归属问题,是历代词学研究者聚讼纷纭的疑案。近年出版的很多词选和唐宋词鉴赏辞典,仍定为李白所作予以选入。施蛰存先生的《说〈忆秦娥〉》,考《忆秦娥》词牌始见于冯延巳《阳春集》,宋人词则以张先所作为最早,以后则苏轼、向子谭、毛滂均有所作。冯延巳所作为此调最初的格律,声调尚未臻道美,毛滂、张先所作为冯词格律之发展。至苏轼、向子谭所作,始与世传李白词格律相同。《忆秦娥》调名究起于何时,今不可考,冯延巳词与调名无涉,非其创调自明,宋人缘题赋词遂成此作。此词上片所咏实为"秦娥忆"而非"忆秦娥",下片辞句气象虽雄浑,然意义与上片不属。李白时乐游原始辟为豪贵游宴之所,唐人诗咏乐游原甚多,均不作衰飒语。《忆秦娥》实为宋人乐游原怀古词,此词非先有词而后有题,乃先有题而后有词。施蛰存先生在考证《忆秦娥》词调格律演变之迹后指出,此所谓李白词者必不能出于张先、冯延巳以前,其为宋人所撰伪托李白所作已无可怀疑。他的《张志和及其渔父词》和《船子和尚拨棹歌》,都就词的初萌时期形式进行了论证,指出渔父词、拨棹歌这种"七七三三七"句法的诗是词在初级发展阶段上的形式,在词史研究上有很重要的参考价值。《船子和尚拨棹歌》流传较广的只有六首,经他考证、整理后汇集全部三十九首问世。此外如《说〈杨柳枝〉、〈贺圣朝〉、〈太平时〉》、《唐诗宋词中的六州曲》等文,详尽地考证了词调《杨柳枝》的历史演变,指出欧阳修的《贺圣朝影》、贺方回的《太平时》是《花间集》中《杨柳枝》的继承;黄庭坚、张子野、杜安世的《贺圣朝》是敦煌《杨柳枝》的继承。六州大曲中,凉州曲、伊州曲、甘州曲、胡渭州曲、石州曲和氏州曲的发展脉络,也经他考证后确凿无误地显现出来。

"比较"也是具有悠久历史的传统研究方法,而"比较文学"则专指跨越国界和语言界限的文学比较。施蛰存先生在学术研究中对这两种比较都运用得很广泛。前者如他在《读温飞卿词札记》中把温庭筠和李贺、李商隐相比较:

> 飞卿绮语实自李长吉诗中来。唐诗自陈子昂至韩愈已日趋平淡质直。长吉以幽峭映丽振之,使天下耳目一新。李义山、温飞卿承流而起,遂下开"西昆"一派。飞卿复以此道施予曲子词,风气所被,西蜀、南唐并衍余绪,遂开"花间"、"阳春"一派。
>
> 向使世无温飞卿,则唐词犹为民间俚曲,不入文人之手。世无李长吉,则李义山未必能为《无题》、《锦瑟》之篇,温飞卿亦未必能为《金荃》、《握兰》之句,唐词面目必

不有《云谣》、《花间》之缛丽。试取《云谣集》以外之敦煌词观之,此中消息可以体会。故温飞卿于唐五代词实关系一代风会,而其运词琢句之风格,又李长吉有所启发之也。

又如他在《读冯延巳词札记》中把冯延巳和温庭筠、韦庄相比较:

> 冯延巳词自当以《鹊踏枝》十首、《采桑子》十三首、《虞美人》四首、《抛球乐》八首、《菩萨蛮》八首为最精湛之作。《鹊踏枝》"花外寒鸡"、"几度凤楼"、"霜落小园",《采桑子》"中庭雨过"、"笙歌放散"、"昭阳记得"、"洞房深夜",《虞美人》"碧波帘幕"、"玉钩鸾柱",《菩萨蛮》"画堂昨夜"、"娇鬟堆枕"、"沉沉朱户"诸作尤为高境。其情深,其意远,非温庭筠、韦端己所能及,岂但吐属之美而已。虽然,冯蒿庵以冯延巳词比之于韩偓之诗,以为"其义一也",此则窃恐未然。韩偓以《香奁》一集寓家国兴亡之恫,君臣遭际之哀,是有意于比兴者也。冯延巳则初无此情此志,其作词也固未尝别有怀抱,徒以其运思能深,造境能高,遂得通于比兴之义,使读者得以比物连类,以三隅反,仿佛若有言外意耳。

施蛰存先生对这种传统的比较研究方法运用得如行云流水般洗炼而颇具新意,往往直指古人用心之隐微曲折处,别具法眼,道人之未言。他既为声誉卓著的外国文学研究权威和翻译名家,自然会在诗词研究中引入与外国文学及异域语言的比较。如他在《唐诗百话》中把李贺同英国天才诗人却透顿和济慈进行比较研究,把唐王梵志诗和古希腊的"说教诗铭"(又称"格言诗铭")进行比较研究。施先生在《历代词选集叙录》中指出,欧阳炯解释《花间集》之命名殊不明晓,而他引唐韩愈《进学解》、《说文段注》、《声类》和古希腊及今欧洲各国称诗集为 Anthologie,指出古今中外,以花喻诗,不谋而合,"《花间集》之取义,殆亦同然。"此洵为博闻通人之解。

明辨是非,论点精湛有力,胜义迭出,也是施蛰存先生学术研究的特点。宋元至清,通行把"绝句"称为"截句",以为"绝"即"截",绝句是从律诗截取一半而成。笔者在大学就学时,一位著名的唐诗权威也是这样解释绝句的。施蛰存先生在《唐诗绝句杂说》中引用中国古代文学形式发展的事实,指出绝句的形成早于律诗,"绝"的意义是断绝。"四句一绝"是用四句诗来完成一个思想概念,古人称为"立一意",简单的主题思想,四句就可以表达清楚,这就称为一首绝句。从来文学史家都以为盛唐是唐诗的盛世,因而论及中唐诗,总说是由盛转衰。施蛰存先生在《唐诗百话》中指出盛唐只是唐代政治、经济的全盛时期,而不是诗的或文学的全盛时期。中唐五十多年诗人辈出,无论在继承和发展两方面都呈现群芳争艳的繁荣气象。他选盛唐诗人十六家,觉得已无可多选,留下来的已没有大家。但他选中唐诗人二十五家,觉得还割爱了许多人。同样是五十三年,即使以诗人的数量而论,也可见中唐诗坛盛于盛唐。他的这个论点独特新颖但又有充分的事实根据,因而令人信服。

　　高适的《燕歌行》,唐诗选本中差不多都予选取,这首诗文字虽浅显,解释却不容易,历来颇多异见歧说,它的历史事实、主题和结构、人物等一向没有弄清楚。施蛰存先生引《旧唐书·张守珪传》与本诗细按互证,指出本诗前半篇十六句是有感于张守珪瓜州战功而作,主题为歌颂。高适作此诗时,张守珪已转官为幽州长史兼御史中丞、河北节度副大使,因此诗序中称"御史张公",诗中地名都指幽州国防线。诗的后半篇十二句,高适表达了他对战争既肯定又憎厌的复杂感情,回到诗题本意。这样条分缕析,就将千古之谜轻轻揭开。唐李颀的《听董大弹胡笳声兼语弄寄房给事》一诗的诗题,历代至今的不少著名学者都不能理解,读了破句。施蛰存先生把这个诗题点为:"听董大弹胡笳,声兼语弄,寄房给事。"他指出"声兼语弄"是一句,用来形容董庭兰的琴声。"寄房给事"是这首诗的作用,用这首诗来推荐董庭兰,寓意都在最后四句中。"声兼语弄"是说董庭兰弹奏《胡笳十八拍》,兼有"语"、"弄"即胡笳和琴的声音。他的解释可谓通畅清澈,为唐诗学者解决了一个深感棘手的难题。

　　《词学》专刊是施先生实践和发扬他的古典文学研究,尤其是词学思想的平台,出版至今已被评为中国核心学术刊物,他主编的第一至十二辑最为广大词学研究者所挚爱。

　　《词学》由施先生筹划创办于一九八一年,问世后迅即受到海内外词学界和广大诗词爱好者的热烈欢迎,创刊号等均曾多次重印。由于施先生在海内外文学界和学术界久已享有崇高声望,词学研究者均颇为踊跃地为《词学》供稿,并以其论著和词作在《词学》发表为荣。在施先生邀请下,《词学》编委会集中了其时海内外声誉最为卓著的词学名家。

　　施先生将创办、编纂《词学》视作自己学术生命的一部分,与文学创作和学术研究同样重视。他颇具创意而又周到地为《词学》设计各个专栏和版式,精心撰写《编辑体例》和《徵稿规约》。他不但频频多方向名家约稿,而且满腔热情地注重发现词学研究新人,并不遗余力地予以扶持、提携。他审慎地为每辑《词学》选定来稿,极为细致地审读修改全部稿件,编排目录,并亲自将目录译成英文。作为蜚声国际、年高德劭的一代文豪,他不避琐细地为每篇文稿订正疏漏,注明繁简体,标上字号,计算字数,选择图版,并颇为认真地阅改校样。他甚至在医院动大手术后的住院期间,还审改、编纂《词学》稿件,并抱病为作者重抄字迹不清的文稿。《词学》"词苑"栏发表的词作均经他改润重抄。

　　施先生主编词学,以揭示中国词史发展之渊源、进程和探讨历代词论之衍变、深化,以及全面客观地评骘历代词人为宗旨。于词学最为繁荣的宋朝和"词学中兴"的清朝之外,他也颇为重视唐五代词、金元明词,以及近现代词与当代词的研究、探讨。施先生还着意填补词学研究的空白,他以《词学》为平台,开创现代词学目录学和版本学研究。他将自己数十年来节衣缩食苦心蒐集的"北山楼词籍珍藏",整理校辑后在《词学》"文献"栏公之于世,使与词有关的各种珍本秘籍得以为广大词学研究者阅读,开创了现代词学文献学,也进一步充实了中国词学史的研究。

　　施先生博古通今,学贯中西,他极为重视中外学术文化的交流,他的学术视野远涉世界各国。他襟怀博大，以海纳百川的恢宏气度，将词学融入于比较文学研究之中。他在《编辑体例》中即设计了"转载"等栏目，使《词学》能及时转载海外报刊上重要的词学论著。自创刊号起，《词学》每辑都有欧美与亚洲各国词学家的论文，以及词学活动信息，他更把《词学》第九辑编为"海外词学研究专辑"。在他与《词学》推动下，共有五届国际词学研讨会在我国上海、澳门、台北，以及美国和新加坡召开，促使词学在美国、加拿大、日本、新加坡等国，与我国大陆和港、澳、台成为"显学"。

施先生在上世纪三十年代主编的《现代》，被海内外学术界一致公认为中国期刊史和中国现代文学史上最具创意、最为成功的综合性刊物与现代派文学的标识，数十年来成为中国期刊史和中国现代文学史研究的热点课题。他所主编的《词学》也早已成为广大词学研究者必读的学术专刊，被誉为"中国词学界的一面旗帜"、"我国最具独特品位和风格的学术期刊"。《词学》和《现代》必将成为辉耀于我国现代期刊史和现代文学史上的璀璨双璧。

施先生的《词学名词释义》于一九八八年由中华书局出版后，日本宋词研究会在其会刊《风絮》于二〇〇五年三月创刊号至二〇〇九年三月第五期，陆续译成日文并加上详尽注释后连载，并于二〇〇九年三月由东京汲古书院出版日文注释版。《唐诗百话》继在台湾出版繁体字版后，又被美国耶鲁大学用作研究生汉学教材，并译成英文。施先生的诗学、词学思想与体系博大精深、气象万千。尤为难能可贵的是他在文学研究上一贯融汇中外古今理论，在世界文学的大背景下，随着中国文学的发展与其实践深相契合，与时俱进，融入国际文坛的发展潮流。美国哈佛大学李欧梵教授说："我有时候对我的学生们说：我们一大堆学者，集其全部精力研究西方现代文学，恐怕还比不上三十年代的一位年轻人——施蛰存先生……"（《庆祝施蛰存先生百岁华诞文集》，上海古籍出版社，2003年版。）

他尊重传统，也十分注重发扬传统，然而却不固守传统，故步自封，甚至抱残守缺。他在致耶鲁大学孙康宜教授信中说："一九七八年以后，中国古代文学批评盛极一时，《文心雕龙》因此成为显学，我对此现象很不满意。我觉得，无论对古代文学或对现代的创作文学，都不宜再用旧的批评尺度，应当吸收西方文论，重新评价古代文学，用西方文论来衡量文学创作。但是，此间青年一代都没有西方文学批评史的素养，有些人懂一点，却不会运用于批评实践……对外国学者，要求听听他们的研究方法，以各种文学批评理论来运用于词学研究的经验和实践。"（见《北山散文集》第四辑，下同。）

施先生曾精辟透彻地揭示"北宋人把词仍看作曲子词，故李清照讥苏东坡之词，不能付歌唱。到了南宋晚期只有一个姜白石还考究词的音乐性，其他诗人都只是按句法填词，比苏东坡更为句读不葺了。元明以后，词已不是曲子词，只能说是古代的白话诗了。"（《致周陶富》）施先生对诗词格律与音韵有精湛的研究，但他却向词律研究者周玉魁指出："我以为词律不必钻研，没有意义了。一切文学起源于民间，原来无格律，到文人手里就会有格律。有了格律，民间就不受束缚，再创造更自由的体式。唐有律诗，而后民间有曲子词。宋词有了格律，民间就产生了南戏和北杂剧，这是明显的例子。不过词在宋人律还不严，万氏《词律》所斤斤较量的'又一体'，其实是多一个衬字或减少一个字，宋人并不以为是二体。有些词中的'衍文'，可能恰是衬字。我们不必去为宋词定谱式，所以我说不必研究词律。"他还进一步揭示说："我甚至以为，词字平仄也不必定死。宋人作词即付歌女，她如果觉得不便唱，她会变仄为平的。去上问题也是如此，她会以上声唱成去声的。只要听今天的歌曲，歌者所唱皆异于我们平时所读，可见斤斤于平仄，也没意思。所以我不主张今天再考订词律。"施先生洪钟大吕般的说论，对那些至今仍酸腐地固守以词之婉约派、格律派为正宗的词学研究者和写作者来说，无异是石破天惊般的棒喝！"笔墨当随时代"，"唯陈言之务去"，固守婉约千年不变只能促使词学的发展和词的创作走向衰落和灭亡。对于施先生"与时俱进"的词学发展观，有"一代词宗"之称的夏承焘教授是深为赞同的，他在施先生于一九八三年十一月在华东师范大学主持召开的我国第一次词学讨论会上说："建国三十多年来，在党的双百方针指导下，词学工作者通过辛勤的劳动，撰写了不少研究有成果的论文，创作了不少反映新的时代精神，反映词人生活、思想、情趣的词篇，这都是值得欣慰和庆贺的。解放以后，词随着时代的步伐向前发展，显示了它的新姿态。我在拙著《瞿髯论词绝句》中有一首题为《词坛新境》的小诗，曾表示了这个意见。诗云：'兰畹花间百辈词，千年流派我然疑。吟坛拭目看新境，九域鸡声唱晓时。'"。

　　施先生于一九九三年荣获上海文学艺术奖的最高奖项"杰出贡献奖"时，以《唐诗百话》等杰作被称誉为"百科全书式的学者"，著名学者龚鹏程教授也称之为"北钱南施"。施先生的诗学与词学思想是无尽的宝藏，必将赋予诗学和词学以新的生命，引导新世纪的诗词研究和诗词创作走向改革和创新的途程，从而更广泛地传播于莘莘学子和千家万户。

二〇一二年五月

编后记

　　施蛰存先生是中国当代文学界的大师,他一生的学术成就,涵盖甚广,举凡古典文学研究、文艺思潮的与现代文学、翻译,乃至金石碑版的研究等,都受到中外学者的重视与钦佩。先生辞世之后,华东师大出版社为其编纂全集,由于玫仪自二十年前,即常就词学问题向先生请教,并曾撰写《北山词论》、《施蛰存先生的词学研究》二文,故出版社将有关词学部分的汇整工作交由玫仪负责。个人将此事视为一种荣誉,然而亦深深感到责任重大,必须努力以赴,期能将先生的词学研究成果,较有系统地呈现在世人面前。

　　施先生的词学遗着,可分为两部分:一是已公开出版的书籍、文章,一是未曾发表的文稿。已出版的专著及论文,基本上维持先生所发表的原样。例如施先生曾出版《词学名词释义》一书,然在《古典文学三百题》中,又发现二篇范围相近的论述,由于《词学名词释义》有其编排理念,故将二文另列于后,不并入《词学名词释义》中,以免影响原有架构。唯一的例外是《支机集》,施先生曾根据赵尊岳《惜阴堂汇刻明词》本抄录,将其文本整理发表,然而赵氏据以刊刻之底本颇有残泐,且残缺处常作描润及补实,施先生即曾表示:"希望天壤间还有一本幸存,可以资校补,俾成完帙。"玫仪受此激励,多方搜访,终于在上海图书馆寻获另一版刻相同的《支机集》,因馆方将其误编而附于《兰思词钞》之后。经过比对,发现赵本颇多妄补之处①。玫仪曾将此事禀告先生,先生极为欣慰。是故本书卷八"文本整理"之《支机集》部分,改依此本予以补正。

　　至于未出版的部分,又可分为两类:一类是誊清稿,大体已经成篇,较无问题;其中《读词偶撷》且有二见,均已誊抄整齐,其一并注明字型及字号,似是准备出版,故维持原样而不散入各卷。另一类则尚未成篇,且颇多属于零星材料,盖为随手记录的读词札记,或以拟撰述的纲领或要点。此类未成之作是否适宜刊登,学界或仁智互见。站在后学的立场,先生之残句片言,皆为可宝;然而未经先生确认,贸然刊登,又恐欲益反损。几经考虑,决定在分类时,将未发表之著作依其内容分置各卷,附入已出版著作之后,且注明"未

---

① 详见林玫仪:《支机集完帙之发现及其相关问题》,《中国文哲研究集刊》第 20 期(戴琏璋先生荣退纪念专刊),台北:中国文哲研究所筹备处,2002 年 3 月,页 113 - 174。

出版"，以作区隔。读者对于此类作品，宜分别观之。

先生素有撰作词话之构想，遗稿中有三份预拟之词话稿目录，一份只有卷目标题；另二份兼有细目，然其一只有卷三，其二则有残缺，且三者均不相同，当为不同时期之构想。由先生已发表之著作及遗留残稿，亦可看出乃逐步朝此目标迈进，惜其宏愿未成，遽归道山。本书分类，基本上参照其目录残稿，将所有文稿按其内容性质加以归并，共分成下列八卷：

一为名义，收录先生《词学名词释义》一书，对与词学相关之名词、术语之定义加以考辨，此乃开宗明义，故置于卷首。

二为词籍，包括书目、词选、别集、汇刻、云间诗词集等。其中书目部分皆已出版。包括"词学书目集录"、"新得词籍介绍"、"港台版词籍经眼录"等文及《词学》一至十二期之编后记，均曾于《词学》刊登。施先生一方面从历代书目中辑出词学专书，一方面为晚近出版之词书撰写提要，以提供学者参考，其眼界之广、用力之勤，迥非常人可及。其馀除《历代词选集叙录》曾于《词学》连载，别集部分亦有数篇单独发表外，均未曾发表。

三为词调，已出版及未出版者，合共十八篇，论及二十馀调，且包括域外乐调。各调均考其调名来源及流变演化之概况，辨明旧说之谬误，诸如作者之真伪、创调之时代、调名之同异、唐腔宋调之差别等，莫不举证历历，逐一厘清。

四为词论。此处"词论"二字乃采广义，除词人词作之考辨、词调破法之讨论、清人词论之分析、论词数据之辑录外，尚包括先生之诗词序跋、论词书信及日记，其论词杂文乃至词坛记事等，亦收入此类。卷末并附录先生之诗话数则。其中颇多有关云间词人资料，包括由各书辑出之云间词人生平、对云间词人之评论，以及云间词人之论词数据等，均弥足珍贵。先生为云间人，情系桑梓，故特别注重云间词学相关问题，此亦本书特色之一。

五为词语，共收诗词用语四十三则，包括常用语及罕用语，均为语义易有混淆者。或因其为古人俗语、或因涉及今人较陌生之古代习俗，甚或因错字而以讹传讹，而有碍通读者，先生莫不旁征博引，以释读者之疑。唯是其中有颇多尚未成篇，仅列例句而未加发挥者。个人以为，此类残稿对后学亦能有所启发。其中"圣得知"一则，开头即剩陆龟蒙《头陀岩》(旧说头陀坐石巅)一诗之后二句，其前文已佚，然大体仍可得知先生意旨，故一并留存。

六为词评，除收入施生先对唐五代至近代诸家作品之论述文字外，又收入《花间新集》中《清花间集》之评语部分。或评骘词学，或驳斥前人成说，或综论词史，皆为深造有得之语。

七为词选，收入《花间新集》一书。此书包括《宋花间集》及《清花间集》，乃先生依《花间》风韵为标的所选出之词作。据此角度而甄选宋代以后之词作，极为罕见，是故此书诚能自出手眼、别开蹊径。其中《清花间集》之评语已收入卷六，唯因选词亦须具备批评眼光，所附评语与所选词作是否相称，必须二者并观，为方便阅读，此处不避重复，仍予再列。

八为词学文本整理，其中多为罕见或未经刊刻之词集。如船子和尚之《渔父拨棹子》

乃先生由《机缘集》中辑得，而陈铎之《坐隐先生精订草堂馀意》、蒋平阶与门生之《支机集》、陈庆森之《百尺楼词》等，俱极为罕见。

书后附编《词学讨论会实录》、《感旧》及林玫仪《施蛰存先生的词学》、刘效礼《施蛰存先生诗词研究平议》二文。前者是当年华东师大筹办词学会议之盛况，由于先生推广词学、栽培后进不遗馀力，华东师大乃成为国内有数之词学重镇。此次会议之筹办，对结合词学研究人力、促进词学界之合作影响深远，而幕后则完全得力于先生之推动。《感旧》之《伤逝录》等为先生所撰，原刊《词学》，足见先生笃于学者情谊的风范。附编最后二篇则介绍施先生诗词研究之成果及其贡献。

先生曾拟名其书为《北山楼读词记》、《北山楼词话》、《读词丛札》、《读词札记》、《花草偶拾》等，唯较倾向《北山楼词话》，故以此为名。本书所收录已出版之部分，当初分别发表于不同刊物，编辑体例及标点方式不一（例如书名、篇名、词牌等是否标示），因时间仓促，未及全部统一。又，在编纂过程中，承蒙刘凌先生搜集资料，于编排上亦多所协助，特此致谢。

林玫仪
二〇一一年十一月

图书在版编目(CIP)数据

北山楼词话/施蛰存著.—上海:华东师范大学出版社,
2012.1
 (施蛰存全集)
 ISBN 978 - 7 - 5617 - 9222 - 3

 I.①北⋯ Ⅱ.①施⋯ Ⅲ.①词(文学)－诗词研究－中国
Ⅳ.①I207.23

中国版本图书馆 CIP 数据核字(2012)第 004316 号

施蛰存全集
刘 凌 刘效礼 编

北山楼词话

著 者 施蛰存
编 者 林玫仪
项目编辑 庞 坚
审读编辑 刘 凌
装帧设计 黄惠敏

出版发行 华东师范大学出版社
社 址 上海市中山北路 3663 号 邮编 200062
网 址 www.ecnupress.com.cn
电 话 021 - 60821666 行政传真 021 - 62572105
客服电话 021 - 62865537 门市(邮购)电话 021 - 62869887
地 址 上海市中山北路 3663 号华东师范大学校内先锋路口
网 店 http://hdsdcbs.tmall.com

印 刷 者 江苏句容市排印厂
开 本 787×1092 16 开
印 张 49.5
字 数 989 千字
版 次 2012 年 8 月第一版
印 次 2012 年 8 月第一次
书 号 ISBN 978 - 7 - 5617 - 9222 - 3/I·841
定 价 92.00 元

出 版 人 朱杰人